Jodi Picoult
Die Macht des Zweifels
Auf den zweiten Blick

D1722964

PIPER

Zu diesem Buch

Die erfolgreiche Staatsanwältin Nina Frost hat in »Die Macht des Zweifels« über zweihundert Fälle von Kindesmissbrauch verhandelt. Dennoch gerät sie völlig aus der Fassung, als sie erfährt, dass ihr eigener Sohn, Nathaniel, missbraucht worden ist. Als es zum Prozess kommt, geschieht ein tödliches Unglück – und das bisherige Leben von Nina Frost und ihrer Familie droht für immer zu zerbrechen … In »Auf den zweiten Blick« liest der Polizist Will in Los Angeles eine junge Frau auf, die nicht weiß, wer sie ist. Er hilft ihr und versucht, ihre Identität herauszufinden. Bald meldet sich Alex Rivers, der berühmte Schauspieler, und identifiziert sie als seine schwangere Frau Cassie. Er ist ein äußerst liebevoller Ehemann, doch langsam kehrt bruchstückhaft Cassies Erinnerung an die Beziehung zurück, und die war alles andere als liebevoll …

 *Jodi Picoult*, geboren 1967 auf Long Island, lebt nach ihrem Studium in Princeton und Harvard zusammen mit ihrem Mann und drei Kindern in Hanover, New Hampshire. 1992 veröffentlichte sie ihren ersten Roman. 2003 wurde sie für ihre Werke mit dem National England Book Award ausgezeichnet. Sie gehört zu den erfolgreichsten amerikanischen Erzählerinnen weltweit – ihr Roman »Beim Leben meiner Schwester« wurde in Hollywood verfilmt. Zuletzt erschien von ihr auf Deutsch »Schuldig«. Weiteres zur Autorin: www.jodipicoult.de

Jodi Picoult

Die Macht des Zweifels
Auf den zweiten Blick

Zwei Bestseller in einem Band

Aus dem Amerikanischen von
Ulrike Wasel, Klaus Timmermann und
Christoph Göhler

Piper München Zürich

Mehr über unsere Autoren und Bücher:
www.piper.de

Mix
Produktgruppe aus vorbildlich bewirtschafteten
Wäldern und anderen kontrollierten Herkünften
www.fsc.org Zert.-Nr. GFA-COC-001223
© 1996 Forest Stewardship Council
FSC

Taschenbuchsonderausgabe
Februar 2011
© 2002 und 1994 Jodi Picoult
Titel der amerikanischen Originalausgaben:
»Perfect Match«, Pocket Books, New York 2002 und
»Picture Perfect«, Putnam's Sons, New York 1994
© der deutschsprachigen Ausgaben:
2003 und 2002 Piper Verlag GmbH, München
© der deutschsprachigen Übersetzung von »Auf den zweiten Blick«:
1996 Wilhelm Goldmann Verlag, ein Unternehmen der Verlagsgruppe
Random House GmbH, München
Umschlagkonzept: semper smile, München
Umschlaggestaltung: Cornelia Niere, München
Umschlagmotiv: James Quigley / Getty Images
Autorenfoto: Gasper Tringale
Satz: CPI – Clausen & Bosse, Leck und EDV Fotosatz Huber, Germering
Papier: Munken Print von Arctic Paper Munkedals AB, Schweden
Druck und Bindung: CPI – Clausen & Bosse, Leck
Printed in Germany   ISBN 978-3-492-25965-1

Die Macht des Zweifels

Roman

PIPER

Für Jake,
den tapfersten Jungen, den ich kenne,
in Liebe, Mom

Prolog

Als der Unmensch schließlich durch die Tür kam, trug er eine Maske.

Sie starrte ihn lange an, erstaunt, daß niemand sonst seine Verkleidung durchschaute. Er war der Nachbar von nebenan, der seine Forsythien goß. Er war der Fremde, der im Fahrstuhl freundlich lächelte. Er war der liebenswürdige Mann, der ein kleines Kind an die Hand nimmt, um ihm über die Straße zu helfen. *Seht ihr das denn nicht*, wollte sie schreien. *Begreift ihr denn nicht?*

Ihre Hände hatte sie sittsam gefaltet wie ein Schulmädchen, und sie saß kerzengerade auf ihrem Stuhl. Aber ihr Herz war aus dem Takt gekommen, eine Qualle, die sich in ihrem Brustkorb wand. Und zum ersten Mal in ihrem Leben mußte sie sich selbst daran erinnern, das Atmen nicht zu vergessen.

Gerichtsdiener flankierten ihn, führten ihn vorbei am Tisch der Anklagevertretung, vorbei am Richter, zu der Stelle, wo der Verteidiger saß. Aus einer Ecke drang das Surren einer Fernsehkamera. Die Szene war ihr vertraut, aber sie merkte, daß sie sie noch nie aus diesem Blickwinkel wahrgenommen hatte. *Ändere deinen Standpunkt, und die Perspektive ist eine völlig andere.*

Die Wahrheit saß auf ihrem Schoß, schwer wie ein Kind. Sie würde es tun.

Dieses Wissen, das sie doch eigentlich hätte erstarren lassen müssen, schoß statt dessen wie Brandy durch ihre Glieder. Zum ersten Mal seit Wochen hatte sie nicht mehr das Gefühl, wie eine Schlafwandlerin über den Grund des Ozeans zu gehen und mit schmerzenden Lungen die Luft festzuhalten, die sie vor dem Versinken eingeatmet hatte. An diesem entsetzlichen Ort, im Angesicht dieses entsetzlichen Menschen, fühlte sie sich plötzlich wieder normal, dachte ganz nüchtern. Innerhalb der nächsten zwei Sekunden würden die Gerichtsdiener zurücktreten, damit er ungestört mit seinem Anwalt sprechen konnte.

In ihrer Handtasche glitten ihre Finger über das glatte Leder ihres Scheckheftes, über ihre Sonnenbrille, einen Lippenstift. Sie ertastete das, wonach sie suchte, und stellte erstaunt fest, daß sie es mit der gleichen vertrauten Selbstverständlichkeit umschloß wie die Hand ihres Mannes.

Ein Schritt, zwei, drei, und schon war sie dem Unmenschen nahe genug, um seine Angst riechen zu können, um sehen zu können, wie sich der schwarze Rand seines Jacketts gegen den weißen Hemdkragen abhob. Schwarz und Weiß, darauf lief es letztlich hinaus.

Einen Augenblick lang wunderte sie sich, daß niemand sie aufgehalten hatte. Warum niemand durchschaut hatte, daß dieser Moment unausweichlich war. Daß sie herkommen und genau das tun würde. Selbst jetzt hatten die Menschen, die sie doch am besten kannten, nicht versucht, sie festzuhalten, als sie von ihrem Stuhl aufstand.

Und da wurde ihr klar, daß auch sie eine Verkleidung trug, genau wie der Unmensch. Und diese Verkleidung war so klug gewählt, so *überzeugend*; keiner wußte, zu was sie geworden war. Aber jetzt spürte sie, wie die Tarnung nachgab. *Soll die Welt es sehen*, dachte sie, als die Maske von ihr abfiel. Und als sie dem Angeklagten die Pistole an den Kopf drückte und rasch hintereinander viermal abdrückte, wußte sie, daß sie sich in diesem Moment selbst nicht erkannt hätte.

I

Wer zu Unrecht geschlagen wird,
sollte hart zurückschlagen – ganz gewiß –,
und zwar so hart, daß der andere daraus
seine Lehre zieht und es nie wieder tut.

Charlotte Brontë, *Jane Eyre*

Wir sind im Wald, nur wir zwei. Ich hab meine Lieblingsturn-schuhe an, die mit den bunten Schnürsenkeln und der Stelle hinten, die Mason angeknabbert hat, als er noch ein Welpe war. Ihre Schritte sind länger als meine, aber es ist ein Spiel – ich versuche, in die Löcher zu springen, die ihre Schuhe hin-terlassen. Ich bin ein Frosch – ich bin ein Känguruh – ich bin verzaubert. Wenn ich gehe, klingt es, als würde sich jemand zum Frühstück Cornflakes auf den Teller schütten.

»Mir tun die Beine weh«, sage ich zu ihr.

»Nur noch ein kleines Stück.«

»Ich will nicht mehr gehen«, sage ich und setze mich einfach hin, denn wenn ich mich nicht bewege, tut sie es auch nicht.

Sie beugt sich vor und zeigt irgendwohin, aber die Bäume sind wie die Beine von großen Erwachsenen, und ich kann gar nichts sehen. »Siehst du ihn schon?« fragt sie mich.

Ich schüttele den Kopf. Auch wenn ich ihn sehen könnte, würde ich es nicht zugeben.

Sie hebt mich hoch und setzt mich auf ihre Schultern. »Den Teich«, sagt sie. »Kannst du den Teich sehen?«

Von hier oben aus kann ich es. Er ist ein Stück Himmel, das am Boden liegt.

Wenn der Himmel zerbricht, wer macht ihn dann wieder ganz?

1

Schlußplädoyers waren schon immer meine Spezialität.

Ich kann, ohne mir vorher viel zurechtgelegt zu haben, in einen Gerichtssaal marschieren und eine Rede halten, nach der die Geschworenen förmlich nach Gerechtigkeit schreien. Offene Fragen machen mich wahnsinnig.

Heute morgen habe ich ein Schlußplädoyer in einem Vergewaltigungsprozeß und eine Anhörung zur Feststellung der Verhandlungsfähigkeit. Am Nachmittag habe ich einen Termin bei einem DNA-Spezialisten, es geht um Gehirnmasse, die in einem Autowrack gefunden wurde und weder dem betrunkenen Fahrer gehört, der jetzt wegen fahrlässiger Tötung angeklagt ist, noch der Beifahrerin, die bei dem Unfall ums Leben kam. All das schießt mir durch den Kopf, als Caleb den Kopf ins Badezimmer steckt. »Wie geht's Nathaniel?«

Ich drehe das Wasser ab und wickle mir ein Handtuch um den Körper. »Schläft«, sage ich.

Caleb war draußen in seinem Schuppen und hat den Pickup beladen. Er macht Steinmetzarbeiten – Gartenwege, Kamine, Granittreppen, Mauern. Er riecht nach Winter, ein Geruch, der immer zu der Zeit nach Maine kommt, wenn die Äpfel erntereif sind. Auf seinem Flanellhemd sind Streifen von dem Staub, der an Zementsäcken haftet. »Was macht sein Fieber?« fragt Caleb und wäscht sich die Hände.

»Besser«, antworte ich, obwohl ich heute morgen noch gar nicht nach meinem Sohn gesehen habe.

Ich hoffe, daß es wahr wird, wenn ich es mir nur ganz fest wünsche. So krank war Nathaniel gestern abend schließlich gar nicht, und er hatte nur erhöhte Temperatur, keine 38 Grad. Er war nicht ganz auf dem Posten, aber das allein würde mich nicht davon abhalten, ihn in die Vorschule zu schicken – schon gar nicht an einem Tag, an dem ich ins Gericht muß. Jede berufstätige Mutter kennt das Dilemma. In der Familie kann ich wegen meines Berufes nicht hundert Prozent geben, und wegen meiner Familie kann ich im Beruf nicht hundert Prozent geben. Und ich lebe in ständiger Angst davor, daß die beiden Welten wieder einmal kollidieren.

»Ich würde ja hierbleiben, aber ich muß unbedingt zu der Besprechung. Fred hat die Kunden bestellt, damit sie sich die Pläne ansehen, und wir müssen eine gute Vorstellung liefern.« Caleb blickt auf die Uhr und stöhnt. »Ich komme jetzt schon zehn Minuten zu spät.« Sein Tag beginnt früh und endet früh, wie bei den meisten selbständigen Handwerkern. Das bedeutet, daß ich Nathaniel meistens zur Schule bringe und Caleb ihn abholt. Er greift nach seiner Baseballmütze. »Du bringst ihn doch nicht zur Schule, wenn er wirklich krank ist ...«

»Natürlich nicht«, sage ich, aber unter dem Ausschnitt meiner Bluse wird mir warm. Mit zwei Aspirin kann ich Zeit schinden. Dann könnte ich den Vergewaltigungsfall abschließen, ehe der Anruf von Miss Lydia kommt, daß ich meinen Sohn abholen soll. Ich hasse mich für diesen Gedanken.

»*Nina.*« Caleb legt seine großen Hände auf meine Schultern. Wegen dieser Hände habe ich mich in Caleb verliebt. Sie können mich berühren, als sei ich eine Seifenblase, und sie sind dennoch stark genug, um mich festzuhalten, wenn ich auseinanderzubrechen drohe.

Ich lege meine Hände auf die Calebs. »Er schafft das schon«, beteure ich. Ich schenke ihm mein Staatsanwältinnenlächeln, das vor allem überzeugen soll. »Wir schaffen das schon.«

14

Caleb nimmt sich Zeit, ehe er bereit ist, das zu glauben. Er ist ein kluger Mann, aber er ist methodisch und vorsichtig. Er bringt ein Projekt immer erst mit gründlicher Sorgfalt zu Ende, ehe er sich dem nächsten zuwendet, und seine Entscheidungen trifft er auf die gleiche Art. Seit sieben Jahren hoffe ich nun schon, daß etwas von seiner Bedächtigkeit auf mich abfärbt, wo ich doch jede Nacht neben ihm liege.

»Ich hole Nathaniel dann um halb fünf ab«, sagt Caleb, ein Satz, der in der Sprache von Eltern soviel wie *Ich liebe dich* bedeutet.

Ich spüre seine Lippen über meinen Scheitel streichen, während ich den Verschluß an meinem Rock zumache. »Ich bin um sechs zu Hause.« *Ich liebe dich auch.*

Er geht zur Tür, und als ich aufblicke, fallen mir Einzelheiten an ihm auf – die breiten Schultern, das leicht schiefe Grinsen, die Art, wie er in den wuchtigen Sicherheitsschuhen die Füße nach innen dreht. Caleb sieht, daß ich ihn betrachte. »Nina«, sagt er, und sein Lächeln wird noch schiefer. »Du bist auch spät dran.«

Die Uhr auf dem Nachttisch zeigt 7 Uhr 41. Ich habe noch neunzehn Minuten, um meinen Sohn zu wecken und ihm Frühstück zu machen, ihn anzuziehen und in den Kindersitz zu verfrachten und quer durch Biddeford zur Vorschule zu fahren. Danach kann ich es gut bis 9 Uhr zum Gericht in Alfred schaffen.

Mein Sohn schläft fest, eng in seine Decke gewickelt. Sein blondes Haar ist zu lang. Er hätte schon vor einer Woche zum Friseur gemußt. Ich setze mich auf die Bettkante. Was sind schon zwei Sekunden mehr, wenn man Gelegenheit hat, ein Wunder zu bestaunen?

Nathaniel sieht jünger aus, wenn er schläft, eine Hand unter der Wange geballt und die andere fest um einen Stofffrosch geschlungen. Manchmal sehe ich ihn nachts an und staune, wenn ich bedenke, daß ich ihn vor fünf Jahren noch gar nicht kannte, diesen Menschen, der mich so verändert hat. Vor fünf Jahren hätte ich Ihnen noch nicht sagen können, daß das Weiße in den Augen eines Kindes heller ist als frisch gefallener Schnee, daß der Hals eines kleinen Jungen die zarteste Linie an seinem Körper bildet. Ich hätte es nie für möglich gehalten, daß ich mich mal mit einer aus einem Geschirrtuch gebundenen Piratenmütze auf dem Kopf an den Hund heranpirschen würde, um seinen verborgenen Schatz aufzuspüren, oder daß ich an einem verregneten Sonntag herausfinden wollte, wie lange es dauert, bis ein Marshmallow in der Mikrowelle explodiert.

Ich könnte lügen und sagen, daß ich niemals Jura studiert hätte oder Staatsanwältin geworden wäre, wenn ich damit gerechnet hätte, eines Tages Mutter zu sein. Es ist ein anstrengender Job, der einen auch zu Hause nicht losläßt und der sich oft nur schwer mit Fußballspielen und Kindergartenkrippenspielen vereinbaren läßt. Aber die Wahrheit ist, daß ich meinen Beruf immer geliebt habe, daß ich mich über ihn definiere: *Guten Tag, ich bin Nina Frost, Staatsanwältin.* Aber ich bin auch Nathaniels Mutter, und dieses Etikett würde ich gegen nichts in der Welt eintauschen. Aber anders als die meisten Eltern, die nachts wach liegen und sich darum sorgen, was für Gefahren ihrem Kind drohen könnten, habe ich die Möglichkeit, etwas dagegen zu tun. Ich bin ein Ritter in strahlender Rüstung, ich gehöre zu den fünfzig Anwälten, die dafür zuständig sind, den Bundesstaat Maine sicher zu machen, bevor Nathaniel sich hinaus in die Welt wagt.

Jetzt berühre ich seine Stirn – *kühl* – und lächle. Mit einem Finger liebkose ich die sanfte Kontur seiner Wange, den Rand der Lippen. Im Schlaf schlägt er meine Hand weg, vergräbt die Fäuste unter der Decke. »He«, flüstere ich ihm ins Ohr. »Wir müssen uns beeilen.« Als er sich nicht rührt, ziehe ich die Decke weg – und der beißende Ammoniakduft von Urin steigt von der Matratze auf.

O nein, bitte nicht heute. Aber ich lächle, genau wie der Arzt geraten hat, wenn Nathaniel, meinem fünfjährigen Sohn, der schon vor drei Jahren gelernt hat, zur Toilette zu gehen, so ein Mißgeschick passiert. Als sich seine Augen öffnen – Calebs Augen, strahlend und braun und so gewinnend, daß die Leute auf der Straße entzückt stehengeblieben sind, wenn sie mein Baby im Kinderwagen sahen –, sehe ich jenen Moment der Angst, wenn er glaubt, er würde jetzt bestraft. »Nathaniel«, seufze ich, »so was kann jedem passieren.« Ich helfe ihm aus dem Bett und will ihm den feuchten Pyjama ausziehen, doch da wehrt er sich plötzlich mit aller Macht.

Ein heftiger Boxhieb landet an meiner Schläfe. »Herrgott, Nathaniel!« fauche ich. Aber es ist schließlich nicht seine Schuld, daß ich zu spät dran bin. Es ist nicht seine Schuld, daß er ins Bett gemacht hat. Ich atme tief durch und ziehe ihm die Hose über Knöchel und Füße. »Komm, wir waschen dich schnell, ja?« sage ich sanfter, und er schiebt friedlich seine Hand in meine.

Mein Sohn hat ein außergewöhnlich sonniges Gemüt. Im dumpfen Rauschen des Verkehrs entdeckt er Musik, er spricht die Sprache der Kröten. Er würde niemals gehen, wenn er laufen und springen kann. Daher ist der Junge, der mich da argwöhnisch über den Badewannenrand hinweg beäugt, nicht der Nathaniel, den ich kenne. »Ich bin dir nicht böse.« Nathaniel zieht verlegen den Kopf ein. »Jedem passiert mal ein Mißgeschick. Weißt du noch, wie ich letztes Jahr mit dem Auto über dein Fahrrad gerollt bin? Da warst du wütend – aber du hast auch gewußt, daß ich es nicht absichtlich gemacht habe. Stimmt's?« Genausogut könnte ich auf einen von Calebs Granitblöcken einreden. »Na schön, schweig mich ruhig an.« Aber auch das zündet nicht. Ich kann ihm keine Reaktion entlocken. »Ach, ich weiß, was dich aufmuntert ... du darfst dein Disney-World-Sweatshirt anziehen. Das macht zwei Tage hintereinander.«

Wenn er die Wahl hätte, würde Nathaniel es jeden Tag anziehen. In seinem Zimmer durchwühle ich erst jede Schublade und finde das Sweatshirt schließlich mitten in dem Haufen schmutziger Bettwäsche. Nathaniel sieht es, zieht es heraus und will es sich über den Kopf streifen. »Warte«, sage ich und nehme es ihm weg. »Ich weiß, ich hab's versprochen, aber es ist voller Pipi, Nathaniel. So kannst du damit nicht los. Es muß erst gewaschen werden.« Nathaniels Unterlippe beginnt zu beben, und ich weiß, daß ich jetzt dringend Zugeständnisse machen muß. »Schätzchen, Ehrenwort, ich wasche es gleich heute abend. Und dann darfst du es den Rest der Woche tragen. Und auch noch die ganze nächste Woche. Aber jetzt mußt du mir ein bißchen helfen. Wir müssen jetzt schnell frühstücken, damit wir rechtzeitig losfahren können. In Ordnung?«

Zehn Minuten später haben wir dank einer bedingungslosen Kapitulation meinerseits eine Einigung erzielt. Nathaniel trägt sein dämliches Disney-World-Sweatshirt, das ich per Hand durchgespült, rasch in den Trockner gesteckt und anschließend mit einem Duftspray für Haustiere besprüht habe. Vielleicht bekommt Miss Lydia davon eine Allergie. Vielleicht bemerkt keiner den Fleck über Mickeys breitem Grinsen. Ich halte zwei Schachteln mit Frühstücksflocken hoch. »Welche willst du?« Nathaniel zuckt die Achseln, und inzwischen bin ich der festen Überzeugung, daß sein Schweigen nichts mit Scham zu tun hat, sondern daß er mich damit auf die Palme bringen will. Und es funktioniert.

Ich setze ihn an den Frühstückstisch und stelle ihm eine Schüssel mit Honey Nut Cheerios hin, während ich sein Lunchpaket packe. »Nudeln«, verkünde ich beschwingt, um ihn aus seiner gedrückten Stimmung herauszuholen. »Und ... oooh! Ein Hähnchenschenkel von gestern abend! Drei Schokokekse ... und Stangensellerie, damit Miss Lydia deiner Mommy nicht wieder Vorträge über Ernährungspyramiden halten muß. Fertig.« Ich verschließe den Plastikbeutel und stecke ihn in Nathaniels Rucksack, schnappe mir eine Banane für mein eigenes Frühstück und werfe einen Blick auf die Uhr an der Mikrowelle. Ich gebe Nathaniel noch zwei

Aspirin mit – es wird ihm dieses eine Mal schon nicht schaden, und Caleb muß es ja nicht erfahren. »Okay«, sage ich. »Wir müssen los.«

Nathaniel zieht seine Turnschuhe an und streckt mir nacheinander die kleinen Füße hin, damit ich ihm die Schnürsenkel binde. Den Reißverschluß seiner Fleece-Jacke bekommt er schon selbst zu und auch den Rucksack schnallt er sich allein um. Der sieht riesig aus auf den schmalen Kinderschultern, und manchmal erinnert Nathaniel mich von hinten an Atlas, der das Gewicht der Welt trägt.

Während der Fahrt schiebe ich Nathaniels Lieblingskassette ein – ausgerechnet das »Weiße Album« der Beatles –, aber nicht mal »Rocky Raccoon« kann ihn aus seiner Stimmung reißen. Eine ganz leise Stimme in mir sagt, ich sollte einfach dankbar sein, daß sich in schätzungsweise fünfzehn Minuten jemand anderes mit diesem Problem beschäftigen muß.

Im Rückspiegel sehe ich, wie Nathaniel mit dem losen Riemen seines Rucksacks spielt, ihn immer wieder klein und noch kleiner zusammenfaltet. Wir kommen zu dem Stoppschild am Fuße des Hügels. »Nathaniel«, flüstere ich, gerade laut genug, daß er mich über das Brummen des Motors hinweg hören kann. Als er aufblickt, schiele ich ihn an und strecke die Zunge heraus.

Langsam, bedächtig wie sein Vater, lächelt er mir zu.

Die Uhr im Armaturenbrett zeigt 7 Uhr 56. Vier Minuten zu früh.

Wir sind sogar noch besser, als ich dachte.

In Caleb Frosts Welt baut man eine Mauer, um etwas Unerwünschtes fernzuhalten ... oder um etwas Kostbares im Inneren zu schützen. Darüber denkt er oft nach, wenn er arbeitet, glänzenden Granit und rauhen Kalkstein in Nischen einfügt, ein dreidimensionales Puzzle, das stabil und gerade am Rande eines Rasens entlang verläuft. Er denkt gerne an die Familien hinter den von ihm erbauten Mauern: abgeschirmt, sicher, geschützt. Seine Steinmauern sind zwar nur kniehoch, keine Burgbefestigungen. Sie haben große Lücken für Einfahrten und Fußwege und Laubengänge. Und dennoch sieht er im Geiste jedesmal, wenn er an einem Grundstück vorbeikommt, das er mit seinen eigenen schweren Händen ummauert hat, wie sich die Eltern mit ihren Kindern zum Abendessen an den Tisch setzen, wie Harmonie den Tisch umhüllt, als ob reale Fundamente das Muster für die emotionalen vorgeben könnten.

Er steht zusammen mit Fred, ihrem Auftraggeber, am Rande des Warren-Grundstücks, und alle warten darauf, daß Caleb ihnen eine Vorstellung von dem, was hier stehen wird, liefert. Derzeit ist hier noch alles dicht mit Birken und Ahornbäumen bestanden, von denen einige markiert wurden, um den möglichen Standort des Hauses und den Verlauf der Kanalisation zu verdeutlichen. Mr. und Mrs. Warren stehen dicht beieinander. Sie ist schwanger; ihr Bauch berührt die Hüfte ihres Mannes.

»Tja«, setzt Caleb an. Es ist seine Aufgabe, die beiden davon zu überzeugen, daß sie eine Steinmauer um ihren Besitz brauchen und nicht den ein Meter achtzig hohen Zaun, den sie gleichfalls in Erwägung ziehen. Aber reden liegt ihm nicht, das ist Ninas Stärke. Neben ihm räuspert sich Fred aufmunternd.

Caleb kann diesem Paar nichts aufschwatzen. Er kann nur sehen, was ihre Zukunft für sie bereithält: ein weißes Haus im Kolonialstil mit großer Veranda. Ein Labrador, der herumspringt und Chrysippusfalter mit dem Maul fangen will. Ein kleines Mädchen, das auf seinem Dreirad die Auffahrt hinunterstrampelt, bis es die Sperre erreicht, die Caleb errichtet hat – die Grenze, bis zu der die Kleine, wie man ihr gesagt hat, in Sicherheit ist.

Er stellt sich vor, wie er etwas Dauerhaftes an einer Stelle erschafft, wo zuvor nichts war. Er stellt sich diese Familie, mittlerweile zu dritt, umgeben von seinen Mauern vor. »Mrs. Warren«, fragt Caleb mit einem Lächeln, »wann ist es denn bei Ihnen soweit?«

In einer Ecke des Spielplatzes weint Lettie Wiggs. Sie macht das dauernd, tut so, als hätte Danny sie verhauen, wo sie doch in Wahrheit nur herausfinden will, ob sie Miss Lydia dazu bringen kann, alles stehen- und liegenzulassen und angerannt zu kommen. Danny weiß das, und Miss Lydia weiß das, und überhaupt alle wissen das, außer Lettie, die weint und weint, als könne sie tatsächlich etwas damit erreichen.

Er geht an ihr vorbei. Geht auch an Danny vorbei, der nicht mehr Danny ist, sondern ein Pirat, der sich nach einem Schiffsuntergang an ein Faß klammert. »He, Nathaniel«, sagt Brianna. »Sieh mal.« Sie hockt hinter dem Schuppen, in dem Fußbälle aufbewahrt werden und der Minibulldozer, auf dem man fahren kann, aber immer nur fünf Minuten, weil dann schon wieder ein anderer dran ist. Eine silbrige Spinne hat ein Netz von dem Holz bis zu dem Zaun dahinter gespannt, kreuz und quer. An einer Stelle ist ein Knoten, so groß wie eine kleine Murmel, in den Seidenfäden verheddert.

»Das ist eine Fliege.« Cole schiebt sich die Brille zurecht. »Die Spinne hat sie sich fürs Abendessen eingepackt.«

»I gitt, wie ekelig«, sagt Brianna, beugt sich aber noch weiter vor.

Nathaniel steht da, die Hände in den Hosentaschen. Er denkt an die Spinne, wie sie auf dem Netz gelandet und klebengeblieben ist, wie damals, als Nathaniel im letzten Winter in eine Schneewehe getreten war und seinen Schuh in dem Matsch unterm Schnee verloren hatte. Er fragt sich, ob die Fliege auch soviel Angst hatte wie Nathaniel damals. Wahrscheinlich wollte die Fliege sich bloß kurz ausruhen. Wahrscheinlich wollte sie nur sehen, warum das Sonnenlicht durch das Netz wie ein Regenbogen aussieht, und die Spinne hat sie gepackt, ehe sie fliehen konnte.

»Ich wette, sie frißt den Kopf zuerst«, sagt Cole.

Nathaniel stellt sich die Flügel der Fliege vor, auf den Rücken gepreßt, während sie umgedreht und fest umwickelt wird. Er hebt die Hand und schlägt damit das Netz entzwei, dann geht er weg.

Brianna ist sauer. »He!« ruft sie. Und dann: »*Miss Lydia!*«

Aber Nathaniel hört gar nicht hin. Er blickt nach oben, betrachtet die hohen Querbalken der Schaukel und des Klettergerüsts mit der Rutsche, die so schimmert wie die Klinge eines Messers. Das Klettergerüst ist ein paar Zentimeter höher. Er umfaßt die Streben der Holzleiter mit beiden Händen und klettert hinauf.

Miss Lydia sieht ihn nicht. Von seinen Turnschuhen rieselt ein Schauer aus kleinen Steinchen und Sand hinab. Hier oben ist er sogar größer als sein Vater. Er denkt, daß in der Wolke hinter ihm vielleicht ein Engel schläft.

Nathaniel schließt die Augen und läßt sich fallen, die Arme an den Körper gepreßt wie die Flügel der Fliege. Er versucht nicht, seinen Sturz abzufedern, schlägt einfach hart auf, weil das weniger weh tut als alles andere.

»Die besten Croissants?« sagt Peter Eberhardt, als wären wir mitten im Gespräch, obwohl ich gerade erst zu ihm in die Kaffeeküche gekommen bin.

›Rive Gauche‹, antworte ich. Eigentlich sind wir ja auch mitten im Gespräch. Unseres ist eben schon seit Jahren im Gang.

»Nicht ganz so weit weg!«

Ich muß nachdenken. ›Mamie's.‹ Das ist ein Diner in Springvale. »Schrecklichste Frisur?«

Peter lacht. »Ich, auf dem Abschlußfoto meiner Klasse.«

»Ich dachte eigentlich an einen Ort, nicht an eine Person.«

»Ach so, ja dann. Der Laden, wo Angeline sich ihre Dauerwelle machen läßt.« Er hält die Kaffeekanne in der Hand und füllt meine Tasse, aber ich muß so lachen, daß einiges auf den

Boden geht. Angeline ist die Sekretärin am Bezirksgericht Süd, und ihre Frisur erinnert an eine Kreuzung aus einer auf ihrem Kopf zusammengerollten Bisamratte und einem Teller Schmetterlingsnudeln mit Butter.

Es ist ein altes Spiel zwischen Peter und mir. Begonnen hat es, als wir beide frisch bei der Bezirksstaatsanwaltschaft West angefangen hatten und unsere Zeit zwischen Springvale und York aufteilten. In Maine können Angeklagte vor Gericht erscheinen und auf unschuldig oder schuldig plädieren oder ein Treffen mit der Anklagevertretung verlangen. Peter und ich saßen an einander gegenüberstehenden Schreibtischen und feilschten mit Klageschriften wie mit Assen beim Poker. *Mach du das Verkehrsdelikt hier, ich kann den Kram nicht mehr sehen. Okay, aber dafür übernimmst du die Sachbeschädigung.* Mittlerweile sind wir beide am höheren Gericht für Straftaten zuständig, und ich sehe Peter wesentlich seltener, aber er ist im Büro noch immer derjenige, der mir am vertrautesten ist. »Bestes Zitat des Tages?«

Es ist erst halb elf, also kann das Beste noch kommen. Aber ich setze meine Anklägermiene auf, blicke Peter ernst an und liefere ihm spontan eine Wiederholung meiner Schlußbemerkung in dem Vergewaltigungsfall. »Tatsächlich, Ladies und Gentlemen, gibt es nur eines, das noch verwerflicher, noch verletzender wäre als das, was dieser Mann getan hat – und zwar, ihn wieder auf freien Fuß zu setzen, damit er es erneut tun kann.«

Peter pfeift durch die Lücke in seinen Vorderzähnen. »Oha, du hast wirklich eine dramatische Ader.«

»Deshalb bezahlen sie mir ja auch so viel.« Ich rühre Milchpulver in meinen Kaffee, beobachte, wie es auf der Oberfläche Klümpchen bildet. Das erinnert mich an den Fall mit der Gehirnmasse. »Wie läuft dein Fall mit dem prügelnden Ehemann?«

»Versteh mich nicht falsch, aber ich hab wirklich die Nase voll von Opfern. Die sind so ...«

»Bedürftig?« sage ich trocken.

»Genau!« seufzt Peter. »Wäre doch mal schön, einen Fall abzuhandeln, ohne sich mit dem ganzen Ballast von den Leuten abgeben zu müssen, oder?«

»Tja, aber dann könntest du auch gleich Verteidiger werden.« Ich trinke einen Schluck Kaffee, schiebe die Tasse dann von mir. »Also wenn du mich fragst, auf *die* würde ich noch lieber verzichten.«

Peter lacht. »Arme Nina. Du hast als nächstes deine Anhörung zur Verhandlungsfähigkeit, nicht?«

»Na und?«

»Immer, wenn dir eine Begegnung mit Fisher Carrington droht, siehst du aus ... na ja, ungefähr so wie ich auf dem Abschlußfoto.«

Wir Ankläger unterhalten nur spärliche Beziehungen zu den hiesigen Verteidigern. Den meisten von ihnen bringen wir widerwillig Respekt entgegen, schließlich tun auch sie nur ihre Arbeit. Aber Carrington ist von einem anderen Schlag. Harvardstudium, weißes Haar, stattliche Erscheinung – die klassische Vaterfigur. Er ist der distinguierte ältere Gentleman, der lebenskluge Ratschläge erteilt. Er ist die Sorte Mann, der Geschworene glauben wollen. Jeder von uns hat das irgendwann schon mal erlebt: Wir treten mit einem Riesenberg unwiderlegbarer Beweise gegen seine Paul-Newman-blauen Augen und das weise Lächeln an, und der Angeklagte kommt frei.

Es versteht sich von selbst, daß wir Fisher Carrington alle hassen wie die Pest.

Vom Gesetz her ist jemand verhandlungsfähig, wenn er in der Lage ist, sich im Sinne der Tatsachenfindung verständlich zu machen. Ein Hund zum Beispiel mag ja imstande sein, Drogenbeweise zu erschnüffeln, aber er kann nicht als Zeuge aussagen. In Fällen von sexuellem Mißbrauch, bei denen der Täter nicht geständig ist, besteht die einzige Möglichkeit, eine Verurteilung zu erreichen, darin, die betroffenen Kinder, die

Opfer, als Zeugen aussagen zu lassen. Doch zuvor muß der Richter entscheiden, ob der Zeuge sich verständlich machen kann, den Unterschied zwischen Wahrheit und Lüge kennt und begreift, daß man vor Gericht die Wahrheit sagen muß. Was bedeutet, daß ich, wenn ich in einem Fall von sexuellem Mißbrauch die Anklage vertrete, routinemäßig eine Anhörung zur Feststellung der Verhandlungsfähigkeit beantrage.

Also: Stell dir vor, du bist fünf Jahre alt und warst so mutig, deiner Mutter zu gestehen, daß Daddy dich jede Nacht vergewaltigt, obwohl er gesagt hat, er bringt dich um, wenn du es verrätst. Und jetzt stell dir vor, du mußt als Vorübung in einen Gerichtssaal, der dir so groß vorkommt wie ein Fußballstadion. Du mußt Fragen beantworten, die ein Staatsanwalt dir stellt. Und dann prasseln Fragen auf dich ein, die ein vollkommen Fremder stellt, ein Anwalt, der dich so durcheinanderbringt, daß du weinst und ihn bittest aufzuhören. Und weil jeder Angeklagte das Recht hat, seinen Ankläger zu konfrontieren, mußt du das alles über dich ergehen lassen, während dein Daddy dich aus nur drei Metern Entfernung anstarrt.

Es gibt dann zwei Möglichkeiten. Entweder du wirst für nicht verhandlungsfähig erklärt, was bedeutet, daß der Richter das Verfahren einstellt und du nicht mehr vor Gericht mußt. Allerdings hast du noch Wochen danach Alpträume von dem Anwalt, der dir schreckliche Fragen stellt, und vom Gesichtsausdruck deines Vaters, und höchstwahrscheinlich geht der Mißbrauch weiter. Oder du wirst für verhandlungsfähig erklärt, und dann erlebst du diese kleine Szene noch mal von vorn – nur daß diesmal Dutzende von Leuten zusehen.

Ich bin zwar Staatsanwältin, aber ich bin auch die erste, die zugibt, daß man im amerikanischen Rechtssystem keine Gerechtigkeit erwarten kann, wenn man nicht in der Lage ist, sich auf eine bestimmte Art und Weise verständlich zu machen. Ich habe schon zahllose Fälle von sexuellem Mißbrauch vor Gericht gebracht, habe zahllose Kinder im Zeugenstand erlebt. Ich bin eine von diesen Anwälten, die an ihnen zerren und ziehen, bis sie schließlich widerstrebend die Phantasiewelt loslassen, die sie sich zusammengeträumt haben, um die Wahrheit auszublenden. Das alles nur, um eine Verurteilung zu erzielen. Aber keiner kann mir weismachen, daß eine solche Anhörung zur Verhandlungsfähigkeit für ein Kind nicht traumatisch ist. Keiner kann mir weismachen, daß das Kind nicht verliert, selbst wenn ich diese Anhörung gewinne.

Für einen Verteidiger ist Fisher Carrington einigermaßen respektvoll. Er nimmt die Kinder auf ihren hohen Stühlen im Zeugenstand nicht restlos auseinander, er versucht nicht, sie aufs Glatteis zu führen. Er tritt wie ein Großvater auf, der ihnen einen Lutscher schenkt, wenn sie die Wahrheit sagen. Mit einer Ausnahme hat er in allen Fällen, in denen wir gegeneinander antraten, dafür gesorgt, daß das Kind für nicht verhandlungsfähig erklärt wurde, und der Täter kam frei. In dem Ausnahmefall erreichte ich eine Verurteilung seines Mandanten.

Der Angeklagte verbrachte drei Jahre im Gefängnis.

Das Opfer verbrachte sieben Jahre in Therapie.

Ich sehe Peter an. »Idealfall?« frage ich.

»Hä?«

»Genau«, sage ich leise. »Das meinte ich.«

Als Rachel fünf war, ließen ihre Eltern sich scheiden. Es war eine von den Scheidungen, bei denen reichlich schmutzige Wäsche gewaschen und um Geld gestritten wird. Eine Woche später erzählte Rachel ihrer Mutter, daß ihr Daddy ihr regelmäßig den Finger in die Vagina gesteckt habe.

Sie hat mir erzählt, daß sie einmal ein Nachthemd mit einer kleinen Meerjungfrau darauf anhatte, am Küchentisch saß und Haferflocken aß. Beim zweiten Mal trug sie ein Nachthemd mit Aschenputtel darauf und schaute sich im Schlafzimmer ihrer Eltern ein Video über die kleine Schildkröte Franklin an. Rachels Mutter Miriam hat bestätigt, daß ihre

Tochter in dem Sommer, als sie drei Jahre alt war, ein Meerjungfrau-Nachthemd und ein Aschenputtel-Nachthemd hatte. Sie erinnert sich, daß sie das *Franklin*-Video von ihrer Schwägerin ausgeliehen hatte. Damals lebten sie und ihr Mann noch zusammen. Damals war es öfter vorgekommen, daß sie ihren Mann mit der kleinen Tochter allein ließ.

Viele Menschen werden sich fragen, wie sich um alles in der Welt eine Fünfjährige daran erinnern kann, was ihr als Dreijährige zugestoßen ist. Meine Güte, Nathaniel kann mir nicht mal erzählen, was er *gestern* gemacht hat. Aber diese Leute haben auch nicht gehört, wie Rachel dieselbe Geschichte immer und immer wieder erzählt. Sie haben nicht mit Psychiatern gesprochen, die beteuern, daß ein traumatisches Erlebnis haftenbleibt wie ein Angelhaken im Maul eines Fisches. Sie sehen nicht, so wie ich es sehe, daß Rachel seit dem Auszug ihres Vaters regelrecht aufgeblüht ist. Und selbst wenn man das alles außer acht läßt – wie könnte ich die Aussage eines Kindes mißachten? Was, wenn gerade das Kind, dem ich nicht glaube, ein Kind ist, das wirklich verletzt worden ist?

Heute sitzt Rachel in dem Schreibtischsessel in meinem Büro und spielt Karussell. Ihre Zöpfe reichen ihr bis auf die Schultern, und ihre Beine sind dünn wie Streichhölzer.

»Wird es lange dauern?« fragt Miriam, die ihre Tochter nicht aus den Augen läßt.

»Ich hoffe nicht«, antworte ich und begrüße dann Rachels Großmutter, die während der Anhörung im Zuschauerraum sitzen wird, um die Kleine emotional zu unterstützen. Da Miriam selbst als Zeugin auftreten wird, darf sie nicht dabeisein. Noch so eine Absurdität: Das Kind im Zeugenstand wird in den meisten Fällen nicht einmal durch die beruhigende Anwesenheit der Mutter unterstützt.

»Ist das denn wirklich notwendig?« fragt Miriam zum hundertsten Mal.

»Ja«, sage ich und blicke ihr in die Augen. »Ihr Exmann ist zu keinem Schuldeingeständnis bereit. Das bedeutet, Rachels

Aussage ist das einzige, womit ich beweisen kann, daß es überhaupt passiert ist.« Ich knie mich vor Rachel und halte den Drehsessel an. »Weißt du was?« sage ich vertraulich. »Wenn die Tür zu ist, dann spiel ich manchmal selbst Karussell.«

Rachel schließt die Arme um ein Stofftier. »Wird dir dann schwindelig?«

»Nein. Ich tu so, als würde ich fliegen.«

Die Tür geht auf. Patrick, mein ältester und bester Freund, steckt den Kopf herein. Er trägt seine Polizeiuniform, nicht das übliche Zivil eines Detective. »He, Nina – hast du schon gehört, daß die Post ihre Briefmarkenserie mit berühmten Verteidigern eingestampft hat? Die Leute wußten einfach nicht, auf welche Seite sie spucken sollten.«

»Detective Ducharme«, sage ich scharf. »Ich habe zu tun.«

Er wird rot; und das betont seine Augen nur noch mehr. Als wir Kinder waren, habe ich ihn oft wegen seiner Augen aufgezogen. Einmal, als wir etwa in Rachels Alter waren, konnte ich ihm weismachen, daß sie nur deshalb so blau waren, weil er kein Gehirn im Kopf hatte, bloß Luft und Wolken. »Verzeihung – habe ich nicht gleich bemerkt.« Er hat alle Frauen in meinem Büro im Handumdrehen betört, einfach so. Wenn er nur wollte, könnte er alles von ihnen verlangen, glaube ich. Aber Patrick ist Patrick, weil er so etwas eben nicht will, niemals.

»Mrs. Frost«, sagt er förmlich, »bleibt es bei unserem Termin heute nachmittag?«

Unser Termin ist das traditionelle gemeinsame Mittagessen einmal pro Woche in einem schmuddeligen Kneipencafé in Sanford.

»Es bleibt dabei.« Ich brenne darauf zu erfahren, warum Patrick sich so in Schale geschmissen hat, warum er überhaupt ins höhere Gericht gekommen ist – als Detective in Biddeford hat er normalerweise mit dem Bezirksgericht zu tun. Doch auf die Antwort werde ich warten müssen. Ich höre, wie die Tür sich hinter Patrick schließt, als ich mich wieder Rachel zuwende. »Wie ich sehe, hast du dir heute einen Freund mitgebracht. Weißt du was, ich glaube, du bist das erste Kind, das jemals ein Nilpferd mitgebracht hat, um es Richter McAvoy zu zeigen.«

»Es heißt Louisa.«

»Das ist hübsch. Und deine Frisur ist auch hübsch.«

»Heute morgen habe ich Pfannkuchen bekommen«, sagt Rachel.

Ich nicke Miriam anerkennend zu. Es ist wichtig, daß Rachel ordentlich gefrühstückt hat. »Es ist zehn Uhr. Wir müssen gehen.«

Miriam hat Tränen in den Augen, als sie sich zu Rachel hinunterbeugt. »Jetzt kommt der Teil, wo Mommy draußen warten muß«, sagt sie.

Als Nathaniel zwei war und sich den Arm gebrochen hatte, stand ich in der Notaufnahme, während sein Knochen gerichtet und eingegipst wurde. Er war tapfer, aber seine freie Hand hielt meine so fest, daß seine Fingernägel winzige Halbmonde in meine Haut gruben. Und die ganze Zeit dachte ich nur, daß ich mir alles antun lassen würde, wenn ich damit erreichen könnte, daß meinem Sohn die Schmerzen erspart blieben.

Rachel macht es uns leicht; sie ist nervös, aber kein Nervenbündel. Miriam tut das Richtige. Ich werde es für beide so schmerzlos wie möglich machen.

»Mommy«, sagt Rachel, und dann trifft die Wirklichkeit sie mit der Wucht eines Orkans. Ihr Nilpferd fällt zu Boden, und sie krallt sich in den Armen ihrer Mutter fest.

Ich gehe aus dem Büro und schließe die Tür, weil ich meine Arbeit machen muß.

»Mr. Carrington«, sagt der Richter, »wieso rufen wir hier eine Fünfjährige in den Zeugenstand? Gibt es keine andere Möglichkeit, diesen Fall zu lösen?«

Fisher schlägt die Beine übereinander und runzelt leicht die Stirn. Er beherrscht das perfekt. »Euer Ehren, eine Fortführung dieses Falles ist nun wirklich das letzte, was ich mir wünsche.«

Das kann ich mir vorstellen, denke ich.

»Aber mein Mandant kann das Angebot der Anklagevertretung nicht annehmen. Von dem Tag an, seit er das erste Mal mein Büro betrat, hat er die Vorwürfe bestritten. Außerdem hat die Anklage keine Beweise und keine Zeugen ... Tatsächlich kann Mrs. Frost lediglich mit einem Kind aufwarten, dessen Mutter wild entschlossen ist, ihren Exgatten zu vernichten.«

»Euer Ehren, es geht uns im Augenblick nicht darum, daß er ins Gefängnis wandert«, unterbreche ich ihn. »Wir verlangen lediglich, daß er auf das Sorge- und Besuchsrecht verzichtet.«

»Mein Mandant ist Rachels leiblicher Vater. Er hält es für möglich, daß das Kind gegen ihn aufgehetzt wurde, aber er ist nicht bereit, auf seine elterlichen Rechte zu verzichten, denn er liebt seine Tochter über alles.«

Ich höre nicht mal richtig hin. Brauche ich auch nicht. Fisher hat mir schon am Telefon eine gefühlvolle Predigt gehalten, als er anrief, um unser letztes Angebot abzulehnen. »Also gut«, seufzt Richter McAvoy. »Bringen Sie die Kleine in den Zeugenstand.«

Der Gerichtssaal ist leer, bis auf mich, Rachel, ihre Großmutter, den Richter, Fisher und den Angeklagten. Rachel sitzt neben ihrer Großmutter und zwirbelt den Schwanz des Stoffnilpferdes auf. Ich führe sie zum Zeugenstand, aber als sie sich setzt, kann sie nicht über das Geländer sehen.

Richter McAvoy wendet sich seinem Schreiber zu. »Roger, holen Sie doch bitte aus meinem Amtszimmer einen Hocker für Miss Rachel.«

Es dauert einige Minuten, bis alles bereit ist. »Hi, Rachel. Wie fühlst du dich?« beginne ich.

»Ganz gut«, sagt sie mit schwacher Stimme.

»Darf ich mich der Zeugin nähern, Euer Ehren?« Aus der Nähe wirke ich auf sie bestimmt nicht so einschüchternd. Ich lächle so angestrengt, daß meine Kiefermuskulatur anfängt zu schmerzen. »Kannst du mir deinen vollständigen Namen sagen, Rachel?«

»Rachel Elizabeth Marx.«

»Wie alt bist du?«

»Fünf.« Sie hält die Finger einer Hand hoch.

»Hast du deinen Geburtstag schön gefeiert?«

»Ja.« Rachel zögert, fügt dann hinzu: »Ich war eine Prinzessin.«

»Das war bestimmt lustig. Hast du auch Geschenke bekommen?«

»Ja. Eine schwimmende Barbie. Die kann Rückenschwimmen.«

»Mit wem wohnst du zusammen, Rachel?«

»Mit meiner Mommy«, sagt sie, aber ihre Augen huschen zum Tisch der Verteidigung.

»Wohnt sonst noch jemand bei euch?«

»Nicht mehr.« Ein Flüstern.

»Hat früher noch jemand bei euch gewohnt?«

»Ja.« Rachel nickt. »Mein Daddy.«

»Gehst du schon zur Schule, Rachel?«

»Ich bin in der Klasse von Miss Montgomery.«

»Habt ihr da irgendwelche Regeln?«

»Ja. Keinen hauen und die Hand heben, wenn man was sagen will, und nicht auf der Rutsche rumklettern.«

»Was passiert, wenn du dich in der Schule nicht an die Regeln hältst?«

»Dann wird meine Lehrerin böse.«

»Weißt du, was der Unterschied ist zwischen der Wahrheit und einer Lüge?«

»Die Wahrheit ist, wenn man sagt, was passiert ist, und eine Lüge ist, wenn man was erfindet.«

»Genau. Und hier im Gericht haben wir die Regel, daß du

die Wahrheit sagen mußt, wenn wir dir Fragen stellen. Du darfst nichts erfinden. Verstehst du das?«

»Ja.«

»Wenn du deine Mom anlügst, was passiert dann?«

»Sie ist böse auf mich.«

»Kannst du mir versprechen, daß alles, was du jetzt sagst, wahr ist?«

»Ja.«

Ich atme tief durch. Die erste Hürde ist genommen. »Rachel, der Mann da drüben mit dem weißen Haar, das ist Mr. Carrington. Er möchte dir auch ein paar Fragen stellen. Meinst du, du kannst mit ihm reden?«

»Okay«, sagt Rachel, aber sie wird jetzt unruhig. Das ist der Teil, auf den ich sie nicht vorbereiten konnte. Der Teil, bei dem ich selbst nicht wußte, was kommen würde.

Fisher steht auf, triefend vor Selbstsicherheit. »Hallo, Rachel.«

Sie kneift die Augen zusammen. Ich *liebe* dieses Kind. »Hallo.«

»Wie heißt denn dein Bär?«

»Das ist ein *Nilpferd*«, sagt Rachel mit der Herablassung, zu der nur ein Kind fähig ist, wenn ein Erwachsener den Eimer anstarrt, den es auf dem Kopf trägt, und nicht erkennt, daß das ein Astronautenhelm ist.

»Weißt du, wer neben mir an dem Tisch dort drüben sitzt?«

»Mein Daddy.«

»Hast du deinen Daddy in letzter Zeit gesehen?«

»Nein.«

»Aber du weißt noch, wie das war, als du und dein Daddy und deine Mommy alle zusammen in einem Haus gewohnt habt?« Fisher hat die Hände in den Taschen. Seine Stimme ist weich wie Samt.

»Ja.«

»Haben deine Mommy und dein Daddy sich damals oft gestritten?«

»Ja.«

»Und dann ist dein Daddy ausgezogen?«

Rachel nickt, und dann fällt ihr ein, daß ich gesagt habe, sie muß die Antwort immer aussprechen. »Ja«, murmelt sie.

»Nachdem dein Daddy ausgezogen war, da hast du jemandem erzählt, daß du etwas erlebt hast ... etwas mit deinem Daddy.«

»Ja.«

»Du hast jemandem erzählt, daß dein Daddy dich da unten berührt hat?«

»*Ja.*«

»Wem hast du das erzählt?«

»Mommy.«

»Was hat deine Mommy getan, als du ihr das erzählt hast?«

»Geweint.«

»Weißt du noch, wie alt du warst, als dein Daddy dich da unten berührt hat?«

Rachel beißt sich auf die Lippen. »Da war ich noch ganz klein.«

»Bist du da schon in den Kindergarten gegangen?«

»Weiß nicht.«

»Weißt du noch, ob es draußen warm oder kalt war?«

»Ich, äh, ich weiß nicht mehr.«

»Weißt du noch, ob es draußen dunkel war oder hell?«

Rachel fängt an, auf ihrem Stuhl zu wippen, schüttelt den Kopf.

»War deine Mommy zu Hause?«

»Weiß nicht«, flüstert sie, und mein Herz krampft sich zusammen. Das ist der Punkt, an dem ich sie verlieren werde.

»Du hast gesagt, du hast gerade *Franklin* geguckt. War das im Fernsehen oder ein Video?«

Mittlerweile sieht Rachel Fisher gar nicht mehr an, ihn nicht und auch keinen von uns. »Weiß nicht.«

»Das macht nichts, Rachel«, sagt Fisher ruhig. »Manchmal kann man sich nicht so gut erinnern.«

Am Tisch der Anklagevertretung verdrehe ich die Augen.

»Rachel, hast du heute morgen, bevor du ins Gericht gekommen bist, mit deiner Mommy geredet?«

Endlich: Etwas, das sie weiß. Rachel hebt den Kopf und lächelt, stolz. »Ja!«

»War das heute das erste Mal, daß du mit deiner Mommy darüber gesprochen hast, daß du hier ins Gericht mußt?«

»Nein.«

»Hast du Nina schon früher getroffen?«

»Ja.«

Fisher lächelt. »Wie oft hast du denn schon mit ihr gesprochen?«

»Ganz oft.«

»Ganz oft. Hat sie dir erzählt, was du sagen sollst, wenn du in diesem kleinen Kasten da sitzt?«

»Ja.«

»Und hat sie dir gesagt, daß du sagen sollst, daß dein Daddy dich angefaßt hat?«

»Ja.«

»Hat Mommy dir gesagt, daß du sagen sollst, daß dein Daddy dich angefaßt hat?«

Rachel nickt, und die Spitzen ihrer Zöpfe tanzen. »Jawohl.«

Langsam klappe ich meine Fallakte zu. Ich weiß, worauf Fisher hinauswill, was er bereits erreicht hat. »Rachel«, sagt er, »hat deine Mommy gesagt, was passieren wird, wenn du heute hier sagst, daß dein Daddy dich da unten berührt hat?«

»Ja. Sie hat gesagt, daß sie stolz auf mich ist, weil ich so ein braves Mädchen bin.«

»Danke, Rachel«, sagt Fisher und setzt sich.

Zehn Minuten später stehen Fisher und ich vor dem Richter in seinem Amtszimmer. »Mrs. Frost, ich will nicht behaupten, daß Sie dem Kind Worte in den Mund gelegt haben«, sagt der Richter. »Ich behaupte jedoch, daß die Kleine glaubt, sie tut das, was Sie und ihre Mutter von ihr erwarten.«

»Euer Ehren – «, setze ich an.

»Mrs. Frost, das Kind ist seiner Mutter sehr viel mehr verbunden als seiner Verpflichtung als Zeugin. Unter diesen Umständen könnte ohnehin jede mögliche Verurteilung, die die Anklagevertretung erreicht, angefochten werden.« Er sieht mich an, nicht ohne Mitgefühl. »Vielleicht sieht die Sache in sechs Monaten ja schon wieder anders aus, Nina.« Der Richter räuspert sich. »Ich befinde die Zeugin für nicht verhandlungsfähig. Hat die Anklagevertretung noch einen weiteren Antrag in diesem Verfahren?«

Ich spüre Fishers Blick auf mir ruhen, mitfühlend, nicht triumphierend, und das bringt mich in Rage. »Ich muß mit der Mutter und dem Kind sprechen, aber ich denke, wir werden einen Antrag auf Einstellung des Verfahrens ohne Anerkennung einer Rechtspflicht stellen.« Das bedeutet, daß wir die Anklage erneut erheben können, wenn Rachel älter ist. Natürlich ist Rachel dann vielleicht nicht mehr mutig genug. Oder ihre Mutter findet, es ist besser, wenn ihre Tochter in die Zukunft blickt, als daß sie die Vergangenheit noch einmal durchlebt. Der Richter weiß das, und ich weiß das, und wir können beide nichts dagegen tun. So funktioniert das System nun mal.

Fisher Carrington und ich verlassen das Zimmer. »Danke sehr, Kollegin«, sagt er, und ich antworte nicht. Wir gehen in verschiedene Richtungen, zwei Magneten, die sich gegenseitig abstoßen.

Ich bin aus folgenden Gründen wütend: 1. Ich habe verloren. 2. Obwohl ich natürlich auf Rachels Seite stand, bin ich jetzt die Böse. Schließlich war ich es, die sie dazu gebracht hat, die Anhörung über sich ergehen zu lassen, und jetzt war alles für die Katz.

Doch nichts von alledem zeigt sich auf meinem Gesicht, als ich mich vorbeuge, um mit Rachel zu sprechen, die in meinem Büro wartet. »Du warst tapfer heute. Ich weiß, daß du die Wahrheit gesagt hast, und ich bin stolz auf dich, und deine

Mom ist stolz auf dich. Und das Beste ist, du hast deine Sache so gut gemacht, daß jetzt für dich alles erledigt ist.« Ich blicke ihr bewußt in die Augen, als ich das sage, damit es auch zu ihr durchdringt, ein Lob, das sie mitnehmen kann. »Aber jetzt muß ich noch kurz mit deiner Mom sprechen, Rachel. Kannst du draußen mit deiner Grandma warten?«

Miriam verliert die Beherrschung, noch ehe Rachel die Tür ganz geschlossen hat. »Was ist da drin passiert?«

»Der Richter hat Rachel für nicht verhandlungsfähig befunden.« Ich schildere ihr die Aussage, die sie nicht hören durfte. »Das bedeutet, wir können Ihrem Exmann nicht den Prozeß machen.«

»Und wie soll ich sie dann schützen?«

Ich umklammere mit den Händen den Rand meines Schreibtischs. »Mrs. Marx, Sie haben doch einen Anwalt, der Sie bei Ihrer Scheidung vertrat, und ich rufe ihn gern an. Das Jugendamt ermittelt weiter, und vielleicht erreichen die ja, daß das Besuchsrecht eingeschränkt oder nur unter Aufsicht ausgeübt werden darf ... aber Tatsache ist, daß wir die Sache vorläufig nicht strafrechtlich verfolgen können. Vielleicht, wenn Rachel älter ist.«

»Wenn sie älter ist«, flüstert Miriam, »hat er ihr das doch längst schon tausend weitere Male angetan.«

Ich erwidere nichts, weil sie höchstwahrscheinlich recht hat.

Miriam bricht vor mir zusammen. Ich hab das x-mal erlebt, starke Mütter, die einfach in sich zusammensinken. Sie schaukelt vor und zurück, die Arme so fest um den Oberkörper geschlungen, daß sie sich krümmt. »Mrs. Marx ... wenn ich etwas für Sie tun kann ...«

»Was würden Sie an meiner Stelle tun?«

Ihre Stimme steigt hoch wie eine Schlange.

»Nur unter uns gesagt«, erwidere ich ruhig. »Ich würde Rachel nehmen und abhauen.«

Minuten später sehe ich von meinem Bürofenster aus, wie Miriam Marx etwas in ihrer Handtasche sucht. Ihre Autoschlüssel, denke ich. Und möglicherweise auch ihre Entschlußkraft.

Es gibt viele Dinge, die Patrick an Nina liebt, aber am schönsten findet er es, wie sie einen Raum betritt. *Bühnenpräsenz*, so nannte seine Mutter das, wenn Nina in die Küche der Ducharmes getobt kam, sich ein Schokoplätzchen aus der Keksdose angelte und dann innehielt, als wollte sie allen anderen Gelegenheit geben, tief Luft zu holen. Eines weiß Patrick genau, er kann der Tür den Rücken zuwenden und dennoch spüren, wenn sie hereinkommt, diese prickelnde Energie in seinem Nacken, diese Aufmerksamkeit, wenn sich alle Augen auf sie richten.

Heute sitzt er an der leeren Bar. Das »Tequila Mockingbird« ist eine Kneipe für Cops, und das bedeutet, daß es hier erst gegen Abend richtig voll wird. Tatsächlich hat Patrick sich schon manchmal gefragt, ob der Laden nur deshalb früher öffnet, damit er und Nina hier jeden Montag zu Mittag essen können. Er sieht auf die Uhr, aber er weiß, daß er zu früh dran ist – wie immer. Patrick will den Augenblick nicht verpassen, wenn sie hereinkommt.

Stuyvesant, der Barkeeper, nimmt eine Tarotkarte vom Stapel. Anscheinend spielt er Solitaire. Patrick schüttelt den Kopf. »Dafür sind die eigentlich nicht gedacht, weißt du.«

»Tja, aber ich weiß nicht, was ich sonst damit machen soll.« Er sortiert sie nach Farben: Stäbe, Pokale, Schwerter, Münzen. »Die hat jemand auf der Damentoilette vergessen.« Der Barkeeper drückt seine Zigarette aus und folgt Patricks Blick zur Tür. »Meine Güte«, sagt er. »Wann sagst du es ihr endlich?«

»Was soll ich ihr sagen?« fragt Patrick, aber in diesem Augenblick kommt Nina durch die Tür. Die Luft im Raum surrt wie ein Feld voller Grillen, und Patrick hat das Gefühl, als steige er auf wie ein Ballon, noch ehe er merkt, daß er von seinem Hocker aufgestanden ist.

»Immer ein Gentleman«, sagt Nina und wirft ihre große schwarze Lederhandtasche unter die Bar.

»Und noch dazu im Dienste der Öffentlichkeit.« Patrick lächelt sie an.

Sie ist nicht mehr das Mädchen von nebenan, schon seit Jahren nicht mehr. Damals hatte sie Sommersprossen und trug Jeans mit Löchern an den Knien und einen Pferdeschwanz. Jetzt trägt sie Seidenstrumpfhosen und maßgeschneiderte Kostüme, und seit fünf Jahren hat sie die gleiche mittellange Bobfrisur. Aber wenn Patrick ihr nahe genug kommt, riecht sie für ihn noch immer nach Kindheit.

Nina mustert seine Uniform, während Stuyvesant ihr eine Tasse Kaffee hinstellt. »Hattest du keine sauberen Klamotten mehr?«

»Nein, ich war heute morgen in einer Grundschule und mußte den Kindern etwas über Sicherheit zu Halloween erzählen. Der Boß hat darauf bestanden, daß ich mich verkleide.« Er gibt ihr zwei Zuckerstückchen, bevor sie danach fragt. »Wie war deine Anhörung?«

»Die Zeugin wurde für nicht verhandlungsfähig erklärt.« Sie sagt das, ohne daß ihr Gesicht auch nur die geringste Emotion verrät, aber Patrick kennt sie gut genug, um zu wissen, wie sehr ihr das zu schaffen macht. Nina rührt in ihrem Kaffee, dann lächelt sie ihn an. »Ich hab einen Fall für dich. Mein Zweiuhrtermin, genauer gesagt.«

Patrick stützt den Kopf in die Hand. Als er zum Militär ging, studierte Nina schon Jura. Auch damals war sie seine beste Freundin. Während er im Persischen Golf auf der *USS John F. Kennedy* Dienst tat, bekam er jeden zweiten Tag einen Brief von ihr und konnte sich so ein genaues Bild von dem Leben machen, das auch er hätte haben können. Er erfuhr die Namen der meistgehaßten Professoren an der University of Maine. Er erfuhr, wieviel Mühe es bedeutete, das Juraexamen abzulegen. Er las, wie Nina sich in Caleb Frost verliebte, den sie kennengelernt hatte, als sie einen gepflasterten Weg hinunterging, den er gerade vor der Bibliothek angelegt hatte. *Wohin führt der,* hatte sie gefragt. Und Calebs Antwort: *Wohin soll er Sie denn führen?*

Als Patricks Militärzeit zu Ende ging, war Nina bereits verheiratet. Patrick dachte daran, sich an irgendeinem Ort mit klingendem Namen niederzulassen: Shawnee, Pocatello, Hickory. Er mietete sogar einen Umzugswagen und fuhr genau eintausend Meilen von New York City bis nach Riley in Kansas. Aber am Ende zog es ihn zurück nach Biddeford, einfach, weil er woanders nicht sein konnte.

»Und dann«, sagt Nina, »ist ein Schwein in die Butterdose gesprungen und hat die ganze Dinnerparty ruiniert.«

»Im Ernst?« lachte Patrick, ertappt. »Und wie hat die Gastgeberin reagiert?«

»Mensch, du hörst ja gar nicht zu.«

»Tu ich doch. Aber meine Güte, Nina. Auf der Sonnenblende des Beifahrersitzes Gehirnmasse, die zu keinem der Fahrzeuginsassen gehört? Das klingt genauso unwahrscheinlich wie die Sache mit dem Schwein in der Butterdose.« Patrick schüttelt den Kopf. »Wer läßt denn schon seine Großhirnrinde in anderer Leute Wagen liegen?«

»Sag du's mir. Du bist der Detective.«

»Okay. Meine Vermutung? Der Wagen ist auf Vordermann gebracht worden. Dein Angeklagter hat ihn gebraucht gekauft, ohne zu wissen, daß der Vorbesitzer sich auf dem Vordersitz das Gehirn weggepustet hat. Dann ist der Wagen schön saubergemacht worden, um ihn wieder verkaufen zu können ... aber nicht sauber genug für das Kriminallabor des Staates Maine.«

Nina rührt weiter in ihrem Kaffee, greift dann hinüber zu Patricks Teller und nimmt sich eine Pommes. »Das ist nicht ausgeschlossen«, gibt sie zu. »Ich muß die Herkunft des Wagens überprüfen.«

Plötzlich meldet sich Ninas Pieper, und sie zieht ihn vom Rockbund. »Ach, verdammt.«

»Was Ernstes?«

»Nathaniels Vorschule.« Sie nimmt ihr Handy aus der schwarzen Tasche und wählt eine Nummer. »Hallo, Nina Frost hier. Ja. Natürlich. Nein, ich verstehe das.« Sie legt auf, wählt erneut. »Peter, ich bin's. Hör mal, Nathaniels Schule hat gerade angerufen. Ich muß ihn abholen, und Caleb ist irgendwo auf einer Baustelle. Ich hab zwei Anträge wegen Trunkenheit am Steuer abzuschmettern. Kannst du das für mich übernehmen? Handel was aus, egal was, ich will die Fälle bloß loswerden. Alles klar. Danke.«

»Was ist denn mit Nathaniel?« fragt Patrick, als sie das Telefon wieder in die Tasche steckt. »Ist er krank?«

Nina wendet den Blick ab, wirkt fast verlegen. »Nein, sie haben ausdrücklich gesagt, daß er das nicht ist. Wir hatten heute morgen einfach keinen guten Start. Ich wette, er muß nur mal ein Weilchen mit mir auf der Veranda sitzen und sich wieder fangen.«

Patrick hat schon viele Stunden mit Nathaniel und Nina auf der Veranda verbracht. Wenn er Nina mit ihrem Sohn zusammen sieht, wirkt sie – strahlender, lebendiger – und weicher. Wenn die beiden die Köpfe zusammenstecken und lachen, sieht Patrick sie manchmal nicht als die Juristin, die sie heute ist, sondern als das kleine Mädchen, das einst seine Komplizin war.

»Ich könnte ihn für dich abholen«, schlägt Patrick vor.

Nina fischt sich die andere Hälfte von Patricks Sandwich vom Teller. »Danke, aber Miss Lydia will mich persönlich sprechen, und glaub mir, mit der Frau sollte man sich lieber nicht anlegen.« Nina nimmt einen Bissen und drückt Patrick den Rest in die Hand. »Ich ruf dich an.« Sie fegt aus der Bar, ehe Patrick auf Wiedersehen sagen kann.

Er sieht ihr nach. Manchmal fragt er sich, ob sie je zur Ruhe kommt.

Die Wahrheit ist, Nina wird vergessen, ihn anzurufen. Statt dessen wird Patrick sie anrufen und fragen, ob mit Nathaniel alles in Ordnung ist. Sie wird sich entschuldigen und behaupten, sie habe sich die ganze Zeit bei ihm melden wollen. Und Patrick ... nun, Patrick wird ihr verzeihen, wie er ihr immer verziehen hat.

»Er hat sich schlimm benommen«, wiederhole ich und sehe Miss Lydia in die Augen. »Hat er Danny wieder erzählt, er würde ihn ins Gefängnis stecken, wenn er ihn nicht auch mit den Dinosauriern spielen läßt?«

»Nein, diesmal war sein Verhalten aggressiv. Nathaniel hat die Arbeit der anderen Kinder zerstört – hat Bauklötzchentürme umgestoßen und die Zeichnung eines kleinen Mädchens zerrissen.«

Ich setze mein liebenswürdigstes Lächeln auf. »Nathaniel war heute morgen nicht ganz auf dem Posten. Vielleicht hat er sich ein Virus eingefangen.«

Miss Lydia runzelt die Stirn. »Das glaube ich nicht, Mrs. Frost. Es hat noch andere Vorfälle gegeben ... er ist heute auf die Leiter geklettert und hat sich von oben runtergestürzt –«

»Das machen Kinder doch andauernd!«

»Nina«, sagt Miss Lydia sanft, Miss Lydia, die in vier Jahren nicht ein einziges Mal meinen Vornamen benutzt hat, »hat Nathaniel ein Wort gesagt, bevor er heute morgen hierhergekommen ist?«

»Aber natürlich hat er –«, setze ich an und dann stocke ich. Das Bettnässen, das hastige Frühstück, die dumpfe Stimmung – ich erinnere mich an vieles mit Nathaniel heute morgen, aber die einzige Stimme, die ich im Geiste höre, ist meine eigene.

Die Stimme meines Sohnes würde ich unter tausenden erkennen. Hell und übersprudelnd. Ich habe mir oft gewünscht, ich könnte sie in eine Flasche abfüllen, wie die Meerhexe das mit der Stimme der Kleinen Meerjungfrau gemacht hat. Seine Fehler – *Trankenhaus* und *Spargeletti* und *Totemate* – waren für mich so etwas wie Bodenschwellen in verkehrsberuhigten

Straßen und verhinderten bloß, daß er zu schnell groß wurde. Jede Verbesserung hätte nur bedeutet, daß er das Ziel viel früher erreichte, als mir lieb war. Schon so geht alles viel zu schnell voran. Nathaniel verwechselt keine Pronomen mehr. Auch seine Konsonanten beherrscht er – obwohl ich sein lässiges *Schulbuffsahrer* schmerzlich vermisse. So ziemlich die einzige Holperei in seiner Sprache, auf die ich mich noch verlassen kann, ist seine Unfähigkeit, die Buchstaben *W* und *L* zu unterscheiden.

In meiner Erinnerung sitzen wir am Küchentisch. Vor uns stapeln sich Pfannkuchen – mit Augen aus Schokostreuseln – neben Schinken und Orangensaft. An den Sonntagen, wenn Calebs und mein schlechtes Gewissen so groß geworden ist, daß wir endlich mal wieder in die Messe gehen wollen, bestechen wir Nathaniel mit einem Riesenfrühstück. Die Sonne fällt auf den Rand meines Glases, und ein Regenbogen schwingt sich über meinen Teller. »Sprich mir mal nach«, sage ich, »*Wand.*«

Wie aus der Pistole geschossen, sagt Nathaniel: »Land.«

Caleb wendet einen Pfannkuchen. Er hat als Kind gelispelt. Es tut ihm weh, wenn er Nathaniel zuhört, und er glaubt, daß auch sein Sohn gehänselt werden wird. Er meint, wir sollten Nathaniel korrigieren, und er hat Miss Lydia gefragt, ob Nathaniels Aussprachefehler durch eine Sprachtherapie behoben werden könnte.

»Komm, gib dir mal Mühe«, schaltet Caleb sich ein.

»Land.«

»*Wand*«, sagt Caleb. »Versuch's noch mal. *Wand.*«

»*Llland.*«

»Laß gut sein, Caleb«, sage ich.

Aber er kann nicht. »Nathaniel«, hakt er nach. »Jetzt streng dich gefälligst an. Sag mal *lustig.*«

Nathaniel konzentriert sich. »*Wwwustig*«, erwidert er.

»Gott steh ihm bei«, murmelt Caleb und dreht sich wieder zum Herd um.

Ich dagegen zwinkere Nathaniel zu. »Vielleicht tut er das ja.«

Auf dem Parkplatz der Vorschule knie ich mich vor Nathaniel hin, so daß wir auf einer Höhe sind. »Schätzchen, sag mir doch, was los ist.«

Nathaniels Kragen sitzt schief. Seine Hände sind mit roter Fingerfarbe beschmiert. Er starrt mich mit großen, dunklen Augen an und sagt kein Wort.

»Schätzchen«, wiederhole ich. »Nathaniel?«

Wir meinen, er sollte jetzt zu Hause sein, hatte Miss Lydia gesagt. *Vielleicht können Sie den Nachmittag mit ihm verbringen.* »Möchtest du das?« frage ich laut, und meine Hände gleiten von seinen Schultern zu der weichen Rundung seines Gesichts. »Zeit mit mir?« Angestrengt lächelnd schließe ich ihn in die Arme. Er ist schwer und warm und fügt sich wunderbar in meine Umarmung, obwohl ich schon in früheren Phasen von Nathaniels Leben – als er ein Säugling, ein Kleinkind war – der festen Überzeugung war, daß wir genauso gut zusammenpaßten.

»Hast du Halsschmerzen?« Kopfschütteln.

»Tut dir irgendwas weh?« Wieder Kopfschütteln.

»Hast du dich in der Vorschule über irgendwas geärgert? Hat jemand irgendwas gesagt, das dich gekränkt hat? Kannst du mir erzählen, was passiert ist?«

Drei Fragen, zu viele, als daß Nathaniel sie beantworten könnte. Aber ich hoffe trotzdem auf irgendeine Reaktion von ihm.

Können Mandeln so stark anschwellen, daß sie das Sprachvermögen beeinträchtigen? Kann Scharlach so blitzartig ausbrechen? Befällt Meningitis als erstes den Hals?

Nathaniel öffnet die Lippen – na bitte, jetzt wird er mir alles erklären –, aber sein Mund ist eine tiefe, stumme Höhle.

»Schon gut«, sage ich, obwohl es nicht stimmt, obwohl es weiß Gott nicht stimmt.

Als Caleb die Kinderarztpraxis betritt, sind wir noch im Wartezimmer. Nathaniel sitzt neben dem Holzzug und schiebt ihn im Kreis. Ich werfe der Arzthelferin wütende Blicke zu, weil sie anscheinend einfach nicht begreift, daß das ein *Notfall* ist, daß mein Sohn sich nicht mehr verhält wie mein Sohn, daß er nicht bloß eine dämliche Erkältung hat und daß wir schon vor einer halben Stunde hätten drankommen müssen.

Caleb geht zu Nathaniel, faltet seinen großen Körper auf ein Kinderstühlchen zusammen. »He, Sohnemann. Dir geht's nicht gut, was?«

Nathaniel zuckt die Achseln, sagt aber nichts. Er hat jetzt schon Gott weiß wie viele Stunden nicht mehr gesprochen.

»Tut dir irgendwas weh, Nathaniel?« fragt Caleb, und da verliere ich die Beherrschung.

»Meinst du nicht, das hätte ich ihn längst gefragt?« platzt es aus mir heraus.

»Ich weiß es nicht, Nina. Ich war nicht dabei.«

»Tja, er spricht nicht, Caleb. Er antwortet mir nicht.« Die ganze Tragweite dessen – die traurige Erkenntnis, daß die Krankheit meines Sohnes nicht Masern oder Bronchitis oder irgendeines von den tausend Dingen ist, die ich begreifen könnte – macht es mir schwer, mich aufrecht zu halten. Es sind nämlich die seltsamen Dinge, wie das hier, die sich als etwas Furchtbares erweisen: eine Warze, die einfach nicht weggeht und zu Krebs wird; ein dumpfer Kopfschmerz, der den Gehirntumor ankündigt. »Ich weiß inzwischen nicht mal mehr, ob er hört, was ich sage. Es könnte auch irgendein ... irgendein Virus sein, das seine Stimmbänder zerfrißt.«

»Virus.« Es entsteht eine Pause. »Gestern hat er sich nicht wohl gefühlt, und du hast ihn heute morgen zur Schule gebracht, obwohl er –«

»Ist das hier meine Schuld?«

Caleb blickt mich an, eindringlich. »Du arbeitest in letzter Zeit schrecklich viel, mehr will ich damit nicht sagen.«

»Dann soll ich mich jetzt wohl dafür entschuldigen, daß ich mir die Arbeitszeit nicht so einteilen kann wie du? Tja, tut mir leid. Ich werde die Opfer fragen, ob sie sich demnächst nicht zu genehmeren Zeiten vergewaltigen lassen können.«

»Nein, du wirst einfach weiter hoffen, daß dein Sohn so vernünftig ist, nur dann krank zu werden, wenn du gerade keinen Gerichtstermin hast.«

Ich brauche einen Moment, ehe ich antworten kann, so wütend bin ich. »Das ist so –«

»Es ist die Wahrheit, Nina. Wie können die Kinder anderer Menschen dir wichtiger sein als dein eigenes?«

»*Nathaniel?*«

Die leise Stimme der Arzthelferin fällt wie ein Axthieb zwischen uns.

Es fühlt sich an, als hätte er Steine verschluckt, als wäre sein Hals voller Kiesel, die jedesmal hin und her rutschen und aneinanderscheuern, wenn er versucht, einen Laut von sich zu geben. Nathaniel liegt auf dem Untersuchungstisch, während Dr. Ortiz ihm sacht Gel unters Kinn reibt und dann einen dicken Stab über seine Kehle bewegt. Auf dem Monitor, den sie in das Zimmer gerollt hat, erscheinen graue Flecken, Bilder, die gar nicht nach Nathaniel aussehen.

Wenn er seinen kleinen Finger krümmt, spürt er einen Riß in dem Lederbezug des Tisches. Drinnen ist Schaumstoff, eine Wolke, die man zerreißen kann.

»Nathaniel«, sagt Dr. Ortiz, »bist du so lieb und versuchst, etwas zu sagen?«

Seine Mutter und sein Vater blicken ihn gespannt an. Nathaniel spitzt die Lippen. Er spürt, wie sich seine Kehle öffnet wie eine Blüte. Ein Klang steigt aus seinem Bauch auf, holpert über die Steine, die ihn ersticken. Nichts dringt bis zu seinen Lippen.

Dr. Ortiz beugt sich näher zu ihm. »Du kannst das, Nathaniel«, drängt sie. »Versuch es einfach.«

Aber er versucht es ja schon. Er versucht es so angestrengt, daß es ihn fast zerreißt. Da ist ein Wort, das wie Treibholz hinter seiner Zunge feststeckt, und er möchte es so gern zu seinen Eltern sagen: *Aufhören.*

»Auf dem Ultraschall ist nichts Ungewöhnliches zu sehen«, sagt Dr. Ortiz. »Keine Polypen, keine Schwellung der Stimmbänder, nichts Physisches, das Nathaniel am Sprechen hindern könnte.« Sie richtet ihre hellen grauen Augen auf uns. »Hatte Nathaniel in letzter Zeit irgendwelche anderen gesundheitlichen Probleme?«

Caleb blickt mich an, und ich wende mich ab. Ja, ich hab Nathaniel Aspirin gegeben, ja, ich hab insgeheim gebetet, daß er zur Schule kann, weil ich so einen vollen Terminkalender hatte. Na und? Frag neun von zehn Müttern. Sie alle hätten das gleiche getan wie ich.

»Er ist gestern mit Bauchschmerzen aus der Kirche nach Hause gekommen«, sagt Caleb. »Und nachts passieren ihm noch immer Mißgeschicke.«

Aber das ist kein medizinisches Problem. Da geht es um Monster, die sich unter dem Bett verstecken, böse Männer, die durchs Fenster spähen. Das hat nichts mit einem plötzlichen Sprachverlust zu tun. Ich merke, daß Nathaniel sich in der Ecke, wo er mit Bauklötzen spielt, schämt – und auf einmal bin ich wütend auf Caleb, weil er das überhaupt zur Sprache gebracht hat.

Dr. Ortiz nimmt ihre Brille ab. »Es kommt vor, daß eine vermeintlich körperliche Erkrankung gar keine ist«, sagt sie bedächtig. »Manchmal geht es dabei nur darum, mehr Aufmerksamkeit zu bekommen.«

Sie kennt meinen Sohn nicht. Und außerdem wäre ein Fünfjähriger überhaupt nicht fähig zu solchen durchtriebenen Spielchen.

»Dabei handelt es sich nicht um ein bewußt eingesetztes Verhalten«, redet die Ärztin weiter, als hätte sie meine Gedanken gelesen.

»Was können wir tun?« fragt Caleb im selben Moment, als ich sage: »Vielleicht sollten wir einen Spezialisten aufsuchen.«

Die Ärztin antwortet zunächst mir. »Genau das wollte ich gerade vorschlagen. Ich könnte Dr. Robichaud anrufen und fragen, ob sie heute nachmittag einen Termin für Sie frei hat.«

Ja, genau das brauchen wir. Eine HNO-Ärztin, eine Expertin für solche Krankheiten. Eine HNO-Ärztin, die in der Lage ist, Nathaniel die Hände aufzulegen und ein unwahrscheinlich kleines Etwas zu spüren, das wieder in Ordnung gebracht werden kann. »Wo hat Dr. Robichaud ihre Praxis?« frage ich.

»In Portland«, sagt die Kinderärztin. »Sie ist Psychiaterin.«

Juli. Das städtische Schwimmbad. 39 Grad in Maine. Rekordhitze.

»Und wenn ich untergehe?« fragte Nathaniel mich. Ich stand im flachen Teil des Beckens und sah, wie er das Wasser anstarrte, als wäre es Treibsand.

»Meinst du wirklich, ich würde zulassen, daß dir was passiert?«

Er schien darüber nachzudenken. »Nein.«

»Na dann los.« Ich streckte ihm die Arme entgegen.

»Mom? Und wenn das ein Lavasee ist?«

»Dann würde ich wohl kaum einen Badeanzug tragen.«

»Und wenn ich reinspringe und meine Arme und Beine vergessen, was sie machen sollen?«

»Tun sie schon nicht.«

»Könnte doch sein.«

»Unwahrscheinlich.«

»Einmal ist schon genug«, sagte Nathaniel ernst, und mir wurde klar, daß er zugehört hatte, wenn ich unter der Dusche meine Schlußplädoyers übte.

Eine Idee. Ich riß den Mund auf, hob die Arme und ließ mich auf den Grund des Beckens sinken. Das Wasser rauschte mir in den Ohren, die Welt verlangsamte sich. Ich zählte bis fünf, und dann kräuselte sich das Blau, zerplatzte genau vor mir. Plötzlich war Nathaniel unter Wasser und schwamm, die Augen voller Sterne, und aus Mund und Nase blubberten ihm Bläschen. Ich hielt ihn fest und tauchte auf. »Du hast mich gerettet«, sagte ich.

Nathaniel legte beide Hände an mein Gesicht. »Das mußte ich«, sagte er. »Damit du mich zurückretten kannst.«

Als erstes malt er ein Bild von einem Frosch, der den Mond frißt. Aber Dr. Robichaud hat keinen schwarzen Buntstift, deshalb muß Nathaniel den Nachthimmel blau malen. Er drückt so fest auf, daß ihm der Stift in der Hand zerbricht. Er wartet einen Augenblick, aber niemand schimpft ihn aus.

Dr. Robichaud hat gesagt, er könne alles tun, was er will, während die Erwachsenen einfach dasitzen und ihm beim Spielen zusehen. Alle: seine Mom und sein Dad und diese neue Ärztin, die so gelbweißes Haar hat. In dem Zimmer gibt es ein kleines Puppenhaus, ein Schaukelpferd für Kinder, die kleiner sind als Nathaniel, einen Sessel in Form eines Baseballhandschuhs. Es gibt Buntstifte und Farben und Marionetten und Puppen. Wenn Nathaniel von einer Beschäftigung zur nächsten wechselt, merkt er, daß Dr. Robichaud etwas auf einem Klemmbrett notiert, und er überlegt, ob sie vielleicht auch malt. Vielleicht hat sie den fehlenden schwarzen Buntstift.

Ab und zu stellt sie ihm Fragen, die er nicht beantworten könnte, selbst wenn er wollte. *Magst du Frösche, Nathaniel?* Und: *Der Sessel da ist schön bequem, findest du nicht?* Die meisten Fragen, sind dumme Fragen, die Erwachsene stellen, auch wenn sie die Antwort gar nicht wirklich hören wollen. Nur einmal hat Dr. Robichaud etwas gefragt, worauf Nathaniel gerne geantwortet hätte. Sie hat einen Knopf an einem Kassettenrecorder gedrückt und das Geräusch, das der machte, war irgendwie vertraut: Halloween und Tränen, alles zusammen. »Das sind Wale, die singen«, hat Dr. Robichaud gesagt. »Hast du so was schon mal gehört?«

Ja, wollte Nathaniel sagen, *aber ich hab gedacht, das wäre ich selbst, wie ich drinnen in mir weine.*

Die Ärztin fängt an, mit seinen Eltern zu sprechen, lange Wörter, die in sein Ohr dringen und dann wieder flüchten wie aufgeschreckte Kaninchen. Gelangweilt sucht Nathaniel unter dem Tisch noch einmal nach dem schwarzen Stift. Er streicht die Ränder von seinem Bild glatt. Dann sieht er die Puppe in der Ecke.

Es ist eine Jungenpuppe, das sieht er sofort, als er sie umdreht. Nathaniel mag keine Puppen. Aber die hier zieht ihn magisch an, wie sie da so verrenkt auf dem Boden liegt. Er hebt die Puppe auf und dreht ihre Arme und Beine wieder gerade, damit es nicht mehr so aussieht, als täte der Puppe was weh.

Dann blickt er nach unten und sieht, daß er den abgebrochenen blauen Stift noch immer in der Hand hält.

Was für ein Klischee: Die Psychiaterin spricht von Freud. Somatoforme Störung, das ist der moderne Fachbegriff für das, was Sigmund früher Hysterie nannte – junge Frauen, die als Reaktion auf ein Trauma deutliche Krankheitsbilder zeigten, für die es keine ätiologisch körperliche Ursache gab. Im Grunde sagt Dr. Robichaud, daß die Psyche den Körper krank machen kann. Es kommt nicht mehr so häufig vor wie zu Zeiten Freuds, weil es viel mehr akzeptierte Formen gibt, emotionale Traumata abzureagieren. Aber hin und wieder passiert es noch immer, und zwar öfter bei Kindern, die noch nicht über die geeigneten Worte verfügen, um erklären zu können, was sie quält.

Ich blicke zu Caleb hinüber und frage mich, ob er das glaubt. Ich jedenfalls will bloß noch mit Nathaniel nach Hause. Ich möchte einen Spezialisten anrufen, der einmal für mich als Zeuge aufgetreten ist, einen HNO-Arzt aus New York City, und ich möchte ihn um eine Überweisung zu einem Fachmann in der Nähe von Boston bitten, der sich meinen Sohn ansehen soll.

Gestern war Nathaniel noch gesund. Ich bin keine Psychiaterin, aber selbst ich weiß, daß ein Nervenzusammenbruch nicht einfach so über Nacht kommt.

»Emotionales Trauma«, sagt Caleb leise. »Was zum Beispiel?«

Dr. Robichaud sagt etwas, aber ich nehme den Klang ihrer Stimme nicht mehr wahr. Mein Blick ist zu Nathaniel hinübergewandert, der in einer Ecke des Spielzimmers sitzt. Auf dem Schoß hält er eine Puppe mit dem Gesicht nach unten. Mit der anderen Hand preßt er ihr einen Stift zwischen die Gesäßbacken. Und sein Gesicht, oh sein Gesicht – es ist ausdruckslos wie ein weißes Laken.

Ich habe dergleichen schon tausendmal gesehen. Ich war in den Behandlungsräumen von hundert Psychiatern. Ich habe in der Ecke gesessen wie die Fliege an der Wand, während ein Kind zeigt, was es nicht erzählen kann, während ein Kind mir die Beweise liefert, die ich brauche, um eine Anklage zu erheben.

Plötzlich finde ich mich auf dem Boden neben Nathaniel wieder, meine Hände liegen auf seinen Schultern, meine Augen blicken in seine. Einen Moment später wirft er sich in meine Arme. Wir wiegen uns vor und zurück, wie in einem luftleeren Raum, und keiner von uns findet Worte, um die Wahrheit beim Namen zu nennen.

Am Spielplatz der Schule vorbei, in dem Wald auf der anderen Seite des Hügels – da wohnt die Hexe.

Wir alle wissen, daß es sie gibt. Wir glauben an sie. Wir haben sie noch nie gesehen, aber das ist auch gut so, weil alle, die sie sehen, geholt werden.

Ashleigh sagt, das Gefühl, wenn der Wind einem in den Nacken kriecht und man immerzu zittern muß, das bedeutet, daß die Hexe einem ganz nahe gekommen ist. Sie trägt eine Flanelljacke, die sie unsichtbar macht. Sie hört sich an wie fallende Blätter.

Willie war in unserer Klasse. Er hatte Augen, die ihm so tief in den Kopf gesunken waren, daß sie manchmal verschwanden, und er hat nach Apfelsinen gerochen. Er durfte seine Sandalen auch noch tragen, als es draußen schon richtig kalt geworden war, und seine Füße wurden ganz schmutzig und blau, und meine Mutter hat immer den Kopf geschüttelt und gesagt: »Siehst du?«, und ich hab's gesehen, und ich hab mir gewünscht, ich dürfte das auch. Aber die Sache war die, an einem Tag hat Willie in der Pause noch neben mir gesessen und seine Zwiebäcke in seine Milch getunkt, bis sie nur noch ein matschiger Haufen waren ... und am nächsten Tag war er weg. Er war weg, und ist nie wiedergekommen.

In dem Versteck unter der Rutsche erzählt Ashleigh uns, daß die Hexe Willie geholt hat. »Sie sagt deinen Namen, und von da an kannst du nichts mehr machen, dann tust du einfach alles, was sie sagt. Und du gehst auch überall hin, wo sie will.«

Lettie fängt an zu weinen. »Sie wird ihn auffressen. Sie wird Willie auffressen.«

»Zu spät«, sagt Ashleigh, und in der Hand hält sie einen ganz weißen Knochen.

Der sieht so klein aus, daß er eigentlich nicht von Willie sein kann. Der sieht so klein aus, daß er eigentlich von keinem Wesen sein kann, das schon mal gelaufen ist. Aber ich weiß besser als alle anderen, was es ist: Ich hab ihn gefunden, als ich unter dem Löwenzahn am Zaun ein Loch gegraben hab. Ashleigh hat ihn von mir.

»Jetzt hat sie Danny«, sagt Ashleigh.

Miss Lydia hat uns erzählt, daß Danny krank ist. Wir haben sein Gesicht auf dem Wer-ist-da-Brett auf die traurige Seite gedreht. Nach der Ruhezeit sollte jeder von uns ihm eine Karte basteln. »Danny ist krank«, sage ich zu Ashleigh, aber sie sieht mich nur an, als wäre ich der dümmste Mensch auf der ganzen Welt. »Hast du gedacht, die würden uns die Wahrheit sagen?« fragt sie.

Und als Miss Lydia gerade nicht hinguckt, kriechen wir unter dem Zaun durch, an der Stelle, wo manchmal Hunde und Kaninchen reinkommen – Ashleigh und Peter und Brianna und ich, die Tapfersten eben. Wir werden Danny retten. Wir werden ihn zurückholen, bevor die Hexe ihm etwas tun kann.

Aber Miss Lydia findet uns vorher. Sie schickt uns in die Klasse, und während der Pause müssen wir sitzen bleiben, und sie sagt, wir dürften niemals den Spielplatz verlassen. Ob wir denn nicht wüßten, daß uns etwas zustoßen könnte?

Brianna sieht mich an. Klar wissen wir das. Deshalb wollten wir ja weg.

Peter fängt an zu weinen und erzählt ihr alles über die Hexe, und was Ashleigh gesagt hat. Miss Lydias Augenbrauen ziehen sich zusammen, wie eine dicke, schwarze Raupe. »Stimmt das?«

»Peter ist ein Lügner. Das hat er alles bloß erfunden«, sagt Ashleigh, und sie blinzelt nicht mal dabei.

Deshalb weiß ich, daß die Hexe sie schon erwischt hat.

2

Falls Ihnen das je widerfahren sollte, werden Sie nicht vorbereitet sein. Sie werden eine Straße hinuntergehen und sich fragen, wie die Leute so tun können, als wäre die ganze Welt nicht gerade aus ihrer Bahn geworfen worden. Sie werden sich das Hirn zermartern, nach irgendwelchen Anzeichen und Signalen suchen, überzeugt, daß es einen Moment gegeben hat, der Ihnen die Augen hätte öffnen müssen. Sie werden so fest mit der Faust gegen die Kabinentür auf der Damentoilette schlagen, daß Sie einen Bluterguß am Handgelenk kriegen. Sie werden in Tränen ausbrechen, wenn der Zeitungsverkäufer Ihnen einen schönen Tag wünscht. Sie werden sich fragen, *Wie war das möglich*. Sie werden sich fragen, *Was wenn*.

Als Caleb und ich nach Hause fahren, sitzt ein Elefant zwischen uns, ein gewaltiger Berg, der uns trennt, unmöglich zu ignorieren, und doch tun wir beide so, als könnten wir ihn nicht sehen. Nathaniel schläft auf der Rückbank, in der Hand einen Lutscher, den Dr. Robichaud ihm geschenkt hat.

Ich bekomme kaum Luft. »Er muß uns sagen, wer«, bricht es schließlich aus mir heraus. »Er muß einfach.«

»Er *kann* nicht.«

Genau darum geht es. Nathaniel kann nicht sprechen, selbst wenn er will. Er hat noch nicht lesen oder schreiben gelernt. Solange er sich nicht verständlich machen kann, gibt es niemanden, der verantwortlich gemacht werden könnte. Solange er sich nicht verständlich machen kann, ist das hier noch kein Fall.

»Vielleicht irrt sich die Psychiaterin ja«, sagt Caleb.

Ich sehe Caleb an. »Glaubst du Nathaniel nicht?«

»Ich weiß nur, daß er bisher noch nichts *gesagt* hat.« Er blickt in den Rückspiegel. »Ich will jetzt nicht drüber reden, wenn er dabei ist.«

»Meinst du, davon geht es weg?«

Caleb schweigt. »Die nächste Abfahrt müssen wir raus«, sage ich kühl, weil Caleb weiter auf der linken Spur bleibt.

»Ich weiß, wie ich fahren muß, Nina.« Er wechselt auf die rechte Spur, setzt den Blinker. Doch einige Augenblicke später fährt er an der Ausfahrt vorbei.

»Du bist —« Der Vorwurf erstirbt, als ich sein Gesicht sehe, von Kummer gezeichnet. Ich glaube, er weiß nicht einmal, daß er weint. »Oh, Caleb.« Ich will den Arm ausstrecken und ihn berühren, doch dieser verdammte Elefant ist im Weg. Caleb hält plötzlich an, steigt aus und geht am Straßenrand auf und ab, nimmt tiefe Atemzüge, so daß seine Brust sich heftig hebt und senkt.

Einen Moment später kommt er zurück. »Ich wende einfach und fahr zurück«, sagt er – zu wem? Mir? Nathaniel? Sich selbst?

Ich nicke. Und denke, *Wenn es nur so einfach wäre.*

Nathaniel beißt die Backenzähne fest aufeinander, so daß das Summen der Straße einfach durch ihn hindurchgeht. Er schläft nicht, aber er tut so als ob. Seine Eltern sprechen miteinander, die Worte so leise geflüstert, daß er sie nicht ganz versteht. Vielleicht wird er nie wieder schlafen. Vielleicht wird er wie ein Delphin und bleibt immer halbwach.

Miss Lydia hat ihnen das mit den Delphinen letztes Jahr erzählt, nachdem sie das Klassenzimmer in einen Ozean aus blauem Kreppapier mit Seesternen aus Glitzerpapier verwandelt hatten. Deshalb weiß Nathaniel, daß Delphine ein Auge zumachen und die Hälfte von ihrem Gehirn abschalten und auf *einer* Seite schlafen, während die andere Seite nach Gefahren Ausschau hält. Er weiß, daß Delphinmamas für ihre Babys schwimmen, wenn die sich ausruhen, sie einfach in der Unterwasserströmung mitziehen, als wären sie durch unsichtbare Fäden verbunden. Er weiß, daß Delphine sich an den Plastikringen, mit denen die Cola-Sechserpackungen zusammengehalten werden, verletzen können, bis sie entkräftet ans Ufer gespült werden. Und daß sie, obwohl sie Luft atmen, dort sterben.

Nathaniel weiß auch, daß er, wenn er könnte, das Fenster herunterlassen und ganz weit hinausspringen würde, über die Leitplanke und den hohen Zaun und über die Felsenklippe bis hinunter ins Meer. Er würde eine glänzende, silbrige Haut bekommen und ein immerwährendes Lächeln. Er würde ein besonderes Organ bekommen – wie ein Herz, aber anders –, das mit Öl gefüllt ist und »Melon« genannt wird. Es würde sich bei ihm unter der Stirn befinden und wäre dazu da, Geräusche hervorzubringen, damit er sich auch im finstersten Ozean in der dunkelsten Nacht zurechtfinden könnte.

Nathaniel stellt sich vor, wie er von der Küste von Maine wegschwimmt, bis ans andere Ende der Welt, wo es schon fast wieder Sommer ist. Er preßt die Augen, so fest er kann, zusammen, konzentriert sich darauf, ein fröhliches Geräusch zu machen, mit Hilfe dieser Klänge zu navigieren, darauf zu lauschen, wie sie zu ihm zurückhallen.

Dr. med. Martin Toscher ist zwar eine anerkannte Autorität auf seinem Gebiet, aber er würde liebend gern auf diese Lorbeeren verzichten, wenn er seinen Fachbereich damit überflüssig machen könnte. Ein einziges Kind auf Spuren sexuellen Mißbrauchs hin zu untersuchen ist schon mehr als genug, aber die Tatsache, daß er allein in Maine bereits Hunderte solcher Untersuchungen durchgeführt hat, ist zutiefst bestürzend.

Das zu untersuchende Kind liegt auf dem Tisch, anästhesiert. Angesichts des traumatischen Charakters der Untersuchung hätte er selbst den Vorschlag gemacht, aber die Mutter ist ihm zuvorgekommen. Jetzt geht Martin wie üblich vor und spricht dabei laut vor sich hin, so daß seine Erkenntnisse aufgezeichnet werden können. »Glans-Penis wirkt normal.« Er dreht das Kind. »Um den Anus herum ... sind zahlreiche, bereits abheilende Hautabschürfungen festzustellen, sie sind im Durchschnitt zirka ein bis anderthalb Zentimeter lang und haben einen Durchmesser von zirka einem Zentimeter.«

Von einem Tisch nimmt er ein Analspekulum. Wenn es weiter oben in der Darmwand zusätzliche Schleimhautrisse gäbe, so wüßten sie das vermutlich inzwischen, weil das Kind schon erkrankt wäre. Aber er trägt ein Gleitmittel auf das Instrument auf und führt es behutsam ein, schließt die Lichtquelle an und säubert das Rektum mit einem Wattetupfer. Gott sei Dank, denkt Martin. »Der Darm ist acht Zentimeter tief unversehrt.«

Er streift Handschuhe und Maske ab, wäscht sich die Hände und läßt die Krankenschwester allein mit dem Kind, das bald aufwachen wird. Als er aus dem Untersuchungsraum tritt, kommen die Eltern auf ihn zu.

»Wie geht's ihm?« fragt der Vater.

»Nathaniel geht es gut«, antwortet Martin, die Worte, die jeder hören will. »Heute nachmittag wird er vielleicht noch ein wenig benommen sein, aber das ist ganz normal.«

Die Mutter kommt direkt zur Sache. »Haben Sie etwas feststellen können?«

»Es gibt tatsächlich Anzeichen dafür, daß ein Mißbrauch stattgefunden hat«, sagt der Arzt sanft. »Einige Abschürfungen im Rektalbereich, die aber bereits abheilen. Schwer zu sagen, wann ihm die Verletzungen zugefügt wurden, aber sie sind ganz sicher nicht frisch. Schätzungsweise eine Woche alt.«

»Deuten die Verletzungen auf Penetration hin?« will Nina Frost wissen.

Martin nickt.

»Können wir zu ihm?« fragt der Vater des Jungen.

»Bald. Die Schwester sagt Ihnen Bescheid, wenn er zu sich gekommen ist.«

Er will gehen, aber Mrs. Frost legt ihm eine Hand auf den Arm. »Können Sie sagen, ob die Penetration mit einem Penis erfolgt ist? Oder mit einem Finger? Oder mit irgendeinem Gegenstand?«

Eltern fragen, ob ihr Kind noch den Schmerz des Mißbrauchs spürt. Ob es durch die Narbe langfristig beeinträchtigt werden wird. Ob es sich später daran erinnern wird, was ihm zugestoßen ist. Aber so, wie Mrs. Frost fragt, kommt er sich beinahe vor wie in einem Kreuzverhör.

»So genau läßt sich das unmöglich feststellen«, sagt der Arzt. »Im Augenblick können wir nur eines mit Sicherheit sagen, und zwar, daß tatsächlich etwas vorgefallen ist.«

Sie wendet sich ab und taumelt gegen die Wand. Sinkt in sich zusammen. Sekunden später ist sie ein kleines, wimmerndes Häufchen Elend auf dem Boden, und ihr Mann legt tröstend die Arme um sie. Als Martin zurück in den Untersuchungsbereich geht, wird ihm klar, daß sie gerade zum ersten Mal wie eine Mutter reagiert hat.

Es ist albern, ich weiß, aber ich bin schon immer abergläubisch gewesen. Ich streue mir zwar kein verschüttetes Salz über die Schulter und weiche auch keinen schwarzen Katzen aus und ziehe auch kein bestimmtes Paar Schuhe an, wenn ich in eine Verhandlung muß, aber ich habe stets geglaubt, daß mein eigenes Glück in direktem Zusammenhang mit dem Unglück anderer steht. Zu Anfang meiner Laufbahn habe ich mich förmlich um jeden Fall von Mißbrauch und sexueller Belästigung gerissen, die Scheußlichkeiten, mit denen sich keiner auseinandersetzen will. Ich habe mir eingeredet, wenn ich mich Tag für Tag den Problemen Fremder stellen würde, könnte mich das davor bewahren, mich meinen eigenen Problemen stellen zu müssen.

Wer sich wiederholt mit Gewalt beschäftigt, stumpft dem Grauen gegenüber ab. Man kann Blut sehen, ohne mit der Wimper zu zucken, man kann das Wort *Vergewaltigung* aussprechen, ohne eine Miene zu verziehen. Doch es stellt sich heraus, daß der Schutzschild brüchig ist, daß alle Verteidigungswälle einstürzen, wenn der Alptraum das eigene Bett heimsucht.

Nathaniel, noch immer benommen von der Anästhesie, spielt mit einem Matchbox-Auto ruhig auf dem Boden in seinem Zimmer. In meinen Ohren klingen all die Dinge, die Nathaniel nicht sagt: *Was gibt's zum Abendessen? Darf ich am Computer spielen? Hast du gesehen, wie schnell das Auto gerade war?* Seine Hände umschließen das Matchbox-Auto wie die Pranken eines Riesen. In seiner Phantasiewelt hat nur er das Sagen.

Und dann spüre ich es, das zarte Gleiten über mein Bein, das Holpern über mein Rückgrat. Nathaniel schiebt das Matchbox-Auto über die Landstraße meines Armes. Er parkt es in der Vertiefung über meinem Schlüsselbein, berührt dann die Tränen auf meiner Wange mit einem Finger.

Nathaniel stellt das Auto ab und klettert auf meinen Schoß. Sein Atem ist warm und feucht an meinem Hals, als er sich enger an mich drückt. Mir wird ganz übel – weil er ausgerechnet zu mir kommt, damit ich ihn beschütze, wo ich ihn schon so jämmerlich im Stich gelassen habe. Lange bleiben wir so, bis der Abend kommt und Sterne auf seinen Teppich fallen, bis Calebs Stimme die Treppe hinaufkommt, nach uns sucht.

Kurz nach sieben Uhr verliere ich Nathaniel. Er ist an keinem seiner Lieblingsorte: nicht in seinem Zimmer, nicht im Spielzimmer, nicht auf dem Klettergerüst im Garten. Ich hatte gedacht, Caleb wäre bei ihm, und Caleb hatte gedacht, ich wäre bei ihm. »Nathaniel!« schreie ich in Panik, aber er kann mir ja nicht antworten – könnte mir nicht antworten, selbst wenn er bereit wäre, sein Versteck preiszugeben. Tausend Horrorszenarien jagen mir durch den Kopf. »Nathaniel!« schreie ich erneut, noch lauter.

»Du suchst oben«, sagt Caleb, und ich höre die Angst auch in seiner Stimme. Ehe ich antworten kann, eilt er schon in Richtung Wäschekammer; ich höre, wie die Tür des Trockners geöffnet und wieder geschlossen wird.

Nathaniel hat sich nicht unter seinem Bett oder im Schrank versteckt. Er hat sich nicht zwischen Spinnweben auf der Treppe zum Speicher zusammengerollt. Er ist nicht in seiner Spielzeugtruhe oder hinter dem großen Ohrensessel im Nähzimmer. Er hockt nicht unter dem Computertisch und auch nicht hinter der Badezimmertür.

Man könnte meinen, ich hätte einen Dauerlauf hinter mir, so schwer keuche ich. Ich lehne im Flur an der Wand des Badezimmers und höre, wie Caleb sämtliche Schranktüren in der Küche öffnet und zuknallt. *Denk wie Nathaniel*, beschwöre ich mich. Wo wärst du, wenn du fünf Jahre alt wärst?

Ich würde Regenbogen hinaufklettern. Ich würde Steine hochheben, um nach Grillen zu suchen, die darunter schlafen. Ich würde den Kies in der Einfahrt nach Größe und Farbe sortieren. Aber das alles hat Nathaniel früher getan, das alles macht die Welt eines Kindes aus, ehe es erwachsen wird. Über Nacht.

Aus dem Badezimmer ist ein leises Tröpfeln zu hören. Das Waschbecken. Nathaniel dreht den Wasserhahn nie richtig zu, wenn er sich die Zähne putzt. Plötzlich möchte ich diesen tropfenden Wasserhahn sehen, weil er das Normalste ist, das ich an diesem Tag zu sehen bekomme. Doch das Waschbecken ist knochentrocken. Ich drehe mich um, dahin, wo das Geräusch herkommt, ziehe den buntgemusterten Duschvorhang zur Seite.

Und schreie auf.

Das einzige, was er unter Wasser hören kann, ist sein Herz. Ist das bei Delphinen auch so, überlegt Nathaniel, oder können sie Sachen hören, die wir anderen nicht mitbekommen – das Wachsen der Korallen oder das Atmen der Fische? Er hat die Augen weit auf, und durch die Nässe zerläuft die Decke. Bläschen kitzeln ihn in den Nasenlöchern, und die Fische auf dem Duschvorhang lassen alles ganz echt aussehen.

Aber plötzlich ist seine Mutter da, hier im Ozean, wo sie nichts zu suchen hat, und ihr Gesicht kommt näher, groß wie der Himmel. Nathaniel vergißt, die Luft anzuhalten, als sie ihn am Hemd aus dem Wasser reißt. Er hustet, niest Meer aus. Er hört sie weinen, und das erinnert ihn daran, daß er irgendwann sowieso hätte zurückkehren müssen.

O Gott, er atmet nicht – er atmet nicht –, und dann schnappt Nathaniel tief nach Luft. In seinen durchnäßten Sachen ist er doppelt so schwer, aber ich zerre ihn aus der Wanne, so daß er schließlich tropfnaß auf der Badematte liegt. Calebs Füße kommen die Treppe heraufgepoltert. »Hast du ihn gefunden?«

»Nathaniel«, sage ich dicht an seinem Gesicht, »was hast du denn bloß gemacht?«

Das goldblonde Haar klebt ihm am Kopf, die Augen sind riesig. Seine Lippen zucken, suchen nach einem Wort, das nicht kommt.

Kann ein Fünfjähriger Selbstmordgedanken haben? Was kann es sonst noch für Gründe dafür geben, daß ich meinen Sohn vollständig angezogen unter Wasser in der vollen Badewanne finde?

Caleb drängt sich ins Badezimmer. Er wirft einen Blick auf

den klatschnassen Nathaniel, dann auf die Wanne, aus der das Wasser noch abläuft. »Was ist denn hier passiert?«

»Komm, wir ziehen dir die Sachen aus«, sage ich, als würde ich Nathaniel tagtäglich so vorfinden. Meine Hände greifen nach den Knöpfen seines Flanellhemdes, doch er dreht sich von mir weg, rollt sich zusammen.

Caleb sieht mich an. »Sohnemann«, sagt er, »du wirst krank, wenn du das nasse Zeug anbehältst.«

Als Caleb ihn hochnimmt, wird Nathaniel ganz schlaff. Er ist hellwach, sieht mich direkt an, aber ich könnte schwören, daß er gar nicht richtig da ist.

Calebs Hände beginnen, Nathaniels Hemd aufzuknöpfen. Doch statt dessen schnappe ich mir ein Handtuch und wickele ihn darin ein. Ich halte es an Nathaniels Hals zusammen und beuge mich vor, so daß ich sein nach oben gewandtes Gesicht anspreche. »Wer hat dir das angetan?« will ich wissen. »Sag es mir, Schätzchen. Sag es mir, damit ich alles wiedergutmachen kann.«

»*Nina.*«

»Sag es mir. Wenn du es mir nicht sagst, kann ich nichts tun.« Meine Stimme versagt mitten im Satz. Mein Gesicht ist so naß wie das meines Sohnes.

Er versucht es, o ja, er versucht es. Seine Wangen sind rot vor Anstrengung. Er öffnet den Mund, stößt einen Knoten Luft aus.

Ich nicke ihm ermutigend zu. »Du schaffst das, Nathaniel. Weiter.«

Die Muskeln an seinem Hals verkrampfen sich. Er klingt, als würde er wieder ertrinken.

»Hat dich jemand angefaßt, Nathaniel?«

»Herrgott!« Caleb reißt Nathaniel von mir weg. »Laß ihn in Ruhe, Nina!«

»Aber er wollte gerade was sagen.« Ich stehe auf, drängle mich heran, damit ich Nathaniel wieder ansehen kann. »Das wolltest du doch, nicht wahr, Schätzchen?«

Caleb hebt Nathaniel noch höher. Er geht wortlos aus dem Badezimmer, hält unseren Sohn eng an sich gedrückt. Er läßt mich in einer Pfütze stehen, überläßt es mir, die Schweinerei zu beseitigen.

Wenn das Jugendamt des Staates Maine in einem Fall von Kindesmißbrauch ermittelt, kann von Ermittlungen eigentlich gar keine Rede mehr sein. Ein Fall wird erst dann offiziell eröffnet, wenn bereits psychiatrische oder physische Beweise für den Kindesmißbrauch vorliegen und der Name des mutmaßlichen Täters bekannt ist. Es gibt keinen Raum für Spekulationen. Die Rolle der zuständigen Sozialarbeiterin beschränkt sich lediglich darauf, für den Fall, daß es wundersamerweise doch zu einem Prozeß kommt, darauf zu achten, daß alles so abgelaufen ist, wie es der Gesetzgeber verlangt.

Monica LaFlamme arbeitet seit mittlerweile drei Jahren in der Abteilung für Kindesmißbrauch des Jugendamtes, und sie hat es satt, immer erst während des zweiten Aktes gerufen zu werden. Sie sitzt in ihrem kleinen, grauen Büro und blickt durch das Fenster auf einen menschenleeren Kinderspielplatz. Da steht eine Metallschaukel auf einer Betonplatte. Ausgerechnet das Jugendamt hat den einzigen noch verbliebenen Kinderspielplatz in der Gegend, der nicht den neuesten Sicherheitsstandards entspricht.

Sie gähnt, kneift sich mit Daumen und Zeigefinger den Nasenrücken. Monica ist müde, als wären die grauen Wände irgendwie langsam in sie eingedrungen. Sie hat es satt, Berichte vorzulegen, die nichts bewirken. Sie hat es satt, vierzig Jahre alte Augen in den Gesichtern von Zehnjährigen zu sehen. Sie braucht einen Urlaub in der Karibik, wo die Farben explodieren – blaue Brandung, weißer Sand, tiefrote Blumen – und sie mal richtig abschalten kann.

Als das Telefon klingelt, fährt Monica in ihrem Sessel zusammen. »Monica LaFlamme«, meldet sie sich und schlägt rasch einen Ordner auf ihrem Schreibtisch auf, als hätte die Person am anderen Ende sie beim Träumen erwischt.

»Ja, hallo. Hier spricht Dr. Christine Robichaud. Ich bin Psychiaterin am Maine Medical Center.« Ein Zögern, und schon weiß Monica, was als nächstes kommt. »Ich muß einen möglichen Fall von sexuellem Mißbrauch an einem fünfjährigen Jungen melden.«

Sie macht sich Notizen, während Dr. Robichaud ihr Vorgänge schildert, von denen sie schon zahllose Male gehört hat. Sie schreibt den Namen des Patienten, die Namen der Eltern auf. Etwas läßt sie kurz aufmerken, aber dann konzentriert sie sich schon wieder auf die Worte der Psychiaterin.

»Liegt bereits ein Polizeibericht vor, den Sie mir zufaxen können?« fragt Monica.

»Die Polizei ist nicht eingeschaltet worden. Der Junge hat den Täter noch nicht identifiziert.«

Daraufhin läßt Monica ihren Stift sinken. »Doctor Robichaud, Sie wissen, daß ich erst dann eine Ermittlung einleiten kann, wenn ich einen Verdächtigen habe.«

»Das ist nur eine Frage der Zeit. Nathaniel leidet an einer somatoformen Störung, er ist praktisch stumm, ohne daß es dafür eine körperliche Ursache gibt. Ich bin der festen Überzeugung, daß er in wenigen Wochen in der Lage sein wird, uns zu sagen, wer ihm das angetan hat.«

»Was sagen die Eltern?«

Die Psychiaterin stockt. »Das Verhalten ihres Sohnes ist ihnen vollkommen neu.«

Monica klopft mit dem Stift auf den Schreibtisch. Wenn Eltern behaupten, von den Aussagen oder Handlungen ihres mißbrauchten Kindes völlig überrascht zu sein, stellt sich Monicas Erfahrung nach häufig heraus, daß ein Elternteil der Täter ist – oder sogar beide.

Auch Dr. Robichaud ist sich dessen bewußt. »Ich dachte, daß Sie vielleicht gern von Anfang an informiert werden möchten, Ms. LaFlamme. Ich hab die Frosts an einen Kinderarzt überwiesen, der auf Mißbrauchsfälle spezialisiert ist und ihren Sohn gründlich untersuchen soll. Er müßte Ihnen bald einen Bericht zufaxen.«

Monica notiert sich das, legt auf. Dann überfliegt sie ihre Notizen noch einmal und stellt sich auf einen weiteren Fall ein, der höchstwahrscheinlich im Sande verlaufen wird.

Frost, denkt sie und schreibt den Namen noch einmal auf. Das muß jemand anderes sein.

Wir liegen im Dunkeln, ohne uns zu berühren, dreißig Zentimeter zwischen uns.

»Miss Lydia?« flüstere ich und spüre, wie Caleb den Kopf schüttelt. »Wer dann? Wer ist denn außer uns beiden mit ihm allein?«

Caleb ist so ruhig, daß ich schon meine, er schläft. »Als wir letzten Monat zur Hochzeit von deiner Cousine gefahren sind, hat Patrick das ganze Wochenende auf ihn aufgepaßt.«

Ich fahre hoch, stütze mich auf einen Ellbogen. »Das kann doch wohl nicht dein Ernst sein. Patrick ist Polizist. Und ich kenne ihn, seit ich sechs war.«

»Er hat keine Freundin –«

»Er ist doch erst seit sechs Monaten geschieden!«

»Ich meine ja nur«, Caleb dreht sich zu mir um, »daß du ihn vielleicht nicht so gut kennst, wie du meinst.«

Ich schüttele den Kopf. »Patrick liebt Nathaniel.«

Caleb sieht mich nur an. Seine Antwort ist klar, auch wenn er sie nicht laut ausspricht: *Vielleicht zu sehr.*

Am nächsten Morgen fährt Caleb schon zur Arbeit, als der Mond noch am Himmel hängt. Wir haben einen für uns beide gerechten Zeitplan aufgestellt: Caleb wird seine Mauer fertigbauen und gegen Mittag wieder nach Hause kommen. Dann soll ich ins Büro fahren, aber das werde ich nicht tun. Meine Arbeit muß jetzt warten. Nathaniel ist das Schreckliche zugestoßen, weil ich nicht da war, um es zu verhindern. Ich kann nicht riskieren, ihn noch einmal aus den Augen zu lassen.

Es ist eine ehrenvolle Aufgabe – mein Kind zu schützen. Aber an diesem Morgen fällt es mir schwer, eine Löwin zu verstehen, die ihre Jungen behütet; ich kann mich eher in den Hamster hineinversetzen, der seine Nachkommenschaft verschlingt. Ich bin wütend, weil sein Schweigen die Person schützt, die zur Verantwortung gezogen werden sollte.

Heute ist Nathaniel ein Häufchen Elend. Er will unbedingt seinen Schlafanzug anbehalten, obwohl es schon fast Mittag ist. Leider ist ihm letzte Nacht wieder ein Malheur passiert, deshalb stinkt er nach Urin. Gestern brauchte Caleb über eine Stunde, um ihm die nassen Sachen auszuziehen. Ich brauche zwei Stunden, bis ich merke, daß ich heute morgen nicht die Kraft habe, mit ihm zu streiten. Statt dessen habe ich mich auf eine andere Schlacht verlegt.

Nathaniel sitzt wie eine Steinfigur auf seinem Hocker, die Lippen aufeinandergepreßt, und widersteht allen Versuchen meinerseits, ihm etwas zu essen einzuflößen. Seit dem Frühstück am Vortag hat er nichts mehr zu sich genommen. Von Kirschen bis zu Ingwer habe ich ihm alles gezeigt. »Nathaniel.« Ich lasse eine Zitrone vom Tisch rollen. »Möchtest du Spaghetti? Hühnchen? Ich mach dir, was du willst.«

Aber er schüttelt bloß den Kopf.

Wenn er nicht essen will, ist das kein Weltuntergang. Nein, der war *gestern*. Aber ein Teil von mir glaubt, wenn es mir gelingt, meinen Sohn satt zu bekommen, dann wird er vielleicht nicht mehr so leiden.

»Thunfischsalat? Eiscreme? Pizza?«

Er fängt an, sich langsam auf dem Hocker zu drehen. Zuerst ist es ein Versehen – er rutscht mit dem Fuß ab und dreht sich einmal. Dann macht er es absichtlich. Er ignoriert mich mit voller Absicht.

»Nathaniel.«

Er dreht sich.

Etwas in mir zerreißt. Ich bin wütend auf mich, auf die Welt, aber weil es einfacher ist, fahre ich ihn an. »Nathaniel! Ich rede mit dir!«

Er sieht mich an. Dann dreht er sich langsam von mir weg.

»Du hörst mir jetzt zu, sofort!«

Mitten in diese Szene kommt Patrick hereinspaziert. Ich höre seine Stimme schon, noch ehe er bei uns in der Küche ist. »Armageddon muß unmittelbar bevorstehen«, ruft er, »weil ich mir keinen anderen Grund vorstellen kann, warum du zwei Tage hintereinander nicht zur Arbeit kommst, wo doch –« Als er um die Ecke biegt, sieht er mein Gesicht und wird langsamer, bewegt sich plötzlich mit der gleichen Behutsamkeit, mit der er einen Tatort betreten würde. »Nina«, sagt er ruhig, »alles in Ordnung?«

Alles, was Caleb letzte Nacht über Patrick gesagt hat, fällt mir wieder ein, und ich breche in Tränen aus. Nicht auch noch Patrick. Ich könnte es nicht ertragen, wenn mehr als eine Säule meiner Welt zusammenbricht. Ich kann einfach nicht glauben, daß Patrick meinem Sohn so etwas angetan haben könnte. Und hier ist der Beweis: Nathaniel ist nicht schreiend vor ihm weggelaufen.

Patricks Arme legen sich um mich, und ich schwöre, wären sie nicht da, ich würde zu Boden sinken. Ich höre meine Stimme, sie ist unkontrollierbar. »Mir geht's gut. Ich hab nichts«, sage ich, aber meine Beteuerungen zittern wie Espenlaub.

Mit welchen Worten erklärt man, daß das Leben von gestern nicht mehr das Leben ist, in dem man heute aufgewacht ist? Wie beschreibt man Gräßlichkeiten, die es gar nicht geben dürfte? Als Staatsanwältin kann ich mich hinter der kühl distanzierten Juristensprache verstecken – *Penetration, Belästigung, Viktimisierung* –, doch keiner dieser Ausdrücke ist so brutal und so wahr wie der Satz: *Mein Sohn ist vergewaltigt worden.*

Patricks Augen wandern von Nathaniel zu mir und wieder

zurück. Meint er, ich habe einen Nervenzusammenbruch? Daß der Streß mich in Stücke gerissen hat? »He, kleiner Krauter«, sagt er, sein alter Spitzname für Nathaniel, der immer ganz sprunghaft gewachsen ist. »Willst du mit mir nach oben gehen und dich anziehen, während deine Mom, ähm, die Küche aufräumt?«

»Nein«, sage ich im selben Moment, als Nathaniel aus dem Zimmer stürmt.

»Nina«, versucht Patrick es erneut. »Ist irgendwas passiert?«

»Ist irgendwas passiert«, wiederholt Nina, und die Worte kullern ihr wie Murmeln über die Zunge. »*Ist irgendwas passiert.* Tja, das ist die große Preisfrage, nicht?«

Er starrt sie an. Wenn er gut genug hinsieht, wird er die Wahrheit finden. Das konnte er schon immer. Mit elf wußte er, daß Nina zum erstenmal jemanden geküßt hatte, obwohl sie zu verlegen gewesen war, es Patrick zu erzählen. Und er wußte bereits, daß sie von einem weit entfernten College angenommen worden war, noch ehe sie den Mut fand, ihm zu beichten, daß sie aus Biddeford weggehen würde.

»Irgend jemand hat ihm etwas angetan, Patrick«, flüstert Nina und bricht vor seinen Augen zusammen. »Irgend jemand, und ich ... weiß nicht, wer.«

Ein Beben grollt in seiner Brust. »Nathaniel?«

Patrick hat Eltern mitgeteilt, daß ihre jugendlichen Kinder angetrunken bei einem Autounfall ums Leben gekommen sind. Er hat Witwen am Grab ihrer durch Selbstmord gestorbenen Ehemänner gestützt. Er hat sich die Geschichten von Frauen angehört, die eine Vergewaltigung überlebt hatten. Man kann das nur durchstehen, wenn man sich innerlich distanziert. Aber hier ... hier gibt es keine Distanz.

Patrick spürt, daß sein Herz zu groß für seine Brust wird. Er sitzt neben Nina auf dem Küchenboden, während sie ihm die Einzelheiten einer Geschichte erzählt, die er nie hören wollte. *Ich könnte zurück durch diese Tür gehen*, denkt er, *und noch mal neu anfangen. Ich könnte die Zeit zurückdrehen.*

»Er kann nicht sprechen«, sagt Nina. »Und ich weiß nicht, wie ich ihn dazu bringen soll.«

Patrick hält sie auf Armeslänge von sich weg. »O doch, das weißt du. Du bringst ständig Leute dazu, mit dir zu reden.«

Als Caleb am Tag, nachdem sein Sohn aus Gründen, die er nicht glauben will, verstummt ist, aus dem Haus tritt, erkennt er, daß sein Zuhause Reparaturen nötig hat. Ein paar Dinge hätten schon vor einer Ewigkeit erledigt werden müssen – der Steinpfad vor dem Haus, der Abschluß oben am Kamin, das kniehohe Mäuerchen, das das Grundstück umrandet –, all diese Arbeiten sind liegengeblieben, weil stets andere, von Kunden bezahlte, Vorrang hatten. Er stellt seine Kaffeetasse auf das Verandageländer und geht die Stufen hinunter, um alles in Augenschein nehmen.

Der Steinpfad kann warten, das würde nur ein Fachmann merken, wie uneben die Steine sind. Vom Schornstein bröckelt die gesamte linke Seite ab. Aber so spät am Nachmittag noch aufs Dach zu steigen wäre sinnlos, und außerdem sollte man Arbeiten in solcher Höhe nicht ohne Hilfe durchführen. Also wendet Caleb sich zunächst dem Mäuerchen entlang der Straße zu.

Die Steine liegen noch immer an der Stelle gestapelt, wo er vor fast einem Jahr aufgehört hat. Es sind alles gebrauchte Ziegel, und sie kommen aus ganz New England – von abgerissenen Fabriken und alten Krankenhäusern, zerfallenden Kolonialhäusern und leerstehenden Schulgebäuden. Caleb mag ihre Kerben und Narben. Er stellt sich vor, daß in dem porösen roten Ton noch alte Geister stecken – oder Engel. Als Hüter seines Hauses wären ihm beide recht.

Zum Glück hat er schon tief gegraben, bis unter die Frostlinie. Eine fünfzehn Zentimeter tiefe Schotterschicht liegt in der Erde. Caleb nimmt einen Sack Zement und kippt ihn in die Schubkarre, die er zum Anrühren benutzt. Mischen und durchziehen, einen Rhythmus finden, während das Wasser sich mit Sand und Zement verbindet. Er spürt, wie er von dem Rhythmus erfaßt wird, sobald er die erste Reihe Steine legt, sie in den Zement setzt, bis sie richtig liegen – wenn er so wie jetzt mit seinem ganzen Körper arbeitet, wird sein Geist weit und klar.

Es ist sein Handwerk, und es ist wie eine Sucht. Er bewegt sich am Mauerfuß entlang, arbeitet mit Anmut. Diese Mauer soll nicht massiv werden. Sie wird zwei glatte Außenwände haben, die von einer Betonhaube gekrönt werden. Keiner wird ahnen, daß der Mörtel auf der Innenseite rauh und häßlich verschmiert ist. An den Stellen, die man nicht sehen kann, muß Caleb nicht sorgfältig arbeiten.

Er greift nach einem Ziegel, und seine Finger berühren etwas Kleineres, Glatteres. Ein Plastiksoldat. Als er das letzte Mal hier arbeitete, war Nathaniel mit ihm gekommen. Während Caleb den Graben aushob und mit Schotter füllte, hatte sein Sohn ein Bataillon in der Festung aus umgefallenen Ziegeln versteckt.

Nathaniel war drei. »Ich mach dich fertig«, hatte er gesagt, und mit dem Soldaten auf Mason, den Golden Retriever, gezielt.

»Wo hast du das denn gehört?« hatte Caleb lachend gefragt.

»Irgendwo mal«, hatte Nathaniel altklug geantwortet, »ganz früher, als ich noch ein Baby war.«

So lange ist das schon her, hatte Caleb gedacht.

Jetzt hält er den Plastiksoldaten in der Hand. Der Strahl einer Taschenlampe kommt den Weg heruntergehüpft, und Caleb merkt erst jetzt, daß die Sonne bereits untergegangen ist. Daß er bei der Arbeit das Ende des Tages verpaßt hat. »Was machst du denn da?« fragt Nina.

»Wonach sieht's denn aus?«

»Jetzt?«

Er dreht sich um, verbirgt den Spielzeugsoldaten in der Faust. »Warum nicht?«

»Aber es ist ... es ist ...« Sie schüttelt den Kopf. »Ich bring Nathaniel ins Bett.«

»Brauchst du meine Hilfe?«

Noch während er den Satz ausspricht, erkennt er, daß sie ihn falsch verstehen wird. *Möchtest du meine Hilfe,* hätte er sagen sollen. Wie nicht anders zu erwarten, braust Nina auf. »Ich denke, nach fünf Jahren schaffe ich das ganz gut allein«, sagt sie und geht zum Haus zurück, wobei das Licht ihrer Taschenlampe wie eine Heuschrecke auf und ab springt.

Caleb zögert, weiß nicht, ob er ihr folgen soll. Schließlich entscheidet er sich dagegen. Blinzelnd unter den Sternen, die wie winzige Punkte am Himmel stehen, legt er den grünen Soldaten in den Hohlraum zwischen den beiden Mauerwänden. Auf beiden Seiten legt er Ziegel auf, mauert weiter. Wenn die Mauer fertig ist, wird niemand wissen, daß dieser Infanterist in ihr schlummert. Das heißt, niemand außer Caleb, der sie tausendmal am Tag mit dem Wissen betrachten wird, daß zumindest eine makellose Erinnerung seines Sohnes gerettet wurde.

Nathaniel liegt im Bett und denkt daran, wie er mal ein kleines Küken aus der Schule mit nach Hause gebracht hat. Na ja, es war noch kein richtiges Küken ... es war ein Ei, das Miss Lydia in den Müll geworfen hatte, als ob sie alle zu dumm zum Zählen wären und nicht merken würden, daß statt vier nur noch drei Eier im Inkubator lagen. Aber die anderen Eier hatten sich in piepsende gelbe Wattebällchen verwandelt. Deshalb war Nathaniel, bevor sein Vater ihn abholen kam, in Miss Lydias Büro gegangen, hatte das Ei aus dem Mülleimer geholt und es sich in den Hemdsärmel gesteckt.

Er hatte es unter sein Kopfkissen geschoben und darauf vertraut, daß es sich mit ein bißchen mehr Zeit schon in ein Küken verwandeln würde, wie die anderen. Aber das alles hatte ihm nur Alpträume beschert – wie sein Vater morgens Omelett macht, die Schale aufschlägt und ein lebendes Küken in das brutzelnde Fett fällt. Drei Tage später hatte sein Vater das Ei neben dem Bett gefunden, es war auf den Boden gefallen. Er hatte die Schweinerei nicht rechzeitig beseitigt: Nathaniel konnte sich noch immer an die silbern überzogenen toten Augen erinnern, an den verdrehten grauen Körper, an den Teil, der ein Flügelchen hätte werden können.

Nathaniel hatte immer gedacht, das Ding, das er an dem Morgen gesehen hatte – ein Küken war das ganz sicher nicht –, wäre das Beängstigendste gewesen, das es überhaupt geben könnte. Noch jetzt sieht er das Bild manchmal, wenn er blinzelt, auf der Innenseite seiner Augenlider. Seitdem ißt er keine Eier mehr. Etwas, was von außen ganz normal aussieht, könnte sich nur verkleidet haben.

Nathaniel starrt an die Decke. Es gibt aber noch beängstigendere Sachen – das weiß er jetzt.

Die Tür zu seinem Zimmer öffnet sich noch weiter, und jemand kommt herein. Nathaniel denkt noch immer an das Ding und an das andere, und gegen das helle Licht vom Flur kann er nichts erkennen. Er spürt, wie etwas auf sein Bett sinkt, sich an ihn schmiegt.

»Alles in Ordnung«, sagt die Stimme seines Vaters dicht an seinem Ohr. »Ich bin's nur.« Seine Arme schließen sich fest um Nathaniel, so daß er zu zittern aufhört. Nathaniel schließt die Augen, und zum ersten Mal, seit er an diesem Abend im Bett liegt, sieht er das Küken nicht mehr.

Unmittelbar bevor wir am nächsten Tag Dr. Robichauds Büro betreten, bin ich plötzlich voller Hoffnung. Was, wenn sie zu dem Schluß gelangt, daß sie Nathaniels Verhalten fehlinterpretiert hat? Was, wenn sie sich entschuldigt und die Akte unseres Sohnes mit einem dicken, roten FEHLDIAGNOSE abstempelt? Doch als wir hineingehen, gesellt sich noch eine weitere Person dazu, und schon zerplatzt mein Wunschtraum wie eine Seifenblase. In unserem kleinen York County könnte ich nicht in Kindesmißbrauchsfällen die Anklage vertreten, ohne Monica LaFlamme zu kennen. Ich habe nichts gegen sie persönlich, bloß gegen ihre Dienststelle. Bei uns im Büro bezeichnen wir das Jugendamt wahlweise als Tugendamt oder als Amt für Mißbraucherschutz. In dem letzten Fall, bei dem ich mit Monica zusammengearbeitet habe, war das Opfer ein Junge mit einer oppositionellen Verhaltensstörung – und genau diese Störung hinderte uns letztlich daran, seinen Peiniger gerichtlich zu belangen.

Sie steht auf, die Hände ausgestreckt, als wäre sie meine beste Freundin. »Nina ... es tut mir ja so leid.«

Meine Augen sprühen Funken, mein Herz ist hart wie ein Diamant. Ich falle nie auf eine solche Gefühlsduselei herein. »Was können Sie für mich tun, Monica?« frage ich schroff.

Die Psychiaterin ist sichtlich schockiert.

»Ach, Nina. Ich wünschte, ich könnte mehr tun.«

»Das wünschen Sie immer«, sage ich, und jetzt mischt Caleb sich ein.

»Entschuldigung, aber ich glaube, wir kennen uns noch nicht«, murmelt er und drückt warnend meinen Arm. Er gibt Monica die Hand, begrüßt Dr. Robichaud und bringt Nathaniel dann in die Spielecke.

»Ms. LaFlamme ist die für Nathaniel zuständige Sozialarbeiterin«, erläutert Dr. Robichaud. »Ich dachte, Sie würden sie gern kennenlernen und sich von ihr ein paar Fragen beantworten lassen.«

»Ich habe eine«, sage ich prompt. »Was kann ich machen, damit sich das Jugendamt hier raushält?«

Dr. Robichaud wirft zuerst Caleb einen nervösen Blick zu, dann mir. »Rechtlich –«

»Danke, aber was die rechtliche Seite angeht, bin ich einigermaßen auf dem laufenden. Sehen Sie, das war eine Fangfrage. Tatsache ist nämlich, daß das Jugendamt sich ohnehin immer aus allem raushält.« Ich kann mich nicht beherrschen.

Monica hier zu sehen ist einfach zu seltsam, als wären meine Arbeit und mein Privatleben durch dasselbe Loch in der Zeit gestürzt. »Ich nenne Ihnen einen Namen und sage Ihnen, was die betreffende Person getan hat ... und *dann* können Sie Ihre Arbeit tun?«

»Nun ja«, sagt Monica, und ihre Stimme ist süß wie Karamel. Ich hab Karamel noch nie gemocht. »Zugegeben, Nina, ein Opfer muß zunächst einen Täter identifizieren, bevor wir –«

Ein Opfer. Sie hat Nathaniel auf irgendeinen der zahllosen Fälle reduziert, die ich im Laufe der Jahre bearbeitet habe. Und genau deshalb, so wird mir klar, hat mich der Anblick von Monica LaFlamme hier in Dr. Robichauds Büro so aus der Fassung gebracht. Es bedeutet nämlich, daß Nathaniel zu einem Aktenzeichen in einem System geworden ist, das ihn mit Sicherheit enttäuschen wird.

»*Das ist mein Sohn*«, sage ich durch zusammengepreßte Zähne. »Eure Vorschriften interessieren mich nicht. Es interessiert mich nicht, daß ihr noch keinen Tatverdächtigen habt. Dann geht meinetwegen die gesamte Bevölkerung von Maine systematisch nach dem Ausschlußverfahren durch. Aber tut was, Monica. In Gottes Namen, *tut was.*«

Die anderen starren mich stumm an. Ich blicke zu Nathaniel hinüber – der mit Bauklötzen spielt, obwohl ihm verdammt noch mal keiner dieser braven Menschen, die seinetwegen hier zusammengekommen sind, dabei zusieht – und stürme aus dem Raum.

Dr. Robichaud holt mich auf dem Parkplatz ein. Ihre Absätze klappern auf dem Asphalt, und ich rieche, daß sie sich eine Zigarette anzündet. »Auch eine?«

»Ich rauche nicht. Aber danke.«

Wir lehnen uns gegen ein Auto, das nicht meines ist. Ein schwarzer Cameo, mit flauschigen, bunten Würfeln am Rückspiegel.

»Sie klingen ein wenig ... überreizt«, sagt Dr. Robichaud.

Ich muß lachen. »Gehört ein Grundkurs im Untertreiben auch zum Medizinstudium?«

Dr. Robichaud nimmt noch einen letzten Zug, dann tritt sie die Zigarette unter ihrem spitzen Absatz aus. »Ich weiß, das wollen Sie jetzt nicht hören, aber in Nathaniels Fall ist die Zeit nicht ihr Feind.«

Das kann sie nicht wissen. Vor einer Woche kannte sie Nathaniel nicht einmal. Sie sieht ihn nicht jeden Morgen an und erinnert sich an den kleinen Jungen, der so ganz anders war, der so viele Fragen stellte, daß ich mir sogar manchmal Ruhe und Stille wünschte.

»Er wird wieder zu Ihnen zurückkommen, Nina«, sagt Dr. Robichaud leise.

Ich blinzle in die Sonne. »Zu welchem Preis?«

Darauf hat sie keine Antwort. »Nathaniel wird jetzt durch seine Psyche geschützt. Er denkt bei weitem nicht so viel an das, was geschehen ist, wie Sie.« Zögernd macht sie mir ein Friedensangebot. »Ich könnte Sie an einen Psychiater für Erwachsene überweisen.«

»Ich will keine Medikamente.«

»Vielleicht würden Sie sich aber gern mal mit jemandem unterhalten.«

»O ja«, sage ich und sehe sie an. »Mit meinem Sohn.«

Ich vergewissere mich noch einmal mit einem Blick ins Buch. Dann klopfe ich mir mit einer Hand auf den Schoß und schnippe mit den Fingern. »Hund«, sage ich, und wie aufs Stichwort kommt unser Golden Retriever angelaufen.

Nathaniels Mund verzieht sich, als ich den Hund wegschiebe. »Nein, Mason. Jetzt nicht.« Er dreht sich unter dem schmiedeeisernen Tisch einmal im Kreis und legt sich dann auf meine Füße. Ein kühler Oktoberwind wirbelt Blätter auf uns zu – leuchtendrot und ockergelb und golden. Sie verfangen sich in Nathaniels Haar, legen sich als Lesezeichen auf die Seiten des Lehrbuchs für Gebärdensprache.

Langsam zieht Nathaniel die Hände unter seinen Oberschenkeln hervor. Er zeigt auf sich, streckt dann die Arme aus, Handflächen nach oben gedreht. Er krümmt die Finger und zieht die Hände an den Körper. *Ich möchte.* Er klopft sich auf den Schoß, versucht mit den Fingern zu schnippen.

»Du möchtest den Hund bei dir haben?« frage ich. »Soll Mason zu dir kommen?«

Nathaniels Miene hellt sich auf. Er nickt, und sein Mund öffnet sich zu einem breiten Lächeln. Das ist sein erster vollständiger Satz seit fast einer Woche.

Beim Klang seines Namens hebt der Hund seinen zotteligen Kopf und stupst die Nase gegen Nathaniels Bauch. »Tja, du hast es nicht anders gewollt«, lache ich. Als Nathaniel es schließlich geschafft hat, Mason wegzuschieben, sind seine Wangen vor Stolz gerötet. Wir haben noch nicht viel gelernt – die Zeichen für *mögen* und *mehr* und *trinken* und *Hund*. Aber es ist ein Anfang.

Ich fasse nach Nathaniels kleiner Hand, die ich im Laufe des Nachmittags zu allen Buchstaben des amerikanischen Gebärdenalphabets geformt habe. Ich biege seinen Mittel- und Ringfinger nach unten, während die anderen gestreckt bleiben, das Zeichen für *Ich liebe dich.*

Plötzlich springt Mason auf und saust zum Tor, um Caleb zu begrüßen. »Was treibt ihr denn da?« fragt er mit Blick auf das dicke Buch und Nathaniels ungewohnte Handhaltung.

»*Wir*«, sage ich, wobei ich meinen Zeigefinger überdeutlich von einer Schulter zur anderen bewege, »*arbeiten.*« Ich mache zwei Fäuste und schlage mit der einen auf die andere, um schwere Arbeit zu symbolisieren.

»Wir«, erklärt Caleb, nimmt das Buch vom Tisch und klemmt es sich unter den Arm, »sind nicht *taub.*«

Caleb hält nichts davon, daß Nathaniel die Gebärdensprache lernt. Er meint, wenn wir Nathaniel ein solches Werkzeug in die Hand geben, hat er vielleicht keinen Anreiz mehr, wieder zu sprechen. Ich meine, daß Caleb gut reden hat, er hat wohl noch nicht oft genug erraten müssen, was sein Sohn zum Frühstück möchte. »Paß auf«, sage ich und nicke Nathaniel zu, damit er seinen Satz noch einmal macht. »Er ist so schlau, Caleb.«

»Das weiß ich. Um ihn mache ich mir auch keine Sorgen.« Er packt meinen Ellbogen. »Kann ich dich mal einen Moment allein sprechen?«

Wir gehen hinein und schließen die Schiebetür, damit Nathaniel uns nicht hören kann. »Was meinst du, wie viele Wörter du ihm beibringen mußt, bis du ihn in *dieser* Sprache fragen kannst, wer es war?« sagt Caleb.

Meine Wangen beginnen zu glühen. Bin ich wirklich so leicht zu durchschauen? »Ich will doch bloß, Dr. Robichaud will doch bloß, daß Nathaniel sich verständlich machen kann. Sein jetziger Zustand ist so frustrierend für ihn. Heute habe ich ihm beigebracht, wie er »Ich möchte den Hund bei mir haben« sagen kann. Vielleicht erklärst du mir mal, wie das zu einer Verurteilung führen soll. Vielleicht erklärst du deinem Sohn mal, warum du so wild entschlossen bist, ihm die einzige Methode vorzuenthalten, mit der er sich verständigen kann.«

Caleb hebt seine Hände wie ein Schiedsrichter. »Ich kann nicht mit dir streiten, Nina. Darin bist du einfach zu gut.« Er öffnet die Tür und geht vor Nathaniel in die Hocke. »Weißt du was, der Tag ist viel zu schön, um hier bloß rumzusitzen und zu lernen. Du könntest auch auf die Schaukel oder was anderes spielen, wenn du willst –«

Spielen: beide Hände formen ein Ypsilon, die kleinen Finger ineinander verhakt. »– oder im Sandkasten eine Straße bauen ...«

Bauen: beide Hände formen ein U, abwechselnd übereinandergelegt.

»... und du mußt auch nichts sagen, wenn du nicht willst, Nathaniel. Nicht mal Worte, die du mit den Händen machst.« Caleb lächelt Nathaniel an. »Okay?« Als Natha-

78

niel nickt, hebt Caleb ihn hoch und setzt ihn sich auf die Schultern. »Was hältst du davon, wenn wir in den Wald gehen und Holzäpfel pflücken?« schlägt er vor. »Ich bin deine Leiter.«

Kurz bevor sie die Grenze unseres Grundstücks erreichen, dreht Nathaniel sich auf den Schultern seines Vaters um. Will er mir zuwinken? Ich will zurückwinken, doch dann erkenne ich, daß seine Finger diese ILD-Kombination und dann eine Art »Peace«-Zeichen formen.

Es ist technisch vielleicht noch nicht perfekt, aber ich kann Nathaniel verstehen, klar und deutlich.

Ich liebe dich auch.

Myrna Oliphant, die Sekretärin, die sich alle fünf Bezirksstaatsanwälte in Alfred teilen müssen, ist beinahe ebenso breit wie hoch. Ihre orthopädischen Schuhe quietschen, wenn sie geht, sie riecht nach Pomade, und angeblich kann sie sagenhafte einhundert Wörter pro Minute tippen, obwohl das noch niemand mit eigenen Augen gesehen hat.

Als ich, acht Tage nachdem Nathaniel aufgehört hat zu sprechen, mein Büro betrete, kommt sie schnurstracks auf mich zu. »Nina«, sagt sie seufzend. »Nina.« Echte Tränen stehen in ihren Augen. »Wenn ich irgend etwas ...«

»Danke«, sage ich. »Aber wissen Sie, im Augenblick muß ich nur sehen, daß hier alles weiterläuft, damit ich bald wieder nach Hause kann.«

»Ja, ja.« Myrna räuspert sich, bemüht sich um Sachlichkeit. »Um Ihre Anrufe und die Post hat sich natürlich Peter gekümmert. Und Wallace erwartet Sie bereits.« Sie geht zurück zu ihrem Schreibtisch, zögert dann aber, weil ihr noch etwas einfällt. »Ich hab in der Kirche einen Zettel ans Schwarze Brett gemacht«, sagt sie, und da fällt mir wieder ein, daß auch sie Mitglied der Gemeinde St. Anne's ist. Dort gibt es an dem Brett für Bekanntmachungen einen speziellen Platz, wo Leute darum bitten können, daß für in Not geratene Verwandte oder Freunde ein Ave-Maria oder ein Vaterunser gebetet wird. Myrna lächelt mich an. »Vielleicht hört Gott ja schon in diesem Moment eins von den Gebeten.«

»Vielleicht.« Ich sage nicht, was ich denke: Und wo war Gott, als es passiert ist?

Mein Büro ist noch genau so, wie ich es zuletzt verlassen habe. Ich setze mich vorsichtig in meinen Drehsessel. Es tut gut, zu einem Ort zurückzukehren, der noch genau so ist, wie ich ihn in Erinnerung habe.

Es klopft. Peter kommt herein, schließt die Tür hinter sich. »Ich weiß nicht, was ich sagen soll«, gesteht er.

»Dann sag nichts. Komm einfach rein.«

Peter läßt sich in den Sessel auf der anderen Seite meines Schreibtisches sinken. »Bist du ganz sicher, Nina? Ich meine, ist es nicht möglich, daß diese Psychiaterin falsche Schlüsse gezogen hat?«

»Ich hab dasselbe Verhalten beobachtet wie sie. Und ich habe dieselben Schlüsse gezogen.« Ich schaue auf und sehe ihn an. »Ein Spezialist hat eindeutige Spuren einer Penetration bei ihm festgestellt, Peter.«

»O Gott.« Peter umklammert beide Knie mit den Händen, ratlos. »Was kann ich für dich tun, Nina?«

»Das, was du ohnehin schon tust. Danke.« Ich lächle ihn an. »Wessen Hirnmasse war es denn nun, in dem Auto?«

Peters weicher Blick ruht auf meinem Gesicht. »Wen interessiert das denn, verdammt? Darüber solltest du dir nicht den Kopf zerbrechen. Du solltest nicht mal hier sein.«

Ich bin hin und her gerissen, möchte mich ihm anvertrauen und andererseits das gute Bild nicht zerstören, das er von mir hat. »Aber Peter«, gestehe ich leise, »es ist einfacher.«

Langes Schweigen tritt ein. Und dann: »Bestes Jahr?« fragt Peter.

Ich greife nach dem Rettungsanker. Das ist einfach – innerhalb weniger Monate wurde ich befördert und bekam Nathaniel. »1996. Bestes Opfer?«

»Polly Purebred aus der *Underdog*-Serie.« Peter blickt kurz auf, als unser Chef, Wally Moffett, in mein Büro tritt. »Hallo, Boß«, sagt er zu Wally und dann zu mir: »Bester Freund?« Peter steht auf und geht zur Tür. »Die Antwort lautet *ich*. Wie und wann auch immer. Vergiß das nicht.«

»Feiner Kerl«, sagt Wally, als Peter draußen ist. Wally ist der klassische Oberstaatsanwalt: gertenschlank, volles Haar und perlweise, lückenlose Filmstar-Jackettkronen, die ihm schon allein eine Wiederwahl garantieren könnten. Außerdem ist er ein vorzüglicher Staatsanwalt; er kann einen fertigmachen, ehe man merkt, daß er überhaupt schon angefangen hat. »Ihre Arbeit erwartet Sie, wenn Sie soweit sind, das versteht sich von selbst«, beginnt Wally, »aber ich werde diese Tür da höchstpersönlich verbarrikadieren, falls Sie vorhaben, schon in nächster Zukunft zurückzukommen.«

»Danke, Wally.«

»Es tut mir furchtbar leid, Nina.«

»Ja.« Ich blicke nach unten auf meine Schreibunterlage. Darunter steckt ein Kalender. Ich habe keine Fotos von Nathaniel im Büro – eine Angewohnheit seit meiner Zeit am Bezirksgericht, als die miesesten Kriminellen in meinem Büro ihre Unschuld beteuerten. Sie sollten nicht wissen, daß ich Familie hatte. Ich wollte mir deshalb keine Sorgen machen müssen.

»Kann ich ... kann ich den Fall übernehmen?«

Die Frage ist leise, und ich merke erst nach einem Moment, daß ich sie wirklich gestellt habe. Das Mitleid in Wallys Augen ist zuviel für mich, ich muß den Blick senken. »Sie wissen, daß das nicht geht, Nina. Das heißt nicht, daß es mir lieber wäre, wenn irgendein anderer dieses miese Schwein hinter Gitter bringt. Aber aus unserem Büro kann das keiner machen. Interessenkonflikt.«

Ich nicke, aber ich kann noch immer nicht sprechen. Ich wollte es so sehr.

»Ich hab schon die Bezirksstaatsanwaltschaft in Portland angerufen. Die haben da einen Kollegen, der richtig gut ist.« Wally lächelt mich schief an. »Sogar fast so gut wie Sie. Ich hab denen erzählt, was passiert ist und daß wir uns möglicherweise Tom LaCroix ausborgen müssen.«

Ich habe Tränen in den Augen, als ich Wallace danke. Daß er bereits derartigen Einsatz gezeigt hat – obwohl wir noch keinen Tatverdächtigen haben, gegen den Anklage erhoben werden könnte –, das ist wirklich außergewöhnlich.

»Wir kümmern uns um unsere Leute«, versichert Wally mir. »Wer immer das getan hat, er wird dafür bezahlen.«

Mit diesem Satz habe ich selbst schon verzweifelte Eltern beruhigt. Aber ich weiß auch, noch während ich den Satz ausspreche, daß ihr Kind einen ebenso hohen Preis bezahlen muß. Ich sage den Vätern und Müttern dennoch, daß ich an ihrer Stelle alles Erforderliche tun würde, um das Ungeheuer ins Gefängnis zu bringen, selbst wenn das bedeutet, ihre Kinder in den Zeugenstand zu schicken.

Aber jetzt bin ich eine betroffene Mutter. Es geht um mein Kind, und das ändert alles.

An einem Samstag hatte ich Nathaniel mit ins Büro genommen, weil ich noch ein paar Dinge zu erledigen gehabt hatte. Es war geisterhaft leer – die Kopierer wie schlummernde Tiere, dunkle Computerbildschirme, verstummte Telefone. Nathaniel beschäftigte sich mit dem Reißwolf, während ich die Akten durchging. »Wieso habt ihr mich Nathaniel genannt?« fragte er aus heiterem Himmel.

Ich machte ein Häkchen hinter den Namen eines Zeugen. »Es bedeutet Gottesgeschenk.«

Die Fänge des Reißwolfs mahlten. »Habt ihr mich eingepackt mit Schleife und so bekommen?«

»O nein, so eine Art von Geschenk warst du nicht.« Ich beobachtete ihn, wie er den Reißwolf abschaltete und anfing, mit den Spielsachen zu spielen, die ich in einer Ecke für Kin-

der bereitliegen hatte, die in mein Büro mitgebracht wurden.
»Wie würdest du denn gern heißen?«

Als ich schwanger war, sagte Caleb seinem Baby jeden Abend mit einem unterschiedlichen Namen gute Nacht: Wladimir, Griselda, Cuthbert. *Wenn du so weitermachst*, hatte ich zu ihm gesagt, *kommt das Baby schon mit einer Identitätskrise zur Welt.*

Nathaniel zuckte die Achseln. »Vielleicht Batman.«

»Batman Frost«, wiederholte ich todernst. »Klingt gar nicht schlecht.«

»Bei mir in der Schule gibt's vier Dylans, aber keinen einzigen Batman.«

»Das spricht allerdings dafür.« Plötzlich spürte ich ein warmes Gewicht auf meinen Füßen. »Was machst du denn?«

»Batman braucht doch eine Höhle, Mom.«

»Ach ja, stimmt.« Ich zog die Beine an, damit Nathaniel mehr Platz hatte, und ging einen Polizeibericht durch.

Es ging um einen Vergewaltigungsfall. Das Opfer war komatös in der Badewanne aufgefunden worden. Leider war der Täter so raffiniert gewesen, das Wasser aufzudrehen, so daß nahezu sämtliche forensischen Beweise vernichtet worden waren. Ich blätterte weiter in der Akte und starrte auf die grauenhaften Polizeifotos des Tatortes, das eingefallene bläuliche Gesicht der überfallenen Frau.

»Mom?«

Blitzschnell drehte ich die Fotos um.

»Hm?«

»Fängst du die Bösen immer?«

Ich dachte an die Mutter des Opfers, die vor lauter Weinen nicht in der Lage gewesen war, bei der Polizei eine Aussage zu machen. »Nicht immer«, entgegnete ich.

»Meistens?«

»Na ja«, sagte ich. »In der Hälfte der Fälle.«

Nathaniel dachte einen Moment darüber nach. »Ich glaube

aber, das reicht, um ein Superheld zu sein«, sagte er. Leider hatte ich jetzt keine Zeit für solche Gespräche.

»Nathaniel«, seufzte ich, »du weißt, warum ich hier bin.« Um mich auf mein Eröffnungsplädoyer am Montag vorzubereiten. Um meine Strategie und meine Zeugenliste noch einmal durchzusehen.

Ich blickte in Nathaniels erwartungsvolles Gesicht und überlegte, ob man der Gerechtigkeit nicht am besten von einer Batman-Höhle aus dienen konnte. »Heiliges Kanonenrohr, Batman«, sagte ich, streifte mir die Schuhe ab und kroch unter den Schreibtisch. Hatte ich je festgestellt, daß die Unterseite aus billigem Kiefernholz bestand, nicht aus Mahagoni? »Robin meldet sich zum Dienst, aber nur, wenn ich das Batmobil fahren darf.«

»Du kannst nicht richtig Robin sein.«

»Ach, das hab ich aber gedacht.«

Nathaniel sah mich mitleidig an, als ob jemand in meinem Alter die Spielregeln des Lebens nun wirklich kapiert haben müßte. In dem engen Raum unter dem Schreibtisch stießen unsere Schultern aneinander. »Wir können zusammen arbeiten, aber du mußt Mom heißen.«

»Wieso denn?«

Nathaniel verdrehte die Augen. »Weil«, erklärte er mir, »du das nun mal bist.«

»Nathaniel!« rufe ich und erröte ein wenig. Es ist doch wohl keine Sünde, sein Kind nicht im Griff zu haben? »Verzeihen Sie, Pater«, sage ich und halte die Tür weit auf, um ihn hereinzulassen. »Er ist in letzter Zeit ein bißchen ... schüchtern, wenn Besuch kommt.«

Pater Szyszynski lächelt mich an. »Ich hätte vielleicht lieber vorher anrufen sollen, als einfach so hereinzuschneien.«

»Aber nein. Nein. Schön, daß Sie da sind.« Das ist gelogen. Ich habe keine Ahnung, was ich mit einem Geistlichen im Haus anfangen soll. Biete ich ihm Kekse an? Ein Bier? Entschuldige ich mich für all die Sonntage, an denen ich nicht in der Messe war? Beichte ich ihm, daß ich ihn angelogen habe?

»Tja, es ist mein Beruf«, sagt Pater Szyszynski, tippt sich an den Kragen und lächelt freundlich. Er setzt sich auf die Couch im Wohnzimmer.

Pater Szyszynski trägt hochmoderne Joggingschuhe. Er macht beim hiesigen Halbmarathon mit; seine Zeiten hängen am Schwarzen Brett in der Kirche, gleich neben den Zetteln, auf denen um Fürbitten gebeten wird. Dort hängt sogar ein Foto von ihm, schlank und durchtrainiert, ohne seinen Priesterkragen, wie er eine Ziellinie überquert. Er ist über Fünfzig, aber er wirkt zehn Jahre jünger.

Ich frage mich, durch welches neugierige Geschwätz in der kirchlichen Gerüchteküche er von uns erfahren hat. »Die Sonntagsschulklasse vermißt Nathaniel«, sagt er zu mir. Er drückt sich vorsichtig aus. Er könnte auch sagen, daß die Sonntagsschulklasse Nathaniel an den meisten Sonntagen im Jahr vermißt, weil wir nicht regelmäßig zur Messe kommen. Doch ich weiß, daß Nathaniel gern im Untergeschoß mit den anderen Kindern Bilder malt, während die Erwachsenen im Gottesdienst sind. Und besonders toll findet er es, wenn Pater Szyszynski anschließend aus einer großen, alten, bebilderten Kinderbibel vorliest, während die Erwachsenen oben Kaffee trinken. Er setzt sich mitten im Kreis der Kinder auf den Boden und spielt Überschwemmungen und Seuchen und Prophezeiungen nach.

»Ich weiß, was Sie denken«, sagt Pater Szyszynski.

»Ach ja?«

Er nickt. »Daß es im Jahr 2001 eine archaische Anmaßung ist zu denken, die Kirche sei ein so großer Teil Ihres Lebens, daß sie Ihnen in einer solchen Zeit Trost bieten könnte. Aber das kann sie, Nina. Gott möchte, daß Sie sich ihm zuwenden.«

Ich blicke ihm fest in die Augen. »Ich bin zur Zeit nicht besonders wild auf Gott«, sage ich unverblümt.

»Ich weiß. Manchmal ergibt Gottes Wille scheinbar nicht viel Sinn.« Pater Szyszynski zuckt die Achseln. »Es hat Zeiten gegeben, da habe ich selbst an ihm gezweifelt.«

»Offensichtlich sind Sie darüber hinweggekommen.« Ich wische mir über die Augen. Wieso weine ich? »Ich bin noch nicht mal eine richtige Katholikin.«

»Aber natürlich sind Sie das. Sie kommen doch immer wieder.«

Aber das liegt am Schuldgefühl, nicht am Glauben.

»Nichts geschieht ohne Grund, Nina.«

»Ach nein. Dann tun Sie mir doch den Gefallen und verraten mir, was für einen Grund es dafür geben könnte, daß ein Kind so verletzt wird?«

»Fragen *Sie* ihn das«, sagt der Priester. »Und wenn Sie mit ihm sprechen, sollten Sie vielleicht daran denken, daß ihr etwas gemein habt – auch er hat seinen Sohn leiden sehen.«

Er reicht mir ein Bilderbuch – *David und Goliath*, eine entschärfte Version für einen Fünfjährigen. »Falls Nathaniel wieder auftaucht«, sagt er extra laut, »dann sagen Sie ihm doch bitte, daß Pater Glen ein Geschenk für ihn dagelassen hat.« Alle Kinder von St. Anne nennen ihn Glen, weil sie seinen Nachnamen nicht aussprechen können. *Was soll's*, hat er mal gesagt, *nach ein paar Gläschen kann ich ihn selbst nicht mehr aussprechen.* »Nathaniel hat besonders diese Geschichte gut gefallen, als ich sie letztes Jahr vorgelesen habe. Er hat gefragt, ob wir nicht auch mal eine Steinschleuder basteln könnten.« Pater Szyszynski steht auf und geht vor mir her zur Tür. »Falls Sie ein Gespräch wünschen, Nina, Sie wissen, wo Sie mich finden können. Alles Gute.«

Er geht den Weg hinunter, über die Steinstufen, die Caleb mit eigenen Händen angelegt hat. Während ich ihm nachsehe, drücke ich das Buch an meine Brust und denke an die Schwachen, die Riesen bezwingen.

Nathaniel spielt mit einem Boot, drückt es unter Wasser und sieht dann zu, wie es wieder an die Oberfläche schnellt. Wahrscheinlich sollte ich dankbar dafür sein, daß er überhaupt in der Wanne sitzt. Aber es geht ihm heute besser. Er hat mit den Händen gesprochen. Und er war mit dem Bad einverstanden, wenngleich unter der Bedingung, daß er sich selbst ausziehen darf. Ich versuche, mir ständig in Erinnerung zu rufen, was Dr. Robichaud uns über Macht erzählt hat. Nathaniel ist hilflos gemacht worden. Er muß das Gefühl bekommen, daß er selbst wieder über sich bestimmen kann.

Ich sitze auf dem Badewannenrand und betrachte seinen Rücken, der sich mit jedem Atemzug hebt und senkt. Die Seife schimmert wie ein Fisch in der Nähe des Abflusses. »Soll ich dir helfen?« frage ich und hebe eine Hand mit der anderen an, ein Zeichen. Nathaniel schüttelt energisch den Kopf. Er nimmt das Stück Seife und reibt es sich über Schultern, Brust und Bauch. Er zögert, dann schiebt er es sich zwischen die Beine.

Ein dünner weißer Film bedeckt ihn, läßt ihn überirdisch wirken, wie ein Engel. Nathaniel hebt das Gesicht, sieht mich an und reicht mir die Seife, damit ich sie weglege. Einen Moment lang berühren sich unsere Finger.

Ich fahre mir mit einem Finger um den gespitzten Mund. Ich bewege den Zeigefinger vor und zurück, Berührung und Rückzug. Ich zeige auf Nathaniel.

Wer hat dir weh getan?

Aber mein Sohn kennt diese Zeichen nicht. Statt dessen streckt er beide Hände seitlich von sich, stolz, daß er dieses neue Wort beherrscht. *Fertig.* Er erhebt sich wie eine Meeresnymphe, Wasser rinnt an seinem schönen Körper herab. Während ich ihn abtrockne und ihm seinen Schlafanzug überziehe, frage ich mich insgeheim, ob ich der einzige Mensch bin, der ihn überall berührt hat, bis schließlich jeder Zentimeter von ihm wieder bedeckt ist.

Mitten in der Nacht hört Caleb, daß der Atem seiner Frau flattert. »Nina?« flüstert er, aber sie antwortet nicht. Er rollt sich auf die Seite, schmiegt sich an sie. Sie ist wach, das spürt er. »Geht's dir gut?« fragt er.

Sie dreht sich zu ihm um, die Augen in der Dunkelheit ausdruckslos. »*Dir* etwa?«

Er schließt sie in die Arme und vergräbt das Gesicht an ihrem Hals. Sie einzuatmen beruhigt Caleb. Seine Lippen fahren über ihre Haut, verweilen auf ihrem Schlüsselbein. Er neigt den Kopf zur Seite, so daß er ihren Herzschlag hören kann.

Er sucht nach einem Ort, um sich selbst zu verlieren.

Also bewegt sich seine Hand von der Mulde ihrer Taille zu der Erhebung einer Hüfte, gleitet unter den dünnen Stoff ihres Slips. Nina atmet schwer. Sie empfindet es also auch. Sie muß einmal die Gegenwart vergessen, alles vergessen.

Caleb greift noch tiefer und schmiegt seine Handfläche an sie. Nina packt sein Haar so fest, daß es fast weh tut. »*Caleb.*«

Er ist jetzt hart, schwer gegen die Matratze gedrückt. »Ich weiß«, murmelt er und läßt einen Finger in sie hineingleiten.

Sie ist knochentrocken.

Nina reißt an seinem Haar, und diesmal rollt er von ihr herunter. Das hat sie schon die ganze Zeit gewollt. »Was ist bloß los mit dir?« schreit sie. »Ich will das nicht. Ich kann nicht, jetzt nicht.« Sie schlägt die Decke zurück und stapft aus dem Schlafzimmer in die Dunkelheit.

Caleb blickt nach unten, sieht den kleinen Fleck, den er auf dem Laken hinterlassen hat. Er steigt aus dem Bett und deckt ihn zu, damit er ihn nicht mehr sehen muß. Dann folgt er Nina, findet sie, indem er einfach seinem Instinkt folgt. Eine ganze Weile bleibt er in der offenen Tür zum Zimmer seines Sohnes stehen und sieht Nina dabei zu, wie sie Nathaniel betrachtet.

Caleb begleitet uns nicht zum nächsten Termin bei der Psychiaterin. Er sagt, er habe eine Besprechung, die er nicht absagen kann, aber ich glaube, das ist bloß ein Vorwand. Nach letzter

Nacht sind wir uns aus dem Weg gegangen. Außerdem arbeitet Dr. Robichaud jetzt auch an der Gebärdensprache, bis Nathaniel seine Stimme wiederfindet, und Caleb ist gegen diese Strategie. Er meint, wenn Nathaniel soweit ist, wird er uns schon sagen, wer ihm das angetan hat, alles andere setzt ihn nur unnötig unter Druck.

Ich wünschte, ich hätte seine Geduld, aber ich kann nicht ruhig dasitzen und zusehen, wie Nathaniel sich quält. Ich werde den Gedanken einfach nicht los, daß für jeden Augenblick, den Nathaniel schweigt, jemand anderes hätte zum Schweigen gebracht werden müssen.

Heute haben wir die Zeichen für Nahrungsmittel durchgenommen – Müsli, Milch, Pizza, Eiscreme, Frühstück. Nathaniel darf sich aussuchen, was wir lernen. Er ist von den Jahreszeiten zu Lebensmitteln gesprungen, und jetzt blättert er schon wieder weiter.

»Bin gespannt, was als nächstes kommt ...«, scherzt Dr. Robichaud.

Das Buch klappt auf einer Seite auf, die eine Familie zeigt. »O ja, das ist gut«, sage ich und probiere das Zeichen ganz oben aus – das F-Zeichen, bei dem man die Hand im Kreis vom Körper wegbewegt.

Nathaniel zeigt auf das Kind. »Das geht so, Nathaniel«, sagt Dr. Robichaud. »Junge.« Sie tut so, als würde sie den Schirm einer Baseballmütze berühren.

»Mutter«, fährt die Psychiaterin fort und hilft Nathaniel, die Hand zu öffnen, den Daumen seitlich ans Kinn zu legen und mit den Fingern zu wackeln.

»Vater.« Dasselbe Zeichen, nur daß der Daumen an die Schläfe gelegt wird. »Versuch's mal«, sagt Dr. Robichaud.

Versuch's mal.

All die dünnen, schwarzen Linien auf der Seite haben sich ineinander verschlungen, eine fette Schlange, die auf ihn zukommt, ihn am Hals packt. Nathaniel kann nicht mehr atmen. Er kann nicht mehr sehen. Er hört Dr. Robichauds Stimme von allen Seiten, *Vater Vater Vater*.

Nathaniel hebt die Hand, legt den Daumen an die Schläfe. Er wackelt mit den Fingern. Das Zeichen sieht aus, als würde er sich über jemanden lustig machen.

Es ist aber überhaupt nicht lustig.

»Nun sehen Sie sich das an«, sagt die Psychiaterin, »er ist schon besser als wir.« Sie will zum nächsten Zeichen übergehen, *Baby*. »Das machst du gut, Nathaniel«, sagt Dr. Robichaud. »Jetzt probier das hier mal.«

Aber Nathaniel reagiert nicht. Seine Hand ist fest an den Kopf gepreßt, gräbt sich in seine Schläfe. »Schätzchen, du tust dir noch weh«, sage ich zu ihm. Ich greife nach seiner Hand, und er fährt zurück. Er will einfach nicht aufhören, das Zeichen zu machen.

Dr. Robichaud schließt behutsam das Buch. »Nathaniel, möchtest du uns etwas sagen?«

Er nickt, die Hand noch immer seitlich am Kopf. Alle Luft weicht aus meinem Körper. »Er möchte Caleb hier haben –«

Dr. Robichaud unterbricht mich. »Legen Sie ihm nichts in den Mund, Nina.«

»Sie können doch nicht annehmen, daß er –«

»Nathaniel, hat dein Daddy dich schon mal irgendwohin mitgenommen, nur ihr zwei ganz allein?« fragt die Psychiaterin.

Nathaniel scheint die Frage zu verwirren. Er nickt langsam.

»Hat er dir je geholfen, dich anzuziehen?« Wieder ein Nicken. »Hat er dich je umarmt, in deinem Bett?«

Ich bin in meinem Sessel wie festgefroren. Als ich spreche, sind meine Lippen ganz steif. »Sie täuschen sich. Er will bloß wissen, warum Caleb nicht hier ist. Er vermißt seinen Vater. Er hätte doch keine Zeichensprache gebraucht, wenn er ... wenn er ...« Ich kann es nicht mal aussprechen. »Er hätte auf ihn zeigen können, tausendmal«, flüstere ich.

»Vielleicht hatte er vor den Konsequenzen einer unmittelbaren Identifizierung Angst«, erklärt Dr. Robichaud. »So ein Handzeichen ist für ihn eine psychologische Schutzschicht. Nathaniel«, sagt sie sanft. »Wer hat dir weh getan?«

Er zeigt auf das Buch. Und macht erneut das Zeichen für *Vater*.

Wehe dem, dessen Wünsche in Erfüllung gehen. Endlich hat Nathaniel gesagt, wer es war, und es ist ausgerechnet der Mensch, von dem ich das am wenigsten erwartet hätte. Ich werde so steif wie Stein, das Material, mit dem Caleb am liebsten arbeitet.

Ich höre, wie Dr. Robichaud das Jugendamt anruft. Ich höre, wie sie Monica mitteilt, daß es jetzt einen Verdächtigen gibt, aber ich bin weit weg. Ich beobachte das Ganze mit der Teilnahmslosigkeit eines Menschen, der genau weiß, was als nächstes passiert. Ein Detective wird auf den Fall angesetzt. Caleb wird zum Verhör vorgeladen. Wally Moffett wird die Staatsanwaltschaft in Portland verständigen. Caleb wird entweder gestehen und aufgrund seiner Aussage verurteilt, oder Nathaniel muß ihn vor Gericht beschuldigen.

Der Alptraum hat soeben begonnen.

Er kann es nicht getan haben. Das weiß ich so gut wie alles andere, was ich nach so vielen Jahren über Caleb weiß. Ich habe noch vor Augen, wie er den Säugling Nathaniel nachts an den Füßen hält und mit ihm auf und ab geht, weil das die einzige Haltung war, in der unser von Koliken gequältes Baby aufhörte zu weinen. Ich habe noch vor Augen, wie ihm bei der Weihnachtsfeier von Nathaniels Vorschule die Tränen kamen. Er ist ein guter, starker, verläßlicher Mann, einer von der Sorte, der man sein Leben anvertrauen würde, oder das Leben des eigenen Kindes.

Aber wenn ich glaube, daß Caleb unschuldig ist, bedeutet das, daß ich Nathaniel nicht glaube.

Erinnerungssplitter schießen mir durch den Kopf. Caleb, der andeutet, daß Patrick der Schuldige sein könnte. Wieso hätte er den Namen ins Spiel bringen sollen, wenn er nicht von sich selbst ablenken wollte? Oder Caleb, der Nathaniel erklärt, er brauche die Zeichensprache nicht zu lernen, wenn er nicht wolle. So hindert man ein Kind daran, die Wahrheit zu gestehen.

Ich bin schon einigen verurteilten Kinderschändern begegnet. Sie tragen keine Abzeichen, die ihr Verbrechen verraten. Es verbirgt sich hinter einem warmherzigen, großväterlichen Lächeln; es steckt in der Tasche eines Button-down-Hemdes. Sie sehen aus wie wir alle, und das macht es so beängstigend – zu wissen, daß diese Unmenschen unter uns sind und wir nicht das geringste ahnen.

Ich habe mich immer gefragt, wie es möglich ist, daß Mütter nicht mitbekommen, was bei ihnen zu Hause vor sich geht. Sie mußten doch irgendwann bewußt die Entscheidung getroffen haben, lieber wegzuschauen, als etwas zu sehen, was sie nicht sehen wollten. Keine Ehefrau, so dachte ich, könnte neben einem Mann schlafen und nicht wissen, was in seinem Kopf vor sich geht.

»Nina.« Monica LaFlamme berührt mich an der Schulter. Wann ist sie gekommen? Ich habe das Gefühl, aus einem Koma zu erwachen. Ich schüttele mich, um wieder klar denken zu können, und blicke sofort zu Nathaniel hinüber. Er spielt noch immer im Zimmer der Psychiaterin mit einem Holzzug.

Als die Sozialarbeiterin mich ansieht, weiß ich, daß sie schon die ganze Zeit über den Verdacht hatte. Und ich kann es ihr nicht verdenken. An ihrer Stelle hätte ich dasselbe gedacht.

Meine Stimme klingt alt, nackt. »Ist die Polizei verständigt worden?«

Monica nickt. »Wenn ich irgendwas für Sie tun kann ...«

Ich habe etwas zu erledigen, und dabei kann ich Nathaniel

nicht mitnehmen. Es schmerzt, die Frage stellen zu müssen. »Ja«, sage ich. »Könnten Sie auf meinen Sohn aufpassen?«

Ich finde ihn auf der dritten Baustelle, wo er eine Mauer baut. Calebs Miene hellt sich auf, als er meinen Wagen erkennt. Er sieht zu, wie ich aussteige, und dann wartet er, rechnet mit Nathaniel. Das reicht, um mich vorwärts zu treiben. Als ich im Laufschritt bei ihm ankomme, schlage ich ihm mit aller Kraft ins Gesicht.

»Nina!« Caleb packt meine Handgelenke. »Was soll das?«

»Du Dreckskerl. Wie konntest du, Caleb? Wie *konntest* du?«

Er stößt mich weg, reibt sich mit den Fingern über die Wange. »Ich weiß nicht, wovon du redest«, sagt Caleb. »Beruhig dich erst mal.«

»Ich soll mich beruhigen?« fauche ich. »Ich glaube nicht, daß das möglich ist: Nathaniel hat uns alles gesagt. Er hat uns gesagt, was du ihm angetan hast.«

»Ich habe ihm überhaupt nichts angetan.«

Einen endlosen Moment lang sage ich kein Wort, starre ihn bloß an.

»Nathaniel hat gesagt, ich ... ich ...«, Caleb stockt. »Das ist doch lächerlich.«

Genau das sagen sie alle, die Schuldigen, und es gibt mir den Rest. »Wage es ja nicht, mir zu sagen, daß du ihn liebst.«

»Aber natürlich!« Caleb schüttelt ungläubig den Kopf. »Ich weiß nicht, was er gesagt hat. Ich weiß nicht, warum er es gesagt hat. Aber Nina, Herrgott noch mal. *Herrgott!*«

Als ich nichts erwidere, zerfallen all die Jahre, die wir gemeinsam verlebt haben, bis wir beide knietief in einem Müllhaufen von Erinnerungen stehen, die nichts mehr wert sind. Calebs Augen sind groß und feucht. »Nina, bitte. Überleg dir, was du da sagst.«

Ich blicke nach unten auf meine Hände, eine Faust umklammert die andere. Das Zeichen für *ineinander*. Ineinander verliebt, verbissen, verhakt. »Ich denke, daß Kinder so etwas nicht erfinden. Daß Nathaniel das nicht erfunden hat.« Ich hebe den Blick und sehe ihn an. »Komm heute abend nicht nach Hause«, sage ich und gehe zurück zu meinem Auto, ganz ruhig, als wäre mir nicht soeben das Herz in der Brust zersprungen.

Caleb sieht den Rücklichtern von Ninas Wagen nach, bis sie verschwunden sind. Der Staub, der hinter ihr aufgewirbelt wurde, legt sich wieder, und die Szene sieht genauso aus wie noch eine Minute zuvor. Aber Caleb weiß, daß jetzt alles anders ist. Daß es kein Zurück mehr gibt.

Er würde alles für seinen Sohn tun. Das war schon immer so, wird immer so sein.

Caleb blickt nach unten auf die Mauer, die er gerade errichtet. Ein Meter, und er hat fast den ganzen Tag dafür gebraucht. Während sein Sohn bei einer Psychiaterin war und die Welt auf den Kopf gestellt hat, hat Caleb Steine gehoben, sie sorgfältig aneinandergefügt. Einmal, als er und Nina frisch verliebt waren, hatte er ihr gezeigt, wie man Steine mit scheinbar unpassenden Proportionen so zusammensetzt, daß sie passen. *Man braucht nur eine einzige Kante, die gleich ist*, hatte er ihr erklärt.

Jetzt hebt er einen Stein von dem Mauerstück und schleudert ihn auf die Straße, wo er zersplittert. Er zerstört sein ganzes Tageswerk, Stück für Stück. Dann sinkt er auf den Trümmerhaufen nieder, preßt sich die staubigen Hände auf die Augen und weint um all das, was nicht wieder zusammengesetzt werden kann.

Ich habe noch etwas anderes zu erledigen. Im Sekretariat des Bezirksgerichts bewege ich mich wie ein Roboter. Die Tränen rinnen mir übers Gesicht, wie sehr ich sie auch zurückhalten möchte. Das ist kein professionelles Verhalten, aber es ist mir egal. Es ist schließlich auch keine professionelle Angelegenheit, sondern eine sehr persönliche.

»Wo sind die Formulare für die Schutzverfügungen bei noch nicht Strafmündigen?« frage ich die Sekretärin. Sie ist neu am Gericht, und ich habe ihren Namen vergessen.

Sie sieht mich an, als hätte sie Angst zu antworten. Dann füllt sie das Formular für mich aus, und ich mache meine Angaben mit einer Stimme, die ich selbst nicht wiedererkenne.

Richter Bartlett empfängt mich in seinem Amtszimmer. »Nina.« Er kennt mich, alle kennen sie mich. »Was kann ich für Sie tun?«

Ich halte ihm das Formular hin und hebe das Kinn. *Atmen, sprechen, konzentrieren.* »Ich reiche diesen Antrag für meinen Sohn ein, Euer Ehren. Es wäre mir lieber, wenn ich es nicht öffentlich vor Gericht tun müßte.«

Die Augen des Richters fixieren mich eine Sekunde lang, dann nimmt er mir das Blatt aus der Hand. »Wie ist die Sachlage?« fragt er vorsichtig.

»Es wurden an seinem Körper Spuren sexuellen Mißbrauchs festgestellt.« Ich bin darauf bedacht, Nathaniels Namen nicht auszusprechen. Das könnte ich nicht ertragen. »Und heute hat er seinen Vater als den Täter identifiziert.« *Seinen Vater*, nicht *meinen Mann.*

»Und Sie?« fragt Richter Bartlett. »Kommen Sie zurecht?«

Ich schüttele den Kopf, die Lippen fest aufeinandergepreßt.

»Falls ich irgend etwas für Sie tun kann«, murmelt der Richter. Aber er kann nichts tun, niemand kann das.

Der Richter kritzelt seine Unterschrift auf das Formular. »Sie wissen, daß das hier nur vorübergehend ist. Wir müssen innerhalb von zwanzig Tagen eine Anhörung durchführen.«

»Dann habe ich immerhin zwanzig Tage, um mich mit der Situation auseinanderzusetzen.«

Er nickt. »Es tut mir leid, Nina.«

Mir auch. Es tut mir leid, daß ich nicht gesehen habe, was sich direkt vor meiner Nase abgespielt hat. Daß ich nicht wußte, wie ich ein Kind im richtigen Leben schütze, sondern nur in unserem Rechtssystem. Und auch, daß ich eine einstweilige Verfügung beantragen mußte, die mir auf der ganzen Fahrt zurück zu meinem Sohn wie Feuer in der Tasche brennt.

Zu Hause gelten folgende Regeln:
   Morgens das Bett machen. Zweimal am Tag Zähne putzen.
Den Hund nicht an den Ohren ziehen. Das Gemüse aufessen,
auch wenn es nicht so gut schmeckt wie die Spaghetti.

In der Schule gelten folgende Regeln:
   Nicht an der Rutsche hochklettern. Nicht vor der Schaukel
hergehen, wenn gerade einer schaukelt. Die Hand heben,
wenn man in der Runde etwas sagen will. Jeder kommt beim
Spielen mal an die Reihe. Beim Malen immer einen Kittel an-
ziehen.

Ich kenne noch andere Regeln:
   Im Auto anschnallen.
   Nicht mit Fremden sprechen.
   Nichts verraten, sonst kommst du in die Hölle.

3

Das Leben geht wider Erwarten weiter. Es gibt kein kosmisches Gesetz, das Schutz vor Alltäglichkeiten gewährt, nur weil man gerade eine Katastrophe durchlebt. Die Mülleimer quellen weiterhin über, die Rechnungen kommen mit der Post, lästige Anrufer stören beim Abendessen.

Nathaniel kommt ins Badezimmer, als ich gerade den Verschluß wieder auf die Hämorrhoidensalbe schraube. Ich habe mal irgendwo gelesen, daß man sie sich in die Haut rund um die Augen massieren soll, damit die Schwellung zurückgeht und die Rötung abklingt. Ich drehe mich mit einem so strahlenden Lächeln zu ihm um, daß er zurückweicht. »Hallo Schätzchen. Hast du dir die Zähne geputzt?« Er nickt, und ich nehme seine Hand. »Dann lesen wir jetzt noch ein bißchen.«

Nathaniel krabbelt in sein Bett wie jeder Fünfjährige – es ist ein Dschungel, und er ist ein Affe. Dr. Robichaud hat gesagt, daß Kinder schnell in die Normalität zurückfinden, schneller als ihre Eltern. Ich klammere mich an diese Erklärung, als ich das Buch aufschlage – es handelt von einem Piraten, der auf einem Auge blind ist und deshalb nicht sehen kann, daß der Papagei auf seiner Schulter in Wahrheit ein Pudel ist. Ich schaffe die ersten drei Seiten, dann unterbricht Nathaniel mich, legt die gespreizte Hand auf die bunten Bilder. Sein Zeigefinger wackelt, und dann hält er wieder die Hand an die Stirn, macht ein Zeichen, das ich am liebsten nie wieder sehen würde.

Wo ist Daddy?

Ich lege das Buch auf den Nachttisch. »Nathaniel, er kommt heute abend nicht nach Hause.« Er kommt überhaupt nicht mehr nach Hause, denke ich.

Er zieht die Stirn kraus. Er weiß noch nicht, wie man *warum* mit den Händen fragt. Denkt er, daß er für Calebs Verschwinden verantwortlich ist? Ist ihm für den Fall, daß er alles verrät, irgendeine Art von Bestrafung angedroht worden?

Ich halte seine Hände zwischen meinen – damit er mich nicht unterbrechen kann –, und versuche, es ihm so leicht wie möglich zu machen. »Im Augenblick kann Daddy nicht hier sein.«

Nathaniel zieht seine Arme frei, krümmt die Finger nach oben. *Ich möchte.*

Gott, ich möchte es auch. Nathaniel wendet sich wütend von mir ab. »Was Daddy getan hat«, sage ich mit erstickter Stimme, »war falsch.«

Darauf schießt Nathaniel in die Höhe. Er schüttelt heftig den Kopf.

Auch das habe ich schon gesehen. Wenn ein Elternteil ein Kind sexuell mißbraucht, wird dem Kind häufig eingeredet, das sei ein Ausdruck von Liebe. Aber Nathaniel schüttelt immer weiter den Kopf, so wild, daß sein Haar nach rechts und links fliegt. »Hör auf. Nathaniel, bitte hör auf.« Als er es tut, blickt er mich mit einem befremdeten Ausdruck an, als könne er mich absolut nicht verstehen.

Deshalb spreche ich es laut aus. Ich muß die Wahrheit hören. Ich muß die Bestätigung durch meinen Sohn haben. »Hat Daddy dir weh getan?« flüstere ich, die Suggestivfrage, die Dr. Robichaud nicht stellen wollte, die sie mich nicht stellen lassen wollte.

Nathaniel bricht in Tränen aus und verkriecht sich unter

die Decke. Er will nicht mehr darunter hervorkommen, auch nicht, als ich sage, daß es mir leid tut.

Alles in dem Motelzimmer hat die Farbe von feuchtem Moos – der verschlissene Teppich, das Waschbecken, die fleckige Bettdecke. Caleb schaltet die Heizung und das Radio ein. Er zieht sich die Schuhe aus und stellt sie ordentlich neben die Tür.

Das hier ist kein Zuhause; es ist kaum als Unterkunft zu bezeichnen. Caleb setzt sich auf die Bettkante. Er greift zum Telefon, merkt dann, daß er niemanden hat, den er anrufen könnte. Aber er hält sich den Hörer trotzdem eine Weile ans Ohr.

Ohne ein Schokocroissant zum Frühstück kann Patrick den Tag nicht beginnen. Die anderen Cops nehmen ihn deswegen auf den Arm: »Bist wohl zu fein für einfache Donuts, was, Ducharme?« Ihn kümmert das nicht. Hauptsache, die Sekretärin, die jeden Morgen die Backwaren bestellt, denkt an sein Lieblingsfrühstück. Aber als Patrick heute in die Cafeteria geht, fehlt das Croissant.

»Ach, komm schon«, sagt er zu dem Streifenpolizisten, der neben ihm steht. »Habt ihr es wieder auf dem Damenklo versteckt?«

»Wir haben es nicht angerührt, Lieutenant, Ehrenwort.«

Mit einem Seufzer geht Patrick aus der Cafeteria zu dem Schreibtisch, an dem Mona gerade ihre E-Mails durchsieht. »Wo ist mein Croissant?«

Sie zuckt die Achseln. »Ich hab alles bestellt wie immer. Keine Ahnung.«

Patrick macht sich auf einen Rundgang durch das Polizeirevier. In der Eingangshalle kommt er am Chief vorbei. »Patrick, kann ich Sie kurz sprechen?«

»Geht gerade nicht.«

»Ich habe einen Fall für Sie.«

»Legen Sie ihn doch einfach auf meinen Schreibtisch.«

Der Chief grinst. »Ich wünschte, Ihre polizeiliche Arbeit würde Ihnen nur halb so sehr am Herzen liegen wie ihre Donuts.«

»Croissants«, ruft Patrick ihm hinterher. »Das ist etwas völlig anderes.«

Im Einlieferungsraum, gleich neben dem gelangweilten Sergeant, findet er den Übeltäter schließlich: Ein junger Bursche, der aussieht, als spielte er in Daddys Uniform Polizist, mit Schokolade am Kinn. »Wer zum Teufel bist du?« will Patrick wissen.

»Officer Orleans.«

Der Sergeant faltet die Hände vor seinem ausladenden Bauch. »Und der Detective, der dir gleich den Kopf abreißt, ist Lieutenant Ducharme.«

»Wieso futtert er mein Frühstück, Frank?«

Der ältere Cop zuckt die Achseln. »Weil er erst einen Tag hier ist –«

»Sechs Stunden!« korrigiert ihn der junge Bursche freudestrahlend.

Frank verdreht die Augen. »Er weiß es nicht besser.«

»Du aber.«

Was für ein mieser Tagesanfang.

Patrick marschiert zurück zu seinem Schreibtisch und hört seine Mailbox ab – drei Anrufe. Der einzige, der ihn wirklich interessiert, ist der von Nina. »Ruf mich an« – das ist alles, kein Name, nichts. Er greift zum Telefon, bemerkt dann die Akte, die ihm der Chief hingelegt hat.

Patrick klappt den Deckel auf, liest den Bericht vom Jugendamt. Der Telefonhörer fällt auf den Schreibtisch. Er summt noch vor sich hin, als Patrick längst aus dem Büro gestürmt ist.

»Na schön«, sagt Patrick ruhig. »Ich kümmere mich sofort darum. Ich fahre zu Caleb und rede mit ihm.«

Ich ertrage sie kaum, diese unglaubliche Gelassenheit in seiner Stimme. Ich fahre mir mit beiden Händen durchs Haar. »Meine Güte, Patrick. Hörst du bitte auf, dich zu verhalten wie ein ... ein Cop?«

»Willst du von mir hören, daß ich ihn am liebsten windelweich prügeln würde?«

Die Wut in seiner Stimme verblüfft mich. Ich neige den Kopf. »Ja«, antworte ich leise. »Genau das will ich von dir hören.« Er legt mir seine Hand an den Hinterkopf. Es fühlt sich an wie ein Gebet. »Ich weiß nicht, was ich machen soll.«

Patricks Finger umschließen meinen Schädel, durchfurchen mein Haar. Ich lasse es zu, stelle mir vor, daß er meine Gedanken entwirrt. »Dazu hast du ja mich«, sagt er.

Nathaniel weigert sich, als ich ihm sage, wo wir hinwollen. Aber wenn ich noch eine Minute länger im Haus bleibe, verliere ich den Verstand.

Licht fällt durch die hohen bunten Glasscheiben von St. Anne's, umspielt Nathaniel und mich mit einem Regenbogen. Um diese Uhrzeit, mitten in der Woche, ist die Kirche so still wie ein Geheimnis. Ich gehe ganz behutsam, während Nathaniel vor sich hin schlurft und seine Turnschuhe über den Mosaikboden schleifen läßt.

»Laß das«, flüstere ich und wünsche mir im selben Moment, ich hätte es nicht getan. Meine Worte hallen von den Steinbogen und den glänzend polierten Bänken wider und fallen auf mich zurück.

»Ich bin gleich wieder da«, sage ich zu Nathaniel und lasse ihn mit ein paar Matchbox-Autos auf einer der Bänke allein. Während ich rasch auf den Beichtstuhl zugche, ehe ich es mir anders überlegen kann.

Drinnen ist es eng und stickig. An meiner Schulter öffnet sich ein Gitter. Ich kann Pater Szyszynski zwar nicht sehen, aber ich kann die Stärke riechen, die er für seine klerikalen Hemden verwendet.

Eine Beichte ist tröstlich, und sei es auch nur, weil es feste Regeln gibt, die niemals gebrochen werden.

»Vater, ich habe gesündigt. Meine letzte heilige Beichte war vor vier Monaten.«

Falls er schockiert ist, so kann er es gut verbergen.

»Ich ... ich weiß nicht, warum ich hier bin.« Schweigen. »Ich habe etwas herausgefunden, vor kurzem, daß mich innerlich zerreißt.«

»Sprechen Sie weiter.«

»Mein Sohn ... man hat ihm weh getan.«

»Ja, ich weiß. Ich habe für ihn gebetet.«

»Ich glaube ... es sieht so aus ... als ob mein Mann derjenige war, der ihm das angetan hat.« Ich sitze weit vorgebeugt auf dem kleinen Klappstuhl. Stechende Schmerzen durchzucken mich, und ich bin froh darüber – ich hatte inzwischen geglaubt, überhaupt nichts mehr empfinden zu können.

Das Schweigen dauert so lange, daß ich mich frage, ob der Priester mich verstanden hat. Dann: »Und was ist *Ihre* Sünde?«

»Meine ... was?«

»Sie können nicht für Ihren Ehemann beichten.«

Zorn brodelt in mir auf, brennt in meiner Kehle. »Das war auch nicht meine Absicht.«

»Was wollten Sie dann heute beichten?«

Ich bin hergekommen, um einfach die Worte laut auszusprechen, und zwar vor jemandem, der die Aufgabe hat zuzuhören. Doch statt dessen sage ich: »Ich habe meinen Sohn nicht behütet. Ich habe nichts gemerkt.«

»Unschuld ist keine Sünde.«

»Und was ist mit Ignoranz?« Ich starre das Gitter zwischen uns an. »Was ist mit meiner Naivität, daß ich tatsächlich geglaubt habe, diesen Mann zu kennen. Was ist mit dem Wunsch, ihn so leiden zu sehen, wie Nathaniel leidet?«

Pater Szyszynski läßt diese Worte stehen. »Vielleicht tut er das ja bereits.«

Mir stockt der Atem. »Ich liebe ihn«, sage ich heiser. »Ich liebe ihn ebensosehr, wie ich ihn hasse.«

»Sie müssen sich selbst verzeihen, daß Sie nicht gewußt haben, was vor sich ging. Daß Sie zurückschlagen möchten.«

»Ich weiß nicht, ob ich das kann.«

»Also gut.« Eine Pause. »Können Sie *ihm* verzeihen?«

Ich betrachte den Schatten, der das Gesicht des Priesters ist. »So gottähnlich bin ich nicht«, sage ich und verlasse den Beichtstuhl, ehe er mich zurückhalten kann.

Es hat keinen Sinn. Ich durchlebe meine Buße ja bereits.

Er will nicht hier sein.

Die Kirche klingt wie das Geräusch in seinem Kopf – ein Brausen, das lauter ist als all die ungesagten Worte. Nathaniel sieht zu dem kleinen Raum hinüber, in den seine Mutter gegangen ist. Er schiebt ein Auto über die Bank. Er kann sein Herz hören.

Er stellt die übrigen Matchbox-Autos auf ihre Parkplätze und schiebt sich aus der Bank. Die Hände unter das Hemd geschoben wie ein kleines Tier, geht Nathaniel auf Zehenspitzen den Mittelgang der Kirche hinunter.

Vor dem Altar kniet er auf den Stufen nieder. Er erinnert sich, daß man um alles beten darf. Wie bei einem Wunsch, wenn man die Geburtstagskerzen ausbläst, nur daß dieser hier direkt bei Gott landet.

Er betet, daß ihn beim nächsten Mal, wenn er versucht, etwas mit den Händen zu sagen, alle verstehen werden. Er betet, daß er seinen Daddy zurückbekommt.

Nathaniels Blick fällt auf eine Marmorstatue an der Seite – eine Frau, die das Jesuskind auf dem Schoß hält. Er hat ihren Namen vergessen, aber sie ist hier überall zu sehen – auf Bildern und Wandbehängen und ganz oft auch als Steinfigur. Immer ist da eine Mutter mit Kind zu sehen.

Er fragt sich, ob da auf dem Sockel oder dort in dem Gemälde auch mal ein Daddy gestanden hat.

Patrick klopft an die Tür des Bungalows, den ihm der Motel-Manager gezeigt hat. Als sie sich öffnet, steht Caleb vor ihm, rotäugig und unrasiert. »Hör mal«, sagt Patrick sofort, »das Ganze ist furchtbar unangenehm.«

Caleb blickt auf die Polizeimarke in Patricks Hand. »Und für mich ist es noch ein bißchen unangenehmer als für dich.«

Das ist der Mann, der sieben Jahre mit Nina zusammengelebt hat. Mit ihr geschlafen hat, ein Kind mit ihr hat. Das ist der Mann, der das Leben geführt hat, nach dem Patrick sich sehnte.

Er hatte geglaubt, sich mit allem abgefunden zu haben. Nina war glücklich, Patrick wollte, daß sie glücklich ist, und wenn das nun mal bedeutete, daß er dabei keine Rolle spielte, sei's drum. Aber diese Gleichung funktionierte nur, wenn der Mann, für den Nina sich entschieden hatte, sie auch wert war.

Patrick hat Caleb immer für einen guten Vater gehalten, und jetzt ist er ein wenig erschrocken darüber, wie sehr er sich wünscht, daß Caleb der Täter ist. Falls er es ist, dann steht eindeutig fest, daß Nina sich für den Falschen entschieden hat.

Patrick spürt, wie sich seine Finger zur Faust ballen, aber er unterdrückt den Impuls, dem anderen Schmerz zuzufügen. Auf lange Sicht würde das niemandem helfen.

»Hast du ihr das eingeredet?« fragt Caleb gepreßt.

»Das hast du dir einzig und allein selbst zuzuschreiben«, entgegnet Patrick. »Kommst du freiwillig mit aufs Revier?«

Caleb nimmt schnell seine Jacke vom Bett. »Laß uns gehen«, sagt er.

Auf der Türschwelle streckt er den Arm aus und berührt Patrick an der Schulter. Patrick dreht sich um und blickt Caleb kühl an. »Ich hab es nicht getan«, sagt Caleb leise. »Nina und Nathaniel, die beiden sind meine andere Hälfte. Ich würde das nie wegwerfen.«

Patrick läßt nicht zu, daß seine Augen ihn verraten. Aber zum ersten Mal denkt er, daß Caleb vielleicht die Wahrheit sagt.

Ein anderer Mann hätte sich durch die Beziehung zwischen seiner Frau und Patrick Ducharme vielleicht verunsichern lassen. Caleb hatte zwar nie an Ninas Treue gezweifelt – auch nicht an ihren Gefühlen für ihn –, aber Patrick konnte sein gebrochenes Herz nie verbergen. Caleb hatte oft genug erlebt, wie Patricks Augen seiner Frau durch die Küche folgten, wenn er bei ihnen zum Abendessen war; er hatte gesehen, wie Patrick Nathaniel durch die Luft wirbelte und das fröhliche Lachen des Kleinen einsteckte, wenn niemand guckte. Aber das störte Caleb im Grunde nicht. Schließlich gehörten Nina und Nathaniel ihm. Wenn er etwas für Patrick empfand, dann Mitleid.

Am Anfang war Caleb eifersüchtig auf Ninas enge Freundschaft mit Patrick gewesen. Aber sie war eine Frau, die viele Freunde hatte. Und er sah rasch ein, daß Patrick nun mal ein wichtiger Teil von Ninas Vergangenheit war. Von ihr zu verlangen, ihn aus ihrem Leben zu verbannen, wäre ein Fehler gewesen.

Er denkt jetzt an Nina, während er mit Patrick und Monica LaFlamme an dem verkratzten Tisch im Vernehmungsraum des Polizeireviers sitzt. Vor allem fällt ihm jetzt wieder ein, wie kategorisch Nina schon allein den Gedanken von sich gewiesen hatte, daß Patrick Nathaniel weh getan haben könnte, während sie nur wenige Tage später, offenbar ohne nachzudenken, Caleb der Tat beschuldigt hat.

Caleb fröstelt. Patrick hatte einmal erwähnt, daß der Vernehmungsraum immer fünf Grad kühler gehalten wird als der Rest des Reviers, damit Verdächtige sich körperlich unwohl fühlen. »Bin ich festgenommen?« fragt er.

»Wir unterhalten uns bloß«. Patrick weicht Calebs Blick aus. »Wie alte Freunde.«

Alte Freunde, o ja. Wie Hitler und Churchill.

Caleb will nicht hier sitzen und sich verteidigen. Er will mit seinem Sohn reden. Er will wissen, ob Nina ihm das Piratenbuch schon zu Ende vorgelesen hat. Er will wissen, ob Nathaniel wieder ins Bett gemacht hat.

»Dann fangen wir mal an.« Patrick schaltet den Kassettenrecorder ein.

Plötzlich fällt Caleb ein, daß seine beste Informationsquelle ja nur einen Meter entfernt sitzt. »Du hast Nathaniel gesehen«, murmelt er. »Wie geht's ihm?«

Patrick blickt überrascht auf. Er ist es gewöhnt, selbst die Fragen zu stellen.

»Ging es ihm gut, als du da warst?«

»Es ging ... es ging ihm einigermaßen gut«, sagt Patrick. »So, jetzt –«

»Manchmal, wenn er nichts essen will, kann man ihn ablenken, indem man über irgend etwas anderes redet. Fußball oder Frösche oder so. Und während du redest, tust du ihm einfach immer weiter Essen auf die Gabel. Sag Nina das.«

»Laß uns jetzt über Nathaniel reden.«

»Tu ich doch schon. Hat er schon was gesagt? Richtig gesagt, meine ich. Nicht bloß mit den Händen?«

»Wieso?« fragt Patrick argwöhnisch. »Hast du Angst, er könnte uns noch mehr erzählen?«

»Angst? Es wäre mir egal, wenn das einzige Wort, das er sagen könnte, mein Name wäre. Es wäre mir egal, wenn ich deshalb lebenslang eingesperrt würde. Hauptsache, ich höre sie mit eigenen Ohren.«

»Seine Anschuldigung?«

»Nein«, sagt Caleb. »Seine Stimme.«

Mir fällt kein Ziel mehr ein. Die Bank, die Post, ein Eis für Nathaniel. Ein kleiner Park, das Tiergeschäft. Seit wir aus der Kirche gegangen sind, habe ich Nathaniel von Gebäude zu Gebäude geschleppt, habe Erledigungen gemacht, die noch hätten warten können, nur damit ich nicht wieder zurück nach Hause muß.

»Weißt du was, wir besuchen Patrick«, verkünde ich und biege im letzten Moment auf den Parkplatz des Polizeireviers von Biddeford ein. Er wird nicht begeistert sein, daß ich nach dem Stand seiner Ermittlungen frage, aber er wird es verstehen. Nathaniel läßt sich auf der Rückbank zur Seite plumpsen, um mir zu zeigen, was er von der Idee hält.

»Nur fünf Minuten«, verspreche ich.

Die amerikanische Flagge knattert laut in dem kalten Wind, als Nathaniel und ich den Weg zur Eingangstür hochgehen. *Gerechtigkeit für alle.* Als wir knapp fünf Meter entfernt sind, öffnet sich die Tür. Patrick kommt als erster heraus, schirmt die Augen gegen die Sonne ab. Direkt hinter ihm folgen Monica LaFlamme und Caleb.

Nathaniel schnappt nach Luft, dann reißt er sich von mir los. Im selben Moment entdeckt Caleb ihn und sinkt auf ein Knie. Seine Arme umschließen Nathaniel, drücken ihn an sich. Nathaniel blickt mit einem breiten Lächeln zu mir hoch, und in diesem Augenblick wird mir klar, daß er glaubt, ich hätte das als herrliche Überraschung für ihn geplant.

Patrick und ich stehen in einigem Abstand da, wie Buchstützen, die die Szene einklammern, während sie geschieht.

Er gewinnt als erster die Fassung wieder. »Nathaniel«, sagt Patrick leise, aber bestimmt, und er tritt vor, um meinen Sohn wegzuziehen. Doch Nathaniel will nichts davon wissen. Er schlingt die Arme um Calebs Hals, will unter seine Jacke kriechen.

Über den Kopf unsres Sohnes hinweg begegnet Calebs Blick dem meinem. Er steht auf, hebt Nathaniel dabei hoch.

Ich zwinge mich wegzuschauen. An die Hunderte von Kindern zu denken, die ich kennengelernt habe – die gepeinigt und verwahrlost und hungrig sind –, die schreien, wenn sie aus ihren Familien weggeholt werden, und darum betteln,

bei Mutter oder Vater bleiben zu dürfen, auch wenn sie mißbraucht wurden.

»He, Sohnemann«, sagt Caleb leise und zwingt Nathaniel,
ihn anzusehen. »Du weißt, daß ich jetzt am liebsten noch etwas länger mit dir zusammen wäre. Aber ... ich habe etwas zu
erledigen.«

Nathaniel schüttelt den Kopf, und sein Gesicht verdüstert
sich.

»Wir sehen uns, sobald ich kann.« Caleb geht auf mich zu,
wippt Nathaniel in den Armen auf und ab, schält ihn sich
förmlich vom Körper und drückt ihn in meine Arme. Inzwischen weint Nathaniel so heftig, daß ihn lautlose Schluchzer
schütteln. Sein Brustkorb bebt heftig unter meiner Handfläche.

Als Caleb auf seinen Pick-up zugeht, blickt Nathaniel
hoch. Seine Augen sind kleine Schlitze und beinahe schwarz.
Er hebt die Faust und schlägt mich auf die Schulter. Er tut es
wieder und wieder, ein Wutanfall, der sich gegen mich richtet.

»Nathaniel!« sagt Patrick scharf.

Aber es tut nicht weh. Bei weitem nicht so sehr wie alles
andere.

»Mit einer gewissen Regression müssen Sie rechnen«, sagt Dr.
Robichaud leise, als wir beide zusehen, wie Nathaniel teilnahmslos auf dem Bauch auf dem Teppichboden des Spielzimmers liegt. »Seine Familie zerbricht. In seiner Vorstellung
ist er dafür verantwortlich.«

»Er ist zu seinem Vater gelaufen«, sage ich. »Sie hätten es
sehen sollen.«

»Nina, Sie wissen doch besser als die meisten, daß das kein
Beweis für Calebs Unschuld ist. In so einer Situation glauben
Kinder, daß sie eine besondere Bindung an den Elternteil haben. Daß Nathaniel auf ihn zuläuft – das ist ein Verhalten wie
aus dem Lehrbuch.«

Oder vielleicht, erlaube ich mir zu denken, hat Caleb gar

nichts Böses getan. Aber ich schiebe die Zweifel beiseite, weil ich jetzt auf Nathaniels Seite bin. »Also, was soll ich tun?«

»Absolut nichts. Seien Sie einfach weiter die Mutter, die Sie immer waren. Je besser Nathaniel begreift, daß Teile seines Lebens konstant bleiben, desto schneller wird er die Veränderungen verkraften.«

Ich beiße mir auf die Lippen. Es liegt in Nathaniels Interesse, meine Fehler einzugestehen, aber das ist nun mal nicht einfach. »Vielleicht ist das keine so gute Idee. Ich arbeite oft sechzig Stunden die Woche. Ich war eigentlich nicht der zupackende Elternteil. Das war Caleb.« Zu spät bemerke ich meine unglückliche Wortwahl. »Ich meine ... na ja, Sie wissen schon, was ich meine.«

Nathaniel hat sich auf die Seite gerollt. Heute scheint er sich in Dr. Robichauds Praxis für nichts zu interessieren. Die Stifte liegen unberührt herum. Die Malblocks sind ordentlich in einer Ecke gestapelt, das Puppentheater bleibt eine Geisterstadt.

Die Psychiaterin nimmt ihre Brille ab. »Wissen Sie, als Wissenschaftlerin bin ich überzeugt, daß wir die Macht haben, unser Leben selbst zu gestalten. Ich glaube aber auch fest daran, daß nichts ohne Grund geschieht, Nina.« Dr. Robichaud blickt rasch zu Nathaniel hinüber, der jetzt aufgestanden ist und endlich auf den Tisch zugeht. »Vielleicht ist er nicht der einzige, der einen Neuanfang macht.«

Nathaniel will verschwinden. So schwer kann das nicht sein. Es passiert andauernd mit allen möglichen Sachen. Die Regenpfütze vor der Schule ist weg, wenn die Sonne mitten am Himmel steht. Seine blaue Zahnbürste verschwindet und wird durch eine rote ersetzt. Die Katze von nebenan schleicht eines Nachts nach draußen und kommt nie wieder. Wenn er darüber nachdenkt, muß er weinen. Deshalb versucht er von guten Sachen zu träumen – *X-Men* und Weihnachten und Maraschinokirschen –, aber er kann sich davon nicht mal ein

Bild im Kopf machen. Er versucht, sich seine Geburtstagsparty vorzustellen, nächsten Mai, doch er sieht nur Schwarz.

Ach, könnte er doch einfach die Augen zumachen und für immer einschlafen, einfach dort bleiben, wo Träume sich so echt anfühlen. Plötzlich hat er eine Idee: Vielleicht hat er ja *jetzt* einen bösen Traum. Vielleicht wacht er gleich auf, und alles ist wieder, wie es sein soll.

Aus den Augenwinkeln sieht Nathaniel das dicke, blöde Buch mit den vielen Händen drin. Wenn das Buch nicht gewesen wäre, hätte er nie gelernt, mit den Fingern zu sprechen, und wenn er nichts gesagt hätte, wäre das nie passiert. Er richtet sich auf und geht zu dem Tisch, auf dem es liegt. Die erste Seite zeigt einen fröhlichen, lächelnden Mann, der mit seiner Hand hallo sagt. Die nächste Seite einen Hund und eine Katze und die Zeichen für beide. Nathaniel fängt an, große Fetzen Papier herauszureißen, verstreut sie um seine Füße wie Schnee. Er trampelt auf die Seite mit Bildern von Nahrungsmitteln. Er reißt die Blätter durch, die eine Familie zeigen. Er sieht sich selbst dabei zu, als blickte er in einen Zauberspiegel. Und dann sieht er nach unten, und etwas sticht ihm ins Auge.

Das Bild, das er die ganze Zeit gesucht hat.

Er greift so fest nach dem Blatt, daß es in seiner Faust zerknittert. Er rennt zu der Tür, die in Dr. Robichauds Büro führt, wo seine Mutter wartet. Er macht es genau so wie der schwarzweiße Mann auf dem Blatt. Nathaniel drückt Daumen und Zeigefinger zusammen und fährt sich damit über den Hals, als wollte er sich die Kehle durchschneiden.

Er will sich umbringen.

»Nein, Nathaniel«, sage ich und schüttele den Kopf. »Nein, Schätzchen, nein.« Tränen rinnen mir über die Wangen, und er hält sich an meiner Bluse fest. Als ich nach ihm greife, wehrt er sich, streicht auf meinem Knie ein Stück Papier glatt. Er klopft mit dem Finger auf eine der Zeichnungen.

»Langsam«, weist Dr. Robichaud ihn an, und Nathaniel dreht sich zu ihr um. Wieder zieht er eine Linie über seine Luftröhre. Er schlägt die Zeigefinger aneinander. Dann zeigt er auf sich.

Ich blicke nach unten auf das Blatt, auf das einzige Zeichen, das ich nicht kenne. Wie die anderen Kategorien in dem Buch hat auch diese eine Überschrift. RELIGIÖSE SYMBOLE. Und Nathaniels Handbewegung war kein Hinweis auf selbstmörderische Gedanken. Er hat einen imaginären Priesterkragen dargestellt – es ist das Zeichen für *Priester*.

Priester. Verletzen. Mich.

In meinem Kopf greifen Zahnräder ineinander: Nathaniel, der von dem Wort *Vater* wie hypnotisiert ist – obwohl er Caleb immer *Daddy* nennt – und der es sich nie abgewöhnt hat, Pater Szyszynski als *Vater* Glen zu bezeichnen. Das Kinderbuch, das Pater Szyszynski mitgebracht hatte, das wie vom Erdboden verschluckt war, als ich ihm beim Zubettgehen daraus vorlesen wollte, und das bis jetzt nicht wieder aufgetaucht ist. Der erbitterte Widerstand, den Nathaniel heute morgen geleistet hat, als ich ihm gesagt habe, daß wir zur Kirche fahren.

Und mir fällt noch etwas ein: Ein Sonntag vor wenigen Wochen, als wir uns aufgerafft hatten, zur Messe zu gehen. Als Nathaniel sich abends auszog, fiel mir auf, daß er Unterwäsche trug, die nicht ihm gehörte. Ein billiger kleiner Spiderman-Slip statt der schönen Miniboxershorts, die ich gekauft hatte, damit Nathaniel das gleiche wie sein Dad tragen konnte. *Wo hast du denn deine*, hatte ich gefragt.

Und seine Antwort: *In der Kirche.*

Ich nahm an, daß ihm in der Sonntagsschule ein Malheur passiert war und daß seine Lehrerin ihm die Unterhose aus der Kiste mit den Kleiderspenden geholt hatte. Ich hatte eigentlich vorgehabt, mich bei Miss Fiore zu bedanken. Aber ich hatte so viel um die Ohren, daß ich nicht dazu gekommen war.

Jetzt ergreife ich die zitternden Hände meines Sohnes und küsse ihm die Fingerspitzen. Jetzt nehme ich mir alle Zeit der Welt. »Nathaniel«, sage ich, »ich höre dir zu.«

Eine Stunde später, bei mir zu Hause, stellt Monica ihre Tasse in die Spüle. »Ist es Ihnen recht, wenn ich Ihren Mann informiere?«

»Natürlich. Ich würde es ja selbst tun, aber ...« Meine Stimme erstirbt.

»Das ist meine Aufgabe«, beendet sie den Satz und bewahrt mich davor, die Wahrheit aussprechen zu müssen: Ich weiß nicht, ob Caleb mir verzeihen wird.

Ich beschäftige mich mit dem Abwasch – die Tassen ausspülen, die nassen Teebeutel ausdrücken und in den Müll werfen. Seit wir Dr. Robichauds Büro verlassen haben, habe ich bewußt versucht, mich nur auf Nathaniel zu konzentrieren – nicht nur, weil es richtig ist, sondern auch, weil ich im Grunde meines Herzens ein schrecklicher Feigling bin. Was wird Caleb sagen, was wird er tun?

Monicas Hand berührt meinen Unterarm. »Sie wollten Nathaniel schützen.«

Ich blicke sie an. Kein Wunder, daß wir Sozialarbeiter brauchen. Menschliche Beziehungen können sich so leicht verknoten, und dann bedarf es einer fähigen Person, um die Fäden zu entwirren. Manchmal jedoch läßt sich ein wirres Knäuel nur dadurch lösen, daß man es herausschneidet und von vorn anfängt.

Sie liest meine Gedanken. »Nina. An Ihrer Stelle hätte ich dieselben Schlüsse gezogen.«

Es klopft, und wir blicken zur Tür. Patrick kommt herein, nickt Monica zu. »Ich wollte gerade gehen«, erklärt sie. »Falls Sie mich noch brauchen, ich bin später in meinem Büro zu erreichen.«

Das ist sowohl an Patrick als auch an mich gerichtet. Patrick wird sie vermutlich brauchen, um den Fall weiter zu bearbeiten. Ich werde sie vermutlich brauchen, weil ich moralische Unterstützung benötige. Sobald sich die Tür hinter Monica schließt, tritt Patrick auf mich zu. »Nathaniel?«

»Er ist in seinem Zimmer. Es geht ihm gut.« Ein Schluchzen steigt mir in die Kehle. »O Gott, Patrick. Ich hätte es wissen müssen. Was hab ich getan? Was hab ich bloß getan?«

»Du hast getan, was du für nötig gehalten hast«, sagt er schlicht.

Ich nicke, will ihm glauben. Aber Patrick weiß, daß es nicht funktioniert. »He.« Er führt mich zu den Stühlen in der Küche. »Weißt du noch, als wir Kinder waren und immer *Cluedo* gespielt haben?«

Ich wische mir die Nase am Ärmel ab. »Nein.«

»Nur, weil du immer verloren hast. Bei dir war immer Colonel Mustard der Mörder, egal, wie die Beweise aussahen.«

»Ich hab dich bestimmt nur gewinnen lassen.«

»Gut. Wenn du es nämlich schon mal so gemacht hast, Nina, dann fällt es dir nicht so schwer, es noch mal zu tun.« Er legt mir die Hände auf die Schultern. »Überlaß die Sache mir. Ich kenne dieses Spiel, Nina, und ich bin gut darin. Wenn du mich tun läßt, was ich tun muß, ohne daß du dich ständig einmischst, dann können wir nicht verlieren.« Unvermittelt tritt er einen Schritt zurück, steckt die Hände in die Taschen. »Und du hast dich jetzt um andere Dinge zu kümmern.«

»Andere Dinge.«

Patrick dreht den Kopf, sucht meinen Blick. »Caleb?«

Es ist wie bei dem alten Kinderspiel: Wer blinzelt zuerst? Diesmal halte ich nicht durch. Ich schaue weg. »Dann schnapp ihn dir, Patrick. Es ist Pater Szyszynski. Ich weiß es, und du weißt es. Wie viele Priester sind schon für so etwas verurteilt worden – verdammt!« Ich verziehe das Gesicht, weil mir schlagartig mein Fehler bewußt wird. »Ich hab in der Beichte mit Pater Szyszynski über Nathaniel gesprochen.«

»*Was* hast du? Wieso denn das?«

»Ich habe gedacht, er wäre mein *Priester*.« Dann blicke ich auf. »Moment mal. Er denkt, Caleb steht unter Verdacht. Das hab ich ihm gesagt. Das ist doch gut, nicht? Er weiß nicht, daß er jetzt der Verdächtige ist.«

»Wichtig ist, ob Nathaniel es weiß.«

»Ist das nicht sonnenklar?«

»Leider nein. Offenbar gibt es nicht nur eine Möglichkeit, das Wort ›Vater‹ zu interpretieren. Und da draußen gibt es schließlich nicht nur einen einzigen Priester.« Er blickt mich ernst an. »Du bist Staatsanwältin. Du weißt, daß dieser Fall sich keinen Fehler mehr erlauben kann.«

»Himmel, Patrick, er ist doch erst fünf. Er hat das Zeichen für *Priester* gemacht. Szyszynski ist der einzige Priester, den er überhaupt kennt, der einzige Priester, der regelmäßig mit ihm Kontakt hat. Na los, frag Nathaniel schon, ob er Szyszysnki gemeint hat.«

»Damit kommen wir vor Gericht nicht durch, Nina.«

Plötzlich begreife ich, daß Patrick nicht nur gekommen ist, um mit Nathaniel zu reden. Er ist auch hier, um mit mir zu reden. Um mich daran zu erinnern, daß ich zwar eine Mutter bin, aber jetzt trotzdem wie eine Staatsanwältin denken muß. Wir dürfen Nathaniel den Namen des Beschuldigten nicht in den Mund legen; Nathaniel muß ihn von sich aus aussprechen. Ansonsten besteht keine Aussicht auf eine Verurteilung.

Mein Mund ist trocken. »Er redet nicht, so weit ist er noch nicht.«

Patrick streckt mir eine Hand entgegen. »Dann laß uns mal sehen, was er uns heute so erzählen kann.«

Nathaniel sitzt auf dem oberen Etagenbett und sortiert die alte Baseballkartensammlung seines Vaters in kleine Stapel. Er mag das Gefühl der weichen Papierränder an seinen Fingern, und daß sie irgendwie grau riechen. Sein Dad sagt, er soll vorsichtig mit den Karten umgehen, weil die ihm irgendwann mal das Studium finanzieren könnten, aber Nathaniel ist das ganz egal. Im Augenblick gefällt es ihm einfach, sie anzufassen, sich die vielen ulkigen Gesichter anzusehen und sich vorzustellen, daß sein Dad das auch mal gemacht hat.

Es klopft, und seine Mom kommt mit Patrick herein. Ohne zu zögern, klettert Patrick die Leiter herauf und quetscht seine gesamten ein Meter siebenundachtzig in den engen Raum zwischen Zimmerdecke und Matratze. Nathaniel muß lächeln, ein bißchen. »He, kleiner Krauter.« Patrick klopft mit der Faust aufs Bett. »Mensch, das ist vielleicht gemütlich. So eins muß ich mir auch zulegen.« Er setzt sich auf und tut so, als würde er mit dem Kopf an die Decke stoßen. »Was meinst du? Soll ich deine Mom fragen, ob sie mir auch so ein Bett kauft?«

Nathaniel schüttelt den Kopf und reicht Patrick eine Karte. »Ist die für mich?« fragt Patrick, dann liest er den Namen und schmunzelt. »Mike Schmidt, Neuprofi. Dein Dad wird begeistert sein, daß du so großzügig bist.« Er steckt die Karte ein und holt Stift und Block hervor. »Nathaniel, kann ich dir ein paar Fragen stellen?«

Tja. Er hat keine Lust auf Fragen. Er hat keine Lust auf nichts. Aber Patrick ist schließlich extra zu ihm hochgeklettert. Nathaniel nickt, *ja*.

Patrick berührt das Knie des Jungen, langsam, so langsam, daß Nathaniel nicht einmal zusammenfährt. »Krauter, versprichst du, mir die Wahrheit zu sagen?« fragt er freundlich.

Nathaniel nickt, diesmal langsamer.

»Hat dein Daddy dir weh getan?«

Nathaniel sieht Patrick an, dann seine Mutter und schüttelt mit Nachdruck den Kopf. Er spürt, daß sich etwas in seiner Brust öffnet, so daß er leichter atmen kann.

»Hat jemand anderes dir weh getan?«

Ja.

»Weißt du, wer es war?«

Ja.

Patricks Augen ruhen unverwandt auf Nathaniel. Er läßt

nicht zu, daß Nathaniel wegsieht, auch wenn er das so gern möchte. »War es ein Junge oder ein Mädchen?«

Nathaniel versucht sich zu erinnern – wie war das Zeichen noch mal? Er blickt zu seiner Mutter hinüber, aber Patrick schüttelt den Kopf, und er weiß, daß er das jetzt alleine schaffen muß. Zögernd hebt er die Hand an den Kopf. Er berührt seine Stirn, als wäre da eine Baseballmütze. »Junge«, hört er seine Mutter übersetzen.

»War es ein Erwachsener oder ein Kind?«

Nathaniel blinzelt ihn an. Die Zeichen für diese Worte kennt er nicht.

»Ich meine, war er so groß wie ich oder so klein wie du?«

Nathaniels Hand schwebt zwischen seinem Körper und dem von Patrick. Dann senkt sie sich zielsicher ab bis zur Mitte.

Patrick lächelt. »Okay, es war also ein mittelgroßer Mann, und es war jemand, den du kennst.«

Ja.

»Kannst du mir sagen, wer?«

Nathaniel spürt, wie sich sein ganzes Gesicht verkrampft. Er schließt die Augen, so fest er kann. *Bitte bitte bitte*, denkt er. *Laß mich.* »Patrick«, sagt seine Mutter und macht einen Schritt, aber Patrick hebt eine Hand, und sie bleibt stehen.

»Nathaniel, wenn ich dir einen Packen Bilder mitbringen würde« – er zeigt auf die Baseballkarten – »wie die da ... meinst du, du könntest mir zeigen, wer es war?«

Nathaniels Hände flattern über die Stapel, Hummeln, die einen Ort zum Landen suchen. Er blickt von einer Karte zur anderen. Er kann nicht lesen, er kann nicht sprechen, aber er weiß, daß Rollie Fingers einen dicken Schnurrbart hatte und daß Al Hrabosky wie ein Grizzlybär aussah. Wenn er erst mal was im Kopf hat, bleibt es auch drin. Er muß es nur wieder herausholen.

Nathaniel sieht zu Patrick auf, und er nickt. Das, ja, das kann er.

Monica hat schon weit schlimmere Unterkünfte gesehen als das Motel, wo sie Caleb Frost findet, aber das hier ist irgendwie unerträglich, und sie denkt, das liegt daran, daß sie sein Zuhause kennengelernt hat, den Platz, wo er eigentlich hingehört. Sobald Caleb ihr Gesicht durch den Spion in der Tür erkannt hat, reißt er sie auf. »Was ist mit Nathaniel?« fragt er. Angst steht in seinen Augen.

»Nichts. Gar nichts. Er hat eine neue Aussage gemacht. Hat jemand anderen identifiziert.«

»Ich verstehe nicht.«

»Das bedeutet, daß Sie nicht mehr unter Verdacht stehen, Mr. Frost«, sagt Monica leise.

Fragen schießen wie Funken in ihm hoch. »Wer?« stößt Caleb hervor, und das Wort schmeckt nach Asche.

»Ich denke, Sie sollten nach Hause fahren und mit Ihrer Frau reden«, erwidert sie, macht auf dem Absatz kehrt und geht davon, die Handtasche fest unter den Arm geklemmt.

»Warten Sie«, ruft Caleb. Er atmet tief durch. »Ist ... ist Nina damit einverstanden?«

Monica lächelt ihn freundlich an. »Was meinen Sie wohl, wer mich gebeten hat, Ihnen Bescheid zu sagen?«

Peter ist bereit, mich im Bezirksgericht zu treffen, wo ich die einstweilige Verfügung aufheben lassen will. Der ganze Vorgang dauert lediglich zehn Minuten, einmal Abstempeln, und der Richter stellt bloß eine einzige Frage: Wie geht es Nathaniel?

Als ich unten in die Halle trete, kommt Peter gerade durch die Eingangstür geeilt. Er läuft auf mich zu, mit besorgter Miene. »Ich bin so schnell gekommen, wie ich konnte«, keucht er atemlos. Sein Blick huscht zu Nathaniel, der meine Hand hält.

Er denkt, ich brauche ihn, um die Buchstaben des Gesetzes für mich zu verdrehen, um das kalte Herz eines Richters zu erweichen, um irgend etwas zu tun, das die Waage der Gerechtigkeit in meine Richtung ausschlagen läßt. Plötzlich ist es mir peinlich, daß ich ihn angerufen habe.

»Was ist los?« will Peter wissen. »Egal was, Nina.«

Ich schiebe die Hände in die Manteltaschen. »Eigentlich wollte ich bloß eine Tasse Kaffee mit dir trinken«, gestehe ich. »Ich wollte für fünf Minuten das Gefühl haben, daß alles wieder so ist, wie es mal war.«

Peters Blick ist wie ein Scheinwerfer, der tief in meine Seele leuchtet. »Das kann ich auch«, sagt er und hakt sich bei mir ein.

Als Patrick das »Tequila Mockingbird« betritt, sind alle Plätze an der Bar besetzt, aber der Barkeeper sieht ihn nur einmal kurz an und bittet dann einen Geschäftsmann, sich doch mit seinem Drink an einen der Tische zu verziehen. Patrick hüllt sich in seine düstere Stimmung wie in einen Umhang, setzt sich auf den frei gewordenen Hocker und winkt Stuyvesant heran. Der gießt ihm unaufgefordert das Übliche ein, Glenfiddich. Aber dann reicht er Patrick die Flasche und behält das Glas Scotch hinter der Bar. »Nur für den Fall, daß noch ein Gast was Starkes will«, erklärt Stuyvesant.

Patrick betrachtet zunächst die Flasche, dann den Barkeeper. Er knallt seine Autoschlüssel auf die Theke, ein fairer Tausch, und nimmt einen großen Schluck Whisky.

Mittlerweile ist Nina im Gericht gewesen und wieder zurück. Vielleicht hat Caleb es rechtzeitig zum Abendessen nach Hause geschafft. Vielleicht haben sie Nathaniel früher als sonst ins Bett gebracht und liegen jetzt, in diesem Moment, nebeneinander in der Dunkelheit.

Patrick greift wieder zur Flasche. Er war schon in ihrem Schlafzimmer. Ein großes Ehebett. Wenn er mit ihr verheiratet wäre, würden sie in einem schmalen Bett schlafen. Er würde ihr ganz nah sein wollen.

Er war selbst drei Jahre verheiratet, weil er gedacht hat, daß man ein Loch, das man vergessen wollte, auffüllen müßte.

Ihm war nicht klar gewesen, daß es alle möglichen Füllungen gab, die zwar Raum einnahmen, aber keine Substanz hatten. Die ihm nicht das Gefühl von Leere nahmen.

Es war nun einmal so: Nina hatte ihm jede andere Frau verdorben.

Nathaniel liegt im unteren Bett, als ich ihm vor dem Einschlafen noch etwas vorlese. Plötzlich fährt er hoch und fliegt beinahe durchs Zimmer zur Tür, wo Caleb steht. »Du bist wieder zu Hause«, sage ich, aber er hört mich nicht.

Als ich Nathaniel und Caleb so zusammen sehe, würde ich mich am liebsten ohrfeigen. Wie konnte ich nur glauben, daß Caleb seinem Sohn etwas Böses angetan hat?

Plötzlich ist das Zimmer zu klein für uns drei. Ich ziehe mich zurück, schließe die Tür hinter mir. Unten in der Küche spüle ich das Besteck, das eigentlich schon sauber ist. Ich sammle Nathaniels Spielsachen vom Boden auf. Ich setze mich im Wohnzimmer auf die Couch, stehe wieder auf und arrangiere die Kissen.

»Er schläft.«

Calebs Stimme geht mir durch Mark und Bein. Ich drehe mich um, die Arme vor der Brust verschränkt. Wirkt das zu abwehrend? Ich lasse sie herabsinken. »Ich bin ... ich bin froh, daß du wieder da bist.«

»Wirklich?«

Sein Gesicht ist ausdruckslos. Caleb tritt aus dem Schatten und kommt auf mich zu. Einen halben Meter vor mir bleibt er stehen, aber es könnte auch ein ganzes Universum zwischen uns sein.

Ich kenne jede Linie in seinem Gesicht. Die eine, die sich im ersten Jahr unserer Ehe eingegraben hat, vom vielen Lachen. Die eine, die er vor lauter Sorgen in dem Jahr bekommen hat, als er die Baufirma verließ und sich selbständig machte. Die eine, die entstand, weil er so konzentriert beobachtete, wie Nathaniel seine ersten Schritte tat, sein erstes

Wort sprach. Mein Hals fühlt sich an wie in einem Schraubstock, und all meine Entschuldigungen liegen mir bitter im Magen. »Ach Caleb«, sage ich schließlich unter Tränen, »das alles, das sollte uns doch nicht passieren.«

Und dann weint er auch, und wir klammern uns aneinander, schmiegen unseren Schmerz an den Körper des anderen. »Er hat es getan. Er hat ihm das angetan.«

Caleb hält mein Gesicht in seinen Händen. »Wir werden das überstehen. Wir werden dafür sorgen, daß es Nathaniel wieder gutgeht.« Aber seine Sätze klingen wie bettelnde Fragen. »Wir stecken alle drei da drin, Nina«, flüstert er. »Und wir gehören zusammen.«

»Zusammen«, wiederhole ich und presse meinen offenen Mund an seinen Hals. »Caleb, es tut mir so leid.«

»Pssst.«

»Nein, wirklich, es tut mir so –«

Er bringt mich mit einem Kuß zum Schweigen. Das verblüfft mich, damit hatte ich nicht gerechnet. Doch dann packe ich ihn am Hemdkragen und küsse ihn auch. Ich küsse ihn aus tiefster Seele, ich küsse ihn, bis er den kupfrigen Geschmack der Trauer schmecken kann. *Zusammen.*

Wir ziehen uns gegenseitig aus, wild, Stoff zerreißt. Es ist der Zorn, der sich Bahn bricht: Zorn, daß unserem Sohn das angetan wurde, daß wir die Zeit nicht zurückdrehen können. Zum ersten Mal seit Tagen findet meine Wut ein Ventil. Ich ergieße meine Wut in Caleb und merke plötzlich, daß er dasselbe mit mir macht. Wir kratzen uns, wir beißen uns. Aber dann legt Caleb mich unendlich sanft hin. Unsere Blicke ruhen ineinander, als er sich in mir bewegt. Keiner von uns wagt, auch nur zu blinzeln. Mein Körper erinnert sich: So fühlt es sich an, von Liebe erfüllt zu sein, und nicht von Verzweiflung.

Der letzte Fall, bei dem ich mit Monica LaFlamme zusammengearbeitet habe, war kein Erfolg gewesen. Sie hatte mir einen

Bericht geschickt, in dem stand, daß eine gewisse Mrs. Grady sie angerufen hatte. Nach Aussage von Mrs. Grady hatte ihr siebenjähriger Sohn Eli, als sie ihn nach dem Baden abtrocknen wollte, das Mickey-Mouse-Handtuch gepackt, angefangen, sexuelle Beckenstöße zu simulieren, und seinen Stiefvater als Täter genannt. Das Kind wurde im Maine Medical Center untersucht, doch ohne Befund. Ach ja, und Eli litt an etwas, was als oppositionelle Verhaltensstörung bezeichnet wurde.

Wir trafen uns in meinem Büro und gingen dann in den Raum, in dem wir einen Eindruck von den Kindern gewinnen, ehe wir ihnen überhaupt eine Anhörung zur Feststellung der Verhandlungsfähigkeit zumuten. Auf der anderen Seite eines Einwegspiegels waren ein kleiner Tisch, Kinderstühle, ein paar Spielsachen, und an die Wand war ein Regenbogen gemalt. Monica und ich beobachteten Eli, der laut schreiend umherrannte und an den Vorhängen riß. »Meine Güte«, sagte ich. »Das kann ja heiter werden.«

Im Nebenzimmer versuchte Mrs. Grady, ihren Sohn zu beruhigen. »Eli, hör jetzt auf damit«, sagte sie. Aber er schrie nur noch lauter.

Ich drehte mich zu Monica um. »Was versteht man überhaupt unter oppositioneller Verhaltensstörung?«

Die Sozialarbeiterin zuckte die Achseln. »Keine Ahnung, aber ich hab so eine Vermutung«, sagte sie und deutete auf Eli. »Genau das da. Er tut das Gegenteil von dem, was man von ihm will.«

Ich sah sie verwundert an. »Ist das eine psychiatrische Diagnose? Ich meine, ist das nicht einfach die Definition des Verhaltens von Siebenjährigen?«

»Das kapier, wer will.«

»Was ist mit forensischen Beweisen?« Ich öffnete eine Einkaufstüte und holte ein ordentlich gefaltetes Handtuch heraus. Mickeys Gesicht glotzte zu mir hoch. Die großen Ohren, das schiefe Grinsen – das war auch so schon schauerlich, dachte ich.

»Die Mutter hat es nach dem Bad an jenem Abend gewaschen.«

»Natürlich.«

Monica seufzte, als ich ihr das Handtuch reichte. »Mrs. Grady will unbedingt vor Gericht gehen.«

»Die Entscheidung liegt nicht bei ihr.« Aber ich lächelte, als Elis Mutter zu uns kam und sich zwischen mich und den Detective stellte, der in dem Fall die Ermittlungen leitete. Ich hielt ihr meinen üblichen Vortrag, daß wir abwarten müßten, welche Informationen Ms. LaFlamme Eli entlocken könne, fürs Protokoll.

Wir sahen zu, wie Monica Eli bat, sich hinzusetzen.

»Nein«, sagte er und fing an, im Kreis zu rennen.

»Eli, du mußt dich jetzt mal hier hinsetzen. Machst du das bitte?«

Eli hob einen Stuhl hoch und warf ihn in die Ecke. Mit unglaublicher Geduld holte Monica den Stuhl und stellte ihn neben ihren. »Eli, bitte setz dich mal einen Moment zu mir, und dann gehen wir deine Mommy holen.«

»Meine Mommy soll jetzt kommen. Ich will nicht hier sein.«

Aber dann setzte er sich doch.

Monica deutete auf den Regenbogen. »Kannst du mir sagen, was das da für eine Farbe ist?«

»Rot.«

»Sehr gut! Und die Farbe da?« Sie zeigte auf den gelben Streifen.

Eli verdrehte die Augen in ihre Richtung. »Rot«, sagte er.

»Ist das Rot, oder ist das eine andere Farbe als bei dem ersten Streifen?«

»Meine Mommy soll kommen«, schrie Eli. »Ich will nicht mit dir reden. Du bist eine fette alte Kuh.«

»Gut«, sagte Monica ruhig. »Willst du deine Mommy holen?«

»Nein, meine Mommy soll nicht kommen.«

Nach weiteren fünf Minuten beendete Monica das Gespräch. Sie blickte in meine Richtung zur Scheibe und zog achselzuckend die Augenbrauen hoch. Sofort beugte Mrs. Grady sich vor. »Wie geht es jetzt weiter? Wird ein Gerichtstermin festgelegt?«

Ich atmete tief durch. »Ich weiß nicht genau, was Ihrem Sohn zugestoßen ist«, sagte ich diplomatisch. »Wahrscheinlich ist er mißbraucht worden. Sein Verhalten deutet jedenfalls darauf hin. Und ich denke, Sie sollten den Umgang Ihres Mannes mit Eli sehr genau beobachten. Aber leider können wir diesen Fall nicht strafrechtlich verfolgen.«

»Aber ... aber Sie haben es doch gerade selber gesagt. Er ist mißbraucht worden. Was muß denn noch passieren?«

»Sie haben gesehen, wie Eli sich verhält. Er kann unmöglich in einen Gerichtssaal gehen, sich auf einen Stuhl setzen und Fragen beantworten.«

»Wenn Sie ihn öfters sehen würden –«

»Mrs. Grady, es geht nicht nur um mich. Er wird auch die Fragen des Verteidigers und des Richters beantworten müssen, und nur wenige Meter von ihm entfernt werden noch dazu Geschworene sitzen und ihn anstarren. Sie können besser als jeder andere beurteilen, was Eli für Verhaltensprobleme hat, weil Sie tagtäglich mit ihm zu tun haben. Aber leider funktioniert unser Rechtssystem nicht für Menschen, die nicht imstande sind, sich innerhalb des vorgegebenen Rahmens verständlich zu machen.«

Das Gesicht der Frau war kalkweiß. »Und ... was machen Sie in solchen Fällen? Wie schützen Sie Kinder wie Eli?«

Ich wandte mich wieder dem Einwegspiegel zu, hinter dem Eli soeben Buntstifte zerbrach. »Wir können es nicht«, gab ich zu.

Ich fahre im Bett hoch, mein Herz rast. Ein Traum. Es war nur ein Traum. Mein Herz klopft wie wild, Schweiß bedeckt mich wie ein Schleier, aber im Haus ist es ruhig.

Caleb liegt auf seiner Seite, das Gesicht mir zugewandt, und atmet tief. In seinem Gesicht glänzen silbrige Spuren. Er hat im Schlaf geweint. Ich lege eine Fingerspitze auf seine Tränen, führe sie zum Mund. »Ich weiß«, wispere ich und liege dann den Rest der Nacht wach.

Als die Sonne aufgeht, döse ich ein und stelle beim Aufwachen fest, daß der erste winterliche Frost da ist. Er kommt früh in Maine, und er verändert die Landschaft. Die Welt ist über Nacht weißgrau und stachelig geworden.

Caleb und Nathaniel sind nirgendwo zu finden. Das Haus ist so leise, daß ich mein eigenes Blut rauschen höre, während ich mich anziehe und nach unten gehe. Die Kälte kriecht durch den Spalt unter der Tür und wickelt sich um meine Knöchel, während ich eine Tasse Kaffee trinke und auf den Zettel starre, der auf dem Tisch liegt. WIR SIND IN DER SCHEUNE.

Als ich zu ihnen gehe, rühren sie gerade Mörtel an. Eigentlich ist es nur Caleb. Nathaniel kauert auf dem Boden der Werkstatt und legt mit Ziegelstückchen die Umrisse des schlafenden Hundes nach. »Morgen«, grinst Caleb und blickt auf. »Wir bauen heute eine Ziegelmauer.«

»Das sehe ich. Hat Nathaniel seine Mütze und Handschuhe? Es ist draußen zu kalt für –«

»Alles da.« Caleb deutet mit dem Kinn nach links, wo die blauen Fleece-Sachen liegen.

»Gut. Ich muß mal kurz weg.«

»Fahr ruhig.« Caleb zieht die Hacke durch den Zement, vermischt ihn.

Aber ich will eigentlich gar nicht weg. Ich werde hier nur nicht gebraucht, das weiß ich. Seit Jahren bin ich, die Hauptverdienerin, zu Hause das fünfte Rad am Wagen. Aber in letzter Zeit habe ich mich an mein Haus gewöhnt. In letzter Zeit will ich nicht mehr so oft weg.

»Vielleicht kann ich –«

Was auch immer ich sagen wollte, ich komme nicht dazu, weil Caleb sich vorbeugt und Nathaniel ins Gesicht brüllt. »Nein!« Nathaniel fängt an zu zittern, aber erst, als Caleb ihn am Arm packt und wegzieht.

»Caleb –«

»Du rührst das Frostschutzmittel nicht an«, donnert Caleb. »Wie oft muß ich dir das noch sagen? Es ist *giftig*. Du kannst davon ganz schlimm krank werden.« Er nimmt die Flasche Frostschutzmittel, das er unter den Mörtel gemischt hat, damit der bei diesen Temperaturen nicht friert, und deckt das, was Nathaniel verschüttet hat, mit einem Lappen ab. Ein Fleck, merkwürdig grün, breitet sich aus und wird immer größer. Der Hund leckt an dem süßlichen Zeug, bis Caleb ihn beiseite stößt. »Raus hier, Mason.«

Nathaniel steht in der Ecke und ist den Tränen nahe. »Komm mal her«, sage ich und breite die Arme aus. Er fliegt mir entgegen, und ich küsse ihn aufs Haar. »Hol dir doch irgendwas zum Spielen aus deinem Zimmer, solange Daddy noch arbeitet.«

Nathaniel rennt sofort los in Richtung Haus, dicht gefolgt von Mason, denn beide sind froh, noch einmal davongekommen zu sein. Caleb schüttelt fassungslos den Kopf. »Du fällst mir in den Rücken, Nina, einfach so.«

»Ich falle dir nicht in den Rücken. Ich finde nur ... ach, sieh ihn dir doch an, Caleb, du hast ihn zu Tode erschreckt. Er hat es doch nicht mit Absicht getan.«

»Das spielt keine Rolle. Ich hab's ihm verboten, und er hat es trotzdem getan.«

»Findest du nicht auch, er hat in letzter Zeit schon genug durchgemacht?«

Caleb wischt sich die Hände ab. »Allerdings. Was meinst du wohl, wie er es verkraften würde, wenn sein heißgeliebter Hund tot umfällt, weil er sich nicht an die Regeln gehalten und etwas getan hat, das ich ihm ausdrücklich verboten habe?« Er schraubt den Verschluß auf die Flasche mit dem

Frostschutzmittel, stellt sie ganz oben ins Regal. »Ich möchte, daß er sich wieder wie ein normales Kind fühlt. Und wenn Nathaniel das vor drei Wochen getan hätte, hätte ich ihn bestraft, darauf kannst du dich verlassen.«

Dieser Logik kann ich nicht folgen. Ich verkneife mir die Antwort, mache kehrt und gehe hinaus. Ich bin noch immer wütend auf Caleb, als ich das Polizeirevier betrete und Patrick schlafend an seinem Schreibtisch vorfinde.

Ich knalle die Tür zu seinem Büro zu, und er fällt fast aus dem Sessel. Dann verzieht er das Gesicht, hebt die Hand an den Kopf. »Schön zu sehen, daß ihr Beamten wirklich was für meine Steuergelder tut«, sage ich mürrisch. »Wo sind die Digitalfotos für die Gegenüberstellung?«

»Ich arbeite dran«, erwidert Patrick.

»O ja, das sehe ich, schufte dich bloß nicht zu Tode.«

Er steht auf und blickt mich finster an. »Was ist *dir* denn für eine Laus über die Leber gekrochen?«

»Tut mir leid. Nur ein bißchen zuviel des häuslichen Glücks. Bis du hinreichende Gründe gefunden hast, Szyszynski hinter Schloß und Riegel zu bringen, habe ich meine Fassung bestimmt wieder.«

Patrick blickt mir geradewegs in die Augen. »Wie geht es Caleb?«

»Prima.«

»Klingt aber nicht so, als wäre alles prima ...«

»Patrick. Ich bin hier, weil ich wissen muß, daß etwas geschieht. Irgendwas. Bitte. Zeig's mir.«

Er nickt und ergreift meinen Arm. Wir gehen durch Gänge, die ich noch nie betreten habe, und schließlich gelangen wir in ein Hinterzimmer, nicht viel größer als ein Wandschrank. Das Licht ist ausgeschaltet, ein grüner Monitor summt auf einem Computer, und der junge Bursche, der vor der Tastatur sitzt, hat die Hand voller Chips. »Hi Kumpel«, sagt er zu Patrick.

Auch ich sehe Patrick an. »Das soll wohl ein Witz sein.«

»Nina, das ist Emilio. Emilio hilft uns bei der digitalen Bildbearbeitung. Er ist ein Computerfreak.«

Er beugt sich über Emilio und drückt eine Taste. Zehn Fotos erscheinen auf dem Bildschirm, eines davon zeigt Pater Szyszynski.

Ich trete näher, betrachte es genauer. Nichts in den Augen oder dem entspannten Lächeln des Priesters könnte mich ahnen lassen, daß er zu einer solchen Abscheulichkeit fähig ist. Die eine Hälfte der abgebildeten Männer trägt Priesterkleidung, die andere den üblichen Overall des hiesigen Gefängnisses. Patrick zuckt die Achseln. »Das einzige Bild von Szyszynski, das wir auftreiben konnten, zeigt ihn im Priestergewand. Also müssen wir die Häftlinge auch wie Priester ausstaffieren. Damit das Verfahren später nicht angezweifelt werden kann, wenn Nathaniel ihn identifiziert hat.«

Er sagt das so, als wäre es eine Gewißheit. Und dafür könnte ich ihn küssen. Wir sehen zu, wie Emilio dem Foto eines fleischgesichtigen Schlägertyps einen Priesterkragen verpaßt. »Hast du noch einen Augenblick Zeit?« fragt Patrick mich, und als ich nicke, führt er mich aus dem winzigen Büro durch eine Seitentür hinaus auf den Hof.

Ich sehe einen Picknicktisch, einen Basketballring und drum herum einen hohen Maschenzaun. »Also«, sage ich sofort, »wo liegt das Problem?«

»Es gibt kein Problem.«

»Wenn es kein Problem gäbe, hättest du auch vor dem kleinen Hacker mit mir sprechen können.«

Patrick setzt sich auf die Bank des Picknicktisches. »Es geht um die Gegenüberstellung.«

»Ich hab's doch gewußt!«

»Hörst du jetzt bitte mal auf?« Patrick wartet ab, bis ich mich gesetzt habe, und blickt mich dann eindringlich an. Diese Augen und meine Augen haben eine gemeinsame Geschichte. Seine waren das erste, was ich sah, als ich wieder zu mir kam, nachdem ich während eines Schulspiels von einem Baseball am

Kopf getroffen worden war. Sie gaben mir die Ermutigung, die ich brauchte, als ich mit sechzehn zum erstenmal Sessellift fahren sollte, obwohl ich unter panischer Höhenangst leide. Solange ich zurückdenken kann, haben mir diese Augen immer signalisiert, daß alles gut werden wird. »Eins mußt du wissen, Nina«, sagt Patrick. »Selbst wenn Nathaniel prompt auf Szyszynskis Bild zeigt ... dann ist das immer noch kein zwingender Beweis. Eine Gegenüberstellung ist für einen Fünfjährigen eigentlich eine Überforderung. Kann sein, daß er das einzige ihm bekannte Gesicht herauspickt, kann sein, daß er einfach auf irgendwen zeigt, damit wir ihn in Ruhe lassen.«

»Meinst du, das wüßte ich nicht?«

»Dir ist doch klar, was wir brauchen, um eine Verurteilung zu erreichen. Wir dürfen Nathaniel nicht dahingehend manipulieren, daß er den Priester identifiziert, nur weil du die Sache schnell vorantreiben willst. Ich will damit nur sagen, daß Nathaniel vielleicht in einer Woche wieder sprechen kann. Vielleicht schon morgen. Irgendwann wird er in der Lage sein, den Namen des Täters auszusprechen, und das ist dann ein sehr viel schlagkräftigerer Beweis.«

»Und was soll ich dann machen? Ihn aussagen lassen?«

»So läuft das nun mal.«

»Nicht, wenn mein Kind das Opfer ist«, fauche ich.

Patrick streicht mir über den Arm. »Nina, ohne Nathaniels Aussage gegen Szyszynski hast du keine Chance.« Er schüttelt den Kopf, überzeugt davon, daß ich mir das nur noch nicht richtig klargemacht habe.

Aber in meinem ganzen Leben war ich mir noch nie einer Sache so sicher. Ich werde alles tun, um meinen Sohn vor dem Zeugenstand zu bewahren. »Du hast recht«, sage ich zu Patrick. »Und deshalb verlasse ich mich darauf, daß du den Priester dazu bringst, ein Geständnis abzulegen.«

Bevor mir wirklich bewußt ist, was ich tue, bin ich zur Kirche St. Anne gefahren. Ich halte auf dem Parkplatz, steige aus dem Wagen und lasse dann den Haupteingang links liegen, um auf Zehenspitzen zur Rückseite des Gebäudes zu gehen. Dort liegt das Pfarrhaus, das an die Kirche angebaut ist. Meine Sportschuhe hinterlassen Abdrücke auf dem frostigen Boden, die Spur einer Unsichtbaren.

Ich steige auf ein Mäuerchen, so daß ich durch das Fenster spähen kann. Ich sehe in Pater Szyszynskis privates Wohnzimmer. Auf einem Couchtisch steht eine Tasse Tee, der Teebeutel ist noch drin. Ein Buch – Tom Clancy – liegt aufgeklappt auf dem Sofa. Überall entdecke ich Geschenke, die er von den Gemeindemitgliedern bekommen hat: ein handgeknüpfter Afghan, ein hölzerner Bibelhalter, eine gerahmte Kinderzeichnung. All diese Menschen haben an ihn geglaubt. Ich war nicht die einzige, die auf ihn hereingefallen ist.

Ich weiß nicht, worauf ich warte. Aber während ich dort stehe, muß ich an den letzten Tag denken, bevor Nathaniel aufhörte zu sprechen, das letzte Mal, daß wir alle gemeinsam in der Messe waren. Anschließend hatte es einen Empfang für zwei Geistliche gegeben, die gerade zu Besuch waren. Am Buffet hing ein großes Transparent, das ihnen eine gute Rückreise wünschte. Ich erinnere mich, daß der Kaffee, den es an dem Morgen gab, ein Haselnußaroma hatte. Daß die Donuts aufgegessen waren, obwohl Nathaniel doch einen haben wollte. Ich weiß noch, daß ich mich mit einem Ehepaar unterhielt, das ich seit einigen Monaten nicht mehr gesehen hatte, und mitbekam, wie die anderen Kinder hinter Pater Szyszynski her nach unten gingen, damit er ihnen wie jede Woche eine Geschichte erzählte. »Geh mit, Nathaniel«, hatte ich gesagt. Er hatte sich hinter mir versteckt, an meine Beine geklammert. Ich mußte ihn fast wegschieben, damit er mit den anderen mitging.

Ich habe ihn dorthin gedrängt.

Über eine Stunde lang stehe ich auf der kleinen Mauer, bis der Priester in sein Wohnzimmer kommt. Er setzt sich auf das Sofa, trinkt einen Schluck Tee und fängt an zu lesen. Er weiß nicht, daß ich ihn beobachte.

Wie Patrick versprochen hat, sind es zehn Fotos – jedes so groß wie die Bilder von Baseballspielern, und auf jedem ist ein anderer »Priester« zu sehen. Caleb sieht sich eins an. »Pädophilenklub San Diego«, murmelt er. »Fehlen nur noch die Autogrammadressen.«

Nathaniel und ich kommen ins Zimmer. »Da«, sage ich munter, »sieh mal, wer gekommen ist.«

Patrick steht auf. »Hallo Krauter. Weißt du noch, wie wir uns neulich unterhalten haben?« Nathaniel nickt. »Unterhältst du dich heute noch mal mit mir?«

Nathaniel ist schon neugierig geworden. Er zieht mich zu der Couch hin, auf der die Fotos liegen. Patrick klopft auf das Kissen neben sich, und Nathaniel klettert sofort hinauf. Caleb und ich setzen uns rechts und links von ihnen in zwei Polstersessel. *Wie förmlich das aussieht*, denke ich.

»Ich hab dir ein paar Bilder mitgebracht, wie versprochen.« Patrick zieht die restlichen aus dem Umschlag und breitet alle auf dem Couchtisch aus, als wollte er Solitär spielen. Er sieht zunächst mich an, dann Caleb – eine stumme Mahnung, daß er jetzt das Sagen hat. »Krauter, du weißt doch noch, daß du mir erzählt hast, daß jemand dir weh getan hat, nicht?«

Ja.

»Und du hast gesagt, du wüßtest, wer es war?«

Wieder ein Nicken, aber etwas langsamer.

»Ich zeige dir jetzt ein paar Bilder, und wenn einer von den Leuten darauf derjenige ist, der dir weh getan hat, dann möchte ich, daß du auf das Foto zeigst. Aber wenn die Person, die dir weh getan hat, *nicht* auf einem der Bilder ist, dann schüttelst du einfach nur den Kopf, damit ich weiß, daß sie nicht dabei ist.«

Patrick hat das perfekt formuliert – eine offene, rechtlich unanfechtbare Aufforderung, eine Aussage zu machen. Eine Bitte, die Nathaniel nicht suggeriert, daß es eine richtige Antwort gibt.

Obwohl es eine gibt.

Wir alle schauen zu, wie Nathaniels Augen, dunkel und unergründlich, von einem Gesicht zum anderen wandern. Er sitzt auf seinen Händen. Seine Füße reichen noch nicht ganz bis zum Boden.

»Hast du verstanden, was ich von dir möchte, Nathaniel?« fragt Patrick.

Nathaniel nickt. Er zieht eine Hand unter seinem Oberschenkel hervor.

Seine Hand verweilt nacheinander über jeder Karte, wie eine Libelle, die über einem Bach schwebt. Sie senkt sich, läßt sich aber nicht nieder. Seine Finger gleiten über Szyszynskis Gesicht, dann weiter. Ich versuche, ihn mit meinen Augen zur Umkehr zu bewegen. »Patrick«, platzt es aus mir heraus. »Frage ihn, ob er jemanden erkennt.«

Patrick lächelt verkrampft. Mit zusammengebissenen Zähnen sagt er: »Nina, du weißt, daß ich das nicht tun kann.« Dann zu Nathaniel: »Was meinst du, Krauter? Siehst du die Person, die dir weh getan hat?«

Nathaniels Finger fährt über den Rand von Szyszynskis Karte. Er zögert einen Moment, bewegt sich dann weiter zu den anderen Fotos. Wir warten alle, fragen uns, was er wohl damit sagen will. Aber er schiebt ein Bild hoch, dann noch eins, bis er zwei Spalten gebildet hat. Die verbindet er mit einer Diagonalen. Und dann begreifen wir auf einmal, daß er einfach nur den Buchstaben N legt.

»Er hat die Karte berührt. Das ist die richtige«, stelle ich fest. »Das reicht als Identifizierung.«

»Das reicht nicht.« Patrick schüttelt den Kopf.

»Nathaniel, versuch es noch einmal.« Ich strecke den Arm aus und schiebe die Bilder durcheinander. »Zeig mir, welches du meinst.«

Nathaniel ist wütend, weil ich sein Werk zerstört habe, und stößt die Karten weg, so daß die Hälfte vom Tisch fliegt. Er vergräbt sein Gesicht zwischen den angewinkelten Knien und weigert sich, mich anzusehen.

»Das war sehr hilfreich«, murmelt Patrick.

»Du hast dir jedenfalls nicht gerade viel Mühe gegeben!«

»Nathaniel.« Caleb beugt sich vor und streicht unserem Sohn über das Bein. »Das hast du prima gemacht. Hör nicht auf deine Mutter.«

»Sehr nett, Caleb.«

»So hab ich es nicht gemeint, und das weißt du auch.«

Meine Wangen glühen. »Ach ja?«

Beklommen fängt Patrick an, die Bilder zurück in den Umschlag zu stecken.

»Ich finde, wir sollten nicht unbedingt hier darüber sprechen«, sagt Caleb spitz.

Nathaniels Hände heben sich und bedecken seine Ohren. Er läßt sich zur Seite fallen, zwischen die Sofakissen und Patricks Bein. »Nun sieh dir an, was du damit erreicht hast«, sage ich.

Der Zorn im Raum hat alle Farben von Feuer, und er drückt ihn nach unten, so daß Nathaniel sich ganz klein machen muß, damit er in die Spalten zwischen den Kissen paßt. In Patricks Hosentasche ist irgendwas Hartes, gegen das er sich lehnt. Seine Hose riecht nach Ahornsirup und November.

Seine Mutter weint wieder, und sein Dad schimpft mit ihr. Nathaniel weiß noch, wie es war, als sie schon morgens nach dem Aufwachen fröhlich waren. Jetzt scheint alles, was er tut, falsch zu sein.

Eines weiß er genau: Was passiert ist, ist seinetwegen passiert. Und jetzt, wo er schmutzig ist und irgendwie anders, wissen seine eigenen Eltern nicht mehr, was sie mit ihm machen sollen.

Er wünscht, er könnte sie wieder zum Lächeln bringen. Er wünscht, er könnte ihnen die Antwort geben. Sie ist da, in seinem Hals, hinter der Sache, die er nicht verraten darf.

Seine Mutter wirft die Hände in die Luft und geht zum Kamin, dreht allen den Rücken zu. Sie tut so, als würde es keiner merken, aber sie weint jetzt richtig doll. Sein Vater und Patrick versuchen angestrengt, sich nicht anzusehen, und ihre Blicke prallen von allen Sachen in dem kleine Zimmer ab.

Als seine Stimme zurückkehrt, muß Nathaniel daran denken, wie das Auto seiner Mutter im letzten Winter nicht anspringen wollte. Sie hat den Schlüssel umgedreht, und der Motor hat geächzt und ganz lange geheult, ehe er richtig anging. Dasselbe Gefühl hat Nathaniel jetzt in seinem Bauch. Dieses Zischeln, dieses Krächzen, diese winzig kleinen Bläschen, die in seiner Luftröhre aufsteigen. Es würgt ihn; es weitet ihm die Brust. Der Name, der da in ihm hochgestemmt wird, ist inzwischen weichlich, suppig wie Haferschleim, längst nicht mehr der schwere und poröse Block, der in den letzten Wochen alle seine Worte aufgesaugt hat. Und jetzt, wo er ihm auf der Zunge liegt wie eine bittere Pille, kann er kaum glauben, daß etwas so Geringes den ganzen Raum in ihm eingenommen hat.

Nathaniel hat Angst, daß keiner ihn hört, weil doch so viele zornige Worte wie Drachen durchs Zimmer schwirren. Deshalb kniet er sich hin, drückt sich an Patrick, legt die geöffnete Hand um das Ohr des Erwachsenen. Und er spricht, er spricht.

Patrick spürt Nathaniel warm und schwer an seiner linken Seite. Kein Wunder. Auch Patrick verkriecht sich vor den Bissigkeiten, die Caleb und Nina einander entgegenschleudern. Er legt einen Arm um das Kind. »Alles in Ordnung, Krauter«, murmelt er.

Doch dann spürt er Nathaniels Finger über die Härchen in seinem Nacken streichen. Ein Geräusch schlüpft ihm ins Ohr. Es ist kaum mehr als ein Atemhauch, aber Patrick hat darauf gewartet. Er drückt Nathaniel noch einmal fest an sich, weil er das getan hat. Dann dreht er sich um und unterbricht Caleb und Nina. »Wer zum Teufel ist Vater Glen?« fragt er.

Die beste Zeit, um die Kirche zu durchsuchen, ist natürlich während der Messe, wenn Pater Szyszynski – oder Vater

Glen, wie Nathaniel ihn nennt – anderweitig beschäftigt ist. Patrick kann sich nicht erinnern, wann er das letzte Mal in Anzug und Krawatte auf Spurensuche gegangen ist, aber er will nicht auffallen. Er lächelt Fremden zu, während sich alle kurz vor neun in die Kirche drängen. Und als sie sich dem Hauptschiff der Kirche zuwenden, geht er in die entgegengesetzte Richtung, eine Treppe hinunter.

Patrick hat keinen Durchsuchungsbefehl, aber das hier ist schließlich ein öffentlicher Ort. Trotzdem bewegt er sich möglichst leise den Gang entlang, will keine Aufmerksamkeit erregen. Er kommt an Klassenzimmern vorbei, wo kleine Kinder an noch kleineren Tischen sitzen. Wenn er Priester wäre, wo würde er dann die Kiste mit den Kleiderspenden aufbewahren?

Nina hat ihm von dem Sonntag erzählt, als Nathaniel mit einer anderen Unterhose unter seiner Kleidung nach Hause kam. Das muß nicht, aber es könnte etwas bedeuten. Und Patricks Aufgabe ist es, jeden Stein umzudrehen, damit er, wenn er Szyszynski schließlich in die Enge treibt, möglichst viel Munition zur Verfügung hat.

Die Kiste mit den Kleiderspenden ist nicht in der Nähe des Trinkbrunnens oder der Toiletten. Sie ist nicht in Szyszynskis Büro, einem Raum mit prächtiger Holztäfelung und Regalen voller theologischer Literatur. Er rüttelt an einigen verschlossenen Türen auf dem Gang.

»Kann ich Ihnen helfen?«

Die Sonntagsschullehrerin, eine mütterlich wirkende Frau, steht nur wenige Schritte hinter Patrick. »Oh, Verzeihung«, sagt er. »Ich wollte Ihren Unterricht nicht stören.«

Er bietet seinen ganzen Charme auf, aber die Frau sieht so aus, als kenne sie sich mit Ausreden aus. Patrick redet einfach weiter: »Also, mein kleiner Sohn ist zwei Jahre alt, und er hat sich gerade während Pater Szyszynskis Predigt in die Hose gemacht ... und hier unten soll es irgendwo eine Kiste mit Kleiderspenden geben.«

Die Lehrerin lächelt verständnisvoll. »Bei Wasser zu Wein erwischt es die meisten«, sagt sie und führt Patrick dann in das Klassenzimmer, wo fünfzehn kleine Gesichter ihn neugierig mustern. Sie reicht ihm eine große blaue Plastikkiste. »Ich hab keine Ahnung, was drin ist, aber viel Glück.«

Kurz darauf hat Patrick sich im Heizungskeller versteckt, wo er vermutlich nicht so schnell gestört wird. Er steht knietief in alten Kleidungsstücken, darunter Kleider, die mindestens dreißig Jahre alt sein müssen, Schuhe mit abgelaufenen Sohlen, Schneeanzüge für Kleinkinder. Er zählt sieben Unterhosen – drei davon sind rosa mit kleinen Barbie-Gesichtern darauf. Die vier übrigen legt er nebeneinander auf den Boden, nimmt sein Handy aus der Tasche und ruft Nina an.

»Wie sieht sie aus?« fragt er sofort, als sie sich meldet. »Die fehlende Unterhose.«

»Was summt denn da so? Wo bist du?«

»Im Heizungskeller von St. Anne«, flüstert Patrick.

»Heute? Jetzt? Du bist verrückt.«

Ungeduldig zeigt Patrick mit seinem behandschuhten Zeigefinger auf die Unterwäsche. »Okay, ich hab hier eine mit Robotern drauf, eine mit Autos und zwei ungemusterte, weiße mit blauem Rand. Könnte es eine davon sein?«

»Nein. Es waren Boxershorts. Mit Baseballhandschuhen drauf.«

Wie sie sich an so was erinnern kann, ist ihm schleierhaft. Patrick könnte nicht mal sagen, was er selbst heute für Unterwäsche trägt. »So eine Unterhose ist nicht dabei, Nina.«

»Aber sie muß dasein.«

»Falls er sie behalten hat, was wir nicht wissen, hat er sie vielleicht noch in seiner Privatwohnung. Versteckt.«

»Wie eine Trophäe«, sagt Nina, und die Trauer in ihrer Stimme berührt Patrick schmerzlich.

»Falls er sie noch hat, finden wir sie mit einem Durchsuchungsbefehl«, versichert er. Er sagt ihr nicht, was er denkt: Daß die Unterhose allein kein hinreichender Beweis sein wird. Es gibt etliche Erklärungsmöglichkeiten dafür, die halbwegs schlüssig sind, und wahrscheinlich hat er sie alle schon mal gehört.

»Hast du mit ihm geredet, mit –«

»Noch nicht.«

»Du rufst mich doch an, ja? Hinterher?«

»Natürlich.« erwidert Patrick und schaltet das Handy aus. Er bückt sich, um die Sachen wieder zurück in die Kiste zu packen. Dabei bemerkt er etwas Buntes in einer Ecke hinter dem Heizkessel. Mit Hilfe eines alten Schürhakens zieht er den Fund hervor.

Baseballhandschuhe. Hundert Prozent Baumwolle. Kindergröße.

Er fischt eine braune Papiertüte aus seiner Tasche. Er dreht und wendet die Unterhose mit behandschuhten Händen. Hinten links, unweit der Mitte, ist ein getrockneter Fleck.

In dem kleinen Raum direkt unter dem Altar, wo Pater Szyszynski in diesem Moment laut aus der Heiligen Schrift liest, neigt Patrick den Kopf und betet, daß es in einer so unglückseligen Situation wie dieser vielleicht doch eine glückliche Fügung geben möge.

Caleb spürt Nathaniels Kichern wie ein klitzekleines Erdbeben, das sich in seinem Brustkorb regt. Er drückt das Ohr noch ein bißchen fester auf die Brust seines Sohnes. Nathaniel liegt auf dem Boden. Caleb auf ihm, das Ohr nahe am Mund des Jungen. »Sag es noch mal«, bittet Caleb.

Nathaniels Stimme ist noch immer unstet, Silben hängen aneinander wie an einer Schnur. Sein Hals muß wieder lernen, ein Wort zu halten, es Muskel für Muskel zu heben, auf die Zunge zu hieven. Noch ist das alles neu für ihn. Noch ist es eine große Anstrengung.

Aber Caleb kann nicht anders. Er drückt Nathaniels Hand, als das Wort sich seinen mühsamen Weg bahnt, spitz und unsicher. »Daddy.«

Caleb grinst, unsagbar stolz. An seinem Ohr hört er das Wunder in der Lunge seines Sohnes. »Noch einmal«, bettelt Caleb und neigt wieder den Kopf, um zu lauschen.

Eine Erinnerung: Ich suche überall im Haus nach meinen Autoschlüsseln; ich muß mich beeilen, wenn ich Nathaniel rechtzeitig zur Schule bringen und pünktlich zur Arbeit erscheinen will. Nathaniel hat schon seine Jacke und die Schuhe angezogen, wartet auf mich. »Konzentrier dich!« sage ich laut, dann drehe ich mich zu Nathaniel um. »Hast du meine Schlüssel gesehen?«

»Die liegen unter Hosen«, antwortet er.

»Unter *Hosen*?«

Ein fröhliches Lachen sprudelt aus ihm heraus. »Du hast *Unterhosen* gesagt.«

Ich muß auch lachen und vergesse, wonach ich gesucht habe.

Zwei Stunden später betritt Patrick erneut die Kirche. Diesmal ist sie leer. Kerzen flackern, werfen unruhige Schatten. Patrick geht geradewegs nach unten, zum Büro von Pater Szyszynski. Die Tür steht offen, der Priester sitzt an seinem Schreibtisch. Einen Moment lang genießt Patrick das Gefühl, heimlicher Beobachter zu sein. Dann klopft er, zweimal, entschlossen.

Glen Szyszynski blickt hoch, lächelt. »Kann ich Ihnen helfen?«

Das wollen wir hoffen, denkt Patrick und tritt ein.

Patrick schiebt ein Formular über den Tisch des Vernehmungszimmers, das Pater Szyszynski über seine Rechte aufklärt. »Das ist so üblich, Pater. Sie sind weder in Gewahrsam noch festgenommen, aber Sie sind bereit, unsere Fragen zu beantworten, und das Gesetz verlangt, daß wir Sie über Ihre Rechte aufklären, bevor ich mit der Befragung beginne.«

Ohne zu zögern, unterschreibt der Priester das Formular, das Patrick zuvor verlesen hat.

»Gern, ich tue alles, um Nathaniel zu helfen.«

Szyszynski war sofort bereit gewesen, die Ermittlungen zu unterstützen. Er hat sich eine Blutprobe abnehmen lassen, nachdem Patrick ihm erklärt hatte, daß sie jeden ausschließen müßten, der mit Nathaniel Umgang gehabt hat.

Jetzt lehnt Patrick sich auf seinem Stuhl zurück und blickt den Priester an. Er hat schon unzähligen Kriminellen gegenübergesessen, die alle ihre Unschuld beteuert oder sich dumm gestellt haben. Meistens gelingt es ihm, ihre Grausamkeit mit der kühlen Distanz eines erfahrenen Polizisten zu betrachten. Aber heute, dieser gertenschlanke Mann ihm gegenüber – Patrick kann sich nur mit Mühe beherrschen, dem Priester nicht ins Gesicht zu schlagen, nur weil er Nathaniels Namen ausgesprochen hat.

»Wie lange kennen Sie die Frosts schon, Pater Szyszynski?« fragt Patrick.

»Oh, seit ich hier in der Gemeinde angefangen habe. Ich war eine Zeitlang krank gewesen und bin dann hierher versetzt worden. Die Frosts sind, etwa einen Monat nachdem ich hier Priester wurde, nach Biddeford gezogen.« Er lächelt. »Ich hab Nathaniel getauft.«

»Gehen sie regelmäßig in die Kirche?«

Pater Szyszynski senkt den Blick. »Nicht ganz so regelmäßig, wie ich es mir wünschen würde«, gibt er zu.

»Unterrichten Sie Nathaniel in der Sonntagsschule?«

»Ich unterrichte nicht, das macht eine Mutter aus unserer Gemeinde, Janet Fiore, während oben der Gottesdienst stattfindet.« Der Priester zuckt die Achseln. »Aber ich liebe Kinder, und ich habe auch gern Kontakt zu den Kleineren –«

Darauf wette ich, denkt Patrick.

»– deshalb gehe ich nach dem Gottesdienst, wenn die Gemeinde noch ein wenig beisammenbleibt und Kaffee trinkt, mit den Kindern nach unten und lese ihnen eine Geschichte vor.« Er lächelt verlegen. »In mir steckt ein heimlicher Schauspieler.«

Auch das ist keine Überraschung. »Wo sind die Eltern, während Sie vorlesen?«

»Die meisten genießen oben einfach ein paar ruhige Minuten.«

»Liest noch jemand anderes den Kindern vor, oder sind Sie mit ihnen allein?«

»Nur ich. Die Sonntagsschullehrerinnen räumen normalerweise nur noch ein wenig auf und gehen dann auch nach oben Kaffee trinken. Das Vorlesen dauert nur eine Viertelstunde.«

»Verlassen die Kinder dabei schon mal den Raum?«

»Nur um zur Toilette zu gehen, gleich nebenan.«

Patrick denkt nach. Er weiß nicht, wie Szyszynski es geschafft hat, mit Nathaniel allein zu sein, wenn doch angeblich all die anderen Kinder dabei waren. Vielleicht hat er ihnen ein Buch gegeben, daß sie sich allein ansehen sollten, und ist Nathaniel zur Toilette gefolgt. »Pater Szyszynski«, sagt Patrick, »haben Sie gehört, was Nathaniel zugestoßen ist?«

Ein Zögern, dann nickt der Priester. »Ja. Leider Gottes.«

Patrick hält Szyszynskis Blick fest. »Wußten Sie, daß Nathaniel nachweislich anal penetriert wurde?« Er erwartet eine schwache Röte auf den Wangen des Mannes, ein verräterisches Flattern des Atmens. Er erwartet die Verblüffung, das Abwehren, die ersten Anfänge von Panik.

Doch Pater Szyszynski schüttelt nur den Kopf. »Gott stehe ihm bei.«

»Wußten Sie, daß Nathaniel Sie als denjenigen genannt hat, der ihm das angetan hat?«

Endlich, der Schock, mit dem Patrick gerechnet hat. »Ich … ich … ich habe ihm nichts getan, bestimmt nicht. So etwas würde ich nie tun.«

Patrick schweigt. Er will, daß Szyszynski an all die Priester auf der ganzen Welt denkt, die einer solchen Tat schuldig befunden wurden. Er will, daß Szyszynski begreift, daß er praktisch geliefert ist. »Mhm«, sagt Patrick. »Seltsam. Denn ich habe gerade gestern mit ihm gesprochen, und er hat mir eindeutig gesagt, daß es Pater Glen war. Die Kinder nennen Sie doch Glen, nicht wahr? Diese Kinder, die Sie ja so ... lieben?«

Szyszynski schüttelt unentwegt den Kopf. »Ich hab es nicht getan. Ich weiß nicht, was ich sagen soll. Der Junge muß verwirrt sein.«

»Tja, Pater Szyszynski, deshalb sind Sie heute hier. Ich muß wissen, ob Sie sich einen Grund denken können, warum Nathaniel sie bezichtigt, wenn Sie es nicht waren.«

»Das Kind hat so viel durchgemacht –«

»Haben Sie je etwas in seinen Anus eingeführt?«

»Nein!«

»Haben Sie gesehen, wie jemand etwas in seinen Anus einführte?«

Der Priester holt tief Luft. »Auch das nicht, nein.«

»Können Sie sich vorstellen, warum Nathaniel so etwas sagen sollte? Fällt Ihnen irgend etwas ein, was bei ihm den Eindruck hätte erwecken können, es wäre passiert, obwohl es doch nicht passiert ist?« Patrick beugt sich vor. »Vielleicht waren Sie mal mit ihm allein, und vielleicht ist da etwas zwischen ihnen beiden vorgefallen, daß sich dieser Gedanke in seinem Kopf festgesetzt hat?«

»Ich war nie mit ihm allein. Es waren vierzehn andere Kinder dabei.«

Patrick lehnt sich im Stuhl zurück. »Wußten Sie, daß ich eine Unterhose von Nathaniel hinter dem Heizkessel im Keller der Kirche gefunden habe? Das Labor hat Spermaspuren daran gefunden.«

Pater Szyszynski reißt die Augen weit auf. »Spermaspuren? Von wem?«

»Von Ihnen, Pater Szyszynski?« fragt Patrick leise.

»Nein.«

Er streitet es rundheraus ab. Patrick hat nichts anderes erwartet. »Nun, ich hoffe in Ihrem Interesse, daß Sie recht haben, weil wir nämlich anhand des DNA-Tests mit Ihrer Blutprobe feststellen können, ob sie die Wahrheit sagen.«

Szyszynskis Gesicht ist bleich und angespannt. Seine Hände zittern. »Ich möchte jetzt gehen.«

Patrick schüttelt den Kopf. »Tut mir leid«, sagt er, »aber Sie sind vorläufig festgenommen.«

Thomas LaCroix ist Nina Frost noch nie begegnet, obwohl er schon viel von ihr gehört hat. Er weiß noch, daß sie in einem Vergewaltigungsfall eine Verurteilung erreichte, obwohl die Tat in einer Badewanne begangen wurde und alle Beweise weggespült worden waren. Er ist schon so lange bei der Staatsanwaltschaft, daß er nicht mehr an seinen eigenen Fähigkeiten zweifelt – im letzten Jahr hat er sogar einen Priester in Portland wegen des gleichen Verbrechens hinter Gitter gebracht –, aber er weiß auch, daß diese Fälle extrem schwierig zu gewinnen sind. Dennoch, er will eine gute Figur machen. Das hat nichts mit Nina Frost oder ihrem Sohn zu tun – er möchte den Staatsanwälten in York County schlicht zeigen, wie sie in Portland arbeiten.

Sie meldet sich nach dem ersten Klingeln. »Das wurde aber auch Zeit«, sagt sie, als er sich vorgestellt hat. »Ich muß dringend etwas mit Ihnen besprechen.«

»Selbstverständlich. Wir können uns morgen im Gericht unterhalten, vor dem Anklageeröffnungsverfahren«, setzt Thomas an. »Ich rufe nur jetzt schon an, um –«

»Warum hat man Sie ausgesucht?«

»Wie bitte?«

»Was macht Sie zum besten Anklagevertreter, den Wally finden konnte?«

Thomas atmet tief durch. »Ich bin seit fünfzehn Jahren in Portland. Und ich habe tausend solcher Fälle verhandelt.«

»Dann ist das hier wohl nur ein reiner Höflichkeitsanruf?«

»Das habe ich nicht gesagt«, beteuert Thomas, aber er denkt: *Im Kreuzverhör muß sie genial sein.* »Ich verstehe ja, daß Sie wegen morgen nervös sind. Aber die Anklageeröffnung, na, Sie wissen ja, was das bedeutet. Bringen wir die erst mal hinter uns, und dann können wir uns zusammensetzen und eine Strategie für den Fall erarbeiten.«

»Ja.« Dann, trocken: »Brauchen Sie eine Wegbeschreibung?«

Noch ein Schuß vor den Bug – das hier ist ihr Territorium, ihr Leben; in beiden Fällen ist er ein Außenseiter. »Hören Sie, ich kann mir vorstellen, was Sie durchmachen. Ich habe selbst drei Kinder.«

»Ich habe auch immer gedacht, ich könnte es mir vorstellen. Ich habe gedacht, deshalb sei ich gut in meinem Job. Beides war falsch.«

Sie verstummt, als wäre alles Feuer in ihr erloschen. »Nina«, beteuert Thomas, »ich werde alles in meiner Macht Stehende tun, um die Anklage so zu vertreten, wie Sie es tun würden.«

»Nein«, entgegnet sie leise. »Machen Sie es besser.«

»Er hat nicht gestanden«, sagt Patrick und geht an Nina vorbei in ihre Küche. Er will ihr sein Versagen sofort eingestehen. Die schwersten Vorwürfe macht er sich ohnehin selbst.

»Er ...« Nina starrt ihn an, sinkt dann auf einen Stuhl. »Ach, Patrick, nein.«

Er setzt sich neben sie. »Ich hab's versucht, Nina. Aber er hat einfach nicht nachgegeben. Nicht mal, als ich ihm von den Spermaspuren und Nathaniels Aussage erzählt habe.«

»Na?« ertönt plötzlich Calebs Stimme, heiter. »Hast du dein Eis aufgegessen, Sohnemann?« Es ist eine Warnung an seine Frau und Patrick. Er nickt vielsagend in Nathaniels Richtung. Patrick hat nicht einmal bemerkt, daß der Junge da am Tisch sitzt und noch ein bißchen Eis löffelt, bevor er ins Bett muß. Ein Blick auf Nina, und er hatte vergessen, daß noch andere Menschen im Raum sein könnten.

»Krauter«, sagt er. »Du bist aber heute lange auf.«

»Ich muß noch nicht ins Bett.«

Patrick hatte Nathaniels Stimme vergessen. Sie klingt noch rauh und würde eher zu einem in Ehren ergrauten Cowboy passen als zu einem kleinen Jungen, aber sie ist trotzdem Musik in seinen Ohren. Nathaniel springt von seinem Stuhl auf, läuft auf Patrick zu und streckt ihm die dünnen Kinderarme entgegen. »Willst du mal fühlen, wie stark ich bin?«

Caleb lacht. »Nathaniel hat sich gerade den Ironman-Wettkampf angesehen.«

Patrick drückt auf den winzigen Bizeps. »Donnerwetter, damit könntest du mich glatt umhauen«, sagt er todernst und wendet sich dann Nina zu.

»Patrick, er könnte ein Herkules sein und bliebe trotzdem mein kleiner Junge.«

»Mom«, nörgelt Nathaniel.

Über seinen Kopf hinweg fragt Nina lautlos. »Hast du ihn festgenommen?«

Caleb legt Nathaniel die Hände auf die Schultern und dirigiert ihn zurück zu der Schüssel, in der sein Eis langsam schmilzt. »Hört mal, geht doch irgendwo was trinken, okay? Nina, du kannst mir dann später alles erzählen.«

»Aber willst du denn nicht –«

»Nina«, seufzt Caleb, »laß dir alles von Patrick erklären.« Er sieht zu, wie Nathaniel, den letzten Löffel Eis in den Mund schiebt. »Komm mit, Sohnemann. Wir gucken mal, ob der Bursche aus Rumänien noch nicht zusammengeklappt ist.«

Als er schon halb aus der Küche ist, läßt Nathaniel die Hand seines Vaters los. Er läuft auf Nina zu und schlingt die Arme um ihre Beine, so daß sie beinahe ins Wanken gerät. »Bis dann, Mom«, strahlt er sie an. »Schlag gut.«

Was für ein vielsagender Versprecher, denkt Patrick. Wenn Nina könnte, würde sie ihren Sohn mit geballten Fäusten beschützen. Er sieht zu, wie sie dem Kleinen einen Gutenachtkuß gibt. Als Nathaniel zurück zu Caleb läuft, zieht sie den

Kopf ein und blinzelt so lange, bis keine Tränen mehr in ihren Augen glänzen. »So«, sagt sie, »gehen wir.«

Um den Umsatz an den schlecht besuchten Sonntagabenden anzukurbeln, hat das »Tequila Mockingbird« die sogenannte Jimmy Buffet Key Largo Karaoke Night ins Leben gerufen. Man kann so viele Hamburger essen, wie man will, und wer Lust hat, kann seine Sangeskünste zum besten geben. Als Patrick und ich das Lokal betreten, erleben unsere Sinne einen Großangriff: Lichterketten in Form von Palmen zieren den Raum, ein Papagei aus Kreppapier baumelt von der Decke, eine junge Frau mit zuviel Make-up und einem zu kurzen Rock malträtiert gerade »The Wind Beneath My Wings«. Stuyvesant sieht uns kommen und grinst. »Ihr beide kommt doch sonntags nie.«

Patrick betrachtet eine unglückliche Kellnerin, die gerade fröstelnd im Bikini einen Tisch bedient. »Und jetzt wissen wir auch, warum.«

Stuyvesant legt zwei Servietten vor uns auf den Tresen. »Der erste Margarita geht aufs Haus«, sagt er.

»Danke, aber das ist uns heute zu ...«

»Festlich«, schließe ich.

Stuyvesant zuckt die Achseln. »Wie ihr wollt.«

Nachdem er unsere Bestellung aufgenommen und sich abgewendet hat, spüre ich Patricks Blick auf mir. Er möchte reden, aber ich bin noch nicht soweit, noch nicht ganz. Sobald die Worte ausgesprochen sind, läßt sich das, was geschehen wird, nicht mehr zurücknehmen.

Ich sehe mir die Sängerin an, die das Mikrophon wie einen Zauberstab umklammert. Sie hat beileibe keine berauschende Stimme. »Warum tun Menschen so was?« sage ich gedankenverloren.

»Warum tun Menschen die Dinge, die sie tun?« Patrick trinkt einen Schluck. Spärlicher Applaus setzt ein, als die Frau von der improvisierten Bühne geht. »Ich habe mal gehört,

Karaoke hat was mit Selbsterfahrung zu tun. Du bringst den Mut auf, dich da oben hinzustellen und etwas zu tun, was du dir niemals zugetraut hättest, und wenn es vorbei ist, fühlst du dich wie ein besserer Mensch.«

»Klar, und das Publikum braucht Aspirin. Da würde ich doch lieber über glühende Kohlen laufen. Ach, stimmt, das bin ich ja schon.« Es ist mir peinlich, aber mir schießen Tränen in die Augen, und um es zu überspielen, trinke ich einen großen Schluck Whiskey. »Weißt du, daß er mir bei der Beichte geraten hat, über Vergebung nachzudenken? Ist das nicht unfaßbar, daß er die Dreistigkeit besitzt, mir so was zu sagen, Patrick?«

»Er hat nicht das geringste zugegeben«, antwortet Patrick leise. »Er hat mich angesehen, als hätte er überhaupt keine Ahnung, wovon ich rede. Als wäre es ein echter Schock für ihn, als ich ihm von der Unterhose und dem Spermafleck erzählt habe.«

»Patrick«, sage ich und blicke ihn an. »Was soll ich nur tun?«

»Wenn Nathaniel aussagt –«

»Nein.«

»Nina.«

Ich schüttele den Kopf. »Ich werde ihm das auf gar keinen Fall zumuten.«

»Dann warte eine Weile, bis er stärker ist.«

»Dafür wird er niemals stark genug sein. Soll ich warten, bis es seiner Psyche gelungen ist, es zu verdrängen ... und ihn dann in den Zeugenstand zerren und alles wieder aufwühlen? Verrate mir mal, wie das bitte schön in Nathaniels Interesse sein könnte.«

Patrick schweigt einen Moment. Er kennt das System genauso gut wie ich. Er weiß, daß ich recht habe. »Wenn die DNA-Untersuchung ergibt, daß das Sperma von dem Priester stammt, kann sein Anwalt ihn vielleicht überreden, sich auf eine Absprache einzulassen.«

»Eine Absprache«, wiederhole ich. »Es geht um Nathaniels Kindheit, und du redest von einem Tauschgeschäft.«

Wortlos nimmt Patrick mein Whiskeyglas und reicht es mir. Ich nehme einen vorsichtigen Schluck. Dann einen größeren, obwohl meine Kehle bereits höllisch brennt. »Das Zeug ... ist ja furchtbar«, keuche ich und muß husten.

»Wieso hast du es dann bestellt?«

»Weil *du* es immer trinkst. Und ich habe heute abend keine Lust, ich selbst zu sein.«

Er holt tief Luft, atmet aus. »Vielleicht wirst du Szyszynski nie verzeihen können, Nina, aber du wirst nicht über die Sache hinwegkommen ... und du wirst auch Nathaniel nicht dabei helfen können ... bis du aufhörst, den Mann zu verfluchen.«

Ich kippe den Rest meines Whiskeys hinunter. »Ich werde ihn verfluchen, Patrick, bis an sein Lebensende.«

Eine neue Sängerin füllt die Leere, die zwischen uns entstanden ist. Eine schwergewichtige Frau mit Haaren, die ihr bis zum Hintern reichen, schwingt ihre üppigen Hüften, als das Karaokegerät die ersten Riffs spielt.

It only takes a minute
For your life to move on past ...

»Nina«, sagt Patrick und sieht mich an, »du bist nicht die einzige, die leidet. Wenn ich dich so sehe, ehrlich ... das macht mich völlig fertig.« Er sieht sein Glas an, schwenkt es einmal. »Ich wünschte –«

»Das wünschte ich auch. Aber ich kann es mir wünschen, bis die Erde aufhört, sich zu drehen, und es würde doch nichts ändern, Patrick.«

Patrick schiebt seine Finger zwischen meine. Er sieht mich an, eindringlich. Dann wendet er sich mit, wie es scheint, großer Anstrengung ab. »Im Grunde dürfte es für Dreckschweine wie ihn keine Gerechtigkeit geben. Solche Menschen müßte man erschießen.«

Unsere verschränkten Hände sehen aus wie ein Herz. Patrick drückt meine Hand, ich drücke seine. Mehr Kommunikation brauchen wir nicht, nur diesen Puls zwischen uns, meine Antwort.

Das dringendste Problem am nächsten Morgen ist, was wir mit Nathaniel machen sollen. Caleb und ich haben beide nicht daran gedacht. Erst als das Gerichtsgebäude vor uns aufragt, wird mir klar, daß Nathaniel bei der Anklageeröffnung nicht dabeisein darf ... und auch nicht allein bleiben kann. Er steht auf dem Flur zwischen uns und hält unsere Hände – eine lebende Brücke.

»Ich könnte mit ihm in der Halle warten«, erklärt Caleb, aber ich bin dagegen. Caleb blickt zu Nathaniel hinunter. »Habt ihr keine Sekretärin, die eine Weile auf ihn aufpassen könnte?«

»Das hier ist nicht mein Bezirk«, stelle ich klar. »Und ich lasse ihn nicht bei jemandem, den ich nicht kenne.«

Natürlich nicht, nie wieder. Obwohl die Gefahr, wie sich herausgestellt hat, nicht allein von Fremden ausgeht.

Wir haben noch immer keine Lösung gefunden, als ein rettender Engel erscheint. Nathaniel sieht sie als erster und rennt über den Flur. »Monica!« quietscht er, und sie hebt ihn hoch, wirbelt ihn herum.

»Das ist das tollste Wort, das ich je gehört habe«, lacht Monica.

Nathaniel strahlt. »Ich kann wieder sprechen.«

»Das hat Dr. Robichaud mir schon erzählt. Sie hat gesagt, sie kommt gar nicht mehr zu Wort, wenn du bei ihr bist.« Sie sieht uns an. »Und wie kommt ihr klar?«

Als gäbe es auf diese Frage heute eine Antwort.

»Schön«, sagt Monica, als hätten wir etwas gesagt. »Wir beide verziehen uns jetzt nach unten ins Spielzimmer vom Familiengericht. Wie findest du das, Nathaniel?« Sie zieht die Stirn kraus. »Oder haben Sie andere Pläne für ihn?«

»Nein ... ganz und gar nicht«, stottere ich.

»Hab ich mir schon gedacht. Sie hatten heute morgen wahrscheinlich was anderes im Kopf, als einen Babysitter zu besorgen.«

Caleb streicht Nathaniel übers Haar. »Sei schön brav«, sagt er und gibt ihm einen Kuß.

»Er ist doch immer schön brav.« Monica stellt ihn auf die Beine, nimmt seine Hand und geht mit ihm weg. »Nina, Sie wissen ja, wo Sie uns finden, wenn Sie fertig sind.«

Ich sehe ihnen einen Moment lang nach. Noch vor zwei Wochen konnte ich Monica LaFlamme nicht ausstehen. Jetzt stehe ich in ihrer Schuld. Und ich lächle ihr dankbar nach.

Thomas LaCroix ist fünf Zentimeter kleiner als ich und hat den Ansatz einer Glatze. Das spielt natürlich keine Rolle, aber ich ertappe mich dabei, daß ich Wally während unserer Besprechung wütende Blicke zuwerfe und mich frage, wieso er nicht in der Lage war, ein Bilderbuchexemplar von Staatsanwalt aufzutreiben, einen, der äußerlich und innerlich dermaßen perfekt ist, daß kein Geschworener auch nur das geringste an ihm auszusetzen haben könnte.

»Wir geben den Fall hundertprozentig in Toms Hände«, sagt mein Chef. »Sie wissen, daß wir Sie und Caleb unterstützen, daß wir vorbehaltlos hinter Ihnen stehen ... aber wir möchten der Gegenseite keine Handhabe geben, Rechtsmittel einzulegen. Und wenn wir im Gerichtssaal wären, könnte der Eindruck entstehen, daß der Kerl keinen fairen Prozeß bekommt.«

»Das verstehe ich, Wally«, sage ich.

»Gut!« Wally ist für heute hier fertig und steht auf. »Wir sind alle gespannt, wie es weitergeht.«

Beim Hinausgehen klopft er mir auf die Schulter. Dann sind wir nur noch zu dritt – Caleb, ich und Thomas LaCroix. Wie ein guter Staatsanwalt – wie ich es auch tue – kommt er sofort zur Sache. »Die Anklageeröffnung ist erst nach der

Mittagspause, wegen des großen öffentlichen Interesses«, sagt Tom. »Haben Sie das Medienaufgebot gesehen, als sie hereingekommen sind?«

Gesehen? Es war das reinste Spießrutenlaufen. Wenn ich nicht gewußt hätte, wo der Lieferanteneingang ist, hätten wir Nathaniel gar nicht ins Gebäude schleusen können.

»Auf jeden Fall habe ich schon mit den Gerichtsdienern gesprochen. Die sorgen dafür, daß zuerst die anderen Fälle erledigt werden, bevor sie Szyszynski reinbringen.« Er blickt auf die Uhr. »Unser Termin ist für ein Uhr angesetzt, also haben Sie noch etwas Zeit.«

Ich presse meine Hände flach auf den Tisch. »Sie werden meinen Sohn nicht in den Zeugenstand rufen«, erkläre ich.

»Nina, Sie wissen doch, das ist erst die Anklageeröffnung. Eine Formalität. Also lassen Sie uns –«

»Ich möchte, daß Sie das wissen, also sage ich es Ihnen jetzt. Nathaniel wird nicht aussagen.«

Er seufzt. »Ich mach das jetzt seit fünfzehn Jahren. Und wir müssen einfach abwarten, was passiert. Im Augenblick kennen Sie die Beweislage besser als ich. Und Sie wissen ganz sicher besser als ich, wie es Nathaniel geht. Aber Sie wissen auch, daß wir noch nicht alle Puzzleteilchen zusammenhaben – wir warten zum Beispiel noch auf die Laborberichte und die Genesung Ihres Sohnes. In sechs Monaten, in einem Jahr ... geht es Nathaniel vielleicht erheblich besser, und dann ist es für ihn möglicherweise nicht mehr ganz so schlimm, wenn wir ihn im Zeugenstand aussagen lassen.«

»Er ist fünf Jahre alt. In den fünfzehn Jahren, Tom, in wie vielen Fällen mit einem fünfjährigen Zeugen hat der Täter lebenslänglich gekriegt?«

In keinem einzigen, und das weiß er genau. »Dann warten wir eben«, sagt Tom. »Wir haben Zeit, und dem Angeklagten wird es nur recht sein, wenn wir uns Zeit lassen, das wissen Sie.«

»Sie können ihn nicht ewig in Haft behalten.«

»Ich werde eine Kaution von 150.000 Dollar beantragen. Und ich bezweifle, daß die katholische Kirche die Summe für ihn bezahlen wird.« Er lächelt mich an. »Er kommt nicht raus, Nina.«

Ich spüre, wie Calebs Hand sich auf meinen Oberschenkel legt, und ich halte mich an ihr fest. Zuerst denke ich, er will mich unterstützen, doch dann drückt er meine Finger so fest, daß es fast weh tut. »Nina«, sagt er heiter, »vielleicht sollten wir Mr. LaCroix jetzt einfach seine Arbeit machen lassen.«

»Es ist auch meine Arbeit«, stelle ich klar. »Ich habe fast täglich Kinder im Zeugenstand, und ich erlebe, wie sie zusammenbrechen, und dann muß ich mit ansehen, wie der Täter freikommt. Das kann ich doch nicht so einfach vergessen, wenn es um Nathaniel geht!«

»Genau – es geht um Nathaniel. Und heute braucht er eine Mutter, keine Staatsanwältin. Wir müssen schrittweise vorgehen, und heute müssen wir dafür sorgen, daß Szyszynski in Haft bleibt«, sagt Tom. »Darauf sollten wir uns konzentrieren, und wenn wir diese erste Hürde genommen haben, können wir überlegen, wie wir weiter vorgehen.«

Ich starre auf meinen Schoß. »Ich verstehe, was Sie sagen.«

»Dann ist ja gut.«

Ich hebe den Blick und lächle schwach. »Sie sagen das gleiche, was ich den Opfern sage, wenn ich im Grunde nicht weiß, ob eine Verurteilung überhaupt zu erreichen ist.«

Es spricht für Tom LaCroix, daß er nickt. »Sie haben recht. Aber ich versuche nicht, Ihnen was vorzumachen. Wir wissen doch nie, welche Fälle gut laufen, welche Fälle mit einer außergerichtlichen Einigung enden, welche Kinder umfallen, welche Kinder sich so weit erholen, daß sie ein Jahr später besser aussagen können als am ersten Tag.«

Ich stehe auf. »Aber Sie haben es selbst gesagt, Tom. Heute haben mich diese anderen Kinder nicht zu interessieren.

Heute geht es nur um mein eigenes Kind.« Ich gehe zur Tür, noch ehe Caleb sich von seinem Platz erhoben hat. »Ein Uhr«, sage ich, und das ist eine Warnung.

Caleb holt sie erst in der Eingangshalle ein, und dann muß er sie in eine kleine Nische ziehen, wo die Reporter sie nicht sehen können. »Was sollte das denn?«

»Ich schütze Nathaniel.« Nina verschränkt trotzig die Arme.

Sie wirkt zittrig und unsicher, kaum wiederzuerkennen. Vielleicht liegt es bloß an der Unerbittlichkeit dieses Tages. Caleb geht es weiß Gott auch nicht gerade gut. »Wir sollten Monica Bescheid geben, daß sich die Sache verzögert.«

Aber Nina zieht sich ihren Mantel an. »Kannst du das machen?« fragt sie. »Ich muß noch schnell ins Büro.«

»Jetzt?« Es ist zwar nur eine Viertelstunde Fahrt. Aber knapp ist es trotzdem.

»Ich muß dringend etwas holen, das Thomas braucht«, erklärt sie.

Caleb zuckt die Achseln. Er schaut Nina nach, wie sie die Eingangstreppe hinuntergeht. Die Blitzlichter mehrerer Kameras prasseln wie Kugeln auf sie ein. Caleb sieht, wie sie einen Reporter abwimmelt, als verscheuche sie eine lästige Fliege.

Er will ihr nachlaufen und sie in die Arme schließen, bis die Mauer um sie herum rissig wird und der ganze Schmerz herausströmt. Er will ihr sagen, daß sie bei ihm nicht so stark sein muß, weil sie das alles gemeinsam durchstehen. Sie müßte nur die Scheuklappen abnehmen, dann würde sie sehen, daß sie nicht allein ist.

Caleb geht bis zu der offenen Glastür, um Nina weiter nachzuschauen. Inzwischen ist sie nur noch ein kleiner Punkt, weit draußen auf dem Parkplatz. Er will ihren Namen schon rufen, aber dann wird er von einem grellen Licht geblendet – wieder ein Fotograf. Er weicht zurück, und es dauert einen Moment, ehe er wieder klar sehen kann. Und so entgeht es ihm, daß Nina in die entgegengesetzte Richtung ihres Büros fährt.

Ich bin zu spät.

Ich haste durch die Eingangstür des Gerichts, laufe an der Schlange von Menschen vorbei, die darauf warten, durch den Metalldetektor geschleust zu werden. »Hallo Mike«, sage ich atemlos, als ich mich hinter dem Gerichtsdiener vorbeischiebe, der nur knapp nickt. Unser Gerichtssaal ist linker Hand. Ich öffne die Tür und gehe hinein.

Er ist voller Reporter und Kameraleute, alle in den hinteren Reihen zusammengepfercht. Dieser Fall erregt Aufsehen in York County, Maine. Dieser Fall würde überall Aufsehen erregen.

Ich gehe nach vorn, wo Patrick und Caleb sitzen. Sie haben mir einen Platz am Gang freigehalten. Einen Moment lang muß ich gegen einen natürlichen Impuls ankämpfen – einfach weiterzugehen und mich neben Thomas LaCroix an den Tisch der Anklagevertretung zu setzen.

Den Verteidiger kenne ich nicht. Vermutlich einer aus Portland. Jemand, den die Diözese für solche Fälle engagiert. Rechts vom Tisch der Verteidigung hat sich ein Kameramann postiert, den Kopf tief über die Kamera gebeugt.

Patrick bemerkt mich als erster. »He«, sagt er. »Alles klar?«

Caleb ist verärgert, wie ich erwartet hatte. »Wo warst du denn? Ich hab versucht –«

Was auch immer er sagen will, er wird von dem Gerichtsdiener unterbrochen, der laut ruft: »Der ehrenwerte Richter Jeremiah Bartlett hat den Vorsitz.«

Den Richter kenne ich natürlich. Er hat die einstweilige Verfügung gegen Caleb unterzeichnet. Er weist uns an, Platz zu nehmen, aber mein Körper ist steif wie ein Brett und paßt gar nicht richtig auf die Bank. Meine Augen nehmen alles und nichts zugleich wahr.

»Können wir mit dem Anklageeröffnungsverfahren in der Sache ›der Staat gegen Szyszynski‹ beginnen?« fragt der Richter.

Thomas erhebt sich schwungvoll. »Ja, Euer Ehren.«

Am Tisch der Verteidigung erhebt sich auch der Verteidiger. »Ich vertrete Pater Szyszynski, und wir sind bereit, Euer Ehren.«

Ich habe es schon tausendmal gesehen: Ein Gerichtsdiener tritt vor die Richterbank. Er tut das, um den Richter zu schützen. Schließlich sind die Menschen, die als Angeklagte hereingeführt werden, Kriminelle. Da ist alles möglich.

Die Tür zur Verwahrzelle öffnet sich, und der Priester wird herausgeführt. Seine Hände sind vor dem Körper mit Handschellen gefesselt. Ich spüre, daß Caleb neben mir das Atmen vergißt. Ich halte meine Handtasche auf dem Schoß, eine tödliche Umklammerung.

Der zweite Gerichtsdiener führt den Priester an den Tisch der Verteidigung, zu dem Stuhl, der innen steht, weil er sich vor dem Richter erheben muß, um sich schuldig oder unschuldig zu erklären. Er ist mir jetzt so nahe, daß ich ihn anspucken könnte. Ich könnte ihm etwas zuflüstern, und er würde mich vielleicht hören.

Meine Augen wandern zunächst zum Richter, dann zu den Gerichtsdienern. Auf die muß ich achten. Sie stehen hinter dem Priester, sorgen dafür, daß er sich hinsetzt.

Geht zurück. Geht zurück geht zurück geht zurück.

Ich schiebe meine Hand in die Tasche, vorbei an den vertrauten Dingen, hin zu der Hitze, die mir in die Hand springt. Der Gerichtsdiener macht einen Schritt nach hinten – dieser Angeklagte, dieser Abschaum, hat noch immer das Recht, sich ungestört mit seinem Anwalt zu besprechen. Wörter fliegen durch den Saal wie kleine Insekten, Ablenkungen, die ich kaum registriere.

In der Sekunde, als ich mich erhebe, bin ich von der Klippe gesprungen. Die Welt saust in einem Nebelschleier aus Farbe und Licht an mir vorbei; dann denke ich: *Fallen ist der erste Schritt, um das Fliegen zu lernen.*

Mit zwei Schritten durchquere ich den Gang des Gerichtssaales. Einen Atemzug später halte ich dem Priester die Waffe an den Kopf. Ich drücke viermal ab.

Der Gerichtsdiener packt meinen Arm, aber ich lasse die Waffe nicht los. Ich kann nicht, ehe ich nicht weiß, daß ich es getan habe. Ich sehe Blut spritzen, höre Schreie, und dann falle ich wieder, vorwärts, über das Geländer, wo ich hingehöre. »Hab ich ihn erwischt? Ist er tot?«

Sie pressen mich auf den Boden, und als ich die Augen öffne, kann ich ihn sehen. Der Priester liegt nur einen Meter von mir entfernt, und sein halber Kopf ist verschwunden.

Ich lasse die Waffe los.

Das Gewicht auf mir nimmt vertraute Formen an, und dann höre ich Patrick in meinem Ohr. »Nina, hör auf. Hör auf, dich zu wehren.« Seine Stimme holt mich zurück. Ich sehe den Verteidiger, der sich unter dem Tisch des Gerichtsschreibers versteckt. Pressekameras blitzen wie ein ganzes Feld voller Glühwürmchen. Der Richter hat den Notfallknopf auf seinem Tisch gedrückt und befiehlt brüllend, den Saal zu räumen. Und Caleb, weiß wie Schnee, fragt sich, wer ich bin.

»Hat jemand Handschellen?« fragt Patrick. Ein Gerichtsdiener zieht welche aus seinem Gürtel und reicht sie ihm. Patrick fesselt mir die Hände auf den Rücken. Er hebt mich hoch und schiebt mich auf dieselbe Tür zu, durch die der Priester hereingekommen ist. Patricks Körper ist unnachgiebig, sein Kinn liegt fest an meinem Ohr. »Nina«, flüstert er, »was hast du getan?«

Einmal, vor nicht allzu langer Zeit bei mir zu Hause, hatte ich Patrick dieselbe Frage gestellt. Jetzt gebe ich ihm dieselbe Antwort, die er mir damals gab. »Ich habe getan, was nötig war«, sage ich und glaube es selbst.

II

Einmal Zweifeln
Macht mit eins entschlossen.

Shakespeare, Othello

Im Ferienlager zirpen die Grillen, und manchmal ist es dort so grün, daß mir die Augen weh tun.

Ich hab Angst hier, weil wir so viel draußen sind und weil es draußen Bienen gibt. Wenn ich Bienen nur sehe, fühlt sich mein Bauch wie eine Faust an.

Meine Mutter hat den Betreuern gesagt, daß ich Angst vor Bienen habe. Sie sagen, daß in all den Jahren noch kein einziges Kind gestochen worden ist.

Ich denke, einer muß ja der erste sein.

Eines Morgens macht unsere Betreuerin – ein Mädchen mit Makrameehalskette, die sie sogar beim Schwimmen anhat – mit uns eine Wanderung durch den Wald. Irgendwann machen wir Rast. Die Betreuerin schiebt zwei gefällte Baumstämme zurecht, so daß wir uns draufsetzen können. Und auf einmal sind überall die Gelbjacken.

Ich erstarre. Die Bienen sind auf dem Gesicht und den Armen und dem Bauch von unserer Betreuerin. Sie schlägt nach ihnen und schreit wie am Spieß. Ich werfe mich auf sie. Ich schlage mit den Händen auf sie ein. Ich rette sie, obwohl ich immerzu gestochen werde.

Am Ende des Ferienlagers verteilen die Betreuer Preise, blaue Bänder mit dicken schwarzen Buchstaben drauf. Auf meinem steht »tapferster Junge«. Ich hab es immer noch.

4

In den ersten Sekunden danach fragt Patrick sich, wieso er weiß, daß Ninas Lieblingszahl 13 ist, daß die Narbe an ihrem Kinn von einem Zusammenstoß beim Rodeln stammt und daß sie sich drei Weihnachten hintereinander einen Alligator als Haustier gewünscht hat – aber andererseits keine Ahnung hatte, daß die ganze Zeit über in ihr eine Granate nur darauf wartete zu explodieren. »Ich hab getan, was nötig war«, murmelt sie auf dem Weg durch den blutbesudelten Saal.

Sie zittert in seinen Armen. Sie fühlt sich leicht wie eine Wolke an. Patrick dreht sich der Kopf. Nina riecht noch immer nach Äpfeln. Sie läuft geradeaus – aber sie redet unzusammenhängendes Zeug, wirkt bei weitem nicht so beherrscht, wie Patrick sie normalerweise kennt. Als sie durch die Tür in die Verwahrzelle gehen, blickt Patrick nach hinten in den Gerichtssaal. *Pandämonium.* Er hat immer gedacht, das Wort klingt wie ein Zirkusname, aber jetzt weiß er, was es bedeutet. Gehirnmasse klebt am Revers des Verteidigers. Der Zuschauerraum ist mit Papieren und Notizbüchern übersät, während einige Journalisten schluchzen und andere ihre Kameramänner anweisen weiterzufilmen. Caleb steht reglos wie eine Statue. Bobby, einer der Gerichtsdiener, spricht in das Funkgerät an seiner Schulter. »Ja, es wurde geschossen, und wir brauchen einen Rettungswagen.« Roanoke, der andere

Gerichtsdiener, bugsiert eilig den bleichgesichtigen Richter Bartlett in dessen Amtszimmer. »Den Saal räumen!« schreit der Richter, und Roanoke erwidert: »Aber das geht nicht, Euer Ehren. Das sind alles Zeugen.«

Auf dem Boden, nahezu unbeachtet, liegt die Leiche von Pater Szyszynski.

Es war richtig, ihn zu töten, denkt Patrick unwillkürlich. Und dann sofort: *O Gott, was hat sie getan?*

»Patrick«, murmelt Nina.

Er kann sie nicht ansehen. »Sprich nicht mit mir.« Er wird als Zeuge aussagen in – *Herrgott* – Ninas Mordprozeß. Alles, was sie zu ihm sagt, wird er vor Gericht wiederholen müssen.

Als eine Fotografin auf die Verwahrzelle zusteuert, versperrt Patrick der Kamera den Blick auf Nina. Im Augenblick ist es seine Aufgabe, sie zu beschützen. Er wünschte bloß, es wäre auch jemand da, um ihn zu beschützen.

Er hält sie mit einem Arm fest, um mit dem anderen die Tür zu schließen. Jetzt können sie ungestört abwarten, bis die Polizei von Biddeford eintrifft. Noch während die Tür zufällt, sieht er, wie sich die Sanitäter über die Leiche beugen.

»Ist er tot?« fragt Nina. »Nun sag schon, Patrick. Ich hab ihn getötet, nicht? Wie oft hab ich geschossen? Ich mußte es tun, natürlich mußte ich es tun. Er ist doch tot, oder? Die Sanitäter können ihn nicht wiederbeleben, oder? Sag mir, daß sie das nicht können. Bitte, sag mir nur, daß er tot ist. Ich schwöre, ich setz mich hier hin und rühr mich nicht, aber bitte sieh nach, ob er tot ist.«

»Er ist tot, Nina«, sagt Patrick leise.

Sie schließt die Augen, schwankt ein bißchen. »Gott sei Dank. Oh, Gott sei Dank.« Sie sinkt auf die Metallpritsche in der kleinen Zelle.

Patrick dreht ihr den Rücken zu. Im Gerichtssaal sind jetzt seine Kollegen eingetroffen. Evan Chao, ein anderer Detective-Lieutenant im Department, überwacht die Sicherung des Tatortes, brüllt seine Anweisungen über das Tohuwabohu aus

Schreien und Schluchzen hinweg. Polizisten auf Knien suchen nach Fingerabdrücken, machen Fotos von der größer werdenden Blutlache. Auch die Spezialeinheit kommt, stürmt den Mittelgang hinunter. Eine Frau, eine Journalistin, die etwas abseits befragt wird, wirft einen Blick auf die sterblichen Überreste des Priester und übergibt sich. Es ist eine brutale, chaotische Szene, alptraumartig, und doch starrt Patrick wie gebannt darauf, stellt sich lieber dieser Realität als der, die leise hinter ihm weint.

Nathaniel mag dieses Brettspiel nicht. Wenn man nur mal den Kreisel falsch rum dreht, rutscht die eigene Spielfigur die große Rutsche in der Mitte runter. Klar, wenn man richtig rum dreht, darf man die lange Leiter hoch ... aber das klappt auch nicht immer, und schwups, hat man verloren.

Monica läßt ihn gewinnen, aber das macht Nathaniel auch keinen richtigen Spaß.

»Drehst du jetzt bitte mal, oder muß ich abwarten, bis du sechs wirst?« neckt ihn Monica.

Nathaniel dreht den Kreisel. *Vier.* Er rückt mit seiner kleinen Figur vier Felder weiter und, na klar, landet auf einer von diesen Rutschen. Oben angekommen, zögert er, weil er weiß, daß Monica nichts sagen würde, wenn er bloß drei weiterrückt.

Aber ehe er sich entscheiden kann, ob er schummeln soll oder nicht, sieht er über ihre Schulter hinweg etwas, das ihn ablenkt. Durch das breite Glasfenster des Spielzimmers sieht er einen Polizisten ... nein, zwei ... fünf ... die den Gang hinunterrennen. Die sehen nicht so aus wie Patrick, wenn er arbeitet. Die hier tragen glänzende Stiefel und silberne Abzeichen, und die Hände haben sie auf ihren Pistolen, genau wie im Fernsehen.

»Die wollen schießen«, sagt er leise.

Monica lächelt ihn an. »Keine Ablenkungstaktik, Nathaniel.«

»Guck ... doch.« Er hebt die Hand und hält sie wie eine Pistole.

Monica wird hellhörig. Sie dreht sich zu dem trappelnden Geräusch hinter sich um und reißt die Augen auf. Aber als sie sich wieder Nathaniel zuwendet, hat sie die Frage, die ihr auf den Lippen bebt, hinter einem Lächeln versteckt. »Du bist dran, nicht?« fordert Monica ihn auf, obwohl sie beide wissen, daß er längst dran war.

Ganz langsam kehrt das Gefühl in Calebs Finger und Füße zurück. Er stolpert vorwärts, vorbei an der Stelle, wo Nina soeben kaltblütig einen Menschen erschossen hat, vorbei an den Leuten, die in dem Chaos zu arbeiten versuchen. Caleb macht einen weiten Bogen um die Leiche von Pater Szyszynski. Er bewegt sich auf die Tür zu, wo er Nina zuletzt gesehen hat, hinter der sie in eine Zelle gestoßen wurde.

Gott, eine *Zelle*.

Ein Detective, der ihn nicht kennt, packt seinen Arm. »Wo wollen Sie denn hin?« Stumm schiebt sich Caleb an dem Mann vorbei, und dann sieht er Patricks Gesicht in dem kleinen Türfenster. Caleb klopft, aber Patrick scheint unschlüssig, ob er die Tür öffnen soll oder nicht.

Da wird Caleb klar, daß all diese Leute, all diese Detectives, ihn für Ninas Komplizen halten könnten.

Sein Mund wird trocken wie Sand, und als Patrick die Tür schließlich einen Spalt weit öffnet, kann er nicht mal mehr darum bitten, mit seiner Frau sprechen zu dürfen. »Hol Nathaniel und fahr nach Hause«, sagt Patrick ruhig. »Ich ruf dich an, Caleb.«

Ja, Nathaniel. *Nathaniel.* Allein bei dem Gedanken an seinen Sohn, der die ganze Zeit über nur eine Etage tiefer war, krampft sich Caleb der Magen zusammen. Er stürmt an Menschen vorbei, bis er den gegenüberliegenden Ausgang des Gerichtssaales erreicht, die Tür am hinteren Ende des Mittelganges. Dort sieht ihm ein Gerichtsdiener entgegen. »Mein Sohn ist unten. Bitte. Ich muß zu ihm.«

Vielleicht sind, es der Schmerz und die Trauer, die in Calebs Gesicht eingegraben sind, jedenfalls wird der Gerichtsdiener unsicher. »Ich schwöre, ich komme sofort zurück. Aber ich muß nachsehen, ob es ihm gutgeht.«

Ein Nicken, eins, das Caleb gar nicht sehen darf. Als der Gerichtsdiener zur Seite blickt, schlüpft Caleb hinter ihm durch die Tür. Er nimmt immer zwei Stufen auf einmal und läuft dann den Korridor hinunter zum Spielzimmer.

Er bleibt kurz vor dem Fenster stehen und sieht seinem Sohn beim Spielen zu. Dann erblickt Nathaniel ihn, strahlt übers ganze Gesicht und läuft zur Tür, um sich in Calebs Arme zu werfen.

Monicas angespanntes Gesicht taucht in Calebs Blickfeld auf. »Was ist da oben passiert?« formt sie lautlos mit den Lippen.

Aber Caleb vergräbt nur das Gesicht am Hals seines Sohnes, verstummt wie Nathaniel, als ihm etwas passiert war, daß er nicht erklären konnte.

Nina hat Patrick einmal erzählt, daß sie oft an Nathaniels Bettchen gestanden und ihm beim Schlafen zugeschaut hat. *Es ist faszinierend*, hatte sie gesagt. *Unschuld unter einer Decke.* Jetzt versteht er das. Wenn man Nina schlafen sieht, käme man niemals darauf, was nur zwei Stunden zuvor geschehen ist. Dieser glatten Stirn sähe niemand an, was für Gedanken sich dahinter verbergen.

Patrick dagegen fühlt sich hundeelend. Er bekommt nicht mehr richtig Luft. Sein Magen schnürt sich bei jedem Schritt zusammen. Und jedesmal, wenn er in Ninas Gesicht blickt, weiß er nicht, was ihm lieber wäre: daß sie heute Morgen einfach den Verstand verloren hat ... oder nicht.

Sobald sich die Tür öffnet, bin ich hellwach. Ich fahre auf der Pritsche hoch, und meine Hände stützen sich auf die Jacke, die Patrick mir als Kissen gegeben hat. Sie ist aus Wolle, kratzig. Sie hat Druckspuren auf meiner Wange hinterlassen.

Ein Polizist, den ich nicht kenne, steckt den Kopf herein. »Lieutenant«, sagt er förmlich, »wir brauchen jetzt Ihre Aussage.«

Klar. Auch Patrick hat es gesehen.

Die Augen des Polizisten sind wie Insekten auf meiner Haut. Als Patrick zur Tür geht, stehe ich auf, halte mich an den Gitterstäben der Zelle fest. »Finde raus, ob er tot ist, ja? Bitte. Ich muß es wissen. Ich muß einfach. Ich muß wissen, ob er tot ist.« Meine Worte sind wie Schläge auf Patricks Rücken. Er sieht mich nicht an, als er die Tür öffnet und hinausgeht.

Durch den Türspalt gewinne ich für einen Moment einen Eindruck von der Hektik, die Patrick mir während der letzten paar Stunden verschwiegen hat. Der Spezialtransporter der Polizei, der nicht nur die erforderlichen Utensilien für die Ermittlungen, sondern auch die Fachleute an den Tatort bringt, muß inzwischen eingetroffen sein. Im Gerichtssaal wimmelt es nur so von Cops. Einer tritt beiseite, und ich sehe einen leuchtendroten Fleck, der eine ausgestreckte, blasse Hand umgibt. Noch während ich hinsehe, beugt sich ein Fotograf nach unten und hält das Spritzmuster des Blutes mit der Kamera fest. Mein Herz krampft sich zusammen. Und ich denke: *Das hab ich getan; das hab ich getan.*

Es ist eine unumstößliche Tatsache, daß Quentin Brown nicht gerne Auto fährt, schon gar nicht lange Strecken und erst recht nicht von Augusta nach York County. Bereits in Brunswick ist er der festen Überzeugung, daß er mit seinen ein Meter fünfundneunzig in dem winzigen Ford zum Krüppel wird. Aber als stellvertretender Generalstaatsanwalt muß er dorthin, wo er gebraucht wird. Und wenn jemand in Biddeford einen Priester umlegt, dann muß Quentin Brown eben nach Biddeford.

Quentin Brown ist eine beeindruckende Erscheinung. Wegen seines geschorenen Kopfes, seiner Körpergröße und seiner in dem blütenweißen Anzug um so wirkungsvolleren Hautfarbe, halten ihn die meisten Leute entweder für einen Kriminellen oder für den Talentscout eines Basketballvereins. Aber Anwalt? Ein *schwarzer* Anwalt? Nie und nimmer.

Die juristische Fakultät der University of Maine, wo überwiegend Weiße studieren, bemüht sich verstärkt um schwarze Studenten. Und viele kommen, wie Quentin; aber fast alle gehen auch wieder, anders als Quentin. Seit zwanzig Jahren marschiert er nun schon in irgendwelche Gerichtsgebäude in namenlosen Kleinstädten und verblüfft die Verteidiger, die jemand – oder etwas – anderes erwarten. Und – das ist Quentin nur recht.

Wie immer teilt sich die Menge vor ihm, als er das Bezirksgericht von Biddeford betritt. Er geht zu dem Gerichtssaal, deren Türen mit Polizeiband abgesperrt sind, und dann den Mittelgang hinunter, bis ganz nach vorn. Quentin registriert sehr wohl, daß alle Bewegungen langsamer werden und das Stimmengewirr erstirbt, als er sich über den Toten beugt. »Für eine Verrückte«, murmelt er anerkennend, »war sie verdammt treffsicher.« Dann beäugt Quentin den Cop, der ihn anstarrt wie einen Marsmenschen. »Was ist los?« sagt er trocken. »Noch nie einen ein Meter fünfundneunzig großen Mann gesehen?«

Ein Detective kommt auf ihn zu, bemüht sich darum, autoritär zu wirken. »Kann ich Ihnen helfen?«

»Quentin Brown. Von der Generalstaatsanwaltschaft.« Er reicht ihm die Hand.

»Evan Chao«, sagt der Detective und versucht, seine Verblüffung nicht zu zeigen. Gott, wie Quentin diesen Augenblick genießt.

»Wie viele Tatzeugen haben wir?«

Chao addiert rasch ein paar Zahlen auf einem Block. »Wir sind jetzt bei sechsunddreißig, aber im Hinterzimmer sitzen rund fünfzig Leute, die noch keine Aussage gemacht haben. Aber sie sagen alle so ziemlich das gleiche. Und wir haben die Tat auf Band. WCSH hat das Eröffnungsverfahren für die Fünfuhrnachrichten gefilmt.«

»Wo ist die Waffe?«

»Ein Kollege hat sie als Beweismittel gesichert.«

Quentin nickt. »Und die Täterin?«

»In der Verwahrzelle.«

»Gut. Dann können wir eine Klageschrift wegen Mordes aufsetzen.« Er blickt sich um, schätzt den Stand der Ermittlung ab. »Wo ist ihr Ehemann?«

»Bei den anderen Leuten, die noch vernommen werden müssen, vermute ich.«

»Gibt es irgendwelche Hinweise, daß er mit der Tat zu tun haben könnte? War er in irgendeiner Weise beteiligt?«

Chao blickt kurz zu den anderen Polizisten hinüber, die vor sich hin murmeln und mit den Achseln zucken. »Er ist anscheinend noch nicht vernommen worden.«

»Dann holen Sie ihn her«, sagt Quentin. »Befragen wir ihn.«

Chao spricht einen der Gerichtsdiener an. »Roanoke, hol bitte Caleb Frost her.«

Der ältere Mann blickt Quentin an und sagt kleinlaut: »Der, äh, der ist nicht hier.«

»Wissen Sie das genau?« fragt Quentin langsam.

»Ja. Er, na ja, er hat mich gefragt, ob er zu seinem Kind darf, aber er hat versprochen, daß er zurückkommt.«

»Er hat *was*?« Kaum mehr als ein Flüstern, aber aus Quentins Mund klingt es bedrohlich. »Sie haben ihn hier rausspazieren lassen, nachdem seine Frau gerade den Mann erschossen hat, der den Sohn der beiden mißbraucht haben soll?«

Quentins Wangenmuskeln zucken. »Lassen Sie den Kerl suchen und vernehmen«, weist er Chao an. »Und falls er festgenommen werden muß, dann tun Sie das.«

Chao wird böse. »Die Polizei kann nichts dafür, der Gerichtsdiener hat den Fehler gemacht. Mir hat kein Mensch gesagt, daß der Mann überhaupt im Gerichtssaal war.«

Wo denn wohl sonst, wenn gegen den Vergewaltiger seines Sohnes Anklage erhoben werden soll? Aber Quentin atmet nur tief durch. »Wir müssen uns sowieso mit der Täterin befassen. Ist der Richter noch da? Vielleicht kann er gleich gegen sie Anklage erheben.«

»Der Richter ist ... unpäßlich.«

»Unpäßlich«, wiederholt Quentin.

»Hat drei Valium genommen, nachdem die Schüsse gefallen waren, und ist noch nicht wieder wach geworden.«

Er wäre möglich, einen anderen Richter herzuholen, aber es ist schon ziemlich spät. Und Quentin will auf keinen Fall riskieren, daß die Frau wegen eines törichten Kautionsfanatikers wieder auf freien Fuß kommt. »Nehmen Sie sie vorläufig fest. Wir behalten sie über Nacht hier und kümmern uns morgen um die Anklageerhebung.«

»Über Nacht?« fragt Chao nach.

»Ja. Soweit ich weiß, steht das Gefängnis von York County noch.«

Der Detective blickt kurz nach unten auf seine Schuhe. »Das schon, aber ... na ja, wissen Sie, daß sie Staatsanwältin ist?«

Natürlich weiß er das, er weiß es, seit er in seinem Büro angerufen wurde. »Ich weiß vor allem eins«, entgegnet Quentin. »Sie ist eine Mörderin.«

Evan Chao kennt Nina Frost. Jeder Detective in Biddeford hat irgendwann schon mal mit ihr zusammengearbeitet. Und wie jeder seiner Kollegen kann auch er nachvollziehen, was sie getan hat. Ach verdammt, die Hälfte von ihnen wünschte, sie hätten den Mut, das gleiche zu tun, wenn sie in Ninas Lage wären.

Er reißt sich nicht gerade darum, es ihr zu sagen, aber immer noch besser, als wenn dieser Widerling Brown mit ihr redet. Zumindest kann er den nächsten Schritt für sie so schmerzlos wie möglich machen.

Er geht in die Verwahrzelle und löst den Officer ab, der sie bewacht. Lieber wäre es ihm, er könnte sie in ein richtiges Besprechungszimmer bringen, damit sie vielleicht eher anfängt zu reden. Aber es gibt kein sicheres Besprechungszimmer in diesem Gebäude, daher muß das Gespräch durch Gitterstäbe hindurch geführt werden.

Ninas Haar ist in wüster Unordnung, ihre Augen sind so grün, daß sie förmlich leuchten. Auf dem Arm hat sie tiefe Kratzspuren. Es sieht so aus, als hätte sie sich die selbst zugefügt. Evan schüttelt den Kopf. »Nina, es tut mir wirklich leid ... aber ich muß Sie wegen des Mordes an Glen Szyszynski festnehmen.«

»Ich hab ihn getötet?« flüstert sie.

»Ja.«

Ein Lächeln breitet sich auf ihrem Gesicht aus, verwandelt es. »Kann ich ihn bitte sehen?« fragt sie höflich. »Ich schwöre, ich fasse nichts an, aber bitte, ich muß ihn sehen.«

»Er ist schon weggebracht worden, Nina. Sie können ihn nicht sehen.«

»Aber ich habe ihn getötet?«

Evan atmet schwer aus. Als er Nina Frost das letzte Mal gesehen hat, vertrat sie die Anklage in einem Fall, für den er zuständig gewesen war – eine Vergewaltigung. Sie hatte sich vor dem Täter im Zeugenstand aufgebaut und ihn ausgepreßt wie ein Zitrone. Sie hatte ihn so aussehen lassen wie sie jetzt in diesem Moment aussieht. »Sind Sie bereit, eine Aussage zu machen, Nina?«

»Nein, ich kann nicht. Ich kann nicht. Ich hab getan, was nötig war, mehr kann ich nicht tun.«

Er zieht das Blatt heraus, auf dem ihre Rechte stehen. »Ich muß Sie über Ihre Rechte aufklären.«

»Ich hab getan, was nötig war.«

Evan muß die Stimme heben. »Sie haben das Recht zu schweigen. Alles, was Sie sagen, kann gegen Sie verwendet werden. Sie haben das Recht ...«

»Ich kann nicht mehr tun. Ich habe getan, was nötig war«, unterbricht ihn Nina.

Als Evan fertig ist, reicht er ihr einen Stift durch das Gitter, damit sie das Blatt unterschreibt, aber er rutscht ihr aus den Fingern. Sie flüstert: »Ich kann nicht mehr tun.«

»Kommen Sie, Nina«, sagt Evan sanft. Er schließt die Verwahrzelle auf, führt sie durch die Büroräume des Sheriffs und hinaus zu einem Polizeiwagen. Er hält die Tür für sie auf und hilft ihr hinein. »Die Anklageerhebung ist erst morgen, deshalb muß ich Sie über Nacht ins Gefängnis bringen. Sie werden eine Einzelzelle bekommen, und ich sorge dafür, daß man sich um Sie kümmert. Okay?«

Doch Nina Frost hat sich auf der Rückbank des Wagens zusammengerollt und scheint gar nicht zu hören, was er sagt.

Der Strafvollzugsbeamte im Aufnahmeraum des Gefängnisses lutscht ein Eukalyptusbonbon, während er mich auffordert, mein Leben auf die wenigen Dinge zu reduzieren, die sie in einem Gefängnis wissen müssen: Name, Geburtsdatum, Größe, Gewicht, Augenfarbe, Allergien, Medikamente, Hausarzt. Ich antworte leise, von der Prozedur fasziniert. Normalerweise trete ich in diesem Stück erst im zweiten Akt auf. Den Anfang mitzubekommen ist eine neue Erfahrung für mich.

Ein Hauch Eukalyptus umweht mich, als der Sergeant erneut mit seinem Stift auf das Blatt klopft. »Besondere Kennzeichen?« fragt er.

Er meint Muttermale, Leberflecken, Tätowierungen. *Ich habe eine Narbe*, denke ich insgeheim, *auf dem Herzen.*

Doch ehe ich antworten kann, öffnet ein anderer Strafvollzugsbeamter meine schwarze Tasche und kippt den Inhalt auf den Schreibtisch. Kaugummi, drei verklebte Pfefferminzbonbons, ein Scheckbuch, mein Portemonnaie. Die Nebenprodukte der Mutterschaft: Fotos von Nathaniel aus dem letzten Jahr, eine Packung Buntstifte. Zwei weitere volle Magazine für die Waffe.

Ich friere plötzlich. »Ich kann nicht mehr. Ich kann nicht mehr tun«, flüstere ich und will mich ganz klein zusammenrollen.

»Wir sind aber noch nicht fertig«, sagt der Beamte. Er rollt meine Fingerkuppen über ein Tintenkissen und macht drei Sets Fingerabdrücke. Er stellt mich vor eine Wand, reicht mir ein Täfelchen. Ich befolge seine Anweisungen wie ein Zombie. Ich sehe ihn nicht an. Er sagt mir nicht, wann der Blitz kommt; jetzt weiß ich, warum jeder Kriminelle auf dem Foto für die Verbrecherkartei so aussieht, als wäre er überrascht worden.

Als ich nach dem gleißenden Lichtblitz wieder etwas sehen kann, steht eine Gefängniswärterin vor mir. Sie hat durchgehende Augenbrauen auf der Stirn und ist gebaut wie ein Footballspieler. Ich stolpere hinter ihr her in einen Raum, der nicht viel größer ist als ein Wandschrank und in dem Regale voller ordentlich gefalteter, grell orangefarbener Gefängniskleidung stehen. Die Gefängnisse von Connecticut mußten ihre nagelneuen waldgrünen Overalls verkaufen, fällt mir plötzlich ein, weil immer wieder Häftlinge in die Wälder flüchteten.

Die Wärterin reicht mir einen Satz Kleidung. »Ausziehen«, befiehlt sie.

Ich muß das tun, denke ich, als ich höre, wie sie sich mit einem klatschenden Geräusch Gummihandschuhe überstreift. *Ich muß alles tun, um hier rauszukommen.* Also zwinge ich mich, an nichts zu denken. Ich spüre die Finger der Wärterin, die mir in Mund und Ohren und Nase und Vagina und Anus dringen. Plötzlich denke ich an meinen Sohn.

Als es vorbei ist, nimmt die Wärterin meine Sachen, die noch immer feucht vom Blut des Priesters sind, und steckt sie in eine Tüte. Langsam ziehe ich die Gefängniskleidung an, binde sie so fest in der Taille zusammen, daß ich nach Luft schnappen muß. Meine Augen huschen unruhig hin und her, als wir zurück den Gang hinuntergehen.

Wieder zurück in dem Aufnahmeraum im Eingangsbereich des Gefängnisses, deutet die Wärterin auf einen Telefonapparat. »Los«, weist sie mich an, »Sie können jetzt jemanden anrufen.«

Ich habe das Recht auf ein privates Telefongespräch, aber ich spüre ihre Blicke auf mir lasten. Ich nehme den Hörer in die Hand, starre ihn an, als hätte ich noch nie ein Telefon gesehen.

Was auch immer die anwesenden Beamten hören werden, sie werden nicht zugeben, etwas gehört zu haben. Ich habe schon oft versucht, Strafvollzugsbeamte dazu zu bringen, vor Gericht auszusagen, aber sie weigern sich, weil sie nämlich wieder hierher zurückkehren und diese Häftlinge Tag für Tag bewachen müssen.

Zum ersten Mal ist das für mich von Vorteil.

Mein Blick trifft den des Beamten in meiner Nähe, dann höre ich auf, Theater zu spielen. Ich wähle, warte ab, bis ich mit etwas außerhalb von hier verbunden werde. »Hallo?« sagt Caleb, das schönste Wort der Welt.

»Wie geht es Nathaniel?«

»*Nina*. Um Himmels willen, was hast du getan?«

»Wie geht es Nathaniel?« wiederhole ich.

»Was glaubst du denn, wie es ihm geht? Seine Mutter ist festgenommen worden, weil sie jemanden getötet hat!«

Ich schließe die Augen. »Caleb, du mußt mir jetzt zuhören. Ich erkläre dir alles, wenn wir uns sehen. Hast du schon mit der Polizei gesprochen?«

»Nein –«

»Dann tu es auch nicht. Im Augenblick bin ich im Gefängnis. Sie halten mich über Nacht hier, und morgen ist die Anklageeröffnung.« Jetzt kommen die Tränen. »Du mußt Fisher Carrington anrufen.«

»Wen?«

»Er ist Verteidiger. Und er ist der einzige Mensch, der mir jetzt noch helfen kann. Es ist mir egal, wie du es anstellst, aber bring ihn dazu, daß er meine Verteidigung übernimmt.«

»Was soll ich Nathaniel sagen?«

Ich atme tief durch. »Daß es mir gutgeht und daß ich morgen wieder zu Hause bin.«

Caleb ist wütend, ich höre es in seinem kurzen Schweigen. »Warum soll ich das für dich tun, nach dem, was du uns gerade angetan hast?«

»Wenn du willst, daß es weiterhin ein *uns* gibt«, sage ich, »dann tu es.«

Nachdem Caleb einfach aufgelegt hat, halte ich weiter den Hörer ans Ohr gepreßt, tue so, als wäre mein Mann noch immer am anderen Ende. Dann lege ich den Hörer auf und blicke die Wärterin an, die mich zurück in meine Zelle bringen will. »Ich mußte es tun«, erkläre ich. »Er begreift das nicht. Ich kann es ihm nicht begreiflich machen. Sie hätten es doch auch getan, oder? Wenn es Ihr Kind wäre, hätten Sie es nicht auch getan?« Ich lasse meine Augen nach rechts und links huschen, ziellos. Ich kaue auf den Fingernägeln, bis die Nagelhaut blutet.

Ich benehme mich verrückt, weil ich will, daß sie genau das sehen.

Es ist keine Überraschung, als ich in den Trakt mit den Einzelzellen geführt werde. Zum einen werden neue Häftlinge wegen Selbstmordgefährdung häufig strenger überwacht. Zum anderen bin ich diejenige, die die Hälfte der weiblichen Häftlinge in dieses Gefängnis gebracht hat. Die Wärterin knallt die Tür hinter mir zu, und das ist jetzt meine neue Welt: ein Meter achtzig mal zweieinhalb Meter, eine Metallpritsche, eine schmuddelige Matratze, ein Klo.

Die Wärterin entfernt sich, und zum ersten Mal an diesem Tag gebe ich meine Beherrschung auf. Ich habe einen Menschen getötet. Ich bin auf sein verlogenes Gesicht zugegangen und habe vier Kugeln hineingeschossen. Die Erinnerung kommt in Bruchstücken – das Klicken des Abzugs an dem Punkt, wo es kein Zurück mehr gibt, der Knall des Schusses, der Rückstoß der Waffe, durch den meine Hand zurückschnellt, als wollte sie sich selbst aufhalten, zu spät.

Sein Blut war warm, als es auf meine Bluse spritzte.

O Gott. Ich habe einen Menschen getötet. Ich habe es aus guten Gründen getan. Ich habe es für Nathaniel getan. Aber ich habe es getan.

Mein Körper beginnt unkontrolliert zu zittern, und diesmal ist es nicht gespielt. Es ist *eine* Sache, für die Leute, die man in den Zeugenstand rufen wird, damit sie gegen mich aussagen, die Verrückte zu mimen. Es ist etwas völlig anderes, wirklich zu begreifen, wozu ich schon immer fähig war. Pater Szyszynski wird am Sonntag nicht die heilige Messe lesen. Er wird nicht seine abendliche Tasse Tee trinken oder ein Nachtgebet sprechen. Ich habe einen Priester getötet, der nicht mal die letzte Ölung bekommen hat; und ich werde genau wie er in der Hölle landen.

Ich ziehe die Knie hoch, presse das Kinn auf die Brust. Im überheizten Bauch dieses Gefängnisses ist mir eiskalt.

»Alles in Ordnung mit dir, Freundin?«

Die Stimme kommt von der anderen Seite des Flurs, aus der zweiten Einzelzelle. Irgendwer hat mich von dort aus beobachtet, aus der Dunkelheit heraus. Ich spüre, wie mein Gesicht anfängt zu brennen, und als ich aufschaue, sehe ich eine große schwarze Frau, die ihre Jacke über dem Bauchnabel zusammengeknotet hat. Ihre Zehennägel sind orangefarben lackiert, passend zur Gefängniskluft.

»Ich heiße Adrienne, und ich kann richtig gut zuhören. Ich hab nicht oft Gelegenheit, mit jemandem zu reden.«

Meint sie wirklich, daß ich darauf reinfalle? Hier drinnen gibt es genauso viele Polizeispitzel wie Leute, die ihre Unschuld beteuern, und ich weiß, wovon ich rede – ich habe schon mit beiden Sorten zu tun gehabt. Ich öffne den Mund, um ihr das zu sagen, aber ein zweiter Blick verrät mir, daß ich mich geirrt habe. Die großen Füße, der Waschbrettbauch, die dicken Adern auf dem Handrücken – Adrienne ist eigentlich gar keine Frau.

»Dein Geheimnis«, sagt der Transvestit, »ist bei mir gut aufgehoben.«

Ich starre ihre – seine – beachtliche Brust an. »Und wo bleibt das obligatorische Taschentuch?« frage ich ausdruckslos.

Einen kurzen Moment lang tritt Stille ein. »Es geht auch ohne«, entgegnet Adrienne.

Ich wende mich ab. »Kann sein, ich will trotzdem nicht mit dir reden.«

Plötzlich ertönt die Ankündigung, daß das Licht nun gelöscht wird. Aber im Gefängnis wird es nie ganz dunkel. Es herrscht ewige Dämmerung. Im Schatten kann ich Adriennes glatte Haut sehen, ein hellerer Farbton im Halbdunkel, zwischen den Gitterstäben ihrer Zelle. »Was hast du angestellt?« fragt Adrienne.

»Was hast *du* denn angestellt?«

»Drogen, meine Liebe, es sind immer die Drogen. Aber ich versuche, davon loszukommen, ehrlich.«

»Eine Verurteilung wegen Drogen? Wieso hat man dich dann in Einzelhaft gesteckt?«

Adrienne zuckt die Achseln. »Tja, zu den Jungs gehöre ich nicht mehr. Die würden mich sowieso bloß zusammenschlagen. Ich wäre ja gern bei den Mädchen, aber ich darf nicht, weil ich noch nicht operiert worden bin. Ich nehme regelmäßig meine Medikamente, aber die sagen, das spielt keine Rolle, solange ich unten rum noch falsch gepolt bin.« Sie seufzt. »Die wissen einfach nicht, was sie hier mit mir machen sollen.«

Ich starre die dicken Mauern an, das schwache Sicherheitslicht an der Decke, meine eigenen todbringenden Hände. »Die wissen auch nicht, was sie mit mir machen sollen«, sage ich.

Die Generalstaatsanwaltschaft hat Quentin in einem Apartmenthotel untergebracht. Das Zimmer hat eine kleine Einbauküche, Kabelfernsehen und einen Teppichboden, der nach Katze riecht. »Danke«, sagt er trocken und reicht dem Teenager, der als Hotelpage jobbt, einen Dollar. »Ein wahrer Palast.«

»Wie Sie meinen«, erwidert der Bursche.

Es erstaunt Quentin immer wieder, daß Halbwüchsige die einzige Bevölkerungsgruppe sind, die bei seinem Anblick nicht mit der Wimper zucken.

Quentin öffnet den muffigen Kühlschrank und sinkt dann auf die weiche Matratze. Tja, es könnte das »Ritz-Carlton« sein, er würde es trotzdem hassen. Es liegt an Biddeford, der Ort macht ihm zu schaffen.

Mit einem Seufzer greift er nach seinen Autoschlüsseln und verläßt das Hotel. Er will es hinter sich bringen.

Natürlich weiß er, daß sie da ist. Die Anschrift für die Schecks hat sich die ganze Zeit über nicht geändert.

In der Einfahrt hängt ein Basketballkorb, was ihn überrascht. Irgendwie hat er nach dem Debakel im letzten Jahr nicht mehr darüber nachgedacht, daß Gideon auch einer legalen Freizeitbeschäftigung nachgehen könnte. Ein ramponierter Isuzu-Jeep mit zu vielen Rostlöchern im Trittbrett steht in der Garage. Quentin atmet einmal tief durch, dann richtet er sich auf und klopft an die Tür.

Als Tanya öffnet, trifft ihn ihr Anblick noch immer wie ein Schlag auf die Brust – diese cognacfarbene Haut, diese Schokoladenaugen, als wäre diese Frau ein vollkommener sinnlicher Genuß. Aber, so ruft sich Quentin in Erinnerung, selbst die erlesensten Trüffel können innen bitter sein. Es ist eine kleine Genugtuung für ihn, daß auch sie einen Schritt nach hinten macht, als sie ihn sieht. »Quentin Brown«, sagt Tanya mit einem Kopfschütteln. »Wie komme ich denn zu der Ehre?«

»Ich arbeite hier an einem Fall«, sagt er. »Könnte länger dauern.« Er versucht, an ihr vorbeizuspähen, will sehen, wie sie jetzt wohnt. Ohne ihn. »Und da hab ich mir gedacht, ich komme mal auf einen Sprung vorbei, weil du meinen Namen demnächst wohl öfter hören wirst.«

»In Verbindung mit anderen Schimpfwörtern«, murmelt Tanya.

»Wie bitte?«

Sie lächelt ihn an, und er vergißt, auf die Antwort zu bestehen. »Ist Gideon da?«

»Nein«, sagt sie, etwas zu hastig.

»Ich glaube dir nicht.«

»Und ich mag dich nicht, also steig doch einfach wieder in dein kleines Auto und –«

»Ma?« Plötzlich taucht Gideon hinter seiner Mutter auf. Er ist beinahe so groß wie Quentin, obwohl er gerade erst sechzehn geworden ist. Sein dunkles Gesicht wird noch verschlossener, als er sieht, wer da vor der Tür steht. »Gideon«, sagt Quentin. »Hallo, mein Lieber.«

»Willst du mich schon wieder in die Reha schleifen?« schnaubt er. »Tu mir bloß keinen Gefallen mehr.«

Quentin merkt, daß sich seine Hände zu Fäusten ballen. »Ich hab dir einen Gefallen getan. Ich hab beim Richter meine Beziehungen spielen lassen, damit er dich nicht in die Jugendstrafanstalt steckt, obwohl ich mir damit im Büro ganz schön Ärger eingehandelt habe.«

»Soll ich mich jetzt dafür bedanken?« Gideon lacht. »So wie ich jeden Abend auf die Knie sinke und dir danke, daß du mein Daddy bist?«

»Gideon«, sagt Tanya warnend, aber er schiebt sich an ihr vorbei.

»Später.« Er rempelt Quentin an, eine Drohung, als er die Stufen hinuntergeht und in den Isuzu steigt. Augenblicke später biegt das Auto auf die Straße.

»Ist er noch clean?« fragt Quentin.

»Fragst du das, weil du dir Sorgen machst oder weil du deine Karriere nicht durch einen weiteren Schandfleck gefährden willst?«

»Das ist nicht fair, Tanya –«

»Das ist das Leben nie, Quentin.« Einen ganz kurzen Moment lang sieht er Trauer in ihren Augen aufflackern, wie die Erinnerung an einen Traum. »Stell dir vor.«

Sie schließt die Tür, bevor er antworten kann. Kurz darauf setzt Quentin seinen Wagen rückwärts aus der Einfahrt. Erst Minuten später merkt er, daß er keine Ahnung hat, wo er eigentlich hinwill.

Wenn Caleb auf der Seite liegt, kann er den Nachthimmel sehen. Der Mond ist so schmal, als könnte er beim nächsten Augenblinzeln verschwunden sein, die Sterne sind klar.

Den ganzen Tag lang hat Caleb gedacht, daß Nina krank ist, daß sie Hilfe braucht. Wenn in ihrem Kopf etwas zerbrochen ist, wäre Caleb der erste, der das versteht – er ist selbst nah dran, den Verstand zu verlieren, wenn er daran denkt, was Nathaniel angetan wurde. Aber als Nina anrief, war sie bei klarem Verstand, ruhig. Sie wollte Pater Szyszynski töten.

Das an sich schockiert Caleb nicht. Menschen sind nun mal zu ungeheuer starken und unterschiedlichen Emotionen fähig – Liebe, Freude, Entschlußkraft. Und da kann es natürlich passieren, daß heftige negative Gefühle die Oberhand gewinnen. Nein, was ihm zu schaffen macht, ist die Art, wie sie es getan hat. Und die Tatsache, daß sie allen Ernstes glaubt, sie hätte die Tat für Nathaniel begangen.

Dabei ging es bloß um Nina, ausschließlich um sie.

Caleb schließt die Augen. Er versucht, sich an den Moment zu erinnern, als Nina ihm sagte, daß sie schwanger sei. »Das sollte nicht passieren«, sagte sie zu ihm. »Deshalb können wir nie vergessen, daß es doch passiert ist.«

Er hört die Bettdecke rascheln, und dann spürt er, wie sich etwas Warmes an seinen Körper drückt. Er wendet hoffnungsvoll den Kopf, betet, daß alles nur ein böser Traum war, aus dem er erwacht, und daß Nina ruhig schlafend neben ihm liegt. Doch auf ihrem Kissen sieht er Nathaniel, die Augen naß von Tränen. »Ich will meine Mommy wiederhaben«, flüstert er.

Caleb denkt an Ninas Gesicht, als sie Nathaniel in sich trug, daß es heller strahlte als jeder Stern. Vielleicht ist diese Herrlichkeit schon vor langer Zeit verblaßt, vielleicht hat sie Lichtjahre gebraucht, um ihn erst jetzt zu erreichen. Er wendet sich seinem Sohn zu und sagt: »Ich auch.«

Fisher Carrington steht im Besprechungszimmer und blickt nach draußen auf den Hof für den Freigang. Als der Strafvollzugsbeamte die Tür hinter sich schließt und wir allein sind, dreht er sich langsam um. Er sieht genauso aus wie beim letzten Mal, als ich ihn gesehen habe, bei Rachels Anhörung zur Feststellung der Verhandlungsfähigkeit: Anzug von Armani, Schuhe von Bruno Magli, volles, weißes nach hinten gekämmtes Haar, mitfühlende blaue Augen. Diese Augen mustern für einen Moment meine viel zu große Gefängniskluft und kehren sofort zu meinem Gesicht zurück. »Tja«, sagt er ernst. »Ich hätte mir nie träumen lassen, daß ich mal hier mit Ihnen sprechen muß.«

Ich lasse mich auf einen der Stühle sinken. »Wissen Sie was, Fisher? Es gibt so vieles, was man sich nie träumen läßt.«

Wir starren einander an, versuchen, uns an die vertauschten Rollen zu gewöhnen. Er ist nun nicht mehr mein Gegner, er ist meine einzige Hoffnung. Er hat jetzt das Sagen, ich spiele nur noch die zweite Geige. Und über allem liegt die professionelle Übereinkunft, daß er mich nicht fragen wird, was ich getan habe, und daß ich es ihm nicht sagen muß.

»Sie müssen mich sofort hier rausholen, Fisher. Ich will zu Hause sein, wenn mein Sohn sich zum Mittagessen an den Tisch setzt.«

Fisher nickt. Das hört er nicht zum ersten Mal. Und letztlich spielt es auch keine Rolle, was ich will. »Ihnen ist doch klar, daß man beantragen wird, Sie in Haft zu behalten«, sagt er.

Natürlich ist mir das klar. Ich würde das gleiche tun, wenn ich die Anklage vertreten würde. In Maine kann ein Angeklagter, wenn die Staatsanwaltschaft hinreichende Beweise vorlegen kann, daß ein Kapitalverbrechen begangen wurde, ohne Festsetzung einer Kaution in Haft gehalten werden. Bis zum Prozeß.

Monatelang.

»Nina«, sagt Fisher, das erste Mal, daß er mich mit Vornamen anspricht. »Hören Sie mir zu.«

Aber ich will ihm nicht zuhören. Ich will, daß er mir zuhört. Ich ringe um meine Selbstbeherrschung, während ich ihn ausdruckslos ansehe. »Was passiert als nächstes, Fisher?«

Er durchschaut mich wie Glas, aber Fisher Carrington ist ein Gentleman. Und deshalb spielt er mit. Er lächelt, als wären wir alte Freunde. »Als nächstes«, antwortet er, »gehen wir vor Gericht.«

Patrick steht ganz hinten, noch hinter den zahlreichen Reportern, die über das Anklageeröffnungsverfahren gegen die Staatsanwältin berichten wollen, die kaltblütig einen Priester erschossen hat. Das ist der Stoff für Fernsehfilme, für Romane. Bei ihrer Berichterstattung erwähnen einige Journalisten nicht einmal Ninas Namen.

Sie kennen sie nicht, denkt Patrick. Und deshalb verstehen sie sie auch nicht.

Eine angespannte Erwartung erfüllt den Zuschauerraum, und die ersten nehmen ihre Plätze ein. Zyklopenäugige Kameras blinken auf. Patrick bleibt, wo er ist, und lehnt sich gegen die Wand des Gerichtssaals. Er will nicht gesehen werden, und er weiß selbst nicht genau, wieso. Schämt er sich, Zeuge von Ninas Schande zu werden? Oder fürchtet er sich vor dem, was sie in seinem Gesicht entdecken könnte?

Er hätte nicht kommen sollen. Als Patrick sich das sagt, geht die Tür zur Verwahrzelle auf, und zwei Gerichtsdiener erscheinen, Nina in ihrer Mitte. Sie wirkt klein und verängstigt, und er muß daran denken, wie sie in seinen Armen gezittert hat, mit dem Rücken zu ihm, als er sie gestern nachmittag aus dem Saal führte.

Nina schließt die Augen und geht dann weiter. In ihrem Gesicht steht genau der gleiche Ausdruck, den sie mit elf Jahren hatte, in einem Skilift, der erst wenige Meter gefahren war. Patrick hatte damals den Mann, der den Lift bediente, dazu gebracht, Nina wieder aussteigen zu lassen, weil sie sonst ohnmächtig geworden wäre.

Er hätte nicht kommen sollen, aber Patrick weiß auch, daß er nicht hätte wegbleiben können.

Die Eröffnungsverhandlung meiner Anklage findet in demselben Saal statt, in dem ich gestern einen Mann ermordet habe. Der Gerichtsdiener legt mir eine Hand auf die Schulter und eskortiert mich durch die Tür. Die Hände in Handschellen auf dem Rücken, gehe ich denselben Weg, den der Priester gegangen ist. Wenn ich ganz genau hinsehe, kann ich seine Fußspuren leuchten sehen.

Wir laufen am Tisch der Anklagevertretung vorbei. Heute sind fünfmal so viele Reporter da wie gestern. Ich erkenne sogar ein paar Gesichter aus den Fernsehnachrichten. Wußten Sie, daß Fernsehkameras wie das Zirpen von Grillen klingen? Ich blicke zum Zuschauerraum, suche Caleb, aber hinter Fisher Carringtons Tisch ist nur eine leere Sitzreihe.

Ich trage meine Gefängniskleidung und Schuhe mit niedrigen Absätzen. Gefängnisse stellen keine Schuhe zur Verfügung, daher muß man die tragen, in denen man festgenommen wurde. Und noch gestern, vor einer Ewigkeit, war ich eine berufstätige Frau.

Wir befinden uns an genau der Stelle, an der gestern der tote Priester lag. Wo das Reinigungspersonal vermutlich nicht alle Blutflecken entfernen konnte, wurde der Boden mit einem Stück Teppichboden bedeckt.

Plötzlich kann ich keinen Schritt weitergehen.

Der Gerichtsdiener packt meinen Arm fester und zerrt mich über die Matte an die Seite von Fisher Carrington. Erst dort weiß ich wieder, wer und wo ich bin. Ich setze mich auf denselben Stuhl, auf dem gestern der Priester saß, als ich aufstand und ihn erschoß. Die Sitzfläche ist warm unter meinen Oberschenkeln – von den Deckenlampen, die auf das Holz geschienen haben, oder vielleicht auch von einer Seele, die noch nicht die Zeit hatte, weiterzuziehen. Als der Gerichtsdiener zurücktritt, spüre ich einen Luftzug im Nacken und fahre herum, überzeugt, daß dort jemand mit einer Kugel für mich lauert.

Aber da lauert keine Kugel, kein jäher Tod. Da sind nur die Augen aller Menschen im Saal, die wie Säure brennen. Um den Zuschauern etwas zu bieten, fange ich an, an den Nägeln zu kauen und hin und her zu rutschen. Nervosität kann auch verrückt wirken.

»Wo ist Caleb?« raune ich Fisher zu.

»Ich habe keine Ahnung, aber er ist heute morgen in mein Büro gekommen und hat mir einen Vorschuß gezahlt. Halten Sie den Kopf gerade.« Ehe ich antworten kann, klopft der Richter mit seinem Hammer.

Ich kenne den Richter nicht. Vermutlich haben sie ihn von Lewiston kommen lassen. Und den Staatsanwalt, der da auf meinem alten Platz am Tisch der Anklagevertretung sitzt, kenne ich auch nicht. Er ist riesig, kahlköpfig, angsteinflößend. Er blickt nur einmal kurz zu mir herüber, und dann gleitet sein Blick weiter – er hat mich schon abgeschrieben, weil ich auf die dunkle Seite hinübergewechselt bin.

Plötzlich würde ich am liebsten zu dem Staatsanwalt gehen und ihn am Ärmel zupfen. *Richten Sie nicht über mich, möchte ich sagen, ehe Sie nicht auch die andere Seite gehört haben. Man ist nur so unbesiegbar wie die kleinste Schwäche, die man hat, und die kann wirklich ganz klein sein – so lang wie die Wimpern eines schlafenden Babys, die Spanne einer Kinderhand. Das Leben ist unberechenbar und – wie ich festgestellt habe – das eigene Gewissen auch.*

»Ist die Anklage bereit?« fragt der Richter.

Der stellvertretende Generalstaatsanwalt nickt. »Ja, Euer Ehren.«

»Ist die Verteidigung bereit?«

»Ja, Euer Ehren«, sagt Fisher.

»Die Angeklagte möge sich erheben.«

Ich stehe nicht sofort auf. Das ist keine bewußte Provokation. Ich bin es einfach nicht gewohnt, mich an dieser Stelle zu erheben. Der Gerichtsdiener zieht mich hoch und verdreht mir dabei den Arm.

Fisher Carrington bleibt sitzen, und mir wird am ganzen Körper kalt. Jetzt hat er Gelegenheit, mich zu beleidigen. Wenn ein Angeklagter aufsteht und sein Verteidiger sitzen bleibt, dann ist das für Insider ein deutliches Zeichen dafür, daß ihm sein Mandant völlig egal ist. Als ich das Kinn strecke und mich entschlossen abwende, erhebt sich Fisher Carrington langsam von seinem Stuhl. Ich spüre seine beruhigende Präsenz neben mir. Er wendet sich mir zu und hebt eine Augenbraue, als wollte er meinen Glauben an ihn in Frage stellen.

»Nennen Sie bitte Ihren Namen.«

Ich atme einmal tief durch. »Nina Maurier Frost.«

»Wir verlesen jetzt die Anklage«, sagt der Richter.

»Der Staat Maine erhebt hiermit Anklage gegen Nina Maurier Frost wegen Mordes an Glen Szyszynski, begangen in Biddeford in York County. Bekennen Sie sich schuldig?«

Fisher fährt mit einer Hand über seine Krawatte. »Die Angeklagte erklärt sich für nicht schuldig, Euer Ehren. Und ich setze das Gericht und die Anklagevertretung davon in Kenntnis, daß wir vermutlich auf nicht schuldig wegen Unzurechnungsfähigkeit plädieren werden.«

Das kommt für den Richter nicht überraschend. Auch für mich nicht, obwohl Fisher und ich noch nicht darüber gesprochen haben. »Mr. Brown«, sagt der Richter, »beantragen Sie den Verbleib der Angeklagten in Untersuchungshaft?«

Auch das kommt nicht überraschend. In der Vergangenheit habe ich selbst diese Möglichkeit als ein Gottesgeschenk betrachtet, weil Kriminelle hinter Schloß und Riegel blieben, während ich mich darum bemühte, sie dauerhaft ins Gefängnis zu bringen. Wer will denn schon, daß jemand, der ein Kapitalverbrechen begangen hat, frei herumläuft?

Aber bis heute war ich auch nicht die Kriminelle, um die es ging.

Quentin Brown blickt mich an, wendet sich dann dem Richter zu. Seine Augen, schwarz versteinert, verraten nichts. »Euer Ehren, aufgrund der Schwere des Verbrechens und der Dreistigkeit, mit der es in ebendiesem Gerichtssaal begangen wurde, verlangt die Anklage zu diesem Zeitpunkt die Festsetzung einer Kaution von 50.000 Dollar.«

Der Richter reißt die Augen auf. Fisher dreht sich verblüfft zu Brown um. Auch ich würde ihn gern anstarren, aber ich darf nicht, denn dann würde er merken, daß mein Verstand noch klar genug ist, um zu begreifen, was er mir da für ein unerwartetes Geschenk macht. »Verstehe ich Sie richtig, Mr. Brown, daß Sie nicht auf den weiteren Verbleib der Angeklagten in Haft bestehen?« fragt der Richter nach. »Daß Sie eine Kaution festsetzen möchten, anstatt sie zu verweigern?«

Brown nickt knapp. »Dürfen wir vortreten?«

Er macht einen Schritt vor, Fisher ebenso. Aus alter Gewohnheit will auch ich vortreten, doch der Gerichtsdiener hinter mir hält mich fest.

Der Richter legt eine Hand über das Mikrofon, damit die Medienvertreter das Gespräch nicht verfolgen können, aber ich verstehe jedes Wort, trotz der Entfernung. »Mr. Brown, ich bin davon ausgegangen, daß die Beweislage in diesem Fall eindeutig ist.«

»Euer Ehren, um die Wahrheit zu sagen, ich weiß nicht, ob die Angeklagte mit Erfolg auf Unzurechnungsfähigkeit plädieren kann ... aber ich kann das Gericht nicht in gutem Glauben bitten, sie ohne Kaution in Haft zu behalten. Sie ist seit zehn Jahren Staatsanwältin. Ich denke nicht, daß Fluchtgefahr besteht, und ich denke nicht, daß sie eine Gefahr für die Allgemeinheit darstellt. Bei allem Respekt, Euer Ehren, ich habe das mit meinem Vorgesetzten und mit ihrem Vorgesetzten besprochen, und ich bitte das Gericht, eine Kaution festzusetzen, ohne das Ganze zu einem Thema zu machen, auf das sich die Presse stürzen kann.«

Fisher blickt ihn mit einem dankbaren Lächeln an. »Euer Ehren, ich möchte Mr. Brown sagen, daß meine Mandantin und ich ihm für sein Feingefühl danken. Dieser Fall ist für alle Beteiligten schwierig.«

Ich würde am liebsten tanzen. Daß Brown eine Kaution befürwortet, ist ein kleines Wunder. »Die Anklage verlangt eine Kaution in Höhe von 50.000 Dollar. Inwieweit ist die Angeklagte an ihren Wohnort gebunden, Mr. Carrington?« fragt der Richter.

»Euer Ehren, sie ist in Maine geboren und aufgewachsen. Sie hat hier ein kleines Kind. Die Angeklagte ist natürlich bereit, ihren Paß abzugeben und zuzusichern, daß sie den Staat Maine nicht verlassen wird.«

Der Richter nickt. »Angesichts ihrer langjährigen Tätigkeit als Staatsanwältin erteile ich ihr zusätzlich die Auflage, bis zum vollständigen Abschluß dieses Verfahrens mit niemandem zu sprechen, der zur Zeit in der Bezirksstaatsanwaltschaft York arbeitet und ihr Informationen über ihren Fall liefern könnte.«

»Selbstverständlich, Euer Ehren«, sagt Fisher.

Quentin Brown meldet sich erneut zu Wort. »Und wir beantragen als zusätzliche Auflage ein psychiatrisches Gutachten.«

»In Ordnung«, erwidert Fisher. »Wir haben ohnehin vor, ein Gutachten erstellen zu lassen, von einem privaten Psychiater.«

»Ist es für die Anklage von Belang, ob das Gutachten von

einem privaten oder einem staatlichen Psychiater erstellt
wird?« fragt der Richter.

»Wir verlangen einen staatlichen Gutachter.«

»Gut. Dann mache ich auch das zur Auflage für die Haftentlassung auf Kaution.« Der Richter notiert sich etwas.
»Aber ich glaube nicht, daß 50.000 Dollar erforderlich sind,
damit diese Frau im Staat Maine bleibt. Ich setze die Kaution
auf 10.000 Dollar fest.«

Danach geht alles blitzschnell: Hände an meinen Armen
schieben mich in Richtung Verwahrzelle. Fishers Gesicht vor
mir, das mir sagt, daß er Caleb wegen der Kaution anrufen
wird. Reporter, die aus dem Saal stieben, um ihre Redaktionen anzurufen. Ich bleibe in Gesellschaft eines dürren Hilfs-
sheriffs zurück. Er schließt mich in die Zelle und vergräbt
sein Gesicht dann in einer Sportzeitschrift.

Ich komme raus. Ich komme wieder nach Hause, kann mit
Nathaniel zu Mittag essen, genau wie ich es Fisher Carrington gesagt habe.

Ich ziehe die Knie an die Brust und beginne zu weinen.
Und gebe mich dem Glauben hin, daß ich vielleicht ja doch
ungeschoren davonkomme.

An dem Tag, als es passiert ist, hatten sie über die Arche gesprochen. Das war ein riesengroßes Boot, hat Mrs. Fiore Nathaniel und den anderen erzählt. So groß, daß sie alle reinge-
paßt hätten, ihre Eltern und ihre Haustiere. Sie hatte an alle
Buntstifte und Zeichenblöcke verteilt, und dann sollten sie ihr
Lieblingstier malen. »Und die Bilder«, hatte sie gesagt, »die
zeigen wir dann alle Pater Glen, bevor er seine Geschichte erzählt.«

Nathaniel saß an dem Tag neben Amelia Underwood, die
immer nach Spaghettisauce roch und nach dem Zeug, das im
Badewannenabfluß hängenbleibt. »Waren auch Elefanten auf
dem Boot?« fragte sie, und Mrs. Fiore nickte. »Alle Tiere.«

»Kaninchen?«

»Ja.«

»Narwale?« Das kam von Oren Whitford, der schon richtig lesen konnte.

»Ja.«

»Kakerlaken?«

»Leider ja«, sagte Mrs. Fiore.

Phil Filbert hob die Hand. »Auch die heilige Geiß?«

Mrs. Fiore zog die Stirn kraus. »Du meinst den Heiligen Geist, Philip, und das ist etwas völlig anderes.« Aber dann überlegte sie kurz und sagte: »Der wird wohl auch dabeigewesen sein.«

Nathaniel hob die Hand. Die Lehrerin lächelte ihn an. »Und an welches Tier denkst du?«

Aber er dachte an gar kein Tier. »Ich muß mal«, sagte er, und alle anderen Kinder lachten. Sein Gesicht wurde ganz warm, und er flitzte zur Tür hinaus. Nathaniel trödelte auf der Toilette herum, drückte immer wieder auf die Spülung, weil er das Geräusch mochte. Dann wusch er sich die Hände mit so viel Seife, daß im Waschbecken ein richtiger Schaumberg wuchs.

Er hatte es nicht eilig, zurück in die Sonntagsschule zu kommen. Erstens würden die ihn sowieso nur wieder auslachen, und zweitens stank Amelia Underwood an diesem Tag besonders schlimm. Also ging er etwas weiter den Gang hinunter bis zu Vater Glens Büro. Die Tür war sonst immer abgeschlossen, aber heute stand sie einen kleinen Spalt offen, gerade breit genug, daß jemand wie Nathaniel hindurchschlüpfen konnte. Ohne zu zögern, schlich er sich hinein.

Das Zimmer roch nach Zitrone, genau wie der Hauptraum der Kirche. Nathaniels Mutter hatte gesagt, das käme daher, weil so viele Ladys freiwillig die Holzbänke polierten, bis sie schön glänzten, und er dachte sich, daß sie wohl auch hier im Büro das Holz polierten. Aber es gab gar keine Kirchenbänke, bloß ganz viele Bücherregale. Auf den Buchrücken waren so viele Buchstaben zusammengequetscht, daß Nathaniel richtig schwindelig wurde. Statt dessen sah er sich lieber ein Bild an, das an der Wand hing. Es zeigte einen Mann auf einem weißen Pferd, der einem Drachen eine Lanze ins Herz stach.

Vielleicht hatten die Drachen nicht mehr auf die Arche gepaßt, und deshalb sah man heute keine mehr.

»Der heilige Georg war sehr tapfer«, sagte eine Stimme hinter ihm, und Nathaniel merkte, daß er nicht allein war. »Und du?« fragte der Priester mit einem langsamen Lächeln. »Bist du auch tapfer?«

Wenn Nina seine Frau wäre, hätte Patrick in der ersten Reihe des Zuschauerraums gesessen. Er hätte ihren Blick gesucht, sobald sie durch die Tür in den Gerichtssaal gekommen wäre, um ihr zu zeigen, daß er immer für sie da war, egal, was passierte. Niemand hätte zu ihm nach Hause kommen müssen, um ihm das Ergebnis der Anklageeröffnung mitzuteilen.

Als Caleb endlich die Tür aufmacht, ist Patrick richtig wütend auf ihn.

»Sie kommt auf Kaution raus«, sagt er ohne jede Begrüßung. »Du mußt einen Scheck über zehntausend Dollar zum Gericht bringen.« Er starrt Caleb zornig an, die Hände in den Jackentaschen vergraben. »Ich nehme wohl an, daß du ihr den kleinen Dienst erweisen wirst. Oder hattest du vor, deine Frau gleich zweimal an einem Tag im Stich zu lassen?«

»Du meinst, so wie sie mich im Stich gelassen hat?« entgegnet Caleb. »Ich konnte nicht kommen. Ich hatte niemanden, der auf Nathaniel aufpaßt.«

»Blödsinn. Du hättest mich bitten können, auf ihn aufzupassen. Und genau das werde ich jetzt auch tun. Fahr los und hol Nina ab. Sie wartet.« Er verschränkt die Arme, zwingt Caleb, Farbe zu bekennen.

»Ich denk nicht dran«, sagt Caleb, und eine Sekunde später drückt Patrick ihn schon gegen den Türrahmen.

»Was ist los mit dir, verdammt noch mal?« stößt er hervor. »Sie braucht dich jetzt.«

Caleb, größer und stärker, holt zum Schlag aus, und Patrick landet in der Gartenhecke. »Ich lasse mir von dir nicht sagen, was *meine* Frau braucht.« Im Hintergrund ruft eine zaghafte Kinderstimme nach dem Vater. Caleb dreht sich um, geht ins Haus und schließt die Tür hinter sich.

Patrick liegt ausgestreckt zwischen den Büschen und schnappt nach Luft. Was soll er jetzt tun? Er kann Nina nicht im Gefängnis lassen, er hat aber auch nicht genug Geld zur Verfügung, um ihre Kaution zu stellen.

Plötzlich geht die Tür wieder auf. Caleb steht vor ihm, einen Scheck in der Hand. Patrick nimmt ihn, und Caleb nickt ihm dankbar zu. Es ist eine Entschuldigung, ein Geschäft, abgeschlossen im Namen der Frau, die ihrer beider Leben aus dem Gleichgewicht gebracht hat.

Ich werde Caleb vorwerfen, daß er nicht zu der Verhandlung gekommen ist, aber erst nachdem ich Nathaniel so lange an mich gedrückt habe, bis er fast mit mir verschmilzt. Nervös warte ich, bis der Hilfssheriff die Zelle aufschließt und mich in den Vorraum des Sheriffbüros führt. Dort wartet ein vertrautes Gesicht, aber nicht das richtige.

»Ich hab die Kaution bezahlt«, sagt Patrick. »Caleb hat mir den Scheck gegeben.«

»Er ...« setze ich an, und dann fällt mir wieder ein, wer da vor mir steht. Es ist zwar Patrick, aber dennoch. Ich blicke ihn mit großen Augen an, als er mich aus dem Lieferanteneingang des Gerichtsgebäudes führt, um der Presse aus dem Weg zu gehen. »Ist er wirklich tot? Schwörst du mir, daß er wirklich tot ist?«

Patrick packt meinen Arm und zieht mich herum. »Hör auf.« Sein Gesicht ist von Kummer zerfurcht. »Bitte, Nina. Hör auf damit.«

Er durchschaut mich; natürlich durchschaut er mich. Er ist

schließlich Patrick. In gewisser Weise ist es eine Erleichterung, ihm nichts mehr vormachen zu müssen, endlich Gelegenheit zu haben, mit jemandem zu sprechen, der es verstehen wird. Wir gehen zu seinem Auto. Der ganze Parkplatz steht voller Übertragungswagen mit Satellitenschüsseln auf dem Dach. Patrick wirft mir etwas Schweres auf den Schoß, eine dicke Ausgabe des *Boston Globe*.

ÜBER DEM GESETZ, lautet die Schlagzeile. Und darunter: *Priester in Maine ermordet – biblische Rache einer Staatsanwältin*. Ein Farbfoto zeigt mich, wie ich von Patrick und den Gerichtsdienern zu Boden gerissen werde. In der rechten Ecke ist Pater Szyszynski in einer Blutlache zu sehen. Ich fahre mit dem Finger über Patricks Profil. »Du bist berühmt«, sage ich leise.

Patrick antwortet nicht. Er starrt auf die Straße.

Früher konnte ich mit ihm über alles reden. Daran kann sich doch jetzt nichts geändert haben. Ist heute niemand mehr der, der er noch gestern war? »Patrick«, sage ich.

Er unterbricht mich mit einer jähen Handbewegung. »Nina, es ist schon schlimm genug. Jedesmal, wenn ich daran denke, was du getan hast, muß ich an den Abend davor denken, im »Tequila Mockingbird«. Was ich da zu dir gesagt habe.«

Solche Menschen müßte man erschießen. Bis jetzt hatte ich nicht mehr daran gedacht. Oder doch? Ich strecke den Arm aus, um seine Schulter zu berühren, um ihm zu versichern, daß es nicht seine Schuld ist, aber er weicht zurück. »Egal, was du denkst, du irrst dich. Ich –«

Plötzlich stoppt Patrick den Wagen am Straßenrand. »Bitte, sprich nicht mit mir darüber. Ich muß in deinem Prozeß als Zeuge aussagen.«

Aber Patrick war immer mein Vertrauter. Mich wieder in die schützende Schale des gespielten Wirrseins zurückzuziehen scheint mir noch verrückter. Ein Kostüm, das mir zwei Nummern zu klein ist. Ich blicke ihn fragend an, und wie üblich antwortet er mir schon, ehe ich die richtigen Worte gefunden habe. »Sprich statt dessen mit Caleb«, sagt er und fädelt sich wieder in den mittäglichen Verkehrsfluß ein.

Wenn man sein Kind in die Arme schließt, kann man manchmal die Landkarte der eigenen Knochen unter den Händen spüren oder den Duft der eigenen Haut in seinem Nacken riechen. Das ist eine der ungewöhnlichsten Erfahrungen als Mutter – daß man einen Teil von sich selbst sieht, getrennt und autonom, und doch könnte man ohne ihn nicht leben.

Nathaniel wirft sich mir wie ein Wirbelwind in die Arme, und ich lasse mich von ihm mitreißen. »Mommy!«

Ah, denke ich, *deshalb*.

Über den Kopf meines Sohnes hinweg sehe ich Caleb. Er steht ein Stück entfernt, das Gesicht teilnahmslos. Ich sage: »Danke für den Scheck.«

»Du bist berühmt«, erklärt Nathaniel. »Dein Bild war in der Zeitung.«

»Sohnemann«, sagt Caleb, »hast du Lust, dir ein Video anzugucken, in unserem Schlafzimmer?«

Nathaniel schüttelt den Kopf. »Nur wenn Mommy mitkommt.«

»Ich komme nach. Zuerst muß ich noch kurz was mit Daddy besprechen.«

Also benehmen wir uns wie liebe, nette Eltern. Caleb setzt Nathaniel auf das weite Meer unserer Tagesdecke, ich lege ein Disney-Video ein. Und während er sich von einer Phantasiewelt verzaubern läßt, gehen Caleb und ich wie selbstverständlich in das Zimmer unseres kleinen Jungen und versuchen, die Wirklichkeit zu begreifen. Wir setzen uns auf das schmale Bett, umgeben von aufgedruckten exotischen Baumfröschen, einem Regenbogen in giftigen Farben. Über uns dreht sich ein Raupen-Mobile unbekümmert im Kreis. »Was zum Teufel hast du getan, Nina?« fragt Caleb, der Eröffnungsangriff. »Was hast du dir nur dabei gedacht?«

»Hat die Polizei schon mit dir geredet? Haben Sie dir Ärger gemacht?«

»Wieso sollten sie?«

»Weil sie nicht wissen, daß du das nicht mit mir zusammen geplant hast.«

Caleb sinkt in sich zusammen. »Hast du das denn? Geplant?«

»Ich habe geplant, es ungeplant aussehen zu lassen«, erkläre ich. »Caleb, er hat Nathaniel etwas Schreckliches angetan. Er hat ihm sehr, sehr weh getan. Und er wäre ungestraft davongekommen.«

»Das weißt du doch gar nicht –«

»Doch. Ich erlebe es Tag für Tag. Aber diesmal geht es um mein Kind. *Unser* Kind. Was meinst du, wie viele Jahre Nathaniel deswegen Alpträume haben wird? Wie viele Jahre er eine Therapie wird machen müssen? Unser Sohn wird nie mehr so sein, wie er mal war. Szyszynski hat ihm etwas geraubt, das wir nie mehr zurückbekommen werden. Warum hätte ich ihn schonen sollen?«

»Aber Nina. Du – « Er kann es nicht mal aussprechen.

»Als du es erfahren hast, als Nathaniel seinen Namen ausgesprochen hat, was hast du da als allererstes gedacht?«

Caleb senkt den Blick. »Ich wollte ihn umbringen.«

»Genau.«

Er schüttelt den Kopf. »Man hätte Szyszynski den Prozeß gemacht. Er wäre für seine Tat bestraft worden.«

»Nicht genug. Kein Urteil, das irgendein Richter hätte verhängen können, hätte das wiedergutgemacht, das weißt du genau. Ich habe getan, was jede Mutter, jeder Vater würde tun wollen. Ich muß bloß den Eindruck erwecken, daß ich verrückt bin, damit ich nicht bestraft werde.«

»Und du glaubst, das schaffst du?«

»Ich weiß, was erforderlich ist, um für zurechnungsfähig erklärt zu werden. Ich brauche einen Angeklagten bloß reinkommen zu sehen, und ich kann dir auf Anhieb sagen, ob er verurteilt oder freigesprochen wird. Ich weiß, was man sagen, was man machen muß.« Ich blicke Caleb in die Augen. »Ich bin Anwältin. Aber ich hab vor den Augen eines Richters, eines ganzen Gerichtssaales, einen Menschen erschossen. Wieso hätte ich das tun sollen, wenn ich nicht verrückt bin?«

Caleb schweigt einen Moment, scheint die Wahrheit in seinen Händen abzuwägen. »Warum erzählst du mir das?« fragt er leise.

»Weil du mein Mann bist. Du kannst im Prozeß nicht gegen mich aussagen. Du bist der *einzige*, dem ich es erzählen kann.«

»Warum hast du mir dann nicht erzählt, was du vorhattest?«

»Weil du mich daran gehindert hättest«, erwidere ich.

Als Caleb aufsteht und zum Fenster geht, folge ich ihm. Ich lege meine Hand sachte auf seinen Rücken. »Nathaniel hat es verdient«, flüstere ich.

Caleb schüttelt den Kopf. »Das hat niemand verdient.«

Man kann weiter funktionieren, während es einem das Herz im Leibe zerreißt. Das Blut pulsiert, die Lunge atmet. Was verlorengeht, sind die Gefühlsregungen. Stimme und Alltagshandlungen scheinen merkwürdig hohl, was von einer Leere tief im Innern zeugt, die unendlich ist. Caleb starrt diese Person an, die noch gestern seine Frau war, und erblickt eine Fremde. Er lauscht ihren Erklärungen und fragt sich, wann sie diese Fremdsprache erlernt hat, die für ihn völlig unverständlich ist.

Natürlich hat sie genau das getan, was am liebsten alle Eltern dem Ungeheuer antun würden, das sich an einem Kind vergreift. Aber kaum jemand setzt es in die Tat um. Vielleicht denkt Nina wirklich, daß sie Nathaniel gerächt hat, aber der Preis war unverhältnismäßig hoch. Wäre Szyszynski ins Gefängnis gekommen, hätte das für sie zwar nur einen schwachen Trost bedeutet, aber sie wären noch immer eine Familie gewesen. Falls Nina ins Gefängnis kommt, verliert Caleb seine Frau. Nathaniel verliert seine Mutter.

Caleb spürt in den Muskeln seiner Schultern ein Brennen, wie von Säure. Er ist wütend und ratlos und vielleicht auch ein bißchen ehrfürchtig. Er hat jeden Zentimeter dieser Frau erkundet, er weiß, was sie zum Weinen bringt und was ihre Leidenschaft weckt. Er kennt jede Narbe und jede Linie ihres Körpers; aber sie selbst kennt er überhaupt nicht.

Nina steht hoffnungsvoll neben ihm, wartet auf seine Bestätigung, daß sie das Richtige getan hat. Seltsam, daß sie sich über Recht und Gesetz erhebt, aber doch seine Zustimmung braucht. Aus diesem Grund und aus all den anderen Gründen wird er die Worte, die sie von ihm hören möchte, nicht aussprechen.

Als Nathaniel ins Zimmer kommt, die Decke vom Eßtisch um die Schultern drapiert, sucht Caleb bei ihm Halt. In dieser fremden Wildnis ist Nathaniel das einzige, das er wiedererkennt. »Hallo!« ruft Caleb mit übertriebener Begeisterung und wirft den Jungen in die Luft. »Toller Umhang!«

Auch Nina wendet sich um, ein Lächeln in ihrem eben noch ernsten Gesicht. Auch sie greift nach Nathaniel, und dann setzt sich Caleb den Jungen auf die Schultern, wo sie ihn nicht mehr erreichen kann.

»Es wird schon dunkel«, sagt Nathaniel. »Gehen wir?«

»Wohin?«

Statt einer Antwort deutet Nathaniel zum Fenster hinaus. Unten auf der Straße ist ein ganzes Bataillon von kleinen Kobolden, Minimonstern, guten Feen unterwegs. Zum ersten Mal fällt Caleb auf, daß das Laub von den Bäumen gefallen ist, daß grinsende Kürbisse wie träge Hennen auf der Mauer vom Nachbarhaus hocken. All diese Anzeichen für Halloween hat er doch tatsächlich übersehen!

Er blickt Nina an; ihr ist es ähnlich ergangen. Prompt klingelt es unten an der Tür. Nathaniel strampelt auf Calebs Schultern. »Los, aufmachen! Aufmachen!«

»Das geht jetzt nicht.« Nina wirft ihm einen hilflosen Blick zu. Sie haben keine Süßigkeiten im Haus.

Schlimmer noch, sie haben auch kein Kostüm. Caleb und Nina begreifen das gleichzeitig, und es bringt sie einander näher. Beide erinnern sich, als was Nathaniel bisher verkleidet gewesen war: Ritter in strahlender Rüstung, Astronaut, Kürbis, Krokodil und, als er noch ganz klein war, Raupe. »Was wärst du denn gerne?« fragt Nina.

Nathaniel wirft sich sein magisches Tischtuch über die Schulter. »Ein Superheld«, sagt er. »Ein ganz neuer.«

Caleb ist ziemlich sicher, daß sie noch auf die Schnelle ein Supermann-Kostüm auftreiben könnten. »Was stört dich denn an den alten?«

Alles, wie sich herausstellt. Nathaniel kann Supermann nicht leiden, weil Kryptonit ihm die Kräfte entzieht. Der Ring von Green Lantern versagt bei allem, was gelb ist. Der Incredible Hulk ist zu dumm. Sogar Captain Marvel kann ausgetrickst werden, denn wenn er das Wort SHAZAM! ausspricht, verwandelt er sich wieder in den armen Billy Batson.

»Wie wär's mit Ironman?« schlägt Caleb vor.

Nathaniel schüttelt den Kopf. »Der kann rosten.«

»Aquaman?«

»Braucht Wasser.«

»Nathaniel«, sagt Nina freundlich, »niemand ist vollkommen.«

»Sollen sie aber sein«, erklärt Nathaniel, und Caleb versteht ihn. Heute abend braucht der Junge das Gefühl, unbesiegbar zu sein. Er braucht das Gefühl, daß ihm das, was geschehen ist, nie, nie wieder passieren kann.

»Was wir brauchen«, sagt Nina nachdenklich, »ist ein Superheld ohne Schwachstelle.«

Sie nimmt seine Hand. »Mal sehen.« Aus dem Schrank holt sie ein Piratenkopftuch und schlingt es ihm verwegen um die Stirn. Dann wickelt sie ein Stück gelbes Band kreuz und quer um Nathaniels Oberkörper. Sie gibt ihm eine blau getönte

Taucherbrille, damit er einen Röntgenblick bekommt, und zieht ihm rote Shorts über die Jogginghose, weil wir schließlich hier in Maine sind und sie ihn nicht halbnackt draußen in der Kälte herumlaufen läßt. Dann signalisiert sie Caleb heimlich, daß er sein rotes Thermohemd ausziehen soll. Er gibt es ihr, und sie hängt es Nathaniel um die Schultern, ein zweiter Umhang. »Ach du liebes bißchen, findest du nicht, daß er aussieht wie –«

»Ja, nicht zu fassen«, stimmt Caleb zu, obwohl er keine Ahnung hat, wen sie meint.

»Wie wer? Wie wer?« Nathaniel tänzelt vor Aufregung auf der Stelle.

»Na, wie IncrediBoy natürlich«, antwortet Nina. »Hast du den noch nie gesehen?«

»Nee ...«

»Ach, das ist doch der absolute Supersuperheld. Er hat immer zwei Umhänge, wie du, und damit kann er weiter und schneller fliegen als alle anderen.«

»Cool!«

»Und er kann den Menschen die Gedanken einfach so aus dem Kopf ziehen, bevor sie sie aussprechen können. Du siehst fast genauso aus wie er, ich wette, du kannst das auch. Mach mal.« Nina schließt fest die Augen. »Rate, was ich denke.«

Nathaniel legt die Stirn in Falten, konzentriert sich. »Äh ... daß ich so stark bin wie IncrediBoy?«

Sie schlägt sich auf die Stirn. »Meine Güte! Nathaniel, wie hast du das gemacht?«

»Ich glaub, ich hab auch schon den Röntgenblick«, jubelt Nathaniel. »Ich kann durch die Häuser sehen, ich weiß, was die Leute für Süßigkeiten verteilen!« Er flitzt Richtung Treppe. »Beeilt euch, ja?«

Sobald ihr Sohn aus dem Zimmer ist, lächeln Caleb und Nina einander verlegen an. »Was machst du, wenn er doch nicht durch Türen sehen kann?« fragt Caleb.

»Ich sage ihm, sein optischer Sensor ist kaputt und muß repariert werden.«

Nina geht hinaus, aber Caleb bleibt noch einen Moment am Fenster stehen. Er sieht, wie sein bunt verkleideter Sohn mit einem großen Satz von der Veranda hüpft. Selbst von hier oben kann Caleb Nathaniels Lächeln sehen, sein helles Lachen hören. Und er fragt sich, ob Nina vielleicht doch recht hat, ob ein Superheld nicht einfach eine ganz normale Person ist, die einfach nur fest daran glaubt, daß sie nicht scheitern kann.

Sie hält sich die Pistole, die ein Föhn ist, an den Kopf, als ich frage: »Was kommt nach Liebhaben?«

»Wie bitte?«

Es ist so schwer, das auszudrücken, was ich fragen will. »Du hast doch Mason lieb, nicht?«

Der Hund hört seinen Namen und wedelt mit dem Schwanz. »Ja, sicher«, sagt sie.

»Und Dad hast du noch lieber?«

Sie sieht zu mir herunter. »Ja.«

»Und mich hast du noch doller lieb?«

Ihre Augenbrauen heben sich. »Stimmt.«

»Und was kommt danach?«

Sie hebt mich hoch und setzt mich auf den Beckenrand. Der Waschtisch fühlt sich warm an, da, wo der Föhn gelegen hat. Sie überlegt einen Moment. »Nach Liebhaben«, sagt sie, »kommt, eine Mama zu sein.«

5

Früher einmal wollte ich die Welt retten. Naiv, wie ich war, glaubte ich ernsthaft, daß ich als Staatsanwältin einmal die Chance haben würde, die Welt vom Bösen zu befreien. Doch da wußte ich noch nicht, daß man bei fünfhundert laufenden Fällen versucht, möglichst viele per Absprache zu entscheiden. Da wußte ich noch nicht, daß Gerechtigkeit weniger von einem Schuldspruch als von Überzeugungskraft abhängt. Da wußte ich noch nicht, daß ich mich nicht für einen Kreuzzug entschieden hatte, sondern nur für einen Job.

Dennoch wäre ich nie auf die Idee gekommen, Verteidigerin zu werden. Der Gedanke, mich hinzustellen und für einen moralisch verdorbenen Kriminellen zu lügen, war mir unerträglich, und für mich waren nun mal die meisten Angeklagten schuldig, solange nicht ihre Unschuld bewiesen war. Doch als ich jetzt in Fisher Carringtons holzgetäfelter Luxuskanzlei sitze und von seiner adretten Sekretärin jamaikanischen Kaffee für dreißig Dollar das Pfund gereicht bekomme, ahne ich allmählich, wo die Vorteile liegen.

Fisher kommt heraus, um mich zu begrüßen. Seine Paul-Newman-blauen Augen blitzen, als wäre er hoch erfreut, mich in seinem Vorzimmer zu sehen. Warum sollte mich das wundern? Er weiß, er könnte mir einen Arm in Rechnung stellen, und ich würde bezahlen. Er hat die Chance, an einem aufsehenerregenden Mordprozeß zu arbeiten, der ihm jede Menge Popularität und neue Mandanten bescheren wird. Und schließlich bietet sich ihm eine Abwechslung von den üblichen Fällen, die er inzwischen im Schlaf bearbeitet.

»Nina«, sagt er, »ich freue mich.« Als hätten wir uns nicht vor weniger als vierundzwanzig Stunden im Gefängnis gesehen. »Kommen Sie doch mit in mein Büro.«

Auch hier edle Wandtäfelung, ein Männerzimmer, das den Duft von Zigarrenrauch und Cognac heraufbeschwört. In den Regalen stehen die gleichen Bücher mit Gesetzestexten wie in meinem Büro, und irgendwie finde ich das tröstlich.

»Wie geht es Nathaniel?«

»Gut.« Ich nehme in einem wuchtigen Ledersessel Platz und lasse den Blick schweifen.

»Er ist bestimmt froh, daß seine Mutter wieder zu Hause ist.«

Jedenfalls froher als sein Vater, denke ich. Meine Aufmerksamkeit richtet sich auf eine kleine Picasso-Skizze an der Wand. Keine Lithographie – das Ding ist echt.

»Was denken Sie?« fragt Fisher, als er sich mir gegenübersetzt.

»Daß der Staat mich zu schlecht bezahlt.« Ich sehe ihn an. »Danke, daß Sie mich gestern rausgeholt haben.«

»So gern ich das Kompliment annehmen würde, das war ein unerwartetes Geschenk, und das wissen Sie auch. So viel Milde hatte ich nicht erwartet.«

»Das war wohl auch ein einmaliges Geschenk.« Ich spüre seinen Blick auf mir ruhen, prüfend. Im Vergleich zu meinem Verhalten bei unserem gestrigen Treffen bin ich heute viel beherrschter.

»Fangen wir an«, schlägt Fisher vor. »Haben Sie vor der Polizei eine Aussage gemacht?«

»Die haben mich gefragt. Ich habe wiederholt gesagt, daß ich alles getan habe, was ich tun konnte. Daß ich nicht mehr tun könnte.«

»Wie oft haben Sie das gesagt?«

»Immer und immer wieder.«

Fisher legt seinen Waterman-Füllhalter beiseite und faltet die Hände. Seine Miene ist eine eigentümliche Mischung aus morbider Faszination, Respekt und Resignation. »Sie wissen genau, was Sie tun«, stellt er fest.

Ich betrachte ihn über den Rand meiner Kaffeetasse. »Das wollen Sie doch nicht wirklich wissen.«

Grinsend lehnt Fisher sich zurück. Er hat Grübchen, zwei in jeder Wange. »Haben Sie Schauspielunterricht genommen, bevor Sie sich auf Jura verlegt haben?«

»Klar«, sage ich. »Sie etwa nicht?«

Er möchte mir so viele Fragen stellen; ich sehe ihm förmlich an, daß er sich nur mit Mühe im Zaum halten kann. Ich kann es ihm nicht verdenken. Mittlerweile weiß er, daß ich nicht verrückt bin; er weiß, für welches Spiel ich mich entschieden habe.

»Wieso haben Sie mich engagiert?«

»Weil Geschworene Sie lieben. Die Leute glauben Ihnen.« Ich zögere, dann rücke ich mit der Wahrheit heraus. »Und weil ich es immer gehaßt habe, gegen Sie antreten zu müssen.«

Fisher verzieht keine Miene. »Wir müssen unsere Verteidigung auf Unzurechnungsfähigkeit aufbauen. Oder auf Wut in extremer Form.«

In Maine gibt es bei Mord keinerlei Abstufungen, und das Strafmaß beträgt mindestens fünfundzwanzig Jahre. Was bedeutet, daß ich, wenn ich freikommen will, auf nicht schuldig plädieren muß – schwer zu beweisen, da die Tat ja sogar gefilmt wurde; nicht schuldig wegen geistiger Unzurechnungsfähigkeit oder nicht schuldig aufgrund von Wut in extremer Form, ausgelöst durch eine entsprechende Provokation. Bei letzterem wird das Verbrechen auf Totschlag reduziert, eine minder schwere Tat. Eigentlich erstaunlich, daß es in diesem Staat legal ist, jemanden umzubringen, wenn er einen nur genug auf die Palme bringt und die Geschworenen übereinstimmend meinen, daß man allen Grund hatte, sich auf die Palme bringen zu lassen.

»Ich würde vorschlagen, beide Gründe anzuführen«, rät Fisher. »Falls –«

»Nein. Wenn Sie beide anführen, ist das für die Geschworenen nicht überzeugend. Glauben Sie mir. Es entsteht der Eindruck, als könnten nicht mal *Sie* sich entscheiden, warum ich nicht schuldig bin.« Ich denke kurz darüber nach. »Außerdem werden zwölf Geschworene sich nicht so leicht darauf einigen, was eine zulässige Provokation ist. Da leuchtet ihnen schon eher ein, daß eine Staatsanwältin, die vor den Augen eines Richters einen Mann erschießt, doch wohl unzurechnungsfähig sein muß. Und wenn wir mit Wut in extremer Form Erfolg hätten, wäre das noch längst kein voller Erfolg – es würde nur das Strafmaß verringern. Wenn Sie mich mit Unzurechnungsfähigkeit raushauen, ist das ein glatter Freispruch.«

In meinem Kopf nimmt meine Verteidigung allmählich Gestalt an. »Okay.« Ich beuge mich vor, um ihm meine Strategie zu erläutern. »Brown wird uns ja wegen der psychiatrischen Untersuchung durch einen staatlichen Gutachter anrufen. Wir können zuerst zu diesem Psychiater gehen und uns dann auf Grundlage seines Gutachtens einen eigenen Experten suchen.«

»Nina«, sagt Fisher geduldig. »Sie sind die Mandantin. Ich bin der Anwalt. Wenn Sie das nicht akzeptieren, wird es mit uns nicht klappen.«

»Ach kommen Sie, Fisher. Ich weiß genau, was ich tue.«

»Nein, das wissen Sie nicht. Sie sind Staatsanwältin, und sie haben keine Ahnung, wie man eine Verteidigung aufbaut.«

»Es geht schließlich immer darum, gut zu schauspielern, nicht? Und das ist mir doch wohl gelungen, oder?« Fisher, die Arme vor der Brust verschränkt, gibt sich geschlagen und wartet, bis ich mich in meinem Sessel zurücklehne. »Also gut, meinetwegen. Was machen wir?«

»Wir gehen zu dem staatlichen Gutachter«, sagt Fisher tonlos. »Und dann nehmen wir uns einen eigenen Experten.« Ich hebe die Augenbrauen, aber er ignoriert mich. »Ich beantrage, daß uns alle Informationen zur Verfügung gestellt werden, die Detective Ducharme im Vergewaltigungsfall ihres Sohnes zusammengetragen hat, denn durch sie sind Sie schließlich zu der Überzeugung gelangt, daß Sie diesen Mann töten müssen.«

Diesen Mann töten müssen. Die Formulierung jagt mir einen kalten Schauer über den Rücken. Diese Worte gehen uns so leicht über die Lippen, als plauderten wir über das Wetter oder ein Baseballspiel.

»Fällt Ihnen sonst noch etwas ein, was ich anfordern sollte?«

»Die Unterwäsche«, sage ich. »Auf der Unterwäsche meines Sohnes war Sperma. Es wird eine DNA-Analyse gemacht, aber die Ergebnisse liegen noch nicht vor.«

»Tja, die spielen jetzt auch keine Rolle mehr –«

»Ich will den Bericht sehen«, erkläre ich, keinen Widerspruch duldend. »Ich muß ihn sehen.«

Fisher nickt, notiert sich etwas. »Also gut. Ich werde ihn anfordern. Sonst noch was?« Ich schüttele den Kopf. »Schön. Wenn ich die Beweismittel vorliegen habe, rufe ich Sie an. In der Zwischenzeit verlassen Sie den Staat nicht und sprechen mit niemandem von der Staatsanwaltschaft. Halten Sie sich dran, weil Sie nämlich keine zweite Chance bekommen werden.« Er steht auf, entläßt mich.

Ich gehe zur Tür, fahre mit den Fingerspitzen über die glänzende Täfelung. Mit einer Hand auf dem Türknauf halte ich inne, blicke über die Schulter nach hinten. Er macht sich Notizen in meiner Akte, genau wie ich es tue, wenn ich mit einem Fall beginne. »Fisher?« Er blickt auf. »Haben Sie Kinder?«

»Zwei. Eine Tochter studiert in Dartmouth, die andere geht noch zur High School.«

Plötzlich fällt mir das Schlucken schwer. »Schön«, sage ich leise. »Gut zu wissen.«

Herr erbarme dich. Christus erbarme dich.

Keiner von den Reportern, die zur Totenmesse für Pater Szyszynski in St. Anne's gekommen sind, erkennt die schwarzgekleidete Frau, die in der vorletzten Reihe sitzt und das Kyrie nicht mitspricht. Ich habe mein Gesicht sorgsam hinter einem Schleier verborgen. Ich habe Caleb nicht gesagt, wo ich hingehe. Er denkt, ich komme nach meinem Termin bei Fisher direkt nach Hause. Doch statt dessen sitze ich hier, obwohl ich mich einer Todsünde schuldig gemacht habe, und lausche einem Erzbischof, der die Tugenden des Mannes preist, den ich getötet habe.

Er wurde angeklagt, aber er wurde nie verurteilt. Es ist absurd, daß ausgerechnet ich ihn zum Opfer gemacht habe. Seine Gemeinde drängt sich in den Kirchenbänken. Die Menschen sind gekommen, um ihm die letzte Ehre zu erweisen. Alles ist in Silber und Weiß gehalten – die Gewänder der Geistlichen, die Szyszynskis Seele an Gott übergeben wollen, die Lilien, mit denen die Gänge geschmückt sind, die Meßdiener, die mit ihren Kerzen die Prozession anführen, das Tuch über dem Sarg – und die Kirche sieht so aus, wie ich mir den Himmel vorstelle.

Der Erzbischof betet über dem schimmernden Sarg, zwei Priester neben sich, die Weihrauch und Weihwasser schwenken. Irgendwie kommen mir die beiden bekannt vor. Dann fällt mir ein, wer sie sind; es sind die Geistlichen, die vor kurzem hier in der Gemeinde zu Besuch waren. Ich frage mich, ob einer von den beiden die Pfarrstelle übernehmen wird, die ja jetzt verwaist ist.

Ich bekenne vor Gott, dem Allmächtigen, daß ich gesündigt habe, durch meine Schuld.

Der süßliche Duft der Kerzen und Blumen steigt mir zu Kopf. Die letzte Totenmesse, an der ich teilnahm, war die für meinen Vater, und sie war weit weniger pompös als diese hier, wenngleich ich den Gottesdienst mit demselben fassungslosen Gefühl erlebte. Ich erinnere mich noch an den Priester, der seine Hände auf meine legte und mir den größten Trost zusprach, den er kannte: »Er ist jetzt bei Gott.«

Als das Evangelium verlesen wird, lasse ich den Blick über die Trauergemeinde schweifen. Einige ältere Frauen schluchzen. Die meisten starren den Erzbischof mit der Ernsthaftigkeit an, die ihm gebührt. Wenn Szyszynskis Leib Christus gehört, wer hat dann seine Gedanken gelenkt? Wer hat den Gedanken in sein Gehirn gepflanzt, einem Kind weh zu tun? Wieso hat er sich ausgerechnet mein Kind ausgesucht?

Worte drängen an mein Ohr: *übergeben wir seine Seele; bei seinem Schöpfer; Hosianna in der Höhe.*

Die Töne der Orgel vibrieren, und dann erhebt sich der Erzbischof, um die Laudatio zu halten. »Pater Glen Szyszynski«, beginnt er, »wurde von seiner Gemeinde geliebt.«

Ich kann nicht sagen, warum ich hergekommen bin, woher ich wußte, daß ich notfalls einen Ozean durchschwimmen, Fesseln sprengen, über Berg und Tal rennen würde, um bei Szyszynskis Beerdigung dabeizusein. Vielleicht, weil sie für mich einen Abschluß darstellt; vielleicht, weil sie den Beweis liefert, den ich noch immer brauche.

Das ist mein Leib.

Ich sehe sein Gesicht im Profil vor mir, in dem Augenblick, bevor ich abdrücke.

Das ist mein Blut.

Seinen zerschmetterten Kopf.

In die Stille hinein keuche ich auf, und die Menschen rechts und links von mir blicken mich neugierig an.

Als wir wie Roboter aufstehen und in den Gang treten, um zur Kommunion zu gehen, bewegen sich meine Füße wie von selbst, ehe ich ihnen Einhalt gebieten kann. Vor dem Priester, der die Hostie hält, öffne ich den Mund. »Der Leib Christi«, sagt er und sieht mir in die Augen.

»Amen«, antworte ich.

Als ich mich umdrehe, fällt mein Blick auf die vorderste Reihe, wo eine Frau in Schwarz zusammengekrümmt sitzt und haltlos schluchzt. Ihre stahlgrauen Locken sind unter einen schwarzen Glockenhut gezwängt. Ihre Hände umklammern so fest den Rand der Kirchenbank, daß es aussieht, als würde das Holz gleich splittern. Der Priester, der mir die Kommunion gegeben hat, flüstert einem anderen Geistlichen etwas zu, der sofort zu der Frau geht, um sie zu trösten. Und in dem Moment begreife ich:

Auch Pater Szyszynski war jemandes Sohn.

Meine Brust füllt sich mit Blei, und die Beine geben unter mir nach. Ich kann mir einreden, daß ich Nathaniel gerächt habe; ich kann behaupten, daß ich moralisch im Recht war – aber ich kann nicht die Wahrheit verleugnen, daß eine andere Mutter durch mich ihr Kind verloren hat.

Ist es richtig, einen Kreislauf des Schmerzes zu zerschlagen, wenn dadurch nur ein neuer in Gang gesetzt wird?

Plötzlich dreht sich die Kirche um mich herum, und die Blumen greifen nach meinen Knöcheln. Ein Gesicht, so breit wie der Mond, ragt vor mir auf und sagt Worte, die ich nicht verstehe. *Wenn ich ohnmächtig werde, sehen sie, wer ich bin. Sie werden mich in Stücke reißen.* Ich nehme alle Kraft zusammen, die ich noch habe, um die Leute vor mir beiseite zu schieben, den Gang hinunterzueilen, die Doppeltür von St. Anne's aufzustoßen und ins Freie zu laufen.

Soweit Nathaniel zurückdenken kann, gilt Mason als *sein* Hund, obwohl der Golden Retriever schon zehn Monate vor Nathaniels Geburt in die Familie kam. Und das Komische daran ist, wenn es andersherum gewesen wäre, wenn Nathaniel zuerst dagewesen wäre, dann hätte er sich von seinen Eltern eine Katze gewünscht. Er mag das Geräusch, das sie dicht an seinem Ohr machen, so daß auch seine Haut summt. Er mag es, daß sie nicht baden müssen, und er bewundert sie dafür, daß sie immer auf allen vier Pfoten landen.

Zu Weihnachten hatte er sich ein Kätzchen gewünscht, doch obwohl Santa Claus ihm ansonsten alles gebracht hatte, war keine Katze dabei. Wegen Mason, ganz klar. *Weiß der Himmel*, sagte Nathaniels Mutter, *was dieser wilde Hund mit einem Kätzchen anstellen würde.*

Und deshalb fiel Nathaniel an dem Tag, als er im Kellergeschoß der Kirche herumschlenderte und sich das Drachenbild in Vater Glens Büro ansah, als allererstes die Katze auf. Sie war schwarz, hatte drei weiße Pfoten, und ihr Schwanz pendelte hin und her wie die Kobra vor einem Schlangenbeschwörer. Und ihr Gesicht war nicht größer als Nathaniels Handfläche.

»Ah«, sagte der Priester. »Esme gefällt dir.« Er kraulte die Katze zwischen den Ohren. »Feines Mädchen.« Dann nahm er die Katze auf den Arm und setzte sich auf die Couch unter das Bild mit dem Drachen. Nathaniel fand das sehr mutig von ihm. Er selbst hätte Angst gehabt, daß das Ungeheuer plötzlich zum Leben erwacht und ihn mit Haut und Haaren verschlingt. »Möchtest du sie vielleicht streicheln?«

Nathaniel nickte nur, weil er vor Freude kein Wort herausbrachte. Er näherte sich der Couch, dem kleinen Fellknäuel im Schoß des Priesters. Er legte die Hand auf den Rücken des Kätzchens, spürte die Wärme und die feinen Knochen und den Herzschlag. »Hallo«, flüsterte er. »Hallo Esme.«

Ihr Schwanz kitzelte Nathaniel unterm Kinn, und er lachte. Auch der Priester lachte und legte Nathaniel eine Hand in den Nacken. Das war die gleiche Stelle, wo ich die Katze streichelte, dachte Nathaniel und wich einen Schritt zurück.

»Sie mag dich«, sagte der Priester.

»Wirklich?«

»Aber ja. Bei den meisten Kindern ist sie viel ängstlicher.«

Nathaniel wäre vor Stolz beinahe geplatzt. Wieder kraulte er die Ohren der Katze, und er hätte schwören können, daß sie lächelte.

»So ist's richtig«, ermunterte der Priester ihn. »Nicht aufhören.«

Quentin Brown sitzt an Ninas Schreibtisch im Büro der Bezirksstaatsanwaltschaft und überlegt, was hier fehlt. Aus Platzmangel ist ihm ihr Büro zugeteilt worden, und ihm ist die Ironie des Schicksals durchaus bewußt, daß er die Verurteilung dieser Frau just in dem Sessel anstrengen wird, in dem sie einst saß. Bisher hat er feststellen können, daß Nina Frost eine Ordnungsfanatikerin ist – sogar ihre Büroklammern sind in kleinen Schälchen nach Größe sortiert. Ihre Akten sind alphabetisch geordnet. Es gibt keinerlei Anhaltspunkte dafür, daß sie ihre Tat vorbereitet hat. *Hier hätte Gott weiß wer arbeiten können*, denkt Quentin, *und genau da liegt das Problem.*

Was für eine Frau ist das, die nicht mal ein Foto ihres Kindes oder ihres Mannes auf dem Schreibtisch stehen hat?

Die Tür geht auf, und zwei Detectives der Polizei von Biddeford kommen herein – Evan Chao und Patrick Ducharme, wenn Quentin sich recht erinnert. »Bitte sehr«, sagt er und deutet auf die Stühle vor dem Schreibtisch, »nehmen Sie Platz.«

Sie bilden eine massive Front, und ihre Schultern berühren sich beinahe. Quentin nimmt eine Fernbedienung und schaltet den Videorecorder auf dem Regal hinter ihnen ein. Er selbst hat sich das Band schon x-mal angesehen, und er geht davon aus, daß auch die Detectives es kennen. Verdammt, fast ganz New England hat die Bilder inzwischen gesehen. Chao und Ducharme drehen sich um, starren fasziniert auf den kleinen Bildschirm, wo Nina Frost geradezu anmutig auf den Priester zugeht und eine Pistole hebt. In dieser Version, die nicht geschnitten ist, kann man sehen, wie die rechte Seite von Glen Szyszynskis Kopf förmlich explodiert.

»Mein Gott«, murmelt Chao.

Quentin läßt das Band laufen. Diesmal sieht er es sich nicht an – er beobachtet die Reaktionen der Detectives. Er kennt weder Chao noch Ducharme, aber er weiß, daß sie sieben Jahre lang mit Nina Frost zusammengearbeitet haben – mit Quentin erst vierundzwanzig Stunden. Als die Kamera wild herumschwenkt und schließlich den Kampf zwischen Nina und den Gerichtsdienern einfängt, blickt Chao nach unten. Ducharme starrt entschlossen auf den Bildschirm, aber sein Gesicht wirkt völlig ausdruckslos.

Quentin schaltet den Fernseher aus. »Ich hab die Zeugenaussagen gelesen, alle 124. Und natürlich schadet es nichts, das ganze Fiasko in Multicolor auf Band zu haben.« Er beugt sich vor, die Ellbogen auf Ninas Schreibtisch. »Die Beweislage ist klar. Die einzige offene Frage lautet: Ist sie unzurechnungsfähig oder nicht? Sie wird es entweder damit versuchen oder mit Wut in extremer Form.« Er blickt Chao an und fragt: »Waren Sie bei der Autopsie dabei?«

»Ja.«

»Und?«

»Die Leiche wurde schon zur Bestattung freigegeben, aber den Bericht kriege ich erst, wenn die medizinischen Unterlagen des Opfers vorliegen.«

Quentin verdreht die Augen. »Als ob die Todesursache noch geklärt werden müßte.«

»Nicht deshalb«, schaltet Ducharme sich ein. »Die haben's gern, wenn die medizinischen Unterlagen dem Bericht beiliegen. Das ist so üblich.«

»Tja, die sollen sich beeilen«, sagt Quentin. »Es ist mir egal, ob Szyszynski AIDS im letzten Stadium hatte ... daran ist er nicht gestorben.« Er öffnet die Akte auf dem Schreibtisch und wedelt mit einem Blatt vor Patrick Ducharme herum. »Was zum Teufel ist das?«

Der Detective nimmt es entgegen und erkennt seinen Bericht über die Vernehmung von Caleb Frost, der in Verdacht geraten war, sich an seinem eigenen Sohn vergangen zu haben. »Der Junge war stumm«, erklärt Patrick. »Er hatte ein wenig Zeichensprache gelernt, und als wir von ihm wissen wollten, wer der Täter ist, hat er immer wieder das Zeichen für Vater gemacht.« Patrick gibt das Blatt zurück. »Deshalb haben wir uns zunächst auf Caleb Frost konzentriert.«

»Wie hat die Mutter reagiert?« fragt Quentin.

»Sie hat sich eine einstweilige Verfügung gegen ihren Mann besorgt.«

»Davon will ich eine Kopie.«

Patrick zuckt die Achseln. »Die ist aufgehoben worden.«

»Mir egal. Nina Frost hat den Mann erschossen, den sie für den Vergewaltiger ihres Sohnes gehalten hat. Aber nur vier Tage zuvor hatte sie einen anderen Mann für den Täter gehalten. Ihr Anwalt wird den Geschworenen weismachen wollen, daß sie den Priester erschossen hat, weil er ihr Kind mißbraucht hat ... aber wie konnte sie sich da so sicher sein?«

»Es gab Spermaspuren«, sagt Patrick. »Auf der Unterhose ihres Sohnes.«

»Ja.« Quentin blättert etliche Seiten weiter. »Wo ist die DNA-Analyse?«

»Noch im Labor. Müßte diese Woche kommen.«

Quentin hebt langsam den Kopf. »Sie hat nicht mal die Ergebnisse der DNA-Analyse abgewartet?«

Ein Muskel an Patricks Kinnpartie zuckt. »Nathaniel hat es mir gesagt. Ihr Sohn. Er hat den Namen des Täters genannt.«

»Mein Neffe ist auch fünf Jahre alt, und der erzählt mir, daß die Zahnfee ihm einen Dollar unter das Kopfkissen gelegt hat, aber das heißt noch lange nicht, daß ich ihm glaube, Lieutenant!«

Kaum hat er den Satz beendet, ist Patrick auch schon aufgesprungen und beugt sich über den Schreibtisch zu Quentin vor. »Sie kennen Nathaniel Frost nicht«, zischt er. »Und Sie haben nicht das Recht, mein berufliches Urteilsvermögen anzuzweifeln.«

Quentin erhebt sich, überragt den Detective. »Ich habe jedes erdenkliche Recht. Bei der Durchsicht Ihrer Ermittlungsberichte habe ich nämlich den Eindruck gewonnen, daß Sie Mist gebaut haben, weil Sie einer Staatsanwältin, die voreilige Schlüsse gezogen hat, eine Sonderbehandlung zukommen ließen. Und ich werde das auf keinen Fall noch einmal zulassen, während wir ihr den Prozeß machen.«

»Sie hat keine voreiligen Schlüsse gezogen«, widerspricht Patrick. »Sie hat genau gewußt, was sie tat. Verdammt, wenn es mein Kind wäre, ich hätte genau das gleiche getan.«

»Sie beide hören mir jetzt mal zu. Nina Frost steht unter Mordverdacht. Sie hat einen Mann kaltblütig in einem voll besetzten Gerichtssaal erschossen. Und es ist Ihre Aufgabe, für die Wahrung der Gesetze zu sorgen, und niemand – *niemand* – hat das Recht, die Gesetze zu brechen, nicht einmal eine Staatsanwältin.« Quentin wendet sich an den anderen Polizisten. »Ist das klar, Detective Chao?«

Chao nickt knapp.

»Detective Ducharme?«

Patrick blickt ihm in die Augen, sinkt zurück auf seinen Stuhl. Und nachdem die Detectives das Büro längst verlassen haben, wird Quentin erst klar, daß Ducharme die Frage nicht beantwortet hat.

Sich auf den Winter vorzubereiten ist Calebs Ansicht nach reines Wunschdenken. Auch die besten Vorbereitungen können nicht verhindern, daß man unverhofft von einem Unwetter überrascht wird. Diese Stürme aus Nordosten kündigen sich nämlich nicht immer an. Sie ziehen hinaus aufs Meer, dann machen sie kehrt und brechen über Maine herein. In den letzten Jahren ist es schon vorgekommen, daß Caleb die Haustür geöffnet hat, und davor lag eine fast mannshohe Schneewehe, so daß er sich mit der Schaufel einen Weg in eine Welt graben mußte, die völlig anders aussah als noch am Abend zuvor.

Heute macht er das Haus winterfertig. Er verstaut Nathaniels Fahrrad in der Garage und holt den Schlitten und die Langlaufskier heraus. Die Sträucher vor dem Haus hat er bereits mit hölzernen Gestellen versehen, die die zarten Zweige vor Eis und Schnee schützen sollen.

Jetzt muß er nur noch Brennholz für den Winter lagern. Er hat mittlerweile im Keller einen großen Berg Scheite aufgehäuft und ist dabei, sie zu stapeln. Eichensplitter bohren sich in seine dicken Handschuhe, während er immer zwei Scheite nimmt und sie ordentlich aufschichtet.

»Meinst du, damit kommen wir über den Winter?«

Caleb schrickt zusammen. Nina ist die Kellertreppe heruntergekommen, steht jetzt mit verschränkten Armen da und mustert den Holzstapel. »Kommt mir ein bißchen wenig vor«, fügt sie hinzu.

»Ich hab noch reichlich oben.« Caleb legt wieder zwei Scheite ab. »Hab bloß noch nicht alles geholt.«

Er spürt Ninas Blick auf sich, als er sich wieder umdreht, das letzte Holzstück nimmt und es auf den hohen Stapel legt. »Das wär's.«

»Ja«, erwidert sie.

»Wie war's bei dem Anwalt?«

Sie zuckt die Achseln. »Er ist nun mal Verteidiger.«

Caleb nimmt an, daß das eine Beleidigung sein soll. Wie immer, wenn es um Juristisches geht, weiß er nicht, was er sagen soll. Caleb hat plötzlich das Gefühl, daß der Raum für sie beide zu klein zu sein scheint. »Mußt du noch mal weg? Ich will nämlich noch zum Baumarkt und eine Abdeckplane besorgen.«

Er braucht keine Abdeckplane. In der Garage liegen vier Stück. Er weiß nicht mal, warum ihm diese Worte herausgerutscht sind, wie Vögel auf der Flucht. Und trotzdem redet er weiter. »Kannst du auf Nathaniel aufpassen?«

Nina erstarrt vor seinen Augen. »Natürlich kann ich auf Nathaniel aufpassen. Oder hältst du mich für so labil?«

»So hab ich das nicht gemeint.«

»Doch, Caleb, das hast du. Vielleicht willst du es dir nicht eingestehen, aber du hast es so gemeint.« In ihren Augen stehen Tränen. Aber weil ihm nicht die passenden Worte einfallen, um sie zu trocknen, nickt Caleb einfach nur und geht an ihr vorbei. Als er die Treppe hinaufsteigt, streifen sich ihre Schultern.

Er fährt natürlich nicht zum Baumarkt. Statt dessen kurvt er ziellos durch die Gegend und hält schließlich vor dem »Tequila Mockingbird«, der kleinen Bar, von der Nina gelegentlich spricht. Er weiß, daß sie sich hier einmal pro Woche mit Patrick zum Mittagessen trifft. Er weiß sogar, daß der Barkeeper mit dem Pferdeschwanz Stuyvesant heißt. Aber Caleb war noch nie in dem Lokal, und als er den jetzt am Nachmittag nahezu leeren Raum betritt, hat er das Gefühl, als trüge er ein Geheimnis in sich.

»Hallo«, sagt Stuyvesant, als Caleb am Tresen stehenbleibt. Welchen Hocker nimmt Nina immer? Er starrt einen nach dem anderen an und versucht, ihren Stammplatz zu erraten. »Was möchten Sie trinken?«

Caleb trinkt normalerweise Bier. Harte Drinks waren noch nie sein Geschmack. Aber er bestellt ein Glas Talisker, ein Name, den er von einer Flasche hinter der Theke abliest und der nach mildem Whiskey klingt. Stuyvesant stellt ihm das Glas und ein Schälchen Erdnüsse hin. Drei Hocker weiter sitzt ein Geschäftsmann, und an einem Tisch kämpft eine Frau mit den Tränen, während sie einen Brief schreibt. Caleb prostet dem Barkeeper zu. »*Sláinte*«, sagt er, weil er das mal in einem Film gehört hat.

»Ire?« fragte Stuyvesant und wischt mit einem Tuch über die polierte Theke.

»Mein Vater war Ire.« In Wahrheit sind Calebs Eltern beide in den USA geboren, und seine Vorfahren stammen aus Schweden und England.

»Tatsache?« Der Geschäftsmann blickt zu ihm herüber.

»Meine Schwester lebt im County Cork. Herrliches Fleckchen Erde.« Er lacht. »Warum um alles in der Welt sind Sie hierhergekommen?«

Caleb nippt an dem Whiskey. »Mir blieb nicht viel anderes übrig«, lügt er. »Ich war zwei Jahre alt.«

»Sind Sie aus Sanford?«

»Nein. Bin geschäftlich hier.«

»Sind wir das nicht alle?« Der Mann hebt sein Bierglas. »Gott segne das Spesenkonto, hab ich recht?« Er winkt Stuyvesant. »Noch eine Runde für uns«, sagt er und dann zu Caleb: »Ich geb einen aus. Oder besser gesagt: mein Arbeitgeber.«

Sie sprechen über die bevorstehende Eishockeysaison und daß schon der erste Schnee in der Luft liegt. Sie vergleichen die Vorzüge des Mittleren Westens, wo der Geschäftsmann herkommt, mit denen von New England. Caleb weiß nicht, warum er dem Mann nicht die Wahrheit sagt. Die Lügen gehen ihm ganz leicht über die Lippen, und es ist seltsam befreiend, daß der Mann ihm anscheinend alles glaubt, was er sagt. Und so behauptet Caleb, er komme aus Rochester, New Hampshire, wo er tatsächlich schon einmal war. Er erfindet einen Firmennamen, ein neues Produkt im Bereich Baumaschinen und eine Vergangenheit voller hervorragender Leistungen. Er läßt die Lügen nur so heraussprudeln und empfindet ein seltsames Vergnügen daran.

Der Mann wirft einen Blick auf seine Uhr und flucht leise. »Ich muß zu Hause anrufen, daß ich später komme. Sonst denkt meine Frau, ich hätte meinen Leihwagen um einen Baum gewickelt. Sie wissen schon.«

»War nie verheiratet«, sagt Caleb achselzuckend und zieht den Talisker durch die Zähne.

»Sehr klug.« Der Geschäftsmann rutscht von dem Hocker und geht nach hinten zu einem Münztelefon, von dem Nina hin und wieder, wenn der Akku ihres Handys leer war, Caleb angerufen hat. Als er an Caleb vorbeikommt, streckt er ihm die Hand entgegen. »Ich heiße übrigens Mike Johanssen.«

Caleb schüttelt sie. »Glen«, entgegnet er. »Glen Szyszynski.«

Zu spät fällt ihm ein, daß sein Vater ja angeblich Ire war, nicht Pole. Daß Stuyvesant, der ja hier lebt, den Namen ganz sicher wiedererkennt. Aber weder das eine noch das andere spielt eine Rolle. Denn als der Geschäftsmann zurückkommt und Stuyvesant schließlich stutzt, hat Caleb die Bar schon verlassen.

Der vom Staat bestellte Psychiater ist so jung, daß ich den Impuls unterdrücken muß, ihm übers Haar zu streichen. Aber wenn ich das täte, würde Dr. Storrow vermutlich vor Angst sterben, weil er meint, ich wollte ihn mit dem Riemen meiner Handtasche erwürgen. Deshalb hat er darauf bestanden, mich im Gericht in Alfred zu treffen, und ich muß sagen, ich kann das nachvollziehen. Sämtliche Klienten dieses Mannes sind entweder Verrückte oder Mörder, und der – abgesehen vom Gefängnis – sicherste Ort, um ein Gespräch zu führen, ist ein öffentliches Gebäude, in dem es von Gerichtsdienern nur so wimmelt.

Ich habe mir genau überlegt, was ich anziehe, und trage nicht das übliche konservative Kostüm, sondern eine Khakihose, einen Baumwollrollkragenpullover und Freizeitschuhe. Wenn Dr. Storrow mich ansieht, soll er nicht denken: Anwältin. Er soll sich an seine Mutter erinnern, wie sie auf dem Fußballplatz an der Seitenlinie stand und ihn anfeuerte.

Als er das erste Mal etwas sagt, rechne ich fast damit, daß seine Stimme kippt. »Mrs. Frost, Sie waren Staatsanwältin in York County, ist das richtig?«

Ich muß nachdenken, ehe ich antworte. Wie verrückt ist verrückt? Soll ich so tun, als hätte ich Schwierigkeiten, ihn zu verstehen, soll ich anfangen, auf meinem Pulloverkragen herumzukauen? Es dürfte nicht allzu schwer sein, einen so unerfahrenen Psychologen wie Storrow hinters Licht zu führen ... aber darum geht es nicht mehr. Jetzt muß ich ihm klarmachen, daß die Unzurechnungsfähigkeit nur vorübergehend ist. Damit ich freigesprochen werde, ohne umgehend irgendwo eingewiesen zu werden. Also lächle ich ihn an. »Sie können ruhig Nina zu mir sagen«, biete ich ihm an. »Und ja, das ist richtig.«

»Schön«, sagt Dr. Storrow. »Ich habe hier einen Fragebogen, der, äh, ausgefüllt und dem Gericht vorgelegt werden soll.« Er legt ein Blatt auf den Tisch, das ich schon tausendmal gesehen habe, vorformulierte Fragen, und beginnt zu lesen. »Stehen Sie unter Einfluß von Medikamenten?«

»Nein.«

»Wurde Ihnen früher schon einmal eine Straftat zur Last gelegt?«

»Nein.«

»Standen Sie je vor Gericht?«

»Tagtäglich«, erwidere ich. »In den vergangenen zehn Jahren.«

»Oh ...« Dr. Storrow blinzelt mich an, als ob ihm erst jetzt wieder eingefallen ist, mit wem er redet. »Ach ja, stimmt. Tja, ich muß Ihnen diese Fragen trotzdem stellen, falls Sie einverstanden sind.« Er räuspert sich. »Ist Ihnen klar, welche Funktion der Richter in einem Gerichtsverfahren ausübt?«

Ich ziehe eine Augenbraue hoch.

»Ich fasse das als ein Ja auf.« Dr. Storrow schreibt etwas auf sein Formular. »Ist Ihnen klar, welche Funktion der Ankläger ausübt?«

»Doch, ich denke, das weiß ich so ungefähr.«

Wissen Sie, welche Aufgabe der Verteidiger hat? Ist Ihnen klar, daß die Staatsanwaltschaft versucht, Ihnen Ihre Schuld nachzuweisen? Die Fragen sind so albern. Fisher und ich werden diese lächerliche Befragung zu unserem Vorteil nutzen. Auf dem Papier, ohne die Modulation meiner Stimme, werden meine Antworten nicht absurd wirken, nur ein wenig ausweichend, ein wenig seltsam. Und Dr. Storrow ist zu unerfahren, als daß er im Zeugenstand glaubhaft machen könnte, daß ich die ganze Zeit über haargenau wußte, worum es ging.

»Was tun Sie, wenn vor Gericht etwas geschieht, das Sie nicht verstehen?«

Ich zucke die Achseln. »Ich würde meinen Anwalt nachfragen lassen, welchen Präzedenzfall es dafür gibt, damit ich den Sachverhalt nachschlagen kann.«

»Ist Ihnen klar, daß Ihr Anwalt nichts von dem wiederholen darf, was Sie ihm sagen?«

»Tatsächlich?«

Dr. Storrow legt das Formular auf den Tisch. Mit todernster Miene sagt er: »Ich denke, wir können diesen Teil abschließen.« Er blickt auf die Handtasche, aus der ich einst eine Waffe gezogen habe. »Ist bei Ihnen je eine psychische Erkrankung diagnostiziert worden?«

»Nein.«

»Haben Sie je wegen irgendwelcher psychischen Probleme Medikamente genommen?«

»Nein.«

»Haben Sie je aufgrund von Streß einen psychischen Zusammenbruch gehabt?«

»Nein.

»Haben Sie je zuvor eine Waffe besessen?«

Ich schüttele den Kopf.

»Haben Sie je irgendeine Form von psychologischer Beratung in Anspruch genommen?«

Die Frage läßt mich stocken. »Ja«, gebe ich zu und denke an den Beichtstuhl in St. Anne's. »Und das war der schlimmste Fehler meines Lebens.«

»Wieso?«

»Als ich herausgefunden hatte, daß mein Sohn sexuell mißbraucht worden war, ging ich zur Beichte in meiner Kirche.

Ich habe mit meinem Priester darüber gesprochen. Und dann erfuhr ich, daß er der Schweinehund war, der meinem Kind das angetan hatte.«

Bei meiner Ausdrucksweise errötet er über dem Kragen seines Button-down-Hemdes. »Mrs. Frost – Nina –, ich muß Ihnen einige Fragen zu dem Tag stellen, an dem ... an dem es passiert ist.«

Ich beginne, an den Ärmeln meines Pullovers zu ziehen. Nicht viel, nur so, daß der Stoff meine Hände bedeckt. Ich blicke nach unten. »Ich mußte es tun«, flüstere ich.

Ich werde immer besser.

»Wie haben Sie sich an dem Tag gefühlt?« fragt Dr. Storrow. Skepsis liegt in seiner Stimme. Schließlich war ich noch vor einem Augenblick völlig klar.

»Ich mußte es tun ... verstehen Sie. Ich habe zu oft gesehen, wie das läuft. Ich konnte ihn nicht laufenlassen.« Ich schließe die Augen, denke an jede erfolgreiche Verteidigung wegen Unzurechnungsfähigkeit, die ich je vor Gericht erlebt habe. »Ich hatte keine andere Wahl. Es war stärker als ich ... es war, als würde ich dabei zusehen, wie jemand anderes es tat, jemand anderes handelte.«

»Aber Sie wußten, was Sie taten«, entgegnet Dr. Storrow, und ich zwinge mich, den Blick gesenkt zu halten. »Sie haben Leute angeklagt, die schreckliche Dinge getan hatten.«

»Ich habe nichts Schreckliches getan. Ich habe meinen Sohn gerettet. Dafür sind Mütter doch wohl da, oder etwa nicht?«

»Was denken *Sie*, wozu Mütter da sind?« fragt er.

Daß sie nachts wach bleiben, wenn ihre Kinder eine Erkältung haben. Daß sie wenigstens einmal einen Kuchen mit allen Zutaten backen, die sie zu Hause haben, nur um herauszufinden, wie das wohl schmeckt.

Daß sie ihren kleinen Sohn jeden Tag noch ein bißchen mehr lieben.

»Nina?« sagt Dr. Storrow. »Ist alles in Ordnung?«

Ich blicke auf und nicke unter Tränen. »Es tut mir leid.«

»Wirklich?« Er beugt sich vor. »Tut es Ihnen wirklich leid?«

Wir reden nicht mehr über ein und dasselbe. Ich stelle mir Pater Szyszynski auf dem Weg in die Hölle vor. Ich denke daran, wie unterschiedlich man diese Worte auslegen kann, und dann suche ich Dr. Storrows Blick. »Und ihm?«

Nina hat schon immer besser geschmeckt als jede andere Frau, denkt Caleb, als seine Lippen über ihre Schulter gleiten. Wie Honig und Sonne und Karamel – von ihrer Gaumenwölbung bis hinunter zur Kniekehle. Es gibt Augenblicke, da hat Caleb das Gefühl, er könnte sich von seiner Frau ernähren und nie genug von ihr bekommen.

Ihre Hände gleiten nach oben und umfassen seine Schultern, und im Halbdunkel fällt ihr Kopf nach hinten, so daß die Kontur ihres Halses zur Landschaft wird. Caleb vergräbt sein Gesicht darin und versucht, sich seinen Weg zu ertasten. Hier, in diesem Bett, ist sie die Frau, in die er sich vor einer halben Ewigkeit verliebt hat. Er weiß, wann sie ihn berühren wird und wo. Er kann jede einzelne Bewegung von ihr vorhersagen.

Ihre Beine öffnen sich, und Caleb preßt sich an sie. Sein Rücken wölbt sich. Er stellt sich den Augenblick vor, wenn er in ihr ist, wie dann der Druck wächst und wächst und schließlich explodiert.

In diesem Moment schlüpft Ninas Hand zwischen sie beide und umschließt ihn, und schlagartig erschlafft Caleb. Er versucht, sich an ihr zu reiben. Ninas Finger bewegen sich wie die einer Flötistin auf ihm, aber nichts geschieht.

Caleb spürt, wie ihre Hand wieder zu seiner Schulter gleitet. »Nanu«, sagt Nina, als er sich neben ihr auf den Rücken rollt. »Das ist ja noch nie passiert.«

Er starrt zur Decke, überallhin, nur nicht auf diese Fremde neben ihm. *Das ist nicht das einzige*, denkt er.

Freitag nachmittags gehen Nathaniel und ich fürs Wochenende einkaufen, und das ist für meinen Sohn immer ein ga-
stronomisches Fest: An der Feinkosttheke bekommt er eine
Gratisscheibe Käse, in der Süßwarenabteilung sucht er sich
eine Packung Kekse aus, und beim Bäcker springt ein Bagel
für ihn heraus. »Was meinst du, Nathaniel?« frage ich und
gebe ihm ein paar von den Weintrauben, die ich gerade in den
Einkaufswagen gelegt habe. »Ist uns die Honigmelone wirklich vier neunundneunzig wert?«

Plötzlich richtet Nathaniel sich im Kindersitz des Einkaufswagens auf und winkt. »Peter! He, Peter!«

Ich blicke auf und sehe Peter Eberhardt den Gang hinun-
terkommen, eine Tüte Chips und eine Flasche Chardonnay in
der Hand. Peter, den ich seit dem Tag, als die einstweilige Verfügung gegen Caleb aufgehoben wurde, nicht mehr gesehen
habe. Ich möchte ihm so vieles sagen – ihn so vieles fragen,
jetzt, wo ich nicht mehr im Büro bin –, aber die Kautionsbe-
dingungen verbieten es mir, mit irgendeinem meiner Kollegen
zu sprechen.

Nathaniel freut sich unbändig darüber, den Mann zu treffen, der einen Vorrat an Dauerlutschern in seiner Schreib-
tischschublade hat und unheimlich gut nachmachen kann, wie
eine Ente niest. »Peter«, ruft Nathaniel wieder und streckt die
Arme aus.

Peter zögert. Ich sehe es ihm am Gesicht an. Aber andererseits ist er ganz vernarrt in Nathaniel. Und schon legt Peter
seine Chipstüte und die Flasche Chardonnay auf einen Berg
Äpfel der Sorte Red Delicious und umarmt Nathaniel. »Na,
was hör ich denn da!« ruft er. »Deine Stimme ist ja wieder
ganz in Ordnung!«

Dann dreht er sich zu mir um. »Er macht einen prima Eindruck, Nina.« Nur ein kurzer Satz, aber ich weiß, daß er in
Wahrheit sagen will: *Du hast das Richtige getan.*

»Danke.«

Wir sehen uns an, und während wir noch damit beschäftigt

sind, uns auf diese Weise gegenseitig unsere Freundschaft zu signalisieren, stößt mit einem leisen *Klack* ein anderer Einkaufswagen gegen meinen, gerade so laut, daß ich aufblicke und einen lächelnden Quentin Brown neben einem Berg Orangen stehen sehe. »Schön, schön«, sagt er. »Alles reif zur Ernte.« Er zieht ein Handy aus seiner Brusttasche und wählt. »Schicken Sie sofort einen Streifenwagen her. Ich nehme eine Verhaftung vor.«

»Sie mißverstehen das«, beteuere ich, als er sein Handy wegsteckt.

»Was kann man denn da mißverstehen? Sie haben eindeutig gegen Ihre Kautionsauflagen verstoßen, Mrs. Frost. Ist Mr. Eberhardt nun ein Kollege aus der Bezirksstaatsanwaltschaft oder nicht?«

»Himmelherrgott, Quentin«, wirft Peter ein. »Ich hab mit dem Jungen geredet. Er hat mich gerufen.«

Quentin packt meinen Arm. »Ich hab es gut mit Ihnen gemeint, und jetzt stehe ich da wie ein Idiot.«

»Mommy?« Nathaniels Stimme steigt wie Rauch zu mir auf.

»Alles in Ordnung, Schätzchen.« Ich drehe mich zu dem stellvertretenden Generalstaatsanwalt um und sage halblaut: »Ich komme mit Ihnen, aber seien Sie bitte so rücksichtsvoll, mein Kind nicht noch mehr zu traumatisieren.«

»Ich habe nicht mit ihr gesprochen«, schreit Peter. »Das können Sie doch nicht machen.«

Als Quentin sich umdreht, sind seine Augen dunkel wie Pflaumen. »Mr. Eberhardt, ich glaube, die genauen Worte, die Sie *nicht* zu ihr gesagt haben, waren: ›Er macht einen prima Eindruck, Nina.‹ *Nina*. Wie der Vorname der Frau, mit der Sie nicht gesprochen haben. Und offen gestanden, selbst wenn Sie so töricht waren, auf Mrs. Frost zuzugehen, wäre es Mrs. Frosts Verpflichtung gewesen, ihren Einkaufswagen zu wenden und schleunigst zu gehen.«

»Peter, ist schon gut.« Ich rede schnell, weil ich draußen

vor dem Laden bereits die Sirenen höre. »Bring Nathaniel zu Caleb nach Hause, ja?«

Dann kommen zwei Polizisten den Gang heruntergelaufen, Die Hände an ihren Waffen. Nathaniel bestaunt sie zunächst, doch dann begreift er, was sie vorhaben. »Mommy!« kreischt er, als Quentin Anweisung gibt, mir Handschellen anzulegen.

Ich sehe Nathaniel an und lächle so angestrengt, daß mein Gesicht zu zerspringn droht. »Alles in Ordnung. Siehst du? Mit mir ist alles in Ordnung.« Meine Haare lösen sich aus der Spange, als mir die Hände auf den Rücken gezogen werden. »Peter? Bring ihn weg, *sofort*.«

»Komm mit, Kleiner«, sagt Peter besänftigend und hebt Nathaniel aus dem Einkaufswagen. Seine Schuhe verfangen sich zwischen den Metallstäben, und Nathaniel setzt sich erbittert zur Wehr. Er streckt die Arme nach mir aus und beginnt so heftig zu weinen, daß er keine Luft mehr bekommt. »Moooommy!«

Ich werde an gaffenden Kunden vorbeigeführt, vorbei an fassungslosen Verkäufern, vorbei an den Kassiererinnen, die mit ihren elektronischen Scannern in der Hand erstarrt sind. Die ganze Zeit kann ich meinen Sohn hören. Seine Schreie folgen mir über den Parkplatz bis zu dem Streifenwagen. Das Blaulicht auf dem Dach rotiert.

»Es tut mir leid, Nina«, sagt einer der Polizisten, als er mich in den Wagen schiebt. Durch das Fenster sehe ich Quentin Brown, der die Arme verschränkt hat. *O-Saft*, denke ich. *Roastbeef und Käse. Spargel, Ritz-Kräcker, Milch. Vanillejoghurt.* Der Gedanke an den Inhalt meines verlassenen Einkaufswagens läßt mich bis zum Gefängnis nicht los.

Als Caleb die Tür öffnet, sieht er seinen Sohn schluchzend auf dem Arm von Peter Eberhardt. »Was ist mit Nina?« fragt er hastig und greift nach Nathaniel.

»Der Typ ist ein Arschloch«, sagt Peter verzweifelt. »Der will hier bei uns Spuren hinterlassen. Er –«

»Peter, wo ist meine Frau?«

Peter verzieht das Gesicht. »Wieder im Gefängnis. Sie hat gegen eine Kautionsbedingung verstoßen, und der stellvertretende Generalstaatsanwalt hat sie festnehmen lassen.«

Einen Moment lang wird Nathaniel in seinen Armen zu einem bleiernen Gewicht. Caleb taumelt unter der Verantwortung, ihn tragen zu müssen, doch dann fängt er sich wieder. Nathaniel weint noch immer, leiser jetzt, ein Tränenstrom, der sein Hemd benetzt. Caleb malt mit der Hand kleine Kreise auf dem Rücken des Kindes. »Sag schon. Was ist passiert?«

Caleb versteht zuerst nur einzelne Worte: *Supermarkt, Obstabteilung, Quentin Brown*, der Rest geht in dem Tosen in seinem Kopf unter, das ein einziger Satz erzeugt: *Nina, was hast du jetzt wieder getan?* »Nathaniel hat mich gerufen«, erklärt Peter. »Ich war so froh, ihn wieder sprechen zu hören, ich konnte ihn nicht einfach ignorieren.«

Caleb schüttelt den Kopf. »Du ... du bist zu ihr gegangen?«

Peter ist rund dreißig Zentimeter kleiner als Caleb, und im Augenblick spürt er jeden einzelnen Zentimeter. Er macht einen Schritt zurück. »Caleb, du weißt genau, daß ich ihr nie absichtlich Ärger machen würde.«

Caleb stellt sich seinen brüllenden Sohn vor, seine Frau, die von Polizisten abgeführt wird, eine Lawine von Obst, die bei der Rangelei auf den Boden rollt. Er weiß, daß es nicht Peters Schuld ist, jedenfalls nicht seine allein. Zu einem Gespräch gehören zwei. Nina hätte einfach weggehen sollen.

Aber wie Nina jetzt sagen würde, sie hat in dem Augenblick wahrscheinlich nicht nachgedacht.

Peter legt Nathaniel eine Hand auf die Wade und streichelt ihn sanft. Prompt fängt das Kind wieder an zu weinen. Seine Schreie gellen über die Veranda und prallen von den dicken, kahlen Ästen der Bäume. »Meine Güte, Caleb, es tut mir so leid. Das ist lächerlich. Wir haben nichts Falsches getan.«

Caleb dreht sich um, so daß Peter für einen Moment den Rücken von Nathaniel sieht, der von Angst geschüttelt wird. Er berührt das feuchte Haar seines Sohnes. »Ihr habt nichts Falsches getan?« fragt Caleb bitter und läßt Peter draußen stehen.

Ich bewege mich steif, als ich wieder zu den Einzelzellen geführt werde, aber ich kann nicht sagen, was mich so starr macht – die Festnahme oder einfach nur die Kälte. Die Heizung im Gefängnis ist defekt, und die Strafvollzugsbeamten tragen alle dicke Jacken. Die Insassen, die aus Bequemlichkeitsgründen meistens nur Shorts oder Unterwäsche tragen, haben sich Pullover übergezogen; ich habe keinen und bleibe zitternd in der Zelle sitzen, nachdem die Tür hinter mir verschlossen wurde.

»Hallo, Liebes.«

Ich schließe die Augen, wende den Kopf zur Wand. Heute abend will ich nichts mit Adrienne zu tun haben. Heute abend muß ich erst mal darüber hinwegkommen, daß Quentin Brown mich reingelegt hat. Es war schon ein Wunder, daß ich beim ersten Mal auf Kaution freigelassen wurde. So ein Glück werde ich wohl kaum ein zweites Mal haben.

Ich frage mich, ob Nathaniel die Sache gut überstanden hat. Ich frage mich, ob Fisher mit Caleb gesprochen hat. Diesmal habe ich mich bei der Einlieferung, als ich einen Telefonanruf machen durfte, für meinen Anwalt entschieden. Aus purer Feigheit.

Caleb wird sagen, daß es mein Fehler war. Das heißt, falls er überhaupt noch mit mir spricht.

»Liebes, deine Zähne klappern so laut, daß du noch eine Wurzelentzündung bekommst. Hier.« Am Gitter höre ich etwas rascheln. Ich wende den Kopf und sehe, daß Adrienne mir einen Pullover zuwirft. »Angora. Leier ihn mir nicht aus.«

Mit unbeholfenen Bewegungen ziehe ich mir den Pullover über, den ich nie im Leben weiten könnte, weil Adrienne fünfzehn Zentimeter und zwei Konfektionsgrößen mehr hat als ich. Ich bebe immer noch, aber jetzt weiß ich wenigstens, daß es nicht an der Kälte liegt.

Als das Licht gelöscht wird, versuche ich an Wärme zu denken. Ich erinnere mich an Mason, wie er als Welpe auf meinen Füßen gelegen hat, sein weicher Bauch warm auf meinen nackten Zehen. Und der Strand von St. Thomas, unsere Flitterwochen, als Caleb mich bis zum Hals in dem heißen Sand eingegraben hat. Schlafanzüge, am frühen Morgen frisch von Nathaniels Körper, noch warm und nach Schlaf duftend.

Selbst in der dumpfen Stille des Gefängnisses kann ich hören, wie Nathaniel nach mir schreit, als man mir Handschellen anlegt. Nathaniel, dem es wieder so gutging – er war fast schon wieder ganz normal –, wie wird er das verkraften? Wartet er am Fenster auf mich, auch wenn ich nicht nach Hause komme? Schläft er aus Angst vor Alpträumen bei Caleb?

Ich denke immer wieder über mein Verhalten im Supermarkt nach – was ich getan habe, was ich hätte tun sollen. Ich hatte gedacht, es wäre harmlos, ein paar Worte mit Peter zu wechseln ... und jetzt hat diese eine Unvorsichtigkeit Nathaniel vielleicht wieder weit zurückgeworfen.

Ich habe immer geglaubt, ich wüßte, was gut für Nathaniel ist.

Aber was, wenn ich mich getäuscht habe?

»Ich hab ein bißchen Kakao zu deiner Schlagsahne geschüttet«, sagt Caleb, ein lahmer Witz, als er die Tasse auf Nathaniels Nachttisch stellt. Nathaniel sieht ihn nicht mal an. Er blickt zur Wand, eingewickelt wie in einen Kokon, die Augen so rot vom Weinen, daß er völlig verändert aussieht.

Caleb zieht seine Schuhe aus, legt sich zu Nathaniel ins Bett und schließt den Jungen fest in die Arme. »Nathaniel, ist ja gut.«

Er spürt das kurze Schütteln des kleinen Kopfes. Caleb stützt sich auf einen Ellbogen und dreht seinen Sohn sachte auf den Rücken. Er grinst, versucht mit aller Kraft, so zu tun, als wäre alles ganz okay, als wäre Nathaniels Welt nicht zu einer von diesen Glaskugeln mit Schneeflocken drin geworden, die jedesmal erneut geschüttelt wird, wenn die Sicht wieder klar wird. »Was meinst du? Trinkst du ein bißchen von deinem Kakao?«

Nathaniel setzt sich langsam auf. Er zieht die Hände unter der Decke weg und drückt sie an den Körper. Dann dreht er eine Handfläche nach oben, die Finger gestreckt, und legt den Daumen ans Kinn. *Will zu meiner Mommy.*

Caleb erstarrt. Nathaniel war nicht sehr gesprächig, seit Peter ihn nach Hause gebracht hat, hat nur geweint. Irgendwann nach dem Baden, und bevor Caleb ihm den Schlafanzug angezogen hat, hat das Schluchzen aufgehört. Aber er kann doch wohl sprechen, wenn er will. »Nathaniel, sag mir was du willst.«

Wieder das Handzeichen, und ein drittes Mal.

»Kannst du es sagen, Kleiner? Ich weiß, daß du zu Mommy willst. Sag es.«

Nathaniels Augen glänzen, und die Tränen quellen hervor. Caleb ergreift die Hand des Jungen. »Sag es«, bettelt er. »Bitte, Nathaniel.«

Aber Nathaniel gibt kein Wort von sich.

»Schon gut«, murmelt Caleb und läßt Nathaniels Hand los. »Ist schon gut.« Er lächelt, so gut er kann, und steigt aus dem Bett. »Ich bin gleich wieder da. In der Zwischenzeit kannst du ja schon mal was von dem Kakao trinken, ja?«

In seinem eigenen Schlafzimmer greift Caleb zum Telefon. Wählt eine Nummer, die er von der Visitenkarte in seiner Brieftasche abliest. Er hinterläßt Dr. Robichaud, der Kinderpsychiaterin, eine Nachricht. Dann legt er auf, ballt seine Hand zur Faust und schlägt mit aller Kraft gegen die Wand.

Nathaniel weiß, daß das alles seine Schuld ist. Peter hat gesagt, das stimmt nicht, aber er hat gelogen, so wie Erwachsene es tun, wenn sie dich mitten in der Nacht davon ablenken wollen, daß unter dem Bett irgendwas Schreckliches lebt.

Er hatte Peter gesehen und ihn begrüßt, und das war böse gewesen. Sehr, sehr böse.

Nathaniel weiß: Er hat geredet, und der böse Mann hat seine Mutter am Arm gepackt. Er hat geredet, und die Polizei ist gekommen. Er hat geredet, und sie haben seine Mutter weggebracht.

Und deshalb wird er nie wieder reden.

Am Samstag morgen ist die Heizung repariert. So gut repariert, daß es jetzt fast siebenundzwanzig Grad im Gefängnis sind. Als ich in das Besprechungszimmer geführt werde, wo Fisher wartet, trage ich eine Jacke und eine Hose mit Gummizug, und ich schwitze. Fisher sieht völlig kühl aus, selbst in seinem Anzug mit Krawatte. »Ich kann allerfrühestens Montag morgen einen Richter erreichen und eine neue Anhörung beantragen«, sagt er.

»Ich muß meinen Sohn sehen.«

Fishers Gesicht bleibt ungerührt. Er ist genauso wütend, wie ich es an seiner Stelle wäre – ich habe meinem Fall einen nicht wiedergutzumachenden Schaden zugefügt. »Die Besuchszeit ist heute von zehn bis zwölf.«

»Rufen Sie Caleb an. Bitte, Fisher. Bitte, tun Sie alles, was Sie tun müssen, damit er Nathaniel herbringt.« Ich sinke auf den Stuhl ihm gegenüber. »Er ist fünf Jahre alt, und er hat gesehen, wie ich von der Polizei abgeführt wurde. Jetzt muß er wenigstens sehen, daß es mir gutgeht, selbst hier drin.«

Fisher verspricht mir nichts. »Ich muß Ihnen ja nicht erst sagen, daß Ihre Entlassung gegen Kaution aufgehoben wird. Überlegen Sie sich, was ich dem Richter sagen soll, Nina, weil Sie nämlich so gut wie keine Chance mehr haben.«

Ich warte ab, bis er mir in die Augen sieht. »Rufen Sie für mich zu Hause an?«

»Akzeptieren Sie, daß ich entscheide, wie ich Sie verteidige?«

Eine ganze Weile blinzelt keiner von uns beiden, aber ich gebe zuerst auf. Ich starre auf meinen Schoß, bis ich höre, daß Fisher die Tür hinter sich schließt.

Adrienne weiß, daß ich nervös bin, als die Besuchszeit sich dem Ende zuneigt – schon fast Mittag, und ich bin noch nicht gerufen worden. Sie liegt auf dem Bauch und lackiert sich die Fingernägel leuchtend orange. Als der Officer auf seinem viertelstündlichen Rundgang vorbeikommt, stehe ich auf. »Ist wirklich niemand gekommen, um mich zu besuchen?«

Er schüttelt den Kopf, geht weiter. Adrienne pustet sich auf die Nägel. »Ist noch was übrig«, sagt sie und hält die Flasche hoch. »Soll ich sie zu dir rüberrollen?«

»Ich habe keine Nägel mehr. Alle abgekaut.«

»Also nein, das ist pervers. Manche von uns sind einfach zu uneinsichtig, um das Beste aus dem zu machen, was Gott ihnen gegeben hat.«

Ich lache. »Und das aus deinem Munde.«

»Liebes, als es bei mir darum ging, die passenden Utensilien zu verteilen, hatte Gott gerade einen senilen Moment.« Sie setzt sich auf die untere Pritsche und zieht ihre Tennisschuhe aus. Gestern abend hat sie sich die Zehennägel lackiert, lauter winzige amerikanische Flaggen. »Ach, verdammt«, sagt Adrienne. »Ich hab sie verschmiert.«

Der Uhrzeiger hat sich nicht bewegt. Nicht mal eine Sekunde weiter, das könnte ich schwören.

»Erzähl mir was von deinem Sohn«, sagt Adrienne, als sie sieht, daß ich wieder den Gang hinunterstarre. »Ich hätte auch gern einen.«

»Bei dir hätte ich auf ein Mädchen getippt.«

»Liebes, wir Frauen sind kompliziert. Bei einem Jungen ist die Sache einfacher.«

Ich überlege, wie Nathaniel sich am besten beschreiben läßt. »Manchmal, wenn ich seine Hand halte«, antworte ich schließlich langsam, »habe ist das Gefühl, daß sie nicht mehr paßt. Ich meine, er ist doch erst fünf. Aber manchmal ist seine Handfläche ein kleines bißchen zu breit, oder seine Finger sind zu kräftig.« Ich schiele zu Adrienne hinüber und zucke die Achseln. »Und dann denke ich, vielleicht ist es das letzte Mal, daß ich seine Hand halte. Vielleicht hält er beim nächsten Mal schon meine.«

Sie lächelt mich an. »Liebes, er kommt heute nicht.«

Es ist 12 Uhr 46, und ich muß mich abwenden, weil Adrienne recht hat.

Am späten Nachmittag werde ich von dem Wachmann geweckt. »Kommen Sie«, sagt er leise und schiebt meine Zellentür auf. Ich fahre hoch, reibe mir den Schlaf aus den Augen. Er führt mich einen Gang entlang in einen Teil des Gefängnisses, in dem ich noch nicht war. Zu meiner Linken sehe ich eine Reihe von winzigen Räumen. Der Wachmann öffnet einen und winkt mich hinein.

Das Zimmer ist kaum größer als ein Besenschrank. Ein Hocker steht vor einem Plexiglasfenster. Direkt daneben ist ein Telefonhörer an der Wand befestigt. Und auf der anderen Seite der Scheibe, in einer Art Zwillingsraum, sitzt Caleb.

»Oh!« schreie ich auf. Ich stürze zum Hörer, reiße ihn von der Gabel und drücke ihn mir ans Ohr. »Caleb«, sage ich, weil er mein Gesicht sehen, die Worte von meinen Lippen ablesen kann: »Bitte, bitte, nimm den Hörer ab.« Ich gestikuliere aufgeregt. Aber sein Gesicht ist wie versteinert und hart. Er hat die Arme fest vor der Brust verschränkt. Den Gefallen wird er mir nicht tun.

Hilflos sinke ich auf den Stuhl und lege die Stirn gegen das Plexiglas. Caleb bückt sich, um etwas aufzuheben, und mir wird klar, daß Nathaniel auch da ist, unter der Tischplatte, wo ich ihn bisher nicht sehen konnte. Mein Sohn kniet sich auf den Hocker, die Augen groß und ängstlich. Zögernd berührt er das Glas, als müßte er sich vergewissern, daß ich keine optische Täuschung bin.

Ich winke ihm zu. Und lächle. In meinem winzigen Raum spreche ich laut seinen Namen.

Wie schon bei Caleb nehme ich den Telefonhörer. »Du auch«, forme ich deutlich mit den Lippen, und ich halte mir den Hörer ans Ohr, damit Nathaniel sieht, was ich meine. Doch er schüttelt den Kopf und hebt statt dessen die Hand ans Kinn. *Mommy*, signalisiert er.

Der Hörer fällt mir aus der Hand und knallt gegen die Wand, wie eine sich windende Schlange. Ich muß Caleb gar nicht erst ansehen, damit er es bestätigt. Ich weiß es auch so.

Tränen strömen mir übers Gesicht, als ich die rechte Hand hochhalte und das Zeichen für *Ich liebe dich* mache. Mir stockt der Atem, als Nathaniel eine kleine Faust hebt, mit den Fingern meine Bewegungen nachahmt. Und dann das V-förmige *Peace*-Zeichen, der gestreckte Zeige- und Mittelfinger: *Ich liebe dich auch.*

Mittlerweile weint Nathaniel. Caleb sagt etwas zu ihm, das ich nicht hören kann, und er schüttelt den Kopf. Hinter ihm öffnet ein Wachmann die Tür.

O Gott, gleich ist er wieder fort.

Ich klopfe an die Scheibe, schiebe das Gesicht ganz nah heran, zeige dann auf Nathaniel und nicke. Er tut, worum ich ihn bitte und legt die Wange an die durchsichtige Wand.

Ich beuge mich vor und küsse die Trennscheibe zwischen uns, tue so, als wäre sie nicht da. Selbst nachdem Caleb ihn aus dem Besucherzimmer getragen hat, bleibe ich so sitzen, die Schläfe an die Scheibe gepreßt, und rede mir ein, daß ich noch immer Nathaniel auf der anderen Seite spüren kann.

Es passierte nicht nur einmal. Zwei Sonntage später, als Nathaniels Eltern in der Messe waren, kam der Priester in den kleinen Raum, wo Miss Fiore allen eine Geschichte vorlas, in der es um einen Jungen mit einer Steinschleuder ging, der einen Riesen zur Strecke gebracht hat. »Ich brauche einen Freiwilligen«, sagte er, und obwohl alle Hände in die Höhe schossen, sah er direkt Nathaniel an.

»Esme hat dich vermißt«, sagte er im Büro.

»Wirklich?«

»Aber ja. Sie sagt schon seit Tagen deinen Namen.«

Nathaniel lachte. »Kann ja gar nicht sein.«

»Na, hör doch mal.« Er legte eine Hand ans Ohr und beugte sich zu der Katze auf der Couch vor. »Da, schon wieder.«

Nathaniel lauschte, hörte aber nur ein schwaches Miauen.

»Du mußt näher ran«, sagte der Priester. »Komm auf meinen Schoß.«

Einen Moment lang zögerte Nathaniel, weil ihm etwas einfiel. Seine Mutter hatte ihm eingeschärft, nie allein mit Fremden mitzugehen. Aber der Priester war doch eigentlich kein Fremder, oder? Er kletterte ihm auf den Schoß und drückte ein Ohr auf den Bauch der Katze. »Braver Junge.«

Der Mann bewegte die Beine, so wie Nathaniels Vater das manchmal tat, wenn er auf seinen Knien saß und ihm der Fuß einschlief. »Ich kann auch wieder runter«, schlug Nathaniel vor.

»Nein, nein.« Die Hand des Priesters glitt über Nathaniels Rücken und Po nach unten und blieb dann in seinem eigenen Schoß liegen. »So ist's gut.«

Aber dann spürte Nathaniel, wie ihm das Hemd aus der Hose gezogen wurde. Er spürte die langen Finger des Priesters warm und feucht über sein Rückgrat wandern. Nathaniel wußte nicht, wie er nein sagen sollte. In seinem Kopf kreiste eine Erinnerung: eine Fliege, die sich einmal in ihr Auto verirrt hatte und sich während der Fahrt immer wieder verzweifelt gegen die Scheiben warf, um aus dem Käfig rauszukommen. »Vater?« flüsterte Nathaniel.

»Ich segne dich nur«, erwiderte er. »Einer, der so gern hilft wie du, hat das verdient. Und ich möchte, daß Gott das jedesmal weiß, wenn er dich ansieht.« Seine Finger verharrten. »Das möchtest du doch, oder?«

Ein Segen war gut, und daß Gott besonders auf ihn aufpaßte – na ja, dagegen hätten seine Eltern bestimmt nichts, da war sich Nathaniel sicher. Er widmete sich wieder der trägen Katze, und genau in dem Moment hörte er es – nur ein Atemhauch –, aber Esme – oder war es gar nicht Esme – seufzte seinen Namen.

Als ich zum zweiten Mal von einem Wachmann geholt werde, ist es Sonntag nachmittag. Er bringt mich nach oben zu den Besprechungszimmern, wo die Häftlinge sich ungestört mit ihren Anwälten unterhalten können. Vielleicht will Fisher sich erkundigen, wie es mir geht. Vielleicht will er über die Anhörung am nächsten Tag sprechen.

Aber als die Tür geöffnet wird, wartet zu meiner Verblüffung Patrick auf mich. Auf dem Tisch stehen sechs Schachteln mit chinesischem Essen. »Ich hab alles besorgt, was du gern ißt«, sagt er. »General-Tso-Hühnchen, vegetarisches Lo Mein, Rindfleisch mit Brokkoli, Tung-Ting-Krabben und Dampfknödel. Ach ja, und das Zeug, das wie Gummi schmeckt.«

»Sojabohnenquark.« Ich hebe das Kinn ein wenig, provokant. »Ich dachte, du wolltest nicht mit mir sprechen.«

»Will ich ja auch nicht. Ich will mit dir essen.«

»Bist du sicher? Stell dir bloß vor, was ich alles sagen könnte, während du gerade den Mund voll hast –«

»Nina.« Patricks blaue Augen wirken farblos, müde. »Sei still.«

Doch im selben Moment streckt er mir seine Hand entgegen. Sie liegt geöffnet auf dem Tisch und ist ein verlockenderes Angebot als alles andere vor meinen Augen.

Ich setze mich ihm gegenüber und ergreife sie. Sofort drückt Patrick meine Hand, und das ist mehr, als ich ertragen kann. Ich lege den Kopf auf den alten, verkratzten Tisch, und Patrick streichelt mein Haar. »Ich hab deinen Glückskeks präpariert«, gesteht er. »Da steht, daß du freigesprochen wirst.«

»Und was steht in deinem?«

»Daß du freigesprochen wirst.« Patrick lächelt. »Ich wußte ja nicht, welchen du nimmst.«

Ich schließe die Augen und lasse mich einfach gehen. »Ist ja gut«, sagt Patrick, und ich glaube ihm. Ich lege seine flache Hand auf mein glühendes Gesicht, als wäre Scham etwas, das er mitnehmen und draußen ganz weit wegwerfen könnte.

Wenn man vom Münztelefon im Gefängnis aus anruft, meldet sich alle dreißig Sekunden eine Stimme und setzt die Person am anderen Ende davon in Kenntnis, daß dieser Anruf aus dem Bezirksgefängnis in Alfred kommt. Mit den fünfzig Cent, die Patrick mir heute nachmittag gegeben hat, mache ich auf dem Weg zur Dusche einen Anruf. »Hören Sie«, sage ich, sobald ich Fisher zu Hause erreicht habe. »Sie wollten doch von mir hören, was sie Montag morgen sagen sollen.«

»Nina?« Im Hintergrund höre ich eine Frau lachen, das Klirren von Gläsern oder Porzellan.

»Ich muß mit Ihnen reden.«

»Sie stören uns gerade beim Essen.«

»Ach Gott, Fisher.« Ich drehe mich weg, als Männer im Gänsemarsch vom Hof hereinkommen. »Ich rufe Sie natürlich gern ein anderes Mal an, wenn es Ihnen besser paßt, ich hab ja schließlich dauernd Gelegenheit dazu, sagen wir in drei oder vier Tagen?«

Ich höre das Hintergrundgeräusch leiser werden, das Klicken einer Tür. »Also gut. Worum geht's?«

»Nathaniel spricht nicht. Sie müssen mich hier rausholen, ehe er völlig zusammenbricht.«

»Er spricht nicht? Schon wieder?«

»Caleb hat ihn gestern hergebracht. Und ... er teilte sich wieder in Gebärdensprache mit.«

Fisher denkt nach. »Wenn wir Caleb und Nathaniels Psychiaterin herholen und beide aussagen –«

»Caleb müssen Sie vorladen lassen.«

Falls ihn das erstaunt, läßt er es sich jedenfalls nicht anmerken. »Nina, Tatsache ist, Sie haben Mist gebaut. Ich werde versuchen, Sie rauszuholen. Ich halte es zwar nach wie vor für unwahrscheinlich. Aber wenn Sie wollen, daß ich es versuche, müssen Sie sich eine Woche gedulden.«

»Eine Woche?« Ich werde lauter. »Fisher, es geht hier um meinen Sohn. Wissen Sie, wie sehr sich Nathaniels Zustand innerhalb einer Woche verschlimmern kann?«

»Darauf zähle ich ja.«

Eine Stimme schaltet sich ein. »Dieser Anruf erfolgt vom Bezirksgefängnis in Alfred. Falls Sie das Gespräch fortsetzen wollen, werfen Sie bitte weitere fünfundzwanzig Cent ein.«

Als ich Fisher sage, daß er mich mal kreuzweise kann, ist die Verbindung bereits unterbrochen worden.

Adrienne und ich dürfen für eine halbe Stunde nach draußen auf den Sportplatz im Hof. Wir umkreisen ihn einmal und dann, als uns kalt wird, stellen wir uns mit dem Rücken zum Wind an die hohe Ziegelmauer. Als der Wachmann hineingeht, raucht Adrienne ihre selbstgemachten Zigaretten: die verkohlten Reste von Orangenschalen aus dem Kantinenabfall, eingerollt in die hauchdünnen Seiten einer Ausgabe von *Jane Eyre*, die ihre Tante Lu ihr zum Geburtstag geschickt hat. Sie ist schon bei Seite 298.

Ich setze mich im Schneidersitz auf das dürre Gras. Adrienne hockt hinter mir, raucht, ihre Hände in meinem Haar. Wenn sie rauskommt, möchte sie als Kosmetikerin arbeiten.

»Keine dicken Zöpfe«, ermahne ich sie.

»Beleidige mich nicht.« Sie macht einen neuen Scheitel, parallel zum ersten, und fängt an, klitzekleine Zöpfe zu flechten. »Du hast feines Haar.«

»Danke.«

»Das war kein Kompliment, Liebes. Sieh dir das an ... fliegt mir aus den Fingern.«

Sie zieht und zerrt, und mehrmals verziehe ich vor Schmerz das Gesicht. Wenn es doch nur so einfach wäre, den Wirrwarr in meinem Kopf zu ordnen. Ihre glimmende Zigarette, bis auf den letzten Zentimeter runtergeraucht, segelt über meine Schulter und landet auf dem Basketballfeld. »Fertig«, sagt Adrienne. »Du siehst umwerfend aus.«

Natürlich kann ich das nicht sehen. Ich betaste die Knötchen und Wülste der Zöpfchen auf meiner Kopfhaut, und dann, vielleicht aus Gehässigkeit, fange ich an, Adriennes mühevolle Arbeit wieder zu lösen. Sie zuckt die Achseln und setzt sich dann neben mich. »Wolltest du immer schon Anwältin werden?«

»Nein.« Wer will das schon? Welches Kind hält den Anwaltsberuf für verlockend? »Ich wollte der Mann im Zirkus sein, der die Löwen bändigt.«

»Ach, wem sagst du das. Diese Glitzerkostüme waren schon klasse.«

Aber darum war es mir nicht gegangen. Ich war hin und weg gewesen, wenn Gunther Gebel-Williams einen Käfig voller Raubtiere betrat und mit ihnen umging, als wären sie Hauskatzen. In dieser Hinsicht, so wird mir klar, ist mein Beruf gar nicht so weit davon entfernt. »Und du?«

»Mein Daddy wollte, daß ich Mittelfeldspieler bei den Chicago Bulls werde. Ich dagegen hab von einer Karriere bei den Showgirls in Vegas geträumt.«

»Aha.« Ich ziehe die Knie hoch, schlinge die Arme um sie. »Und was denkt dein Daddy heute über dich?«

»Ich glaube, der denkt nicht mehr viel, zwei Meter unter der Erde.«

»Tut mir leid.«

Adrienne blickt auf. »Das muß es nicht.«

Aber sie ist jetzt mit ihren Gedanken woanders, und verblüfft merke ich, daß ich sie zurückholen will. Mir fällt das Spiel ein, das ich immer mit Peter Eberhardt gespielt habe, und ich blicke Adrienne an. »Beste Seifenoper?« frage ich.

»Hä?«

»Spiel mit. Sag deine Meinung.«

»*Schatten der Leidenschaft*«, erwidert Adrienne. »Wofür die Trottel im Männertrakt übrigens keinen Sinn haben, wäre ohnehin Perlen vor die Säue.«

»Schlimmste Farbe?«

»Siena-Braun. Was soll das überhaupt sein? Könnte man genausogut Kotze nennen.« Adrienne grinst, ein weißes Aufblitzen in ihrem Gesicht. »Beste Jeans?«

»Levi's 501. Häßlichste Wärterin?«

»Ach, die eine, die nach Mitternacht kommt und sich ihren Schnurrbart bleichen lassen sollte. Und hast du gesehen, was die für einen dicken Hintern hat?«

Wir müssen beide lachen, liegen ausgestreckt auf der kalten Erde und spüren den Winter in unsere Knochen kriechen. Als wir schließlich wieder zu Atem kommen, empfinde ich Leere in der Brust, das ungute Gefühl, daß ich ausgerechnet hier nun wirklich nicht fähig sein sollte, Freude zu empfinden. »Schönster Aufenthaltsort?« fragt Adrienne nach einem Moment.

Auf der anderen Seite dieser Mauer. In meinem Bett, zu Hause. Irgendwo mit Nathaniel.

»Vorher«, antworte ich, weil ich weiß, daß sie es verstehen wird.

In einem Café in Biddeford sitzt Quentin auf einem Hocker, der selbst für einen Gnom zu klein wäre. Er nimmt einen Schluck aus seiner Tasse, und der heiße Kakao verbrennt ihm den Gaumen. »Mist«, schimpft er leise und hält sich eine Serviette an den Mund. Genau in dem Augenblick kommt Tanya in ihrer Krankenschwesternkluft zur Tür herein. Auf ihrer Hose sind winzig kleine Teddybären aufgedruckt.

»Sei bloß still, Quentin«, sagt sie, als sie sich auf den Hocker neben ihm schiebt. »Ich bin nicht in der Stimmung, mir irgendwelche witzigen Bemerkungen über mein Outfit anzuhören.«

»Hatte ich gar nicht vor.« Er deutet auf die Tasse, dann kapituliert er einfach. »Was möchtest du trinken?«

Er bestellt einen koffeinfreien Cappuccino für Tanya. »Es gefällt dir also?« fragt er.

»Das Café?«

»Als Krankenschwester zu arbeiten.«

Er hatte Tanya an der University of Maine kennengelernt, wo auch sie studierte. *Wie heißt das,* hatte er in der ersten Nacht mit ihr gefragt und war mit den Fingern über ihr Schlüsselbein gefahren. *Clavicula,* hatte sie gesagt. *Und das?* Seine Hand war über das Xylophon ihrer Wirbelsäule nach unten geglitten. *Coccyx.* Er hatte die Finger auf ihrer Hüfte gespreizt. *Die Stelle mag ich am liebsten an dir,* hatte er gesagt. Sie hatte den Kopf in den Nacken gelegt, und ihre Augen schlossen sich, als er sie dort küßte. *Os ilium,* hatte sie geflüstert.

Neun Monate später war Gideon zur Welt gekommen. Sechs Tage vor seiner Geburt heirateten sie, was ein Fehler war. Die Ehe hielt nicht mal ein Jahr. Seitdem sorgte Quentin finanziell für seinen Sohn, wenn er ihn auch kaum sah.

»Ich schätze, ich hasse es, wenn ich es schon so lange mache«, sagt Tanya, und Quentin braucht einen Moment, bis er begreift, daß sie bloß seine Frage beantwortet hat. Anscheinend war ihm irgendwas am Gesicht abzulesen, denn sie berührt seine Hand. »Tut mir leid, das war nicht nett. Und du wolltest nur höflich sein.«

Ihr Kaffee kommt. Sie bläst auf die Oberfläche, bevor sie einen Schluck nimmt. »Ich hab deinen Namen in der Zeitung gesehen«, sagt sie. »Die haben dich wegen dem Mord an dem Priester hergeholt.«

Quentin zuckt die Achseln. »Ziemlich klarer Fall.«

»Ja, stimmt, wenn man sich die Nachrichten ansieht.« Aber gleichzeitig schüttelt Tanya den Kopf.

»Wie meinst du das?«

»Daß die Welt sich nicht in Schwarz und Weiß einteilen läßt, aber das hast du ja nie begriffen.«

Er zieht die Augenbrauen hoch. »Ich hab das nie begriffen? Wer hat denn hier wen rausgeschmissen?«

»Wer hat denn hier wen dabei erwischt, wie er mit der Frau gevögelt hat, die aussah wie eine Maus?«

»Es gab mildernde Umstände«, sagt Quentin. »Ich war betrunken.« Er stockt, dann fügt er hinzu. »Und eigentlich hat sie eher wie ein Kaninchen ausgesehen.«

Tanya verdreht die Augen. »Quentin, das ist jetzt sechzehneinhalb Jahre her, und du verhältst dich noch immer wie ein Anwalt, wenn es darum geht.«

»Na, was erwartest du denn?«

»Daß du dich wie ein Mann verhältst«, erwidert Tanya trocken. »Daß du zugibst, daß selbst dem großartigen und erfolgreichen Quentin Brown ein oder zwei Fehler pro Jahrhundert unterlaufen können.« Sie schiebt ihre halbvolle Tasse weg. »Ich hab mich schon immer gefragt, ob du deshalb so gut in deinem Job bist, weil du dann aus dem Schneider bist. Verstehst du, was ich meine? Du bringst der Welt Gesetz und Ordnung, wenn du dafür sorgst, daß alle Welt auf dem rechten Weg bleibt.« Sie greift in ihre Tasche und klatscht einen Fünfdollarschein auf die Theke. »Denk mal drüber nach, wenn du der armen Frau den Prozeß machst.«

»Was soll denn das nun wieder heißen?«

»Kannst du dir auch nur annähernd vorstellen, was sie empfunden hat, Quentin?« fragt Tanya, den Kopf zur Seite geneigt. »Oder übersteigt eine solche Bindung an ein Kind deine Vorstellungskraft?«

Er steht auf, als sie aufsteht. »Gideon will nichts mit mir zu tun haben.«

Tanya knöpft ihre Jacke zu, ist schon auf dem Weg zur Tür. »Ich hab immer gesagt, die Intelligenz hat er von dir«, sagt sie, und schon hat sie sich ihm wieder einmal entzogen.

Am Donnerstag hat Caleb bereits einen festen Tagesablauf entwickelt. Er weckt Nathaniel, macht das Frühstück für ihn, und dann gehen sie zusammen mit dem Hund hinaus. Anschließend nimmt Caleb seinen Sohn mit zur Arbeit, und während er Mauern baut, sitzt Nathaniel im Pick-up und spielt mit einem Schuhkarton voller Legosteine. Zum Lunch essen sie Ernußbutter-Bananensandwiches oder Hühnersuppe aus der Thermoskanne und trinken Limonade. Und dann fahren sie zu Dr. Robichaud, die – bislang vergeblich – versucht, Nathaniel wieder zum Sprechen zu bringen.

Caleb staunt selbst darüber, daß er sich an den veränderten Alltag gewöhnen konnte. Und auch wenn Nathaniel nicht spricht, so weint er zumindest nicht mehr.

Caleb konzentriert sich immer nur auf die nächste Aufgabe, macht Nathaniel das Essen, zieht ihn an, bringt ihn abends ins Bett, und er hat nur wenig Zeit, seine Gedanken schweifen zu lassen. Normalerweise passiert das, wenn er im Bett liegt und neben sich die Leere spürt, wo Nina immer lag. Und obwohl er versucht, es nicht zu denken, füllt die Wahrheit seinen Kopf: Das Leben ist leichter ohne sie.

Am Donnerstag bringt Fisher mir die Unterlagen mit den Beweismitteln, die von der Gegenseite offengelegt wurden, damit ich sie mir durchlesen kann. Es handelt sich um die Aussagen von 124 Augenzeugen, die gesehen haben, wie ich Pater Szyszynski ermordet habe, um Patricks Ermittlungsbericht über den Mißbrauch meines Sohnes, meine eigene konfuse Aussage Evan Chao gegenüber und den Autopsiebericht.

Zuerst lese ich Patricks Bericht und komme mir vor wie eine Schönheitskönigin, die ihr Erinnerungsalbum durchblättert. Hier ist die Erklärung für alles andere, das da in dem Stapel neben mir ruht. Als nächstes lese ich die Aussagen der Leute durch, die am Mordtag im Gerichtssaal waren. Natürlich hebe ich mir das Beste bis zum Schluß auf – den Autopsiebericht.

Zuerst schaue ich mir die Bilder an. Ich betrachte sie so lange, daß ich, als ich die Augen schließe, noch immer den zerfetzten Rand vor mir sehe, ab dem das Gesicht des Priesters schlichtweg verschwunden ist, die gelbliche Farbe seines Gehirns. Sein Herz wog 350 Gramm, wie der Coroner Dr. Vern Potter angibt.

»Der Schnitt durch die Koronararterien«, so lese ich laut, »läßt eine Verengung des Lumens aufgrund von arteriosklerotischen Plaques erkennen. Die deutlichste Verengung – ungefähr um achtzig Prozent – befindet sich in der linksanterioren Koronararterie.«

Lumen. Ich wiederhole das Wort und lese dann weiter, was da über die Überreste dieses Scheusals steht: *kein Thrombus feststellbar, die Gallenblasenserosa ist weich und glänzend, die Blase ist leicht trabekuliert.*

Der Mageninhalt besteht aus teilweise verdautem Speck und einem Zimtbrötchen.

Schmauchspuren von der Waffe bilden eine Korona um das kleine Einschußloch am Hinterkopf. Um den Schußkanal herum ist eine Nekrosezone. Nur 816 Gramm seines Gehirns sind unversehrt. Auf beiden Seiten wurden Quetschungen der Kleinhirntonsillen festgestellt. Todesursache: Kopfschußverletzung. Todesart: Tötung durch fremde Hand.

Diese Wörter sind wie aus einer Fremdsprache, die ich plötzlich wie durch ein Wunder fließend spreche. Ich lege die Finger auf den Autopsiebericht. Dann erinnere ich mich an das verzerrte Gesicht seiner Mutter bei der Totenmesse.

Dieser Akte ist noch eine weitere beigefügt, auf deren Deckel der Stempel eines hiesigen Arztes zu sehen ist. Das müssen die Unterlagen von Pater Szyszynskis Hausarzt sein. Es ist eine dicke Akte, voll mit den Untersuchungsbefunden von über fünfzig Jahren, aber sie interessiert mich nicht. Wieso auch? Ich habe geschafft, was all den Erkältungen und Unpäßlichkeiten nicht gelungen ist.

Ich habe ihn getötet.

»Das ist für Sie«, sagt die Anwaltsgehilfin und reicht Quentin ein Fax herein. Er nimmt die Blätter entgegen und starrt verwundert darauf. Auf dem Laborbericht steht Szyszynskis Name, aber er hat nichts mit seinem Fall zu tun. Dann begreift er: Es geht um den vorherigen Fall, der jetzt abgeschlossen ist – um den sexuellen Mißbrauch an dem Sohn der Angeklagten. Er überfliegt den Bericht, liest achselzuckend die Ergebnisse, die zu erwarten waren. »Damit hab ich nichts zu tun«, sagt Quentin.

Die Anwaltsgehilfin reißt die Augen auf. »Was soll ich denn damit machen?«

Er will die Blätter schon zurückgeben, doch dann legt er sie an den Rand des Schreibtisches. »Ich kümmere mich drum«, sagt er.

Es gibt tausend Orte, an denen Caleb lieber wäre – zum Beispiel in einem Kriegsgefangenenlager oder auf einem freien Feld während eines Tornados. Aber er muß heute hier sein, denn er wurde vorgeladen. In seinem einzigen Jackett mit der alten Krawatte steht er in der Cafeteria des Gerichts, in der Hand eine Tasse Kaffee, die so heiß ist, daß er sie kaum halten kann, und versucht, so gut es geht, sein nervöses Zittern unter Kontrolle zu bringen.

Fisher Carrington ist gar kein so übler Bursche, denkt er. Zumindest ist er nicht annähernd so schlimm, wie Nina ihn dargestellt hat. »Ganz ruhig, Caleb«, sagt der Anwalt. »Sie sind hier schneller wieder raus, als Sie denken.« Sie gehen zum Ausgang. Das Gericht tagt in fünf Minuten. Vielleicht bringen sie in diesem Augenblick bereits Nina herein.

»Sie müssen lediglich die Fragen beantworten, die wir bereits durchgesprochen haben, und dann wird Mr. Brown Ihnen noch ein paar Fragen stellen. Kein Mensch erwartet von Ihnen, daß Sie etwas anderes sagen als die Wahrheit. Okay?«

Caleb nickt, versucht, einen Schluck von seinem glühendheißen Kaffee zu nehmen. Er mag gar keinen Kaffee. Er fragt sich, was Nathaniel wohl unten im Spielzimmer mit Monica macht. Er versucht, sich abzulenken, indem er an ein kompliziertes Muster denkt, das er für die Terrasse eines ehemaligen Versicherungsbosses entworfen hat. Aber die Wirklichkeit lauert wie ein Tiger in seinem Hinterkopf. In wenigen Minuten wird er als Zeuge aussagen. In wenigen Minuten werden Dutzende Reporter und Neugierige und ein Richter den Worten eines Mannes lauschen, dem Schweigen viel lieber ist.

»Fisher«, setzt er an, atmet dann tief durch. »Die dürfen mich doch nicht fragen, was sie, na ja, was sie mir ... erzählt hat, oder?«

»Was Nina Ihnen erzählt hat?«

»Was sie ... was sie getan hat.«

Fisher starrt Caleb an. »Sie hat mit Ihnen darüber gesprochen?«

»Ja. Bevor sie –«

»Caleb«, unterbricht ihn der Anwalt ruhig, »erzählen Sie es mir nicht, und ich sorge dafür, daß Sie es niemand anderem erzählen müssen.«

Er verschwindet durch die Tür, noch ehe Caleb seine Erleichterung richtig spüren kann.

Als Peter für Quentin Brown in den Zeugenstand tritt, wirft er mir einen zerknirschten Blick zu. Er kann nicht lügen, aber er will mich auch nicht durch seine Aussage ins Gefängnis bringen. Um es ihm leichter zu machen, bemühe ich mich, ihm nicht in die Augen zu sehen. Statt dessen konzentriere ich mich auf Patrick, der irgendwo hinter mir sitzt, so nahe, daß ich die Seife riechen kann, die er benutzt. Und auf Brown, der mir viel zu groß für diesen kleinen Gerichtssaal erscheint.

Fisher legt seine Hand auf mein Bein, das nervös gewippt hat, ohne daß ich es bemerkt habe. »Aufhören«, raunt er.

»Haben Sie Nina Frost an dem Nachmittag gesehen?« fragt Quentin Brown.

»Nein«, sagt Peter. »Ich habe sie nicht gesehen.«

Brown zieht ungläubig die Stirn kraus. »Sind Sie auf sie zugegangen?«

»Na ja, ich bin den Gang hinuntergegangen, und da stand zufällig ihr Einkaufswagen. Ihr Sohn saß drin. Auf ihn bin ich zugegangen.«

»Hat sich auch Mrs. Frost dem Einkaufswagen genähert?«

»Ja, aber sie wollte nur zu ihrem Sohn. Nicht zu mir.«

»Bitte beantworten Sie nur meine Fragen.«

»Hören Sie, sie stand neben mir, aber sie hat nicht mit mir gesprochen«, sagt Peter.

»Haben Sie mit ihr gesprochen, Mr. Eberhardt?«

»Nein.« Peter sieht den Richter an. »Ich habe mit Nathaniel gesprochen.«

Quentin Brown klopft auf einen Papierstapel auf dem Tisch der Anklagevertretung. »Haben Sie Zugang zu diesen Akten?«

»Wie Sie wissen, Mr. Brown, bin ich nicht für Mrs. Frosts Fall zuständig. Sondern Sie.«

»Aber ich arbeite in Mrs. Frosts ehemaligem Büro, das direkt neben Ihrem liegt, ist das richtig?«

»Ja.«

»Und die Türen sind nicht abschließbar, ist das richtig?«

»Ja.«

»Dann denken Sie wirklich, daß sie Sie aus völlig harmlosen Gründen angesprochen hat?«

Peter kneift die Augen zusammen. »Sie wollte nicht in Schwierigkeiten geraten, genausowenig wie ich.«

»Und jetzt möchten Sie ihr aus diesen Schwierigkeiten gern wieder herauszuhelfen, ist das richtig?«

Bevor Peter antworten kann, überläßt Brown seinen Zeugen der Verteidigung. Fisher steht auf, knöpft sein Jackett zu. Ich spüre, wie mir entlang der Wirbelsäule Schweiß ausbricht. »Wer hat zuerst etwas gesagt, Mr. Eberhardt?« fragt Fisher.

»Nathaniel.«

»Was hat er gesagt?«

Peter blickt auf das Geländer vor sich. Auch er weiß inzwischen, daß Nathaniel wieder verstummt ist. »Meinen Namen.«

»Wenn Sie Nina nicht in Schwierigkeiten bringen wollten, wieso haben Sie sich nicht einfach umgedreht und sind gegangen?«

»Weil Nathaniel mich gerufen hat. Und nach ... nach dem Mißbrauch hat er eine ganze Weile nicht gesprochen. Es war das erste Mal seitdem, daß ich ihn wieder habe sprechen hören. Da konnte ich nicht einfach auf dem Absatz kehrtmachen und ihn ignorieren.«

»Und genau in dem Moment kam Mr. Brown um die Ecke und hat Sie gesehen?«

»Ja.«

Fisher verschränkt die Hände hinter dem Rücken. »Haben Sie je mit Nina über ihren Prozeß gesprochen?«

»Nein.«

»Haben Sie ihr irgendwelche vertraulichen Informationen zukommen lassen?«

»Nein.«

»Hat sie Sie darum gebeten?«

»Nein.«

»Arbeiten Sie überhaupt an Ninas Fall?«

Peter schüttelt den Kopf. »Ich bin ihr Freund. Aber ich kenne meine Pflichten als Mitarbeiter dieses Gerichts. Und ich werde mich unter keinen Umständen in diesen Fall einmischen.«

»Danke, Mr. Eberhardt.«

Fisher nimmt gerade wieder neben mir Platz, als Quentin Brown zu dem Richter hochsieht. »Euer Ehren, die Staatsanwaltschaft hat keine weiteren Fragen.«

Wenn ich das doch auch von mir behaupten könnte, denke ich.

Calebs Blick wandert unwillkürlich zu ihr hinüber, und er erschrickt. Seine Frau, die immer frisch und gepflegt aussieht, sitzt da in einer grellorangefarbenen Arbeitshose. Ihr Haar steht wirr um ihren Kopf, sie hat tiefe Ringe unter den Augen. Auf dem Rücken einer Hand hat sie eine Schnittwunde, und ein Schnürsenkel hat sich gelöst. Caleb hat den absurden Impuls, vor ihr in die Knie zu gehen, den Schnürsenkel doppelt zu verknoten und sein Gesicht in ihrem Schoß zu vergraben.

Man kann jemanden hassen, so wird ihm klar, und doch verrückt nach ihm sein.

Fisher fängt seinen Blick auf, erinnert Caleb an seine Aufgabe. Wenn er das hier vermasselt, darf Nina vielleicht nicht nach Hause. Doch Fisher hat ihm auch gesagt, daß sie, auch wenn er sich im Zeugenstand keinen Fehler leistet, vielleicht trotzdem für die Dauer des Verfahrens in Haft bleiben muß. Er räuspert sich.

»Wann hat Nathaniel wieder zu sprechen begonnen, nachdem Sie den Mißbrauch festgestellt hatten?«

»Vor etwa drei Wochen. An dem Abend, als Detective Ducharme zu uns nach Hause kam, um mit ihm zu reden.«

»Hatte sich seine Sprechfähigkeit seitdem verbessert?«

»Ja«, antwortet Caleb. »Er hat fast wieder normal gesprochen.«

»Wieviel Zeit hat seine Mutter in dieser Phase mit ihm verbracht?«

»Mehr als üblich.«

»Welchen Eindruck machte Nathaniel auf Sie?«

Caleb überlegt einen Moment. »Zufriedener«, sagt er.

Fisher stellt sich hinter Nina. »Was hat sich seit dem Vorfall im Supermarkt geändert?«

»Er war hysterisch. Er hat so heftig geweint, daß er nicht mehr richtig Luft bekam, und er hat kein Wort mehr gesagt.« Caleb sieht Nina in die Augen, macht ihr den nächsten Satz zum Geschenk. »Er hat immerzu das Zeichen für *Mommy* gemacht.«

Sie stößt einen schwachen Laut aus, wie ein Kätzchen. Das macht ihn sprachlos. Er muß Fisher bitten, die nächste Frage zu wiederholen. »Hat er in der letzten Woche irgend etwas gesagt?«

»Nein«, erwidert Caleb.

»Haben Sie mit Nathaniel seine Mutter besucht?«

»Einmal. Es war sehr ... schwer für ihn.«

»Inwiefern?«

»Er wollte nicht wieder fort von ihr«, gibt Caleb zu. »Ich mußte ihn regelrecht wegzerren, als die Zeit um war.«

»Wie schläft Ihr Sohn nachts?«

»Gar nicht, wenn ich ihn nicht zu mir ins Bett hole.«

Fisher nickt ernst. »Mr. Frost, glauben Sie, daß er seine Mutter wieder bei sich braucht?«

Quentin Brown springt sofort auf. »Einspruch!«

»Wir sind hier in einer Kautionsanhörung, ich lasse die Frage zu«, antwortet der Richter. »Mr. Frost?«

Caleb sieht Antworten vor sich schwimmen. So viele, aber welche davon ist die richtige? Er öffnet den Mund, dann schließt er ihn, um neu anzusetzen.

In diesem Augenblick bemerkt er Nina. Ihre Augen starren ihn fiebrig an, und er versucht sich zu erinnern, warum ihm das so vertraut vorkommt. Und dann fällt es ihm wieder ein: Genau so hat sie vor einigen Wochen ausgesehen, als sie den stummen Nathaniel davon überzeugen wollte, daß er einfach nur irgend etwas sagen müsse, daß jedes Wort besser sei als keines. »Wir brauchen sie beide wieder bei uns«, sagt Caleb, und das ist die einzig richtige Antwort.

Während der Zeugenaussage von Dr. Robichaud wird mir klar, daß das hier der Prozeß ist, den wir gegen den Priester geführt hätten, wenn ich ihn nicht getötet hätte. Es geht vor allem um den Mißbrauch an Nathaniel und um die Folgen. Die Psychiaterin schildert dem Gericht ihre erste Begegnung mit Nathaniel, sein für mißbrauchte Kinder typisches Verhalten, seine Therapiesitzungen, seine Gebärdensprache. »Aber irgendwann hat Nathaniel wieder begonnen zu sprechen. Wann war das?« fragt Fisher.

»Nachdem er Detective Ducharme den Namen des Täters genannt hatte.«

»Und danach hat er, soweit Sie wissen, ganz normal gesprochen?«

Die Psychiaterin nickt. »Es ging immer besser.«

»War er in der letzten Woche bei Ihnen?«

»Ja. Freitag abend erhielt ich einen sehr aufgeregten Anruf von seinem Vater. Nathaniel hatte wieder aufgehört zu sprechen. Als er dann am Montag morgen zu mir kam, war seine Regression offensichtlich. Er war in sich gekehrt und unkommunikativ. Ich konnte ihn nicht mal dazu bringen, mit den Händen Zeichen zu machen.«

»Sind Sie als Sachverständige der Auffassung, daß Nathaniel durch die Trennung von seiner Mutter psychischen Schaden erleidet?«

»Ohne Frage«, sagt Dr. Robichaud. »Und je länger die Trennung dauert, desto dauerhafter könnte der Schaden sein.«

Als sie den Zeugenstand verläßt, steht Brown auf, um sein Schlußplädoyer zu halten. Zum Auftakt zeigt er auf mich. »Diese Frau hat auf eklatante Weise gegen Regeln verstoßen, und wie wir alle wissen, war das nicht das erste Mal. In dem

Augenblick, als sie Peter Eberhardt sah, hätte sie sich umdrehen und weggehen müssen. Aber genau das hat sie nicht getan.« Er wendet sich dem Richter zu. »Euer Ehren, Sie haben zur Bedingung gemacht, daß Nina Frost keinerlei Kontakt zu den Mitarbeitern der Staatsanwaltschaft aufnehmen darf, um zu vermeiden, daß sie im Vergleich zu anderen Angeklagten bevorzugt behandelt wird. Und genau das tun Sie, wenn Sie ihren Verstoß nicht ahnden.«

So nervös ich auch bin, mir entgeht nicht, daß Brown sich soeben einen taktischen Fehler geleistet hat. Man kann Geschworenen etwas suggerieren, aber man sollte niemals einem Richter vorschreiben, war er zu tun hat.

Fisher steht auf. »Euer Ehren, was Mr. Brown in dem Supermarkt gesehen hat, war reines Wunschdenken. In Wahrheit wurden keinerlei Informationen ausgetauscht. Ja, er konnte nicht einmal nachweisen, daß auch nur der Versuch unternommen wurde, an Informationen zu gelangen.«

Er legt beide Hände auf meine Schultern. Ich habe schon gesehen, wie er das bei anderen Mandanten gemacht hat. Im Büro nannten wir das immer sein Großvatergehabe. »Das Ganze war ein höchst bedauerliches Mißverständnis«, fährt Fisher fort, »aber mehr nicht. Und wenn Sie Nina Frost aufgrund dessen weiterhin von ihrem Kind fernhalten, so wird dem Kind damit vielleicht irreparabler Schaden zugefügt. Und nach dem, was geschehen ist, dürfte das wohl nicht im Interesse dieses Gerichts liegen.«

Der Richter hebt den Kopf und sieht mich an. »Ich werde sie nicht von ihrem Sohn fernhalten«, entscheidet er. »Aber ich werde ihr auch keine Gelegenheit geben, erneut die von diesem Gericht festgelegten Kautionsauflagen zu mißachten. Ich ordne die Haftentlassung von Mrs. Frost an, stelle sie aber unter Hausarrest. Sie wird ein elektronisches Armband mit Sender tragen und sämtliche Regeln beachten, die für die elektronische Überwachung gelten. Mrs. Frost.« Er sieht mich an, und ich nicke. »Sie werden Ihr Haus nicht verlassen außer, um sich mit Ihrem Anwalt zu treffen oder vor Gericht zu erscheinen. Für diese Ausnahmen und nur dafür wird das elektronische Armband entsprechend programmiert. Und wenn es sein muß, werde ich persönlich vor Ihrem Haus patrouillieren, damit Sie sich auch an die Bedingungen halten.«

Meine neue dezente Handschelle funktioniert über die Telefonleitungen. Wenn ich mich weiter als fünfzig Meter von meinem Haus entferne, löst das Armband Alarm aus. Ich muß jederzeit darauf gefaßt sein, daß mich ein Officer besucht und von mir eine Blut- oder Urinprobe verlangt, denn ich darf weder Drogen nehmen noch Alkohol trinken. Ich entscheide mich dafür, die Gefängniskleidung für die Fahrt nach Hause anzulassen, und bitte den Hilfssheriff, dafür zu sorgen, daß Adrienne meine alte Kleidung erhält. Die Sachen sind ihr bestimmt alle zu kurz und zu eng – also wie für sie gemacht.

»Sie haben neun Leben«, murmelt Fisher, als wir aus dem Büro kommen, wo mein elektronisches Armband programmiert worden ist.

»Sieben sind noch übrig«, seufze ich.

»Wollen wir hoffen, daß wir nicht alle brauchen.«

»Fisher.« Ich bleibe vor der Treppe stehen. »Ich wollte Ihnen noch sagen ... Ich hätte es nicht besser machen können.«

Er lacht. »Nina, ich glaube wirklich, Sie würden ersticken, wenn man Sie zwingen würde, das Wort *danke* auszusprechen.«

Seite an Seite gehen wir die Treppe hinauf zur Eingangshalle. Fisher, ganz Gentleman, öffnet die schwere Feuertür des Treppenhauses und hält sie für mich auf, während ich in die Halle trete.

Das jähe, gleißende Blitzlichtgewitter blendet mich, und ich brauche einen Moment, bis ich wieder etwas erkennen kann. Dann sehe ich, daß zwischen den Reportern Patrick und Caleb und Monica warten. Und dann schiebt sich hinter seinem Vater Nathaniel vor, mein Sohn.

Sie trägt einen komischen orangenen Schlafanzug, und ihr Haar sieht aus wie das Schwalbennest, das Nathaniel mal hinter den Limoflaschen in der Garage entdeckt hat, aber ihr Gesicht ist das seiner Mutter, und auch ihre Stimme, als sie seinen Namen ruft, ist die seiner Mutter. *Mommy*. Nathaniels Arme fliegen hoch. Er stolpert über ein Kabel und über irgendwelche Füße, und dann läuft er.

Sie fällt auf die Knie, und das zieht ihn nur noch stärker zu ihr. Nathaniel ist so nah, daß er sie weinen sieht, aber nicht sehr klar, weil er nämlich auch weint. Er spürt, daß das Schweigen sich löst, das seit einer Woche in seinem Bauch gesteckt hat, und in dem Moment, bevor er in ihre Arme fällt, sprudelt die Freude aus ihm heraus. »Mommy, Mommy, Mommy!« ruft Nathaniel so laut, daß er nichts anderes mehr hört, bis auf das Herzklopfen seiner Mutter an seinem Ohr.

Er ist während dieser Woche gewachsen. Ich hebe Nathaniel hoch, lächle, während die Kameras jede Bewegung einfangen. Fisher hat die Reporter weggedrängt und redet heftig auf sie ein. Ich vergrabe das Gesicht an Nathaniels süßem Hals und vergleiche meine Erinnerung mit der Wirklichkeit.

Plötzlich steht Caleb neben uns. Sein Gesicht ist so unergründlich wie beim letzten Mal, als wir allein waren, im Gefängnis, nur durch eine Plexiglasscheibe getrennt. Seine Aussage hat mir zwar geholfen, aber ich kenne meinen Mann. Er hat getan, was von ihm erwartet wurde; er hätte es sich jedoch liebend gern erspart. »Caleb«, setze ich unsicher an. »Ich ... ich weiß nicht, was ich sagen soll.«

Zu meiner Überraschung macht er mir ein Friedensangebot: ein schiefes Grinsen. »Das wäre aber das erste Mal. Kein

Wunder, daß die Reporter verrückt spielen.« Calebs Lächeln wird sicherer, und gleichzeitig legt er seinen Arm um meine Schultern, führt mich einen Schritt näher auf mein Zuhause zu.

Das sind die Witze, die ich kenne.
Was essen Kraken am liebsten?
Krakauer.

Was bekommt man, wenn zwei Tausendfüßler sich umarmen?
Einen Reißverschluß.

Was bekommt man, wenn man einen Teddy in den Kühl-
schrank legt?
Einen Eisbär.

Warum haben Frauen rot angemalte Zehen?
Damit ihnen keiner drauf tritt.

Warum sind Fische stumm?
Weil sie immer den Kopf unter Wasser halten.

Und hier ist noch einer:
Klopf, klopf.
Wer ist da?
Sagmirdas.
Sagmirdas wer?
Sagmirdas Zauberwort, Nathaniel, und dann darfst du gehen.
Als er mir den erzählt hat, hab ich nicht gelacht.

6

Als wäre nichts geschehen, geht das Leben weiter. Wir drei sitzen am Frühstückstisch wie eine ganz normale Familie. Mit den Fingern folgt Nathaniel den Buchstaben der Schlagzeile auf der ersten Zeitungsseite. »M«, sagt er leise. »O, M ...« Über den Rand meiner Kaffeetasse betrachte ich das Foto. Da bin ich, Nathaniel im Arm, Caleb neben mir. Fisher hat es irgendwie geschafft, daß auch sein Gesicht mit im Bild ist. Quer darüber, in fetten, schwarzen Lettern: MOMMY.

Caleb räumt Nathaniels leere Cornflakes-Schüssel ab, als unser Sohn in sein Spielzimmer rennt, um mit seinen Plastikdinosauriern *Jurassic Park* zu spielen. Ich schiele auf die Zeitung. »Ich bin das Paradebeispiel für eine schlechte Mutter«, sage ich.

»Immer noch besser als die Mörderin von Maine.« Er deutet mit dem Kinn auf den Tisch. »Was ist in dem Umschlag?«

Der Umschlag sieht aus wie die, die wir im Büro für Hausmitteilungen verwenden, mit einer roten Kordel zugebunden. Er steckte in der Zeitung zwischen dem Lokal- und dem Sportteil. Ich drehe ihn um, aber er hat keinen Absender.

Drinnen ist ein Bericht vom Kriminallabor, ein Schaubild, wie ich schon so viele gesehen habe. Eine Tabelle mit Ergebnissen in acht Spalten, die jeweils eine andere Stelle in der menschlichen DNA markiert. Und zwei Zahlenreihen, die an jeder Stelle identisch sind.

Ergebnis: Das DNA-Profil, das anhand des von der Unterhose gewonnenen genetischen Materials ermittelt wurde, entspricht dem DNA-Profil von Szyszynski. Demzufolge kann nicht ausgeschlossen werden, daß das genetische Material der Probe von ihm stammt. Die Wahrscheinlichkeit, daß eine andere, unbekannte Person ein identisches genetisches Material aufweist, ist eins zu sechs Milliarden, was in etwa der Weltbevölkerung entspricht.

Anders ausgedrückt: Pater Szyszynskis Sperma wurde in der Unterhose meines Sohnes gefunden.

Caleb späht mir über die Schulter. »Was ist das?«

»Meine Absolution«, seufze ich.

Caleb nimmt mir das Blatt aus der Hand, und ich deute auf die erste Zahlenreihe. »Das ist die DNA, die aus Szyszynskis Blutprobe gewonnen wurde. Und die Reihe darunter ist die DNA, die sie aus dem Fleck in der Unterhose gewonnen haben.«

»Die Zahlen sind alle gleich.«

»Genau. Die DNA ist ja im ganzen Körper gleich. Deshalb lassen die Cops, wenn sie zum Beispiel einen Vergewaltiger festgenommen haben, eine Blutprobe entnehmen. Entscheidend ist, wenn die DNA aus der Blutprobe mit den sichergestellten Beweisen übereinstimmt, wird der Bursche mit an Sicherheit grenzender Wahrscheinlichkeit schuldig gesprochen.« Ich sehe zu ihm hoch. »Das bedeutet, daß er es war, Caleb. Er war der Täter. Und –« Meine Stimme verliert sich.

»Und was?«

»Und ich habe das Richtige getan«, schließe ich.

Caleb legt das Blatt mit der Vorderseite nach unten auf den Tisch und steht auf.

»Was hast du?« frage ich.

Er schüttelt langsam den Kopf. »Nina, du hast nicht das Richtige getan. Du hast es doch gerade selbst gesagt. Wenn die DNA im Blut des Verdächtigen mit den Beweisen übereinstimmt, wird er schuldig gesprochen. Wenn du also gewartet hättest, hätte er seine Strafe bekommen.«

»Und Nathaniel hätte in dem Gerichtssaal sitzen müssen, er hätte jeden Augenblick der Tat noch einmal durchleben müssen, weil der Laborbericht ohne seine Aussage nichts wert gewesen wäre.« Unwillkürlich schießen mir Tränen in die Augen. »Ich hab gedacht, daß Nathaniel schon genug durchgemacht hat.«

»Ich weiß, was du gedacht hast«, sagt Caleb leise. »Das ist ja das Problem. Was ist denn mit den Dingen, die Nathaniel verarbeiten mußte, *weil* du das getan hast? Ich sage nicht, daß du das Falsche getan hast. Ich sage nicht, daß ich nicht selbst daran gedacht habe. Aber selbst, wenn es gerecht war ... oder angemessen ... Nina, es war gewiß nicht das *Richtige*.«

Er zieht seine Stiefel an und öffnet die Küchentür, läßt mich mit den Laborergebnissen allein. Ich lege den Kopf auf die Hände und atme tief durch. Caleb irrt sich, er muß sich irren, denn wenn er sich nicht irrt, dann –

Als mein Blick wieder auf den Umschlag fällt, stellt sich mir eine andere Frage. Wer hat ihn mir so heimlich zukommen lassen? Irgendwer von der Staatsanwaltschaft wird ihn vom Labor bekommen haben. Vielleicht hat Peter ihn in die Zeitung geschoben, oder eine mitfühlende Sekretärin, die meint, damit hätte eine Verteidigung aufgrund von Unzurechnungsfähigkeit noch bessere Aussichten. Auf jeden Fall ist es ein Dokument, das ich eigentlich nicht haben dürfte.

Und von dem ich Fisher daher auch nichts erzählen darf.

Ich greife zum Telefon und rufe ihn an. »Nina«, sagt er. »Haben Sie schon einen Blick in die Zeitung geworfen?«

»Ja, wir sind nicht zu übersehen. Übrigens, haben Sie inzwischen die DNA-Ergebnisse des Priesters bekommen?«

»Sie meinen die Probe von der Unterhose? Nein.« Er zögert. »Der Fall ist jetzt natürlich ad acta gelegt. Möglicherweise hat irgend jemand den Laborleuten gesagt, sie könnten sich die Mühe sparen.«

Unwahrscheinlich. Die Mitarbeiter des Staatsanwaltes dürften alle zu beschäftigt gewesen sein, um an eine solche Kleinigkeit zu denken. »Wissen Sie, ich würde den Bericht wirklich gern sehen.«

»Er hat aber keinerlei Auswirkungen auf Ihren Prozeß –«

»Fisher«, sage ich mit Nachdruck. »Ich bitte Sie höflichst darum. Sagen Sie Ihrer Sekretärin, sie soll Quentin Brown anrufen und ihn bitten, den Bericht an Sie zu faxen. Ich muß ihn sehen.«

Er seufzt. »Also gut. Ich melde mich wieder bei Ihnen.«

Ich lege den Hörer wieder auf die Gabel und setze mich an den Tisch. Draußen spaltet Caleb Holz, reagiert seine Frustration mit jedem wuchtigen Schlag ab. Gestern nacht, als er mit warmer Hand unter der Decke nach mir tastete, streifte er mein elektronisches Plastikarmband. Prompt drehte er sich von mir weg.

Ich nehme meine Kaffeetasse und lese noch einmal die zwei Zahlenspalten des Laborberichtes. Caleb liegt falsch, basta. All diese Buchstaben und Zahlen beweisen schwarz auf weiß, daß ich eine Heldin bin.

Quentin Brown überfliegt den Laborbericht ein weiteres Mal und legt ihn dann auf eine Ecke seines Schreibtisches. Nichts Neues. Alle Welt weiß, warum sie den Priester getötet hat. Entscheidend ist, daß das alles nun keine Rolle mehr spielt. In dem bevorstehenden Prozeß geht es nicht um sexuellen Mißbrauch, sondern um Mord.

Die Sekretärin, eine verdrießliche, blaßblonde Frau namens Rhonda oder Wanda oder so ähnlich, steckt den Kopf zur Tür herein. »Kann denn hier kein Mensch anklopfen?« knurrt Quentin.

»Haben Sie den Laborbericht über Szyszynski?« fragt sie.

»Der liegt hier. Wieso?«

»Der Verteidiger hat gerade angerufen. Er will ihn sofort zugefaxt bekommen.«

Quentin reicht ihn der Sekretärin. »Wieso denn die Eile?«

»Keine Ahnung.«

Quentin versteht das nicht. Fisher Carrington muß doch wissen, daß die Informationen seiner Mandantin weder nützen noch schaden können. Andererseits kann es der Anklagevertretung ja egal sein – Nina Frost wird schuldig gesprochen werden, ganz bestimmt, und daran wird kein Laborbericht über einen Toten etwas ändern. Als die Sekretärin die Tür hinter sich schließt, hat Quentin Carringtons Bitte schon wieder vergessen.

Marcella Wentworth kann Schnee nicht ausstehen. Sie hat genug davon gehabt, schließlich ist sie in Maine aufgewachsen und hat fast zehn Jahre dort gearbeitet. Sie haßt es, schon morgens beim Aufwachen zu wissen, daß man sich den Weg zum Auto freischaufeln muß. Sie haßt das Gefühl, Skier unter den Füßen zu haben. Sie haßt es, wenn die Räder auf vereistem Schnee durchdrehen. Der glücklichste Tag in Marcellas Leben war der, an dem sie ihren Job im Kriminallabor von Maine aufgab, nach Virginia zog und ihre Schneestiefel in einen Abfalleimer auf einem Parkplatz am Highway warf.

Seit drei Jahren arbeitet sie nun schon bei CellCore, einem privaten Labor. Marcella ist das ganze Jahr über sonnengebräunt und besitzt nur einen leichten Wintermantel. Aber an ihrem Arbeitsplatz hat sie eine Ansichtskarte aufgehängt, die sie letztes Jahr zu Weihnachten von der Staatsanwältin Nina Frost bekommen hat. Man sieht die unverkennbaren Umrisse ihres Heimatstaates. Und der Text lautet: *Once a Mainiac, always a Mainiac.*

Marcella betrachtet gerade die Postkarte und denkt, daß die da oben im Norden wahrscheinlich schon die ersten Schneeflocken haben, als Nina Frost anruft.

»Sie werden Sie es mir nicht glauben«, sagt Marcella, »aber ich habe gerade an Sie gedacht.«

»Ich brauche Ihre Hilfe«, erwidert Nina. Typisch Nina Frost – kommt immer gleich zur Sache. Seit Marcella nicht mehr in Maine arbeitet, hat Nina einige wenige Male angerufen und sie um ihren sachverständigen Rat gebeten, wenn sie sich in einem Fall absichern wollte. »Ich habe einen DNA-Test, den ich überprüfen lassen möchte.«

Marcella wirft einen Blick auf die Akten, die sich in ihrem Eingangskorb türmen. »Kein Problem. Worum geht's?«

»Kindesmißbrauch. Wir haben eine Blutprobe, und wir haben Sperma auf einer Unterhose. Ich bin keine Expertin, aber die Ergebnisse sehen ziemlich überzeugend aus.«

»Aha. Ich vermute mal, sie passen Ihnen nicht in den Kram, und Sie glauben, die vom Kriminallabor haben Mist gebaut.«

»Ehrlich gesagt, passen sie mir sehr wohl in den Kram. Ich will nur absolut auf Nummer Sicher gehen.«

»Hört sich ja ganz so an, als wollten Sie dem Typ richtig an den Kragen«, sinniert Marcella.

Es entsteht eine Pause. »Er ist tot«, sagt Nina. »Ich habe ihn erschossen.«

Caleb hackt für sein Leben gern Holz. Er mag den Moment, wenn man die Axt hebt, um sie dann nach unten sausen zu lassen. Er mag das Geräusch, wenn ein Scheit gespalten wird, ein scharfes Knacken, und dann das hohle *Pling* der beiden Hälften, die rechts und links zu Boden fallen. Er mag den Rhythmus, der Denken und Erinnern auslöscht.

Vielleicht ist er, wenn kein Holz zum Spalten mehr da ist, bereit, wieder ins Haus zu gehen und seiner Frau gegenüberzutreten.

Ninas Zielstrebigkeit hat ihm, einem Mann, der in so vielen Dingen von Natur aus eher zögerlich ist, immer imponiert. Aber jetzt ist die Kehrseite dessen so kraß zutage getreten, daß es schon fast grotesk wirkt. Sie kann einfach nicht loslassen. Sie hat das, was sie getan hat, so umgedeutet, daß es zumindest ihr sinnvoll erscheint, wenn schon niemandem sonst. Sie behauptet, sie hat einen Mann getötet, um Nathaniel zu schützen? Nun, wie traumatisch es für den Jungen auch gewesen wäre, in den Zeugenstand zu müssen, der Anblick, wie seine Mutter mit Handschellen gefesselt und ins Gefängnis verfrachtet wird, der wird für ihn wohl um einiges schlimmer sein.

Caleb weiß, daß Nina von ihm Bestätigung haben möchte, aber er kann das nicht für sie tun. Er kann ihr nicht in die Augen sehen und sagen, ja, ich verstehe dich. Er kann ihr nicht einmal in die Augen sehen.

Er fragt sich, ob er vielleicht deshalb eine Mauer zwischen ihnen beiden errichtet, damit es ihm leichter fällt, sie gehen zu lassen, wenn sie verurteilt ist.

Caleb nimmt einen weiteren Scheit und stellt ihn auf den Hackblock. Als die Axt fällt, spaltet sie das Holz in zwei gleiche Hälften, und in der Mitte sitzt die Wahrheit. Caleb fühlt sich durch das, was Nina getan hat, nicht moralisch überlegen. Nein, er fühlt sich wie ein Feigling, weil er nicht so mutig war, die Grenze vom Gedanken zur Tat zu überschreiten.

An manches kann Nathaniel sich nicht mehr erinnern – zum Beispiel, was er gesagt hat, als Nathaniel den Kopf geschüttelt hat. Oder wer von ihnen beiden ihm die Jeans aufgeknöpft hat. Woran er sich manchmal erinnern kann, auch wenn er ganz feste versucht, nicht dran zu denken, ist, daß die Luft sich kalt anfühlte, als seine Hose nach unten rutschte, und daß seine Hand danach ganz heiß war. Daß es weh tat, ganz schlimm weh, obwohl er doch gesagt hatte, es würde nicht weh tun. Daß Nathaniel Esme so fest gedrückt hat, daß sie aufschrie. Daß er im Spiegel ihrer goldenen Augen einen kleinen Jungen sah, der nicht mehr er selbst war.

Nina wird sich freuen.

Das ist Marcellas erster Gedanke, als sie die DNA-Resultate durchsieht und feststellt, daß der Spermafleck und das Blut des Priesters sich in nichts unterscheiden. Im Zeugenstand würde das kein Wissenschaftler so formulieren, aber die Zahlen – und die Statistiken – sprechen für sich. Das ist der Täter, keine Frage.

Sie greift zum Telefon, um es Nina zu sagen, klemmt sich den Hörer zwischen Schulter und Ohr, damit sie mit beiden Händen das dicke Gummiband um die medizinischen Unterlagen spannen kann, die zusammen mit dem Laborbericht gekommen sind. Die hat Marcella sich nicht durchgesehen, denn nach dem, was Nina erzählt hat, ist der Priester eindeutig an der Schußwunde gestorben. Aber dennoch, Nina hat Marcella um besondere Gründlichkeit gebeten. Sie seufzt, legt den Hörer wieder auf und öffnet den dicken Ordner.

Zwei Stunden später hat sie alles gelesen. Und ihr wird klar, daß sie trotz ihres festen Vorsatzes, nicht mehr in ihre alte Heimat zurückzukehren, nach Maine fahren wird.

Innerhalb von nur einer Woche habe ich folgendes gelernt: Ein Gefängnis ist und bleibt ein Gefängnis, wie groß und bequem es auch immer sein mag. Ich ertappe mich dabei, wie ich zum Fenster hinausstarre und mich danach sehne, irgendeine kleine Besorgung machen zu dürfen. Zur Bank zu fahren oder den Wagen zum Ölwechsel in die Werkstatt zu bringen.

Nathaniel geht wieder in die Vorschule. Auf Empfehlung von Dr. Robichaud, weil es ein Schritt in Richtung Normalität ist. Trotzdem frage ich mich, ob nicht auch Caleb ein kleines bißchen dahintersteckt, ob ihm vielleicht der Gedanke nicht behagt, mich mit meinem Sohn allein zu lassen.

Neulich bin ich morgens, ohne zu überlegen, die Einfahrt hinuntergegangen, um die Zeitung zu holen. Plötzlich fiel mir das elektronische Armband ein. Als Caleb rauskam, saß ich heulend auf der Veranda und wartete auf die Polizeisirenen. Aber es wurde kein Alarm ausgelöst. Wahrscheinlich hatte ich die Fünfzigmetergrenze nicht überschritten. So war ich in den Genuß eines kleinen Spaziergangs in frischer Luft gekommen, und keiner hatte was gemerkt.

Um mich zu beschäftigen, koche ich manchmal. Ich habe *penne alla regata* gemacht, *coq au vin*, chinesische Teigtaschen. Heute mache ich Hausputz. Ich habe schon den Dielenschrank und die Vorratskammer aufgeräumt, alles so geordnet, daß die am häufigsten benutzten Dinge leicht zu greifen sind. Oben im Schlafzimmer habe ich Schuhe aussortiert, die ich längst vergessen hatte, und ich habe meine Kleidung nach Farben aufgehängt, von Blaßrosa über Dunkelblau bis Braun.

Gerade miste ich Calebs Kommode aus, als er hereinkommt und sich ein schmutziges Hemd auszieht. »Wußtest du«, sage ich, »daß im Dielenschrank ein nagelneues Paar Fußballschuhe steht, das für Nathaniel ungefähr fünf Größen zu groß ist?«

»Die hab ich günstig bekommen. Er wird schon reinwachsen.«

Begreift er denn nach allem, was passiert ist, noch immer nicht, daß die Zukunft nicht zwangsläufig in einer geraden, ununterbrochenen Linie verläuft?

»Was machst du da?«

»Ich räume deine Schubladen auf.«

»Ich mag meine Schubladen so, wie sie sind.« Caleb nimmt ein zerrissenes Hemd, das ich ausrangiert habe, und stopft es völlig zerknittert wieder zurück. »Leg dich ein bißchen hin. Oder lies etwas oder so.«

»Das wäre Zeitverschwendung.« Ich entdecke drei einzelne Socken.

»Wieso ist es Zeitverschwendung, wenn man sich mal Zeit nimmt?« fragt Caleb und zieht sich ein frisches Hemd über. Er schnappt sich die Socken, die ich gerade ausgemustert habe, und legt sie wieder in seine Schublade.

»Caleb. Du ruinierst alles.«

»Wieso? Es war doch alles prima, so wie's war!« Er stopft sich das Hemd in die Hose, schnallt den Gürtel wieder zu. »Ich mag meine Socken so, wie sie sind«, sagt Caleb nachdrücklich. Einen Moment lang scheint er noch etwas hinzufügen zu wollen, doch dann schüttelt er den Kopf und läuft die Treppe hinunter. Kurz darauf sehe ich durchs Fenster, wie er in der klaren, hellen Sonne davongeht.

Ich ziehe die Schublade auf und hole die verwaisten Einzelsocken heraus. Dann das zerrissene Hemd. Es wird Wochen dauern, bis er die Veränderungen überhaupt bemerkt, und dann wird er mir dafür danken.

»Ach du meine Güte«, rufe ich, als ich beim Blick aus dem Fenster den fremden Wagen sehe, der vor unserem Haus hält. Eine Frau steigt aus – auffällig klein, mit dichtem, dunklem Haar, die Arme gegen die Kälte fest um den Körper geschlungen.

»Was ist?« Caleb hat mich gehört und kommt angelaufen. »Ist was passiert?«

»Nein, nein. Alles in Ordnung!« Ich reiße die Tür auf und lächle Marcella herzlich an. »Das gibt's doch gar nicht, Sie hier?«

»Überraschung«, sagt sie und umarmt mich. »Wie geht es Ihnen?« Sie versucht, sich nichts anmerken zu lassen, aber ich sehe, wie ihre Augen nach unten huschen, zu meinem elektronischen Armband.

»Mir geht's ... na ja, im Augenblick jedenfalls prima. Ich hab, ehrlich gesagt, nicht damit gerechnet, daß Sie mir den Bericht höchstpersönlich bringen.«

Marcella zuckt die Achseln. »Ich hab mir gedacht, ein bißchen Gesellschaft könnte Ihnen guttun. Und ich war schon so lange nicht mehr zu Hause. Ich hatte Heimweh.«

»Lügnerin«, lache ich und ziehe sie ins Haus, wo Caleb und Nathaniel uns neugierig erwarten. »Das ist Marcella Wentworth. Sie hat früher im Kriminallabor gearbeitet, bevor sie uns im Stich gelassen hat und in die freie Wirtschaft gegangen ist.«

Ich könnte platzen vor Freude. Nicht etwa, weil Marcella und ich so eng befreundet wären, sondern weil ich so wenig unter Menschen bin. Von Zeit zu Zeit kommt Patrick vorbei. Und natürlich habe ich meine Familie. Aber die meisten meiner Freunde sind auch Kollegen, und nach der letzten Anhörung bleiben sie auf Distanz.

»Sind Sie beruflich oder privat hier?« fragt Caleb.

Marcella wirft mir einen Blick zu, weiß nicht recht, was sie sagen soll.

»Ich hatte Marcella gebeten, den DNA-Test unter die Lupe zu nehmen.«

Calebs Lächeln wird ein winziges bißchen schwächer, so wenig, daß man es nur bemerkt, wenn man ihn so gut kennt wie ich. »Also, ich würde vorschlagen, ich gehe mal mit Nathaniel nach draußen, damit ihr euch in aller Ruhe unterhalten könnt.«

Als sie weg sind, führe ich Marcella in die Küche. Wir reden über die Temperaturen in Virginia um diese Jahreszeit und wann wir hier den ersten Frost hatten. Ich mache uns Tee. Dann halte ich es nicht länger aus und setze mich ihr gegenüber. »Sie haben gute Nachrichten, oder? Die DNA paßt doch, nicht wahr?«

»Nina, ist Ihnen nichts aufgefallen, als sie seine medizinischen Unterlagen gesichtet haben?«

»Ehrlich gesagt, das hab ich mir erspart.«

Marcella malt mit dem Finger einen Kreis auf den Tisch. »Pater Szyszynski hatte chronische myeloische Leukämie.«

»Gut so«, sage ich ausdruckslos. »Ich hoffe, er hat gelitten. Ich hoffe, er hat sich jedesmal die Seele aus dem Leib gekotzt, wenn er eine Chemotherapie bekommen hat.«

»Er hat keine Chemo bekommen. Vor etwa sieben Jahren wurde ihm Knochenmark transplantiert. Seine Leukämie war in Remission. Er war praktisch geheilt.«

Ich werde ein wenig frostig. »Wollen Sie mir damit sagen, daß ich mich schuldig fühlen sollte, weil ich einen Menschen getötet habe, der den Krebs besiegt hat?«

»Nein. Die Sache ... ist die: Es gibt bei der Behandlung von Leukämie etwas, das sich auf die DNA-Analyse auswirkt. Um die Krankheit zu heilen, braucht man neues Blut. Und das erreicht man durch eine Knochenmarktransplantation, weil im Knochenmark das Blut produziert wird. Nach ein paar Monaten ist das alte Knochenmark komplett durch das Knochenmark des Spenders ersetzt worden. Das alte Blut ist weg und mit ihm die Leukämie.« Marcella sieht mich an. »Verstehen Sie?«

»Soweit ja.«

»Der Körper kann das neue Blut verwerten, weil es gesund ist. Aber es ist nicht das körpereigene Blut, und auch die DNA ist nicht mehr die des ursprünglichen Blutes. Hautzellen, Speichel, Sperma – da ist die DNA noch immer die alte, aber die DNA in dem neuen Blut stammt von dem Spender.« Marcella legt ihre Hand auf meine. »Nina, die Laborergebnisse waren korrekt. Die DNA in Pater Szyszynskis Blutprobe paßte zu dem Sperma von der Unterhose ihres Sohnes. Aber die DNA in Pater Szyszynskis Blut ist nicht wirklich seine.«

»Nein«, sage ich. »Nein, das kann nicht sein. Genau das hab ich neulich noch Caleb erklärt. Die DNA kann man aus jeder Zelle des Körpers gewinnen. Deshalb werden ja auch Blutproben genommen, um sie mit einer Spermaprobe abzugleichen.«

»In weit über neunundneunzig Komma neun Prozent der Fälle ist das richtig, ja. Aber das hier ist eine extrem seltene Ausnahme.« Sie schüttelt den Kopf. »Es tut mir leid, Nina.«

Mein Kopf schnellt hoch. »Sie meinen ... er ist noch am Leben?«

Sie kann sich die Antwort sparen.

Ich habe den Falschen getötet.

Nachdem Marcella fort ist, laufe ich verstört hin und her. Ich zittere, und mir wird und wird nicht warm. Was habe ich getan? Ich habe einen Unschuldigen getötet. Einen Priester. Einen Menschen, der zu mir kam, um mich zu trösten, als meine Welt zusammenbrach; der Kinder liebte, Nathaniel eingeschlossen. Ich habe einen Mann getötet, der den Krebs besiegte, der ein langes Leben verdient gehabt hätte. Ich habe einen Mord begangen und kann diese Tat nicht einmal mehr vor mir selbst rechtfertigen.

Ich habe immer geglaubt, daß es für die schlimmsten Übeltäter in der Hölle einen Platz gibt – für die Serienkiller, die Kindervergewaltiger, die brutalen Raubmörder. Und wenn es mir nicht gelungen ist, sie ihrer gerechten Strafe zuzuführen, so habe ich mich damit getröstet, daß sie irgendwann doch bekommen, was sie verdienen.

Genau wie ich.

Und das weiß ich, denn obwohl ich nicht die Kraft habe aufzustehen, obwohl ich mich selbst anfallen möchte, bis dieser Teil von mir restlos zerfetzt ist, gibt es in mir einen anderen Teil, der denkt: *Er ist immer noch nicht aus der Welt.*

Ich greife zum Telefon, um Fisher anzurufen. Doch dann lege ich wieder auf. Er muß es erfahren, es könnte schließlich sein, daß er es irgendwie selbst herausfindet. Aber ich weiß nicht, wie sich das auf meinen Prozeß auswirken wird. Es könnte der Anklagevertretung nützen, weil ihr Opfer jetzt ein wahres Opfer ist. Andererseits ist Unzurechnungsfähigkeit nun mal Unzurechnungsfähigkeit. Es spielt keine Rolle, ob ich Pater Szyszynski getötet habe oder den Richter oder das gesamte Publikum im Saal – falls ich damals unzurechnungsfähig war, wäre ich nach wie vor nicht schuldig.

Es könnte sogar sein, daß ich dadurch noch verrückter erscheine.

Ich setze mich an den Küchentisch und vergrabe das Gesicht in den Händen. Es klingelt an der Haustür, und plötzlich steht Patrick in der Küche, ist ganz aufgelöst wegen der Nachricht, die ich auf seinem Anrufbeantworter hinterlassen habe. »Was ist los?« fragt er, als er mich so dasitzen sieht und die Ruhe im Haus registriert. »Ist irgendwas mit Nathaniel?«

Die Frage ist so bedeutungsschwanger, daß ich unwillkürlich lachen muß. Ich lache, bis sich mein Bauch verkrampft, bis ich keine Luft mehr bekomme, bis mir Tränen aus den Augen strömen und ich merke, daß ich schluchze. Patricks Hände sind auf meinen Schultern, meinen Armen, meiner Taille, als wäre das, was in mir zerbrochen ist, so etwas Simples wie ein Knochen. Ich wische mir mit dem Ärmel die Nase ab und zwinge mich, seinem Blick standzuhalten. »Patrick«, flüstere ich, »ich hab's versaut. Pater Szyszynski ... hat nicht ... er war es nicht –«

Er beruhigt mich, und dann muß ich ihm alles erzählen. Als ich fertig bin, starrt er mich eine halbe Minute an, bevor er etwas sagt. »Das kann nicht wahr sein«, stammelt Patrick. »Du hast den Falschen erschossen?«

Bevor ich antworten kann, springt er auf und beginnt, auf und ab zu tigern. »Nina, Moment mal. In diesen Laboren arbeiten auch nur Menschen, da kann schon mal was schieflaufen.«

Ich klammere mich an diesen Rettungsanker. »Vielleicht ist das die Erklärung. Ein Fehler bei den Tests.«

»Aber wir hatten doch schon die Identifizierung, bevor wir den Spermabeweis fanden.« Patrick schüttelt den Kopf. »Wieso hätte Nathaniel seinen Namen sagen sollen?«

Die Zeit kann stehenbleiben, das weiß ich jetzt. Man spürt,

wie das eigene Herz aufhört zu schlagen, wie das Blut in den Adern stockt. »Was hat er gesagt?« Meine Worte klirren wie Steine. »Was genau hat er zu dir gesagt?«

Patrick dreht sich zu mir um. »Vater Glen«, erwidert er. »Richtig?«

Nathaniel weiß noch, daß er sich schmutzig gefühlt hat, so schmutzig, daß er dachte, er könnte tausendmal duschen und wäre trotzdem noch nicht sauber. Und das lag daran, daß das, was schmutzig an ihm war, unter seiner Haut lag. Er würde sich die Haut vom Leib schrubben müssen, um es wegzubekommen.

Es brannte *da unten*, und sogar Esme wollte nicht mehr in seiner Nähe sein. Sie schnurrte und hüpfte dann auf den großen hölzernen Schreibtisch, starrte ihn an. *Das ist deine Schuld*, sagte sie. Nathaniel wollte seine Hose anziehen, aber seine Hände waren wie Knüppel, konnten nichts festhalten. Als er schließlich seine Unterhose zu fassen bekam, war sie ganz naß, was komisch war, weil ihm doch kein Malheur passiert war, das wußte er genau. Aber der Priester hatte seine Unterhose angesehen, sie in die Hand genommen. Die Baseballhandschuhe hatten ihm gefallen.

Nathaniel wollte sie nie wieder anziehen.

»Kein Problem«, sagte der Priester mit weicher Stimme und ging für einen Moment aus dem Zimmer. Nathaniel zählte bis fünfunddreißig, und dann noch mal, weil er noch nicht weiter zählen konnte. Er wollte weg. Er wollte sich unter dem Schreibtisch oder im Aktenschrank verstecken. Aber er brauchte eine Unterhose. Ohne die konnte er sich nicht anziehen, weil die zuerst kam. Das sagte seine Mom ihm immer, wenn er es mal vergaß, und dann mußte er wieder nach oben gehen und sich eine anziehen.

Der Priester kam mit einer Babyunterhose zurück, nicht so eine wie die von seinem Dad, die aussah wie eine Shorts. Nathaniel war sicher, daß er sie aus der großen Kiste geholt hatte, wo die ganzen schmuddeligen Jacken und stinkigen Schuhe lagen, die Leute in der Kirche vergessen hatten. *Wie konnte man bloß seine Schuhe vergessen und es nicht mal merken?* Das hatte Nathaniel sich schon immer gefragt. Und außerdem, wie konnte man seine Unterhose vergessen?

Diese hier war sauber und hatte Spiderman drauf. Sie war zu klein, aber das war Nathaniel egal. »Gib mir die andere«, sagte der Priester. »Ich wasche sie und gebe sie dir zurück.«

Nathaniel schüttelte den Kopf. Er zog seine Hose an und stopfte die alte Unterhose in die Känguruhtasche von seinem Sweatshirt, die klebrige Seite nach innen, damit er sie nicht anfassen mußte. Er spürte, wie der Priester ihm übers Haar strich, und wurde ganz starr, wie Granit, mit demselben harten Gefühl innerlich.

»Soll ich dich denn nicht zurückbringen?«

Nathaniel antwortete nicht. Er wartete, bis der Priester Esme hochgehoben hatte und gegangen war, dann schlich er über den Gang in den Heizungsraum. Da drin war es gruselig – kein Lichtschalter und Spinnweben und sogar das Skelett einer toten Maus. Hier kam nie einer hin, was Nathaniel nur recht war. Er warf die schlechte Unterhose ganz weit hinter die große Maschine, die summte und Hitze ausstieß.

Als Nathaniel zurück in seine Klasse ging, las Vater Glen noch immer seine Bibelgeschichte vor. Nathaniel setzte sich und versuchte zuzuhören. Er paßte ganz genau auf, auch als er spürte, daß ihn jemand anstarrte. Als er aufsah, stand der andere Priester in der offenen Tür, hielt Esme auf dem Arm und lächelte. Mit der freien Hand hob er einen Finger an die Lippen. *Psst. Nichts verraten.*

Das war der Augenblick, in dem Nathaniel alle Worte verlor.

An dem Tag, an dem mein Sohn aufhörte zu sprechen, waren wir in die Kirche gegangen. Hinterher gab es noch Kaffee und

Kuchen für die Gemeinde – was Caleb immer als biblische Bestechung bezeichnete, die Aussicht auf Donuts, wenn man schön brav in die Messe ging. Nathaniel sprang um mich herum, als wäre ich ein Maibaum, blickte hierhin und dorthin, während wir darauf warteten, daß Pater Szyszynski die Kinder zu seiner Lesestunde zusammenrief.

Das Kaffeetrinken war in gewissem Sinne auch eine Abschiedsfeier für zwei Priester, die in St. Anne's Bibelstudien betrieben hatten und jetzt zu ihren eigenen Gemeinden zurückkehrten. An dem verkratzten Tisch hing ein Spruchband, das ihnen eine gute Heimreise wünschte. Da wir keine regelmäßigen Kirchgänger waren, hatte ich die beiden Priester gar nicht richtig zur Kenntnis genommen.

Mein Sohn war wütend, weil die Donuts mit Puderzucker alle waren. »Nathaniel«, sagte ich, »hör auf, an mir rumzuziehen.«

Ich lächelte das Paar, mit dem Caleb sich unterhielt, entschuldigend an, Bekannte, die wir seit Monaten nicht mehr gesehen hatten.

Da biß Nathaniel mir plötzlich aus unerklärlichen Gründen in die Hand.

Ich fuhr zusammen, eher vor Schreck als vor Schmerz, und packte Nathaniel am Handgelenk. Ich steckte in dieser unangenehmen Zwickmühle, in die Eltern geraten, wenn ihr Kind in der Öffentlichkeit etwas getan hat, wofür es eigentlich bestraft werden sollte. »Mach das nie wieder«, sagte ich mit zusammengebissenen Zähnen und versuchte zu lächeln. »Hast du verstanden?«

Dann sah ich, daß die anderen Kinder hinter Pater Szyszynski die Treppe hinuntereilten. »Geh schon«, drängte ich. »Sonst verpaßt du die Geschichte.«

Nathaniel vergrub seinen Kopf unter meinem Pullover. »Na los. Deine ganzen Freunde sind schon unten.«

Er hatte seine Arme um mich geschlungen, und ich mußte sie von mir lösen und ihn in die richtige Richtung drängen.

Zweimal blickte er sich um, und zweimal mußte ich aufmunternd nicken, damit er weiterging. »Tut mir leid«, sagte ich lächelnd zu unseren Bekannten.

Erst jetzt fiel mir wieder ein, daß einer der anderen Priester, der größere, der immer eine Katze bei sich trug, als gehörte sie zu seiner geistlichen Kleidung, den Kindern hastig nach unten gefolgt war. Daß er Nathaniel eingeholt und ihm eine Hand auf die Schulter gelegt hatte, so selbstverständlich wie jemand, der das nicht zum ersten Mal tut.

Nathaniel hat seinen Namen gesagt.

Eine Erinnerung ist plötzlich wieder da und brennt mir in den Augen: *Sprich mir nach: Wand.*

Land.

Sag mal: lustig.

Wustig.

Ich erinnere mich an den Priester bei Pater Szyszynskis Trauergottesdienst. Er starrte mich durch meinen Schleier hindurch an, als er mir die Hostie reichte, als käme ihm mein Gesicht bekannt vor. Und ich erinnere mich, was auf dem Spruchband gestanden hatte, an dem Tag, bevor Nathaniel aufhörte zu sprechen: FRIEDE SEI MIT DIR, PATER O'TOOLE. FRIEDE SEI MIT DIR, PATER GWYNNE.

Was genau hat er dir gesagt, hatte ich Patrick gefragt.

Vater Glen.

Vielleicht hatte Patrick das gehört. Aber so hätte Nathaniel das nicht gesagt.

»Er hat nicht Vater Glen gesagt«, flüstert Nina. »Er hat Vater Gwynne gesagt.«

»Ja, aber du weißt doch, wie Nathaniel spricht. Das L kriegt er nie richtig hin.«

»In dem Fall wohl«, seufzt Nina. »In dem Fall hat er es richtig ausgesprochen. Gwen. Gwynne. Das klingt ganz ähnlich.«

»Wer zum Teufel ist Gwynne?«

Nina steht auf, fährt sich mit beiden Händen durchs Haar. »Er ist der Täter, Patrick. Er hat Nathaniel mißbraucht, und er könnte es noch zahllosen anderen Jungen antun, und –« Sie sinkt in sich zusammen, fällt gegen die Wand. Patrick hält sie mit einer Hand fest und erschrickt, als er merkt, wie heftig sie zittert. Sein erster Impuls ist der, sie in die Arme zu schließen. Seine zweite, klügere Reaktion ist die, sie einen Schritt von ihm weg machen zu lassen.

Sie rutscht an der Seitenwand des Kühlschranks nach unten, bis sie auf dem Boden sitzt. »Das ist der Knochenmarkspender. Er muß es sein.«

»Weiß Fisher schon davon?« Sie schüttelt den Kopf. »Caleb?«

In diesem Moment fällt Patrick eine Geschichte ein, die er vor langer Zeit in der Schule gelesen hatte, über den Anfang des Trojanischen Krieges. Paris hatte sich entscheiden können, ob er der reichste Mann der Welt werden wollte, der klügste Mann der Welt oder ob er die Frau eines anderen Mannes lieben wollte. Und Patrick, töricht wie er ist, hatte den gleichen Fehler begangen. Denn obwohl ihr Haar völlig zerzaust ist, ihre Augen rot und verquollen, die Trauer ihr ins Gesicht geschrieben steht, ist Nina für ihn genauso schön, wie Helena es damals für Paris war.

Sie blickt zu ihm auf. »Patrick ... was soll ich nur tun?«

Die Frage schockiert ihn. »Du«, sagt Patrick klar und deutlich, »wirst *gar* nichts tun. Du bleibst hier in diesem Haus, weil dir wegen Mordes der Prozeß gemacht wird.« Als sie den Mund öffnet, um zu widersprechen, hebt Patrick die Hand. »Du bist schon einmal eingesperrt worden, und du weißt, was das für Auswirkungen auf Nathaniel gehabt hat. Nina, was glaubst du denn, was mit ihm passiert, wenn du losziehst, um noch einmal Selbstjustiz zu üben? Du kannst ihn nur schützen, indem du hier bei ihm bleibst. Ich ...« Er stockt, weiß, daß er jetzt am Rande des Abgrunds steht und sich nur zurückziehen kann ... oder springen. »Ich werde mich drum kümmern.«

Sie weiß genau, was er da gerade versprochen hat. Daß er gegen die Regeln seines Departments, gegen seinen persönlichen Moralkodex verstoßen will. Daß er dem System den Rücken kehren wird, genau wie Nina es getan hat. Und daß er bereit ist, die Konsequenzen zu tragen. Wie Nina. Er sieht das Erstaunen in ihrem Gesicht und das Glimmen, das ihm verrät, wie verlockend es für sie ist, sein Angebot anzunehmen. »Du könntest deinen Job verlieren! Im Gefängnis landen!« sagt sie. »Ich kann nicht zulassen, daß du so was Dummes tust.«

Wie kommst du darauf, daß ich das nicht schon längst getan habe? Patrick spricht die Frage nicht aus, aber das muß er auch nicht. Er geht in die Hocke und legt seine Hand auf Ninas Knie. Ihre Hand bedeckt seine. Und er sieht es in ihren Augen: Sie *weiß*, was er für sie empfindet, sie hat es immer gewußt. Aber jetzt ist sie zum ersten Mal kurz davor, es sich einzugestehen.

»Patrick«, sagt sie leise, »ich habe schon genug Menschen, die ich liebe, das Leben zerstört. Ich denke, das reicht.«

Als die Tür auffliegt und Nathaniel hereingestürmt kommt, steht Patrick wieder auf. Der Junge riecht nach Popcorn und trägt einen Stoffrosch unter der Winterjacke. »Wißt ihr was«, sagt er, »ich war mit Daddy in der Spielothek.«

»Du bist ein Glückspilz«, antwortet Patrick, und seine Stimme kommt ihm selbst schwach vor. Dann tritt Caleb ein und schließt die Tür hinter sich. Er blickt von Patrick zu Nina und lächelt beklommen. »Ich dachte, Marcella wäre noch da.«

»Sie mußte weg. Hatte noch eine Verabredung. Und als sie losfuhr, kam Patrick gerade vorbei.«

»Ach so.« Caleb reibt sich den Nacken. »Und ... was hat sie gesagt?«

»Gesagt?«

»Über die DNA.«

Vor Patricks Augen wird Nina ein anderer Mensch. Sie wirft ihrem Mann ein strahlendes Lächeln zu. »Sie paßt«, lügt sie. »Sie paßt haargenau.«

Als ich vor die Tür gehe, betrete ich eine Zauberwelt. Die Luft ist eiskalt. Die Sonne vibriert wie kaltes Eigelb. Der Himmel scheint unendlich hoch und blau.

Ich bin unterwegs zu Fishers Büro, deshalb wurde mein elektronisches Armband deaktiviert. Draußen zu sein ist so herrlich, daß es fast das Geheimnis verdrängt, das ich in mir berge.

Patricks Angebot geistert mir wie Rauch durch den Kopf, so daß ich kaum klar sehen kann. Er ist der moralisch standhafteste Mensch, den ich kenne – er hätte mir niemals leichtfertig angeboten, mein Racheengel zu werden. Natürlich kann ich das nicht annehmen. Aber ich kann mir auch nicht die Hoffnung verkneifen, daß er vielleicht nicht auf mich hören und es trotzdem tun wird. Und gleichzeitig hasse ich mich dafür, daß ich so etwas überhaupt denke.

Ich sage mir auch, daß es noch einen anderen Grund gibt, warum ich nicht will, daß Patrick sich um Gwynne kümmert, auch wenn ich mir diesen Grund nur in den dunkelsten Nachtstunden eingestehen will: Weil ich es selbst tun will. Weil es *mein* Sohn ist, *mein* Kummer und *meine* Gerechtigkeit, für die ich selbst Sorge tragen muß.

Wann bin ich zu diesem Menschen geworden – eine Frau, die sich nicht scheut, einen Mord zu begehen, ja, wieder zu morden. War das schon immer ein Teil von mir, tief in mir vergraben, der nur auf seine Zeit gewartet hat? Vielleicht steckt ein verbrecherischer Keim auch in den ehrbarsten Menschen – wie Patrick – und braucht nur eine bestimmte Kombination von Umständen, um aufzugehen. Bei den meisten von uns schlummert er ein Leben lang. Aber bei anderen erblüht er. Und dann wuchert er unaufhaltsam wie Unkraut, erstickt jede Vernunft, tötet alles Mitgefühl.

Fishers Büro ist weihnachtlich geschmückt. Girlanden zieren den Kamin. Direkt über dem Schreibtisch der Sekretärin hängt ein Mistelzweig. Neben der Kaffeemaschine steht ein Krug mit warmem Apfelwein. Während ich darauf warte, daß mein Anwalt mich in sein Büro ruft, fahre ich mit der Hand über das Lederpolster der Couch, einfach weil es sich so anders anfühlt als das alte, vertraute Chenille-Sofa bei mir zu Hause.

Patricks Bemerkung, daß auch in einem Labor Fehler gemacht werden, geht mir nicht aus dem Sinn. Ich werde Fisher nichts von der Knochenmarktransplantation erzählen, nicht ehe ich mit Sicherheit weiß, daß Marcellas Erklärung korrekt ist. Wieso sollte Quentin Brown hinter diese abwegige Ausnahme bei der DNA kommen? Daher besteht keine Veranlassung, Fisher jetzt schon mit Informationen zu belasten, die er vielleicht nie erfahren muß.

»Nina.« Fisher kommt stirnrunzelnd auf mich zu. »Sie werden immer dünner.«

»So ist das bei Kriegsgefangenen.« Ich marschiere hinter ihm her, schätze die Größe der Flure und Räume ab, bloß weil sie neu für mich sind. In seinem Büro starre ich aus dem Fenster, wo die Finger der kahlen Äste gegen die Scheibe trommeln.

Fisher bemerkt meinen Blick. »Möchten Sie gern ein bißchen raus?« fragt er leise.

Es ist bitterkalt, weit unter dem Gefrierpunkt. Aber ich lehne nicht ab. »Das wäre schön.«

Also spazieren wir über den Parkplatz hinter dem Bürogebäude, wo der Wind kleine Wirbelstürme aus braunen Blättern auffliegen läßt. Fisher hält einen Stapel mit Papieren in der behandschuhten Hand. »Wir haben das Gutachten des Psychiaters der Gegenseite bekommen. Sie haben seine Fragen nicht direkt beantwortet, oder?«

»Ach, ich bitte Sie. ›Ist Ihnen klar, welche Funktion der Richter in einem Gerichtsverfahren ausübt?‹ Herrje.«

Ein leises Lächeln spielt um Fishers Mund. »Wie dem auch sei, er ist zu dem Schluß gekommen, daß Sie zum Zeitpunkt der Tat psychisch und geistig gesund waren.«

Ich bleibe stehen. Was nun? Ist es verrückt, die Arbeit zu Ende zu bringen, wenn man festgestellt hat, daß man beim ersten Mal gescheitert ist? Oder wäre das die normalste Reaktion, die man zeigen kann?

»Keine Sorge. Ich denke, diesen Burschen können wir uns vorknöpfen und seinen Bericht in der Luft zerreißen – aber ich hätte auch gern einen forensischen Psychiater, der feststellt, daß sie damals unzurechnungsfähig waren und es jetzt nicht mehr sind. Ich möchte vermeiden, daß die Geschworenen zu dem Schluß kommen, Sie wären immer noch eine Gefahr.«

Aber das bin ich. Ich stelle mir vor, wie ich Pater Gwynne erschieße, es diesmal richtig mache. Dann drehe ich mich zu Fisher um, mit völlig ausdruckslosem Gesicht. »An wen dachten Sie?«

»Was halten Sie von Sidwell Mackay?«

»Über den machen wir in der Staatsanwaltschaft immer Witze«, sage ich. »Jeder Ankläger kann den innerhalb von fünf Minuten auseinandernehmen.«

»Peter Casanoff?«

Ich schüttele den Kopf. »Aufgeblasener Wichtigtuer.«

Gemeinsam drehen wir uns mit dem Rücken in den Wind und denken weiter darüber nach, wen wir engagieren könnten, damit er mich für unzurechnungsfähig erklärt. Und vielleicht wird das ja auch gar nichts so schwer werden. Welche geistig gesunde Frau sieht denn schon jedesmal, wenn sie nach unten blickt, das Blut eines Unschuldigen an ihren Händen und malt sich trotzdem unter der Dusche eine Stunde lang aus, wie sie den *Richtigen* töten kann?

»Na schön«, sagt Fisher. »Wie wär's mit O'Brien aus Portland?«

»Den hab ich auch schon ein paarmal verpflichtet. Scheint

ganz in Ordnung zu sein, schwafelt vielleicht ein bißchen viel.«

Fisher nickt. »Der wirkt schön akademisch, und ich glaube, das ist genau das richtige für Sie, Nina.«

Ich lächle ihn möglichst zufrieden an. »Tja, Fisher. Sie sind der Boß!«

Er wirft mir einen argwöhnischen Blick zu, dann reicht er mir den Bericht des Psychiaters. »Sie sollten sich einprägen, was sie ihm erzählt haben, ehe Sie zu O'Brien gehen.«

Aha, also fordern Verteidiger ihre Mandanten doch auf, alles auswendig zu lernen, was sie dem psychologischen Sachverständigen der Gegenseite erzählt haben.

»Wir kriegen übrigens Richter Neal.«

Ich verziehe das Gesicht. »O nein, das darf doch nicht wahr sein.«

»Wieso?«

»Der soll furchtbar leichtgläubig sein.«

»Das kann doch für Sie als Angeklagte nur von Vorteil sein«, stellt Fisher trocken fest. »Apropos ... ich glaube, wir sollten Sie nicht als Zeugin aufrufen.«

»Das hatte ich auch nicht erwartet, bei zwei Psychiatern, die vorher ihre Aussage machen.« Doch in Wahrheit denke ich: *Ich kann jetzt nicht in den Zeugenstand treten, nicht, wo ich weiß, was ich weiß.*

Fisher bleibt stehen und sieht mich an. »Nina, bevor Sie anfangen, mir zu erzählen, wie Ihre Verteidigung Ihrer Meinung nach aussehen sollte, möchte ich Sie daran erinnern, daß Sie die Dinge noch immer aus der Perspektive einer Staatsanwältin betrachten, und ich –«

»Verzeihen Sie«, unterbreche ich ihn und blicke auf die Uhr. »Darüber kann ich heute wirklich nicht reden.«

»Wichtigere Termine?«

»Tut mir leid. Es geht einfach nicht.« Meine Augen weichen seinem Blick aus.

»Sie können das nicht bis in alle Ewigkeit aufschieben. Der

Prozeß beginnt im Januar, und über Weihnachten bin ich mit meiner Familie verreist.«

»Zuerst muß mich unser Sachverständiger begutachten«, schlage ich vor. »Und dann können wir uns zusammensetzen.«

Fisher nickt. Ich denke an O'Brien, ob ich ihn von meiner Unzurechnungsfähigkeit überzeugen kann. Und ich frage mich, ob ich mich zu dem Zeitpunkt überhaupt noch verstellen muß.

Zum ersten Mal seit zehn Jahren macht Quentin richtig lange Mittagspause. Im Büro wird das niemanden stören, die können seine Anwesenheit kaum ertragen, und in seiner Abwesenheit tanzen sie vermutlich auf den Tischen. Er wirft noch einmal einen Blick auf die Wegbeschreibung, die er sich aus dem Computer runtergeladen hat, und biegt dann auf den Parkplatz einer High School. Teenager in Jacken von North Face blicken ihn flüchtig an, als er an ihnen vorüberkommt. Quentin geht zielstrebig über den Schulhof und um das Gebäude herum.

Dort liegen ein modernes Football-Stadion, eine ganz ordentliche Laufbahn und ein Basketballfeld. Gideon deckt gerade einen verschüchterten Centerspieler, der mindestens fünfzehn Zentimeter kürzer ist als er. Quentin schiebt die Hände in die Manteltaschen und sieht zu, wie sein Sohn sich den Ball schnappt und mühelos einen Dreier-Korb wirft.

Das letzte Mal, daß sein Sohn zum Telefon gegriffen hatte, um ihn anzurufen, war nach seiner Festnahme wegen Drogenbesitz gewesen. Und obwohl Quentin etliche bissige Bemerkungen über Vetternwirtschaft einstecken mußte, hatte er dafür gesorgt, daß Gideon nicht ins Gefängnis mußte, sondern in ein Rehabilitationszentrum kam. Aber Gideon hatte mehr erwartet, er wollte völlig straffrei ausgehen. »Als Vater bist du ein Versager«, hatte er Quentin bescheinigt. »Ich hätte mir denken können, daß du auch als Anwalt ein Versager bist.«

Jetzt, ein Jahr danach, hier auf dem Basketballfeld, dreht Gideon sich plötzlich um und erblickt Quentin. »Ach du Scheiße«, murmelt er. »*Time!*« Die anderen Jungs trotten zur Seitenlinie, trinken etwas und schälen sich aus der obersten Schicht Klamotten. Gideon kommt näher, die Arme verschränkt. »Bist du hergekommen, damit ich in irgendeine Tasse pinkel?«

Quentin zieht die Schultern hoch. »Nein, ich bin gekommen, um dir zuzuschauen. Um mit dir zu reden.«

»Ich hab dir nichts zu sagen.«

»Das ist erstaunlich«, erwidert Quentin, »ich hätte nämlich sechzehn Jahre nachzuholen.«

»Dann kommt es ja auf einen Tag mehr oder weniger nicht an.« Gideon dreht sich wieder zu dem Spielfeld um. »Ich hab zu tun.«

»Es tut mir leid.«

Der Junge hält inne. »Ja, klar«, murmelt er. Er stürmt zurück auf den Platz, schnappt sich den Ball und läßt ihn in der Luft kreiseln – vielleicht um Quentin zu beeindrucken? »Los, los, los!« ruft er, und die anderen drängeln sich um ihn. Quentin geht weg. »Wer war denn das?« hört er einen von den Jungs fragen. Und Gideons Antwort, als er meint, Quentin sei außer Hörweite: »Irgend so ein Typ, der sich verlaufen hat.«

Aus dem Fenster der Arztpraxis in Dana-Farber kann Patrick den heruntergekommenen Stadtrand von Boston sehen. Olivia Bessette, die Onkologin, die in Pater Szyszynskis medizinischen Unterlagen aufgeführt war, ist erheblich jünger, als Patrick erwartet hatte – nicht viel älter als er selbst. Sie sitzt mit gefalteten Händen vor ihm, das lockige Haar zu einem praktischen Knoten gebunden, und tippt mit einem ihrer gummibesohlten weißen Clogs auf den Boden. »Leukämie ist eine Erkrankung der Blutzellen«, erklärt sie, »und chronische myeloische Leukämie bricht meistens bei Patienten aus, die vierzig, fünfzig Jahre alt sind – obwohl ich auch schon Fälle von Patienten unter Dreißig hatte.«

Patrick fragt sich, wie es wohl ist, an einem Krankenhausbett zu sitzen und jemandem zu sagen, daß er nicht mehr lange leben wird. Vermutlich nicht viel anders, als mitten in der Nacht an eine Haustür zu klopfen und Eltern mitzuteilen, daß ihr Sohn bei einem Autounfall unter Alkoholeinfluß ums Leben gekommen ist. »Was passiert mit den Blutzellen?« fragt er.

»Blutzellen sind darauf programmiert, heranzuwachsen und eines Tages zu sterben, genau wie wir. Im Laufe ihres Lebens sollten weiße Blutkörperchen Infektionen bekämpfen, rote Blutkörperchen transportieren Sauerstoff, und Thrombozyten lassen das Blut gerinnen. Wenn man aber Leukämie hat, reifen die Zellen nicht heran ... und sie sterben nicht. Am Ende hat man dann eine Übervölkerung an weißen Zellen, die nicht funktionieren und die alle anderen Zellen überschwemmen.«

Patrick ist nicht direkt gegen Ninas Wunsch hier. Er will schließlich nur abklären, was sie bereits wissen – nicht noch einen Schritt weitergehen. Er hat sich diesen Termin erschlichen, indem er behauptet hat, er arbeite für den stellvertretenden Generalstaatsanwalt. Mr. Brown, so hat Patrick erläutert, hat die Beweispflicht. Was bedeutet, daß er hundertprozentig sicher sein muß, daß Vater Szyszynski nicht just in dem Augenblick, als die Angeklagte die Waffe zückte, aufgrund seiner Leukämie tot umfiel. Könnte Dr. Bessette, die ehemalige Onkologin des Verstorbenen, sich dazu sachverständig äußern?

»Was bewirkt eine Knochenmarktransplantation?« fragt Patrick.

»Wahre Wunder, wenn sie klappt. An all unseren Zellen gibt es sechs Proteine, humane Leukozyten-Antigene, abgekürzt HLA. Mit ihrer Hilfe erkennt der Körper die Identität einer Person. Wenn man einen Knochenmarkspender sucht, braucht man jemanden, bei dem alle sechs Proteine mit denen des Erkrankten übereinstimmen. In den meisten Fällen sind das Geschwister, Halbgeschwister, vielleicht Vettern oder Kusinen – bei Verwandten ist das Risiko der Abstoßung am geringsten.«

»Abstoßung?« hakt Patrick nach.

»Ja. Man versucht den Körper davon zu überzeugen, daß die Spenderzellen seine eigenen sind, weil sie ja dieselben sechs Proteine haben. Wenn das nicht gelingt, stößt das Immunsystem das fremde Knochenmark ab, was dann zu der sogenannten Transplantat-gegen-Empfänger-Reaktion führt, das heißt, der Körper bekämpft das Transplantat.«

»Wie bei einer Herztransplantation.«

»Genau. Nur daß es sich hier nicht um ein Organ handelt. Knochenmark wird aus dem Becken entnommen, weil das Blut in den großen Knochen des Körpers produziert wird. Wir betäuben den Spender, stechen Nadeln in seine Hüfte, etwa 150 mal auf beiden Seiten, und saugen die unreifen Zellen ab.«

Er verzieht das Gesicht, und die Ärztin lächelt zaghaft. »Es ist wirklich schmerzhaft. Es ist sehr selbstlos, sich zu einer Knochenmarkspende bereit zu erklären.«

O ja, der Kerl war ein wahrer Altruist, denkt Patrick.

»Unterdessen werden dem Leukämiekranken Immunsuppressiva verabreicht. In der Woche vor der Transplantation bekommt er eine starke Chemotherapie, die sämtliche Blutzellen in seinem Körper abtötet. Das wird zeitlich so abgestimmt, daß sein Knochenmark prakitsch leer ist.«

»Kann man denn dann überhaupt noch leben?«

»Das Infektionsrisiko ist gewaltig. Der Patient hat zwar noch seine eigenen lebenden Blutzellen ... er produziert aber keine neuen mehr. Dann bekommt er das Spendermark mittels einer einfachen intravenösen Infusion. Das Ganze dauert etwa zwei Stunden, und wir wissen nicht, wie, aber irgendwie finden die Zellen ihren Weg in das Knochenmark des Körpers und beginnen zu wachsen. Nach etwa einem Monat ist sein Knochenmark vollständig durch das des Spenders ersetzt worden.«

»Und die Blutkörperchen des Kranken haben dann die sechs Proteine des Spenders, dieses HLA-Dings?« fragt Patrick.

»Richtig.«

»Wie sieht es mit der DNA des Spenders aus?«

Dr. Bessette nickt. »Ja. Die Blutzellen des Empfängers sind in jeder Hinsicht eigentlich die eines anderen Menschen. Der Körper wird nur getäuscht, er soll glauben, es sei sein eigenes Blut.«

Patrick beugt sich vor. »Aber wenn es klappt – wenn der Krebs tatsächlich in Remission geht –, fängt der Patient dann nicht an, wieder sein eigenes Blut zu produzieren?«

»Nein. Falls doch, würde er das Transplantat abstoßen, und die Leukämie würde erneut ausbrechen. Wir wollen ja gerade, daß der Patient in Zukunft nur noch das Blut seines Spenders produziert.« Sie klopft auf die Akte, die vor ihr liegt. » Glen Szyszynski wurde fünf Jahre nach der Transplantation für völlig geheilt erklärt. Sein Knochenmark arbeitete gut, und das Risiko einer erneuten Leukämieerkrankung lag unter zehn Prozent.« Dr. Bessette nickt. »Ich denke, die Staatsanwaltschaft kann bedenkenlos behaupten, daß der Priester keinesfalls an Leukämie gestorben ist.«

Patrick lächelt sie an. »Ich kann mir vorstellen, daß ein solcher Erfolg eine schöne Sache ist.«

»O ja. Pater Szyszynski hatte das Glück, daß wir eine hundertprozentige Übereinstimmung gefunden hatten.«

»Hundertprozentige Übereinstimmung?«

»So nennen wir das, wenn die Spender-HLA mit allen sechs HLA des Patienten übereinstimmt.«

Patrick holt rasch Luft. »Vor allem, wenn sie nicht verwandt sind.«

»Oh«, sagt Dr. Bessette. »In diesem Fall waren sie verwandt. Pater Szyszynski und sein Spender waren Halbbrüder.«

Bevor Francesca Martine im Kriminallabor von Maine anfing, arbeitete sie in New Hampshire als DNA-Spezialistin. Ausschlaggebend für ihren Umzug nach Norden war ein Ballistikexperte, der ihr das Herz brach, und während sie sich noch die Wunden leckte, entdeckte sie, was sie schon immer gewußt hatte – Gels und Petrischalen bedeuten Sicherheit, und Zahlen können niemanden verletzen.

Aber Zahlen können auch nicht ihre instinktive Reaktion erklären, als sie Quentin Brown zum ersten Mal vor sich sieht. Am Telefon hatte sie ihn sich als einen typischen Beamten vorgestellt – überarbeitet und unterbezahlt, mit ungesundem grauem Teint. Aber kaum betritt er ihr Labor, kann sie die Augen nicht mehr von ihm abwenden. Natürlich ist er imposant, mit seiner Größe und der dunklen Haut, aber Frankie weiß, das ist nicht der Grund für ihre Faszination. Sie fühlt sich von ihm angezogen, weil sie beide die Erfahrung gemacht haben, anders zu sein als andere. Bei ihr ist es nicht die Hautfarbe, sondern sie sticht oft durch ihre überdurchschnittliche Intelligenz hervor.

Leider müßte sie die Gestalt eines Laborberichts annehmen, wenn sie Quentin Brown dazu bringen will, sie genauer zu betrachten. »Wieso sind Sie stutzig geworden?« fragt sie.

Er kneift die Augen zusammen. »Warum fragen Sie das?«

»Weil ich neugierig bin. Das ist ziemlich esoterisches Zeug für die Staatsanwaltschaft.«

Quentin zögert, als wüßte er nicht recht, ob er ihr vertrauen soll. *Ach komm schon*, denkt Frankie. *Entspann dich*. »Die Verteidigung hat speziell diesen Bericht angefordert. Dringend. Und mir war nicht klar, warum. Ich verstehe nicht, inwiefern diese DNA-Ergebnisse für die oder für uns von Bedeutung sein sollen.«

Frankie verschränkt die Arme. »Der Grund, warum die sich dafür interessieren, ist nicht in meinem Laborbericht zu finden, sondern in den ärztlichen Unterlagen.«

»Ich kann Ihnen nicht folgen.«

»Wie Sie wissen, steht in dem DNA-Bericht, daß die Wahrscheinlichkeit, einen nicht verwandten Menschen mit dem gleichen genetischen Material zu finden, eins zu sechs Milliarden beträgt.«

Quentin nickt.

»Tja«, erklärt Frankie. »Sie haben genau diesen Menschen gefunden.«

Eine Leichenexhumierung kostet den Steuerzahler etwa zweitausend Dollar. »Nein«, sagt Ted Poulin kategorisch. Als Generalstaatsanwalt von Maine und als Quentins Vorgesetzter müßte die Antwort genügen. Aber Quentin will nicht kampflos aufgeben, diesmal nicht.

Er umklammert den Telefonhörer. »Die DNA-Spezialistin im Kriminallabor sagt, wir können den Test mit Zahnmark machen.«

»Quentin, das spielt doch keine Rolle für die Anklage. Sie hat ihn umgebracht. Punktum.«

»Sie hat einen Mann getötet, der ihren Sohn vergewaltigt hat. Ich muß ihn von einem Sexualtäter zum Opfer machen, Ted, und das geht nur so.«

Langes Schweigen am anderen Ende. Quentin fährt mit den Fingerspitzen über die Holzmaserung auf Nina Frosts Schreibtisch. Er tut das immer und immer wieder, als würde er ein Amulett reiben.

»Die Angehörigen haben nichts dagegen?«

»Die Mutter hat schon eingewilligt.«

Ted seufzt. »Das Medienecho wird gewaltig sein.«

Grinsend lehnt Quentin sich zurück. »Darum kümmere ich mich schon«, sagt er beruhigend.

Fisher kommt ungewohnt aufgebracht in das Büro der Bezirksstaatsanwaltschaft gestürmt. Natürlich ist er nicht zum ersten Mal hier, aber wer weiß, wo zum Teufel die diesen Quentin Brown versteckt haben, solange er Ninas Anklage vorbereitet. Gerade will er die Sekretärin fragen, als Brown mit einer Tasse Kaffee aus der kleinen Küche geschlendert kommt. »Mr. Carrington«, sagt er freundlich. »Wollten Sie zu mir?«

Fisher reißt den Brief, den er am Morgen bekommen hat, aus seiner Brusttasche. Den Antrag auf Exhumierung. »Was soll das?«

Quentin sagt achselzuckend: »Das müßten Sie doch eigentlich wissen. Schließlich wollten Sie unbedingt die DNA-Unterlagen zugefaxt bekommen.«

Fisher hat tatsächlich keine Ahnung. Die DNA-Unterlagen wollte Nina sehen, aber er wird den Teufel tun, das diesem Brown auf die Nase zu binden. »Was haben Sie vor?«

»Ein einfacher Test soll beweisen, daß der Priester, den Ihre Mandantin getötet hat, nicht der Mann war, der ihr Kind mißbraucht hat.«

Fishers Blick wird stahlhart. »Wir sehen uns morgen früh im Gericht«, sagt er, und als er in sein Auto steigt, um zu Nina Frost nach Hause zu fahren, versteht er allmählich, wie ein ganz normaler Mensch so wütend werden kann, daß er zu einem Mord imstande wäre.

»Fisher!« sage ich und freue mich ehrlich, den Mann zu sehen. Das erstaunt mich – entweder habe ich mich wirklich mit dem Feind verbündet, oder ich stehe schon zu lange unter Hausarrest. Ich reiße die Tür auf, um ihn hereinzulassen, und merke, daß er vor Wut schäumt. »Sie wußten es«, sagt er mit ruhiger Stimme und wirkt gerade durch seine Selbstbeherrschung um so beängstigender. Er übergibt mir einen Antrag, der vom stellvertretenden Generalstaatsanwalt eingereicht wurde.

Mir hebt sich der Magen, mir wird schlecht. Mit enormer Anstrengung schlucke ich und blicke Fisher in die Augen – lieber jetzt reinen Tisch machen als gar nicht. »Ich wußte nicht, ob ich es Ihnen erzählen sollte. Ich wußte nicht, ob die Information wichtig für meine Verteidigung sein würde.«

»Das ist *mein* Job!« explodiert Fisher. »Sie bezahlen mich aus gutem Grund, Nina, und zwar weil Sie irgendwo in ihrem Kopf, wenn auch anscheinend nicht auf der Bewußtseinsebene, ganz genau wissen, daß ich für Sie einen Freispruch erreichen kann. Ich bin dazu sogar eher geeignet als irgendein anderer Anwalt in Maine ... Sie eingeschlossen.«

Ich blicke weg. Im Grunde meines Herzens bin ich nun einmal Staatsanwältin, und Staatsanwälte erzählen Verteidigern nicht alles. Sie tänzeln umeinander herum, aber der Staatsanwalt ist immer einen Schritt voraus, so daß der Verteidiger damit beschäftigt ist zu reagieren.

Immer.

»Ich vertraue Ihnen nicht«, sage ich schließlich.

Fisher kontert, als wäre er geschlagen worden. »Na schön. Dann sind wir ja quitt.«

Wir starren einander an, zwei Kampfhunde mit gefletschten Zähnen. Fisher wendet sich zornig ab, und in diesem Moment sehe ich mein Gesicht, das sich in der Fensterscheibe spiegelt. Die Wahrheit ist, daß ich keine Staatsanwältin mehr bin. Ich bin nicht in der Lage, mich selbst zu verteidigen. Ich bin nicht mal sicher, ob ich das überhaupt will.

»Fisher«, rufe ich ihm nach, als er schon halb aus der Tür ist. »Wie sehr wird mir das schaden?«

»Ich weiß es nicht, Nina. Sie wirken dadurch nicht weniger verrückt, aber Sie verlieren natürlich die Sympathien der Öffentlichkeit. Sie sind keine Heldin mehr, die einen Kinderschänder getötet hat. Sie sind ein Hitzkopf, der einen Unschuldigen auf dem Gewissen hat – noch dazu einen Priester.« Er schüttelt den Kopf. »Sie sind das Paradebeispiel dafür, warum es Gesetze geben muß.«

In seinen Augen sehe ich, was jetzt kommt – die Tatsache, daß ich nicht mehr eine Mutter bin, die für ihr Kind getan hat, was sie tun mußte, sondern einfach nur eine rücksichtslose Frau, die sich einbildete, klüger zu sein als alle anderen.

Fisher atmet schwer aus. »Ich kann sie nicht daran hindern, die Leiche zu exhumieren.«

»Ich weiß.«

»Und wenn Sie mir weiterhin Informationen vorenthalten, wird Ihnen das ganz sicher schaden, weil ich nicht weiß, wie ich dann noch mit Ihnen zusammenarbeiten könnte.«

Ich ziehe den Kopf ein. »Ich verstehe.«

Er hebt die Hand zum Abschied. Ich stehe auf der Veranda und sehe ihm nach, die Arme zum Schutz vor dem Wind fest um den Körper geschlungen. Als sein Wagen die Straße hinunterrollt, gefrieren die Auspuffgase, bleiben förmlich in der Luft hängen. Mit einem tiefen Seufzer drehe ich mich um und sehe Caleb keine zwei Schritte hinter mir stehen. »Nina«, sagt er, »was war los?«

Ich schüttele den Kopf und schiebe mich an ihm vorbei, doch er hält mich am Arm fest. »Du hast mich angelogen. Mich!«

»Caleb, du verstehst das nicht –«

Er umfaßt meine Schultern und schüttelt mich einmal kräftig. »Was verstehe ich nicht? Daß du einen unschuldigen Menschen getötet hast? Herrgott, Nina, wann begreifst du das endlich?«

Calebs Hände halten mich, und plötzlich bricht alles aus mir heraus. Alles, was ich in den letzten Wochen vor Angst nicht zugelassen habe. Pater Szyszynskis Stimme klingt mir im Kopf, sein Gesicht schwebt mir vor den Augen. »Ich weiß«, schluchze ich. »Ach Caleb, ich weiß. Ich hab gedacht, ich könnte das. Ich hab gedacht, ich würde das packen. Aber ich hab einen Fehler gemacht.« Ich sacke gegen seine Brust, warte darauf, daß er seine Arme um mich legt.

Er tut es nicht.

Caleb macht einen Schritt zurück, rammt die Hände in die Taschen. Seine Augen sind rot gerändert, gequält. »Welchen Fehler meinst du, Nina? Daß du einen Menschen getötet hast?« fragt er rauh. »Oder daß du es nicht getan hast?«

»Ein Jammer ist das, wirklich«, sagt die Pfarrsekretärin. Myra Lester schüttelt den Kopf und reicht Patrick dann die Tasse Tee, die sie für ihn gemacht hat. »Weihnachten steht vor der Tür, und wir haben keinen Priester.«

Patrick weiß, Informationen erlangt man nicht immer auf dem geraden und offiziellen Weg, sondern auch mal über Umwege. Und aufgrund seiner katholischen Kindheit weiß er auch, daß die Pfarrsekretärin eine ungemein wichtige Person ist. Also bedenkt er sie mit seinem treuherzigsten Blick, der ihm früher von seinen Tanten einen zärtlichen Kniff in die Wange eingebracht hätte. »Die Gemeinde muß ja erschüttert sein.«

»Wenn man hört, was so alles über Pater Szyszynski gemunkelt wird, und bedenkt, wie er ums Leben kam – na ja, das ist alles höchst unchristlich, mehr will ich dazu nicht sagen.« Sie schnieft und senkt dann ihre ausladenden Formen in einen Ohrensessel, der im Pfarrbüro steht.

Jetzt wäre Patrick gern jemand anderes – beispielsweise jemand, der gerade frisch nach Biddeford gezogen ist und eine neue Kirche sucht –, aber er war ja schon während der Ermittlungen in dem Mißbrauchsfall als Detective hier. »Myra«, sagt Patrick, blickt sie dann an und lächelt. »Oh, Verzeihung, ich wollte natürlich sagen, Mrs. Lester.«

Ihre Wangen erglühen, und sie kichert. »Aber nein, Detective, nennen Sie mich ruhig Myra.«

»Schön. Myra, ich habe versucht, die beiden Priester zu erreichen, die kurz vor Pater Szyszynskis Tod hier in St. Anne's zu Besuch waren.«

»Ach ja, nette Menschen. Wirklich nette Menschen! Dieser

Pater O'Toole hatte so einen ulkigen Südstaatenakzent ... Oder war das Pater Gwynne?«

»Die Staatsanwaltschaft sitzt mir im Nacken. Sie wissen nicht zufällig, wo ich die beiden erreichen kann?«

»Die sind wieder zurück zu ihren eigenen Gemeinden.«

»Haben Sie vielleicht die Adressen?«

Myra zieht die Augenbrauen hoch. »Bestimmt habe ich die irgendwo. In dieser Kirche passiert nichts ohne mein Wissen.« Sie geht zu dem Stapel aus dicken Büchern und Mappen hinter ihrem Schreibtisch. Sie blättert die Seiten eines ledergebundenen Bandes durch, entdeckt einen Eintrag und schlägt mit der Hand darauf. »Da haben wir's. Pater Brendan O'Toole von St. Dennis's in Harwich, Massachusetts, und Pater Arthur Gwynne, Abfahrt heute nachmittag zum Bistum Portland.« Myra kratzt sich mit dem Radiergummiende eines Bleistiftes am Kopf. »Dann war der andere Priester vermutlich auch aus Harwich, aber wie kommt er dann an seinen Südstaatenakzent?«

»Vielleicht ist er als Kind umgezogen«, spekuliert Patrick. »Was haben die beiden mit dem Bistum Portland zu tun?«

»Na, das ist natürlich die wichtigste Diözese hier in Maine.« Sie sieht Patrick an. »Von dort bekommen wir unsere Priester geschickt.«

Um Mitternacht auf einem Friedhof mit einem ausgegrabenen Sarg – Patrick wüßte tausend Orte, wo er lieber wäre. Aber er steht neben den beiden schwitzenden Männern, die den Sarg aus der Erde gehievt und ihn neben Pater Szyszynskis Grab gestellt haben, wie ein Altar im Mondlicht. Er hat versprochen, Ninas Augen zu sein, Ninas Beine. Und falls nötig auch Ninas Hände.

Sie tragen alle Schutzanzüge – Patrick und Evan Chao, Fisher Carrington und Quentin Brown, Frankie Martine und der Gerichtsmediziner Vern Potter. Irgendwo in der Finsternis jenseits ihrer Taschenlampen ruft eine Eule.

Vern zuckt vor Schreck zusammen. »O Gott. Ich rechne ständig damit, daß gleich irgendwelche Zombies hinter den Grabsteinen auftauchen. Hätten wir das denn nicht auch tagsüber machen können?«

»Zombies sind mir immer noch lieber als diese Presseleute«, murmelt Evan Chao. »Nun machen Sie schon, Vern.«

»Schon gut, schon gut.« Der Gerichtsmediziner nimmt eine Brechstange und stemmt Pater Szyszynskis Sarg auf. Der Verwesungsgestank, der ihnen entgegenströmt, läßt Patrick würgen. Fisher Carrington wendet sich ab und drückt sich ein Taschentuch auf Mund und Nase. Quentin macht rasch ein paar Schritte zur Seite und erbricht sich hinter einem Baum.

Der Priester sieht nicht sehr verändert aus. Noch immer fehlt die Hälfte seines Gesichts. Seine Haut, grau und runzelig, ist noch nicht verwest. »Weit aufmachen«, murmelt Vern, und er drückt Szyszynskis Unterkiefer herunter und zieht mit einer Zange einen Backenzahn.

»Ein paar Weisheitszähne und Haare wären auch nicht schlecht«, sagt Frankie.

Evan nickt Patrick zu, winkt ihn beiseite. »Ist das zu fassen?« fragt er.

»Nein.«

»Vielleicht kriegt der Dreckskerl ja nur das, was er verdient hat.«

Einen Moment lang ist Patrick verblüfft, doch dann begreift er: Evan weiß ja nicht, was Patrick weiß – daß Pater Szyszynski vermutlich unschuldig war. »Vielleicht«, stammelt er.

Wenige Minuten später bekommt Frankie von Vern ein Fläschchen und einen Umschlag überreicht. Quentin eilt mit ihr davon, Fisher dicht hinter ihnen. Der Gerichtsmediziner verschließt den Sarg und sagt zu den Totengräbern: »Er kann jetzt wieder rein.« Dann wendet er sich Patrick zu. »Nichts wie weg hier.«

»Komme gleich nach.« Als Vern davoneilt, tritt Patrick an das Grab. Die beiden kräftigen Männer haben den Sarg wieder hinuntergelassen und fangen an, Erde darüberzuschaufeln. Patrick wartet, bis sie fertig sind, weil er findet, daß jemand das tun sollte.

Als Patrick das Bezirksgericht von Biddeford erreicht, fragt er sich, ob es diesen Pater Arthur Gwynne überhaupt gegeben hat. Er kommt nämlich gerade von der Diözese in Portland, wo man ihm erklärte, in den dortigen Unterlagen sei lediglich erwähnt, daß Pater O'Toole sich in Biddeford aufgehalten habe. Falls auch Pater Gwynne die Gemeinde besucht habe, so könne eigentlich nur eine private Verbindung zu dem Geistlichen in Biddeford der Grund dafür gewesen sein. Was natürlich genau der Punkt ist, den Patrick bestätigt haben muß.

Die Mitarbeiterin im Nachlaßgericht überreicht ihm eine Kopie von Szyszynskis Testament, das vor einem Monat bei Gericht eingereicht wurde und seitdem als öffentliche Urkunde gilt. Das Dokument ist ausgesprochen klar und verständlich. Pater Szyszynski vermacht fünfzig Prozent seines Besitzes an seine Mutter. Und den Rest an seinen Testamentsvollstrecker: Arthur Gwynne in Belle Chasse, Louisiana.

Zahnschmelz ist das stärkste natürliche Material im menschlichen Körper, weshalb er nur äußerst schwer zu spalten ist. Frankie legt den gezogenen Backenzahn gut fünf Minuten in flüssigen Stickstoff, weil er tiefgefroren leichter splittert. Quentin wartet ungeduldig ab, während Frankie den Zahn aus dem Stickstoffbad holt und ihn in einen sterilen Mörser mit Stößel legt. Sie stampft und stößt fester und fester, aber der Zahn geht einfach nicht kaputt.

»Mörser und Stößel?« fragt Quentin skeptisch.

»Früher haben wir die Knochensäge aus der Gerichtsmedizin genommen, aber da brauchten wir dann jedes Mal ein neues Sägeblatt. Außerdem wird die Schnittkante so heiß, daß sie die DNA denaturiert.« Sie wirft ihm über den Rand ihrer Sicherheitsbrille hinweg einen Blick zu. »Sie wollen doch nicht, daß ich das hier versaue, oder?« Noch ein Stoß, aber der Zahn bleibt unversehrt. »Himmelherrgott!« Frankie fischt einen zweiten Zahn aus dem Flüssigstickstoff. »Versuchen wir's eben mit Gewalt. Kommen Sie.«

Sie legt den Zahn in einen Plastikbeutel, den sie in einen zweiten steckt, verschließt beide und geht vor Quentin her die Treppe hinunter in die Tiefgarage. »Achtung«, sagt sie, kniet sich hin und plaziert die Beutel auf dem Boden. Sie zieht einen Hammer aus der Tasche ihres Laborkittels und schlägt zu. Beim vierten Versuch zersplittert der Zahn im Beutel.

»Und jetzt?«

Von dem bräunlichen Mark gibt es nur eine winzige Menge ... aber es ist gut zu erkennen. »Jetzt«, sagt sie, »warten Sie.«

Quentin, der normalerweise nicht in der Nacht auf Friedhöfen herumgeistert, um anschließend zum Labor in Augusta zu fahren, ist auf einer Bank in der Eingangshalle eingeschlafen. Als er eine kühle Hand im Nacken spürt, schreckt er hoch und setzt sich so schnell auf, daß ihm kurz schwindelig wird. Frankie steht vor ihm und hält einen Bericht in der Hand. »Und?« fragt er.

»Das Zahnmark war chimärisch.«

»Im Klartext?«

Frankie setzt sich neben ihn. »Wir verwenden Zahnmark für diesen Test, weil es sowohl Blutzellen als auch Gewebezellen enthält. Bei Ihnen und bei mir und bei den meisten Menschen ist die DNA in beiden Zellarten dieselbe. Aber bei jemandem, der eine Knochenmarktransplantation gehabt hat, ist im Zahnmark eine Mischung aus zwei DNA-Profilen feststellbar. Das erste Profil ist die DNA, mit der er geboren wurde. Sie befindet sich in den Gewebezellen. Das zweite Profil ist die DNA, die von dem Knochenmarkspender stammt, und die befindet sich in den Blutzellen. Im Zahnmark des Verdächtigen habe ich eine Mischung festgestellt.«

Quentin betrachtet stirnrunzelnd die Zahlen auf dem Blatt Papier. »Also –«

»Also haben Sie Ihren Beweis«, sagt Frankie. »Jemand anderes hat den Jungen vergewaltigt.«

Nachdem Fisher mich angerufen hat, um mir die Neuigkeit mitzuteilen, gehe ich schnurstracks ins Badezimmer und erbreche mich. Wieder und wieder, bis ich nichts mehr im Bauch habe außer meiner Schuld. Die Wahrheit ist, ich habe mit meinen eigenen Händen einen Menschen getötet, einen Menschen, der keine Strafe verdient hat. Zu was macht mich das?

Ich möchte duschen, bis ich mich nicht mehr schmutzig fühle. Ich möchte mir selbst die Haut vom Leibe ziehen. Aber das Entsetzen steckt mitten in mir drin. Ich müßte mir den Bauch aufschneiden und zusehen, wie ich verblute.

So wie ich ihn in seinem Blut gesehen habe.

Im Flur gehe ich an Caleb vorbei, der ohnehin nicht mehr mit mir spricht. Wir sind verstummt, und es ist, als würden wir immer weiter voneinander weggetrieben. Im Schlafzimmer streife ich mir die Schuhe von den Füßen und krieche vollständig angezogen unter die Decke. Ich ziehe sie mir über den Kopf, atme in diesem Kokon. Wenn ich ohnmächtig werde und keine Luft mehr da ist, was passiert dann?

Mir wird nie mehr warm werden. Hier werde ich bleiben, weil von nun an jede meiner Entscheidungen fragwürdig ist. Ich tue besser gar nichts mehr, als noch einmal ein Risiko einzugehen, das die Welt verändern könnte.

Patrick weiß, daß es den Instinkt gibt, einen Menschen so schwer verletzen zu wollen, wie man von ihm verletzt wurde. Während seiner Zeit als Militärpolizist hat er Festnahmen manchmal so brutal durchgeführt, daß ihm Blut über die Hände rann, das sich anfühlte wie Balsam. Jetzt begreift er, daß die Theorie noch einen Schritt weitergehen kann: Es gibt den Instinkt, einen Menschen so schwer verletzen zu wollen, wie er jemanden verletzt hat, den man liebt. Das ist die einzige Erklärung, die er dafür hat, daß er jetzt in einer 757 sitzt, die auf dem Weg von Dallas-Fort Worth nach New Orleans ist.

Die Frage ist nicht, was er für Nina tun würde. »Alles«, würde Patrick rundheraus antworten. Sie hatte ihn beschworen, Arthur Gwynne ja nicht auch nur anzurühren, und bis er diese Maschine bestiegen hat, hätte er alles, was er unternommen hat, noch als Ermittlungen bezeichnen können, doch jetzt kann er sich selbst nichts mehr vormachen. Es gibt nur einen Grund für seinen Flug nach Louisiana: dem Mann in die Augen zu sehen.

Selbst jetzt weiß er nicht, was dann passieren wird. Sein ganzes bisheriges Leben hat er sich von Prinzipien und Regeln leiten lassen – in der Navy, als Cop, als jemand, dessen Liebe nicht erwidert wird. Aber Regeln funktionieren nur, wenn alle sich daran halten. Was passiert, wenn jemand das nicht tut und die Folgen sich ganz unmittelbar auf Patricks Leben auswirken? Was ist stärker – das Bedürfnis, das Gesetz zu hüten, oder das Motiv, es zu brechen?

Patrick hat mit Entsetzen erkannt, daß der kriminelle Verstand dem rationalen Menschen gar nicht so furchtbar fremd ist. Letztlich kommt es darauf an, wie stark das Verlangen ist. Süchtige sind bereit, für ein paar Gramm Koks ihren Körper zu verkaufen. Brandstifter bringen sich selbst in Gefahr, nur um zu spüren, wie etwas vor ihnen in Flammen aufgeht. Patrick hat immer geglaubt, daß er als Gesetzeshüter frei von diesem quälenden Verlangen ist. Aber was ist, wenn die eigene Obsession nichts mit Drogen oder Nervenkitzel oder Geld zu tun hat? Was ist, wenn man nur den einzigen Wunsch hat, wieder so zu leben wie vor einer Woche, einem Monat, einem Jahr – und wenn man bereit ist, alles dafür zu tun?

Das war Ninas Irrtum: Sie hat das Anhalten der Zeit mit dem Zurückdrehen der Zeit verwechselt. Und er kann es ihr nicht verübeln, weil er jedesmal, wenn er mit ihr zusammen war, denselben Fehler gemacht hat.

Patrick weiß, daß er sich nicht die Frage stellen sollte, was er für Nina tun würde ... sondern was er *nicht* für sie tun würde.

Die Frau trägt meine Kleidung und meine Haut und meinen Geruch, aber sie ist nicht ich. Sünde ist wie Tinte, sie sickert in einen Menschen ein.

Worte können mich nicht zurückholen. Auch das Tageslicht nicht. Es gibt für mich kein Entrinnen mehr.

Es ist erschreckend. Ich frage mich, wer die Person ist, die da so tut, als lebte sie mein Leben. Ich möchte ihre Hand nehmen.

Und dann möchte ich sie mit aller Kraft von einer Klippe stoßen.

Patrick zieht sich ein Kleidungsstück nach dem anderen aus, während er durch die Straßen von Belle Chasse, Louisiana, geht, vorbei an schmiedeeisernen Toren und efeubewachsenen Höfen. In diesem Klima wirkt Weihnachten fehl am Platze; der Weihnachtsschmuck scheint in der feuchten Hitze zu schwitzen. Der Beweis dafür, daß Pater Szyszynski hier aufgewachsen ist, steckt in Patricks Brusttasche: die Kopie eines Eintrags in den standesamtlichen Unterlagen von New Orleans. Arthur Gwynne, geboren am 23.10.43 als Sohn von Cecilia Marquette Gwynne und Alexander Gwynne. Vier Jahre später die Hochzeit der verwitweten Cecilia Marquette Gwynne mit Teodor Szyszynski. Und 1951 die Geburt von Glen.

Halbbrüder.

Während Patrick auf die größte Kirche am Ort, Our Lady of Mercy, zusteuert, zwingt er sich, nicht darüber nachzudenken, was er machen wird, wenn er Pater Athur Gwynne gefunden hat.

Patrick trabt die Steintreppen hinauf und betritt das Hauptschiff. Direkt vor ihm ist ein Weihwasserbecken. Flackernde Kerzen werfen Wellen an die Wände, und das Licht, das durch ein Buntglasfenster fällt, malt einen leuchtenden Fleck auf den Mosaikboden. Über dem Altar ragt ein geschnitzter Jesus am Kreuz auf.

Es riecht förmlich nach Katholizismus: Bienenwachs und Feierlichkeit und Dunkelheit und Ruhe, und Patrick fühlt sich in seine Kindheit zurückversetzt. Er macht unwillkürlich das Kreuzzeichen, als er in eine der hinteren Bänke rutscht.

Vier Frauen haben die Köpfe zum Gebet geneigt, ihr Glaube umhüllt sie wie einst die Reifröcke die Südstaatendamen. Eine andere schluchzt leise in ihre Hände, während ein Priester sie im Flüsterton tröstet. Patrick wartet, fährt mit den Händen über das glänzende, polierte Holz.

Plötzlich zuckt Patrick zusammen. Hinter ihm schleicht eine Katze über den Rand der Bank. Wieder streift ihr Schwanz Patricks Hals, und er atmet stoßartig aus. »Du hast mich zu Tode erschreckt«, murmelt er.

Die Katze blinzelt ihn an, dann springt sie geschmeidig in die Arme des Priesters, der neben Patrick getreten ist. »So was gehört sich doch nicht«, sagt der Priester tadelnd.

Patrick braucht einen Moment, bis ihm klar wird, daß der Mann mit der Katze spricht. »Entschuldigen Sie. Ich suche einen Pater Arthur Gwynne.«

Der Mann lächelt. »Sie haben ihn gefunden.«

Jedesmal, wenn Nathaniel seine Mutter sehen will, schläft sie. Selbst wenn es draußen hell ist. *Stör sie nicht*, sagt sein Vater. *Sie möchte das jetzt so.* Aber Nathaniel glaubt nicht, daß sie das möchte. »Wir müssen was tun«, erklärt Nathaniel seinem Vater, als sie nach drei Tagen immer noch schläft.

Aber das Gesicht seines Vaters verzieht sich seltsam. »Wir *können* nichts tun«, erklärt er Nathaniel.

Das stimmt nicht. Nathaniel weiß es. Und als sein Vater nach draußen geht, um die Mülleimer an die Straße zu stellen, wartet Nathaniel ab, bis er das Schleifgeräusch auf dem Kies der Ausfahrt nicht mehr hört, und dann flitzt er nach oben in sein Zimmer. Er dreht seinen Abfalleimer um, damit er sich draufstellen kann, und holt das, was er braucht aus der Kommode. Leise öffnet er die Tür zum Schlafzimmer seiner Eltern und geht auf Zehenspitzen hinein, als wäre der Boden aus Watte.

Er braucht zwei Versuche, um die Leselampe auf dem Nachttisch seiner Mutter anzuschalten, und dann krabbelt Nathaniel aufs Bett. Seine Mutter scheint gar nicht dazusein, sie rührt sich nicht mal, als er ihren Namen ruft. Er stupst sie an, dann zieht er die Decke weg.

Das Ding, das nicht wie seine Mutter ist, stöhnt und kneift die Augen in dem jähen Licht zusammen. Ihr Haar ist wirr und verfilzt, wie bei den braunen Schafen im Streichelzoo. Die Augen sehen aus, als wären sie ihr tief ins Gesicht gefallen, und rechts und links von ihrem Mund sind Furchen. Sie riecht nach Traurigkeit. Sie blinzelt Nathaniel einmal an, als wäre er etwas, das ihr irgendwie bekannt vorkommt, aber an das sie sich nicht genau erinnern kann. Dann zieht sie sich die Decke wieder über den Kopf und dreht sich von ihm weg.

»Mommy?« flüstert Nathaniel, weil dieser Ort hier Stille verlangt. »Mommy, ich weiß, was du brauchst.«

Nathaniel hat darüber nachgedacht, und er weiß noch, wie das war, an einem dunklen Ort gefangen zu sein und es nicht erklären zu können. Und er weiß auch noch, was sie damals für ihn getan hat. Also nimmt er das Zeichensprachenbuch von Dr. Robichaud und schiebt es unter die Decke, in die Hände seiner Mutter.

Er hält den Atem an, als ihre Hände über den Rand gleiten und die Seiten umblättern. Ein Geräusch ertönt, das Nathaniel noch nie gehört hat, als würde die ganze Erde aufreißen, oder vielleicht wie ein brechendes Herz – und das Buch rutscht unter der Decke hervor, fällt aufgeklappt zu Boden. Und plötzlich hebt sich die Decke, und er ist dort, wo er das Zeichensprachenbuch hingetan hatte, fest in ihren Armen. Sie hält ihn so fest an sich gedrückt, daß gar kein Raum mehr für Worte ist. Und das ist auch ganz egal, denn Nathaniel versteht genau, was seine Mutter ihm sagt.

Gott, denke ich und verziehe das Gesicht. *Machen Sie das Licht aus.*

Aber Fisher fängt an, die Blätter und Unterlagen auf der Decke auszubreiten, als hätte er tagtäglich Besprechungen mit Mandanten, die zu erschöpft sind, ihr Schlafzimmer zu verlassen.

»Gehen Sie weg«, ächze ich.

»Fakt ist, er hatte ein Knochenmarktransplantation«, sagt Fisher energisch. »Sie haben den falschen Priester erschossen. Wie müssen uns also irgendwas überlegen, wie wir daraus einen Vorteil schlagen können.« Unsere Augen treffen sich, und noch ehe er seine Kontrolle wiedergefunden hat, sehe ich den Schock und, ja, den Ekel, den er bei meinem Anblick empfindet. Ungewaschen, unbekleidet, verwahrlost.

Ja, schauen Sie mich an, Fisher, denke ich. *Jetzt müssen Sie nicht mehr nur so tun, als wäre ich verrückt.*

Ich rolle mich auf die Seite, und einige Unterlagen rutschen vom Bett. »Mit mir müssen Sie das Spiel nicht spielen, Nina«, seufzt Fisher. »Sie haben mich engagiert, damit Sie nicht ins Gefängnis wandern, und Sie werden auch nicht ins Gefängnis wandern, verdammt noch mal. Ich hab schon die notwendigen Anträge für ein Geschworenengericht gestellt, aber die können wir auch im letzten Moment zurückziehen.« Sein Blick wandert über mein Nachthemd, mein ungekämmtes Haar. »Vielleicht ist es leichter, eine einzelne Person davon zu überzeugen, daß ... daß sie unzurechnungsfähig waren.«

Ich ziehe mir die Decke über den Kopf.

»Wir haben jetzt das Gutachten von O'Brien. Sie haben Ihre Sache gut gemacht, Nina. Ich laß es Ihnen hier, dann können Sie es sich ansehen ...«

Ich beginne zu summen, damit ich ihn nicht mehr hören kann.

»Schön.«

Ich stecke mir die Finger in die Ohren.

»Ich glaube, das wär's fürs erste.« Ich spüre links von mir Bewegung, als er die Akten einsammelt. »Ich melde mich dann nach Weihnachten wieder.« Er entfernt sich von mir, seine teuren Schuhen streifen über den Teppich.

Ich habe einen Menschen getötet. Das ist ein Teil von mir geworden, so wie die Farbe meiner Augen oder das Muttermal auf meinem rechten Schulterblatt.

Als er gerade an der Tür ist, ziehe ich die Decke vom Gesicht. »Fisher«, sage ich.

Er dreht sich um, lächelt.

»Ich werde vor Gericht aussagen.«

Das Lächeln verschwindet. »Nein, das werden Sie nicht.«

»Doch.«

Er tritt wieder ans Bett. »Wenn Sie in den Zeugenstand gehen, wird Brown Sie in Stücke reißen. Wenn Sie in den Zeugenstand gehen, kann selbst ich Ihnen nicht mehr helfen.«

Ich starre ihn an, eine Ewigkeit. »Na und?« sage ich.

»Anruf für dich«, erklärt Caleb und läßt das schnurlose Telefon aufs Bett fallen. Als ich keine Anstalten mache, danach zu greifen, fügt er hinzu: »Es ist Patrick.«

Es gibt also doch noch etwas, das stark genug ist, mich aus meiner Erstarrung und meinem Selbstmitleid zu reißen – die Möglichkeit zu handeln. Und ich muß wissen, wo er ist.

»Patrick?« Ich halte den Hörer ans Ohr.

»Ich hab ihn gefunden, Nina. Er ist in Louisiana. In einer kleinen Stadt namens Belle Chasse. Er ist Priester.«

Blitzartig weicht alle Luft aus meiner Lunge. »Hast du ihn festgenommen?«

Er zögert. »Nein.«

»Hast du ...« Ich kann nicht zu Ende sprechen. Ein Teil von mir hofft verzweifelt, daß er mir etwas Entsetzliches gestehen wird, das ich unbedingt hören möchte. Und ein anderer Teil von mir hofft, daß das, zu dem ich geworden bin, nicht auch ihn vergiftet hat.

»Ich hab mit dem Kerl geredet. Aber ich konnte ihm doch nicht sagen, daß ich ihn im Visier habe oder daß ich aus Maine bin. Wir hatten das ja schon mal, zu Anfang, mit Nathaniel – gib einem Kinderschänder einen Tip, und er haut ab, und wir kriegen nie ein Geständnis. Gwynne ist bestimmt noch gerissener, denn er weiß schließlich, daß sein Halbbruder getötet wurde, wegen eines sexuellen Mißbrauchs, den Gwynne selbst begangen hatte.« Patrick stockt. »Also hab ich ihm erzählt, ich sei auf der Suche nach der passenden Kirche für meine Trauung. Was Besseres ist mir so schnell nicht eingefallen.«

Tränen schießen mir in die Augen. Patrick war so nah an ihm dran. »Nimm ihn fest. Um Gottes willen, Patrick, leg sofort auf und geh zu ihm und –«

»Nina, hör auf. In Louisiana bin ich kein Cop. Die Straftat ist nicht hier verübt worden. Ich brauche einen Haftbefehl aus Maine, um diesen Gwynne zu kriegen, und selbst dann könnte er gegen die Auslieferung Rechtsmittel einlegen.« Nach kurzer Pause sagt er: »Und was, meinst du, würde mein Chef dazu sagen, wenn er herausfindet, daß ich meine Dienstmarke dazu mißbrauche, Informationen in einem Fall zu sammeln, für den ich gar nicht zuständig bin?«

»Aber Patrick ... du hast ihn gefunden.«

»Ich weiß. Und er wird seine Strafe bekommen. Nur nicht heute.«

Er erkundigt sich, ob es mir gutgeht, und ich lüge ihn an. Wie kann es mir gutgehen? Ich bin wieder da, wo ich angefangen habe. Nur daß jetzt, wenn mir wegen der Ermordung eines Unschuldigen der Prozeß gemacht worden ist, Nathaniel in ein weiteres Verfahren verwickelt werden wird. Während ich im Gefängnis sitze, muß er seinem Peiniger gegenübertreten, den Alptraum erneut durchleben.

Patrick verabschiedet sich, und ich starre das Telefon in meiner Hand an.

Beim ersten Mal hatte ich sehr viel mehr zu verlieren.

»Was machst du denn?«

Ich ziehe mir gerade einen Pullover über, da sehe ich Caleb im Schlafzimmer stehen. »Wonach sieht es denn aus?« Ich knöpfe meine Jeans zu.

»Patrick hat es geschafft, daß du aufstehst«, sagt er, und in seiner Stimme schwingt ein ungewohnter Ton mit.

»Patrick hatte eine Information für mich, deshalb bin ich aufgestanden«, stelle ich klar. Ich will um Caleb herumgehen, aber er versperrt mir den Weg. »Bitte. Ich muß weg.«

»Nina, du gehst nirgendwohin. Das Armband.«

Ich blicke in das Gesicht meines Mannes. Auf seiner Stirn sind feine Linien, die ich noch nie gesehen habe, und mit einigem Schrecken begreife ich, daß ich sie verursacht habe.

Ich bin ihm eine Antwort schuldig.

»Patrick hat den Namen des Knochenmarkspenders herausgefunden. Es ist der Priester, der im Oktober in St. Anne's zu Besuch war. Der mit der Katze. Er heißt Arthur Gwynne, und er ist an einer Kirche in Belle Chasse, Louisiana.«

Caleb wird blaß. »Warum ... warum erzählst du mir das?«

Weil ich beim ersten Mal allein gehandelt habe, obwohl ich dir zumindest meinen Plan hätte mitteilen sollen. Weil du, wenn du vor Gericht danach gefragt wirst, nicht aussagen mußt. »Weil es«, sage ich, »noch nicht vorbei ist.«

Er weicht zurück. »Nina. Nein.« Ich stehe auf, aber er packt mein Handgelenk, zieht mich dicht an sich heran. Mein Arm tut weh. »Was hast du vor? Gegen deinen Hausarrest verstoßen und noch einen Priester umbringen? Einmal ›lebenslänglich‹ reicht dir wohl noch nicht?«

»In Louisiana gibt es die Todesstrafe«, kontere ich.

Caleb läßt mich so abrupt los, daß ich zurückstolpere und hinfalle. »Willst du das?« fragt er ruhig. »Bist du wirklich so egoistisch?«

»Egoistisch?« Ich weine jetzt haltlos. »Ich tue das für unseren Sohn.«

»Du tust das für *dich*, Nina. Wenn du auch nur ein kleines bißchen an Nathaniel denken würdest, dann würdest du dich darauf besinnen, seine Mutter zu sein. Du würdest endlich aufstehen und dein Leben wieder in den Griff bekommen, und du würdest diesen Gwynne unserem Rechtssystem überlassen.«

»Rechtssystem. Soll ich etwa abwarten, bis die Gerichte endlich soweit sind, gegen diesen Dreckskerl Anklage zu erheben? Während er zehn, zwanzig andere Kinder vergewaltigt? Und soll ich dann noch länger warten, während die Gouverneure von Maine und Louisiana sich darüber streiten, wem die Ehre zuteil wird, den Prozeß zu führen? Und soll ich dann noch einmal warten, während Nathaniel gegen das Schwein aussagen muß? Und soll ich zusehen, wie Gwynne zu einer Strafe verurteilt wird, die er längst verbüßt hat, wenn unser Sohn noch immer unter Alpträumen leidet?« Ich atme tief und zittrig ein. »So sieht dein Rechtssystem aus, Caleb. Lohnt es sich, darauf zu warten?«

Er antwortet nicht, und ich stehe auf. »Ich muß sowieso wegen Mordes ins Gefängnis. Ich habe kein Leben mehr. Aber Nathaniel soll eins haben.«

»Möchtest du, daß dein Sohn ohne dich aufwächst?« Calebs Stimme bebt. »Das kannst du haben.«

Er steht jäh auf, geht aus dem Schlafzimmer und ruft Nathaniels Namen. »He, Sportsfreund«, höre ich ihn sagen. »Wir gehen jetzt auf Abenteuerfahrt.«

Meine Hände und Füßen werden taub. Aber ich schaffe es,

in Nathaniels Zimmer zu gehen, wo Caleb wahllos Kleidungsstücke in einen Batman-Rucksack stopft. »Was ... was machst du denn da?«

»Wonach sieht es denn aus?« entgegnet Caleb, ein Echo meiner eigenen Worte von vorhin.

Nathaniel hüpft im Bett auf und ab. Sein Haar fliegt wie Seide. »Du kannst ihn mir nicht wegnehmen.«

Caleb zieht den Rucksackreißverschluß zu. »Wieso nicht? Eben warst du selbst bereit, dich ihm wegzunehmen.« Er sieht Nathaniel an, zwingt sich zu einem Lächeln. »Fertig?« fragt er, und Nathaniel springt ihm in die ausgestreckten Arme.

»Bis bald, Mommy!« kräht er. »Wir gehen auf Abenteuerfahrt!«

»Ich weiß.« Es ist nicht leicht, mit einem Kloß im Hals zu lächeln. »Ich hab's gehört.«

Caleb trägt ihn an mir vorbei. Schritte poltern die Treppe hinunter, und dann fällt die Tür ins Schloß. Der Motor von Calebs Pick-up springt an, und der Wagen rollt die Einfahrt hinunter.

Ich sinke auf Nathaniels Bett, auf die Decke, die nach Buntstiften und Lebkuchen riecht. Tatsache ist, daß ich dieses Haus nicht verlassen kann. Sobald ich das tue, ist im Handumdrehen ein Polizeiwagen hinter mir her. Ich würde festgenommen, bevor ich auch nur am Flughafen wäre.

Caleb hat es geschafft. Er hat mich daran gehindert zu tun, was ich unbedingt tun will.

Denn er weiß, falls ich jetzt doch aus dem Haus gehe, dann nicht, um Arthur Gwynne zu finden. Ich würde nach meinem Sohn suchen.

Drei Tage später hat Caleb sich immer noch nicht gemeldet. Ich habe in jedem Hotel und Motel im gesamten Umkreis angerufen, aber falls er in einem davon abgestiegen ist, dann nicht unter seinem richtigen Namen. Aber heute ist Heiligabend, und da werden sie bestimmt zurückkommen. Nathaniels Geschenke habe ich allesamt hübsch eingepackt. Von den allmählich schwindenden Vorräten im Kühlschrank habe ich ein Hühnchen zubereitet und Selleriesuppe gemacht. Und den Tisch habe ich mit unserem besten Geschirr gedeckt.

Ich habe auch geputzt, weil ich möchte, daß Caleb gleich, wenn er hereinkommt, sieht, wie sauber es ist. Wenn er den äußerlichen Unterschied sieht, begreift er ja vielleicht, daß ich auch innerlich anders bin. Ich hab mir das Haar zu einem französischen Knoten gebunden und trage eine schwarze Samthose mit roter Bluse. Als Ohrstecker habe ich mich für das Weihnachtsgeschenk entschieden, das ich letztes Jahr von Nathaniel bekam: winzigkleine Schneemänner aus Knetmasse.

Aber dennoch ist das alles nur oberflächlich. Ich habe Ringe unter den Augen, weil ich nicht mehr richtig geschlafen habe, seit sie fort sind. Als wäre das eine Art kosmische Strafe dafür, daß ich die Tage verdöst habe, als wir noch alle zusammen waren. Nachts wandere ich von Zimmer zu Zimmer, suche im Teppich nach den Stellen, die Nathaniel mit seinen Füßen abgewetzt hat. Ich sehe mir alte Fotos an. Ich bin eine Spukgestalt in meinem eigenen Haus.

Wir haben keinen Weihnachtsbaum, weil ich nicht hinausgehen konnte, um einen zu schlagen. Traditionellerweise gehen wir am letzten Samstag vor Weihnachten in den Wald und suchen gemeinsam einen aus. Aber in dieser Adventszeit war nichts wie in früheren Jahren.

Um vier Uhr habe ich die Kerzen angezündet und eine Weihnachts-CD aufgelegt. Ich sitze da, die Hände im Schoß gefaltet, und warte.

Um halb fünf beginnt es zu schneien. Ich sortiere Nathaniels Geschenke neu, diesmal nach Größe.

Zehn Minuten später höre ich einen Wagen die Auffahrt heraufkommen. Ich springe auf, blicke mich ein letztes Mal nervös um und reiße dann mit einem breiten Lächeln die Tür auf. Der UPS-Mann steht müde mit einem Päckchen auf meiner Veranda. »Nina Frost?« fragt er gelangweilt.

Ich nehme das Päckchen, und er wünscht mir fröhliche Weihnachten. Drinnen auf der Couch reiße ich es auf. Ein ledergebundener Terminkalender für 2002, von Fishers Kanzlei. Auf der Innenseite des Einbandes steht: FROHE FESTTAGE *von Carrington, Whitcomb, Horoby und Platt.* »Den kann ich bestimmt gut gebrauchen«, sage ich laut, »wenn ich im Gefängnis sitze.«

Als die Sterne sich zaghaft am Nachthimmel zeigen, schalte ich die Stereoanlage aus. Ich blicke aus dem Fenster auf die Auffahrt, die allmählich unter dem Schnee verschwindet.

Schon vor seiner Scheidung hat Patrick sich an Weihnachten freiwillig zum Dienst gemeldet. Manchmal schiebt er sogar Doppelschichten. Die Notrufe kommen meist von älteren Leuten, die ein merkwürdiges Geräusch oder ein verdächtiges Auto melden, das aber stets verschwunden ist, wenn Patrick eintrifft. Im Grunde wollen die Menschen an einem Abend, an dem sonst niemand allein ist, nur ein bißchen Gesellschaft.

»Frohe Weihnachten«, sagt er, als er sich von Maisie Jenkins verabschiedet, zweiundachtzig, seit kurzem Witwe.

»Gottes Segen«, ruft sie ihm nach und geht wieder in ihr Haus, das so leer ist wie das, zu dem Patrick zurückkehren wird.

Er könnte Nina besuchen, aber bestimmt hat Caleb Nathaniel heute abend zurückgebracht. Nein, da möchte Patrick nicht stören. Statt dessen steigt er in sein Auto und fährt durch die gepflegten Straßen von Biddeford. Weihnachtsbeleuchtung strahlt auf Veranden und in Fenstern wie zahllose Juwelen, als wäre die Welt mit ungeahnten Reichtümern überhäuft worden. Während er langsam Streife fährt, stellt er sich die schlafenden Kinder vor. Verdammte Weihnachtsseligkeit.

Patrick merkt, daß er sich der Gegend nähert, in der die Frosts wohnen. Er will nur an Ninas Haus vorbeifahren, um sich zu vergewissern, daß alles in Ordnung ist. Das hat er seit seiner Rückkehr nach Biddeford, als Nina und Caleb bereits verheiratet waren, nur noch unregelmäßig getan. Früher fuhr er in der Nachtschicht an ihrem Haus vorbei und sah, daß alle Lichter aus waren, bis auf das in ihrem Schlafzimmer. Vermutlich eine Sicherheitsmaßnahme, redete er sich damals ein.

Aber geglaubt hat er das bis heute nicht.

Es soll etwas ganz Tolles sein, das weiß Nathaniel. Er darf an Heiligabend ganz lange aufbleiben, und er darf so viele Geschenke aufmachen, wie er will, nämlich alle. Und sie wohnen in einem richtigen alten Schloß in einem anderen Land, das Kanada heißt.

Alle reden in einer fremden Sprache, die Nathaniel nicht versteht, und das erinnert ihn an seine Mutter.

Er hat einen ferngesteuerten Truck ausgepackt, ein Stoffkänguruh, einen Hubschrauber. Matchbox-Autos in so vielen Farben, daß ihm ganz schwindelig wird. Zwei Computerspiele und einen winzigen Flipperautomaten, den er in einer Hand halten kann. Das ganze Zimmer ist übersät mit Geschenkpapier, das sein Vater jetzt ins Kaminfeuer wirft.

»Ziemlich fette Beute«, sagt er und lächelt Nathaniel an.

Sein Vater hat Nathaniel bestimmen lassen, was sie machen. Also haben sie den ganzen Tag in einem Fort gespielt und sind mit einer Seilbahn gefahren. Sie waren in einem Restaurant, an dem draußen ein riesengroßer Elchkopf aufgehängt war, und Nathaniel durfte sich fünf verschiedene Nachspeisen bestellen. Dann sind sie auf ihr Zimmer gegangen und haben die Geschenke aufgemacht. Sie haben alles getan, was Nathaniel wollte, und das ist zu Hause nie so.

»Na«, sagt sein Vater. »Was möchtest du als nächstes?«

Aber das einzige, was Nathaniel wirklich will, ist, daß alles wieder so ist wie früher.

Um elf Uhr klingelt es, und ein Weihnachtsbaum steht vor der Tür. Dann lugt Patricks Gesicht zwischen den Zweigen hervor. »Hallo«, sagt er.

Mein Gesicht fühlt sich gummiartig an und das Lächeln darauf fehl am Platze. »Hallo.«

»Ich hab euch einen Baum gekauft.«

»Das sehe ich.« Ich trete zurück und lasse ihn ins Haus. Er lehnt den Baum gegen die Wand, und es regnet Nadeln um unsere Füße. »Calebs Pick-up ist nicht da.«

»Genau wie Caleb. Genau wie Nathaniel.«

Patricks Augen werden dunkel. »Ach, Nina. Meine Güte, das tut mir leid.«

»Muß es nicht.« Ich setze mein tapferstes Grinsen auf. »Jetzt hab ich einen Baum. Und jemanden, der mir dabei hilft, mein Weihnachtsessen zu verspeisen.«

»Selbstverständlich, es ist mir ein Vergnügen.«

»Komm rein. Ich hol das Essen aus dem Kühlschrank.«

»Sofort.« Er läuft zu seinem Wagen zurück und kommt mit etlichen Einkaufstüten wieder. Manche sind mit Schleifen zugebunden. »Frohe Weihnachten.« Dann fällt ihm noch etwas ein, und er beugt sich vor und küßt mich auf die Wange.

»Es hatten nicht mehr viele Geschäfte offen«, entschuldigt Patrick sich, während er anfängt, die Tüten auszupacken. Popcorn, Käsekräcker, Chips. Alkoholfreier Sekt.

Ich nehme die Sektflasche und drehe sie in der Hand. »Ich darf mich noch nicht mal betrinken, was?«

»Weil dich das wieder ins Gefängnis bringt.« Patrick hält meinem Blick stand. »Du kennst die Regeln, Nina.«

Und weil er schon immer gewußt hat, was gut für mich ist, folge ich ihm ins Wohnzimmer, wo wir den Baum in den leeren Ständer stellen. Wir machen ein Feuer und hängen dann den Christbaumschmuck aus den Schachteln, die ich vom Speicher geholt habe, an die Zweige.

Als wir fertig sind, setzen wir uns auf die Couch und essen

kaltes Hühnchen mit Chips. Unsere Schultern berühren sich, und ich muß daran denken, wie wir früher oft auf dem schwimmenden Pier am Badesee eingeschlafen sind, wie die Sonne uns ins Gesicht und auf die Brust brannte, unsere Haut auf genau dieselbe Temperatur erhitzte. Patrick stellt die anderen Tüten unter den Baum. »Du mußt mir versprechen, daß du sie erst morgen früh aufmachst.«

Mir wird klar, daß er sich verabschieden will.

»Aber bei dem Schnee ...«

Er zuckt die Achseln. »Allradantrieb. Das geht schon.«

Ich drehe mein Glas hin und her. »Bitte«, sage ich, mehr nicht. Vorher war es schon schlimm genug. Jetzt, wo Patrick hier ist, wird mir alles noch leerer vorkommen, wenn er geht.

»Wir haben schon morgen.« Patrick zeigt auf die Uhr: Viertel nach zwölf. »Frohe Weihnachten.« Er gibt mir zwei von den Plastiktüten.

»Aber ich hab nichts für dich.«

»Nun mach schon auf.«

In der ersten Tüte ist ein kleines Zelt. In der zweiten eine Taschenlampe und ein funkelnagelneues Cluedo-Spiel. Ein Lächeln huscht über Patricks Gesicht. »Jetzt hast du die Chance, mich zu schlagen, was du natürlich nicht schaffst.«

Begeistert strahle ich ihn an. »Ich mach dich fertig.« Wir ziehen das Zelt aus der Schutzhülle und bauen es vor dem Weihnachtsbaum auf. Es ist weiß Gott nicht für zwei Erwachsene gedacht, aber wir kriechen trotzdem hinein. »Ich glaube, Zelte sind kleiner geworden.«

»Nein, wir sind größer geworden.« Patrick legt das Spielbrett zwischen uns. »Ich laß dich sogar anfangen.«

»Du bist ja ein richtiger Märchenprinz«, sage ich. Mit jedem Wurf des Würfels scheinen wir ein Jahr zurückzugleiten. Unsere Knie stoßen aneinander, und unser Lachen erfüllt die kleine Vinyl-Pyramide. Die Christbaumkerzen da draußen könnten Glühwürmchen sein. Die Flammen hinter uns ein Freudenfeuer. Patrick nimmt mich mit in die Vergangenheit, und das ist das schönste Geschenk, das er mir machen kann.

Er gewinnt übrigens. Es war Miss Scarlett, in der Bibliothek, mit einem Schraubschlüssel.

»Ich verlange eine Revanche«, verkünde ich.

Patrick lacht aus vollem Herzen. »Wie viele Jahre warst du auf dem College?«

»Patrick, halt den Mund und fang von vorn an.«

»Von wegen. Ich höre auf, solange ich in Führung liege. Und zwar mit etwa hundert Partien, oder wie viele sind's inzwischen?«

Ich will nach seiner Spielfigur greifen, aber er hält sie so, daß ich nicht drankomme. Er hebt die Hand noch höher, und als ich sie packen will, stoße ich das Spielbrett um und das Zelt gleich mit. Wir kippen in einem Durcheinander aus Vinyl und Cluedo-Karten zur Seite. »Wenn ich dir das nächste Mal ein Zelt kaufe«, lächelt Patrick, »nehme ich es eine Nummer größer.«

Meine Hand gleitet auf seine Wange, und er erstarrt. Seine hellen Augen fixieren meine, eine Herausforderung. »Patrick«, flüstere ich. »Frohe Weihnachten.« Und ich küsse ihn.

Fast ebenso schnell weicht er zurück. Plötzlich kann ich ihn nicht einmal mehr ansehen. Ich kann nicht fassen, daß ich das getan habe. Doch dann spüre ich seine Hand an meinem Kinn, und er küßt mich zurück, als wollte er seine Seele in mich ergießen.

Wir rollen aus dem Zelt. Das Feuer ist warm auf der rechten Seite meines Gesichts, und Patricks Finger sind in meinem Haar. Das Ganze ist schlecht, ich weiß, aber ich habe in mir einen Platz für ihn. Als ob er der erste war, vor allen anderen. Und ich denke, daß etwas Unmoralisches nicht immer falsch sein muß.

Ich stütze mich auf und blicke zu ihm hinunter. »Wieso hast du dich scheiden lassen?«

»Was glaubst du, warum?« antwortet er leise.

Ich knöpfe meine Bluse auf, erröte dann und ziehe sie wieder zusammen. Patrick bedeckt meine Hände mit seinen und schiebt die Seidenärmel nach unten. Dann zieht er sein Hemd aus, und ich berühre sanft seine Brust, erkunde eine Landschaft, die nicht Caleb ist.

»Laß ihn nicht zwischen uns«, fleht Patrick, weil er schon immer meine Gedanken erraten konnte. Ich küsse seine Brustwarzen, gleite an dem Pfeil aus schwarzem Haar hinunter, der in seiner Hose verschwindet. Meine Hände öffnen seinen Gürtel, und dann halte ich sein Glied in der Hand. Ich beuge mich tiefer und nehme es in den Mund.

Gleich darauf zieht er mich an den Haaren nach oben, preßt mich an seine Brust. Sein Herz schlägt so schnell, eine Mahnung. »Tut mir leid«, haucht er an meiner Schulter. »Zuviel. Du und ich, das ist alles zuviel.«

Nach einem Moment ertastet er seinen Weg an mir hinunter. Ich versuche, nicht an meinen weichen Bauch, meine Schwangerschaftsstreifen, meine Schönheitsfehler zu denken. Um solche Dinge muß man sich in einer Ehe keine Sorgen machen. »O Nina.«

Seine Worte sind ein Keuchen zwischen meinen Beinen.

»*Patrick.*« Ich zerre an seinem Haar. Aber seine Finger gleiten in mich hinein, und ich versinke. Er schiebt sich an mir hoch, hält mich fest, dringt ein. Wir bewegen uns, als hätten wir das schon immer getan. Dann bäumt Patrick sich auf, zieht sich zurück und kommt zwischen uns.

Es verbindet uns, Haut an Haut, eine klebrige Schuld.

»Ich konnte nicht −«

»Ich weiß.« Ich lege einen Finger auf seine Lippen.

»Nina.« Seine Augen schließen sich langsam. »Ich liebe dich.«

»Auch das weiß ich.« Mehr gestatte ich mir selbst jetzt nicht zu sagen. Ich liebkose die Rundung seiner Schulter, die Linie des Rückgrats. Ich will, daß sich alles in meiner Erinnerung einprägt.

»Nina.« Patrick verbirgt ein Grinsen dicht an meinem Hals. »Bei Cluedo bin ich trotzdem besser als du.«

Er schläft in meinen Armen ein, und ich betrachte ihn. Und dann sage ich ihm das, was ich sonst niemandem sagen kann. Ich mache eine Faust, der Buchstabe S, und bewege sie kreisförmig über seinem Herzen. Es ist die ehrlichste Art, die ich kenne, um zu sagen, daß es mir leid tut.

Patrick wacht auf, als die Sonne ein glühender Draht am Horizont ist. Er legt eine Hand zuerst auf Ninas Schulter, dann auf seine Brust, bloß um sich zu vergewissern, daß alles real ist. Er lehnt sich zurück, starrt die glimmende Glut im Kamin an und versucht, den Morgen kraft seiner Gedanken zu vertreiben.

Aber der Morgen wird kommen, und mit ihm die Erklärungen. Und trotz der Tatsache, daß er Nina besser kennt als sie sich selbst, weiß er nicht, für welche Entschuldigung sie sich entscheiden wird. Sie hat es sich zum Beruf gemacht, die Missetaten anderer zu beurteilen. Und ganz gleich, welches Argument sie anführen wird, in seinen Ohren würden sie alle gleich klingen: *Das hätte nicht passieren dürfen; es war ein Fehler.*

Es gibt nur eines, was Patrick aus ihrem Munde hören möchte, und das ist sein Name.

Alles andere würde die Nacht nur in Frage stellen, und Patrick will sie unversehrt bewahren. Deshalb zieht er behutsam seinen Arm unter der köstlichen Schwere von Ninas Kopf hervor. Er küßt sie auf die Schläfe, er amtet sie noch einmal tief ein. Er läßt sie los, ehe sie Gelegenheit hat, ihn loszulassen.

Das Zelt, das wieder aufrecht steht, ist das erste, was ich bemerke. Das zweite ist Patricks Abwesenheit. Irgendwann, während ich unglaublich tief geschlafen habe, hat er mich verlassen.

Wahrscheinlich ist es besser so.

Als ich die Spuren unserer Feier von letzter Nacht wegge-räumt und geduscht habe, bin sich selbst schon fast der Über-zeugung, daß das tatsächlich stimmt. Aber ich kann mir nicht vorstellen, Patrick je wieder zu sehen, ohne an das Bild zu denken, wie er über mich gebeugt war und sein schwarzes Haar mein Gesicht streifte. Und ich glaube nicht, daß der Frieden in mir, der wie Honig durch meine Adern fließt, dem Weihnachtsfest zuzuschreiben ist.

Vergib mir, Vater, denn ich habe gesündigt.

Aber habe ich das wirklich? Hält sich das Schicksal an ir-gendwelche Regeln? Zwischen *ich sollte* und *ich will* tut sich ein gewaltiger Ozean auf, und ich ertrinke darin.

Es klingelt an der Tür, und ich springe von der Couch auf, wische mir rasch über die Augen. Patrick, der vielleicht Kaf-fee gekauft hat oder Bagels. Wenn *er* sich entscheidet zurück-zukommen, trifft mich keine Schuld. Selbst wenn ich es mir gewünscht habe.

Doch als ich die Tür öffne, steht Caleb auf der Veranda, mit Nathaniel vor ihm. Das Lächeln meines Sohnes ist strahlen-der als das Gleißen des Schnees in der Einfahrt, und einen verschreckten Moment lang spähe ich über Calebs Schulter hinweg, um nachzusehen, ob die Spuren von Patricks Wagen vom Schnee zugeweht worden sind. Kann man Schuld wit-tern, wie einen Duft auf der Haut? »Mommy!« ruft Natha-niel.

Ich hebe ihn hoch in die Luft, ergötze mich an seinem Ge-wicht. Das Herz flattert mir wie ein Kolibri in der Kehle. »Caleb.«

Er sieht mich nicht an. »Ich bleibe nicht.«

Also ein Gnadenbesuch. In wenigen Minuten wird Natha-niel wieder fort sein. Ich drücke ihn fester an mich.

»Frohe Weihnachten, Nina«, sagt Caleb. »Ich hole ihn morgen wieder ab.« Er nickt mir zu und geht dann die Veran-dastufen hinunter. Nathaniel plappert aufgeregt auf mich ein, und seine Freude umhüllt uns warm, als der Pick-up abfährt. Ich studiere die Fußspuren, die Caleb auf der verschneiten Einfahrt hinterlassen hat, als wären sie Indizien, der verblüffende Beweis für einen Geist, der kommt und geht.

III

Unsere Tugenden sind meist nur verborgene Laster.

François, Duc de la Rochefoucauld

Heute hat uns Miss Lydia in der Pause etwas ganz Besonderes zu essen gegeben.

Zuerst ein Blatt grünen Salat mit einer Rosine drauf. Das sollte das Ei sein.

Dann eine Mozzarella-Raupe.

Danach kam eine Chrysalis, eine Traube.

Zum Schluß gab es ein Stück Zimtbrot, das die Form eines Schmetterlings hatte.

Dann sind wir nach draußen gegangen und haben die Chrysippusfalter freigelassen, die in unserer Klasse zur Welt gekommen waren. Einer landete auf meinem Handgelenk. Er sah jetzt anders aus, aber ich wußte genau, daß er die Raupe war, die ich eine Woche vorher gefunden und Miss Lydia geschenkt hatte. Dann ist er in die Sonne geflogen.

Manchmal verändern sich Dinge so schnell, daß es mir tief drin im Hals weh tut.

7

»Nein«, sage ich zu Fisher. Wir sind auf unserem Spaziergang stehengeblieben; die kalte Januarluft kriecht mir den
Mantel hoch. Ich gebe ihm brüsk das Blatt Papier zurück, als
ob der Name meines Sohnes von der Zeugenliste verschwinden würde, wenn ich ihn nicht mehr sehe.

»Nina, das entscheiden nicht Sie«, sagt er sanft. »Nathaniel
wird aussagen müssen.«

»Das ist doch nur ein Trick von Quentin Brown. Er will
bloß, daß Nathaniel vor meinen Augen einen Rückfall hat und
ich vielleicht wieder durchdrehe, diesmal vor Richter *und* Geschworenen.« Tränen gefrieren an den Spitzen meiner Wimpern. Ich will, daß die Sache endlich vorbei ist. Schließlich habe
ich deshalb einen Menschen ermordet – weil ich dachte, nur so
den Felsen am Weiterrollen hindern zu können. Weil mein
Sohn nach dem Tod des Angeklagten nicht mehr als Zeuge die
schlimmste Sache schildern müßte, die ihm je widerfahren ist.
Ich wollte, daß Nathaniel das unselige Kapitel ein für allemal
abschließen könnte – und ich habe genau das Gegenteil erreicht. Nicht einmal ein so großes Opfer – das Leben des Priesters, meine eigene Zukunft – hat das bewirken können.

Nathaniel und Caleb halten seit Weihnachten Distanz zu
mir, doch alle paar Tage bringt Caleb ihn für ein paar Stunden
zu mir.

Ich weiß, in welchem Motel sie wohnen, und manchmal, wenn ich mich besonders tapfer fühle, rufe ich an. Aber es geht immer Caleb ans Telefon, und entweder haben wir uns nichts zu sagen, oder es brennt uns so viel auf der Seele, daß wir nicht wissen, wo wir anfangen sollen.

Nathaniel aber geht es gut. Wenn er mich besuchen kommt, lächelt er. Er singt mir die Lieder vor, die er in der Schule gelernt hat. Und er zuckt nicht mehr zusammen, wenn ihn jemand von hinten an der Schulter berührt.

Alles Fortschritte, die eine Anhörung zur Feststellung seiner Verhandlungsfähigkeit wieder zunichte machen wird.

»Fisher«, sage ich auf einmal, ganz selbstverständlich, »ich gehe ins Gefängnis.«

»Unsinn –«

»Fisher. Bitte.« Ich berühre seinen Arm. »Ich schaffe das schon. Ich glaube sogar, daß ich es verdient habe. Aber ich habe nur aus einem einzigen Grund einen Menschen getötet – damit Nathaniel nicht noch mehr Schaden nimmt. Ich möchte nicht, daß er je wieder daran denken muß, was ihm angetan wurde. Wenn Quentin jemanden bestrafen will, dann soll er mich bestrafen. Aber Nathaniel ist tabu.«

Er seufzt. »Nina, ich werde tun, was ich kann –«

»Sie verstehen das nicht«, falle ich ihm ins Wort. »Das ist nicht genug.«

Da Richter Neal aus Portland kommt, hat er am Gericht von Alfred kein Amtszimmer und muß sich für die Dauer meines Prozesses mit dem Büro eines Kollegen begnügen. Richter McIntyre ist allerdings ein passionierter Jäger, weshalb der kleine Raum mit Geweihen von Elchen und Hirschen geschmückt ist, die ihm zum Opfer gefallen sind. *Und ich,* denke ich. *Bin ich das nächste Opfer?*

Fisher hat einen Antrag gestellt, weshalb wir uns im Richterzimmer treffen, um vor den Presseleuten sicher zu sein. »Euer Ehren, das Ganze ist so unerhört«, sagt er, »daß ich mich kaum beherrschen kann. Die Staatsanwaltschaft hat Pater Szyszynskis Tod auf Video. Wieso muß der Junge da noch in den Zeugenstand?«

»Mr. Brown?« gibt der Richter die Frage weiter.

»Euer Ehren, der angebliche Auslöser für den Mord war die damalige psychische Verfassung des Jungen sowie die Tatsache, daß die Angeklagte glaubte, Pater Szyszynski hätte ihren Sohn sexuell mißbraucht. Inzwischen hat die Staatsanwaltschaft erfahren, daß letzteres nicht der Fall war. Die Geschworenen sollten wissen, was Nathaniel seiner Mutter tatsächlich erzählt hat, bevor sie den Priester erschoß.«

Der Richter schüttelt den Kopf. »Mr. Carrington, mir sind da die Hände gebunden, ich kann den Antrag auf Zeugenladung des Jungen nicht abweisen, wenn die Anklage seine Aussage für beweiserheblich hält. Ich will nicht ausschließen, daß ich während des Prozesses zu der Entscheidung komme, daß sie doch nicht beweiserheblich ist – doch so, wie die Dinge derzeit stehen, lasse ich den Zeugen zu.«

Fisher gibt nicht auf. »Die Staatsanwaltschaft könnte doch schriftlich darlegen, welche Beweise sie von der Aussage des Jungen erwartet. Wenn wir keine Einwände haben, muß Nathaniel nicht in den Zeugenstand.«

»Mr. Brown, das klingt doch vernünftig«, sagt der Richter.

»Da bin ich anderer Meinung. Die persönliche Aussage des Jungen ist für meine Beweisführung unumgänglich.«

Einen Moment lang herrscht verblüfftes Schweigen. »Denken Sie noch einmal darüber nach, Mr. Brown«, fordert Richter Neal ihn auf.

»Das habe ich bereits, Euer Ehren, glauben Sie mir.«

Fisher blickt mich an, und ich weiß genau, was er vorhat. Seine Augen sind dunkel vor Mitgefühl, aber er wartet auf mein Nicken, bevor er sich wieder an den Richter wendet. »Euer Ehren, wenn die Staatsanwaltschaft sich so wenig entgegenkommend zeigt, verlangen wir eine Anhörung zur Feststellung der Verhandlungsfähigkeit des Jungen. Es geht hier um ein Kind, das in den vergangenen sechs Wochen zweimal verstummt ist.«

Der Richter wird den Kompromiß liebend gern annehmen, das weiß ich. Ich weiß auch, daß Fisher von allen Strafverteidigern, die ich bisher bei solchen Anhörungen erlebt habe, am einfühlsamsten mit Kindern umgeht. Doch diesmal wird er das nicht tun. Denn um Nathaniel vor der Seelenqual eines Gerichtsprozesses zu bewahren, muß er erreichen, daß der Richter den Jungen für verhandlungsunfähig erklärt. Und das schafft er nur, wenn er es bewußt darauf anlegt, daß Nathaniel förmlich zusammenbricht.

Fisher seufzt. Seine Verteidigungsstrategie, Nina als unzurechnungsfähig erklären zu lassen – zunächst pure Erfindung –, kommt der Wirklichkeit nämlich immer näher. Um einen kompletten Zusammenbruch nach der Anhörung wegen des Antrags heute morgen zu vermeiden, hatte er sie zum Lunch in ein schickes Restaurant eingeladen, wo sie eher ihre Selbstbeherrschung wahren würde. Er ließ sich von ihr erklären, welche Fragen der Staatsanwalt Nathaniel voraussichtlich stellen würde, Fragen, die sie selbst schon tausend Kindern gestellt hat.

Jetzt am Abend ist das Gerichtsgebäude dunkel und bis auf das Wachpersonal, Caleb, Nathaniel und Fisher leer. Sie gehen leise den Korridor hinunter, Nathaniel auf dem Arm seines Vaters.

»Er ist ein bißchen nervös«, sagt Caleb und räuspert sich.

Fisher geht nicht auf die Bemerkung ein. Er könnte genausogut in dreitausend Metern Höhe über ein Drahtseil balancieren. Er will den Jungen auf gar keinen Fall grob behandeln, aber er kann ihn auch nicht mit Samthandschuhen anfassen, denn wenn Nathaniel sich bei der Anhörung allzu wohl fühlt, könnte er für verhandlungsfähig befunden werden. So oder so wird Nina ihm den Kopf abreißen.

Im Gerichtssaal schaltet Fisher die Deckenlampen ein. Sie summen und tauchen den Raum dann in grelles Licht. Nathaniel drückt sich enger an seinen Vater.

»Nathaniel«, sagt Fisher knapp. »Du mußt dich jetzt auf den Hocker da setzen. Dein Vater wird hier hinten im Raum bleiben. Er darf nichts zu dir sagen, und du darfst nichts zu ihm sagen. Du mußt einfach meine Fragen beantworten. Hast du verstanden?«

Der Junge hat die Augen weit aufgerissen. Er folgt Fisher zum Zeugenstand und klettert auf den Hocker. »Komm noch mal kurz wieder runter.« Fisher nimmt den Hocker heraus und stellt einen niedrigen Stuhl hinein. Jetzt schaut Nathaniels Stirn nicht einmal über den Rand des Zeugenstandes hinweg.

»Ich ... ich kann nichts sehen«, flüstert Nathaniel.

»Das mußt du auch nicht.«

Fisher will gerade einige Übungsfragen stellen, als ein Geräusch ihn ablenkt – Caleb sammelt die paar hohen Hocker im Saal ein und stellt sie an der Flügeltür auf. »Ich dachte, vielleicht ist es ... besser, wenn die morgen früh nicht hier sind.« Er blickt Fisher in die Augen.

Der Anwalt nickt. »Ja. Vielleicht kann der Hausmeister sie irgendwo verstauen.«

Als er sich wieder zu dem Jungen umdreht, kann er sich ein Lächeln kaum verkneifen.

Jetzt weiß Nathaniel, warum Mason immer versucht, sich das Halsband abzustreifen – das Ding, das sich Fliege nennt, obwohl es ganz anders aussieht, schnürt ihm die Luft ab. Er zieht wieder daran, und prompt hält sein Vater seine Hand fest. Er hat Schmetterlinge im Bauch, und er wäre jetzt lieber in der Schule bei Miss Lydia. Hier starren ihn bloß alle an. Hier will jeder, daß er über Sachen redet, die er nicht aussprechen will.

Nathaniel umklammert seine Stoffschildkröte Franklin noch fester. Die geschlossenen Türen des Gerichtssaals öffnen sich mit einem Seufzen, und ein Mann, der aussieht wie ein Polizist, aber keiner ist, winkt sie herein. Nathaniel geht ängstlich über den langen roten Teppich. Der Raum ist nicht so gruselig wie gestern abend im Dunkeln, aber Nathaniels Herz klopft jetzt so schnell, wie Regen auf eine Windschutzscheibe trommelt, und er legt sich die Hand auf die Brust, damit die anderen das nicht hören.

Seine Mommy sitzt in der ersten Reihe. Ihre Augen sind geschwollen, und bevor sie ihn ansieht, wischt sie sich mit den Fingern darüber. Nathaniel muß an all die anderen Male denken, wo sie so getan hat, als würde sie nicht weinen, wo sie gelächelt hat, obwohl sie doch Tränen auf den Wangen hatte.

Vorn im Saal ist auch noch ein großer Mann, seine Haut ist braun wie die einer Kastanie. Das ist der Mann, der im Supermarkt war, der die Polizei gerufen hat, damit seine Mutter weggeholt wurde.

Der Anwalt, der neben seiner Mutter sitzt, steht auf und geht auf Nathaniel zu. Er mag den Anwalt nicht. Immer, wenn der Anwalt zu ihnen nach Hause gekommen ist, haben seine Eltern sich hinterher angeschrien. Und gestern abend, als Nathaniel zum Üben hier im Saal war, war der Anwalt richtig gemein zu ihm.

Jetzt legt er Nathaniel eine Hand auf die Schulter. »Nathaniel, ich weiß, du machst dir Sorgen wegen deiner Mommy. Ich auch. Ich möchte, daß sie wieder glücklich und zufrieden ist, aber dazu mußt du mir ein paar Fragen beantworten.« Nathaniel nickt. »Mr. Brown, das ist der große Mann da drüben, wird dir auch einige Fragen stellen. Aber denke immer daran: *Ich* bin hier, um deiner Mommy zu helfen.«

Dann geht er mit Nathaniel nach vorn. Es sind mehr Leute da als gestern abend – ein Mann, in einem schwarzen Umhang mit einem Hammer in der Hand, ein anderer, dem die Haare in kleinen Locken vom Kopf abstehen, eine Frau mit einer Schreibmaschine. Seine Mom. Und der große Mann, der böse zu ihr war. Sie gehen zu dem kleinen Käfig, wo Nathaniel gestern schon gesessen hat. Er klettert auf den Stuhl, der zu niedrig ist, faltet dann die Hände auf dem Schoß.

Der Mann in dem schwarzen Umhang fragt: »Haben wir denn für den Jungen keinen höheren Stuhl?«

Alle blicken sich im Saal um. Der, der beinahe wie ein Polizist aussieht, spricht aus, was alle sehen können. »Wohl nicht.«

Der Mann in dem Umhang seufzt, reicht Nathaniel dann ein dickes Buch. »Dann setz dich bitte auf die Bibel, Nathaniel.«

Er tut es, zappelt ein wenig hin und her, bis er einigermaßen bequem sitzt. »Nathaniel«, sagt der Mann jetzt, »ich bin Richter Neal. Schön, daß du schon so ein großer Junge bist. Ich möchte, daß du uns jetzt ein paar Fragen beantwortest, ja?«

Nathaniel nickt, und der Richter lehnt sich zufrieden zurück. »Gut, jetzt wird dir zuerst Mr. Brown ein paar Fragen stellen.«

Nathaniel blickt den großen Mann an, der aufsteht und lächelt. Er hat ganz weiße Zähne. Wie ein Wolf. Er ist so groß, daß er fast bis zur Decke geht, und als er ihn auf sich zukommen sieht, stellt Nathaniel sich vor, wie der Mann seiner Mutter weh tut und sich dann zu Nathaniel umdreht und ihn in zwei Hälften beißt.

Er holt tief Luft und bricht in Tränen aus.

Der Mann bleibt abrupt stehen, als hätte er das Gleichgewicht verloren. »Geh weg!« ruft Nathaniel. Er zieht die Knie hoch und drückt sein Gesicht dagegen.

»Nathaniel.« Mr. Brown kommt langsam näher, streckt eine Hand aus. »Ich stelle dir bloß ein paar Fragen. Einverstanden?«

Nathaniel schüttelt den Kopf, aber er blickt nicht auf. Vielleicht kann er sie alle mit einem Blick zu Eis machen und mit dem nächsten in Brand stecken.

»Wie heißt denn deine Schildkröte?« fragt der große Mann.

Nathaniel versteckt Franklin unter den Knien, damit auch der den Mann nicht ansehen muß. Er hält sich die Hände vors Gesicht, lugt zwischen den Fingern hindurch und sieht, daß der Mann noch näher gekommen ist. Nathaniel dreht sich auf dem Stuhl zur Seite, als könnte er durch die Stäbe der Rückenlehne rutschen.

»Nathaniel«, versucht der Mann es erneut.

»Nein«, schluchzt Nathaniel. »Ich will nicht!«

Der Mann wendet sich ab. »Euer Ehren. Dürfen wir näher treten?«

Nathaniel späht über den Rand des Kastens, in dem er sitzt, und sieht seine Mutter. Auch sie weint, aber das ist ja auch klar. Weil der Mann ihr weh tun will. Sie hat bestimmt genauso große Angst vor ihm wie Nathaniel.

Fisher hat gesagt, ich soll nicht weinen, weil ich dann aus dem Saal verwiesen werde. Aber ich kann nichts dagegen machen – die Tränen kommen von ganz allein. Nathaniel macht sich auf dem Stuhl ganz klein, ist im Zeugenstand kaum noch zu sehen. Fisher und Brown gehen zur Bank des Richters, der sichtlich verärgert ist. »Mr. Brown«, sagt er. »Sie sehen ja selbst, was Sie da angerichtet haben. Aber Sie wollten den Jungen ja unbedingt aussagen lassen, obwohl es nicht nötig gewesen wäre. Unterstehen Sie sich, eine erneute Befragung zu beantragen.«

»Sie haben recht, Euer Ehren«, erwidert der Mistkerl. »Ich sehe ein, daß der Junge offensichtlich nicht aussagen sollte.«

Der Richter schlägt mit seinem Hammer. »Das Gericht hat entschieden, daß Nathaniel Frost nicht prozeßtauglich ist. Der Antrag auf Zeugenladung wird abgewiesen.« Er wendet sich an meinen Sohn. »Nathaniel, du darfst jetzt wieder zu deinem Dad.«

Nathaniel springt vom Stuhl und saust aus dem Zeugenstand. Ich denke, er will zu Caleb, der hinten im Saal sitzt, doch statt dessen läuft er direkt auf mich zu. Er schlingt die Arme um meine Taille, preßt allen Atem aus mir heraus, den ich unwillkürlich angehalten habe.

Ich warte, bis Nathaniel aufblickt, verängstigt durch die Gesichter in dieser fremden Welt – der Sekretär, der Richter, die Gerichtsschreiberin und der Staatsanwalt. »Nathaniel«, sage ich atemlos zu ihm, und er blickt mich an. »Du warst der beste Zeuge, den ich hätte haben können.«

Über seinen Kopf hinweg fange ich Quentin Browns Blick auf. Und lächele.

Als Patrick Nathaniel Frost kennenlernte, war der Junge sechs Monate alt. Patricks erster Gedanke war, daß der Kleine seiner Mutter wie aus dem Gesicht geschnitten war. Sein zweiter Gedanke war, daß er jetzt den Grund auf dem Arm hielt, warum sie nie zusammen sein würden.

Patrick bemühte sich um ein besonders enges Verhältnis zu Nathaniel, obwohl es manchmal so schmerzlich für ihn war, daß er nach einem Besuch noch Tage später darunter litt. Aber Patrick – der Nina geliebt hatte, solange er denken konnte – mochte den Jungen wirklich und vernarrte sich ebenso bedingungslos in ihn wie in seine Mutter.

Der Uhrzeiger hat sich seit zwei Stunden nicht bewegt, da ist Patrick sicher. Im Augenblick ist Nathaniel in der Anhörung, in der seine Verhandlungsfähigkeit festgestellt werden soll. Dabei dürfte Patrick nicht anwesend sein, selbst wenn er wollte. Und er will nicht. Weil auch Nina dabei ist, und er hat sie seit Heiligabend weder gesehen noch gesprochen.

Was nicht heißt, daß er das nicht möchte. Herrgott, er kann an nichts anderes denken als an Nina – wie sie sich anfühlte, wie sie schmeckte, wie sie sich im Schlaf an ihn schmiegte. Aber Patrick weiß, daß jedes Wort, das zwischen ihnen fallen würde, seine Erinnerung nur trüben würde. Und Patrick hat nicht Angst vor dem, was Nina zu ihm sagen würde – er hat Angst vor dem, was sie *nicht* sagen würde. Daß sie ihn liebt, daß sie ihn braucht, daß es ihr genausoviel bedeutet hat wie ihm.

Er stützt den Kopf auf die Hände. Tief in seinem Innern weiß er auch, daß es ein schwerer Fehler war. Patrick möchte es sich von der Seele reden, seine Zweifel einem Menschen gestehen, der ihn instinktiv verstehen würde. Aber er hat nur eine Vertraute, eine beste Freundin, Nina. Wenn sie das nicht mehr sein kann ... und auch nicht ihm *gehören* kann ... was bleibt ihnen beiden dann noch?

Mit einem tiefen Seufzer greift er zum Telefon auf seinem Schreibtisch und wählt eine Nummer. Er will eine Lösung, ein Geschenk für Nina, bevor er im Zeugenstand gegen sie aussagen muß. Farnsworth McGee, sein Kollege in Belle Chasse, Louisiana, meldet sich nach dem dritten Klingeln. »Hallo?«

»Detective-Lieutenant Ducharme aus Biddeford, Maine«, sagt Patrick. »Was Neues über Gwynne?«

Patrick sieht den Polizeichef förmlich vor sich. Er hat ihn vor seiner Abreise aus Belle Chasse kennengelernt. Gut zwanzig Kilo Übergewicht, schwarzes Haar mit einer Elvis-Tolle. »Ihr im Norden müßt kapieren, daß wir es hier unten vorsichtig angehen. Nur nichts überstürzen, wenn Sie verstehen, was ich meine.«

Patrick beißt die Zähne zusammen. »Haben Sie ihn festgenommen oder nicht?«

»Ihre Vorgesetzten sprechen noch mit unseren Vorgesetzten, Detective. Glauben Sie mir, Sie werden es als erster erfahren, wenn was passiert.«

Er knallt den Hörer auf – wütend auf seinen idiotischen Kollegen, wütend auf Gwynne, vor allem wütend auf sich selbst, weil er die Sache nicht selbst in die Hand genommen hat, als er in Louisiana war. Aber er hatte nun mal nicht vergessen können, daß er Polizeibeamter war, daß er an gewisse Vorschriften gebunden war. Daß Nina *nein* gesagt hatte, auch wenn sie es in Wirklichkeit anders wollte.

Patrick starrt das Telefon eine Weile an.

Dann schnappt er sich seine Jacke und verläßt das Polizeirevier, fest entschlossen, eine Veränderung herbeizuführen, statt sich von ihr überrollen zu lassen.

Wider Erwarten ist es der schönste Tag meines Lebens geworden. Zuerst wurde Nathaniel für nicht verhandlungsfähig erklärt. Dann bat Caleb mich nach der Anhörung, auf Nathaniel aufzupassen, sogar über Nacht, weil er einen Auftrag an der kanadischen Grenze hat. »Macht es dir was aus?« fragte er höflich, und ich kriegte nicht einmal eine Antwort zustande, so überglücklich war ich. Ich male mir schon aus, wie Nathaniel in der Küche neben mir steht und wir sein Lieblingsessen kochen, wie wir uns sein *Shrek*-Video zweimal hintereinander ansehen, zwischen uns eine Schüssel Popcorn.

Doch Nathaniel ist müde vom Tag. Um halb sieben schläft er auf der Couch ein und wird auch nicht wach, als ich ihn nach oben trage. Im Bett öffnet sich seine Hand auf dem Kissen, als wollte er mir ein verstecktes Geschenk darreichen.

Quentin verteilt den Rasierschaum auf Wangen und Kinnpartie, zieht dann das Rasiermesser über die Haut. Heute ist er nicht nervös. Es wird einen immensen Medienandrang geben, aber er kann mit stichhaltigen Beweisen aufwarten. Schließlich hat er die Tat der Angeklagten auf Video. Wenn die Geschworenen sich die Aufnahme erst einmal angesehen haben, wird Fisher die Wirkung auf sie nicht mehr neutralisieren können.

»Verdammt!« Quentin zuckt zusammen, als er sich schneidet. Der Rasierschaum brennt in der Wunde, und er drückt mit finsterer Miene ein Papiertaschentuch auf die Stelle. Er muß es eine Weile festhalten, während ein paar Tropfen Blut zwischen seinen Fingern hervorquellen. Irgendwie erinnert ihn dieser Anblick an Nina Frost.

Er knüllt das Taschentuch zusammen und wirft es quer durch den Raum in den Abfalleimer. Ziel getroffen.

Ich habe bereits alles anprobiert: das schwarze Kostüm, das blaßrosa Kostüm, den Kordsamtpullover, eine Hose mit flachen Schuhen. Ich bin sauer auf Fisher, weil er nicht daran gedacht hat, mir etwas zu besorgen, worin ich verloren und jung aussehe.

Ich weiß zwar, was ich anziehen muß, damit Geschworene glauben, daß ich alles unter Kontrolle habe. Aber ich weiß beim besten Willen nicht, in welcher Kleidung ich hilflos wirke.

Auf der Uhr am Bett ist es plötzlich fünfzehn Minuten später, als es sein sollte.

Ich ziehe den Pullover über. Er ist gut zwei Nummern zu groß. Als ich mir eine Strumpfhose überziehe, sehe ich, daß sie eine Laufmasche hat. Ich nehme eine andere – aber die ist auch kaputt. »Bitte nicht heute«, sage ich leise und reiße die Schublade mit meiner Unterwäsche auf, finde aber auch nach endlosem Kramen keinen Ersatz.

»Verdammt!« Ich trete gegen das Bein der Kommode, prelle mir dabei die Zehen derart schmerzhaft, daß mir die Tränen kommen. Ich ziehe die ganze Schublade heraus, kippe den restlichen Inhalt auf den Boden und schleudere die Schublade durch den Raum.

Als meine Beine nachgeben, lande ich auf der weichen Wolke aus Unterwäsche. Ich ziehe die Knie an den Körper, stülpe den Pullover darüber, lege das Gesicht auf die Arme und heule los.

»Mommy war gestern abend im Fernsehen«, sagt Nathaniel, als sie in Calebs Pick-up zum Gericht fahren. »Als du unter der Dusche warst.«

Caleb, der ganz in Gedanken ist, kommt fast von der Straße ab, als er hört, was sein Sohn da sagt. »Ich hab doch gesagt, du sollst nicht fernsehen.«

Nathaniel zieht die Schultern hoch, und sofort tut es Caleb leid. In letzter Zeit denkt er immer gleich, daß er etwas falsch gemacht hat. »Ist ja nicht schlimm«, sagt Caleb. Er zwingt sich, konzentriert zu fahren. In zehn Minuten ist er im Gericht. Dann kann er Nathaniel in Monicas Obhut geben, vielleicht fallen ihr ja bessere Antworten ein.

Nathaniel ist aber noch nicht fertig. Er zögert einen Moment, dann rückt er mit der nächsten Frage raus: »Wieso schimpft Mommy mit mir, wenn ich mit einem Stock Pistole spiele, wo sie doch mit einer richtigen gespielt hat?«

Caleb wendet den Kopf und sieht, daß sein Sohn zu ihm hochblickt und eine Erklärung erwartet. Er setzt den Blinker und hält auf dem Standstreifen. »Weißt du noch, wie du mich gefragt hast, warum der Himmel blau ist? Wir haben im Internet nachgeschaut und lauter wissenschaftlichen Kram gefunden, den wir gar nicht richtig verstanden haben. So ähnlich ist es jetzt auch wieder. Es gibt eine Antwort, aber die ist richtig kompliziert.«

»Der Mann im Fernsehen hat gesagt, was sie getan hat, ist falsch.« Nathaniel nagt an seiner Unterlippe. »Und deshalb wird sie gleich ausgeschimpft, nicht?«

Ach herrje, wenn es nur so einfach wäre. Caleb lächelt traurig. »Stimmt. Deshalb.«

Er wartet ab, ob Nathaniel noch etwas sagen will, und als nichts mehr kommt, fährt Caleb weiter. Nach drei Meilen sagt Nathaniel zu ihm: »Daddy? Was ist ein Märtyrer?«

»Wo hast du das denn her?«

»Der Mann, gestern abend, im Fernsehen.«

Caleb holt tief Luft. »Das bedeutet, daß deine Mutter dich ganz doll liebhat. Und deshalb hat sie das getan, was sie getan hat.«

Nathaniel fingert an seinem Sicherheitsgurt herum, nachdenklich. »Warum ist es dann falsch?« fragt er.

Der Parkplatz ist ein Menschenmeer: Kameraleute versuchen, ihre Reporter ins Bild zu bringen, Techniker stellen die Verbindung zu ihren Satelliten ein, eine Gruppe militanter katholischer Frauen fordert, daß Nina der göttlichen Gerechtigkeit überantwortet wird.

Ein deutlich vernehmbares Raunen geht durch die Zuschauermenge, die auf den Stufen zum Gericht versammelt ist. Dann knallt eine Autotür, und Nina eilt die Treppe mit Fisher hinauf, der seiner Mandantin onkelhaft einen Arm um die Schultern gelegt hat. Gleichzeitig brechen Jubel und Buhrufe aus.

Patrick hat sich durch das Gewimmel gedrängt und ist jetzt fast an der Treppe. »Nina!« ruft er. »Nina.«

Sie scheint zu stocken, blickt sich um. Doch Fisher packt sie am Arm und schiebt sie ins Gebäude, ehe Patrick sie durch sein Rufen erreichen kann.

»Ladies und Gentlemen, mein Name ist Quentin Brown, und ich bin stellvertretender Generalstaatsanwalt des Staates Maine.« Er lächelt die Geschworenen an. »Sie alle sind heute hier, weil diese Frau dort, Nina Frost, am dreißigsten Oktober 2001 zusammen mit ihrem Mann zum Bezirksgericht Biddeford gefahren ist, um dem Anklageeröffnungsverfahren eines Mannes beizuwohnen. Im Gericht angekommen, ist sie noch einmal ohne ihren Mann weggefahren, und zwar nach Sanford, Maine, wo sie sich in ›Moe's Gun Shop‹ für vierhundertzwanzig Dollar in bar eine Beretta, neun Millimeter, Halbautomatik und zwölf Schuß Munition kaufte. Sie steckte alles in ihre Handtasche, stieg in ihren Wagen und fuhr zurück zum Gericht.«

Quentin nähert sich den Geschworenen, als hätte er alle Zeit der Welt. »Nun, Sie selbst mußten heute, bevor sie in den Gerichtssaal durften, durch eine Sicherheitsschranke gehen. Nicht jedoch Nina Frost an jenem dreißigsten Oktober. Warum? Weil sie seit sieben Jahren als Staatsanwältin am Gericht tätig war. Sie kannte den Gerichtsdiener, der an der Schranke postiert war. Sie ist ganz selbstverständlich an ihm vorbeigegangen, und sie hat die bereits geladene Pistole mit in einen Gerichtssaal genau wie diesen hier genommen.«

Er geht zum Tisch der Verteidigung, stellt sich hinter Nina und zeigt mit einem Finger auf ihren Hinterkopf. »Einige Minuten später hat sie Pater Glen Szyszynski die Pistole an den Kopf gehalten und ihn mit vier Schüssen getötet.«

Quentin nimmt die Geschworenen in Augenschein; sie alle blicken jetzt die Angeklagte an, genauso wie er es beabsichtigt hat. »Ladies und Gentlemen, der Tatbestand in diesem Fall ist eindeutig. WCSH News haben am besagten Vormittag über die Anklageeröffnung berichtet und Mrs. Frosts Tat mit der Kamera festgehalten. Die Frage, die Sie beantworten müssen, lautet also nicht, *ob* die Angeklagte die Tat begangen hat. Daß sie es getan hat, wissen wir. Die Frage lautet: Darf sie etwa ungestraft davonkommen?«

Er blickt den Geschworenen nacheinander in die Augen. »Nina Frost möchte Sie glauben machen, sie habe ein Recht auf Straffreiheit, weil Pater Szyszynski verdächtigt wurde, ihren fünfjährigen Sohn sexuell mißbraucht zu haben. Doch sie hielt es nicht einmal für nötig, abzuwarten, ob sich der Verdacht als wahr erwies. Ich werde Ihnen wissenschaftliche, forensisch schlüssige Beweise vorlegen, daß Pater Szyszynski nicht der Mann war, der den Sohn der Angeklagten mißbrauchte, und dennoch hat sie ihn ermordet.«

Quentin dreht sich wieder zu Nina Frost um. »Wenn in Maine jemand einen Menschen vorsätzlich tötet, ist er des Mordes schuldig. Und genau das hat sie getan, wie ich Ihnen im Laufe dieses Prozesses zweifelsfrei beweisen werde. Es spielt keine Rolle, ob der ermordeten Person eine Straftat zu Last gelegt wurde. Es spielt keine Rolle, ob die ermordete Person irrtümlich ermordet wurde. Wenn ein Mensch ermordet wurde, muß die Tat gesühnt werden.« Er blickt zur Geschworenenbank. »Und dafür, Ladies und Gentlemen, sind Sie zuständig.«

Fisher hat nur Augen für die Geschworenen. Er geht auf sie zu und blickt jeden Mann und jede Frau direkt an, stellt eine persönliche Beziehung her, bevor er das erste Wort spricht. Genau das hat mich immer wahnsinnig gemacht, wenn ich vor Gericht mit ihm zu tun hatte. Er hat die erstaunliche Fähigkeit, zu jedem Geschworenen eine gewisse Vertraulichkeit herzustellen, ganz gleich, mit wem er es zu tun hat.

»Was Mr. Brown Ihnen soeben erzählt hat, ist absolut richtig. Am Morgen des dreißigsten Oktober hat Nina Frost tatsächlich eine Pistole gekauft. Sie ist tatsächlich zum Gericht gefahren. Sie ist tatsächlich aufgesprungen und hat Pater Szyszynski viermal in den Kopf geschossen. Mr. Brown möchte Sie gern glauben machen, daß der Fall lediglich aus diesen Fakten besteht. Aber wir leben nun mal nicht nur in einer Welt der Fakten. Wir leben in einer Welt der Gefühle. Und eines hat er in seiner Version der Geschichte ausgelassen, nämlich was Nina Frost durch Kopf und Herz gegangen ist und sie letzten Endes zu diesem Schritt getrieben hat.«

Er stellt sich hinter mich, wie Quentin zuvor, um den Geschworenen zu veranschaulichen, wie ich mich an den Angeklagten herangeschlichen und ihn erschossen habe. Fisher jedoch legt seine Hände auf meine Schultern, und das ist tröstlich. »Wochenlang hat Nina Frost eine Hölle durchlebt, die keine Mutter und kein Vater durchleben sollte. Sie hatte erfahren, daß ihr fünfjähriger Sohn sexuell mißbraucht worden war. Schlimmer noch, der Priester ihrer Gemeinde war von der Polizei als Täter identifiziert worden – ein Mann, dem sie vertraut hatte. Sie fühlte sich hintergangen, war untröstlich, voller Sorge um ihren Sohn und verlor nach und nach das Gefühl dafür, was richtig und was falsch ist. Das einzige, was sie schließlich an dem Morgen beschäftigte, als sie zum Anklageeröffnungsverfahren des Priesters ging, war das Bedürfnis, ihr Kind zu beschützen.

Gerade Nina Frost weiß, wie unser Rechtssystem in Fällen von Mißbrauch an Kindern funktioniert – und versagt. Gerade sie kennt die Gepflogenheiten an amerikanischen Gerichten, denn sie hat sich in den vergangenen sieben Jahren tagtäglich mit ihnen auseinandersetzen müssen. Aber am dreißigsten Oktober, Ladies und Gentlemen, war sie keine Staatsanwältin. Sie war Nathaniels Mutter.« Er stellt sich neben mich. »Ich bitte Sie, hören Sie genau zu, was hier gesagt wird. Und wenn es dann soweit ist, fällen Sie Ihre Entscheidung nicht nur mit dem Kopf. Fällen Sie sie mit dem Herzen.«

Moe Baedecker, der Besitzer von »Moe's Gun Shop«, weiß nicht wohin mit seiner Baseballmütze. Der Gerichtsdiener hat ihn gebeten, sie abzunehmen, doch sein Haar ist verfilzt und zerzaust. Er legt sie sich auf den Schoß und kämmt sich mit den Fingern durchs Haar. Als er seine Fingernägel sieht, die von Fett und Brüniermittel schmutzig sind, schiebt er sie rasch unter die Oberschenkel. »Ja, ich erkenne sie wieder«, sagt er und nickt in meine Richtung. »Sie war einmal bei mir im Laden. Ist schnurstracks zu mir an die Theke gekommen und hat gesagt, sie will eine halbautomatische Handfeuerwaffe.«

»Hatten Sie sie vorher schon mal gesehen?«

»Nein.«

»Hat sie sich denn gar nicht im Laden umgeschaut?« fragt Quentin.

»Nein.« Er zuckt die Achseln. »Ich hab kurz überprüft, ob irgendwas gegen sie vorliegt, aber sie war sauber, also hab ich ihr die Waffe verkauft.«

»Hat sie Patronen gekauft?«

»Zwölf Schuß.«

»Haben Sie der Angeklagten gezeigt, wie man mit der Waffe umgeht?«

Moe schüttelt den Kopf. »Sie hat gesagt, sie kennt sich aus.«

Seine Aussage bricht über mich herein wie eine Welle. Ich kann mich an den Geruch in dem kleinen Laden erinnern und an die Bilder von Pistolen und Revolvern an den Wänden. Daran, daß die Kasse altmodisch war und richtig geklingelt hat.

Als ich wieder aus meinen Erinnerungen auftauche, ist Fisher schon beim Kreuzverhör. »Was hat sie getan, während Sie sie überprüft haben?«

»Sie hat ständig auf die Uhr gesehen. Ist auf und ab getigert.«

»War sonst noch jemand im Laden?«

»Nein.«

»Haben Sie sie gefragt, wozu sie eine Waffe braucht?«

»Das geht mich nichts an«, erwidert Moe.

Moe hatte mir meine Pistole gegeben, sie lag heiß in meiner Hand. »Man sät, was man erntet«, hatte er gesagt, und ich war viel zu sehr mit mir selbst beschäftigt gewesen, um die Warnung herauszuhören.

Als die Videokassette eingelegt wird, behalte ich die Geschworenen im Auge. Ich will sie mir ansehen, während sie mich auf dem Bildschirm beobachten.

Ich habe die Aufnahme bisher einmal gesehen, vor Monaten, als ich noch geglaubt habe, das Richtige getan zu haben. Nach einer kurzen Weile zieht es meinen Blick doch auf den kleinen Bildschirm.

Meine Hände zittern, als ich die Pistole halte. Meine Augen sind weit aufgerissen. Aber meine Bewegungen sind geschmeidig und schön, ein Ballett. Als ich dem Priester die Pistole an den Kopf drücke, neigt sich mein eigener Kopf nach hinten, und einen Augenblick lang ist mein Gesicht eine komische und tragische Maske zugleich – halb Schmerz, halb Erleichterung.

Der Schuß ist so laut, daß ich selbst jetzt, wo er vom Band kommt, auf meinem Stuhl zusammenfahre.

Rufe. Ein Aufschrei. Die Stimme des Kameramanns, der »Ach du Scheiße!« sagt. Dann macht die Kamera einen Schwenk, und ich sehe, wie der Gerichtsdiener und Patrick mich zu Boden werfen.

»Fisher«, flüstere ich. »Mir wird schlecht.«

Der Blickwinkel verändert sich erneut, die Kamera ist jetzt auf den Boden gerichtet. Der Kopf des Priesters liegt in einer größer werdenden Blutlache. Die Hälfte des Kopfes fehlt, und die Flecken auf dem Bild sind wahrscheinlich Gehirnmasse, die auf das Objektiv gespritzt ist. Ein Auge starrt mich blicklos vom Bildschirm an. »*Hab ich ihn erwischt?*« Meine Stimme. »*Ist er tot?*«

»Fisher ...« Der Raum um mich dreht sich.

Ich spüre, wie er neben mir aufsteht. »Euer Ehren, ich möchte um eine kurze Pause bitten ...«

Aber dazu ist keine Zeit mehr. Ich springe vom Stuhl und stoße die Tür in der Gerichtsschranke auf, haste den Mittelgang hinunter, mit zwei Gerichtsdienern auf den Fersen. Ich schaffe es durch die Flügeltür, falle dann auf die Knie und muß mich immer wieder übergeben, so lange, bis mir nichts bleibt außer meiner Schuld.

»Frost bricht – zusammen!« sage ich Minuten später, als ich mich saubergemacht habe und Fisher mit mir in einem Besprechungszimmer verschwunden ist, wo wir vor der Presse sicher sind. »Das ist morgen die Schlagzeile.«

Er faltet die Hände. »Eins muß ich Ihnen lassen, das war gekonnt. Wirklich erstaunlich.«

Ich blicke ihn an. »Sie denken, das war Absicht?«

»Etwa nicht?«

»Mein Gott.« Ich drehe mich um und starre zum Fenster hinaus. Die Menschenmenge scheint noch größer geworden zu sein. »Fisher, Sie haben doch selbst das Video gesehen. Jetzt spricht mich doch kein Geschworener mehr frei?«

Fisher schweigt einen Moment lang. »Nina, was haben Sie gedacht, als Sie vorhin das Video gesehen haben?«

»Gedacht? Wer kann denn da was denken, bei all diesen optischen Signalen? Ich meine, da war entsetzlich viel Blut. Und das Gehirn –«

»Was haben Sie über sich selbst gedacht?«

Ich schüttele den Kopf, schließe die Augen, aber für das, was ich getan habe, gibt es keine Worte.

Fisher tätschelt mir den Arm. »Genau deshalb«, sagt er, »wird man Sie freisprechen.«

In der Eingangshalle, wo er warten muß, bis er als Zeuge aufgerufen wird, versucht Patrick, nicht an Nina und ihren Prozeß zu denken. Aber es gelingt ihm einfach nicht.

Als sie aus dem Gerichtssaal gestolpert kam, eine Hand auf den Mund gepreßt, war Patrick von seinem Stuhl aufgesprungen. Caleb stürzte jedoch gleich hinter den zwei Gerichtsdienern durch die Tür. Also setzte Patrick sich wieder hin.

An seiner Hüfte fängt der Pieper an zu vibrieren. Patrick zieht ihn vom Gürtel und sieht auf die Nummer auf dem Display. *Endlich*, denkt er und geht zu einem Münztelefon.

In der Mittagspause besorgt Caleb ein paar Sandwiches und bringt sie mir in den Besprechungsraum, in dem ich warten muß, bis es weitergeht. »Ich krieg keinen Bissen runter«, sage ich, als er mir ein Sandwich reicht. Ich rechne damit, daß er mich drängt, etwas zu essen, doch Caleb zuckt nur die Achseln. Aus den Augenwinkeln sehe ich, wie er schweigend sein Sandwich ißt. Er hat keine Lust mehr, gegen mich zu kämpfen.

Es rüttelt an der verschlossenen Tür, und dann folgt hartnäckiges Klopfen. Caleb macht ein finsteres Gesicht, steht dann auf, um den Störenfried auf der anderen Seite zu vertreiben. Doch als er die Tür einen Spalt öffnet, steht Patrick da. Die Tür schwingt auf, und die beiden Männer blicken einander an, zwischen ihnen eine knisternde Energieschranke.

»Nina«, sagt Patrick und kommt in den Raum. »Ich muß mit dir reden.«

Nicht jetzt, denke ich, und mir wird ganz kalt. Patrick wird doch wohl nicht im Beisein meines Mannes davon anfangen, was zwischen uns passiert ist.

»Pater Gwynne ist tot.« Patrick reicht mir einen gefaxten Zeitungsartikel. »Der Polizeichef in Belle Chasse hat mich angerufen. Ich habe denen da unten in Louisiana vor ein paar Tagen etwas Druck gemacht ... naja, als sie ihn endlich festnehmen wollten, war er tot.«

Mein Gesicht ist erstarrt. »Wer war es?« flüstere ich.

»Niemand. Es war ein Schlaganfall.«

Ich sehe auf das Blatt in meinen Händen. *Pater Gwynne, ein von seiner Gemeinde geschätzter Kaplan, wurde von seiner Haushälterin tot aufgefunden.*

»Er sah so friedlich aus in seinem Sessel«, sagte Margaret Mary Seurat, die seit fünf Jahren für den Priester arbeitete. »Als wäre er nach seiner Tasse Kakao einfach eingenickt.«

»Und stell dir vor: Seine Katze soll angeblich vor Kummer gestorben sein ...«, sagt Patrick.

Durch eine seltsame Fügung des Schicksals starb die von Gwynne über alles geliebte Katze, die jeder in der Gemeinde kannte, kurz nach Eintreffen der Polizei. Mrs. Seurat zeigte sich nicht überrascht: »Sie hatte ihn einfach zu gern«, sagte sie. »Wie wir alle.«

»Es ist vorbei, Nina.«

Erzbischof Schulte wird am Mittwoch morgen um neun Uhr die Totenmesse in der Kirche Our Lady of Mercy lesen.

»Er ist tot.« Ich koste die Wahrheit auf meiner Zunge. »Er ist *tot*.« Vielleicht gibt es ja doch einen Gott; vielleicht gibt es kosmische Räder der Gerechtigkeit. Vielleicht sollte sich Vergeltung genau so anfühlen.

»Caleb«, sage ich und drehe mich zu ihm um. Alles weitere tauschen wir ohne ein einziges Wort aus: Daß Nathaniel jetzt in Sicherheit ist; daß er nicht in einem Mißbrauchsprozeß wird aussagen müssen; daß der Bösewicht in diesem Drama nie wieder einem kleinen Jungen etwas antun kann; daß dieser Alptraum nach dem Urteil über mich endgültig vorbei sein wird.

Sein Gesicht ist genauso weiß geworden wie meins. »Ich hab's gehört.«

Nachdem ich mir zwei Stunden lang belastende Aussagen habe anhören müssen, empfinde ich jetzt, in diesem kleinen Besprechungsraum, reine Freude. Und es spielt auch keine Rolle mehr, daß Caleb und ich einiges zwischen uns zu bereinigen haben. Viel wichtiger ist diese wunderbare Nachricht, und ich will meine Freude teilen. Ich werfe die Arme um meinen Mann.

Der mich aber nicht umarmt.

Mein Gesicht wird plötzlich heiß. Als ich mit einem letzten Rest Würde den Blick hebe, starrt Caleb Patrick an, der uns den Rücken zugedreht hat. »Tja«, sagt Patrick, ohne mich anzusehen. »Ich dachte, ihr würdet das gern wissen.«

Der Gerichtsdiener Bobby Ianucci läßt sich durch Quentin Brown deutlich einschüchtern.

»Wer war im Gerichtssaal, als Sie Pater Szyszynski aus der Verwahrzelle geholt hatten?« fragt der Staatsanwalt einige Minuten nach Beginn der Befragung.

Bobby muß nachdenken, und die Anstrengung steht ihm ins teigige Gesicht geschrieben. »Tja also, der Richter, klar. Auf der Richterbank. Und ein Sekretär war da, und eine Gerichtsschreiberin, und der Anwalt von dem Toten, ich weiß aber nicht mehr, wie der hieß. Und ein Staatsanwalt aus Portland.«

»Wo saßen Mr. und Mrs. Frost?« fragt Quentin.

»In der ersten Reihe, mit Detective Ducharme.«

»Was ist dann passiert?«

Bobby richtet sich auf. »Ich und Roanoke, das ist mein Kollege, haben den Pater zu seinem Anwalt gebracht. Dann bin ich zurückgetreten, weil er sich hinsetzen mußte, und hab mich hinter ihn gestellt.« Er holt tief Luft. »Und dann ...«

»Ja, Mr. Ianucci?«

»Tja, ich weiß nicht, wo sie so schnell herkam. Aber plötzlich fielen Schüsse, und es war überall Blut, und Pater Szyszynski ist vom Stuhl gefallen.«

»Was ist dann passiert?«

»Ich hab mich auf sie gestürzt. Und Roanoke auch, und noch zwei Wachleute, die hinten im Saal postiert waren, und auch Detective Ducharme. Sie hat die Waffe fallen lassen, und ich habe sie an mich genommen, und dann hat Detective Ducharme ihr Handschellen angelegt und sie auf die Beine gezogen und zur Verwahrzelle gebracht.«

»Sind Sie verletzt worden, Mr. Ianucci?«

Bobby schüttelt den Kopf. »Nein. Aber ich war ganz nah dran. Sie hätte mich treffen können.«

»Würden Sie also sagen, daß die Angeklagte ganz genau auf Pater Szyszynski gezielt hat?«

Fisher neben mir springt auf. »Einspruch.«

»Stattgegeben«, entscheidet Richter Neal.

Der Staatsanwalt zuckt die Achseln. »Ich ziehe die Frage zurück. Ihr Zeuge.«

Als Quentin zu seinem Platz zurückkehrt, geht Fisher schon auf den Gerichtsdiener zu. »Haben Sie an dem Morgen vor der Schießerei mit Nina Frost gesprochen?«

»Nein.«

»Weil Sie Ihre Arbeit getan haben und keinen Grund hatten, auf Mrs. Frost zu achten, nicht wahr?«

»Richtig.«

»Haben Sie gesehen, wie sie die Waffe hervorgeholt hat?«

»Nein.«

»Sie haben ausgesagt, Sie und Ihre Kollegen hätten sich sofort auf sie geworfen. Mußten Sie Mrs. Frost die Waffe mit Gewalt entwinden?«

»Nein.«

»Und sie hat sich auch nicht gewehrt, als Sie sie überwältigt haben.«

»Sie hat bloß versucht, an uns vorbeizusehen. Sie hat immer wieder gefragt, ob er tot ist.«

Fisher tut die Antwort mit einem Achselzucken ab. »Aber sie hat nicht versucht, sich zu befreien. Sie hat nicht versucht, Ihnen weh zu tun.«

»Oh, nein.«

Fisher läßt die Antwort einen Moment lang im Raum hängen. »Sie kannten Mrs. Frost schon vorher, nicht wahr, Mr. Ianucci?«

»Ja, klar.«

»Was für ein Verhältnis hatten Sie zu ihr?«

Bobby wirft mir einen Blick zu, dann gleiten seine Augen wieder weg. »Na ja, sie ist Staatsanwältin. Sie kommt andauernd ins Gericht.« Er hält inne und fügt dann hinzu. »Sie ist eine von den netten.«

»Ist Ihnen vorher mal der Gedanke gekommen, sie könnte zur Gewaltanwendung fähig sein?«

»Nein.«

»Tatsächlich war sie an dem Morgen eigentlich nicht mehr die Nina Frost, die Sie kannten, nicht wahr?«

»Na ja, ausgesehen hat sie noch genauso.«

»Aber ihr *Verhalten*, Mr. Ianucci ... hatten Sie so etwas vorher schon mal bei Mrs. Frost erlebt?«

Der Gerichtsdiener schüttelt den Kopf. »Ich hatte noch nie gesehen, daß sie einen erschießt, wenn Sie das meinen.«

»Genau das meine ich«, sagt Fisher und nimmt wieder Platz. »Keine weiteren Fragen.«

Als die Sitzung am Nachmittag vertagt wird, fahre ich nicht direkt nach Hause. Bevor mein elektronisches Armband wieder aktiviert wird, riskiere ich einen kleinen Abstecher zu St. Anne's, wo alles angefangen hat.

Die Kirche ist offen, obwohl ich nicht glaube, daß schon ein Nachfolger gefunden wurde. Drinnen ist es dunkel. Meine Schuhe klappern auf den Fliesen, künden von meiner Anwesenheit.

Rechts von mir ist ein Tisch, auf dem einige Reihen von Votivkerzen brennen. Ich zünde eine für Pater Szyszynski an. Und eine zweite für Arthur Gwynne.

Dann gehe ich in eine Bankreihe und knie mich hin. »Gegrüßet seist du, Maria, voll der Gnade«, flüstere ich und bete zu einer Frau, die gleichfalls ihrem Sohn zur Seite gestanden hat.

Um acht Uhr, Nathaniels Schlafenszeit, wird in ihrem Motelzimmer das Licht ausgemacht. Caleb liegt auf dem großen Bett neben seinem Sohn, die Hände hinter dem Kopf gefaltet, und wartet, daß Nathaniel einschläft. Dann guckt Caleb manchmal Fernsehen, oder er macht eine Lampe an und liest Zeitung.

Heute steht ihm nicht der Sinn danach. Er hat keine Lust auf die Spekulationen irgendwelcher Experten, die schon nach dem ersten Verhandlungstag meinen, eine Aussage über Ninas Schicksal machen zu können.

Eines steht fest: Die Frau, die all die Zeugen gesehen haben, die Frau auf dem Video – das ist nicht die Frau, die Caleb geheiratet hat. Und wenn deine Frau nicht mehr der Mensch ist, in den du dich vor acht Jahren verliebt hast, was machst du dann? Vielleicht, denkt Caleb leicht entsetzt, ist er selbst ja auch nicht mehr der Mensch, der er einmal war.

Heute nachmittag, als Patrick in das Besprechungszimmer kam, um ihnen mitzuteilen, daß Gwynne tot ist ... na ja, bestimmt überinterpretiert Caleb da was. Nina und Patrick kennen sich schließlich schon von Kindesbeinen an. Und obwohl der Typ ein richtiger Klotz am Bein ist, hat die Freundschaft der beiden Caleb eigentlich nie ernsthaft gestört, denn schließlich war er es, der jede Nacht an Ninas Seite schlief.

Aber in letzter Zeit eben nicht.

Caleb schließt die Augen, als könnte er dadurch die Erinnerung ausblenden, wie Patrick sich jäh abwendete, als Nina ihre Arme um Caleb schlang. Das war zwar nicht weiter beunruhigend – Caleb hat schon zahllose Male erlebt, daß Patrick irgendwie verunsichert reagierte, wenn er mitbekam, wie Nina ihren Mann berührte oder anlächelte ... obwohl Nina das anscheinend nie bemerkt hat.

Heute jedoch hat er in Patricks Augen nicht Neid gesehen, sondern Trauer. Und deshalb geht Caleb die Situation nicht mehr aus dem Kopf. Neid rührt nämlich daher, daß man etwas haben möchte, das einem nicht gehört. Aber Trauer rührt daher, daß man etwas verloren hat, das man bereits hatte.

Nathaniel mag das blöde Spielzimmer nicht, mit der blöden Bücherecke und den blöden glatzköpfigen Puppen und dem blöden Buntstiftkasten, der nicht mal Gelb drin hat. Er mag Monica nicht, deren Lächeln Nathaniel daran erinnert, wie er sich einmal ein Stück Orange mit der Schale nach außen in den Mund gestopft hat, ein albernes, falsches Grinsen. Vor allem mag er es nicht, daß seine Mom und sein Dad nur zweiundzwanzig Treppenstufen über Nathaniel sind und er nicht zu ihnen darf.

»Nathaniel«, sagt Monica, »komm, wir bauen den Turm fertig.«

Der ist aus Bauklötzen; gestern haben sie den ganzen Nachmittag daran gebaut und über Nacht ein Schild dran gemacht, daß der Hausmeister ihn bis heute morgen stehen lassen soll.

»Was meinst du, wie hoch wir ihn schaffen?«

Aber Nathaniel möchte sich lieber vorstellen, er sei ein riesiges Ungetüm. Er holt mit seiner riesigen Pranke aus und schlägt gegen den Turm.

Das ganze Gebäude stürzt polternd ein.

Monica blickt so traurig, daß Nathaniel sich einen ganz kurzen Moment lang scheußlich fühlt. »Och«, seufzt sie. »Warum hast du das getan?«

Genugtuung umspielt Nathaniels Lippen, kommt tief aus seinem Innern. Aber er sagt ihr nicht, was er denkt: *Weil ich das konnte.*

Joseph Toro scheint sich im Gerichtssaal unwohl zu fühlen, und ich kann es ihm nicht verdenken. Als ich den Mann das letzte Mal gesehen habe, kauerte er neben der Richterbank, vollgespritzt mit dem Blut und der Gehirnmasse seines Mandanten.

»Hatten Sie sich mit Glen Szyszynski getroffen, bevor Sie an dem Tag ins Gericht kamen?« fragt Quentin.

»Ja«, sagt der Anwalt zaghaft. »Im Gefängnis, vor der Anklageeröffnung.«

»Was hat er über die ihm zur Last gelegte Tat gesagt?«

»Er hat sie kategorisch abgestritten.«

»Einspruch«, ruft Fisher. »Relevanz?«

»Stattgegeben.«

Quentin überlegt. »In welcher Verfassung befand sich Pater Szyszynski am Morgen des dreißigsten Oktober?«

»Einspruch.« Diesmal ist Fisher aufgestanden. »Aus dem gleichen Grund.«

Richter Neal blickt den Zeugen an. »Ich möchte die Antwort hören.«

»Er hatte panische Angst«, sagt Toro leise. »Er war resigniert. Er betete. Er hat mir aus dem Matthäus-Evangelium vorgelesen. Die Stelle, wo Jesus sagt: ›*Mein Gott, warum hast du mich verlassen?*‹«

»Was geschah, als Ihr Mandant in den Gerichtssaal gebracht wurde?« fragt Quentin.

»Sie führten ihn an den Tisch der Verteidigung, wo ich bereits saß.«

»Und wo war Mrs. Frost zu diesem Zeitpunkt?«

»Sie saß links hinter uns.«

»Hatten Sie an dem Morgen mit Mrs. Frost gesprochen?«

»Nein«, erwidert Toro. »Ich kannte sie nicht.«

»Ist Ihnen an ihr etwas Ungewöhnliches aufgefallen?«

»Einspruch«, sagt Fisher. »Er kannte sie nicht, wie soll ihm da etwas Ungewöhnliches an ihr auffallen?«

»Abgewiesen«, sagt der Richter.

Toro blickt mich ängstlich an. »Mir ist tatsächlich etwas aufgefallen ... schließlich war sie die Mutter des angeblichen Opfers ... aber sie verspätete sich. Ich fand es merkwürdig, daß sie ausgerechnet zu so einem Termin zu spät kommt.«

Ich lausche seiner Aussage, aber ich beobachte dabei Quentin Brown. Angeklagte bedeuten für Staatsanwälte nur Sieg oder Niederlage. Sie sind für sie keine richtigen Menschen; ihr Leben ist uninteressant, wichtig ist nur die Straftat, die sie vor Gericht gebracht hat. Quentin Brown macht hier schließlich nur seine Arbeit. Doch für mich geht es um die ganze Zukunft.

Das Gerichtsgebäude in Alfred ist alt, und die Toiletten ebenso. Caleb ist gerade fertig, als jemand hereinkommt und sich neben ihn stellt. Caleb tritt zurück, um sich die Hände zu waschen, und sieht dann erst, daß es Patrick ist.

Als Patrick sich umdreht, reagiert er genauso erstaunt. »Caleb?«

Außer ihnen beiden ist niemand im Raum. Caleb verschränkt die Arme und wartet. Er weiß nicht, warum. Er weiß bloß, daß er jetzt nicht einfach gehen kann.

»Wie geht's ihr heute?« fragt Patrick.

Caleb merkt, daß er kein einziges Wort herausbringt.

»Das muß für sie die Hölle sein da drin.«

Caleb zwingt sich, Patrick direkt anzusehen, um ihm zu verstehen zu geben, daß er das jetzt nicht einfach so dahinsagt. »Ich *weiß* es«, betont er.

Patrick blickt weg, schluckt. »Hat sie ... hat sie es dir erzählt?«

»Das war nicht nötig.«

Das einzige Geräusch ist das Rauschen des Wassers in der Leitung. »Willst du mir eine reinhauen?« fragt Patrick dann. Er breitet die Arme aus. »Na los. Schlag zu.«

Langsam schüttelt Caleb den Kopf. »Ich würde gern. Aber es wäre einfach zu jämmerlich.« Er macht einen Schritt auf Patrick zu, zeigt mit dem Finger auf ihn. »Du bist wieder hierhergezogen, um in Ninas Nähe zu sein. Du lebst dein Leben für eine Frau, die ihres nicht für dich lebt. Du hast abgewartet, bis sie auf dünnes Eis gerät, und prompt warst du zur Stelle, damit sie sich an dir festhalten konnte.« Er wendet sich ab. »Ich muß dich nicht schlagen, Patrick. Du bist auch so schon erbärmlich.«

Caleb geht zur Tür, doch Patricks Stimme hält ihn auf. »Ich war als Soldat in Übersee. Nina hat mir jeden zweiten Tag geschrieben.« Er lächelt schwach. »Als sie dich kennenlernte, hat sie mir geschrieben, daß sie mit dir auf einen Berg gestiegen war ... da wußte ich, daß ich sie verloren hatte.«

»Mount Kathadin? An dem Tag ist nichts passiert.«

»Nein. Ihr seid nur auf den Berg gestiegen und dann wieder runter«, sagt Patrick. »Aber Nina hat fürchterliche Höhenangst. Sie war jedoch so sehr in dich verliebt, daß sie bereit war, dir überallhin zu folgen.« Patrick geht auf Caleb zu. »Weißt du, was erbärmlich ist? Daß du mit dieser Frau zusammen leben darfst. Daß sie sich von allen Männern auf dieser Welt ausgerechnet *dich* ausgesucht hat. Du hast dieses unglaubliche Geschenk überreicht bekommen und weißt es nicht einmal zu würdigen.«

Dann drängt Patrick an Caleb vorbei, stößt ihn gegen die Wand. Er muß hier raus, bevor er sich noch dazu hinreißen läßt, sein ganzes Herz zu offenbaren.

Frankie Martine ist eine Zeugin, wie jeder Staatsanwalt sie sich wünscht – sie beantwortet Fragen klar und präzise und kann selbst einem Geschworenen ohne High-School-Abschluß komplizierte wissenschaftliche Sachverhalte verständlich machen. Fast eine Stunde lang hat Quentin sie den Ablauf einer Knochenmarktransplantation erklären lassen, und die Geschworenen haben ihr interessiert zugehört. Jetzt erläutert sie, was sie in ihrem Job macht – DNA-Analysen.

»Die DNA eines Menschen ist in jeder Zelle des Körpers gleich«, sagt Frankie. »Das heißt, wenn ich von jemandem eine Blutprobe nehme, stimmt die DNA in den Blutzellen mit der DNA in den Hautzellen, Gewebezellen und Körperflüssigkeiten wie Speichel oder Sperma überein. Deshalb hat Mr. Brown mich gebeten, aus einer Blutprobe von Pater Szyszynski die DNA zu ermitteln und sie mit der DNA in dem Sperma an der Unterhose des mißbrauchten Jungen zu vergleichen.«

»Und haben Sie das getan?«

»Ja.«

Brown reicht Frankie den Laborbericht – den ursprünglichen, der mir anonym in den Briefkasten gesteckt worden war. »Was haben Sie festgestellt?«

»Ich habe festgestellt, daß die DNA des Verdächtigen an allen getesteten Stellen mit der Sperma-DNA übereinstimmte, was bedeutet, daß die Wahrscheinlichkeit, einen anderen, mit dem Verdächtigen nicht verwandten Menschen mit der gleichen DNA zu finden bei eins zu sechs Milliarden liegt.«

Brown blickt die Geschworenen an. »Sechs Milliarden? Das entspricht doch so ungefähr der Weltbevölkerung?«

»Ich glaube, ja.«

»Nun, was hat das alles mit Knochenmark zu tun?«

Frankie rutscht unruhig auf ihrem Stuhl hin und her. »Nachdem ich diese Ergebnisse herausgegeben hatte, bat mich das Büro des Generalstaatsanwalts, mir sicherheitshalber auch noch die ärztlichen Unterlagen von Pater Szyszynski anzusehen. Vor sieben Jahren hatte er eine Knochenmarktransplantation, was bedeutet, daß sein Blut im Grunde das des Spenders ist. Es bedeutet auch, daß die DNA, die wir aus dem Blut gewonnen haben – die DNA, die mit der von dem Sperma an der Unterhose übereinstimmte –, nicht Pater Szyszynskis DNA war, sondern die seines Spenders.« Sie blickt die Geschworenen an, versichert sich, daß sie nicken, bevor sie fortfährt. »Wenn wir Speichel oder Sperma oder sogar Haut von Pater Szyszynski untersucht hätten – alles außer seinem Blut –, hätte das eindeutige Ergebnis gelautet, daß der Spermafleck an der Unterhose des Jungen nicht von Pater Szyszynski stammt.«

Quentin Brown läßt ihre Worte wirken. »Soll das heißen, daß jemand, der eine Knochenmarktransplantation hatte, zwei unterschiedliche Arten von DNA im Körper hat?«

»Ganz genau. Das kommt äußerst selten vor, es ist die Ausnahme und nicht die Regel, weshalb die DNA-Analyse noch immer die präziseste Methode ist, eindeutige Beweise zu erbringen.« Frankie holt einen anderen, neueren Laborbericht hervor. »Wie Sie hier sehen können, ist es möglich, bei einem Menschen, der eine Knochenmarktransplantation hatte, zwei unterschiedliche DNA-Profile nachzuweisen. Wir entnehmen Zahnmark, das sowohl Gewebe- als auch Blutzellen enthält. Wenn jemand eine Knochenmarktransplantation hatte, müßten die Gewebezellen eine andere DNA haben als die Blutzellen.«

»Sind Sie bei der Analyse des Zahnmarks, das Sie Pater Szyszynski entnommen haben, zu diesem Ergebnis gelangt?«

»Ja.«

Brown schüttelt den Kopf, mimt den Erstaunten. »Dann war Pater Szyszynski wohl diese eine Person von sechs Milliarden, bei der die DNA mit der des Spermas an der Unterhose des Jungen übereinstimmen konnte ... obwohl das Sperma nicht von ihm stammt?«

Frankie faltet den Bericht zusammen und schiebt ihn in ihre Akte. »Das ist richtig«, sagt sie.

»Sie haben mit Nina Frost in einigen Fällen zusammengearbeitet, nicht wahr?« fragt Fisher kurz darauf.

»Ja«, erwidert Frankie.

»Sie ist ziemlich gründlich, nicht?«

»Ja. Sie ist die einzige bei der Staatsanwaltschaft, die jedesmal anruft, wenn wir die Ergebnisse rübergefaxt haben, weil sie noch ein paar Punkte abklären will. Sie war sogar mal bei uns im Labor. Viele von ihren Kollegen machen sich nicht so eine Mühe, aber Nina wollte immer alles ganz genau verstehen.«

»Dann ist es für sie sehr wichtig, auf Nummer Sicher zu gehen, nicht wahr?«

»Ja.«

»Sie zieht keine voreiligen Schlüsse und prüft lieber noch einmal etwas nach, bevor sie sich darauf verläßt?«

»Das ist mein Eindruck, ja«, erwidert Frankie.

»Ms. Martine, wenn Sie Ihre Untersuchungsberichte erstellen, dann gehen Sie davon aus, daß sie richtig sind, nicht wahr?«

»Selbstverständlich.«

»Sie haben einen Bericht erstellt, in dem Sie die Chancen, daß das Sperma an Nathaniel Frosts Unterhose von jemand anderem als von Pater Szyszynski stammt, auf eins zu sechs Milliarden schätzen?«

»Ja.«

»Sie haben in Ihrem Bericht nicht die Eventualität berücksichtigt, daß der Verdächtige eine Knochenmarktransplantation erhalten hat, nicht wahr? Weil ein solcher Fall so selten ist, daß nicht einmal Sie als Wissenschaftlerin es für nötig befunden haben, ihn zu berücksichtigen?«

»Statistiken sind Statistiken ... eine Schätzung.»

»Aber als Sie den ersten Bericht an die Staatsanwaltschaft schickten, taten Sie das guten Gewissens, überzeugt davon, daß der Staatsanwalt sich auf die Richtigkeit verlassen kann?«

»Ja.«

»Sie hätten erwartet, daß auch Geschworene sich auf die Richtigkeit verlassen und Pater Szyszynski schuldig sprechen würden?«

»Ja«, sagt Frankie.

»Und auch der Richter sollte sich auf die Richtigkeit verlassen und Pater Szyszynski verurteilen?«

»Ja.«

»Und Nina Frost, die Mutter des Kindes, sollte sich auf die Richtigkeit des Berichts verlassen und glauben, der Täter sei gefaßt und sie könnte ihren Seelenfrieden wiederfinden?«

»Ja.«

Fisher fixiert die Zeugin. »Wundert es Sie dann, Ms. Martine, *daß* sie sich darauf verlassen hat?«

»Natürlich hat Quentin Einspruch erhoben«, sagt Fisher, den Mund voller Salami-Pizza. »Aber das ist nicht entscheidend. Entscheidend ist, daß ich die Frage nicht zurückgezogen habe, bevor ich die Zeugin entlassen habe. Diese Nuance ist den Geschworenen nicht entgangen.«

»Sie überschätzen die Geschworenen«, entgegne ich. »Das soll nicht heißen, daß Sie im Kreuzverhör nicht fantastisch waren, Fisher, das waren Sie. Aber ... Fisher«, frage ich ruhig. »Meinen Sie, ich sollte bestraft werden?«

Er wischt sich die Hände mit einer Serviette ab. »Wenn ja, wäre ich dann hier?«

»Für das Geld, das Sie verdienen, würden Sie sich wahrscheinlich auch als Gladiator in die Arena stellen.«

Lächelnd blickt er mir in die Augen. »Nina, entspannen Sie sich. Ich verschaffe Ihnen einen Freispruch.«

Aber das habe ich nicht verdient. Die Wahrheit liegt tief in meinem Bauch, obwohl ich sie nicht aussprechen kann.

Vielleicht kann man mir verzeihen, daß ich mein Kind schützen wollte, aber viele Eltern schützen ihre Kinder, ohne dafür ein Verbrechen zu begehen. Ich kann mir zwar einreden, daß ich an dem Tag nur an meinen Sohn gedacht habe, daß ich nur wie eine gute Mutter gehandelt habe ... aber in Wahrheit stimmt das nicht. Ich habe wie eine Staatsanwältin gehandelt, die kein Vertrauen in die Justiz hatte, als sie persönlich betroffen war. Und gerade als Staatsanwältin hätte ich mich nie zu der Tat hinreißen lassen dürfen. Und genau deshalb verdiene ich einen Schuldspruch.

»Wenn ich mir nicht mal selbst vergeben kann«, sage ich schließlich, »wie sollen mir dann zwölf fremde Menschen vergeben?«

Die Tür geht auf, und Caleb kommt herein. Plötzlich ist die Atmosphäre zum Zerreißen gespannt. Fisher wirft mir einen unsicheren Blick zu, knüllt dann seine Serviette zusammen und wirft sie in die Pappschachtel. »Caleb! Da ist noch Pizza übrig.« Er steht auf. »Ich kümmere mich ... um die Sache, über die wir gesprochen haben«, sagt Fisher vage und verläßt fluchtartig den Raum.

Caleb setzt sich mir gegenüber. Die Uhr an der Wand tickt so laut wie mein Herz. »Hungrig?« frage ich.

Er fährt mit einem Finger über die scharfe Kante der Pizzaschachtel. »Wie ein Bär«, erwidert Caleb.

Doch er macht keine Anstalten, sich ein Stück Pizza zu nehmen. Statt dessen sehen wir beide zu, wie seine Finger sich auf mich zubewegen, wie er meine Hand mit beiden Händen umschließt. Er rutscht mit seinem Stuhl näher und beugt den Kopf und legt ihn auf unsere ineinander verschlungenen Fäuste. »Laß uns von vorn anfangen«, sagt er leise.

»Machen wir einfach da weiter, wo wir aufgehört haben«, entgegne ich, und ich lege meine Wange an Calebs Kopf.

Wie weit kann ein Mensch gehen ... und trotzdem weiter guten Gewissens mit sich leben? Diese Frage brennt Patrick auf der Seele.

Patrick macht Nina keine Vorwürfe deswegen, daß sie Glen Szyszynski erschossen hat, weil sie zu dem Zeitpunkt wirklich glaubte, keine andere Wahl zu haben. Ebenso hält er es nicht für falsch, daß er am Heiligen Abend mit ihr geschlafen hat. Er hatte jahrelang auf Nina gewartet. Und als sie endlich ihm gehörte – wenn auch nur für eine Nacht –, war die Tatsache, daß sie mit einem anderen Mann verheiratet war, unerheblich. Ihre Bindung aneinander ist zwar nicht durch ein Stück Papier abgesegnet, aber er empfindet sie als ebenso stark.

Rechtfertigungen sind etwas Bemerkenswertes – sie verwischen alle festen Konturen, so daß Ehre so biegsam wird wie eine Weide und Moral zerplatzt wie eine Seifenblase.

Falls Nina Caleb verlassen würde, wäre Patrick sofort an ihrer Seite, und er könnte jede Menge Gründe anführen, um sein Verhalten zu rechtfertigen.

Aber da ist ja noch Nathaniel.

Und das ist der Punkt, zu dem Patrick keine Rechtfertigung einfällt. Patrick könnte nicht damit leben, Nathaniels Kindheit zerstört zu haben. Wenn Patrick das täte, nach allem, was geschehen ist, tja ... wie könnte Nina ihn dann überhaupt noch lieben?

Im Vergleich zu einem derart großen Frevel ist das, was er jetzt tun wird, eine Lappalie.

Er beobachtet Quentin Brown vom Zeugenstand aus. Der Staatsanwalt geht davon aus, daß die Sache reibungslos über die Bühne gehen wird – genauso reibungslos wie bei der Probesitzung. Schließlich ist Patrick Polizeibeamter und sagt nicht zum erstenmal vor Gericht aus. Brown ist sicher, daß Patrick trotz seiner Freundschaft zu Nina auf der Seite der Anklage steht. »Waren Sie mit den Ermittlungen im Fall Nathaniel Frost betraut?« fragt Quentin.

»Ja.«

»Wie hat die Angeklagte darauf reagiert, daß Sie in dem Fall ermittelten?«

Patrick kann Nina nicht ansehen, noch nicht. Er will sich nicht verraten. »Sie war schrecklich besorgt um ihren Sohn.«

Das war nicht die Antwort, die sie einstudiert hatten. Patrick merkt, daß Quentin stutzt und dann versucht, ihm die abgesprochene Antwort in den Mund zu legen. »Haben Sie während der Ermittlungen je erlebt, daß sie die Beherrschung verlor?«

»Manchmal war sie verzweifelt. Ihr Sohn sprach nicht mehr. Sie wußte nicht, was sie tun sollte.« Patrick zuckt die Achseln. »Wer wäre in einer solchen Situation nicht niedergeschlagen?«

Quentin bedenkt ihn mit einem tadelnden Blick. Kommentare eines Zeugen sind unerwünscht. »Wer war Ihr erster Verdächtiger in dem Fall?«

»Unser einziger Verdächtiger war Glen Szyszynski.«

Inzwischen sieht Quentin aus, als würde er ihm am liebsten an die Gurgel gehen. »Haben Sie noch einen anderen Mann vernommen?«

»Ja. Caleb Frost.«

»Warum haben Sie ihn vernommen?«

Patrick schüttelt den Kopf. »Der Junge benutzte die Gebärdensprache, um sich verständlich zu machen, und er hatte seinen Vergewaltiger durch das Zeichen für *Vater* identifiziert. Wir haben zu dem Zeitpunkt nicht verstanden, daß er *Pater* meinte und nicht *Daddy*.« Er blickt Caleb, der hinter Nina in der ersten Reihe sitzt, direkt an. »Das war ein Fehler«, sagt Patrick.

»Wie hat die Angeklagte reagiert, als ihr Sohn das Zeichen für *Vater* machte?« .

Fisher erhebt sich aus seinem Stuhl, um Einspruch zu erheben, aber Patrick antwortet schnell. »Sie hat es sehr ernst genommen. Der Schutz ihres Kindes hatte für sie absoluten Vorrang, immer.« Verwirrt setzt sich der Anwalt wieder.

»Detective Ducharme –«, unterbricht der Staatsanwalt seinen Zeugen.

»Ich bin noch nicht fertig, Mr. Brown. Ich wollte sagen, daß es sie bestimmt innerlich zerrissen hat, aber sie hat eine einstweilige Verfügung gegen ihren Mann erwirkt, weil sie dachte, Nathaniel nur so schützen zu können.«

Quentin geht zu Patrick hinüber, spricht zischend durch die Zähne, so daß nur sein Zeuge ihn hören kann. »*Verdammt, was soll denn das?*« Dann blickt er die Geschworenen an. »Detective, wann haben Sie beschlossen, Pater Szyszynski festzunehmen?«

»Nachdem Nathaniel ihn wörtlich identifiziert hatte, bin ich zu dem Priester gegangen, um mit ihm zu sprechen.«

»Haben Sie ihn gleich festgenommen?«

»Nein. Ich hatte gehofft, daß er zuvor gestehen würde. Das hoffen wir immer in Mißbrauchsfällen.«

»Hat Pater Szyszynski je gestanden, Nathaniel Frost sexuell mißbraucht zu haben?«

Patrick, der schon in vielen Prozessen als Zeuge aufgetreten ist, weiß, daß die Frage völlig inakzeptabel ist, weil die Antwort darauf auf Hörensagen beruht. Der Richter und der Staatsanwalt blicken Fisher Carrington an, warten, daß er Einspruch erhebt. Aber Ninas Anwalt hat inzwischen begriffen, was los ist. Er sitzt am Tisch der Verteidigung, die Hände gefaltet, und läßt den Dingen ihren Lauf. »In Fällen von Kindesmißbrauch sind die Täter fast nie geständig«, sagt Patrick in die Stille hinein. »Sie wissen, daß ihnen ohne Geständnis oft nicht beizukommen ist. Fast die Hälfte der Angeklagten geht straffrei aus, weil die Beweise nicht ausreichen oder die Kinder zu große Angst haben, um auszusagen, oder weil die Geschworenen ihnen kein Wort glauben ...«

Quentin fällt ihm ins Wort, bevor Patrick weiteren Schaden anrichten kann. »Euer Ehren, ich bitte um eine kurze Pause.«

Der Richter blickt ihn über seine Brille hinweg an. »Wir sind mitten in der Befragung Ihres Zeugen.«

»Ich weiß, Euer Ehren.«

Achselzuckend wendet Neal sich an Fisher. »Hat die Verteidigung irgendwelche Einwände?«

»Nein, Euer Ehren. Aber ich weise den Kollegen darauf hin, daß die Zeugen während der Prozeßpause nicht angesprochen werden dürfen.«

»Schön«, knurrt Quentin. Er stürmt so schnell aus dem Saal, daß er nicht sieht, wie Patrick Nina anlächelt und ihr kaum merklich zuzwinkert.

»Wieso arbeitet der Cop für *uns*?« will Fisher wissen, sobald er mich in einen kleinen Besprechungsraum gescheucht hat.

»Weil er mein Freund ist. Er ist immer für mich da.« Zumindest ist das die einzige Erklärung, mit der ich aufwarten kann. Ich denke an Heiligabend zurück und kann nicht glauben, daß das wirklich passiert ist.

Fisher scheint über dieses seltsame Geschenk nachzudenken, das ihm da in den Schoß gefallen ist. »Muß ich mich vor irgendwas in acht nehmen? Irgendwas, das er *nicht* macht, um Sie zu schützen?«

Wir haben nicht deshalb miteinander geschlafen, weil Patrick in der Nacht seine moralischen Grundsätze in den Wind geschlagen hat, sondern weil er einfach zu ehrlich dazu war, sich vorzumachen, er hätte keine Gefühle für mich.

»Er wird nicht lügen«, erwidere ich.

Quentin geht wieder zum Angriff über. Was immer der Detective auch für ein Spiel spielt, jetzt ist Schluß damit. »Warum waren Sie am Morgen des dreißigsten Oktobers im Gericht?«

»Es war mein Fall«, antwortet Ducharme gelassen.

»Haben Sie an dem Morgen mit der Angeklagten gesprochen?«

»Ja. Ich habe sowohl mit Mr. als auch mit Mrs. Frost gesprochen. Sie waren beide sehr nervös. Wir sprachen darüber, bei wem Nathaniel für die Dauer des Verfahrens gut aufgehoben wäre, denn sie wollten ihn, nach allem, was passiert war, natürlich nicht irgendwem anvertrauen.«

»Was haben Sie getan, als die Angeklagte Pater Szyszynski niederschoß?«

Ducharme blickt dem Staatsanwalt direkt in die Augen. »Ich habe eine Pistole gesehen und bin darauf losgestürzt.«

»Wußten Sie vorher, daß Mrs. Frost eine Schußwaffe dabeihatte?«

»Nein.«

»Wie viele Leute waren nötig, um sie zu Boden zu ringen?«

»Sie ist zu Boden gefallen«, stellt der Detective richtig. »Vier Gerichtsdiener haben sich auf sie geworfen.«

»Was haben Sie dann gemacht?«

»Ich habe mir Handschellen geben lassen. Die habe ich Mrs. Frost angelegt und sie dann in die Verwahrzelle gebracht.«

»Wie lange waren Sie bei ihr?«

»Vier Stunden.«

»Hat sie irgend etwas zu Ihnen gesagt?«

In der Probesitzung hatte Ducharme Quentin erzählt, daß die Angeklagte ihm gegenüber zugegeben habe, ein Verbrechen begangen zu haben. Jetzt jedoch setzt er eine Unschuldsmiene auf und blickt die Geschworenen an. »Sie hat immer wieder gesagt: ›Ich habe getan, was ich konnte. Mehr kann ich nicht tun.‹ Sie hörte sich verrückt an.«

Verrückt? »Einspruch«, donnert Quentin.

»Euer Ehren, es ist doch *sein* Zeuge!« sagt Fisher.

»Abgewiesen, Mr. Brown.«

»Ich bitte um eine kurze Unterredung!« Quentin stürmt zur Richterbank. »Euer Ehren, ich möchte den Zeugen zum Zeugen der Gegenseite erklären lassen, damit ich Suggestivfragen stellen kann.«

Richter Neal blickt zu Ducharme hinüber, dann wieder den Staatsanwalt an. »Aber er beantwortet doch Ihre Fragen, Mr. Brown.«

»Nicht so, wie er es soll!«

»Tut mir leid, Mr. Brown, aber das ist Ihr Problem.«

Quentin holt tief Luft und dreht sich wieder um. Daß Patrick Ducharme ihm im Alleingang die gesamte Beweisführung ruiniert, liegt auf der Hand. Die Frage ist bloß, warum.

Entweder ist Ducharme nicht gut auf ihn zu sprechen, obwohl er ihn gar nicht richtig kennt ... oder er versucht aus irgendeinem Grund, Nina Frost zu helfen. Er blickt auf und sieht, wie der Detective und die Angeklagte einander anstarren, derart intensiv, daß das Knistern praktisch zu spüren ist.

Aha.

»Wie lange kennen Sie die Angeklagte schon?« fragt er gelassen.

»Seit dreißig Jahren.«

»So lange?«

»Ja.«

»In welcher Beziehung stehen Sie zu ihr?«

»Wir arbeiten zusammen.«

Wer's glaubt, wird selig, denkt Quentin. *Ich würde meine Pension darauf verwetten, daß zwischen euch beiden was läuft.* »Haben Sie auch privat Kontakt zu ihr?«

Man muß schon genau hinschauen, aber Quentin entgeht nicht, wie sich Patrick Ducharmes Wangenmuskeln anspannen. »Ich kenne ihre Familie. Wir gehen ab und an zusammen Mittag essen.«

»Wie war das für Sie, als Sie erfuhren, was Nathaniel passiert war?«

»Einspruch«, ruft Carrington.

Der Richter reibt sich mit einem Finger über die Oberlippe. »Ich gestatte die Frage.«

»Ich war besorgt wegen des Jungen«, antwortet der Detective.

»Waren Sie auch wegen Nina Frost besorgt?«

»Natürlich. Sie ist eine Kollegin.«

»Nur eine Kollegin?« fordert Quentin ihn heraus.

Er ist auf Ducharmes Reaktion gefaßt – ein Gesicht, aus dem jede Farbe gewichen ist. Und als Dreingabe: Nina Frost sieht aus, als wäre sie aus Stein gemeißelt. *Volltreffer*, denkt Quentin.

»Einspruch!«

»Abgelehnt«, sagt der Richter und blickt den Detective mit zusammengekniffenen Augen an.

»Wir sind seit langem befreundet.« Ducharme sucht verzweifelt nach den richtigen Worten. »Ich wußte, daß Nina nervlich am Ende war, und ich habe getan, was ich konnte, um ihr zu helfen.«

»Zum Beispiel ... bei der Ermordung des Priesters?«

Nina Frost springt von ihrem Stuhl am Tisch der Verteidigung auf. *»Einspruch!«*

Ihr Anwalt zieht sie wieder nach unten. Patrick Ducharme sieht aus, als würde er Quentin am liebsten umbringen, was ihm nur recht ist, jetzt, da die Geschworenen es für denkbar halten, daß der Detective schon bei einem Mord Beihilfe geleistet hat. »Wie lange sind Sie bei der Polizei?«

»Seit drei Jahren.«

»Und davor waren Sie bei der Militärpolizei?«

»Ja, fünf Jahre.«

Quentin nickt. »Wie oft sind Sie in Ihrer Funktion als Polizeibeamter bereits vor Gericht als Zeuge aufgetreten?«

»Sehr oft.«

»Sie wissen also, daß Sie als Zeuge unter Eid stehen, Detective.«

»Natürlich.«

»Sie haben dem Gericht heute erzählt, daß die Angeklagte in den vier Stunden, die Sie bei ihr in der Verwahrzelle waren, verrückt geklungen habe.«

»Das ist richtig.«

Quentin blickt ihn an. »Am Tag nach dem Mord an Pater Szyszynski kamen Sie zusammen mit Detective Chao zu mir ins Büro. Erinnern Sie sich, was Sie mir bei der Gelegenheit über die Geistesverfassung der Angeklagten gesagt haben?«

Sie starren sich lange an. Schließlich schlägt Ducharme die Augen nieder. »Ich habe gesagt, sie habe genau gewußt, was sie tat, und daß ich, wenn es mein Sohn wäre, das gleiche getan hätte.«

»Dann waren Sie also am Tag nach der Schießerei der Meinung, daß Nina Frost geistig völlig gesund war. Und heute sind Sie der Meinung, daß sie verrückt war. Was denn nun, Detective ... und was in aller Welt hat sie in der Zwischenzeit getan, Sie zu diesem Meinungsumschwung zu bewegen?« fragt Quentin, läßt sich auf seinen Stuhl nieder und lächelt.

Fisher versucht bei den Geschworenen Schadensbegrenzung, aber ich kann seinen Worten kaum folgen. Patrick im Zeugenstand zu sehen hat mich völlig aufgewühlt. »Wissen Sie was?« beginnt Fisher. »Ich glaube, Mr. Brown wollte einen falschen Eindruck von Ihrer Beziehung zu Mrs. Frost erwecken, und ich möchte Ihnen Gelegenheit geben, den Geschworenen zu erklären, wie es sich in Wirklichkeit verhält. Sie und Nina waren schon als Kinder eng befreundet, ist das richtig?«

»Ja.«

»Und wie alle Kinder haben Sie vermutlich ab und zu mal geflunkert?«

»Ja, bestimmt«, sagt Patrick.

»Aber das ist etwas ganz anderes als Meineid, nicht wahr?«

»Ja.«

»Wie alle Kinder haben Sie beide irgendwelche geheimen Pläne ausgeheckt und sie vielleicht auch ausgeführt?«

»Klar.«

Fisher breitet die Arme aus. Aber das ist etwas ganz anderes, als einen Mord zu planen, richtig?«

»Absolut.«

»Und als Kinder standen Sie beide sich besonders nahe. Noch heute stehen Sie sich besonders nahe. Aber Sie beide sind eben nur – *Freunde*. Richtig?«

Patrick blickt mich direkt an. »Natürlich«, sagt er.

Die Anklage hat ihre Beweisführung abgeschlossen. Ich bin allein in dem kleinen Besprechungsraum – Caleb sieht nach Nathaniel, Fisher muß in seiner Kanzlei anrufen. Ich stehe gerade am Fenster, als die Tür aufgeht und der Lärm vom Korridor hereindringt. »Wie geht's ihm?« frage ich, ohne mich umzudrehen, weil ich annehme, daß es Caleb ist.

»Müde«, antwortet Patrick, »aber ich erhol mich schon wieder.«

Ich drehe mich um und gehe auf ihn zu, doch es ist eine unsichtbare Wand zwischen uns. Patricks Augen, so wunderschön blau, sind umschattet.

»Du hast gelogen. Im Zeugenstand. Über das, was uns betrifft.«

»Hab ich das?« Er kommt näher, und es tut weh. Einander so nahe zu sein und doch zu wissen, daß wir das letzte Stück Abstand zwischen uns nicht verschwinden lassen können.

Wir sind wirklich nur Freunde. Etwas anderes werden wir nie sein. Wir können uns fragen, ob nicht doch mehr zwischen uns ist, einen einzigen Abend lang so tun als ob, aber das ist kein Maßstab für ein gemeinsames Leben. Wir werden nie wissen, was gewesen wäre, wenn ich Caleb nicht kennengelernt hätte, wenn Patrick nicht nach Übersee gegangen wäre. Aber ich habe mir mit Caleb ein Leben aufgebaut. Diesen Teil kann ich nicht aus mir herausschneiden, genausowenig wie ich den Teil meines Herzens herausschneiden kann, der Patrick gehört.

Ich liebe sie beide, werde sie immer lieben. Aber im Augenblick geht es nicht um mich.

»Ich habe nicht gelogen, Nina. Ich habe das Richtige getan.« Patrick hebt eine Hand an mein Gesicht, und ich schmiege meine Wange in seine Handfläche.

Ich werde ihn verlassen. Ich werde alle verlassen.

»Das richtige«, wiederhole ich, »ist nachzudenken, bevor ich handele, damit ich den Menschen, die ich liebe, nicht weiter weh tue.«

»Deiner Familie –«, murmelt er.

Ich schüttele den Kopf. »Nein«, sage ich zum Abschied. »Ich meinte dich.«

Nach der Sitzung geht Quentin in eine Bar. Doch er hat keine große Lust, etwas zu trinken, deshalb steigt er in seinen Wagen und fährt ziellos umher. Er kauft in einem Supermarkt für über hundert Dollar Sachen ein, die er nicht braucht, er ißt bei McDonald's zu Abend. Erst zwei Stunden später wird ihm klar, daß es doch einen Ort gibt, an dem er sein möchte.

Es ist dunkel, als er vor Tanyas Haus hält, und er hat Mühe, den Beifahrer aus dem Wagen zu bugsieren. Es war leichter, als er gedacht hätte, ein Plastikskelett aufzutreiben.

Er schleppt das Skelett wie einen betrunkenen Freund die Einfahrt hoch, Zehen schleifen über den Kies, und er benutzt einen langen knochigen Finger, um auf den Klingelknopf zu drücken. Gleich darauf öffnet Tanya die Tür.

Sie trägt noch ihre Krankenschwesterkluft und hat das Haar zu einem Pferdeschwanz gebunden. »Also schön«, sagt sie, als sie Quentin und das Skelett sieht. »Laß hören.«

Er stellt sich so hin, daß er den Schädel halten kann, während der Rest herabbaumelt, und er eine Hand frei hat. »Scapula«, sagt er. »Ischium, Ilium. Maxilla, Mandibula, Fibula, Os cuboideum.« Er hat mit schwarzem Filzstift die Namen auf die jeweiligen Knochen geschrieben.

Tanya will die Tür wieder schließen. »Jetzt bist du völlig übergeschnappt, Quentin.«

»Nein!« Er klemmt das Handgelenk des Skeletts zwischen Tür und Rahmen. »Nicht.« Quentin holt tief Luft und sagt:

»Ich hab das für dich gekauft. Ich wollte dir zeigen ... daß ich nicht vergessen habe, was du mir beigebracht hast.«

Sie legt den Kopf schief. Gott, wie er das früher bei ihr geliebt hat. Und wie sie sich immer selbst den Hals massiert hat, wenn die Muskeln verspannt waren. Er betrachtet diese Frau, die er nicht mehr kennt, und denkt, nur bei ihr könnte ich mich zu Hause fühlen.

Tanyas Finger gleiten über die Knochen, an die er sich nicht erinnern konnte, breite, weiße Rippen und Teile von Knie und Fußknöchel. Dann ergreift sie Quentins Arm und schmunzelt. »Du mußt noch allerhand lernen«, sagt sie und zieht ihn ins Haus.

In der Nacht träume ich, daß ich im Gerichtssaal neben Fisher sitze, und plötzlich sträuben sich mir die Nackenhaare. Die Luft wird stickiger, das Atmen fällt schwerer, und hinter mir läuft ein Flüstern durch den Raum, wie Mäuse auf nacktem Fußboden. »Bitte erheben Sie sich«, sagt der Gerichtssekretär, und ich will gerade aufstehen, doch da spüre ich das kalte Klicken einer Pistole an meinem Kopf, eine Kugel saust mir ins Gehirn, und ich falle; ich falle.

Ich kann Pater Szyszynski nicht zurückholen. Aber ich kann auch den Fehler, den ich begangen habe, nicht aus meinem Gedächtnis löschen. Keine Gefängnisstrafe kann mich mehr bestrafen, als ich mich selbst bestrafe, und sie kann weder die Zeit zurückdrehen noch mich daran hindern zu denken, daß Arthur Gwynne den Tod genauso verdient hat, wie sein Halbbruder ihn nicht verdient hat.

Ich habe mich nur noch in Zeitlupe bewegt, darauf gewartet, daß eine unvermeidliche Axt niedersaust, mir Zeugenaussagen angehört, als würden die Zeugen über das Schicksal einer mir Unbekannten reden. Aber jetzt spüre ich, daß ich aufwache. Mag sein, daß die Zukunft Schicksalsschläge für uns bereithält, die wir nie vergessen werden, aber das heißt

noch lange nicht, daß wir immer nur nach hinten blicken sollten. Genau das wollte ich doch Nathaniel ersparen ... warum
also nicht auch mir?

Es fällt wieder Schnee, wie ein Segen.

Ich will mein Leben zurück.

Das Vögelchen sah aus wie ein winziger Dinosaurier, zu klein, um schon Federn zu haben oder zu wissen, wie man die Augen aufmacht. Es lag auf dem Boden neben einer Eichel mit gelbem Hut und einem kleinen Stock.

Ich starrte das Vögelchen an. Ich fragte mich, ob es wohl direkt neben dem Stock und der Eichel liegenbleiben würde, bis es tot war. Ich deckte es mit einem großen Blatt zu, damit ihm schön warm war. »Wenn ich ein Vogel wäre und mich irgendwer anfassen würde, würde ich dann sterben?«

»Wenn du ein Vogel wärst«, sagte sie, »hätte ich dich niemals aus dem Nest fallen lassen.

8

Folgende Sachen nimmt er mit: Sein Yomega-Brain-Jo-Jo, den Arm von einem Seestern, den er am Strand gefunden hat. Sein Band, auf dem »Tapferster Junge« steht, eine Taschenlampe, eine Batman-Sammelkarte. Sechsundsiebzig Penny, zwei Zehncentstücke und einen kanadischen Vierteldollar. Einen Schokoriegel und eine Tüte Gummibärchen, die noch von Ostern übriggeblieben ist. Das sind die Schätze, die er mitgenommen hat, als er mit seinem Vater in das Motel zog. Die kann er jetzt nicht zurücklassen. Sie passen alle in einen weißen Kissenbezug, und der drückt sacht gegen Nathaniels Bauch, als er ihn sich unter die Jacke stopft und den Reißverschluß zuzieht.

»Bist du fertig?« fragt sein Vater, und Nathaniel fragt sich, warum er sich überhaupt die Mühe gemacht hat, die Sachen zu verstecken, wo sein Dad doch sowieso zu beschäftigt ist, um was zu merken. Er klettert auf den Beifahrersitz des Pickup und legt den Sicherheitsgurt an – doch dann überlegt er es sich anders und löst ihn wieder.

Wenn er schon richtig böse sein will, dann kann er auch gleich damit anfangen.

»Na, wie geht's heute morgen?« fragt Fisher, als ich neben ihm Platz nehme.

»Das sollten *Sie* doch eigentlich wissen.« Ich beobachte den Gerichtssekretär, der einen Aktenstapel auf die Richterbank legt.

Fisher tätschelt meine Schulter. »Jetzt sind wir dran«, sagt er zuversichtlich. »Ich werde heute dafür sorgen, daß die Geschworenen vergessen, was Brown ihnen gesagt hat.«

Ich wende mich ihm zu. »Die Zeugen –«

»– werden ihre Sache gut machen. Vertrauen Sie mir, Nina. Spätestens wenn wir Mittagspause machen, ist jeder in diesem Saal davon überzeugt, daß Sie verrückt waren.«

Als die Seitentür aufgeht und die Geschworenen hereinkommen, blicke ich weg und überlege, wie ich Fisher beibringen kann, daß ich das jetzt doch nicht mehr möchte.

»Ich muß mal«, verkündet Nathaniel.

»Kein Problem.« Monica legt das Buch beiseite, aus dem sie ihm vorgelesen hat, steht auf und wartet, daß Nathaniel ihr zur Tür folgt. Gemeinsam gehen sie den Flur hinunter zu den Toiletten. Nathaniels Mutter läßt ihn normalerweise nicht allein auf die Jungentoilette, aber hier macht das nichts, weil es nur eine Kabine gibt und Monica nachsehen kann, ob die leer ist, bevor er reingeht. »Wasch dir hinterher die Hände«, ermahnt sie ihn und hält ihm die Tür auf.

Nathaniel setzt sich auf den kalten Toilettensitz und grübelt. Er hat zugelassen, daß Pater Gwynne diese Sachen mit ihm gemacht hat – und das war böse. *Er* war böse. Aber er ist nicht dafür bestraft worden. Im Gegenteil, seit er so böse gewesen ist, sind alle immerzu ganz besorgt und besonders nett zu ihm.

Seine Mutter hat auch irgendwas Böses gemacht – um alles, was passiert ist, wieder in Ordnung zu bringen, sagt sie.

Nathaniel will das alles verstehen, aber in seinem Kopf ist ein einziges Durcheinander. Er weiß nur, daß die Welt auf dem Kopf steht. Die Leute brechen Regeln, aber sie werden dafür nicht ausgeschimpft, nein, denn nur so können sie alles wieder in Ordnung bringen.

Er zieht sich die Hose hoch, macht seine Jacke unten zu und drückt auf die Spülung. Dann klappt er den Klodeckel runter und klettert auf den Spülkasten und von dort zu dem kleinen Sims hoch. Das Fenster ist klein, weil das hier ja das Kellergeschoß ist. Aber Nathaniel kriegt es auf, und so klein, wie er ist, kann er hindurchschlüpfen.

Jetzt ist er hinter dem Gerichtsgebäude, in einem der kleinen Fensterschächte. Er klettert hinaus, geht zwischen den Lieferwagen und Vans auf dem Parkplatz hindurch, überquert den gefrorenen Rasen. Dann marschiert er ziellos am Highway entlang, ohne daß ein Erwachsener ihn an der Hand hätte, und mit dem Vorsatz wegzulaufen.

»Dr. O'Brien«, sagt Fisher, »wann ist Mrs. Frost zum ersten Mal bei Ihnen gewesen?«

»Am zwölften Dezember.« Mit seinen silbernen Schläfen und seiner legeren Ausstrahlung könnte der Psychiater glatt Fishers Bruder sein.

»Welche Materialien standen Ihnen vor dem Gespräch mit ihr zur Verfügung?«

»Ein Schreiben von Ihnen, eine Kopie des Polizeiberichts, das Videoband vom Fernsehsender und das psychiatrische Gutachten von Dr. Storrow, dem Sachverständigen der Anklagevertretung, der sie zwei Wochen zuvor untersucht hatte.«

»Wie lange dauerte Ihr erstes Gespräch mit Mrs. Frost?«

»Eine Stunde.«

»In welchem psychischen Zustand befand sie sich?«

»Im Mittelpunkt des Gesprächs stand ihr Sohn. Sie war sehr um seine Sicherheit besorgt«, sagt O'Brien. »Ihr Kind hatte die Sprache verloren, was sie schrecklich beunruhigte. Sie fühlte sich schuldig, weil sie als berufstätige Mutter nicht mitbekommen hatte, was passiert war. Außerdem kannte sie als Anwältin, die häufig mit Fällen von sexuellem Mißbrauch zu tun hatte, die Auswirkungen solcher Taten auf die Kinder ... und hatte vor allem große Angst, daß ihr Sohn durch einen Gerichtsprozeß ein schweres Trauma erleiden könnte. In Anbetracht der Umstände, die Mrs. Frost zu mir geführt hatten, und nach meinem Gespräch mit ihr kam ich zu dem Schluß, daß sie die klassischen Symptome einer posttraumatischen Belastungsstörung aufwies.«

»Inwiefern könnte sich das auf ihre psychische Stabilität am Morgen des dreißigsten Oktober ausgewirkt haben?«

O'Brien beugt sich vor und spricht die Geschworenen an. »Mrs. Frost wußte, daß sie im Gericht den Mann sehen würde, der ihren Sohn mißbraucht hatte. Sie war fest davon überzeugt, daß ihr Sohn durch den Mißbrauch einen nachhaltigen psychischen Schaden erlitten hatte. Sie war überzeugt, daß es für ihr Kind katastrophale Folgen haben würde, wenn es aussagen müßte – ob als Zeuge oder auch nur bei einer Anhörung zur Feststellung der Verhandlungsfähigkeit. Und schließlich war sie überzeugt, daß der Täter letztlich wieder freikommen würde. Das alles ging ihr auf der Fahrt zum Gericht durch den Kopf, und sie geriet in eine zunehmend aufgewühlte Verfassung und war immer weniger sie selbst, bis sie schließlich die Kontrolle verlor. In dem Moment, als sie Pater Szyszynski die Waffe an den Kopf hielt, konnte sie sich nicht mehr durch ihre Vernunft davon abhalten, ihn zu erschießen – es war ein unwillkürlicher Reflex.«

Die Geschworenen hören ihm zu, wenigstens das. Einige von ihnen trauen sich sogar, mir verstohlene Blicke zuzuwerfen. Ich versuche, eine Miene irgendwo zwischen Reue und Untröstlichkeit aufzusetzen.

»Dr. O'Brien, wann haben Sie Mrs. Frost das letzte Mal gesehen?«

»Vor einer Woche.« O'Brien lächelt mich milde an. »Sie fühlt sich jetzt besser in der Lage, ihren Sohn zu schützen, und ihr ist klar, daß ihre Handlungsweise nicht richtig war. Sie bereut ihre Tat.«

»Leidet Mrs. Frost noch immer an einer posttraumatischen Belastungsstörung?«

»Eine solche Störung ist nicht wie Windpocken, die abheilen und nie wiederkommen. Meiner Meinung nach ist Mrs. Frost jedoch jetzt soweit, ihre Gefühle und Gedanken zu verstehen, so daß sie ihnen nicht mehr hilflos ausgeliefert ist. Mit Hilfe einer anschließenden ambulanten Therapie wird sie wieder ein normales Leben führen können.«

Diese Lüge kostet Fisher – und somit mich – zweitausend Dollar. Aber sie ist es wert: Etliche Geschworene nicken. Vielleicht wird Ehrlichkeit ja überbewertet. Unbezahlbar ist dagegen die Möglichkeit, aus einem Meer von Unehrlichkeiten diejenigen herauszufischen, die man am meisten braucht.

Nathaniel tun die Füße weh, und seine Zehen in den Stiefeln sind schon ganz taub vor Kälte. Er hat seine Fäustlinge im Spielzimmer gelassen, deshalb sind seine Fingerspitzen schon rosa geworden, obwohl er sie tief in die Jackentaschen geschoben hat. Wenn er laut zählt, um sich irgendwie zu beschäftigen, bleiben die Zahlen vor ihm in der Luft hängen, erstarrt vor Kälte.

Weil er weiß, daß er das nicht tun darf, klettert er über die Leitplanke und läuft zur Mitte des Highway. Ein Bus braust vorbei, und seine Hupe gellt laut, bevor er schlingernd in der Ferne verschwindet.

Nathaniel breitet die Arme aus, um besser das Gleichgewicht halten zu können, und fängt an, auf der gestrichelten Mittellinie zu balancieren.

»Dr. O'Brien«, sagt Quentin Brown. »Sie sind der Auffassung, daß Mrs. Frost ihren Sohn jetzt schützen kann?«

»Ja.«

»Also gegen wen wird sie dann als nächstes eine Waffe richten?«

Der Psychiater verändert seine Sitzhaltung. »Ich kann jetzt eine derart extreme Reaktion bei ihr ausschließen.«

Der Staatsanwalt spitzt nachdenklich die Lippen. »Vielleicht jetzt. Aber wie sieht das in zwei Monaten aus ... in zwei Jahren? Nehmen wir an, ein Kind auf dem Spielplatz bedroht ihren Sohn. Oder ein Lehrer behandelt ihn ungerecht. Könnte es sein, daß sie für den Rest ihres Lebens die Rächerin spielt?«

O'Brien zieht die Augenbrauen hoch. »Mr. Brown, es ging nicht darum, daß ein Lehrer ihren Sohn ungerecht behandelt hat. Das Kind wurde sexuell mißbraucht. Sie glaubte zu wissen, wer es getan hatte. Außerdem habe ich erfahren, daß der wahre Täter gefunden wurde und inzwischen eines natürlichen Todes gestorben ist, daher hat sie also keinen vermeintlichen Feldzug mehr zu führen.«

»Dr. O'Brien, Sie hatten das Gutachten des Psychiaters der Gegenseite vorliegen. Wie erklären Sie es sich, daß Ihr Kollege Mrs. Frosts psychischen Zustand völlig anders einschätzt? Daß er sie nicht bloß für verhandlungsfähig erklärt hat, sondern daß er von ihrer Zurechnungsfähigkeit zum Zeitpunkt der Tat ausgeht?«

»Ja, der Befund von Dr. Storrow ist mir bekannt. Aber es ist sein erstes Gutachten für ein Gericht. Ich dagegen bin seit über vierzig Jahren Gerichtspsychiater.«

»Und Sie sind nicht gerade billig, nicht wahr?« sagt Brown. »Trifft es nicht zu, daß die Verteidigung Sie für Ihre heutige Aussage bezahlt?«

»Mein Honorarsatz beträgt zweitausend Dollar pro Tag plus Spesen«, antwortet O'Brien mit einem Achselzucken.

Ein Raunen geht durch den Zuschauerraum. »Dr. O'Brien, wenn ich mich recht entsinne, haben Sie die Formulierung benutzt, Mrs. Frost habe die Kontrolle verloren. Ist das richtig?«

»Das ist natürlich kein Fachterminus, aber in einem Gespräch würde ich es so ausdrücken.«

»Hat sie die Kontrolle verloren, bevor oder nachdem sie zu dem Waffengeschäft gefahren war?« fragt Brown.

»Das war eindeutig der Beginn ihres psychischen Zusammenbruchs –«

»Hat sie die Kontrolle verloren, bevor oder nachdem sie eine Neunmillimeter-Automatikpistole mit sechs Patronen geladen hatte?«

»Wie bereits gesagt, das war –«

»Hat sie die Kontrolle verloren, bevor oder nachdem sie an dem Metalldetektor vorbeigegangen war, weil sie wußte, daß der Sicherheitsbeamte sie nicht aufhalten würde?«

»Mr. Brown –«

»Und, Dr. O'Brien, hat sie die Kontrolle verloren, bevor oder nachdem sie einem Menschen, und zwar nur einem ganz bestimmten Menschen, in einem voll besetzten Gerichtssaal die Waffe an den Kopf gehalten und abgedrückt hatte?«

O'Briens Mund wird schmal. »Wie ich schon erläutert habe, hatte Mrs. Frost zu dem Zeitpunkt keine Kontrolle mehr über ihr Verhalten. Sie konnte sich selbst genausowenig davon abhalten, den Priester zu erschießen, wie sie sich davon hätte abhalten können zu atmen.«

»Allerdings ist es ihr gelungen, jemand anderes vom Atmen abzuhalten.« Brown geht zu den Geschworenen hinüber. »Sie sind Experte für posttraumatische Belastungsstörungen, nicht wahr?«

»Ich gelte auf dem Gebiet als kompetent, ja.«

»Und eine posttraumatische Belastungsstörung wird immer durch ein traumatisches Ereignis ausgelöst?«

»Das ist richtig.«

»Sie sind Mrs. Frost nach dem Tod von Pater Szyszynski zum ersten Mal begegnet?«

»Ja.«

»Und Sie glauben«, sagt Brown, »daß ihre Belastungsstörung durch den an ihrem Sohn begangenen sexuellen Mißbrauch ausgelöst wurde?«

»Ja.«

»Woher wissen Sie, daß nicht die Ermordung des Priesters der Auslöser war?«

»Das wäre möglich«, gibt O'Brien zu. »Aber das andere Trauma war zuerst da.«

»Stimmt es, daß Vietnam-Veteranen ihr ganzes Leben lang an posttraumatischen Belastungsstörungen leiden können? Daß diese Männer noch dreißig Jahre später Alpträume haben?«

»Ja.«

»Dann können Sie doch hier nicht mit wissenschaftlicher Gewißheit behaupten, daß die Angeklagte diese Krankheit überwunden hat, die der Grund dafür war, daß sie – um es mit ihren Worten auszudrücken – die Kontrolle verlor. Hab ich recht?«

Hinten im Saal werden Stimmen laut. Ich konzentriere mich auf das Geschehen vor mir.

»Ich bezweifle, daß Mrs. Frost die Ereignisse der letzten Monate je vergessen wird«, sagt O'Brien diplomatisch. »Aber ich bin der Auffassung, daß sie jetzt keine Gefahr mehr darstellt ... und auch in Zukunft nicht.«

»Tja, Dr. O'Brien«, sagt Brown, »Sie tragen ja auch keinen Priesterkragen.«

»Bitte«, ruft eine vertraute Stimme, und dann reißt sich Monica von dem Gerichtsdiener los, der sie festgehalten hat, und kommt den Mittelgang heruntergelaufen. Allein. Neben Caleb geht sie in die Knie. »Nathaniel ist verschwunden«, schluchzt sie.

Der Richter ist mit einer Unterbrechung der Verhandlung einverstanden, und die Gerichtsdiener im Saal werden losgeschickt, um nach Nathaniel zu suchen. Patrick verständigt den Sheriff und seine Kollegen. Fisher geht die Medienvertreter beruhigen, die von dem neuen Problem Wind bekommen haben und nach Informationen gieren.

Ich kann nirgendwohin, weil ich noch immer das verdammte elektronische Armband trage.

Ich male mir aus, daß Nathaniel entführt worden ist. Wie er in irgendeinen Güterwaggon klettert und dort erfriert. Wie er sich unbemerkt auf ein Schiff schleicht. Er könnte bis ans Ende der Welt reisen, und ich säße noch immer eingesperrt in diesen vier Wänden.

»Er hat gesagt, er müßte zum Klo«, stammelt Monica unter Tränen. Wir warten in der Eingangshalle, aus der die Reporter verdrängt worden sind. Ich weiß, daß sie Absolution haben möchte, aber ich denke nicht dran, sie ihr zu erteilen. »Ich hab gedacht, ihm ist vielleicht übel, weil er so lange gebraucht hat. Aber als ich dann reingegangen bin, stand das Fenster offen.« Sie greift meinen Ärmel. »Ich glaube nicht, daß ihn jemand mitgenommen hat, Nina. Ich glaube, er will bloß auf sich aufmerksam machen.«

»Monica.« Ich klammere mich an den letzten Rest Selbstbeherrschung. Ich sage mir, daß sie ja nicht wissen konnte, was Nathaniel vorhat. Daß niemand unfehlbar ist und daß ich ihn schließlich auch nicht besser beschützt hatte als sie. Aber trotzdem.

Ich konnte Nathaniels Stimme immer und überall unterscheiden. Wenn ich jetzt laut genug rufe, vielleicht kann Nathaniel mich dann hören.

Auf Monicas Wangen leuchten zwei kreisrunde Flecken. »Was kann ich nur tun?« flüstert sie.

»Ihn zurückholen.« Dann gehe ich weg, weil Schuld nicht nur ansteckend ist, sondern auch tödlich.

Caleb blickt dem Polizeiwagen nach, der mit eingeschaltetem Blaulicht davonrast. Diese Polizisten haben bestimmt vergessen, wie es ist, wenn man fünf Jahre alt ist. Deshalb geht er vor dem Fenster zu der Toilette im Untergeschoß in die Hocke, bis er auf Nathaniels Augenhöhe ist. Dann kneift er die Augen zusammen und hält nach irgend etwas Ausschau, daß die Aufmerksamkeit des Jungen geweckt haben könnte. Ein paar Büsche, kahl und windgepeitscht. Ein Schirm, vom Wind umgestülpt und dann weggeworfen. Eine Rampe für Rollstuhlfahrer mit gelben Zickzacklinien darauf.

»Mr. Frost.« Die tiefe Stimme erschreckt Caleb. Er richtet sich auf und sieht den Staatsanwalt neben sich stehen, die Schultern in der Kälte hochgezogen.

Als Monica mit der schlimmen Neuigkeit in den Gerichtssaal gelaufen kam, blickte Fisher Carrington nur kurz in Ninas Gesicht und bat um eine Unterbrechung. Brown dagegen stand auf und fragte den Richter, ob das nicht vielleicht nur eine Finte sein könnte, um Mitleid zu erregen. »Wäre doch möglich«, sagte er, »daß der Junge gesund und munter in irgendeinem Besprechungszimmer sitzt.«

Als Nina daraufhin vor den Augen der Geschworenen hysterisch wurde, sah er seinen taktischen Irrtum ein. Aber trotzdem ist er so ziemlich der letzte, den Caleb hier draußen erwartet hätte.

»Ich wollte Ihnen bloß sagen«, murmelt Brown jetzt, »falls ich irgendwas tun kann ...«

Er spricht den Satz nicht zu Ende. »Und ob Sie was tun können«, erwidert Caleb. Beide Männer wissen, was das ist, wissen, daß es nichts mit Nathaniel zu tun hat.

Der Ankläger nickt und geht ins Gebäude. Caleb kauert sich wieder hin. Er läßt seinen Blick im Halbkreis um das Gebäude wandern, so wie er Steine in einem halbrunden Innenhof legt, in immer größeren Kreisen, so daß er nichts ausläßt, langsam und gründlich, bis er sicher ist, daß er die Welt mit den Augen seines Sohnes sieht.

Auf der anderen Seite des Highway ist eine steile Böschung, die Nathaniel auf dem Hintern hinunterrutscht. Seine Hose verfängt sich an einem Ast und reißt ein, aber das macht nichts, weil keiner ihn bestrafen wird. Er watet durch eiskalte Schmelzwasserpfützen, geht eine Weile zwischen dicht stehenden Bäumen hindurch und stolpert schließlich über ein paar dicke Grasbüschel, die der Schnee nicht verdeckt hat.

Nathaniel setzt sich auf einen Stamm und holt den Kissenbezug unter seiner Jacke hervor. Er nimmt seinen Schokoriegel und ißt ihn halb, dann beschließt er, die andere Hälfte für später zu lassen.

Als die Hirsche kommen, hält Nathaniel die Luft an. Er erinnert sich daran, was sein Vater ihm gesagt hat– daß sie mehr Angst vor uns haben als wir vor ihnen. Das große Tier, eine Hirschkuh, hat ein Fell wie Karamel und kleine hochhackige Hufe. Ihr Kind sieht ganz ähnlich aus, mit weißen Flecken auf dem Rücken, als wäre die Farbe noch nicht überall hingekommen. Sie neigen ihre langen Hälse zum Boden, schubbern mit den Nasen durch den Schnee.

Die Hirschmutter findet das Gras. Nur ein paar alte Büschel. Aber anstatt zu fressen, schiebt sie das Junge näher heran. Sie sieht zu, wie ihr Kind frißt, obwohl für sie selbst nichts mehr übrigbleibt.

Am liebsten würde Nathaniel ihr die andere Hälfte von seinem Schokoriegel geben.

Aber als er in seinen Kissenbezug greift, fliegen die Köpfe der beiden hoch, und mit wenigen Sprüngen verschwinden sie, ihre Schwänze wie weiße Segel, tiefer im Wald.

Nathaniel untersucht den Riß an seinem Hosenboden, seine verschlammten Stiefel. Er legt den halben Schokoriegel auf den Baumstamm, für den Fall, daß die Hirsche zurückkommen. Dann steht er auf und geht langsam zurück zur Straße.

Patrick hat die Gegend um das Gerichtsgebäude im Radius von einer Meile mit dem Wagen abgesucht. Er ist sicher, daß Nathaniel ausgerissen ist und noch nicht weiter gekommen sein kann. Er will gerade zum Funkgerät greifen, als er am Straßenrand eine Bewegung bemerkt. Dann sieht er, wie Nathaniel eine Viertelmeile weiter die Straße hinauf über die Leitplanke klettert und am Rand des Highway entlangstapft.

»Ach, verdammt«, stöhnt Patrick und fährt los. Es sieht so aus, als wüßte Nathaniel ganz genau, wo er hinwill. Während er sich dem Jungen nähert, sieht Patrick, daß Caleb seinem Sohn auf der anderen Straßenseite entgegenkommt.

Plötzlich stockt Nathaniel und schaut nach rechts und links. Sofort weiß Patrick, was der Junge vorhat. Er hat seinen Vater über den Verkehr hinweg entdeckt. Patrick knallt sein Blaulicht auf das Autodach und stellt den Wagen quer, um den Fluß der Fahrzeuge zu blockieren. Jetzt kann Nathaniel gefahrlos über die Straße und in Calebs sichere Arme laufen.

»Tu das nie wieder«, sage ich an Nathaniels weichem Hals und drücke ihn ganz fest. »Nie, nie wieder. Hast du verstanden?«

Er weicht zurück, legt die Hände an meine Wangen. »Bist du auf mich böse?«

»Nein. Doch. Im Moment bin ich einfach froh, daß ich dich wiederhabe, aber wart's ab, wenn ich damit fertig bin.« Ich drücke ihn noch fester. »Was hast du dir bloß dabei gedacht?«

»Daß ich böse bin«, sagt er tonlos.

Über Nathaniels Kopf hinweg blicke ich Caleb an. »Nein, das bist du nicht, Schätzchen. Du hättest nicht weglaufen dürfen, stimmt. Schließlich hätte dir ja was passieren können, und Daddy und ich haben uns schreckliche Sorgen gemacht.« Ich zögere, wähle meine Worte mit Bedacht. »Aber auch wenn man etwas Böses tut, ist man noch lange kein böser Mensch.«

»Wie Pater Gwynne?«

Ich erstarre. »Nein. Er hat etwas Böses getan, und er war ein böser Mensch.«

Nathaniel blickt zu mir hoch. »Und was ist mit dir?«

Kaum hat Dr. Robichaud im Zeugenstand Platz genommen, erhebt Quentin Brown auch schon Einspruch. »Euer Ehren, was verspricht sich die Verteidigung von der Zeugin?«

»Euer Ehren, hier geht es noch immer um den psychischen Zustand meiner Mandantin«, erklärt Fisher. »Die Informationen, die sie von Dr. Robichaud über die Gefährdung ihres Sohnes erhalten hat, haben sich entscheidend auf ihre seelische Verfassung am dreißigsten Oktober ausgewirkt.«

»Ich lasse die Zeugin zu«, befindet Richter Neal.

»Dr. Robichaud, haben Sie schon andere Kinder behandelt, die stumm wurden, nachdem sie sexuell mißbraucht worden waren?« fragt Fisher.

»Leider ja.«

»Kommt es vor, daß Kinder ihre Stimme niemals wiederfinden?«

»Mitunter dauert es Jahre.«

»Konnten Sie bei Nathaniel Frost absehen, wie lange es dauern würde?«

»Nein«, sagt Dr. Robichaud. »Deshalb habe ich angefangen, ihm Grundkenntnisse der Gebärdensprache beizubringen. Es frustrierte ihn nämlich zusehends, daß er sich nicht verständlich machen konnte.«

»Hat es geholfen?«

»Für kurze Zeit«, räumt die Psychiaterin ein. »Dann hat er wieder gesprochen.«

»Und es gab keinen Rückfall?«

»Doch. Als Nathaniel eine Woche lang keinen Kontakt zu seiner Mutter hatte.«

»Wissen Sie, warum?«

»Soviel ich weiß, hatte sie angeblich gegen ihre Kautionsauflagen verstoßen und mußte kurzfristig ins Gefängnis.«

»War Nathaniel in der Woche, als seine Mutter im Gefängnis saß, bei Ihnen?«

»Ja. Mr. Frost brachte ihn zu mir, und er war ziemlich verzweifelt, weil das Kind nicht mehr sprach. Nathaniels Regression ging so weit, daß er nur das Zeichen für Mutter machte.«

»Was hat diese Regression Ihrer Meinung nach verursacht?«

»Ganz eindeutig die plötzliche und längere Trennung von Mrs. Frost«, sagt Dr. Robichaud.

»Wie veränderte sich Nathaniels Zustand, als seine Mutter wieder aus der Haft entlassen wurde?«

»Er rief nach ihr.« Die Psychiaterin lächelt. »Ein schöner Augenblick.«

»Wenn er nun erneut eine plötzliche und längere Trennung von seiner Mutter erleben würde ... was für Folgen hätte das Ihrer Ansicht nach für Nathaniel?«

»Einspruch!« ruft Quentin Brown.

»Ich ziehe die Frage zurück.«

Augenblicke später erhebt sich der Anklagevertreter, um die Zeugin ins Kreuzverhör zu nehmen. »Kommt es Ihrer Erfahrung nach nicht öfters vor, daß Fünfjährige Ereignisse durcheinanderbringen, Doktor?«

»Absolut. Deshalb gibt es ja Anhörungen zur Feststellung der Verhandlungsfähigkeit, Mr. Brown.«

Richter Neal wirft ihm einen warnenden Blick zu. »Dr. Robichaud, bis es in Fällen dieser Art zum Prozeß kommt, können einige Monate und sogar Jahre vergehen, nicht wahr?«

»Ja.«

»Und der Entwicklungsunterschied zwischen einem fünfjährigen und einem siebenjährigen Kind ist beträchtlich, ist das richtig?«

»Vollkommen richtig.«

»Hatten Sie nicht schon mit Kindern zu tun, die zunächst prozeßuntauglich waren ... jedoch ein oder zwei Jahre später in der Lage waren, vor Gericht auszusagen, ohne einen Rückfall zu erleiden?«

»Ja.«

»Ist es richtig, daß sie unmöglich vorhersagen können, ob Nathaniel in ein paar Jahren fähig gewesen wäre, ohne nennenswerten psychischen Schaden als Zeuge auszusagen?«

»Das ist richtig.«

Quentin Brown dreht sich zu mir um. »Als Staatsanwältin wird Mrs. Frost doch wohl gewußt haben, daß Nathaniels Erscheinen vor Gericht möglicherweise erst in einigen Jahren erforderlich gewesen wäre, meinen Sie nicht?«

»Vermutlich.«

»Und als Mutter eines Kindes in diesem Alter wird sie gewußt haben, welche Entwicklungssprünge in den nächsten Jahren möglich wären?«

»Ja. Ich habe sogar versucht, Mrs. Frost davon zu überzeugen, daß es Nathaniel in etwa einem Jahr schon viel bessergehen könnte, als sie meint. Daß er vielleicht sogar imstande wäre, als Zeuge auszusagen.«

Der Staatsanwalt nickt. »Aber leider hat die Angeklagte Pater Szyszynski erschossen, bevor wir das herausfinden konnten.«

Brown zieht den letzten Satz zurück, ehe Fisher Einspruch erheben kann. Ich zupfe meinen Anwalt am Jackett. »Ich muß mit Ihnen reden.« Er starrt mich an, als hätte ich den Verstand verloren. »Ja«, sage ich. »Jetzt.«

Ich weiß, was Quentin Brown denkt, weil ich schon viele Fälle aus seiner Perspektive betrachtet habe. *Ich habe den Beweis erbracht, daß sie ihn ermordet hat. Ich habe meine Arbeit getan.* Und selbst wenn ich inzwischen gelernt habe, mich nicht in das Leben anderer einzumischen, ist es doch meine Verantwortung, mich selbst zu retten. »Jetzt bin ich an der Reihe«, erkläre ich Fisher im Besprechungszimmer. »Rufen Sie mich in den Zeugenstand.«

Fisher schüttelt den Kopf. »Sie wissen, was passiert, wenn ein Verteidiger übertreibt. Die Anklagevertretung muß schlüssige Beweise vorlegen, und ich muß versuchen, ihr einen Strich durch die Rechnung zu machen. Aber wenn ich zu dick auftrage, kann der Schuß nach hinten losgehen. Ein Zeuge der Verteidigung zuviel, und wir verlieren.«

»Ich weiß, was Sie meinen. Aber Fisher, die Anklage hat doch schon bewiesen, daß ich Szyszynski ermordet habe. Und ich gehöre nicht zu Ihren üblichen Zeugen.« Ich atme tief durch. »Klar, es kommt vor, daß die Verteidigung einen Fall verliert, weil sie einen Zeugen zuviel aufmarschieren läßt. Aber es kommt auch schon mal vor, daß die Anklage verliert, weil die Geschworenen die Aussage des Angeklagten gehört haben. Die Geschworenen wissen, daß etwas Entsetzliches geschehen ist – und sie wollen erfahren, wieso, und zwar aus erster Hand.«

»Nina, wenn ich meine Kreuzverhöre mache, können Sie doch kaum stillsitzen, weil Sie ständig Einspruch einlegen wollen. Ich kann Sie nicht als Zeugin aufrufen, weil Sie so eine verdammt gute Staatsanwältin sind.« Fisher nimmt mir gegenüber Platz und legt die Hände flach auf den Tisch. »Sie denken in Fakten. Aber nur, weil Sie den Geschworenen etwas erzählen, bedeutet das noch lange nicht, daß sie das als die einzige Wahrheit auffassen. Ich habe gute Arbeit geleistet, sie mögen mich, sie glauben mir. Wenn ich denen erkläre, daß Sie so von Emotionen überwältigt waren, daß Sie nicht mehr klar denken konnten, dann kaufen sie mir das ab. Aber alles, was aus Ihrem Mund kommt, könnten sie als Lüge auffassen.«

»Nicht, wenn ich die Wahrheit sage.«

»Daß Sie eigentlich den anderen erschießen wollten?«

»Daß ich nicht verrückt war.«

»Nina«, sagt Fisher sanft, »damit machen Sie unsere Strategie zunichte. Das können Sie denen nicht sagen.«

»Wieso nicht, Fisher? Wieso kann ich nicht zwölf Menschen begreiflich machen, daß es irgendwo zwischen einer guten Tat und einer schlechten Tat tausend Grauschattierungen gibt? Wie es jetzt aussieht, bin ich doch praktisch schon geliefert, weil Quentin den Geschworenen erzählt hat, was ich an jenem Tag gedacht habe. Wenn ich aussage, kann ich ihnen eine andere Version liefern. Ich kann erklären, was ich getan habe, warum es falsch war und warum ich das damals nicht erkennen konnte. Entweder sie schicken mich dann ins Gefängnis ... oder sie schicken mich mit meinem Sohn nach Hause. Und diese Chance soll ich nicht ergreifen?«

Fisher starrt nach unten auf den Tisch. »Wenn Sie so weitermachen«, sagt er nach einem Moment, »dann muß ich Sie vielleicht noch engagieren, wenn wir hier fertig sind.« Er hebt die Hände und zählt Punkt für Punkt an den Fingern ab. »Sie antworten nur auf die Fragen, die ich Ihnen stelle. Sobald Sie anfangen, die Geschworenen zu belehren, hole ich Sie aus dem Zeugenstand. Falls ich von vorübergehender Unzurechnungsfähigkeit spreche, finden Sie verdammt noch mal einen Weg, das zu untermauern, ohne einen Meineid zu leisten. Und falls Sie auch nur ansatzweise aus der Haut fahren, können Sie sich auf einen schönen langen Gefängnisaufenthalt freuen.«

»Alles klar.« Ich springe auf.

Aber Fisher rührt sich nicht. »Nina. Nur damit Sie's wissen ... auch wenn Sie die Geschworenen nicht überzeugen können, mich haben Sie jedenfalls überzeugt.«

In den letzten sieben Jahren war der Gerichtssaal mein Arbeitsplatz. Ich kannte die Regeln, die hier herrschen. Aber jetzt sitze ich an einer Stelle meines Arbeitsplatzes, die ich noch nicht kennengelernt habe. Und allmählich begreife ich, warum so vielen Leute hier angst und bange wird.

Der Zeugenstand ist so eng, daß meine Knie gegen das Geländer stoßen. Die Blicke von zweihundert Menschen durchbohren mich. Ich rufe mir in Erinnerung, was ich als Anwältin schon unzähligen Zeugen erzählt habe: *Sie müssen nur drei Dinge tun: sich die Frage anhören, die Frage beantworten und aufhören zu reden.*

Fisher reicht mir die einstweilige Verfügung, die ich damals gegen Caleb erwirkt hatte. »Warum haben Sie sich diese Verfügung beschafft, Nina?«

»Weil ich damals glaubte, daß Nathaniel meinen Mann als denjenigen identifiziert hätte, der ihn sexuell mißbraucht hatte.«

»Was hat Ihr Ehemann getan, daß Sie das für möglich hielten?«

Ich suche Caleb im Zuschauerraum, schüttele den Kopf. »Absolut nichts, aber da ich Nathaniel so verstanden hatte, daß sein Vater der Täter sei, sah ich darin die einzige Möglichkeit, ihn nicht weiter zu gefährden.«

»Wann beschlossen Sie, die Verfügung aufheben zu lassen?« fragt Fisher.

»Als mir klar wurde, daß mein Sohn mit dem Zeichen für *Vater* nicht Caleb meinte, sondern einen Priester.«

»Und da ist Ihr Verdacht gleich auf Pater Szyszynski gefallen?«

»Es kamen einige Dinge zusammen. Erstens hatte ein Arzt, der meinen Sohn untersucht hatte, festgestellt, daß es zu einer analen Penetration gekommen war. Dann machte Nathaniel das Handzeichen. Außerdem flüsterte er Detective Ducharme einen Namen zu, der sich anhörte wie ›Pater Glen‹. Und schließlich sagte mir Detective Ducharme, daß er die Unterhose meines Sohnes im Heizungsraum der Kirche gefunden hatte.« Ich schlucke trocken. »Das alles zusammen genommen erschien mir vollkommen logisch.«

Fisher blickt mich böse an. *Vollkommen logisch.* Ach verdammt.

»Nina, bitte *hören Sie gut zu*, wenn ich Ihnen die nächste Frage stelle«, fordert Fisher mich auf. »Als Sie zu dem Schluß kamen, daß Pater Szyszynski Ihren Sohn mißbraucht hatte, wie war Ihnen da zumute?«

»Ich war fix und fertig. Er war schließlich der Mann, von dem ich mich in Fragen des Glaubens hatte leiten lassen. Dem ich meinen Sohn anvertraut hatte. Ich war wütend auf mich, weil ich soviel gearbeitet hatte – wäre ich mehr zu Hause gewesen, hätte ich die Gefahr für meinen Sohn vielleicht erkannt. Und ich war verzweifelt, weil ich wußte, daß Nathaniel, jetzt, wo er einen Verdächtigen identifiziert hatte, als nächstes gezwungen werden würde --«

»Nina«, unterbricht Fisher mich. *Frage beantworten*, ermahne ich mich selbst. *Und den Mund halten.*

Brown lächelt. »Euer Ehren, sie sollte ihre Antwort zu Ende führen dürfen.«

»Ja, Mr. Carrington«, pflichtet der Richter ihm bei. »Ich glaube, Mrs. Frost war noch nicht fertig.«

»Doch, doch«, sage ich rasch.

»Was war Ihr erster Gedanke, als Sie am Morgen des dreißigsten Oktober erwachten?« fragt Fisher.

»Daß ich den schlimmsten Tag meines Lebens vor mir hatte.«

Fisher dreht sich überrascht um. Das haben wir nicht geprobt. »Warum? An dem Tag sollte doch gegen Pater Szyszynski Anklage erhoben werden.«

»Ja. Aber ab der offiziellen Anklageerhebung würde die Prozeßuhr ticken. Und das bedeutete, daß Nathaniel gezwungen sein würde, seine Aussage zu machen.«

»Und als Sie im Gericht eintrafen, was passierte da?«

»Staatsanwalt Thomas LaCroix sagte, das Anklageeröffnungsverfahren würde etwas später als vorgesehen beginnen.«

»Was haben Sie daraufhin gemacht?«

»Ich habe meinem Mann gesagt, ich müßte rasch noch mal ins Büro.«

»Sind Sie ins Büro gefahren?«

Ich schüttele den Kopf. »Ich bin durch die Gegend gefahren und irgendwann auf dem Parkplatz eines Waffengeschäfts gelandet. Ich wußte nicht genau, wie ich dorthin geraten war, aber ich wußte, daß ich am richtigen Ort war.«

»Und dann?«

»Als der Laden aufmachte, bin ich hineingegangen und habe eine Pistole gekauft. Ich habe sie in meine Handtasche gesteckt und bin zurück zum Gericht gefahren.«

»Haben Sie während der Rückfahrt irgendeinen Vorsatz gefaßt, was Sie mit der Waffe tun würden?« fragt Fisher.

»Nein. Meine Gedanken waren ausschließlich bei Nathaniel.«

Fisher läßt diesen Satz einen Moment wirken. »Was taten Sie, als Sie am Gericht ankamen?«

»Ich ging hinein.«

»Dachten Sie an die Metalldetektoren?«

»Nein, daran denke ich nie. Ich gehe einfach daran vorbei, weil ich Staatsanwältin bin. Das mache ich zwanzigmal am Tag.«

»Sind Sie ganz bewußt an den Metalldetektoren vorbeigegangen, weil in Ihrer Handtasche eine Pistole steckte?«

»In diesem Augenblick«, antworte ich, »habe ich an gar nichts gedacht.«

Ich beobachte die Tür, nur die Tür, gleich muß der Priester herauskommen. Mein Kopf dröhnt. Ich muß ihn sehen.

Als die erste Bewegung zu erkennen ist, halte ich die Luft an. Als der Gerichtsdiener als erster erscheint, bleibt die Zeit stehen. Und dann versinkt der gesamte Raum um mich herum, und es sind nur noch er und ich da, mit Nathaniel zwischen uns wie ein Bindeglied. Zuerst kann ich ihn nicht ansehen, und dann kann ich den Blick nicht von ihm abwenden.

Der Priester wendet den Kopf, und zielsicher finden seine Augen meine.

Ohne ein Wort zu sprechen, sagt er: Ich vergebe dir.

Und dieser Gedanke, daß er mir vergibt, *läßt etwas in mir aufbrechen. Meine Hand schiebt sich in die Tasche, und mit nahezu beiläufiger Gleichgültigkeit lasse ich es geschehen.*

Bei manchen Träumen weiß man, daß man träumt, noch während man träumt. Die Pistole wird wie von einem Magneten vorwärts gezogen, bis sie nur noch wenige Zentimeter

von seinem Kopf entfernt ist. In dem Augenblick, als ich ab-
drücke, denke ich nicht an Szyszynski. Ich denke nicht an Na-
thaniel. Ich denke nicht mal an Rache.
  Nur ein Wort, gepreßt, mit zusammengebissenen Zähnen:
Nein.

»Nina!« zischelt Fisher dicht vor meinem Gesicht. »Alles in
Ordnung?«

Ich blinzele, sehe ihn und dann die Geschworenen, die
mich anstarren. »Ja. Ich ... tut mir leid.«

Doch im Kopf bin ich noch dort.

»Haben Sie sich gewehrt, als die Wachleute sich auf Sie
stürzten?«

»Nein«, murmele ich. »Ich wollte bloß wissen, ob er tot
ist.«

»Und dann hat Detective Ducharme Sie in die Verwahrzelle gebracht?«

»Ja.«

»Haben sie dort irgend etwas zu ihm gesagt?«

»Nur, daß ich keine andere Wahl hatte. Daß ich es tun
mußte.«

Was auch tatsächlich stimmte. Mein Vorhaben war nicht
geisteskrank, nicht psychotisch. Es war instinktiv.

Nach kurzem Schweigen fragt Fisher: »Einige Zeit später
erfuhren Sie dann, daß Pater Szyszynski gar nicht der Mann
war, der Ihren Sohn mißbraucht hatte. Was haben sie da empfunden?«

»Ich wollte dafür ins Gefängnis.«

»Ist das immer noch so?«

»Nein.«

»Warum nicht?«

»Ich habe die Tat begangen, um meinen Sohn zu schützen.
Aber wie kann ich ihn schützen, wenn ich nicht bei ihm bin?«

Fisher blickt mich vielsagend an. »Werden Sie das Gesetz je
wieder selbst in die Hand nehmen?«

Oh, ich weiß, was er jetzt von mir hören will.

»Ich wünschte, ich könnte Ihnen sagen, daß ich das nie wieder tun würde ... aber das wäre nicht wahr. Ich habe gedacht, ich kenne das Leben. Aber gerade wenn man glaubt, man hätte das Leben fest im Griff, kann es einem entgleiten.« Ich blicke zu Boden. »Ich habe jemanden getötet.« Die Worte brennen mir auf der Zunge. »Einen *unschuldigen* Menschen. Das wird mich mein Leben lang belasten. Und wie jede Last wird auch diese immer schwerer und schwerer werden.« Mit Blick auf die Geschworenen wiederhole ich. »Ich würde Ihnen gern sagen, daß ich so etwas nie wieder tun werde, aber ich hätte ja auch nie gedacht, daß ich überhaupt imstande wäre, so etwas zu tun. Und das war falsch, wie ich jetzt weiß.«

Fisher wird mich dafür in der Luft zerreißen. Ich kann ihn durch meine Tränen hindurch kaum sehen. Aber mein Herz hämmert nicht mehr, und meine Seele ist ruhig.

Nur der Gnade Gottes verdanke ich es, daß nicht ich dort sitze, denkt Quentin. Schließlich ist der Unterschied zwischen ihm und Nina Frost gar nicht so gewaltig. Mag sein, daß er nicht für seinen Sohn getötet hätte, aber er hat zweifellos seinen Einfluß spielen lassen, damit Gideons Verurteilung wegen Drogenbesitz sehr viel milder ausfiel. Ja, unter anderen Umständen hätte Quentin Nina Forst mögen können, wäre vielleicht sogar ganz gern mal mit ihr ein Bier trinken gegangen. Aber man muß nun mal die Suppe auslöffeln, die man sich eingebrockt hat ... und so sitzt Nina Frost jetzt im Zeugenstand, und Quentin steht zwei Meter von ihr entfernt, fest entschlossen, sie zu demontieren.

Er zieht die Augenbrauen hoch. »Sie sagen, daß Sie trotz Ihrer Erfahrung als Staatsanwältin mit Fällen von Kindesmißbrauch am Morgen des dreißigsten Oktobers nicht die Absicht hatten, Pater Szyszynski zu töten?«

»Das ist richtig.«

»Und daß Sie zu dem Zeitpunkt, als Sie auf dem Weg zum Anklageeröffnungsverfahren waren, ab dem, wie Sie sagten, die Prozeßuhr laufen würde, immer noch nicht den Plan gefaßt hatten, Pater Szyszynski zu töten?«

»Ganz recht.«

»Aha.« Quentin geht vor dem Zeugenstand hin und her. »Ich vermute, die plötzliche Eingebung kam Ihnen auf dem Weg zu dem Waffengeschäft.«

»Nein.«

»Oder erst, als Moe Ihnen die halbautomatische Waffe verkaufte?«

»Nein.«

»Dann gehe ich wohl auch recht in der Annahme, daß Sie auch dann noch nicht vorhatten, Pater Szyszynski zu töten, als Sie wieder im Gerichtsgebäude waren und an dem Metalldetektor vorbeigingen.«

»Ja.«

»Mrs. Frost, als Sie in den Gerichtssaal gingen und sich einen Platz suchten, von dem aus Sie Glen Szyszynski am besten töten konnten, ohne andere zu gefährden ... auch in dem Augenblick war Ihnen nicht klar, daß Sie den Mann erschießen würden?«

Ihre Nasenflügel beben. »Nein, Mr. Brown, das war mir nicht klar.«

»Und als sie die Waffe aus Ihrer Handtasche zogen und sie Glen Szyszynski an die Schläfe drückten? Hatten Sie auch nicht vor, ihn zu töten?«

Ninas Lippen sind fest zusammengepreßt. »Sie müssen die Frage beantworten«, sagt Richter Neal.

»Ich habe dem Gericht doch schon gesagt, daß ich in dem Augenblick überhaupt nichts gedacht habe.«

Quentin hat den ersten Treffer gelandet, das weiß er. »Mrs. Frost, Sie haben in Ihren sieben Jahren bei der Staatsanwaltschaft über zweihundert Fälle von Kindesmißbrauch bearbeitet, nicht wahr?«

»Ja.«

»Von diesen zweihundert Fällen kam es in zwanzig zu einem Prozeß?«

»Ja.«

»Und davon wiederum endeten zwölf mit einer Verurteilung.«

»Richtig.«

»Konnten die betroffenen Kinder in diesen zwölf Fällen vor Gericht aussagen?«

»Ja.«

»Doch in einigen dieser Prozesse gab es keine weiteren erhärtenden Beweismittel, wie das bei Ihrem Sohn der Fall war, ist das richtig?«

»Ja.«

»Als Staatsanwältin, als jemand, der regelmäßig mit Kinderpsychologen und Sozialarbeitern zusammenarbeitet und über eine profunde Kenntnis des Strafverfolgungssystems verfügt, glauben Sie da nicht, daß Sie in der Lage gewesen wären, Nathaniel besser auf sein Erscheinen vor Gericht vorzubereiten als nahezu jede andere Mutter?«

Sie verengt die Augen. »Niemand ist in der Lage, ein Kind darauf vorzubereiten. Wie Sie wissen, sind die im Gerichtssaal geltenden Regeln nicht gemacht worden, um Kinder zu schützen, sondern um Angeklagte zu schützen.«

»Welch Glück für Sie, Mrs. Frost«, sagt Quentin trocken. »Würden Sie sagen, daß Sie eine engagierte Staatsanwältin waren?«

Sie zögert. »Ich würde sagen ... ich war eine *zu* engagierte Staatsanwältin.«

»Würden Sie sagen, daß Sie hart mit den Kindern gearbeitet haben, die Sie in den Zeugenstand riefen?«

»Ja.«

»Sie haben zwölf Verurteilungen erreicht, würden Sie Ihre Arbeit mit den Kindern nicht als erfolgreich bezeichnen?«

»Nein, ganz und gar nicht«, antwortet sie schroff.

»Aber die Täter sind doch alle ins Gefängnis gewandert?«

»Nicht lange genug.«

»Dennoch, Mrs. Frost«, drängt Quentin. »Sie haben es immerhin geschafft, daß unser Rechtssystem bei zwölf Kindern funktioniert hat.«

»Sie verstehen das nicht«, sagt sie mit lodernden Augen. »Es ging um *mein* Kind. Als Staatsanwältin hatte ich eine ganz andere Verantwortung. Meine Aufgabe war es, jedem der Kinder soviel Gerechtigkeit wie möglich zu verschaffen, und das habe ich getan. Alles, was dann außerhalb des Gerichtssaales geschah, lag in der Verantwortung der Eltern. Wenn eine Mutter beschloß, sich mit ihrem Kind zu verstecken, um es vor einem Vater zu schützen, der es mißbraucht hatte – dann war das *ihre* Entscheidung. Wenn eine Mutter einen Täter erschoß, dann hatte das nichts mit mir zu tun. Aber auf einmal war ich nicht mehr bloß Staatsanwältin. Ich war die Mutter. Und es lag an mir, alles zu tun, damit meinem Sohn kein weiterer Schaden zugefügt wird.«

Das ist der Moment, auf den Quentin gewartet hat. Er wittert ihren Zorn und tritt näher an sie heran. »Wollen Sie damit sagen, daß Ihr Kind mehr Recht auf Gerechtigkeit hat als irgendein anderes?«

»Die anderen Kinder waren mein Job. Nathaniel ist mein *Leben*.«

Sofort springt Fisher Carrington auf. »Euer Ehren, ich bitte um eine kurze Unterbrechung –«

»Nein«, sagen Quentin und der Richter gleichzeitig. »Ihr Kind ist Ihr Leben?« wiederholt Quentin.

»Ja.«

»Dann waren Sie also bereit, Ihre Freiheit zu opfern, um Nathaniel zu schützen?«

»Absolut.«

»Dachten Sie daran, als Sie Pater Szyszynski die Waffe an den Kopf hielten?«

»Natürlich«, entgegnet sie heftig.

»Dachten Sie, Sie könnten Ihren Sohn nur dadurch schützen, daß Sie Pater Szyszynski vier Kugeln in den Kopf jagen –«

»Ja!«

»– und dafür sorgen, daß er den Gerichtssaal nicht mehr lebend verläßt?«

»Ja.«

Quentin macht einen Schritt zurück. »Und doch haben Sie uns vorhin erzählt, daß Sie in dem Moment gar nichts gedacht haben, Mrs. Frost«, sagt er und fixiert sie so lange, bis sie den Blick abwenden muß.

Als Fisher aufsteht, um mich noch einmal zu vernehmen, zittere ich noch immer. Wie konnte mir das passieren? Verzweifelt blicke ich in die Gesichter der Geschworenen, aber ich kann sie nicht deuten. Man kann sie nie deuten. Eine Frau sieht aus, als wäre sie den Tränen nahe. Eine andere löst ein Kreuzworträtsel.

»Nina«, sagt Fisher, »waren Sie an jenem Morgen im Gerichtssaal bereit, Ihre Freiheit für Nathaniel zu opfern?«

»Ja«, sage ich leise.

»Als Sie an jenem Morgen im Gerichtssaal waren, dachten Sie da, das Unausweichliche nur aufhalten zu können, indem Sie Pater Szyszynski aufhielten?«

»Ja.«

Er hält meinen Blick fest. »Als Sie an jenem Morgen im Gerichtssaal waren, hatten Sie da vor, Pater Szyszynski zu töten?«

»Natürlich nicht«, erwidere ich.

»Euer Ehren«, erklärt Fisher, »die Verteidigung hat keine weiteren Fragen.«

Quentin liegt auf dem furchtbaren Bett in dem Apartment und fragt sich, warum es nicht wärmer wird, wo er doch die Heizung voll aufgedreht hat.

Er steht auf und tapst zum Kühlschrank, der aber lediglich ein paar Dosen Pepsi und eine vergammelte Mango enthält, von der er nicht mehr weiß, wann er sie gekauft hat. Als er den Raum mit den Augen nach seinen Schuhen absucht, fällt sein Blick auf das Telefon neben dem Bett.

Nach dem dritten Klingeln überlegt er, ob er eine Nachricht hinterlassen soll oder nicht. Plötzlich gellt ihm Musik ins Ohr. »Ja?« sagt eine Stimme, und dann wird die Lautstärke runtergedreht.

»Gideon«, sagt Quentin, »ich bin's.«

Kurze Pause. »Wer, ich?« erwidert der Junge, und Quentin muß lächeln. Gideon weiß ganz genau, wer dran ist. »Falls du meine Mom sprechen willst, die ist nicht da. Vielleicht sag ich ihr, daß sie dich zurückrufen soll, aber vielleicht vergesse ich auch, es ihr auszurichten.«

»Gideon, Moment!« Quentin kann förmlich hören, wie der Hörer, der schon fast aufgelegt war, wieder zurück ans Ohr seines Sohnes gehoben wird.

»Was denn noch?«

»Ich habe nicht angerufen, um mit Tanya zu sprechen. Ich wollte dich sprechen.«

Eine ganze Weile sagt keiner von beiden ein Wort. Dann unterbricht Gideon die Stille: »Wenn du angerufen hast, um mit mir zu sprechen, machst du das aber ziemlich schlecht.«

»Du hast recht.« Quentin massiert seine Schläfe. »Ich wollte dir bloß sagen, daß es mir leid tut. Die Sache mit dem Rehabilitationszentrum und so. Damals hab ich wirklich geglaubt, es wäre am besten für dich.« Er holt tief Luft. »Und ich hatte kein Recht, dir Vorschriften zu machen, wie du dein Leben zu leben hast, nachdem ich vor Jahren aus eigenem Entschluß aus deinem Leben verschwunden bin.« Als sein Sohn weiter schweigt, wird Quentin nervös. Hat er aufgelegt? »Gideon?«

»Wolltest du darüber mit mir reden?« sagt er schließlich.

»Nein. Ich wollte dich fragen, ob du Lust hast, mit mir eine Pizza essen zu gehen.« Quentin fummelt an der Fernbedienung herum. Der Augenblick, den er auf Gideons Antwort wartet, wird für ihn zur Ewigkeit.

»Wo?« fragt Gideon.

Die Geschworenen blicken Quentin an, warten gespannt auf sein Schlußplädoyer. »Ladys und Gentlemen«, beginnt er, »dieser Fall ist nicht leicht für mich. Obwohl ich die Angeklagte nicht persönlich kenne, hätte ich sie als meine Kollegin bezeichnet. Aber Nina Frost steht nicht mehr auf der Seite des Gesetzes. Sie alle haben mit eigenen Augen gesehen, was sie am Morgen des dreißigsten Oktober 2001 getan hat. Sie ging in einen Gerichtssaal, hielt einem unschuldigen Menschen eine Pistole an den Kopf und drückte viermal ab.

Das Absurde ist, daß Nina Frost behauptet, sie hätte die Tat begangen, um ihren Sohn zu schützen. Wie sie später jedoch feststellte ... wie wir alle festgestellt hätten, wenn sie das Rechtssystems nicht daran gehindert hätte, so zu funktionieren, wie es in einer zivilisierten Gesellschaft funktionieren sollte ... hat sie ihren Sohn durch die Ermordung von Pater Szyszynski keineswegs geschützt.« Quentin blickt die Geschworenen treuherzig an. »Wir haben nicht ohne Grund Gerichte – es ist nämlich sehr leicht, einen Mann zu beschuldigen. Gerichte tragen Fakten zusammen, damit ein auf Vernunft basierendes Urteil ergehen kann. Aber Mrs. Frost hat gehandelt, ohne die Fakten zu kennen. Mrs. Frost hat diesen Mann nicht bloß angeklagt, sie hat ihm den Prozeß gemacht, ihn verurteilt und hingerichtet.«

Er geht zu der Geschworenenbank, fährt mit der Hand über das Holzgeländer. »Mr. Carrington wird Ihnen sagen, daß die Angeklagte die Tat beging, weil sie unser Rechtssystem kannte und ehrlich glaubte, daß es ihren Sohn nicht schützen würde. Ja, Nina Frost kannte das Rechtssystem. Aber sie hat es benutzt, um ihre Chancen zu verbessern. Sie wußte, welche Rechte sie als Angeklagte haben würde. Sie wußte, wie sie sich verhalten mußte, um Geschworene glauben zu machen, daß sie vorübergehend unzurechnungsfähig war. Sie wußte sehr genau, was sie tat, als sie sich erhob und Pater Szyszynski kaltblütig erschoß.«

Quentin spricht jetzt die Geschworenen nacheinander einzeln an. »Um Mrs. Frost schuldig zu sprechen, müssen Sie erstens der Überzeugung sein, daß der Staat Maine zweifelsfrei nachgewiesen hat, daß Pater Szyszynski einem Verbrechen zum Opfer fiel.« Er breitet die Hände aus. »Nun, das haben Sie alle auf dem Videoband gesehen. Zweitens müssen Sie der Überzeugung sein, daß es die Angeklagte war, die Pater Szyszynski getötet hat. Auch daran besteht in diesem Fall kein Zweifel. Und schließlich müssen Sie der Überzeugung sein, daß die Angeklagte Pater Szyszynski mit Vorsatz getötet hat. Das ist ein großes Wort, ein Wort aus der Rechtsprechung, aber Sie alle wissen, was es bedeutet.«

Nach einer kurzen Pause fährt er fort: »Als Mrs. Frost Ihnen gestern erzählt hat, daß sie in dem Augenblick, als sie Pater Szyszynski die Waffe an den Kopf hielt, dachte, sie müsse den Priester, um ihren Sohn zu schützen, daran hindern, den Gerichtssaal lebend zu verlassen – da hat sie selbst zugegeben, daß sie mit Vorsatz handelte.«

Quentin geht zurück zum Tisch der Verteidigung und zeigt auf Nina. »In diesem Prozeß geht es nicht um Emotionen, in diesem Prozeß geht es um Fakten. Und die Fakten sind die, daß ein Unschuldiger tot ist, daß diese Frau ihn getötet hat und daß sie glaubte, ihr Sohn habe eine bevorzugte Behandlung verdient, die nur sie ihm geben könne.« Er dreht sich ein letztes Mal zu den Geschworenen um. »Lassen Sie ihr keine bevorzugte Behandlung zukommen.«

»Ich habe zwei Töchter«, sagt Fisher und steht neben mir auf. »Die eine ist in der High School, die andere auf dem College.« Er lächelt die Geschworenen an. »Ich bin vernarrt in die beiden, und ich bin sicher, auch Sie lieben Ihre Kinder über alles. Und auch Nina Frost liebt ihren Sohn Nathaniel über alles.« Er legt mir eine Hand auf die Schulter. »Aber an einem ganz normalen Morgen mußte Nina einer furchtbaren Wahrheit ins Auge sehen: Jemand hatte ihren kleinen Sohn vergewaltigt. Und Nina mußte noch einer zweiten furchtbaren Wahrheit ins Auge sehen – sie wußte als Staatsanwältin besonders gut, wie verheerend sich ein Gerichtsprozeß auf das fragile emotionale Gleichgewicht ihres Sohnes auswirken würde.«

Er geht auf die Geschworenen zu. »Das Ganze war eine Tragödie. Verschlimmert dadurch, daß Pater Szyszynski gar nicht der Mann war, der den kleinen Nathaniel mißbraucht hatte. Aber am dreißigsten Oktober glaubte die Polizei, daß er der Täter war. Die Staatsanwaltschaft glaubte das. Nina Frost glaubte das. Und an jenem Morgen glaubte sie auch, daß sie keine andere Möglichkeit hatte. Was an jenem Morgen geschah, war keine vorsätzliche, bösartige Tat, sondern eine verzweifelte. Die Frau, die Sie auf dem Videoband gesehen haben, wie sie den Priester erschoß, war Nina Frost, aber sie war in dem Moment nicht in der Lage, sich zu kontrollieren.«

Als Fisher Atem schöpft, um mit der Definition des Begriffs »unzurechnungsfähig« zu beginnen, stehe ich auf. »Verzeihung, aber ich würde das Plädoyer gern selbst beenden.«

Er wendet sich um, völlig überrascht. »Sie wollen *was*?«

Ich warte, bis er ganz nah bei mir ist, und flüstere: »Fisher, ich schaffe das schon.«

»Sie vertreten sich hier nicht selbst!«

»Ich bin aber dazu in der Lage.« Ich blicke zu dem Richter und zu Quentin Brown hinüber, dem förmlich der Unterkiefer runtergeklappt ist. »Darf ich näher treten, Euer Ehren?«

»O ja, ich bitte darum«, sagt Richter Neal.

Wir marschieren zur Richterbank, Fisher und Quentin rechts und links von mir. »Euer Ehren, ich halte das, was meine Mandantin vorhat, nicht für ratsam«, sagt Fisher.

»Da gibt's einiges, worüber sie nachdenken sollte«, murmelt Quentin.

Der Richter reibt sich die Stirn. »Ich denke, Mrs. Frost weiß besser als andere Mandanten, was auf dem Spiel steht. Fahren Sie fort.«

Einen peinlichen Moment lang umkreisen Fisher und ich einander. »Wenn Sie unbedingt in Ihr Unglück rennen wollen«, murmelt er schließlich und geht zu seinem Stuhl. Ich trete vor die Geschworenen, fühle mich wieder sicher, wie ein alter Seebär, der wieder das Deck eines Schiffes betritt. »Hallo«, beginne ich leise. »Sie wissen ja inzwischen alle, wer ich bin. Jedenfalls haben Sie jede Menge Erklärungen gehört, warum ich heute hier bin. Aber eines haben Sie noch nicht gehört, nämlich schlicht und ergreifend die Wahrheit.«

Ich deute auf Quentin. »Ich weiß das, weil ich eine Kollegin von Mr. Brown war, also Staatsanwältin. Und die Wahrheit verirrt sich nicht gerade häufig in eine Gerichtsverhandlung. Da ist auf der einen Seite die Anklagevertretung, die Sie mit Fakten bombardiert. Und auf der anderen Seite die Verteidigung, die mit Gefühlen dagegenhält. Die Wahrheit will keiner hören, weil sie der persönlichen Interpretation unterliegt, und sowohl Mr. Brown als auch Mr. Carrington fürchten, Sie könnten die Wahrheit falsch deuten. Aber heute will ich sie Ihnen sagen.

Die Wahrheit ist, ich habe einen furchtbaren Fehler gemacht. Die Wahrheit ist, an jenem Morgen war ich nicht die Frau, die nur von dem Gedanken an Selbstjustiz getrieben wurde, wie Mr. Brown Sie glauben machen möchte, und ich war auch nicht die Frau, die einen Nervenzusammenbruch hatte, wie Mr. Carrington Sie glauben machen möchte. Die Wahrheit ist, ich war Nathaniels Mutter, und das war plötzlich wichtiger als alles andere.«

Ich stelle mich direkt vor die Geschworenenbank. »Was würden Sie tun, wenn Ihre Frau oder Ihr bester Freund bedroht würde oder überfallen worden wäre? Wo ist die Grenze?

Wir lernen, daß wir uns zur Wehr setzen sollen; wir lernen, daß wir die Menschen schützen sollen, die wir lieben und für die wir uns verantwortlich fühlen. Doch auf einmal zieht das Gesetz eine neue Grenze. Und es sagt: *Legt die Hände in den Schoß, wir kümmern uns um alles.* Dabei wissen Sie, daß das Gesetz völlig unzulänglich ist – daß es Ihr Kind traumatisieren wird, daß es einen Straftäter nach ein paar Jahren wieder laufenläßt. So *kümmert* sich das Gesetz um Ihre Probleme, denn in den Augen des Gesetzes ist das moralisch Richtige oft falsch ... und das moralisch Falsche kein Grund, nicht doch so gut wie ungestraft davonzukommen.«

Ich lasse den Blick über die Geschworenenbank wandern. »Vielleicht wußte ich, daß das Rechtssystem für meinen Sohn nicht funktionieren würde. Vielleicht nahm ich sogar an, daß ich ein Gericht davon überzeugen könnte, unzurechnungsfähig zu sein, auch wenn ich es nicht war. Ich wünschte, ich könnte das mit Sicherheit sagen – aber eines habe ich gelernt, daß wir nämlich nicht mal einen Bruchteil von dem wissen, was wir zu wissen meinen. Und am allerwenigsten wissen wir über uns selbst.«

Ich drehe mich zum Zuschauerraum um und sehe erst Caleb, dann Patrick an. »Sie alle, die Sie dasitzen und mich für das verdammen, was ich getan habe: Woher wollen Sie wissen, daß Sie nicht das gleiche getan hätten? Wir alle tun tagtäglich irgendwelche Kleinigkeit, damit die Menschen, die wir lieben, nicht verletzt werden – wir greifen zu einer Notlüge, legen einen Sicherheitsgurt an, nehmen einem Freund, der zuviel getrunken hat, die Autoschlüssel weg. Aber ich habe auch schon von Müttern gehört, die plötzlich die Kraft hatten, ein Auto hochzuheben, unter dem ihr Kind eingeklemmt war. Ich habe von Männern gelesen, die sich im Kugelhagel schützend vor die Frau geworfen haben, ohne die sie nicht leben konnten. Waren diese Menschen deshalb verrückt ... oder waren sie gerade in solchen Momenten klar bei Verstand?« Ich runzle die Stirn. »Ich kann das nicht beurteilen. Aber an jenem Morgen, als ich Pater Szyszynski im Gerichtssaal erschoß, wußte ich ganz genau, was ich tat. Und gleichzeitig war ich vollkommen verrückt.« Ich öffne flehend die Hände. »So kann man sein, wenn man liebt.«

Quentin steht auf, um ein letztes Mal zu kontern. »Ein Jammer für Mrs. Frost, daß es in diesem Land keine zwei Rechtssysteme gibt – eines für Menschen, die meinen, sie wüßten alles, und ein anderes für alle übrigen.« Er blickt die Geschworenen an. »Sie haben gehört, was Sie gesagt hat – es tut ihr nicht leid, daß sie einen Menschen getötet hat ... es tut ihr leid, daß sie den *falschen* getötet hat. In letzter Zeit sind schon genug Fehler gemacht worden«, sagt er müde. »Bitte machen Sie nicht noch einen.«

Als es an der Tür klingelt, denke ich, es könnte Fisher sein. Seit wir den Gerichtssaal verließen, hat er kein Wort mit mir gesprochen, und die drei Stunden, die die Geschworenen jetzt schon beraten, scheinen ihm recht zu geben, daß ich sein Plädoyer nicht hätte unterbrechen sollen. Aber als ich die Tür öffne, bereit mich wieder zu verteidigen, springt Nathaniel an mir hoch. »Mom!« ruft er und drückt mich so fest, daß ich rückwärts taumele. »Mom, wir sind raus aus dem Motel!«

»Wirklich?« sage ich, und dann wiederhole ich es über seinen Kopf hinweg in Calebs Richtung. »Wirklich?«

Er stellt beide Reisetaschen auf den Boden. »Ich dachte, jetzt wäre der richtige Augenblick, um nach Hause zu kommen«, sagt er leise. »Falls es dir recht ist?«

Inzwischen hat Nathaniel die Arme um unseren Golden Retriever geschlungen, und Mason dreht und wendet sich, um jeden Quadratzentimeter Haut abzulecken, den er finden kann. Sein dicker Schwanz klopft auf den Boden, ein freudiger Trommelwirbel. Ich weiß, wie sich der Hund fühlt. Jetzt erst – als wieder Menschen um mich sind – merke ich, wie einsam ich gewesen bin.

Also lasse ich mich gegen Caleb sinken, schiebe meinen Kopf unter sein Kinn, so daß ich seinen Herzschlag hören kann. »Mehr als recht«, antworte ich.

Der Hund war ein atmendes Kissen unter mir. »Wo ist eigentlich Masons Mom?«

Meine Mutter saß auf der Couch und las Papiere mit ganz vielen kleinen Wörtern drauf. Sie blickte auf und sagte: »Die ist ... irgendwo.«

»Wieso lebt sie nicht hier bei uns?«

»Masons Mutter gehörte einem Züchter in Massachusetts. Sie hatte zwölf Welpen, und von denen haben wir uns Mason ausgesucht.«

»Meinst du, er vermißt sie?«

»Zu Anfang wahrscheinlich schon«, antwortete sie. »Aber das ist lange her, und jetzt ist er hier bei uns glücklich. Ich wette, er erinnert sich gar nicht mehr an sie.«

Ich fuhr mit dem Finger über Masons lakritzschwarze Lefzen, über seine Zähne. Er blinzelte mich an.

Ich wette, sie hat sich geirrt.

»Willst du noch Milch?« fragt Nathaniels Mutter.

»Ich hab schon einen Teller Haferflocken gegessen«, erwidert sein Vater.

»Ach so.« Sie will die Milch zurück in den Kühlschrank stellen, doch sein Vater nimmt sie ihr aus der Hand. »Ich glaub, ich nehm noch ein bißchen.«

Sie sehen einander an, und dann tritt seine Mutter mit einem komischen, verkrampften Lächeln zurück. »Klar«, sagt sie.

Nathaniel schaut sich das Ganze an wie einen Zeichentrickfilm – und er weiß, daß irgendwas nicht ganz real oder richtig ist, und doch völlig gebannt.

Quentin hatte sich die ganze Nacht auf dieser gottverfluchten Matratze hin und her gewälzt und sich gefragt, was um alles in der Welt die Geschworenen so lange zu bereden hatten. Kein Fall war hundertprozentig klar, aber Himmelherrgott, hier hatten sie den Mord sogar auf Video. Und trotzdem berieten die Geschworenen seit gestern nachmittag, seit gut vierundzwanzig Stunden, und es war noch kein Ende abzusehen.

Entnervt geht Quentin vor dem Geschworenenzimmer auf und ab – und plötzlich stößt er mit seinem Sohn zusammen, der gerade um die Ecke biegt. »Gideon?« Einen Moment lang bleibt Quentin fast das Herz stehen. »Was machst du denn hier?«

Der Junge zuckt die Achseln, als wüßte er das selbst nicht so genau. »Das Basketballtraining ist heute ausgefallen, und da dachte ich, ich schau mal vorbei und seh mir die Sache mal an.« Seine Trainingsschuhe quietschen auf dem Boden. »Der Blick von der anderen Seite und so.«

Langsam breitet sich ein Lächeln auf Quentins Gesicht aus, und er klopft seinem Sohn auf die Schulter. Zum erstenmal in den zehn Jahren, die Quentin Brown nun in Gerichten ein und aus geht, hat es ihm die Sprache verschlagen.

Sechsundzwanzig Stunden; 1 560 Minuten; 93 600 Sekunden. Ganz gleich, welche Zeiteinteilung, das Warten nimmt kein Ende. Was machen die denn so lange?

Als die Tür aufgeht, wird mir schlagartig klar, daß der Moment, in dem man begreift, daß eine Entscheidung gefallen ist, noch schlimmer als Warten ist.

Ein weißes Taschentuch erscheint, gefolgt von Fisher.

»Ist es soweit?« Das Sprechen fällt mir schwer. »Haben die Geschworenen sich geeinigt?«

»Noch nicht.«

Mit weichen Knien sinke ich auf den Stuhl zurück, als Fisher mir das Taschentuch zuwirft. »Soll das schon mal die Vorbereitung auf den Schuldspruch sein?«

»Nein, meine Kapitulation. Das mit gestern tut mir leid.« Er sieht mich an. »Obwohl ich eine kleine Vorwarnung, daß Sie das Schlußplädoyer halten möchten, nett gefunden hätte.«

»Ich weiß.« Ich blicke ihn forschend an. »Meinen Sie, daß die Geschworenen deshalb noch nicht zu einem Freispruch gelangt sind?«

Fisher zuckt die Achseln. »Vielleicht sind sie deshalb noch nicht zu einem Schuldspruch gelangt.«

»Na ja. Schlußplädoyers konnte ich schon immer am besten.«

Er lächelt mich an. »Ich bin eher der Spezialist für Kreuzverhöre.«

Einen Moment lang betrachten wir einander, friedlich.
»Welchen Teil finden Sie bei einem Prozeß am schrecklich-
sten?«

»Den hier. Die Warterei, bis die Geschworenen zurückkommen.« Fisher atmet tief aus. »Und Sie?«

»Den Augenblick, bevor die Anklage die Beweisführung
abschließt«, weil das meine letzte Gelegenheit ist, mich zu
vergewissern, daß ich auch wirklich alle Beweise berücksichtigt habe und mir auch keine Fehler unterlaufen sind.

Fisher sieht mir in die Augen. »Nina«, sagt er sanft. »Die
Anklage hat die Beweisführung abgeschlossen.«

Ich liege auf einem bunten Teppich im Spielzimmer und
ramme den Fuß eines Pinguins in die dafür vorgesehene
Holzöffnung. »Wenn ich dieses Pinguinpuzzle noch ein einziges Mal mache«, sage ich, »können die Geschworenen nach
Hause gehen, weil ich mich dann nämlich aufhängen werde.«

Caleb blickt auf. Er sitzt mit Nathaniel zusammen, und die
beiden sortieren Spielzeug. »Ich will nach draußen«, jammert
Nathaniel.

»Geht nicht, Sohnemann. Wir warten auf wichtige Neuigkeiten für Mommy.«

»Ich will aber!« Nathaniel tritt mit voller Wucht gegen den
Tisch.

»Dauert bestimmt nicht mehr lange.« Caleb reicht ihm ein
paar Plastikfiguren. »Hier, nimm die noch.«

»Nein!« Mit einem Arm fegt Nathaniel die Spielzeugkisten
vom Tisch. Das Scheppern dröhnt mir im Kopf, dringt bis in
die Leere, in der ich so angestrengt versuche, an nichts zu
denken.

Ich springe auf, packe meinen Sohn an den Schultern und
schüttele ihn. »Du sollst nicht mit Spielsachen um dich
schmeißen! Du hebst jetzt sofort alles wieder auf!«

Nathaniel plärrt los, und Caleb fährt mich an: »Nina, bloß weil du mit den Nerven am Ende bist, mußt du nicht gleich –«

»*Tschuldigung.*«

Die Stimme kommt von der Tür her, und wir drehen uns alle drei um. Ein Gerichtsdiener hat den Kopf hereingesteckt und nickt uns zu. »Die Geschworenen kommen heraus«, sagt er.

»Es gibt kein Urteil«, flüstert Fisher mir Augenblicke später zu.

»Woher wissen Sie das?«

»Weil der Gerichtsdiener das gesagt hat ... nicht bloß, daß die Geschworenen rauskommen.«

Ich mustere ihn skeptisch. »*Mir* sagen Gerichtsdiener nie was.«

»Glauben Sie mir.«

»Und warum sind wir dann hier?«

»Ich weiß nicht«, gesteht Fisher, und wir richten beide unsere Blicke auf den Richter.

Er thront auf seinem Platz und scheint überglücklich, daß das Ende dieses ganzen Debakels endlich in Sicht ist. »Ich frage den Sprecher der Geschworenen«, sagt Richter Neal, »sind die Geschworenen zu einem Ergebnis gekommen?«

Ein Mann in der vorderen Reihe der Geschworenenbank steht auf. Er nimmt seine Baseballmütze ab, klemmt sie sich unter den Arm und räuspert sich. »Euer Ehren, wir konnten leider zu keiner Einigung gelangen. Einige von uns meinen, daß –«

»Halt, sagen Sie kein Wort mehr. Haben Sie den Fall erörtert und abgestimmt, wer von Ihnen die Angeklagte für schuldig oder unschuldig hält?«

»Darüber haben wir etliche Male abgestimmt, aber einige von uns sind bei ihrer Meinung geblieben.«

Der Richter blickt Fisher an, dann Quentin Brown. »Ich bitte die Vertreter von Anklage und Verteidigung zu mir.«

Auch ich stehe auf, und der Richter seufzt. »Na schön, meinetwegen auch Sie, Mrs. Frost.« Als wir vor ihm stehen, murmelt er: »Ich werde die Geschworenen auffordern, erneut zu beraten. Irgendwelche Einwände?«

»Keine Einwände«, sagen Brown und Fisher einmütig. Als wir zurück zum Tisch der Verteidigung gehen, suche ich Calebs Blick und forme lautlos mit den Lippen: »Kein Ergebnis.«

Der Richter wendet sich an die Geschworenen. »Ladys und Gentlemen, mir ist klar, daß die Entscheidungsfindung in diesem Fall alles andere als leicht ist. Aber ich weiß auch, daß Sie zu einem Ergebnis gelangen können ... auch neue Geschworene, sollte der Fall ein weiteres Mal verhandelt werden müssen, werden keine besseren Voraussetzungen haben als Sie.« Er blickt die Geschworenen nüchtern an. »Ich fordere Sie auf, zurück in den Geschworenenraum zu gehen und Ihre jeweiligen Ansichten noch einmal respektvoll gegeneinander abzuwägen. Vielleicht gelingt Ihnen ja doch noch eine Einigung.«

»Und was jetzt?« flüstert Caleb von hinten.

Ich sehe den Geschworenen nach, die voller frischer Energie den Saal verlassen. *Jetzt warten wir weiter.*

Wenn man mit ansieht, wie sich jemand vor Anspannung völlig verkrampft, wird man selbst ganz nervös. So ergeht es Caleb, nachdem er weitere zweieinhalb Stunden mit Nina gewartet hat. Ihre Augen starren ins Leere; das Kinn hat sie auf die geballte Faust gestützt.

»Geht's noch?« fragt Caleb leise.

»Ja.« Sie lächelt schmallippig. *»Ja!«* wiederholt sie.

»Was hältst du davon, wenn wir drei zu den Getränkeautomaten gehen?« schlägt er vor.

»Gute Idee.«

Caleb dreht sich zu Nathaniel um und sagt ihm, daß sie sich jetzt alle zusammen eine Erfrischung holen. Der Junge läuft zur Tür, und Caleb folgt ihm. »Komm«, sagt er zu Nina. »Laß uns gehen.«

Sie starrt ihn an, als hätten sie noch kein Wort miteinander gesprochen, schon gar nicht vor einer halben Minute. »Wohin denn?« fragt sie.

Patrick sitzt auf einer Bank hinter dem Gerichtsgebäude, schlotternd vor Kälte, und schaut zu, wie Nathaniel über das Feld tobt. Schließlich läßt der Junge sich neben Patrick auf die Bank fallen. Seine Wangen sind leuchtend rot, und ihm läuft die Nase. »Hast du ein Taschentuch, Patrick?«

Er schüttelt den Kopf. »Tut mir leid, Krauter. Nimm den Ärmel.«

Nathaniel lacht und gehorcht. Er schiebt den Kopf unter Patricks Arme, und am liebsten würde Patrick laut aufschreien. Wenn Nina doch sehen könnte, wie ihr Sohn sich danach sehnt, berührt zu werden – ach verdammt, das würde ihre Moral jetzt auch nicht gerade heben. Er drückt Nathaniel ganz fest und gibt ihm einen Kuß auf den Kopf.

»Ich spiele gern mit dir«, sagt Nathaniel.

»Und ich spiele gern mit dir.«

»Du schimpfst nicht mit mir.«

Patrick sieht ihn an. »Hat deine Mom mit dir geschimpft?«

Nathaniel zieht die Schultern hoch, dann nickt er. »Sie ist ganz anders, so als wäre sie ausgetauscht worden gegen eine, die nicht stillsitzen kann und die mir nicht zuhört, wenn ich was sage, und die immer bloß Kopfschmerzen davon kriegt.« Er blickt nach unten. »Ich will meine alte Mom wiederhaben.«

»Das will sie doch auch, Krauter.« Patrick schaut nach Westen, wo die Sonne gerade die ersten blutroten Streifen an den Horizont malt. »Du mußt das verstehen, sie ist im Augenblick ziemlich nervös. Weil sie nicht weiß, was sie erwartet.« Als Nathaniel nur mit den Achseln zuckt, fügt er hinzu: »Du weißt aber doch, daß sie dich liebhat.«

»Na und?« sagt der Junge trotzig. »Ich hab sie auch lieb.«

Patrick nickt. *Da bist du nicht der einzige*, denkt er.

»Ein Prozeß ohne Ergebnis?« wiederhole ich kopfschüttelnd. »Nein. Fisher, ich steh das nicht noch mal durch. Das wird beim zweiten Mal außerdem nicht günstiger verlaufen.«

»Ich fürchte, Sie haben recht«, seufzt Fisher. Er wendet sich von dem Fenster ab, an dem er steht. »Ich möchte, daß Sie sich bis morgen früh etwas durch den Kopf gehen lassen.«

»Und das wäre?«

»Die Geschworenen zu entlassen. Falls Sie einverstanden sind, könnte ich morgen früh mit Quentin Brown reden und ihm vorschlagen, dem Richter die Entscheidung zu überlassen.«

Ich starre ihn an. »Sie wissen, daß wir in diesem Prozeß auf Emotionen gesetzt haben, nicht auf Gesetze. Geschworene *könnten* mich aufgrund von Emotionen freisprechen. Aber ein Richter entscheidet immer aufgrund der Gesetze. Sind Sie verrückt?«

»Nein, Nina«, entgegnet Fisher nüchtern. »Aber das waren Sie auch nicht.«

In dieser Nacht liegen wir im Bett, und das Gewicht des Vollmondes lastet auf uns. Ich habe Caleb von meinem Gespräch mit Fisher erzählt, und jetzt starren wir beide an die Decke, als könnte die Antwort dort erscheinen. Ich sehne mich danach, daß Caleb über die Weite dieses Bettes hinweg meine Hand ergreift. Ich brauche das Gefühl, daß wir nicht meilenweit voneinander getrennt sind.

»Was denkst du?« fragt er.

Ich drehe mich zu ihm. Im Mondlicht ist sein Profil in Gold gegossen, die Farbe des Mutes. »Ich treffe keine einsamen Entscheidungen mehr«, antworte ich.

Er stützt sich auf einen Ellbogen, blickt mich an. »Was würde passieren?«

Ich schlucke und versuche, das Beben aus meiner Stimme zu halten. »Na ja, ein Richter wird mich schuldig sprechen, weil ich, rein rechtlich betrachtet, einen Mord begangen habe. Aber der Vorteil wäre ... daß ich wahrscheinlich keine so lange Gefängnisstrafe bekäme, wie das bei einem Schuld-spruch der Geschworenen der Fall wäre.«

Plötzlich schwebt Calebs Gesicht über mir. »Nina ... du darfst nicht ins Gefängnis gehen.«

Ich wende mich ab, so daß er die Träne, die mir seitlich über das Gesicht läuft, nicht sehen kann. »Ich kannte das Risiko, als ich es getan habe.«

Seine Hände umschließen meine Schultern. »Du darfst nicht. Du darfst einfach nicht.«

»Ich komme ja wieder.«

»Wann?«

»Ich weiß nicht.«

Caleb vergräbt das Gesicht an meinem Hals, ringt nach Luft. Und dann umklammere ich ihn plötzlich auch, als dürfte heute keine Distanz mehr zwischen uns sein, weil sie morgen zu groß sein wird. Ich spüre die Schwielen an seinen Händen rauh auf meinem Rücken, und die Hitze seiner Trauer verbrennt mich fast. Als er in mich eindringt, grabe ich meine Fingernägel in seine Schultern, will eine Spur von mir hinterlassen. Wir lieben uns ungemein heftig, mit so viel Gefühl, daß die Atmosphäre um uns vibriert. Und dann ist es, wie alles im Leben, vorbei.

»Aber ich liebe dich doch«, sagt Caleb, und seine Stimme bricht, denn in einer vollkommenen Welt würde das allein schon genügen.

Während der Stunde, die ich an Nathaniels Bett sitze und ihm beim Schlafen zuschaue, regt er sich nicht. Aber als ich sein Haar berühre, weil ich mich nicht länger beherrschen kann, dreht er sich um und sieht mich blinzelnd an. »Es ist noch dunkel«, flüstert er.

»Ich weiß.«

Ich sehe, wie er versucht, sich darauf einen Reim zu machen: Was könnte mich bewogen haben, ihn mitten in der Nacht zu wecken? Wie soll ich ihm erklären, daß er vielleicht kaum noch in sein Bett paßt, wenn ich das nächste Mal Gelegenheit habe, ihn im Schlaf zu beobachten? Daß es, wenn ich zurückkomme, den kleinen Jungen, den ich zurückgelassen habe, nicht mehr geben wird?

»Nathaniel«, sage ich zittrig. »Vielleicht gehe ich fort.«

Er setzt sich auf. »Das geht nicht, Mommy.« Und mit einem Lächeln findet er sogar einen Grund dafür. »Wir haben dich doch eben erst zurückgekriegt.«

»Ich weiß ... aber die Entscheidung liegt nicht bei mir.«

Nathaniel zieht sich die Decke unters Kinn und sieht auf einmal ganz klein aus. »Was hast du denn diesmal gemacht?«

Schluchzend ziehe ich ihn auf meinen Schoß und drücke das Gesicht in sein Haar. Er reibt seine Nase an meinem Hals, und das erinnert mich so sehr an ihn als Baby, daß ich nicht mehr atmen kann. Ich würde alles geben, jetzt, um diese Minuten zurückzubekommen. Selbst die ganz alltäglichen Augenblicke – Autofahrten, das Aufräumen des Kinderzimmers, zusammen mit Nathaniel das Abendessen kochen. Sie sind nicht weniger wunderbar, nur weil wir sie als alltäglich erlebt haben. Nicht das, *was* wir mit einem Kind tun, verbindet uns mit ihm ... sondern das Glück, daß wir es überhaupt tun *können*.

Ich schiebe ihn von mir weg, um sein Gesicht betrachten zu können. Der Schwung des Mundes, die Wölbung der Nase. Seine Augen, die Erinnerungen bewahren wie der Bernstein, dem sie ähneln. *Behalte sie*, denke ich. *Hüte sie für mich.*

Inzwischen weine ich heftig. »Ich verspreche dir, daß ich nicht für immer gehe. Ich verspreche dir, daß du mich besuchen kommen kannst. Und du darfst nie vergessen, daß ich jede Minute an jedem Tag, den ich nicht bei dir bin, nur daran denke, wie lange es noch dauern wird, bis ich zurückkommen kann.«

Nathaniel schlingt die Arme um meinen Hals und klammert sich fest, als ginge es um sein Leben. »Ich will nicht, daß du gehst.«

»Ich weiß.« Ich sehe ihn an, halte seine Hände.

»Ich komme mit.«

»Ich wünschte, das ginge. Aber irgend jemand muß sich hier um deinen Vater kümmern.«

Nathaniel schüttelt den Kopf. »Aber ich werde dich vermissen.«

»Und ich werde dich vermissen«, sage ich sanft. »He, was hältst du davon, wenn wir einen Pakt schließen?«

»Was ist denn das?«

»Eine Entscheidung, die zwei Menschen zusammen treffen.« Ich probiere ein Lächeln. »Wir vereinbaren, daß wir uns gegenseitig *nicht* vermissen werden. Wie wär das?«

Nathaniel sieht mich lange an. »Ich glaube, das kann ich nicht«, gesteht er.

Ich ziehe ihn wieder an mich. »Ach, Nathaniel«, wispere ich. »Ich auch nicht.«

Am nächsten Morgen klebt Nathaniel förmlich an meiner Seite, als wir ins Gerichtsgebäude gehen. Die Reporter, an die ich mich inzwischen fast gewöhnt habe, erscheinen mir heute wie eine grausame Folter.

Sobald ich die Sperre der Doppeltüren hinter mir gelassen habe, übergebe ich Nathaniel an Caleb und haste zur Toilette, wo ich zunächst trocken würge und mir dann Wasser auf Gesicht und Handgelenke spritze. »Du schaffst das«, sage ich in den Spiegel. »Bring es wenigstens mit Würde hinter dich.«

Ich atme ein paarmal tief durch und trete dann durch die Schwingtüren nach draußen, wo meine Familie auf mich wartet. Nathaniel versucht, an mir hochzuklettern wie an einem Baum. Als ich ihn hochhebe, kommt Fisher herbeigeeilt.

Unsere Blicke treffen sich. »Einverstanden«, sage ich.

Als Quentin den Gerichtssaal betritt, wartet Fisher dort schon auf ihn. »Wir müssen mit Richter Neal sprechen«, sagt er leise.

»Ich lasse mich auf keine Absprache ein«, erwidert Quentin.

»Ich wollte Ihnen auch keine anbieten.« Fisher dreht sich um und geht in Richtung Amtszimmer des Richters, ohne darauf zu achten, ob der Staatsanwalt ihm folgt.

Zehn Minuten später stehen sie beide vor Richter Neal.

»Euer Ehren«, beginnt Fisher, »wir warten jetzt schon so lange; es ist doch offensichtlich, daß die Geschworenen keine Einigung erzielen. Ich habe mit meiner Mandantin gesprochen ... und falls Mr. Brown einverstanden ist, würden wir den Fall gerne Ihnen übergeben, so daß Sie über die Beweislage entscheiden und das Urteil sprechen.«

Falls Quentin überhaupt irgend etwas erwartet hatte, dann ganz bestimmt nicht das. Er blickt den Verteidiger an, als ob der Mann den Verstand verloren hätte. Zugegeben, ein ergebnisloser Prozeß wäre niemandem recht, aber eine Entscheidung des Richters, der sich ausschließlich an die Buchstaben des Gesetzes hält, ist in diesem Fall für die Anklage sehr viel vorteilhafter als für die Verteidigung. Fisher Carrington hat Quentin gerade den Schuldspruch auf einem Silbertablett serviert.

Der Richter starrt ihn an. »Mr. Brown? Was meint die Anklagevertretung dazu?«

Er räuspert sich. »Die Anklage hat keinerlei Einwände, Euer Ehren.«

»Gut. Dann werde ich die Geschworenen entlassen. Ich brauche eine Stunde, um die Beweislage noch einmal zu prüfen, und dann werde ich meine Entscheidung fällen.«

Während ich meinem Sohn beim Spielen zusehe, ist es meine größte Angst, daß mich niemand mehr von meinem Sohn wegzerren könnte, wenn ich ihn jetzt noch einmal berühre.

Als es an der Tür zum Spielzimmer klopft, fahren wir alle zusammen. Patrick steht verlegen in der Tür. Ich weiß, was er will, und ich weiß auch, daß er vor meiner Familie nicht darum bitten wird.

Zu meiner Überraschung nimmt Caleb uns die Entscheidung ab. Er nickt Patrick zu, dann mir: »Na, geh schon«, sagt er.

Und so spazieren Patrick und ich plötzlich über die verschlungenen Gänge im Untergeschoß, einen halben Meter Abstand zwischen uns. »Wie konntest du?« platzt es schließlich aus ihm heraus. »Bei einem neuen Geschworenenprozeß hättest du zumindest die Chance auf einen Freispruch gehabt.«

»Und ich hätte Nathaniel und Caleb und dir und allen anderen das Ganze ein zweites Mal zugemutet. Patrick, es muß jetzt ein Ende haben. Egal wie.«

Er bleibt stehen, lehnt sich gegen ein Heizungsrohr. »Ich hab nie wirklich geglaubt, daß du ins Gefängnis kommst.«

Ich lächle schwach. »Bringst du mir ab und zu was vom Chinesen?«

»Nein.« Patrick sieht nach unten auf den Boden zwischen seinen Schuhen. »Ich werde nicht mehr hier sein, Nina.«

»Du wirst ... wie bitte?«

»Ich gehe fort. Im Nordwesten, an der Pazifikküste, sind ein paar Stellen frei, und vielleicht suche ich mir da was.« Er holt tief Luft. »Da wollte ich schon immer mal hin. Nur eben nicht ohne dich.«

»Patrick –«

Unsagbar zärtlich küßt er mich auf die Stirn. »Du schaffst das schon«, murmelt er. »Genau wie früher.« Er schenkt mir ein trauriges Lächeln zum Abschied. Und dann geht er den Gang hinunter und läßt mich stehen, so daß ich allein meinen Weg zurückfinden muß.

Die Toilettentür unten an der Treppe fliegt auf, und plötzlich steht Quentin Brown keine anderthalb Meter vor mir. »Mrs. Frost«, stottert er.

»Ich finde, es wird langsam Zeit, daß Sie mich Nina nennen.« Es ist ein Verstoß gegen das Berufsethos, wenn er in Fishers Abwesenheit mit mir spricht, und das wissen wir beide. Doch selbst das erscheint mir mittlerweile nicht mehr ganz so tragisch. Als er nichts erwidert, will ich um ihn herumgehen. »Wenn Sie mich bitte entschuldigen würden, meine Familie wartet auf mich.«

»Ich muß zugeben«, sagt Quentin Brown hinter mir her, »daß mich Ihre Entscheidung verblüfft hat.«

Ich drehe mich um. »Dem Richter die Urteilsfindung zu überlassen?«

»Ja. Ich weiß nicht, ob ich mich als Angeklagter darauf eingelassen hätte.«

Ich schüttele den Kopf. »Wissen Sie, ich kann mir Sie einfach nicht als Angeklagten vorstellen.«

»Könnten Sie sich vorstellen, daß ich Vater bin?«

Das erstaunt mich. »Nein. Ich wußte gar nicht, daß Sie Familie haben.«

»Einen Sohn. Sechzehn.« Er schiebt die Hände in die Taschen. »Ich weiß, ich weiß. Sie haben sich selbst so in die Vorstellung hineingesteigert, daß ich der skrupellose Schurke bin, daß es Ihnen schwerfällt, mir auch nur einen Hauch von Mitgefühl zuzusprechen.«

»Na ja.« Ich zucke die Achseln. »Skrupelloser Schurke nicht gerade.«

»Dann eben ein Fiesling?«

»Das haben Sie gesagt, Kollege«, entgegne ich, und wir müssen beide schmunzeln.

»Andererseits können Menschen einen immer wieder überraschen«, sinniert er. »Zum Beispiel eine Staatsanwältin, die einen Mord begeht. Oder ein stellvertretender Generalstaatsanwalt, der nachts am Haus einer Angeklagten vorbeifährt, nur um sich zu vergewissern, daß alles in Ordnung ist.«

Ich schnaube. »Wenn Sie tatsächlich bei mir vorbeigefahren sind, dann nur um sich zu vergewissern, daß ich noch da war.«

»Nina, haben Sie sich eigentlich nie gefragt, wer aus Ihrem Büro Ihnen den Laborbericht zugespielt hat?«

Mir klappt der Unterkiefer runter. »Und übrigens«, sagt Quentin Brown, »mein Sohn heißt Gideon.«

Leise pfeifend nickt er mir zu und trabt dann die Treppe hinauf.

Im Gerichtssaal ist es so ruhig, daß ich Caleb hinter mir atmen hören kann. Auch das, was er mir zugeraunt hat, bevor wir hineingingen, hallt in der Stille nach: Ich bin stolz auf dich.

Richter Neal räuspert sich und beginnt. »Die Beweise in diesem Fall belegen eindeutig, daß die Angeklagte Nina Frost am dreißigsten Oktober 2001 eine Handfeuerwaffe kaufte, sie verbarg und in einen Gerichtssaal in Biddeford schmuggelte. Ebenfalls zweifelsfrei bewiesen ist, daß sie sich Pater Szyszynski näherte und ihn absichtlich und wissentlich viermal in den Kopf schoß, was zu seinem Tod führte. Außerdem haben die vorgelegten Beweise ergeben, daß Nina Frost zum Zeitpunkt der Tat irrtümlich davon ausging, daß Pater Szyszynski ihren fünf Jahre alten Sohn sexuell mißbraucht hatte.«

Ich neige den Kopf, jedes Wort eine Ohrfeige. »Was also konnte vor diesem Gericht nicht zweifelsfrei bewiesen werden?« fragt der Richter rhetorisch. »Vor allem die Behauptung der Angeklagten, sie sei zum Tatzeitpunkt unzurechnungsfähig gewesen. Zeugen haben ausgesagt, daß sie überlegt und methodisch gehandelt hat, um den Mann zu töten, der, wie sie glaubte, ihrem Kind ein Leid zugefügt hatte. Und die Angeklagte war eine erfahrene Staatsanwältin, die sehr genau wußte, daß jeder Mensch, der eines Verbrechens beschuldigt wird – Pater Szyszynski nicht ausgenommen –, bis zum Beweis seiner Schuld vor einem ordnungsgemäßen Gericht als unschuldig zu gelten hat. Das Gericht schätzt Nina Frost als eine Staatsanwältin ein, die ihren Beruf mit Leib und Seele ausgeübt hat ... so daß sie, bevor sie das Gesetz brach, diese Tat sehr sorgfältig abgewogen haben muß.«

Er hebt den Kopf und schiebt sich die Brille auf dem Nasenrücken höher. »Daher weise ich die Behauptung der Verteidigung, die Angeklagte sei unzurechnungsfähig gewesen, als unbegründet ab.«

Links von mir eine Bewegung von Quentin Brown.

»Jedoch –«

Quentin verharrt.

»– muß in diesem Staat bei der Beurteilung der Schuldfähigkeit in einem Tötungsdelikt außerdem berücksichtigt werden, ob der Angeklagte unter dem Einfluß begründeter Furcht oder begründeten Zorns handelte, ausgelöst durch eine angemessene Provokation. Als Staatsanwältin hatte Nina Frost an jenem Morgen des dreißigsten Oktober keinen Grund, furchtsam oder zornig zu sein ... als Nathaniels Mutter jedoch allemal. Der Versuch ihres Sohnes, das Opfer zu identifizieren, der vermeintliche DNA-Beweis und das Insiderwissen der Angeklagten, wie Zeugen in unserem Strafrechtssystem behandelt werden – all das zusammengenommen macht nach Ansicht dieses Gerichts eine im Sinne des Gesetzes angemessene Provokation aus.«

Ich habe aufgehört zu atmen. Das kann nicht wahr sein.

»Die Angeklagte möge sich erheben.«

Erst als Fisher meinen Arm packt und mich hochzieht, fällt mir wieder ein, daß der Richter mich meint. »Nina Frost, ich befinde Sie des Mordes nicht schuldig. Ich befinde Sie jedoch schuldig des Totschlags gemäß Artikel 17 A, Paragraph 203 (1)(B) des Strafgesetzes des Staates Maine.«

Zum erstenmal an diesem Morgen sieht der Richter mich an. »Ich verurteile Sie daher zu einer zwanzigjährigen Haftstrafe im Staatsgefängnis von Maine. Die bereits in Haft verbrachte Zeit wird Ihnen angerechnet.« Er hält inne. »Die noch verbleibende Haftzeit wird auf Bewährung ausgesetzt. Sie haben sich bei Ihrem Bewährungshelfer zu melden, bevor Sie das Gerichtsgebäude heute verlassen, und dann, Mrs. Frost, dürfen Sie gehen.«

Der Gerichtssaal explodiert förmlich in Blitzlichtgewitter und Stimmengewirr, Fisher umarmt mich, während ich in Tränen ausbreche und Caleb zu mir stürzt. »Nina?« fragt er. »Hab ich das richtig verstanden?«

»Ja, ja ... hast du.« Lachend und weinend zugleich, sehe ich ihn an. »Es ist ein Wunder, Caleb.« Der Richter hat mir im Grunde genommen Absolution erteilt. Ich werde meine Gefängnisstrafe nicht antreten müssen, solange ich nicht wieder straffällig werde. Caleb hebt mich hoch und dreht sich mit mir im Kreis. Über seine Schulter hinweg sehe ich Patrick. Er ist sitzen geblieben, lächelt mit geschlossenen Augen. Noch während ich ihn anblicke, öffnet er sie und sieht mich eindringlich an. *Nur du*, formen seine Lippen lautlos, Worte, die ich nie vergessen werde.

Als die Reporter davonstürmen, um ihre Redaktionen anzurufen, und sich die Menge im Besucherraum zerstreut, bemerke ich einen anderen Mann. Quentin Brown hat seine Unterlagen zusammengesucht und in die Aktentasche geschoben. Er geht zu dem kleinen Durchgang zwischen unseren Tischen, bleibt stehen und dreht sich zu mir um. Er neigt den Kopf, und ich nicke ihm zu. Plötzlich greift jemand nach meinem Arm, und ich will ihn instinktiv wegziehen, weil ich glaube, daß da jemand mir wieder Handschellen anlegen will. Doch dann öffnet der Gerichtsdiener das elektronische Armband an meinem Handgelenk. Meine Freilassung ist besiegelt.

Als ich wieder aufschaue, ist Quentin Brown verschwunden.

Nach einigen Wochen hören die Interviewanfragen auf. Die Medien haben sich auf irgendeine andere sensationsträchtige Geschichte gestürzt, und wir kehren endlich wieder zu unserem gewohnten Leben zurück.

Na ja, zumindest die meisten von uns.

Nathaniel wird mit jedem Tag kräftiger, und Caleb hat neue Aufträge angenommen. Patrick hat mich von Chicago aus angerufen, auf halbem Weg zur Westküste. Bislang ist er der einzige, der den Mut hatte, mich zu fragen, womit ich mich jetzt, da ich keine Staatsanwältin mehr bin, beschäftigen werde.

Die Arbeit war immer ein so wichtiger Teil meines Lebens, daß ich darauf noch keine Antwort geben kann. Vielleicht werde ich ein Buch schreiben. Vielleicht werde ich eine kostenlose Rechtsberatung für sozial schwache Bürger anbieten. Vielleicht bleibe ich aber auch einfach nur zu Hause und sehe zu, wie mein Sohn aufwächst.

Ich klopfe auf den Umschlag in meiner Hand. Er kommt vom Disziplinarausschuß der Anwaltskammer und liegt nun schon seit fast zwei Monaten ungeöffnet auf der Arbeitsplatte in der Küche. Warum sollte ich ihn jetzt noch öffnen? Ich weiß ja, was drin steht.

Ich setze mich an den Computer und schreibe eine knappe Mitteilung. *Hiermit gebe ich meine anwaltliche Zulassung zurück. Ich werde den Anwaltsberuf nicht mehr ausüben. Mit freundlichen Grüßen, Nina Frost.*

Ich drucke den Brief aus, stecke ihn in ein adressiertes Kuvert, das ich zuklebe und frankiere. Dann ziehe ich meine Schuhe an und gehe zum Briefkasten.

»Okay«, sage ich laut, nachdem ich den Brief eingeworfen habe. »Okay«, wiederhole ich, obwohl es doch nur eins bedeutet: *Und was mache ich jetzt?*

Im Januar gibt es immer eine Woche mit Tauwetter. Urplötzlich klettert die Temperatur auf zehn Grad. Der Schnee schmilzt zu Pfützen, so groß wie kleine Seen. Die Leute sitzen auf ihren Veranden und schauen dem Spiel der Natur zu.

Dieses Jahr jedoch hält das Tauwetter ungewöhnlich lange an. Begonnen hat es am Tag nach Ninas Freilassung. An jenem Nachmittag wurde der Teich, auf dem die Kinder immer eislaufen, gesperrt, weil das Eis zu dünn geworden war. Gegen Ende der Woche fuhren die Teenager schon mit ihren Skateboards auf den Bürgersteigen. Es hieß sogar, in dem Matsch würden die ersten Krokusse sprießen. Gut fürs Geschäft war das auf jeden Fall – weil auf Baustellen, die während des Winters brachlagen, jetzt wieder die Arbeit aufgenommen werden konnte. Und außerdem ist es, soweit Caleb weiß, das erste Mal, daß schon so früh im Jahr der Saft in den Ahornbäumen steigt.

Gestern hat Caleb die Bäume angezapft und die Eimer aufgestellt. Heute geht er durch den Garten und sammelt den Saft ein. Der Himmel sieht aus wie frisch gewaschen, und Caleb hat sich die Hemdsärmel bis über die Ellbogen hochgekrempelt. Der Matsch ist ein Sukkubus, der nach seinen Stiefeln greift, aber selbst das hält ihn nicht auf. Tage wie diese gibt es einfach nicht oft genug.

Er schüttet den Saft in große Bottiche. Fünfzehn Liter von diesem süßen Saft werden zu knapp vier Litern Ahornsirup eingekocht. Caleb macht das auf dem Küchenherd, in dem großen Spaghettitopf, und er schüttet jede Portion zuerst durch ein Sieb, ehe sie eindickt. Nina und Nathaniel interessiert nur das Endprodukt – sie essen es am liebsten zu Pfannkuchen und Waffeln. Aber für Caleb ist die Arbeit bis zum Endprodukt das Schönste dabei. Das Blut eines Baumes, ein Zapfen und ein Eimer. Aufsteigender Dampf, der Duft, der in jede Ecke des Hauses dringt. Zu wissen, daß jeder Atemzug süß schmecken wird.

Nathaniel baut eine Brücke, obwohl sie vielleicht doch noch ein Tunnel wird. Das Tolle an Lego ist ja gerade, daß man es sich mittendrin noch anders überlegen kann. Manchmal, wenn er mit Lego baut, tut er so, als wäre er sein Vater, und dann geht er mit der gleichen systematischen Planung vor. Und manchmal tut er so, als wäre er seine Mutter, und baut einen Turm so hoch, wie es nur geht, bis er umkippt.

Er muß sich um den Hundeschwanz herumarbeiten, weil Mason leider mitten im Zimmer auf dem Boden liegt und schläft, aber das macht nichts, weil es ja auch ein Dorf mit einem Ungeheuer drin sein könnte. Oder er bastelt sogar das irre, superschnelle Fluchtboot.

Aber wohin könnten sie alle zusammen fliehen? Nathaniel überlegt kurz, dann legt er vier grüne und vier rote Steine nebeneinander und fängt an zu bauen. Er macht stabile Wände und große Fenster. Eine Schicht von einem Haus, das weiß er von seinem Vater, nennt man *Stockwerk*.

Das gefällt ihm. Als würden sie alle in kleinen, gemütlichen Hütten aus Stöcken wohnen, wie manche Menschen weit, weit weg, wo immer die Sonne scheint und alle glücklich sind.

Die Wäsche zu machen ist immer ein guter Anfang und geht fast automatisch. Irgendwie scheint sich unsere Schmutzwäsche im Wäschekorb zu vervielfältigen, und egal, wie vorsichtig wir mit unserer Kleidung sind, alle zwei Tage muß neu gewaschen werden. Ich lege die frischen, sauberen Sachen zusammen und trage sie nach oben, räume zunächst die von Nathaniel ein, ehe ich mich an meine eigenen mache.

Als ich gerade eine Jeans aufhängen will, fällt mein Blick auf die Reisetasche. Steht die wirklich schon seit zwei Wochen da, ganz hinten in den Wandschrank geschoben? Caleb hat sie wahrscheinlich dort vergessen. Er hat genug Sachen in seinen Schubladen und mußte die Tasche, die er mit ins Motel genommen hat, nicht unbedingt auspacken. Aber der Anblick stört mich; die Tasche erinnert mich an den Moment, als er ausgezogen ist.

Ich ziehe ein paar langärmelige Hemden heraus, ein paar Boxershorts. Erst als ich sie in den Wäschekorb werfe, fällt mir auf, daß meine Hand klebrig ist. Ich reibe die Fingerspitzen aneinander, runzle die Stirn, nehme ein Hemd und falte es auseinander.

In einer Ecke ist ein großer grüner Fleck.

Auch an einigen Socken sind Flecke. Es sieht aus, als wäre etwas ausgelaufen, aber als ich in der Tasche nachsehe, finde ich keine Shampooflasche oder dergleichen.

Aber es riecht auch nicht wie Shampoo. Ich weiß nicht, woran mich dieser Geruch erinnert. Etwas Chemisches.

Das letzte Kleidungsstück in der Tasche ist eine Jeans. Gewohnheitsmäßig greife ich in die Taschen, um sicherzugehen, daß Caleb auch kein Geld oder Quittungen drin gelassen hat.

In der linken Gesäßtasche ist ein Fünfdollarschein. Und in der rechten Gesäßtasche sind Bordkarten für zwei Flüge mit US Air: einer von Boston nach New Orleans, einer von New Orleans nach Boston, beide mit Datum vom 3. Januar 2002. Der Tag nach Nathaniels Anhörung zur Feststellung der Verhandlungsfähigkeit.

Wenige Schritte hinter mir ertönt Calebs Stimme. »Ich habe getan, was ich tun mußte.«

Caleb schreit Nathaniel an, er solle nicht mit dem Frostschutzmittel spielen. »*Wie oft muß ich dir das noch sagen? Es ist giftig.*« *Mason, der die Pfütze auflecken will, weil das Zeug so süß schmeckt. Er weiß es ja nicht besser.*

»Die Katze«, flüstere ich und drehe mich zu ihm um. »Die Katze ist auch gestorben.«

»Ich weiß. Wahrscheinlich hat sie sich über den Rest von dem Kakao hergemacht. Ethylenglykol ist zwar giftig ... aber ziemlich süß.« Er streckt die Hand nach mir aus, aber ich weiche zurück. »Du hast mir seinen Namen genannt. Du hast gesagt, es wäre noch nicht vorbei. Ich habe doch nur zu Ende gebracht«, sagt Caleb leise, »was du begonnen hattest.«

»Nicht.« Ich hebe eine Hand. »Caleb, erzähl es mir nicht.«

»Du bist die einzige, der ich es erzählen *kann*.«

Er hat natürlich recht. Als seine Ehefrau bin ich nicht verpflichtet, gegen ihn auszusagen. Nicht einmal dann, falls Gwynnes Leiche obduziert wird und man im Gewebe Giftspuren findet. Nicht mal, wenn die Beweise schnurstracks zu Caleb führen.

Aber andererseits habe ich drei Monate lang zu spüren bekommen, welche Auswirkungen es hat, wenn man das Gesetz in die eigene Hand nimmt. Ich war so nah dran, alles zu verlieren, was ich mir je gewünscht hatte – ein Leben, das ich törichterweise nicht genug zu schätzen wußte, bis es mir beinahe weggenommen wurde.

Ich starre Caleb an, warte auf eine Erklärung.

Doch es gibt Gefühle, die so gewaltig und groß sind, daß Worte ihnen nicht gerecht werden können. Weil ihm die Sprache nicht genügt, hält Caleb meinen Blick fest und zeigt mir das, was er nicht sagen kann. Er hebt die Hände und faltet sie fest. Für jemanden, der nicht gelernt hat, auf andere Weise zu hören, sieht es aus, als bete er. Aber ich weiß, es ist das Zeichen für *Ehe*.

Mehr braucht er nicht zu sagen.

Plötzlich kommt Nathaniel in unser Schlafzimmer gestürmt. »Mom, Dad!« ruft er. »Ich hab eine unheimlich coole Burg gebaut. Die müßt ihr euch ansehen.« Er wirbelt herum und fegt schon wieder hinaus, erwartet, daß wir ihm folgen.

Caleb sieht mich an. Er kann nicht den ersten Schritt tun. Schließlich ist Kommunikation nur möglich, wenn der andere einen versteht, ist Vergebung nur möglich, wenn der andere bereit ist zu vergeben. Also gehe ich zur Tür und drehe mich um. »Komm«, sage ich zu Caleb. »Er braucht uns.«

Es passiert, als ich versuche, blitzschnell die Treppe runterzu-
rennen, und meine Füße viel weiter vorn sind als ich. Auf
einmal ist eine Stufe nicht da, wo sie sein müßte, und ich
pralle gegen das Geländer, wo die Hände hingehören. Ich
knalle mit dem Teil von meinem Arm dagegen, der so eine
Ecke machen kann, der Teil der genauso heißt wie er aus-
sieht: L-bogen.

Das tut so weh, als würde ich eine Spritze kriegen, wie eine
Nadel, die da reinsticht und sich dann wie Feuer im ganzen
Arm verteilt. Ich kann meine Finger nicht spüren, und meine
Hand wird ganz schlaff. Es tut weher als das eine Mal, als ich
aufs Eis gefallen bin und mein Knöchel so dick wurde wie der
Rest von meinem Bein. Es tut weher als das eine Mal, als ich
über den Fahrradlenker gesegelt bin und mir das ganze Ge-
sicht aufgekratzt hab und mit zwei Stichen genäht werden
mußte. Es tut so weh, daß es mir erst nach einer Weile einfällt
zu weinen.

»Mooooooooooom!«

Wenn ich so laut brülle, kann sie so schnell sein wie ein
Geist, und die Luft, die gerade noch leer war, ist auf einmal
voll von ihr. »Wo tut's weh?« ruft sie. Sie berührt alle Stellen,
an denen ich mich festhalte.

»Ich hab mir bestimmt was gebrochen«, sage ich.

»Hmm.« Sie bewegt meinen Arm rauf und runter.

Dann legt sie mir beide Hände auf die Schultern und sieht mich an. »Das kann höchstens der Musikantenknochen sein. Sing mir was vor.«

»Mom!«

»Wie sollen wir denn sonst rauskriegen, ob er wirklich gebrochen ist?«

Ich schüttele den Kopf. »So kann man das gar nicht rauskriegen.«

Sie hebt mich hoch und trägt mich in die Küche. »Wer sagt denn das?« Sie lacht, und auf einmal lache ich auch, und das bedeutet ja wohl, daß mit mir doch alles in Ordnung ist.

Danksagung

Ich werde häufig gefragt, ob mein persönliches Leben die Vorlage für meine Bücher liefert, und wenn ich bedenke, mit welchen Themen ich mich als Schriftstellerin befasse, lautet die Antwort Gott sei Dank: kaum. Im Fall von *Die Macht des Zweifels* ist das jedoch nicht ganz so eindeutig, denn oft saß ich mit meinen Kindern am Frühstückstisch und merkte mir, was sie zueinander sagten, um ihre Worte anschließend dem kleinen Nathaniel Frost in den Mund zu legen. Daher möchte ich Kyle, Jake und Samantha danken – nicht nur für ihre Scherze und Geschichten, sondern weil sie mir die Seele meiner Hauptfigur schenkten: einer Mutter, die alles, einfach alles tun würde für einen Menschen, den sie liebt. Ich danke Burl Daviss, Doug Fagen, Tia Horner und Jan Scheiner für ihre Recherchen im Bereich der Psychiatrie und meinen Medizinexperten David Toub und Elizabeth Bengtson. Ich danke Kathy Hemenway für die Einblicke in die Sozialarbeit sowie Katie Desmond für ihre aufschlußreiche Beratung zum Thema Katholizismus. Ich danke Diana Watson für ihre Kindergartenerinnerungen. Ich danke Syndy Morris für die schnelle Abschrift und Olivia und Matt Licciardi für die Heilige Geiß und die Sauerstoff-Frage. Mein weiterer Dank gilt Elizabeth Martin und ihrem Bruder, die sich meinen Schluß einfallen ließen, sowie Laura Gross, Jane Picoult, Steve Ives und JoAnn Mapson, die den ersten Entwurf lasen und ihn für so gut befanden, daß sie mir halfen, ihn zu verbessern. Judith Curr und Karen Mender geben mir das Gefühl, im Sternbild der Autoren von Atria Books eine Art Supernova zu sein. Daß Emily Bestler und Sarah Branham meine Engel im Lektorat bei Atria sind, macht mich zur glücklichsten Schriftstellerin auf diesem Planeten. Und Camille McDuffie und Laura Mullen – meine guten Marketing-Feen – hätten Zauberstäbe und Goldkrönchen verdient, damit jeder weiß, welche Wunder sie bewirken können. Ich danke auch meinem Mann Tim van Leer, der mich nicht nur bereitwillig mit Informationen über Schußwaffen, Sterne und Steinmetzarbeiten versorgt, sondern mich darüber hinaus mit Kaffee und Salaten verwöhnt und mich so häufig wie möglich entlastet, damit ich Zeit habe, das zu tun, was ich am liebsten tue. Und schließlich möchte ich drei Menschen danken, die mir bei meinen Recherchen inzwischen so sehr behilflich sind, daß ich mir kaum noch vorstellen kann, wie ich ohne ihre Informationen überhaupt etwas zu Papier bringen sollte: Detective-Lieutenant Frank Moran, von dem ich gelernt habe, wie ein Detective zu denken; Lisa Schiermeier, die mir nicht nur die DNA erklärt hat, sondern so ganz nebenbei auch noch den herrlichen medizinischen Trick erwähnte, durch den mein Kopf anfing zu summen; und Jennifer Sternick, die Bezirksanwältin, die vier Tage lang für mich auf einen Kassettenrecorder sprach und ohne die *Die Macht des Zweifels* niemals entstanden wäre.

Auf den zweiten Blick

Roman

PIPER

Für meine Mutter – meinen größten Fan,
meine erste Leserin,
mein Forum, meine Freundin

1993

Vor langer Zeit lebte an den Ufern des Atlantik ein großer Indianerkrieger mit Namen Strong Wind. Er hatte Zauberkräfte – er konnte sich unsichtbar machen –, und so konnte er in den Lagern der Feinde umherwandern und ihre Geheimnisse stehlen. Er wohnte zusammen mit seiner Schwester in einem Zelt, das am Meer stand, umweht von einer leichten, steten Brise.

Sein Ruf als Krieger reichte weit, und viele Mädchen hätten ihn gern geheiratet. Aber Strong Wind wollte nichts wissen von ihrem törichten, verführerischen Lächeln und von ihren falschen Beteuerungen, die einzig Richtige für ihn zu sein. Er sagte, daß er das erste Mädchen heiraten würde, das ihn abends heimkommen sah.

Diese Prüfung hatte er ersonnen, um herauszufinden, wie ehrlich ein Mädchen war. Viele Mädchen wanderten zusammen mit seiner Schwester über den Strand, wenn die Sonne zischend im Meer versank, weil sie sein Herz einfangen wollten. Strong Winds Schwester konnte ihn immer sehen, selbst wenn er für alle anderen unsichtbar war. Wenn ihr Bruder sich näherte, wandte sie sich an das Mädchen, dessen Augen den Horizont absuchten. »Siehst du ihn?« Und jedesmal begann das Mädchen an ihrer Seite hastig zu lügen, ja, da komme er. Strong Winds Schwester fragte dann: »Womit zieht er seinen Schlitten?« Es kamen viele Antworten: Mit dem Fell eines Karibus. Mit einem langen, knorrigen Stock. Mit einem starken Hanfseil. Strong Winds Schwester hörte die Antworten und erkannte, daß sie nur geraten waren. Und sie wußte, daß ihr Bruder dieses Mädchen, dessen Spuren sich neben ihren in den nassen Sand drückten, nicht zur Frau wählen würde.

Im Dorf gab es einen mächtigen Häuptling, einen Witwer mit drei Töchtern. Eine war viel jünger als die beiden anderen. Ihr Gesicht war lieblich wie der erste Sommerregen; ihr sanftes Herz hätte den Schmerz der ganzen Welt lindern können. Zerfressen

9

von Eifersucht, nutzten die älteren Schwestern ihr sanftmütiges Wesen aus. Sie versuchten von ihrer Schönheit abzulenken, indem sie ihre Kleider in Fetzen rissen, ihr das glänzende schwarze Haar abschnitten und die weiche Haut auf ihren Wangen und ihrem Hals mit glühenden Kohlen versengten. Ihrem Vater erzählten sie, das Mädchen habe sich all das selbst angetan.

Wie die anderen Mädchen im Dorf versuchten auch die beiden älteren Schwestern, Strong Wind durch die Abenddämmerung kommen zu sehen. Sie standen mit seiner Schwester am Strand, ließen die Wellen über ihre Beine spülen und warteten. Wie jedesmal fragte Strong Winds Schwester, ob sie ihn sähen, und sie logen, ja, sie sähen ihn. Die Schwester fragte, womit er seinen Schlitten ziehe, und sie antworteten, mit einem Lederriemen. Als sie in sein Zelt traten, zitterten die Eingangsklappen im Wind. Sie hofften, Strong Wind zu sehen, der sich über sein Essen beugte, aber sie sahen überhaupt nichts. Strong Wind hatte ihre Lügen gehört und blieb unsichtbar.

Als die jüngste Tochter des Häuptlings an den Strand ging, um Strong Wind zu sehen, rieb sie sich das verbrannte Gesicht mit Erde ein, um ihre Narben zu verstecken, und flickte ihren Rock mit Baumrinde. Auf dem Weg zum Strand kam sie an anderen Mädchen vorbei, die sie auslachten und sie eine Närrin schalten.

Aber Strong Winds Schwester wartete schon auf sie, und als die Sonne schwer am Himmel hing, nahm sie das Mädchen mit ans Wasser. Als Strong Wind seinen Schlitten näherzog, fragte seine Schwester: »Siehst du ihn?« Das Mädchen antwortete: »Nein«, und Strong Winds Schwester zitterte, weil das Mädchen die Wahrheit sagte. »Siehst du ihn jetzt?« fragte sie wieder.

Erst antwortete das Mädchen nicht, aber ihr Gesicht war dem Himmel zugewandt, und ihre Augen leuchteten wie Feuer. »O ja«, hauchte sie schließlich. »Und er ist wunderbar. Er tanzt auf den Wolken und trägt den Mond auf seiner Schulter.«

Strong Winds Schwester schaute sie an. »Womit zieht er seinen Schlitten?«

»Mit dem Regenbogen.«

Auch sie schaute jetzt in den Himmel. »Und aus was ist seine Bogensehne gemacht?«

Das Mädchen lächelte, und die Nacht wusch über ihr Gesicht.

»Aus der Milchstraße«, antwortete sie. »Und die strahlendsten Sterne dienen ihm als Pfeilspitzen.«

Strong Winds Schwester begriff, daß ihr Bruder sich dem Mädchen zeigte, weil sie als erste zugegeben hatte, ihn nicht zu sehen. Sie nahm das Mädchen mit heim, badete sie und strich mit der Hand über die verletzte Haut, bis alle Narben verschwunden waren. Sie sang, bis dem Mädchen das Haar wieder dicht und schwarz über den Rücken fiel. Sie schenkte der Häuptlingstochter ihre eigenen schönen Kleider und führte sie in Strong Winds Zelt.

Am nächsten Tag heiratete Strong Wind die Häuptlingstochter, und sie wanderte mit ihm über den Himmel und schaute auf ihr Volk hinab. Die beiden Schwestern des Mädchens waren zornig und drohten den Geistern mit erhobener Faust und begehrten zu wissen, was geschehen war. Strong Wind beschloß, sie dafür zu bestrafen, daß sie seiner Braut so viel Leid zugefügt hatten. Er verwandelte sie in Espen und versenkte ihre Wurzeln tief in der Erde. Seit jenem Tag zittern die Blätter der Espen, weil sie sich vor dem Wind fürchten. Wie leise er sich auch nähert, sie beben, weil sie seine große Macht und seinen Zorn nicht vergessen können.

Legende der Algonquin-Indianer

I

Das erste, was der Friedhofsgärtner sah, als er sich um den kleinen Friedhof hinter St. Sebastian kümmern wollte, war die Leiche, die jemand zu begraben vergessen hatte.

Sie lag längs auf einem Grab, den Kopf an den Grabstein gelehnt und die Arme über dem Bauch gekreuzt. Sie war fast so bleich wie die sieben verwitterten Granitsteine um sie herum. Der Friedhofsgärtner atmete tief durch, ließ seinen Spaten fallen und bekreuzigte sich. Er schlich sich an die Leiche heran, beugte sich vor und legte seinen Schatten über sie.

Irgendwo über ihm schrie eine Möwe, und im selben Augenblick schlug die Frau die Augen auf. Der Friedhofsgärtner fuhr herum und rannte durch das eiserne Tor auf die lärmerfüllten Straßen von Los Angeles hinaus.

Die Frau blinzelte in den Himmel. Sie wußte nicht, wo sie war, aber es war ruhig; und da ihr der Schädel dröhnte, war sie dankbar dafür. Sie versuchte sich zu erinnern, wie sie hierhergeraten war.

Sie setzte sich auf, betastete den Grabstein und kniff die Augen zusammen, weil die Buchstaben vor ihren Augen tanzten und verschwammen. Sie zog sich langsam hoch und stützte sich auf den Stein, um nicht wieder umzufallen. Dann beugte sie sich vor und würgte, eine Hand auf den Magen gepreßt und mit Tränen in den Augen, als ihr der Schmerz in die Schläfen schoß.

»Eine Kirche«, sagte sie laut. Der Klang ihrer Stimme ließ sie zusammenfahren. »Das ist eine Kirche.«

Sie ging ans Tor und sah Autos und Busse vorbeifahren. Sie hatte schon drei Schritte auf die Straße hinaus gemacht, als sie merkte, daß sie nicht wußte, wohin sie gehen sollte. »Denk nach«, befahl sie sich. Sie legte sich die Hand auf die Stirn und spürte klebriges Blut.

»Himmel«, sagte sie. Ihre Hand zitterte. Sie suchte in ihrer Jackentasche nach einem Taschentuch. Es war eine abgetragene Bomberjacke; sie konnte sich nicht daran erinnern, sie gekauft zu haben. Statt des Taschentuchs förderte sie eine Tube Lippenpomade und zwei Dollar vierundzwanzig Kleingeld zutage. Sie ging zurück in den Friedhof und suchte hinter den Grabsteinen nach einem Notizbuch, einem Rucksack, irgendeinem Hinweis.

»Ich bin überfallen worden«, sagte sie und wischte sich mit dem Ärmel über die Stirn. »Ich bin bestimmt überfallen worden.« Sie lief zum Pfarrhaus und hämmerte mit der Faust gegen die Tür, aber die war verschlossen. Sie kehrte zum Tor zurück. Am besten würde sie zur nächsten Polizeiwache gehen und dort erzählen, was passiert war. Sie würde ihre Adresse angeben, und dann würde sie anrufen...

Wen würde sie anrufen?

Sie starrte auf einen Bus, der an der Haltestelle an der Straßenecke seufzend zum Stehen kam. Sie wußte nicht, wo sie war. Sie wußte nicht, wo die nächste Polizeiwache war.

Sie wußte nicht einmal, wie sie hieß.

Sie begann, auf einem Fingernagel zu kauen, und trat hinter das Tor zurück, wo sie sich sicherer fühlte. Sie kniete neben dem Grab nieder, auf dem sie gelegen hatte, und ließ ihre Stirn gegen den kühlen Grabstein sinken. Vielleicht kam ja der Priester bald zurück, dachte sie. Vielleicht würde jemand vorbeikommen und ihr helfen. Vielleicht sollte sie einfach hierbleiben.

In ihrem Kopf begannen Paukenschläge zu dröhnen, die ihr den Schädel zu spalten drohten. Sie sank zu Boden, lehnte sich wieder an den Grabstein und zog ihre Jacke zu, weil der Boden kalt war.

Sie würde warten.

Sie öffnete die Augen, hoffte auf eine Antwort, aber sie sah nichts als die Wolken, die den Himmel wie Narben überzogen.

Es gab zuwenig Platz in Kalifornien.

Wie ein Hämmern tief in der Kehle spürte er die Klaustrophobie. Der zischende Asphalt unter seinen Reifen und die viel zu dicht gedrängten Apartmentblocks ließen ihm keine Luft zum Atmen. Deshalb fuhr er immer weiter nach Westen, um den Ozean zu finden, und das möglichst noch vor Einbruch der Dämmerung. Er hatte ihn noch nie gesehen. Er kannte ihn nur von Bildern und von den Erzählungen seiner Mutter und seines Vaters.

Ihm fielen Geschichten ein, die ihm sein Vater erzählt hatte und die er damals nicht geglaubt hatte: von Indianern im letzten Jahrhundert, die man eingesperrt hatte und die über Nacht gestorben waren, weil sie die Enge nicht ertrugen.

Ihm fielen die Statistiken des Büros für Indianische Angelegenheiten ein, denen zufolge sechsundsechzig Prozent aller Indianer, die ihr Reservat verließen, zurückkehrten, weil sie nicht in der Stadt leben konnten. Natürlich war er kein richtiger Sioux. Aber er war auch kein richtiger Weißer.

Er roch ihn, bevor er ihn sah. Der Wind trug ihm den Salzwassergeruch zu. Er parkte den rostigen, gebrauchten Pick-up am Straßenrand und rannte die Dünen hinunter. Er hörte erst auf zu laufen, als seine Turnschuhe unter Wasser waren und die Gischt seine Jeans wie mit Tränen befleckte.

Eine Möwe kreischte.

William Flying Horse stand mit ausgebreiteten Armen im Wasser, die Augen fest auf den Pazifik gerichtet, aber was er sah, waren die gestreiften Ebenen und sanften Hügel Dakotas, die ihm nie eine Heimat gewesen waren.

Im Pine-Ridge-Reservat in South Dakota nahm man die Route 18, wenn man in den Ort fuhr, und wenn man irgendwo anders hinwollte, orientierte man sich an natürlichen Wahrzeichen oder an verrosteten Autoskeletten, da es sonst kaum Straßen gab. Aber Will war erst seit drei Tagen in Los Angeles und mußte sich noch zurechtfinden.

Er hatte ein kleines Reihenhaus in Reseda gemietet, nah genug am Los Angeles Police Department, um nicht lang pendeln zu müssen, und weit genug, um nicht das Gefühl zu haben, an seinen Job gefesselt zu sein. Er brauchte erst morgen anzufangen – den Papierkram hatte er brieflich erledigt –, und er hatte vorgehabt, die freie Zeit zu nutzen, um L. A. kennenzulernen.

Will schlug mit der Faust auf das Lenkrad. Wo zum Teufel war er? Er tastete unter dem Vordersitz nach der Karte, die er vor ein paar Minuten auf den Boden gefegt hatte. Er kniff die Augen zusammen, um die winzigen roten Sträßchen zu erkennen, aber die Innenbeleuchtung im Pick-up war mit als erstes ausgefallen, deshalb lenkte er den Wagen unter eine Straßenlaterne und hielt an. Im Halbdunkel stierte er auf die Karte. »Scheiße«, sagte er. »Beverly Hills. Hier war ich vor einer Stunde.«

Zum ersten Mal seit Jahrzehnten wünschte er sich, er hätte mehr indianisches Blut.

Er gab seinem *wasicuŋ*-Erbe die Schuld an seinem mangelhaften Orientierungssinn. Sein Leben lang hatte man ihm Geschichten vom Vater seines Großvaters erzählt, der die gottverdammten Büffel schon bei der leisesten Brise riechen konnte. Und als die Frau, die sein Vater liebte, ihn ohne ein Wort verlassen hatte, war er da nicht meilenweit geritten, allein von seiner Eingebung geleitet, bis er sie gefunden hatte? Verglichen damit konnte es doch nicht so schwer sein, den San Diego Freeway zu finden!

Einmal, als Will noch ein Kind gewesen war, war er seiner Großmutter in die Wälder gefolgt, um Wurzeln und Blätter für ihre Medizin zu sammeln. Er hatte die Pflanzen gepflückt, auf die sie deutete, Zeder und Kalmus und wildes Süßholz. Er hatte ihr nur kurz den Rücken zugedreht, da war seine Großmutter verschwunden. Eine Weile war er im Kreis gelaufen, hatte versucht, sich ins Gedächtnis zu rufen, was ihm sein Vater über Fußspuren auf trockenem Laub, geknickte Zweige und dem Gespür für winzige Regungen in der schweren Luft erzählt hatte. Nach Stunden hatte seine Großmutter ihn gefunden; frierend kauerte er unter einer knorrigen Eiche. Wortlos hatte sie ihn an der Hand genommen und heimgezogen. In Sichtweite der kleinen Holzhütte war sie stehengeblieben und hatte Will am Kinn gepackt. »Du«, hatte sie geseufzt. »So weiß.«

Er war erst zehn gewesen, aber von diesem Augenblick an hatte er begriffen, daß er nie wie seine Großeltern sein würde. Für sie und für alle anderen würde er immer ein *iyeska*, ein Mischblut, bleiben. Die nächsten fünfundzwanzig Jahre hatte er sich so weiß wie nur möglich benommen. Wenn er nicht zum Volk seines Vaters gehören konnte, hatte er sich überlegt, dann schloß er sich eben dem seiner Mutter an. Er lernte wie besessen, um später aufs College gehen zu können. Er sprach ausschließlich Englisch, selbst bei seinen Großeltern, die beide Lakota sprachen. Er nickte, wenn seine weißen Bosse die Sioux als faule Säufer bezeichneten, und wenn es ihn bei solchen Bemerkungen eiskalt überlief, dann hüllte er sich in seine Gleichgültigkeit wie in einen Mantel.

Jetzt war er also weiß. Er war nicht mehr im Reservat, er hatte nicht vor, dorthin zurückzukehren, und um aus Beverly Hills herauszufinden, würde er das gleiche tun wie jeder andere Weiße: Er würde an einer Tankstelle halten und sich den Weg erklären lassen.

Will legte den Gang ein, steuerte den Pick-up wieder auf die Straße und fuhr weiter. Er staunte über den Reichtum in Beverly Hills – die schmiedeeisernen Tore und die rosa Marmorbrunnen, die blinkenden Lichter in den großen venezianischen Fenstern. In einem der Häuser fand eine Party statt. Will fuhr langsamer, um dem lautlosen Ballett der Kellner und Gäste zuzuschauen. Erst nach einer Weile bemerkte er die kreisenden Lichter des Streifenwagens, der hinter ihm angehalten hatte.

Kollegen, dachte er und stieg aus dem Pick-up, um nach dem Weg zu fragen. Es waren zwei Beamte. Einer war blond – mehr konnte Will nicht feststellen, bevor der Mann Wills Kopf gegen die Kabine des Pritschenwagens rammte und ihm den Arm auf den Rücken zog.

»Schau mal einer an, Joe«, sagte er. »Schon wieder so ein verdammter Scheißlatino.«

»*Moment mal*«, hörte Will sich krächzen, und schon schlug ihm der Polizist mit der freien Hand zwischen die Schulterblätter.

»Nicht frech werden, Pedro«, drohte er. »Wir beobachten dich schon seit zehn Minuten. Was hast du in so einer Gegend zu suchen?«

»Ich bin ein Cop.« Wills Worte fielen schwer auf den Straßenbelag.

Der Mann ließ sein Handgelenk los. Will stemmte sich vom Wagen weg und drehte sich um. »Zeig uns deine Marke.«

Will schluckte und sah ihm ins Gesicht. »Ich habe noch keine. Ich habe auch noch keinen Ausweis. Ich bin eben erst angekommen; ich fange morgen an.«

Der Beamte kniff die Augen zusammen. »Also, wenn ich keine Marke sehe, sehe ich auch keinen Cop.« Er nickte seinem Partner zu, der langsam zum Streifenwagen zurückging. »Und jetzt mach, daß du wegkommst.«

Will ballte und löste die Fäuste, während er den Rücken des Polizisten mit Blicken durchbohrte. »Ich bin einer von euch«, brüllte er und sah den Beamten hinter der dicken Windschutzscheibe des Streifenwagens lachen. Bevor er in den Wagen stieg, warf er einen letzten Blick auf die Leute auf der Party, die lachten und tranken, als wäre überhaupt nichts passiert.

Der Mond glitt hinter eine Wolke, als würde er sich schämen, und in diesem Moment erkannte Will zwei Dinge: Er konnte L. A. nicht leiden. Und er war kein Weißer.

Als sie aufwachte, war die Sonne untergegangen. Sie setzte sich auf und lehnte sich an den vertrauten Grabstein. Irgendwo im Osten bohrte sich ein Scheinwerferstrahl in den Himmel, und sie fragte sich, ob heute abend eine Preisverleihung stattfand – in L. A. gab es am laufenden Band welche.

Sie zog sich hoch und ging langsam auf das Tor zu. Bei jedem Schritt sagte sie sich einen anderen Frauennamen vor, in der Hoffnung, daß ihr Gedächtnis auf einen anspringen würde. »Alice«, sagte sie. »Barbara. Cicely.« Sie war bei Marta angelangt, als sie auf die Straße trat – den Sunset Boulevard, wie sie augenblicklich erkannte, und sie begriff, daß sie Fortschritte machte, denn das war ihr vorhin nicht eingefallen. Sie setzte sich an den Bordstein, unter das Schild, auf dem der Name des Priesters von St. Sebastian und die Messezeiten und Beichtgelegenheiten standen.

Sie wußte, daß sie nicht zur Gemeinde gehörte, daß sie nicht einmal katholisch war, aber sie hatte das Gefühl, daß sie hier schon gewesen war. Um genau zu sein, sie hatte das Gefühl, daß sie sich hier *versteckt* oder Zuflucht gesucht hatte. Wovor war sie wohl weggelaufen?

Achselzuckend gab sie den Gedanken auf und schaute in die Ferne. Auf der anderen Straßenseite warb am Ende des Blocks eine Reklametafel für einen Kinofilm. »Tabu«, las sie laut. Sie fragte sich, ob sie den Film gesehen hatte, weil ihr der Titel so vertraut vorkam. Die Tafel zeigte einen Mann in tiefem Schatten, aber trotzdem war leicht zu erkennen, daß es sich um Alex Rivers handelte, Amerikas Liebling. Die Liste seiner Erfolge reichte vom

Actionthriller bis zur Shakespeareverfilmung, und ihr fiel ein, daß sie irgendwo gelesen hatte, sein Bekanntheitsgrad sei größer als der des Präsidenten. Er lächelte sie an. »In Ihrem Filmtheater«, las sie und hörte, wie ihre Stimme dabei stockte.

Als Will später an diesen Augenblick zurückdachte, wurde ihm klar, daß die Eule schuld gewesen war. Wenn er nicht gebremst hätte, weil er die Eule rufen hörte, hätte er bestimmt nicht angehalten; und wenn er nicht angehalten hätte, hätte er nicht all die falschen Entscheidungen getroffen.

Durch einen Glücksfall war er auf den Sunset Boulevard gelangt, aber wenn er auch wußte, daß der Sunset Boulevard irgendwann auf den Freeway stieß, so wußte er doch nicht, ob er in die richtige Richtung fuhr. Er war an zwei Tankstellen vorbeigekommen, aber beide waren geschlossen, und inzwischen war sein rechtes Auge fast zugeschwollen, und er wollte nur noch in sein Bett kriechen und vergessen, wieso er überhaupt nach Kalifornien gekommen war.

Er war gerade an einem McDonald's vorbeigefahren, als er den Ruf hörte, klar und durchdringend wie den Schrei eines Kindes. Will hatte oft Eulen gehört, aber nicht, seitdem er South Dakota verlassen hatte. Wie viele im Reservat glaubten auch seine Großeltern, daß Vögel künftige Ereignisse ankündigten. Da Vögel fliegen konnten, waren sie näher an der Geisterwelt als die Menschen; man schlug also vielleicht eine Warnung oder ein Versprechen einer höheren Macht in den Wind, wenn man die Botschaft eines Vogels ignorierte. Will hatte, getreu seiner ablehnenden Haltung der Sioux-Kultur gegenüber, den Falken, Adlern und Raben nie Bedeutung beigemessen, aber er brachte es einfach nicht über sich, Eulen nicht zu beachten. Eulen waren, wie seine Großmutter sagte, Todesboten.

»Vielleicht ist es der Wagen«, sagte er laut, und fast im gleichen Moment hörte er es wieder: einen schrillen Schrei, der ihm an den Eingeweiden zerrte.

Er trat auf die Bremse. Knapp hinter ihm scherte ein Lieferwagen aus, dessen Fahrer ihn durch das offene Fenster beschimpfte. Will ließ den Wagen vor eine katholische Kirche rollen und blieb im Halteverbot stehen.

Er stieg aus, trat auf den Bürgersteig und blickte zum Himmel auf. »Okay«, sagte er sarkastisch. »Und jetzt?«

Die Frau, die aus dem Tor neben der Kirche trat, hatte eine schwache weiße Aura, wie ein Geist. Sie erblickte Will und ging ein bißchen schneller. Auf ihrem Gesicht breitete sich ein Lächeln aus. Verdutzt starrte Will sie an. Sie reichte ihm gerade bis zur Schulter, und an ihrem Skalp klebte verkrustetes Blut. Sie kam auf ihn zu, bis sie nur noch Zentimeter von ihm entfernt war, und schaute auf den Bluterguß über seinem Auge. Sie streckte die Hand aus, diese Frau, die Will noch nie gesehen hatte, und strich mit den Fingern über sein Gesicht. Noch nie hatte er so etwas gespürt: Die Berührung war ruhiger als ein Atemzug. »Du auch?« flüsterte sie, dann verdrehte sie die Augen und sank zu Boden.

Will fing sie auf und setzte sie auf den Beifahrersitz seines Pickups. Als sie sich zu rühren begann, rutschte er so weit wie möglich an die Fahrertür, denn er war sicher, daß sie schreien würde, wenn sie in dem Auto eines Fremden zu sich kam. Aber sie schlug nur die Augen auf und lächelte so freundlich, daß Will ihr Lächeln unwillkürlich erwiderte.

»Ist alles in Ordnung?« fragte er.

Sie schluckte, fuhr sich mit der Hand übers Haar und strich es aus ihrem Gesicht. »Ich glaube schon«, sagte sie. »Haben Sie lang gewartet?«

Sie klang, als würde sie ihn schon ewig kennen. Will mußte grinsen. »Nein«, antwortete er, »ich bin bloß zufällig vorbeigekommen.« Er sah sie kurz an. »Hören Sie«, sagte er, »wenn Sie auf jemanden warten, kann ich bei Ihnen bleiben, bis er da ist.«

Die Frau erstarrte. »Sie kennen mich nicht?« Will schüttelte den Kopf. »O Gott.« Sie rieb sich die Augen. »Gott.« Unter Tränen sah sie zu ihm auf. »Damit wären wir zu zweit.«

Will fragte sich, in was er da reingeraten war – saß hier in seinem Auto mit einer Frau, die entweder verrückt war oder so high, daß sie nicht klar denken konnte. Er lächelte zögernd und wartete darauf, daß sie in die Wirklichkeit zurückfand. »Sie meinen, Sie kennen mich auch nicht.«

»Ich meine, ich kenne *mich* nicht«, flüsterte die Frau.

Will blickte aufmerksam in ihre klaren Augen und dann auf die verklebte Platzwunde über der Schläfe. *Amnesie*, dachte er. »Sie wissen Ihren Namen nicht mehr?« Automatisch begann er mit der Routinebefragung, die man ihm bei der Stammespolizei in South Dakota beigebracht hatte. »Können Sie sich daran erinnern, was Ihnen zugestoßen ist? Wie Sie hierhergekommen sind?«

Die Frau senkte den Blick. »Ich kann mich an gar nichts erinnern«, sagte sie tonlos. »Wahrscheinlich sollte ich zur Polizei gehen.«

Sie sagte das, als habe sie ein Kapitalverbrechen begangen. Will mußte lächeln. Er konnte sie in die Stadt zur Academy bringen, der Zentrale des Los Angeles Police Department. Selbst wenn sein Name noch nicht offiziell auf dem Dienstplan stand, konnte er bestimmt ein paar Fäden ziehen: die Vermißtenlisten durchgehen, nachsehen, ob tatsächlich jemand nach ihr suchte. Er rutschte auf seinem Sitz herum und verzog das Gesicht, weil Schmerz durch seine Schläfe schoß. Er mußte an den blonden Polizisten in Beverly Hills denken und fragte sich, ob sie am Montag wohl alle so wären.

»Ich *bin* die Polizei«, sagte Will ruhig. Und noch während er die Worte aussprach, ahnte er, daß er diese Frau nicht zum Police Department bringen würde – nicht nach dem, was ihm vorhin passiert war, nicht gleich jedenfalls.

Ihre Augen wurden schmal. »Haben Sie eine Marke?«

Will schüttelte bedächtig den Kopf. »Ich bin eben erst hergezogen. Ich wohne in Reseda. Ich fange morgen an.« Er fing ihren Blick auf. »Ich werde mich um Sie kümmern«, sagte er. »Vertrauen Sie mir?«

Sie ließ den Blick über das scharf gezeichnete Gesicht und das schwarze Haar wandern, in dem das Licht spielte. Niemand sonst war gekommen. Doch als er aufgetaucht war, war sie ohne Zögern zu ihm gelaufen. Bei jemandem, der sich nicht auf seine Vernunft, sondern nur auf seinen Instinkt verlassen konnte, hatte das bestimmt etwas zu sagen. Sie nickte.

Er streckte die Hand aus. »Ich bin William Flying Horse. Will.«

Sie lächelte. »Jane Doe.« Sie legte die Fingerspitzen in seine Handfläche, und bei dieser Berührung öffnete sich ihm mit einem Schlag diese fremde Stadt. Will mußte an das Lied der Eule denken und an dieses Geschenk, das ihm im wahrsten Sinn des Wortes in den Schoß gefallen war. Und als er die Frau wieder anschaute, spürte er, daß sie von nun an irgendwie zu ihm gehörte.

2

Oktober ließ sie jedesmal aus. Sie sollte die Monate in umgekehrter Reihenfolge aufsagen, so wollte es der Arzt in der Notaufnahme, aber sie sprang immer wieder von November zu September. Sie wurde rot und sah zu dem Mann auf, der sie untersuchte. »Es tut mir leid«, sagte sie. »Ich versuche es noch mal.«

Vom anderen Ende des Zimmers, wo er seit zehn Minuten zuschaute, kam Will aus seiner Ecke geschossen. »Himmel«, explodierte er. »Mir fehlt überhaupt nichts, und selbst *ich* würde dabei durcheinanderkommen.« Wütend funkelte er den Arzt an. Er hatte die Frau zur Notaufnahme gebracht, weil das der korrekten polizeilichen Vorgehensweise entsprach, wenigstens in South Dakota, aber jetzt kamen ihm Zweifel. Will kam es so vor, als machten sie diese dämlichen Übungen nur noch verrückter.

»Sie hat in den vergangenen Stunden mindestens zweimal das Bewußtsein verloren«, erklärte der Arzt leidenschaftslos. Er hielt ihr einen Füller vor die Nase. »Was ist das?«

Sie verdrehte die Augen. Sie war schon gefragt worden, wo sie sich befand, welcher Tag heute war, wie der Präsident hieß. Sie hatte in Dreierschritten vorwärts und rückwärts gezählt und eine kurze Liste von Obst- und Gemüsesorten auswendig gelernt. »Das ist ein Füller.«

»Und das?«

»Eine Füllerkappe.« Sie warf Will einen Blick zu und grinste. »Oder doch eine Kuh?« Als der Doktor sie mit großen Augen ansah, lachte sie. »Das war ein *Witz*«, beschwichtigte sie ihn. »Nur ein kleiner Witz.«

»Sehen Sie?« sagte Will. »Sie kann Witze machen. Es geht ihr gut.« Er verschränkte die Arme. Er fühlte sich nicht wohl. Krankenhäuser machten ihn nervös, seit er neun Jahre alt gewesen und sein Vater in einem gestorben war. Drei Tage nach dem Autoun-

22

fall, seine Mutter war schon begraben, hatte Will mit seinem Großvater im Krankenhaus gesessen und darauf gewartet, daß sein Vater wieder zu sich kam. Stundenlang hatte er auf die schlaffe braune Hand seines Vaters gestarrt, die sich scharf gegen das weiße Laken, das weiße Licht und die weißen Wände abhob. Und er hatte gewußt, daß es nur eine Frage der Zeit war, bis sein Vater sich zu jenem Ort aufmachen würde, wo er hingehörte.

»Also gut.« Der Tonfall des Arztes ließ Jane wie auch Will aufhorchen. »So wie es aussieht, haben Sie eine leichte Gehirnerschütterung, sind aber schon wieder auf dem Weg der Besserung. Wahrscheinlich werden die älteren Erinnerungen vor den neueren wiederkommen. An die paar Minuten vor und nach dem Schlag werden Sie sich vielleicht nie erinnern.« Er sah Will an. »Und Sie sind...?«

»Officer William Flying Horse, Los Angeles Police Department.«

Der Arzt nickte. »Erklären Sie den Leuten, die sie abholen, daß sie die Nacht über beobachtet werden sollte. Sie sollen sie alle paar Stunden wecken und ihre Reaktion testen; Sie wissen schon, sie fragen, wer sie ist, wie sie sich fühlt und so weiter.«

»Einen Moment«, sagte Jane. »Wie lange wird es dauern, bis ich mich erinnere, wer ich bin?«

Der Arzt lächelte zum ersten Mal, seit er vor einer Stunde mit der Untersuchung begonnen hatte. »Das weiß ich nicht. Vielleicht ein paar Stunden; vielleicht ein paar Wochen. Aber bestimmt wartet Ihr Mann schon in der Stadt auf Sie.« Er schob den Stift zurück in die Jackentasche und tätschelte ihr die Schulter. »Er wird Sie im Nu über alle Einzelheiten aufklären.«

Der Arzt öffnete die Tür des Untersuchungsraums und marschierte mit wehendem Kittel hinaus.

»Mann?« fragte sie. Sie starrte auf ihre linke Hand und betrachtete den schlichten Reif mit den Diamanten, in denen sich das Neonlicht brach. »Wie konnte ich das bloß übersehen?«

Will zuckte mit den Achseln. Ihm war der Ring genausowenig aufgefallen. »Können Sie sich an ihn erinnern?«

Jane schloß die Augen und versuchte, ein Gesicht, eine Geste, vielleicht eine Stimme heraufzubeschwören. Sie schüttelte den Kopf. »Ich *fühle* mich nicht verheiratet.«

Will lachte. »Nun, wahrscheinlich würde jede zweite Ehefrau in Amerika alles für so einen Schlag auf den Kopf geben.« Er ging zur Tür und hielt sie ihr auf. »Kommen Sie.«

Den ganzen Weg zum Parkplatz spürte er sie einen Schritt hinter sich. Als sie am Pick-up angekommen waren, schloß er ihre Tür zuerst auf und half ihr beim Einsteigen. Er ließ den Motor anspringen und schnallte sich an, bevor er zu sprechen begann. »Also, wenn Ihr Mann Sie sucht, kann er Sie erst nach vierundzwanzig Stunden als vermißt melden. Wir können gleich auf die Wache fahren, wenn Sie das möchten, oder wir können morgen früh hinfahren.«

Sie starrte ihn an. »Warum wollen Sie mich nicht zur Polizei bringen?«

»Wie meinen Sie das?«

»Sie wollen sich davor drücken«, bemerkte Jane. »Das höre ich Ihnen an.«

Will schaute starr geradeaus und legte den Rückwärtsgang ein. »Da haben Sie sich verhört.« Ein Muskel zuckte in seiner Wange. »Sie haben die Wahl.«

Sie betrachtete sein Profil, eine gemeißelte Silhouette. Sie fragte sich, womit sie ihn so verärgert hatte. Zumindest im Augenblick war er ihr einziger Freund. »Ich glaube, ich sollte mich erst ein bißchen ausruhen«, meinte sie bedächtig, »vielleicht fällt mir ja alles wieder ein, wenn ich aufwache. Vielleicht sieht dann alles anders aus.«

Will sah sie an, registrierte das Beben und die Hoffnung in ihrer Stimme. Obwohl er diese Frau überhaupt nicht kannte, obwohl sie *ihn* überhaupt nicht kannte, legte sie ihr Schicksal in seine Hand. So viel hatte man ihm noch nie anvertraut. »Vielleicht«, sagte er.

Jane war wieder eingeschlafen, als sie das Haus in Reseda erreichten. Will trug sie durch die Wohnung ins Schlafzimmer, legte sie auf die unbezogene Matratze und deckte sie mit der einzigen Decke zu, die er bislang ausgepackt hatte. Er zog ihr die Schuhe aus, aber nicht mehr. Sie war die Frau eines anderen Mannes.

In einem Kurs über Stammeskultur, den Will auf dem Oglala Community College hatte belegen müssen, um seinen Abschluß zu bekommen, hatte man Will erzählt, welche Strafe die Sioux in den Tagen des Büffels einer Ehebrecherin zugedacht hatten. Will war entsetzt gewesen: Wenn die Frau mit einem anderen Mann davongelaufen war, hatte der Gatte das Recht, ihr die Nasenspitze abzuschneiden und sie dadurch bis an ihr Lebensende zu zeichnen. Für Will schien das in krassem Widerspruch zu allem zu stehen, was er über die Sioux wußte. Schließlich war ihnen die Vorstellung, Land zu besitzen, unbegreiflich. Sie glaubten daran, Freunden im Unglück mit Geld, Essen und Kleidern zu helfen, selbst wenn das bedeutete, daß sie sich dadurch selbst in Armut stürzten. Und doch betrachteten sie eine Ehefrau als Besitz, den Ehemann als Besitzer.

Er beobachtete die schlafende Jane. In gewisser Hinsicht beneidete er sie. Sie hatte ihre Vergangenheit so leicht abstreifen können – während Will darum kämpfen mußte, die eigene Geschichte aus seinem Gedächtnis zu streichen.

Will legte einen Finger auf Janes Kragen, wo Blut eingetrocknet war. Er würde kaltes Wasser holen und den Fleck einweichen. Er strich ihr das Haar aus der Stirn und betrachtete ihr Gesicht. Sie hatte ganz gewöhnliches braunes Haar, eine kleine Nase, ein energisches Kinn. Sommersprossen. Sie war nicht die atombusige Blondine seiner Jugendträume, aber sie war auf schlichte Weise hübsch. Bestimmt hatte jemand schon Himmel und Hölle in Bewegung gesetzt, um sie zu finden.

Er nahm die Hand von ihrem Hals, weil er einen Waschlappen holen wollte, aber plötzlich schoß ihre Hand hoch, und ihre Finger schlossen sich mit Lichtgeschwindigkeit um sein Handgelenk. *Lieber Himmel*, dachte er, *Reflexe wie ein Puma*. Sie schlug die Augen auf und sah sich gehetzt um wie ein Tier in der Falle. »Psst«, flüsterte Will beruhigend. Als er vorsichtig die Hand aus ihrem Griff zu befreien versuchte, ließ Jane ihn los. Sie legte die Stirn in Falten, als wisse sie nicht genau, warum sie ihn festgehalten hatte.

»Wer *sind* Sie?« fragte sie.

Will ging an die Tür und machte das Licht aus. Er schaute weg, weil sie sein Gesicht nicht sehen sollte. »Das wollen Sie nicht wirklich wissen«, sagte er.

Wills früheste Erinnerung hatte damit zu tun, wie er seinen Vater aus dem Gefängnis abgeholt hatte.

Er war drei, und er wußte noch genau, wie seine Mutter ausgesehen hatte, als sie vor dem Sheriff gestanden war. Groß und stolz und sehr, sehr blaß, selbst in dem schummrigen Licht. »Da liegt ein Mißverständnis vor«, sagte sie. »Mr. Flying Horse ist bei mir angestellt.«

Will verstand nicht, warum seine Mutter behauptete, daß sein Vater für sie arbeitete, obwohl sie doch wußte, daß er für Mr. Lundt auf der Ranch arbeitete. Er verstand auch nicht, was ein »tätlicher Angriff« sein sollte, und er glaubte, daß man mit einer »Körperverletzung« eher ins Krankenhaus als ins Gefängnis kam. Der Sheriff, ein Mann mir rosigem Blumenkohlgesicht, sah Will scharf an und spuckte dann genau vor seine Füße. »Kein Mißverständnis, Ma'am«, widersprach der Sheriff. »Sie kennen diese gottverdammten Indianer.«

Das Gesicht seiner Mutter erstarrte zu Stein, und sie zückte ihre Börse, um die Strafe zu bezahlen, die man seinem Vater auferlegt hatte. »Lassen Sie ihn raus«, zischte sie, und der Sheriff drehte sich um und verschwand in einem Gang. Will sah ihn kleiner werden; jedesmal, wenn er an einem Fenster vorbeikam, blinkte die Pistole an seiner Hüfte.

Wills Mutter ging neben ihm in die Hocke. »Glaub ihm kein Wort«, erklärte sie. »Dein Vater wollte nur helfen.«

Jahre später erfuhr er, daß Zachary Flying Horse in einer Bar gewesen war, als es zu einem Zwischenfall kam. Eine Frau war von zwei Kerlen belästigt worden, und als Zachary sich einmischte, waren die beiden auf ihn losgegangen. Die Frau war weggelaufen, und als die Polizei kam, stand Zacks Wort gegen das von zwei Weißen.

Zachary kam hinter dem Sheriff aus dem Gefängnisgang. Er rührte seine Frau nicht an. »Missus«, sagte er ernst. »Will.« Er nahm den Jungen auf die Schultern und trug ihn hinaus in die heiße Sonne Dakotas.

Sie gingen einen halben Block weit, ehe Wills Vater ihn von seinen Schultern hob und seine Mutter an sich drückte. »O Anne«, seufzte er in ihr Haar. »Es tut mir so leid, daß du das mitmachen mußt.«

Will zupfte seinen Vater am Flanellhemd. »Was hast du denn *getan*, Pa?«

Zack nahm Will an der Hand und ging weiter. »Ich wurde geboren«, sagte er.

Die Nachricht, die Will ihr hinterlassen hatte, war unmöglich zu übersehen: Sie lag mitten auf dem Toilettendeckel neben einem frischen Handtuch, Zahnpasta, einem Zwanzigdollarschein und einem Schlüssel. *Jane, ich bin in der Arbeit. Ich werde mich nach Ihrem Mann umhören, und ich werde versuchen, Sie später anzurufen. Der Kühlschrank ist leer, wenn Sie also Hunger haben, müssen Sie zum Supermarkt (3 Blocks nach Osten). Hoffentlich geht es Ihnen besser. Will.*

Sie putzte sich die Zähne mit dem Finger und las die Nachricht noch einmal. Er hatte nicht geschrieben, was sie tun sollte, wenn sie aufwachte und ihren Namen und ihre Adresse wieder wußte. Nicht daß das einen Unterschied gemacht hätte, da sie sich immer noch an nichts erinnerte. Wenigstens hatte sie Glück im Unglück gehabt. Die Chance, auf dem Sunset Boulevard einem Drogensüchtigen oder einem Zuhälter in die Arme zu laufen, war wesentlich größer, als an jemanden von außerhalb zu geraten – noch dazu jemanden, der einer Fremden seinen Hausschlüssel und zwanzig Dollar überließ, ohne irgendwelche Fragen zu stellen oder irgendeine Gegenleistung zu erwarten.

Ihre Augen leuchteten auf. Sie *konnte* sich revanchieren; sie konnte für ihn auspacken. Ihr Einrichtungsgeschmack entsprach vielleicht nicht dem seinen – tatsächlich hatte sie keine Ahnung, was für einen Geschmack sie hatte –, aber bestimmt fand er es nett, wenn er heimkam und die Töpfe und Pfannen eingeräumt waren und die Handtücher im Schrank lagen.

Voller Eifer machte Jane sich an die Arbeit, Wills Haus aufzuräumen. Sie räumte die Küche und das Bad und den Putzschrank ein, aber erst als sie sich ans Wohnzimmer wagte, mußte sie wirklich kreativ werden. Dort lagen, in zwei Kisten verpackt und sorgfältig mit Zeitungspapier umwickelt, verschiedenste indianische Artefakte. Sie packte erst wunderschöne, mit Stachelschweinborsten bestickte Mokassins aus, dann eine lange, gegerbte und mit Jagdszenen bemalte Tierhaut. Sie stieß auf einen aufwendig gearbeiteten Quilt und einen Fächer aus Federn und ein rundes, perlenbesetztes Medaillon. Ganz unten in der Kiste lag ein kleiner, mit Perlen und bunten Federn besetzter Lederbeutel, auf den ein laufendes Pferd gemalt war. Er war mit einer Sehne zugebunden, und obwohl sie sich alle Mühe gab, schaffte sie es nicht, den Beutel zu öffnen und hineinzuschauen.

Sie wußte nicht, wozu die meisten dieser Objekte dienten, aber sie behandelte alles mit äußerster Vorsicht. Langsam wurde ihr Will vertrauter. Sie sah die nackten Wände an und dachte: *Wenn ich weit fort wäre, würde ich etwas haben wollen, was mich an zu Hause erinnert.*

Niemand hatte sich auf der Academy nach einer Vermißten erkundigt. Will verbrachte den Tag damit, vom Captain anderen Kollegen im Police Department vorgestellt zu werden, seine Marke abzuholen und die Formalitäten zu erledigen. Als er seine Waffe ausgehändigt bekam, fragte der Beamte, der seine Personalien aufnahm, ob er nicht lieber einen Tomahawk wolle; sein neuer Partner fand es wahnsinnig komisch, ihn Crazy Horse zu nennen, aber das war nichts Neues für Will. Dem Beamten, der ihm ein blaues Auge geschlagen hatte, begegnete er nicht; Beverly Hills war allerdings ein eigener Bezirk. Als ihn ein paar kichernde Sekretärinnen fragten, wie er zu dem Bluterguß gekommen sei, zuckte er die Achseln und sagte, ihm sei jemand in die Quere gekommen.

Es war schon vier Uhr vorbei, als er sich endlich ein Herz faßte und an die Tür seines neuen Captains klopfte, um ihm von Jane zu erzählen. »Kommen Sie rein«, sagte Watkins und winkte Will zu sich. »Na, finden Sie sich schon zurecht?«

Will schüttelte den Kopf. »Es ist anders hier.«

Watkins grinste. »In South Dakota sind wir hier jedenfalls nicht«, meinte er. »Ein paar Verkehrsvergehen von irgendwelchen Filmstars, ein Drogeneinsatz, und schon sind Sie ein alter Hase.«

Will rutschte auf seinem Stuhl herum. »Ich wollte mit Ihnen über einen Vermißtenfall sprechen«, sagte er. »Eigentlich wollte ich wissen, ob –« Er verstummte und rieb sich mit den Händen über die Schenkel, um Haltung zu bewahren. Es gab keinen

Königsweg, die Tatsache zu erklären, daß er die Bestimmungen umgangen hatte; Jane hätte eigentlich schon längst auf dem Revier sein und fotografiert werden müssen. »Ich habe gestern abend eine Frau gefunden, die unter Amnesie leidet. Wir sind ins Krankenhaus gefahren, aber weil es schon so spät war, habe ich sie nicht gleich hergebracht.« Will sah den Captain an. »Ist Ihnen irgendwas darüber zu Ohren gekommen?«

Der Ältere schüttelte bedächtig den Kopf. »Da Sie noch nicht im Dienst waren«, erklärte er, »werde ich Ihnen keine Vorhaltungen machen. Aber sie muß aufs Revier kommen und befragt werden.« Watkins musterte Will nachdenklich, und Will begriff, daß er den Captain gegen sich eingenommen hatte, auch wenn er ihm scheinbar vergeben hatte. »Vielleicht steht ihr Gedächtnisverlust in Zusammenhang mit einem Verbrechen.« Watkins schaute Will scharf an. »Ich nehme an, Sie wissen, wo sie sich aufhält. Ich schlage vor, Sie bringen sie so schnell wie möglich her.«

Will nickte und ging zur Tür. »Und, Officer«, rief Watkins ihm nach, »von jetzt an halten Sie sich an die Spielregeln.«

Den ganzen Weg zurück nach Reseda zerrte Will an seinem Uniformkragen. Das verdammte Hemd erwürgte ihn noch. Er würde es keine Woche lang tragen können. Als er in seine Straße einbog, fragte er sich, ob Jane eingefallen war, wie sie hieß. Er fragte sich, ob sie immer noch da war.

Sie empfing ihn an der Tür in einem seiner weißen Sonntagshemden, das sie an der Taille zusammengeknotet hatte, und in seinen Joggingshorts. »Und – sucht jemand nach mir?« fragte sie.

Will schüttelte den Kopf, trat ins Haus und blieb wie erstarrt stehen. Er überblickte die ordentlich aufgestapelten, leeren Kisten und die Zeugnisse seiner Herkunft, die für jeden deutlich sichtbar an den Wänden hingen.

Der Zorn kam so schnell, daß er ihn nicht mehr verbergen konnte. »Wer zum Teufel hat Ihnen erlaubt, in meinen Sachen zu wühlen?« brüllte er und stampfte über den Teppich in die Wohnzimmermitte. Er wirbelte herum, um Jane mit seinem Blick festzunageln – und sah sie dicht an die Wand gekauert und die Hände über den Kopf erhoben, als müsse sie einen Schlag abwehren.

Sein Zorn war wie weggeblasen. Er blieb ruhig stehen und wartete, bis er wieder klar sehen konnte. Er sagte kein Wort.

Jane senkte die Arme und stand steif auf, aber sie schaute Will nicht in die Augen. »Ich wollte Ihnen für alles danken, und so schien es mir am besten.« Ihre Augen wanderten über die Wand, wo der kleine Lederbeutel neben der gemalten Jagdszene hing. »Ich könnte ja alles umhängen, wenn Sie die Sachen lieber anderswo haben wollen.«

»Ich will sie nirgendwo haben«, knurrte Will und nahm die Mokassins vom Kaminsims. Er zog einen leeren Karton heran und begann, die Sachen hineinzuschleudern.

Jane kniete sich neben die Kiste und versuchte, die zerbrechlichen Stücke so zu stapeln, daß sie nicht zerdrückt wurden. Sie mußte vorsichtig sein; sie mußte es richtig machen. Sie strich mit den Fingern über die Federn des kleinen Lederbeutels. »Was ist das?«

Will warf kaum einen Blick auf das Ding in ihrer Hand. »Ein Medizinbündel«, sagte er.

»Was ist darin?«

Will zuckte mit den Achseln. »Die einzigen, die das wissen, sind mein Ururgroßvater und sein Schamane, und die sind beide tot.«

»Es ist schön«, sagte Jane.

»Es ist nutzlos«, schoß Will zurück. »Es soll den Träger beschützen, aber mein Ururgroßvater wurde von einem Büffel aufgespießt.« Er drehte sich um, sah, wie Janes Finger das Bündel betasteten, und seine Miene entspannte sich, als sie zu ihm aufschaute. »Es tut mir leid«, sagte er. »Ich wollte nicht so explodieren. Ich will bloß nicht, daß dieses Zeug hier an der Wand hängt, wo ich es ständig sehen muß.«

»Ich dachte, es würde Ihnen gefallen, etwas zu haben, was Sie an Ihre Herkunft erinnert«, erklärte Jane.

Will ließ sich auf den Boden sinken. »Genau davor bin ich *weggelaufen*«, gestand er. Er seufzte, fuhr sich mit der Hand durchs Haar und versuchte das Thema zu wechseln. »Wie geht es Ihnen?«

Sie blinzelte, weil ihr erst jetzt auffiel, daß er ein blaues Polizeihemd mit dem Abzeichen am Oberarm trug. »Sie tragen eine Uniform«, platzte sie heraus.

Will schmunzelte. »Was haben Sie denn erwartet – Feder-schmuck?«

Jane stand auf und reichte Will die Hand, um ihn hochzuziehen. »Mir ist wieder eingefallen, wie man kocht«, sagte sie. »Möchten Sie was essen?«

Es gab Brathähnchen, Bohnen und Ofenkartoffeln. Will trug das Tablett ins Wohnzimmer, wo er es auf dem Boden abstellte, wählte für jeden ein Bruststück und legte das Fleisch auf zwei Teller. Er erzählte ihr von seinem ersten Arbeitstag, und sie er-zählte ihm, wie sie sich auf dem Weg zum Supermarkt verlaufen hatte. Die Sonne blutete durch die Fenster und umriß ihre schwar-zen Silhouetten, während sich ein entspanntes Schweigen breit-machte.

Will pickte mit den Fingern in den Hähnchenresten und nagte die Fleischreste von den Knochen. Plötzlich spürte er Janes Hand auf seiner. »Warten Sie, ich will ziehen«, sagte sie mit glänzenden Augen, und er merkte, daß er das Gabelbein in der Hand hielt.

Er zog, und sie zog. Immer wieder rutschten ihnen die weißen Knochen durch die fettigen Finger, bis er schließlich das größere Stück in der Hand hielt. Enttäuscht lehnte sich Jane an ein paar aufgestapelte Kisten. »Was haben Sie sich gewünscht?«

Er hatte sich ihr Gedächtnis zurückgewünscht, aber das verriet er ihr nicht. »Wenn man es verrät, erfüllt es sich nicht«, sagte er zu seiner Überraschung. Er lächelte Jane an. »Das hat meine Mutter immer gesagt. Sie war die letzte, die das mit mir gespielt hat.«

Jane zog die Knie an die Brust. »Lebt sie in South Dakota?«

Er hätte ihre Frage fast nicht gehört, so versunken war er in seine Erinnerung an das weiche Kinn seiner Mutter und den Glanz in ihrem Kupferhaar. Im Geist sah er ihre Hand und seine an den beiden Enden des Gabelbeins einer Hühnerbrust: er hätte gern gewußt, ob sich ihre Wünsche jemals erfüllt hatten. Will sah auf. »Meine Mutter starb, als ich neun war, zusammen mit meinem Vater bei einem Autounfall.«

»O wie schrecklich«, entfuhr es Jane, und Will war verblüfft, wie bedrückt sie klang, wo es doch um eine Fremde ging.

»Sie war eine Weiße«, hörte er sich sagen. »Nach dem Unfall lebte ich bei den Eltern meines Vaters im Reservat.«

Sobald er zu sprechen begann, griff Jane auf den Servierteller und zog ein paar Knochen aus dem Haufen, den Will dort abgelegt hatte. Sie leerte sie auf ihren Teller und schob sie dort scheinbar vollkommen geistesabwesend herum. Plötzlich schaute sie auf und lächelte ihn an. »Erzählen Sie weiter«, bat sie. »Erzählen Sie mir, wie sich Ihre Eltern getroffen haben.«

Will hatte diese Geschichte schon oft erzählt, weil sie sich so warm um die Herzen der Frauen schmiegte, daß sie danach wie von selbst in sein Bett purzelten. »Meine Mutter war Lehrerin im Ort Pine Ridge, und mein Vater sah sie eines Tages, als er für seinen Boß auf der Ranch Futter besorgte. Und weil sie eine Weiße war und er ein Lakota, wußte er nicht, warum sie ihn so anzog, und noch weniger, was er tun sollte.« Wie hypnotisiert beobachtete er Janes Hände, die zwei Knochen zusammendrückten. »Jedenfalls gingen sie ein paarmal aus, und dann kamen die Sommerferien, und sie meinte, daß ihr alles viel zu schnell gehe. Also verschwand sie einfach, ohne meinem Vater zu verraten, wohin.«

Jane legte fünf Knochen säuberlich nebeneinander am Tellerrand ab. »Ich höre zu«, sagte sie.

»Ich weiß, es klingt blöd, aber mein Vater sagte, er sei damals die Zäune abgeritten, und da hätte er es einfach *gewußt*. Also machte er sich mitten am Tag auf, Richtung Nordnordwesten, auf einem geliehenen Pferd und ohne eine Ahnung zu haben, wohin er eigentlich ritt.«

Jane schaute auf, und ihre Hände kamen zur Ruhe. »Hat er sie gefunden?«

Will nickte. »Ungefähr fünfunddreißig Meilen entfernt in einem Restaurant, wo sie auf eine Freundin wartete, die sie dort abholen und heim nach Seattle fahren sollte. Mein Vater setzte sie vor sich auf das Pferd und wickelte seine Satteldecke um sie beide.«

Will hatte diese Geschichte als Kind so oft gehört, daß er auch jetzt noch die Stimme seiner Mutter und nicht sich selbst hörte. *»So haben sich vor vielen Jahren die Menschen aus meinem Volk verliebt«, erklärte mir dein Vater, und er zog die Decke so fest, daß wir unseren Herzschlag teilten. »Ich wäre nachts zu dir gekommen, und wir hätten in dieser Decke draußen gesessen, und die Sterne wären Zeugen gewesen, wenn ich dir erklärt hätte, daß ich dich liebe.«*

»Mein Gott«, seufzte Jane. »Das ist das *Romantischste*, was ich je gehört habe.« Sie zog die nächste Handvoll Knochen von dem Tablett zwischen ihnen. »Ist Ihre Mutter mit ihm zurückgeritten?«

Will lachte. »Nein, sie fuhr nach Seattle. Aber sie hat ihm den ganzen Sommer über Briefe geschrieben, und ein Jahr später haben sie geheiratet.«

Jane lächelte und wischte sich die Hände an einer Serviette ab. »Wieso wird das heute nicht mehr so gemacht? Heute fummelt man auf der High-School hinten in einem Sedan herum und hält sich für verliebt. Niemand wird mehr vom Sturm der Leidenschaft hinweggefegt.« Kopfschüttelnd stand sie auf, um die Teller hinauszutragen. Sie hob den fast leeren Servierteller hoch und ließ ihn dann fallen, hörte ihn klirren und das Fett spritzen.

Auf ihrem Teller hatte sie das Skelett des Hühnchens ausgelegt.

Die Knochen waren sorgfältig aneinandergefügt, an manchen Stellen sogar wieder in die Gelenke gedrückt. Die Flügel waren säuberlich an die Rippen angelegt; die kräftigen Beinknochen nach hinten gestreckt.

Sie preßte sich die Hand auf die Stirn, als ein Strom von Fachbegriffen und Bildern ihr Gehirn überschwemmte: der schlanke Armknochen eines Ramapithecus, eine Backenzahnreihe und Schädelfragmente, grüne Zelte in Äthiopien, unter denen Tische mit Hunderten von katalogisierten Knochen standen. Biologische Anthropologie. Sie hatte ganze Monate auf Ausgrabungen verbracht, in Kenia und Budapest und Griechenland, hatte die Menschheitsgeschichte zurückverfolgt. Es war ein so wesentlicher Teil ihres Lebens, daß es erschreckend war, wie ein Schlag auf den Kopf ihn auslöschen konnte.

Vorsichtig berührte sie den Oberschenkelknochen des rekonstruierten Hähnchens. »Will«, sagte sie, und als sie aufsah, strahlten ihre Augen. »Ich weiß, was ich arbeite.«

3

Jane hatte Will besser gefallen, bevor sie sich daran erinnert hatte, daß sie Anthropologin war. Immer wieder versuchte sie ihm ihr Fachgebiet zu erklären. Die Anthropologie, sagte sie, erforsche, wie der Mensch sich in seine Umgebung einfügt. Soviel verstand er, aber was sie sonst noch erzählte, war für ihn nur Kauderwelsch. Während sie Montag abend zur Polizeizentrale fuhren, gab sie ihm einen kurzen Abriß über die besten Methoden, ein Skelett auszugraben. Als Watkins sie befragte, meinte sie, bis jemand sie abholen käme, könne sie gern bei der Gerichtsmedizin aushelfen. Und jetzt, am Morgen darauf, versuchte sie, während Will sich durch eine Schale Corn-flakes schaufelte, ihm die Evolution des Menschen zu erläutern.

Sie zog Linien über ihre Serviette und benannte jede einzelne Abzweigung. Will ahnte allmählich, warum ihr Mann sich nicht blicken ließ. »Das ist mir zuviel«, sagte er. »So früh am Morgen kann ich nicht mal rechnen.«

Jane ging nicht darauf ein. Als sie fertig war, seufzte sie und lehnte sich in ihrem Stuhl zurück. »Mein Gott, es tut so gut, etwas zu *wissen*.«

Will war der Meinung, daß es wahrscheinlich Wissenswerteres gab, aber das sagte er nicht. Er deutete auf einen Punkt auf der Serviette. »Warum sind sie ausgestorben?«

Jane runzelte die Stirn. »Sie konnten sich nicht in die Umwelt einfügen«, sagte sie.

Will schnaubte. »Ach ja? Kann ich meistens auch nicht.« Er griff nach seinem Hut und wollte gehen.

Janes Augen leuchteten auf, als sie ihn ansah. »Ich würde zu gern wissen, ob ich etwas wirklich Bedeutendes entdeckt habe, etwas wie das Lucy-Skelett oder diese Gletschermumie in den Tiroler Alpen.«

Will lächelte. Er stellte sich vor, wie sie im roten Wüstensand über einer Ausgrabungsstelle kauerte, ganz von ihrer Arbeit eingenommen. »Wenn Sie möchten, können Sie ja im Garten graben«, sagte er.

An jenem Dienstag morgen ließ die Polizei Janes Bild mit der Bitte um sachdienliche Hinweise in der L. A. Times abdrucken, und Jane erinnerte sich an die Entdeckung »ihrer« Hand.

Als Will gegangen war, machte sich Jane auf den Weg zur nächsten Stadtbücherei. Es war nur eine Zweigstelle, aber sie hatte eine kleine, gut sortierte Abteilung mit archäologischen und anthropologischen Büchern. Sie suchte sich das neueste Buch heraus, hockte sich an den polierten Tisch und begann zu lesen.

Die vertrauten Wörter riefen Bilder in ihrem Gedächtnis wach. Sie sah sich, wie sie in England, auf dem Land, neben einer offenen Grube kniete, in der wild durcheinander die Überreste einer archaischen Eisenzeitschlacht lagen. Sie erinnerte sich, Erde von den Knochen gebürstet zu haben; die Scharten auf einem Brustbein betastet zu haben, die von Lanzen und Pfeilspitzen geschlagen worden waren; an eine Wirbelsäule, die nur eine Enthauptung so sauber durchtrennt haben konnte. Sie hatte damals als Assistentin gearbeitet, entsann sie sich: die Fundstücke mit Tusche beschriftet, Tabletts voller Knochen zum Trocknen in die Sonne getragen.

Dann blätterte Jane um und sah »ihre« Hand. Genau wie damals, als sie sie in Tansania entdeckt hatte, versteinert in einer Schicht Sedimentgestein und einen steinernen Faustkeil umklammernd. Zu Hunderten hatten Anthropologen Tansania auf der Suche nach Überresten von den Steinwerkzeugen durchkämmt, zu deren Entwicklung die ersten Menschen ihrer Meinung nach intellektuell fähig gewesen waren. Sie war dem Beispiel ihrer Kollegen gefolgt und war nach Afrika gefahren, um eine vergessene Ausgrabungsstätte wieder zu öffnen.

Sie hatte gar nicht gesucht, als sie die Hand gefunden hatte. Sie hatte sich einfach nur umgedreht, und da lag sie, genau auf Schulterhöhe, so als habe sie die ganze Zeit nach ihr greifen wollen. Eine versteinerte Hand zu finden war ein außergewöhnlicher Glücksfall; dünne Knochen blieben nur selten erhalten. Damit Skelette versteinern konnten, durften weder Tiere noch Wasser, noch Erdbewegungen ihre Ruhe stören, und wenn Teile eines Skeletts verlorengingen, dann meistens die Extremitäten.

Noch während sie die Hand ausgrub, war ihr klar, daß sie damit den Durchbruch geschafft hatte. Sie hatte gefunden, wonach alle gesucht hatten. Säuberlich hatte sie den Faustkeil und die mehreren hundert Knöchelchen beschriftet, sie gereinigt und mit Kunstharz präpariert.

Jane widmete sich wieder dem Buch und las die Erläuterung neben dem Foto. *Diese Hominidenhand mit Faustkeil wird auf über 2,8 Millionen Jahre v. Chr. datiert und ist das damit älteste Beweisstück für die Verwendung von Steinwerkzeugen (Barrett u. a., 1990).*

Barrett. War das ihr Nachname? Oder hatte sie damals nur als Assistentin für jemanden gearbeitet, der ihre Entdeckung für sich beanspruchte? Sie schlug im Register nach, aber *Barrett* wurde nirgendwo sonst aufgeführt. In den anderen Büchern wurde die Hand nicht einmal erwähnt; dazu war der Fund zu neu.

Innerlich bebend ging sie zur Auskunftstheke und wartete, bis die Bibliothekarin von ihrem Computer aufsah. »Guten Tag«, sagte sie und ließ ihr strahlendstes Lächeln aufblitzen. »Können Sie mir vielleicht helfen?«

Als sie aufs Revier kam, kauerte Will an einem Schreibtisch, der viel zu klein für ihn schien, und wühlte in einem Stapel Papiere. »Polizeiberichte«, grummelte er. »Ich hasse diesen Scheiß.« Er schob die Blätter mit dem Arm beiseite und deutete auf einen Stuhl. »Haben Sie Ihr Bild schon gesehen?« Will hielt die Zeitung hoch.

Jane schnappte sie ihm aus der Hand und überflog den Text. »Guter Gott«, murmelte sie. »Das klingt, als sei ich ein Findelkind.« Sie warf die Zeitung auf den Schreibtisch. »Und Sie wurden mit Anrufen überschwemmt?«

Will schüttelte den Kopf. »Nur Geduld«, tröstete er sie. »Es ist noch nicht mal Mittag.« Er schob seinen Bürostuhl zurück und kreuzte die Füße auf der Schreibtischplatte. »Außerdem gewöhne ich mich langsam daran, Sie als Haushälterin zu haben.«

»Dann sollten Sie sich allmählich nach einem Ersatz umsehen«, sagte sie und schob ihm die Kopie der Buchseite zu. »Das ist meine Hand.«

Will setzte sich auf, warf einen Blick auf das verschwommene Bild und pfiff leise. »Für Ihr Alter haben Sie sich aber gut gehalten«, meinte er.

Jane riß ihm die Kopie wieder aus der Hand und strich sie an der Schreibtischkante glatt. »Ich habe diese Hand in Afrika entdeckt«, erklärte sie. »Vielleicht bin ich ja diese ›Barrett‹.«

Will zog die Brauen hoch. »*Sie* haben *das* entdeckt?« Er schüttelte ungläubig den Kopf. »Barrett, wie?«

Sie zog die Schultern hoch. »Ich bin mir noch nicht sicher. Vielleicht heißt auch nur der Wissenschaftler so, der die Ausgrabungen geleitet hat.« Sie deutete auf die Textstelle. »Ich könnte auch *(u. a.)* sein. Ich habe die Bibliothekarin dazu überredet, mir mehr Material zu besorgen.« Sie strahlte. »Morgen nachmittag müßte ich wissen, wer ich bin.«

Will lächelte sie an. Er fragte sich, was er wohl tun würde, wenn sie ihn allein ließ und in ihr eigenes Leben zurückkehrte. Er fragte sich, wie leer ihm sein Haus wohl vorkommen würde, wenn nur noch ein Mensch darin lebte, und ob sie ihn manchmal anrufen würde oder nicht. »Also«, sagte er, »dann sollte ich Sie wohl lieber Barrett nennen.«

Sie hielt inne und sah ihn an. »Ehrlich gesagt habe ich mich an Jane gewöhnt.«

Herb Silver war Frühaufsteher und hatte schon um sechs Uhr am Pool gefrühstückt: Tomatensaft, Grapefruitsaft und eine Havanna. Er blinzelte in die Sonne, schlug die *Times* auf und starrte auf das Bild auf Seite drei, bis ihm die Zigarre unbemerkt aus dem Mundwinkel ins flache Beckenende fiel. »Ach du Scheiße«, sagte er und zog das Funktelefon aus der Bademanteltasche. »Ach du große Scheiße.«

Für keinen anderen Schauspieler hätten sie die Dreharbeiten unterbrochen, aber er war einer der Produzenten und der Hauptdarsteller in Personalunion, und wenn sie Geld verschwendeten, dann wäre es seins. Er wischte sich mit dem Arm über die Stirn und verzog das Gesicht, als Schminke den Ärmel seines Samtwamses verschmierte. Es hatte verdammte zwanzig Grad in Schottland, aber der Ausstatter hatte im Rittersaal der Burg für die Dreharbeiten zu *Macbeth* hundert Fackeln aufstellen lassen. Logischerweise konnten sie keine Einstellung abfilmen, ohne daß ihm der Schweiß in die Augen lief.

Jennifer, seine verhuschte kleine Assistentin, stand mit dem Handy neben einer überzähligen Rüstung. Er nahm ihr das Telefon aus der Hand und entfernte sich ein paar Schritte von ihr und der *People*-Reporterin, die über die Dreharbeiten berichtete.

»Herb«, sagte er, immer noch mit Shakespeare-Akzent, »ich hoffe für dich, daß es wichtig ist.«

Er wußte, daß es sich um einen echten Notfall, eine Oscarnominierung oder ein phantastisches Angebot handeln mußte, wenn ihn sein Agent bei den Dreharbeiten anrief. Aber für den Oscar war er dieses Jahr bereits nominiert worden, und seine Rollen suchte er sich seit ewigen Zeiten selbst aus. Seine Finger umklammerten das Gerät fester, während er darauf wartete, daß das transatlantische Rauschen aufhörte.

»... Zeitung heute morgen, und da war sie ...«, hörte er.

»Was?« brüllte er. Die Techniker und Darsteller um ihn herum hatte er völlig vergessen. »Ich verstehe kein Wort!«

Herbs Stimme drang klar an sein Ohr. »Da ist ein Bild von deiner Frau in der *L. A. Times*, auf Seite drei«, sagte er. »Die Polizei hat sie aufgelesen. Sie weiß nicht mehr, wie sie heißt.«

»Herr im Himmel.« Sein Puls raste. »Was ist passiert? Ist alles in Ordnung mit ihr?«

»Ich habe es eben erst gelesen«, antwortete Herb. »Auf dem Bild sieht sie ganz okay aus. Ich wollte dich gleich anrufen.«

Er seufzte ins Telefon. »Unternimm nichts. Ich bin ...« – er hielt inne und rechnete kurz nach – »morgen früh um sechs da.« Plötzlich klang seine Stimme rauh. »Ich will der erste sein, den sie sieht«, sagte er.

Er schaltete den Apparat aus, ohne sich zu verabschieden, und begann Jennifer mit Anweisungen zu bombardieren. Über ihre Schulter hinweg rief er seinem Koproduzenten zu: »Jo, wir müssen die Dreharbeiten für eine Woche unterbrechen – mindestens.«

»Aber ...«

»Scheiß auf das Budget.« Er wollte sich schon auf den Weg zu seinem Wohnwagen machen, als er sich noch einmal umdrehte und Jennifer die Hand auf die Schulter legte. Sie hatte bereits den

Hörer am Ohr und versuchte, einen Flug zu buchen. Das Haar fiel ihr wie ein Vorhang ins Gesicht. Als sie den Kopf hob, schaute er sie an, und sie sah etwas in seinen faszinierenden Augen, das außer ihr nur wenige Menschen gesehen hatten: stille Verzweiflung. »Bitte«, sagte er leise. »Setz Himmel und Erde in Bewegung.«

Jennifer brauchte einen Augenblick, um in die Wirklichkeit zurückzufinden. Noch Sekunden, nachdem er gegangen war, spürte sie die Wärme seiner Hand auf ihrer Schulter; das Gewicht seiner Worte. Sie schaltete das Telefon wieder ein und begann zu wählen. Alex Rivers sollte bekommen, was Alex Rivers brauchte.

Am Mittwoch klingelte um sieben Uhr morgens das Telefon. Will schleppte sich in die Küche, ein Handtuch um die Hüfte gewickelt. »Ja?«

»Watkins. Gerade hat mich das Revier angerufen. Dreimal dürfen Sie raten, wer eben aufgetaucht ist.«

Will sank auf den Küchenboden, während um ihn herum die Welt in sich zusammenstürzte. »Wir sind in einer halben Stunde da.«

»Will?« Er hörte Watkins' Stimme wie aus weiter Ferne. »Mein Gott, Sie haben's wirklich drauf.«

Er wußte, er würde Jane wecken und ihr sagen müssen, daß ihr Mann erschienen war und sie zurückhaben wolle; er wußte, er würde sie auf der Fahrt zur Academy aufmuntern müssen, weil sie das von ihm erwartete; aber er glaubte nicht, daß er das fertigbringen würde. Die Gefühle, die Jane in ihm geweckt hatte, gingen weit über das hinaus, was einem schicksalhaften Zufall angemessen war. Es gefiel ihm zu wissen, daß sie ihre Sommersprossen unter Babypuder zu verstecken versuchte. Es gefiel ihm, wie sie beim Reden gestikulierte. Er liebte es, sie in seinem Bett liegen zu sehen. Er sagte sich, daß er einfach die gleichgültige Maske aufsetzen würde, die er die letzten zwanzig Jahre getragen hatte, und daß sein Leben innerhalb einer Woche wieder in den alten Bahnen verlaufen würde. Er sagte sich, daß es von Anfang an klar gewesen war. Und gleichzeitig sah er Jane vor sich, wie sie beim Schrei der Eule aus dem Friedhof gelaufen kam, und wußte, daß er für sie verantwortlich bleiben würde, auch nachdem sie ihn verlassen hatte.

Sie schlief auf der Seite, einen Arm über den Bauch gelegt. »Jane«, sagte er und berührte sie an der Schulter. Er beugte sich über sie und rüttelte sie sanft. Erschrocken stellte er fest, daß Kissen und Decke nicht mehr nach ihm, sondern nach ihr rochen. »Jane, aufstehen.«

Sie blinzelte ihn an und rollte sich auf den Rücken. »Ist es soweit?« fragte sie, und er nickte.

Er machte Kaffee, während sie duschte, falls sie etwas im Magen haben wollte, bevor sie sich auf den Weg machten, aber sie wollte lieber gleich los. Schweigend saß er neben ihr im Pick-up, während sich um ihn herum die Worte auftürmten, die er ihr eigentlich hätte sagen wollen. *Ich werde Sie vermissen*, hatte er sich zurechtgelegt. *Rufen Sie mal an. Falls irgendwas ist, dann wissen Sie ja, wo Sie mich finden können.*

Jane starrte mit glasigen Augen auf den Freeway; ihre Hände hatte sie im Schoß verkrampft. Sie sprach kein Wort, bis sie auf den Parkplatz vor dem Polizeigebäude einbogen. Und dann redete sie so leise, daß Will erst glaubte, sich verhört zu haben. »Glauben Sie, daß er mich mag?«

Will hatte erwartet, daß sie sich Gedanken darüber machte, ob sie sich an ihren Mann erinnern würde, sobald sie ihn wiedersah, oder wo sie wohl wohnte. Diese Frage hatte er nicht erwartet.

Er hatte keine Gelegenheit mehr, ihr zu antworten. Eine Horde von Reportern kam auf den Pick-up zugerannt. Sie ließen Kameras aufblitzen und riefen Fragen, die sich zu unverständlichem Lärm vermengten. Jane preßte sich in den Sitz. »Kommen Sie«, sagte Will und legte ihr den Arm um die Schultern. Er zog sie zur Fahrertür. »Bleiben Sie ganz dicht bei mir.«

Wer zum Teufel war sie? Selbst wenn sie diese Barrett war, diese Anthropologin, selbst wenn sie diese Hand entdeckt hatte, kam ihm dieser Medienrummel ein bißchen übertrieben vor. Will führte Jane die Stufen hinauf und in die Eingangshalle des Reviers. Die ganze Zeit spürte er ihren warmen Atem auf seinem Schlüsselbein.

Neben Captain Watkins stand Alex Rivers.

Will ließ seinen Arm von Janes Schultern sinken. *Alex Rivers*, verdammt noch mal. All die Reporter und Kameras hatten gar nichts mit Jane zu tun.

Wills Mundwinkel zuckte. Jane war mit dem berühmtesten

Filmstar Amerikas verheiratet. Und sie hatte das vollkommen vergessen.

Zuerst merkte sie nur, daß Will nicht mehr an ihrer Seite war. Einen Moment war sie überzeugt davon, allein nicht stehen zu können. Sie fürchtete sich davor, aufzustehen und sich all diesen Menschen zu stellen, aber irgend etwas hielt sie auf den Beinen, und sie mußte herausbekommen, was das war.

Sie hob den Kopf und wurde von Alex Rivers' Augen festgehalten.

Tabu.

»Cassie?« Er machte einen Schritt auf sie zu, dann noch einen. Unwillkürlich trat sie näher zu Will. »Erkennst du mich?«

Natürlich erkannte sie ihn; *jeder* kannte ihn, mein Gott, er war schließlich *Alex Rivers*. Sie nickte, und in diesem Augenblick wurde ihr bewußt, wie fehlerhaft ihre Wahrnehmung geworden war. Immer wieder verschwamm sein Gesicht vor ihren Augen wie eine sommerliche Luftspiegelung über heißem Asphalt. Mal schien er glänzend und überlebensgroß; dann kam er ihr wieder wie ein ganz normaler Mensch vor.

Einen winzigen Augenblick, bevor er die Hand nach ihr ausstreckte, vereinten sich Cassies Sinne in einer umfassenden Wahrnehmung. Sie spürte die Wärme, die seine Haut ausstrahlte, sah das Licht in seinen Haaren glänzen, hörte das Flüstern, das sie beide umhüllte und aufeinander zuschob. Sie roch den sauberen Sandelholzduft seiner Rasiercreme und die Stärke in seinem Hemd. Zaghaft legte sie die Arme um seinen Leib; sie wußte genau, wo ihre Finger auf die Muskeln in seinem Rücken treffen würden. *Die Anthropologin*, dachte sie, *erforscht, wie der Mensch sich in seine Umgebung einfügt.* Sie schloß die Augen und ließ sich in die vertrauten Empfindungen fallen.

»Mein Gott, Cassie, ich hatte ja keine Ahnung. Herb hat mich in Schottland angerufen.« Sein Atem strich über ihr Ohr. »Ich liebe dich, *pichouette*.«

Dieses Wort ließ sie zurückweichen. Sie sah zu ihm auf, zu diesem Mann, von dem jede Frau in Amerika träumte, und trat einen Schritt zurück. »Hast du ein Bild?« fragte sie leise. »Eins, das uns irgendwo zusammen zeigt?«

Sie fragte sich nicht, warum sie vor einigen Tagen, als sie nicht klar denken konnte, Will so vorbehaltlos vertraut hatte und warum sie jetzt einen Beweis wollte, bevor sie sich von Alex Rivers wegbringen ließ. Alex legte kurz die Stirn in Falten und zog dann sein Portemonnaie aus der hinteren Hosentasche. Er reichte ihr ein Hochglanzfoto, ein Hochzeitsbild.

Er war der Bräutigam, und sie war die Braut, ohne jeden Zweifel, und sie sah glücklich und sicher und behütet aus. Sie gab Alex das Bild zurück. Er steckte das Portemonnaie wieder ein und streckte ihr die Hand entgegen.

Sie starrte darauf.

Im Hintergrund hörte sie eine Sachbearbeiterin kichern. »Scheiße«, sagte die Frau, »wenn sie nicht will, gehe ich mit.«

Sie legte ihre Finger in Alex' Hand und beobachtete, wie sich seine Miene schlagartig aufhellte. Die senkrechte Sorgenfalte zwischen seinen Brauen glättete sich, die zusammengekniffenen Lippen entspannten sich zu einem Lächeln, und seine Augen begannen zu strahlen. Sie brachten den ganzen Raum zum Leuchten, und Cassie stockte der Atem. *Er will mich*, dachte sie. *Mich.*

Alex Rivers ließ ihre Hand los und legte seinen Arm um ihre Taille. »Wenn deine Erinnerung nicht zurückkommt«, flüsterte er ihr zu, »dann sorge ich eben dafür, daß du dich ganz von neuem in mich verliebst. Ich fliege mit dir nach Tansania und bringe deine ganzen Knochenfunde durcheinander, und du kannst eine Schaufel nach mir werfen...«

»Ich bin Anthropologin?« schrie sie.

Alex nickte. »So haben wir uns kennengelernt.«

Sie platzte fast vor Glück. Ihre Hand. Es war also doch *ihre* Hand; und wie durch ein göttliches Wunder schien Alex Rivers sie zu lieben und...

Will. Sie drehte sich um, sah ihn ein paar Schritte entfernt stehen und löste sich aus Alex' Arm. »Ich *bin* Anthropologin«, sagte sie lächelnd.

»Das habe ich gehört«, erwiderte er. »Wie wahrscheinlich halb L. A.«

Sie strahlte ihn an. »Tja. Vielen Dank.« Sie zog die Brauen hoch. »So ein Ende hätte ich bestimmt nicht erwartet.« Sie streckte erst die Hand aus und schlang ihm dann überschwenglich die Arme um den Hals. Will schaute über ihre Schulter und registrierte, wie Alex Rivers' Blick für einen Sekundenbruchteil eisig wurde.

Er löste Janes – Cassies – Arme und hielt sie fest, während er ihr heimlich den Zettel in die Hand drückte, auf den er seine Adresse und Telefonnummer geschrieben hatte. Er beugte sich vor und gab ihr einen Kuß auf die Wange. »Falls Sie jemals irgendwas brauchen«, flüsterte er, dann ließ er sie los.

Cassie stopfte den Zettel in die Jackentasche und dankte ihm noch einmal. Anscheinend lebte sie wie eine Märchenprinzessin. Was sollte sie schon brauchen?

Alex wartete geduldig am Eingang. Er nahm Cassies Gesicht in beide Hände. »Du weißt ja nicht...« Ihm versagte die Stimme. »Du weißt ja nicht, wie schrecklich es war, dich zu verlieren.«

Cassie starrte ihn an, nahm seine Angst in sich auf. Auch sie fürchtete sich, aber das schien plötzlich nebensächlich. Instinktiv lächelte sie Alex an. »Es war ja nicht lang«, beruhigte sie ihn leise. »Und ich war nicht weit weg.«

Cassie beobachtete, wie Alex' Schultern erleichtert herabsackten. Erstaunlich – sobald er sich beruhigte, fühlte sie sich ebenfalls besser.

Alex warf einen Blick hinaus auf die drängelnden Reporter. »Das wird ziemlich unangenehm werden«, entschuldigte er sich. Dann hakte er sich fest bei ihr ein und schob die schwere Tür auf.

Das Gesicht mit einer Hand abgeschirmt, bahnte er ihnen einen Weg durch die wachsende Meute von Paparazzi und Kameraleuten. Cassie hob wie betäubt den Blick, nur um erst in ein riesiges Gesicht und dann in ein grelles Blitzlicht zu starrten. Der Schreck schnürte ihr die Kehle zu, und, derart geblendet, hatte sie keine andere Wahl, als ihr Gesicht an Alex' Brust zu bergen. Sie spürte, wie er ihren Arm fester hielt, spürte sein Herz unter ihrer Schulter und vertraute sich ganz und gar diesem starken Fremden an – ihrem Ehemann.

4

Das Apartment in Malibu war für sein natürliches Bühnenlicht berühmt. Es hatte zweiundneunzig Fenster nach Osten, Westen und im Dach, so daß einen die Sonne, wo man auch stand, immer ins Rampenlicht stellte. Alex stand vor einem riesigen Panoramafenster im weichen Gegenlicht und strich mit dem Daumen über den Rand einer ovalen, mit Intarsien verzierten Schachtel aus Ahornholz. »Die hast du in Lyon gekauft, glaube ich«, erklärte er Cassie, die auf einem Zweisitzer von der Farbe eines Errötens saß. Als er vor ihr auf die Knie sank und ihre Hand nahm, schnappte sie unwillkürlich nach Luft. Als sei eine Filmfigur von der Leinwand gesprungen und kniete plötzlich in Fleisch und Blut vor ihr.

Es war seltsam, einen Fremden vor sich zu sehen und zu wissen, daß man mit ihm gefrühstückt hatte, daß man die Füße an seinen Beinen gewärmt und ihm in einem weichen, warmen Bett Geheimnisse ins Ohr geflüstert hatte. Cassie wünschte, sie könnte bei dieser Scharade mitspielen, aber das konnte sie nicht. Alex war der Schauspieler, nicht sie; sie war sich der Aura, die sie umgab, schmerzlich bewußt – sie war wie ein bläuliches Magnetfeld, das sie beide auf Abstand hielt, selbst wenn er sie berührte.

Alex seufzte. »Du wirst doch hoffentlich nicht anfangen, mich plötzlich anzuhimmeln?« sagte er. »Das hast du nie gemacht.«

Cassie lächelte ein bißchen. Sie hatte absichtlich geschwiegen; je weniger sie sagte, desto weniger machte sie sich lächerlich. »Ich muß mich erst an alles gewöhnen«, sagte sie. Ihr Blick fiel auf die weißen Spitzenvorhänge, das Kaffeetischchen aus gebeiztem Holz, das rosa Marmorbecken in der Bar.

Alex beugte sich vor, um ihr einen Kuß auf die Stirn zu hauchen, und unwillkürlich verkrampfte sie sich. Seit Alex sie auf dem Revier abgeholt hatte, hatte er nichts dabei gefunden, sie zu berühren. Eigentlich war es lächerlich, daß sie so aufgedreht war wie bei einem Blind Date; schließlich hatte Alex ihr versichert, daß sie seit mehr als drei Jahren miteinander verheiratet waren. Trotzdem schien sie sich nicht in der Alltagsroutine einer Ehe sehen zu können. Statt dessen blitzten in ihrem Kopf immer wieder Bilder auf, die ihr die Medien eingegeben haben mußten: Alex Rivers auf einem Gala-Empfang zugunsten der Aidsforschung, Alex Rivers bei der Golden-Globe-Verleihung, Alex Rivers bei einer Drehpause von *Robinson Crusoe*, wie er mit Kokosnüssen jongliert.

Plötzlich stand er auf, in Sonnenschein gebadet, und Cassie wurde aus ihren Gedanken gerissen. Sie erinnerte sich nicht an Alex, sie fühlte sich unbehaglich in seiner Nähe, aber er faszinierte sie. Der silberne Glanz seiner Augen, das stolze Kinn, die starken Halsmuskeln zogen sie in Bann. Sie studierte ihn, als sei er Michelangelos David: geschmeidig, schön, aber viel zu durchdrungen von der eigenen Vollkommenheit, um für sie bestimmt zu sein.

»Gut, daß wir hierher gefahren sind«, meinte Alex. »Wenn dich das Apartment schon so beeindruckt, was wirst du dann erst von unserem Haus halten.«

Auf dem Weg nach Malibu hatte Alex Cassies Gedächtnis zu wecken versucht, indem er ihr ihre drei Wohnsitze beschrieb: das Haus in Bel-Air, das Apartment in Malibu und die Ranch außerhalb von Aspen, Colorado. Alex hatte ihr erklärt, daß sie die meiste Zeit im Haus verbrächten, daß aber Cassie das Apartment immer vorgezogen habe, weil sie es nach ihrer Hochzeit neu eingerichtet hatte.

»Wie ist es?« hatte sie nachgehakt, da sie gierig auf ein Detail hoffte, das ihre Vergangenheit befreien würde.

Alex hatte nur die Schultern hochgezogen. »Klein.«

Doch als der Range-Rover vor dem riesigen, weißgekalkten Haus anhielt, hatte Cassie sprachlos die abgerundeten Mauern, die kleinen Türmchen, die vielen Ebenen bestaunt. *Klein* war das bestimmt nicht. »Das ist ja ein Schloß«, hatte sie gehaucht, und Alex hatte sie in die Arme genommen. »Genau dasselbe hast du gesagt, als du es zum ersten Mal gesehen hast.«

»Cassie?« Sie zuckte zusammen, als sie jetzt ihren Namen

hörte. Sie hatte das Telefon nicht einmal klingeln hören, aber Alex hielt den Hörer in der Hand und hatte die Sprechmuschel abgedeckt. »Herb sagt, er kann nicht schlafen, bevor er sich überzeugt hat, daß mit dir alles in Ordnung ist.« Er machte einen Schritt auf sie zu und strich ihr über die Wange. Sein Blick verdunkelte sich. »Also, mir ist das gleich«, meinte er. »Du mußt dich ausruhen.«

Er nahm den Hörer wieder hoch. »Nein, Herb«, sagte er. »Fünf Minuten sind zu lang. Nein…«

Cassie stand auf und legte die Hand auf seinen Arm. Zum ersten Mal berührte sie Alex, statt von ihm berührt zu werden. Er drehte sich um und schaute ihr in die Augen; das Telefon hatte er vollkommen vergessen. »Schon gut«, sagte sie ruhig. »Er kann gern kommen. Mir macht das nichts aus. Ich will mich nicht ausruhen.«

Er murmelte etwas in den Hörer; sie beobachtete, wie seine Lippen die Worte formten. Sie erwartete, daß er aufhängen würde, aber das tat er nicht. Er deckte die Sprechmuschel wieder ab und kam auf sie zu, bis sie nur noch einen Atemzug voneinander entfernt waren.

Cassie schloß die Augen nicht, als Alex sie küßte. Ihre Hand öffnete sich über seinem Arm und fiel herab. Er schmeckte nach Kaffee und Vanille. Als er sich von ihr löste, blieb sie leicht nach vorn gelehnt stehen, mit weit aufgerissenen Augen, und wartete auf die Flut von Erinnerungen, die sie bestimmt gleich überschwemmen würde.

Aber bevor das geschehen konnte, deutete Alex hilflos auf den Hörer. »Ich muß mit ihm reden. Ich bin mitten aus den Dreharbeiten zu *Macbeth* abgehauen, um dich abzuholen. Der arme Herb muß jetzt alles wieder in Ordnung bringen.« Er strich ihr mit der Hand übers Haar. »Willst du dich nicht ein bißchen umsehen? Es dauert nur fünf Minuten, ehrlich.«

Während Alex sich wieder abwandte und Fragen ins Telefon zu rattern begann, wanderte Cassie nach unten in die mittlere Ebene des Apartments. Sie überlegte, ob sie sich umziehen solle, bevor Herb kam. Sie überlegte, wer Herb wohl war.

Sie ging in Richtung Schlafzimmer, wo Alex ihr vorhin einen Schrank voller Seidenkleider und bunter Baumwollsachen gezeigt hatte, die alle ihr gehörten. Sie kam durch den Bogengang, durch den Alex sie zuvor gezogen hatte. Diesmal blieb sie stehen, um die Bilder an den blendendweißen Wänden zu betrachten. Eines zeigte Alex am Strand vor dem Apartment, bis zur Brust im Sand eingegraben. Cassie selbst, grinsend und mit einem Skelett im Arm. Es gab ein Bild von einem Hund, den sie nicht wiedererkannte, und eines von Alex auf einem sich aufbäumenden Pferd. Zuletzt kam ein Foto von Cassie im Bett, mit einer weißen Decke knapp über den Brüsten und einem trägen Lächeln auf dem erhitzten Gesicht.

Sie mußte an Alex' Kuß denken. Sie versuchte sich vorzustellen, wie seine Hände über ihren Rücken wanderten.

Sie sah sich das Bild noch einmal an und fragte sich, ob Alex es aufgenommen hatte.

Herb Silver war einssechzig groß, kahlköpfig, hatte einen Schnauzbart und spitze Ohren, die Cassie an einen Kobold erinnerten. Er wurde von Alex an der Tür empfangen und drückte ihm gleich eine fettige braune Papiertüte in die Arme. »Also, es ist doch Essenszeit, und was hat ein *goj* wie du wohl in der Küche?« Er beugte sich zur Seite, um an Alex' breitem Körper vorbei nach Cassie Ausschau zu halten. Als Alex in der Tüte zu kramen begann, schob er ihn beiseite. »Ich habe ein Roggensandwich mit Pastrami und Sauerkraut für dich, und drei Knishes, und um Himmels willen iß nicht wieder die ganze *forschpeis* allein. Ah!« Er streckte die Arme nach Cassie aus. »Und du wolltest mir meinen dritten Herzinfarkt verpassen?«

Herb Silver war Alex' Agent, bei der Creative Artists Agency, CAA. Er war vor zwanzig Jahren nach Kalifornien gezogen, doch er erklärte jedem, daß man vielleicht Herb Silver aus Brooklyn rauskriegen konnte, aber niemals Brooklyn aus Herb Silver. Cassie breitete die Arme aus und umarmte ihn. Er reichte ihr genau bis unters Kinn.

Herb küßte sie auf den Mund und strich dann mit den Händen über ihre Arme, als wolle er ihre Knochen untersuchen. »Und dir geht es gut?«

Cassie nickte, und Alex trat zwischen sie, um ihr ein halbes, in Papier gewickeltes Knish anzubieten. Er biß in die andere Hälfte des pikant gefüllten Gebäckteilchens. »Ihr geht es ausgezeichnet«, antwortete er mit vollem Mund.

Herb zog eine Braue hoch. »Kann das Mädchen auch selbst sprechen?«

»Mir geht es gut«, bestätigte Cassie. »Wirklich.« Sie sah erst Alex, dann Herb, dann wieder Alex an und dankte dem kleinen Mann im stillen dafür, daß er sich ihnen noch an diesem Nachmittag aufgedrängt hatte. Seit Herb das Chaos in ihrem Kopf noch vergrößert hatte, kam Alex ihr unwillkürlich vertrauter vor.

Alex legte den Arm um Herbs Schultern und führte ihn nach oben ins Eßzimmer. »Cassie – kannst du uns Teller holen? Also, Herb, erzähl mir, was Joe in Schottland so treibt.«

Dankbar, eine Aufgabe gefunden zu haben, wanderte Cassie in die Küche. Irgendwie beruhigten sie einfache Tätigkeiten wie Tellersuchen, Kochen oder Duschen, bis das Badezimmer unter Dampf stand. Alex hatte so viel weniger bedrohlich gewirkt, als sie am Vormittag etwas gemeinsam erledigt hatten – er hatte Saft ausgepreßt und sie das Eis dazu gesucht, und später hatten sie beide Paprikaschoten für ein Omelett gehackt und Papiere aufgeklaubt, die der Wind auf den Boden geweht hatte. Diese einfachen Arbeiten, die jeder tun konnte und jeder tat, hatten so etwas Intimes an sich, daß sie selbst zwischen zwei Fremden eine Atmosphäre scheinbarer Nähe und Sicherheit schufen.

Herb und Alex unterhielten sich im Eßzimmer, ein endloser Strom von Silben, den sie von Zeit zu Zeit auffing. Cassies Blick wanderte von einer Schranktür zur nächsten, während sie überlegte, wo die Teller wohl sein mochten. Sie öffnete die Tür genau vor ihrer Nase. Tischdecken und ein Brotkorb. Hinter der Tür daneben standen Weingläser.

»Joe hat die sechs mickrigen Szenen abgedreht, in denen sie dich nicht brauchen – die Hexen und irgendwas mit Banquo. Er meint, Melanie habe die Handwaschsache mit Bravour hingelegt.« Herb beobachtete, wie Cassie einen dritten und vierten Schrank öffnete, sich kurz auf die Lippe biß und dann unter der Spüle nachschaute. »Was ist mit ihrem Kopf?« flüsterte er Alex zu. »Ist sie immer noch *a bißl meschugge?*«

Alex zuckte mit den Achseln. »Der Arzt hat ihr erklärt, es wird wohl noch dauern, bis sie wieder weiß, wer sie ist und was zum

Teufel sie k. o. geschlagen hat.« Sein Blick folgte Cassie, die endlich den Schrank mit den Tellern entdeckt hatte. »Bis dahin will ich sie einfach nur in meiner Nähe behalten. In Sicherheit.« Er grinste seinen Agenten an. »Scheiße. Wenn *ich* ihr Gedächtnis nicht zurückholen kann, wer dann?«

Cassie kam mit drei Tellern und einem Stapel Papierservietten zurück. Sie blieb am Tisch stehen – eine Außenseiterin. »Ich habe bloß Weingläser gefunden«, sagte sie.

Herb deutete auf ihren Stuhl. »Setz dich hin. Wir trinken aus der Flasche.« Er wickelte ein Sandwich mit einem Berg von Fleisch zwischen den Brotscheiben aus, und Cassie beobachtete, wie er den Mund aufriß, um das Brot zwischen die Zähne zu bekommen. »Alex, ich hoffe, du hast dich bei deiner reizenden Frau für die kostenlose PR bedankt.« Herb kniff Cassie in die Wange. »Landesweite Fernsehberichte über den verzweifelten Alex Rivers, der seine Frau vor der Presse abschirmen muß – das ist *genau* das, was wir vor der Oscar-Verleihung brauchen.« Er ließ das Sandwich Zentimeter vor seinem Mund verharren. »Es kann nicht schaden, wenn deine Kumpel in der Jury sehen, was für ein guter Ehemann du bist, bevor sie darüber abstimmen, wer bester Schauspieler und bester Regisseur werden soll. Weißt du, was – am besten rufe ich gleich heute nachmittag Michaela an, dann schauen wir, ob wir nicht *Oprah* auf die Sache ansetzen können. Du kannst ein bißchen für *Tabu* trommeln, vielleicht können wir Cassie in den letzten fünf Minuten dazunehmen –«

»Nein.« Das letzte Wort ließ Cassie zusammenzucken. Alex hatte nicht besonders laut gesprochen, aber er hatte mit der Faust so heftig auf den Tisch geschlagen, daß er eine der handbemalten Kacheln der Tischplatte zerbrochen hatte. Cassie sah ein dünnes Blutrinnsal an Alex' Handgelenk herunterlaufen, aber er machte sich nicht die Mühe, es wegzuwischen. Seine Augen wurden schmal, und er beugte sich über den Tisch zu Herb, wobei er eine Flasche Limonade umstieß. »Du wirst meine Frau nicht im Fernsehen vorführen, nur um meine Chance auf einen Oscar zu vergrößern.«

Herb tupfte sich den Mund mit einer Serviette ab, als sei er derartige Ausbrüche gewohnt. »Okay, okay«, beschwichtigte er.

Wie betäubt blieb Cassie sitzen und schaute vollkommen reglos zu, wie das klare Sprite auf den Teppich tröpfelte. Sie sah Alex an. »Mir macht das nichts aus«, meinte sie. »Wenn du glaubst, daß es dir hilft....«

»Ich habe *nein* gesagt«, bellte Alex. Plötzlich entspannten sich seine Finger, die sich um die Tischkante gekrallt hatten. »Cassie«, sagte er sanft, »das *Sprite*.«

Cassie schob den Stuhl zurück und flog in die Küche. Ein Wischtuch. Sie wirbelte herum und riß intuitiv den Schrank auf, in dem aufgestapelte und gefaltete Tücher lagen. Geschäftig wischte sie die Kacheln auf dem Tisch trocken und kniete dann zwischen Herb und Alex nieder, um das Tuch auf den Teppich zu pressen. Sie schrubbte eine ganze Minute und arbeitete so angestrengt, daß sie die bleierne Stille gar nicht bemerkte, die auf ihren Schultern lastete und sie zwang, den Kopf gesenkt zu halten und nicht zu Alex aufzuschauen.

»So«, stellte Cassie schließlich außer Atem fest. Sie ging in die Hocke.

Alex zog sie hoch und auf seinen Schoß. »Tut mir leid, Herb«, entschuldigte er sich verlegen. »Du weißt, was sie für mich bedeutet.«

»Wer wüßte das nicht?« Herb nahm die zweite Hälfte seines Sandwiches und begann methodisch jede zweite Scheibe Corned beef daraus zu entfernen. »Gottverdammtes Cholesterin.«

Cassie sah zu, wie er das Fleisch am Tellerrand aufschichtete. Sie spürte Alex' Schenkel unter ihren und rutschte unbehaglich herum. Sie merkte, daß sie zitterte, doch fast im selben Moment schlossen Alex' Arme sie ein. »Frierst du?« flüsterte er ihr ins Ohr, und bevor sie antworten konnte, verstärkte er die Umarmung.

»Ich fliege am Freitag zurück nach Schottland«, wandte er sich an Herb. »Cassie nehme ich mit.«

»Ja?« Cassie drehte sich in seinen Armen um und schaute ihn an.

Herb nickte. »Die Uni gibt ihr frei?«

Uni? Cassie kämpfte sich aus Alex' Griff und rutschte von seinem Schoß. »Was hat die Uni damit zu tun?«

Herb lächelte nachsichtig. »Wahrscheinlich ist Alex noch gar nicht dazu gekommen, dir das zu erzählen. Du lehrst an der University of California, Los Angeles.«

»Ich dachte, ich sei Anthropologin.«

»Das bist du auch«, bestätigte Alex. »Du lehrst dort Anthropologie.« Er grinste sie an. »Warte mal, ob ich deine Veranstaltungen dieses Semesters zusammenkriege… Du leitest die praktische Ausbildung bei den Archäologen, hältst ein Seminar über die Australopithecinen und ein Tutorium für Professor Goldens Kurs über Biologie, Gesellschaft und Kultur.«

Wütend fuhr Cassie herum. Ihr Zorn fraß sich durch die unsichtbare Mauer zwischen ihr und Alex und ließ sie ihre Rolle als stille Beobachterin abschütteln. Wie hatte er nur unterlassen können, das zu erwähnen? Sie hatte ihm von der Hand erzählt, auf die sie in der Bücherei gestoßen war, den ersten Hinweis auf ihre Identität. Und als er ihr auf dem Polizeirevier bestätigt hatte, daß sie Anthropologin war, hatte sie laut losgejubelt. Gerade jemand, dem seine Karriere so wichtig war wie Alex, hätte sie verstehen müssen. »Warum hast du mir das nicht früher erzählt? Ich muß dort anrufen. Vielleicht habe ich eine Vorlesung verpaßt. Vielleicht haben sie in der Zeitung über mich gelesen –«

»Cassie«, fiel ihr Alex ins Wort. »Ganz ruhig. Ich habe Jennifer anrufen lassen. Sie hat ihnen gesagt, daß du in Ordnung bist und daß du dir ein paar Wochen frei nimmst, um dich zu erholen.«

»Und wer ist *Jennifer*, verdammt noch mal?« tobte Cassie.

»Meine *Assistentin*«, antwortete Alex. Seine tiefe, ruhige Stimme lief ihr wie Wasser über ihre Schultern und ihren Rükken. Er blieb vor ihr stehen, hielt sie an den Oberarmen fest und zwang sie, ihm in die Augen zu sehen. »Beruhige dich doch«, sagte er. »Ich will ja nur, daß du dich erholst.«

»Mir geht es *wunderbar*«, brach es aus Cassie heraus. »*Ganz wunderbar*. Vielleicht kann ich mich nicht daran erinnern, wer ich bin, Alex, aber deshalb bin ich noch lange kein Krüppel. Wahrscheinlich würde ich mich an viel mehr erinnern, wenn du nicht so wild darauf wärst, alle Entscheidungen für mich zu treffen und –« Plötzlich verstummte sie. Alex' Stimme war weich wie Regen gewesen, und seine Arme hatten ihr Trost spenden wollen, aber seine Finger bohrten sich in ihre Haut. Cassie senkte den Blick und entdeckte einen Fleck auf ihrem Hemd – einen Blutschmierer von seiner verletzten Hand.

Er sah sie so eindringlich an, daß er nicht einmal merkte, wie weh er ihr tat. Cassie spürte, wie ihre Wangen brannten. Sie machte ihm Vorwürfe, obwohl sie höchstens die Hälfte der Fakten kannte. Sie hatte ihn angeschrien, obwohl er nur versucht hatte, ihr zu helfen. Sie wandte sich von ihm ab, zutiefst beschämt, weil sie sich vor ihm – und seinem Agenten – wie eine Furie aufgeführt hatte. Was hatte sie sich nur dabei gedacht? Natürlich würde sie nach Schottland mitfahren. Sie konnte noch ihr ganzes Leben an der Universität unterrichten.

Alex strich ihr das Haar aus der Stirn. Er schien darauf zu warten, daß sie wieder zur Vernunft kam. »Es tut mir leid«, murmelte Cassie. »Es wäre mir einfach lieber gewesen, wenn du mir was davon gesagt hättest.« Sie löste sich von ihm, und wieder senkte sich der beklemmende Schatten zwischen sie. Verlegen lächelte sie in Herbs Richtung, dann ging sie hinaus auf den Patio, durch den man zum Strand kam.

»Puh«, sagte Herb. Er stand auf und streckte sich. »Ich glaube, so habe ich Cassie noch nie erlebt.«

Alex schaute seiner Frau nach, die über den hellen Sand spazierte. Der Wind verwischte ihre Spuren sofort, nachdem sie entstanden waren. Er beobachtete, wie sie einen Stein auflas und ihn mit aller Kraft wegschleuderte, als wolle sie die Sonne zerschmettern. »Nein«, sagte er ruhig. »Ich auch nicht.«

Es war Sommer 1975, und sie und Connor lagen auf dem Rücken auf dem verankerten Badefloß, rieben die Zehen an dem rauhen Holz und wetteten, wer am längsten in die sengende Sonne starren konnte. »Du mogelst«, beschwerte sie sich. »Du blinzelst, wenn du glaubst, ich schaue nicht hin.«

»Tu ich nicht«, widersprach Connor entrüstet. »Das sagst du bloß, weil du anders nicht gewinnst.«

Sie war zwölf, und er war ihr bester Freund, und es war einer jener absolut perfekten Tage am Moosehead Lake, einer jener Tage, die so langsam vergingen, daß man glaubte, man sei in einem Foto gefangen, bis sie auf einmal, zack, viel zu schnell vorbei waren. »O je«, sagte sie. »Ich bin total blind.«

»Ich auch«, gab Connor zu. »Alles ist schwarz.«

»Unentschieden?«

»Unentschieden.« Cassie setzte sich auf und tastete sich über ihre und Connors Angelrute bis zu seinem knochigen Handgelenk vor. Sie zog, bis sie spürte, daß auch er sich aufgesetzt hatte.

Sie kannte Connor, seit sie denken konnte. Er lebte nebenan, und sein Vater arbeitete im Jagd- und Angelladen im Ort. Gemeinsam hatten sie noch warme Blätterteigteilchen aus der Bäckerei ihrer Eltern gemopst; sie gingen seit dem zweiten Schuljahr in dieselbe Klasse; sie hatten zusammen auf einer rostigen alten Sunfish segeln gelernt, die sie sich von ihrem als Zeitungsausträger verdienten Geld gekauft hatten. Sie hatten sich schon jetzt die Ehe geschworen, weil sie beide der Meinung waren, daß mit Ausnahme des jeweils anderen das andere Geschlecht ein erbärmlicher Haufen sei; sie redeten ständig davon, nach Kanada zu fliehen, bloß um auszuprobieren, ob sie es schaffen würden. Ihre Eltern sagten, sie seien wie Zwillinge, unzertrennlich. Sie mußte dabei immer an das Bild im Biologiebuch denken, das mit dem Einsiedlerkrebs und der Seeanemone auf seinem Rücken. Die Seeanemone fand mehr Nahrung, wenn der Krebs sie herumtrug; und den Krebs schützten und tarnten die giftigen Tentakel der Seeanemone. Allein hätten es beide schwer. Gemeinsam hatten sie viel bessere Überlebenschancen.

Connor sprang auf. »Sollen wir angeln?«

»Schon wieder?« fragte Cassie. »Lieber nicht.«

»Sollen wir um die Wette schwimmen?« Er deutete auf den sichelförmigen Strand.

»Und was machen wir mit unseren Angeln?«

Connor ging in die Hocke. »Ich könnte dir den Kopfsprung rückwärts beibringen.«

Cassies Augen leuchteten auf – wenn es ums Tauchen ging, war Connor nichts unmöglich. Ein- oder zweimal hatte er ihr etwas beibringen wollen, aber sie war keine besonders gute Schülerin. Trotzdem – ein Kopfsprung *rückwärts*.

»Also gut«, meinte sie. »Was soll ich machen?«

Connor stellte sich mit dem Rücken zum Wasser an die Floßkante, bis nur noch seine Zehen auf dem Holz waren. Dann ging er in die Knie und führte ihr einen perfekten Sprung vor: erst teilten seine Hände das Wasser, dann schnitt der Körper geschmeidig wie eine silberne Klinge durch die Oberfläche. Er tauchte neben dem Floß wieder auf und wischte sich den Rotz unter der Nase weg. »Jetzt du.«

Cassie holte tief Luft. Sie stellte sich an die Floßkante, ging in die Knie, hüpfte hoch und rutschte auf dem nassen Holz aus. Das einzige, woran sie sich lange danach erinnerte, war das gräßliche Geräusch, als ihr Kopf auf etwas Hartes, Unnachgiebiges prallte.

Connor war noch im Wasser, als sie das Bewußtsein verlor. Er schlang einen Arm über ihre Brust und schleppte sie zum Strand. Cassies Fersen zogen eine tiefe, nasse Furche, als er sie über den Sand schleifte.

Als sie die Augen aufschlug, stand ihr etwas in der Sonne, etwas Schwarzes, Großes. *Cassie.* Sie rieb sich den Hinterkopf.

Connor starrte sie an, als sei sie eben von den Toten wiederauferstanden und nicht nur ein, zwei Minuten ohnmächtig gewesen. »Ist alles okay?« fragte er. »Weißt du, wer ich bin?«

Cassie mußte einfach losprusten. Als könne sie Connor je vergessen. »Klar«, stöhnte sie. »Du bist meine andere Hälfte.«

Connor starrte sie nur an. Sein Gesicht war so bleich, daß sie wußte, sie hatte ihm einen ziemlichen Schrecken eingejagt. Eine Zeitlang sagte keiner ein Wort. Connor fand als erster die Sprache wieder. »Komm mit«, sagte er. »Wir besorgen Eis für dich.«

Sie zogen die Fliegengittertür von Cassies Haus auf und legten auf ihrem Weg in die Küche eine Spur aus nassen Fußabdrücken und Sandkörnern. »Der Sprung wäre perfekt gewesen«, erklärte Cassie über die Schulter hinweg. »Das nächste Mal muß ich mich einfach –« Sie blieb so unvermittelt in der Tür stehen, daß Connor ihr in den Rücken lief. Unbewußt lehnte sie sich an ihn. Auf dem Küchenboden lag ihre Mutter, das Gesicht in einer Pfütze aus Erbrochenem.

Cassie kniff die Lippen zusammen, kniete mit einem nassen Tuch neben ihrer Mutter nieder und wischte ihr das Gesicht, den Mund und den Hemdkragen sauber. Aus den Augenwinkeln sah sie, wie Connor schweigend die Ginflasche hervorzog, die unter die Heizung gerollt war. Eigentlich sollte ihre Mutter in der Bäckerei sein, schließlich war es erst drei Uhr. Bestimmt hatten sich die beiden wieder gestritten. Und das hieß, daß sie nicht wußte, wann oder ob ihr Vater nach Hause kam.

»Ma?« flüsterte Cassie. »Ma, komm schon. Steh auf.« Sie legte sich den Arm ihrer Mutter über die Schulter und hievte die leblose Last im Feuerwehrgriff hoch. Connor stand in der Tür und schaute zu, wie sie ihre Mutter auf die Wohnzimmercouch legte und sie mit einer leichten Decke zudeckte.

»Cass?« Die Stimmer ihrer Mutter war nur ein Hauch, sanfter, als ihn Marilyn Monroe je zustande gebracht hätte. Blind tastete ihre Hand nach der ihrer Tochter. »Mein gutes Mädchen.«

Cassie stopfte die Hand ihrer Mutter unter die Decke, ging zurück in die Küche und überlegte, was sie für ein Abendessen zusammenkratzen konnte. Wenn das Essen auf dem Tisch stand, sobald – falls – ihr Vater nach Hause kam, dann würde er nicht wütend werden, und wenn er nicht wütend wurde, dann würde sich ihre Mutter vielleicht nicht wieder bis zur Besinnungslosigkeit betrinken. Es lag alles in ihrer Hand.

Connor stand in der Küche und füllte Eis in eine Plastiktüte. »Komm her«, befahl er. »Das letzte, was *du* brauchst, sind noch mehr Kopfschmerzen.«

Sie setzte sich auf einen Stuhl und ließ sich von Connor das Eispaket in den Nacken pressen. Nicht daß dieser Anblick neu für Connor gewesen wäre – er wußte *alles* über sie –, aber auch beim ersten Mal hatte er nichts gesagt und ihr einfach seine Hilfe angeboten. Er hatte sie nicht mit diesen riesigen, mitleidigen Mondaugen angeglotzt.

Eiswasser rann zwischen Cassies Schultern hinab, und trotz Connors Erste-Hilfe-Maßnahme meldeten sich langsam schädelspaltende Kopfschmerzen. Sie starrte aus dem Fenster auf das Badefloß, das so weit weg schien. Kaum zu glauben, daß sie noch vor wenigen Minuten dort gewesen war. Cassie seufzte. Es gab nur ein Problem mit absolut perfekten Sommertagen: man konnte darauf wetten, daß irgendwas total schieflief.

Sie wachte auf, weil ihr jemand kühle, leicht brennende Aloe auf die Waden rieb. »Du wirst dafür bezahlen müssen«, sagte Alex. »Du bist so rot, daß mir schon der bloße Anblick weh tut.«

Cassie strampelte ihr Bein frei und versuchte, sich auf den Bauch zu rollen. Es war ihr unangenehm, Alex' Hände so vertraulich auf ihrer Haut zu spüren. Als sie das Knie anziehen wollte, verzog sie vor Schmerz das Gesicht. »Ich wollte nicht einschlafen.«

Alex warf einen Blick auf seine Uhr. »Und ich wollte dich nicht sechs Stunden lang schlafen lassen«, antwortete er. »Nachdem Herb weg war, bin ich einfach nicht mehr vom Telefon weggekommen.«

Cassie setzte sich auf und rutschte ein winziges Stück von Alex weg. Die Sonne legte ein leuchtendes Band über den Ozean. Eine ältere Frau kam mit zwei Weimaranern über den Strand geschlendert. »Alex!« rief sie winkend. »Cassie! Haben Sie sich wieder erholt?«

Alex lächelte sie an. »Es geht ihr gut, Ella«, brüllte er zurück. »Schönen Tag noch, Ella!«

»Ella?« murmelte Cassie. »Ella Whittaker?« Ihre Augen wurden groß. Sie versuchte, einen Blick auf die statuenhafte Frau zu werfen, die es vor fünfzig Jahren vom Pin-up-Girl zur Leinwandgöttin gebracht hatte. »Die Ella Whittaker aus –«

»Die Ella Whittaker von nebenan«, korrigierte Alex sie grinsend. »Mein Gott, hoffentlich findest du bald dein Gedächtnis wieder, sonst gehst du am Ende noch jeden in der Nachbarschaft um ein Autogramm an.«

Ein paar Minuten lang saß er schweigend neben ihr, und Cassie spürte, wie sich Ruhe über sie beide senkte. Sie wollte etwas zu Alex sagen, irgend etwas, aber sie wußte nicht, worüber sie normalerweise redeten.

Als sie ihr Gesicht wieder dem violetten Streifen am Horizont zuwandte, hüllte Alex' Stimme sie ein, leicht wie Seide. »Ich *wollte* dir von der Uni erzählen. Mein Gott, ich wäre dir doch nicht mal *begegnet*, wenn du nicht dort arbeiten würdest, schon deshalb schulde ich ihnen eine Menge. Es war wirklich keine Absicht. Ich hab' es einfach vergessen.« Er nahm ihre Hand und hob sie an seine Lippen. Seine Augen waren schlehengrau wie Rauch. »Vergibst du mir?«

Er spielt mir was vor. Der Gedanke drängte sich Cassie so unvermittelt auf, daß sie ihm ihre Hand entzog und sich zitternd abwandte. *Woher weiß ich es, wenn er mir was vorspielt?*

»Cassie?«

Sie sah ihn an, blinzelte, erwiderte seinen Blick und begann sich ihm langsam, Stück für Stück zu öffnen. Sie konnte nicht über die Sache mit der Uni nachdenken, nicht klären, wer recht hatte und wer nicht – nicht jetzt. Er hypnotisierte sie; sie begriff das, so wie sie begriff, daß sie für ihn geschaffen war und daß jeder Zweifel, den Alex in ihr auslöste, nur ihre eigenen Vorurteile widerspiegelte.

Cassie begann das Unerwartete zu hören und zu spüren: schmeichelnde mexikanische Violinen; feuchten, nach Sumpf riechenden Wind; das Lied hundert schlagender Herzen. Sie wollte weglaufen, weil ein Instinkt ihr sagte, daß dies der Anfang vom Ende war, aber sie konnte sich ebensowenig bewegen, wie sie die Zeit zurückdrehen konnte. Die Welt um sie herum sank ins Dunkel, bis es keinen Weg mehr für sie gab als den zu Alex.

»Vergibst du mir?« wiederholte er.

Cassie hörte ihre eigene Stimme, hörte Worte, die nicht aus ihrem Kopf zu kommen schienen. »Natürlich«, sagte sie. »Tue ich das nicht immer?«

Eine Welle spülte über Cassies Füße, eisig und authentisch. Der Zauber brach. Plötzlich saßen sie wieder einfach am Strand, sie und Alex, und plötzlich schien das ganz in Ordnung zu sein. »Ich wollte dich bestechen«, sagte Alex. »Ich hab' dir was gemacht.« Er lächelte sie an, und zaghaft erwiderte sie sein Lächeln. *Er weiß es. Er weiß, daß ich ganz in seiner Hand bin.* Er zog sein Hemd hoch, und ein säuberlich eingewickeltes, viereckiges Päckchen kam zum Vorschein, das er in den Bund seiner Jeans gesteckt hatte. »Für dich.«

Cassie nahm das Alupäckchen, bemüht, nicht auf die glatten, gut ausgebildeten Muskeln auf seiner Brust zu starren. Sie packte es aus. »Du hast mir einen Marshmallowfladen mit Rice-Crispies gemacht? Ist das meine Leibspeise?«

»Nein.« Alex lachte. »Um die Wahrheit zu sagen, du haßt Marshmallows, aber das ist das einzige, was ich backen kann, und ich war *sicher*, daß du dich daran erinnern und Mitleid mit mir haben würdest.« Er nahm ihr die Marshmallows aus der Hand und biß hinein. »Ich bin damit aufgewachsen«, erklärte er mit vollem Mund.

Mit glänzenden Augen sah Cassie ihn an. »Alex«, fragte sie, »wo bin ich aufgewachsen?« *Maine.* Sie wußte die Antwort, noch ehe er sie aussprach. »Und wer war Connor?«

Alex' Augen wurden so groß, daß sie den goldenen Ring um

seine Iris sehen konnte. »Dein bester Freund. Woher weißt du – hast du dich daran erinnert?«

Sie strahlte vor Freude. »Ich habe die ganze Zeit geträumt«, erklärte sie. »Mir ist eine Menge wieder eingefallen. Moosehead Lake und Connor und... und meine Mutter. Besuchen wir sie manchmal? Sehe ich meine Eltern oft?«

Alex schluckte. »Deine Mutter ist tot, und, also, als wir uns kennenlernten, hast du mir erzählt, du wärst extra in Kalifornien aufs College gegangen, um so weit wie möglich von Maine wegzukommen.«

Cassie nickte, als habe sie nichts anderes erwartet. Wieviel wußte Alex wohl über ihre Eltern? Sie fragte sich, ob sie je den Mut aufgebracht hatte, ihm alles zu erzählen. »Wo leben deine Eltern?«

Alex rollte von ihr weg und schaute auf den Ozean. Sie sah, wie sein Profil erstarrte – genauso sah er aus, kurz bevor er eine Szene drehte, wenn seine eigene Persönlichkeit verblaßte und von der Rolle ersetzt wurde, die er spielen sollte. »Sie leben in New Orleans«, sagte Alex. »Wir sehen sie auch nicht oft.« Er rieb mit der Hand über den Nacken und schloß die Augen. Cassie fragte sich, was er wohl sah, wieso er sich so zurückzog. Zu ihrer Überraschung spürte sie ein scharfes Stechen in der Brust, und im gleichen Moment wußte sie, daß sie seinen Schmerz auf sich genommen hatte, damit er ihn nicht zu spüren brauchte. Als Alex sie ansah, schwebten immer noch die Geister der Vergangenheit in seinem Blick. »Du erinnerst dich wirklich nicht an mich, nicht wahr?« sagte er leise.

Er war Zentimeter von ihr entfernt, aber sie spürte die Wärme zwischen ihnen, als würden sie sich berühren. Cassie legte den Arm um ihn und erschauderte, als sie noch mehr von seinem Schmerz auf sich lud. »Nein«, antwortete sie. »Wirklich nicht.«

Als Abendessen machten sie sich Popcorn in der Mikrowelle, dann schauten sie einen alten Monty-Python-Film im Fernsehen an. Sie spielten »Mau-Mau« mit einem alten Kartenspiel, das sie ganz hinten im Besenschrank ausgegraben hatten. Mit einem Kissenbezug als Wimpel auf dem Kopf rezitierte ihr Alex den »Fort! verdammter Fleck!«-Monolog der Lady Macbeth und verbeugte sich bis auf den Boden, als Cassie lachte und klatschte. Ihre Augen leuchteten, als er von dem freigeräumten Kaffeetisch sprang, der ihm als Bühne gedient hatte. Sie kannte Alex zwar nicht, aber sie hatte ihn gern. Bestimmt mußten sich viele Ehefrauen mit weniger zufriedengeben.

Alex zog sie vom Boden hoch. »Müde?«

Cassie nickte und ließ zu, daß er den Arm um ihre Taille legte. Während sie die Treppe zum Schlafzimmer hinuntergingen, überlegte sie, wo sie wohl beide schlafen würden. Sie waren verheiratet, also konnte er schlafen, wo es ihm gefiel; aber andererseits hatte sie erst einen Tag gehabt, um ihn wieder kennenzulernen, deshalb hielt sie es durchaus für möglich, daß er so galant sein und ihr anbieten würde, die Nacht in einem Gästezimmer zu verbringen. Sie wußte nicht, ob sie das wollte.

An der Tür zum großen Schlafzimmer blieb Alex stehen. Cassie machte einen Schritt zurück und preßte die Arme an den Körper. Sie brachte es nicht fertig, Alex in die Augen zu blicken, dessen Fragen selbst in der Stille schwer in der Luft hingen.

Er legte einen Finger unter ihr Kinn und hauchte ihr einen Kuß auf die Lippen. »Gute Nacht«, sagte er, dann ging er ein paar Türen weiter zu einem Gästezimmer.

Cassie schaute ihm eine Weile nach, trat dann ins Schlafzimmer und schloß die Tür hinter sich. Sie zog sich das Hemd über den Kopf, schlüpfte aus ihren Shorts und schleuderte sie auf ihrem Weg ins Badezimmer auf das Himmelbett. Vor den Spiegeln, die eine ganze Wand neben dem Waschbecken einnahmen, streifte sie die Unterwäsche ab. Sie legte die Hände auf ihre Brüste und betrachtete stirnrunzelnd den kleinen, rundlichen Bauch. Sie konnte sich nicht vorstellen, wieso Alex Rivers sich ausgerechnet in sie verliebt hatte.

Sie untersuchte die Flaschen und Gläser auf dem Sims über dem Waschbecken – Reinigungslotionen und Peelingcremes und Gesichtswasser, die anscheinend zu gleichen Teilen Alex und ihr selbst gehörten. Sie hatte sich das Haar gekämmt und das Gesicht gewaschen, als sie merkte, daß keine Zahnpasta da war. Dafür gab es zwei Zahnbürsten – eine grüne, eine blaue –, und sie hatte keine Ahnung, welche ihr gehörte.

Sie schaute in den eingelassenen Wandschränken nach, fand

aber nichts außer pfirsichfarbenen Handtüchern und zwei dicken Frotteebademänteln. Sie schlüpfte in einen und rieb mit den Händen über das schwere Gewebe. Vielleicht hatte Alex ja in *seinem* Bad Zahnpasta, und ganz bestimmt würde er seine Zahnbürste haben wollen.

Sie wußte nicht, in welchem Zimmer er war, und wollte schon an eine Tür klopfen, als sie ihn weiter unten im Gang sprechen hörte. »Das Leben ist nur ein wandelnd Schattenbild.« Die Tür stand einen Spaltbreit offen, und im Badezimmerspiegel sah sie Alex mit leeren Augen am Waschbecken stehen. »Ein armer Komödiant, der spreizt und knirscht, sein Stündchen auf der Bühn'«, rezitierte er. Seine Stimme war nur ein Flüstern. »Und dann nicht mehr vernommen wird.«

Atemlos krallte Cassie die Finger um die Zahnbürsten und lehnte sich in den Türrahmen, um besser sehen zu können. Das war nicht Alex. Er hatte sich in einen gebrochenen Mann verwandelt, einen Mann, der erkannte, was nach seinem Tode von ihm bleiben würde – ein Aufblitzen in der Erinnerung eines anderen, und danach gar nichts mehr.

Cassie kämpfte gegen den Drang an, die Tür aufzustoßen und ihm mit ihrer Hoffnung Halt zu geben. Diesen neuen Fremden kannte sie nicht, sie kannte ihn noch weniger als Alex; aber sie begriff, daß sie hier war, um ihm zu helfen.

Ihr fiel ein, was Alex auf dem Revier gesagt hatte und wie verängstigt er geklungen hatte: *Du weißt ja nicht, wie schrecklich es war, dich zu verlieren.* Und sie begriff, daß der berühmte Alex Rivers genauso verletzlich war wie jeder andere.

Cassie trat einen Schritt vor, und Alex öffnete die Augen, sah sie im Spiegel. Er war wieder Alex, und er lächelte, aber in den dunklen Tiefen seiner Augen konnte sie immer noch das Entsetzen des vor Angst gelähmten Macbeth sehen. Ob er wohl immer so gewesen war – ob jede Rolle ein winziger Teil von ihm wurde? Sie wußte, daß Schauspieler für ihre Arbeit aus ihren persönlichen Erfahrungen schöpfen und sie ausschmücken mußten, und der Gedanke, daß Alex so viel Verzweiflung in sich trug, wollte ihr schier das Herz zerreißen. »Woher kommt er? Dieser Schmerz?«

Er starrte sie an, erschrocken über ihr Zweites Gesicht. »Aus mir selbst.«

Sie bewegte sich zuerst, oder vielleicht auch er, aber dann hielt er sie, öffnete den Gürtel ihres Bademantels, fuhr mit den Händen über ihre Haut. Die Zahnbürsten klapperten zu Boden, und Cassie grub ihre Finger in sein Haar, barg ihr Gesicht an seiner Schulter.

Zentimeter für Zentimeter fuhr sie mit ihren Händen über seinen Rücken, als würden sie eine Naht abtasten, und raffte den Stoff seines Hemdes zusammen, bis ihre Hände brennend heiß auf seiner Haut lagen.

Er küßte sie gierig, stieß mit ihr gegen Wände und Türrahmen, während er sie langsam zum großen Schlafzimmer zurückschob. Cassie fiel rückwärts aufs Bett, er schlug ihren schweren Bademantel zurück und preßte ihre Arme auf die Matratze, während der Mond auf ihrer Haut tanzte. Seine Zunge zeichnete ihr Kinn nach, die Mulde unter ihren Brüsten, die weißen Schenkel.

Cassie schlug die Augen auf. Wie im Traum sah sie seinen Körper über ihrem. Alex preßte die Lippen auf ihren Bauch. »So schön«, murmelte er.

Er spielt mir was vor.

Wie zuvor durchzuckte sie der Gedanke aus heiterem Himmel, und sobald er sich in ihrem Kopf festgesetzt hatte, begann sie sich zu wehren. Aber Alex' Gewicht lastete auf ihr, preßte sie nieder. Er nahm ihr Gesicht in beide Hände und küßte sie so ehrlich, daß sie zu zerspringen glaubte. Und dann fiel ihr der Bann wieder ein, den er an jenem Nachmittag über sie beide gelegt hatte, als er den Macbeth gesprochen hatte.

Und im Moment ihrer Vereinigung begriff Cassie, warum sie zueinander gehörten. Er erfüllte sie, und dafür befreite sie ihn von seinen Wunden. Cassie schlang die Arme um Alex' Hals und bemerkte überrascht, daß ihr Tränen in den Augenwinkeln standen. Sie drehte das Gesicht dem offenen Fenster zu und atmete tief die süße Luft ein, in der sich Alex' Geruch mit ihrem und dem des weiten Ozeans mischte.

Sie war gerade dabei, in den Schlaf zu sinken, als Alex' Stimme über sie glitt. »Du brauchst dein Gedächtnis nicht wiederzufinden, Cass. Ich weiß, wer du bist.«

»Ach ja?« murmelte sie lächelnd. Sie legte Alex' Arm über sich. »Und wer bin ich?«

Sie spürte den Frieden, den Alex ausstrahlte und der sich wie ein Segen über sie legte. Er zog sie zurück an seinen Körper, an den Platz, der wie für sie gemacht war. »Du bist meine andere Hälfte«, sagte er.

5

Zu einer anderen Zeit und an einem anderen Ort wäre Will
Flying Horse ein Träumer gewesen.

Er war elf, als sich seine Augen mitten in der Nacht öffneten,
sehend und nicht sehend zugleich. Es war Sommer, und draußen
sangen die Zikaden unter dem stillen Halbmond. Aber in Wills
Kopf gellte der Donner, und als seine Großeltern an sein Bett
geeilt kamen, sahen sie, wie sich wütende blaue Blitze in seinen
Pupillen spiegelten. Cyrus Flying Horse griff über die glühende
Bettdecke seines Enkels nach der Hand seiner Frau. »Wakan«,
murmelte er. »Heilig.«

Viel hatte sich im Lauf der Jahre für die Sioux geändert, aber
manche Dinge starben nur schwer. Cyrus war in einem Reservat
geboren worden, er hatte die Entwicklung des Fernsehens und des
Autos miterlebt und würde einen Monat später mit ansehen, wie
ein Mensch auf dem Mond spazierenging. Aber er wußte auch
noch, was ihm sein Vater über Sioux erzählt hatte, die Visionen
hatten. Ein Donnertraum war mächtig. Wenn man ihn nicht
beachtete, konnte man vom Blitz erschlagen werden.

Und so brachte Will Flying Horses Großvater ihn eines Morgens im Jahre 1969 zum Schamanen, Joseph Stands In Sun, um
einen Träumer aus ihm zu machen.

Joseph Stands In Sun war älter als die Erde selbst, so ging
jedenfalls das Gerücht. Er saß mit Cyrus und Will draußen auf
einer langen, niedrigen Bank, die über die ganze Wandbreite
seiner Holzhütte verlief. Während er sprach, schnitzte er, und
Will verfolgte, wie das Holz in seiner Hand erst die Gestalt eines
Hundes, dann die eines Adlers, dann die eines schönen Mädchens
annahm; jedesmal, wenn die Hand des Schamanen es berührte,
veränderte es sich. »In den Tagen meines Großvaters«, sagte
Joseph, »suchte sich ein Junge wie du eine Vision, wenn er bereit

war, zum Mann zu werden. Und wenn er vom Donner träumte, dann wurde er ein Heyoka.« Joseph warf Will einen Seitenblick zu, und zum ersten Mal bemerkte Will, daß die Augen des Alten anders waren als die aller Menschen, denen er bisher begegnet war. Sie hatten keine Iris. Nur schwarze, unergründliche Pupillen. »Weißt du das, Junge?«

Will nickte; sein Großvater hatte den ganzen Weg zur Hütte des Schamanen von nichts anderem geredet. Vor hundert Jahren waren die Heyokas so etwas wie Stammesclowns gewesen – Menschen, von denen man erwartete, daß sie sich seltsam benahmen. Manche gingen nur rückwärts, andere redeten in einer unverständlichen Sprache. Sie hüllten sich in Lumpen oder schliefen im Winter ohne Decke und im Sommer in dicken Büffelfellen. Sie tauchten ihre Hände in kochendes Wasser und zogen sie unversehrt wieder heraus. All das bewies, daß sie mächtiger waren als andere Menschen. Manchmal empfingen sie Botschaften von den Geistern, die eine Gefahr oder den Tod eines Stammesmitglieds ankündigten. Als Heyokas hatten sie die Macht, das zu verhindern; aber weil sie Heyokas waren, erhielten sie nichts zum Dank für ihre Mühe. Will hatte seinem Großvater geduldig zugehört und die ganze Zeit immer nur gedacht, wie froh er war, daß man 1969 schrieb.

»Nun«, sagte Joseph Stands In Sun, »du kannst kein Heyoka werden; wir leben im zwanzigsten Jahrhundert. Aber du sollst deinen Donnertraum bekommen.«

Drei Nächte darauf saß Will nackt in einer Schwitzhütte Joseph Stands In Sun gegenüber. Er hatte schon viele solche Hütten gesehen; manchmal bauten sich Teenager welche und rauchten in den engen, igluförmigen Gebilden Peyote, bis sie so high waren, daß sie nackt durch die Felder rannten und in eiskalte Bäche sprangen. Ab und zu stocherte Joseph in den glühendheißen Steinen, mit denen die Hütte geheizt wurde. Meistens sang oder betete er – Silben, die wie Seifenblasen anschwollen und vor Wills Augen zerplatzten.

Als die Dämmerung sich über die Ebene heranschlich, wurde Will von Joseph auf ein Bergplateau gebracht. Überall wäre Will lieber gewesen als nackt über dieser Felsklippe, aber natürlich wollte er seinem Großvater oder Joseph Stands In Sun keine

Schande machen. Achte die Alten; so hatte man es ihn gelehrt. Bibbernd tat Will, was man von ihm verlangte. Er stellte sich mit ausgebreiteten Armen in die Sonne, verharrte vollkommen reglos und versuchte das Flüstern des Grases unter Josephs Füßen zu ignorieren, als der Medizinmann wegging. Stundenlang stand er so, bis die Sonne wieder zu sinken begann, dann knickten seine Beine ein. Er rollte sich auf die Seite und begann zu weinen. Er spürte, wie der Berg zitterte und der Himmel schmolz.

Am zweiten Tag kam aus dem Osten ein Adler angeflogen. Will sah ihn über seinem Kopf kreisen, so langsam, daß er minutenlang nur auf Armeslänge über ihm zu verharren schien. »Hilf mir«, flüsterte Will, und der Adler flog durch ihn hindurch. »Du hast ein schwieriges Leben gewählt«, rief er und verschwand.

Vielleicht waren Stunden vergangen; vielleicht auch Tage. Will war inzwischen so hungrig und schwach, daß er die Luft in seine Lungen hineinpressen und wieder herauszwingen mußte. In den kurzen Momenten, in denen sein Kopf klar war, verfluchte er seinen Großvater, weil er an diesen Quatsch glaubte, und sich selbst, weil er sich so leicht überreden ließ. Er dachte an die Auswahlspiele für die Baseballmannschaft in der Schule im vergangenen Frühjahr, an den *Playboy,* den er unter seiner Matratze versteckt hatte, an den Duft der Ponds-Creme seiner Mutter, der ihm in der Nase kitzelte. Er dachte an alles mögliche, Hauptsache, es hatte nichts mit Sioux-Traditionen zu tun.

Wir kommen, wir kommen. Die Worte fegten über die Ebene, schlangen sich um Wills Hals und zogen ihn auf die Beine. Direkt über seinem Kopf hing eine dunkle Gewitterwolke. Erschöpft, halb verhungert und halb im Delirium warf er den Kopf zurück, breitete die Arme aus und wünschte sich ein Opfer herbei.

Als der Donner in seinem Kopf zu trommeln begann, merkte er, daß er nicht mehr auf dem Boden stand. Von hoch oben blickte Will herab und sah das Mädchen. Sie war klein und dünn, und sie lief durch einen Schneesturm. Immer wieder jagten die Blizzardwinde über sie hinweg und verbargen sie vor Wills Blicken. Er glaubte, daß sie vor jemandem oder etwas davonlief, aber dann sah er, wie sie stehenblieb. Mit ausgebreiteten Armen stand sie im Herzen des Sturms. Die ganze Zeit hatte sie versucht, das Zentrum zu finden.

»Hilf ihr«, sagte Will und hörte, wie die Worte hundertfach um ihn herum widerhallten. Er stand wieder auf dem Boden. Er wußte, daß er sich an all das nicht erinnern würde. Er wußte, auch wenn er längst ein Mann wäre, würde dieser Alptraum immer wieder in den dumpfen Minuten nach dem Aufwachen am Rand seines Bewußtseins zerren.

Als der Himmel zerbrach und der Regen kam, brüllte Will in den Wind. Mit weit aufgerissenen Augen beobachtete er, wie ein Blitz die Nacht zerriß und die Welt in zwei Hälften spaltete, die wie zerbrochene Schalen unter seinen Füßen schaukelten.

Sogar die Sonne liebte Alex. Cassie berührte sein Kinn mit dem Finger, wie hypnotisiert von der Entdeckung, daß der einzige Sonnenstrahl, der morgens in ihr Schlafzimmer drang, genau über seinen schlafenden Leib fiel. Sein Gesicht war dunkel, von Stoppeln überschattet, und dicht unter dem Kinn von einer winzigen, halbrunden Narbe gezeichnet. Cassie versuchte, sich zu entsinnen, wie es zu der Verletzung gekommen war. Sie sah, wie sich seine Augen unter den Lidern bewegten, und fragte sich, ob er wohl von ihr träume.

Vorsichtig, um ihn nicht aufzuwecken, rollte sie sich aus dem Bett. Lächelnd schlang sie die Arme um ihren Leib. Zu Recht wurde sie von jeder Frau in Amerika beneidet. Jedwede Zweifel, die sie daran gehabt haben mochte, daß sie wahrhaftig mit Alex verheiratet war, waren verschwunden. Zwei Menschen konnten sich nicht so lieben, ohne eine gemeinsame Geschichte zu haben. Cassie lachte. Wenn ihr Herz in diesem Moment zu schlagen aufhörte, dann konnte sie behaupten, daß sie ein schönes Leben gehabt hatte.

Heute ist ein guter Tag zum Sterben. Die Worte ließen sie erstarren, und ein Schauer überlief ihren Körper, bevor ihr bewußt wurde, daß sie sie nur in ihrem Kopf gehört hatte. Noch leicht benommen tappte sie ins Bad, wo sie in den Spiegel starrte und ihre geschwollene Unterlippe betastete.

Eine Vorlesung. Es war der einleitende Satz in der Vorlesung eines Kollegen an der Universität gewesen. Cassie ließ die Hände auf das Marmorwaschbecken sinken und seufzte erleichtert, als sie begriff, daß sie es nicht mit einer Vorahnung, sondern mit einer echten Erinnerung zu tun hatte. Es war eine Vorlesung über die Kultur der amerikanischen Ureinwohner gewesen, und der Satz stammte aus dem rituellen Gebet, das die Krieger der Präriestämme gesprochen hatten, bevor sie in die Schlacht ritten. Cassie fiel ein, daß sie dem Professor später erklärt hatte, er verstehe es ausgezeichnet, seine Zuhörer in Bann zu ziehen.

Was Will jetzt wohl machte? Es war Donnerstag früh; wahrscheinlich war er auf dem Weg zur Arbeit. Er hatte ihr seine Telefonnummern gegeben. Vielleicht würde sie ihn später auf dem Revier anrufen und ihm erzählen, daß sie in Malibu in einem Schloß lebte und bald nach Schottland fliegen würde.

Cassie putzte sich die Zähne und kämmte dann das zerzauste Haar aus, darauf bedacht, alle Sachen so leise wie möglich auf die Ablage zurückzustellen, damit Alex nicht aufwachte. Auf Zehenspitzen schlich sie zurück ins Schlafzimmer, wo sie sich auf einen Stuhl in der Ecke setzte.

Alex schnarchte leise. Eine Weile beobachtete sie, wie sich sein Brustkorb hob und senkte, dann stand sie auf und ging an den begehbaren Schrank an der Wand gegenüber, in dem seine Sachen waren. Sie zog die Tür auf und hielt den Atem an.

Alex' Garderobe war zwanzigmal ordentlicher als ihre. Ganz unten standen auf kleinen Schuhablagen säuberlich aufgereiht Mokassins, italienische Stadtschuhe und schwarze, elegante Abendschuhe. In einem Hängeregal lagen wie in einem Schaufenster korrekt zusammengefaltete Pullover – Shetland und Norweger auf der einen Seite, Baumwolle auf der anderen. Seine Hemden baumelten steif über Zedernholzbügeln. Ein Wäschekasten in der Ecke des begehbaren Schrankes war mit säuberlich gefalteten Seidenboxershorts und Socken ausgelegt – in verschiedene Schubladen sortiert, je nach Anlaß.

»Mein Gott«, hauchte Cassie. Sie fuhr mit dem Finger über die aufgehängten Hemden und lauschte der Melodie der klappernden Kleiderbügel. Einen ordentlich aufgeräumten Schrank konnte man durchaus erwarten, vor allem, wenn man eine gute Haushälterin hatte. Irgendwas jedoch – irgend etwas ließ diesen Schrank nicht ordentlich, sondern zwanghaft pingelig wirken.

Die Pullover. Sie waren nicht nur nach Material getrennt und adrett gefaltet, sie waren auch nach Farben sortiert. Wie ein

Regenbogen. Selbst die gemusterten Pullover schienen nach ihrer Grundfarbe eingeordnet zu sein.

Eigentlich hätte sie lachen sollen. Schließlich war das so seltsam, daß es schon wieder komisch war. Über so etwas machte man Witze.

Statt dessen spürte Cassie, wie ihr Tränen über die Wangen rannen. Sie sank vor den aufgereihten Schuhen auf die Knie und weinte leise vor sich hin, einen Pullover auf den Mund gepreßt, um jedes Geräusch zu ersticken. Sie krümmte sich zusammen, ihr Magen verkrampfte sich, und sie sagte sich, daß sie den Verstand verlor.

Es war der Streß, unter dem sie in den vergangenen Tagen gestanden hatte, ermahnte sie sich, als sie die Tränen abwischte. Cassie ging zurück ins Bad und schloß die Tür. Sie ließ das Wasser laufen, bis es so kalt war, daß ihre Hände taub wurden, dann spritzte sie es sich ins Gesicht und hoffte, noch mal von vorne anfangen zu können.

Seit Tagen redeten alle über den Blizzard. Er sollte am Freitag kommen, irgendwann nach drei Uhr. Es würde ein Jahrhundertsturm werden. Füllen Sie Ihre Badewanne mit Wasser, hatte man im Wetterbericht geraten. Legen Sie sich einen Vorrat an Batterien und Feuerholz an. Suchen Sie Ihre Taschenlampen zusammen.

Nur eines hätte noch besser sein können, meinte Cassie: Wenn der Blizzard am Sonntag gekommen wäre, weil dann Montag die Schule ausgefallen wäre.

Cassie kam in die Küche. Sie war den ganzen Nachmittag bei Connor gewesen, aber sie hatte ihrer Mutter versprochen heimzukommen, bevor die ersten Flocken fielen. Cassies Mutter hatte panische Angst vor dem Schnee. Sie war in Georgia aufgewachsen und hatte noch nie Schnee gesehen, bis sie nach ihrer Hochzeit nach Maine gezogen war. Statt sich praktisch für den Schneesturm zu rüsten – so wie Connors Mutter, die überall Kerzen aufgestellt und extra Milch eingekauft hatte, die sie in den Schneewehen lagern wollte –, saß Aurora Barrett mit angstgeweiteten Augen am Küchentisch, lauschte dem Wetterbericht in ihrem Transistorradio und wartete darauf, lebendig begraben zu werden.

Für Aurora hatte ein Nordsturm nur ein Gutes: Er gab ihr Gelegenheit, ihrem Mann die Schuld an allem zu geben, was in ihrem Leben schiefgelaufen war. Cassie hatte von frühester Kindheit an mitbekommen, daß ihre Mutter Maine haßte, daß sie hier nicht leben wollte, daß sie nicht die Frau eines Bäckers sein wollte. Aurora träumte immer noch von einer Villa mit sanft geschwungenen Rasenflächen bis zum Fluß, von einer Lattenbank unter schattigen Kirschbäumen, von der schmelzenden Südstaatensonne. Oft kauerte Cassie still in einer dunklen Ecke, während ihre Mutter Ben anbrüllte, ob für ihn zehn lange Jahre am selben gottverlassenen Ort eigentlich immer noch »nur vorübergehend« seien.

Meistens blieb ihr Vater ruhig und ließ Auroras Wutausbrüche stoisch über sich ergehen. Theoretisch war es tatsächlich seine Schuld: Er hatte Aurora versprochen, die Bäckerei zu verkaufen, sobald ein hübscher Profit dabei raussprang, und dann mit ihr in ihre Ecke zu ziehen. Aber die Bäckerei machte immer wieder Verluste, und im Grunde seines Herzens hatte ihr Vater gar nicht die Absicht, Neuengland zu verlassen. Während ihrer ganzen Kindheit hatte Ben Cassie nur einen einzigen Rat auf den Lebensweg mitgegeben: *Bevor du dir überlegst, was du sein willst, überleg dir, wo du sein willst.*

Es schneite nicht an jenem Abend, bis Cassie ins Bett ging, und als sie am nächsten Morgen aufwachte, war die Welt verzaubert. Draußen schwappte ein weißes Meer bis an ihr Schlafzimmerfenster, und die Hügel und Schneewehen hatten die Landschaft so geglättet, daß sie fast ihren Orientierungssinn verlor. Sie holte sich einen Apfel und stopfte ihn in die Tasche, dann setzte sie sich an den Küchentisch, um die Stiefel anzuziehen.

Sie hörte den Streit Wort für Wort, obwohl ihre Eltern oben im Schlafzimmer waren. »Verkauf die Bäckerei«, drohte ihre Mutter. »Ich weiß nicht, wozu ich sonst noch fähig bin.«

Cassies Vater schnaubte. »Du hast doch schon längst alles getan, wozu du fähig bist!« Cassie fuhr zusammen, weil ein Windstoß weißen Schnee gegen das Küchenfenster blies. »Warum gehst du nicht einfach wieder zurück?«

Zurück. Cassies Augen wurden groß. Lange blieb es still, bis auf das Heulen und Stöhnen des Sturmes. Dann hörte sie den Satz, mit dem ihre Mutter diese Szenen jedesmal beendete. »Ich fühle mich nicht gut. Gar nicht gut.« Und danach kam das unverwechselbare »Kling«, mit dem die Bourbonkaraffe auf Auroras Frisierkommode geöffnet wurde. Je mehr Aurora trank, desto weniger konnte Cassies Vater sie ausstehen. Es war ein Teufelskreis.

»Herrgott«, preßte ihr Vater heraus, dann kam er die Treppe heruntergepoltert. Genau wie Cassie war er dick eingepackt und bereit, sich dem Blizzard zu stellen. Er kam kurz zu ihr herüber und legte ihr die Hand auf die Wange, fast als wolle er sich entschuldigen. »Kümmer dich um sie, ja, Cass?« sagte er, doch noch bevor sie ihm antworten konnte, war er schon weg.

Cassie schnürte ihre Stiefel zu und kochte dann ein weiches Ei, so, wie ihre Mutter es mochte. Zusammen mit einer Scheibe Toast trug sie es auf einem Teller nach oben. Vielleicht würde es nicht ganz so schlimm, wenn ihre Mutter etwas im Magen hatte.

Als Cassie die Tür aufschob, lag Aurora quer über dem Bett und hatte den Arm über die Augen gelegt. »O Cassie«, stöhnte sie. »Kleines, bitte! Das *Licht*.«

Cassie kam gehorsam herein und drückte die Tür wieder zu. Sie roch den klebrig-süßen Bourbon, der sich in den Zimmerecken mit den Spuren von Zorn mischte, die ihr Vater hinterlassen hatte.

Aurora warf nur einen Blick auf das Frühstückstablett, das Cassie abgesetzt hatte, und begann zu heulen. »Hat er dir gesagt, wo er hin ist? Er ist da draußen, in diesem, diesem *Blizzard* –« Sie schleuderte eine Hand in Richtung Fenster, um ihre Behauptung zu untermauern. Dann ließ sie die Stirn in die Hand sinken und rieb sich die Nasenwurzel. »Ich weiß einfach nicht, wie es soweit kommen konnte. Ich weiß es wirklich nicht.«

Cassie sah kurz in die rotgeränderten Augen ihrer Mutter und stemmte die Hände in die Hüften. »Steh auf.«

Aurora schaute ihre Tochter an und blinzelte. »Wie bitte?«

»Steh auf, hab' ich gesagt.« Sie war erst zehn, aber sie war schon längst erwachsen. Cassie zerrte ihre Mutter vom Bett und reichte ihr nacheinander Anziehsachen: einen Rolli, einen Pullover, Wollsocken. Aurora staunte sie erst ungläubig an, aber dann fügte sie sich und nahm schweigend entgegen, was Cassie ihr hinhielt.

Als Cassie die Haustür öffnete, wich Aurora einen Schritt zurück. Die Winterkälte folgte ihr ins Haus. »Raus«, befahl Cassie. Sie hüpfte in den Schnee und grinste, als sie bis zu den Schenkeln in einer Wehe versank. Sie drehte sich zu ihrer Mutter um. »Ich meine es ernst.«

Sie brauchte eine Viertelstunde, um Aurora zwei Meter von der Veranda wegzubekommen. Aurora bibberte, und ihre Lippen waren blau, so wenig war sie daran gewöhnt, draußen im Schnee zu sein. Der Wind riß Cassie die Mütze vom Kopf und ließ sie über den Schnee davontanzen. Sie sah, wie sich ihre Mutter wie ein Kind bückte und ehrfürchtig die weiße Fläche berührte.

Cassie schöpfte eine Handvoll Schnee und formte ihn zu einem Ball. »Mom!« schrie sie, und im selben Augenblick warf sie mit aller Kraft.

Sie traf Aurora an der Schulter. Ihre Mutter erstarrte, blinzelte und verstand offenbar überhaupt nicht, womit sie das verdient hatte.

Cassie bückte sich und legte sich einen ganzen Vorrat an Schneebällen zu. Einen nach dem anderen schleuderte sie auf ihre Mutter, traf sie an Schulter, Brust, Beinen.

So etwas hatte Cassie noch nie erlebt. Ihre Mutter sah aus, als habe sie keine Ahnung, was von ihr erwartet wurde. Als habe sie nicht die leiseste Idee, was sie tun sollte. Cassie ballte die Fäuste. »Wehr dich!« brüllte sie, und die Worte gefroren in der Kälte. »Verdammt noch mal! Wehr dich doch!«

Sie bückte sich wieder, langsamer diesmal, damit ihre Mutter es ihr nachmachen konnte. Der Alkohol machte Auroras Bewegungen unsicher, und sie strauchelte, als sie sich wieder aufrichtete, aber sie hielt einen Schneeball in der Hand. Cassie schaute zu, wie ihre Mutter ausholte und den Ball warf.

Er traf sie mitten ins Gesicht. Cassie spuckte und wischte sich den Schnee aus den Augen. Ihre Mutter legte bereits ein kleines Arsenal an. In dem blendenden Weiß sahen Auroras Augen längst nicht so rot aus; in der klirrenden Kälte begann sich ihr Körper ein bißchen zügiger zu bewegen.

Cassie lauschte angestrengt, um das Geräusch durch den heulenden Wind hindurch zu erahnen. Es war leise und klar, das Lachen ihrer Mutter, und es wurde lauter und leichter, als es sich endlich aus seinen Fesseln befreite. Lächelnd drehte sich Cassie mit ausgebreiteten Armen im Schnee und ließ die weichen, süßen Bälle auf sich herabregnen.

Immer wenn beim Aufwachen die Decke um Wills Hüfte gewikkelt und seine Brust schweißnaß war, wußte er, daß er den Donnertraum gehabt hatte. Aber er verweilte nicht bei den Einzelheiten; im Lauf der Jahre war es ihm immer leichter gefallen, die Träume – obwohl sie immer öfter kamen – abzuschütteln. Er würde aufstehen und duschen. Und mit dem Schweiß würde er die Erinnerungen abwaschen, die ihn an die Sioux banden.

Da er an diesem Tag die Spätschicht übernehmen sollte, hatte Will noch geschlafen, als ihn das Telefon aus seinem Donnertraum riß. »Frances Bean, Stadtbücherei«, sagte eine Stimme. »Wir haben das bestellte Material.«

»Ich habe kein Material bestellt«, murmelte Will schlaftrunken und streckte den Arm aus, um den Hörer zurück auf die Gabel zu legen.

»...Anthropologie.«

Er hörte nur dieses Wort, schwach und leise, aber im nächsten Moment hatte er den Hörer wieder am Ohr.

Die Bücherei war klein und dunkel und an diesem Donnerstagmorgen still wie ein Grab. Nachdem Will sich an der Theke ausgewiesen hatte, überreichte man ihm einen Papierstapel, der mit einem Gummi zusammengehalten wurde. »Danke«, sagte Will zu der Bibliothekarin und zog sich in eine Ecke zurück, um Cassies Artikel zu lesen.

Zwei stammten aus wissenschaftlichen Zeitschriften. Der dritte war aus dem *National Geographic* und bestand aus Dutzenden von Fotografien. Auf allen war die erlauchte Dr. Cassandra Barrett an der Ausgrabungsstätte in Tansania zu sehen, wo sie die Hand entdeckt hatte. Will las den Abschnitt über die anthropologische Bedeutung der Hand und des dazugehörigen Steinwerkzeugs, erfuhr aber nichts, was Cassie ihm nicht schon erzählt hätte. Er überflog den Rest bis zu den Absätzen, die sich mit Cassie selbst beschäftigten.

»Die junge Dr. Barrett – die man ihrem Aussehen nach eher für eine Studentin als für die leitende Wissenschaftlerin halten würde – gesteht, daß sie sich in einer schlammigen Lehmgrube wohler fühlt als im Vorlesungssaal.« Will sprach die Worte leise nach und betrachtete das Foto auf der Seite gegenüber, auf dem Cassie auf dem Boden hockte und einen langen, gelben Knochen abstaubte. Will übersprang den Rest bis zum letzten Satz: »Auf diesem, bis heute von Männern beherrschten Feld wird Dr. Barrett wohl bald eine führende Rolle einnehmen – das liegt auf der Hand.«

»Aufgeblasener Affe«, murmelte er. Er wendete die Seite, suchte nach einem weiteren Bild von Cassie. Als er keins entdeckte, blätterte er zurück zum Anfang des Artikels. Auf Seite sechsunddreißig war die Hand selbst abgebildet, und daneben Cassies Hand zum Vergleich. Den Rest der Seite nahm ein weiteres Bild von ihr ein. Sie stand im Gegenlicht, mit der Sonne im Rücken, so, wie es die Fotografen vom *National Geographic* gern hatten, und ihr Kinn war ein winziges bißchen vorgereckt. Will legte den Daumen auf ihren Hals. Das Foto war zu dunkel, als daß man ihre Augen hätte sehen können. Er hätte alles dafür gegeben, ihre Augen zu sehen.

Er fragte sich, wie eine Frau, die sich in der afrikanischen Savanne zu Hause fühlte, glücklich sein konnte, wenn sie bei irgendwelchen Premieren von Paparazzi gejagt wurde. Er fragte sich, wie eine Frau an einem Tag einen Artikel für ein wissenschaftliches Journal schreiben konnte, um am nächsten die Sensationspresse nach verleumderischen Artikeln über ihren Ehemann durchzublättern. Er überlegte, wie zum Teufel Alex Rivers Cassandra Barrett kennengelernt hatte; was sie am Sonntagmorgen machten; worüber sie sich unterhielten, wenn sie nachts engumschlungen im Bett lagen und niemand sie hörte.

Will ließ die Artikel auf dem Tisch liegen, alles, außer der einen Seite mit dem Bild von Cassie im Gegenlicht. Als sich die Bibliothekarin über ihren Computer beugte, faltete er Cassies Bild zusammen und stopfte es in die Hosentasche. Er spielte mit dem Gedanken, so damit heimzugehen, obwohl er wußte, daß das Papier weich werden und verbleichen würde, bis Cassies Gesicht kaum mehr zu erkennen war.

6

Cassie öffnete die Tür des Apartments, und vor ihr stand die schönste Frau der Welt. Im ersten Moment konnte sie nicht anders, als die langen, glänzenden Haare zu bestaunen; die frühlingsgrünen Augen. Die Frau trug ein Seidenhemd, das dieselbe Farbe wie das Fruchtfleisch einer Wintermelone hatte, dazu ein Kaschmirbarett und als Rock ein riesiges, zweimal um die Hüfte geschlungenes Tuch. »Ist das zu fassen, Cass?« Die dünne, nasale Stimme paßte überhaupt nicht zu der übrigen Erscheinung. Die Frau quetschte sich an Cassie vorbei und hielt den rechten Arm mit dem linken vor sich hin, als wolle sie ihn am liebsten loswerden.

Der Arm war vom Ellbogen bis zum Handgelenk in schwarzen Gips verpackt. »Und jetzt verrat mir«, jammerte die Frau, »was ich wegen Clorox unternehmen soll.«

»Clorox?« murmelte Cassie und stolperte hinter der Fremden die Treppe hinauf in die Küche, wo diese sich ein Glas Orangensaft aus dem Kühlschrank einschenkte.

Die Frau verzog amüsiert das Gesicht. »Was ist denn mit dir los? Hat Alex dich wieder die halbe Nacht mit seinen Monologen wach gehalten?«

Unwillkürlich ballte Cassie die Fäuste. Sie wußte nicht, wer diese Frau war, aber Alex war unglaublich einfühlsam gewesen. Gestern, während Cassie am Strand geschlafen hatte, hatte er von John, seinem Fahrer, alle Fotoalben und Diakästen aus der Hauptwohnung herbringen lassen und später sechs Stunden lang neben Cassie in der dunklen, ruhigen Blibl=iothek des Apartments gesessen. Er hatte fremden Gesichtern Namen gegeben und Cassie in groben Strichen eine Vergangenheit skizziert, wobei er die entscheidendsten Minuten lang und breit ausgemalt hatte. Cassie hatte entspannt an Alex' starker Schulter gelehnt und mit halb geschlossenen Augen verfolgt, wie ihr Leben plötzlich Farben und Formen annahm.

Die Frau schüttete den Orangensaft hinunter, ließ sich auf einem hohen Barhocker aus Ahornholz nieder und schlang die Füße um die Stuhlbeine. Cassie kniff die Augen zusammen und versuchte, sich ein Bild ins Gedächtnis zu rufen, das Alex ihr gestern in einem Album aus ihrer Collegezeit gezeigt hatte. »Warst du früher nicht blond?« fragte sie vorsichtig.

Die Frau zog die Nase kraus. »Was ist denn mit *dir* los? Ich bin seit Millionen Jahren nicht mehr blond.«

Alex hatte sich so leise hinter Cassie angeschlichen, daß sie ihn nur bemerkte, weil sich der Blick der Frau plötzlich verdüsterte. Er trug nichts als ein Handtuch, das er sich um die Hüften geschlungen hatte. »Ophelia«, sagte er kühl und legte den Arm um Cassie. »Welch freudige Überraschung so früh am Morgen.«

»Ja«, schnaubte Ophelia. »Das Vergnügen ist ganz meinerseits.«

Fasziniert beobachtete Cassie die beiden, dann nahm sie Ophelia noch einmal in Augenschein. Kein Wunder, daß ihr keine Sekunde lang Bedenken gekommen waren. Die schönste Frau, die ihr je begegnet war, tauchte an ihrer Tür auf, aber sie schenkte Alex nicht mehr Beachtung als ihrem Orangensaft, und Alex wollte offensichtlich nichts wie weg von ihr.

Alex deutete auf ihren schwarzen Gips. »Sehnenentzündung? Überbeanspruchung? Eine andere Arbeitsverletzung?«

»Fick dich«, antwortete Ophelia leichthin. »Ich bin auf dem Gehsteig ausgerutscht.«

Alex zuckte mit den Achseln. »Hätte schlimmer kommen können.«

»Schlimmer? Ich soll nächste Woche einen Werbefilm drehen, einen *landesweiten* Werbefilm für Clorox. Und mit dem rechten Arm soll ich eigentlich Bleiche in den Meßbecher kippen —«

»Du bist auch Schauspielerin?«

Cassies ruhige Frage brachte Ophelias Tirade augenblicklich zum Versiegen. Sie warf Alex einen mißtrauischen Blick zu. »Was zum Teufel hast du mit ihr angestellt?«

Alex lächelte Cassie aufmunternd an. »Liest du eigentlich jemals Zeitung, Opie, oder geht das über deinen Horizont?«

»Vom Lesen kriegt man Krähenfüße. Ich schau mir die Nachrichten im Fernsehen an.«

Alex lehnte sich an die marmorne Kochinsel in der Mitte der Küche und kreuzte die Arme über der Brust. »Cassie hat letzte Woche irgendeinen Unfall gehabt und sich dabei am Kopf verletzt. Ein Bulle hat sie auf einem Friedhof gefunden; sie wußte ihren Namen nicht mehr. Sie findet erst langsam ihr Gedächtnis wieder, Stück für Stück.«

Ophelia riß die Augen so weit auf, daß Cassie das Weiße rund um die grüne Iris sehen konnte. »Wie praktisch für dich. Bestimmt hast du dich sofort zum Heiligen stilisiert.«

Alex überging Ophelias Kommentar, beugte sich zu Cassie herab und küßte sie auf die Stirn. »Sie heißt Ophelia Fox, aber das ist nicht ihr echter Name – allerdings ist kaum mehr was echt an ihr. Sie ist ein Hand-Modell; sie war deine beste Freundin auf dem College und deine Mitbewohnerin, als wir uns kennenlernten, und soweit ich weiß, ist sie dein einziger Charakterfehler.« Er zog sich das Handtuch fester um die Taille und ging zur Treppe. »Ach, Ophelia«, grinste er, »wenn du sehr nett zu mir bist, gebe ich dir vielleicht ein Autogramm auf den Gips.«

Cassie sinnierte darüber, was eine Anthropologin mit einer Frau wie Ophelia Fox zusammengeführt haben konnte; bevor sie die Frage auch nur in Worte fassen konnte, kam Ophelia auf sie zu. Mit langen, schlanken Fingern fuhr sie über die verheilende Wunde an Cassies Schläfe. »Gott sei Dank«, befand sie. »Das wird keine Narbe geben.«

Cassie prustete laut los. Das war nun wirklich ihre kleinste Sorge. Sie trat zurück und musterte Ophelias Gesicht, diesmal in der Hoffnung, irgend etwas Vertrautes darin zu entdecken. »Du bist schön«, urteilte sie aufrichtig.

Ophelia wedelte abwehrend mit der gesunden Hand. »Meine Augen stehen zu dicht beieinander, und meine Nase zeigt einen halben Zentimeter nach rechts.« Sie streckte Cassie die Hand entgegen. Sie war blaß, fast unbehaart und wies fünf fein geschwungene Nägel mit weißen Monden auf. »Aber *die hier* ist wirklich schön. Jedesmal zeigten sie ein bißchen mehr von mir. Die letzte Anzeige ging schon bis zur Schulter. Ich schätze, der Rest ist bloß eine Frage der Zeit.«

Nicht einmal Alex – ein echter Weltstar, wie Cassie annahm – war so mit sich selbst beschäftigt wie Ophelia. Aber sie sah so ernst aus, wie sie ihre Hand vorstreckte und prüfend die Finger bog, daß Cassie einfach lächeln mußte. »Möchtest du noch was?« fragte sie und deutete auf das leere Saftglas.

Ophelia ging an einen Schrank, steckte die Hand hinein, kramte herum und zog sie mit einem englischen Muffin wieder heraus. »Laß nur. Ich kenne mich aus.«

»Gut«, fand Cassie. »Vielleicht kannst du ja die Führung für mich machen.«

Ophelia drehte sich vom Toaster weg. Angst malte sich auf ihren Zügen. »Mein Gott, Cassie, wie lang wird das denn noch dauern? Es muß schrecklich für dich sein.«

Cassie zog die Schultern hoch. »Ich habe ja Alex.«

»*Der* wird dir bestimmt eine große Hilfe sein«, knurrte Ophelia.

Cassie stellte sich an die Arbeitsplatte und begann, eine Erdbeere in acht hauchdünne Scheiben zu schneiden. Sie schnitt ganz methodisch und lauschte versonnen dem Klicken, mit dem die Messerklinge bei jeder Scheibe auf den Marmor traf. »Warum verabscheut ihr euch so?« fragte sie.

Cassie war nicht sicher, ob Ophelia nicht darauf antworten wollte oder ob sie die Frage nicht gehört hatte. »Butter?« fragte Ophelia. Sie schloß die Augen, als wolle sie sie orten, und öffnete dann ein Fach im Kühlschrank. »Ah«, sagte sie. Sie versuchte, das Muffin mit dem verletzten Arm zu halten, während sie mit der anderen Hand Butter darauf strich, aber das Gebäck rutschte ihr immer wieder aus den Fingern.

»Komm«, sagte Cassie. »Laß mich das machen.«

Sie reichte die Hälfte Ophelia, die ihren Unterarm anstarrte, als habe sie ihn noch nie gesehen. »Ich kann noch nicht wieder damit greifen. Es macht mich wahnsinnig. Und es juckt höllisch.«

»Wie ist es denn passiert?«

Sie zog die Schultern hoch. »Es war der beschissene Abschluß eines beschissenen Tages. Ich war auf diesem Fototermin für *Parents*, und ich mußte den ganzen Nachmittag lang nackte Babys in die Luft halten.« Sie streckte zur Demonstration die Arme vor. »Jedenfalls wollten sie immer den Kinderpopo und meine Hände unter den Babyarmen haben. Und plötzlich fängt dieses Baby – ein Junge – an, mich vollzupinkeln. Und ich trage die Bluse aus Waschseide, die ich mir letzten Monat bei Versace gekauft habe – du weißt schon, die ich dir gezeigt habe –, und ich weiß gleich, daß der Fleck nicht mehr rausgehen wird.« Sie hielt inne und biß von ihrem Muffin ab. »Und gerade als ich gehen will, erzählen sie mir, daß sie mich benachrichtigen werden, falls – *falls* sie das Bild in der nächsten Ausgabe bringen. Ich gehe also raus, und draußen gießt es wie aus Eimern, und ich habe keinen Schirm, und plötzlich liege ich mitten in einer Pfütze, und mein Arm ist unter mir eingeklemmt und tut mörderisch weh.« Sie grinste. »Allerdings habe ich mich mit dem Arzt in der Notaufnahme verabredet.« Sie sah Cassie an. »Hast du gewußt, daß sie den Gips inzwischen in allen Farben machen? Du kannst dir eine aussuchen – rosa, grün, sogar knallrot. Ich habe mich für schwarz entschieden, weißt du, weil das am besten zu meiner Abendgarderobe paßt.«

Cassie lehnte am Küchenbüffet, ganz erschlagen von Ophelias Ausführungen. »Aber reden wir nicht über mich«, meinte Ophelia. Sie lächelte, und Cassie sah, was sie gemeint hatte – ihre Nase war tatsächlich ein bißchen schief. »Was machen denn deine Knochen?«

»Knochen?«

»Mein Gott, du hast doch ständig über das Praxisseminar geredet, das du dieses Semester hältst. Ich war überzeugt, das hätte sich so tief in dein Gedächtnis gegraben, daß du es nicht mal im Koma vergessen könntest. Du fährst nach ... laß mich nachdenken ... Kenia, glaube ich, im Mai, und zwar mit der Abschlußklasse.«

»Ich war noch nicht wieder an der Uni. Alex muß an *Macbeth* weiterarbeiten, deshalb haben wir beschlossen, daß ich mich beurlauben lasse und mit ihm fahre.«

»Haben *wir* beschlossen?« Ophelia schüttelte den Kopf. »Du meinst, hat *er* beschlossen. Du begleitest Alex *nie* zu den Dreharbeiten. Jedenfalls nicht während des Semesters. Du mußt mehr als dein Gedächtnis verloren haben, denn die Cassie, die ich kenne, würde lieber sterben, als zwei Vorlesungen hintereinander ausfallen zu lassen.« Ophelia lächelte. »Vielleicht sollte ich mit dir zur Uni fahren und dich ein, zwei Stunden mit deiner Arbeit in dein staubiges altes Büro einschließen. Ich würde zu gern sehen, wie du zeterst und auskeilst, wenn Alex dich dann nach Schottland verschleppen will.«

Cassie spürte, wie sich ihre Hand um das Messer krampfte. Sie hatte keinen Anlaß, Alex mehr Glauben zu schenken als Ophelia, aber sie tat es. Cassie schluckte und legte das Messer neben der aufgeschnittenen Erdbeere auf die Arbeitsfläche. Sie fuhr mit dem Finger durch eine rote Pfütze aus Saft und Samenkörnern; das Herz der Frucht, das Blut. »Warum verabscheut ihr beide euch so?« fragte sie noch einmal.

Ophelia seufzte. »Weil wir uns zu ähnlich sind, um miteinander auszukommen. Wir sind im gleichen Geschäft, wenn auch auf verschiedenen Ebenen. Wir sind besessen von unserer Arbeit. Und wir wollen dich beide für uns allein haben.«

Cassie lachte, aber das Geräusch schien die Luft um sie herum zum Klirren zu bringen. »Das ist doch lächerlich«, fand sie. »Du bist meine Freundin. Er ist mein Mann. In meinem Leben ist bestimmt Platz für euch beide.«

Ophelia lehnte sich an die Kochinsel und reckte ihr Gesicht dem Dachfenster entgegen. »Sag das Alex. *Er* hat vom ersten Tag an versucht, dich ganz zu verschlingen.«

Als habe er das Gespräch belauscht, kehrte Alex später am Vormittag mit einer Schachtel voller Knochen zurück. Er gab vor, unter ihrem Gewicht schier zusammenzubrechen, während er auf Cassie zuging. Sie saß am Küchentisch, blätterte in Fotoalben und fixierte gerade das verblichene Bild eines blonden Jungen. Er war mager und sehnig, an der Grenze zwischen Kind und Mann, und sein Arm hing lässig über Cassies Schultern. Sie war dreizehn, aber von der typischen unbehaglichen Distanz der Teenager zum anderen Geschlecht war nichts zu spüren. Im Gegenteil, so wie das Bild aufgenommen war, konnte man kaum erkennen, wo der eine aufhörte und die andere anfing.

Cassie schaute nicht auf, bemerkte die Holzkiste mit dem wissenschaftlichen Versandaufkleber überhaupt nicht. »Alex«, sagte sie, »wo lebt Connor jetzt? Warum sehen wir uns nicht mehr?«

»Keine Ahnung. Er ist das einzige, worüber du nie reden wolltest.«

Cassie legte den Finger auf ein paar fliegende Haare, die in einer dünnen Linie von Connors Wange abstanden. »Wahrscheinlich ein Streit. Einer dieser dämlichen Kinderstreits, nach denen sich beide jahrelang mies fühlen, aber keiner den Mut findet, den ersten Schritt zu machen.«

Alex stemmte die Kiste auf. »Das bezweifle ich. Du bist besessen davon, Zerbrochenes zu kitten.« Er warf ein paar vergilbte, schwere Knochenstücke hoch, die Cassie wie ein geübter Jongleur auffing. »Und hier habe ich ein paar Bruchstücke für dich.«

Alex schüttete den Inhalt der Kiste auf den Eßtisch, mitten auf das aufgeschlagene Fotoalbum. »Und sag bloß nicht, ich würde dir nie was mitbringen«, grinste er.

Cassie schob die schützende Transportverpackung aus weicher Watte und Zeitungspapier beiseite und betastete die ungefähr fünfzig Knochenteile. Jedes war mit Tusche beschriftet; in nach links geneigter, europäisch wirkender Handschrift waren das Grab, die Fundstelle, das Funddatum verzeichnet. »O Alex«, murmelte sie. »Wo hast du das her?«

»Aus Cambridge, England«, antwortete er. »Und die haben es aus Cornwall, das behauptete jedenfalls das Labor, von dem ich es gekauft habe.«

»Du hast mir einen Schädel *gekauft*?«

Alex fuhr sich mit der Hand durchs Haar. »Du weißt ja gar nicht, was ich alles anstellen mußte, damit ich ihn nach Hause mitnehmen durfte. Ich mußte diesem Dr. Nervig –«

»Dr. *Nerval*?«

»Wie auch immer. Jedenfalls mußte ich eine Menge spenden, ihm erklären, für wen ich den Schädel haben will, und schwören, daß du ihn bestimmt an sein Museum zurückschicken und ihn nicht als Dekorationsstück in unser Regal stellen würdest.« Gedankenverloren hob er einen Wattebausch auf und zupfte ihn auseinander. »Und damit es eine *Überraschung* wird, mußte ich das alles in den sechs Minuten aushandeln, in denen du gestern nicht bei mir warst.«

Cassie staunte ihn an. »Du hast das gestern gemacht?«

Alex zuckte mit den Schultern. »Den Kauf hatte ich schon in Schottland geregelt. Aber gestern habe ich dafür gesorgt, daß der Schädel bis heute ankommt. Ich wußte nicht, wie lange es dauert, bis du wieder zu dir gefunden hast, und ich wollte, daß du dich hier zu Hause fühlst.«

Cassie lächelte, und wie jedesmal fragte er sich, warum die Fotografen sich eigentlich auf ihn stürzten und nicht auf sie. Wenn sein Gesicht irgend etwas wiedergab, dann nur das Licht, das Cassie ausstrahlte. »Natürlich«, meinte sie ironisch, »wäre jede andere Frau mit Rosen zufrieden gewesen.«

Alex beobachtete, wie Cassies Hände automatisch begannen, die Schädelsplitter der Größe nach zu ordnen. »Ich würde dich für nichts auf der Welt hergeben«, murmelte er.

Cassie hatte gerade den Unterkiefer ausgepackt. Sie hielt inne und betrachtete gedankenverloren ihre Hände. Dann stand sie auf und beugte sich vor, um Alex einen Kuß zu geben. »Ich bin bestimmt der glücklichste Mensch in ganz Kalifornien«, sagte sie.

Alex ließ sich in ihre Wärme fallen, stützte sich auf ihre Worte, auf das Prickeln, das ihre Haut auf seiner auslöste. Er wußte nie, was er sagen sollte; er war es gewohnt nachzusprechen, was andere geschrieben hatten. Er wünschte, er hätte vor langer Zeit gelernt, das Gefühl, daß er aufhören würde zu existieren, falls sie wegging, falls sie ihn jemals verlassen sollte, in Worte zu kleiden. Aber das konnte er ihr nicht sagen, deshalb tat er, was er immer tat: Er schlüpfte in die erstbeste Rolle, die ihm in den Sinn kam. Er war bereit, alles zu tun, um nicht mit den eigenen Grenzen konfrontiert zu werden.

Er löste sich von ihr und wechselte die Tonart: eine leichte Komödie, in der er der Clown war. Alex warf einen Blick auf das Knochengewirr und zog eine Braue hoch. »Jedenfalls hattest du mehr Glück als *er*«, sagte er.

Er ließ Cassie allein, während sie die Knochen in fünf Reihen anordnete, plus dem Unterkiefer, und ging nach unten, um den Rest von ihrem Geschenk zu holen: den Durofix, die Plastilinstangen und die Sandkiste, in die sie die Knochenteile immer steckte, während sie zusammengeklebt wurden. All das hatte er aus ihrem Labor im großen Haus geholt.

Bis er wieder zurückkam, hatte Cassie bereits ein paar Knochenstücke ausgewählt und aneinandergelegt. Alex konnte erkennen, wie gut sie zusammenpassen würden. »Laut Aufkleber stammt er aus dem Frühmittelalter«, erklärte ihm Cassie. »Ich habe ihn Lancelot getauft.« Sie griff in die Kiste, die Alex in den Händen hielt, nahm den Durofix heraus und zog eine dünne Klebstoffspur über eine Knochenkante. Dann legte sie den Schädelsplitter seitlich in die Sandkiste, drückte das andere Knochenteil daran und baute einen Sandhügel, der beide Teile stützen würde, bis der Klebstoff trocken war. »Ich werde erst das Dach zusammensetzen und dann das Gesicht möglichst separat bauen. Sobald beides getrocknet ist, kann ich das *caput mandibularis* in die *fossa* einpassen. Auf diese Weise kann ich die Schlußbißstellung der Zähne überprüfen, bevor ich das Gesicht endgültig einfüge.«

Alex schüttelte den Kopf. »Und manche Leute meinen, *Shakespeare* sei schwer zu verstehen.«

Cassie lächelte, schaute aber nicht von der Arbeit auf. »Es braucht auch keiner zu verstehen, was ich sage. Er ist mein einziger Zuhörer« – sie fuhr mit dem Finger über Lancelots Unterkiefer – »und sein Gehör ist total im Eimer.«

Sie war eine Stunde damit beschäftigt, die Stücke in einem dreidimensionalen Puzzle zusammenzusetzen. Alex saß ihr gegenüber und schaute gebannt zu.

Cassie starrte ihn kritisch an. »Hast du mir noch nie bei der Arbeit zugesehen?« Als Alex den Kopf schüttelte, grinste sie. »Möchtest du mir helfen?«

Seine Augen glühten kurz auf, aber dann hob er vorsichtig einen winzigen Splitter des uralten Gesichtes auf und strich mit dem Daumen über die gezackte Kante. »Ich habe doch keine Ahnung, was ich tun soll«, gestand er. »Ich wäre dir nur lästig.«

»Es ist ganz leicht.« Cassies kleine Hände führten seine zu einem zweiten Stück, und sie fügte die Kanten so zusammen, daß sie perfekt paßten. »Du kannst die zwei für mich zusammenkleben.« Staunend schaute er auf ihre Finger, die sich um seine schlossen, auf ihre Hand, die seine hielt, schließlich auf die Knochensplitter. Niemand würde ihn mit Cassie in Verbindung bringen, solange sie getrennt waren – aber sobald sie zusammen waren, schienen auch sie wie füreinander geschaffen.

Cassie hielt sein Träumen für Verwirrung. »Versuch es einfach«, ermunterte sie ihn. »Es ist wie Modellbauen. Du hast als Kind doch bestimmt Modelle gebaut.«

Als Kind war er meistens allein gewesen und hatte sich die Zeit damit vertrieben, in den Tag hinein zu träumen oder immer neue Schleichwege durch die ländlichen Außenbezirke von New Orleans zu finden. Er hatte sich Verstecke gesucht und manchmal stundenlang auf einem Kirschbaum gehockt, um in den Büchern zu lesen, die er aus der Ortsbücherei geklaut hatte: *Huckleberry Finn, Die rote Tapferkeitsmedaille, Joy of Sex.*

Alex' Eltern haßten einander, wollten sich aber nicht dem Tratsch der Leute aussetzen, indem sie sich scheiden ließen. Seine Mutter lehnte Alex ab, weil er seinem Vater zu ähnlich sah; sein Vater lehnte ihn ab, weil Alex nicht der Sohn war, den Andrew Riveaux sich erträumt hatte – einer, der gern mit ihm durch die fruchtbaren Sumpfgebiete, die Bayous, watete und Moorhühner jagte; der Fallen auslegen und danach mit den Jungs Whiskey trinken konnte, ohne kotzen zu müssen.

Zu seinem zwölften Geburtstag schenkte Andrew Riveaux seinem Sohn das komplizierte Holzmodell eines Conestoga-Wagens, eines jener Planwagen, die einst über den Oregon-Trail gefahren waren, wie Alex gerade in der Schule gelernt hatte. »Ich werde dir dabei helfen, Junge«, hatte sein Vater gesagt, und für Alex war dieses Versprechen noch schöner gewesen als das Geschenk selbst.

Alex hatte die Schachtel geöffnet und sorgfältig die Holzteile und die Metallringe ausgebreitet, mit denen die Plane am Wagen befestigt werden sollte. »Nicht so schnell«, hatte sein Vater gesagt und seine Hände weggeschlagen. »Du mußt dir die Teile verdienen.«

Und so wurde der Wagen jedesmal, wenn sich Alex in den Augen seines Vaters wie ein Mann benommen hatte, ein Stückchen weiter gebaut. Alex schoß seine erste Gans, trug sie eigenhändig an den zitternden Beinen heim und blieb zweimal zwischendurch stehen, um sein Frühstück zu erbrechen – und zur Belohnung half ihm sein Vater, den Wagenkasten zu bauen. Er stakte eine Piroge durch die schwarzen Adern der nächtlichen Bayous, lediglich seinem Geruchssinn vertrauend, bis er die Hütte der alten Hexe aufgespürt hatte, bei der sein Vater den Schwarzgebrannten kaufte – und verdiente sich dadurch den Kutschbock und die Deichsel für die Pferde. Er fiel vom Baum, brach sich das

Bein, daß sich der Knochen durch die Haut bohrte, und weinte nicht eine Träne – und noch in derselben Nacht saß sein Vater an seinem Bett, um ihm zu helfen, während er mit zittrigen Fingern die Speichen in die vier Wagenräder steckte.

Irgendwann – er war längst dreizehn – war das Modell fertig. Es war fein gearbeitet und perfekt zusammengesetzt, Zentimeter für Zentimeter ein Abbild der Geschichte. Alex leimte die Stoffplane an und nahm das Modell eine Stunde später mit in den Wald hinter seinem Haus, wo er es mit einem Ast zertrümmerte.

»Alex. *Alex.*« Er zuckte zusammen, als er Cassies Stimme hörte. Sie sah ihn mit großen Augen an und wedelte mit einem Papiertaschentuch vor seinem Gesicht herum. »Hier«, sagte sie. »Du bist ganz blutig.«

Er blickte in seinen Schoß und entdeckte zerbrochene Knochensplitter und den Schnitt in seinem Daumen. »O Gott«, flüsterte er. »Das tut mir leid.«

Cassie zuckte mit den Achseln und wickelte das Tuch fest um seine Hand. »Sie sind zerbrechlich. Ich hätte dir das sagen sollen.« Sie lächelte unsicher. »Wahrscheinlich merkst du gar nicht, wie stark du bist.«

Alex senkte den Blick. Cassie hatte das Gesicht zusammengesetzt; mit leeren Augen starrte es aus seinem Sandbett zu ihm auf. Schweigend beobachtete er, wie Cassie den Hinterkopf zusammenfügte. Der Schädel war fast vollständig erhalten. Säuberlich fügte sie vier Fragmente um den Fleck herum, an den das Knochenstück gehört hätte, das er zerbrochen hatte.

Er stand auf, murmelte etwas, das er selbst nicht verstand. Er wußte nur, daß er aus dem Zimmer gehen mußte, bevor Cassie fertig war. Er würde den Schädel nie wieder als Summe all dieser Teile ansehen können; er würde immer nur das sehen, was fehlte, was er zerstört hatte.

»Wir klauen Knochen aus einem Grab«, hatte Cassie verkündet. »An Halloween.« Es waren noch zwei Wochen bis dahin, es war die perfekte Mutprobe, und Connor hatte noch nie eine Mutprobe ausgeschlagen. Sie hatte angestrengt überlegt, wie sie Connor von seinen Sorgen ablenken könnte – sein Vater hatte seinen Job verloren und verbrachte nun die Tage mit einer Flasche Scotch

84

in der Garage; und es wurde immer offensichtlicher, daß Connors Eltern es sich nicht leisten konnten, ihn aufs College zu schicken, obwohl es Connors größter Traum war, Tierarzt zu werden. Cassie hatte das Aufblitzen in seinen Augen gesehen und gewußt, daß sie ihn am Haken hatte.

Also schlichen sie sich an Halloween um Mitternacht aus dem Haus. Sie hatten das Terrain erforscht; die Älteren in der Schule hatten ihnen verraten, daß die Polizei jedes Jahr auf dem Friedhof von St. Joseph auf der Lauer lag, daß aber der Tierfriedhof beim Mayfair Place unbewacht war.

Wie Katzen stahlen sie sich durch die Straßen, huschten von Schatten zu Schatten und hielten die Rucksäcke vom Körper weg, damit die Schaufeln und Hacken nicht klapperten. Sie kamen an den Überresten des vergangenen Abends vorbei: an mit Toilettenpapier umwickelten Bäumen, Briefkästen voller Ei. Cassie ging voran, und Connor folgte im Mondschein ihren Spuren, darauf bedacht, nur in ihre Fußstapfen zu treten.

Der Tierfriedhof war ein kleiner, von silbrigen Kiefern umstandener, eingezäunter Bereich. Jeder im Ort hatte hier irgendein Tier liegen – eine Katze, ein Meerschweinchen, einen Goldfisch – aber die meisten Gräber waren nicht gekennzeichnet. Wie auf Absprache hielten sie auf einen der wenigen Grabsteine zu. Er markierte die letzte Ruhestätte einer widerwärtigen englischen Dogge namens Rufus, der einzigen Kreatur, die von der scharfen Zunge der alten Monahan verschont geblieben war. Rufus war schon sechs Jahre tot und Mrs. Monahan drei, deshalb glaubte Cassie, daß sie wohl niemandem zu nahe traten, wenn sie das Skelett des Hundes ausgruben.

»Bist du soweit?« Connor schaute sich nervös um, aber er hielt schon die Hacke in der Hand. Cassie nickte. Sie zog ihr Werkzeug heraus und wartete darauf, daß Connor anfing.

Der Hund war so tief vergraben, daß sich Cassie schon fragte, ob er wohl in einem Sarg lag. Schließlich waren die Monahans die reichste Familie am See gewesen und Rufus ihr einziges Kind. Sie scharrte die Erde mit bloßen Händen zusammen und schaufelte heraus, was Connor lockerte.

Er stand mehr als einen Meter tief in der Grube, die Beine fest gegen die Wände gestemmt, aus Angst, er könne ganz unerwartet auf Rufus' Überreste treten. Er beugte sich vor und stieß mit der Kante seines Spatens auf etwas Unnachgiebiges. »Ach du Scheiße«, sagte er.

Cassie wischte sich den Schweiß von der Stirn. »Hast du ihn?«

Connor schluckte. Sein Gesicht war grau. Cassie reichte ihm die Hand und zog ihn herauf. Kaum war er oben, fiel er auf die Knie, krümmte sich zusammen und begann zu würgen, als müsse er sich gleich übergeben. Schließlich atmete er langsam durch.

Cassie stand über ihm, die Hände in die Hüften gestemmt. »Mein Gott, Connor«, sagte sie. »Wie willst du jemals einem Tier die Eingeweide zusammennähen, wenn dir schon von einem toten Hund schlecht wird?« Kopfschüttelnd sprang sie in die Grube und zuckte zusammen, als ihr Schuh auf einen Knochen traf. Sie bückte sich und fing an, die dünnen weißen Gebeine Stück für Stück aus der Erde zu ziehen und sie Connor direkt vor die Füße zu werfen. Irgendwie war sie überrascht. Sie hatte sich das Skelett als großes, zusammenhängendes Gebilde vorgestellt, wie in den Zeichentrickfilmen, nicht als etwas, was die Zeit in lauter Stücke zerbrechen konnte.

Schließlich zog sie den Hundeschädel aus dem Boden. Auf der Krone klebte immer noch Fell. »Wahnsinn«, hauchte sie und rollte ihn aus der Grube in Connors Richtung.

Er saß mit dem Rücken zum Grab und hatte die Augen fest zusammengekniffen. »Können wir gehen?« fragte er. Seine Stimme klang kratzig und rauh.

Cassie mußte einfach grinsen. »Herrgott, Connor«, sagte sie, »wenn ich dich nicht kennen würde, würde ich glauben, daß du dir vor Angst in die Hose machst.«

Mit einer einzigen, geschmeidigen Bewegung stand Connor auf, drehte sich um und packte Cassie so fest an den Armen, daß es beinahe weh tat. Er schüttelte sie so heftig, daß ihr der Kopf in den Nacken kippte. »Ich hab' *keine* Angst.«

Cassies Augen wurden schmal. Connor war sonst nie so zu ihr. Er hatte ihr nie weh getan. Als einziger. Zornestränen brannten unter ihren Lidern. »Feigling«, flüsterte sie, nur um ihn zu treffen und genausosehr zu verletzen, wie er sie verletzt hatte.

So verharrten sie, bis die Zeit stehenblieb, und alles, was Cassie wahrnahm, waren Connors Fingernägel, die in ihre Haut schnitten, und sein Blick, der sich in ihr Gesicht brannte. Eine Träne trat ihr aus dem Auge, und Connor ließ eine ihrer Schultern los, um sie wegzuwischen.

Er hatte sie auch noch nie so berührt. So sanft, daß sie nicht wußte, ob sie sich die Berührung eingebildet hatte oder ob es die Nachtluft gewesen war. »Ich bin kein Feigling«, flüsterte er so nah an ihrem Gesicht, daß die Worte auf ihre Lippen fielen.

Keiner von beiden wußte, wie man küßt. Sie versuchten es erst auf der einen Seite, dann auf der anderen und trafen sich schließlich mit einem kleinen Seufzer. Hitze schoß durch Cassies Körper und brannte ihre Fingerspitzen in Connors Schultern. Sie war überzeugt, daß sie ihre Male hinterlassen würden.

Sie öffnete ihm ihren Mund, und als seine Zunge die ihre berührte, konnte sie nur noch denken: Er schmeckt genau wie ich.

Wenn Cassie Jahre später über ihren Beruf nachdachte, fragte sie sich oft, warum sie sich ausgerechnet für die Anthropologie entschieden hatte. Unbewußt hatte sie ihre Wahl schon mit vierzehn getroffen, in jener Nacht auf dem Tierfriedhof. Aber ihr war nie klar, was letztendlich den Ausschlag gegeben hatte: die Faszination, die die Knochen auf sie ausgeübt hatten, oder jener erste Kuß im Mondschein – oder die Tatsache, daß sie Connor damals das letzte Mal lebend gesehen hatte.

Eine Stunde standen sie so auf dem Friedhof und lernten einander ganz neu kennen. Im weißen Licht des Mondes sahen sie aus wie zwei in einem Kuß gefangene Gespenster, mit leuchtenden Knochen zu ihren Füßen. Dann gingen sie langsam zu Cassies Haus zurück, Hand in Hand, und diesmal führte Connor.

7

Um die Wiederauferstehung von Lancelot aus dem finsteren Mittelalter zu feiern, erklärte Alex, er würde Cassie zum Essen ausführen. »Le Dôme«, verkündete er, während er aus dem Gedächtnis eine Nummer wählte. Er warf einen Blick auf Cassie. »Vielleicht möchtest du dich umziehen.«

Natürlich hatte sie das vorgehabt, schließlich hatte sie den ganzen Tag in Sand und Plastilin gewühlt; trotzdem traf es sie, daß Alex etwas an ihr auszusetzen fand.

»Louis? Alex Rivers. Ja, heute abend; neun Uhr. Nur meine Frau und ich. Ganz hinten bitte.« Er legte den Hörer sanft auf die Gabel zurück, nahm den Schädel vom Eßtisch und klappte den Unterkiefer auf und zu wie bei einer makabren Bauchrednerpuppe. »In Orrrdnung?« parodierte er Señor Wences.

Cassie mußte lächeln, sie konnte nicht anders. »In Orrrdnung.« Sie schlang sich die Arme um den Leib und fragte sich, was sie in ihrem Schrank wohl finden würde.

Doch zu ihrer Überraschung folgte Alex ihr ins Schlafzimmer und öffnete ihren Schrank. Er zog eine schlicht geschnittene, dreiteilige graue Seidenkombination heraus und legte es auf ihr Bett. »Bitte sehr«, sagte er, als sei das vollkommen normal.

Cassie lehnte in der Tür zum Bad und verschränkte die Arme. »Darf ich dir deinen Anzug auch aussuchen?« fragte sie trocken.

Verwirrt sah Alex auf, als würde er erst jetzt begreifen, wie sein Verhalten auf sie wirken mußte. »Du läßt mich *immer* für dich aussuchen«, entschuldigte er sich. »Du sagst, ich wisse besser, was man gerade so trägt.« Er nahm das Ensemble vom Bett und wollte es wieder in den Schrank hängen.

Cassie biß sich auf die Unterlippe. »Nein.« Sie trat ihm in den Weg. »Es gefällt mir. Ich meine, das wußte ich nicht. Es ist schon gut.«

Sie schrubbte sich unter der Dusche, bis ihre Haut schimmerte und ihre Haare leicht nach Lilien dufteten. Sie sang aus voller Brust »Hey Jude« und schrieb ihren Namen auf das beschlagene Glas. Als sie die Tür aufzog, stand Alex vor ihr. Inmitten der heißen Dampfschwaden und beschlagenen Spiegel sah er aus wie ein ätherisches Wesen. Er war nackt, und das machte sie nur noch verlegener. Sie legte sich die Hände auf die Brüste und drehte sich von ihm weg. »Ich wußte nicht, daß du auch im Bad bist«, sagte sie.

»Dich hätte man bis San Diego hören können«, sagte Alex. Er lächelte, nahm ihre Handgelenke und zog ihr die Hände vom Busen. »Ich hab das alles schon mal gesehen«, meinte er sanft. Er schlang ein Handtuch um ihre Hüften und zog sie an sich.

»Ich dachte, wir wollten essen gehen«, wandte Cassie ein.

»Ich will mir erst Appetit machen«, flüsterte Alex. Seine Zungenspitze umkreiste eine Brustwarze. »Ich wachse noch.«

Er hatte diese Macht über sie, konnte ein Fieber in ihr anfachen, bis ihr das Blut in den Adern schmerzte. Cassie schob die Hand zwischen ihre Leiber und führte ihn in sich ein. Sie zerkratzte ihm die Schultern, so fest klammerte sie sich an ihn. Irgendwann wurden die beschlagenen Spiegel wieder klar, und über Alex' gesenkten Kopf hinweg sah sie ihre Körper dreifach gespiegelt: eine Chimäre mit verschlungenen Armen und Beinen, wogend und voller Kraft. Ihr Gesicht war erhitzt, das Haar klebte ihr am Hals. Sie streckte eine Hand nach ihrem Spiegelbild aus. *Mein Gott*, dachte sie. *Bin das ich?*

Eine Stunde später waren sie im Le Dôme, auf dem Weg zu einem ruhigen Tisch ganz hinten, vorbei an Händen, die es zu schütteln galt, Hallo-Rufen und Einladungen zum Essen. Für einen Donnerstagabend war das Restaurant ziemlich voll. Cassie stand nervös neben Alex, ihre Hand fest in seiner vergraben, während er über die Teller anderer Leute hinweg Verabredungen traf. Sie hörte zu, wie er sich mit einem Studioboß unterhielt, und erst nach mehreren Minuten ging ihr auf, daß Alex über das Wetter in Schottland redete, während sein Gegenüber sich über die Vorteile des Gewerkschaftssystems ausließ. In Hollywood redete man nicht miteinander, sondern aneinander vorbei. Unwillkürlich mußte Cassie an Dreijährige denken, denen man noch nicht beigebracht hatte, wie man teilt.

Während Alex Wein bestellte, schirmte sich Cassie mit ihrer Speisekarte ab. Sie wußte längst, was sie nehmen würde, aber sie blieb lieber im verborgenen. Es kam ihr so vor, als sitze an jedem Tisch entweder ein Star, der versuchte, unerhört gelangweilt auszusehen, oder ein gewöhnlicher Sterblicher, der sich den Hals verrenkte, damit ihm auf keinen Fall entging, was Alex Rivers zu Abend aß.

Alex zog die Speisekarte mit einem Finger herunter. Er lächelte sie an. »Deshalb«, sagte er, »gehen wir so selten aus.«

Sie hatten eben auf Lancelot angestoßen, als eine Frau an ihren Tisch gesegelt kam und Alex' Namen seufzte. Mit angehaltenem Atem beugte sich Cassie vor. Sie hatte Ophelia für schön gehalten, aber auf den Anblick dieser Frau war sie ganz gewiß nicht gefaßt. Sie trug ein bodenlanges, hochgeschlossenes und vollkommen schwarzes enges Kleid, das ihre Arme bis zum Handgelenk umschmiegte. Aufdringlich warf sie sich Alex an den Hals. Das Kleid war fast bis zur Hüfte geschlitzt, und Cassie bemerkte, daß die Frau keine Unterwäsche, sondern nur Seidenstrümpfe trug. »Wo«, rief sie überschwenglich, »hast du dich denn so lange versteckt?«

»Miranda«, antwortete Alex, während er sich die Frau halb vom Schoß schob, »du kennst meine Frau, nicht wahr? Cassie, Miranda Adams.«

Miranda Adams beugte sich herunter, nah genug, daß Cassie die Alkoholwolke riechen konnte, die von der anderen ausging. Als sie sich wieder aufrichtete, stellte Cassie fassungslos fest, daß sie durch das Kleid hindurchsehen konnte. Mirandas Brustwarzen waren dunkel und fast dreieckig, und über ihrer linken Brust waren ein paar Muttermale oder vielleicht eine Tätowierung in Form des Sternbildes Orion zu sehen.

Wahrscheinlich hatten Alex und Miranda irgendwann miteinander gearbeitet, obwohl das kaum vorstellbar war. In den wenigen Filmen mit Miranda Adams, an die Cassie sich erinnern konnte, hatte sie ein unschuldiges, frisch-fröhliches Mädel gespielt.

»Wir essen gerade«, bemerkte Alex spitz, und Miranda zog eine Schnute. Sie küßte ihn auf den Mund und hinterließ einen knallroten Lippenstiftring, den Alex wegwischte, noch ehe sie sich wieder aufgerichtet hatte.

Cassie überlegte, ob Alex vielleicht deswegen mit ihr geschlafen hatte, bevor sie ins Le Dôme gegangen waren, weil er mit derartigen Szenen gerechnet hatte. Er hatte sie gewollt, natürlich, aber ihr kam es so vor, als habe er ihr zugleich zeigen wollen, daß er ihr gehörte, was auch immer geschehen mochte. Noch jetzt spürte sie die Wärme auf der Haut, wo Alex' Hände sie berührt hatten. »War es nicht sie, die nackt in deinem Wohnwagen gesessen hat?« fragte Cassie.

Alex blieb der Mund offenstehen. »Woher weißt du das?«

Sie war sich nicht sicher, aber sie meinte, am Trancas Market die Schlagzeile eines Boulevardblattes gelesen zu haben: ENGEL AUF DER SUCHE NACH HÖLLENSPASS. Sie lächelte, vor allem, um Alex zu zeigen, daß es ihr nichts ausmachte.

»Ja«, bestätigte er, »sie war in meinem Wohnwagen, nackt. Aber meine Assistentin Jennifer hat sie dort entdeckt, nicht ich.« Er beugte sich über den Tisch und küßte Cassie leicht auf den Mund, und im selben Moment wurden beide von einem grellen Kcamerablitz geblendet.

»Verdammt noch mal«, murmelte Alex. Die Hände krallten sich in das jungfräuliche Tischtuch. Cassie mußte an die zerbrochene Kachel ihres Eßzimmertisches denken, an das Blut, das über seine Hand gelaufen war; und plötzlich merkte sie, daß sie inständig hoffte, er würde sitzen bleiben und keine Szene machen. Alex schob seinen Stuhl zurück.

Er hielt in der Bewegung inne, als Louis, der Maître, auf den Tisch zuging, an dem das Foto gemacht worden war, und den Gast am Kragen aus dem Stuhl zog. Cassie kannte den Mann nicht, aber natürlich hatte das nichts zu heißen. Der Mann hatte noch einen halbvollen Teller vor sich; an seinem Stuhl hing eine Kameratasche. Louis schleifte ihn in Richtung Tür und kam kurz darauf an Alex' Tisch. »Ich bitte um Entschuldigung, Mr. Rivers«, sagte er mit einer Verbeugung. Er holte eine Filmrolle aus der Tasche, zog sie in eine lange, glänzende Spirale und ließ sie auf dem Tisch liegen. »Eine kleine Vorspeise, mit den Empfehlungen unseres Hauses.«

Sie aß die Hälfte von Alex' Lammkoteletts, und er aß die Hälfte von ihrer Krabbe. Die übrige Zeit wurden sie kaum gestört, abgesehen von Gabriel McPhee und Ann Hill Swinton, einem der wenigen glücklich verheirateten Schauspielerpaare, die auf dem Weg hinaus an ihrem Tisch stehenblieben. Gabriel trug ihr kleines Mädchen auf dem Arm und verlagerte immer wieder ihr Gewicht, während er mit Alex redete. Die beiden unterhielten sich ein paar Minuten, dann begann die Kleine zu schreien und zu strampeln, und die anderen Gäste fingen an, herüberzuschauen.

Als sie weg waren, schüttelte Alex den Kopf, als müsse er sich erst wieder an die Stille gewöhnen. Er nahm einen Löffel und studierte sein verzerrtes, kopfstehendes Spiegelbild.

»Wir haben keine Kinder«, stellte Cassie fest.

Alex sah sie an. »Hast du geglaubt, ich würde sie vor dir verstecken?«

Cassie lachte. »Ich habe mir einfach Gedanken gemacht. Ich meine, wir sind seit über drei Jahren verheiratet und, ich weiß nicht, ich bin schon dreißig –«

»O mein Gott«, fiel ihr Alex ins Wort. »Du hast nicht nur dein Gedächtnis verloren, dir ist auch die biologische Uhr kaputtgegangen.« Er grinste sie an. »Vielleicht kriegen wir ja noch Kinder, später mal, aber in drei Jahren lernt man sich einfach nicht so gut kennen. Außerdem verschwindest du jeden Sommer einen Monat lang nach Afrika, und das könntest du wohl kaum mit einem Kind. Wir haben beschlossen zu warten, bis unser Leben ein bißchen ruhiger geworden ist.«

Cassie lag die Frage auf der Zunge, warum sie sich drei Häuser, aber kein Kindermädchen leisten konnten. Sie wollte ihn fragen, was denn wäre, *wenn* ... Ophelia fiel ihr ein, und ihr zynisches Grinsen an diesem Morgen: *Du meinst, er hat beschlossen.*

Sie seufzte auf und wollte sich schon auf eine Auseinandersetzung einlassen, doch Alex' Miene hielt sie davon ab. Sein Kiefer war angespannt, und sein Teint unnatürlich bleich. »Du hast doch die Pille genommen, oder? Ich meine, ich habe vollkommen vergessen, dir zu zeigen, wo sie liegt.«

Cassie konnte unmöglich wissen, daß er an seinen Vater dachte, an dieses verdammte Planwagenmodell und daran, daß er sich geschworen hatte, nie Kinder zu bekommen, weil er niemals wie Andrew Riveaux werden wollte. Trotzdem griff sie, als würde sie seinen Schmerz spüren, über den Tisch nach seiner Hand. »Natürlich«, sagte sie, obwohl sie keine Anti-Baby-Pillen gesehen hatte, seit er sie nach Hause gebracht hatte. »Wir haben es doch beschlossen.«

Alex atmete tief auf. »Gott sei Dank«, sagte er. Er schob den Stuhl zurück und streckte die Beine aus. »Ich muß mal verschwinden. Ich glaube nicht, daß dich jemand belästigt, während ich weg bin.«

Cassie verdrehte die Augen. »Ich kann auf mich aufpassen.«

Alex war aufgestanden. »Klar. Als ich dich das letzte Mal aus den Augen gelassen habe, durfte ich dich auf dem Polizeirevier abholen.« Er marschierte zwischen den Tischen zur Toilette, verfolgt von neugierigen Blicken. Cassie nahm seine geschmeidigen Bewegungen und das Selbstvertrauen wahr, das ihn wie ein Schatten umhüllte.

Sie war so damit beschäftigt, über Alex nachzudenken, daß sie gar nicht bemerkte, wie sich ein Mann an ihren Tisch setzte. Er sah gut aus, wenn auch längst nicht so umwerfend wie Alex, und war ein bißchen kleiner und leichter gebaut. Cassie lächelte schüchtern. »Kann ich etwas für Sie tun?«

Der Mann beugte sich vor, packte ihre Hand und flüsterte auf ihren Handrücken: »Darauf habe ich den ganzen Abend gewartet.« Erschrocken zog Cassie die Hand zurück.

»Es tut mir leid, aber ich kann mich nicht an Ihren Namen erinnern.« Cassie saß stocksteif auf ihrem Stuhl und schaute hastig nach links, ob Alex schon zurückkam. Sie wollte, daß dieser Mann verschwand, ehe Alex wieder auftauchte. Sie wollte ihn selbst loswerden.

»Ich bin zutiefst erschüttert. Nicholas. Nick LaRue.« Er hatte einen eigenartigen Akzent, den sie nicht einordnen konnte und der weder nach mittlerem Westen noch nach Ostküste klang.

Cassie schenkte ihm ein strahlendes Lächeln. »Also Nick. Leider wollen Alex und ich gerade gehen. Aber ich werde ihm natürlich sagen, daß Sie vorbeigeschaut haben.«

Er ergriff ihr Handgelenk und preßte es auf die Tischplatte, so daß sie Aufmerksamkeit erregen würde, wenn sie versuchte, die Hand noch einmal wegzuziehen. »Wer sagt denn, daß ich Alex sehen wollte?« fragte er.

»Nimm deine Dreckspfoten von meiner Frau.« Alex stand hinter ihr, und Cassie schloß die Augen. Instinktiv ließ sie sich in die Wärme sinken, die er ausstrahlte. Schlagartig setzte sie sich wieder auf. Nick LaRue. Er spielte mit Alex in diesem neuen Film, *TABU*. Im Film waren sie Freunde, Partner bei einem Juwelenraub. Aber sie konnte sich daran erinnern, wie Alex von den Dreharbeiten nach Hause gekommen war: Wie ein Panther war er durchs Haus geschlichen und hatte Zorn um sich herum verbreitet. »Er meint, sein Wohnwagen solle näher am Tonstudio stehen.« – »Er will, daß sein Name im Vorspann vor meinem erscheint.« Und was hatte sie getan? Sie hatte Alex jeden Abend einen Drink eingeschenkt, ihm versprochen, daß er in zehn Wochen oder acht Wochen oder sechs nie wieder mit Nick LaRue zusammenarbeiten müsse, und dann hatte sie ihm sich selbst geschenkt, um ihn vergessen zu lassen.

Alex hatte sein Sakko ausgezogen, und kurz darauf spürte Cassie es über ihrem Schoß, wärmer als seine Haut. Nick stand ihm gegenüber, und in seinen Augen sah Cassie Alex' Spiegelbild – in zweifacher Ausführung und wutentbrannt. Einer nach dem anderen verließen die übrigen Gäste den Gastraum, und tatsächlich, als der letzte gegangen war, machten die beiden Männer einen Schritt aufeinander zu.

Vorne im Le Dôme rief Louis die Polizei. Er würde sich ganz bestimmt nicht persönlich einmischen; auch wenn er ein gutes Stück größer und dreißig Pfund schwerer gewesen wäre, hätte er nicht Partei ergreifen wollen. Alex Rivers und Nick LaRue waren beide ausgezeichnete Kunden.

Cassie sank an die Wand zurück. Sie glaubte nicht, daß je zuvor ein Mann um sie gekämpft hatte, und sie wußte nicht, ob sie sich geschmeichelt oder angeekelt fühlen sollte. Sie sah, wie Alex' Faust vorschoß, schloß die Augen und wartete auf das unverkennbare Geräusch von Knochen, die auf Knochen trafen.

Will fuhr gern auf dem Sunset Boulevard Streife. Er und sein Partner – ein Latino namens Ramón Pérez, und die Ironie dabei entging ihm nicht – fuhren stundenlang auf dem Sunset auf und ab und warteten auf einen Einsatz. Ab und zu gab es eine Drogenrazzia oder Verkehrsprobleme an einer Baustelle, hin und wieder einen Raubüberfall, aber meistens starrte Will nur aus dem Fenster und wartete darauf, daß etwas passierte. Gestern war er in Cassies Kirche gegangen und hatte eine Kerze für sie angezündet. Er hatte sich in eine Bank ganz hinten gesetzt und flüsternd ein einseitiges Gespräch mit ihrem Gott geführt, das sich vor allem darum drehte, daß es ihr hoffentlich gutging.

»Hey, Crazy«, sagte Ramón. »Scheiße, wach auf.«

Ramón konnte es nicht lassen, ihn Crazy Horse zu nennen, was Will nicht lustig fand und was er sich schon ein paarmal vergeblich verbeten hatte. »Ich hab' nicht geschlafen«, sagte Will.

»Ach ja? Dann verrat mir mal, wohin wir gerade gerufen worden sind.«

Will schaute wieder aus dem Fenster.

»Ins Le Dôme«, sagte Ramón. »In das gottverdammte Le Dôme. Eine Prügelei zwischen zwei scheißberühmten Filmstars.«

Will setzte sich auf und zog sich die Schirmmütze tief in die Stirn, während ihn Ramón in die inoffiziellen Verhaltensregeln bei Prominenten-Einsätzen einwies. *Du legst dich nicht mit ihnen an. Du nennst sie Mr. Soundso. Du bringst sie auf keinen Fall aufs Revier. Du handelst dir keinen Ärger ein.*

Das Le Dôme war ein schlichter, kleiner Bau, aber vor den Türen standen an die fünfzig Leute herum, manche sogar auf dem Parkplatz. Ramón schob sich zwischen den Menschen zur Tür durch und nickte einem kleinen, nervösen Kerl im Frack zu. »Officer Pérez«, stellte er sich vor. »Sie haben ein Problem?«

Will schüttelte den Kopf. Jedes Arschloch konnte das Klirren von Glas und die dumpfen Faustschläge aus dem Hinterzimmer hören. Will marschierte an dem Maître vorbei durch den vorderen Bereich, bis er Alex Rivers entdeckte, der seinen ehemaligen Co-Star windelweich prügelte.

Er hatte Alex Rivers gerade von Nick LaRue weggezerrt, als Ramón ihm nachkam. »Übernimm du den da«, sagte Will. Er schubste Rivers aus LaRues Blickfeld, und in diesem Moment bemerkte er Cassie. Sie preßte sich an die Wand, als hoffe sie, sie würde sie verschlucken. Sie war wunderschön, mit dem offenen Haar über den Schultern und dem Blut ihres Mannes auf der teuren Seidenbluse.

Als sie Will bemerkte, schien sie wieder lebendig zu werden. Sie trat auf die beiden Männer zu und legte sich Alex' Arm über die Schultern, um ihn zu stützen. Sie hatte den Anstand zu erröten.

Will lächelte sie an. »Ist *das* nicht ein Zufall?« sagte er und verwünschte sich im gleichen Moment, da sich Alex' zusammengekniffene Augen mißtrauisch auf Cassie richteten.

»Entschuldigen Sie uns«, murmelte Cassie und führte Alex zu einem Stuhl. Sie schlüpfte aus ihrem Blazer und drückte eine weiße Leinenserviette auf die Platzwunde über Alex' Lippe. Will sah die schlanken Muskeln in ihren Armen.

»Du hast ihn bei dir sitzen lassen«, murmelte Alex. »Du hast dieses Stück Scheiße an unserem Tisch sitzen lassen.«

Cassie legte ihre Hand auf seine Schulter und versuchte abzuschätzen, wie teuer sie der Friede zu stehen komme. »Psst«, flüsterte sie. »Wir können später darüber reden.« Sie schaute sich um, bis sie einen Kellner entdeckte. »Eis!« befahl sie.

Alex musterte sie von oben bis unten. »Du hast es doch darauf angelegt«, knurrte er. »Aufgeputzt wie eine Scheißnutte.« Er zerrte den kurzen Rock herunter, der in dem Durcheinander nach oben gerutscht war, und warf ihr die Jacke wieder zu.

Langsam ließ sie die Hände sinken. Sie faltete die Serviette und legte sie auf den Tisch, schlüpfte in ihren Blazer und versank in dem Stuhl neben seinem.

Du legst dich nicht mit ihnen an.

Ramón kam zu Alex Rivers, sprach ihn mit Namen an und beglückwünschte ihn zu *TABU*, so als würde er ihn zufällig hinter einer Bühne treffen. Er half Rivers auf und führte ihn zu Nick LaRue, der, wie Will annahm, sich entweder entschuldigen würde oder der größte Idiot in ganz Kalifornien war.

Will setzte sich auf den Stuhl, aus dem Alex Rivers eben aufgestanden war. Er war noch warm. Als Cassie weiter mit gerunzelter Stirn vor sich hinstarrte, als versuche sie ein Rätsel zu lösen, das nur sie allein kannte, legte ihr Will die Hand aufs Knie. »Hey«, flüsterte er. »Ist alles okay?«

Cassie nickte und schluckte schwer. »Er hat für mich gekämpft«, sagte sie.

Will wußte nicht, was er dazu sagen sollte. Er mußte an das Bild von Cassie in seinem Portemonnaie denken, und an den Tag, an dem er sie Alex Rivers zurückgegeben hatte. Wahrscheinlich hätte er ebenfalls für sie gekämpft.

Will lächelte sie an und wartete, bis das Schweigen die Kluft zwischen ihnen überbrückt hatte. »Ich habe Bilder von Ihrer Hand gesehen«, erklärte er schließlich.

Cassie drehte die Hand im Schoß um, so daß sie offen dalag. Sie krümmte die Finger und machte eine Faust, dann öffnete sie die Hand wieder und starrte hinein, als wolle sie ihre Zukunft darin lesen.

Der Fahrer der Rivers' kam in den Raum gerumpelt, zog Cassie aus ihrem Stuhl und bot ihr den Schutz seines Körpers. »Ich hab' mir gerade drüben bei Nicky Blair ein Päckchen Comics geholt«, sagte er. »Wenn ich das geahnt hätte, Missus, wär' ich hier gewesen.«

Alex Rivers drehte sich zu ihnen um. John schaute zuerst in das Gesicht seines Arbeitgebers, dann in das von Nick LaRue. »Sieht aus, als hätten Sie gewonnen, Mr. Rivers«, sagte er.

Alex Rivers grinste und kam zu ihnen. Als er seine Stirn zu Cassie hinunterbeugte, zog sich der Fahrer diskret zurück.

Will nicht. Seiner Meinung nach war der Fall noch nicht geregelt, also scheiß drauf. »Verzeih mir«, sagte Alex zu ihr. »Ich wollte dich nicht so anfahren. Du kannst überhaupt nichts dafür.« Er räusperte sich und wollte noch etwas sagen, schüttelte dann aber bloß den Kopf und wiederholte: »Verzeih mir.«

Er küßte sie sehr sanft. Als sich die beiden voneinander lösten, sah Cassie zu Alex auf, als habe er eben die Sonne erfunden.

Cassie warf Will einen kurzen Blick zu, während sie von Alex aus dem Restaurant geführt wurde, riskierte aber kein Lächeln. Will verstand. Er folgte ihnen zur Eingangstür hinaus und beobachtete, wie sich den beiden auf magische Weise ein Pfad durch die Menge öffnete. Er hörte, wie Alex sich von einigen Leuten fröhlich verabschiedete, als sei überhaupt nichts passiert.

Du handelst dir keinen Ärger ein.

Cassie schaute durch das hintere Seitenfenster zu ihm herüber, während der Range Rover abfuhr; davon war Will fest überzeugt. Er hatte sie ein zweites Mal gehen lassen, aber er wußte, daß er noch eine Gelegenheit bekommen würde. Seine Großmutter hatte ihn gelehrt, daß nichts zufällig geschah. *Es gibt Millionen Men-*

schen auf der Welt, hatte sie ihm erklärt, *und die Geister werden dafür sorgen, daß du den meisten nie zu begegnen brauchst. Aber es gibt einen oder zwei darunter, mit denen dein Schicksal verknüpft ist, und die Geister werden dafür sorgen, daß sich eure Wege so lange kreuzen, bis sie schließlich miteinander verbunden sind und ihr alles richtig macht.*

Ramón kam nach draußen und blieb neben ihm stehen. »Unglaublich«, sagte er. »Wenn irgendein armes Arschloch sich so aufführt, wird er eingebuchtet und nur gegen Kaution rausgelassen. Alex Rivers säuft sich einen an, und die ganze Welt dreht sich rückwärts, nur für ihn.«

Will sah seinen Partner an. »Wie spät ist es?«

»Gleich elf.«

Noch eine Stunde bis Dienstende. »Deck mich«, sagte Will, und ohne jede weitere Erklärung lief er über den Sunset davon. Er lief mehrere Meilen, bis er St. Sebastian erreicht hatte. Die schweren Türen waren verschlossen, aber er ging um die Kirche herum in den vertrauten Friedhof. Diesmal betete er nicht zu dem Gott der Christen, der viel zu langsam handelte, sondern zu den Geistern seiner Großmutter. In der Ferne hörte er den Donner. *Bitte,* flüsterte er. *Helft ihr.*

8

Wie konntest du mir das nur antun?«

Die Frauenstimme kreischte aus dem Hörer, so daß Cassie zusammenzuckte. Sie ließ den Hörer in die Kissen fallen und dämpfte dadurch das Geschrei ein bißchen; allerdings war es noch laut genug, daß Cassie sich den Kopf darüber zu zerbrechen begann, was sie eigentlich getan hatte.

Ihre Augen fühlten sich an, als hätte jemand Sand hineingerubbelt. Sie rieb sich die Lider, aber das machte alles nur noch schlimmer. Alex hatte sich zwar im Le Dôme entschuldigt, hatte aber nicht mehr mit ihr gesprochen, seit sie gestern abend ins Apartment gekommen waren. Das hatte er sehr deutlich gemacht: Er hatte sich schweigend ausgezogen und sich zum Duschen im Bad eingeschlossen. Als er schließlich ins Bett schlüpfte, hatte Cassie schon das Licht ausgeschaltet, sich auf ihrer Seite zusammengerollt und hätte am liebsten geweint. Aber irgendwann, mitten in der Nacht, hatte Alex die Hand nach ihr ausgestreckt. Sein Unterbewußtsein hatte getan, was sein Bewußtsein ihm verwehrte. Im Schlaf hatte er sie an sich gezogen, in eine Umarmung, die von tiefem Schmerz zeugte.

»Michaela.« Alex' Hand griff über Cassies Schulter und tastete nach dem Telefon. »Michaela, halt den Mund.«

Cassie rollte sich zu Alex herum, der allmählich wacher wurde. Er preßte sich den Hörer ans Ohr, und sein Mund war zu einer schmalen Linie gefroren, die ein dünner, blutroter Schnitt bis zum Kinn hinunter teilte. Unter seinem rechten Auge hatte sich ein blauer Fleck in Form eines winzigen Pinguins gebildet, und über seine Rippen zog sich eine Kette schwarzblauer Striemen. Erstaunlicherweise lächelte er. »Um ehrlich zu sein«, sagte er ins Telefon, »das hat mich einen feuchten Dreck interessiert.«

Er legte sich auf die Seite, schloß die Augen und schüttelte den

Kopf. »Natürlich«, brummte er. »Du weißt doch, daß ich alles tue, was du willst.« Mit einem boshaften Grinsen ließ er den Hörer wieder ins Kissen fallen und streckte den Arm nach Cassie aus. Seine Hand strich über ihre Brust. Cassie starrte das Telefon an. Sie hörte die Frau in hohen, schrillen Tönen schnattern, die an ein Xylophon erinnerten oder vielleicht an einen Sittich.

Alex hatte mit dem vergangenen Abend abgeschlossen wie mit einem ausgelesenen Buch. Die Rauferei im Le Dôme, die Vorwürfe danach, sein abweisendes Verhalten im Schlafzimmer – all das hatte er entweder vergessen oder hielt es für nebensächlich genug, um darüber hinwegzugehen. Das, ging Cassie durch den Kopf, war eine Gabe. Man stelle sich vor: eine Welt ohne Groll. Eine Welt ohne Schuld. Eine Welt, in der man die Konsequenzen seiner Handlungen nicht tragen mußte.

Die halbe Nacht hatte sie sich den Kopf darüber zerbrochen, weshalb Alex eigentlich wütend auf sie war; jetzt war sie gern bereit, ganz von vorne anzufangen. Sie tastete nach Alex und streichelte seine Seite und seine Hüfte.

Auf einmal rollte er sich von ihr weg, nahm das Telefon hoch und gab Cassie ein Zeichen, ihm einen Stift zu holen. Sie kramte in ihrem Nachttisch und förderte einen abgekauten Bleistift und eine Quittung über etwas zutage, das 22.49 Dollar gekostet hatte. Alex drehte die Quittung um und begann, auf die Rückseite zu schreiben. »Mhm. Ja. Ich werde da sein. Ja, du auch.«

Er schleuderte den Stift durchs Zimmer und seufzte so tief, daß der kleine Zettel an die Bettkante flatterte. Cassie setzte sich auf und schnappte sich den Zettel. »L. A. County Hospital?« las sie. »Zwölf Uhr fünfzehn, siebter Stock?«

Alex legte sich die Hand auf die Augen und rieb sich dann übers Gesicht. »Offenbar hat Liz Smith ihre Kolumne heute mit einem Bericht über meine... Meinungsverschiedenheit mit Nick LaRue gestern abend aufgemacht.« Er setzte sich auf, ging nackt ans Fenster und stellte die Jalousie waagrecht, so daß die ersten rosa Sonnenstrahlen in parallelen Streifen über seinen Rücken fielen. »Michaela hat einen Anfall gekriegt, weil man einen Monat vor der Oscarverleihung *auf gar keinen Fall* eine schlechte Presse hat. Sie versucht, den schlechten Eindruck wieder wettzumachen, indem sie mir ein bißchen positive PR verschafft. Weiß der Himmel, wie sie das um sechs Uhr früh angestellt hat, aber sie hat eine Art Fototermin für mich mit den Leukämiepatienten in der Kinderabteilung arrangiert.«

Alex umrundete das Bett und setzte sich neben Cassie. Vorsichtig betastete sie den blauen Fleck auf seinem Gesicht. »Tut's noch weh?«

Er schüttelte den Kopf. »Nicht so weh, wie dich beim Mittagessen allein zu lassen.« Er senkte den Kopf und malte mit dem Finger Kreise auf die Decke über ihrem Schenkel. »Cassie«, sagte er, »ich möchte mich noch mal entschuldigen. Ich wollte nicht – weißt du, ich bin nicht –« Er ballte die Hand zur Faust. »Scheiße, manchmal explodiere ich einfach.«

Cassie nahm sein Gesicht in die Hände und küßte ihn behutsam auf den Mund, um ihm nicht weh zu tun. »Ich weiß«, antwortete sie. Ein Kloß bildete sich in ihrer Kehle und setzte sich darin fest, und erst nach einigen Sekunden merkte sie, daß das nicht Liebe, sondern pure Erleichterung war.

Als jemand an die Tür klopfte, zog Alex Boxershorts an. Er öffnete einer kleinen, stämmigen Frau, die Cassie sehr vertraut vorkam, auch wenn das vielleicht nur an ihrem Gesicht lag: Sie hatte dünnes braunes Haar, das sie zu einem Knoten frisiert hatte, Augen von der Farbe alten Holzes und ein Lächeln, das so traurig war wie der Regen. Sie sah aus wie eine Großmutter aus dem Bilderbuch.

»Ich hab' das Telefon gehört, Mr. Rivers, und da hab' ich gedacht, Sie müssen vielleicht früh raus heute, sí?« Energisch rückte sie die Lampe auf Alex' Nachttisch beiseite und stellte das Tablett darauf ab, das sie hereingetragen hatte. Die L. A. Times, Kaffee, Apfelmuffins und etwas mit Puderzucker, das einfach himmlisch duftete.

Mrs. Alvarez. Der Name hallte in Cassies Kopf wider, bis sie ihn laut aussprach. »Mrs. Alvarez?« Sie setzte sich so abrupt auf, daß ihr die Decke in den Schoß rutschte. Das war Mrs. Alvarez, die sich um das Apartment kümmerte, wenn sie im Haus in Bel-Air lebten. Die in ihrem Zimmer mehr Bilder von Jesus als von ihren eigenen drei Söhnen hatte. Die Cassie beigebracht hatte, wie man Flan macht, und die einmal, als Alex bei irgendwelchen Dreharbeiten war, an diesem Bett gesessen und Cassie in den Armen gehalten hatte, bis ein Alptraum zum Fenster hinausgeschlüpft war. »Mrs. Alvarez«, wiederholte sie atemlos und unglaublich stolz.

Alex lachte, setzte sich neben Cassie und zog die Decke wieder über ihre Brust. »Meinen Glückwunsch«, sagte Alex zu Mrs. Alvarez. »Mit einem einzigen Kuchen haben Sie geschafft, was ich in zwei Tagen nicht fertiggekriegt habe.«

Mrs. Alvarez wurde rot. Die Farbe breitete sich wie ein Fleck von ihrem hohen Kragen nach oben aus. »*No es verdad*«, sagte sie. »Mrs. Rivers, Sie wollen, daß ich Ihnen helfe packen heute?«

Cassie sah Alex an. Sie überlegte, woher Mrs. Alvarez wohl gewußt hatte, daß sie heute morgen zurückkommen sollte. Sie selbst hatte die Reise nach Schottland völlig vergessen. »Es liegt an dir«, sagte Alex. »Ich könnte mir allerdings vorstellen, daß du lieber etwas Festeres mitnehmen möchtest als die Sachen, die wir hier haben. Ich kann John für drei Uhr herbestellen, dann fahren wir zum Haus. Der Flug geht erst um neun Uhr abends, wir nehmen den Nachtflug.«

Mrs. Alvarez runzelte die Stirn, während sie eine Serviette über Cassies Schoß breitete, die so weiß war, daß Cassie nicht erkennen konnte, wo sie aufhörte und die Decke begann. Dann schenkte sie Kaffee in zwei Tassen und goß Sahne in eine davon, die sie Alex reichte. »Sie rufen mich einfach, wenn Sie es sich anders überlegen«, sagte sie. Sie schenkte Cassie noch ein Lächeln und zog sich dann zurück.

Alex fütterte sie mit einem Muffin und küßte sie fest auf die Lippen. »Die verlorene Erinnerung kehrt also zurück«, stellte er fest.

»In sporadischen Lichtblitzen«, gab Cassie zu. »Wer weiß? Vielleicht finde ich ja sogar allein ins Schlafzimmer, bis wir im großen Haus sind.«

Alex überflog die Titelseite der Zeitung und reichte sie ihr. »Ich gehe an den Strand joggen«, sagte er, steckte die Hand unter die Decke und suchte ihr Bein. »Du darfst im Bett bleiben, bis ich wieder da bin.«

Sie tat so, als würde sie die politischen Artikel lesen, während Alex seine Dehnübungen machte, aber sowie er die Tür hinter sich geschlossen hatte, schlug sie Liz Smith' Kolumne auf.

TABU-BUH lautete der Untertitel, *Alex Rivers und Nick LaRue, die in ihrem letzten Film ein unzertrennliches Paar geben, führten den Gästen im Le Dôme gestern abend vor, daß die Freundschaft auf der Leinwand nur gespielt ist. Einer zuverlässigen Quelle zufolge kam es zwischen den beiden wegen Rivers' Frau Cassandra zum Schlagabtausch. Wird man sich am Abend der Oscarverleihung wohl eher an Rivers' gefeierten Auftritt in DIE GE-SCHICHTE SEINES LEBENS erinnern oder an seinen berüchtigten rechten Haken?*

Zitternd blätterte Cassie weiter. Sie schloß die Augen, aber die Wut, die Alex gestern verzehrt hatte, wollte ihr nicht aus dem Kopf.

Nick LaRue hatte nichts gesagt, was den Kampf gerechtfertigt hätte. Cassie wußte das, und mittlerweile meinte sie auch Alex zu kennen, ein wenig jedenfalls. Jeder andere hätte sich wahrscheinlich mit LaRue gestritten oder leise gedroht: Alex dagegen war einfach explodiert. Etwas in ihm hatte so geschwelt, daß ein winziger Funke genügt hatte, um einen lodernden Brand auszulösen. Cassie hatte keine Schuld daran – das hatte er selbst gesagt, und heute morgen schien er sich in ihrer Gesellschaft wohlgefühlt zu haben. Vielleicht war es der Druck vor der Oscarverleihung. Vielleicht war er zu lange weg von *Macbeth*.

Sie schaute in die Zeitung und stellte fest, daß sie bis zu den Kinoanzeigen weitergeblättert hatte. Sie suchte die Anzeigen nach Werbefotos für *TABU* ab, kleinen Reproduktionen der riesigen Tafel, die sie an dem Abend gesehen hatte, an dem Will sie gefunden hatte. Sie sah, daß das Westwood Community Center ein eintägiges Alex-Rivers-Filmfestival veranstaltete, als Teil einer Hommage an die diesjährigen Oscaranwärter.

Lächelnd ging Cassie mit dem Zeigefinger die Anzeigen durch. Drei Filme mit Alex, Beginn um neun Uhr. Einer davon war *Antonius und Kleopatra,* die Shakespeare-Verfilmung, mit der er seinen Ruf gefestigt hatte; einer der ersten Filme, die er nach ihrer Heirat gedreht hatte. Außerdem gab es *Desperado,* einen revisionistischen Western und Alex' ersten Film, und schließlich *Die Geschichte seines Lebens,* das Familiendrama, das Alex drei Oscarnominierungen eingebracht hatte.

Cassie warf einen Blick auf die Uhr. Sie hatte zwei Stunden, um nach Westwood zu kommen. Sie sprang aus dem Bett, duschte kurz und zog dann Jeans und das Sweatshirt an, das Alex gestern bei ihrem Spaziergang am Strand getragen hatte. Sie fand John in der Küche bei Mrs. Alvarez und fragte ihn, ob er sie fahren könne. In der Tür stießen sie praktisch mit Alex zusammen. »Wo willst du hin?« keuchte er. Schweiß rann ihm an beiden Seiten über den Hals.

»Wir sehen uns um drei«, erwiderte Cassie, schenkte ihm ihr strahlendstes Lächeln und schlüpfte an ihm vorbei, ehe er weitere Fragen stellen konnte.

Nervös wie ein Teenager sank sie in den Rücksitz des Range Rover. Sie schloß die Augen, vergrub das Gesicht in den viel zu langen Armen von Alex' Sweatshirt und roch Malibu, Sandelholz und ihn.

Das Westwood Community Center war eigentlich nur eine Begegnungsstätte für Senioren, die beim morgendlichen Alex-Rivers-Filmfestival auch den Löwenanteil unter den Zuschauern stellten. Geschützt durch die Anonymität der Außenseiterin, schlängelte sich Cassie durch die Grüppchen älterer Damen in der Lobby. »Wie Gary Cooper«, meinte eine Frau. »Er kann einfach alles spielen.«

Sie lächelte, als ihr aufging, daß sie etwas erlebt hatte, was niemand sonst hier erlebt hatte. Am liebsten hätte sie sich breitbeinig auf den schwarzweißen Fliesen aufgebaut und geschrien: *Ich bin Alex Rivers' Frau. Ich lebe mit ihm. Ich frühstücke mit ihm. Ich kenne ihn wirklich.*

Als das Publikum in den Saal eingelassen wurde, trat Cassie zurück und zählte, wie viele Fans Alex hier in Westwood hatte. Sie stellte sich vor, wie sie sich später mit Alex amüsieren würde, wenn sie ihm von der Dame mit dem riesigen Haaraufbau erzählte, die ein signiertes Großfoto von ihm bei sich trug und es in den Sitz neben ihrem klemmte, oder von dem Alten, der an der Kasse brüllte: »Alex *wie?*«

Sie setzte sich in die letzte Reihe, wo sie alle anderen beobachten und belauschen konnte. *Desperado*, der Western, dem alle in Hollywood einen rauschenden Mißerfolg vorhergesagt hatten, wurde zuerst gezeigt. Cassie hatte Alex noch nicht gekannt, als er

den Film gedreht hatte; und im Grunde war es auch nicht Alex'
Film. Die Hauptdarstellerin war der Star des Films – Ava Milan.
Sie spielte eine Frau, die als Kind von einer Gruppe umherziehen-
der Indianer gefangengenommen worden und bei dem Nomadenstamm aufgewachsen war, dort einen Mann gefunden hatte und
ein glückliches Leben führte. Alex spielte ihren Bruder, der mit
angesehen hatte, wie seine ganze Familie niedergemetzelt wurde,
und deshalb ewige Rache geschworen hatte. Der ganze Film bewegte sich auf den Höhepunkt zu, bei dem Alex seine Schwester in
dem Indianerdorf aufstöberte und in einem Anfall wild um sich
schoß, wobei er die meisten Indianer und Avas Ehemann tötete. In
einem Monolog, bei dem einem das Blut in den Adern gefror,
erklärte Ava ihrem Bruder, daß das Leben, um das er sie eben
gebracht hatte, besser war als alles, was sich eine weiße Frau um
1890 erhoffen konnte. Danach schlitzte sie sich vor seinen Augen
die Kehle auf.

Die Kritiker waren außer Rand und Band gewesen. Western
waren damals nicht »in« gewesen, dafür aber die amerikanischen
Ureinwohner. *Desperado* war der erste Film, in dem sie als Indivi-
duen, nicht als gesichtslose Feinde gezeigt wurden. Alex Rivers,
vierundzwanzig, trat aus der Masse namenloser Jungschauspieler
heraus und wurde zum Star, und sein »Abraham Burrows« wurde
der erste von vielen komplexen, mit Makeln behafteten Helden in
seiner Karriere.

Cassie ließ sich tief in ihren Sitz sinken, als die Namen über den
roten Staub der Westernszenerie rollten. ALEX RIVERS. Ein
Schauer überlief sie von den Schultern bis in die Fingerspitzen. Als
Alex zum ersten Mal auf der Leinwand zu sehen war, stockte ihr
der Atem. Er sah so jung aus, und seine Augen schienen heller als
jetzt zu sein. Er stand breitbeinig da, die Fäuste dicht am Körper,
und stieß einen Schrei aus, der die roten Vorhänge an den Wänden
zum Beben brachte. Nicht einmal ein Wort, nur ein Laut, nach
dem niemand mehr seine Präsenz leugnen konnte.

Schlagartig wurde ihr klar, wie sehr sich ihre Wahrnehmung in
bezug auf Alex in nur wenigen Tagen geändert hatte. Als er sie auf
dem Polizeirevier abgeholt hatte, war er ihr vorgekommen wie ein
Leinwandheld: überlebensgroß und unnahbar. Jetzt wußte sie es
besser. Cassie lächelte. Wahrscheinlich würde sie die Leute in

diesem Saal nur schwer davon überzeugen können, aber Alex Rivers war ein Mensch wie jeder andere.

Will wartete auf eine Möbellieferung. Er war es leid, seine Matratze als Eßzimmer, Wohnzimmer und Allzweck-Erholungsfläche zu benutzen. Er hatte die Sachen im erstbesten Laden gekauft, einem kleinen Geschäft mit anständigen Preisen, wo er in Raten bezahlen konnte.

Der Möbelwagen kam genau wie angekündigt um zehn Uhr. Zwei große Kerle schleppten die Möbelstücke an die Tür und fragten jedesmal: »Wohin damit?« Als sie ins Wohnzimmer kamen, kickte Will die überzähligen Kisten beiseite. Er steckte seinen brandneuen Fernseher und Videorecorder aus und wartete darauf, daß die Möbelpacker das Teakholz-Entertainment-Center hereinbrachten. Er hatte es nur wegen des Namens gekauft: Entertainment-Center. Klang irgendwie, als hätte man zu Hause ständig eine Party, selbst wenn man allein war.

Der Recorder war ein Spontankauf. Er konnte sich nicht vorstellen, wie man in der Hauptstadt des Films ohne einen auskommen sollte. Er hatte keine Ahnung, wie man die Uhr stellte, und er würde ganz bestimmt nicht das Bedienungshandbuch durchlesen, bloß um das herauszufinden, deshalb blinkte seit drei Tagen *12:00* von der Anzeige. Heute, Freitag, war sein freier Tag, und wenn die Jungs seine Möbel im Haus hatten, würde er der Reihe nach die folgenden Dinge tun: an seinem neuen Küchentisch eine Schale Corn-flakes essen, sich bäuchlings auf sein neues Bett schmeißen, sich auf die Couch lümmeln, mit der Fernbedienung den Fernseher anstellen und dann einen Film anschauen.

Mittag war vorbei, als er in den Laden an der Ecke ging, um sich ein Video auszuleihen. Er suchte nichts Bestimmtes. Die ersten beiden Titel, die ihm einfielen, waren bereits weg. Der koreanische Inhaber hielt ihm eine abgewetzte rote Schachtel hin. »Sie versuchen das hier«, sagte er. »Das gefällt Ihnen.«

Desperado. Will mußte lachen. Ein Film aus den frühen Achtzigern, und Alex Rivers spielte mit. »Scheiße«, sagte er und zog einen Fünfer aus der Tasche. »Ich probier's damit.« Wenn Rivers so jung war, wie nach den Angaben auf der Schachtel zu vermuten stand, dann war er wahrscheinlich nicht besonders gut, und nach gestern abend hatte Will nichts dagegen, sich auf seine Kosten zu amüsieren.

Er kaufte noch eine Tüte ungesalzenes Popcorn und ging heim. Er setzte sich auf seine neue Couch, schaltete mit der Fernbedienung den Film ein und spulte im Schnelldurchlauf durch die Werbespots und Vorschauen. Als Alex Rivers das erste Mal auf den Bildschirm trat und ein Jaulen ausstieß, das wie Sioux-Kriegsgeheul klang, schnaubte Will und schleuderte eine Handvoll Popcorn auf den Fernseher.

Er wußte nicht, worum es in dem Film ging, aber er erinnerte sich an die vielen Kontroversen, die er hervorgerufen hatte. Die Stammeszeitungen waren voll damit gewesen, und die Meinungen absolut zweigeteilt: Klagen über die Ungenauigkeiten, Lob für die Darstellung indianischen Familienlebens und für das Engagement indianischer Schauspieler. Will schaute sich den Film an, bis die Schauspielerin, die Alex Rivers' Schwester spielte, einen schmukken Mandan-Sioux heiratete. Sie war klein und blond, und ihr Gesicht sah fast genauso aus wie das, das Will als Teenager vor sich gesehen hatte: wenn er sich nachts im Haus seines Großvaters unter der Decke herumgewälzt hatte.

»Scheiß drauf«, sagte Will. Er hackte auf einen kleinen roten Knopf auf seiner Fernbedienung und verfolgte hochzufrieden, wie Alex Rivers' Bild zappelte und verschwand, bevor der Videorecorder das Band ausspuckte. Er setzte sich auf und kippte dabei das Popcorn auf die Couchpolster. »Die haben doch keine Ahnung«, knurrte er. »Machen diese Scheißfilme und haben keine Ahnung.«

Er schaltete auch den Fernseher aus und starrte ein paar Sekunden auf den Bildschirm, bis der Schnee vor seinen Augen zu tanzen aufgehört hatte. Er blickte auf die Videohülle, die auf dem Boden lag. Dann ging er zu den beiden Kisten, die er für die Möbelpacker beiseite geräumt hatte. Er machte die oberste auf und wühlte in dem Zeitungspapier, das Cassie zwischen die Sachen gestopft hatte, als er sie so nachlässig hineingeworfen hatte.

Er zog das Medizinbündel heraus, das seinem Ururgroßvater gehört hatte, der – wie sein Großvater – vom Elch geträumt hatte, und daraus bestand das Bündel auch. Will betastete die Fransen; das Leder des Beutels selbst. Elchträumer waren früher hoch geachtet unter den Sioux. Die Leute hatten sich an sie gewandt, wenn sie den Menschen suchten, den sie lieben sollten.

Will kannte einen Typ in der Reservatspolizei, der eine Weiße geheiratet hatte, in den Ort Rine Ridge gezogen war und das Little-League-Baseballteam seiner Kinder trainierte. Wie alle Bullen hatte er eine Waffe, aber er hatte immer auch ein Medizinbündel bei sich. Kaum zu glauben, aber er hatte das Ding jeden Tag dabei, um seinen Halfter geschlungen, und das 1993. Er behauptete, es würde ihm Glück bringen, und als seine Tochter sich das Bündel einen Tag ausgeliehen hatte, weil sie es in der Schule vorzeigen wollte, war er prompt von einem Junkie in den Arm geschossen worden.

Es gab mehr Leute im Reservat, Leute seines Alters, die noch ein Bündel hatten. Niemand fand das komisch. Es gab merkwürdigere Dinge, wie Will zugeben mußte.

Er ging in die Küche und suchte sich einen Hammer und einen Bilderhaken. Kurz saß er mit dem Medizinbündel da, rieb es über seine Wange und spürte das weiche, geschichtsträchtige Leder. Es war nicht *sein* Medizinbündel, deshalb würde es ihm nichts nützen, aber es würde ihm auch nicht schaden.

Will versuchte sich ins Gedächtnis zu rufen, wo Cassie es damals aufgehängt hatte, und dann klemmte er sich den Beutel zwischen die Zähne und stellte sich auf die Couch. Langsam strich er mit den Händen über die glatte weiße Wand, in der Hoffnung, etwas von der Wärme zu spüren, die ihre Hände hinterlassen hatten.

Wie alle im Westwood Community Center weinte auch Cassie am Ende von *Die Geschichte seines Lebens*. Es war leicht nachzuvollziehen, warum Alex damit erstmals für einen Oscar als bester Regisseur nominiert worden war – obwohl die Nominierung als bester Schauspieler einige Kontroversen darüber ausgelöst hatte, warum man Alex ausgewählt hatte und nicht Jack Green, den Altstar, der seinen Vater spielte. Jack war als bester Nebendarsteller nominiert worden; es hätte ebensogut umgekehrt sein können. Die Buchmacher in L. A. waren der Auffassung, daß Alex in seinen beiden Sparten der Favorit war, Jack in seiner Kategorie ein todsicherer Tip, und daß der Film wahrscheinlich zum besten Film gekürt würde.

Viele der älteren Zuschauer schlurften nach dem Abspann hinaus. Sie waren vor allem wegen des Films gekommen, um den sich die ganzen Spekulationen rankten. Cassie dagegen hätte man nicht einmal mit Gewalt aus dem Saal bekommen. Inzwischen war ihr klar, daß sie vor allem gekommen war, um *Antonius und Kleopatra* zu sehen, jenes Epos, das Alex nach ihrer Heirat gedreht hatte.

Der Vorspann rollte über die Leinwand, untermalt von traurigen Sitarklängen. Cassie löste ihren Pferdeschwanz und fächerte ihr Haar über die Rückenlehne. Sie schloß die Augen, kurz bevor Alex seinen ersten Satz als Antonius sprach, und zwang sich dazu, sich zu erinnern.

Es war der erste Hinweis darauf, daß Alex nicht der Mann war, den sie geheiratet hatte. Ein Manuskript fest im Arm, war er aus Herb Silvers Büro gekommen. Sie hatte in ihrem Privatlabor beim Haus gesessen und sich die Route für ihre bevorstehende Reise nach Tansania angesehen, als Alex zur Tür hereingeplatzt kam und sich vor ihr aufpflanzte. »Für diese Rolle«, sagte er, »bin ich geschaffen.«

Später hatte sich Cassie seine Worte durch den Kopf gehen lassen: Es wäre viel vernünftiger gewesen zu sagen, *diese Rolle ist für mich geschaffen*, statt umgekehrt. Aber genau wie Antonius war Alex, sowie er das Drehbuch in die Hand bekommen hatte, größenwahnsinnig geworden.

Der Text prägte sich ihm leicht ein, fiel von seinen Lippen, als brauche er ihn überhaupt nicht zu lernen. Cassie wußte zwar, daß Alex ein fotografisches Gedächtnis besaß, aber trotzdem hatte sie ihn kein einziges Mal mit dem aufgeschlagenen Drehbuch gesehen. »Ich bin Antonius«, erklärte er ihr schlicht, und ihr blieb keine Wahl, als ihm zu glauben.

Er war nicht der Favorit für die Rolle. Man hatte ihn nicht einmal dafür in Betracht gezogen, ehe er Herb gebeten hatte, seinen Namen ins Spiel zu bringen. Cassie wußte, daß er die Entscheidung kaum erwarten konnte. Also scheuchte sie an dem Morgen, an dem er zum Casting ging, den Koch aus der Küche und machte ihm selbst ein Omelett. Sie füllte es mit Paprikaschoten, Schinken und Frühlingszwiebeln, Cheddar und einer Prise

Chili. »Dein Lieblingsomelett«, verkündete sie schwungvoll. Sie stellte den Teller vor ihm auf den Tisch. »Und viel Glück.«

Normalerweise hätte Alex sie angesehen, hätte sie vielleicht um die Hüften gepackt und sie auf seinen Schoß gezogen, um sie zu küssen. Er hätte ihr die Hälfte angeboten und sie mit seiner Gabel gefüttert. Aber an jenem Morgen wurde sein Blick düster, als habe er etwas verschluckt, was ihn nun von innen verbrannte. Er fegte den Teller mit dem Arm vom Tisch und schaute nicht einmal hin, als das Porzellan auf dem blassen, geäderten Marmorboden zerschellte. »Bring Trauben«, flüsterte er, schon im Bühnentonfall. »Pflaumen und Naschereien, Ambrosia.« Er drehte Cassie den Rücken zu, die wie gelähmt neben ihm stand, und fixierte etwas auf der anderen Seite des Tisches, was sie nicht sehen konnte. »Bring ein Festmahl für einen Gott.«

Cassie lief aus dem Zimmer. Aus dem Schlafzimmer rief sie in der Universität an und meldete sich krank; sie glaubte wirklich, sich gleich übergeben zu müssen. Sie hörte, wie John Alex abholte, und als die Tür hinter beiden ins Schloß gefallen war, rollte sie sich auf der Matratze zusammen und versuchte, sich so klein zu machen wie nur menschenmöglich.

Alex kam erst spätabends nach Hause. Sie war immer noch im Schlafzimmer, saß am Fenster und schaute zu, wie die Sonne vom Horizont verschluckt wurde. Sie blieb mit dem Rücken zu Alex sitzen, als er die Tür aufmachte, und wartete steif auf eine Entschuldigung.

Er sagte nichts. Er kniete hinter ihr nieder und fuhr mit den Fingern sanft streichelnd über ihr Kinn und ihren Hals. Seine Lippen folgten der Fährte seiner Hände, und als er ihr Kinn zur Seite bog, um sie zu küssen, gab sie ihm nach.

Er liebte sie wie nie zuvor. Er nahm sie so grob, daß sie aufschrie, und war dann so sanft zu ihr, daß sie seine Hände auf ihren Leib pressen und um mehr flehen mußte. Es war kein Akt der Leidenschaft, sondern des Besitzes; jedesmal, wenn Cassie sich auch nur ein bißchen von Alex' Fieber zu entfernen versuchte, preßte er sie fester an sich. Er hielt sich zurück, bis er spürte, wie sie sich um ihn zusammenzog, dann drückte er sie in die Kissen und flüsterte ihr ins Ohr. »Ja, du wußtest«, sagte er, »wie du so ganz mein Sieger warst.«

Als er schließlich eingeschlafen war und ruhig atmete, schlich sich Cassie aus dem Bett und hob das Drehbuch auf, das er beim Fenster hatte fallen lassen. Sie ging ins Bad und saß stundenlang auf dem Toilettendeckel, während sie das Stück überflog, das sie zum letzten Mal auf der High-School gelesen hatte. Sie weinte, als Antonius, der Kleopatra liebte, um des Friedens willen Octavia heiratete. Flüsternd las sie die Szene, in der Antonius begreift, daß Kleopatra ihn nicht betrogen hat, und einen ergebenen Soldaten bittet, ihn mit seinem eigenen Schwert niederzustrecken. Sie schloß die Augen und sah Antonius in Kleopatras Armen sterben; Kleopatra sich mit der Natter vergiften. Im dritten Akt entdeckte sie ihn: den Vers, den Alex ihr in der Stille danach ins Ohr geflüstert hatte. Aber sie hatte nicht mit Alex geschlafen. Antonius war es gewesen, der, besessen von ihr, sie berührt hatte, sie erfüllt hatte.

Links neben Cassie begann eine Frau laut zu husten, und Cassie schlug die Augen auf, nur um festzustellen, daß sie den Film fast völlig verpaßt hatte. Alex würde nicht mehr auf die Leinwand kommen. Die Darstellerin der Kleopatra, eine wunderschöne Frau, die danach nichts mehr von Belang gespielt hatte, sang Antonius' Loblied. Flüsternd stimmte Cassie ein: »Den Ozean überschritt sein Bein; sein Arm, erhoben, ward Helmschmuck der Welt; sein Wort war Harmonie, wie aller Sphären Klang.« Für Alex war es die Rolle seines Lebens gewesen; damit hatte er Hollywood die Augen geöffnet und bewiesen, daß man es hier mit einem Schauspieler zu tun hatte, dem nichts unmöglich war, der selbst Midas Gold verkaufen konnte. Und war das ein Wunder? *Ein Weltregierer. Von unbegrenztem Mut.* Es gab so viele Parallelen zwischen Antonius und Alex, daß schwer festzustellen war, ob Alex überhaupt spielen mußte.

Sie wollte ihn sehen. Nicht so wie auf der Leinwand, wo er nur ein Gefäß für Gedanken und Taten einer fiktiven Gestalt war, sondern ihn selbst. Sie wollte mit dem Mann reden, der ihr erzählt hatte, daß er ihr mit Entführung gedroht hatte, falls sie ihn nicht heiraten würde, jenem Mann, dessen Grübchen ihre Kinder erben würden, der ihr alte Schädel und Plastilin kaufte. Sie wollte mit ihm auf einem schottischen Hochmoor stehen und sich in seinen Armen halten lassen, bis ihre Herzen im Einklang schlugen.

Ohne den Schluß des Films abzuwarten, zog sie Alex' Sweatshirt fester um sich und stieg den Gang des Saales hinauf. Sie würde ihn nach seinem Termin im Krankenhaus treffen; dann würden sie gemeinsam nach Bel-Air fahren, und sie würde ihm von den zweiundvierzig Senioren erzählen, die heute morgen gekommen waren, um ihn zu sehen. Er würde den warmen Fleck küssen, wo ihr die Sonne auf den Kopf schien, und sie würde sich an ihn schmiegen, bis der ganze Rücksitz von dem Wunder erfüllt war, daß sie und Alex zusammen waren.

Wie ein Brautschleier wehten Kleopatras Worte hinter ihr her, als sie in den feuchten Nachmittag trat. *Gab es wohl jemals, gibt's je solchen Mann, wie ich ihn sah im Traum?*

Michaela Snow, Alex Rivers' PR-Agentin, erwartete ihn schon am Krankenhausparkplatz. »Alex, Alex, Alex«, sagte sie, und ihre schweren Arme schienen sich wie von selbst um seinen Hals zu schlingen. »Wenn ich dich nicht so lieben würde, würde ich dich umbringen.«

Alex küßte sie auf die Wange und umarmte sie, so gut es ging – sie wog wesentlich mehr als er, deshalb schafften es seine Arme nicht ganz um ihre Taille. »Du liebst mich doch nur, weil ich dir viel Geld einbringe«, sagte er.

»Auch wieder wahr«, antwortete sie. Sie schnippte mit den Fingern, und ein kleiner, dünner Mann kam hinten aus ihrem Wagen gestolpert. Zwischen den Fingern der einen Hand steckten drei Pinsel, in der anderen hielt er ein Schwämmchen mit Make-up. »Flaubert Halloran«, stellte Michaela ihn vor, »ein freier Kosmetiker.«

»Flaubert«, wiederholte der Mann in einem Tonfall, der Alex an das Schleichen einer Katze erinnerte. »Wie der Schriftsteller.« Er steckte sich die Pinsel in den Mund wie eine Schneiderin ihre Stecknadeln und begann, den blauen Fleck unter Alex' Augen wegzuschminken. »Häßlich, häßlich«, kaute er hinter den Pinselstielen hervor.

Michaela warf einen Blick auf die Uhr. »Okay, Flo, das reicht.« Sie packte Alex am Handgelenk und schleifte ihn hinter sich her auf das Krankenhaus zu. »Es wollten sich drei größere Fernsehstationen blicken lassen, außerdem *People*, *Vanity Fair* und die *Times*. Die Geschichte geht wie folgt: Das hier ist ein Wohltätigkeitsbesuch, den du jedes Jahr absolvierst, und nur durch eine undichte Stelle – vielen Dank – hat die Presse Wind davon bekommen. Denk dir irgendeinen Cousin aus, der an Leukämie gestorben ist.«

Alex grinste sie an. »Wie wär's mit einem unehelichen Sohn?«
Michaela schob ihn durch die Glastür des Krankenhauses.
»Dann bring' ich dich um«, versprach sie. Sie drückte Alex einen
Stapel Werbefotos aus *Tabu* sowie einen Strauß blauer und golde-
ner Luftballons in die Hand und scheuchte ihn dann in einen
Aufzug. Michaela drückte den Knopf zum siebten Stock. »Vergiß
nicht, ihnen vorzuspielen, daß du ganz entsetzt bist über die vielen
Kameras. Du erholst dich aber gleich wieder und erzählst ihnen
eine herzzerreißende Story, die dir eine weitere Oscarnominierung eintragen wird.« Sie zwinkerte ihm zu und winkte, daß die
winzigen roten Nägel über ihrer Handfläche aufblitzten. »Ciao«,
hauchte sie.

Vorspielen? Sein Lächeln erlosch, noch während die Aufzugtür
vor ihm zuging. Er spielte schon längst. Er hatte schon sein ganzes
schauspielerisches Talent aufbieten müssen, um sich mit Michaela auf dem Parkplatz zu treffen und so zu tun, als sei das ein PR-
Termin wie jeder andere. Jahrelang hatte Alex einen weiten Bogen
um jedes Krankenhaus gemacht, jahrelang hatte er angestrengt
versucht, jene Kinderstation in New Orleans zu vergessen. Während er durch den Flur ging, schlossen ihn der vertraute Ammo-
niakgestank und die spartanischen weißen Wände ein. Er spannte
die Muskeln an, erwartete fast, den Stich einer Nadel, einen
Infusionsschlauch zu spüren.

Er war mit einem Loch im Herzen geboren worden, einer
Fehlbildung, die ihn zu einer Kindheit auf der Ersatzbank verdammt hatte. Der Landarzt, der die ungewöhnlichen Herzgeräu-
sche gehört hatte, hatte Alex' Mutter in das Wohlfahrtskranken-
haus in der Stadt verwiesen, wo ein Spezialist überprüfen würde,
wie ernst der Herzfehler war. Als sie den Termin immer wieder
verbummelte, riet ihr der Arzt, ihr Sohn müsse sich vorsehen,
sonst würde er es bereuen. *Du darfst nicht rennen*, hatte man ihm
eingehämmert. *Du darfst dich nicht anstrengen.* Er wußte noch
genau, wie er den anderen Kindern zugeschaut hatte, die auf dem
Kindergartenspielplatz Fangen gespielt hatten. Er wußte noch
genau, wie er die Augen geschlossen und sein Herz vor sich
gesehen hatte – ein rotes, löchriges Valentinstagsherz.

Als er fünf war, schaute er, weil er nicht draußen spielen durfte,
nachmittags Seifenopern im Fernsehen an, zusammen mit seiner

Mutter, die nicht zu merken und die es nicht zu kümmern schien, daß er da war. Einmal hatte im Fernsehen eine feenblonde Dame ihre Wange an die nackte Brust eines Mannes gepreßt und geflüstert *Ich liebe dich von ganzem Herzen*. Danach sah Alex nicht nur das Loch vor sich, wenn er sich sein Herz vorstellte. Er sah auch, welchen Schaden es anrichtete: all die Liebe, die er gesammelt hatte, für andere oder von anderen, sickerte daraus wie aus einem Sieb.

Kein Wunder, hatte Alex gedacht und sich selbst die Schuld an der Gleichgültigkeit seiner Eltern gegeben, so, wie sich kleine Kinder oft Dinge zurechtlegen und erklären. Damals hatte Alex zum ersten Mal beschlossen, jemand anders zu sein. Statt sich mit seinem Manko abzufinden, stellte er sich lieber vor, er sei ein verwegener Pirat, ein Bergsteiger, der Präsident. Er stellte sich vor, in einer ganz normalen Familie zu leben, in der ihn die Eltern beim Abendessen fragten: *Was hast du heute erlebt?*, statt sich in zornigem Cajun-Französisch anzuzischen. Und als man ihn mit acht für geheilt erklärte, erweckte er diese Phantasien zum Leben, um auf keinen Fall mehr der ängstliche Junge von früher zu sein.

Er überzeugte sich selbst, daß er keinen Schmerz kannte, daß er unverwundbar wie ein Superheld war. Einmal hatte er seine Hand über eine brennende Kerze gehalten, bis die Haut Blasen warf und zu brennen begann, und sich eingeredet, daß jemand, der eine solche Mutprobe überstand, gewiß gegen das Desinteresse seiner Mutter, den Spott seines Vaters gefeit war. Er wurde ziemlich gut darin, das zu glauben, was er sich einredete. Dreißig Jahre später hatte Alex sogar so viel Übung darin, daß es ihm schwerfiel, sich ins Gedächtnis zu rufen, was bleiben würde, wenn er all seine Masken ablegte.

Mit der Selbstbeherrschung, die ihn berühmt gemacht hatte, schüttelte Alex die Erinnerungen ab und wappnete sich für das, was gleich kommen würde. Er war in einem Krankenhaus, gut, aber das hatte nichts mit ihm zu tun; es bedeutete ihm nichts. Er würde seine Sache gut machen, er würde so tun, als sei er gern hier, und dann würde er so schnell wie möglich verschwinden.

Es überraschte Alex nicht, daß er sich erst durch einen Haufen Ärzte und Krankenschwestern kämpfen mußte, ehe er zu den Kindern kam. Er lächelte höflich und suchte hinter den nickenden

Köpfen verstohlen nach dem schnellsten Weg zu den Krankenstationen, damit es so aussah, als sei er schon öfter hiergewesen. Sie zupften an seinem Mantel, erklärten ihm, wie gut ihnen dieser oder jener Film gefallen hätte. Alle nannten ihn Alex, als würden sie ihn ewig kennen, nur weil sie zwei Stunden mit seinem Bild in einem dunklen Kino verbracht hatten.

»Danke«, murmelte er. »Ja, danke.« Er war schon den Flur hinunter und kurz vor der Kinderkrebsstation, als die Kameras um die Ecke bogen. Er schaute gerade so lange auf, um leichtes Mißfallen und Überraschung anzudeuten, faßte sich aber gleich wieder und lächelte höflich. Ein paar Kinder würden ihn erwarten, entschuldigte er sich.

Auf den Anblick der Kinder hatte Michaela ihn nicht vorbereitet. Ein verdammter Blick reichte, und schon war er wieder fünf Jahre alt und zitterte in seinem dünnen Schlafanzug, während er auf die Ärzte wartete, die ihm wieder einmal die Zukunft prophezeien würden. Hatte er auch so ausgesehen?

Kinder in Pyjamas, manche auch in offenen Bademänteln, sprenkelten den Boden, alle mit viel zu großen Augen. Sie glichen einander wie Blaupausen: dünn, ausgemergelt, kahl, wie die Überlebenden eines Konzentrationslagers. Solange sie nichts sagten, konnte er nicht einmal Mädchen und Jungen unterscheiden.

»Mr. Rivers«, lispelte ein kleines Mädchen. Sie war höchstens vier, aber er war nicht gut in solchen Schätzungen; er ging in die Hocke, damit sie auf seinen Rücken klettern konnte. Sie roch nach Medizin und Urin und Tod. »Hier«, sagte sie und steckte einen angelutschten Keks in seine Sakkotasche. »Den hab' ich für dich aufgehoben.«

Er hatte gedacht, sie seien viel zu jung für seine Filme, aber fast alle hatten *Speed* gesehen, den über den Testpiloten. Die Jungs wollten wissen, ob er wirklich die F-14 geflogen hatte, und einer fragte sogar, ob die Schauspielerin, die seine Geliebte gespielt hatte, so gut geschmeckt hatte, wie sie aussah.

Den kleineren Kinder gab er Ballons, und jedem, der darum bat, eine Autogrammkarte. Als eine Dreizehnjährige namens Sally vor ihm stand, um sich eine zu holen, beugte er sich verschwörerisch zu ihr hinab. »Weißt du, wie man sich am besten merkt, wo man überall gewesen ist? Man küßt überall ein hübsches Mädchen«, sagte er gerade so laut, daß der Recorder seine Worte aufzeichnen konnte. »Glaubst du, du könntest mir da helfen?«

Sie wurde knallrot und hielt ihm die Wange hin, aber gerade als Alex sie küssen wollte, drehte sie ihm das Gesicht zu und drückte ihre Lippen mitten auf seinen Mund. »Wow!« hauchte sie und schlug sich die Hand auf den Mund. »Das muß ich Ma erzählen!«

In dem Moment, wo die Blitzlichter aufleuchteten, wurde Alex schlagartig klar, daß er Sally nicht nur ihren ersten, sondern wahrscheinlich auch ihren letzten Kuß gegeben hatte. Er merkte, wie er zu schwitzen begann und wie der Raum um ihn herum verschwamm; er mußte ein paarmal tief durchatmen, um sich zu beruhigen. Körperlich war er geheilt; hatte er Glück gehabt. Aber die Kindheit steckte voller gefährlicher Minen, die plötzlich losgehen und einem die Unschuld rauben konnten, noch bevor man alt genug war, um sich zu wehren. Er wußte nicht, was schlimmer war – ein Kind, dessen Geist in einem sterbenden Körper gefangen war, oder ein Mann wie er, dessen offensichtlich gesunder Körper eine tote Seele barg.

»Mein Gott, John«, sagte Alex und breitete die Arme über die Rückenlehne des Range Rovers. »Was soll die Geheimnistuerei? Oder ist sie mit einem anderen durchgebrannt?«

John schaute ihn im Rückspiegel an. »Ich weiß nicht, Mr. Rivers. Ich hab's der Missus doch versprochen.«

Grinsend beugte sich Alex vor. »Zehn Dollar mehr die Woche, wenn Sie mir verraten, in welchem Stadtteil Sie sie abgesetzt haben. Zwanzig, wenn Sie mit der ganzen Wahrheit rausrücken.«

John kaute auf der Oberlippe herum. »Und Sie sagen ihr nicht, daß ich was gesagt hab'?«

Alex legte die Hand aufs Herz. »Ehrenwort«, sagte er.

»Sie wollte sich ein paar Filme anschauen.«

»Das ist alles?«

John lächelte ihn an. »Sie wollte sich *Ihre* Filme anschauen. Auf einem Festival in Westwood.«

Alex mußte lachen. Sie hätte sich all seine Filme – von den Arbeitskopien über die ungeschnittenen Fassungen bis zu den

Verleihkopien – daheim ansehen können. Aber vielleicht wollte sie gerade deswegen, daß er nichts davon erfuhr. Vielleicht wollte sie vor allem sehen, wie andere Menschen auf Alex reagierten.

»Haben Sie eine Zeitung da, John?« Alex nahm die *Times* entgegen, die John ihm durch den Spalt im Plexiglas reichte. Er blätterte den Kulturteil durch, bis er auf das Kinoprogramm stieß. *Desperado, Antonius und Kleopatra* und, natürlich, *Die Geschichte seines Lebens*. Er lächelte. Wenn Cassie ihn bei der Arbeit sehen wollte, konnte er ihr das viel einfacher machen.

Er bat John, das Radio abzustellen, und schloß die Augen, blendete die Welt aus und sein Gespür ein. Bevor gedreht wurde, zog er sich immer in eine stille Ecke zurück, wo er in seine Rolle schlüpfen konnte. Es war eine Sache des Atmens; sich auf das Muster zu konzentrieren und es unmerklich zu ändern, bis es der Rolle entsprach.

Wo Atem war, folgte das Leben. Antonius trank die Luft, als wolle er die ganze Welt mit einem Atemzug einsaugen. Als er die Augen wieder öffnete, sah er eine grüne und goldene Welt, die sich zu seinen Füßen ausbreitete. Er murmelte die Namen der Ausfahrten in präzisem britischen Akzent. Er würdigte John keines Blikkes; schließlich war er sein Diener. Er ließ das Seitenfenster herunter und ließ sich den Wind ins Gesicht wehen, ließ sich das Haar nach hinten blasen und die Augen verbrennen. Er strich über das glatte Leder der Rückbank und sah im Geist die Kurven seiner Königin.

Als Alex beim Apartment keine Anstalten machte auszusteigen, zuckte John nur mit den Achseln und lief zum Eingang hoch, um Mrs. Rivers abzuholen. Er war solche Szenen gewohnt. Er redete nie darüber, aber manchmal stieg Mr. Rivers in seinen Wagen ein, und ein vollkommen anderer Mensch kam wieder heraus.

Cassie lachte, als sie in den Wagen kletterte. »Rück rüber«, sagte sie. »Du machst dich auf dem ganzen Sitz breit.« Alex saß in der Mitte und starrte sie an, machte aber keine Anstalten, zur Seite zu rutschen. Weil sie annahm, daß er irgendein Spiel mit ihr spielte, quetschte sie sich neben ihn, halb auf seinen Schenkel.

Sie spürte seine Hand in ihrem Nacken, sanft und angespannt zugleich, als wolle er ihr auch mit einer Liebkosung zeigen, wie viel mächtiger er war als sie. Sie kniff die Augen zusammen und sah ihn an. »Was haben sie im Krankenhaus mit dir angestellt, um Gottes willen?«

Seine Finger packten fester zu, bis es weh tat und sie unwillkürlich leise aufschrie. Er sah ihr direkt ins Gesicht, aber sie spürte, daß er jemand anderen sah. In panischem Schrecken zerrte sie an Alex' Handgelenk. »Hör auf«, flüsterte sie, doch bevor sie ihn noch einmal fragen konnte, was in ihn gefahren sei, preßte er sie mit seinem Körper in die Polster und raubte ihr einen Kuß, der Alex gar nicht ähnlich sah.

Er spielte.

Sie bohrte die Fingernägel in seine Arme und biß ihn in die Lippe, bis sie ihn endlich von sich stoßen konnte. »Hör auf«, befahl sie. »Hör sofort auf.«

Einen Augenblick erstarrte er. Seine Augen wurden blaß wie arktisches Eis, und alles Leben wich aus ihm, bis nur noch eine leere Hülle neben ihr saß. Und dann arbeitete sich etwas nach oben, langsam wie ein Erröten, das Farbe in seine Haut und seine Augen zum Funkeln brachte. Er war wieder Alex, und er zuckte mit den Achseln. »Du hättest nicht gleich beißen müssen«, sagte er. »Ich dachte, dir würde eine kleine Privatvorstellung gefallen.«

Immer noch mißtrauisch zog Cassie sich in die Ecke zurück. »Wer hat dir verraten, wo ich war?« Ihr Blick fiel auf John.

Alex nahm ihre Hand und verwob ihre Finger mit seinen. »Ich weiß alles über dich«, erklärte er lächelnd.

Das glaubte sie allmählich auch. Er war wieder der Alex, an den sie sich in den vergangenen Tagen gewöhnt hatte, lustig und liebevoll und gemütlich wie ein alter Sessel. Cassie begann sich zu fragen, ob das auch nur eine Rolle war, die er spielte, mit der er sich die meiste Zeit umhüllte.

Sie schüttelte den Kopf, um ihn klar zu bekommen. Was dachte sie da? Sie hatte Alex auch vollkommen schutzlos erlebt – als er ihr von seinen Eltern erzählte, als er ihr im flachen Wasser Karate beibringen wollte, als er im Schlaf die Hand nach ihr ausgestreckt und ihren Namen geflüstert hatte. Es war unmöglich, ständig eine Rolle zu spielen; es war lächerlich zu glauben, daß das, was sie sah, nicht echt war. Sie drückte seine Hand. »Es tut mir leid«, sagte sie. »Normalerweise beiße ich nicht.« Er wandte sich ihr zu, tätschelte das Leder neben sich, und bereitwillig rückte sie näher.

»Aber warum hast du dir ausgerechnet Antonius ausgesucht, um Gottes willen?«

Alex lächelte. »Als wir frisch verheiratet waren, hast du Antonius geliebt.«

Cassie machte den Mund auf, um ihm zu widersprechen, überlegte es sich aber anders. Alex hatte recht. Er wußte tatsächlich alles über sie, und im Augenblick wußte sie so gut wie gar nichts, und deshalb hatte sie keine andere Wahl, als ihm zu glauben.

Sie fuhren fünfzehn Minuten schweigend weiter, dann spürte Cassie, wie Alex sie auf den Kopf küßte. »Du bist wahrscheinlich nur aufgeregt, weil du gleich unsere Angestellten wiedersiehst«, sagte er.

Cassie starrte aus dem Fenster. Sie wußte, daß sie an Bäumen und Straßen und blühenden Büschen vorbeifuhren, aber der Wagen war so schnell, daß die Welt draußen zu lauter Farbpfützen verschwamm; sie konnte nichts wirklich erkennen. »Ja«, sagte sie. »Das wird es sein.«

Das Haus stand auf einem Hügel in Bel-Air am Ende einer kilometerlangen, gewundenen Auffahrt – eine weiße Villa mit schmiedeeisernen Gittern und Schieferdach. Die Veranda vor dem Haus trug einen breiten, überdachten Balkon im ersten Stock, wo bodenlange Spitzengardinen aus offenen Glastüren wehten. Rosen kletterten ein Spalier auf der linken Seite des Hauses hinauf, auf der rechten rankte sich Sonnenwinde nach oben. In der Ferne konnte Cassie einen französischen Garten und zwei kleinere Häuser entdecken, kleine Kopien des Haupthauses. Es sah haargenau aus wie auf einer Plantage in Louisiana.

»Mein Gott«, hauchte Cassie; sie hörte den Kies unter ihren Turnschuhen knirschen, als sie aus dem Wagen stieg. »Das kann doch unmöglich unser Haus sein.«

Alex nahm sie am Ellbogen und führte sie die Stufen zur Veranda hinauf. John öffnete die Haustür für sie, ein großartiges Eichenportal mit einem geschnitzten Löwenkopf.

Die Eingangshalle war ein überdimensionaler Raum mit Kuppeldecke, einer zweigeteilten, geschwungenen Treppe und rosa Marmorboden. Cassie starrte auf ihre Füße: Sie standen in einer Pfütze aus buntem Licht, das durch das Buntglasfenster über der

Tür fiel. Wie ein Fleck zogen sich Alex' Initialen über ihren linken Schuh und ihren Knöchel.

»Cassie«, sagte er, und sie fuhr hoch. »John hat allen von deinem... kleinen Problem erzählt, und sie werden dir auf jede nur erdenkliche Weise behilflich sein, bis wir nach Schottland fliegen.«

Cassie ließ den Blick über die Hausangestellten wandern, die wie Zinnsoldaten am Fuß der linken Treppe aufgereiht standen. John wartete dort, natürlich, der nicht nur Fahrer und Leibwächter, sondern offenbar auch eine Art Majordomus war. Ein Mann mit Küchenschürze um den dicken Bauch stand da, und eine junge Frau in schlichter, schwarzweißer Dienstmädchenkleidung. Ein Mann stand etwas abseits, als wolle er nicht zum übrigen Personal gezählt werden. Er trat vor und streckte ihr die Hand entgegen. »Jack Arbuster«, sagte er lächelnd. »Der Sekretär Ihres Mannes.«

Sie überlegte, wozu in aller Welt Alex einen Sekretär brauchte, wenn er schon einen Agenten, eine PR-Beauftragte und eine persönliche Assistentin hatte. Vielleicht war er für die Fanpost oder für die Rechnungen zuständig.

»Wir müssen noch ein paar Sachen klären, bevor Sie abfliegen«, sagte Jack zu Alex. Er lächelte Cassie bedauernd an.

Alex schlang ihr die Arme um den Leib. »In einer Stunde«, erklärte er Jack. »Wir treffen uns dann in der Bibliothek.« Als Jack davonging, folgte ihm Cassie mit den Augen und versuchte sich vorzustellen, wie es hinter der nächsten Ecke aussah. Alex zupfte an ihrem Ärmel und zog sie an dem Dienstmädchen, dem Koch und John vorbei. »Komm«, sagte er. »Ich zeige dir, soviel ich kann. Schlimmstenfalls lasse ich dir den Grundriß bringen, damit du dich zurechtfindest.«

Er zeigte ihr eine mit Kirschholz getäfelte Bibliothek, in der Hunderte von Erstausgaben britischer und amerikanischer Klassiker standen. Ein ganzes Regalfach war wissenschaftlichen Journalen und Zeitschriften gewidmet, in denen Artikel von Cassie erschienen waren. Er führte sie durch ein Eßzimmer mit einem Tisch für dreißig Personen, einen Vorführraum mit makellos weißer Leinwand und zehn dick gepolsterten Sofas. In der Küche steckte sie den Kopf in den Edelstahlkühlschrank, zählte die Kupfertöpfe über der marmornen Kochinsel und erhielt zum Abschied vom Koch eine winzige Apfeltasche.

Es gab sechs Bäder und zehn Schlafzimmer, jedes mit pastellfarbenen Seidentapeten und französischen Spitzengardinen. Es gab drei Salons und ein Spielzimmer mit Flippern, einer Kegelbahn, Poolbillard und einem Großbildfernseher. Es gab einen ganzen Flügel, den sie nicht einmal zu Gesicht bekommen hatte, als Alex sie nach oben ins große Schlafzimmer brachte. Er öffnete die Flügeltür zu einer mit bequemen, fröhlich gestreiften Sofas und weichen Perserteppichen ausgestatteten Suite. Eine Stereoanlage war in die Wand eingelassen, außerdem gab es einen Fernseher und einen Videorecorder. Auf mehreren Tischen standen Schalen mit Blumenarrangements – wunderschöne Blüten, die die lavendelfarbenen und blauen Grundtöne im Zimmer unterstrichen und die, wie Cassie wußte, nicht in Kalifornien wuchsen.

»Wir müssen viel Zeit hier oben verbringen«, meinte Cassie, bevor sie hinter Alex durch eine zweite Tür trat, hinter der ein gigantisches Kufenbett aus Vogelaugenahorn zum Vorschein kam.

Alex lächelte sie an. »Wir versuchen es jedenfalls.«

Cassie trat ans Bett und zeichnete die Wirbel in der Holzmaserung nach. »Das hier ist größer als ein Doppelbett, nicht wahr?«

Alex ließ sich bäuchlings auf die Matratze fallen. »Ich habe es extra anfertigen lassen. Ich habe so eine Theorie über Betten – sie sind wie Goldfischgläser. Du weißt doch, wenn du Goldfische im Glas hältst, werden sie bloß daumengroß. Aber wenn du sie in einem Teich aussetzt wie draußen im Garten, dann werden sie zehnmal so groß. Ich glaube, je größer mein Bett ist, desto weniger hemme ich mein Wachstum.«

Cassie lachte. »Ich dachte, die Pubertät hättest du schon hinter dir.«

Alex packte sie am Knöchel und zog sie neben sich aufs Bett. »Das hast du schon gemerkt?«

Sie rollte neben ihn und musterte die winzigen Stoppeln, die sich schon wieder durch sein glattes Kinn bohrten. »Wo ist mein Labor?«

»Draußen hinter dem Haus. Das kleine weiße Häuschen – das zweite von hier aus. Im ersten wohnt John.«

Cassie runzelte die Stirn. »Er wohnt nicht im Haus, so wie Mrs. Alvarez?«

Alex setzte sich auf. »Wir sind nachts lieber allein«, antwortete er schlicht.

Cassie spazierte zu dem riesigen Kamin gegenüber dem Bett und betastete die leere Brandykaraffe auf dem Sims. *Aurora*, dachte sie und spürte Alex' Hände auf ihren Schultern. »Nur zur Dekoration«, flüsterte er, als könne er ihre Gedanken lesen.

Cassie drehte sich um. »Geh dein Geld verdienen«, sagte sie lächelnd. »Wenn ich in einer Stunde nicht wieder da bin, dann laß mich von der Nationalgarde suchen.«

Als Alex weg war, stellte sich Cassie an die offene Balkontür und schaute über die Vororte von L. A. und die dunstblauen Berge. Ein Gärtner, den man ihr noch nicht vorgestellt hatte, jätete in einem Lilienbeet Unkraut, und auf der Auffahrt polierte John die hintere Stoßstange des Range Rovers. Sie entdeckte ihr Labor, gleich links neben einem üppigem Blumenbeet in Form einer bourbonischen Lilie. Hinter dem französischen Garten führte ein weißer Kalksteinweg hügelabwärts aus ihrem Blickfeld.

Sie flog die zweite Treppe hinunter, die, auf der sie nicht nach oben gegangen war, nur um auszuprobieren, ob sie irgendeinen Unterschied merkte. Sie ging zur Tür hinaus und setzte sich in einen Schaukelstuhl und dann in die Hängeschaukel auf der Veranda, bevor sie wie ein Kind den Kalksteinweg hinunterrannte. Als sie weit genug vom Haus weg war, um sicher zu sein, daß niemand sie sah, breitete sie die Arme aus, streckte das Gesicht der Sonne entgegen und drehte sich lachend und singend und tanzend im Kreis.

Sie entdeckte einen Naturteich mit künstlichem Wasserfall, den Alex zu erwähnen vergessen hatte, und ein richtiges Labyrinth aus dichten Buchsbaumhecken. Sie spazierte hinein, um zu sehen, ob sie bis in die Mitte und wieder hinausfinden würde. Die scharfen Ecken des Labyrinths flogen an ihr vorbei, als sie die schmalen Pfade entlanglief, ohne darauf zu achten, daß sie sich die Arme an den frischgestutzten Zweigen aufschürfte. Benommen ließ sie sich ins kühle Gras sinken. Sie lag auf dem Rücken, überwältigt von Alex' Haus und Alex' Garten.

Wenn nicht ein Käfer über ihren Arm gekrabbelt wäre, hätte sie den Stein bestimmt nicht bemerkt. Sie rollte zur Seite und auf Augenhöhe der abgeschnittenen Buchsbaumzweige. Tief unter der Hecke versteckt lag ein kleiner, rosa Brocken.

Er war nicht oval, nicht wirklich, dazu war er zu grob behauen und zu schief. Cassie schob den Arm in das Geäst, bis sich die Zweige wie Armbänder um ihre Handgelenke legten. Es war ein Rosenquarzstein, und sie hatte ihn von der Ostküste mitgebracht. Auf der flachsten Seite waren unbeholfen die Buchstaben CCM und das Jahr 1976 eingemeißelt.

Sie wußte nicht mehr, warum sie ihn unter den Buchsbäumen mitten in Alex' Labyrinth versteckt hatte. Sie wußte nicht mehr, ob sie Alex je verraten hatte, daß er hier lag. Aber ihr war klar, daß dies der erste Beweis war, dem sie wirklich glaubte; das erste überzeugende Indiz, seit sie ihr Gedächtnis verloren hatte, daß sie einst hierhergehörte.

Cassie drehte sich auf den Rücken und drückte den Stein an ihre Brust. Sie starrte in die Sonne, bis diese märchenhafte Welt, die Alex ihr zu Füßen gelegt hatte, schwarz wurde. Und dann flüsterte sie Connors Namen.

Am 1. November 1976, kurz nach sieben Uhr morgens, marschierte Connors Vater in die Küche, wo Connor und seine Mutter frühstückten, und erschoß beide mit einem .12-Kaliber-Gewehr. Bis Cassie die Polizei alarmiert und durch den Wald zu Connors Haus gerannt war, hatte es Mr. Murtaugh schon geschafft, die Waffe gegen sich selbst zu richten.

Connors Vater hatte sich bis ins Wohnzimmer geschossen, aber Mrs. Murtaugh lag noch auf dem Küchenboden. Ihr Hinterkopf war weg. Connor war halb über sie gefallen, und wo seine Brust gewesen war, klaffte ein riesiges Loch.

Mit einer Ruhe, die nur durch den Schock zu erklären war, kniete Cassie neben Connor nieder und zog seinen Kopf auf ihren Schoß. Sie legte ihre Finger auf seine noch warmen Lippen. Sie überlegte, ihn zu küssen, so wie gestern abend, brachte es aber nicht über sich.

Die Polizei und die Sanitäter schleiften sie von Connors Leiche weg. Sie saß in der Küchenecke, eine grobe Wolldecke um die Schultern gelegt, und beantwortete immer und immer wieder die gleichen Fragen. Nein, sie war nicht dabeigewesen, als es geschah. Nein, sie hatte Mr. Murtaugh heute morgen nicht gesehen. Nein, nein, nein.

Jeder wußte, wie nahe Cassie und Connor sich gewesen waren, deshalb gab ihr die Schule bis nach der Beerdigung frei, aber sie hörte das Getuschel trotzdem. *Er soll den Abzug mit dem Zeh durchgedrückt haben, als er sich selbst erschoß. Hat keinen Job gefunden und ist an der Flasche hängengeblieben. Einen unschuldigen Jungen umzubringen, einfach so, in der Blüte seiner Jugend!* Bei ihr zu Hause waren die Probleme wenigstens offensichtlich. Connors Familie dagegen war unter einer Schicht aus Zuckerguß verfault, von innen heraus, so daß niemand es sehen konnte.

Beim Trauergottesdienst schneite es. Da Connor kein Testament hinterließ, wurde mit seinem Leichnam so verfahren wie mit denen seiner Eltern: Er wurde verbrannt. Die Asche wurde über dem Moosehead Lake verstreut. Cassie schaute zu, wie erst die Urne mit Mrs. Murtaugh und dann die von ihrem Mann geöffnet wurde. Als Connors Asche verwehte, begann Cassie zu schreien. Niemand konnte sie zum Schweigen bringen; nicht einmal als ihr Vater seinen Handschuh auf ihren Mund preßte, wurde der Schrei leiser. Es war nicht recht, daß Connor und sein Vater bis in alle Ewigkeit vermengt wurden. Sie mußten noch einmal von vorn beginnen. Sie mußten ihr Connor zurückgeben.

Schnee fror die Lider über ihren aufgerissenen Augen fest, als Connors Überreste dem Wind übergeben wurden. Ein grauer Hauch zog substanzlos und flüchtig wie Rauch über den Himmel und verschwand. Als habe Connor nur in Cassies Einbildung existiert. Als habe er überhaupt nie existiert.

Sie schlich von den kondolierenden Gästen weg und begann, immer noch in ihrem Sonntagskleid und den Schneestiefeln, um den Moosehead Lake herumzulaufen. Der See war riesig, und sie wußte, daß sie nicht weit kommen würde, aber als sie keuchend in den Schnee sank, war sie über eine Meile von der Trauerfeier entfernt. Es war ihr egal, daß der Schnee den dünnen Stoff ihres Rockes durchtränkte, daß seine Kälte sie lähmte. Sie bohrte die Finger in den hartgefrorenen Boden, bis ihr die Nägel brachen und bluteten.

Ihr war klar, daß sie, auch wenn sie jahrelang versucht hatte, das Leid ihrer Mutter zu lindern, Connor niemals von seinem Schmerz befreien konnte. Also würde sie das Zweitbeste tun: Sie würde für ihn leiden. Sie trug den Rosenquarzbrocken heim, hockte sich in die Garage neben die Werkzeugkiste ihres Vaters und meißelte mit Hammer und einem Pfriem den Grabstein, den man Connor verwehrt hatte. Sie arbeitete, bis sie ihre Hände nicht mehr bewegen konnte. Dann schlang sie die Arme um die Knie und wiegte sich vor und zurück. Sie konnte nicht begreifen, warum sie, nachdem man ihnen beiden das Herz aus dem Leib gerissen hatte, nicht ebenfalls starb.

Am Freitag abend saß Will Flying Horse gerade auf seiner neuen grünen Couch, schaute ein Quiz an und aß ein halbgares TV-Dinner, als der Strom ausfiel. »Scheiße«, sagte er, während die blinkende Uhr an seinem Videorecorder erlosch. Er stellte den Teller neben sich auf die Couch und versuchte sich ins Gedächtnis zu rufen, wo der Sicherungskasten war.

Es hätte schlimmer kommen können; es war früh am Abend und draußen noch so hell, daß er den Weg in den Keller erkennen konnte. Komisch war, daß gar keine Sicherung durchgebrannt war. Er ging wieder nach oben und trat vor die Tür. In den Fenstern nebenan und gegenüber sah er eine Küchenlampe brennen; einen Hund stumm über einen Bildschirm rennen. Es war nur bei ihm.

Er rief bei der Elektrizitätsgesellschaft an, konnte aber lediglich seine Adresse und sein Problem auf einen Anrufbeantworter sprechen. Gott allein wußte, wie lange es dauern würde, bis jemand das Ding abhörte. Also holte er ein paar Kerzen aus seinem Küchenschrank, häßliche, eiförmige rote Dinger, die ihm eine Ex-Freundin vor Jahren zum Geburtstag geschenkt hatte. Er stellte vier Stück ins Wohnzimmer und zündete sie mit Streichhölzern an, die er in seiner Tasche fand.

Als die Sonne unterging, legte sich ein Schatten über ihn. Die Fransen an dem Medizinbündel über ihm zitterten rastlos in der Stille. Will lauschte dem Rhythmus seines Herzens. Er konnte nichts weiter tun als warten.

Elizabeth, das Dienstmädchen, kam mit einem Koffer ins Schlafzimmer, der größer war als sie selbst. »Werden Sie auch einen Kleidersack brauchen?«

Cassie hatte keine Ahnung. »Ich schätze schon«, sagte sie, und sofort drehte sich das Mädchen um und wollte gehen. »Moment«, rief sie ihr nach. Sie zog die Stirn in Falten. »Ich kann den Schrank nicht finden.«

Elizabeth lächelte. Sie marschierte durch die Suite und das Schlafzimmer in den kurzen Flur, der zu dem mit grünem Marmor gefliesten Bad führte. Als sie sich mit der Schulter an die Wand lehnte, sprang zu Cassies Verblüffung die Tapete auf und gab den Blick auf einen verborgenen begehbaren Schrank frei. »Ihrer«, sagte Elizabeth, dann machte sie das gleiche auf der anderen Seite. »Der von Mr. Rivers.«

Sie verschwand. Cassie starrte die Fächer und Bügel voller Pullover und Blusen und Pelze an, die alle ihr gehörten. Der Schrank war größer als das Zimmer von Mrs. Alvarez im Apartment. Cassie hatte das Gefühl, noch nie so viele Kleider auf einem Fleck gesehen zu haben.

Sie fing an, Sachen aus den Schubladen zu ziehen, die sie wohl mitnehmen sollte – bequeme Rollkragenpullover und Baumwolljacken, Unterwäsche und BHs und eine kleine Schminktasche. Sie wollte ein Paar Halbschuhe einpacken, die ganz unten in dem Schuhkartonstapel lagen, aber sie hatte keine Lust, erst alle Schachteln wegzuräumen. Also zog sie den Karton halb heraus und versuchte, die Schuhe unter dem Deckel durchzuquetschen, doch plötzlich brach alles über ihr zusammen, und der Inhalt ihres Schrankes stürzte auf sie herab.

Halb begraben unter einem Haufen von Seidenwäsche und Stöckelschuhen und Wanderjacken wäre ihr fast das winzige Fach entgangen. Ein kleines Versteck, das nach dem gleichen Prinzip funktionierte wie der Schrank. Sie drückte gegen die Vorderfront, und der Riegel sprang auf. Es war winzig, höchstens so groß wie ein Brotkasten. Cassie fragte sich, ob sie hier ihren Schmuck versteckte.

Drinnen lag ein Stapel Taschenbücher, billige Liebesschmöker mit halbnackten Frauen und starken Piraten auf dem Cover, Romane, mit denen sich eine Anthropologin nicht einmal tot erwischen lassen wollte. Cassie mußte laut lachen. War das ihr großes Geheimnis? Was versteckte Alex in seinem Fach? Den *Hustler*?

Sie nahm sich eine Handvoll und ging die Titel durch. *Im Rausch der Nacht. Brennende Glut. Herzen im Feuer.* Vielleicht wollte Alex, daß sie die Bücher versteckte. Was würden die Leute sagen, wenn sie erführen, daß die Frau von Amerikas berühmtestem Filmstar in ihrer Freizeit solche Romane las?

Hinter dem Bücherschrank klemmte eine Schachtel in der Ecke. Cassie erkannte sie auf den ersten Blick wieder. Der rosa Deckel war hochgeklappt, einer der zwei plastikverpackten Tests lag noch in seinem Behälter. *First Response.* Schon am ersten Tag nach Ausbleiben der Periode zu verwenden.

Sie beugte sich aus dem Schrank heraus und schaute in das atemberaubende grüne Bad. Sie sah ganz deutlich vor sich, wie sie sich über den Waschtisch beugte und die erforderlichen drei Minuten abwartete. Sie wußte noch genau, wie sich der kleine rosa Kreis langsam aus dem Testschälchen herauskristallisiert hatte. *ROSA – SCHWANGER. WEISS – NICHT SCHWANGER.*

Cassie sank auf den Haufen heruntergefallener Kleider. Kleider, die Alex ihr gekauft hatte, Kleider, die dem Prunk eines solchen Lebens entsprachen. Sie preßte sich die Handballen auf die Augen und versuchte das Bild des Friedhofs von St. Sebastian zu vergessen – und was sie dorthin getrieben hatte.

Es war der Abend, an dem Alex zu den Außenaufnahmen nach Schottland fliegen sollte, und er hatte wieder eine seiner Launen. Sie hatte gelernt, ihn nach seinen Augen einzuschätzen – je dunkler sie wurden, desto weiter hielt sie sich von ihm fern. Sie hätte es wissen müssen.

Beim Essen trommelte Alex unablässig mit dem Messer auf die Tischkante, bis Cassies Herz im Rhythmus des dumpfen Klopfens zu schlagen begann. »Wie war es heute?« fragte sie.

Alex knallte das Messer an die Tellerkante. »Wir haben das Budget überzogen, der Regisseur ist ein Wahnsinniger, und wir produzieren erst seit einer Woche.« Er fuhr sich mit der Hand durchs Haar. »Vielen Dank, daß du mich daran erinnert hast.«

Cassie lehnte sich zurück und konzentrierte sich darauf, den

Mund zu halten und so leise wie möglich zu essen. Eigentlich wollte sie Alex noch vor seiner Abreise erzählen, daß sie ein Baby erwartete, aber vielleicht war das der falsche Zeitpunkt. Sie mußte ihn im richtigen Moment erwischen. Sie mußte ihm beibringen, daß es nicht total ungelegen kommen würde; daß es ihr Leben verändern würde. Sie könnten noch einmal von vorn beginnen.

Alex schob den Stuhl zurück. »Ich muß packen. In einer Stunde muß ich los.«

Cassie blickte auf seinen Teller, auf das Essen, das er immer nur von einer Seite auf die andere geschoben hatte. »Ich mache dir ein Sandwich für unterwegs«, bot sie ihm an, aber Alex war schon aus dem Zimmer.

In den zwei Jahren, seit es angefangen hatte, war Cassie ziemlich geschickt darin geworden, Alex aus dem Weg zu gehen. Schließlich war es ein großes Haus, und da die Angestellen abends heimgingen, würde es niemand eigenartig finden, wenn sie sich um drei Uhr morgens in ihrem Labor einschloß oder in der Bibliothek saß und las, bis die Sonne aufging. Aber an jenem Abend ließ sie ihr Instinkt im Stich; sie hatte tagsüber zu lange von einem kleinen Jungen mit Alex' silbernen Augen geträumt. Sie ging ins Schlafzimmer und setzte sich mitten aufs Bett, wo sie Alex beim Packen zuschauen konnte. Ihn anzusehen war fast, als könne sie einen Blick auf ihr Baby erhaschen. »Soll ich deinen Waschbeutel zusammenpacken?« Alex schüttelte den Kopf. Sie hob einen Pullover auf, den er aufs Bett geschleudert hatte. »Ich lege ihn für dich zusammen«, bot sie ihm an und hatte schon die Ärmel übereinandergelegt, als Alex sie am Handgelenk packte.

»Ich habe gesagt, ich mache das selbst.«

Irgend etwas nagte an Alex, irgend etwas, das lange, bevor sie ihn kennengelernt hatte, ein Teil von ihm geworden war. Er war das, was ihn zu einem exzellenten Schauspieler machte, obwohl das außer ihr niemand wußte. Sie sahen den Schmerz, aber erst, nachdem Alex ihn in eine Rolle gepackt hatte. Nur Cassie hatte ihn gesehen, wenn seine Augen erloschen; nur Cassie hatte ihre Hände auf seine Brust gelegt und gespürt, wie sich die Haut über dem zornigen Herz spannte.

Sie liebte ihn mehr als alles auf der Welt. Sogar mehr als sich selbst – hatte sie das nicht bewiesen? Sie wußte, daß sie ihn diesmal vielleicht nicht heilen konnte, dafür aber bestimmt beim nächsten Mal. Deshalb war Alex zu ihr gekommen. Sie war der einzige Mensch, der ihm helfen konnte.

Aber es war eine zweischneidige Sache. Sie war die einzige, die Alex nah genug war, um ihm helfen zu können, aber dadurch war sie auch in seiner Reichweite. Es war nicht seine Schuld, wenn sie ihm in die Quere kam. Wenn es geschah, konnte sie nur sich selbst die Schuld dafür geben und ihm verzeihen.

Alex sank neben ihr aufs Bett. »Ich will nicht nach Schottland, Scheiße«, erklärte er rauh. »Ich will freihaben. Ich will, daß diese verdammte Oscarsendung endlich vorbei ist; ich will einfach von der Bildfläche verschwinden.«

»Dann tu's doch«, drängte Cassie, während sie seine Schultermuskeln massierte. »Leg Macbeth *auf Eis und komm mit mir nach Kenia.«*

Alex schnaubte. »Und was soll ich dort tun, während du in deinem Sandkasten spielst?«

Cassie zuckte zusammen. »Drehbücher lesen«, schlug sie vor. »Dich sonnen.«

Alex begann, seine Sachen in die Koffer zu schmeißen, die aufgeklappt auf dem Boden lagen. »Ich habe heute was über mein Oscar-Interview mit Barbara Walters gehört.« Er seufzte. »Sie bringt mich zusammen mit irgendeinem Komiker und Noah Fallon.« Cassie sah ihn verständnislos an. »Noah Fallon, um Himmels willen. Er ist auch als bester Schauspieler nominiert.« Alex setzte sich auf den Boden und zog die Knie an die Brust. »Sie bringt mein Interview als zweites. Scheiße. Und Fallon am Schluß.«

Cassie lächelte ihn an. »Hauptsache, du bist überhaupt in der Sendung«, sagte sie.

Alex drehte ihr den Rücken zu. »In den letzten drei Jahren hat jedesmal der Oscaranwärter gewonnen, den Barbara Walters als letzten gebracht hat. Es ist wie ein Scheißbarometer für die Academy-Entscheidung.«

Weil sie nicht wußte, was sie darauf sagen sollte, rutschte Cassie vom Bett und schlang die Arme um ihn. »Ich gehe leer aus.« Weich fielen Alex' Worte auf ihre Schulter.

»Du wirst gewinnen«, flüsterte sie eindringlich. »Du wirst bestimmt gewinnen.«

Wie meistens kippte Alex' Stimmung zwischen zwei Herzschlä-
gen um. Er sprang auf, packte Cassie an den Handgelenken und
rüttelte sie so grob, daß ihr das Haar ins Gesicht fiel und ihr
Genick knackte. »Woher willst du das wissen?« *fuhr er sie an.*
Sein heißer Atem wehte ihr ins Gesicht. »Woher willst du das
wissen?«

Die Worte blieben Cassie im Hals stecken, jene Worte, mit
denen sie sich jedesmal verteidigen wollte und die ihr doch nie
über die zusammengepreßten Lippen kamen. Alex schüttelte sie
noch einmal und stieß sie dann zu Boden, so daß sie ihm zu Füßen
lag.

Sie fiel über die Koffer und schlug sich an der offenen Schrank-
tür eine Wunde am Kopf, die aber längst nicht so schmerzte wie
die Scham, die sie empfand. Sie sah gerade noch Alex' Fuß auf sich
zukommen, und statt sich wie sonst zu einem Ball zusammenzu-
rollen, drehte sie sich zur Seite, so daß er sie am Rücken erwischte.
Der Schmerz schoß ihr bis in den Nacken, aber ihr Bauch blieb
verschont.

»Mein Baby«, *hauchte sie und preßte sich im selben Moment*
die Hand auf den Mund. Hoffentlich hatte Alex sie nicht gehört.
Aber er hatte ihr schon den Rücken zugedreht und die Hände vor
das Gesicht geschlagen. Er kniete neben ihr nieder und wiegte sie,
wie immer, wenn sein Zorn erloschen war. Seine Hände streichel-
ten sie mit jener Zärtlichkeit, die unzertrennlich wie ein siamesi-
scher Zwilling mit seiner Wut verbunden war. »Verzeih mir«,
flüsterte er. »Das habe ich nicht gewollt.«

»Es ist nicht deine Schuld«, *antwortete sie, denn sie kannte*
ihren Text, aber zum ersten Mal glaubte sie ihren Worten nicht.
Tief in ihr sickerte Zorn aus einem Riß, der zu oft geflickt worden
war, um noch zu halten. Du Schwein, *dachte sie.*

Sie wußte, daß Alex sie brauchte, aber ihr war auch klar, daß sie
nicht bleiben konnte. Sie durfte das Kind nicht gefährden, das sie
und Alex geschaffen hatten. Für ihr Baby würde sie tun, was sie in
den zwei Jahren für sich selbst nicht getan hatte.

Als John sich über die Sprechanlage meldete, stand Alex auf
und schaufelte seine Kleider, die Anzüge eingeschlossen, in die
Koffer. Er schleppte das Gepäck vor die Tür und beugte sich dann
zu ihr hinab, um sie zu küssen. »Ich liebe dich«, *beteuerte er*

gepreßt. Er legte seine Hand auf ihre, die schützend ihren Bauch bedeckte.

Sie wartete, bis der Wagen über den Kies knirschte, dann nahm sie ihre Jacke und verließ Alex' Haus. Die Welt um sie herum verschwamm, und sie mußte alle Kraft aufbieten, um sich mit jedem Schritt davon zu überzeugen, daß sie nicht anders handeln konnte. Sie versuchte sich einzureden, daß es Alex vielleicht weniger weh tun würde, wenn sie ihn jetzt verließ, während er verreist war.

Sie ging die Straße entlang, ohne zu wissen, wohin sie sollte. Sie konnte zu Ophelia gehen, aber dort würde Alex sie zuallererst suchen; und sonst hatte sie niemanden, an den sie sich wenden konnte. Cassies Wort stand gegen Alex' vergoldetes Medienimage, und genau wie der griechischen Prophetin, nach der sie benannt war, würde ihr niemand glauben, wenn sie die Wahrheit sagte.

Sie war so nah dran gewesen. Cassie hatte die Fäuste im Schoß geballt und weinte, weil sie erkannte, daß sie sich selbst betrogen hatte, indem sie das Gedächtnis verlor. Sonst wäre sie Alex wenigstens einen Schritt voraus geblieben.

Er hatte sich fürsorglich und umsichtig gezeigt, wahrscheinlich weil sie ihre Anschuldigungen nicht sofort in die Pressemikrofone gekreischt hatte, sowie sie ihn auf dem Polizeirevier zu Gesicht bekommen hatte. Nicht daß sie so etwas jemals tun würde; das sollte Alex eigentlich wissen. Sie wollte ihm nicht weh tun – sie hatte ihm *nie* weh tun wollen –, sie wollte sich nur schützen. Sie hatte nie geglaubt, daß das eine das andere ausschloß.

Alex dagegen dachte das, und so hatte er sie gefunden. Aber das Leben, das er ihr zu Füßen legte, war nicht, was es zu sein schien. Sie würde in Alex' phantastischen Schlössern leben, in seine rauchgrauen Augen lächeln, wenn die Kameras blitzten, in leeren Nächten unter seiner Berührung erblühen, und trotzdem konnte es jederzeit wieder passieren.

Bislang hatten nicht einmal Alex' Versprechen das verhindern können. Sie hatte keine Wahl. Sie wünschte nur, er könnte das so klar sehen wie sie.

Er konnte jeden Augenblick ins Schlafzimmer treten, um zu

packen, aber sie würde nicht nach Schottland mitkommen. Cassie stand auf und schnappte sich eine alte Leinentasche, auf der das Logo eines Fernsehsenders aufgedruckt war. Sie warf so viele Sachen hinein wie möglich, griff sich dann eine Handvoll Unterwäsche und stopfte sie irgendwo dazwischen. Sie zog sich eine Baseballkappe mit dem Namen von Alex' Produktionsgesellschaft in die Stirn und ging aus dem Schlafzimmer.

Es war kein Gefängnis, jedenfalls nicht im üblichen Sinne, deshalb kam niemand auf den Gedanken, Cassie aufzuhalten und sie zu fragen, wohin sie wollte. Sie spazierte am Pool vorbei, am Labyrinth und an den Blumenbeeten. Sie ging durch ein kleines Nebentor in dem verschnörkelten Eisenzaun und quer durch den weitläufigen Nachbargarten, bis sie auf eine Straße stieß.

Aus Angst, daß man ihr folgen könnte, ging sie immer schneller. Nach einer Weile fing sie an zu laufen. Ihre Schritte wurden schwerer, aber sie zwang sich weiterzurennen. Erst Stunden später, als sie glaubte, in Sicherheit zu sein, sank sie auf die Knie und ließ die Erinnerungen wieder wach werden.

1989–1993

Sturmvögel, stolze Vögel der Arktis, leben auf hohen Klippen. Von ihrem einsamen Thron aus können sie sich auf weniger überhebliche Vögel hinabstürzen, während sie Loblieder auf sich singen, die weit über das eisige Meer getragen werden.

Es war einmal ein Sturmvogel, der so anmaßend war, daß er in seinem Volk keine Gefährtin fand. Er beschloß, eine Menschenfrau zu heiraten, und wob einen Zauberspruch, damit er die Gestalt eines Mannes annahm. Aus den dicksten Seehundfellen nähte er sich einen wunderbaren Anorak, und er putzte sich, bis er aussah wie ein schöner junger Mann. Natürlich waren seine Augen immer noch die eines Sturmvogels, also fertigte er sich eine dunkle Brille, um seine Verkleidung vollständig zu machen, und dann schob er seinen Kajak ins Wasser, um sich eine Frau zu suchen.

Zur selben Zeit lebte an einem stillen Strand ein Witwer mit seiner Tochter Sedna, einem Mädchen, das so hübsch war, daß die Kunde von ihrer Schönheit bis weit über ihren Stamm hinaus gedrungen war. Viele Männer kamen und warben um sie, doch Sedna wollte keinen von ihnen. Niemand konnte ihren Stolz und ihr Herz erweichen.

Eines Tages kam ein schöner Mann in einem prächtigen Seehundanorak. Er zog seinen Kajak nicht an den Strand, sondern wartete draußen auf den Meereswogen und rief nach Sedna. Er begann, für sie zu singen. »Komm, Geliebte«, sang er, »ins Land der Vögel, wo du nie hungern sollst, wo du auf weichen Bärenfellen ruhen wirst, wo du dich mit Federn und Walbeinketten schmücken kannst, wo deine Lampen immer voller Tran und dein Topf voller Fleisch sein wird.«

Das Lied schmiegte sich um Sednas Seele und lockte sie immer näher an den Kajak heran. Und schließlich segelte sie mit dem

Fremden über das Meer davon, fort von ihrer Heimat und ihrem Vater.

Anfangs war sie glücklich. Der Sturmvogel baute ihr ein Heim auf einer Felsklippe und fing jeden Tag Fische für sie, und Sedna war so bezaubert von ihrem Mann, daß sie gar nicht sah, wie sie lebte. Aber eines Tages rutschte dem Sturmvogel die Brille von der Nase, und Sedna blickte in seine Augen. Sie drehte sich um und erkannte, daß ihr Heim nicht aus dicken Pelzen, sondern aus fauligen Fischhäuten bestand. Sie schlief auf keinem Bärenfell, sondern auf steifem Walroßleder. Sie spürte die eisigen Nadeln der Ozeangischt und erkannte, daß sie einen Mann geheiratet hatte, der nicht das war, was sie geglaubt hatte.

Vor Trauer begann Sedna zu weinen, und obwohl der Sturmvogel sie liebte, konnte er ihre Tränen nicht stillen.

Ein Jahr verging, und Sednas Vater kam sie besuchen. Als er die Klippe erreicht hatte, auf der die beiden lebten, jagte der Sturmvogel gerade nach Fischen, und Sedna flehte ihren Vater an, sie wieder heimzubringen. Sie liefen zu seinem Kajak und stachen in See.

Sie waren noch nicht weit gekommen, als der Sturmvogel zu seinem Nest zurückkehrte. Er rief nach Sedna, immer und immer wieder, doch seine sehnsüchtigen Schreie wurden vom Heulen des Windes und des Meeres verschluckt. Andere Sturmvögel fanden ihn und erzählten ihm, wo Sedna war. Der Sturmvogel breitete die Arme aus, bis seine Schwingen die Sonne verdeckten, und flog dem Boot nach.

Als er die beiden so wild paddeln sah, wurde der Sturmvogel wütend. Er schlug mit seinen Flügeln im Wind, um heimtückische Strömungen hervorzurufen und eisige Wellen aufzutürmen. Seine Schreie weckten den wütenden Sturm, und das Meer wurde so aufgewühlt, daß das Boot auf den Wellen tanzte. Sednas Vater erkannte, wie mächtig der Vogel war, denn offenbar war selbst der Ozean erzürnt darüber, daß der Sturmvogel seine Frau verloren hatte. Der Vater wußte, daß er seine Tochter opfern mußte, wenn er sich selbst retten wollte.

Er warf Sedna in das eisige Wasser. Sie spuckte und schlug mit den Armen, und ihre Haut wurde blau vor Kälte. Sie krallte sich mit den Fingern am Boot fest, aber ihr Vater, dem der donnernde

Flügelschlag des Sturmvogels Todesangst einjagte, schlug mit dem Kajakpaddel auf ihre Hände ein. Sednas Fingerspitzen brachen ab und fielen ins Meer. Sie verwandelten sich in Wale und schwammen davon. Als Sedna wieder auftauchte, hielt sie sich wiederum am Bootsrand fest, aber wieder schlug ihr Vater nach ihr. Die mittleren Fingergelenke brachen wie Eis und fielen ins Wasser. Sie wurden zu Seehunden. Ein letztes Mal bekam sie das Boot zu fassen, aber ihr Vater hieb wieder auf ihre Finger ein, bis auch die unteren Gelenke brachen, die sich in Walrosse verwandelten. Sedna sank auf den Meeresboden.

Sedna wurde ein mächtiger Geist und beherrscht seither die Meerestiere, die aus ihren Fingern entstanden waren. Manchmal rührt sie Stürme auf und schleudert die Kajaks gegen die Felsen. Manchmal löst sie Hungersnöte aus, indem sie die Seehunde von den Jägern weglockt. Nie jedoch wagt sie sich aus dem Wasser, aus Angst, sie könne noch einmal dem Sturmvogel begegnen.

Legende der Eskimo

10

Ich werde dir alles erzählen.

Aber die Geschichte beginnt, lang bevor ich dir begegnet bin, lang bevor irgend jemand Alex Rivers kannte. Sie beginnt an dem Tag, an dem Connor Murtaugh im Haus nebenan einzog – an jenem Tag, an dem ich abends zum Essen heimkam und meiner Mutter erklärte, daß ich ein Junge werden wollte, wenn ich erwachsen war.

Ich war fünf Jahre alt, ein artiges, niedliches kleines Mädchen, das zur Südstaatenlady erzogen werden sollte. Daß wir in Maine lebten, hinderte meine Mutter nicht daran, ihr Kind zu einem perfekten Georgia-Gewächs heranzüchten zu wollen. Ich konnte ein bißchen lesen und, weil es nötig war, auch einfache Gerichte zubereiten wie Suppe, Käsesandwiches und natürlich starken schwarzen Kaffee. Ich wußte, wie man das Haar über die Schulter wirft und die Augen niederschlägt, um zu bekommen, was man will. Ich lächelte mit geschlossenen Lippen. Die meisten Erwachsenen fanden mich reizend, aber ich hatte keine gleichaltrigen Freunde. Weißt du, es war einfach undenkbar, sie mit nach Hause zu bringen, und deshalb hielten mich die meisten Kinder im Kindergarten für komisch oder eingebildet. Und dann zogen Connors Eltern aus einer Wohnung am anderen Seeufer in das Haus neben unserem.

Den ganzen ersten Tag half ich ihm, Schachteln und Lampen zu tragen, und beantwortete dabei seine Fragen nach meinem Geburtstag, dem ekligsten Essen und der besten Stelle für fette Köderwürmer. Connor war eine Offenbarung für mich. Zum ersten Mal sah ich, daß das Leben nicht nur darin bestand, die Knie zusammenzupressen, wenn man auf einem Stuhl saß, und sich jeden Abend das Haar mit hundert Bürstenstrichen auszukämmen. Also tauschte ich meine Lackschuhe gegen ein Paar ausgetretener Turnschuhe von Connor ein, die wunderbar paßten, wenn ich vorne ein Paar Socken hineinstopfte. Ich wurde in die Kunst eingeweiht, Schnecken mit Salz zu bestreuen oder bäuchlings durch den Schlamm zu schliddern.

Es gibt viele Gründe, warum ich meine Entscheidung, Anthropologin zu werden, auf Connor zurückführe; vor allem, weil er mir als erster gezeigt hat, wie schön sich die Erde anfühlt, wenn man sie zwischen den Fingern durchquetscht. Heute sind meine Hände fast immer dreckig, und obwohl Connor seit siebzehn Jahren tot ist, ist er immer noch bei mir.

Ich glaube nicht an Ufos, an Reinkarnation oder an Geister, aber ich glaube an Connor. Ich kann nur sagen, hin und wieder spüre ich ihn. Immer wenn etwas schiefläuft, taucht er auf. Wahrscheinlich ist es meine Schuld, daß er nie richtig in den Himmel gekommen ist oder dahin, wo die Seelen der Toten sonst verschwinden. Schließlich hat er sich schon als Kind um mich gekümmert und fühlt sich offensichtlich immer noch verpflichtet, auf mich aufzupassen.

Deshalb, weißt du, rechnete ich mit ihm an jenem heißen Montag im August, als ich im Gang der anthropologischen Fakultät auf und ab marschierte und auf die Entscheidung über meine Festanstellung wartete. Ich arbeitete schon zwei Jahre als Wissenschaftliche Assistentin an der Universität, nachdem ich dort mein Examen, meinen Magister und meinen Doktor gemacht hatte. Ich sollte fest angestellt werden. Leute, die nach mir gekommen waren, waren schon zum außerordentlichen Professor ernannt worden. Schließlich hatte ich Archibald Custer, dem Dekan der Fakultät, mit der glatten Lüge gedroht, ich hätte ein Angebot von einem College im Osten.

Ich rechnete nicht wirklich damit, fest angestellt zu werden, weil ich mit siebenundzwanzig immer noch jünger war als selbst die außerordentlichen Professoren und Seminarleiter. Aber es war schließlich nicht meine Schuld, daß sie länger gebraucht hatten, um so weit zu kommen wie ich. Ich war stolz darauf, daß ich schon vor dreizehn Jahren entschieden hatte, was ich mit meinem Leben anfangen wollte, und seither an meinem Plan festgehalten hatte.

Ich lehnte an dem Wasserspender vor dem Fakultätssekretariat, als ich den leichten Druck im Rücken spürte, der mir verriet, daß Connor zuschaute. Wenn er hier war, ging mir durch den Kopf, sah es schlecht für mich aus. »Sie werden mich übergehen«, flüsterte ich. Da – jetzt hatte ich es ausgesprochen. Die Worte, mit denen ich mir meinen Mißerfolg eingestand, fielen vor mir zu Boden, schwer und träge wie jede Niederlage.

»Ich will sowieso nicht an der Uni arbeiten«, sagte ich leise und strich mit der Hand über die Wand.

Das war gelogen. Die endlosen Intrigen waren mir zuwider, aber ich genoß es, über Geld und Mittel zu verfügen. Ich fand es phantastisch, wie sich alle bürokratischen Hemmnisse in Luft auflösten, wenn ich eine Ausgrabungsstelle im Ausland öffnen wollte. Und ich wußte, in einer Woche würde ich Custer und denjenigen, die befördert worden waren, vergeben. Ich würde der ganzen Kommission vergeben, die mich abgelehnt hatte. Dieses Jahr würde ich rausfinden müssen, was ich eigentlich falsch machte, und es dann besser machen.

»Weißt du, was ich mir wünschte?« fragte ich. »Ich wünschte, die schönsten Stunden im Leben würden nicht alle in die Kindheit gestopft.«

Bei den meisten Menschen war das auch nicht so. Wann war ich das letzte Mal barfuß über den Campus gelaufen? Oder hatte den Unterricht geschwänzt, weil ich verschlafen hatte? Wann hatte ich mich das letzte Mal besinnungslos betrunken oder war in einem fremden Bett aufgewacht oder hatte an der Supermarktkasse nicht genug Geld dabei?

Noch nie. Ich schlug nie über die Stränge, und im Grunde glaubte ich auch nicht, daß ich deshalb irgendwas verpaßte. Ich war nicht gern spontan. Meine Zielstrebigkeit würde mir eine Beförderung einbringen.

Irgendwann.

Aber ich hatte so eine Ahnung, daß Connor entsetzt wäre, wenn er wieder zum Leben erwachen würde. Er hätte bestimmt gewollt, daß ich all die Sachen mache, über die wir immer geredet hatten: ein paar Monate auf Tahiti leben, Bonsais züchten oder freiklettern.

Ich versuchte, Connor aus meinem Kopf zu verbannen und mich auf das Treffen mit Archibald Custer einzustimmen. Er stand wie ein Monolith in der Tür zu seinem Büro, als glaube er, allein durch die Kraft seines Amtes jeden, den er sehen wollte, heraufbeschwören zu können. Er war streitsüchtig, borniert und ein Sexist. Ich mochte ihn nicht besonders, aber ich spielte nach seinen Regeln.

»Ach, Miss Barrett«, sagte er. Er hielt zum Sprechen einen Verstärker an ein Kästchen in seinem Kehlkopf, weil man ihm vor ein paar Jahren bei einer Kehlkopfkrebsoperation die Stimmbänder herausgenommen hatte. Die Erstsemester fanden ihn unheimlich, und ich mußte ihnen recht geben. Wenn man von seiner Größe einmal absah, erinnerte er mich immer ein bißchen an die Zeichnung eines *Homo habilis*, und insgeheim beglückwünschte ich ihn dazu, einen so passenden Beruf gewählt zu haben.

Er mochte mich genausowenig, nicht nur, weil ich eine Frau war und jung, sondern auch, weil ich Bioanthropologin war. Er war Kulturanthropologe – er hatte sich vor Jahren einen Namen gemacht, als er mit den Yanonami zusammengehockt war. Zwischen den beiden anthropologischen Lagern hatte immer eine Art freundschaftlicher Konkurrenz geherrscht, aber ich konnte ihm einfach nicht verzeihen, was er mit mir gemacht hatte, nachdem ich meine Dissertation vorgestellt hatte. Ich hatte eine Abhandlung darüber geschrieben, ob Gewalt vererbt oder erlernt wird, eine uralte Streitfrage zwischen den Bio- und den Kulturanthropologen. Allgemein neigte man eher zum kulturellen Ansatz, demzufolge Aggression zwar angeboren ist, geplante Aggression – wie zum Beispiel ein Krieg – aber durch den Druck der Gesellschaft hervorgerufen wird, nicht durch unsere Evolutionsgeschichte. Ich argumentierte, daß das wahr sein mochte, daß aber gar keine Gesellschaft entstanden wäre, wenn die territorialen Anlagen in den menschlichen Genen es nicht erforderlich gemacht hätten, Regeln zu erlassen.

Alles in allem war es eine recht solide Gegenthese zum kulturanthropologischen Ansatz, und das brachte Custer zum Kochen. In meinem ersten Jahr als Lehrbeauftragte hatte er mir lauter Kurse zugeteilt, die in den Bereich Kulturanthropologie fielen, und als ich mich beschwerte und auf Exkursion gehen wollte, hatte er bloß die Brauen hochgezogen und gemeint, es täte mir gar nicht schlecht, meine Ausbildung ein bißchen abzurunden.

Jetzt winkte er mich in sein Büro und wies mir den Stuhl gegenüber seinem riesigen Schreibtisch zu. Er grinste, dieses Schwein, als er ansetzte: »Leider muß ich Ihnen mitteilen –«

Ich sprang aus dem Stuhl, weil ich kein einziges Wort mehr hören konnte. »Sparen Sie sich die Mühe«, sagte ich und lächelte gezwungen. »Ich nehme an, man hat mich übergangen, vielen Dank, und das war's.« Ich war schon auf dem Weg zur Tür.

»Miss Barrett.«

Ich blieb stehen, eine Hand auf dem Türknauf, und drehte mich zu ihm um.

»Setzen Sie sich.«

Ich sank wieder auf den Stuhl und versuchte zu überschlagen, um wie viele Felder mich meine Reaktion eben bei Custer zurückgeworfen hatte.

»Wir haben im ersten Quartal einen ungewöhnlichen Auftrag für Sie«, fuhr er fort. »Sie liegen uns doch ständig damit in den Ohren, daß Sie im Feld arbeiten wollen.«

Ich beugte mich vor. Sollte im Herbstsemester ein neues Praxisseminar gestartet werden? Im Kopf überflog ich schon die möglichen Ausgrabungsorte: Kenia, Sudan, die Scilly-Inseln. Würde ich das Seminar leiten oder mit jemandem zusammenarbeiten?

»Also, leider können wir Ihnen dieses Semester keine Professur anbieten«, sagte Custer. »Statt dessen haben wir Sie für ein Freisemester empfohlen.«

Ich krampfte die Finger um die Armlehnen. Ich hatte kein Freisemester *beantragt*. »Bitte verzeihen Sie, Archibald, aber zu meiner Verteidigung muß ich sagen, in den letzten drei Jahren –«

»Haben Sie ausgezeichnete Arbeit geleistet. Ja, ich weiß. Das wissen wir alle. Aber manchmal« – er verzog das Gesicht – »manchmal reicht das einfach nicht aus.«

Was Sie nicht sagen, dachte ich.

»Wir haben gedacht, Sie könnten unser altes Gelände in der Olduvai-Schlucht wieder eröffnen. Es für eine Erstsemester-Expedition vorbereiten«, sagte Custer und lehnte sich in seinem Stuhl zurück.

Ich knirschte mit den Zähnen. Sie wollten mich als Laufburschen – ich sollte das Terrain für ein Seminar vorbereiten, das ich nicht einmal halten durfte. Jeder halbwegs erfahrene Student konnte das machen. Dafür hatte ich nicht so schwer gearbeitet, dafür hatte ich meine Dissertation nicht geschrieben. So hatte ich mir die nächste Sprosse auf meiner Karriereleiter bestimmt nicht vorgestellt. »Es gibt doch sicher jemanden, der dafür besser geeignet ist als ich«, wand ich mich.

Custer zuckte mit den Achseln. »Sie sind das einzige Mitglied in der Fakultät, das nächstes Semester keine ... anderweitigen Verpflichtungen hat«, sagte er.

Mir war klar, was er da sagte. Er sagte mir, daß ich als einzige entbehrlich war.

Keine sechsunddreißig Stunden später war ich in Tansania und saß unter dem kühlen Schatten eines behelfsmäßigen Sonnensegels in dem winzigen Abschnitt der Olduvai-Schlucht, den die Universität für ihre Studenten-Exkursionen beanspruchte. Ich war immer noch wütend, weil ich ins Exil geschickt worden war, aber ich hatte Custer nicht widersprochen. Es wäre ein Fehler gewesen. Schließlich würde ich in zehn Wochen wieder antreten und um einen Lehrauftrag betteln müssen.

Ich versuchte mir einzureden, daß dieses Intermezzo sich als lohnend erweisen könnte. Schließlich war die Olduvai-Schlucht Louis Leakeys erste Ausgrabungsstätte in Ostafrika gewesen. Vielleicht würde auch ich groß rauskommen: das *missing link* oder etwas in der Art entdecken, das meinen Kollegen die Augen übergehen ließ und die gegenwärtigen Theorien der menschlichen Evolution von Grund auf ändern würde. Die Chancen standen schlecht, aber ich war noch jung, und es gab noch Millionen von Jahren an Vorgeschichte zu entdecken.

Allerdings hatte mich mein Rundgang am Vormittag davon überzeugt, daß ich genau wie all die anderen Anthropologen, die das Gelände nach Leakeys Entdeckungen jahrzehntelang überrannt hatten, nichts Neues zutage fördern würde. Ich hatte keine Ahnung, was ich hier zehn Wochen lang anfangen sollte. Ein Gelände für ein Praxissemester vorzubereiten bedeutete, die Punkte festzulegen, an denen man am wahrscheinlichsten auf einen Fund stoßen würde; aber so, wie es aussah, konnten die Studenten genausogut im Universitätskeller buddeln.

Als die Sonne höher kletterte, spazierte ich gelangweilt über das

Gelände und kramte in meinem großen Strohkorb nach dem Buch, das ich im Flugzeug angefangen hatte. Ich schaute mich kurz um, um sicherzugehen, daß ich allein war.

Lächerlich. Mein Herz klopfte, als würde man mich gleich mit einem Gramm Kokain erwischen. Es war ein billiger Liebesroman, mein einziges Laster. Ich rauchte nicht, ich trank kaum, ich hatte nie Drogen genommen, aber nach diesen dämlichen Büchern mit den halbnackten Frauen in den Armen eines Kraftprotzes auf dem Cover war ich schlichtweg süchtig. Meine Lektüre war mir so peinlich, daß ich die Bücher in braunes Packpapier schlug wie die Schulbücher in der Grundschule. Ich las sie im Bus oder auf den Bänken vor der Uni und tat so, als seien es anthropologische Abhandlungen oder ein preisgekrönter Roman.

Ich konnte einfach nicht anders. Ich wußte, daß die psychologische Erklärung dafür irgendwie mit einem Mangel in meinem Leben zu tun hatte, aber das war mir egal. Ich hatte vor ein paar Jahren damit angefangen, nachdem Ophelia, meine Mitbewohnerin, in den Armen eines Bodybuilders für das Cover eines Romanes posiert hatte. Ich las das Buch, und dann konnte ich nicht mehr aufhören. Irgendwie war es tröstlich zu wissen, daß in keinem Volk und keiner untergegangenen Rasse solche Menschen gelebt hatten. Dadurch fühlte ich mich, nun ja, etwas normaler.

Wahrscheinlich machte ich mir nichtsdestotrotz immer noch Hoffnungen. Aber wenn so ein Liebesroman wirklich einmal wahr werden sollte, dann mit jemand wie Ophelia in der Hauptrolle. Sie war schön, geschmeidig und sexy – nicht schlicht und pragmatisch wie ich. Es wäre bestimmt schön gewesen, eine jener Frauen zu sein, wegen der sich ganze Völker bekriegten, aber diesbezüglich machte ich mir keine Illusionen. Bis dato trug kein Ritter meine Farben, und kein Abenteurer hatte Zeit und Raum durchkreuzt, um mich zu finden. Noch dazu lebte ich in L. A., wo schöne Frauen die Norm, nicht die Ausnahme waren. Andererseits gab es in diesen Büchern auch keine Schönheitsoperationen, kein Make-up, keine Aerobic-Kurse. Ich dachte an die schöne Helena, an Petrarcas Laura und fragte mich, ob sie tatsächlich so viel anders ausgesehen hatten als ich.

»Entschuldigen Sie«, sagte ein Stimme. »Ihr Zelt steht mir im Bild.«

Ich fuhr zusammen und drückte das Buch automatisch möglichst tief in den weichen roten Sand. Mein Kopf schoß hoch, und ich blickte auf zwei männliche Silhouetten vor der hochstehenden Sonne. »Wie bitte?« fragte ich und stand auf.

Die Männer waren bestimmt keine Einheimischen; ihre Stirn war so verbrannt, daß sich die Haut abschälte, und sie waren so unvernünftig, keine Hüte zu tragen. »Sie sind im Bild«, erklärte der Größere. »Sie müssen weg hier.«

Ich stellte die Stacheln auf. »Da muß ich Sie leider enttäuschen«, antwortete ich. »Dieser Abschnitt gehört der Universität von Kalifornien.«

Der Mann warf entnervt die Hände hoch und drehte mir den Rücken zu.

Der zweite hielt mir die Hand hin. »Ich heiße George Farley«, sagte er. »Ich bin A. D.« Er deutete über seine Schulter. »Edward ist unser D. P.«

Ich lächelte ihn unsicher an. *A. D., D. P.* »Cassandra Barrett.« Ich konnte nur hoffen, daß das die angemessene Erwiderung war.

George deutete mit dem Arm in Richtung Schlucht. »Wir drehen hier einen Film, und als Edward heute die großen Schwenks drehen wollte, ist ihm ständig Ihr Zelt ins Bild gekommen. Wissen Sie, wir dachten, zu dieser Jahreszeit seien wir allein hier.«

Ein Film? Wie sie in Tansania an eine Dreherlaubnis gekommen waren, war mir schleierhaft, aber ich konnte mir vorstellen, daß sie viel Geld sparten, wenn sie die verlassenen Ausgrabungsstätten am Rande der Serengeti nutzten, statt sich selber welche zu planieren. »Tut mir leid«, sagte ich, »aber ich muß Sie enttäuschen. Ich habe zu tun.«

»Sag ihr, sie soll wenigstens das Zelt wegtun.«

Der Kameramann – der D. P. – hatte sich dabei nicht mal umgedreht, und ich ballte die Fäuste vor Wut. »Das geht leider nicht«, gab ich sarkastisch zurück. »Es ist zu heiß, um ohne Plane zu arbeiten.«

»Arbeiten?« Der Kameramann fuhr herum, und auf seinem Gesicht breitete sich ein Lächeln aus. George Farleys Augen leuchteten auf, als sei er eben auf Gold gestoßen. »Sie sind Anthropologin?«

Wider besseres Wissen nickte ich.

»Ach«, seufzte Edward, »es gibt doch noch einen Gott.«

George führte mich zu meiner Leinenplane zurück. »Sie sind Anthropologin an der Universität von Kalifornien? Und Sie machen hier Ausgrabungen?«

»Glauben Sie mir«, sagte ich, »das hier ist eigentlich keine Ausgrabungsstelle.« Ich erklärte ihnen das Ausbildungsprogramm der Universität; die verschiedenen Stellen in Afrika, an denen Feldarbeit eingeübt wurde.

»Das heißt, Sie müssen nicht wirklich arbeiten«, drängte George. »Sie haben vielleicht... ein bißchen Zeit übrig.«

»Vielleicht«, antwortete ich.

»Dreihundert Dollar am Tag«, erklärte George. »Für Sie. Wenn Sie für uns als wissenschaftliche Beraterin arbeiten.«

Das war mehr, als ich an der Uni verdiente; es klang durchaus verlockend. Ich wußte zwar nichts über den Film, aber die Vorstellung, von Custers aufgezwungenem Freisemester tatsächlich zu *profitieren*, gefiel mir. Es würde mir ungeheure Befriedigung bereiten, Custer zu betrügen, ohne daß ich dadurch meine Zukunft an der Universität aufs Spiel setzte.

Als ich nicht antwortete, beeilte sich George, das Schweigen zu brechen. »Der Film handelt von einem Anthropologen, und der Star, Alex Rivers, wünscht, daß wir ihm einen echten Wissenschaftler besorgen, damit er aus erster Hand alles über Ausgrabungen erfahren kann.«

»Wünscht?« mischte sich Edward schmunzelnd ein. »*Befiehlt.*«

Ich zog eine Braue hoch. »Und Sie haben noch keinen wissenschaftlichen Berater? Daran hätten Sie doch denken können, bevor Sie hergekommen sind.«

George räusperte sich. »Sie haben recht, und wir hatten auch einen, aber der mußte vor einer Woche abreisen.«

»Mitten in der Nacht«, brummte Edward leise. »Und wahrscheinlich nicht ganz freiwillig.«

George warf ihm einen finsteren Blick zu. »Alex ist gar nicht so schlimm«, sagte er wieder zu mir. »Wir haben gleich in die USA telegraphiert, aber so schnell läßt sich niemand auftreiben, und Sie – also Sie –«

»Ich bin Ihnen ins Bild gerutscht«, meinte ich leichthin.

»Dreihundertfünfzig«, schlug George vor. »Und ein Zimmer in der Lodge im Ort.«

Es war nicht richtig; Archibald Custer würde es bestimmt nicht billigen. Es hieß, daß ich meine Freizeit damit verbringen würde, für einen verwöhnten Filmstar den Babysitter zu spielen, statt auf dem Gelände eigene Forschungen zu betreiben. Ich machte den Mund auf, um ihr Angebot hoheitsvoll auszuschlagen, als ich an Connor denken mußte. *Fragst du dich nie, was du alles verpaßt?*

»Also gut«, antwortete ich mit einem strahlenden Lächeln, »wann soll's losgehen?«

George ließ mir einen provisorischen Vertrag da, den er hinten in die Umschlagseite meines Liebesromans schrieb, und kurz darauf hatte ich auch schon mein Sonnensegel abgebaut und war in den Ort gefahren, um Ophelia anzurufen. Ich bei den Dreharbeiten mit Alex Rivers. Persönlich erwartete ich mir nicht viel von so einem Star – ich lebte lange genug in L. A., um mitbekommen zu haben, wie oberflächlich und egozentrisch ihre Welt war –, aber ich wußte, daß Ophelia mich für einen absoluten Glückspilz halten würde. Sie verschlang die einschlägigen Magazine, wußte immer, welcher Produzent sich mit welchem Regisseur und welchem Star zusammengetan hatte; sie glotzte wie ein Groupie, wenn wir in L. A. auf der Straße an irgendwelchen Dreharbeiten vorbeikamen. Ich konnte mir genau vorstellen, wie sie reagieren würde – sie würde sterben, oder wenigstens behaupten, daß sie gleich sterben würde, denn das war ihre Antwort auf fast alles, egal, ob sie eine Rolle in einem Werbespot bekommen hatte oder ob ihr beim Salatmachen das Öl ausging.

Ich lebte mit Ophelia zusammen, seit uns ein Computer als Erstsemester an der Uni zusammengewürfelt hatte. Damals trug sie noch den unvorteilhaften Namen Olivera Frug und war eine Blondine mit Apfelbrüstchen. Für Ophelia war ich so was wie der Verbindungsdraht zur wirklichen Welt, und im Gegenzug, tja, im Gegenzug brachte sie mich zum Lachen, schätze ich.

Außerdem wußte ich mehr über Ophelia als irgendwer sonst. Als ich meine ersten Weihnachtsferien an der Uni verbrachte, weil mich in Maine nichts erwartete, blieb Ophelia zu meiner großen Überraschung ebenfalls in L. A. Fröhlich wie immer erklärte sie jedem, sie wolle endlich mal richtig braun werden. Aber an Heiligabend betranken wir uns gemeinsam mit einer Flasche Glenfiddich, und als Ophelia meinte, ich sei eingeschlafen, begann sie zu reden. Sie erzählte von ihrem Stiefvater, der sie befummelt hatte, seit sie zwölf Jahre alt war. Sie erzählte, wie sein Aftershave roch. Sie erzählte, wie sie sich damals Schlaflosigkeit antrainiert hatte, um jeden Laut an ihrer Zimmertür zu hören. Als die Sonne aufging, wickelten wir keine Geschenke aus, sondern schlossen schüchtern die gegenseitig anvertrauten Schätze in unser Herz.

Wir waren ein ungleiches und unzertrennliches Paar. Als Ophelia sich zu einem neuen Menschen zu stylen begann, hielt ich zu ihr. Schließlich wußte ich genau, was sie so mühsam abzulegen versuchte. Zum Examen schenkte sie sich Brustimplantate und ließ ihren Namen ändern; und während ich an meinem Magister zu arbeiten begann, stürzte sie sich in die Aufgabe, ein Apartment zu finden, das nah genug an den Studios für sie und nah genug an der Uni für mich war. Es war klein, aber billig, und dort wohnten wir nun seit fast sieben Jahren.

»Sie können jetzt sprechen«, sagte die Vermittlung.

»Ophelia?«

Ich hörte, wie sie tief aufatmete. »Gott sei Dank rufst du an«, begrüßte sie mich, als sei ich nur einen Kilometer entfernt. »Ich krieg die Krise.«

Ich grinste. »Die hast du doch immer«, bemerkte ich. »Was gibt's diesmal für Probleme?«

»Ich hab' doch um vier Uhr einen Termin bei meinem Therapeuten.« Ophelia ging zu ihm, um ihr Selbstbewußtsein zu stärken, seit sie beschlossen hatte, daß die Sitzungen bei dem Hypnotiseur sie nicht weiterbrachten. »Zur Zeit sehe ich ihn zweimal die Woche, und ich möchte das wirklich auf einmal wöchentlich zurückschrauben, aber ich weiß nicht, wie ich ihm das beibringen soll.«

Ich wollte nicht lachen, wirklich nicht, es rutschte mir einfach so heraus. Ich überspielte es mit einem Husten.

»Vielleicht schwänze ich einfach«, seufzte sie. »Ich sage es ihm am Donnerstag.« Sie schwieg einen Augenblick, dann schien ihr wieder einzufallen, wo ich war. »Wie ist es in Afrika?« fragte sie pflichtschuldig.

Ophelia begriff nicht, was ich an der Anthropologie fand – für sie war es bloß ein wissenschaftlicher Vorwand, sich schmutzig zu machen –, aber sie wußte, wieviel mir mein Beruf bedeutete. »Viel interessanter, als ich erwartet habe«, antwortete ich. »Ich arbeite ein bißchen schwarz.«

»Als Safari-Guide?«

»Als wissenschaftliche Beraterin für Alex Rivers' neuen Film.« Ich hörte im Hintergrund etwas klirren. »Omeingottomeingottomeingott«, ratterte Ophelia. »Wie ist *das* denn passiert?«

Sowie ich Ophelia die ganze Geschichte erzählt hatte, kamen mir wieder Zweifel. »Wahrscheinlich werde ich es bereuen«, meinte ich. »Wenn ich nicht so viel dafür kriegen würde – und die Uni damit reinlegen könnte –, würde ich es bestimmt nicht machen.« Ich verzog das Gesicht. »Ich wette, er will sich nicht mal die Hände schmutzig machen.« Ich atmete langsam aus und grübelte darüber nach, was für Folgen diese überstürzte Entscheidung wohl haben würde. Ich konnte Custer nicht leiden, aber an der Universität konnte ich ihm aus dem Weg gehen. Alex Rivers würde ich auch nicht leiden können, aber ich hatte mich verpflichtet, ihm zehn Stunden am Tag wie ein Schatten zu folgen.

»Ich schick' dir Kleider«, verkündete Ophelia. »Mein schwarzes Abendkleid und den rosa Satin-BH und –«

»Ophelia«, fiel ich ihr ins Wort, »ich werde seine wissenschaftliche Beraterin, nicht seine Geliebte.«

»Trotzdem«, widersprach Ophelia. »Man kann nie wissen. Hol das verdammte Päckchen einfach von der Post ab, dann kannst du es in deine Tasche stopfen und vergessen.« Sie atmete nervös ein. »Das ist doch nicht zu fassen. Ich *hab' gewußt*, daß ich Anthropologie hätte studieren sollen.« Sie konnte vor Aufregung kaum sprechen. »Mein Gott, Cass!« rief sie aus. »Alex Rivers!«

Ich lächelte. Wenn ich mit dem BH auch nur auf zwanzig Meter an Alex Rivers herankam, würde Ophelia ihn wahrscheinlich rahmen lassen, sobald ich wieder daheim war. »Er ist doch auch nur ein Mensch«, wandte ich ein.

»Klar. Ein Mensch, der vier Millionen pro Film verdient und der in den nächtlichen Phantasien jeder amerikanischen Frau die Hauptrolle spielt.«

Ich ließ mir das durch den Kopf gehen: Alex Rivers spielte keine

Rolle in meinen Träumen, aber die rankten sich auch eher darum, daß ich im Dreck wühlte und Männer ausbuddelte, die vor Millionen von Jahren gelebt hatten. Ich versuchte, mir ins Gedächtnis zu rufen, welche seiner Filme ich gesehen hatte. Ich mußte mit Ophelia hineingegangen sein, weil sie eigentlich die einzige war, mit der ich meine Freizeit verbrachte, und sie schleppte mich meistens in die neuesten Kinohits. Vage erinnerte ich mich an *Desperado*, einen Western, der in die Kinos gekommen war, als wir noch ins College gingen, und an *Licht und Schatten*, einen der vielen Filme über junge Männer im Vietnamkrieg, die 1987 herausgekommen waren. Dann waren da noch ein paar Actionfilme, deren Titel mir entfallen waren, und schließlich sein neuester Film, den ich vor sechs Monaten gesehen hatte, eine Liebesgeschichte. *Wilder Apfel.* Den hatte ich vollkommen vergessen. Der Film hatte mich überrascht, weil ich mir Alex Rivers zuvor nicht als romantischen Helden vorstellen konnte und er mich überzeugt hatte.

Die Botschaft des Filmes hatte mich während der ganzen Heimfahrt nicht losgelassen: Es war besser, jemanden geliebt und verloren zu haben, als nie geliebt zu haben. Ich fragte mich, ob das stimmte. Liebe war meines Wissens nicht mehr als eine gut geplante Verführung. Im College hatte ich meine Unschuld an einen Jungen aus einer Studentenverbindung verloren, einfach weil ich endlich Bescheid wissen wollte. Die Sache war ohne Herzschmerz und ohne Seelenverwandtschaft über die Bühne gegangen. Hitziges Blut, heißer Atem, schlichter Sex – mehr war nicht dran gewesen.

Es hatte nicht viele andere gegeben, aber ich hatte nicht das Gefühl, viel zu verpassen. Meist war ich zu beschäftigt, um mir darüber den Kopf zu zerbrechen. Ich hätte gern Kinder bekommen, eines Tages, aber ich wollte nur mit jemandem ein Kind haben, der mir etwas bedeutete, und bis dahin hatte es nur einen gegeben, in den ich mich hätte verlieben können: Connor.

»Ich muß Schluß machen«, sagte ich. »Das hier kostet mich ein Vermögen.«

»Ruf mich Donnerstag wieder an, wenn du ihm begegnet bist.«

»Ophelia –«

»Am Donnerstag.«

Ich schloß die Augen. »Mal sehen«, sagte ich. »Ich verspreche nichts.«

Ich hatte noch nie so viele Leute auf einem Haufen gesehen, die fürs Nichtstun bezahlt wurden. Sie hockten auf dem Boden, auf Klappstühlen, auf Felsbrocken. Kräne mit riesigen Kameras standen herum, und überall lagen Kabel. Ein Mann mit Kopfhörer saß vor einem tragbaren Mischpult mit bunten Knöpfen und Schaltern. Alle unterhielten sich, George und Edward waren nirgendwo zu sehen, und niemand sah so aus, als sei er der Boss.

Ich war es gewohnt, an einsame Flecken geschickt zu werden, wo ich keine Menschenseele kannte, aber hier war ich überhaupt nicht in meinem Element. Bei jedem Schritt schien ich mich in einem Kabel zu verheddern, und ich hatte schon einen Mann über den Haufen gerannt, der eine ganze Kollektion von Perücken und Tweedhüten vor sich hertrug. »O mein Gott«, hatte ich mich entschuldigt. »Ich helfe Ihnen.« Aber er hatte mich bloß grimmig angeschaut, seine Sachen aufgeklaubt und war weitergelaufen.

Ich ging zu einer Frau in einem hohen Regiestuhl, auf dem SCRIPT stand. »Verzeihen Sie, ich suche den Regisseur.«

Sie seufzte, schaute aber nicht von dem offenen Ordner auf, den sie auf dem Schoß hatte. »Ich doch auch, Süße«, antwortete sie. Sie kritzelte mit einem roten Stift eine Notiz, dann rief sie nach jemandem und winkte ihn zu sich.

Ich schlängelte mich zwischen Leuten mit Walkie-Talkies am Gürtel durch. Auf einem Tisch lag ein Stapel Drehbücher. »Nach seinem Bilde«, las ich laut und fuhr mit dem Finger über das unten eingeprägte Siegel der Warner Brothers.

»Kann ich Ihnen helfen?« Ein gehetzt aussehender Mann stand vor mir und klopfte mit der Fußspitze auf den Boden. Er riß mir das Drehbuch aus der Hand.

»Ich suche Bernie Roth«, sagte ich. »Den Regisseur.«

Der Mann grinste abfällig. »Meinen Sie, ich weiß nicht, wer er ist?« Er schnippte mit den Fingern, als zwei Männer mit einem schweren schwarzen Seil vorbeikamen. »Hey – hey, wohin wollt ihr damit? Ich hab' euch doch gesagt, es soll *hinter* das Zelt.«

»Moment«, rief ich, als er dem Seil nachstürzte. »Bernie Roth?«

»Gleich«, hielt er mich hin. Er schrie den beiden Männern mit dem Seil nach: »*Hinter* das Zelt.«

Ich stellte meinen Rucksack auf dem Tisch ab und setzte mir

eine khakifarbene Baseballkappe auf. Wenn Mohammed nicht zum Berg kommen kann, dachte ich mir, dann würde ich eben warten, bis der Berg zum Propheten kam. Früher oder später würde jemand nach mir suchen. Ich setzte mich mit dem Rücken an einen hohen Baum und zog die Knie an die Brust.

Ich versuchte, über Alex Rivers nachzudenken. Natürlich wußte ich, wie er aussah – er war jeden Monat auf dem Titelblatt irgendeiner Zeitschrift, hätte man meinen können. Er war, in einem Wort, phantastisch. Sein braunes Haar war mit goldenen Strähnen durchzogen; sein Kinn war energisch und wurde von einem kleinen Grübchen geteilt. Er hatte volle, weiche Lippen, die immer so aussahen, als würden sie ein Geheimnis zurückhalten. Und seine Augen, seine berühmten Augen, waren einfach unglaublich. Sie waren silbern wie ein leerer Spiegel. Und wie bei einem Spiegel konnte man schwören, daß man in die eigene Seele blickte, wenn man in sie schaute, und sei es auf einem Werbefoto.

Wahrscheinlich war es nicht gerade eine Strafe, ihn jeden Tag sehen zu müssen.

Die Stille überraschte mich. Keine Kamera surrte, niemand wedelte hektisch mit den Armen und schrie »Action«, niemand probte seinen Text. Feiner roter Staub überzog die technische Ausrüstung, als sei sie in letzter Zeit nicht benutzt worden. Kein Wunder, daß man zwölf Wochen brauchte, um einen Zweistundenfilm zu drehen.

Der Set war, soweit ich das sehen konnte, in drei Abschnitte unterteilt. Im ersten befand sich eine echte Ausgrabungsstätte in der Olduvai-Schlucht, die nicht viel anders aussah als das Uni-Gelände eine halbe Meile weiter. Im zweiten Abschnitt standen ein paar Zelte, und vor einem wartete eine Schauspielerin, die ich schon mal gesehen hatte, deren Name mir aber entfallen war. Sie trug Khakishorts und eine Kalahari-Buschjacke, und ich beschloß, daß mein erster wissenschaftlicher Rat an den Kostümbildner gehen würde – ich würde ihm erklären, daß die *National Geographic*-Ausstattung längst nicht so realistisch war wie ein bequemes altes T-Shirt.

Die dritte Kulisse war auf einer erhöhten Plattform aufgebaut und sollte das Innere eines Zeltes darstellen. Es gab ein Feldbett und eine Ansammlung kunstvoll aufgestapelter leerer Kartons, einen niedrigen Tisch auf Holzböcken. Auf einem Regal standen eine Schale und ein Krug aus gemustertem Porzellan, und ich mußte laut lachen. Porzellan?

Nach ein paar Minuten setzte sich ein Mädchen neben mich. »Scheiße, ist das heiß«, sagte sie. Sie lächelte – das erste echte Lächeln, das ich hier sah. »Mit wem bist du hier?«

»Allein«, antwortete ich überrascht. Die Frage klang, als hätte ich jemand mitbringen sollen. »Ich bin Anthropologin und als wissenschaftliche Beraterin hier.«

»Wow«, hauchte das Mädchen. »Heißt das, du *lebst* davon?« Ich lächelte sie an. »Müßte es nicht eigentlich andersrum sein? Du weißt schon – sollte nicht ich beeindruckt sein, weil du beim Film bist?«

»Ach, ich bin nicht wirklich beim Film«, antwortete sie. »Ich bin Janets Assistentin.« Sie zeigte auf die Frau in der Kalahari-Jacke, die in einem Drehbuch blätterte. »Ich heiße LeAnne.«

Ich stellte mich vor, gab ihr die Hand und deutete dann auf die Leute um uns herum. »Wieso arbeitet keiner?« fragte ich.

LeAnne lachte und stand auf. »Das ist immer so«, antwortete sie. »Entweder herrscht totale Panik, oder es passiert überhaupt nichts. Komm, ich wette, du weißt nicht, wo die Oase ist.«

Als sie losging, folgte ich ihr. In einem langen, niedrigen Zelt war ein Festmahl aufgebaut. Mein Blick wanderte langsam von einem Ende des Tisches zum anderen, über schwitzende Karaffen voller Mangosaft und Limonade, Berge von Bananen und Kiwis, kleine Sandwich-Häppchen mit Hühnersalat und etwas, das wie Eierscheiben aussah, Schüsseln mit Krautsalat und Sesamnudeln. »Ist das das Mittagessen?« fragte ich.

LeAnne schüttelte den Kopf. »Mr. Rivers hat es gern, wenn er weiß, daß er zwischen zwei Einstellungen was essen kann. Er arrangiert das alles, das heißt, eigentlich arrangiert es Jennifer. Sie macht für ihn, was ich für Janet mache. Wenn du das schon für was Besonderes hältst, dann warte bis zum Mittagessen. Gestern gab es Grönlandkrabben. Ist das zu fassen? Grönlandkrabben, in *Afrika*.«

Ich nahm mir zaghaft eine Banane, schälte sie und trat wieder aus dem Zelt in die heiße Sonne. Ich legte den Kopf zurück und schirmte meine Augen mit der Hand ab. »Was ist das eigentlich für ein Film?«

LeAnne war fassungslos, daß mir niemand erzählt hatte, worum es in dem Film ging. Es war eine Art Science-fiction; Alex Rivers spielte einen Anthropologen, der Skeletteile entdeckt, die auf den ersten Blick aussehen, als seien sie älter als jeder bisherige Fund. Aber als er an den Knochen eine Radiokarbondatierung vornehmen läßt, stellt sich heraus, daß sie aus den sechziger Jahren unseres Jahrhunderts stammen. Dann findet er heraus, daß die chemische Zusammensetzung der Knochen nicht ganz der unseren entspricht, selbst wenn es sich um ein uraltes Skelett gehandelt hätte. Schließlich kommt raus, daß es sich um einen Außerirdischen handeln muß, und das wirft natürlich einige Fragen über den Ursprung der Menschheit auf.

Ich nickte höflich, als LeAnne fertig war. Nicht unbedingt meine Art von Film, aber die Kinokarten würden sich bestimmt gut verkaufen.

Ich folgte ihr zu ein paar Leuten, denen ich allen vorgestellt wurde und deren Namen ich prompt wieder vergaß. Die meisten saßen inzwischen auf dem Boden. LeAnne begann sich mit einer anderen Frau über den Zustand der Toiletten auf dem Set zu unterhalten, und ich lehnte mich an einen hohen Regiestuhl.

Er sah genauso aus wie der, auf dem das Scriptgirl gesessen hatte, nur stand bei dem hier ALEX RIVERS auf der Rückenlehne. Jedenfalls war er frei, und Alex Rivers war offenbar nicht da, also kletterte ich hinein.

LeAnne schnappte nach Luft und packte mich am Handgelenk. »Runter da«, zischte sie mir zu.

Verblüfft sprang ich auf den Boden und wirbelte dabei eine Staubwolke auf, die alle am Boden zum Husten brachte. »Es ist doch bloß ein Stuhl«, verteidigte ich mich. »Und es saß niemand drauf.«

»Das ist der Stuhl von Mr. Rivers.« Ich starrte sie an und wartete auf eine Erklärung. »Niemand setzt sich auf den Stuhl von Mr. Rivers.«

Mein Gott. Das konnte ja heiter werden. Ich versuchte mir einzureden, daß dreihundertfünfzig Dollar am Tag mich reichlich dafür entschädigten, einem Mann die Grundzüge des Knochensammelns erklären zu müssen, der glaubte, daß Porzellankrüge in ein Ausgrabungslager gehörten, und der so aufgeblasen war, daß ausschließlich sein kostbares Hinterteil seinen Regiestuhl berühren durfte.

Ich wußte, daß irgendwas geschehen würde, weil ein Zittern durch die Luft ging, das sich fast so schnell wie das Geflüster ausbreitete. Die Techniker standen auf, klopften sich die Hosen ab und kehrten auf ihre Positionen zurück. Drei Männer kletterten auf den Kamerakran; der Tontechniker preßte sich den Kopfhörer auf ein Ohr und spulte sein Band ein Stück zurück.

Der Mann, der dem Seil nachgerannt war, rief nach einer Frau namens Suki. »Weibliches Double«, brüllte er. »Suki, wir brauchen dich für die Beleuchtungsprobe.« Eine Frau, die nicht Janet die Schauspielerin war, ging auf die Zelte zu, und augenblicklich wurde eine Batterie von Scheinwerfern um sie herum aufgebaut und zurechtgerückt.

Ich starrte genau in einen grellweißen Strahl, und deshalb sah ich ihn nicht, bis er mich fast überrannte. Alex Rivers warf seine Jacke über den Stuhl, auf den zu setzen ich mich erfrecht hatte, ohne mehr Notiz von mir zu nehmen als von der Luft, die ihn umgab. Er unterhielt sich leise mit jemandem – Bernie Roth, wie ich annahm, weil er fast so wichtig aussah wie Alex Rivers und auch von niemandem Notiz nahm.

Alex Rivers sagte irgendwas wegen des schwarzen Seils, das ich vorhin gesehen hatte. Er streifte meinen Arm, als er an mir vorbeikam, und ich machte einen Satz.

Nicht daß er mit mir zusammengestoßen wäre; es war die Hitze seiner Haut. Ich rieb mir die Schulter, überzeugt, daß sich eine Blase oder ein roter Fleck bilden würde, irgendein Beweis für das, was ich eben gespürt hatte. Ich schaute ihm nach, vollkommen verwirrt, weil mich mein Sinn für Perspektive im Stich gelassen hatte. Statt immer kleiner zu werden, schien Alex Rivers mein ganzes Blickfeld auszufüllen.

Ohne zu merken, was ich da tat, folgte ich ihm hinter die Zelte, mit ein paar Metern Abstand, aber dicht genug, um alles mitzubekommen. Er und Bernie Roth und ein großer, muskulöser Mann hielten das schwarze Seil in den Fingern, das vorhin gebracht worden war. Ein vierter bog sich unter der Wucht von Alex

Rivers' Zorn nach hinten. »Passen Sie auf«, schnitt Alex Rivers dem Mann das Wort ab. »Passen Sie gut auf. Sven kann mit diesem Seil springen, aber dieses Seil ist nicht weiß, so wie ich es angeordnet habe. Sie haben die Wahl. Sie können in den Ort fahren und ein weißes Seil finden, mit dem er springen *kann*, oder Sie verwenden dieses schwarze Seil und nehmen in Kauf, daß ich die nächsten elf Wochen stinksauer auf Sie bin.«

Der Muskulöse und der verängstigte Ausstatter gingen nach links ab und gaben mir den Blick auf Alex Rivers frei. Ich starrte auf sein Profil, auf seine Kiefermuskeln, die Haarsträhnchen, die vom Wind hochgeweht wurden.

Was für ein selbstherrliches Arschloch! Ich hatte keine Ahnung vom Filmemachen, aber Korinthenkacker gab es an der Uni mehr als genug, und Alex Rivers war keinen Deut besser als Archibald Custer. Er nutzte seine Position aus und die Faszination, die er unweigerlich auf alle Leute ausübte. Nun, wenn ich etwas an der anthropologischen Fakultät gelernt hatte, dann, daß man sich von den Leuten an den Schalthebeln nicht überrennen lassen durfte. Man mußte sich auf eine Stufe mit ihnen stellen, wenn sie glauben sollten, daß man wirklich dorthin gehörte.

Ich schluckte und trat einen Schritt vor. Ich würde mich ihm und Roth vorstellen, die Kalahari-Jacke und den lächerlichen Porzellankrug erwähnen, und dann würde ich Rivers erklären, was ich von ihm hielt.

Aber sowie ich in Alex Rivers' Blickfeld geriet, erstarrte ich. Er hypnotisierte mich – ich hätte nicht mehr sagen können, ob ich in der Serengeti, in Belgien oder auf einer Umlaufbahn um den Mars war. Es hatte nichts mit seinem Gesicht zu tun, obwohl das zweifellos atemberaubend war. Es hatte etwas mit seiner Macht zu tun. Etwas in seinem Blick machte es mir unmöglich, mich abzuwenden.

Seine Augen glühten; sie fingen das Licht wie stille Teiche. Dann schaute er weg, als würde er nach etwas suchen. Als er mich wieder ansah, lächelte er. *Atemberaubend.* Das Wort setzte sich in meinem Kopf fest, und ich wunderte mich, wie ich einerseits stundenlang unter der heißen afrikanischen Sonne arbeiten und mich andererseits von einem einzigen Mann so blenden lassen konnte.

»Schätzchen«, sagte Alex Rivers, »holen Sie mir bitte was zu trinken?«

Ich blinzelte, aber er ging schon weiter, dicht gefolgt vom Regisseur. Für wen zum Teufel hielt er sich eigentlich? Für wen zum Teufel hielt er *mich*?

Für seine Assistentin. Nein, wahrscheinlich hatte er nach seiner Assistentin gesucht, sie nicht gefunden und beschlossen, daß ich einzig und allein auf dieser Erde war, um seine Wünsche zu erfüllen. Wie jeder andere auch. Ich schaute zu, wie er sich auf seinen Regiestuhl setzte und das weiche Leinen der Rückenlehne und des Sitzes sich an seinen Körper schmiegte, dessen Form es sich längst angepaßt hatte.

Es gab nichts, was mir an ihm gefiel. Ich malte mir aus, was ich Ophelia erzählen würde. *Stell dir vor*, würde ich anfangen. *Alex Rivers ist ein anmaßender Großkotz, der jeden rumschikaniert. Er ist so in sich verliebt, daß er nicht mal über seine Fußspitze schauen kann.* Und noch während ich das dachte, war ich unterwegs zu dem Zelt mit dem portablen Picknick.

Ich haßte ihn dafür, daß er mich hatte vergessen lassen, was ich sagen wollte; ich haßte ihn dafür, daß er mich hatte hierherlocken können; und vor allem haßte ich ihn dafür, daß er mein Herz so komisch schlagen ließ, dröhnend wie das Getrommel der Einheimischen, das der Wind manchmal herantrug, wenn ich auf dem Gelände arbeitete. Ich nahm einen roten Plastikbecher von einem Stapel auf dem Tisch und füllte ihn bis obenhin mit Eis; es würde sowieso gleich wieder schmelzen. Dann schüttete ich Saft darauf – Papaya vermutlich – und rührte mit einem Plastikmesser um, bis der Becher zu schwitzen begann und der Saft eiskalt war.

Alex Rivers saß immer noch auf seinem Königsthron und hielt sein Gesicht einer Frau hin, die es mit hellem Puder bestäubte. Als er mich bemerkte, streckte er die Hand nach seinem Saft aus und belohnte mich mit einem zweiten Lächeln. »Aha«, sagte er. »Ich dachte schon, ich würde Sie nie wiedersehen.«

Ich lächelte ihn an und ließ den Saft und das Eis, sogar den Becher in seinen Schoß fallen. Einen Moment beobachtete ich, wie sich der Fleck auf seiner Hose ausbreitete. »Da haben Sie sich zu früh gefreut«, antwortete ich, dann drehte ich mich um und ging davon.

II

Ich hatte erwartet, daß Alex Rivers fluchen, meinen Namen verlangen, mich rauswerfen lassen würde. Jedenfalls ging ich immer weiter, mit der festen Absicht, den Set, am liebsten sogar Tansania zu verlassen. Aber Alex Rivers tat das einzige, was mich aufhalten konnte: er lachte. Es war ein tiefes, volles Lachen, wie ein warmer Regen. Er fing meinen Blick auf, sowie ich mich umdrehte. »Sie waren wohl der Meinung«, sagte er lächelnd, »ich könne eine kleine Abkühlung vertragen?«

Seinem Zorn hätte ich wahrscheinlich widerstehen können, aber sein Verständnis war mein Untergang. Meine Knie begannen zu zittern, und ich mußte mich an irgendeinem Scheinwerfer festhalten, um nicht einzuknicken. Erst jetzt begriff ich wirklich, was ich da getan hatte. Ich hatte keinen Assistenten oder Kostümbildner mit eiskaltem Saft bekleckert. Ich hatte ganz absichtlich den Mann beleidigt, mit dem ich arbeiten sollte. Der Mann, der mir dreihundertfünfzig Dollar am Tag bezahlte, damit ich ihm behilflich war.

Er stand auf, kam auf mich zu und hielt mir die Hand hin, als wisse er ganz genau, daß ich kurz vor dem Umkippen war. »Alex Rivers«, sagte er. »Ich glaube, wir kennen uns noch nicht.«

Aus dem Augenwinkel sah ich, wie sich die Mannschaft alle Mühe gab, beschäftigt auszusehen, während sie die Szene beobachteten, die sich vor ihnen abspielte. »Cassandra Barrett«, antwortete ich. »Von der Universität von Kalifornien.«

Seine Augen erstrahlten in einem Silber, wie ich es noch nie gesehen hatte. »Meine Anthropologin«, erklärte er. »Wie schön, Sie kennenzulernen.«

Ich schaute auf den Schritt seiner Khakihose, wo sich ein Fleck in Form eines Schmetterlings gebildet hatte. Dann lächelte ich ihn an. »Das Vergnügen war ganz meinerseits.«

Er lachte wieder, und ich merkte, daß ich den Laut in mein Herz zu schließen versuchte, damit ich mich später, wenn ich in meinem Zimmer liegen und der alte gelbe Deckenventilator über meinem Kopf rotieren würde, daran erinnern könnte. »Nennen Sie mich Alex«, sagte er. »Und ich besorge Ihnen ein Drehbuch, damit Sie wissen, was hier gespielt wird. Bernie!« rief er. »Komm her, ich möchte dir unsere wissenschaftliche Beraterin vorstellen.«

Der Filmregisseur, der Alex wie ein Schatten folgte und dem jeder Wunsch seines Schauspielers Befehl zu sein schien, schüttelte mir höflich die Hand und entschuldigte sich dann, um nach jemandem zu suchen. Ganz offensichtlich war dies Alex Rivers' Show. Er begann, auf mich einzureden, bevor mir die Bedeutung seiner Worte klar wurde. »Ich soll was ausgraben?« wiederholte ich. »Jetzt?«

Alex nickte. »In der Szene, die wir heute nachmittag drehen, soll ich auf das Skelett stoßen. Ich meine, ich könnte instinktiv vorgehen, aber ich bin mir sicher, daß ich es nicht richtig machen würde. Es gibt doch eine Methode, nicht wahr? Man greift doch nicht einfach in den Sand und zieht einen Knochen raus?«

Ich verzog das Gesicht. »Nein«, bestätigte ich. »Ganz bestimmt nicht.«

Er hatte mich schon am Arm gepackt und schleifte mich zu dem klaffenden Loch, wo die meisten Funde in der Olduvai-Schlucht gemacht worden waren. »Ich möchte Sie einfach eine Weile beobachten«, sagte er. »Ich will sehen, wie Sie sich bewegen, wie Sie sich konzentrieren und so weiter. Ich brauche das.«

»Vor allem brauchen Sie eine Plane«, meinte ich. »Wenn Sie wirklich auf einen bedeutenden Fund stoßen würden, müßten Sie die Ausgrabungsstelle mit einer schwarzen Plane überdachen, damit die Knochen, die Sie lokalisieren, nicht von der Sonne ausgebleicht werden.«

Alex grinste mich an. »*Genau deswegen* wollte ich Sie dabeihaben«, sagte er. Er winkte zwei Männern, die ein bißchen abseits standen und eine Zeltstange aufrichteten. »Joe, Ken, könnt ihr eine Plane auftreiben und die Fläche hier überdachen? Sie muß –« Er sah mich kurz an. »*Muß* sie schwarz sein?«

Ich zog die Achseln hoch. »Meine sind immer schwarz.«

»Also schwarz.« Als die beiden Männer schon gehen wollten,

rief Alex den einen namens Ken zurück. »Herzlichen Glückwunsch zu deiner kleinen Tochter«, sagte er. »Ich habe gehört, du hast es gestern abend erfahren. Wenn sie nach Janine kommt, wird sie eine wahre Schönheit.«

Ken begann übers ganze Gesicht zu grinsen und lief dem anderen Bühnenarbeiter nach. Ich sah Alex groß an. »Ist er ein Freund von Ihnen?«

»Eigentlich nicht«, antwortete er. »Aber er gehört zur Crew. Es ist meine Aufgabe, jeden in der Crew zu kennen.«

Ich ging am Rand der Ausgrabungsstelle in die Hocke und fuhr mit der Hand durch den feinen Sand. Wenn er mich damit beeindrucken wollte, hatte er sich geschnitten. »Das ist unmöglich«, sagte ich. »Ich meine, hier sind mindestens hundert Leute.«

Alex sah mich so eindringlich an, daß ich merkte, wie ich seinen Blick erwiderte, bevor ich das überhaupt wollte. Seine Stimme klang gepreßt und beherrscht. »Ich kenne den Namen von jedem hier und auch die Namen ihrer Frauen. Als ich noch als Barkeeper gearbeitet habe, habe ich gelernt, daß die Leute lieber kommen, wenn sie das Gefühl haben, sie werden beachtet. Ich habe ein gutes Gedächtnis, sie fühlen sich ernstgenommen, und das meiste wird deswegen doppelt so schnell erledigt.«

Er redete, als wolle er sich verteidigen, als habe ich ihn provoziert, dabei hatte ich das überhaupt nicht beabsichtigt. Im Grunde war ich verunsichert. Der Mann, der über ein Stück Seil in Rage geraten konnte, war nur schwer mit dem Mann in Einklang zu bringen, der es für wichtig hielt, die Namen all seiner Mitarbeiter zu kennen. »Aber meinen Namen haben Sie nicht gewußt«, wandte ich ein.

»Nein«, gab er zu, dann entspannte er sich. Er schenkte mir ein brillantes Lächeln. »Aber Sie haben dafür gesorgt, daß ich ihn nicht vergessen werde.«

Wir widmeten uns wieder unserer Aufgabe und knieten uns in die Grube. Ich zeigte Alex die verschiedenen Ausgrabungswerkzeuge, die weichen Pinsel, mit denen die Fossilien von Erdresten befreit werden. Ich versuchte, die Ausprägungen im Boden zu erklären, die auf die Existenz eines Fossils schließen ließen, aber das war ohne eine solide Ausbildung kaum zu verstehen. »So«, meinte ich und ging in die Hocke. »Viel mehr kann ich Ihnen nicht zeigen.«

»Aber Sie haben mir noch gar nichts gezeigt«, beschwerte sich Alex. »Ich muß zuschauen, wie Sie einen Schädel oder irgendwas ausgraben.«

Ich lachte. »In diesem Gelände nicht. Hier ist schon alles abgeräumt.«

»Dann tun Sie so«, drängte Alex. Er grinste. »Es ist ganz leicht. Ich verdiene mir mein Brot damit.«

Ich seufzte, beugte mich wieder vor und versuchte nach besten Kräften, ein imaginäres Knochenstück heraufzubeschwören. Ich begriff allmählich, warum mein Vorgänger sich verdrückt hatte. Alex Rivers mochte es leichtfallen, anderen etwas vorzuspielen, aber – wie er selbst gesagt hatte – er lebte auch davon. *Ich* verdiente mir mein Brot mit schlüssigen Beweisen und echten Funden, nicht mit hyperaktiver Phantasie. Ich kam mir wie eine Idiotin vor, als ich die obere rote Staubschicht zur Seite fegte und mit den Fingern über den holprigen Grund fuhr. Mit einer kleinen Hacke begann ich, im Kreis um einen nicht existenten Schädel herum zu graben. Ich löste die Erde mit den Fingern und wischte mir mit der Schulter den Schweiß von der Stirn.

Ich schloß die Augen und versuchte mir auszumalen, wie groß dieser eingebildete Schädel wohl sein mochte. Ich konnte ihn mir beim besten Willen nicht vorstellen; schon der Versuch kam mir lächerlich vor. Ich war zu lange darin ausgebildet worden, mit harten Fakten zu arbeiten, als daß ich mit Phantasiegebilden etwas hätte anfangen können. »Sehen Sie«, setzte ich zu einer Erklärung an, daß das hier einfach nicht mein Fall war.

Aber bevor ich weitersprechen konnte, ging Alex Rivers hinter meinem Rücken in die Hocke. Er griff über meine Schultern, beinahe wie in einer Umarmung, und legte seine Hände auf meine. »Nein, sehen *Sie*«, widersprach er mir und deutete mit dem Kinn auf den Fleck, an dem ich gegraben hatte. Ich blinzelte, und was eben noch Erde gewesen war, sah plötzlich aus wie Knochen. Ein Lichtreflex, dachte ich, eine Einbildung. Oder vielleicht einfach die Kraft von Alex Rivers' Phantasie.

Noch nie war mir jemand wie er begegnet. Er kannte tatsächlich jeden; das wurde mir klar, als der Set zum Drehen vorbereitet wurde. Höflich führte er mich zu einem Stuhl neben seiner Assistentin Jennifer. Während er hinter der Kamera kauerte und mit Bernie Roth besprach, wie eine bestimmte Einstellung am besten gedreht werden sollte, frotzelte er immer wieder das männliche Double, das in der heißen Sonne schwitzte, während um ihn herum Scheinwerfer und Reflektorschirme aufgebaut wurden.

Er war überall zugleich; es war ermüdend, ihm auch nur zuzuschauen. Aber jedesmal, wenn ich in das Drehbuch auf meinem Schoß sah oder an den niedrigen Tisch mit den Storyboards schlenderte, spürte ich seinen Blick. Und wenn ich mich dann umdrehte, sah ich Alex Rivers, der mich aus zwanzig Meter Entfernung anstarrte, als sei ich der einzige Mensch weit und breit.

Die Szene, die sie drehten, war so, wie Alex sie geschildert hatte: Er als Dr. Rob Paley stößt auf ein Skelett, das er für die Überreste eines Hominiden hält. Bernie war auf den Kran mit der Panavisionskamera geklettert und ging mit Alex ein letztes Mal die Szene durch. »Du kommst ins Bild... gut so, ein bißchen langsamer... und kniest nieder, gut, genau so. Was machst du mit deinen Händen? Vergiß nicht, du hast seit mehr als drei Wochen Pech gehabt, und plötzlich stößt du auf Gold.« Alex stand auf und rief Bernie eine Frage zu, aber bevor ich ein Wort verstehen konnte, hatte der Wind sie verweht.

Schließlich war alles bereit zum Drehen. Die Leute mit den Walkie-Talkies standen in einer langen Reihe und riefen: »Ruhe!«, einer nach dem anderen, wie ein menschliches Echo. Der Kameramann murmelte: »Film läuft«, und der Tontechniker sagte, tief über seine elektronische Oase gebeugt: »Ton läuft.«

Sekunden bevor Bernie »Action« rief, beobachtete ich, wie Alex in seine Rolle schlüpfte. Das Licht in seinen Augen erlosch, und sein Körper erschlaffte, als würde er leergesaugt. Und dann, gleich darauf, schlängelte sich neue Energie durch seinen Körper, richtete sein Rückgrat auf, blitzte aus seinen Augen. Aber sein Gesicht war nicht mehr dasselbe. Wirklich, wäre ich ihm auf der Straße begegnet, ich hätte ihn nicht erkannt.

Er bewegte sich anders. Er ging anders. Er *atmete* sogar anders. Wie ein müder alter Mann schlurfte er über die Ebene, ließ sich mühsam in die Grube hinunter. Er zog Pickel und Pinsel aus seiner Tasche und begann zu graben. Ich lächelte, als ich sah, wie meine ganz persönlichen Eigenarten vor laufender Kamera zum Leben erwachten: die Angewohnheit, immer von links nach rechts zu hacken, der gleichmäßige halbrunde Pinselstrich. Doch dann kam der Moment, in dem der Professor den Schädel des Skeletts entdeckt. Alex' Hände wischten über den freigelegten Fleck, und er hielt inne. Seine Bewegungen wurden schneller, hektisch begann er die Erde wegzuhacken. Ein Knochenstück kam zum Vorschein, das ein Ausstatter vor wenigen Minuten dort verborgen hatte. Es war vergilbt und rissig, und automatisch beugte ich mich auf meinem Sitz vor, um besser sehen zu können.

Alex Rivers schaute auf und sah mir direkt ins Gesicht, und in seinen Augen sah ich mich selbst. Seine Miene war genau wie meine in jenem verwirrenden Moment, als er seine Arme um mich gelegt hatte und aus dem Nichts ein Schädel im Sand aufgetaucht war. Ich erkannte mein Erstaunen, meine Freude, meine Verblüffung wieder.

Mir wurde heiß. Ich zerrte an meinem Baumwollkragen und hob mir das Haar aus dem Nacken. Ich setzte die Baseballkappe ab und fächelte mir damit Luft zu. Ich wünschte mir, er würde mich nicht ansehen.

Er warf den Kopf in den Nacken und streckte sein Gesicht der Sonne entgegen. »Mein Gott«, flüsterte er. Er sah haargenau aus wie ein Wissenschaftler, der erkennt, daß er die Entdeckung seines Lebens gemacht hat. Er sah aus, als habe er sein Leben lang nichts anderes getan. Er sah aus wie – er sah aus wie ich.

Seit Jahren arbeitete ich auf die anthropologische Entdeckung hin, mit der ich mir einen Namen machen würde. Immer und immer wieder hatte ich mir diesen Augenblick ausgemalt, so, wie sich die meisten Frauen ihren Hochzeitstag ausmalen: Wie mir die Sonne auf den Rücken brennen würde, wie meine Hände durch die Erde fahren würden, wie ich den glatten Knochen unter meinen Fingern spüren würde. Ich hatte mir vorgestellt, wie ich mein Gesicht zum Himmel wenden würde, wie ich ein Dankgebet für dieses Geschenk flüstern würde. Obwohl ich mit niemandem darüber gesprochen hatte, am allerwenigsten mit Alex Rivers, hatte er die Szene genau so gespielt, wie ich sie mir erträumt hatte.

Er hatte mir den wichtigsten Moment meines Lebens gestohlen, einen Moment, den ich noch nicht einmal erlebt hatte. Es war so ungerecht, daß ich aufsprang, sobald der Regisseur »Gestorben« rief. Ich konnte das Klatschen und Pfeifen der Crew kaum hören, so sehr dröhnte mir der Schädel. *Wie kann er es wagen*, dachte ich. Er hatte gesagt, er wolle mich nur beim Graben beobachten. Er hatte kein Wort davon gesagt, daß er meine Miene, meine Empfindungen nachäffen wollte. Es war, als habe er sich in meinen Kopf gestohlen und in meinen Träumen gewühlt.

Ich lief zum Ruhezelt, in dem Pritschen, elektrische Ventilatoren und Karaffen mit Eiswasser standen. Ich tunkte ein Papiertuch in eine Schüssel und ließ mir das Wasser über den Hals laufen. Es rann durch das Tal zwischen meinen Brüsten, über meinen Bauch, unter meinen Hosenbund. Ich beugte mich über die Schüssel und spritzte mir noch eine Handvoll ins Gesicht.

Er kannte mich so gut. Er kannte mich besser als ich selbst.

In der Ferne hörte ich, wie Bernie Roth entschied, daß diese eine Aufnahme reichen würde, da Alex unmöglich noch besser sein konnte. Ich schnaubte und warf mich auf eine Pritsche. Ich hatte mich durch einen Vertrag gebunden; ich würde ihn erfüllen. Ich würde Alex Rivers alle technischen Tricks verraten, die er wissen wollte; ich würde ihn wissen lassen, was er für Requisiten brauchte und was im Drehbuch falsch war. Aber ich würde ihn nicht in meine Nähe lassen, und ich würde ihm niemals meine Gefühle offenbaren. Einmal hatte ich das zugelassen, weil er mich überrascht hatte, aber noch mal würde mir das nicht passieren.

Ich schlief ein, und als ich wieder aufwachte, bedeckte ein feiner Schweißfilm meinen Körper. Ich setzte mich auf und griff nach dem Papiertuch, das ich vorhin benutzt hatte. Ich machte es noch mal naß und preßte es mir in den Nacken.

Die Zeltklappe, die als Tür diente, flog auf, und ein junger Mann mit kupferrotem Haar und Pferdeschwanz trat ein. Er hieß Charlie, ich hatte mich vorhin mit ihm unterhalten. »Miss Barrett«, sagte er, »ich habe überall nach Ihnen gesucht.«

Ich schenkte ihm mein freundlichstes Lächeln. »Und ich dachte schon, hier interessiert sich niemand für mich.«

Blut schoß ihm in das blasse Gesicht, und er senkte den Blick. Er war »Gaffer« – was irgendwas mit der Beleuchtung zu tun hatte. Das hatte er mir vorhin verraten, und ich hatte das Wort ein paarmal vor mich hingeflüstert, einfach weil es mir so gut gefiel. »Ich habe eine Nachricht für Sie«, sagte er, aber er wich meinem Blick dabei aus.

Um ihn aus seinem Elend zu erlösen, nahm ich den Zettel, den er mir hinstreckte. Es war schlichtes braunes Packpapier, wie man es für den Transport verwendete. *Bitte essen Sie mit mir zu Abend. Alex.*

Seine Handschrift war sehr korrekt, als habe er stundenlang daran gefeilt. Ob er auch so deutlich schrieb, wenn er Autogramme gab? Ich zerknüllte das Papier in der Hand und sah Charlie an, der offenbar auf meine Antwort wartete. »Und wenn ich nicht will?« fragte ich.

Charlie zog die Schultern hoch und wollte schon gehen. »Dann wird Alex Sie finden«, sagte er, »und Sie umstimmen.«

Er konnte Wunder wahr machen. Ich stand im Eingang dessen, was noch vor Stunden eine Filmdekoration gewesen war – das Innere des Zeltes, in dem der Professor wohnte –, und ließ den Blick über das weißleinene Tischtuch, die hohen, dunkelroten Kerzen in den elfenbeinernen Ständern, den Sekt in dem silbernen Sektkübel wandern. Alex stand am anderen Ende des Zeltes, in einem Smoking, schwarzen Hosen, weißer Fliege.

Ich blinzelte. Wir waren hier in Afrika, Herrgott. Wir wohnten nicht mal in einem Hotel, bloß in einer einfachen Lodge, die dreißig Kilometer entfernt war. Wie hatte er das geschafft?

»Sie können gehen, John.« Alex lächelte den Mann an, der mich im Jeep zum Set zurückgefahren hatte. Er war freundlich und riesig wie ein Mammutbaum.

»Er ist sehr nett«, bemerkte ich höflich, während John im roten Schein der Fackeln vor dem Zelt verschwand. »Er hat mir erzählt, daß er für Sie arbeitet.«

Alex nickte, kam aber keinen Schritt näher. »Er würde sein Leben für mich geben«, erklärte er ganz ernst, und unwillkürlich fragte ich mich, wie viele Menschen das wohl noch tun würden.

Ich trug das schwarze ärmellose Kleid, das dank Ophelia an

diesem Nachmittag angekommen war, und flache schwarze Slipper, in denen mindestens ein Pfund Sand schwappte. Die vergangenen drei Stunden hatte ich damit verbracht, zu duschen und mir das Haar zu frisieren und mich mit einer Limonenlotion einzureiben, und die ganze Zeit verschiedene Ansätze ausprobiert, wie ich Alex Rivers wegen seiner Vorstellung am Nachmittag zur Rede stellen würde.

Aber ich hatte ihn nicht in Abendkleidung erwartet. Ich konnte meinen Blick nicht von ihm reißen. »Sie sehen phantastisch aus«, sagte ich leise und war schon wütend auf mich, bevor ich zu Ende gesprochen hatte.

Alex lachte. »Das ist eigentlich mein Text«, sagte er. »Aber vielen Dank. Und nachdem Sie den Effekt bewundert haben, lassen Sie mich das ausziehen, bevor ich eingehe.« Ohne meine Antwort abzuwarten, schlüpfte er aus dem Jackett, nahm die Fliege ab und krempelte sich die Ärmel bis über die Ellbogen hoch.

Er rückte einen Stuhl für mich zurecht und hob die Silberhaube von einer Salatplatte. »Und«, fragte er, »wie fanden Sie Ihren ersten Tag beim Film?«

Ich erkannte meine Chance und kniff die Augen zusammen. »Ich finde, daß hier unglaublich viel Zeit verschwendet wird«, antwortete ich schlicht. »Und ich finde es schamlos, wie Sie die Gefühle anderer Menschen für Ihre Schauspielerei stehlen.«

Alex blieb der Mund offenstehen, aber sofort hatte er sich wieder gefangen. Er hielt den Porzellanteller hoch. »Karotte?« fragte er ruhig.

Ich starrte ihn an. »Haben Sie gar nichts dazu zu sagen?«

»Doch«, antwortete er nachdenklich. »Warum geraten wir eigentlich ständig aneinander? Hassen Sie nur mich oder alle Schauspieler?«

»Ich hasse niemanden.« Mein Blick fiel auf die gestärkten Servietten und blinkenden Kristallgläser, und mir ging durch den Kopf, wieviel Mühe er sich gegeben hatte. Offensichtlich wollte er mich auf diese Weise um Verzeihung bitten. »Ich hatte einfach das Gefühl, benutzt zu werden.«

Alex schaute auf. »Ich wollte Sie nicht verletzen. Ich habe versucht – ach Quatsch, es ist doch ganz egal, was ich versucht habe.«

»Mir nicht«, platzte ich heraus.

Alex sagte gar nichts. Er schaute über meine Schulter ins Leere und schüttelte den Kopf. Als er dann etwas sagte, sprach er so leise, daß ich mich vorbeugen mußte, um ihn zu verstehen. »Das Problem, einer der Besten zu sein, ist, daß man immer noch besser werden muß. Ständig ist man sein eigener Rivale.« Er sah mich an. »Können Sie sich vorstellen, wie es ist, eine Szene zu drehen, sich von jedem auf den Rücken klopfen und erklären zu lassen, wie großartig man war, und dabei zu wissen, daß man das nächste Mal und das übernächste Mal genauso gut sein muß?« Seine Augen glühten im Kerzenlicht. »Was ist, wenn ich nicht so gut bin? Was ist, wenn es beim nächsten Mal nicht mehr klappt?«

Ich verknotete die Hände im Schoß, weil ich nicht wußte, was ich darauf sagen sollte. Offensichtlich hatte ich einen Nerv getroffen – Alex Rivers übertrieb nicht; er schien wirklich Angst zu haben, daß er dem Image, das er selbst geschaffen hatte, nicht mehr gerecht werden könnte.

»Ich stehle den Menschen ihre Reaktionen – da haben Sie ganz recht. Auf diese Weise muß ich mich nicht selbst ausforschen. Wahrscheinlich wage ich es nicht, mich auf *meine* Erfahrungen zu verlassen, aus Angst, ich könnte eines Tages nach etwas suchen, auf das ich aufbauen kann, und entdecken, daß nichts mehr da ist.« Er lächelte schwach. »Und das kann ich mir nicht leisten. Außer schauspielen kann ich nichts. Ich weiß nicht, was ich sonst machen sollte.« Er sah mich eindringlich an. »Ich weiß, daß das kein Trost ist«, sagte er. »Aber es tut mir leid, daß ich ausgerechnet Sie benutzt habe.«

Ich hob die Hand, als wolle ich ihn berühren, überlegte es mir aber anders. Alex wurde rot, als er merkte, was er mir da anvertraut hatte. Ich senkte den Blick und wunderte mich, warum ich mich so verletzlich fühlte, obwohl er es war, der sich offenbart hatte.

Die in Hollywood gängige Biographie Alex Rivers', Copyright Michaela Snow, besagte, daß er in Tulane Schauspiel studiert hatte, nach L. A. gekommen war und als Barkeeper in einem Szenelokal gearbeitet hatte, als sich eines Abends ein großer Produzent vollaufen ließ. Alex hatte den Mann heimgefahren, und am Tag darauf ließ der Produzent ihn für eine Rolle vorsprechen. Der

Film war *Desperado*. Alex bekam die Rolle und stahl den anderen Schauspielern die Schau. In der Branche war man der Meinung, Alex Rivers habe es immer leicht gehabt. Daß er, selbst wenn er nicht zur richtigen Zeit am richtigen Ort gewesen wäre, bestimmt eine zweite oder eine dritte Chance bekommen hätte.

Es war schwer, Wunschbild und Wahrheit voneinander zu trennen, deshalb versuchte es Alex meist gar nicht. Er ließ seine Kindheit in einer Pfütze hinter dem Paramount-Gelände liegen und erschuf sich neu, bis er den mythischen Proportionen entsprach, in denen die Presse ihn zeichnete. Er war ein Workaholic – nicht des Ruhmes oder des Geldes wegen, sondern weil er sich selbst längst nicht so mochte wie die Filmfiguren, die er zum Leben erweckte. Er hätte sich niemals eingestanden, daß noch etwas von dem verletzlichen Jungen in ihm steckte, der er einst gewesen war. In Wirklichkeit war Alex der Bühne an der Uni höchstens dann nahe gekommen, wenn er, der Hausmeister, sie putzte. Nach L. A. war er per Anhalter auf einem Tiertransporter gelangt. Und er hätte Louisiana nie verlassen, wenn er nicht geglaubt hätte, daß er seinen eigenen Vater umgebracht hatte.

Es war eine jener Wochen in New Orleans gewesen, in denen einen die Feuchtigkeit bei den Eiern packte und einem ihren fauligen Atem in die Lungen blies. Andrew Riveaux hatte drei Tage und Nächte in einem Hinterzimmer abseits der Bourbon Street durchgezockt, allerdings ohne daß es seine Familie gemerkt hatte. Alex hatte zuviel an der Universität zu tun, weil er endlich genug Geld verdienen wollte, um seine Mutter unterstützen und sich eine eigene Wohnung suchen zu können. Er war ohnehin kaum mehr zu Hause; die meisten Nächte verbrachte er in schmalen Wohnheimbetten, auf Einladung von Töchtern reicher Väter, die sein brütendes, aufbrausendes Temperament faszinierend fanden und die ein Abenteuer mit einem Jungen aus der falschen Seite der Stadt reizte.

Genausowenig merkte Lila Riveaux, daß ihr Mann nicht da war. Die meiste Zeit schlief sie, vollkommen abgeschottet in einem wattigen Valiumnebel und so benommen, daß sie nicht mehr zu sagen vermochte, welcher Wochentag war, ganz zu schweigen davon, an welchem Andrew aufzutauchen beliebte. An jenem Nachmittag, an dem Alex im Wohnwagenpark vorbeischaute, um nach ihr zu sehen, war sie so blaß und leblos, daß er sich dazu zwang, ihren Puls zu fühlen.

Alex war in der Kochnische und schnitt Gemüse, das er in eine Dosensuppe geben und zum Abendessen servieren wollte, als er draußen seinen Vater lachen hörte. Sein Vater hatte zwei Arten von Lachen: ein gemeines, das einen erniedrigen sollte, und ein falsches, mit dem er sich einschmeicheln wollte. Das hier gehörte zur zweiten Sorte, und nach einer winzigen Pause, während der sich Alex in den Finger schnitt, widmete er sich wieder seiner Aufgabe.

Andrew Riveaux hatte jemand mitgebracht. Alex lauschte den schweren Schritten, der grollenden Stimme. Er hörte, wie sein Vater die Schiebetür zum einzigen Schlafzimmer aufschob und Lilas Namen brüllte.

Alex trat aus der Küche, gerade als sein Vater den fetten, aufgedunsenen Mann auf Lila zuschob, die bewußtlos auf dem Bett lag. Er sah, daß die Goldkette und das Kruzifix seines Vaters weg waren, daß seine Haut gelb war vom Saufen. Er beobachtete, wie der Fremde sich über seinen dicken Bauch strich und sich dann an Andrew wandte. »Wird sie aufwachen?« fragte er, und in diesem Augenblick begriff Alex, wieviel sein Vater verloren hatte.

Alex stand dabei, als sei er Zeuge eines tobenden Brandes, wie hypnotisiert und gebannt vor Entsetzen. Er wußte, daß er sich bewegen oder sich bemerkbar machen mußte, und begriff zugleich, daß er nicht einmal mehr dazu fähig war. Sein Atem kam in heiseren, abgehackten Stößen, und schließlich fiel ihm das Küchenmesser aus der Hand.

Andrew, der eben die Falttür zum Schlafzimmer zuschob, hielt inne. Er sah Alex an. »Sie merkt es gar nicht«, sagte er, als würde das alles entschuldigen.

Mit dem ersten Schlag ließ er seinen Vater zusammenklappen. Mit dem zweiten brach er ihm die Nase. Die Schlafzimmertür wurde geöffnet, und der Fremde stand mit großen Augen und in Boxershorts vor ihm. Er schaute auf Alex, auf seinen Vater, wieder auf Alex. Schließlich zielte er mit dem Finger auf Andrew. »Du bist mir was schuldig, du Arschloch«, brüllte er, dann zog er seine Hosen hoch und polterte aus dem Wohnwagen.

Mit dem dritten Schlag schickte Alex seinen Vater in eine

Nippesvitrine, die Lilas ganzer Stolz gewesen war. Andrew Riveaux traf mit dem Hinterkopf auf der Ecke auf, und eine Wunde klaffte, aus der ihm das Blut durch die Finger rann. Er wurde bewußtlos, aber nicht, ehe er seinen Sohn angelächelt – *angelächelt* – hatte. Er sprach die Worte nicht aus, aber Alex hörte sie trotzdem: *Mann, Scheiße. Du kannst ja kämpfen.*

Hinter der halboffenen Schiebetür konnte Alex seine Mutter sehen. Ihre Bluse war offen, der BH nach oben geschoben, so daß er ihr in den Hals schnitt, und die Brustwarzen ragten rot und nackt und obszön hervor. Sie hatte überhaupt nichts mitbekommen.

Er steckte das Geld wieder in die Tasche, das er seiner Mutter auf dem Küchentisch dalassen wollte. Dann starrte er auf seinen Vater, bis das Blut aus der Kopfwunde an seinem Schuh leckte. Er wartete auf irgendein Gefühl: Reue, Verzweiflung, Erleichterung; aber er empfand überhaupt nichts, so als habe der Mann, der diese Tat begangen hatte, überhaupt nichts mit ihm zu tun.

Und selbst nachdem er erfahren hatte, daß sein Vater, dieser Scheißkerl, an jenem Tag nicht gestorben war, gestand sich Alex jahrelang nicht ein, daß die Erinnerung, die ihm die ganze Zeit über geblieben war, weder der Klang der knirschenden Knochen noch der Geruch des Blutes auf dem billigen, feuchten Teppich war – sondern die Tatsache, daß er, als er es am wenigsten darauf angelegt hatte, für einen Moment genau die Art Sohn geworden war, die sich Andrew Riveaux immer gewünscht hatte.

Alex stand auf und begann mit dem Sektkorken zu kämpfen. Noch während er aufstand, spürte ich, wie er den Teil seines Wesens abschottete, den er mir eben offenbart hatte, und sich wieder in den Filmstar verwandelte. »Wissen Sie, ich bin jetzt seit sieben Jahren in dem Geschäft, und ebensolange stehle ich nun schon die Reaktionen und die Erfahrungen meiner Freunde und meiner Familie oder auch von Leuten auf der Straße. Wenn sie es überhaupt bemerken, fühlen sie sich geschmeichelt. Noch keiner hat so darauf reagiert wie Sie.« Seine Stimme klang plötzlich weich, und ich war gespannt, wohin das wohl führte. »Sie überraschen mich«, fuhr er fort. »Und mich überrascht nur noch wenig.«

Ich betrachtete ihn so lange, bis der Lack und der Glanz abfielen und nur noch der Mensch darunter übrigblieb. »Na ja«, gab ich leise zu, »Sie haben mich ja auch überrascht.«

Der Korken schoß aus der Flasche, knallte gegen die weiche Zeltdecke und landete genau in meinem Schoß. Sekt schäumte über Alex' Hände und auf seine Hose. »Sie werden sich meinetwegen noch die ganze Garderobe reinigen lassen müssen«, sagte ich. Alex lächelte und schenkte mir ein. »Champagner gibt längst nicht so häßliche Flecken wie Papaya.« Er nahm sein Glas und stieß mit mir an. Das leise Klirren wehte im Wind davon.

»Wir sollten auf den Film anstoßen«, schlug ich vor.

»Nein.« Alex kam mir so nahe, daß ich sein Aftershave roch. »Wir sollten unbedingt auf Sie anstoßen.«

Ich beobachtete, wie er die Kristallflöte an die Lippen setzte, dann wandte ich den Blick ab und starrte in die flackernden Kerzen. Unsere Vorspeisen warteten unter zwei Silberhauben auf der Pritsche an der Zeltwand gegenüber. Auf einem klapprigen Regal standen zwei kleine Obsttörtchen. »Sie machen es mir nicht leicht, Ihnen böse zu sein«, bemerkte ich.

»Also«, antwortete er, »mache ich endlich *doch* was richtig.«

Ich errötete und schaute auf meinen Teller. Ich wünschte mir, er würde das Essen auftragen. Singen. Brüllen. Hauptsache, er sah mich nicht mehr so an.

Ich konnte mich allein anhand des Sonnenstandes in der Wüste zurechtfinden. Ich wußte, wie man einen Schädel wieder zusammensetzt, der in fünfzig Splitter zerbrochen ist. Ich konnte komplizierte Computerberechnungen durchführen, mit denen sich die Bedeutung bestimmter Knochenmaße entschlüsseln ließ. Aber ich konnte nicht entspannt mit einem Mann beim Essen sitzen.

Darin hatte ich einfach kaum Erfahrung. Und in keiner meiner heimlichen Phantasien waren die Fallgruben aufgetaucht, die sich jetzt immer wieder auftaten: die langen Augenblicke, in denen wir verlegen schwiegen, das laute Klirren des Löffels auf meinem Teller, Alex' durchdringender Blick, der mir bis unter die Haut zu gehen schien. Ich mußte an die Heldinnen in den Romanen denken, die ich auf dem Flug nach Tansania gelesen hatte. Die meisten hätten schon längst ihr langes, wallendes Haar über die Schultern geworfen, ihre kirschroten Lippen geteilt und sich einladend über den Tisch gebeugt. Sie wußten alle, wie man mit Männern spielt und flirtet. Zumindest konnten sie ein Gespräch führen, ohne sich völlig zum Narren zu machen.

Aber Alex hatte keine Ahnung von Anthropologie, und ich wußte kaum etwas über Filme. Über das Wetter in Tansania zu reden war witzlos, weil es monatelang gleich blieb. Über den Flug wollte er nichts hören. Meines Zornes beraubt, mit dem ich mich auf der Herfahrt gewappnet hatte, hatte ich Alex Rivers sehr wenig mitzuteilen, wahrscheinlich überlegte er schon, warum er mich überhaupt zum Essen eingeladen hatte.

»Erzählen Sie, Cassandra Barrett —«

»Cassie«, verbesserte ich automatisch. »Sagen Sie Cassie zu mir.«

»Also Cassie. Erzählen Sie mir, wie Sie dazu gekommen sind, in der afrikanischen Wüste Steine zu klopfen.«

Dankbar stürzte ich mich auf das Thema. Endlich konnte ich etwas *tun*. »Ich war ein Wildfang. Ich habe immer gern im Dreck gespielt.«

Er ging zu einer flachen Holzkiste, die mir noch gar nicht aufgefallen war, und entnahm ihr zwei in Eis gepackte silberne Schälchen. »Einen Krabbencocktail?« fragte er.

Ich lächelte, als er mir eine Schale vorsetzte. »Wie haben Sie das bloß angestellt?« fragte ich kopfschüttelnd.

Alex spießte eine Krabbe auf seine winzige Gabel. »Wenn ich Ihnen das verraten würde, wäre es keine Zauberei mehr.«

Wir aßen schweigend, und ich beobachtete, wie das Kerzenlicht auf seinen Wangen tanzte und seine Haare zum Glänzen brachte. Es war golden, das war der richtige Ausdruck. Manchmal schaute ich ihn an und sah einen Mann, der mich nach meinen Kursen an der Universität fragte, und beim nächsten Atemzug erblickte ich Apoll persönlich.

Während des Hauptganges erwähnte Alex, daß er in der Nähe von New Orleans geboren worden war. »Mein Vater war Arzt, und meine *maman*, ach, sie war die schönste Frau, die mir je begegnet ist.« Er lächelte. »Ich erinnere mich noch, wie ich sie manchmal heimlich im Garten beobachtete, wenn sie sich allein glaubte. Dann setzte sie ihren Strohhut ab, hielt das Gesicht in die Sonne und lachte, als sei sie die glücklichste Frau auf Erden.«

Ich schaute auf meinen Teller und mußte an meine Mutter denken, die alles dafür gegeben hätte, in den Süden zurückzukehren. Ich mußte daran denken, wie ich sie heimlich beobachtet hatte, wenn sie über ihrem Bourbonglas hing und sich selbst zuprostete. Ich machte die Augen zu und versuchte mir vorzustellen, wie es gewesen sein mußte, in Alex Rivers' Familie aufzuwachsen.

»Mein Daddy hatte nicht viel für die Schauspielerei übrig«, erzählte Alex. »Aber dann sah er mich im College spielen – an der Tulane-Universität – und wurde mein größter Fan. Bis zu seinem Tod vor ein paar Jahren hat er sich die Werbeposter von allen meinen Filmen rahmen lassen und in seiner Praxis aufgehängt.«

»Und Ihre Mutter wohnt noch in New Orleans?«

»Ich habe versucht, sie nach L. A. zu holen, aber das wollte sie nicht. Sie meint, einen alten Baum soll man nicht verpflanzen.«

Ich versuchte, das Bild heraufzubeschwören, das meine Mutter vom Süden gezeichnet hatte – das eines Landes voller Eleganz, wo es blaublättrige Weiden und eisgekühlte Drinks mit Minze gab. Es schien sich von L. A. genausosehr zu unterscheiden wie ich von Alex Rivers. »Bestimmt vermissen Sie New Orleans«, sagte ich. »Hollywood ist doch sicher eine ganz andere Welt.«

Alex zuckte mit den Achseln. »Ich bin in einer dieser alten französischen Villen aufgewachsen. Mit schwarzen Fensterläden und Kletterrosen und Eisenbänkchen im Garten. Als ich nach L. A. kam und es endgültig geschafft hatte, habe ich mir in Bel-Air genau so ein Haus bauen lassen.« Er schmunzelte. »Wenn Sie jemals eine dieser Rundfahrten zu den Villen der Stars mitgemacht haben, haben Sie wahrscheinlich sogar den Briefkasten gesehen.«

Ich erwiderte sein Lächeln. »Und woran haben Sie gemerkt, daß Sie es endgültig geschafft haben?«

Alex lachte. »Das war eines Tages im Supermarkt. Kurz nachdem *Licht und Schatten* rauskam – dieser Vietnamfilm. Jedenfalls war ich in der Gemüseabteilung und klopfte die Melonen ab, um zu testen, ob sie reif waren, wie meine Mutter es mir gezeigt hat, als ich im College war. Schließlich hatte ich mir zwei ausgesucht und ging weiter zu den Schalotten, und als ich mich umdrehte, drängelten sich die Leute um die Melonen. Diese Frauen grapschten nach den Melonen, die ich abgeklopft und nicht genommen hatte – die *grünen*, verdammt noch mal –, und waren ganz aus dem Häuschen, weil sie eine erwischt hatten, die Alex Rivers berührt hatte.« Er grinste. »Das ist das Schlimmste daran. Ich kann nirgendwo hin. Ich kann nichts unternehmen. Ich habe absolut kein Privatleben. An jenem Tag, das war 1987, bin ich zum letzten Mal einkaufen gegangen.«

»Und wie bekommen Sie was zu essen?« fragte ich entsetzt.

»Ich habe Angestellte. Ich habe jemanden, der für mich einkauft, jemanden, der für mich Kleider kauft, jemanden, der für mich telefoniert, und jemanden, der mich herumfährt. Mein Gott, wahrscheinlich könnte ich sogar jemanden einstellen, der für mich aufs Klo geht.«

»Aha«, sagte ich lächelnd. »Die Vorzüge einer Machtposition.« Ich stand auf und räumte die beiden Teller weg – delikate Gans in Pflaumensauce mit kandierter Reisfüllung. »Und was *tun* Sie den ganzen Tag?«

Alex lachte. »Wenn ich es mir recht überlege – wenig.«

Er schenkte Sekt nach, während ich den Nachtisch auftrug. »Blaubeeren«, erklärte ich. »Meine Lieblingsbeeren.«

Das war keine höfliche Floskel. Man konnte unmöglich in Maine aufwachsen und keine Blaubeeren mögen: sie wuchsen wild im Wald zwischen unserem Haus und dem von Connor. Die hier waren längst nicht so gut – was ich Alex natürlich nicht verriet –, aber sie erinnerten mich an den Sommer und an ein Leben, das ich vor hundert Jahren geführt hatte. Ich hob die Gabel an den Mund und nahm noch einen Bissen. »Wir haben in Maine immer Blaubeeren gepflückt«, erzählte ich ihm. »Sie wachsen dort überall, und wir haben sie frisch vom Strauch gegessen.« Ich mußte lächeln. »Die warmen waren die besten, weil sie wie die Sonne schmeckten und wir hinterher lila Flecken an den Händen hatten.«

Alex beugte sich über den Tisch und nahm meine Hand. Er drehte sie in seiner und rieb mit seinen Fingerspitzen über meine. »Hier«, sagte er und tupfte mit dem Finger auf meine Handfläche, als könne er die Flecken sehen. »Und hier.« Er sah mich an. »Ich wünschte, ich hätte damals mitkommen können.«

Ich zog meine Hand zurück. Ich spürte, wie mir Schweiß über

176

den Rücken lief. »Ich sollte jetzt lieber gehen«, erklärte ich hastig. »Danke für das wunderbare Essen.« Ich stand auf, bevor ich es mir anders überlegen konnte; bevor er mich umstimmen konnte.

Alex sah mich lange an, dann stand auch er auf und rollte sich die Ärmel herunter. Er zog die Smokingjacke an und geleitete mich aus dem Zelt. Die beiden Fackeln am Zelteingang malten schimmernde, flackernde, brennende Rottöne auf die Erde. »Ich habe John gesagt, daß ich Sie selbst zurückbringen würde«, sagte Alex leise. »Ich hoffe, das macht Ihnen nichts aus.«

»Ich möchte Ihnen keine Umstände machen«, antwortete ich, dabei war mir klar, daß es gar nicht anders ging. Ich hätte eine Höllenangst davor gehabt, so spät am Abend allein zur Lodge zurückzufahren; und ich konnte mir auch nicht einfach ein Taxi rufen.

Alex half mir in den Jeep und kletterte dann auf den Fahrersitz. Er zündete sich eine Zigarette an, und das überraschte mich – ich hatte ihn nicht für einen Raucher gehalten. Aber er machte nur ein paar Züge, dann warf er die Zigarette zum Fenster hinaus, so daß ich sein Gesicht nicht mehr in dem karmesinroten Leuchten der Glut ausmachen konnte.

Den ganzen Weg zurück zur Lodge sagte er kein Wort. Ich spürte, daß ich ihn vor den Kopf gestoßen hatte, und ließ mir den ganzen Abend noch mal durch den Kopf gehen, aber abgesehen von unserem Streit am Anfang gab es nichts, was er mißverstanden haben könnte – außer daß ich ihm meine Hand entzogen hatte. Ich wollte einfach keinen Fehler machen. Ich kannte mich mit der Art von Spielen nicht aus, die Leute wie Alex Rivers spielten. *Er wird darüber hinwegkommen*, sagte ich mir. *Er ist es einfach nicht gewohnt, daß jemand nein sagt.*

Als er den Jeep auf dem Parkplatz vor der Lodge anhielt und mir die Tür aufmachte, überlegte ich schon fieberhaft, wie ich mich möglichst elegant verabschieden konnte, ohne augenblicklich davonzurennen, sobald meine Füße den Boden berührten. Dann lachte ich. Er war bloß ein Mann. Ein Schauspieler. Wovor fürchtete ich mich so?

Vor mir selbst. Die Antwort schoß mir durch den Kopf, noch bevor Alex die Wagentür zuschlug und mich in seinen Armen einfing. Ich fürchtete mich davor, was er mit mir anstellen könnte, seit ich mit angesehen hatte, wie er mir am Nachmittag meine eigenen Träume vorgespielt hatte. Ich machte einen Schritt zurück und preßte mich an den Jeep. Alex starrte mich an, aber er stand im Schatten, und ich sah nichts außer dem bemerkenswerten Silber seiner Augen. »Sie sind schön«, sagte er bloß.

Ich drehte mich weg. »Sie lügen«, sagte ich. »Sie spielen mir was vor.« Man hatte mich als intelligent oder ehrgeizig bezeichnet – aber noch nie hatte mir jemand gesagt, daß ich schön sei. Ich habe immer gedacht, daß Connor das eines Tages gesagt hätte, aber er hatte keine Gelegenheit dazu gehabt.

Ich wurde wieder wütend, so wütend wie am Anfang, weil Alex Rivers einen wunderschönen Abend verdorben hatte. Bevor er seinen Mund aufgemacht hatte, hätte ich mit einem Lächeln auf diesen Abend zurückblicken können, an dem ich ein Candlelight-Dinner in der Serengeti erlebt hatte. Ich hätte heute abend ins Bett gehen, die Augen schließen und meine Erinnerungen mit Gesprächen voller Esprit und leisen erotischen Untertönen würzen können, bis sie genau das widerspiegelten, was ich mir erträumte. Doch mit seiner frechen Lüge hatte Alex die Grenze überschritten. Plötzlich kam mir der ganze Abend vor, als habe er sich auf meine Kosten einen Riesenspaß gemacht.

Alex faßte mich an den Schultern. »Ich lüge nicht«, sagte er. »Und ich spiele Ihnen ganz bestimmt nichts vor.« Er schüttelte mich sacht. »Wieso ist es denn so schlimm, wenn ich sage, daß Sie schön sind?«

»Weil ich nicht schön bin«, antwortete ich so gelassen wie möglich, weil ich hoffte, daß es dann nicht ganz so weh tat. »Sehen Sie sich doch um. Sehen Sie sich Janet Sowieso an oder all die anderen Schauspielerinnen, mit denen Sie gearbeitet haben.«

Er hielt mein Gesicht in den Händen. »Sie tauchen mitten in der Wüste in einem sexy schwarzen Kleid auf. Sie hören mir so aufmerksam zu, daß man glauben könnte, ich würde Ihnen die Geheimnisse des Universums offenbaren. Sie haben keine Hemmungen, mich als Arschloch zu bezeichnen, wenn ich mich wie ein Arschloch aufführe. Und«, sagte er, »Sie erzählen mir vom Blaubeerpflücken, so wie vorhin, bis ich die Flecken auf Ihren Fingern und Ihren Lippen sehen kann. Cassie, wenn das keine Schönheit ist, was dann?«

Er beugte sich langsam vor, und als er mich küßte, riß ich die Augen weit auf, weil ich sehen wollte, ob ihn der Kuß genauso überwältigte wie mich. Ich spürte, wie mich der schwere weiße Mond über meinen Schultern näher zu Alex schob. Ich hörte das stete Klopfen seines Herzens und das leise Surren der Ventilatoren in der Lodge, und schließlich begann ich zu glauben, daß all das wirklich geschah.

Als er sich wieder aufrichtete, ließ er seine Finger an meinem Hals, und sie zitterten. Ich lächelte ihn an. »Von einem Fleck auf meinen Lippen habe ich nichts gesagt.«

Alex legte mir den Arm um die Taille. »Langsam glaube ich, das wird der beste Film meines Lebens«, erklärte er. Er führte mich die Stufen zur Lodge hoch und in den Korridor. Es war stockdunkel; die meisten aus der Crew waren schon schlafen gegangen, weil es am nächsten Tag früh losgehen sollte. Er stieg neben mir die Treppe hoch und brachte mich bis zu meiner Tür. Ich spürte, wie er sich bei jedem Schritt ein bißchen von mir entfernte. Als wir vor meinem Zimmer angekommen waren, fragte ich mich, ob ich mir alles nicht nur eingebildet hatte.

Alex wandte sich mir zu, als wolle er mich noch mal küssen, aber statt dessen begann er hastig und gepreßt zu flüstern. »Mein Vater war gar kein Arzt«, sagte er. Mir fiel auf, daß seine Stimme tiefer, kehliger klang; daß seine Augen brannten wie vorhin, als er von Angst und Versagen gesprochen hatte. »Er war nur ein einziges Mal in einer Arztpraxis, damals, als er sich nach einer Flasche Scotch in den Fuß geschossen hatte. Ich war für ihn eine einzige Enttäuschung, weil ich einfach nicht so ein Arschloch werden wollte wie er, und er hat mich in regelmäßigen Abständen verprügelt, um mich daran zu erinnern, wie viel besser er war als ich. Meine *maman* konnte eine Treibhausblume nicht von einem Plastikgesteck unterscheiden. Ich habe ihr Schmerzen bereitet, als sie mich auf die Welt brachte, das hat sie mir nie verziehen. Ich habe meine Kindheit damit zugebracht, mich vor meinen Eltern und vor mir selbst zu verstecken, indem ich so tat, als sei ich jemand anderes. Und das Haus, das ich in L. A. gebaut habe, steht tatsächlich in New Orleans – aber ich habe es bloß gesehen, wenn ich mich im Wäldchen davor versteckte und den kleinen Mädchen, die dort lebten, zuschaute, wie sie auf dem Rasen Purzelbäume schlugen, bis ihnen die Röckchen hochrutschten.« Er atmete tief durch. »Die Scheiße, die ich Ihnen beim Essen erzählt habe, ist die Geschichte, die meine PR-Beauftragte für mich geschrieben hat, als ich ihr erklärte, daß ich eine Vergangenheit bräuchte. Aber Sie will ich nicht anlügen, und ich will Ihnen nichts vorspielen.«

Mir blieb der Mund offenstehen. Ich wollte ihm sagen, daß mir dies – die finstere Wahrheit – viel besser gefiel als sein Alter ego. Ich wollte ihn berühren, ihm nun meinerseits von meiner Mutter, meiner Familie erzählen.

Meine Hände berührten das weiche Haar, das sich an seinen Schläfen lockte. Zweimal hatte er mir in dieser Nacht die Wahrheit anvertraut, und dafür würde ich ihm helfen. Ich war dazu besser geeignet, als er sich vorstellen konnte. Er flüsterte meinen Namen, und ich schmiegte mich an ihn, fuhr mit den Händen über seinen Rücken und stellte verwundert fest, wie gut wir zusammenpaßten. Und bevor unsere Lippen sich trafen, schoß mir durch den Kopf, daß Alex Rivers ein viel besserer Schauspieler war, als sich die Leute träumen ließen.

12

Eine Woche nachdem ich angefangen hatte, meine Freizeit ausschließlich mit Alex Rivers zu verbringen, begann ich nachts von Connor zu träumen. Es war immer wieder derselbe Traum. Connor und ich waren erwachsen, aber wir lagen auf dem Rücken auf einem der Badeflöße im Moosehead Lake. Connor hatte einen Finger in den Himmel gestreckt und zeichnete die Wolken nach. »Was siehst du?« fragte er mich immer wieder, aber für mich sah jede Wolke wie Alex aus – wie sein Profil, sein windzerzaustes Haar, sein kraftvolles Kinn. Ich erklärte das Connor und begann schließlich sogar mit blasser Hand vor dem strahlend blauen Sommerhimmel zu gestikulieren. Aber sosehr ich mich auch bemühte, Connor wollte einfach nichts erkennen.

Sechs Tage lang hatte ich Alex beobachtet, wie er in seiner Rolle als Rob sein Skelett ans Tageslicht bringt und in eine Glaubenskrise gerät. Er begreift, daß die menschliche Evolution sich auf dem gleichen Kurs bewegt wie die der fremden Spezies, die er gefunden hat: mit kometenhafter Geschwindigkeit auf die Auslöschung zu. Er beschließt, sein Wissen wieder zu vergraben, statt die Geschichte umzuschreiben.

Ich war überrascht, daß die Szenen nicht der Reihe nach gedreht wurden, begriff aber durchaus, welch finanzielle Vorteile es brachte, alle Szenen hintereinander zu filmen, die am selben Ort spielten. »Wie schaffst du das?« hatte ich ihn gefragt. »Wie kannst du die Gefühle heraufbeschwören, die du in der letzten Szene brauchst, und gleich darauf so tun, als sei alles nie passiert?« Alex hatte nur gelächelt und mir erklärt, dafür würde er bezahlt.

Trotzdem, er engagierte sich auch gefühlsmäßig, selbst wenn er das abstritt – er konnte gar nicht anders. Nachts, wenn er einfach er selbst war, sickerte das durch. Eines Abends saßen wir am

Rande der Olduvai-Schlucht, und Alex erzählte mir, wie sein Vater ihn damals, als er vierzehn war, durchs Wohnzimmer geschubst hatte. Immer wieder hatte er ihn geohrfeigt oder in die Seite geboxt, um Alex dazu zu bringen, sich zu wehren. Als Alex das schließlich tat und seinem Vater dabei gleich ein paar Zähne ausschlug, hatte Andrew Riveaux ihn blutüberströmt angegrinst. *Junge*, hatte er gesagt, *so kämpft ein richtiger Mann.*

Nach langem Schweigen schaute Alex mich an. »Manchmal glaube ich, wenn ich morgen eine Pressekonferenz geben und der Welt erzählen würde, daß Alex Rivers einen Säufer zum Vater und eine psychisch Kranke als Mutter hatte, dann würde das kein Mensch drucken. Sie haben alle ein festes Bild von mir im Kopf, das sie nicht aufgeben werden, und das Komische daran ist, ich glaube, der Mann, den sie sich ausgedacht haben, wird mich überleben.«

Ich hatte seine Hand genommen, weil ich nicht wußte, was ich sagen sollte, aber er hatte mich sanft weggeschoben. »Deshalb hat mir das Drehbuch für diesen Film so gefallen. Es ist ein moralisches Dilemma: Soll man den Menschen etwas verraten, was sie gar nicht wissen wollen? Oder läßt man sie weiter glauben, was sie glauben wollen?« Er schüttelte den Kopf. »Da fängt man schon an, sich Gedanken über Darwin zu machen«, sagte er.

Aber wieviel Zeit ich auch mit Alex verbringen mochte, in meinen Träumen ging es nur um Connor. Innerlich hatte ich beide miteinander verbunden. Ich schlief mit dem Gedanken an Alex ein und wachte mit Connors Namen auf den Lippen wieder auf, als sei Connor eifersüchtig und würde sich immer wieder in mein Unterbewußtsein drängen. Eines Nachts träumte ich so lebhaft, daß ich beim Aufwachen immer noch Connors Atem an meiner Wange spürte, und das beunruhigte mich. Meistens ließ Connor mich in Ruhe. Aber wenn er glaubte, daß ich in Schwierigkeiten steckte, war er schwerer abzuschütteln als mein eigener Schatten.

Wir tanzten um den flachen Teich hinter der Lodge herum, im Rhythmus der Geräusche der afrikanischen Nacht. »Ich kann nicht mehr«, lachte ich atemlos. »Du bist zu schnell.«

»Du bist zu langsam.« Alex wirbelte mich herum und ließ mich über den kühlen, dunklen Boden fliegen. Als er mich wieder absetzte, knickte mir der Fuß ein, und ich riß ihn mit mir um. Gemeinsam rollten wir einen sanften Abhang hinunter. Bei jeder Umdrehung stützte sein Leib meinen oder meiner trug seinen in einer sinnlichen, kraftvollen Pirouette. Unsere Fingerspitzen waren nur Zentimeter vom schlammigen Wasser entfernt, als wir zur Ruhe kamen, Alex unten, ich oben.

Zaghaft ließ ich meinen Kopf auf seine Brust sinken. Seit jenem ersten Gutenachtkuß hatten Alex und ich uns nicht mehr so intensiv berührt. Es war schwer abzuschätzen, was er von mir wollte. Alex war freundlich und offen, aber nicht auf körperliche Art. Ich wußte nicht, ob er es langsam angehen wollte; ob er überhaupt etwas angehen wollte. Was mich betraf – ich hoffte auf mehr. Um genau zu sein, ich hatte mich auf eine kurze Affäre eingestellt, und im Lauf der vergangenen Woche hatte ich mich beinahe davon überzeugt, daß das auch in Ordnung sei, aber Alex machte keine Anstalten, mich zu verführen. Meist berührte ich Alex unter irgendwelchen Vorwänden und versuchte schamlos, ihn aus seiner Deckung zu locken.

Ich atmete den Geruch seiner Seife und seines Schweißes ein. »Tut mir leid«, murmelte ich. »Standardtanzen war noch nie meine Stärke.«

Alex' Lachen drang wie ein tiefes Grollen an mein Ohr. »Alles nur Übung«, sagte er. »Meine Mutter hat mich zweimal die Woche zum Unterricht geschickt. Ich hab's gehaßt – diese weißen Handschuhe und die einparfümierten, fetten Mädchen, die mir ständig auf die Zehen stiegen –, aber ich will verdammt sein, wenn ich auch nur einen einzigen Tanzschritt vergessen habe.«

Ich lächelte, das Gesicht in seinem Hemd vergraben. »Wahrscheinlich hast du dir im Unterbewußtsein gewünscht, mal zum Debütantinnenball zu gehen. Oder Fred Astaire zu sein.«

Alex schmunzelte. »Wohl kaum.« Er strich mir sanft übers Haar, und ich erblühte unter der Berührung. »Ich glaube, mein Körper hat einfach das Training genossen.«

Ein paar Abende zuvor hatte er mir erzählt, daß er mit einem Loch im Herzen geboren wurde, daß er nicht laufen und spielen durfte, bis er beinahe acht Jahre alt war. »Stell dir das vor«, hatte Alex trocken gesagt. »Ein romantischer Held mit gebrochenem Herzen.«

Aus seiner Stimme hatte Müdigkeit gesprochen und die Traurigkeit eines kleinen Jungen, der sich für verkrüppelt hielt und alles in seiner Macht tat, um seine Schwäche wettzumachen. Ich fragte mich, warum er mir das erzählt hatte. Und ich gaukelte mir vor, er habe mich ins Vertrauen gezogen, weil er glaubte, daß ich ihn wirklich verstehen würde.

Als ich gedankenverloren meine Augen an seiner Brust schloß, versteifte Alex sich und setzte sich auf. Ich senkte den Blick, beschämt, weil es ihm unangenehm war, daß ich ihn hielt. Ich schüttelte den Kopf und legte mir die Gründe zurecht, warum Alex Rivers niemanden wollte – niemanden brauchte –, der so unerfahren war wie ich.

Alex sah mich an. »Es hat viele Frauen in meinem Leben gegeben«, erklärte er vorsichtig, »aber ich lasse niemanden an mich heran. Das mußt du verstehen. Um die Wahrheit zu sagen, ich will nicht noch einmal enttäuscht werden. Nicht durch die Unzulänglichkeit eines anderen Menschen, und ganz besonders nicht durch meine. Also tue ich so, als sei es nicht so wichtig.« Er schüttelte den Kopf. »Cassie«, sagte er, »ich bin es leid, mich immer zu verstellen.«

Instinktiv schmiegte ich mich an ihn und fuhr mit der Hand unter sein Hemd. Er erklärte mir, was ich nicht von ihm erwarten durfte, dabei wußte ich, daß es längst zu spät war. Ich hatte nicht viele Beziehungen gehabt, aber ich hatte Connor gehabt, deshalb wußte ich, daß so alles anfing. Man verliebt sich in einen Mann wegen seines Lächelns oder weil er einen zum Lachen bringt oder, wie in diesem Fall, weil er einen glauben macht, daß man die einzige ist, die ihn retten kann. Wenn es schließlich soweit sein würde, wäre es für Alex vielleicht eine kleine Affäre, aber nicht für mich. Bis dahin hätte ich ihm schon zu viel gegeben.

Ich hörte, wie Alex flach einatmete, als meine Haut über seine glitt und meine Handfläche auf seiner Brust zur Ruhe kam. Ich lächelte in seine Augen und hielt sein Herz in meiner Hand.

Am Sonntag hatte die Crew frei, obwohl die Freizeitgestaltung in Tansania einiges zu wünschen übrigließ. Ich saß auf einer Schaukel im Schatten, als Alex seinen Arm um meine Taille legte, als sei das die natürlichste Sache auf der Welt.

Und allmählich kam es mir wirklich so vor. Ich hatte das Ausgrabungsgelände der Uni praktisch ganz verlassen. Seit jenem Abend am Teich, als Alex die Bedingungen für eine Beziehung festgelegt hatte, waren wir unzertrennlich. Alex und ich waren so viel zusammen, daß die Leute mich zu fragen begannen, wo er stecke, wenn sie ihn suchten. Anfangs war es mir ein bißchen unangenehm, wenn er mir beiläufig den Arm über die Schulter legte, während ich ihm zeigte, wie man ein Fragment säubert, oder wenn er mir vor allen anderen erklärte, wann wir zu Abend essen würden. Sein Verhalten erinnerte mich an das Territorialverhalten von Primaten, über das ich in einer Vorlesungsreihe gehört hatte: an Männchen, die ihr Gebiet deutlich markieren, um andere wissen zu lassen, wo sie nicht willkommen sind.

Aber andererseits hatte sich mir gegenüber noch kein Mann so besitzergreifend gezeigt, daß er versucht hätte, sein Anrecht derart deutlich zu sichern, und sei es auch nur vorübergehend. Und um ehrlich zu sein, ich genoß es. Ich genoß es zu wissen, daß Alex mich morgens als erste begrüßen würde. Ich genoß es, ihm einen Gutenachtkuß zu geben und zu wissen, daß uns jemand dabei beobachtete. Zum ersten Mal in meinem Leben benahm ich mich wie ein Teenager.

Alex zog mich in seine Arme. »Ich habe eine Überraschung für dich«, flüsterte er mir ins Ohr. »Wir gehen auf Safari.«

Augenblicklich löste ich mich von ihm und sah ihn mit großen Augen an. »*Was* machen wir?«

Alex lächelte. »Eine Safari. Du weißt schon, mit Löwen und Tigern und Bären, Safarihelmen und Elfenbeinwilderern. Mit allem Drum und Dran.«

»Niemand wildert mehr Elfenbein«, widersprach ich. »Wenn überhaupt noch geschossen wird, dann mit der Kamera.«

Alex stand auf und zog mich hoch. »Ich für mein Teil habe in letzter Zeit genug Kameras gesehen. Ich werde mich mit dem bloßen Anblick begnügen.«

Ich folgte ihm und sah schon die weite Serengeti und die langsam dahinziehenden Herden vor mir, die die Luft aufwirbelten. Ein einsamer schwarzer Jeep wartete unten vor der Veranda, und ein schmächtiger Afrikaner mit strahlend weißem Lächeln reichte mir die Hand, um mir beim Einsteigen behilflich zu sein. »Cassie«, stellte Alex ihn mir vor, »das ist Juma.«

Juma fuhr uns eine Stunde lang ins Landesinnere von Tansania, schaukelte uns über Gestrüpp und Schlaglöcher, die nie als Straße gedacht gewesen waren. Im Schatten eines kleinen Haines hielt er an. »Wir warten hier«, verkündete er, dann holte er eine blaukarierte Decke aus dem Jeep und breitete sie für uns im Gras aus.

Die Ebene verschwamm am Horizont in blassem Lila, und der Himmel über uns war blau in des Wortes wahrem Sinn. Ich lag auf dem Rücken. Neben mir hatte sich Alex auf einen Ellbogen gestützt, damit er mich ansehen konnte. Auch daran mußte ich mich erst gewöhnen – seine konzentrierte Aufmerksamkeit. Manchmal starrte er mich an, als wolle er jede Bewegung, jede noch so leise Veränderung registrieren. Als ich ihm erklärte, daß mir das unangenehm war, zuckte er nur mit den Achseln. »Willst du mir allen Ernstes erklären, du würdest mich nie beobachten?« hatte er gesagt, und natürlich hatte ich über diese Vorstellung lachen müssen. »Siehst du, und ich kann nicht anders, als dich zu beobachten.«

Seine Augen begannen an meinem Haaransatz und wanderten dann langsam über meine Nase, meine Wangen, meinen Hals und meine Schultern. Sein Blick wärmte meine Haut, als würde er mich tatsächlich berühren. »Vermißt du Maine manchmal?« fragte er.

Ich blinzelte in die Sonne. »Nicht oft. Ich bin schon mit siebzehn an die Uni in Kalifornien gekommen.« Ich verstummte und überlegte, wieviel ich mit dieser Antwort verschwiegen hatte. Alex hatte mir zwar die Wahrheit über seine Familie offenbart, aber ich hatte ihn noch nicht in meine Geheimnisse eingeweiht. In den letzten Wochen hatte ich hundertmal mit dem Gedanken gespielt, ihm alles zu erzählen, aber zwei Dinge hatten mich davon abgehalten. Erstens fand ich nie den geeigneten Augenblick. Und zweitens hatte ich immer noch Angst, ich könnte ihn damit verscheuchen.

Die Sonne flitterte durch die daumennagelgroßen Blätter des Baumes, unter dem wir saßen, und überzogen Alex' Beine mit einem Schatten wie geklöppelte Spitzen. Wenn ich ihm alles erzählte und er die Flucht ergriff, dann war das auch nicht zu ändern; schließlich hatte ich mir von Anfang an immer wieder gesagt, daß diese Romanze nirgendwohin führen würde. Was würde er wohl tun, wenn der Film abgedreht war? Mit jemandem wie mir im Arm nach L. A. zurückfliegen und seinen Glitzerfreunden erklären, daß ich die Frau seiner Träume sei?

»Alex...«, sagte ich unsicher. »Weißt du noch, wie ich dir erzählt habe, daß meine Eltern eine Bäckerei hatten?«

Das war *alles*, was ich ihm bisher erzählt hatte, selbst als er unbedingt mehr über mich erfahren wollte. Es war das einzige, was ich gefahrlos erzählen konnte. Alex nickte und hielt sein Gesicht in die Sonne. »Du hast beim Meringebacken geholfen.«

Ich schluckte. »Ich hab' meiner Mutter auch beim Aufstehen geholfen, wenn sie weggetreten war.« Ich blickte Alex fest in die Augen, weil ich genau sehen wollte, wie er auf meine Worte reagierte. »Sie war eine Alkoholikerin«, sagte ich. »Eine Südstaatenlady bis ins Mark, aber eine Alkoholikerin.«

Jetzt sah er mich an, aber ich konnte seine Miene nicht deuten. »Und dein Vater?«

Ich zog die Schultern hoch. »Er hat mir gesagt, ich soll mich um sie kümmern.«

Ganz langsam kam seine Hand auf mich zu, bis sie meine Wange umfaßte; sie brannte noch heißer auf meiner Haut als die Scham. »Warum erzählst du mir das?« fragte er.

»Warum hast *du* es mir erzählt?« flüsterte ich.

Alex nahm mich in die Arme und hielt mich so fest, daß ich seinen Herzschlag nicht von meinem unterscheiden konnte. »Weil wir zwei zusammengehören. Du bist dazu da, um auf mich aufzupassen, und ich werde auf dich aufpassen.«

Erst widerstrebte mir der Gedanke, aber dann überließ ich mich dem Trost, den er mir anbot. Es war schön, wenigstens vorübergehend nicht alles unter Kontrolle haben zu müssen. Es war schön, beschützt zu werden, statt immer nur alle anderen beschützen zu müssen.

Wir fuhren beide hoch, als wir den Donner hörten. Aber am Himmel war keine Wolke zu sehen. Plötzlich tauchte Juma mit einem Feldstecher neben uns auf. »Da drüben«, deutete er, und was als graue Wolke am Horizont schwebte, wurde langsam zu Fleisch und Blut.

Besonnen zogen die Elefanten vorüber, schweren Schritt um schweren Schritt. Ihre Haut schien älter als Pergament, und ihre Augen blinzelten müde durch den Staub. Ab und zu hob einer den Rüssel und trompetete eine hohe, ansteigende Fanfare.

Minuten später folgte eine Giraffenherde, deren Ohren sanft über den tiefblauen Himmel zu streichen schienen. Ich hörte, wie Alex den Atem anhielt, als eine sich aus der Gruppe löste und auf uns zukam. Ihre Beine knickten sanft in den Knien ein und trafen wie lange Stelzen Meter entfernt wieder auf. Das Fell war gelb wie Karibiksand und am Rücken und Hals gefleckt. Die Giraffe steckte ihren Kopf in den Baum über uns und probierte die Blätter.

Dann fingen die Elefanten an, wütend zu trompeten und durcheinanderzulaufen, als seien sie auf einer Varietébühne; die Giraffen eilten mit hochfliegenden Beinen über die Ebene. Als ich nichts mehr außer dem Rascheln des Windes im hohen Gras wahrnahm, hörte ich das unverkennbare Brüllen eines Löwen.

Er bewegte sich mit der lässigen Eleganz eines Siegers, und seine Mähne stand wie ein feuriger Ring um sein Gesicht. Ein paar Schritte hinter ihm folgte eine Löwin, dünner, schlanker, immer in seinem Schatten. Sie blickte auf, mit geisterhaften, meergrünen Augen, und entblößte lautlos die Zähne. Alex' Hand drückte meine.

Die Löwen verharrten kurz, bis sie unseren Geruch in der Luft ausgemacht hatten. Dann zogen sie weiter über die Ebene, jetzt Schulter an Schulter. Ich fragte mich, ob diese Tiere ihr ganzes Leben mit einem Partner zusammenlebten. Der Wind teilte sich vor ihnen, und so leise, wie sie gekommen waren, verschwanden sie wieder. Einen Augenblick starrte ich auf den Fleck, auf dem sie gestanden hatten, und versuchte zu begreifen, wie ein so elegantes Wesen zugleich so grausam sein konnte.

»Sollen wir nicht hierbleiben?« fragte Alex leise. »Wir bauen uns eine Hütte am Rand der Ebene und schauen den Löwen zu, die durch unseren Hinterhof ziehen.«

Ich lächelte ihn an. »Okay. Deinen Oscar kannst du ja über Satellit entgegennehmen.«

Wir legten die Decke zusammen und kletterten hinten in den Jeep. Alex' Bein drückte sich von der Hüfte bis zum Fuß an meines. Juma drehte den Zündschlüssel um und schaukelte uns über den vernarbten Boden nach Hause.

Am Set hatte John einen Jeep und einen Picknickkorb mit gebratenem Hähnchen und frischem Brot für uns bereitgestellt. Alex und ich saßen eine halbe Stunde in gemütlichem Schweigen vor dem Zelt, während die untergehende Sonne in unseren Kragenränder schmolz und den Boden zwischen uns aufheizte. Es war Anfang September, und es war grausam heiß. »Weißt du, was mir fehlt?« sagte ich. »In Kalifornien?« Alex schüttelte den Kopf. »Mir fehlen die Jahreszeiten. Mir fehlt der Schnee.« Ich schloß die Augen und versuchte mir in der brütenden Hitze vorzustellen, wie meine Fingerspitzen vor Kälte blau anliefen, wie die ersten Schneeflokken des Winters an meinen Wimpern hängenblieben.

»Eines meiner Häuser steht in Colorado«, sagte Alex. »In der Nähe von Aspen. Im Winter fahren wir hin. Ich bringe dich in den Schnee.«

Ich sah ihn an. Ich fragte mich, ob wir im Winter noch zusammen seien. Der Löwe kam mir in den Kopf, der leise durch das raschelnde Gras gezogen war, gefolgt von seiner Löwin. »Ja«, antwortete ich. »Das würde mir gefallen.«

Ich wußte, daß auch er an die Löwin dachte, und an die anderen Tiere, die mit ihren schweren Schritten den Boden zum Beben gebracht hatten. Als die Sonne hinter die Kuppen der fernen Hügel sank, beugte er sich zu mir und küßte mich.

Er küßte mich anders als zuvor – nicht so ruhig, nicht sanft, nicht forschend. Er preßte seine Lippen auf meine, warf sich halb auf mich, wild und unbeherrscht, unanständig. Seine Hand knöpfte meine Bluse auf und fuhr hinein. Seine Handfläche strich über meinen BH, umfaßte meine Brust. »Ist das okay?« flüsterte er.

Ich hatte gewußt, daß es irgendwann dazu kommen würde; ich hatte es gewußt, seit er mich an jenem ersten Abend an meine Zimmertür gebracht hatte. Und auch wenn ich weder die Erfahrung hatte, die er von mir erwarten würde, noch mit den Fertigkeiten und Kniffen anderer Frauen aufwarten konnte, konnte ich ihn genausowenig aufhalten, wie ich das Blut in meinen Adern anhalten konnte.

Ich nickte und spürte, wie er mir die Bluse über den Kopf zog. Seine Hände waren ständig an meinem Körper, streichelten meinen Rücken, hakten meinen BH auf, strichen mir das Haar aus dem Gesicht. Er zog mich hoch; teils trug er mich, teils schleifte er mich in das Zelt auf dem Set, wo er mich auf die schmale Pritsche legte. Er kniete auf dem rauhen Holzboden, zog mir Schuhe und Socken aus und ruckelte mir die Shorts und die Unterhose über die Hüften.

Meine Wangen brannten, und ich tastete nach der Decke, um mich zuzudecken, aber wir waren in einer Filmkulisse, und es gab keine. Ich wollte mich mit den Händen bedecken, aber Alex legte meine Arme um seinen Hals und küßte mich noch einmal. »Du bist wunderschön«, sagte er. Wie ein Blinder, der das Gesicht eines Fremden kennenlernen will, fuhr er langsam mit den Fingerspitzen über meinen Leib. Und während ich mich seiner Berührung öffnete, begann ich beinahe zu glauben, daß ich tatsächlich so schön war, wie er behauptete.

Ich wußte nicht, wie ich ihn berühren oder was ich überhaupt tun sollte, aber das schien Alex nicht zu stören. Er stand nur kurz auf, um sich ebenfalls auszuziehen, und ich starrte seinen Körper an. Es war, wie wenn man in die Sonne sieht – gefährlich, weil man blind für alles andere wird, wenn man das Gesicht schließlich wieder abwendet.

Als sich sein Mund über meiner Brust schloß, hörte ich meine eigene Stimme oder vielleicht das Seufzen des Windes. Die Dunkelheit schlüpfte zu uns ins Zelt und deckte uns allmählich zu, bis ich nur noch ab und zu etwas von Alex im Mondschein aufblitzen sah und seine Haut an meiner spürte. Seine Hand glitt zwischen meine Beine, seine Worte wehten über meine Schläfen, und ich schloß die Augen.

Ich sah die Serengeti, voller Tiere, wie vor ewigen Zeiten. Sie zwitscherten und pfiffen und brüllten in der Nacht; sie zogen gemessen dahin. Darüber wölbte sich ein bestirntes, leuchtendes Firmament, das unter meine Haut glitt, sich dort ausdehnte und sich nach Freiheit verzehrte, die erst kam, als Alex tief in mir war.

Als ich endlich zu beben aufhörte, fing Alex an. Er rief mich beim Namen, sank auf mir zusammen. Er sah mich mit Löwenaugen an.

»War es das erste Mal, daß du – du weißt schon?« flüsterte er. Beschämt schaute ich weg. »Hast du das gemerkt?«

Alex lächelte. »Daran, wie du mich ansiehst. Als hätte ich eben Himmel und Erde erschaffen.«

Ich wollte ihn von mir wegschieben, Abstand zwischen uns schaffen. Jetzt, wo es vorbei war, war ich nicht mehr sicher, ob es richtig gewesen war. »Es tut mir leid«, murmelte ich. »Ich hatte nicht viele Männer.«

Alex rollte uns beide auf die Seite. »Ich weiß.« Ich wurde wieder rot, weil ich an all die Frauen dachte, mit denen er geschlafen haben mußte; die viel besser wußten, was sie zu tun hatten. Er faßte mich am Kinn, bis ich ihm in die Augen sah. »So habe ich das nicht gemeint. Ich mag die Vorstellung, daß du mir gehörst.« Er küßte mich zärtlich. »Du wirst also nie viele Männer gehabt haben.«

Er lächelte, als er das sagte, aber er verstärkte seinen Griff, als könne ich mich ihm tatsächlich entziehen wollen. Zögernd fuhr ich mit dem Finger über seine Brust und spürte, wie er sich in mir bewegte. Meine Hüften drängten näher an seine, und ich hörte ihn stöhnen. »Himmel, was machst du da mit mir...«

Ich tat so, als wolle ich ihn aufhalten. »Woher weiß ich, daß du mir nichts vorspielst?«

Alex grinste. »Cassie«, sagte er, »wenn ich schauspielere, bin ich nie *so* gut.«

Wenn Sven, der Stuntman, nicht die Grippe bekommen hätte, hätte ich mich nicht mit Alex gestritten. Aber als ich an jenem Montag morgen – dem Morgen danach –, an den Set kam, ganz darauf bedacht, mich so wie immer zu geben, stellte ich fest, daß man den Drehplan geändert hatte. Statt daß Sven mit dem berüchtigten schwarzen Seil von einem Felsen sprang, sollten Alex und Janet Eggar die einzige Liebesszene im ganzen Film drehen.

Janet war eine junge Schauspielerin, die, wie Alex sich ausdrückte, ihre allererste FLS – Freizügige Liebesszene – hatte. Durch die Blume hatte Bernie mich wissen lassen, daß Janets Part absolut nebensächlich war; man hatte ihn ins Drehbuch aufgenommen, weil die Leute für den Film zahlen würden, wenn sie ihren Busen zeigte. Ich sah zu, wie sie nervös vom Kostümbildner zur Maske stakste. Sie blieb mit dem Rücken zu mir stehen und machte ihren Morgenmantel auf, um sich den Körper pudern zu lassen.

Immer wieder versuchte ich, Alex' Blick aufzufangen. Er war lange vor mir am Set angekommen, um die Änderungen im Drehplan auszuarbeiten, deshalb hatte ich keine Gelegenheit gehabt, ihn auf der Fahrt hierher zu beobachten und festzustellen, was ihm die vergangene Nacht bedeutete. Er hatte mich zurück zur Lodge gefahren und sich an meiner Zimmertür mit einem süßen Kuß verabschiedet, bei dem alles in mir zu summen begann. Aber weil er keinen Klatsch wollte, war er in sein Zimmer verschwunden und hatte mich allein gelassen – allein in meinem Zimmer, wo ich die ganze Nacht nackt unter dem Ventilator lag und mit der Hand den Stellen nachspürte, an denen er mich vor Stunden berührt hatte.

Als die Sonne aufging, ermahnte ich mich noch mal, daß ich überhaupt nichts erwarten durfte. Wer weiß – vielleicht machte er das bei jedem Film mit einem Mitglied der Crew. Doch was ich mir auch vornehmen mochte, mir war klar, daß ich jeden Eid, den ich mir schwor, brechen würde.

Alex trug Jeans und kein Hemd, und er war schlecht gelaunt. Er bellte den Technikern Befehle zu und schnauzte Charlie den Gaffer an, weil er ihm im Weg stand. Als ihm Jennifer eine Kopie des Drehbuchs brachte und sich für den Kaffeefleck auf einer Seite entschuldigte, hätte man meinen können, er würde ihr gleich den Kopf abreißen.

Aber als er Janet erblickte, die bleich und zitternd vor den Kameras wartete, schien er weich zu werden. Ich sah, wie seine Augen an ihrem Bademantel auf- und abwanderten und dann wieder ihr Gesicht betrachteten. Er ging zu Bernie und unterhielt sich leise mit ihm, dann bat der Regisseur mit erhobenen Händen um Ruhe. »Der Set wird geschlossen«, verkündete er. »Alle, die nichts mit dieser Szene zu tun haben, fahren zurück zur Lodge. Wir treffen uns nach dem Mittagessen wieder.«

Ich beobachtete, wie Bernie Janet zum Zelt führte, an jene Pritsche, auf der Alex und ich uns am Abend zuvor geliebt hatten. Er redete gestikulierend auf sie ein, und sie nickte und stellte ein paar Fragen. In der Ferne hörte ich die Jeeps abfahren, und plötzlich wurde mir bewußt, daß nur noch eine Handvoll Leute da waren.

Ich hatte überhaupt nichts mit dieser Szene zu tun – alle technischen Ratschläge, die ich geben konnte, würden jemandem wie Janet Eggar wenig helfen. Aber ich sah, wie sie sich auf die schmale Pritsche legte, und dann verwandelte sich ihr Gesicht in meines, und ich wußte, daß ich auf gar keinen Fall gehen würde.

Bernie kam zu mir. »Sie sind noch da?« fragte er. »Haben Sie denn nicht gehört, was ich gesagt habe?«

Bevor ich den Mund aufmachen konnte, stand Alex neben mir und legte mir die Hand auf die Schulter. »Sie bleibt«, stellte er schlicht fest.

Bernie nahm seine Position neben der Kamera ein und ging mit Alex und Janet – er in Jeans, sie im Bademantel – die Szene durch. Wenn mir die Situation nicht so unangenehm gewesen wäre, hätte ich wahrscheinlich lachen müssen: Ich konnte mir nicht vorstellen, Anweisungen entgegenzunehmen, auf welche Wange ich jemanden küssen solle, wo ich meine Hände hinlegen dürfe und wo nicht, wie ich zu atmen hätte. Janet und Alex hatten jeweils eine kleine Dose Atemspray unter dem Kissen, und als Bernie die Szene zu seiner Zufriedenheit arrangiert hatte, sprühten sich beide etwas in den Mund und gingen ganz professionell ans Werk.

Jane zog unter dem weißen Laken ihren Bademantel aus, wobei Alex sie galant vor den Blicken der Kameramänner abschirmte. Dann schlüpfte Alex aus seinen Jeans, als tue er so was jeden Tag, und kletterte splitternackt auf die Pritsche.

Es war schauderhaft. Janet versagte mitten im Satz die Stimme; sie küßte Alex, als liege sie mit einer Leiche im Bett. Als Alex ihr auf Bernies Anweisung hin die Decke vom Bauch zog, verkrampfte sich Janet, schoß hoch und schlug die Arme vor die Brust. »Verzeihung«, sagte sie kühl. »Können wir noch mal anfangen?«

Aber nach zwei weiteren Katastrophen rieb sich Alex mit der Hand übers Gesicht und stand auf. Er drehte sich um, und alle am Set konnten sein erigiertes Glied sehen. Ich schaute in meinen Schoß und befingerte den Saum meiner Shorts. Er hatte erklärt, daß er mir nichts vorgespielt habe. Er hätte aber ihr was vorspielen sollen.

»Okay«, erklärte Alex, »alle ziehen sich aus.«

Bernie knurrte etwas auf Jiddisch, aber Alex ließ sich nicht beirren und übertönte die Stimme des Regisseurs. »Das ist nur fair. Schließlich sind Janet und ich nackt, also könntet ihr euch wenigstens bis auf die Unterwäsche ausziehen.« Er warf einen Blick über die Schulter auf Janet, die zaghaft zu lächeln begann.

Ein Kameramann befolgte Alex' Bitte als erster, zog sein T-Shirt und seine Hose aus und entblößte eine riesige Wampe über knappen Jockey-Shorts. LeAnne, Janets Assistentin, stieg aus ihren Kleidern, bis sie nur noch den BH und das Höschen anhatte. »Auch nicht anders als ein Bikini«, sagte sie zu niemand Bestimmtem.

Überall flogen nun Kleidungsstücke auf verschiedene Haufen, und inzwischen lachte Janet Eggar aus vollem Hals. Alex saß auf der Pritsche und unterhielt sich mit ihr. Seufzend zog Bernie den Reißverschluß seiner kurzen Hose auf und offenbarte lilaseidene Boxershorts, und damit war ich als einzige noch angezogen.

Alle starrten mich an und fragten sich, womit ich diese Vorzugsbehandlung verdient hatte, deshalb packte ich, ohne nachzudenken, meinen Hemdsaum. Alex fing meinen Blick auf und schüttelte ganz leicht den Kopf, aber ich lächelte nur. Ich zog mir das Hemd über den Kopf und schlüpfte dann aus meiner Hose, wohl wissend, daß er mir die ganze Zeit zusah.

Als weitergedreht wurde, war Janet viel besser. Ich beobachtete, wie sie auf die Pritsche sank und ihr Haar über das Kissen floß. Ich sah, wie Alex' Atem über ihre Haut strich. Ich überlegte, wo er sie wohl überall berührte; wie oft sie die Szene drehen würden; ob die Pritsche noch nach uns roch.

Nach der sechsten Klappe, als Janet und Alex lachten, als würden sie das jeden Tag machen, merkte ich, wie sich meine Nägel in die weichen hölzernen Armlehnen meines Stuhls gegraben hatten. In der erstickenden Hitze verwandelte sich die Szene vor meinen Augen immer wieder in jene, die ich in der vergangenen Nacht durchlebt hatte. Mein Mund war so trocken, daß ich nicht schlucken konnte. Ich sah Alex mit einer anderen Frau, sah, wie er sie hielt, wo er eigentlich mich hätte halten sollen, und in diesem Augenblick wurde mir klar, daß ich mich verliebt hatte.

Ich wußte, daß er zu mir kommen würde, sobald er fertig war, aber ich wollte ihn nicht sehen. Ich wollte ihn nie wiedersehen. Ich hatte es versucht – ich hatte es wirklich versucht –, aber eine flüchtige Liaison lag mir einfach nicht.

Die ganze Nacht lang hatte ich mich auf diese Erkenntnis vorzubereiten versucht, aber deshalb tat sie nicht weniger weh. Für Alex hatte sich keine neue Welt aufgetan, als ich ihn berührte. Alex hatte nicht unter einem kreisenden Ventilator gelegen und gebetet, die Zeit möge stehenbleiben, ehe alles wieder kaputtging. Für Alex war es nicht mehr als eine Probe gewesen.

Ich wollte mir einen von den am Set verbliebenen Jeeps nehmen, um so weit wie möglich von diesem Ort wegzufahren, und war schon halb am Ziel, als Alex mich einholte und am Arm festhielt. »Warte«, sagte er. »Du mußt mir wenigstens eine Chance lassen.«

Ich wirbelte herum und funkelte ihn an. »Du hast eine Minute«, sagte ich.

»Ich wußte nicht, daß wir das heute drehen würden, Cassie. Der Zeitpunkt hätte nicht schlechter sein können. Sonst hätte ich dich gestern abend bestimmt nicht hergebracht. Ich wollte nicht, daß du zusiehst, aber du solltest auch nicht glauben, ich würde dich wegschicken.«

»Es hat dir *gefallen*. Ich hab's doch *gesehen*.«

»Es hat mir nicht gefallen«, brüllte er. »Das ist mein Job.«

»Und wenn schon?« schrie ich zurück. »Du hast mich gehabt. Und Janet Eggar ist ganz wild auf dich. Warum gehst du nicht einfach zurück und bringst zu Ende, was du angefangen hast, während alle anderen zum Essen gehen?«

Alex trat einen Schritt zurück. »Denkst du das wirklich von mir?« preßte er hervor. Er hatte die Fäuste so fest geballt, daß die Knöchel weiß hervortraten. Seine Augen blitzten, und einen Moment erwartete ich, daß er mich schlagen oder mich zur Seite schubsen würde, um dann zum Set zurückzustürmen.

Eine Weile sagte ich gar nichts, so verblüffte mich die Wucht der gezügelten Wut, die von Alex ausstrahlte. »Ich wünschte, ich wüßte, was ich von dir denken soll«, flüsterte ich. »Ich habe immer wieder uns beide gesehen. Dasselbe Zelt, Alex. Dieselbe Pritsche. Alles war so wie gestern nacht, nur war es diesmal nicht ich.« Als sein Gesicht vor meinen Augen verschwamm, wandte ich mich ab. »Bitte laß mich das nie wieder mit ansehen«, sagte ich. Ich schob mich an ihm vorbei und lief, bis das Hämmern meines Herzens lauter war als seine Stimme. Und immer wieder sagte ich mir, ich hätte wissen müssen, daß jemand, der so kraftvoll und so gut lieben konnte, mit der gleichen Kraft hassen und verletzen konnte.

Er war zwölf, und er klaute schon jahrelang, also hätte er nicht so blöd sein dürfen, sich erwischen zu lassen. Aber in letzter Zeit sahen die Mädchen total gut aus, und die Blonde an der Kasse mit den Mangobrüsten schaute immer wieder zu ihm rüber. Und bevor er die Pepsidose in seine Tasche fallen lassen konnte, spürte er, wie sich eine fleischige Faust um sein Handgelenk schloß und ihn herumwirbelte. Zum zweiten Mal in dieser Woche starrte Alex in das narbige Gesicht des Wachmanns, und als er einen Seitenblick wagte, ging ihm auf, daß das Mädchen an der Kasse gar nicht zu ihm rübergesehen hatte.

»Bist du einfach nur strohdumm«, fragte ihn der Wachmann, »oder gibt es irgendeinen anderen Grund, warum du noch mal in diesen Laden gekommen bist?« Alex machte den Mund auf, aber bevor er einen Satz rauskriegte, wurde er durch die automatische Tür geschoben und zur Polizei gebracht.

Das Revier war voller Zuhälter und Dealer und kleiner Gauner, und der zuständige Beamte hatte wenig Verständnis dafür, daß man ihn mit einem Kind belästigte, das beim Klauen erwischt worden war. Der Sergeant schaute von Alex zum Wachmann. »Dafür geb' ich keine Zelle her«, sagte er. Als Kompromiß zog er ein Paar Handschellen heraus und kettete Alex vor seinem Pult an einen Stuhl.

Man nahm ihm die Fingerabdrücke ab und verhörte ihn, aber sogar Alex wußte, daß sie ihm damit bloß angst machen wollten; er war noch nicht strafmündig, und in New Orleans kriegte man höchstens eins auf die Finger, wenn man beim Klauen erwischt wurde. Der Sergeant kettete ihn wieder an den Stuhl, und Alex blieb ganz ruhig sitzen, die Knie an die Brust gezogen und den freien Arm um die Knöchel gelegt. Er schloß die Augen und stellte sich vor, er würde in der Todeszelle sitzen und auf seine Hinrichtung warten.

Irgendwann später fiel er dem Sergeant auf. »Scheiße«, sagte er. »Hat dich noch keiner abgeholt?«

Alex schüttelte den Kopf. Der Sergeant fragte ihn nach seiner Telefonnummer und wählte sie, halb über das Pult gebeugt und in seinem Arrestbuch lesend. Er schaute Alex an. »Arbeiten deine Eltern?« fragte er.

Alex zuckte mit den Achseln. »Es müßte jemand daheim sein.«

»Tja«, antwortete der Beamte. »Ist aber niemand daheim.«

Eine Stunde später versuchte es der Beamte noch mal. Diesmal hatte er Andrew Reveaux dran; Alex erkannte das daran, wie er den Hörer vom Ohr weghielt, als könne er sich was Ansteckendes einfangen. Nach einer Minute reichte er den Hörer an Alex weiter.

Die Schnur war straff gespannt. Alex hielt sich den Hörer ans Ohr. Er wußte nicht, was er sagen sollte; »Hallo« kam ihm irgendwie verkehrt vor. Sein Vater brüllte einen Schwall französischer Flüche ins Telefon und versprach zum Schluß, daß er Alex grün und blau prügeln werde. »In fünfzehn Minuten bin ich da«, sagte er und legte auf.

Aber Andrew Riveaux kam nicht in fünfzehn Minuten, auch nicht nach einer Stunde. Von seinem Stuhl aus verfolgte Alex, wie es draußen dunkel wurde und der Mond wie ein weißes, runzliges Geistergesicht in den Himmel schwebte. Er wußte, daß das zur Strafe gehörte – das Mitleid der Polizisten und der Sekretärinnen, die so taten, als würden sie ihn gar nicht bemerken. Er rutschte auf seinem Stuhl herum, weil er pinkeln mußte, aber nicht auf sich aufmerksam machen wollte, indem er darum bat, aufs Klo zu dürfen.

Der Sergeant bemerkte ihn, als er nach seiner Schicht nach Hause wollte. »Hast du nicht zu Hause angerufen?« fragte er verwundert.

Alex nickte. »Mein Vater kommt mich holen.«

Der Polizist bot ihm an, noch mal anzurufen, aber Alex schüttelte den Kopf. Er wollte nicht, daß der Polizist, in dem er inzwischen einen Verbündeten sah, die Lage begriff – daß sein Vater ihn sehr wohl abholen konnte, aber einfach nicht *wollte*.

Alex wußte nicht, ob sein Vater ihn absichtlich hängenließ oder ob er einfach was Besseres zu tun hatte – Langusten fangen, trinken, als fünfter Mann in eine Pokerrunde einsteigen. Seine Mutter wäre vielleicht gekommen – das versuchte sich Alex wenigstens einzureden –, aber selbst wenn seine Mutter nüchtern genug gewesen wäre, um zu begreifen, daß Alex auf der Polizeiwache war, ihr Ehemann hätte sie nicht gehen lassen.

Alex ließ den Kopf auf die Armlehne sinken und schloß die Augen.

Kurz nach drei Uhr morgens weckte ihn starker Parfümduft. Er schaute auf und sah eine Hure auf dem Stuhl neben seinem sitzen. Sie hatte kirschrotes Haar und mahagonifarbene Haut und Wimpern so lang wie sein kleiner Finger. Sie trug eine Jettperlenkette, die sich um ihre eine Brust schlang, wie um sie noch hervorzuheben. Sie kaute Kaugummi – Traube – und hielt eine Faustvoll Geld.

Sie war die schönste Frau, die ihm je begegnet war.

»Hi«, sagte sie zu Alex.

»Hi.«

»Ich hole meine Freundin ab«, erklärte sie ihm, als wolle sie sich dafür rechtfertigen, daß sie hier saß. »Wieso bist du angekettet?«

»Ich bin ausgeflippt und habe meine ganze Familie erwürgt«, anwortete Alex, ohne mit der Wimper zu zucken. »Und es war keine Zelle mehr frei.«

Die Hure lachte. Sie hatte ein großes, weißes Pferdegebiß. »Du bist niedlich«, meinte sie. »Wie alt bis du? Zehn? Elf?«

»Fünfzehn«, log Alex.

Die Frau grinste. »Und ich bin Pat Nixon. Was hast du angestellt?«

»Geklaut«, murmelte Alex.

»Und dafür behalten sie dich die ganze Nacht da?« Sie zog die Brauen hoch.

»Nein«, gab Alex zu. »Ich warte darauf, daß mich jemand abholt.«

Die Hure lächelte. »Das kenn' ich nur zu gut, Baby.«

Eigentlich hatte er ihr gar nichts erzählt; nichts über seine Familie, nichts darüber, wie lange er schon dasaß oder daß er lieber ein Jahr lang an den Stuhl gekettet geblieben wäre, als sich eingestehen zu müssen, daß der Mann, der ihn morgen mittag im Revier abholen würde, tatsächlich sein Vater war. Er kannte sich mit Huren aus; er wußte, daß sich die Männer auch zu ihnen hingezogen fühlten, weil es einer Hure egal war, wieviel Gepäck einer mit sich rumschleppte, und weil sie einen Mann glauben ließ, daß er mehr darstellte, als er tatsächlich war. Er wußte, daß sie davon lebten, Gefühle vorzuspielen, die sie nicht empfanden. Trotzdem kam es ihm ganz natürlich vor, als sie ihren Arm um ihn legte und ihn an ihre Brust zog, so als säßen sie nicht auf zwei verschiedenen Stühlen.

Alex bettete seine Wange auf ihren Busen, dachte an die Blonde an der Kasse und ignorierte das Kribbeln in seinem angeketteten Arm, der tot in der Kluft zwischen ihren Stühlen hing. Es dauerte nur eine Viertelstunde, bis ihre Freundin unten aus der Zelle gelassen wurde und fauchend und zischend wie eine Wildkatze am Arm der Schließerin heraufkam. Aber in dieser Viertelstunde schloß Alex die Augen, sog den schweren Duft nach billigem Parfüm und Haarspray ein, den die Hure ausströmte, und ließ sich von ihr alte Spirituals vorsingen, bis die Welt im Nichts versank und er glauben konnte, daß jeder Mensch ein Recht auf Liebe habe.

Völlig unerwartet wurden die Dreharbeiten für drei Tage unterbrochen, und Alex verschwand. Ich genierte mich zu sehr, um mich unter die Crew zu mischen, außerdem hatte ich meine Zeit fast ausschließlich mit Alex verbracht, deshalb hatte ich sowieso niemanden zum Plaudern. Ich blieb in meinem Zimmer in der Lodge, kam nur zu den Mahlzeiten heraus und aß allein. Ich spielte mit dem Gedanken, meinen Vertrag aufzulösen und nach L. A. zu fliegen, ehe Alex zurückkehren konnte.

Doch statt dessen saß ich auf meinem Bett, las sämtliche Liebesromane, die ich mitgebracht hatte, und stellte mir vor, ich sei das schöne Mädchen und Alex mein Verehrer. Ich hörte den Helden in seinem Tonfall und mit seiner Stimme sprechen. Ich schwebte in den Wolken, bis ich nicht mehr auseinanderhalten konnte, was tatsächlich geschehen war und was ich mir nur eingebildet hatte, während ich mich durch die dunklen, kühlen Winkel der Nacht gelesen hatte.

Eines Nachts, der Mond ging eben unter, drehte sich der Knauf an meiner Zimmertür. Es gab keine Schlösser, dazu war die Lodge zu alt. Ich sah, wie die Tür aufschwang, und stand vom Fensterbrett auf, bemerkenswert ruhig in Anbetracht der Tatsache, daß ich gleich einem Fremden gegenüberstehen würde.

Wahrscheinlich sagte mir mein Instinkt, daß es Alex war. Ich beobachtete, wie er ins Zimmer kam und die Tür hinter sich schloß. Es war dunkel, aber meine Augen hatten sich an die Dunkelheit gewöhnt, deshalb konnte ich deutlich die Schatten unter seinen Augen, die zerknitterten Kleider, den Zweitagebart erkennen. Bei dem Gedanken, daß es ihm vielleicht genauso schlecht gegangen war wie mir, begann mein Blut zu singen.

Ich bemerkte das Glas in seiner Hand erst, als er es auf den Schreibtisch gegenüber dem Bett stellte. »Ich hab' dir was mitgebracht«, sagte er schlicht.

Es war ein ganz normales Marmeladeglas – wie jene, in die Connors Mutter jeden Sommer ihr selbstgemachtes Traubengelee gefüllt hatte. Es war halb voll mit einer klaren Flüssigkeit, die wie ganz gewöhnliches Wasser aussah.

Alex machte einen Schritt vor und berührte das Glas. »Es ist nicht mehr kalt«, sagte er. Er setzte sich auf die Bettkante. »Ich bin nach New York geflogen und von dort mit einem kleinen Hüpfer nach Bangor, aber in Maine gibt es keine Berge, auf denen im September Schnee liegt. Und ich konnte doch nicht mit leeren Händen zurückkommen, deshalb bin ich an den Ort geflogen, an dem ich bestimmt welchen finden konnte – ich kenne Leute, die im August in den kanadischen Rockies beim Skifahren waren.« Er stützte die Ellbogen auf die Knie und ließ das Gesicht in den Händen ruhen.

»Alex«, fragte ich leise, »was genau hast du mir da mitgebracht?«

Er sah zu mir auf. »Schnee«, sagte er. »Ich habe dir deinen Schnee mitgebracht.«

Ich nahm das Glas und drehte es in den Händen, sah ihn auf einem Gletscher stehen und eine Handvoll Schnee in ein Marmeladeglas stopfen, um ihn mir zu bringen, über viele tausend Meilen hinweg. Ich spürte, wie ich von innen heraus zu lächeln begann. »Du bist um die halbe Welt geflogen, um mir ein Glas Schnee zu bringen?«

»So ungefähr. Ich wußte nicht, wie ich es dir sonst begreiflich machen sollte. Ich wollte nicht – ich habe nicht –« Er hielt inne, atmete tief ein und überdachte, was er sagen wollte. »Jemand wie du ist mir noch nie begegnet, aber ich hatte keine Gelegenheit, dir das zu erklären, bevor wir diese verdammte Liebesszene drehten. Ich wollte bestimmt nicht einfach so abhauen, aber du hättest mir sowieso nicht zugehört. Deshalb dachte ich mir, Taten sagen mehr als Worte.«

Ich setzte mich neben ihn auf die Bettkante, das Glas mit Wasser immer noch in der Hand. Ich beugte mich zu ihm und küßte ihn. Ich hatte keine Ahnung, was ich tun sollte, also faltete ich einfach die Hände im Schoß. »Danke.«

Alex sah mich an und lächelte. »Das ist nur das halbe Geschenk«, sagte er. »Ich wollte dir auch etwas holen, was nicht schmilzt.« Er griff in seine Tasche und holte ein Geschenk heraus, das ich im Zwielicht nicht richtig erkennen konnte. Aber in diesem Augenblick stieg die Sonne über den Horizont und fing in ihrer weichen, rosa Glut das Funkeln eines einzelnen Diamanten.

Alex legte die Hand um meinen Hals und streichelte mir den Nacken. Er zog mich nach vorne, bis meine Stirn die seine berührte, über diesem Brillantring, der heller strahlte als seine Augen. Ich hörte seine Worte, suchte nach einem Hinweis auf meine Zukunft, aber als er sprach, klang er haargenau so, als würde er sich an einen Rettungsring klammern. »Mein Gott«, flüsterte er heiser. »Bitte, sag ja.«

13

Statt einer Abschlußfeier gab es eine Hochzeit. Nach dreizehn Wochen Dreharbeiten stellte sich Alex auf die Plattform, die für eine kleine Kulisse aufgebaut worden war, und verkündete der Crew das Geheimnis, das wir wochenlang gehütet hatten. Selbst Bernie, der Regisseur, war baff. Er durchbrach die verblüffte Stille, indem er auf die Plattform sprang und Alex auf den Rücken schlug. »Meine Fresse«, grölte er grinsend, »wieso hast du mir das nicht verraten?« Und Alex hatte gelacht. »Weil du, Bernie«, sagte er, »der erste gewesen wärst, der die Zeitungsfritzen angerufen hätte.«

Jeder wußte, daß wir zusammen waren; das war deutlich daran zu erkennen, wie Alex mit mir umging. Aber ich glaube, jeder war überrascht, daß mehr dahintersteckte. Mir drängte sich der Eindruck auf, daß Affären zwischen Schauspielern und anderen Crewmitgliedern gang und gäbe waren. Eine Ehe dagegen war etwas ganz anderes.

Ich hatte Alex geglaubt, als er mir erklärt hatte, alle Nachteile, die mit einer einfachen Hochzeit in Tansania verbunden waren, würden mehr als aufgewogen, weil uns dadurch der Alptraum erspart bliebe, unerbetene Reporter und wildgewordene Fans von der Hochzeit fernzuhalten. Außerdem hätte ich sowieso nur Ophelia und ein paar Kollegen und vielleicht – aus töchterlichem Pflichtgefühl heraus – meinen Vater eingeladen. Ich hatte nie davon geträumt, mich in weißen Satin zu hüllen und feierlich durch eine blütenbestreute Kirche zu schreiten. Mir sei es recht, sagte ich Alex, wenn wir von einem Friedensrichter getraut würden.

Aber in Afrika, mußt du wissen, ist ein Missionar leichter aufzutreiben als ein Richter. »Ich will, daß du in einer Kirche heiratest«, hatte Alex insistiert. »Und du wirst auch kein Khaki tragen.« Ich habe wirklich versucht, ihm beizubringen, daß das *nicht* meine Art ist. Aber irgend etwas hielt mich davon ab, auf meinem Standpunkt zu beharren. Schließlich heiratete ich Hollywoods Kronprinzen, und wie jeder andere erwartete auch er ein verwandeltes Aschenbrödel. Und wenn man es auf den Punkt brachte, dann wünschte ich mir vor allem eines: so zu sein, wie Alex mich haben wollte.

Die sechs Wochen, nachdem ich Alex' Antrag angenommen hatte und bevor er die Hochzeit ankündigte, waren die schönsten sechs Wochen meines Lebens. Zum Teil lag der Zauber darin, daß ich das Gefühl hatte, etwas Unerlaubtes zu tun. Alex traf sich mit mir vor dem Proviantzelt, schlich sich mit mir davon und löste durch sein Verschwinden einen solchen Aufruhr aus, daß uns Zeit für einen schnellen, gierigen Kuß blieb. Drei Tage lang blieben wir bei strömendem Regen in meinem Zimmer in der Lodge, liebten uns und spielten Backgammon. Wir duschten zusammen, bevor die Sonne aufging; wir unterhielten uns über Filme oder Knochensubstanz. Einmal saß ich an einem kühlen Abend in Bernies Zimmer zwischen Alex' gespreizten Beinen und schaute die Arbeitskopien des vergangenen Tages an, als er eine leichte Decke über uns breitete und dann, inmitten all der Leute, eine Hand unter mein Hemd und meinen Hosenbund schob und mich zu streicheln begann, bis ich halb wahnsinnig wurde.

In Alex' Gegenwart fühlte ich mich wie jemand, der ich nie gewesen war, und nicht einmal ein Heiratsantrag konnte meine Befürchtungen auslöschen, ich könnte eines Morgens aufwachen und feststellen, daß all dies nie geschehen war. Deshalb speicherte ich jede Erinnerung mit Alex, ähnlich wie ich meine anthropologischen Funde mit Tusche katalogisierte, bis sie sich wie ein Rosenkranz durch meinen Geist zogen, bereit, mir Trost zu spenden.

Ein Blitz riß mich in die Gegenwart zurück. Joey, der Standfotograf, hatte eben ein Bild von uns gemacht. Er reichte Alex das Polaroid, aber nicht ehe ich einen flüchtigen Blick auf mein weißes Gesicht werfen konnte, das, als die Chemikalien freigesetzt wurden, langsam an Farbe gewann. »Ein Souvenir«, erklärte Joey, dann beugte er sich vor und küßte mich mitten auf den Mund.

Die nächste Stunde ließ ich größtenteils damit verstreichen, Alex mit all den Leuten reden zu lassen, die uns gratulieren wollten. Die ganze Zeit über betrachtete ich ihn. Die Sonne glänzte in seinem Haar und zeichnete den vertrauten Umriß seiner Schultern nach. Die meisten Frauen warfen mir scheele Blicke zu und überlegten, was ich wohl hatte, das ihnen abging und das Alex so anziehend an mir fand. Leute, deren Namen ich mir immer noch nicht merken konnte, gaben schlüpfrige Kommentare über die schmalen Betten in der Lodge ab und musterten meinen flachen Bauch, wenn sie glaubten, ich würde es nicht merken. Aber trotzdem sahen sie mich an – um festzustellen, was ihnen beim ersten Mal entgangen war. Plötzlich hatte ich Status. Alex' Macht und Prestige färbten durch unsere Verbindung auf mich ab.

»Nächsten Mittwoch«, sagte Alex gerade. »Über die Einzelheiten sprechen wir später.«

Etwas pochte mir auf die Schulter. Als ich mich umdrehte, schwebte Jennifer, Alex' kleine Assistentin, neben mir. »Ich wollte Ihnen nur sagen«, begann sie zaghaft, »wenn Sie irgendwas brauchen, Sie wissen schon, für die Hochzeit oder so, bin ich Ihnen gern behilflich.«

Ich lächelte sie so warmherzig an, wie ich konnte. »Danke«, sagte ich. »Ich werde es Sie wissen lassen.«

Sie schaute weg, noch bevor ich ausgeredet hatte; ich drehte den Kopf und sah, wie Alex ihr zunickte. »Genau dich habe ich gesucht«, bemerkte er, und sofort huschte Jennifer an seine Seite. Er legte ihr die Hand auf den Rücken und schob sie von mir weg. »Tut mir leid«, meinte er grinsend. »Aber wenn du lauschst, ist es keine Überraschung mehr.«

Ich sah, wie Jennifer aus dem Nichts ein Notizbuch hervorzauberte und einen Stift aus den Tiefen ihres langen, dunklen Haares zog. Hastig notierte sie die Punkte, die Alex ihr außerhalb meiner Hörweite aufzählte. Einmal unterbrach sie ihn mit einer Frage; Alex schaute zu mir herüber und musterte mich von Kopf bis Fuß, um sich dann wieder abzuwenden. Ich versuchte, sie im Blick zu behalten, aber immer wieder drängten sich Leute zwischen uns, schüttelten mir wie wild die Hand und spulten irgendwelche Floskeln ab. Sie hätten genausogut Kisuaheli reden können.

Schließlich versank Alex in einem Meer sonnengebräunter Gesichter. Ich hatte das Gefühl, gleich in Ohnmacht zu fallen, obwohl mir das in meinem ganzen Leben noch nicht passiert war, doch dann tauchte Alex aus dem Nichts wieder neben mir auf, und mir wurde klar, daß mir gar nichts gefehlt hatte – nur meine andere Hälfte.

Ein paar Nächte vor der Hochzeit träumte ich, Connor würde in der Dämmerung mitten in der Serengeti auf mich warten und mir vorhalten, daß ich gerade den größten Fehler meines Lebens beging.

»Es ist nicht so, wie du denkst«, erklärte ich Connor in meinem Traum. »Ich habe mich nicht in ihn verknallt, weil er Schauspieler ist –«

»Ich *weiß*«, fiel Connor mir ins Wort. »Das ist es ja gerade. Man könnte den Eindruck haben, du bemerkst gar nicht, was alle Welt weiß, weil du so darauf fixiert bist, ihn als kleines Vögelchen mit gebrochenem Flügel zu sehen, das du gesund pflegen mußt –«

»Was *redest* du da?« platzte es aus mir heraus. »Er ist doch kein Sozialfall.« Ich bemühte mich, die Sache aus Connors Blickwinkel zu sehen. Ich versuchte nicht, ihn zu ersetzen, aber es gab so viele Parallelen zwischen unserer Beziehung als Kinder und meiner jetzigen Beziehung zu Alex, daß ich die beiden einfach vergleichen mußte. Genau wie Connor beschützte Alex mich – und er war der einzige, den ich nah genug dafür an mich heranließ. Genau wie Connor konnte Alex meine Sätze vor mir zu Ende bringen. Aber anders als bei Connor, für den ich am Ende doch zu spät gekommen war, war ich rechtzeitig in Alex' Leben aufgetaucht.

In meinem Traum zog eine Zebraherde über den Horizont. Ihr Anblick lenkte mich ab, und in diesem Moment beugte sich Connor vor, um seinen Worten Nachdruck zu verleihen. »Du willst immer allen helfen, Cassie, siehst du das nicht? Das kannst du am allerbesten. Du hast dich um deine Mutter gekümmert, um deinen Vater, um mich und um Ophelia. Du sammelst die Probleme deiner Mitmenschen wie andere Leute Briefmarken.«

An dieser Stelle versuchte ich, aus meinem Traum aufzuwachen. Ich wollte Connor nicht glauben; ich wollte ihm nicht zuhören.

»Cassie«, sagte Connor, »ein kranker Vogel fliegt entweder eines Tages weg, oder er wird nie gesund. Er bleibt krank, ganz gleich, was du tust.«

Danach spürte ich, wie ich langsam aufwachte. Ich hielt den Blick auf Connor gerichtet, während er langsam verblaßte. Ich sah ihm in die Augen. »Ich liebe Alex.«

Connor trat zurück, als habe ich ihm einen Schlag versetzt. Er streckte die Hand nach mir aus, aber wie es oft im Traum geht, bekam er mich nicht zu fassen, und mir wurde klar, daß das schon eine ganze Weile so mit uns ging. »Gott helfe uns«, sagte er.

Drei Tage vor unserer Hochzeit fuhren Alex und ich an einen der unzähligen kleinen Seen, die dieses Gebiet sprenkelten, um draußen zu übernachten. Wir packten zwei Schlafsäcke, ein Nylonzelt, ein paar Töpfe und Pfannen in den Jeep. Ich fragte Alex gar nicht, woher er die Sachen hatte – ich bekam allmählich mit, daß Alex Blut aus einem Stein melken konnte, wenn er wollte. Er lud die Sachen unter den weiten Armen eines niedrigen, kleinblättrigen Baumes aus und begann mit dem Geschick eines geübten Pfadfinders das Zweimannzelt aufzustellen. Völlig baff setzte ich mich auf den Boden. »Du kannst ein Zelt aufbauen?«

Alex lächelte mich an. »Du vergißt, daß ich in den Bayous aufgewachsen bin. Ich habe meine Kindheit draußen verbracht.«

Ich hatte das tatsächlich vergessen. Aber es war auch leicht zu vergessen, wenn die Welt die meiste Zeit nur den geschniegelten, weltmännischen Alex Rivers zu sehen bekam. Es fiel mir schwer, den Mann, der im Smoking an der Olduvai-Schlucht auftauchte, mit jenem Mann in Einklang zu bringen, der jetzt vor mir hockte und ein Kochgestell über einem Gaskocher aufstellte. »Du bist ein Mann voller Widersprüche«, erklärte ich.

»Gut«, murmelte Alex. Er stellte sich hinter mich und fuhr mit den Fingern über meine Rippen. »Dann wirst du meiner nicht so schnell überdrüssig.«

Bei dem Gedanken mußte ich lächeln. Als ich mich umdrehte, um die restlichen Sachen aus dem Jeep zu holen, drückte mich Alex sanft zu Boden. »Ruh dich aus, *pichouette*«, sagte er. »Ich mache das allein.«

Alex nannte mich oft *pichouette*. Ich wußte nicht, was das Wort bedeutete, aber ich hörte es gern, weil es wie eine Folge glatter Kiesel von seinen Lippen rollte. Im Bett redete er manchmal Cajun, den altertümlichen französischen Dialekt, der in den Bayous gesprochen wurde, und auch das gefiel mir. Zum einen bedeutete das, daß er sich vergaß, weil er nie französisch sprach, wenn er nicht ganz entspannt war. Und ich mochte den Rhythmus und den süßen Klang der Sprache. Ich lauschte dem Flüstern an meinem Hals und stellte mir vor, daß er mir erklärte, wie zart meine Haut, wie schön meine Augen seien, und daß er mich nie gehen lassen würde.

Als Alex das Lager aufgebaut hatte, tätschelte ich den Boden neben mir. Aber statt sich zu mir zu setzen, kramte er in einem Rucksack und holte eine dreiteilige Angel heraus, die er zusammenbaute und mit einer Leine und einem Köder versah. Eine halbe Stunde schaute ich ihm zu, wie er knietief im Wasser stand, die Angel einholte und immer wieder auswarf. Die Neonleine zischte wie eine Rakete auf ihrer Flugbahn durch die Luft. »Unglaublich«, meinte ich. »Du scheinst dich hier so wohlzufühlen. Wie hältst du es überhaupt in Los Angeles aus?«

Alex lachte. »Kaum, *chère*«, sagte er. »Aber dort bin ich auch nur, wenn es sich nicht vermeiden läßt. Die Ranch in Colorado bietet mir dreißig paradiesische Hektar, auf denen ich fischen, reiten und tun und lassen kann, was ich will. Gott, ich könnte sogar nackt herumlaufen, wenn ich wollte, und auf keine Menschenseele treffen.« Er fluchte und warf die Angel auf den Boden. »Mit diesen Dingern kenne ich mich einfach nicht aus.« Er drehte sich zu mir um, und auf seinem Gesicht breitete sich langsam ein Lächeln aus. »Mit den Händen bin ich viel besser.«

Er kam aus dem Wasser und stakste mit ausgestreckten Fingern auf mich zu, bog aber im letzten Moment ab und verschwand in dem Wäldchen am Seeufer. Als er zurückkam, hielt er einen langen, dünnen Ast und ein scharfes Filiermesser in der Hand. Er ging in die Hocke, legte sich den Ast übers Knie und spitzte ein Ende an. Dann watete er zurück ins Wasser.

Alex stellte sich vollkommen reglos hin, den Arm mit dem provisorischen Speer hoch erhoben; sein Schatten kräuselte sich auf der Wasseroberfläche. Bevor ich auch nur einmal durchgeatmet hatte, stieß er den Ast ins Wasser und hob ihn mit einem zappelnden Fisch am Ende wieder hoch. Triumphierend drehte er sich zu mir um. »Bist du in Tansania, benimm dich wie ein Tansanier.«

Ich war fassungslos. »Wie – wo hast du das gelernt?«

Alex zuckte mit den Achseln. »Alles, was man braucht, sind Geduld und gute Reflexe. Ich kann das übrigens auch ohne Stock.« Er ging von mir weg, so daß ich sein Gesicht nicht sehen konnte, und warf den Fisch in eine Leinentasche. »Man könnte sagen, mein Vater hat mir das beigebracht.«

Abends aßen wir gebratene Fische, später liebten wir uns und wickelten uns in die Decke, ich mit dem Rücken an Alex' Brust. Als er eingeschlafen war, drehte ich mich zu ihm um und betrachtete sein Gesicht im Schatten des silbernen Mondes.

Ein durchdringender Schrei ließ Alex hochfahren, so daß ich rückwärts auf den Boden fiel. Er schüttelte den Schlaf ab und griff nach mir, um sich zu überzeugen, daß mir nichts passiert war. »Es war weit weg«, beruhigte ich ihn. »Es klingt bloß, als sei es gleich nebenan.«

Alex legte sich wieder hin, aber sein Herz schlug wie ein Preßlufthammer unter meiner Schulter. »Denk gar nicht darüber nach«, beruhigte ich ihn. Ich mußte an meine ersten afrikanischen Nächte im Freien denken. »Hör dem Wind zu. Zähl die Sterne.«

»Weißt du eigentlich«, sagte Alex leise, »wie sehr ich Zelten hasse?«

Ich setzte mich auf und sah ihn mit großen Augen an. »Warum sind wir dann hier?«

Alex verschränkte die Arme und legte seinen Kopf darauf. «Ich dachte, es würde dir gefallen«, sagte er. »Ich wollte es deinetwegen tun.«

Ich verdrehte die Augen. »Ich habe genug Nächte in provisorischen Hütten verbracht, um saubere Bettwäsche und ein stabiles Bett zu schätzen«, sagte ich. »Du hättest mir das sagen sollen.« Als ich Alex wieder ansah, hatte er das Gesicht dem Himmel zugewandt, aber seine Augen starrten am Mond vorbei. Ich wußte nicht, womit ich ihn so aufgeregt hatte. Vorsichtig legte ich meine Hand auf die glatte, weiße Innenseite seines Oberarmes. »Für jemanden, der nicht gern zeltet, kennst du dich aber gut aus«, bemerkte ich leise.

Alex schnaubte. »Ich hatte eine Menge unfreiwilliges Training. Warst du jemals im Sommer in Louisiana?« Ich schüttelte den Kopf. »Es ist die Hölle auf Erden«, sagte er. »Es ist so heiß, daß einem die Luft auf der Haut klebt, und so schwül, daß man kaum atmen kann. Die Moskitos sind groß wie Daumennägel. Und es sieht genauso aus, wie ich mir die Hölle vorstelle – wenigstens in den Bayous. Nichts als dunkler, schlammiger Sumpf, von Zypressen und Weiden überwuchert, und an den Ästen hängen Moos und Ranken wie alte Vorhänge. Als Kind bin ich immer auf die Pappeln am Wasser geklettert. Ich habe den Ochsenfröschen zugehört und mir vorgestellt, es sei der Teufel, der seinen Whisky hochrülpst.«

Alex lächelte, allerdings hätte es in dem schwachen Licht auch eine Grimasse sein können. »Mein Papa hat mich abends oft in seiner Piroge mitgenommen, es war also nicht so, daß ich nichts über das Bayou gewußt hätte. Er hat die roten Langusten aus seinen Netzfallen geholt und sie dann zu Deveraux gebracht, diesem Restaurant, das auf riesigen alten Zypressenstümpfen halb über dem Sumpf hängt. Er lieferte die Langusten bei Beau ab, dem das Lokal gehört – niemand kann wie Beau Langusten zubereiten –, und dann verschwand er für eine Stunde, um sein Geld zu versaufen.«

»Was hast du solange gemacht?«

Alex zog die Schultern hoch. »Meistens saß ich draußen und schaute den älteren Kindern zu, wie sie Katzenwelse fingen. So was hast du noch nicht gesehen – ohne Angel, ohne Schnur; sie stecken einfach die Arme in den Schlamm und warten, und plötzlich reißen sie diese Zwanzigpfünder aus dem Wasser.« Er seufzte und rieb sich mit der Hand übers Gesicht. »Jedenfalls, eines Abends hielt mein Vater nicht bei Beau an, sondern fuhr weiter raus. Er sagte, es sei an der Zeit, daß wir ein bißchen zelten gingen. Ich war damals neun oder zehn, und ich fragte ihn, warum wir draußen im Sumpf campen wollten und nicht auf einem der schicken Campingplätze, die am Lake Pontchartrain für Touristen angelegt worden waren. Er sagte, das sei bloß was für Schwule, und dann steuerte er ans Ufer. Er warf ein Zelt, das ich zuvor gar nicht bemerkt hatte, vom Boot aus aufs Trockene und ließ mich dann aussteigen. ›Ich bin gleich wieder da‹, sagte er.

›Du besorgst uns was zum Essen, und ich kümmere mich um das Feuerholz.‹«

Alex zog die Knie an die Brust, denn die Nacht wurde kühler. »Natürlich kam er nicht wieder. Ließ mich einfach in der Abendsonne sitzen. Ich konnte selbst zusehen, wie ich mir was zu Essen besorgte und wo ich mein Zelt aufstellte, ohne daß mir eine Mokassinschlange ins Bett kroch. Ich bekam solche Panik, daß ich glaubte, mein Herz würde gefrieren, und das hätte ich dann davon, nachdem man mir endlich gesagt hatte, es sei in Ordnung.

Die ganze Nacht über wartete ich. Ich rührte mich nicht vom Fleck, aus Angst, mein Vater könne zurückkommen, während ich weg war. Ich schaute in den Nebel und sah in jedem Schatten, jedem Flattern des Mooses sein Boot. Um zehn Uhr war ich halb verhungert, also zog ich meine Schuhe aus und watete in den Sumpf, so, wie ich es bei den Kindern draußen bei Beau beobachtet hatte. Ich beugte mich vor und steckte die Hände in den Sumpf. Nach zwei Stunden hatte ich den Bogen schließlich raus, und als sich das Wasser um mich bewegte und etwas Kaltes an meinem Bein entlangstrich, packte ich mit aller Kraft zu und zog einen Katzenwels aus dem Wasser. Der kleinste, den ich je gefangen habe, und der beste dazu.«

Ich sah vor mir, wie der neunjährige Alex in der Dunkelheit stand und die Schatten mit seiner Angst zum Leben erweckte. Ich sah ihn vor mir, wie er mit einem Speer mitten in einem afrikanischen See stand. Mir fiel wieder ein, wie er vorhin aufgefahren war, als der Schrei die Nacht zerrissen hatte. »Wann ist er zurückgekommen?« fragte ich.

»Am nächsten Morgen. Sah die Fischgräten und das niedergebrannte Feuer und erklärte, er sei stolz auf mich. Und ich heulte.«

Ich riß die Augen auf. »Was hat er dann gemacht?«

Alex lächelte. »Mich um sieben Uhr früh zu Beau geschleift und mir meinen ersten Whisky gekauft«, sagte er. »Von da an ließ er mich immer wieder im Bayou, ungefähr alle zwei Monate, so lange, bis ich ihm am Morgen darauf in die Augen sehen und so tun konnte, als hätte ich jede Minute genossen.« Er atmete tief durch, aber in der Stille hörte ich das Rasseln tief in seiner Kehle. »Und deshalb«, schloß er, »zelte ich nicht gern.«

»Und deshalb«, ergänzte ich leise, »bist du ein so großartiger Schauspieler geworden.« Ich nahm seine Hände und küßte seine Fingerspitzen. Seine Augen waren fast schwarz vor Schmerz, und ich spürte das leise Zittern – das einzige, was er nicht kontrollieren konnte.

Meine Wange lag auf seiner feuchten Brust. Ich wußte, was er brauchte. Schließlich verstand ich ihn nur allzugut. Ich wollte etwas sagen, aber auf keinen Fall mitleidig klingen. Deshalb wählte ich meine Worte so, daß Alex das Thema damit abschließen oder sie als Rettungsring benutzen konnte. »Wie hast du das nur geschafft?« flüsterte ich.

Alex küßte mich auf den Kopf, sanft und zärtlich. Ich begriff, daß er nicht mehr darüber sprechen wollte, und als sei damit alles erledigt, wich die Spannung aus Alex' Schultern. Ich wartete ab, ob er ein anderes Thema aufbringen würde, unsere Hochzeit vielleicht, oder ob er mich einfach an sich drücken und auf den Schlaf warten würde.

Alex' Stimme riß mich aus meinen Gedanken. »Das war nicht schwer«, sagte er leise. Seine Hände strichen über meine Schultern bis ans Schlüsselbein. Es waren die Hände eines Liebenden, so als würde er gar nicht merken, in welchem Widerspruch diese Geste zu seinen Worten stand. »Ich bin die ganze Nacht aufgeblieben«, sagte er, »und habe mir vorgestellt, wie ich meinen Vater erwürge.«

Zum zweiten Mal an diesem Abend war Alex in tiefen Schlaf gesunken, aber diesmal quälten ihn Alpträume. Er schlug um sich, traf mich dabei auf den Magen und weckte mich. Er redete französisch, aber so undeutlich, daß ich ihn nicht verstanden hätte, selbst wenn ich die Sprache gesprochen hätte. Ich setzte mich auf, strich ihm das Haar aus der Stirn, spürte das Fieber unter der Haut.

»Alex«, flüsterte ich. Ich hielt es für das beste, ihn wachzuschütteln. »Alex.«

Er schoß hoch, rollte sich herum und preßte mich zu Boden, ehe ich auch nur begriff, wie mir geschah. Mit blassen, glänzenden Augen starrte er durch mich hindurch. Ein Arm lag quer über meiner Schulter und klemmte mich fest. Die andere Hand preßte meinen Hals auf den Boden, während sich die Finger in meinen Kiefer bohrten.

Ich versuchte zu schreien, aber Alex' Handfläche drückte mir die Luftröhre zu. Panisch schlug und trat ich um mich. *Er weiß nicht, was er tut. Er weiß nicht, wer ich bin.*

Seine Finger packten immer fester zu, bis mir die Tränen in die Augen schossen. Schließlich gelang es mir, mich freizustrampeln und ihm das Knie in den Unterleib zu rammen. Alex heulte auf und rollte von mir herunter, während ich auf dem Rücken liegenblieb und wartete, bis die Welt langsam wieder Konturen bekam und gleißende Luft in meine Lungen strömte.

Alex setzte sich auf, beide Hände vor seinem Geschlecht. Ich wollte etwas sagen, brachte aber kein Wort heraus, deshalb rieb ich mir nur den Hals. Ich versuchte nicht daran zu denken, was geschehen wäre, wenn ich mein Bein nicht freibekommen hätte.

»Was ist denn los?« fragte er, immer noch ein bißchen benommen.

Ich stützte mich auf die Ellbogen. »Du hattest einen Alptraum«, krächzte ich. Ich schluckte, obwohl es weh tat.

Vielleicht war es das Licht, das in diesem Moment auf mich fiel, aber plötzlich schien Alex zur Besinnung zu kommen. Er streckte einen Finger nach meinem Hals aus und berührte die fünf roten Male, die bis zum nächsten Morgen blau anlaufen würden. »O Gott«, hauchte er und zog mich in seine Arme. »O Cassie, mein Gott.«

Jetzt begann ich zu weinen. »Du hast es doch nicht gewollt«, schluchzte ich und spürte zugleich, wie Alex den Kopf schüttelte. »Du hast doch nicht gewußt, daß ich es bin.«

Alex hielt mich von sich weg, so daß ich die tiefe Scham sehen konnte, die sich in sein Gesicht eingekerbt hatte. »Es tut mir so leid«, sagte er. Ohne ein weiteres Wort stand er auf und ging auf die andere Seite des Lagerfeuers, wo er sich mit dem Rücken zu mir hinlegte.

Ich sah ihm nach, und nach nur wenigen Sekunden hob ich die Decke auf und legte mich neben ihn. Er brauchte mich, gleichgültig, ob er das verstand oder nicht. Das allerschlimmste für ihn wäre, jetzt allein zu schlafen.

»Nein«, sagte Alex und sah mich an. Seine Augen offenbarten

noch mehr Angst und Zorn als vorhin, als er mich an der Kehle gepackt hatte, aber mir war klar, daß diesmal beides gegen ihn selbst gerichtet war. »Was ist, wenn ich es noch mal tue?«

»Das wirst du nicht«, widersprach ich und glaubte jedes Wort. Alex drehte sich um, küßte mich und streichelte dabei die Flecken auf meinem Kinn und meinem Hals, als könnten seine Finger den Schmerz, den sie zugefügt hatten, auch wieder vergehen lassen. Er sah mich an, bis er die Vergebung annahm, die aus meinen Augen sprach. »Cassandra Barrett«, flüsterte er, »du bist wirklich einzigartig.«

Mein Hochzeitskleid kam von Bianchi in Boston; meine Seidenslipper aus einem Brautmodengeschäft in New York City; für meinen Hochzeitsstrauß hatte man frische weiße Rosen und Stephanotis aus Frankreich einfliegen lassen. Die Kisten und Kartons reisten erst mit dem Zug, dann auf dem Landrover quer durch Afrika, begleitet von einer kleinen, dunklen Schneiderin, die Mistreß Szabo genannt werden wollte und die letzte Änderungen vornehmen würde, bis das Ensemble aussah, als habe man die Fäden eigens für mich gesponnen. Sie kniete zu meinen Füßen, während ich das Muster aus Staubperlen an meiner Taille befingerte und Jennifer zuschaute, die zum dreißigsten Mal an diesem Morgen die Liste der Vorbereitungen durchging.

»Miß Barrett«, kläffte die Schneiderin. »Hören Sie auf zu zappeln.«

Ich stand stramm, was mir in dem steifen, weißen Satin und den Bergen von Unterröcken nicht schwerfiel. Ich fragte mich, wie das alles auf der Fahrt im Jeep von der Lodge zu der kleinen Holzkapelle so jungfräulich weiß bleiben sollte. Ich fragte mich, wie ich es schaffen sollte, mir nicht den Schleier abzureißen und ihn in den Wind zu werfen; mir nicht die Schuhe von den Füßen zu treten, die Röcke zu raffen und durch den heißen, vertrauten Sand davonzurennen.

»So«, verkündete Mistreß Szabo. Mit knirschenden Knien richtete sie sich auf und faltete die Hände vor dem Bauch. »*Si bella*«, murmelte sie. Sie trippelte zu dem schmalen Bett und scheuchte Jennifer zur Tür. »Raus, raus«, befahl sie. »Die Braut braucht eine Minute für sich.«

Jennifer warf einen Blick auf die Uhr. »Wir sind dem Zeitplan voraus«, erklärte sie. »Sie können auch fünf haben.«

Eigentlich wollte ich nicht allein sein, aber ich wollte auch niemanden um mich haben. So stand ich vor dem Drehspiegel mit dem langen Sprung in der Mitte und betrachtete mein Gesicht, dessen beide Hälften irgendwie nicht zusammenpassen wollten. Abgesehen von Alex' Verlobungsring trug ich keinen Schmuck. Aber um meinen Hals zog sich der Beweis für Alex' Alptraum, eine Kette amethystfarbener Flecken. Ich hatte mir vom Maskenbildner Theaterschminke ausgeborgt und aufgetragen, bevor Mistreß Szabo aufgetaucht war, aber deshalb wußte ich trotzdem, was sich darunter verbarg.

Ich schloß die Augen und bemühte mich, an Connor zu denken. Früher, vor gar nicht allzulanger Zeit, hatte ich geglaubt, daß ich ihn geheiratet hätte, wenn er nicht gestorben wäre. Und wenn er jetzt dagewesen wäre – und nicht der Bräutigam gewesen wäre –, hätte er mir geraten, Alex noch hinzuhalten. Mir noch etwas Zeit zu lassen, bevor ich eine Entscheidung traf.

Aber ich wollte nicht noch etwas Zeit. Ich wollte Alex.

Und plötzlich begriff ich, warum ich in letzter Zeit nicht mehr so oft von Connor träumte; warum es mir immer schwerer fiel, sein Gesicht vor mir zu sehen. Er war dabei, mich zu verlassen. Ich hatte eine Entscheidung gefällt; Connor hatte sie akzeptiert. Er würde nicht länger des Teufels Advokaten spielen; er würde sich nicht länger in meinen Schlaf schleichen; er würde nicht länger mein Beschützer sein.

Ich setzte mich aufs Bett, fuhr mit der Fingerspitze unter den Augen entlang, um die Mascara dort wegzuwischen, und versuchte, wieder ruhig zu atmen. Ich spürte denselben Schmerz in der Brust wie damals, als Connor Stück für Stück in meinen Armen gestorben war. Einen Augenblick lang dachte ich daran, wie wir Seite an Seite im Sonnenuntergang gesessen und uns aus blendendweißen Lutscherstecken und heißen, geflüsterten Träumen eine Kindheit aufgebaut hatten. Und dann ließ ich ihn gehen.

»Stopp!«

Ich konnte meine Stimme selbst kaum hören, aber der Chauffeur der Limousine – Gott allein wußte, wie Alex sie in Tansania aufgetrieben hatte – trat augenblicklich auf die Bremse. Bevor er sich umdrehen und mich fragen konnte, was ich wollte, hatte ich die Tür aufgerissen und rannte los.

Ich nahm an, daß mir jemand nachlaufen würde. Und mich auch eingeholt hätte, weil ich in dem Zehnkilokleid und dem engen Korsett nicht gerade rasend schnell war. Nur einmal hielt ich kurz inne und schleuderte mir die Slipper von den Füßen, weil ich glaubte, barfuß schneller zu sein.

Mein Schleier wehte wie ein Nebelschwaden hinter mir her, und Schweiß lief mir über den Hals und unter das Kleid, aber niemand kam mir nach. Als ich das merkte, wurde ich langsamer und preßte mir, halb hinkend, die Hand in die stechende Seite.

Ich mußte diese Hochzeit abblasen. Unsere Beziehung, unsere Liebe war nicht von dieser Welt. Ich konnte doch nicht ernsthaft glauben, daß ein paar magische Wochen unter der Sonne Afrikas alle Unterschiede zwischen unseren Lebensweisen ausradieren würden; daß ich heimkommen und mich, ohne auch nur zu straucheln, in Alex' glitzernde Hollywoodwelt gleiten lassen konnte!

Alles, was ich mir je gewünscht hatte, war ein Lehrauftrag an einer Universität, die Habilitation als Professorin und ein überwältigender Forschungserfolg. Ein Mann wie Alex hatte in meinen Träumen nie eine Rolle gespielt, wie also sollte er in mein Leben passen? Ich setzte mich mitten im Nichts ins hohe Gras, umgeben von einer Wolke aus weißem Satin.

Ich weiß nicht, wie lange ich so dasaß; ich konnte die Zeit nur daran messen, daß ich meinen Schleier verloren hatte und daß mein Make-up zu einem braunen Rand am engen Kragen meines Kleides verlaufen war; zweifellos waren die blauen Flecken jetzt deutlich zu sehen. Alex' Schritte flüsterten im hohen Gras, dann kauerte er sich neben mir nieder. »Hi«, sagte er, zupfte einen Grashalm ab und steckte ihn sich zwischen die Zähne.

Ich konnte ihn nicht ansehen. »Hi«, sagte ich. Er faßte mich am Kinn und drehte meinen Kopf, bis ich ihn anschauen mußte. In seinem schwarzen Frack und dem schneeweißen Hemd sah er atemberaubend aus.

»Bammel?«

Ich zuckte mit den Achseln. »Könnte man so sagen.«

Sein Blick flog kurz über meine Kehle. Schuldbewußt griff ich nach seiner Hand. »Alex«, sagte ich und atmete tief ein, »ich weiß nicht, ob es eine gute Idee ist.«

»Da hast du vollkommen recht.«

Verblüfft blinzelte ich ihn an. War er etwa auch aus seiner Limousine getürmt und ganz zufällig auf demselben Fleck gelandet wie ich? Er zwinkerte in die Sonne. »Ich hätte kein so großes *fais-dodo* veranstalten sollen. Eine Riesenfete. Wir hätten lieber in aller Stille heiraten sollen, nur du und ich, ohne die vielen Leute.« Er sah mich an. »Wahrscheinlich habe ich einfach geglaubt, daß jede Frau von so einer Hochzeit träumt. Ich hatte bloß vergessen, daß du nicht jede Frau bist.«

»Ich dachte eher daran, die Sache ganz abzublasen.« So, jetzt hatte ich es ausgesprochen. Ich wartete ab, ob Alex mich anbrüllen oder aufspringen oder mir widersprechen würde.

»Warum?« fragte er leise, und das war mein Untergang.

Ich wußte, er dachte an die Nacht, als wir zelten waren, aber das traf es nur zum Teil – ich machte ihm bestimmt keinen Vorwurf; ich sah es eher so, daß ich zur falschen Zeit am falschen Ort gewesen war. Das Problem lag viel tiefer. Ich hatte nicht gewußt, daß ihn Alpträume heimsuchten. Ich hatte nicht gewußt, wie sehr er als Kind auf sich allein gestellt war. Ich ahnte, daß der Alex Rivers, den ich kannte, nur die Spitze des Eisbergs war, daß irgendwo unter der Oberfläche gefährliche Strömungen und dunkle Leidenschaften lauerten.

»Ich weiß doch gar nichts über dich«, sagte ich. »Was ist, wenn der Alex, der mir sein halbes Frühstück aufhebt und im Teich hinter der Lodge Marco Polo spielt, nur eine deiner vielen Rollen ist?« Unausgesprochen stand der Satz zwischen uns: *Was ist, wenn der echte Alex jener Mensch ist, den ich neulich nacht kennengelernt habe?*

Alex wandte den Blick ab. »Ich glaube, die Zeile heißt: In guten wie in schlechten Zeiten.« Er stand auf und drehte mir den Rükken zu. »Ich habe dir schon einmal gesagt, daß meine Liebe zu dir nicht gespielt ist, Cassie. Das wirst du mir einfach glauben müssen. Und was den Rest anbelangt – weißt du, in mir stecken genau wie in jedem anderen eine Menge verschiedener Menschen.« Er drehte sich zu mir um und zog mich hoch. »Manche davon sind netter als andere, fürchte ich.«

Ich sah an meinem wunderschönen Hochzeitskleid hinunter, jenem Kleid, das Alex mir vom anderen Ende der Welt hatte kommen lassen. Der Spitzensaum hing an einer Seite herunter, und vom Oberteil hatte sich ein Perlenstrang gelöst, der jetzt über dem Rock baumelte. Über den Rücken zogen sich rote Dreckfahrer, die sich wie Blut vom weißen Satin abzeichneten. Ich sah Alex vor mir, wie er unter dem milchigen Auge der Kamera in seine Rolle schlüpfte; wie er mit rundbäuchigen Kindern im Dreck hinter der Lodge Hockey spielte; wie er sich in der Nacht an mich lehnte und mich mit seiner nackten Angst brandmarkte. »Wer *bist* du?« fragte ich.

Er schenkte mir ein Lächeln, das durch meine Schutzmauern schlüpfte, ein Amulett, das ich den ganzen Tag bei mir tragen würde. »Ich bin der Mann«, sagte Alex, »der sein ganzes Leben lang auf dich gewartet hat.«

Er streckte den Arm nach mir aus, und ohne Zögern ging ich zu ihm. Wir kamen zu spät zu unserer eigenen Hochzeit. Mit jedem Schritt zurück zu der wartenden Limousine schwanden meine Bedenken weiter dahin. Ich wußte nur noch, daß ich Alex liebte. Ich liebte ihn so, daß es weh tat.

14

Alex versuchte unsere Ankunft in Los Angeles so zu legen, daß wir mitten in der Nacht landeten, zwischen zwei und drei Uhr morgens, wo nur noch die hartnäckigsten Reporter an den Gates und der Gepäckausgabe herumlungerten. Am Tag vor unserem Abflug aus Kenia, wo wir unsere Flitterwochen verbracht hatten, weckte mich Alex, indem er mir die Hand auf die Wange legte. »Cassie, *chère*«, sagte er und küßte mich wach. »Cassie.«

Ich setzte mich auf, und mein Blick fiel auf Alex' ordentlich aufgestapelte Kleider, die präzis aufgereihten Schuhe und Toilettenartikel, die alle nur noch darauf warteten, in einen Koffer verfrachtet zu werden. Ich packte bei weitem nicht so gut wie Alex, und das überraschte mich irgendwie, denn ich hatte erwartet, daß er mindestens drei oder vier Bedienstete hatte, die das für ihn erledigen würden. Ich rieb mir mit der Hand über die Augen. »Müssen wir schon los?« fragte ich.

»Gleich.« Er starrte aus dem Fenster auf den bleichen Mond, der die Ngong-Hügel silbern nachzeichnete. »Ich muß dir was sagen.«

Automatisch versteifte ich mich. Hatte ich darauf nicht die ganze Zeit gewartet? Die Pointe, die Erkenntnis, daß ich einer Lüge aufgesessen war. *Überraschung,* würde er gleich sagen, *die Hochzeit war eine Farce. Der Priester, der den Gottesdienst gehalten hat, war ein Schauspieler.* Ich senkte den Blick, weil ich Alex nicht merken lassen wollte, daß ich längst mit diesen Worten gerechnet hatte.

»Was auch immer passiert, wenn wir heimkommen – ich will, daß du eines begreifst.« Er nahm meine Hand und drückte sie auf seine Brust, unter der langsam und gleichmäßig sein Herz schlug. »Das bin ich. Ich werde vielleicht Sachen sagen und Dinge tun, die dir komisch vorkommen, aber diese Dinge tue ich nur, weil ich mich so benehmen muß, wie die Leute es von mir erwarten. Das ist nicht echt.« Er hauchte mir einen Kuß auf die Lippen. »*Das* ist echt.«

Im ersten Moment war ich sprachlos. Alex' Augen wurden regengrau. Seine Lippen spannten sich unmerklich an; jemandem, der ihn weniger gut kannte als ich, wäre es wahrscheinlich gar nicht aufgefallen. Unter meiner Hand begann sein Herz zu rasen.

Er hatte Angst. Er fürchtete, ich könne nach Los Angeles heimkommen, erkennen, wen ich da eigentlich geheiratet hatte, und ihn verlassen. Er hatte keineswegs die Absicht, mich gehen zu lassen; er hatte einfach Angst, daß ich ihn verlassen wollen könnte.

Aber Alex konnte auch nicht wissen, daß die Tage grau in grau ineinandergeflossen waren, bevor ich aus L. A. abgeflogen war. Er konnte nicht wissen, daß meine Haut zu summen schien, wenn er mich berührte; daß ich mich nie für schön gehalten hatte, ehe ich mich durch seine Augen sah. Er wußte nicht so genau wie ich, daß ich das Gegengift zu seinem Schmerz war; daß er meine Wunden linderte wie heilender Balsam. Ich lächelte und spendete ihm den Trost, von dem ich geglaubt hatte, ich würde ihn selbst brauchen. »Du wirst schon sehen«, sagte ich. »Es wird alles gut.«

Alex legte schützend den Arm um mich, und ich verbarg mein Gesicht an seiner Brust, aber selbst mit geschlossenen Augen konnte ich das Bild der über sechzig Leute, die sich am Flughafengate drängelten, Alex am Ärmel zupften, Fragen stellten, kreischten und Fotos von dem frischverheirateten Paar schießen wollten, nicht ausblenden. Ich atmete tief ein, roch die Seife aus dem Hotel in Kenia, den warmen, würzigen Geruch seiner Haut, und grub meine Finger in seine Seite. Augenblicklich drückte er mich fester an sich. »Nur noch zehn Minuten«, flüsterte er und fuhr mit den Lippen über meinen Scheitel. »Nur noch zehn Minuten, dann sitzen wir sicher in einem Auto.«

Ich holte tief Luft, richtete mich auf und nahm mir vor, mich so zu verhalten, wie sich Alex Rivers' Frau meiner Meinung nach verhalten sollte: kühl und unnahbar, nicht wie ein halb verwelktes Blümchen. Doch indem ich mich aus Alex' schützendem Arm befreite, bot ich den Reportern zum ersten Mal mein Gesicht dar.

Blitzlichter flammten auf, bis mir nur noch grelle Punkte vor den Augen tanzten und Alex anhalten mußte, weil ich sonst gestolpert wäre.

»Wann haben Sie geheiratet, Alex?« – »Was hat sie, das die anderen nicht haben?« –»Weiß Sie von Ihnen und Marti Le-Doux?«

Alex stöhnte. »Frag gar nicht erst«, antwortete er.

Ich konnte gerade wieder klar sehen, als sich ein Reporter über die Samtschnur lehnte, die ihn zurückhielt. Er zeigte auf meinen Bauch. »Können wir bald mit einem kleinen Rivers rechnen?«

Alex reagierte so schnell, daß nicht einmal die Kameras mitbekamen, wie er sich auf den Reporter stürzte und ihn am Hemdkragen packte. Ich streckte die Hand nach Alex aus, weil ich dem Reporter zugute hielt, daß er die Frage vielleicht ganz unschuldig gemeint hatte. Aber bevor ich auch nur ein Wort zu Alex sagen konnte, quetschte sich ein Fleischberg an mir vorbei, eine Wolke aus schwerem Blumenparfüm und auftoupiertem, rotem Haar hinter sich herziehend. Die Frau zerrte Alex von dem Reporter weg und verankerte ihn an ihrer Seite, indem sie den Arm um seine Hüfte legte. Dann kam sie zu mir und legte mir ebenfalls den Arm um. »Spiel schön mit den anderen, Alex«, zischte sie, »sonst spielen sie nicht mehr mit dir.«

Alex' Blick brannte sich in ihr Gesicht, aber er rang sich ein Lächeln für die neugierige Menge ab. »Ich dachte, du würdest eine Pressenotiz rausschicken, Michaela«, preßte er zwischen zusammengebissenen Zähnen hervor. »Keine Einladungen.«

Die Frau verdrehte die Augen. »Ist es meine Schuld, daß du mehr Leute anlockst als Gott persönlich?« Sie zwinkerte mir zu. »Da Alex uns offenbar nicht vorstellen will – ich bin Michaela Snow. Ich mache die Öffentlichkeitsarbeit für ihn. Obwohl er, wie Sie gerade gesehen haben, nicht allzu gut auf die Öffentlichkeit reagiert.« Sie wandte sich wieder Alex zu. »Und nur zu deiner Information, ich *habe* die Presseveröffentlichung rausgegeben – aber du mußt zugeben, daß es einiges Interesse weckt, wenn Amerikas meistgejagter Junggeselle ausgerechnet eine Anthropologin heiratet. Die Boulevardblätter sind schon über dich hergefallen – John hat sie im Auto, falls du was zu lachen haben willst.« Sie sah mich an. »Der *Star* behauptet, Sie seien eine Königin vom

Mars, die Alex mit einem extraterrestrischen Liebesstrahl gebannt hat.« Sie schob Alex ein paar Schritte vor. »Also los«, drängte sie. »Je eher du es hinter dich bringst, desto besser.«

Ich schaute zu, wie Alex auf die Reporter und Kameras zuging, und hörte, wie die Tonbandgeräte surrend ansprangen, als erwarte man eine bedeutende Erklärung. Michaela legte mir den Arm um die Schultern. »Sie werden sich daran gewöhnen«, meinte sie.

Das bezweifelte ich. Ich begriff nicht, wie diese Leute mitten in der Nacht aufstehen konnten, um sich Notizen zu machen und Fragen zu stellen, obwohl sie diese Sache nicht das geringste anging. Plötzlich wünschte ich, ich säße in meinem staubigen Büro an der Uni, wo ich Tage verbringen konnte, ohne daß mich ein Student sehen wollte oder das Telefon klingelte, wo ich nur eine unter vielen war. Mich erschreckte die Vorstellung, daß ich von nun an durch kleine Seitenstraßen gehen, eine Sonnenbrille tragen und meine Rezepte auf einen anderen Namen ausstellen lassen mußte, nur weil ich mit Alex zusammen war. Ich konnte Alex mein Leben lang haben, aber mein Leben wäre nicht mehr wie früher. Diesen Preis mußte ich bezahlen.

Alex trieb mit den Kameras ein erotisches Spiel. Er sah sie ganuso an, wie er mich ansah, wenn wir im Bett waren; er schenkte den schwarzen Linsen und Objektiven denselben schwerlidrigen Blick, dasselbe genüßliche Lächeln. »Der heißeste Fleck der Welt«, antwortete Alex gerade auf eine Frage nach Tansania. Er sah zu mir herüber und ließ seine Augen an meinem Körper auf- und abwandern, bis ich rot wurde. »Und diesmal war es noch heißer als sonst.«

»Stellen Sie sie uns vor, Alex«, rief jemand. Und eine zweite Stimme: »Sind Sie legal verheiratet?«

Alex lachte und kam auf mich zu. »Also, die Trauung wurde nicht von einem Zulu-Häuptling vollzogen, wenn Sie das meinen. Sie werden mir glauben müssen, denn die Heiratsurkunde habe ich schon zur Aufbewahrung an meinen Anwalt geschickt.« Er nahm meine Hand und drückte sie kurz. »Ich möchte Ihnen meine Frau vorstellen, Cassandra Barrett Rivers.«

Die Kameras blitzten wieder, aber diesmal war ich darauf vorbereitet. Ich lächelte, weil ich nicht recht wußte, wie man sich auf einer improvisierten Pressekonferenz um drei Uhr morgens zu benehmen hat. Fragen rollten auf mich zu, bis sich die Worte verhedderten: »Wie haben Sie ihn kennengelernt?« – »Sind Sie ein Fan von ihm?« – »Ist er gut im Bett?«

Alex senkte den Kopf. »Ich werde dich jetzt küssen«, sagte er. »Dreh den Kopf nach rechts.«

Verwirrt und erstaunt, weil er mir plötzlich Anweisungen für etwas gab, das wir bis dahin ganz selbstverständlich getan hatten, starrte ich ihn an. »Warum?« fragte ich.

Alex lächelte und tat so, als würde er an meinem Ohr knabbern. »Weil ich auf diese Weise in die Kameras schaue«, murmelte er. »Und für mich ist die PR wichtiger als für dich.«

Er drehte mich zur Seite, so daß die Kameras uns im Profil hatten, und schloß die Hände um meine Oberarme. »Das ist Ihre letzte Chance für ein Foto«, erklärte er den Reportern. »Vergessen Sie nicht, daß ich immer noch in den Flitterwochen bin.« Er beugte sich zu mir herab, und ich sah, wie seine Lippen lautlos zwei Worte formten, ehe sie meine berührten. *Sei tapfer.*

Ich schloß die Augen und tat so, als würde ich das Klatschen nicht hören. Statt dessen schlang ich die Arme um Alex' Hals und drückte ihn an mich. Als er sich von mir löste, blinzelte ich und fragte mich, wann er mich hochgehoben, wann er sein Bein zwischen meine geschoben hatte.

»Phantastisch«, flüsterte er, dann zog er mich von den Reportern weg. »Die Hepburn hätte es nicht besser machen können.«

Sprachlos wandte ich mich ab. Glaubte er etwa, ich hätte das gespielt?

Michaela ratterte eine Liste von Dingen herunter, um die sich Alex kümmern mußte und die offenbar nicht mal bis zum nächsten Morgen warten konnten. Ich stakste hölzern neben Alex her, meine große, gestreifte Reisetasche wie einen Schild vor mich haltend.

Die Reporter sammelten ihre Umhängetaschen und Mäntel ein und zogen die Kameramänner und Fotografen mit sich davon. Man konnte den Eindruck haben, der ganze Flughafen habe sich auf einen Schlag geleert, nachdem Alex alle entlassen hatte. Wir folgten Michaela durch die stillen Hallen zum Ausgang und dem Auto, das uns nach Hause bringen würde – ein Zuhause, das ich noch nie gesehen hatte.

Nur weil Michaela doppelt so breit war wie die meisten Menschen, bemerkte ich die Gestalt nicht gleich, die sich vor uns aufgebaut hatte. Ophelia stand kerzengerade da, ohne sich auch nur einen Zentimeter vom Fleck zu rühren; ihr Blick war wie hypnotisiert nicht auf mich, sondern auf den Prominenten an meiner Seite gerichtet.

Ich hatte sie nicht angerufen, um ihr zu erzählen, daß ich heiraten würde – ich hatte ein schlechtes Gewissen gehabt, weil sie an der Feier nicht teilnehmen konnte. Ich hatte ihr nach der Hochzeit telefrafiert und mich dafür entschuldigt, daß sie erst im nachhinein davon erfuhr. Während ich den Text formuliert hatte, hatte ich mir vorgestellt, wie sie die Augen aufreißen würde und sich ihre Lippen zu einem perfekten Lächeln teilten. Ich hatte ihr schreiben wollen, daß ich bei jenem ersten Abendessen mit Alex ihr schwarzes Kleid getragen hatte; daß er mir den Spitzen-BH ausgezogen hatte, den sie mir geliehen hatte. Statt dessen hatte ich mich auf das Unverbindliche beschränkt: HABE ALEX RIVERS GEHEIRATET STOP 14. NOVEMBER ZURÜCK STOP FREU DICH FÜR MICH.

Ich hatte erwartet, daß Ophelia den vielen Geschichten gerecht werden würde, die ich Alex über sie erzählt hatte, und irgendwas Verrücktes tun würde, wenn sie ihm zum ersten Mal begegnete. Wahrscheinlich würde sie ihm um den Hals fallen und ihn küssen, bis er die Besinnung verlor, weil sie sich ausrechnete, daß sie nie wieder Gelegenheit dazu haben würde. Vielleicht würde sie ihn anbetteln, ihr einen Termin bei seinem Agenten zu verschaffen, oder ihn so lange bearbeiten, bis er ihr eine Nebenrolle in einem seiner Filme versprach. Was solche Dinge anging, hatte ich Alex erklärt, kannte Ophelia kein Schamgefühl.

Aber Ophelia stand vollkommen ruhig da und begrüßte mich nicht einmal. Sie fixierte Alex, aber nicht mit der Verehrung, mit der ich gerechnet hatte, sondern als würde sie ihn taxieren. Mein Gesicht begann vor Stolz zu glühen – endlich fragte einmal jemand, ob Alex eigentlich gut genug für *mich* war.

Ich löste mich von Alex, lief zu Ophelia und drückte sie an mich. »Ich freu' mich *so*, daß du da bist«, sagte ich und packte ihre Hände.

Ophelia starrte immer noch wie betäubt auf Alex. Ich lächelte –

eines Tages, wenn sie Alex als meinen Mann und nicht nur als prominenten Filmstar kennen würde, würden wir uns diesen Augenblick ins Gedächtnis rufen und darüber lachen.

Als sie jedoch immer länger so stehenblieb, ohne ein Wort zu sagen, merkte ich, daß zwischen Alex und Ophelia eine Spannung herrschte, die die Luft um mich herum auflud, bis ich Angst bekam, mich zu bewegen. In den zehn Jahren, die ich Ophelia kannte, hatte ich sie noch nie so erlebt. Ich versuchte, die Frau wiederzuerkennen, die ihren Teilzeitjob in einem Büro verloren hatte, weil sie mit einem Kollegen gewettet hatte, daß sie sich die Bluse ausziehen und ihren Busen kopieren würde; die Frau, die sich vor einem Casting mit Ketchup einen Bikini auf den Leib gemalt hatte, in der Hoffnung, daß der Regisseur ihr vor lauter Schreck eine Rolle in seinem Werbefilm geben würde. Die Ophelia, mit der ich zusammengelebt hatte, schien das Wort »ausgeglichen« nicht zu kennen und hatte sich noch nie einschüchtern lassen.

Ophelias Blick wanderte über meinen Hals, und ich begriff, weshalb sie nichts sagte. Unter dem sorgfältig aufgetragenen Make-up hatte sie gesehen, was all den Reportern entgangen war – die verblassenden, fahlen Fingerabdrücke, die immer noch meine Kehle umschlossen. Um keinen falschen Eindruck aufkommen zu lassen, zog ich Alex an meine Seite. »Das ist Alex Rivers«, sagte ich leise. »Alex, Ophelia Fox, meine Mitbewohnerin.«

Alex richtete sein Lächeln mit voller Kraft auf Ophelia. »Ehemalige Mitbewohnerin«, stellte er klar und hielt ihr die Hand hin.

Kühl legte Ophelia ihre hinein, dann wandte sie sich mir zu und flüsterte leise: »Nicht, solange ich da noch ein Wort mitzureden habe.«

Die blauen Flecke erwähnte sie nicht. Das brauchte sie nicht. Denn sie hatte schon Zweifel gehegt, bevor unser Flugzeug gelandet war, und sie hatte sich ihre Argumente sorgfältig zurechtgelegt. Ihre Beweisführung war einfach: Ophelia glaubte, daß Alex mich bald furchtbar fallenlassen wolle – warum hätte er sonst darauf bestehen sollen, mich so überstürzt und mitten im Nichts zu heiraten, statt eine riesige Hollywood-Hochzeit zu veranstalten, an die sich die Welt noch Jahre später erinnern würde?

»Und«, zischte sie, als wir Alex und John am Gepäckband allein ließen, »ich habe diesen Kuß gesehen. Er hat dich aus dem Rampenlicht gedrängt, Cassie. Jeder weiß doch, daß die Frau in die Kameras schaut.«

Jetzt mußte ich lachen. Von allen Leuten, die uns zugesehen hatten, war das wahrscheinlich einzig und allein Ophelia aufgefallen. »Was ist mit all den Stars, die nach Las Vegas abhauen?« wandte ich ein. »Mein Gott, du hast selbst gesehen, wie viele Reporter um drei Uhr morgens hier aufgekreuzt sind, nur weil sie wissen wollten, wie ich aussehe – glaubst du, wir hätten hier in aller Stille heiraten können?«

Ophelia stach mit dem Finger gegen meine Brust. »Genau das meine ich ja«, sagte sie und überließ es mir, ihre unkonventionelle Logik zu entschlüsseln. Ungeduldig verdrehte sie die Augen. »Ihr hättet nicht in aller Stille heiraten *dürfen*«, sagte sie. »Es hätte einen riesigen Medienrummel geben müssen. Jede Frau in diesem Land will wissen, wen Alex Rivers geheiratet hat. Warum also feiert er mitten in der Wildnis Hochzeit und versucht dann, in tiefster Nacht nach Hause zu schleichen, so als wolle er vermeiden, daß dich jemand zu Gesicht kriegt?«

»Vielleicht, weil er mich liebt?« entgegnete ich. »Das *letzte*, was ich gewollt hätte, wäre eine Riesenhochzeit auf irgendeinem Studiogelände.«

Ophelia schüttelte den Kopf. »Aber so wird das nicht gemacht, nicht in Hollywood. Irgendwas ist da faul.« Sie sah mich unter gesenkten Lidern hervor an, und plötzlich begriff ich, was Ophelia meinte: gemäß der natürlichen Ordnung der Filmindustrie hätte eine atemberaubende, selbstbewußte, überlebensgroße Frau an Alex Rivers' Seite gehört; eine Frau, die sich auf keinen Fall mit einer Hochzeit im stillen abgefunden hätte; eine Frau, die intuitiv begriff, daß ein Kuß auch ein Fototermin war. Alex Rivers hätte jemanden wie Ophelia heiraten sollen.

Nie zuvor hatte ich etwas besessen, was Ophelia gewollt hatte. Wenn wir ausgingen, hatten sich die Männer nach ihr umgedreht, hatte man ihretwegen hinter vorgehaltener Hand geflüstert. Wenn überhaupt etwas, dann hatte ich für ihre Schönheit den passenden Hintergrund abgegeben.

Aber während wir darauf warteten, daß Alex und John unser

Gepäck brachten, konnte ich sehen, wie Ophelias Blick immer wieder zu den wenigen anderen Autos huschte, als hoffe sie, jemanden zu erspähen, der die Prominentenlimousine mit Chauffeur – und damit auch sie – bewunderte. Es war das erste Mal, daß sie mit mir zusammen war und nicht im Mittelpunkt stand, und unterm Strich war klar, daß das von nun an nie mehr der Fall sein würde.

Ich hatte Ophelias Reaktion auf Alex falsch gedeutet. Sie hatte ihn taxiert, richtig, und die blauen Flecken an meinem Hals hatten sie aus dem Konzept gebracht, aber ursprünglich hatte sie sich vor allem an der Wahl gestört, die Alex getroffen hatte. Ophelia wollte mich nicht absichtlich kränken – soweit hatte sie gar nicht gedacht. Es war ihr einfach unbegreiflich, wie jemand, der unter lauter bunten Pfauen wählen durfte, sich ausgerechnet einen braunen Spatz aussuchen konnte.

Ich ballte die Fäuste. Meine ganze Welt schien kopfzustehen. Ophelia, die ich für meine beste Freundin gehalten hatte, krittelte eifersüchtig an meiner Ehe herum. Alex, den ich anfangs für oberflächlich, eingebildet und größenwahnsinnig gehalten hatte, hatte mich beschützt, mir seine Geheimnisse offenbart und sich so geschickt in das Gewebe meines Herzens eingearbeitet, daß ich ihn nicht mehr daraus entfernen konnte, ohne alles zu zerreißen.

Als hätten ihn meine Gedanken herbeizitiert, trat er mit John ins rosige Morgenlicht, jeder mit einem Koffer in der Hand. Sofort suchten seine Augen den Parkplatz ab. Sein Blick fiel auf mich, und seine Schultern schienen sich zu entspannen. Er hatte nach mir Ausschau gehalten.

Ich hielt den Blick auf Alex gerichtet, während ich Ophelia antwortete: »Da ist nichts faul. Und er ist nicht so, wie du denkst.« Ich sah sie noch mal kurz an, um ihre Reaktion abzuschätzen. »Wir haben viel gemeinsam«, meinte ich noch, aber mehr sagte ich nicht, weil ich Alex' Vertrauen nicht mißbrauchen wollte.

»Das hoffe ich«, sagte Ophelia. Sie strich mit der Hand über die verblassenden Flecken auf meinem Hals. Sie wußte, daß ich nicht darüber sprechen würde. »Weil du ab jetzt in einer ganz anderen Welt leben wirst und er der einzige Mensch ist, den du dort kennst.«

Alex' Haus in Bel-Air thronte über etwa fünfzigtausend Quadrat-metern und sah exakt so aus, wie ich mir die alten Plantagen vorgestellt hatte, wenn meine Mutter mir von ihrer Kindheit im Süden erzählte. Es war fast fünf Uhr morgens, als wir ankamen. Ich hob verschlafen den Kopf von Alex' Schulter, als der Wagen die lange, kiesbestreute Auffahrt hochfuhr, und wünschte mir, meine Mutter hätte sehen können, wo ich gelandet war.

Es war anders als die Häuser der meisten anderen Schauspieler in L. A. Bescheidenheit hatte den Glanz der goldenen Hollywood-Ära verdrängt, weil sich die Stars dadurch ein gewisses Maß an Abgeschiedenheit erkauften. Alex, der in einem Wohnwagenpark aufgewachsen war, war dazu nicht bereit. Mit einem Kloß in der Kehle begriff ich, daß Alex, dem seine Privatsphäre so wichtig war, sie bereitwillig für den Überfluß aufgab, nach dem er sich als Kind gesehnt hatte. Ich fragte mich, ob die Rechnung für ihn aufging; ob er die Erinnerungen auslöschen konnte, indem er dieses Image kultivierte.

Obwohl es noch früh war, regte sich überall im Hause schon Leben. Ein Gärtner schnitt an der Hecke herum, die links am Haus entlanglief, und von einem der kleinen weißen Gebäude weiter hinten stieg eine dünne Rauchsäule auf. »Wie gefällt es dir?« fragte Alex.

Ich atmete tief ein. »Es ist phantastisch«, sagte ich. Einen so feudalen Wohnsitz hatte ich in meinem ganzen Leben noch nicht betreten; und mir war klar, daß ich alles in meiner Macht ste-hende tun würde, damit Alex das winzige Apartment, in dem ich mit Ophelia gelebt hatte, nicht zu sehen bekam. Es wäre mir einfach zu peinlich gewesen.

Alex half mir aus dem Wagen. »Die große Führung machen wir später«, sagte er. »Ich könnte mir vorstellen, daß du dich jetzt vor allem nach einer weichen Matratze sehnst.«

Schon bei dem Gedanken mußte ich lächeln: Alex und ich unter einer Decke und in einem Bett, das endlich einmal breit genug für uns beide war. Ich folgte ihm die Marmorstufen hinauf und lächelte John an, der uns die Tür aufhielt. »Bitte sehr, Mrs. Rivers«, sagte er, und ich wurde rot.

Alex stürmte an John vorbei und schleifte mich eine pracht-volle, geschwungene Treppe hoch, die aus *Vom Winde verweht* hätte stammen können. »Ich stelle dir später alle vor«, sagte er. »Sie können es kaum erwarten, dich kennenzulernen.«

Was, dachte ich, *hat man ihnen bloß erzählt?* Aber bevor ich ein Wort sagen konnte, öffnete Alex die Tür zu einem ovalen Salon, der nach frischem Wind und Limonen duftete. Er durchquerte das Zimmer und schloß ein großes Fenster, so daß die Spitzenvorhänge flatternd zur Ruhe kamen. »Das ist das Schlafzimmer«, sagte er.

Ich schaute mich um. »Hast du kein Bett?«

Alex lachte und deutete auf eine Tür, die ich noch nicht bemerkt hatte, weil sie sich nahtlos in die blauweißen Streifen der Tapete einfügte. »Hier entlang.«

Es war das größte Bett, das ich je gesehen hatte. Es thronte auf einem kleinen Podest und war unter einer riesigen Daunendecke begraben. Prüfend ließ ich mich am Bettrand nieder, dann öffnete ich die Tasche, die ich mit mir herumschleppte, seit wir aus Kenia abgeflogen waren, und holte die Sachen heraus, die ich beim Fliegen immer bei mir hatte: meine Zahnbürste, Toilettensachen, ein T-Shirt zum Wechseln. In das T-Shirt war das Glas mit Schnee gewickelt, das Alex mir nach Tansania gebracht hatte; ich hatte nicht riskieren wollen, daß es im Gepäck kaputtging. Ich stellte es auf den Frisiertisch aus Ahornholz, neben Alex' Haarbürste und einen hohen Stapel fotokopierter Drehbücher.

Alex schlang von hinten die Arme um mich und zog mir das Hemd über den Kopf. »Willkommen daheim«, sagte er.

Ich drehte mich in seinen Armen um. »Danke.« Ich ließ mir von ihm die Leinenhose aufmachen und Schuhe und Socken ausziehen, mich ins Bett stecken. Ich drückte die Arme in die nachgiebige Daunendecke und wartete darauf, daß Alex nachkam.

Er drehte sich um und ging durch die Tür ins Nebenzimmer, und ich schoß hoch. »Wohin gehst du?« Meine Stimme überschlug sich vor Angst.

Alex lächelte. »Ich glaube, ich kann noch nicht schlafen«, sagte er. »Ich werde unten noch ein bißchen arbeiten. Wenn du aufstehst, bin ich hier.«

Dabei wünschte ich mir so sehr, daß er bei mir blieb und dieses fremde Zimmer heimisch für mich machte. Ich strich mit den Händen über den Fleck, wo er hätte liegen sollen. Ich sah die

Morgensonne in Kenia vor mir, wo wir stundenlang im Bett bleiben konnten, ohne daß die Welt durch den dünnen Spalt unter der Tür zu uns hereindringen konnte. Aber was sollte ich zu Alex sagen? *Ich fürchte mich allein in diesem Haus. Ich kenne hier niemanden. Bleib bei mir, damit ich weiß, wohin ich gehöre.* Oder die tiefere Wahrheit: *Ich erkenne mich selbst nicht. Ich erkenne nicht mal dich.*

Die Tür fiel leise hinter ihm ins Schloß, und ich blieb ratlos zurück. Ich ermahnte mich, mich nicht so dämlich aufzuführen; ich heftete den Blick auf das Glas mit Schnee auf der Kommode, den einzigen Gegenstand im Haus, den ich bislang mein eigen nennen konnte. Die Sonne flutete durch die Balkontüren ins Schlafzimmer wie ein sich ausbreitendes Feuer, wie eine Anklage. *So,* dachte ich, *fängt es also an.*

15

Deutschland.«

»Dänemark.«

Alex strich mit den Fingern über meine Rippen. »Dänemark hattest du schon.«

Ich hielt seine Hände fest und drückte sie an mich. »Dann Dominikanische Republik.«

Alex schüttelte den Kopf. »Die hatte *ich* schon. Gib doch zu, du hast verloren. Wir haben alle Länder durch, die mit D anfangen.«

Ich zog die Brauen hoch. »Ehrlich?« fragte ich. Wir hatten Stadt-Land-Fluß gespielt, an einem faulen Donnerstagnachmittag, und uns schließlich darauf verlegt, nur noch Länder zu nennen. »Das mußt du mir beweisen.«

Alex lachte. »Gern. Aber du holst den Atlas.«

Ich tat so, als wolle ich aufstehen, aber Alex nahm seinen Arm nicht weg und zeigte mir so, daß er mich nicht gehen lassen würde. Er lag auf einem jagdgrünen, gestreiften Liegestuhl, und ich zwischen seinen Beinen, mit dem Kopf an seiner Brust. Ich schaute in den Himmel, wo die Sonne die Ränder einer Wolke, hinter der sie sich versteckte, zum Leuchten brachte. »Lernst du in deiner Freizeit den Atlas auswendig?« neckte ich ihn, dabei wußte ich die Antwort längst: Alex hatte sich Erdkunde als Kind selbst beigebracht, indem er sich die exotischen Namen jener Orte vorsagte, an denen er lieber gelebt hätte.

Alex küßte mich auf den Scheitel, und als seien die beiden Vorgänge miteinander verbunden, trat die Sonne hinter der Wolke hervor. »Ich bin ein Mann von großem Talent und großer Empfindsamkeit«, bemerkte er trocken, und ich fragte mich, ob er ahnte, wie recht er damit hatte.

Trotz allem, was ich dir über unsere Ankunft in L. A. erzählt habe, hatten sich meine unguten Gefühle während der Woche in

Luft aufgelöst. Nach unserer Rückkehr war Alex nicht sofort wieder arbeiten gegangen und hatte mich mir selbst überlassen. Statt dessen hatten wir in der vergangenen Woche im Swimmingpool im Garten geplanscht, in dem üppigen Buchsbaumlabyrinth Verstecken gespielt und barfuß, ohne Musik, auf dem Balkon vor dem Schlafzimmer getanzt. Nach dem Abendessen schickte Alex die Angestellten nach Hause und liebte mich jeden Abend in einem anderen Zimmer: auf dem Mahagonitisch in der Bibliothek, auf dem Perserteppich im Salon, auf dem weißen Korbschaukelstuhl auf der abgeschirmten Veranda. *Auf diese Weise,* sagte er, *wirst du nirgendwohin gehen können, ohne an mich zu denken.* Im Gegenzug nahm ich ihn mit in die Universität, in mein Büro, und zeigte ihm, woran ich zur Zeit im Labor arbeitete, der Rekonstruktion eines Australopithecus-Oberschenkelknochens. Ich stellte ihn Archibald Custer vor, und Alex ließ durchblicken, daß er geneigt sein könnte, der Fakultät eine beträchtliche Summe zu spenden, wenn die Zahl der festangestellten Dozenten *aufgestockt* würde. Dieser Vorschlag – über den wir nicht gesprochen hatten – war mir peinlich. Man bot mir eine außerordentliche Professur und eine erstklassige Auswahl an Januarkursen an, was ich niemals angenommen hätte, wenn Alex mich nicht gebeten hätte, ihm diesen Gefallen zu tun. *Du hast mein Leben verändert,* sagte er. *Laß mich deines verändern.*

Alex verbrachte so viel Zeit an meiner Seite – er stellte mich seinem Agenten, seinen Angestellten, seinen Freunden vor –, daß ich ihn irgendwann fragte, ob er eigentlich beabsichtige, von meinem Gehalt zu leben. Nicht daß Geld ein Problem gewesen wäre. Ophelia hatte recht gehabt – Alex verdiente an jedem Film zwischen vier und sechs Millionen Dollar. Das Geld wurde aus steuerlichen Gründen zum größten Teil in seine eigene Produktionsgesellschaft Pontchartrain Productions gesteckt. Alex zahlte sich selbst ein Gehalt aus, aber trotzdem blieb so viel übrig, daß noch jenes Drittel seines Gehalts, das verschiedenen Wohltätigkeitsorganisationen zufloß, jährlich eine siebenstellige Summe ausmachte.

Ich war reich. Noch in Tansania hatte Alex mein Angebot, einen Ehevertrag abzuschließen, mit der Erklärung zurückgewiesen, er betrachte diese Ehe als einen Bund fürs Leben. Mir gehörten jetzt zur Hälfte eine Ranch in Colorado, ein Monet, ein Kandinsky, zwei van Goghs und eine handgeschnitzte Eßzimmereinrichtung aus Kirschholz, die dreißig Gästen Platz bot und mehr gekostet hatte als mein gesamtes Grundstudium. Aber trotzdem vermißte ich meinen alten roten Ledersessel, das erste Möbel, das ich mir in Kalifornien gekauft hatte; trotzdem sah ich immer wieder den Schreibtisch vor mir, den Ophelia von der Heilsarmee gekauft, mit Friedenssymbolen und Blümchen bemalt und mir zu Weihnachten geschenkt hatte. Meine alten Möbel waren nichts wert, paßten nicht in dieses Haus, aber als der Laster der Entrümpelungsfirma sie abholte, kamen mir die Tränen.

Dabei war ich so gern mit Alex zusammen, daß ich mich zum ersten Mal seit Jahren nicht auf das nächste Semester freute; statt dessen sah ich die Universität als etwas, das mich von ihm entfernen würde. Dennoch, an dieses Leben mußte man sich erst gewöhnen. Inzwischen wartete ich schon auf das ehrfürchtige Flüstern von Elizabeth, dem Dienstmädchen, wenn ich morgens auf der Suche nach Alex über den Flur ging; ich hatte mich daran gewöhnt, aufzuschreiben, daß ich Avocados und Seifenlotion brauchte, und die Liste Alex' Sekretär zu geben. Als sich ein Klatschreporter auf unser Grundstück schlich und ich den Vorhang im Bad zurückschob und entdeckte, daß ich durch eine Kameralinse angestarrt wurde, schrie ich nicht einmal auf. Ganz ruhig erzählte ich Alex von dem Vorfall, so als würde mir so etwas jeden Tag passieren, und ließ ihn die Polizei anrufen.

Aber wir gingen nicht aus. Alex meinte, daß das nur zu meinem Besten sei; daß wir warten sollten, bis sich die Aufregung um unsere Hochzeit ein wenig gelegt hatte, bevor wir uns wieder in der Öffentlichkeit zeigten. Außerdem, sagte er lächelnd, wolle er mich ganz für sich allein haben. Aber je mehr Zeit ich in meinem goldenen Käfig verbrachte, desto öfter mußte ich an Ophelias Worte am Flughafen denken. Und ich wußte, daß ich, egal, was für ein märchenhaftes Leben ich jetzt führte, erst dann wirklich glücklich wäre, wenn ich eine Brücke von meinem früheren Leben in Westwood zu diesem neuen in Bel-Air schlagen konnte.

Alex hatte seinen Zeh wieder in den Pool getaucht und versuchte, damit meinen Namen zu schreiben. »C«, sagte er. »A-S-S.« Er stutzte und sah mich an. »Was hast du eigentlich gegen Cassandra?«

Ich zuckte mit den Achseln. »Ich habe nie gesagt, daß ich was dagegen habe«, stellte ich klar. »Meine Mutter wollte mich immer so nennen, bis mein Vater sie davon überzeugte, daß es für ein so kleines Mädchen ein viel zu großer Name war. Und dann, in der siebten Klasse, nahmen wir die griechische Sagenwelt durch, und meine Lehrerin ließ mich meinen Namen nachschlagen.« Ich zählte die Fakten auf, wie ich es damals vor der Klasse getan hatte: Kassandra war die wunderschöne Tochter von König Priamos und seiner Gemahlin Hekuba gewesen. Apollo hatte ihr die Gabe der Weissagung verliehen, doch als er sich in sie verliebte und sie ihn abwies, verfluchte er sie: Fortan sollte niemand mehr glauben, was sie vorhersagte, auch wenn es die Wahrheit war.

Damals, als Zwölfjähriger, hatte mir der Gedanke gefallen, daß Apollo sich aufgrund ihrer Schönheit in Kassandra verliebt hatte, aber die Art, wie sie ihr Leben fristen mußte, hatte mich erschreckt: Da ihr niemand mehr glaubte, endete sie als Sklavin und wurde schließlich ermordet. »Nachdem wir die Griechen durchgenommen hatten«, sagte ich, »erklärte ich meinen Lehrern, daß ich Cassie gerufen werden wolle, und alle anderen richteten sich danach.«

Alex zog mich hoch und drehte mich herum, so daß wir einander in die Augen sahen. »Dein Glück, Cassandra«, sagte er leise, »daß du mich nur selten abweist.«

Sein Atem strich über meinen Hals; ich schob die Hände unter den Gummi seiner Badehose und umschmiegte seine Wärme. Alex packte mich am Hinterkopf, zog mich weiter nach oben und brachte mich damit so aus dem Gleichgewicht, daß wir beide engumschlungen vom Liegestuhl purzelten und auf den Rasen neben dem Pool rollten.

»Tja«, sagte eine Stimme, »und ich dachte schon, ich käme ungelegen.«

Ich löste mich von Alex, strich mir das Haar aus der Stirn und richtete mich auf. Vor uns stand Ophelia in Johns unnachgiebigem Polizeigriff. Ihr Haar flog wirr in alle Richtungen, die Shorts waren quer über dem Po aufgerissen, und alle paar Sekunden versuchte sie Johns Hand abzuschütteln, als sei ihr seine Berührung absolut zuwider.

John sah mich an und ließ seinen Blick dann zu Alex weiterwandern. »Sie hat Juarez am Tor erklärt, sie sei eine Freundin von Mrs. Rivers, aber sie wollte nicht, daß wir im Haus anrufen, also haben wir sie weggeschickt. Und dann haben wir auf dem Monitor beobachtet, wie sie über den Zaun an der Ostseite geklettert ist.«

»Wobei mir einfällt«, sagte Ophelia zu Alex, »daß ich euch die Rechnung für die Shorts schicken werde.« Sie wandte sich an mich. »Und du solltest dich schämen, daß du mir das Paßwort für heute nicht verraten hast.«

»Ophelia«, sagte ich kopfschüttelnd, »warum hast du dich nicht einfach am Tor angemeldet?«

Ophelias Zorn und Kampfgeist fielen von ihr ab und versickerten im Gras zu ihren Füßen. »Ich wollte dich überraschen«, erklärte sie elend. »Wenn sie dich angerufen und dir erzählt hätten, daß ich komme, wäre es doch keine Überraschung mehr gewesen.«

Ich zog eine Braue hoch. Sie war die letzte, von der ich erwartet hätte, daß sie über unseren Zaun klettern würde. In der vergangenen Woche hatte ich fortwährend daran gearbeitet, Ophelia zu winzigen Zugeständnissen zu bewegen, sich endlich mit meinem neuen Leben abzufinden. Ich wußte, daß Alex und Ophelia einander in gewisser Hinsicht viel zu ähnlich waren, um Freunde zu werden. Ihre Karrieren bewegten sich in ähnlich egozentrischen Kreisen; sie maßen ihren Erfolg daran, wie viele Menschen sie erkannten; beide brauchten mich. Mir war klar, daß Ophelia insgeheim glaubte, Alex würde mich ihr entfremden, aber ich wußte auch, daß ich sie umstimmen konnte. Ich war entschlossen, sie so weit zu bringen, daß sie Alex nicht mehr als Bedrohung, sondern als Bereicherung betrachtete – als eine Art großen Bruder im Busineß. Immer wieder erklärte ich ihr das am Telefon. Und natürlich wollte ich auch, daß Alex Ophelia mochte. Sie war meine beste Freundin – meine einzige Freundin, um genau zu sein.

Alex hatte sich ein Handtuch um die Hüfte geschlungen, um zu verbergen, was wir nicht hatten zu Ende bringen können; er entließ John und brachte Ophelia einen Stuhl. Er benahm sich ihr gegenüber so routiniert, daß man fast meinen konnte, über seinen Zaun würden jeden Tag Frauen fallen. »Es ist meine Schuld«, erklärte er leichthin. »Ich vergesse immer wieder, der Wache am Tor die Namen von Cassies Freundinnen zu geben, damit man sie nicht belästigt.«

Ich riß die Augen auf; darüber hatten wir noch nie gesprochen. Ich beobachtete, wie er Ophelia anlächelte, bis sich ihre Aufregung legte, und begriff, daß Alex Charme zu einer Kunst erhoben hatte. »Oh!« Ophelia hielt den Atem an und öffnete eine blumenbedruckte Leinentasche, die unten naß und farblos geworden war. Sie fischte ein langes, rotverpacktes Geschenk heraus und reichte es mir. Innen klirrte Glas; ich riß eine Ecke auf, sah grüne Scherben und roch süßen Champagner. »Es ist vor mir auf dem Boden aufgekommen«, entschuldigte sie sich. »Es war als Willkommensgeschenk gedacht.«

Ich schob die Scherben mit dem Finger herum. »Trotzdem vielen Dank«, sagte ich. »Aber Alex lebt hier schon eine ganze Weile.«

Ophelia grinste. »Ich habe auch eher darauf gehofft, daß *ich* im Haus willkommen bin«, sagte sie. »Ich habe mich wie ein Arschloch benommen. Ich würde gern noch mal ganz von vorne anfangen.« Sie blickte zu Alex, der neben mir auf der Liege saß und dem Gespräch lauschte. »Aber wenn man Cassie so lange kennt wie ich und sie sagt, sie habe was aus Tansania mitgebracht, dann rechnet man mit Gelbfieber, nicht mit einem *Ehemann*. Sie hat schon länger gebraucht, sich einen Drink an der Bar zu bestellen, als sich in Sie zu verlieben.

Allerdings«, schränkte sie ein, »wenn sie sich endlich entscheidet, dann meistens für das Allerbeste.«

Alex sah sie lange an, wie ein Schauspieler, der die Fähigkeiten einer Kollegin einzuschätzen versucht. Schließlich nickte er bedächtig. »Immerhin«, sagte er, »hat sie sich für *Sie* als Mitbewohnerin entschieden.«

Ophelia warf das Haar über die Schulter zurück und schenkte ihm ein Lächeln. Ich sah erst sie an, dann wieder Alex und hatte plötzlich das gleiche Gefühl wie damals, als ich nach L. A. gezogen war – daß hier alle in einem riesigen Film mitspielten, einem Film voller gesunder und gebräunter und unverhältnismäßig schöner Menschen. »Das mit dem Champagner tut mir ehrlich leid«, sagte Ophelia.

»Und mir das mit deinen Shorts.« Ich beugte mich nach hinten, so daß ich den zackigen Riß quer über die Sitzfläche besser sehen konnte.

Ophelia lachte. »Um ehrlich zu sein, es sind deine. Du hast sie vergessen.« Impulsiv beugte sie sich zu mir herüber und schlang die Arme um meinen Hals. »Du vergibst mir doch, Cassie, nicht wahr?« flüsterte sie.

Ich lächelte, mein Gesicht an ihrer Wange. »Das mit Alex schon. Das mit den Shorts nie.«

»Du weißt, daß ich das ausschließlich für dich tue.«

Ich sah von dem Spiegel auf, vor dem ich mich gerade schminkte. Alex band sich die Krawatte, um sich für einen Abend in der Stadt schick zu machen, auf den er nicht die geringste Lust hatte. Ophelia hatte uns angebettelt, die Sache wiedergutmachen zu dürfen, indem sie uns ins Nicky Blair's ausführte – sie würde uns einladen, wenn Alex anrief und seine Beziehungen spielen ließ, um uns so kurzfristig noch einen Tisch zu besorgen. Alex hatte sich gnädig dazu bereit erklärt, aber als wir allein im Zimmer waren, konnte ich seine Einwände in der spannungsgeladenen Atmosphäre spüren: *Wir sollten hier essen. Wir sollten warten, bis sich die Leute daran gewöhnt haben, daß wir verheiratet sind. Wir können das ein andermal machen.*

»Es wird schon nicht so schlimm werden«, bemerkte ich heiter. »Ehe du dich versiehst, ist alles vorbei.« Ich legte die Mascarabürste hin, ging in BH und Höschen ins Schlafzimmer und baute mich vor Alex auf. Ich knotete seinen Schlips auf und band ihn neu, rückte den Windsorknoten gerade und strich ihm dann das Hemd glatt. Ich stellte mich auf die Zehenspitzen und gab ihm einen Kuß auf die Wange. »Danke«, sagte ich.

Alex strich mir mit den Händen über die Arme. »Wahrscheinlich wird es wirklich nicht so schlimm«, meinte er. »Ein alter Trick von mir. Wenn ich mir das absolut Schlimmste ausmale, werde ich bestimmt angenehm enttäuscht.« Er ging an meinen Schrank und suchte eines der Kleidungsstücke aus, die auf magische Weise innerhalb weniger Tage nach meiner Ankunft in L. A. in unserem Schlafzimmer aufgetaucht waren. Er entschied sich für ein hautenges rotes Kleid, das mit nichts zu vergleichen war, was ich je besessen hatte. Um genau zu sein, die meisten meiner Kleider ließen sich mit nichts vergleichen, was ich je besessen hatte. Aber Alex kannte sich in solchen Dingen besser aus – wohin ich gehen würde und was dort angemessen wäre –, deshalb beugte ich mich einfach seinem Urteil.

»Heute ist Donnerstag«, überlegte er, während er zusah, wie ich in das Kleid stieg, und dann hinter mich trat, um den Reißverschluß hochzuziehen. »Also wird kaum jemand aus der Branche dasein. Es finden keine Premieren statt, also werden wahrscheinlich auch keine Reporter herumhängen.« Er faßte mich an den Schultern, drehte mich herum und lächelte mich an. »Wenn wir Glück haben, ist es heute wie ausgestorben.«

Fast hätte ich laut ausgesprochen, was mir durch den Kopf schoß: *Ophelia wird zutiefst enttäuscht sein.* Sie hatte sich eines von meinen neuen Kleidern und ein Paar Schuhe ausgeliehen und zog sich am anderen Ende des Flurs in einer Gästesuite um. Als Alex den Tisch bei Nicky Blair's reserviert hatte, einem schicken Prominententreff, hatte es Ophelia kaum mehr auf ihrem Stuhl gehalten. Ich war froh, daß sie Alex endlich nicht mehr als Feind, sondern als Verbündeten betrachtete, aber ich war mir nicht sicher, ob sie so plötzlich umgeschwenkt war, weil ich ihr wirklich fehlte oder weil sie erkannt hatte, welche Möglichkeiten sich ihr durch Alex boten.

Ich schüttelte den Gedanken ab. Natürlich war sie meinetwegen gekommen; sie *kannte* Alex ja überhaupt nicht. Und der Nachmittag mit ihr war herrlich gewesen. Ich hatte ihr das Haus gezeigt und mich königlich über ihre Kommentare zu den Badewannen, in denen man ganze Partys feiern könnte, oder ihre Spekulationen darüber, ob Elizabeth wohl Alex' schmutzige Laken an die hartgesottenen Fans verkaufte, die sich vor dem Tor drängelten, amüsiert. Kurz nach vier hatten wir den Kühlschrank geplündert und eine Tüte mit Schokoladenkeksen und Reste von Hühnchen in Sesam in das Labyrinth entführt, wo wir uns auf den Rücken legten und uns von der durch die Hecke dringenden Sonne Flecken auf Bauch und Beine malen ließen. Und so wie damals, als ich noch in Westwood gewohnt hatte, hatten wir über Sex geredet – aber diesmal hatte ich nicht nur zugehört.

Es war mir noch nie leichtgefallen, über solche Dinge zu sprechen, und Ophelia hätte mich ausgelacht, wenn ich ihr offenbart hätte, was mir wirklich am Herzen lag. So hatte ich ihr statt dessen von den exotischen Orten erzählt, an denen wir es getan hatten: der Ausgrabungsstätte in Tansania, der letzten Bank in der katholischen Kirche in Kenia, der Wäschekammer, während Elizabeth direkt davor unsere Kleider zusammenlegte. Ich hatte darüber geredet, wie schön Alex' Körper war, wie oft wir nachts zusammen waren.

Ich erzählte ihr nicht, daß mich seine Zärtlichkeit bisweilen zu Tränen rührte. Ich erzählte ihr nicht, daß er mich danach so fest an sich drückte, daß ich fast keine Luft mehr bekam, so als habe er Angst, ich könne mich plötzlich in Luft auflösen. Ich erzählte ihr nicht, daß ich mich manchmal, wenn er mich mit seinen Händen, seinem Herzen und seinem Mund anbetete, so rein und vollkommen fühlte wie eine Heilige.

All das erzählte ich Ophelia nicht, doch sie durchschaute mich trotzdem. »Himmel«, flüsterte sie kopfschüttelnd, »du bist bei Gott wahrhaftig verliebt.« Ich nickte; ich glaubte nicht, daß Worte wirklich auszudrücken vermochten, wie innig Alex und ich verbunden waren, wie abhängig wir voneinander waren. Ophelia lächelte. »Keine ansteckenden Krankheiten, viermal pro Nacht, und er hat dich noch nicht betrogen. So, wie ich es sehe, hat dieser Mann nur einen Fehler.«

Ich hatte mich auf den Ellbogen gestützt. »Und welchen?«

»Er hat dich genommen, nicht mich.«

Alex' Stimme rief mich in die Gegenwart zurück. Er war Ophelia holen gegangen, und jetzt standen beide an der Schwelle und betrachteten mich. Ophelia trug ein Kleid von mir, das ich noch nicht einmal gesehen hatte, etwas Grünes, das sie umflatterte und ihre Augen zum Funkeln brachte. Ihre Füße standen keine Sekunde still, so freute sie sich auf den Abend in einem exkluxiven Restaurant. Wie sie sich so an Alex' Arm festhielt, wirkten die beiden hundertprozentig wie ein Paar.

Ophelia musterte mich von Kopf bis Fuß. »Mein Gott«, sagte sie, »du siehst phantastisch aus.«

Ich knetete verlegen die Finger; ich wußte immer noch nicht, wie ich auf solche Komplimente reagieren sollte. »Du auch«, sagte ich.

Ophelia schmunzelte und schaute Alex an. »Wen von uns meinst du?«

Ich lachte. »Alle beide.«

John wartete schon an der Haustür auf uns und führte Ophelia am Arm die Stufen hinunter, als habe er sie nicht erst vor wenigen Stunden auf dem Grundstück aufgegriffen. Er öffnete die hintere Tür das Range Rovers und half erst Ophelia, dann mir hinein. »Mal ehrlich«, murmelte Ophelia, »bringt er dich auch aufs Klo, wenn du mußt?«

Alex drückte sich neben uns in den Wagen. »Also, meine Damen, ich hoffe, Sie haben bereits gegessen.«

Ich warf Ophelia einen kurzen Blick zu, aber sie zog bloß die Brauen hoch. »Ich dachte, wir gehen jetzt zum Essen«, sagte ich.

»Das tun wir auch«, bestätigte Alex. »Aber das heißt nicht, daß ihr viel Gelegenheit haben werdet, etwas zu essen.« Er wandte sich an Ophelia, als wolle er sie warnen, worauf sie sich eingelassen hatte. »Unglücklicherweise hast du mich eingeladen, und wenn ich mit am Tisch sitze, wird fast jedes Essen zum Spektakel.«

Ophelia reckte das Kinn vor und bedachte Alex mit einem blendenden Lächeln. »Genau darauf hoffe ich.«

Zu Alex' angenehmer Überraschung schaffte er sogar die Vorspeise, bevor ihm jemand zu unserer Hochzeit gratulieren wollte. »Danke, Pete«, sagte er. »Ich möchte dir meine Frau Cassie vorstellen...« – er legte mir die Hand auf die Schulter – »und ihre Freundin Ophelia Fox. Ophelia macht sich gerade einen Namen in der Branche.« Alex machte eine winzige Pause. »Und Pete ist ein großes Tier bei Touchstone.«

Unter dem Tisch drückte ich Alex' Bein, um ihn wissen zu lassen, wieviel es mir bedeutete, daß er sich trotz allem, was Ophelia getan hatte, soviel Mühe gab, ihr zu helfen. Er beugte sich zu mir herüber und gab mit einen Kuß auf den Hals. »Fang nichts an, was du hier nicht zu Ende bringen kannst«, flüsterte er.

Ophelia hielt uns mit einem pausenlosen Monolog auf dem

laufenden, welche Prominenten gerade ins Restaurant kamen und wer was zum Nachtisch bestellte. »Ich sag's euch«, meinte sie versonnen, »wenn ich groß rauskommen will, sollte ich mich hier auf einem Stuhl festleimen und alle an mir vorbeiparadieren lassen.«

Alex aß die drei Shrimps, die ich auf meinem Teller übriggelassen hatte. »Ich will dir nicht den Spaß verderben«, sagte er, »aber so ruhig habe ich es bei Nicky Blair's noch selten erlebt.« Als sei das seine Schuld, lächelte er Ophelia reumütig an. »Wir kommen irgendwann noch einmal her«, versprach er.

Jedesmal wenn Ophelia das Gespräch auf die Filmbranche bringen wollte oder auf irgendeinen Studioboß hinwies, lenkte Alex die Unterhaltung zu mir zurück. Er erwähnte, wie sehr ich ihn bei den Dreharbeiten mit meinen Fähigkeiten beeindruckt hätte, worauf Ophelia lediglich die Brauen hochzog und fragte: »Was für Fähigkeiten *genau*?« Er erzählte Ophelia, daß ich zur außerordentlichen Professorin ernannt worden war, was ich ihr vor drei Tagen selbst gesagt, sie aber offenbar nicht mitbekommen hatte. Jetzt sprang sie aus ihrem Stuhl, warf mir die Arme um den Hals und bestellte beim Ober eine zweite Flasche Champagner.

Vielleicht war es das aufrichtige Interesse, das sie an meinem beruflichen Aufstieg zeigte; vielleicht war es einfach so, daß unser Besuch viel weniger Aufsehen erregte, als Alex befürchtet hatte. Aber zu meiner Erleichterung tauschten Alex und Ophelia nach dem Essen bereits die neuesten Qualy-Witze aus, schmierten sich gegenseitig Honig um den Bart und äfften abwechselnd berüchtigte Arschlöcher in der Filmbranche nach. Alex bestand darauf, die Rechnung zu bezahlen, was mir von Anfang an klar gewesen war und was auch Ophelia – glaube ich – von Anfang an klar gewesen war. Sie stand auf und hielt sich an der Rückenlehne ihres Stuhles fest. »Puh«, sagte sie, »die zweite Flasche ist mir ganz schön zu Kopf gestiegen.«

Es überraschte mich nicht, daß Ophelia beschwipst war – ich hatte höchstens zwei Gläser Champagner gehabt, und Alex hatte ausschließlich Wasser getrunken. Alex legte ihr den Arm um die Taille, um sie zu stützen, lächelte mich dann an und nahm mich an der Hand.

Als er aus dem Restaurant trat, hatte er den Arm um eine blendend aussehende Frau gelegt und zog mich halb hinter sich her. Und deshalb bemerkte ich im ersten Augenblick die Fotografen und die grellen, schwarzen Flecken nicht, die die Blitzlichter vor meinen Augen tanzen ließen.

»Verdammt noch mal«, knurrte Alex und riß mich an seine Seite, so daß ich im Rampenlicht stand und mich nicht in den Hintergrund drücken konnte, wie ich es instinktiv tun wollte. Er ließ Ophelia sofort los, aber er war bereits auf Film gebannt, mit einer Frau im Arm, mit der er nicht verheiratet war.

»Genau der Mist, den ich nicht brauchen kann«, sagte er zu niemand Bestimmtem. Ich wußte, was ihm durch den Kopf ging, was jede Klatschkolumne im ganzen Land über diese kleine *ménage à trois* melden würde. Mir war klar, wie sich das auf sein blankpoliertes, makelloses Image auswirken konnte.

DIE FLITTERWOCHEN SIND VORBEI. ALEX RIVERS' GEHEIMES LIEBESLEBEN, ZWEI ZUM PREIS VON EINER. Schlagzeilen schossen mir durch den Kopf, und ich preßte mir die Finger vor die Augen, als könne ich mich so vor den Blitzen der Kameras und der Tatsache abschirmen, daß mein Name nur drei Wochen nach unserer Hochzeit durch den Schmutz gezogen würde. Ich spürte, wie sich Alex' Arm unter meinen Fingern anspannte, und streichelte sein Handgelenk. *Es war ein dummer Zufall,* wollte ich ihm damit sagen. *Das konnte niemand vorhersehen.*

Erst jetzt fiel mir Ophelia wieder ein, die vor einer Minute noch zu beschwipst gewesen war, um allein stehen zu können. Ich schaute zu Boden, weil ich halb erwartete, sie dort liegen zu sehen, aber sie stand neben Alex, groß und aufrecht und mit einem strahlenden Lächeln auf den Lippen. Sie klammerte sich unbeirrt an seinem Arm fest, selbst als er versuchte, sie abzuschütteln.

Und da begriff ich, daß sie alles geplant hatte.

Ich hatte Ophelia verziehen, als sie meine Perlenkette für eine Premierenvorstellung ausgeliehen und sie auf dem Rücksitz der Limousine irgendeines Regisseurs verloren hatte. Ich hatte ihr verziehen, als sie mich nach einer Wurzelbehandlung beim Zahnarzt sitzen ließ, weil sie für eine Rolle vorsprechen mußte, die sie dann nicht einmal bekommen hatte. Ich hatte ihr verziehen, als sie ihre Miete nicht zahlen konnte, weil sie sich für einen transzendentalen Yogakurs gegen Streß anmelden mußte; ich hatte ihr verziehen, als sie mir erklärt hatte, ich sei nicht schick genug, um mit ihren Schauspielerfreunden durch die Clubs zu ziehen, und daß sie meinen Geburtstag beinahe jedes Jahr vergessen hatte. Aber als ich sah, wie es in Alex kochte, wie er mich mit einem Arm vor den unausweichlichen Unterstellungen abzuschirmen versuchte, da wußte ich, daß ich ihr das hier nie verzeihen würde.

Alex murmelte, daß er John und das Auto suchen wolle. Sobald er weg war, packte ich Ophelia und riß sie herum. Noch während sie sich umdrehte, beobachtete sie die Reporter, die Alex, ihr populäres Opfer, verfolgten. »Wie *konntest* du nur?«

Ophelia zog die Brauen hoch. »Wie konnte ich was?«

Ich kniff die Augen zusammen. In den zehn Jahren, die ich Ophelia inzwischen kannte, hatte ich immer wieder den Kopf für sie hinhalten müssen, und ich hatte mich nie deswegen beklagt. Aber das war, bevor sie mich, bevor sie meinen Ehemann absichtlich verletzte. »Du hast ihnen erzählt, daß wir herkommen würden. Du hast Alex benutzt.«

Ophelia preßte die Lippen zusammen. »Hast du mir das nicht selbst geraten, Cassie?«

Ihre Antwort ließ meine Wut versiegen. *Ja, aber,* wollte ich sagen, *doch nicht so. Du solltest ihn doch nicht reinlegen. Du solltest doch nicht mich benutzen.* »Er fing gerade an dich zu mögen«, sagte ich ruhig.

Ophelia verdrehte die Augen. »Wenn es andersrum gewesen wäre, hätte er genau dasselbe getan. Wahrscheinlich *hat* er es getan.«

»Nein«, erklärte ich fest. »Das hat er nicht.«

Ich drehte mich um und sah Alex heranstürmen. Er packte mich am Handgelenk, und ohne Ophelia auch nur eines Blickes zu würdigen, zerrte er mich fort.

Ich ließ mir von Alex die Wagentür öffnen, dann lehnte ich mich zurück und sah zu den blinkenden Sternen hoch, während Alex neben mich rutschte und zu John sagte, daß wir abfahren könnten. »So«, sagte er bedächtig, »morgen früh wird man mich als miesen, treulosen Hurensohn abgestempelt haben, und die aufmerksameren Bluthunde werden hämisch feststellen, wie pervers es von mir ist, ausgerechnet die beste Freundin meiner Frau zu vögeln.« Er starrte aus dem Fenster, weg von mir. »Dir ist klar, daß du wahrscheinlich nicht mit auf dem Bild bist. Deine Hand vielleicht, aber die wird man wegretuschieren. Natürlich wird deine Freundin Ophelia, wie beabsichtigt, in voller Größe zu sehen sein, mit meinem Arm um ihre Taille.«

Ich legte die Hand auf seinen Schenkel. »Es tut mir leid, Alex«, sagte ich. »Ich hatte keine Ahnung, was sie vorhat. Ophelia ist eigentlich nicht so.«

»Du bist eine fast so gute Schauspielerin wie sie«, sagte Alex. »Man möchte dir fast glauben.« Er sah mich finster an. »Ich werde dir das nur einmal sagen, also merk es dir bitte: Ich kann es nicht leiden, wenn man mich wie ein Zirkustier vorführt. Schlimm genug, daß ich es mir zweimal überlegen muß, wenn ich tagsüber spazierengehen will, daß ich in einem Aquarium leben muß, nur weil ich meine Arbeit gut mache. Aber ich lasse mich nicht benutzen, Cassie, nicht einmal von dir.«

Das ganze Fiasko war indirekt mein Fehler, und deshalb ließ ich ihn seinen Zorn an mir abreagieren. »Ich weiß«, flüsterte ich und starrte hinaus in die nächtlichen Schatten, die draußen vorüberzogen.

Es war weit nach drei Uhr morgens, als ich aufwachte und feststellte, daß Alex nicht ins Bett gekommen war. Wir waren heimgekommen, und nachdem er John eine gute Nacht gewünscht hatte, war Alex in die Bibliothek verschwunden. Er hatte die Tür hinter sich zugezogen, um unmißverständlich klarzumachen, daß er mich nicht in seiner Nähe haben wolle. Ich war die Treppe hinauf und ins Schlafzimmer gegangen, wo ich spürte, wie der Teppich unter meinen Füßen nachgab. Ich zog mich splitternackt aus, weil ich die Hoffnung immer noch nicht aufgegeben hatte. Ich lag im Bett und redete mir ein, daß es irgendwann schließlich zu einem Streit kommen mußte. Noch beim Einschlafen stellte ich mir vor, wie seine Hände über meine Haut strichen.

Als seine Seite mitten in der Nacht immer noch leer war, bekam ich Angst. Ich zog einen dünnen seidenen Morgenmantel aus dem Schrank – ein Stück, das schon in Alex' Schlafzimmer gehangen hatte, bevor ich ins Haus gekommen war. Ich konnte mir nicht vorstellen, daß er weggefahren war, ohne mir Bescheid zu sagen; ich wollte nicht glauben, daß er bei einer anderen war. Auf Zehenspitzen schlich ich über den Flur und öffnete die Türen zu den Gästesuiten, nur um erleichtert festzustellen, daß alle Betten leer und unbenutzt waren.

Er war auch nicht in der Bibliothek oder in der Küche oder im Arbeitszimmer. Widerstrebend zog ich die schwere Haustür auf, ließ sie angelehnt, damit sie nicht hinter mir ins Schloß fiel, und lief die Marmorstufen hinunter in den Garten.

Das Grundstück war wegen der versteckten Überwachungskameras hell erleuchtet, deshalb fand ich problemlos den Weg, der sich hinter dem Haus zwischen den Nebengebäuden hindurch zum Labyrinth wand. Ich war schon halb im Garten, als ich das rhythmische Platschen im Pool hörte.

Durch die stechenden Chlorschwaden hindurch roch ich den Bourbon; ich weiß nicht, ob Alex so viel getrunken hatte oder ob ich durch die Erinnerung an meine Mutter auf diesen Geruch besonders stark ansprach. Der süße, starke Duft traf mich hinter den Augen, genau wie früher, und riß mich zwanzig Jahre zurück in die Vergangenheit.

Als ich dreizehn Jahre alt war und den Geruch von Bourbon zu hassen gelernt hatte, der bei uns zu Hause scheinbar aus den Tapeten dunstete und durch die Lüftungsschlitze kroch, hatte ich einmal alle, aber auch alle Flaschen in die Küchenspüle geleert. Als meine Mutter das herausfand, bekam sie einen Tobsuchtsanfall. Sie hielt mich am Hemd fest, bis sie es am Ärmel zerriß, und schlug mich mit dem Handrücken ins Gesicht, bevor sie in meinen Armen zusammenbrach und wie ein Kind zu heulen begann. *Wenn du mich lieben würdest,* sagte sie, *würdest du mir das nicht antun.* Und weil ich nicht wußte, daß das Gegenteil richtig war, schwor ich, daß ich es nie wieder tun würde. Ich saß am Küchentisch und schaute zu, wie sie eine winzige Flasche Cointreau trank, die sie zum Kochen brauchte. Ihre Hände hörten auf zu zittern, und sie sah mich lächelnd an, als wolle sie sagen: *Siehst du?* Und zum ersten Mal wurde mir klar, wie ähnlich ich ihr eines Tages sehen würde.

Jetzt lag eine Bourbonflasche im Gras, mitten in einer Whiskeypfütze, die ins flache Ende des Pools mündete. Alex hielt eine zweite Flasche am Hals. Er saß auf der glatten Steinbank, die unter Wasser am Beckenrand verlief, und prostete mir zu, als ich ins Licht trat. »Willst du einen Schluck, *chère*?« lallte er, und als ich den Kopf schüttelte, lachte er. »Komm schon, *pichouette*. Du weißt genausogut wie ich, daß dir das im Blut liegt.«

Ich blieb stocksteif vor ihm stehen. »Komm ins Bett, Alex«, sagte ich. Ich hoffte, daß meine Stimme nicht allzusehr bebte.

»Ich glaube nicht«, antwortete er. »Ich muß noch ein bißchen schwimmen.«

Er stand auf, und er war vollkommen nackt. Unter dem blaßblauen Licht der Außenscheinwerfer sah er aus wie ein griechischer Gott. Jeder Muskel an seiner Brust war deutlich ausgeprägt, und Wasser tropfte zwischen seinen Beinen und an seinen Schenkeln herunter. Man hätte glauben können, er sei aus flüssigem Marmor gehauen. Er streckte die Arme zur Seite und drehte die Handflächen nach oben. »Gefällt dir, was du siehst, *chère*?« rief er. »Allen anderen scheint es zu gefallen.«

Er stieg aus dem Pool und kam auf mich zu. Mir stockte der Atem, als er so dicht vor mir stehenblieb, daß er den Saum meines weißen Morgenmantels benetzte. Er riß mich an seine Brust, schlang einen Arm um meinen Rücken und hielt mit der anderen Hand mein Kinn fest. Er packte meinen Kiefer so fest, daß die Haut spannte und zu brennen begann.

Seine Augen waren schwarz. Ich konnte meinen Mund nicht mehr bewegen, konnte nichts sagen und kaum noch atmen. Er war doppelt so groß wie ich und betrunken, und ich konnte nicht sicher sein, daß er mich wirklich erkannte. Eisige Angst klumpte in meinem Magen zusammen, und in diesem Augenblick spürte ich, wie Alex zu zittern begann.

Es war nicht nur die kühle Nachtluft an seinem nassen Leib; das Zittern schien aus seinem Innersten zu kommen. Es begann unten an seinen Knien, von wo es sich aufwärts zu den Hüften und Armen ausbreitete. Ich wußte, daß er es nicht kontrollieren konnte, weil er plötzlich genauso entsetzt wirkte wie ich. Er sah mich flehend an, als könne ich ihm helfen.

Ohne nachzudenken, schob ich meine Hände zwischen uns, löste meinen Gürtel und zog meinen Bademantel auf. Ich schmiegte mich an Alex, wärmte seine Haut mit meiner und nahm selbstlos seine Kälte in mich auf, bis ich am ganzen Leib bibberte, während Alex ruhiger und wärmer wurde.

Er ließ mein Kinn los, und ich rieb mein Gesicht an seiner Brust, bis das Blut in die Wangen zurückgeflossen war. Als er sich von mir löste, waren seine Augen silbern und wach. Ich seufzte, und die Spannung fiel von mir ab. Dieses Stadium kannte ich.

Alex ließ sich von mir die Bourbonflasche abnehmen und beobachtete wortlos, wie ich sie ins Gras leerte. Er sah gebannt zu, wie der Bourbon im Boden versickerte, als habe er erwartet, daß er mit einem Zischen verdampfen würde. Schließlich nahm er mir die leere Flasche aus der Hand und starrte sie an, als habe er keine Ahnung, woher sie gekommen war.

Es war so leicht, den kleinen Jungen in ihm zu sehen, wenn er sich so schutzlos zeigte. Ich mußte an die Kindheitsfreunde denken, von denen er mir erzählt hatte, Freunde, die er aus Büchern heraufbeschworen und zum Leben erweckt hatte, Freunde, die ihn auf Abenteuer entführten und vergessen ließen, wo er war. Ich sah ihn vor mir, wie er die Langustenfallen leerte, weil sein Vater zu betrunken dazu war, wie er zur Beerdigung seines Onkels ein viel zu kleines weißes Hemd trug, nur weil seine Mutter zu faul gewesen war, ihm ein neues zu kaufen. Sanft zog ich ihn auf den grüngestreiften Liegestuhl, auf dem wir nachmittags gesessen hatten, und kämmte ihm die nassen Haarstacheln aus den Augen. Er beugte sich vor, als habe er sich unbewußt nach dieser Geste gesehnt, die Jahre zu spät kam.

»Weißt du, daß ich nie ein normales Leben geführt habe?« murmelte Alex. »Meine eigenen Eltern haben sich einen feuchten Dreck um mich geschert, und von dort aus ging es direkt in ein Leben, in dem Fremde meinen Müll durchwühlen, weil sie wissen wollen, was ich zum Frühstück gegessen habe.« Er zog mich auf seinen Schoß und vergrub sein Gesicht in meinem Haar. »Weißt du, was ich gern tun würde?« sagte er. »Ich würde gern zu dem Typen hinfahren, der meine Anzüge schneidert, statt ihn herzubestellen. Und ich würde dir gern Blumen von einem Straßenverkäufer kaufen, der meine letzten drei Filme nicht gesehen hat. Oder mit dir zum Essen gehen, und deine Scheißfreundin ruft die Presse an, und die Reporter fragen: ›Alex *wie*?‹«

Er schloß die Hand um meine Brust, und sie ruhte darin wie eine schlichte, feste Wahrheit. »Als Kind lag ich oft nachts im Bett und wünschte mir, jemand wäre wirklich daran interessiert, daß ich am nächsten Morgen aufwache – nicht nur, damit er jemanden zum Rumschubsen hat.« Er küßte mich auf den Scheitel und drückte mich fester an seine Brust, als könne er mich so vor seiner eigenen Vergangenheit beschützen. »Sei vorsichtig mit deinen Wünschen, Cassie«, sagte er leise. »Sie könnten in Erfüllung gehen.«

16

Ich hab’ dir was mitgebracht.«

Alex’ Stimme kam von hinten, und ohne daß ich es wollte, krampften sich meine Finger um die Armlehnen des weißen Korbsessels. Ich drehte mich nicht um, sondern blickte starr geradeaus über das Geländer des Balkons und zählte die Schritte, die Alex brauchte, um von der Schlafzimmertür zu mir zu gelangen.

Er stellte den Tee neben mir ab, auf einer schlichten Untertasse und schon mit Milch, was verriet, daß Alex ihn selbst gekocht hatte, statt die Köchin darum zu bitten. In der Ferne hörte ich das Rauschen des nachmittäglichen Verkehrs und Möwenschreie, als sei dies ein Tag wie jeder andere.

Alex kniete vor mir nieder und legte die verschränkten Arme auf meine Knie. Ich starrte ihn an wie unter Schock, und ich schätzte, das war ich auch. Ich registrierte die makellose Regelmäßigkeit seiner Züge, als würde ich sie zum ersten Mal sehen. »Cassie«, flüsterte er, »es tut mir leid.«

Ich nickte. Ich glaubte ihm; ich *mußte* ihm glauben.

»Es wird bestimmt nicht wieder vorkommen«, sagte er. Er legte den Kopf in meinen Schoß, und wie von selbst begannen meine Hände das Haar, das Ohr, das Kinn zu streicheln, die mir so vertraut waren.

»Ich weiß«, sagte ich. Aber noch während ich die Worte aussprach, sah ich vor meinem inneren Auge das Bild eines jener Stürme, die über den Mittleren Westen hinwegfegen, die Welt aus den Angeln heben, und danach, wie ein Sühneopfer, einen Regenbogen an den Himmel zaubern, der einen alles vergessen machen soll.

»Wenn wir über den Knochen sprechen«, erklärte ich dem Meer von Gesichtern im Auditorium,« dürfen wir nicht vergessen, daß

er ganz anders ist, als wir ihn uns gemeinhin vorstellen.« Ich trat hinter dem Pult hervor und stellte mich neben das kleine Demonstrationstischchen, das ich vor der Vorlesung aufgebaut hatte. Der Kurs lief schon seit fast zwei Monaten, und ich gab mir alle Mühe, den Studenten das nötige Hintergrundwissen zu vermitteln, bevor wir gegen Ende des Semesters zu einer Ausgrabung aufbrechen würden. »*Wenn wir einen Knochen ausgraben, halten wir ihn für etwas Festes, Statisches, während er in Wahrheit nicht weniger lebendig war als das übrige Körpergewebe.*«

Ich lauschte dem Kratzen der Stifte auf dem linierten Papier, während ich die Eigenschaften eines Knochens in einem lebenden Organismus aufzählte. »*Er kann wachsen, er kann erkranken, er kann sich selbst heilen. Und er paßt sich den Bedürfnissen des Individuums an.*« Ich hob zwei Oberschenkelknochen von dem Demonstrationstischchen hoch. »*Knochen werden zum Beispiel kräftiger, wenn es erforderlich ist. Dieser Oberschenkelknochen stammt von einem dreizehnjährigen Mädchen. Vergleichen Sie ihn mit diesem hier, der einem olympischen Gewichtheber gehörte.*«

Ich hielt diese Vorlesung gerne. Zum Teil wegen der höchst senationellen Demonstrationsstücke, zum Teil weil ich damit die Vorstellungen der Studenten, was Knochen anging, grundlegend erschüttern konnte. »*Knochen bestehen keineswegs aus anorganischem Material wie Kalk. Vielmehr haben wir es mit einer organischen Verbindung von Gewebe und Zellen zu tun, die anorganisches Material wie Kalziumphosphat enthalten. Es ist die Kombination, die dem Knochen seine Elastizität und auch seine Festigkeit verleiht.*«

Aus den Augenwinkeln sah ich Archibald Custer in der Tür lehnen. Letztes Jahr hatte er mir vorgehalten, ich würde die Wissenschaft vermitteln wie ein Sensationsreporter. Und ich hatte ihm widersprochen. Ohne dabei witzig sein zu wollen, bemerkte ich, daß eine bloße Vorlesung über die Natur des Knochens viel zu trocken sei, um die jungen Leute eine Stunde lang wachzuhalten, geschweige, daß man sie auf diese Weise für Anthropologie begeistern könne. Seit Alex' Spende hatte Custer nicht mehr den Mumm, meine Unterrichtsmethoden zu kritisieren oder mir einen anderen Kurs zuzuteilen. Wahrscheinlich hätte ich nackt unterrichten können, ohne daß mir das beruflich geschadet hätte.

Mein Blick wanderte über die letzte Reihe, haarscharf unter Custers fest verschränkten Armen entlang. Ein Junge mit Kopfhörer, zwei tuschelnde Mädchen, Alex.

Manchmal kam er, um mir beim Unterrichten zuzuschauen; er sagte, er sei immer wieder erstaunt, wieviel ich wisse. Er schlüpfte immer erst in den Saal, nachdem ich angefangen hatte, um nicht von meiner Vorlesung abzulenken; gewöhnlich trug er eine Sonnenbrille, als könne er sich tatsächlich dahinter verstecken. Die meisten Studenten wußten, daß ich mit ihm verheiratet war – ich glaube, manche schrieben sich für meinen Kurs nur ein, weil sie wissen wollten, wie ich war, oder weil sie auf eine Begegnung mit Alex hofften.

Ich grinste ihn an, und er setzte die Sonnenbrille ab und zwinkerte mir zu. Wenn Alex mir zuhörte, war ich in Höchstform. Wahrscheinlich wollte ich ihm auch mal was vorspielen. »Man kann feststellen, wie groß der Anteil an organischem Material in einem Knochen ist, wenn man ihn eine Zeitlang in Säure legt. Dadurch lösen sich die Salze, und das organische Material bleibt zurück – in der gleichen Form wie vor dem Säurebad. Aber«, sagte ich und zog das Wadenbein aus der Glasschale, in der es gelegen hatte, »sobald die Salze ausgewaschen sind, wird der Knochen biegsam.« Ich nahm den langen Knochen an den Enden und ließ ihn in der Mitte durchhängen, bevor ich ihn zu einem losen Knoten schlang.

»Ach du Scheiße«, flüsterte ein Erstsemester in der vordersten Reihe.

Ich lächelte ihn an. »Genau das habe ich mir auch gedacht.« Nach einem kurzen Blick auf meine Uhr trat ich wieder hinter mein Pult und schob meine Unterlagen zusammen. »Vergessen Sie nicht die Klausur nächsten Donnerstag.«

Custer war schon fort, und die Studenten strömten den Mittelgang hinauf und in den Flur hinaus. Normalerweise kamen nach dieser Vorlesung ein paar von ihnen an den Demonstrationstisch, um den Gummiknochen zu drücken, den Knoten zu lösen, mit den Fingern darüberzustreichen. Ich beantwortete dann ihre Fragen und ließ sie gewähren, solange sie wollten. Schließlich lernte man Anthropologie am besten aus persönlicher Erfahrung.

Aber dieses Jahr kam niemand nach vorne, obwohl mir die

Gruppe gebannt zugehört hatte und meine Vorlesung nicht anders gewesen war als im vergangenen Jahr. Leise räumte ich meinen Tisch auf und packte die Demonstrationsknochen in weiche Watte. Ich fragte mich, ob ich allmählich den Zugang zu meinen Studenten verlor.

Ich schaute auf, weil mir einfiel, daß Alex wahrscheinlich auf mich wartete, und sah, wie sich im Mittelgang die Studenten um ihn drängten und ihm ihre Anthropologiebücher für ein Autogramm hinhielten.

Ich wurde blaß. Moment mal, wollte ich sagen, sie gehören mir. Aber die Worte blieben mir im Hals stecken, und als sich der erste Zorn gelegt hatte, wurde mir klar, daß ich keinen Grund zur Eifersucht hatte. Alex hatte sie nicht absichtlich um sich versammelt, und ich konnte nicht mit Sicherheit behaupten, daß jemand an meinen Tisch gekommen wäre, wenn er nicht dagewesen wäre.

Er schob sich an den Studenten vorbei, steckte die Hände in die Hosentaschen und baute sich vor dem Tisch und den Knochen auf, die inzwischen ordentlich verpackt in ihren Kisten lagen. »Werden nicht auch Salze in den Boden ausgewaschen, wenn ein Knochen fossiliert?« fragte Alex laut.

Ich lachte: trotz seines scheinbar ungeteilten Interesses wußte ich genau, was er da tat. »Natürlich«, antwortete ich.

»Wieso findet man dann nie Knochen, die so weich sind wie der hier?« Er deutete auf den immer noch verknoteten Knochen in seiner Säurelösung. Zwei Studentinnen kamen den Mittelgang wieder herunter, stellten sich neben Alex und betasteten die ausgestellten Oberschenkelknochen, die seine Finger vor wenigen Sekunden berührt hatten. Ein paar andere Studenten folgten ihnen.

»Erstens dauert so etwas viele Jahrhunderte. Und selbst wenn der Kalziumgehalt abnimmt, dann doch niemals so drastisch; deshalb behalten die Knochen normalerweise ihre Form. Natürlich, ab und zu, wenn das Klima und der Boden stimmen« – ich kramte in einem halb gepackten Karton herum – »stößt man auf so was.« Ich hielt einen Kiefer hoch, der in einem irischen Hochmoor gefunden worden war und aus der Eiszeit stammte. Er war zu einem perfekten Ring gebogen. »Der Knochen hat diese Form angenommen, weil so viele andere Knochen auf ihm lagen.«

Daraufhin strichen ein Dutzend Hände eine ganze Weile über die Demonstrationsstücke, die ich mitgebracht hatte. Über die Köpfe der Studenten hinweg fing ich Alex' Blick auf. Er verstand es wirklich, die richtigen Fragen zu stellen. Um ehrlich zu sein, wenn er nicht ein so guter Schauspieler gewesen wäre, hätte er einen ausgezeichneten Anthropologen abgegeben. Er kam hinter das Pult und legte mir den Arm um die Taille. Als hätten die Studenten den Hinweis verstanden, schauten sie auf und schlenderten schwatzend aus dem Hörsaal.

»Alles Gute zum Hochzeitstag«, sagte Alex und gab mir einen Kuß.

Ich machte die Augen nicht zu. Um uns herum tanzten Staubkörnchen im Sonnenlicht, das durch die Fenster fiel. »Alles Gute zum Hochzeitstag«, murmelte ich. Ich befreite mich aus seiner Umarmung und packte sorgfältig die Knochen wieder ein, die die Studenten untersucht hatten. »Laß mich nur schnell aufräumen, dann können wir verschwinden.«

Er legte mir die Hände auf die Schultern und zog mich zwischen seine Beine. »Ich will ein Experiment machen«, sagte er. »Bist du bereit?«

Noch während ich nickte, sah ich seinen Mund auf mich zukommen. Erst bewegten sich seine Lippen auf meinen, so daß wir gemeinsam flüsterten, doch dann wurde sein Kuß so stürmisch, daß er meinen Kopf festhielt, damit ich mich nicht entziehen konnte.

Als er den Kopf wieder hob, lag ich quer über ihm und wußte kaum mehr, wo ich war. »Ganz wie ich vermutet habe«, murmelte er. »Ich wollte bloß mal sehen, ob Knochen auch weich werden können, ohne daß man sie in Säure legt.«

Ich legte meine Wange an seine Brust und lächelte. »Und wie«, sagte ich.

Es war nur ein Augenblick, ein einmaliger Ausrutscher gewesen, und Alex beteuerte, es würde nicht wieder vorkommen. Ich flüsterte mir das immer und immer wieder vor. So etwas passierte ausschließlich anderen – Leuten, von denen man in den Nachrichten hörte, aber bestimmt nicht Alex und mir.

»Cassie?«

Als ich Ophelias Stimme hörte, packte ich die dicke Decke, die über dem Korbschaukelstuhl hing, und zog sie mir um die Schultern. Nicht daß ich fror, aber sie sollte nicht sehen, was passiert war.

Nach jenem katastrophalen Abend im Nicky Blair's vor einem Jahr hatten Ophelia und ich langsam wieder zueinander gefunden. Ich brauchte sie; außer Alex hatte ich sonst niemanden, mit dem ich reden konnte. Ich kann mich nicht erinnern, daß sie sich jemals entschuldigt hätte, aber andererseits hatte ich auch aufgehört, mich für meine Ehe mit Alex zu entschuldigen, und ich ließ keinen Zweifel daran, daß ich zu ihm hielt. Solange sich bei Ophelias Besuchen ihre Wege nicht kreuzten, gab es gewöhnlich keine Probleme. Tatsächlich war unsere Beziehung fast wie früher: Ophelia besuchte mich und redete über sich selbst, und da mein Leben sich vor allem um Alex drehte, hörte ich ihr meistens schweigend zu.

Ophelia streckte den Kopf durch die Balkontür unseres Schlafzimmers. »Da bist du ja«, sagte sie. »Und ich dachte schon, du hättest dich einmal vom Fleck bewegt, ohne John Bescheid zu sagen.«

Ich versuchte zu lächeln. »Mir paßt es gerade nicht so gut«, antwortete ich ausweichend.

Ophelia wedelte meinen Einwand beiseite. »Ich weiß, ich weiß. Die erlauchten Rivers' müssen heute abend auf eine Premiere. Aber ich wollte nur fragen, ob ich mir dein rotes Abendkleid ausleihen kann.«

Ich runzelte die Stirn; ich wußte nicht mal, daß ich ein rotes Abendkleid besaß, aber Ophelia kannte sich in meinem Kleiderschrank weit besser aus als ich. »Wieso?«

»Ich singe heute abend in einem Bluesclub.« Ophelia lehnte sich an das Balkongeländer und legte sich wie ein Vamp den Arm hinter den Kopf.

»Du kannst doch gar nicht singen«, wandte ich ein.

Ophelia zuckte mit den Achseln. »Stimmt, aber das wissen die Besitzer nicht, und sie werden es erst merken, wenn ich auf der Bühne stehe. Und schließlich kann man nie wissen, wer im Publikum sitzt.« Sie lächelte. »Außerdem haben sie mich im voraus bezahlt.«

Ich mußte einfach lachen; Ophelia war wirklich die beste Medizin. »Wie in Gottes Namen hast du ihnen weisgemacht, daß du Blues singen kannst?«

Ophelia verschwand wieder im Schlafzimmer, offensichtlich um nach dem roten Abendkleid zu suchen. »Ich habe sie angelogen«, rief sie.

Ich zog mir die Decke um die Schultern, um mein Geheimnis an mich zu ziehen. »Wie schaffst du das bloß?« fragte ich. »Ich meine, kommst du mit deinen Geschichten nie durcheinander?«

Ophelia kam wieder herausmarschiert, das Kleid lässig über eine Schulter geworfen. »Dein Problem ist, daß du zu lange ehrlich warst. Wenn du erst einmal damit anfängst«, erklärte sie fröhlich, »ist Lügen einfacher als Atmen.« Sie klemmte sich das Kleid unters Kinn und drehte sich vor mir im Kreis.

»Billie Holiday würde vor Neid erblassen«, sagte ich. Ich rutschte in meinem Sessel herum und zuckte zusammen, als ich dabei mit der Seite an die Armlehne kam.

Ophelia sah mich eindringlich und ernst an. »Du bist doch hoffentlich nicht krank?« Sie zupfte an der Decke. »Ich meine, ist dir kalt?«

Ich ließ mir von ihr die Hand auf die Stirn legen, wie ich es ihr vor Jahren beigebracht hatte, und zog mir die Decke fester um die Schultern. Ich haßte Alex, weil er mich dazu zwang. »Um ehrlich zu sein«, sagte ich, »ich glaube, ich habe mir tatsächlich was eingefangen.«

Nach einem Jahr an Alex' Seite war mir klar, daß ich eigentlich viele verschiedene Männer geheiratet hatte – wobei Alex immer dann einsprang, wenn kein anderer zur Hand war. Er konnte seine Arbeit abends nicht einfach im Studio lassen, deshalb landete jede Figur, die er spielte, schließlich in meinem Bett oder saß mir gegenüber am Frühstückstisch. Eines muß ich ihm lassen – es belebte unsere Beziehung. Während der acht kurzen Wochen, in denen er Speed *abdrehte, einen Actionfilm über einen Piloten, war er großspurig, aufbrausend und energiegeladen. Als er im Sommer in einer professionellen Theatergruppe den Romeo gab, betörte er mich abends mit der überschäumenden Leidenschaft eines Teenagers, der verliebt in die Liebe ist.*

Als Pilot hatte er mir nicht gefallen, aber er war erträglich gewesen. Und Romeo machte mich nervös: Ich begann, im Spiegel nach neuen Falten zu suchen und mich zu fragen, wie ich nach einem ganz normalen Tag so müde sein konnte, während Alex' Kräfte sich offenbar nie erschöpften. Doch seit Alex Antonius und Kleopatra drehte, hatte ich es erstmals mit einem Filmcharakter zu tun, den ich einfach nicht in meiner Nähe haben wollte. Auf meinem Tischkalender in der Universität strich ich mir an, wie viele Tage die Dreharbeiten noch dauern würden, wie lange ich noch warten mußte, bis Alex endlich wieder einfach Alex war.

In mehr als einer Hinsicht fiel es Alex nicht schwer, den Antonius zu spielen, und ich glaube, vor allem das machte die Rolle für ihn so attraktiv. Antonius war von Macht und Ehrgeiz getrieben, ein Mann, der sich seine Königin erwählt hatte; ein Mann, der, in Shakespeares Worten, »alle Phantasie überragt«. Aber Antonius war zugleich besessen, voreingenommen und paranoid. Ausgerechnet seine Fixierung auf Kleopatra – seine Eifersucht – machte ihn verwundbar und erleichterte es seinen Feinden, beide zu Fall zu bringen. Man brauchte Antonius nur davon zu überzeugen, daß Kleopatra ihn an Cäsar verraten hatte, und schon fiel seine Welt in Scherben.

Natürlich ist es auch eine herzerweichende Liebestragödie: da Antonius glaubt, daß Kleopatra zu Cäsar übergelaufen ist, beschuldigt er sie, und aus Angst um ihr Leben läßt sie ihm hinterbringen, sie habe sich getötet. Als der Bote Antonius erklärt, daß sie mit seinem Namen auf den Lippen gestorben sei, überwältigt ihn sein Schuldgefühl, und er stürzt sich in sein Schwert, nur um in den Armen einer höchst lebendigen Kleopatra zu sterben. Um sich Cäsar nicht beugen zu müssen, tötet sich Kleopatra daraufhin wirklich mit einer giftigen Natter. Das Stück dreht sich um eine Reihe von Mißverständnissen und Lügen, die am Ende den Lügner selbst treffen; es ist die Geschichte zweier Liebender, die ihr Glück nur in einer Welt finden können, in der es niemanden gibt, der sie zu vorschnellen Urteilen verführen könnte.

Ich war bestimmt nicht bereit, mir eine Natter zu suchen, aber ich konnte es Kleopatra nachfühlen, wenn sie behauptete, Antonius sei wahnsinnig. Manchmal, wenn wir alleine waren, redete Alex im Bühnenton mit mir. Manchmal ignorierte er mich stun-

denlang, um mich dann plötzlich ins Schlafzimmer zu zerren, wo er mich mit einer Leidenschaft nahm, die an Gewalt grenzte. Schließlich kam es soweit, daß ich, wenn Alex durch die Haustür kam, still und ohne ein Wort der Begrüßung abwartete, bis ich abschätzen konnte, ob er mir Rosen bringen oder mich anbrüllen würde, weil ich einen Notizzettel unter einen Briefbeschwerer geklemmt hatte, damit der Wind ihn nicht ständig vom Schreibtisch wehte.

An diesem Abend fuhr er den Range Rover selbst, und ich saß auf dem Beifahrersitz – zum ersten Mal in dem ganzen Jahr, das wir inzwischen verheiratet waren. John war im Haus geblieben und half, die Fenster zu verkleben und Planen über die Büsche zu ziehen, weil ein Sturm mit schwerem Regen die kalifornische Küste heraufkam. Alex blickte kurz auf die Uhr am Armaturenbrett und dann auf die finsteren Wolken am Himmel. »Es wird knapp werden«, sagte er.

Wir mußten am Strand vor dem Apartment in Malibu eine Barriere aus Sandsäcken errichten, und ich wußte, daß dies das letzte war, wonach Alex der Sinn stand. In jener Woche hatte Brianne Nolan – die Kleopatra – wegen angeblicher Erschöpfung ihren Vertrag aufgekündigt. Aber zwei Tage darauf hatte Herb Silver Alex erzählt, er habe bei einem Geschäftsessen mitbekommen, daß Nolan nur aus ihrem Vertrag herauswollte, weil ihrem Agenten ein Angebot in den Schoß gefallen war, das lukrativer für sie war, als neben Alex die zweite Geige zu spielen. Ich hatte Alex um drei Uhr morgens in seinem Arbeitszimmer aufgestöbert, wo er immer neue Summen in den Rechner tippte, um festzustellen, wieviel Geld sie zum Fenster hinausgeworfen und wieviel Zeit sie verschenkt hatten.

Die Produktionsgesellschaft wollte Brianne Nolan wegen Vertragsbruch verklagen, und Alex hatte fast den ganzen Tag mit irgendwelchen Anwälten verbracht. Sowie er im Haus war, hatte er mir erklärt, ich solle Gummistiefel anziehen und zu ihm in die Garage kommen. Es bestand die Gefahr, daß nicht nur der Strand weggespült, sondern auch das Apartment in Mitleidenschaft gezogen würde.

»Glaubst du, wir kommen heute nacht noch nach Bel-Air zurück?« fragte ich leise, um seine Stimmung auszuloten.

Alex sah mich nicht einmal an, aber in seiner Wange zuckte ein Muskel. »Wie zum Teufel soll ich das wissen?« antwortete er.

Am Strand vor der Kolonie hatten sich, von der Natur zu gewöhnlicher körperlicher Arbeit verdonnert, die Prominenten in gelben Öljacken versammelt. Alex winkte einem Produzenten zu, der ein paar Häuser weiter wohnte, und gab mir dann zwei Rollen Klebeband, die er sich in die Tasche gestopft hatte. »Fang drinnen an«, befahl er, »und hilf mir dann draußen.«

Ich schloß das Apartment auf und rief nach Mrs. Alvarez, die oben in der Küche bereits ein Sortiment von Sturmlampen, Kerzen und Proviant aufbaute.

»Ach, Mrs. Rivers«, begrüßte mich die Haushälterin, während sie die Treppe heruntergerumpelt kam. »Ich habe gehört, der Sturm wird die gesamte Küste in ein Katastrophengebiet verwandeln.« Sie rang die Hände vor der weißen Schürze.

Ich runzelte die Stirn. »Vielleicht sollten Sie heute abend lieber mit uns ins große Haus kommen«, schlug ich vor. Mir mißfiel die Vorstellung, daß eine fünfundfünfzigjährige Frau ganz allein einem heftigen Sturm trotzen sollte.

»Nein, nein«, widersprach sie. »Wenn Mr. Rivers damit einverstanden ist, holt mich mein Luis gleich ab und bringt mich zu sich nach Hause.«

»Natürlich ist er einverstanden«, sagte ich. »Sie verschwinden hier, sobald Sie können.«

Als ich nach oben rannte, um die riesigen Fenster auf der Meerseite zu verkleben, setzte der Regen ein. Statt allmählich stärker zu werden, ging er schlagartig in einer Sturzflut nieder. Ich stand da, die Hände an die Scheiben gepreßt, und sah Alex zu, der unten Säcke herbeischleppte und sie mit angeborener Geschmeidigkeit stapelte.

Mrs. Alvarez verschwand mit ihrem Sohn, als wir drinnen alles erledigt hatten. Ich zog die Gummistiefel über, quetschte mich durch die Schiebetüren, deren Scheiben ich kreuzweise verklebt hatte, und lief über den Strand zu Alex. Schweigend schleifte ich einen schweren Sandsack zu der Barrikade, an der er gerade arbeitete. Meine Muskeln schmerzten vor Anstrengung, und unter meiner Jackenkapuze lief mir der Schweiß in den Hals. Ich schichtete die Säcke, so hoch ich konnte, einen auf den anderen, einen Stapel neben den nächsten.

Der Regen heulte uns um die Ohren, peitschte uns nassen Sand in die Augen und ließ die Wellen hüfthoch heranrollen. Über uns, in der Wohnung nebenan, hörte ich Glas klirren.

Ich schaute kurz auf, um festzustellen, welches Fenster zerbrochen war und warum, als Alex mich an den Schultern packte. Er schüttelte mich so fest, daß mein Genick knackte. »Mein Gott!« schrie er mich an. Seine Worten waren in dem Wind kaum zu verstehen. »Kannst du denn nie was richtig machen?« Er trat gegen die Sandsackstapel, die ich so säuberlich aufgeschichtet hatte; als sie nicht umfielen, warf er sich mit seinem ganzen Gewicht dagegen, bis sie in die tosende Brandung kippten. »Nicht so!« brüllte er. »So wie meine!« Er deutete auf den Wall, den er errichtet hatte – seine Säcke waren säuberlich versetzt übereinandergeschichtet wie Steine in einer Ziegelmauer. Er schubste mich grob zur Seite und fügte dann die nassen Säcke, die er von meinen Stapeln gestoßen hatte, an seinen Wall.

Ich schirmte mir die Augen ab und schaute nach links und rechts, ob unsere Nachbarn wohl mitbekommen hatten, wie Alex mich anschrie. Dann starrte ich benommen auf mein Werk, an dem ich über eine Stunde gearbeitet hatte und das jetzt als durchnäßter Haufen in der Brandung lag.

Es war meine Schuld; ich hatte nicht nachgedacht. Ein starker Windstoß konnte eine Reihe von einzelnen Stapeln leicht umreißen, eine geschichtete Mauer wie Alex' dagegen würde viel mehr aushalten. Wortlos trat ich neben Alex und begann, seine Bewegungen, seine Arbeitsweise und sogar seinen Schritt nachzuahmen, damit er nichts mehr an mir auszusetzen hatte. Ich ignorierte den Schmerz in meiner Schulter und das Pochen in meiner Seite, denn ich war fest entschlossen, diesmal alles richtig zu machen.

Alex kam auf den Balkon und sah, wie Ophelia mir die Hand auf die Stirn legte. »Eiskalt«, sagte sie, aber sie sah Alex dabei an. Sie stemmte die Hände in die Hüften. »Cassie fühlt sich nicht besonders. Vielleicht solltest du heute abend ohne sie gehen.«

Alex feixte. »Und statt dessen dich mitnehmen?«

Ophelia wurde rot und wandte den Blick ab. Sie drückte mir zum Abschied die Schulter. »Ich wollte gerade gehen«, verkündete sie und drängte sich betont rücksichtslos an Alex vorbei.

Ich sah ihr nach, noch lange nachdem ihre Gestalt hinter den weißen Gardinen unseres Schlafzimmers verschwunden war. Dann starrte ich auf das Muster in den Gardinen. Ich wollte Alex nicht ansehen.

»Hast du es ihr erzählt?«

»Was glaubst du denn?« Ich sah ihn an, bemerkte die traurigen Falten, in denen sich das klare Grau seiner Augen brach, und wußte, daß ich ihm nicht noch größere Schmerzen zufügen konnte, als er sich selbst zufügte. Ich schluckte und wandte den Blick ab.

Plötzlich hielt mich Alex in seinen Armen; die Decke fiel von mir ab und entblößte die roten Male auf meinem Arm und die Schwellung unterhalb der Rippen. Er trug mich ins Schlafzimmer und legte mich sanft auf dem Bett ab, so vorsichtig, daß die Decke nicht einmal Falten warf. Er knöpfte meine Bluse auf.

Er strich mit den Lippen über jedes Mal, jede wunde Stelle; er nahm den Schmerz fort und hinterließ dafür seine Tränen. Ich preßte seinen Kopf an meine Brust, weil diese Zärtlichkeit mich mehr schmerzte als alles andere. »Ganz ruhig«, flüsterte ich und streichelte seine Stirn. »Es ist schon gut.«

Was mir zuallererst ins Auge sprang, war, daß die Knochen der Hand nach mir ausgestreckt waren, als wollten sie mich zurückhalten, falls ich die Absicht haben sollte wegzugehen. Ich nahm einen kleinen Pinsel und fegte die Zweige und die lose Erde beiseite, bis ich ein fast intaktes Handgelenk und fünf Mittelhandknochen freigelegt hatte, die sich immer noch um ein Steinwerkzeug schlossen. Ich fuhr mit dem Finger über die Knochenfragmente, den winzigen Faustkeil, und dann lächelte ich. Vielleicht hätte mich die Hand gar nicht zurückgehalten. Vielleicht hätte sie mich angegriffen.

Die Hand ruhte in Sedimentgestein, das mir bis zur Schulter reichte, und sie war so deutlich zu sehen, daß ich mich fragte, wie sie all die Jahre hatte unentdeckt bleiben können. Es war keine neue Ausgrabungsstätte; das Gelände in Tansania wurde schon seit Jahrzehnten von Anthropologen durchkämmt.

Mir wurde schwindlig. Instinktiv wußte ich, daß ich auf etwas Bedeutendes gestoßen war, auch wenn ich noch keine Proben zur Altersbestimmung eingeschickt hatte. Mein Herz begann zu rasen, als mir klar wurde, was diese Entdeckung beweisen würde – daß die Hominiden die geistige Kapazität besaßen, Werkzeuge zu entwickeln, und nicht auf das angewiesen waren, was auf natürliche Weise durch Wasser oder Versteinerung entstand. Ich würde als Heldin heimkehren. Archibald Custer konnte mich am Arsch lecken. Ich würde so berühmt werden wie Alex.

Ich konnte es kaum erwarten, ihm alles zu erzählen. Im Ausgrabungslager gab es kein Telefon, deshalb würde ich noch am selben Abend in den Ort fahren und zu Hause anrufen. Mir hatte die Vorstellung nicht gefallen, einen ganzen Monat von ihm getrennt zu sein, aber ich machte meine Feldstudien während der Semesterferien, und Alex filmte ohnehin zwölf Stunden am Tag. Sonntags und mittwochs saß ich auf dem Lehmboden des kleinen Kramladens im Ort und telefonierte mit ihm. Ich klemmte mir den Hörer ans Ohr und kratzte seinen Namen mit einem Zweig in den roten Dreck; ich schloß den Klang seiner Stimme in meinem Herzen ein, um ihn tief in der Nacht wieder hervorzuholen und mir einzubilden, Alex liege neben mir.

Ich blinzelte in die heiße Mittagssonne und betastete die geriffelte graue Erde links von der Hand. Aus der Ferne wehte der Wind leises metallisches Klopfen und Lachen heran. Ein paar Studenten im Hauptstudium halfen mir bei der Arbeit; einer von ihnen hatte vor kurzem einen Unterkiefer gefunden, aber ansonsten hatte es keine aufsehenerregenden Funde gegeben. Ich lächelte und trat hinter dem Erdwall hervor, so daß sie mich sehen konnten. »Wally«, rief ich, »bringen Sie mir eine Plane.«

Den Rest des Tages verbrachten wir damit, die Hand freizulegen. Man fand selten etwas so Zerbrechliches wie eine versteinerte Hand, deshalb wäre es undenkbar gewesen, auch nur einen Fingerknochen zu gefährden. Ich arbeitete mit zwei Studentinnen zusammen; eine half mir, die Hand freizubekommen und zu säubern, die andere beschriftete die Knochen mit Tusche, um die Rekonstruktion zu erleichtern. Einen dritten Studenten hatte ich in den Ort geschickt. Er sollte die Universität telegrafisch von unserem Fund verständigen und eine verpackte Probe auf die Post bringen, die zum Datieren nach Kalifornien geschickt werden sollte. Abends gab es zur Feier des Tages Spaghetti à la Boyardee und drei Flaschen Wein.

Ich schaute den Studenten zu, während sie das Lagerfeuer aufschichteten, und lauschte ihren Phantasien, in denen ich zum Oberguru aller Bioanthropologen aufstieg und sie mir als Jünger folgten. Als sie sich ausmalten, wie Professor Custer lebendig begraben werden sollte, damit ihn ein bedauernswertes Erstsemester in ein paar tausend Jahren wieder ausbuddeln konnte, mußte ich lachen, aber die meiste Zeit schaute ich nur in die Flammen, die im Rhythmus meines Pulses tanzten. Wenn ich Ausgrabungen machte, erwachte ich zum Leben. Nicht nur weil ich die Hand entdeckt hatte, obwohl mir in diesem Augenblick vor Glück fast schwindlig war. Es war einfach die Freude, nach etwas Unbekanntem zu suchen! Es war genauso, als würde man einen Schatz suchen oder alle Weihnachtsgeschenke durchwühlen, bis man auf das lang ersehnte Päckchen stößt. Als Alex' Film in die Kinos gekommen war, der, bei dem wir uns kennengelernt hatten, war das der herausragendste Zug seines Filmcharakters gewesen. Ich entsann mich, daß ich die Arbeitskopien angesehen und Alex erklärt hatte, wie sehr mich das beeindrucke. Und Alex hatte geantwortet, das habe er sich bei mir abgeschaut.

Die Frau vom Amt brauchte zehn Minuten, um eine Verbindung in die Staaten herzustellen, und überdies hatte ich nur eine winzige Chance, daß Alex zu Hause war. Erst als er selbst abnahm und sich schlaftrunken meldete, fiel mir ein, daß es dort mitten in der Nacht sein mußte. »Weißt du, was?« sagte ich und hörte meine Stimme als blechernes Echo aus dem Hörer.

»Cassie? Ist alles in Ordnung?«

Ich sah bildhaft vor mir, wie er sich aufsetzte und das Licht anknipste. »Ich habe was gefunden. Eine Hand, und zwar mit Werkzeug.« Ohne ihm Zeit für irgendwelche Fragen zu lassen, setzte ich zu einem Monolog darüber an, wie unwahrscheinlich ein solcher Fund war und was das für meine Karriere bedeutete. »Es ist so, als würdest du einen Oscar bekommen«, sagte ich. »Damit gehöre ich zur absoluten Spitze.«

Als Alex nicht reagierte, glaubte ich einen Moment lang, die Verbindung sei unterbrochen und ich hätte das vor lauter Reden nicht gemerkt. »Alex?«

»Ich bin noch da.« Die Resignation und Unbewegtheit in seiner Stimme ließen mich stutzen. Vielleicht machte er sich Sorgen, daß *wir dadurch noch öfter getrennt sein würden. Vielleicht glaubte er, meine Karriere würde mir tatsächlich wichtiger werden als er. Was vollkommen lächerlich war; gerade Alex hätte das wissen müssen. Für mich war beides gleich wichtig. Ich brauchte beides; ich konnte weder ohne das eine noch ohne das andere leben.*

Viel zu spät fiel mir Antonius und Cleopatra *ein. Der Film schien unter einem schlechten Stern zu stehen. Zwar hatte man Brianne Nolan durch eine andere Schauspielerin ersetzt, aber vergangenen Sonntag hatte Alex erwähnt, daß der Regisseur nach einer Auseinandersetzung mit dem Chefkameramann im Streit gegangen sei. Ich schloß die Augen und preßte den Hörer fester ans Ohr. Wie konnte ich nur so dumm und unsensibel sein! Ich schluckte und versuchte, so fröhlich wie möglich zu klingen. »Ich plappere und plappere und habe dich noch nicht mal nach deinem Film gefragt.«*

Tiefes Schweigen antwortete mir. »Es ist schon ziemlich spät«, sagte Alex. »Ich mache jetzt lieber Schluß.«

Nachdem er aufgelegt hatte, lauschte ich in den stummen Hörer, bis die tansanische Vermittlung sich wieder einschaltete und mit ihrer musikalischen Stimme fragte, ob ich noch ein Gespräch anmelden wolle. Dann fuhr ich zurück ins Lager, ging in eines der Arbeitszelte und drehte die Lampe auf, bis der Tisch in weiches, gelbes Licht getaucht war. Mit bleiernen Händen betastete ich die dünnen Knochensplitter, die mein Leben von Grund auf ändern würden. Ich legte sie vor mir aus, diese eine Hälfte der Hand, die wir ausgegraben hatten, und versuchte, mir nicht den Kopf darüber zu zerbrechen, warum Alex mir nicht einmal zu meinem Fund gratuliert hatte.

Drei Tage später hatte ich Telegramme von Archibald Custer sowie von zwei Museen erhalten, die sich für unseren Fund interessierten, aber von meinem Mann hatte ich noch nichts gehört. Die Hand lag in ihrer ganzen Pracht, registriert und für die Nachwelt katalogisiert, auf einem Bett aus grobem, schwarzem Baumwollstoff. Wir hatten die obligatorischen Fotos gemacht, damit wir etwas zum Verschicken hatten, bevor die Knochen selbst in aller Welt ausgestellt wurden. Ich stand am Tisch, hatte die Hände aufgestützt und spürte den Schweiß zwischen meinen

Schulterblättern herunterrinnen. Wally, ein Student, dessen Ab-
schlußarbeit ich betreute, packte gerade die Leica und die Linsen
wieder ein. »Also, was meinen Sie, Professor Barrett?« fragte er
grinsend. »Wird man am Flughafen über uns herfallen?«

Wir würden Tansania erst in zwei Wochen verlassen, und
natürlich meinte Wally das ironisch, denn die anthropologische
Gemeinde war viel zu klein, um es zu mehr als zu einem gelegentli-
chen Artikel im Wall Street Journal *zu bringen. Ohne daß ich es*
wollte, fiel mir meine erste Landung mit Alex in L. A. ein. Ich
malte mir aus, wie die Medien einen ähnlichen Zirkus um eine
staubige, müde Wissenschaftlerin mit einer Kiste voller Knochen
veranstalteten. »Irgendwie«, antwortete ich, »kann ich mir das
kaum vorstellen.«

Wally stand auf und wischte sich die rote Erde von den Shorts.
»Ich bringe Susie die Kamera zurück, bevor sie wieder einen
Anfall kriegt«, sagte er und ging zum Zelteingang. Er schlug die
Klappen halb zurück und ließ sie dann wieder fallen, als habe er
draußen ein Trugbild gesehen, dem er lieber nicht gegenübertre-
ten wollte. Er blinzelte und zog die Leinwand noch einmal zur
Seite.

Mitten im Lager stand ein Lieferwagen, und Koji, einer unserer
einheimischen Führer, hob immer neue Schachteln von der Lade-
fläche, auf denen der Stempel des Les Deux Magots *prangte, des*
berühmten Pariser Restaurants. Meine paar Helfer standen um
ihn herum und schauten ehrfürchtig zu, wie Kisten mit Hummer
und frischem Obst und Käserädern zu Boden gelassen wurden. So
etwas hatte ich erst einmal gesehen. Wally trat in die Sonne und
gab mir den Blick frei. »Es gibt also doch einen Gott«, murmelte
er.

»›Gott‹ ist vielleicht ein bißchen übertrieben«, sagte eine
Stimme. »Ich würde mich auch mit ›Heiliger‹ begnügen.«

Ich wirbelte herum. Alex stand ein paar Schritte hinter mir;
offenbar war er durch den Hintereingang ins Zelt gekommen.
Seine Hände bewegten sich rastlos in der Luft, und ich begriff, daß
er nervöser war, als er sich anmerken lassen wollte.

»Ich habe mir gedacht: Was bringt man einer Frau mit, die
gerade dabei ist, die Geschichte der menschlichen Evolution um-
zuschreiben? Blumen schienen mir irgendwie nicht angebracht.

*Aber ich wußte noch von meinem letzten Besuch in Tansania, daß
die Küche hier ein bißchen zu wünschen übrigläßt –«*

*»O Alex!« rief ich und warf mich in seine Arme. Seine Hände
flogen über meinen Rücken, lernten meinen Körper von neuem
kennen. Ich atmete den vertrauten Duft seiner Haut ein und strich
die Falten in seinem Reiseanzug glatt. »Ich dachte, du seist wütend auf mich«, sagte ich.*

*»Wütend auf mich«, gab Alex zu. »Bis ich gemerkt habe, daß
ich mich absichtlich wie ein Arschloch aufgeführt habe, damit wir
uns wieder versöhnen können.«*

*Ich hielt sein Gesicht in meinen Händen. Seit er vor mir stand,
war ich zum Bersten voll; mir war unbegreiflich, daß ich zuvor
nicht gemerkt hatte, wie leer ich gewesen war. »Ich verzeihe dir«,
sagte ich.*

»Ich habe mich noch gar nicht entschuldigt.«

Ich ließ meine Stirn gegen sein Kinn sinken. »Das ist mir egal.«

*Sanft drückte er mein Gesicht nach oben. Ich hörte, wie drau-
ßen eine Kiste aufgestemmt wurde und die Studenten sie fröhlich
jubelnd ausräumten. »Wenn dieser Fund tatsächlich so was wie
ein Oscar für dich ist«, sagte Alex, »dann bin ich stolzer auf dich,
als du dir überhaupt vorstellen kannst.«*

*Ich lehnte mich an ihn. Neben Alex' Worten verblaßten die
anerkennenden Worte, die Archibald Custer mir gegenüber geäu-
ßert hatte, und all die Lobeshymnen, die mir die Hand eintragen
würde. Nur seine Meinung zählte für mich.*

*Wir speisten fürstlich an jenem Abend, auch wenn das Lager-
feuer dem Kalbfleisch mit Zitrone einen etwas unorthodoxen,
rauchigen Beigeschmack verlieh; Alex plauderte mit meinen stu-
dentischen Hilfskräften und brachte sie zum Lachen, indem er
ihnen erzählte, was er in seiner Rolle als Anthropologe alles falsch
gemacht hatte, bevor ich auf der Bildfläche erschienen war und
ihn aufgeklärt hatte. Als die fünf Studenten sich ein paar Flaschen
Bordeaux schnappten und vorschlugen, am Rande des Ausgra-
bungsgeländes weiterzufeiern, lehnte Alex ihr Angebot ab. Er
nahm die letzte Flasche Wein und reichte mir die Hand zum
Aufstehen, als hätten wir das vorher abgesprochen.*

*Er band den Eingang meines Zeltes zu, während ich mit dem
Rücken zu ihm dastand und auf den Kamm, die Zahnbürste, die*

Zahnpasta neben der angeschlagenen Waschschüssel schaute. Ich runzelte die Stirn, irgendwas mußte ich Alex noch sagen, aber es wollte mir einfach nicht einfallen. Seine Hände legten sich um meine Taille. »Anscheinend ist Tansania einfach unser Schicksal«, bemerkte er.

Es war unmöglich, nicht an die erste Nacht zu denken, in der wir uns geliebt hatten; wie damals tanzten die Flammen orangerot über die Zeltwand, der Wind strich leise stöhnend durch die Hügel, und die schwere, samtene afrikanische Nacht brachte uns immer näher zusammen.

Als wir uns liebten, war es wie der Regen in Zentralafrika: schnell, ohne Vorwarnung und mit einer solchen Wucht, daß man tagelang aus dem Fenster in die Sturzfluten starrt und sich fragt, ob die Welt jemals anders war. Als alles vorbei war, lagen wir einander in den Armen, halb angezogen und schweißgebadet, und ließen unsere Finger rastlos über unsere nackte Haut gleiten, um auf keinen Fall den Kontakt zu verlieren.

Wir tranken den Bordeaux aus der Flasche und schauten faul und zufrieden den Flammen zu, wohl wissend, daß es ein langsames, genüßliches zweites Mal geben würde. Gedankenverloren fuhr ich mit dem Finger über Alex' Handgelenk. »Es bedeutet mir sehr viel«, sagte ich, »daß du hergekommen bist.«

Alex küßte mich aufs Ohr. »Wie kommst du darauf, daß ich deinetwegen hier bin?« fragte er. »Drei Wochen Keuschheit sind die Hölle.«

Ich lächelte und schloß die Augen, und dann wurde ich steif und schoß hoch. Keuschheit. Plötzlich fiel mir wieder ein, was ich ihm hatte sagen wollen.

Als ich in Tansania meine Sachen auspackte, hatte ich gemerkt, daß ich meine Pille zu Hause gelassen hatte. Erst hatte ich mit dem Gedanken gespielt, mir hier ein Rezept ausstellen zu lassen, falls es hier so etwas überhaupt in der Apotheke gab; dann war mir aufgegangen, daß ich hier, fast am anderen Ende der Welt, wohl kaum schwanger werden würde. Aber jetzt war Alex bei mir, und wir hatten miteinander geschlafen, und ich konnte nicht mehr sicher sein.

»Nur eine Frage.« Ich drehte mich zu ihm um. »Wie würde es dir gefallen, Vater zu werden?«

*Alex' Blick wurde düster, und seine Augen schlossen mich aus.
»Was zum Teufel soll das heißen?« fragte er scharf.*

*Ich legte ihm die Hand auf die Schulter, weil mir klar wurde,
daß ich viel zu dramatisch klang. »Ich habe die Pille zu Hause
vergessen. Also habe ich in den letzten Wochen nichts genommen.« Ich lächelte ihn an. »Es ist bestimmt nichts passiert«, sagte
ich. »Mach dir keine Sorgen.«*

*»Cassie«, stellte Alex langsam fest, »ich habe nicht vor, Kinder
zu haben.«*

*Ich weiß nicht, warum wir nie darüber gesprochen hatten; ich
hatte angenommen, daß er zwar warten, aber irgendwann eine
Familie haben wollte. »Nie?« fragte ich etwas schockiert.*

*»Nie.« Alex fuhr sich mit der Hand übers Gesicht. »Ich habe
nicht die Absicht, so wie meine Eltern zu werden.«*

*Ich entspannte mich. Ich kannte Alex; es bestand nicht die
geringste Gefahr, daß das passieren würde. »Meine Eltern waren
auch nicht gerade wie Philemon und Baucis«, wandte ich ein,
»aber das würde mich nicht davon abhalten, selbst Kinder zu
haben.«*

*Ich schloß die Augen und sah einen hübschen kleinen Jungen
vor mir, der lachend über den Rasen vor unserem Haus rannte,
aus lauter Freude am Laufen. Ich stellte mir vor, wie er hier in
Tansania mit einer Plastikschaufel und einem Eimerchen neben
mir buddelte. Ich wußte, daß ich Alex mit der Zeit umstimmen
konnte.*

*Er zog mich in seine Arme, weil er mein Schweigen für Trotz
hielt. »Außerdem«, wandte er ein, »wie willst du die nächste
Margaret Mead werden, wenn du ein Kind bekommst? Mit einem
dicken Bauch und barfuß kannst du nicht mit deiner Hand auf
Vortragsreise gehen.«*

*Dieses Argument schien mir nicht stichhaltig, trotzdem hatte
Alex in gewisser Hinsicht recht. Bald vielleicht, aber nicht jetzt.
Ich rollte mich auf der schmalen Pritsche zur Seite und sah ihn an.
»Und wer von uns wird jetzt auf dem Boden schlafen?«*

*Alex lachte. »Chère«, sagte er, »hast du schon mal was von
russischem Roulette gehört?«*

Als ich wieder in die Staaten kam, hielt ich an verschiedenen Universitäten eine Reihe von Vorträgen über die Bedeutung der Hand und ihres Werkzeugs für die Entwicklung des menschlichen Geistes. Es gefiel mir nicht, so lange von Alex getrennt zu sein, aber er war ohnehin mit Antonius und Kleopatra beschäftigt. Es war egal, ob ich in Boston oder Chicago oder Baltimore war. Alex arbeitete vierundzwanzig Stunden am Tag; selbst wenn ich in Los Angeles gewesen wäre, hätten wir uns kaum gesehen.

Alex' Stimme drang aus dem Schlafzimmer und kam die Treppe heruntergepoltert: »Oft sehn wir eine Wolke, drachenhaft, oft Dunstgestalten gleich dem Leu, dem Bär, der hochgetürmten Burg, dem Felsenhang, gezackter Klipp' und blauem Vorgebirg', mit Bäumen drauf, die nicken auf die Welt, mit Luft die Augen täuschend.«

Ich seufzte erleichtert, als der Taxifahrer meine Tasche im Haus abstellte. Offensichtlich hatte er nicht auf mich gewartet; er tat, was er am Abend vor den Dreharbeiten zu einer wichtigen Szene immer tat – er probte. Ich wußte, daß ich ihn im Salon vor unserem Schlafzimmer finden würde, in einem schäbigen T-Shirt mit dem Aufdruck Tulane University und in seinen Boxershorts, und die warme Vertrautheit dieses Bildes ließ mich lächeln.

Mein Flugzeug war wegen eines Gewitters mit Verspätung aus Chicago abgeflogen; um neun Uhr abends hatte ich Alex angerufen, um ihm mitzuteilen, daß ich nicht wisse, ob wir überhaupt noch starten würden. »Geh ruhig schlafen«, sagte ich. »Wenn wir heute doch noch fliegen, nehme ich mir ein Taxi.« Ich wußte, daß morgen ein anstrengender Tag auf ihn wartete: Er würde die Szene drehen, in der Antonius Kleopatras Betrug aufdeckt und dann von ihrem angeblichen Selbstmord erfährt. Außerdem gab es schon wieder Probleme mit dem Film. Die ersten Trailer, mit denen man Zuschauer für eine Preview ködern wollte, waren beim Publikum durchgefallen. Alex hatte mir das am Telefon erzählt. »Sie haben gelacht«, hatte er entsetzt gestanden. »Sie haben gesehen, wie ich mich in mein Schwert stürze, und sie haben gelacht.«

Ich wünschte, ich wäre dagewesen, hätte ihm beim Nachdrehen helfen und ihm zeigen können, daß ihm die schlechte Presse, die der Film überall in den Kinovorschauen und Klatschkolumnen bekam, auch nützlich sein könne, sogar in Chicago hatte die Tribune *kurz berichtet, daß* Antonius und Kleopatra *Gerüchten zufolge Hollywoods teuerster Flop werden sollte. Als ich den Artikel beim Frühstück in meinem Hotelzimmer gelesen hatte, hatte ich gegen den Drang ankämpfen müssen, Alex augenblicklich anzurufen. Ich wußte, daß sich die Wogen in einer Woche wieder geglättet hätten. Es war besser, Alex von Angesicht zu Angesicht zu beruhigen, dachte ich, als wirkungslose Worte durch eine kalte, knisternde Telefonleitung zu schicken.*

Außerdem hatte ich etwas, das ihn vollkommen von dem Film ablenken würde. Ich konnte noch nicht ganz sicher sein, denn ich hatte noch keine Zeit gehabt, zu einem Arzt zu gehen, und ich war erst eine Woche überfällig. Aber trotzdem hatte ich so eine Ahnung. Auf dem Heimflug hatte ich mir das immer und immer wieder durch den Kopf gehen lassen. Mir war klar, daß Alex einen Anfall bekommen würde, wenn ich ihm von dem Baby erzählte, aber in meinen Gedanken hatte ich schon ein Dutzend möglicher Szenen durchgespielt. In einer starrte er mich nur sprachlos an. In einer anderen erklärte ich ihm, daß selbst die besten Pläne nicht immer aufgehen. In einer dritten erinnerte ich ihn geduldig daran, daß er es schließlich gewesen war, der mit dem Feuer hatte spielen wollen. Alle Szenen endeten mit demselben Bild: wir kuschelten uns in dem Sessel am Fenster aneinander, und Alex hatte seine Hand auf meinen Bauch gelegt, als könne er mir helfen, unser Kind auszutragen.

Ich warf einen Blick auf meinen Koffer und beschloß, ihn einfach dort stehenzulassen. Schließlich sollte ich nicht schwer heben. Bei jedem Schritt hörte ich Alex einen anderen Vers wiederholen, manchmal auch denselben, dann aber mit einer anderen Betonung: Der Krieg war für Ägypten ... Sie hat mein Schwert gestohlen!

Ich lächelte, weil ich an Antonius' Männlichkeitskrise denken mußte und an die Neuigkeiten, die ich Alex brachte. Ich atmete tief ein und trat über die Schwelle in die Schlafzimmersuite. »Hi«, *sagte ich.*

Alex drehte sich zu mir um. Seine Augen waren schwarz vor Wut. »Sie hat«, *wiederholte er langsamer,* »mein Schwert gestohlen.« *Er machte zwei Schritte auf mich zu und baute sich nur eine*

Handbreit vor mir auf. »Nun«, verlangte er, »ich nehme an, du wirst versuchen, mir das zu erklären.«

Mir blieb der Mund offenstehen, und meine Arme begannen zu schmerzen, so verzehrten sie sich nach dem Empfang, der mir nicht vergönnt war. »Ich habe dir doch gesagt, daß ich später komme«, wehrte ich mich. »Ich habe dich angerufen, sobald ich es erfahren habe.« Vorsichtig schob ich mich an Alex vorbei und legte meinen Mantel über den Sessel. »Ich dachte, du würdest dich freuen, daß ich heute abend überhaupt noch komme.«

Alex packte mich an der Schulter und riß mich herum. »Dein Flug hatte keine Verspätung«, warf er mir vor. »Ich habe am Flughafen angerufen.«

»Natürlich hatte er Verspätung«, fuhr ich ihn an. »Wer auch immer dir das erzählt hat, hat sich geirrt. Warum in Gottes Namen sollte ich dich anlügen?«

Alex' Mund spannte sich an. »Sag du es mir.«

Ich rieb mir die Schläfen und dachte, wie groß der Streß sein mußte, unter dem Alex stand, wenn er derart wilde Hirngespinste hatte. »Ich kann nicht glauben, daß du mir nachspioniert hast.«

Alex zog einen Mundwinkel hoch. »Ich traue dir eben nicht.«

Die nackte Wahrheit dessen, was er da sagte, schnitt durch meinen Zorn; plötzlich holte mich der Streß einer ganzen Woche voller öffentlicher Auftritte ein. Meine Augen füllten sich mit Tränen. So hatte ich mir den Abend nicht vorgestellt; es würde keinen Mitternachtssnack im Bett geben, keine zärtlichen Berührungen, kein ehrfurchtsvolles Staunen über das Leben, das wir geschaffen hatten. Ich starrte Alex an und fragte mich, was mit dem Mann geschehen war, den ich kannte.

Sobald mir die ersten Tränen über die Wangen liefen, begann Alex zu lächeln. Er packte mich grob an der Schulter. »Was war denn, pichouette?« Seine Stimme legte sich wie Seide über mich. »Kommst du aus dem Bett eines anderen? Hast du in Chicago jemand kennengelernt? Oder bist nur allein durch die Straßen gewandert und hast dich ein letztes Mal in deinem Ruhm gesonnt, nur für den Fall, daß Mißerfolg ansteckend ist?«

Ich hörte ihm an, wie sehr er sich haßte, und noch während ich den Kopf schüttelte, streckte ich die Hand nach ihm aus und bot mich ihm an – das einzige, was ich hatte. Alex packte meine

beiden Handgelenke mit einer Hand und stieß mich in die Seite.
Seine Brust hob sich vor Anstrengung. Ich rührte mich nicht; ich
atmete noch nicht einmal. Ich konnte einfach nicht glauben, daß
ich so etwas mit eigenen Augen sehen, am eigenen Körper erleben
mußte. Nein, dachte ich, aber mir fehlten die Worte.

Als er mich von sich stieß, stürzte ich gegen das Bücherregal,
und während ich zu Boden fiel, regneten Bücher und gläserne
Briefbeschwerer um mich herum herab. Ich krabbelte rückwärts,
um nicht getroffen zu werden, aber so landete sein Fuß genau in
meinem Unterleib und warf mich auf die Seite. Ich schlug die
Hände vors Gesicht und versuchte, mich so klein wie möglich zu
machen – so klein, daß Alex mich nicht mehr sah, so klein, daß ich
mich selbst vergessen konnte.

Erst als ich Alex über dem Pochen meines Körpers weinen
hörte, wußte ich, daß es vorüber war. Er legte mir die Hand auf
die Schulter und, Gott steh mir bei, ich drehte mich zu ihm um,
vergrub mein Gesicht an seiner Brust und begann zu schluchzen.
Ich suchte ausgerechnet bei jenem Menschen Trost, der mir all
den Schmerz zugefügt hatte. Er wiegte mich auf seinem Schoß; er
flüsterte, daß es ihm leid tue.

Als ich keine Tränen mehr hatte, stand Alex auf und ging ins
Bad. Er kam mit einem Waschlappen zurück und wusch mir das
Gesicht, die Nase, den Hals. Er steckte mich ins Bett und setzte
sich auf die Kante. Als er glaubte, ich würde schlafen, begann er zu
reden. »Das habe ich nicht gewollt«, murmelte er, und die Stimme
versagte ihm dabei. Er begann wieder zu weinen; dann ging er
nach nebenan und rammte seine Faust in die Wand.

Als ich vergangene Nacht zu bluten begann, sagte ich mir, daß es
bloß meine Periode war. Ich kniff die Augen zu und flüstete diesen
Satz wie ein Gebet vor mich hin, bis ich es selbst glaubte. Und
vielleicht war es tatsächlich so: Ich wußte nichts über Abgänge,
aber ich hatte eigentlich kaum Schmerzen – das allerdings vielleicht nur, weil in mir alles taub war.

Nur einmal, bevor es draußen hell wurde, gestattete ich mir, an
dieses Wesen zu denken, das vielleicht einmal unser Baby geworden wäre. Ich beschloß, Alex nichts davon zu erzählen. Ich hatte
keinen Anlaß dazu; er fühlte sich auch so elend genug. Als er

aufwachte, schlug er die Decke zurück und betrachtete die blauen Schwellungen an meinen Armen und den lila Fleck auf meinem Bauch. »Nicht«, sagte ich leise, strich ihm über die Wange und sah ihm nach, als er, fast erdrückt von seinem schlechten Gewissen, ins Studio verschwand.

Aber nun war er wieder zu Hause, und wir sollten auf eine Premiere gehen. Ich drehte mich zu Alex um, der neben mir auf dem Bett lag. Er war eingeschlafen, nachdem Ophelia gegangen war, den Arm besitzergreifend über mich gelegt. Ganz sacht hob ich seine Hand, schlüpfte darunter hervor und ging in den Salon nebenan.

Ich hatte die Bücher und Briefbeschwerer am Morgen aufgelesen, aber ich konnte sie immer noch auf dem Boden liegen sehen. Benommen setzte ich mich auf das Sofa, nahm die Fernbedienung und schaltete den Fernseher ein. Auf dem Bildschirm erschienen zwei verzerrte Tiere, ein Zeichentrickfilm. Das eine donnerte dem anderen einen Amboß auf den Kopf. Das zweite Tier lächelte, dann zersprang sein Leib und zerbröckelte, so daß nur noch das Skelett übrigblieb.

Es ist also überall so, dachte ich.

Alex kam ein paar Minuten später und setzte sich neben mich. Er küßte mich so liebevoll, daß ich mein Herz wie jenes Zeichentricktier vor mir sah – es zerbröckelte, bis nur noch der schmerzende Kern übrigblieb. »Kommst du mit mir?« fragte er.

Ich nickte; ich wäre über glühende Kohlen gewandert und hätte Feuer geschluckt, wenn Alex es von mir verlangt hätte. Ich hätte meine Seele für ihn hingegeben. Ich liebte ihn.

Ich weiß, daß du das kaum verstehen kannst, aber ich wußte genau, daß es nicht wieder vorkommen würde. Mir war klar, daß ich teilweise selbst schuld war. Es war meine Aufgabe, Alex glücklich zu machen; darauf lief das Gelübde hinaus, das ich vor über einem Jahr abgelegt hatte. Aber offenbar hatte ich etwas getan, das irgendwie das Gleichgewicht gestört und ihn in diesen Zorn getrieben hatte. Ich mußte nur herausfinden, was ich falsch gemacht hatte, dann würde er sich nie wieder so schlecht fühlen und es würde nie wieder soweit kommen.

Alex zog mich ins Schlafzimmer und half mir in ein hautenges, schwarzes Kleid, das an den Schultern tief ausgeschnitten war, meinen Körper aber ansonsten vom Hals bis zu den Füßen verhüllte. »Du siehst wunderschön aus«, sagte er, während er mich zu einem Spiegel führte.

Ich starrte auf meine nackten Füße, meine nervös zuckenden Hände und in Alex' Augen, die immer noch so verletzt aussahen. Von den blauen Flecken war nichts zu sehen. »Ja«, sagte ich. »Das ist gut.«

Unsere Limousine kam zusammen mit zwanzig anderen vor dem Premierenkino an, deshalb mußten wir warten, bis wir vor den Eingang fahren konnten, wo alle ausstiegen. Fans und Paparazzi bildeten ein Spalier bis zur Tür, und direkt am Bordstein hatten ein paar Reporter Posten bezogen, so daß sie im selben Moment, wo die Prominenten aus ihren Wagen stiegen, ihre Kommentare sprechen konnten.

Das war nichts Neues; Alex und ich waren im letzten Jahr auf vielen Galaveranstaltungen gewesen. Er stieg zuerst aus, groß und gutaussehend in seinem gestärkten weißen Hemd und der Krawatte. Als er der Menge zuwinkte, fing sich die Sonne in seinem Ehering und blendete mich einen Moment. Dann half er mir liebevoll aus dem Wagen und legte den Arm um mich, sorgsam darauf bedacht, die Hand tiefer als gewöhnlich zu halten, wo er mir nicht weh tat.

Es war Brauch, wie ein Königspaar ein paar Sekunden inmitten der Menge zu verharren, damit die Menschen fotografieren und applaudieren und uns in aller Ruhe betrachten konnten. Die Klatschreporterin neben mir mußte fast brüllen, um sich über den Jubel der Menge verständlich zu machen, die Alex' Namen rief. »Eben sind Alex Rivers und seine Frau Cassandra eingetroffen. Man sagt, daß *Antonius und Kleopatra*, Alex Rivers' neuer Film, schwer in die Bredouille geraten ist«, sagte sie. »Aber wie Sie sehen können, zweifeln seine Fans kein bißchen dran, daß Alex alle Probleme ausbügeln kann, die es bei seiner neuesten Produktion geben mag.« Sie warf über die Schulter einen bedeutsamen Blick in die Kamera. »Anscheinend wird alles, was Alex Rivers anfaßt, zu Gold.«

Alex schob mich mit sanftem, aber bestimmtem Druck weiter. Ich drehte mich ein letztes Mal zu der Reporterin um, dann warf ich den Kopf in den Nacken und lachte.

17

Ich hörte ihn die Stufen zum Apartment heraufkommen und sprang augenblicklich hellwach aus dem Bett, wo ich ein Nickerchen gehalten hatte. Das Herz schlug mir bis zum Hals, während ich die Falten aus der Decke strich, die mein Körper dort hinterlassen hatte, um ihn bloß nichts ahnen zu lassen.

Es war April, und die Universität hatte mir freigegeben, doch Alex konnte sich nicht mit der Vorstellung anfreunden, daß ich nichts zu tun hatte. Das hatte er mir mehr als einmal erklärt, mal neckend, manchmal so ernst, daß ich mir tatsächlich eine Beschäftigung suchte: Ich polierte glänzend saubere Kristallüster, meldete mich zu einem Aerobic-Kurs an, den ich haßte, und richtete das Apartment neu ein, das von Anfang an perfekt eingerichtet gewesen war. Mich hatte das letzte Jahr wirklich vollkommen ausgelaugt: Ich war zur ordentlichen Professorin ernannt worden und hatte meine Verpflichtungen an der Universität mit diversen Vorträgen über die Hand in Einklang bringen müssen, die zur Zeit in einem Londoner Museum ausgestellt wurde. Diesen Monat hatte ich einfach bloß ausspannen wollen.

Aber ich wollte Alex auch nicht aufregen.

Deshalb stand ich auf, fuhr mir mit der Hand durchs Haar und kontrollierte, ob sich im Schlaf auch keine Strähne aus der Spange gelöst hatte. Mein Herz begann zu rasen, und ich begann die Sekunden zu zählen, bis Alex die Tür aufreißen würde. Verzweifelt sah ich mich nach etwas um, mit dem ich irgendeine Beschäftigung vortäuschen könnte. Schließlich griff ich nach Block und Bleistift, setzte mich an den Sekretär und kritzelte das erste beste hin, was mir in den Sinn kam: einen Stammbaum der menschlichen Evolution.

Eine Minute verstrich; zwei. Ich schob den Stuhl zurück und zwang mich, das Zimmer zu durchqueren und die Tür aufzumachen. Meine Wangen waren rot, als ich den Türknauf drehte, und ich zögerte einen winzigen Augenblick. Ich hatte keine Ahnung, was mich draußen erwartete.

Es waren Vorhänge, die im heißen Wind flatterten. Mrs. Alvarez hatte die Fenster geöffnet, bevor sie auf den Trancas-Markt gegangen war. Ansonsten war es totenstill im Haus, und das hieß, daß sie noch nicht wieder zurück war.

Ich ging die Treppe hinunter und öffnete die Haustür einen Spaltbreit, um hinauszuschielen. Ich rief seinen Namen, wartete auf eine Antwort, dann sah ich in den Toiletten und im Arbeitszimmer und auf der Veranda nach, ehe ich begriff, daß ich mich unnötig aufgeregt hatte. Ich hatte mir die Schritte nur eingebildet. Alex war noch nicht heimgekommen.

Nach diesem ersten Mal war Alex sechs Monate lang ein vorbildlicher Ehemann, mußt du wissen. Er vergaß nie, mich zu fragen, was ich an der Universität erlebt hatte; er richtete mir zum Geburtstag mein eigenes Labor auf unserem Grundstück in Bel-Air ein; er beauftragte einen Künstler, mich zu porträtieren, und hängte das Bild gegenüber dem Schreibtisch in seinem Arbeitszimmer auf, wo er mich, wie er sagte, immer im Auge behalten könne. Wenn ich einen Vortrag über die Hand hielt, begleitete er mich und klatschte lauter als alle anderen; für ein paar Monate stellte er sogar eine völlig überflüssige Sekretärin ein, die meine Vorträge planen und sammeln sollte. Nachts berührte er mich voller Ehrfurcht, und er drückte mich im Schlaf an sich, als habe er immer noch Angst, ich könne ihm weglaufen.

Wenn überhaupt, waren wir uns noch nähergekommen. Ich weiß, daß du das nicht verstehst, und ich kann es nicht besser erklären als so: Ich liebte Alex so sehr, daß es leichter war, mir von ihm weh tun zu lassen, als zusehen zu müssen, wie er sich selbst weh tat. Körperlicher Schmerz war nichts im Vergleich zu dem Blick in seine verschlossenen Augen, wenn er seinen eigenen Erwartungen nicht gerecht wurde.

Ich fürchtete mich nicht vor Alex, denn ich verstand ihn. Ich tat mein Bestes, damit zu Hause alles glatt und geräuschlos lief, so als könne ich auf diese Weise ein Fundament schaffen, auf dem er aufbauen konnte. Manchmal gingen meine Bemühungen nach hinten los – ich lieferte ihm einen Anlaß zu explodieren. Als ich einen Stapel mit Drehbüchern zur Seite schob, damit auf dem Schreibtisch Staub gewischt werden konnte, brüllte er mich eine Stunde lang an. Aber er berührte mich nicht, nicht im Zorn, zumindest eine Weile nicht.

Er drehte *Unzulänglich*, einen Film, über den ich nichts wußte, weil ich keine Zeit gefunden hatte, das Drehbuch zu lesen – der zweite Film, bei dem das so war. Wir wohnten vorübergehend im Apartment, weil ich die Wände neu tapezieren ließ und es einfacher war, dort zu schlafen, als jeden Morgen hinzufahren, um die Arbeiten zu überwachen. Alex kam zum Abendessen, nachdem Mrs. Alvarez den Tisch gedeckt hatte und über das Wochenende zu ihrem Sohn gefahren war.

Ich stand vor dem Tisch, als ich hörte, wie John den Wagen vorfuhr. Ich warf einen letzten prüfenden Blick auf den Tisch, streckte die Hand nach seinem Gedeck aus und brachte Messer, Gabel und Löffel in eine Linie.

»Hi.« Alex blieb hinter mir stehen und schlang die Arme um meinen Bauch. Er roch noch nach der Creme, mit der abends das Make-up entfernt wurde. Er hatte seine Sonnenbrille noch auf der Nase. »Was gibt's zum Essen?«

Ich drehte mich in seinen Armen um. »Was hättest du denn gern?«

Alex lächelte. »Das fragst du noch?« Genüßlich begann er, mein Hemd aufzuknöpfen. »Ist dir nicht heiß?«

»Nein.« Ich lachte. »Ich habe *Hunger*.« Ich hob die Haube von der Servierplatte und ließ Alex den verführerischen Duft gedünsteter Erbsen und Hähnchen à la Kung Pao schnuppern. »Warum ziehst du dich nicht um?«

Alex ging nach unten ins Schlafzimmer, während ich Reis und Hähnchen und Gemüse auf unsere Teller häufte. Geduldig wartete ich, die Serviette auf dem Schoß, bis Alex zurückkam, nun in Shorts und einem hellblauen T-Shirt mit Tasche, das seine Augen zum Leuchten brachte. »Hast du meine Turnschuhe gesehen, *pichouette*?« fragte er.

Ich runzelte die Stirn und versuchte mich zu erinnern, wo sie standen. Ich hatte sie im Laufe des Tages irgendwo gesehen, inmitten von Pinseln und Eimern und Tapetenrollen.

»Ach ja«, rief ich aus, als es mir wieder einfiel. »Sie sind auf der Veranda.«

Die Veranda vor dem Apartment war eigentlich ein windgeschützter Patio oberhalb der unteren Wohnebene. Wir hatten dort unsere Pflanzen stehen sowie einen unglaublich häßlichen Holzindianer, von dem Alex nicht mehr wußte, wie er dorthin gekommen war. Alex ging zur Schiebetür, trat hinaus, entdeckte seine Turnschuhe und schlüpfte hinein.

Augenblicklich schüttelte er sie wieder ab und stieß eine Tirade französischer Flüche aus. Er hob einen Schuh an seine Nase, schnitt eine Grimasse und schleuderte ihn quer durch das Wohnzimmer. Der Schuh klatschte gegen die neue weiße Seidentapete und hinterließ einen dunklen, schlammigen Fleck.

Betont langsam zog Alex die Schiebetür wieder zu und wanderte dann durch das ganze Apartment, um überall die Fenster zu schließen, die ich aufgemacht hatte, um den Ozeanwind hereinzulassen. Als er uns völlig abgeschirmt hatte, begann er zu reden. »Eine Scheißkatze hat in meine Schuhe gepinkelt«, sagte er. »Ich möchte nur wissen, was meine Turnschuhe da draußen zu suchen hatten.«

Ich legte meine Gabel am Tellerrand ab, ängstlich darauf bedacht, nicht das leiseste Geräusch zu machen. »Hast du sie nicht draußen gelassen?« fragte ich.

»Du warst den ganzen verdammten Tag lang hier!« brüllte Alex. »Ist dir kein einziges Mal in den Sinn gekommen, daß du sie reinholen könntest?«

Ich verstand nicht, wieso das eine Krise auslösen mußte. Ich wußte, daß Alex noch ein Paar ältere Turnschuhe unten in seinem Schrank hatte. Im Haus hatte er mindestens noch drei weitere Paare. Weil ich nicht wußte, was genau er von mir hören wollte, starrte ich auf meinen Teller, auf das kalt werdende Hähnchen.

Alex packte mich am Kinn und riß mir den Kopf zurück. »*Sieh mich an*, wenn ich mit dir rede!« fauchte er. Dann packte er mich an den Schultern und stieß mich zur Seite, so daß der Stuhl umfiel und ich halb darunter landete.

Ich schloß die Augen, rollte mich zusammen und wartete auf das, was gleich kommen würde, aber statt dessen hörte ich, wie der Schlüssel in der Haustür umgedreht wurde. »Wo willst du hin?« flüsterte ich so leise, daß ich nicht glaubte, Alex würde mich hören.

»Ich gehe joggen«, antwortete er knapp.

Mühsam kämpfte ich mich hoch. »Du hast keine Schuhe an«, sagte ich.

»Das weiß ich selbst«, fuhr Alex mich an und knallte die Tür hinter sich zu.

Ein paar Sekunden blieb ich sitzen, die Knie fest an die Brust gedrückt, dann stand ich auf und begann, die Teller abzuräumen. Alex' Portion stellte ich in die Mikrowelle, meine kippte ich in den Müll. Danach ging ich durch das Apartment und machte die Fenster wieder auf, die Alex geschlossen hatte. Ich lauschte den Hunden, die am Strand die Flut anbellten, dem Lachen und Rufen, das von einem Volleyballspiel herüberwehte. Ich wartete darauf, daß ich Alex zu mir zurückkommen hörte. Und ich redete mir ein, daß überhaupt nichts passiert war und es deshalb auch nichts zu verzeihen gab, wenn er wiederkommen würde.

Herb Silver reichte mir ein zweites Glas Sekt. Er stand mit mir in einer Ecke der überfüllten Lobby und stopfte sich winzige Würstchen im Schlafrock in den Mund. »Weißt du«, sagte er, »die läßt Alex extra für mich kommen. Weil er genau weiß, daß ich dieses schicke Austern- und Blätterteigzeugs nicht mag.«

»Quiches«, stellte ich klar.

»Wie auch immer.« Er legte mir einen fleischigen Arm um die Schultern. »Tief durchatmen, Schätzchen. Er kommt gleich wieder.«

Ich lächelte verlegen und wünschte mir, ich wäre nicht so leicht zu durchschauen. Ich genoß Herbs Gesellschaft, und ich wußte zu schätzen, wie fürsorglich Alex darauf achtete, daß sich jemand um mich kümmerte, aber viel lieber wäre ich mit Alex selbst zusammengewesen. Und ich wäre auch mit ihm zusammengewesen, wenn wir irgendeine Premiere und nicht die seines eigenen Films besucht hätten. Heute abend jedoch hatte er Verpflichtungen, er mußte Interviews geben und mit möglichen Geldgebern über die Finanzierung seines nächsten Projekts sprechen. Ich wäre ihm dabei bloß im Weg. Ich verrenkte mir den Hals und versuchte, ihn irgendwo in der Menge der Gratulanten zu erspähen.

Alex war nirgendwo zu sehen. Enttäuscht wandte ich mich wieder Herb zu. Er war eigentlich mit Ophelia hier, nicht weil er ihr Agent war, sondern weil er sich keinesfalls das Vergnügen entgehen lassen wollte, eine schöne Frau zu einem Medienereignis zu eskortieren. Ich hatte ihn um diesen persönlichen Gefallen gebeten, genau wie ich Alex darum gebeten hatte, sie auf die Gästeliste setzen zu lassen. Ich sah sie am anderen Ende der Lobby, in einem meiner Kleider und in ein Gespräch mit einem Schauspieler verwickelt, der kurz vor dem großen Durchbruch stand.

»Ophelia scheint sich zu amüsieren«, sagte ich, um das Gespräch wiederaufzunehmen.

Herb hob die Achseln. »Ophelia würde sich auch auf einer Beerdigung amüsieren, vorausgesetzt, es wären genug Branchenheinis da.« Er erbleichte, als sei ihm eben erst aufgegangen, daß er damit meine Freundin beleidigt hatte. »Das soll nichts heißen, *bubbelah*«, schränkte er sofort ein. »Nur, daß Ophelia dir überhaupt nicht ähnlich ist.«

Ich lächelte ihn an. »Ach ja? Wie bin ich denn?«

Herb grinste, bis ich die Goldfüllungen in seinen Backenzähnen sehen konnte. »Du? Du bist gut für meinen Alex.«

Die Lichter gingen aus und wieder an, und die Gäste drängten langsam zum Eingang des Vorführsaals. Die Kritiker zückten ihre Notizblocks und schraubten ihre Füller auf. Herb schaute sich nervös um, weil er darauf wartete, daß Alex mich abholte, bevor er hineinging.

»Geh schon«, drängte ich ihn. »Ich kann durchaus auf mich aufpassen.«

»Ach«, meinte Herb, »ich kenne die Geschichte doch schon. Was machen da ein, zwei Minuten am Anfang aus?« Er verschränkte die Arme und lehnte sich an die Wand.

Ich suchte die Menschenmenge ab und begann mich zu fragen, ob Alex mich vergessen hatte. »Ich weiß nicht mal, worum es geht«, gestand ich. »Ich hatte einfach keine Zeit, das Drehbuch zu lesen.«

Herb zog die Brauen hoch. »Sagen wir, es ist ein neuer Anfang für Alex. Ich glaube nicht, daß du ihn schon mal so gesehen hast.« Herb begann zu grinsen. »Wenn man vom Teufel spricht...«, sagte er.

Alex hakte sich bei mir ein. »Es tut mir leid«, entschuldigte er sich, »aber selbst Filmstars müssen ab und zu mal verschwinden.« Er dankte Herb dafür, daß er mich unter seine Fittiche genommen hatte, dann führte er mich in das dunkle Kino.

Während der Vorspann über die Leinwand rollte, kuschelte ich mich an Alex. »Herb meint, ich würde dich nicht wiedererkennen.«

Alex atmete tief ein und packte meine Hand. »Cassie«, flüsterte er leise, »versprich mir eines – du darfst nicht vergessen, daß alles nur gespielt ist.« Er verflocht seine Finger mit meinen, drückte sie bekräftigend und legte dann unsere beiden Hände auf die Armlehne zwischen uns. Er ließ mich nicht mehr los.

Was diesen Film von Alex' bisherigen unterschied, war, daß er hier den Schurken spielte. Seine anderen Charaktere hatten zwar durchwegs Makel gehabt, aber niemals so viele, daß sie sich derart schwarz gegen den Hintergrund abzeichneten. Ich fand sehr bald heraus, worum es in *Unzulänglich* ging.

Alex spielte einen Mann, der seine Frau schlug.

Ich merkte gar nicht, wie fest ich mich in Alex' Finger krallte oder wie schwindlig mir war; wahrscheinlich wäre ich zusammengebrochen, wenn ich aufgestanden und aus dem Kino gelaufen wäre, was ich am liebsten getan hätte. Ich beobachtete die allererste Szene, die sich in einem Bad abspielte, wo alle Ablagen makellos blank und die Handtücher sauber gefaltet in ihren Fächern lagen. Alex zog den Duschvorhang zurück und gab den Blick auf den Duschkopf frei, der nicht genau senkrecht zur Wand stand. Alex schleifte eine Frau, die nicht ich war, ins Bad, zwang sie, ihren Fehler einzugestehen, und schleuderte sie auf den Fliesenboden.

Ich sah mein eigenes Leben vor mir.

Aber bei den Dreharbeiten gab es Stuntmänner und -frauen; man brachte den Schauspielern bei, die Schläge nur vorzutäuschen. Immer wieder sagte ich mir, daß die Schauspielerin überhaupt nicht verletzt worden sei.

Dann drehte ich mich zu Alex um, der mich anschaute, nicht den Film. In seinen Augen spiegelten sich die Filmfiguren, die auf der Leinwand unser Leben nachspielten. *Versprich mir eines – du darfst nicht vergessen, daß alles nur gespielt ist.* »Warum?«

hauchte ich, aber Alex beugte sich nur zu mir herüber und flüsterte, daß es ihm leid tue.

Nachdem der Film angelaufen und Alex phantastische Kritiken dafür bekommen hatte, daß er eine Rolle angenommen hatte, die sein Image als Schauspieler verändert, fuhren wir auf die Ranch nach Colorado. Von seinen drei Wohnsitzen war mir dies der liebste. Die Ranch lag am Fuß der bläulich schimmernden Rocky Mountains und erstreckte sich über dreißig Morgen üppiger Felder. Durch das Gebiet wand sich ein klares Flüßchen, das so kalt war, daß einem die Füße taub wurden. Mir war wohl bewußt, was die hohe Lage Colorados bewirkte, aber sobald ich durch das Tor der Ranch trat, atmete ich einfach viel freier.

Selbst die Ställe und das Haupthaus unterschieden sich im Baustil von Alex' Häusern in L. A. Sie waren im spanischen Stil errichtet, mit Stuck und roten Ziegeldächern, und an den Fenstern hingen handgemachte Blumenkästen, aus denen Geranien wucherten. Die wenigen Angestellten, die sich um die Pferde und die Ranch kümmerten, während Alex in Kalifornien war, schienen sich in den Hügeln zu verstecken, sobald wir ankamen, so daß ich das Gefühl hatte, nur Alex und ich hätten Zugang zu diesem kleinen Paradies.

Während unserer ersten Besuche auf der Ranch hatte Alex mir das Reiten beigebracht. Er selbst hatte es vor Jahren für *Desperado* gelernt. Ich war eine gute Schülerin, und es machte mir Spaß.

Alex hatte mir eine Stute namens Annie gekauft, die zehn Jahre alt war, aber sich aufführte wie ein übermütiges Fohlen. Wenn ich aufsaß, versuchte sie mich meist abzuwerfen. Trotzdem, verglichen mit den Pferden, die Alex selbst bevorzugte, war sie lammfromm. Jedesmal schien ein neues, erst halb zugerittenes auf ihn zu warten. Für Alex bestand der halbe Reiz allein darin, sich im Sattel zu halten.

»Um die Wette«, sagte ich, während ich zusah, wie Alex Kongos Zügel anzog, um ihn im Schritt zu halten. Ich lenkte Annie in einem engen Kreis um ihn herum. »Oder hast du Angst, du könntest die Kontrolle über ihn verlieren?«

Ich provozierte Alex; ich wußte, wenn er sich zutraute, in den Sattel zu steigen, würde er das Pferd auch seinem Willen beugen können. Aber Kongo war ein riesiger Hengst, fast zwei Meter groß und schwarz wie die Nacht, der nicht die geringste Neigung zeigte, Alex' Wünschen in irgendeiner Weise Folge zu leisten. »Ich glaube, du solltest mir wenigstens einen Vorsprung geben«, sagte Alex grinsend, und als habe Kongo ihn verstanden, trottete er in die entgegengesetzte Richtung davon.

»Nie im Leben«, rief ich, bohrte die Hacken in Annies Flanken und flog durch das Tor hindurch auf das Tal zu, wo das Flüßchen drei scharfe Kehren machte, bevor es in einem Hain silbriger Espen verschwand, deren Blätter im Wind klangen wie die Schellen eines Tamburins.

Alex erreichte den Hain mit einem Vorsprung von vier Längen, bremste den Hengst zu einem langsamen Trab ab und ließ ihn im Kreis laufen, bis er sich abgekühlt hatte. Dann schwang er sich von Kongos Rücken, band ihn an einem niedrigen Ast fest und half mir beim Absteigen. Er ließ mich langsam an seinem Körper heruntergleiten, und ich nutzte die Gelegenheit, um die Arme um seinen Hals zu werfen und ihn zu küssen. »Was ich besonders an dir mag«, murmelte er lächelnd, »ist, daß du keine schlechte Verliererin bist.«

Wir ließen die Pferde grasen und setzten uns ans Ufer, wo wir die nackten Füße im eiskalten Wasser baumeln ließen. Dann legte ich mich zurück und ließ meinen Kopf in Alex' Schoß sinken.

Ich wachte auf, als mein Schädel auf die Steine am Ufer schlug. Alex war auf Kongos Rücken gesprungen. »Annie hat sich gerade losgerissen«, rief er mir zu. »Ich reite ihr nach.«

Mir war klar, daß Alex Annie einholen würde. Ich überlegte, wie sie sich wohl losgerissen hatte. Möglicherweise hatte sie ihre Zügel durchgekaut; bei ihrem Temperament war das durchaus vorstellbar. Aber es war genausogut möglich, daß ich sie einfach zu schlampig angebunden hatte und daß ich für diese Nachlässigkeit teuer bezahlen mußte, wenn Alex zurückkam.

Als ich Alex endlich auf mich zugaloppieren sah, stand ich schon reglos am Ufer. Keuchend und ohne mich anzusehen, hielt er die Pferde einen Meter vor mir an. Dann stieg er ab und knotete Annies und Kongos Zügel an den Stamm zweier Bäume.

Während dieses Vorspiels hatte er kein einziges Wort gesagt, und mir war klar, daß er sich Zeit ließ, bevor er sich mit mir befaßte. Er drehte sich um, aber ich vermochte seine Miene nicht zu deuten. Als er einen Schritt auf mich zu machte, wich ich instinktiv zurück.

Alex' Augen wurden groß. Dann streckte er mir die Hand entgegen, wie man sie einem Hund hinhält, der einen nicht gut kennt. Er wartete, bis ich meine Hand in seine gelegt hatte, dann riß er mich in seine Arme. »Himmel«, flüsterte er, während er mir das Haar glattstrich. »Du zitterst ja.« Er streichelte mich am Hals. »Selbst wenn ich sie nicht eingeholt hätte, wäre sie bestimmt zum Stall zurückgelaufen. Du hättest keine Angst zu haben brauchen.« Aber das Zittern wollte einfach nicht aufhören, deshalb schob er mich nach einer kurzen Weile sanft von sich weg und hielt mich nur noch an den Armen fest. »Mein Gott«, erkannte er langsam. »Du hast Angst vor mir.«

Ich sah auf und schüttelte den Kopf, aber das Zittern strafte meine Antwort Lügen. Alex setzte sich auf den Boden und senkte den Kopf. Ich setzte mich neben ihn; ich fühlte mich elend, weil ich einen vollkommenen Nachmittag ruiniert hatte. Mir war klar, daß es meine Aufgabe war, die Stimmung wieder aufzuhellen, deshalb atmete ich tief durch. Ich stand auf und watete wieder in den Fluß, beugte mich vor und streckte die Finger ins Wasser. »Man sagt«, meinte ich, »daß es in diesem Flüßchen Forellen gibt.«

Alex hob den Kopf und lächelte mich dankbar an. Genießerisch wanderte sein Blick von meinem Scheitel über meinen Hintern bis zu den nackten Füßen. »Ja«, bestätigte er, »so sagt man.«

»Und man sagt auch«, fuhr ich fort, »daß du mit bloßen Händen Fische fangen kannst.« Im gleichen Moment schlüpfte eine dünne Regenbogenforelle zwischen meinen Händen durch, so daß ich erschrocken nach Luft schnappte und ein paar Schritte zurücktaumelte.

Alex stand auf und stellte sich hinter mich ins Wasser. »Angenommen, du würdest das lernen wollen«, begann er, während sich seine Schenkel gegen meine drückten, »dann müßtest du vor allem aufhören, so herumzuzappeln.« Er beugte sich über mich, so dicht, daß seine Lippen mein Ohr berührten. Seine Arme schmiegten sich an meine und tauchten ins Wasser, wo meine Hände in seinen ruhten. »Und dann müßtest du ganz reglos abwarten. Nicht einmal atmen – eine Forelle haut ab, wenn sie auch nur *glaubt*, daß du da stehst. Und jetzt schließt du die Augen.«

Ich drehte den Kopf. »Ehrlich?«

»So kannst du den Fisch besser spüren.«

Gehorsam schloß ich die Augen, ließ die kühle Luft in meine Lunge strömen und genoß das Gefühl, von Alex' Körper an so vielen Stellen berührt zu werden.

Als die Forelle wie ein quecksilbriges Kitzeln über meine Handfläche glitt, schnappten Alex' Finger zu. Er riß unsere Arme zurück, und der Fisch klatschte an meine Brust, wo er in der Furche zwischen meinen Brüsten zappelte. Gemeinsam kippten wir lachend rückwärts aufs Ufer.

Wir starrten einander an, nur Zentimeter voneinander entfernt. Alex' Hände lagen immer noch auf meinen. Wo sich seine Handgelenke an meine Brust drückten, spürte ich seinen Herzschlag, stetig und fest, genau wie meiner. Wir versuchten gar nicht, den Knoten zu lösen, zu dem wir unsere Leiber verschlungen hatten, nicht einmal, als Alex mir den Fisch wegnahm und ihn zurück in das Flüßchen setzte. Gemeinsam beobachteten wir, wie er einen Stein umrundete und dann, flüchtig wie ein Zweifel, verschwand.

Ich erinnere mich nicht mehr, was jenen Streit auslöste; ich erinnere mich nicht einmal daran, wie Alex mir nachsetzte. Ich weiß nur noch, daß es im Schlafzimmer passierte und daß einer von uns in dem Durcheinander an den Frisiertisch stieß. Deshalb blieben mir weder Alex' hitzige Vorwürfe noch das Brennen seiner Hand auf meiner Schulter im Gedächtnis; sondern nur das Bild, wie das Glas voll Schnee, das Alex mir nach Tansania gebracht hatte, von der Kommode rollte und auf dem glatten Holzboden zerschellte.

Es war ein Mißgeschick, das schon längst hätte passieren können, etwa wenn ein ungeschicktes Zimmermädchen an das Glas geraten wäre oder ich mich beim Anziehen zu schnell umgedreht hätte. Aber das war nicht passiert. Zweieinhalb Jahre hatte das kleine Glas fest verschlossen zwischen meiner Bürste und Alex' gestanden, als sei es das Glied, das beide verband.

Alex stand schwer atmend über mir und beobachtete, wie sich das Wasser auf dem Boden ausbreitete. Ich fragte mich benommen, ob es wohl Flecken hinterlassen würde, und merkte, daß ich genau das hoffte, damit wenigstens irgend etwas davon zurückblieb.

Statt sich zu entschuldigen oder mich an die Brust zu drücken, kniete Alex nieder und sammelte die größten Scherben auf. Eine schnitt ihn in den Daumen, und ich beobachtete fasziniert, wie sein Blut in der Wasserpfütze Schlieren zog.

Ich glaube, das gab den Ausschlag. »Wenn du mich jemals wieder schlägst«, sagte ich leise, den Blick fest auf das Wasser gerichtet, »dann verlasse ich dich.«

Alex hielt nicht einmal inne. Er sammelte die Scherben auf, als glaube er tatsächlich, sie wieder zusammensetzen zu können. »Damit«, antwortete er ruhig, »würdest du mich umbringen.«

Ich nahm meine Tasche und meine Jacke, ging die Treppe hinunter und schüttelte den Kopf, als John fragte, ob er mich fahren solle. Ich wanderte durch die Straßen unseres Viertels und schluckte schwer an der schalen, abgestandenen Luft.

Als ich St. Sebastian erreichte – ja, unsere Kirche –, war mein erster Gedanke, daß ich dort Zuflucht finden könne. Ich könnte mich innen verstecken und nie wieder herauskommen. Wenn ich nur lang genug auf den kühlen, dunklen Kirchenbänken saß und die Schatten verfolgte, die das bunte Glas warf, dann würde die Welt vielleicht wieder so werden, wie sie einst gewesen war.

Ich sehnte mich danach, katholisch oder überhaupt gläubig zu sein – aber ich konnte nicht ehrlich behaupten, daß ich an irgend etwas glaubte. Ich bezweifelte, daß es einen gnädigen Gott gab. Ich schloß die Augen, und statt zu Jesus zu beten, betete ich zu Connor. »Ich wünschte, du wärst hier«, flüsterte ich. »Du weißt gar nicht, wie sehr ich dich brauche.«

Ich blieb dort sitzen, bis das harte Holz in meine Schenkel schnitt. Mittlerweile ging das einzige Licht in der kleinen Kirche von den weißen Kerzen aus, die auf einem Tisch weiter hinten brannten. Benommen stand ich auf. Mir war klargeworden, daß es etwas anderes gab, an das ich immer noch glaubte: Ich glaubte an Alex und mich. Trotz dieses ewigen Kreisens glaubte ich daran, daß wir zusammengehörten.

Ich schlüpfte durch das schwere Kirchenportal und hielt ein Taxi an. Als ich die Haustür berührte, schwang sie auf. Drinnen war es stockdunkel. Alex saß auf der untersten Treppenstufe, den Kopf in beide Hände gestützt.

In jener Nacht begriff ich zweierlei: daß Alex tatsächlich geglaubt hatte, ich habe ihn endgültig verlassen, und daß alles, was ich in der Hitze des Gefechts gesagt haben mochte, nur eine leere Drohung gewesen war. Von dem Augenblick an, wo ich zur Tür hinausgegangen war, war ich immer nur zu ihm zurückgekehrt.

18

Neben mir lag ein Stapel kitschiger Drehbücher. Eigentlich war das nicht meine Aufgabe, aber trotzdem las ich gern darin. Ich versuchte mir vorzustellen, wie Alex die Anweisungen nachspielte, wie er die Worte auf der Seite nachsprach. Die meisten Drehbücher legte ich nach den ersten paar Seiten weg, aber wenn eines mehr versprach, las ich es bis zum Schluß.

Ich war in Alex' Büro in den Studios der Warner Brothers. An den Tagen, wo ich nicht unterrichten mußte und keine Lust zum Forschen hatte, kuschelte ich mich auf das plüschige Sofa und wartete, bis er mit dem fertig war, was er an diesem Tag gerade tat, so daß wir zusammen heimfahren konnten. Heute war Alex im Tonstudio und vertonte seinen neuesten Film nach. Es würde noch ein paar Stunden dauern, ehe er mich abholte. Seufzend nahm ich das oberste Drehbuch vom Stapel und begann zu lesen.

Zwei Stunden später ließ ich das Drehbuch fallen und rannte über die Hauptdurchfahrt zwischen den einzelnen Studiogebäuden. Ich wußte in etwa, wo die Nachvertonung stattfand, dennoch stürzte ich erst in drei andere Räume, ehe ich Alex fand. Er beugte sich neben einem Techniker über ein elektronisches Schaltpult, und als er mich sah, nahm er den Kopfhörer ab.

Ich ignorierte den strengen Zug um seinen Mund und den Blick, der verhieß, daß ich später für diese Unterbrechung zurechtgewiesen werden würde. »Komm mit«, sagte ich in einem Ton, der keinen Widerspruch duldete. »Ich habe einen Film für dich.«

Die allererste Einstellung in *Die Geschichte seines Lebens* zeigte einen Mann, der seinen Vater sterben sieht. In einem Krankenhauszimmer voller Schläuche und Drähte und piepsender Maschinen beugte er sich zu der papierdünnen Wange hinunter und flüsterte: »Ich liebe dich.«

Der Film drehte sich um einen Vater und einen Sohn, die nie wirklich miteinander kommuniziert haben, weil das ihrer persönlichen Definition des Mannseins widersprochen hätte. Der Sohn, der jeden Kontakt zu seinem überheblichen und überkritischen Vater abgebrochen hat, kehrt erst nach Hause zurück, als seine Mutter bei einem Autounfall stirbt. Er ist inzwischen ein weitgereister Fotoreporter; sein Vater ist, was er immer war, ein einfacher, ungebildeter Maisfarmer aus Iowa. Der Sohn sieht sofort, wie wenig er mit seinem Vater gemein hat, wie alt sein Vater geworden ist, wie schwierig es ist, ohne die Frau, die als Puffer zwischen beiden diente, mit ihm zusammenzuleben.

Aus vielschichtigen Motiven heraus beginnt der Sohn eine Fotoreportage über den Feldzug seines Vaters gegen die Regierung zu entwerfen. Dabei zeigt er ihn ganz objektiv als unabhängigen Farmer, der mit Preisbegrenzungen drangsaliert wird, bis er nicht mehr von seinen Erträgen leben kann. In Rückblenden sieht man, wie die Mauer zwischen Vater und Sohn entstanden ist; später zeigt der Film, wie diese Mauer allmählich wieder abgebaut wird, als der Sohn die Kamera beiseitelegt und gemeinsam mit seinem Vater auf dem Feld arbeitet. Erst jetzt lernt er ihn wirklich und nicht nur als unbeteiligter Beobachter kennen.

Höhepunkt des Filmes ist eine atemberaubende Szene zwischen Vater und Sohn. Der Sohn, der seinem Vater immer wieder die Hand zum Frieden reichen wollte, wird vom Vater immer noch auf Distanz gehalten; tatsächlich scheinen sich die beiden nur dann zu verstehen, wenn sie Seite an Seite in den Maisfeldern arbeiten. Der Sohn, der durch die schroffe Kritik seines Vaters an seinem Leben ständig zurückgewiesen wird, explodiert schließlich. Er brüllt, daß er seinem Vater lange genug Gelegenheit gegeben habe, ihn als das zu sehen, was er wirklich ist, daß jeder andere Vater stolz wäre, wenn es sein Sohn so weit gebracht hätte, daß er nie um die halbe Welt hätte reisen müssen, um seinen Platz zu finden, wenn man ihn zu Hause akzeptiert hätte. Der Vater schüttelt nur den Kopf und geht weg. Erst als der Alte nicht mehr vor ihm steht, nimmt der Sohn die Landschaft wahr – weite Felder, die alle seiner Familie gehören. Und ihm fällt auf, daß er als Kind oft auf dem gleichen Fleck gestanden, aber nie die weiten, grünen Felder gesehen hat – nur ihre Grenzen, nur das, was dahinterlag.

Aber ihm wird auch klar, daß sein Vater ihn als Kind so verletzt hat, weil es seinem Vater immer noch lieber gewesen war, von seinem Sohn als strenger, fordernder Tyrann betrachtet zu werden statt als das, was er wirklich war – ein Farmer, der es nie zu etwas gebracht hat. In seiner Vorstellung war ein Mistkerl immer noch besser als ein Versager.

In dem Film findet während der Ernte eine stumme Versöhnung statt, weil sie Worte in der Vergangenheit nur entzweit haben. Und dann, am Ende des Filmes, veröffentlicht der Sohn seine Fotoreportage und breitet sie auf dem Krankenbett seines Vaters aus: gefühlvolle Bilder, nicht von einem Opfer oder einem Versager, sondern von einem Helden. Laut Drehbuchanweisung wird danach aufgeblendet, bis alles weiß ist, dann kommt die letzte Szene, in der sein Vater, um Jahrzehnte jünger, ein lachendes Baby in die Arme nimmt. Wir sind zum Anfang zurückgekehrt. »Ich liebe dich«, sagte er, und damit endet das Drehbuch.

Noch während ich das Drehbuch las, war mir klar, daß Alex diesen Film drehen mußte. Mir war aber auch klar, daß ich mit dem Feuer spielte. Falls er den Sohn darstellte, würde noch mehr Wut an die Oberfläche dringen. Wenn er die Streitszenen durchging, würde er sich diesem Zorn stellen müssen. Und Alex würde von den Dreharbeiten heimkommen und den neuen, scharfen Schmerz lindern, indem er mich schlug.

Aber ich wußte, daß er mir nie weh tun wollte. Und ich wußte, daß alles nur mit jenem Teil von Alex zusammenhing, der sich immer noch für unzulänglich hielt. Wenn Alex gezwungen wurde, sich dieser Seite seines Wesens zu stellen, würde sie vielleicht für immer exorziert werden.

Ich dachte, er würde mich umbringen. Er stand im Bad über mir und trat auf mich ein, das Gesicht zornverzerrt. Er zog mich an den Haaren hoch, und als ich mich schon fragte, was er mir wohl noch antun könne, schleuderte er mich gegen die Toilette und marschierte davon.

Zitternd stand ich auf und spritzte mir Wasser ins Gesicht. Diesmal hatte er mich mit dem Handrücken auf den Mund geschlagen, was mich überraschte – blaue Flecken im Gesicht konnte man kaum verbergen, und normalerweise hatte er sich noch weit genug unter Kontrolle, um nicht dorthin zu schlagen. Ich preßte ein Klopapierknäuel auf das Blut in meinem Mundwinkel und versuchte, die Frau wiederzuerkennen, die mich aus dem Spiegel ansah.

Ich wußte nicht, wohin Alex gegangen war, und im Grunde war es mir auch egal. Ich hatte so etwas erwartet. Alex hatte heute *Die Geschichte seines Lebens* fertiggelesen, und ich hatte gewußt, daß er sich danach so fühlen würde. Es war der erste Schritt hin zu einer Heilung; der zweite Schritt wäre, daß er sich für den Film engagierte.

Ich zog ein Nachthemd über, schlüpfte unter die Decke und drehte Alex' Bettseite den Rücken zu. Nach einiger Zeit huschte er leise ins Zimmer und begann sich auszuziehen. Er kam ins Bett, zog mich in seine Arme und schaute aus dem Fenster auf dieselben Sterne, die ich zu Mustern zu ordnen versuchte.

»Ich bin damals nicht zur Beerdigung meines Vaters gegangen«, sagte Alex so laut, daß ich unwillkürlich zusammenzuckte. Gut, so spät war niemand außer uns im Haus, aber bei manchen Sachen sollte man lieber flüstern. »Meine *maman* rief mich an und erklärte mir, daß er ein armseliger Scheißkerl gewesen sei, daß es aber christlich sei zu kommen.«

Ich schloß die Augen und sah das Bild vor mir, mit dem man aus dem Film entlassen wird: das Bild eines Vaters, der seinen Sohn hoch in die Luft hebt. Ich stellte mir Alex am Krankenbett seines Vaters vor. Ich hörte die Kameras surren, während er eine zweite Chance bekam.

»Weil ich ihn für den Teufel persönlich hielt, fand ich natürlich, daß christliche Nächstenliebe bei ihm nicht angebracht war. Ich habe noch nicht mal sein gottverdammtes Grab besucht.« Alex' Hände wanderten über meine Rippen, über die Stellen, die er vor Stunden verletzt hatte. »Ich werde Regie führen und koproduzieren«, stellte er ruhig fest. »Diesmal soll alles nach meinem Willen gehen.«

Jack Green saß neben mir, während um ein männliches Double seiner Größe Kameras und Scheinwerfer aufgebaut wurden. Er war ein Schauspielerveteran; er hatte schon alles gespielt, von Komödien mit Marilyn Monroe bis hin zu dem dramatischen Porträt eines Alkoholikers, für das er 1963 den Oscar bekommen hatte. Aber er konnte auch im Schlaf »The Battle Hymn of the Republic« pfeifen, elegant wie ein Las-Vegas-Croupier Karten mischen und den Rohrkolben, die im hohen Gras Iowas wuchsen, die Köpfe abschießen. Von Alex einmal abgesehen, war er mir auf dem Set der liebste.

Er spielte den Vater, was vor allem auf Alex' Überredungskunst zurückzuführen war, da Jack seit 1975 keinen Film mehr gedreht hatte. Anfangs hatte ich es lustig gefunden, wie die Menschen auf dem Set herumhasteten, weil sie nicht wußten, ob sie ihren Kotau erst vor Jack, der Legende, oder vor Alex, dem Gott, machen sollten. Und niemand konnte voraussehen, ob sich Jack von Alex etwas sagen lassen würde. Aber nach den ersten Arbeitskopien war Jack aufgestanden und hatte sich zu Alex umgedreht. »Junge«, hatte er gesagt und ihm die Hand gereicht, »wenn Sie erst mal so alt sind wie ich, werden Sie vielleicht genauso gut sein.«

Jetzt zog Jack eine Braue hoch und fragte mich, ob ich noch eine Karte wolle. Wir spielten Blackjack, und er war die Bank. »Ich versuch's«, sagte ich und tippte auf das Buch, das wir als Nottischchen verwendeten.

Jack deckte die Karo-Zehn auf und grinste. »Blackjack.« Er schüttelte anerkennend den Kopf. »Cassie, Sie haben mehr Glück als eine Nutte mit drei Titten.«

Ich lachte und sprang von Alex' Stuhl. »Müssen Sie sich nicht allmählich fertigmachen oder so?«

Jack sah auf und ließ den Blick über die hektisch herumeilenden Menschen wandern. »Na ja«, meinte er, »so langsam könnte ich mal versuchen, mein Geld zu verdienen.« Er lächelte und warf mir sein Drehbuch in den Schoß. Soviel ich wußte, hatte er es, seit er vor zehn Wochen am Set aufgetaucht war, kein einziges Mal aufgeschlagen, und trotzdem war er noch nie steckengeblieben. Er ging auf Alex zu, der dem Chefkameramann gestikulierend Anweisungen gab.

Ich hatte mich den ganzen Tag noch nicht mit Alex unterhalten, was aber nicht weiter ungewöhnlich war. Noch nie hatte ich Alex so beschäftigt gesehen wie während der Dreharbeiten zu *Die*

Geschichte seines Lebens in Iowa. Ständig standen Leute aus der Crew Schlange, um ihn nach seiner Meinung über dieses oder jenes zu fragen; Reporter bemühten sich um Vorabinterviews; er mußte sich mit Geldgebern treffen, um die Finanzierung zu sichern. Irgendwie ließ der Streß Alex aufleben. Seine Karriere stand auf dem Spiel: nicht genug, daß er sich an einem Film versuchte, in dem er nicht den traditionellen romantischen Hauptdarsteller spielte, er führte auch zum ersten Mal Regie. Aber dieser geballte Druck schien ihn von der Tatsache abzulenken, daß der Stoff, den er da verfilmte, und die Emotionen, die er vor der Kamera zum Leben erweckte, tief aus seinem Innersten kamen.

Alex hatte darauf bestanden, die Auseinandersetzung zwischen Vater und Sohn ganz zum Schluß zu drehen. Er hatte zwei Tage für die Dreharbeiten angesetzt – heute war der erste –, weil er die Szene in der Dämmerung spielen lassen wollte, wenn die Hügel und Maisfelder lila unter der Sonne lagen. Ich beobachtete, wie eine Maskenbildnerin zu Jack trat, um seinen Rücken mit künstlichem Schweiß zu betupfen und einen wie Dreck aussehenden, braunen Ring an seinem Hals aufzutragen. Er schaute kurz auf, während er so bearbeitet wurde, und zwinkerte mir zu.

»Zum Glück ist er vierzig Jahre älter als du«, bemerkte Alex hinter mir. »Sonst wäre ich höllisch eifersüchtig.«

Ich setzte ein Lächeln auf und drehte mich um, unsicher, was ich in Alex' Augen sehen würde. Ich glaube, ich hatte vor dieser Szene mehr Angst als er selbst. Schließlich stand für mich genausoviel auf dem Spiel wie für ihn. Wenn sie gut wurde, würde sie aus diesem Film ein Meisterwerk machen. Aber sie würde auch mein Leben verändern.

Ich schlang ihm die Arme um den Hals und hauchte einen Kuß auf seinen Mund. »Bist du bereit?« fragte ich.

Alex blickte mich eindringlich an, und ich sah, wie sich all meine Ängste in seinen Augen spiegelten. »Und *du*?« fragte er leise.

Als der Regieassistent um Ruhe bat und das Tonband lief, hielt ich den Atem an. Alex und Jack standen mitten in dem Feld, das wir von einem Farmer gemietet hatten. Hinter ihnen standen ein paar Reihen frisch eingepflanzter Maisstauden, die viel höher waren, als es der Jahreszeit entsprach, aber auf diese Weise hatten die Bühnenbildner aus dem realen April die Illusion des September gezaubert. Der erste Regieassistent rief: »Action«, und ich beobachtete, wie sich eine Maske über Alex' Gesicht legte, bevor er sich in jemand verwandelte, der mir nur vage vertraut war.

Der Wind peitschte über das hohe Gras, als habe er nur auf sein Stichwort gewartet. Jack drehte Alex den Rücken zu und stützte sich auf seine Schaufel. Ich sah, wie sich Alex' Miene vor Wut verzerrte und wie er an seinen Worten würgte, bis er sie entweder aussprechen mußte oder daran ersticken würde. »Dreh dich um, verdammt noch mal«, schrie er und legte Jack eine Hand auf die Schulter.

Genau wie geprobt, drehte sich Jack ganz langsam zu Alex um. Ich beugte mich vor, wartete auf Alex' nächsten Einsatz, aber der kam nicht. Alex wurde plötzlich blaß, dann flüsterte er: »Schnitt«, und ich wußte, daß er in Jack seinen eigenen Vater gesehen hatte.

Die Crew entspannte sich und fuhr alles auf die Ausgangspositionen zurück, während Alex mit den Schultern zuckte und sich bei Jack entschuldigte. Schritt um Schritt schlich ich mich näher an die Schauspieler heran, bis ich neben dem Kameramann stand.

Als der Film wieder lief, war die Sonne ein Stück tiefer gesunken und ließ sich vom Himmel in den Schlaf wiegen, bevor die Dunkelheit niedersank. Es war ein schönes Bild: das lebhafte Rot, das den Widerwillen auf Alex' Gesicht noch untermalte, und Jack im Halbdunkel wie eine verblassende Erinnerung.

»Sag mir endlich, was ich tun soll«, brüllte Alex, dann versagte ihm plötzlich die Stimme, und er klang wie der Teenager, der in den bereits gefilmten Rückblenden von seinem Vater ausgescholten wird. Während der Proben hatte Alex die ganze Szene über geschrien, in der Hoffnung, seinen Vater irgendwie zu provozieren. Jetzt aber sank seine Stimme zu einem Flüstern herab. »Jahrelang habe ich gedacht, je größer, desto besser. Immer wieder habe ich mir gesagt, daß du diesmal endlich Notiz von mir nehmen würdest.« Alex' Stimme brach. »Schließlich habe ich es nicht einmal mehr für mich gemacht. Ich habe es für *dich* gemacht. Aber dir ist das total egal, nicht wahr, Pa? Was verlangst du eigentlich von mir?« Alex schluckte. »Und wer, zum Teufel, glaubst du eigentlich, daß du *bist*?«

Alex streckte die Hand aus und packte Jack – auch das war so nicht geprobt. Ich hielt den Atem an, sah Alex weinen, bemerkte, wie sich seine Finger in Jacks Schultern gruben. Man konnte sich nicht sicher sein, ob Alex Jack zu Boden werfen wollte oder ob er sich an ihm festklammerte.

Und Jack, den Alex' Geste genauso überraschte, starrte ihm einfach ins Gesicht, schien ihn eine Sekunde lang herauszufordern. Dann entzog er sich Alex' Griff. »Niemand«, sagte er, seine Antwort aus dem Drehbuch. Er drehte sich um und ging aus dem Bild.

Ich duckte mich, als der Ausleger mit der Kamera plötzlich nach links schwenkte, um Alex im Profil aufzunehmen. Er blickte über die weiten Maisfelder, und ich wußte, was er sah: ein schlammiges Bayou voller Schlingpflanzen, eine Ladung Langusten auf der Veranda eines verfallenen Lokals, das zerfurchte Antlitz seines Vaters – ein verlebtes Ebenbild seines eigenen Gesichts –, jenes Bild, gegen das er angekämpft hatte und in das er ironischerweise trotzdem hineingewachsen war.

Die Sonne glitt hinter den Zaun, der Alex jetzt zu stützen schien. Er schloß die Augen; er senkte den Kopf. Die Kameras surrten weiter, weil niemand die Geistesgegenwart besaß, sie auszuschalten.

Schließlich trat Jack Green vor. »Schnitt, verdammt noch mal«, brüllte er. Nach einer Sekunde des Schweigens brach die Crew in Applaus aus. Allen war klar, daß sie soeben Zeuge von etwas sehr Seltenem, Außergewöhnlichem geworden waren. »Wenn du mich fragst, ist die Szene gestorben«, rief Jack Alex zu. »Ich werde bestimmt nicht besser.«

Ein paar Leute lachten, aber Alex schien Jack nicht einmal zu hören. Er löste sich vom Zaun und marschierte durch die hereinbrechende Dunkelheit, jeden beiseite stoßend, der ihm im Weg stand. Er marschierte direkt in meine Arme, und vor allen Leuten erklärte er mir, daß er mich liebe.

Im Februar saßen Alex und ich im Apartment im Bett und schauten uns im Fernsehen an, wie der Präsident der Academy of Motion Picture Arts and Sciences und die im vergangenen Jahr zur besten Nebendarstellerin gekürte Schauspielerin die Nominierungen in den fünf wichtigsten Kategorien für die Preisverleihung 1993 verlasen. Es war kurz vor sechs Uhr morgens, weil man sich bei der Bekanntgabe nach der Ostküstenzeit richten mußte. Alex tat so, als würde ihn all das nicht besonders interessieren, aber seine Füße bewegten sich kalt und rastlos unter der Decke.

Alex war als bester Schauspieler und bester Regisseur nominiert worden. Jack Green als bester Nebendarsteller. *Die Geschichte seines Lebens* war als bester Film nominiert; insgesamt hatte der Film elf Nominierungen in verschiedenen Kategorien eingeheimst.

Alex strahlte von einem Ohr zum anderen und schüttelte den Kopf. »Ich kann es nicht glauben«, sagte er. »Ich kann es einfach nicht glauben.« Er rollte sich zu seinem Nachttisch herum und steckte das Telefon aus.

»Was soll das?«

»Herb wird anrufen, und Michaela, und weiß Gott, wer die Nummer hier sonst noch hat. Himmel, ich werde keine freie Minute mehr haben, bis ich nach Schottland fliege.« In ein paar Wochen sollten die Dreharbeiten zu *Macbeth* beginnen. Er rollte sich wieder zu mir herum. Seine Augen leuchteten. »Sag mir, daß ich nicht träume.«

Ich legte ihm die Hand auf den Arm. »Warte«, sagte ich. »Ich kneife dich.«

Alex lachte und drückte mich in die Matratze. »Ich weiß eine bessere Methode«, sagte er.

Noch bevor wir gefrühstückt hatten, hatte man Alex für ein Interview mit Barbara Walters, das vor der Oscarverleihung gesendet werden sollte, eingeplant. John kam vorbei, um uns mitzuteilen, daß ein Haufen Fans und Reporter ihr Lager vor dem Tor der Villa in Bel-Air aufgeschlagen hätten. Und an jenem Nachmittag ging ich zum Gynäkologen, um mir bestätigen zu lassen, daß ich seit zwölf Wochen schwanger war. Der Arzt gratulierte mir und meinte, Alex werde wahrscheinlich kaum sagen können, welche Nachricht aufregender sei.

Ich behielt die Neuigkeiten zwei Wochen lang für mich; ich hatte vor, ihn am Vorabend des Interviews einzuweihen, das Barbara Walters in unserem Wohnzimmer drehen wollte. Ich hatte ihm nicht gleich von unserem Baby erzählt, weil ich ihn gerade jetzt nicht ablenken wollte. Und es vergingen tatsächlich zwei Wochen, ehe die obligatorischen Interviews gegeben waren und sich der Rummel wieder gelegt hatte. Ich redete mir ein, daß ich das Baby nur deshalb nicht erwähnte; es hatte nichts damit zu tun, daß er morgen der ganzen Welt das freudige Ereignis verkünden und Barbara Walters damit den Coup ihres Lebens verschaffen konnte.

Wir hatten es nicht darauf angelegt, aber offenbar gehöre ich zu jenen zwei Prozent der Frauen, bei denen die Pille versagen kann. Es kam mir gar nicht in den Sinn, daß Alex noch genauso über eigene Kinder denken könnte wie vor zwei Jahren. Soweit ich das beurteilen konnte, hatte er den Geist seines Vaters in die Vergangenheit zurückgeschickt, dorthin, wo er hingehörte.

In den zehn Monaten seit Abschluß der Dreharbeiten zu *Die Geschichte seines Lebens* hatte er nicht einmal die Beherrschung verloren. Ohne jeden Zwischenfall hatte er die Hauptrolle in einer romantischen Komödie gespielt. Und selbst während der vergangenen beiden Wochen, in denen sich um ihn herum immer mehr Spannung aufgebaut hatte, hatte er kein Bedürfnis gezeigt, mich zu schlagen. Seit dem letzten Mal war so viel Zeit vergangen, daß ich mich kaum entsinnen konnte, wie es je dazu gekommen war.

Ich fürchtete mich davor, Alex zu erklären, daß wir ein Kind bekommen würden, deshalb wollte ich mich feige drücken und etwas anderes für mich sprechen lassen.

Ich bat John, mich zum Rodeo Drive zu fahren, wo ich sonst nie einkaufte. Ich stieg ein paar Blocks vor meinem eigentlichen Ziel aus, setzte meine Sonnenbrille auf und ging in ein Geschäft namens Waddlepotamus, einem kleinen Laden voller Kindermobiles und Steiffteddys. Ich wählte einen Strampelanzug aus Baumwolltrikot, der so winzig war, daß ich mir nicht vorstellen konnte, wie irgendein menschliches Wesen hineinpassen sollte. Er war mit einem Dinosaurier bestickt, und ich stellte mir vor, wie ich Alex erzählen würde, daß ich eigentlich einen Strampler mit dem Bild eines *Homo erectus* gesucht, aber kein Glück gehabt hatte.

Ich war so aufgeregt, als ich wieder zu Hause war, daß ich die Treppen förmlich hinaufflog. Ich riß die Tür zum Salon auf und stand direkt vor Alex. »Du bist spät dran«, sagte er knapp.

Ich strahlte ihn an. »Du bist früh dran.« Ich versteckte die Schachtel hinter meinem Rücken und hoffte, daß er sie nicht bemerkt hatte.

Ein Muskel zuckte in seiner Wange. »Du hast gesagt, du seist hier, wenn ich heimkomme. Du hast niemandem gesagt, daß du ausgehst.«

Ich zuckte mit den Achseln. »Ich habe es John gesagt. Ich hatte etwas zu erledigen.«

Alex schlug mich so unvermittelt auf die Brust, daß es mich vollkommen unvorbereitet traf. Fassungslos schaute ich vom Boden zu ihm auf. Ich war auf den Rücken gefallen und hatte die Schachtel mitsamt all ihren schönen Schleifchen zerquetscht.

Und dann tat ich etwas, was ich während der zwei Jahre, die das nun so ging, noch nie getan hatte: Ich weinte. Ich konnte nicht anders; ich hatte geglaubt, wir hätten einen neuen Anfang gemacht, und jetzt hatte Alex, der mich noch nie enttäuscht hatte, uns wieder zurückgeworfen.

Als er nach mir zu treten begann, rollte ich mich von ihm weg; sein Schuh traf mich in den Rücken, in die Nieren, die Rippen. Schützend kreuzte ich die Arme vor dem Bauch; und als Alex wieder zu sich kam und neben mir niederkniete, schaute ich ihn nicht an. Ich streichelte dieses Leben, das ich wie ein glückbringendes Amulett in mir trug. Ich hörte seine geflüsterten Bitten, seine Entschuldigungen, und ich dachte: *Hoffentlich haßt dich dieses Baby.*

Von Angesicht zu Angesicht war Barbara viel hübscher als im Fernsehen. Selbstbewußt wie ein General marschierte sie durch unser Haus und ließ Möbel und Blumen umstellen, um Platz für die Scheinwerfer und Kameras zu schaffen. Sie wollte Alex ungefähr eine Stunde lang interviewen, dann sollte ich dazukommen, damit sie mir ebenfalls ein paar Fragen stellen konnte. Bis dahin saß ich stocksteif neben dem Produzenten der Sendung und versuchte, die Schmerzen in meinem Rücken und meiner Seite zu ignorieren.

Als die Kamera zu filmen begann, war sie auf Barbara Walters gerichtet, die ihren vorab verfaßten Abriß von Alex' Karriere sprach, angefangen von *Desperado* bis zu der laufenden Produktion *Macbeth*. »Alex Rivers«, leitete sie dann nahtlos über, »hat bewiesen, daß er nicht nur ein hübsches Gesicht hat. Von seinem allerersten großen Auftritt an und in fast jedem Film seither hat er sich geweigert, den traditionellen romantischen Helden zu spielen. Statt dessen verkörperte er verängstigte, fehlerhafte Männer. Das unterscheidet ihn von anderen talentierten Schauspielern – genau wie sein noch nie dagewesener Erfolg bei den Oscarnominierungen. Alex Rivers' erste Regiearbeit *Die Geschichte seines Lebens* wurde in fast jeder Kategorie nominiert. Ich unterhielt mich mit Alex in seinem Haus in Bel-Air.«

Auf dieses Stichwort hin fuhr die Kamera zurück, bis auch Alex im Bild war. »Für viele Menschen sind Sie der Inbegriff eines Stars. Wodurch zeichnet sich ein Star Ihrer Meinung nach aus?«

Alex lehnte sich im Sofa zurück. Gemächlich schlug er die Beine übereinander. »Durch Charme«, antwortete er. Er grinste. »Und dadurch, daß er einen Tisch in der Studiokantine bekommt.« Er bewegte sich kurz. »Aber mir ist es lieber, wenn man mich als Schauspieler bezeichnet«, ergänzte er bedächtig.

»Kann man nicht beides zugleich sein?« hakte Barbara nach.

Alex legte den Kopf zur Seite. »Natürlich«, sagte er. »Aber das eine ist eine echte Berufung, das andere dagegen nichts als Blendwerk und Rauch. Man hat es nicht leicht, als echter Künstler anerkannt zu werden, wenn man als ›Star‹ abgestempelt wird. Ich war nie wild auf den ganzen Starrummel. Ich liebe einfach meine Arbeit.«

»Aber im Gegensatz zu vielen anderen Schauspielern mußten Sie sich nicht zehn Jahre als Kellner durchschlagen, ehe Sie den Durchbruch schafften.«

Alex lächelte. »Bei mir waren es zwei Jahre. Und ich war Barkeeper, kein Kellner. Ich kann immer noch einen höllischen Long Island Eistee mixen. Aber nein, ich habe einfach Glück gehabt. Ich war zur richtigen Zeit am richtigen Ort.« Er warf mir einen Blick zu. »Im Grunde ist das die Geschichte meines Lebens.«

Barbara dankte ihm mit einem Lächeln für die geschickte Überleitung. »Sprechen wir darüber – *Die Geschichte seines Lebens*. Wie autobiographisch ist der Film?«

Einen winzigen Moment lang wirkte Alex verstört. »Also«, antwortete er langsam, »ich hatte einen Vater, aber damit sind die Gemeinsamkeiten auch schon erschöpft.« Ich wandte den Blick ab, schaute aus dem Fenster auf das Gewitter, das sich draußen zusammenbraute. Das Interview hätte eigentlich draußen am Pool aufgenommen werden sollen, aber dazu war das Wetter zu unsicher. Im Hinterkopf registrierte ich, daß Alex Barbara Walter mit denselben Phrasen über seine Kindheit abspeiste, mit denen er mich in Tansania abgespeist hatte, ehe er mir die Wahrheit erzählte. Ich blinzelte, als ein Blitz herabzuckte, und merkte plötzlich, wie müde ich war.

»Manche Kritiker meinen, Sie hätten sich von Ihrem Image als Sexsymbol gelöst und würden jetzt Ihr gutes Aussehen dazu benutzen, den Finger auf den wunden Punkt zu legen – um herauszuarbeiten, was in den Tiefen eines Menschen verborgen liegt.« Barbara beugte sich vor. »Was sind Ihre wunden Punkte?«

Ein Lächeln huschte über Alex' Gesicht, dasselbe Lächeln, bei dem Millionen Frauen den Atem anhalten würden, wenn sie das Interview am Abend der Oscarverleihung sahen, und bei dem, selbst jetzt noch, mein Herz zu klopfen begann. »Wie kommen Sie darauf, daß ich welche hätte?« sagte er.

Barbara lachte und meinte, damit sei der ideale Augenblick gekommen, mich vorzustellen – Cassandra Barrett Rivers, seit über drei Jahren Alex' Frau. Sie wartete, bis ich mich wie abgesprochen neben Alex auf der Couch niedergelassen hatte, dann filmten die Kameras weiter. »Ihnen beiden ist die schlechte Presse erspart geblieben, mit der Hollywood-Paare eigentlich regelmäßig rechnen müssen.« Sie wandte sich an Alex. »Geht auch hierbei alles darum, zur richtigen Zeit am richtigen Ort zu sein?«

Ich saß still wie ein Stein und grinste Alex blöde an. »Dabei geht es eher darum, nicht zur falschen Zeit am falschen Ort zu sein«, antwortete er. »Aber wir sind ein ziemlich gewöhnliches Paar. Wir sind eigentlich meistens zu Hause. Wahrscheinlich bieten wir den Leuten wirklich nicht viel Anlaß zum Klatschen.«

»Sie wollen unseren Zuschauern da draußen allen Ernstes erzählen, Sie beide würden abends Crackers im Bett knabbern und Sonntag morgens Zeichentrickfilme anschauen oder am Strand joggen?«

Alex und ich schauten uns an und lachten. »Ganz genau«, antwortete er. »Nur, daß Cassie nicht joggt.«

»Sie sind Anthropologin.« Nahtlos lenkte Barbara das Gespräch in eine andere Richtung. Ich nickte. »Was hat Sie zu einem so ›großen‹ Star wie Alex Rivers hingezogen?«

»Im ersten Moment gar nichts«, antwortete ich lakonisch. »Als wir uns zum ersten Mal begegneten, habe ich ihm mit voller Absicht ein Glas Saft in den Schoß gekippt.« Ich erzählte, wie ich bei den Dreharbeiten in Tansania gelandet war, und während sich Alex verlegen auf dem Sofa wand, begannen die meisten in Barbara Walters' Crew herzhaft zu lachen. Als die Kameras wieder liefen, lehnte ich mich kaum wahrnehmbar zu Alex hinüber und zeigte damit, daß ich trotzdem zu ihm gehörte. »Wahrscheinlich sehe ich ihn nicht so wie die meisten anderen Frauen«, meinte ich vorsichtig. »Für mich ist er kein Star; das war er eigentlich nie. Ich hätte ihn auch geheiratet, wenn er Gebrauchtwagen verkaufen oder in einer Mine arbeiten würde. Ich liebe ihn einfach.«

Barbara wandte sich an Alex. »Warum Cassie? Bei all den Frauen, die es auf der Welt gibt, warum sie und nur sie?«

Alex zog mich an sich, und meine Augen wurden etwas glasig, als er meine blauen Flecken drückte. »Sie ist für mich geschaffen«, antwortete er schlicht. »Anders kann ich es nicht erklären.«

Draußen rollte der Donner. »Eine letzte Frage«, sagte Barbara, »an Cassie. Verraten Sie uns, was Amerika noch über Alex Rivers wissen sollte.«

Erschrocken und mit halboffenem Mund starrte ich sie an. Die Luft im Raum wurde drückend, und der Regen trommelte wie mit Steinen gegen die Terrassentüren. Ich spürte, wie sich Alex' Finger in meine Schulter gruben und wie meine Rippen bei jedem Atemzug stachen. *Tja, Barbara*, hätte ich sagen können, *zum einen schlägt er mich. Und sein Vater hat ihn schrecklich mißhandelt. Und wir bekommen bald ein Kind, aber das weiß er nicht, weil ich mich so vor seiner Reaktion fürchte, daß ich es ihm noch nicht gesagt habe.*

Mühsam entspannte ich mich in Alex' Umarmung. »Nichts«, antwortete ich, und meine Stimme war fast nur ein Flüstern. »Nichts, was Sie mir glauben würden.«

19

Ich hatte mir immer vorgestellt, wenn ich mich eines Tages umbringen sollte, würde in meinem Abschiedsbrief stehen: *DU HAST GEWONNEN.* Nicht daß es ein Spiel gewesen wäre – aber selbst wenn es ganz schlimm stand, wußte ich, daß Alex immer noch besser schauspielern konnte als ich; daß er, sollte ich unter dem Druck zusammenbrechen und irgend jemandem die Wahrheit anvertrauen, immer noch sein Gesicht würde wahren können. Und wem würde man in Los Angeles, jener Stadt, über die er herrschte, wohl glauben?

Aber der wahre Grund, warum ich nie jemandem die Wahrheit über unsere Ehe erzählen konnte, hatte weniger mit meiner Angst, man würde mir nicht glauben, als mit Alex selbst zu tun. Ich wollte ihm einfach nicht weh tun. Wenn ich ihn vor mir sah, dann nicht mit geballten Fäusten und über mir. Ich sah ihn, wie er mit mir auf der Veranda tanzte, wie er mir die Smaragdkette umlegte, die er mir eben mitgebracht hatte, wie er sich in mir bewegte und mich verzauberte. Das war Alex für mich. Das war der Mann, mit dem ich immer noch mein Leben verbringen wollte.

Ich hätte ihn nie verlassen, wenn es nicht auch um jemand anderen gegangen wäre. Aber ich zwang mich, mir insgeheim ein Ultimatum zu setzen. *Noch ein einziges Mal*, dachte ich, *wenn du noch ein einziges Mal dieses Leben in mir gefährdest, dann verlasse ich dich.* Ich versuchte, mir einzureden, daß ich nicht vorhatte, Alex zu verlassen, sondern daß ich mein Kind retten wollte. Weiter wollte ich einfach nicht denken, weil ich so inständig hoffte, daß es nicht dazu kommen würde.

Aber dann, am Tag bevor er nach Schottland abflog, hatte Alex erfahren, daß sein Interview in Barbara Walters' Sendung an zweiter und nicht an letzter Stelle ausgestrahlt werden würde. Er war abergläubisch davon überzeugt, daß das ein Orakel für die

Oscarverleihung im März war. Er würde keinen Oscar bekommen; er würde auf ganzer Linie versagen. All das hatte er mir erklärt, dann hatte er zugeschlagen.

Den Rest kennst du ja. Aufgrund der Kopfwunde bin ich wohl in Ohnmacht gefallen, aber erst nachdem ich das Haus verlassen hatte, denn ich war noch so weit bei Sinnen, daß ich wegging. Ich begegnete dir ganz zufällig am Friedhof von St. Sebastian, und du hast dich um mich gekümmert, bis Alex aus Schottland angedüst kam und mich nach Hause brachte.

So hatte sich der Kreis geschlossen: Ende Februar, ein paar Tage nachdem du mich auf dem Polizeirevier Alex übergeben hattest, stand ich in meinem begehbaren Schrank und wollte packen, damit ich mit Alex nach Schottland fliegen konnte. Dann fand ich die Schachtel mit dem überzähligen Schwangerschaftstest. Und ich versuchte mit aller Kraft zu glauben, daß ich ein Stück von Alex mit mir nehmen würde, wenn ich wieder fortlief.

Eine Stunde nachdem ich die Villa verlassen hatte, war ich aus Bel-Air heraus, aber ich wußte nicht, wohin ich sollte. Die Banken hatten zu, und ich hatte nicht einmal zwanzig Dollar in meinem Portemonnaie. Ich dachte nicht an dich, nicht gleich. Wieder spielte ich mit dem Gedanken, zu Ophelia zu gehen; und wieder konnte ich das nicht, weil Alex genau damit rechnen würde.

Zu einem Kollegen von der Universität zu gehen behagte mir nicht, und in meinem Büro konnte ich mich auch nicht verstecken, weil Alex mich dort als nächstes suchen würde. Und dann fiel mir ein, was du Mittwoch morgen zu mir gesagt hast und wie du mich nach Alex' Prügelei im Le Dôme angesehen hast. Ich wußte, daß du mich aufnehmen würdest; vielleicht hatte ich das schon gewußt, bevor ich das Haus verließ, deshalb wartete ich an der Straßenecke auf einen Bus, der mich nach Reseda bringen würde.

Dein Haus würde zehnmal in unseres passen, und die Bäume in deinem Vorgarten stehen alle mehr oder weniger kurz vor dem Verenden, aber trotzdem habe ich noch nie ein so einladendes Heim gesehen. Warmer gelber Kerzenschein dringt aus dem Fenster auf die Veranda vor dem Haus, und als ich in das Licht trete, fühle ich mich beschützt, nicht bloßgestellt.

Du öffnest die Tür, noch bevor ich klopfen kann. Du scheinst kein bißchen überrascht, mich zu sehen; es ist, als hättest du die ganze Zeit auf mich gewartet. Du ziehst mich in den kleinen Flur und schließt die Tür hinter mir. Es kommt mir ganz natürlich vor, daß du kein Wort sagst, bevor du mir über den Rücken, die Rippen, die Hüften streichst und immer wieder kurz innehältst, als würdest du durch meine Bluse hindurch die Stellen erahnen, auf die er mich geschlagen hat, und die Hitze spüren, die von vergangenen Schmerzen ausstrahlt.

Und, Will, nachdem du damit fertig bist, siehst du mich an. Deine Augen sind düster wie die von Alex während eines Wutanfalls. Ich erwidere deinen Blick und weiß nicht, wie oder wo ich anfangen soll.

Das brauche ich auch nicht. Du legst die Arme um mich und läßt mich an deinem Herzschlag die Zeit messen. Ich presse immer noch die Fäuste an meine Seite und stehe steif in der Umarmung eines anderen Mannes. »Cassie«, flüsterst du in mein Haar, »ich glaube dir.« Draußen schluchzt eine Eule. Ich schließe die Augen, sinke langsam in dein Vertrauen und lasse los.

1993

Vor langer Zeit, als die Welt gerade entstanden war, lebten sechs junge Frauen in einem Dorf neben einem großen Felsen. Eines Tages gingen sie, wie es Sitte war, Kräuter sammeln, während ihre Männer auf der Jagd waren. Eine Weile grub jede Frau mit ihrem Grabstock vor sich hin, doch dann fand eine der Frauen etwas Neues zu essen.

»Kommt und versucht das hier«, sagte sie zu ihren Freundinnen. »Diese Pflanze schmeckt köstlich!«

Innerhalb weniger Minuten aßen alle sechs Frauen süße Zwiebeln. Die Zwiebeln schmeckten so lecker, daß die Frauen aßen, bis die Sonne unterging. Eine der Frauen sah auf in den dunklen Himmel. »Wir sollten heimgehen und unseren Männern etwas kochen«, meinte sie, und alle kehrten nach Hause zurück.

Als die Männer an jenem Abend nach Hause kamen, waren sie erschöpft, aber glücklich, denn jeder hatte einen Silberlöwen erlegt. »Was riecht hier so schrecklich?« fragte ein Mann, als er in der Tür zu seiner Hütte stand.

»Vielleicht ist es verdorbenes Essen«, meinte ein anderer Ehemann. Aber als sie sich vorbeugten, um ihre Frauen zu küssen, merkten sie, woher der Gestank kam.

»Wir haben etwas Neues zu essen gefunden«, sagten die Frauen begeistert. Sie streckten ihnen die Zwiebeln entgegen. »Hier, versucht das.«

»Sie riechen widerlich«, meinten die Männer. »Wir werden das nicht essen. Und ihr werdet nicht mit uns in einer Hütte bleiben, wenn ihr so stinkt. Ihr müßt heute nacht draußen schlafen.« Also nahmen die Frauen ihre Sachen und schliefen unter den Sternen.

Als die Männer am nächsten Tag wieder auf die Jagd gegangen waren, kehrten die Frauen an den Fleck zurück, wo sie die wilden Zwiebeln ausgegraben hatten. Sie wußten, daß der Geruch ihren

Männern zuwider war, aber die Zwiebeln waren so köstlich, daß die Frauen sie einfach essen mußten. Sie schlugen sich die Bäuche voll und streckten sich auf der weichen, roten Erde aus.

An jenem Abend kehrten die Ehemänner mürrisch und gereizt zurück. Sie hatten keine Silberlöwen gefangen. »Wir haben wie eure Zwiebeln gestunken«, beschuldigten sie ihre Frauen. »Deshalb sind die Tiere fortgelaufen. Es ist alles eure Schuld.«

Die Frauen glaubten ihnen nicht. Sie schliefen eine zweite Nacht draußen, und eine dritte, bis schließlich eine ganze Woche vergangen war. Die Frauen aßen weiterhin die leckeren Zwiebeln, und die Männer konnten keine Silberlöwen fangen. Wütend schrien die Männer ihre Frauen an. »Geht weg! Wir können euren Zwiebelgestank nicht ertragen!«

»Wir finden draußen aber keinen Schlaf«, entgegneten die Frauen.

Am siebten Tag nahmen die Frauen ihre gewebten Seile mit, als sie zu den Zwiebeln gingen. Eine Frau trug ihre kleine Tochter auf dem Rücken. Sie erklommen den großen Felsen neben ihrem Dorf und blickten in die untergehende, blutrote Sonne.

»Wir sollten unsere Männer verlassen«, schlug eine der Frauen vor. »Ich will mit meinem nicht mehr leben.«

Alle Frauen waren einverstanden.

Die älteste Frau stellte sich auf den Felsen und rief ein Zauberwort. Sie warf ihr Seil in den Himmel, und es schlang sich über eine Wolke, so daß die Enden herabhingen. Die anderen Frauen banden ihre Seile an jenes, das über der Wolke schaukelte, dann stellten sie sich auf die aufgezwirbelten Seilenden. Langsam begannen sie zu steigen. Sie wiegten sich in der Luft wie Stare. Sie zogen Kreise, flogen aneinander vorbei und stiegen immer höher.

Die anderen Bewohner des Dorfes sahen die Frauen in den Himmel fliegen. »Kommt zurück!« riefen sie den Frauen zu, als sie über ihrem Lager schwebten. Aber die Frauen und das kleine Mädchen kehrten nicht um.

Als die Männer an jenem Abend heimkehrten, waren sie hungrig und einsam. Sie wünschten sich, sie hätten ihre Frauen nicht vertrieben. Einer von ihnen hatte den Einfall, den Frauen mit dem gleichen Zauber zu folgen. Die Männer liefen in ihre Hütten und holten ihre Seile, und bald stiegen auch sie in den Himmel auf.

Die Frauen schauten herab und sahen, daß ihre Männer ihnen folgten. »Sollen wir auf sie warten?« fragte eine Frau ruhig.

Die anderen zeterten und schüttelten die Köpfe. »Nein! Sie haben uns weggeschickt. Wir werden nicht warten, bis sie uns eingeholt haben.« Sie tanzten und schwangen ihre Seile immer höher. »Im Himmel sind wir bestimmt glücklicher.«

Als die Männer so nahe waren, daß sie ihre Frauen hören konnten, riefen die Frauen ihnen zu, daß sie nicht näherkommen dürften, und die Männer verharrten auf ihrem Platz, ein kleines Stück hinter ihren Frauen.

Und so blieben die Frauen, die die Zwiebeln liebten, im Land des Himmels. Dort sind sie immer noch, sieben Sterne, die wir Plejaden nennen. Der schwächste darunter ist das kleine Mädchen. Und die Männer, die nicht ohne ihre Frauen heimkehren wollen, folgen ihnen in kurzem Abstand, sechs Sterne im Sternbild Stier. Noch heute kann man sehen, wie sie zu ihren Frauen aufleuchten und sich vielleicht wünschen, alles wäre anders gekommen.

Legende der Monache-Indianer

20

Im Dunklen, unter einem Beutel mit guter Medizin, erzählte Cassie Will ihr Leben. Sie redete die ganze Nacht. Manchmal sah Will sie nur an; manchmal hielt er sie, während sie weinte. Und als sie schließlich verstummte, seufzte er und ließ sich in seine fast neue Couch zurücksinken. Er war sich der peinlichen, erdrückenden Stille schmerzlich bewußt. Cassie saß neben ihm, mit gesenktem Kopf, die Hände zwischen die Knie gepreßt.

Will hätte nicht sagen können, woher, aber er hatte gewußt, daß Cassie irgendwann vor seiner Tür stehen würde. Noch bevor sie sich das Hemd über dem Bauch glattstrich, hatte er gewußt, daß sie schwanger war. Er hatte gewußt, daß es seine Aufgabe sein würde, sie verschwinden zu lassen. Eines aber konnte er nicht begreifen – wie sie selbst jetzt noch Angst haben konnte, Alex zu verletzen.

»Ich muß einfach eine Weile untertauchen«, erklärte sie abrupt und riß Will damit aus seinen Gedanken. Sie nickte langsam, als versuche sie, sich zu überzeugen. »Jetzt haben wir Ende Februar, und das Baby kommt im August.«

»Vielleicht irre ich mich«, wandte Will vorsichtig ein; seine ersten Worte seit Stunden. »Aber ich glaube nicht, daß Alex sechs Monate lang tatenlos herumsitzen und auf dich warten wird.«

Cassie sah ihm in die Augen. »Auf wessen Seite stehst du?«

Das Problem war, daß Alex Rivers sie mit seinem Geld und seinen Verbindungen überall aufspüren konnte. »Was ich brauche«, sann Cassie nach, »ist ein Ort, an dem er mich nicht mal im Traum vermutet.«

Und in diesem Moment verstand Will, warum die Geister ihn vor einer Woche vor St. Sebastian mit Cassie zusammengeführt hatten. Er sah die Teerpappehütten vor sich, die in Pine Ridge als Häuser dienten, die Weidenskelette der Schwitzhütten, die wie die

Gebeine mythischer Urtiere auf der Ebene vor sich hin rotteten. Wie alle anderen hatte auch die Regierung die Sioux einfach vergessen; die meisten Amerikaner ahnten nicht, daß in ihrem Land heute noch Menschen unter solchen Bedingungen lebten. Das Reservat hätte in jeder Hinsicht auf dem Mond liegen können.

Will lauschte Cassies leichtem, seufzendem Atem und drehte ihre Handfläche in seiner Hand nach oben, als könne er ihre Zukunft daraus lesen. »Ich glaube«, sagte er leise, »ich weiß das ideale Versteck für dich.«

Und so stieg Will Flying Horse, nachdem er kaum zwei Wochen in Los Angeles verbracht hatte, in ein Flugzeug, um an jenen Ort zurückzukehren, der ihm mehr als jeder andere auf der Welt verhaßt war.

Als er zum Umsteigen in Denver landete, schnürte es ihm die Kehle zu, und ihm wurde schwindlig. Schon jetzt sah er den roten Staub im Pine-Ridge-Reservat vor sich; die leeren Augen der Lakota, die nur darauf warteten, daß ihr eigenes Leben an ihnen vorüberflog. Er starrte aus dem verkratzten Flugzeugfenster und hielt Ausschau nach den scharfen Felsnadeln der Black Hills, wohl wissend, daß sie frühestens in einer Stunde auftauchen würden. Er stellte sich vor, wie sie den Bauch des kleinen Flugzeugs aufschlitzten und graue und weinrote Koffer durch die Luft wirbelten.

Auf dem Platz neben ihm schlief Cassie. Er hätte sie gern aufgeweckt, nur um sich ins Gedächtnis zu rufen, wieso er eigentlich im Kreis gelaufen war, obwohl er doch immer nur in eine Richtung gerannt war. Aber sie hatte in der vergangenen Nacht so wenig Schlaf gefunden, daß die Haut unter ihren Augen bläulich schimmerte. Er beneidete sie – nicht um ihre Erschöpfung, und ganz bestimmt nicht um ihr Leben –, sondern darum, daß für sie diese Reise ein Neuanfang war, keine widerwillige, schleppende Heimkehr.

Er würde sie bei seinen Großeltern einquartieren, aber damit hätte er seine Pflicht erfüllt. Er würde zurück nach L. A. fliegen und genau dort weitermachen, wo er aufgehört hatte: Tage voller Verkehrsverstöße und Geschwindigkeitsübertretungen, und erstickende, stille Nächte. In einem Jahr konnte er es bis zum

Detective bringen, und wenn er sich ein bißchen an die anderen Jungs hielt, würde er auch irgendein langbeiniges junges Ding finden, das er sich ins Bett legen konnte.

Die Wahrheit war, daß er seine neugewählte Heimatstadt nicht verstand. Er konnte sich die Regeln des Los Angeles Police Department über den Umgang mit Politikern und Prominenten nicht merken. Er wußte nicht, was er antworten sollte, wenn ihm in einer Bar makellose Frauen erklärten, daß sie Kristalle deuteten oder eine Wasserdiät machten. Ihm stockte jedesmal der Atem, wenn er auf den Freeway einbog und den rollenden Autoteppich vor sich sah: einen einzigen stählernen Knoten, in dem mehr Menschen steckten als in dem ganzen Ort, in dem er aufgewachsen war. Aber gleichgültig, was er sich insgeheim eingestand, den Lakota würde er an diesem Wochenende genau das erzählen: *Es ist einfach toll dort; ich schaffe es bestimmt bis ganz nach oben; ich würde es um nichts in der Welt missen wollen.*

Cassies Kopf rollte im Schlaf nach rechts und rutschte auf seine Schulter. Unruhig verschränkte sie die Arme vor dem Bauch, um ihr Kind zu schützen.

Das war etwas, was Will verstand. Nicht die selbstsüchtige Ich-zuerst-Haltung, die in Los Angeles vorherrschte, sondern das Konzept der Großfamilie. Zum Teufel, seine Eltern waren gestorben, aber trotzdem hatte sich immer jemand um ihn gekümmert, selbst wenn diese Leute viel dafür aufgeben mußten.

Will atmete die Süße von Cassies Haar ein und erschrak über den Duft seines eigenen Shampoos. Er legte die Wange auf ihre Locken und fand die schwere Verantwortung, die er als ihr Retter trug, plötzlich beruhigend.

Während der einundachtzig Jahre seines Lebens hatte Cyrus Flying Horse Zaunpfosten her- und aufgestellt, Rinder versorgt, Kartoffeln geerntet und Broncos in Wettkämpfen zugeritten. Er war beim Rodeo als Clown aufgetreten, hatte Straßen ausgebessert und Klapperschlangen vernichtet. Bis vor drei Jahren hatte er in einer Fabrik gearbeitet, die Angelhaken herstellte, aber nun machte er Angelhaken nur noch zu seinem persönlichen Vergnügen; er war in Rente gegangen, was in seinen Augen nichts anderes bedeutete, als daß das Geld hinten und vorne nicht reichte. Und das, obwohl Dorothea drei Tage die Woche im Ort in einer Cafeteria arbeitete. Sie brachte den gesetzlich vorgeschriebenen Mindestlohn heim, den Duft von altem Fett und Arbeit und die übriggebliebenen Fischstäbchen und Fleischklößchen. Aber Cyrus machte sich eher Gedanken darüber, wie er seine Tage ausfüllen sollte, als über das fehlende Geld. Schließlich hatte er Verwandte, und so war es bei den Lakota Sitte – man sorgte für seine Leute, auch wenn man selbst kaum einen Nachttopf besaß.

Er saß vor seinem Haus, das er einem Sozialprogramm der Regierung verdankte, auf einem Baumstumpf, der sich im Lauf der Zeit der Form seines Hinterns angepaßt hatte. Der Schnee schmolz allmählich; es war immer noch kalt, aber schon so schön, daß man den Winter vergaß, wenn man lang genug in der Sonne saß. Heute machte er ein Kreuzworträtsel. Es war nicht gerade eine geistige Herausforderung; er hatte das Rätsel von Arthur Two Birds bekommen, der seine Antworten mit Bleistift geschrieben und wieder ausradiert hatte, so daß Cyrus, selbst wenn er steckenblieb, seine Brille aufsetzen und auf die Schatten der Worte linsen konnte, die ihm nicht einfallen wollten.

Sein Gesicht war zerfurcht wie die schroffe Landschaft der Badlands, jener unirdischen Flecken in den Black Hills, wo, wie er als Kind geglaubt hatte, böse Geister hausten. Inzwischen wußte er natürlich, daß das Böse sich nicht in Felsbrocken festsetzte. Statt dessen schlüpfte es in die Menschen und wurde zu einem unverwechselbaren Teil ihres Wesens, genau wie ihr Geruch oder ihre Fingerabdrücke. Hatte er es nicht in den glitzernden blauen Augen des *wasicuŋ*-Beamten im Büro für Indianische Angelegenheiten gesehen? In den müden Mundwinkeln des Bankers, der seinen allerersten Lieferwagen beschlagnahmt hatte? In dem benebelten, betrunkenen Blick des Vertreters, dessen schleuderndes Auto vor hundert Jahren seinen einzigen Sohn getötet hatte?

Cyrus seufzte und beugte sich wieder über das zerknitterte Papier. Manche Lösungen wollte er einfach nicht begreifen: *Marlas Mann* war mit *Trump* ausgefüllt; und *Berts Kumpel* war allem Anschein nach *Ernie*. Er freute sich besonders, wenn er eine Antwort fand, ohne Arthurs Lösung zu Hilfe nehmen zu müssen. »Aufschrei der Gierigen«, las er laut und tippte sich mit dem Stift gegen die Schläfe. Er beugte sich noch tiefer über seinen Schoß und füllte bedächtig die Buchstaben in die kleinen Kästchen. *MEINS.*

»*Bei ihm gibt's was auf die Löffel*«, murmelte Cyrus immer wieder vor sich hin, wobei er, in der Hoffnung auf einen Geistesblitz, jedesmal ein anderes Wort betonte.

»*Koch*«, antwortete eine Stimme hinter ihm; dann ein leises Lachen. Er hatte Dorothea nicht einmal heimkommen sehen, doch er nickte und schrieb die plötzlich sonnenklare Lösung nieder. Er rollte den Stift in das Kreuzworträtsel ein, stand auf und stampfte sich den Schneematsch von den Stiefeln. Dann folgte er seiner Frau in ihr Einzimmerhaus.

Dorothea schüttelte sich den Parka von den Schultern und begann, Styroporbehälter mit Krautsalat und Truthahnbraten auszupacken, dem Tagesmenü im Angebot. Nervös wie zwei einsame Vögel flatterten ihre Hände über das Plastiktischtuch. Schließlich setzte sie sich hin und sah ihren Mann mit leuchtenden schwarzen Augen an. »Heute«, erklärte sie ihm. »*Úyelo.* Er kommt.«

Cyrus betrachtete die plumpe Wölbung ihrer Hüften, den schweren, weißen Zopf, der sich über ihren breiten Rücken schlängelte. Sie war den Geistern immer verbunden gewesen. Er ließ sich behäbig auf den Stuhl gegenüber ihrem sinken und tat so, als würden ihn ihre mystischen Anspielungen ärgern. Es war ein altes Spiel, eines, das sie jetzt seit sechzig Jahren spielten. Er stach mit der Gabel in den Truthahnbraten. »Du bist verrückt, Frau«, knurrte er und meinte eigentlich: *Du bist mein Leben.* »Woher willst du das wissen?« fragte er. *Du verblüffst mich immer noch.*

Dorothea gab einen undefinierbaren Laut von sich. Dann drehte sie den Kopf und schnupperte, als trüge ihr der Chinook, der warme Frühlingswind, die Antworten zu. Schließlich sah sie ihn wieder an, mit ruhigem, dunklem Blick, und zielte mit einem krummen, knotigen Finger auf ihn. »Paß nur auf«, sagte sie, und hinter ihrer Warnung spitzte die Spur eines Lächelns hervor. Sie griff über den Tisch und faßte Cyrus' Hand mit einer Kraft und Überzeugung, die sein Herz schneller schlagen ließ. Er sah zu ihr auf. *Ich liebe dich*, hörte er sie deutlich in der wortlosen Stille sagen. *Du sollst immer an meiner Seite gehen.*

Alex tätigte zwei Anrufe. Erst telefonierte er mit Herb Silver und wies ihn an, die Produktion von *Macbeth* auf unbestimmte Zeit zu verschieben; alle Kulissen und Requisiten in Schottland einlagern zu lassen und alle Beteiligten nach Hause zu schicken, bis er neue Anweisungen gab. Dann rief er Michaela an, damit sie sich auf die Publicity gefaßt machen konnte, die eine so abrupte Drehplanänderung auslösen würde. »Mir egal, was du durchsickern läßt«, meinte Alex müde. »Denk dir was aus, das nicht so klingt, als sei ich auf Entzug in der Betty-Ford-Klinik.«

»Was ist wirklich passiert, Alex?« wollte Michaela wissen, aber Alex' Kehle war wie zugeschnürt. Er legte auf, bevor er ihr erzählen mußte, was geschehen war.

Cassie hatte ihn verlassen. Noch einmal.

Aber diesmal war es anders. Es hatte keinen Streit, keinen Anlaß gegeben. Sie war einfach gegangen, so als hätte sie diesen Schritt schon länger geplant.

Alex ließ sich rückwärts auf das Bett fallen und strich mit der Hand über den Stapel Kleider, den sie für Schottland gepackt hatte; Kleider, die jetzt nichts mehr zu bedeuten hatten. Verdammt noch mal, die letzten Tage waren ideal verlaufen. Er hatte sich unter Kontrolle gehabt, hatte aufgepaßt, daß nicht alles wieder von vorne anfing. Und es hatte funktioniert: wenn er Cassie berührte, dann sanft und zärtlich, wie sie es verdiente. Und im Gegenzug hatte er beobachtet, wie Cassie sich ihm Stück für winziges Stück öffnete – ein Kuß hier, eine Frage dort, eine Erinnerung. Alex hatte diese Augenblicke gesammelt wie wilde Blumen, hatte auf den Augenblick gewartet, wo sie ihm wieder ganz und gar gehören würde, ein üppiger Blumenstrauß, der in seiner Gegenwart erblühte.

Er hatte ihr die Vergangenheit wiedergegeben, von ein paar Details abgesehen, die sie sich offenbar selbst zusammengereimt hatte. Er hatte Cassie nie weh tun wollen, nein, doch nicht Cassie, und jedesmal, wenn er zuschlug, schwor er sich, daß es nie wieder vorkommen würde. Das war nicht nur so dahingesagt; er meinte es ehrlich. Wenn er einen Weg gewußt hätte, diesen irrsinnigen Zorn auf sich selbst statt auf sie zu lenken, dann hätte er das augenblicklich getan.

Alex richtete sich auf und schaute hinaus in den verregneten

Morgen. Die vergangene Nacht hatte er größtenteils damit verbracht, gemeinsam mit John die Straßen von Bel-Air abzufahren. John hatte sogar ganz diskret bei der Polizei nachgefragt. Keine Flug- oder Buslinie hatte einen Passagier ihres Namens verzeichnet, weder Ehe- noch Mädchenname. Schließlich hatte Alex aufgegeben. Er hatte schlaflos im Schlafzimmer gesessen und einfach darauf gewartet, daß sie zu ihm zurückkam.

Sie mußte zurückkommen. Wenn die Presse herausfand, daß Cassie ihn verlassen hatte oder auch nur, daß sie vermißt wurde, würden alle möglichen Gerüchte aufkommen – über Affären, eine Scheidung, vielleicht sogar die traurige Wahrheit. Wie auch immer, die Schlagzeilen würden seine Chancen auf die Oscars erheblich verringern. Er hatte immer auf seinen makellosen Ruf zählen können.

Alex fuhr sich mit der Hand über das stopplige Kinn. Sie mußte zurückkommen. Ohne sie konnte er nicht leben. Cassie war der einzige Mensch in seinem ganzen Leben, der in sein Innerstes geblickt, der die feine, leuchtende Seele befreit und immer wieder betont hatte: *Ja, du bist gut.* Ihm fiel ein, wie sie einmal im Redwood Forest zwei Riesensequoias gesehen hatten, die sich so ineinander verschlungen hatten, während sie sich derselben Sonne entgegenstreckten, daß sie schließlich zu einem einzigen Baum zusammengewachsen waren. Niemandem außer sich selbst würde er je eingestehen, daß Cassie schlicht und einfach der Punkt war, an dem Alexander Riveaux aufhörte und Alex Rivers begann.

Um Punkt neun Uhr schloß ein Hausmeister Alex die Tür zu Cassies Büro in der Universität auf. »Danke«, sagte er und sah den Mann an, unentschlossen, ob er ihm ein Trinkgeld geben solle oder nicht. Alex zog die Tür zu, prüfte, ob der lederne Drehstuhl noch warm war, suchte nach irgendeinem Hinweis darauf, daß sie vor kurzem hiergewesen war.

Er war gerade dabei, die Papiere auf ihrem Schreibtisch zu durchwühlen, als die Tür aufging. »Guten Morgen«, tönte eine kiesrauhe Stimme. Alex schaute auf und sah Archibald Custer auf sich zukommen, eine Hand auf dem Mikrofon an der Kehle. »Oh.« Er suchte mit den Augen den Raum nach Cassie ab. »Man hatte mir gesagt, Ihre Frau sei krank. Als ich das Licht sah, dachte ich ... Also, ich wollte mal nach ihr schauen.«

»Sie ist nicht hier«, antwortete Alex mit einer Handbewegung. »Wie Sie wahrscheinlich bemerkt haben.«

Archibald Custer sah ihn eigenartig an. »Aber *Sie* sind hier«, sagte er.

Alex schaute auf seine Hände, die einen braunen Schnellhefter mit dem Aufdruck PERSÖNLICH UND VERTRAULICH umklammerten. Seine Gedanken überschlugen sich: Cassie war nicht hier. Cassie hatte Custer nicht verraten, wo sie war, sonst würde er sie nicht suchen. »Sie hat mich gebeten, ihr ein paar Sachen nachzuschicken«, meinte Alex und gab sich vollkommen überrascht, als Custer die Brauen hochzog, weil Alex damit andeutete, daß Cassie nicht in L. A. war. »Ach ... wahrscheinlich hat sie noch keine Zeit gehabt, Sie anzurufen. Ihr Vater liegt im Krankenhaus, in Maine, und braucht jemanden, der sich um ihn kümmert.« Er warf einen Blick auf die Uhr, eine Standardgeste. »Bestimmt wird sie sich bald mit Ihnen in Verbindung setzen. Ein Notfall in der Familie, Sie verstehen.« Er tippte mit dem Schnellhefter auf die Tischkante. »Soll ich ihr etwas von Ihnen ausrichten? Oder ihr etwas mitschicken?«

Custer stand einen Moment unschlüssig da und ließ den Blick über die achtlos herumliegenden Akten und das Chaos wandern. Er schüttelte den Kopf. »Es wird jemand für sie einspringen, bis sich die Situation geklärt hat«, verkündete er gnädig. »Sagen Sie ihr, sie braucht sich keine Sorgen zu machen.«

»Nein«, meinte Alex, »das wird sie bestimmt nicht.« Er wartete, bis Custer verschwunden war, und ließ sich dann auf den Stuhl hinter dem Schreibtisch sinken. Herrgott, er *half* Cassie sogar. Er hatte eben ihre Flucht gedeckt. Gedankenverloren starrte er auf den braunen Hefter, die undeutlichen Schwarzweißfotos überall auf dem Schreibtisch. Mehrere Schädel, ein Becken, ein paar Knochen, die einst vielleicht Finger gewesen waren. Nichts Ungewöhnliches für Cassie. Mit solchen Sachen hatte sie sich schon beschäftigt, bevor er sie überhaupt kennengelernt hatte.

Er war aufgestanden und zur Tür hinausgegangen, ohne eine Ahnung zu haben, wohin er sollte. Er kreuzte durch die gewundenen Straßen auf dem Campus, bis er an den Highway nach Westwood kam. Ophelias Apartment erkannte er nur an der knorrigen Palme davor, von der Cassie immer behauptet hatte, sie erinnere sie an einen alten Mann.

Alex hämmerte mit der Faust gegen die Tür. »Verdammt noch mal, mach auf, Ophelia. Ich weiß, daß sie da drin ist.« Er atmete tief durch und wollte schon die Tür mit der Schulter aufstemmen, wie es seine Stuntleute immer gemacht hatten.

Ophelia zog die Tür eine Handbreit auf. Durch den dunklen Spalt wehte der Rauch ihrer Zigarette. »Himmel«, murmelte sie. »Kriege ich etwa eine Scheißaudienz?«

Sie hakte die Kette aus und öffnete die Tür. Sie trat in einem pfirsichfarbenen, praktisch durchsichtigen Chiffonmorgenrock vor Alex. Darunter trug sie nichts; leidenschaftslos stellte Alex fest, daß der Schatten zwischen ihren Beinen nicht zu den Haaren auf ihrem Kopf paßte. Sie blies ihm einen Rauchring in die Augen. »Was verschafft mir die Ehre?« fragte sie und rieb sich die Nasenwurzel.

»Ich komme Cassie holen«, erklärte Alex, während er sich schon an Ophelia vorbei in das winzige Wohnzimmer des Apartments drängte.

Er spürte Hände an seinem Rücken, wie die Füße winziger Vögel, die ihn erfolglos zurückzuhalten versuchten. »Vielleicht solltest du lieber da nachschauen, wo sie *ist*«, meinte Ophelia. »Seit ich neulich in eurem Apartment war, habe ich nicht mal mehr mit ihr gesprochen. Ich dachte, sie sei in Schottland – mit *dir*.«

Alex warf einen Blick hinter die bodenlangen Vorhänge, riß Schranktüren auf. »Du bist eine miserable Lügnerin, Ophelia. Sag mir einfach, wo sie sich versteckt.« Er rumpelte in die Küche, sah in der Speisekammer und in den Unterschränken nach, wobei er eine halbleere Flasche Cabernet umwarf.

Als er sich zu Ophelia umdrehte, waren ihre Augen so groß, daß rund um die Iris das Weiße zu sehen war. Gut, er hatte sie eingeschüchtert. Er packte sie bei den Schultern und schüttelte sie. »War sie gestern abend bei dir? Hat sie dir verraten, wohin sie wollte?«

Ophelia stieß einen leisen Schrei aus, und plötzlich quietschte die Schlafzimmertür. Alex ließ Ophelia augenblicklich los, rannte um die Ecke und prallte gegen einen schlaftrunkenen Mann in einem geblümten Seidenmorgenmantel.

»Alex, das ist Yuri. Yuri, das ist Alex.« Ophelia drückte ihre Zigarette in einer aufgeschnittenen, fauligen Orange auf der Anrichte aus. »Siehst du, Alex? Ich habe Cassie *nicht* beherbergt. Ich war anderweitig beschäftigt.«

Alex machte sich nicht einmal die Mühe, sie anzusehen. »Raus hier«, knurrte er Yuri an.

Plötzlich glomm ein Funken des Erkennens in Yuris Augen auf. »Hey«, sagte er, »sind Sie nicht –«

»Raus!« brüllte Alex. Er schubste Yuri zur Tür und sperrte ihn, immer noch in Ophelias Morgenmantel, aus der Wohnung aus.

Kreischend und kratzend stürzte sich Ophelia auf Alex. »Wie *kannst* du es wagen«, schrie sie. »Du kommst in meine Wohnung marschiert, als würde dir die ganze Scheißwelt gehören, und –«

»Ophelia«, sagte Alex leise und mit einem Beben in der Stimme. »Ich kann sie nicht finden. Ich habe überall gesucht. Ich kann Cassie nicht finden.«

Gedankenverloren rieb sich Ophelia mit der Hand über ihren schwarzen Gips, während sie Alex Rivers auf ihre fleckige Couch sinken sah. Orte und Möglichkeiten schossen ihr durch den Kopf, die Alex bestimmt längst überprüft hatte. Was konnte Cassie dazu treiben, so überstürzt zu verschwinden? Falls es an Alex lag, dann hätte Cassie doch wissen müssen, daß Ophelia alles getan hätte, um ihr zu helfen.

Ophelia richtete sich auf und ging auf Alex zu, bis sie genau vor ihm stand. »Was hast du mit ihr gemacht?« Ihre Stimme klang angespannt und kalt.

Alex vergrub das Gesicht in den Händen. »Mein Gott«, flüsterte er, »ich weiß es nicht.«

Die Fahrt vom Flughafen in Rapid City bis nach Pine Ridge dauerte zwei Stunden, und während sich Cassie in dem gemieteten Pick-up durchschütteln ließ, fiel ihr zweierlei auf: daß das Land sich wie ein Meer ohne jede Begrenzung in der Ferne verlor und daß Will sich immer mehr verkrampfte, je tiefer sie in diesen aufwirbelnden roten Staub hineinfuhren.

An der Reservatsgrenze stand ein Polizist, der Will mit erhobener Hand grüßte und dann Cassie auf dem Beifahrersitz musterte. »*Hau, köla!*« sagte er. Er begann in einer Sprache zu reden, die Cassie nicht verstand. Zu ihrer Überraschung nahm Will die Sonnenbrille ab und fing an, sich mit dem Polizisten in dieser Sprache zu unterhalten, bevor er den Wagen auf einen Grasweg lenkte.

»Was hat er gesagt?« fragte Cassie.

»Er hat hallo gesagt«, brummte Will. »Auf Lakota.«

»Lakota?«

»Die Sprache des Volkes.«

Cassie strich sich eine lose Strähne aus dem Mundwinkel. »Ist *Köla* dein Sioux-Name?«

Will konnte nicht anders, er mußte lachen. »Nein, das heißt ›Freund‹.«

Cassie entspannte sich. Wenn sie eben erst ins Reservat gekommen waren und Will gleich einen guten Bekannten getroffen hatte, dann war das ein gutes Omen. »Er ist also ein Freund von dir«, sagte sie, um das Gespräch nicht absterben zu lassen.

»Nein«, antwortete Will. »Das ist er nicht.« Er fuhr mit den Händen über das Lenkrad, sagte sich, daß Cassie kein Recht hatte, weitere Erklärungen zu verlangen, und wußte doch genau, daß sie keine Ruhe geben würde, bis er ihr mehr erzählte. »Er ist bei der Stammespolizei. Wir waren zusammen in der Schule. Einmal hat er drei Kinder angestiftet, mich festzuhalten, und mir dann Hundescheiße ins Gesicht geschmiert.« Entsetzt staunte Cassie ihn an. »Damit meine Haut nicht mehr so weiß wäre.«

»Kinder können grausam sein«, murmelte Cassie, weil sie das Gefühl hatte, etwas sagen zu müssen.

Will schnaubte. »Indianer auch.«

Cassie schaute wieder durch die Windschutzscheibe und fragte sich, woher Will wußte, wohin er fahren mußte. Es gab keine Straßen, nur Trampelpfade durch den Schnee oder schmale Spuren wie von Langlaufskiern. Hin und wieder bog Will links oder rechts ab. Kein einziges Mal wandte er den Blick von der weiten Fläche vor ihnen. »Weißt du«, meinte Cassie unsicher, »vielleicht solltest du diesem Land eine Chance geben und nicht immer nur daran denken, wie sehr du es haßt.«

Will stieg auf die Bremsen, bis der kleine Pritschenwagen schlitternd zum Stehen kam. Cassie wurde erst in den Sicherheitsgurt gepreßt und dann zurück in den Sitz geworfen. Instinktiv legte sie die Hände auf den Bauch. Will starrte sie fassungslos an, dann schaute er zutiefst angewidert wieder nach vorn und fuhr weiter.

Das ernüchterte sie. Schließlich nahm Will – der sie eigentlich kaum kannte – ziemlich viel auf sich, um ihr eine Zuflucht zu verschaffen. Sie hatte kein Recht, in seinem Leben herumzuschnüffeln, geschweige denn, daß sie seine Lebensweise kritisierte. »Es tut mir leid«, sagte sie.

Will antwortete nicht, aber er nickte knapp. Gleich darauf machte die leere Ebene einer kleinen Ansammlung von Baracken Platz – zum Teil festere Holzhütten, zum Teil Schuppen aus Gipsplatten und Teerpappe. Drei Kinder rannten in Sommerschuhen und kurzärmligen Hemden durch den Schnee und schlugen mit Kiefernzweigen nacheinander. »Das sind deine nächsten Nachbarn«, sagte Will. Er fuhr langsamer und zeigte auf die jeweiligen Häuser. »Charlie und Linda Laughing Dog, Bernie Collier, Rydell und Marjorie Two Fists. Abel Soap lebt hinter dem Hügel da drüben, in dem Bus.«

Cassie versuchte, das hysterische Lachen zu unterdrücken, das ihr in die Kehle stieg. Gestern noch hatte sie in einer grünen Marmorwanne mit vergoldeten Armaturen gebadet. Sie war auf Teppichen gewandelt, die weicher waren als ein Hauch, und hatte sich in einen Morgenmantel aus violetter chinesischer Seide gehüllt. Der unermeßliche Luxus, in dem Alex lebte, war ihr fast ein bißchen unangenehm gewesen, aber dies hier war das andere Extrem. Hier war sie mitten im Nichts, umgeben von Leuten, die kein fließendes Wasser kannten und in kaputten Schulbussen lebten. Sie bohrte die Fingernägel in die Handflächen, um Will nicht an der Jacke zu packen und ihn anzubetteln, er möge sie heimbringen.

Cassie biß sich auf die Lippe und wagte einen Blick auf Will. Jetzt konnte sie sich vorstellen, welchen Schmerz er mit sich herumschleppte, wie schwer seine Vergangenheit an seinen Mundwinkeln zog. Was für ein Gefühl es wohl war, endlich hier herausgekommen zu sein und dann ein paar Wochen später von einer Fremden wieder hergeschleppt zu werden? Als Cassie sich zu ihm hinüberbeugte und seine Hand drückte, erwiderte Will die Geste, aber erst, nachdem sie das Erstaunen in seinen Augen bemerkt hatte.

Er steuerte den Pick-up vor ein kleines Zementsteinhaus. Augenblicklich begann ein schwarzer Köter zu heulen, der an einem Zaunpfahl festgebunden war. Will sprang aus dem Wagen und kniete vor dem Hund nieder. »Hallo, Wheezer«, sagte er. Der Hund wedelte so eifrig mit dem Schwanz, daß er umfiel. »Hast du mich vermißt?«

Cassie blieb eine Sekunde im Auto sitzen, um Atem zu schöpfen und ihre Gedanken zu sammeln. Als sie ausstieg, versank sie bis zu den Knien im Schnee. Sie stapfte zu Will und dem Hund hin. »Liegt hier immer so viel Schnee?«

Beim Klang ihrer Stimme schrak Will zusammen, als habe er sie vollkommen vergessen. »Eigentlich ist er schon ziemlich weggeschmolzen«, antwortete er, während er sich zu ihr umdrehte. »In den meisten Wintern sind die Schneewehen größer als du.«

Wheezer sprang an Will hoch und legte ihm die Pfoten auf die Brust. Er legte die Ohren an und jaulte. Will schaute über den Hund hinweg auf die Haustür, die langsam aufschwang.

Cassie sah einen Mann auf die Veranda vor dem Haus treten. Er war so groß wie Will, aber die Haut schien lose über seinen Knochen zu hängen. Sein Gesicht war walnußbraun und von so vielen Falten durchzogen, daß es fast wieder glatt wirkte. Er kam die Stufen herunter, blieb vor Will stehen, murmelte etwas auf Lakota und umarmte ihn.

Cassie trat nervös von einem Fuß auf den anderen und schlug die Schuhe gegeneinander, um den Schnee abzuklopfen. Wheezer schnupperte auf der Suche nach Futter an ihrer Hand. »Tut mir leid«, flüsterte sie, »aber ich habe nichts für dich.«

Die leisen Worte ließen Will und seinen Großvater aufschauen. Doch bevor Will sie seinem Großvater vorstellen konnte, tauchte eine Frau in der Tür auf. Ein langer, weißer Zopf lag über ihrer Schulter; ihre Augen glühten wie heiße Kohlen. Kampfbereit hatte sie die Fäuste in die Hüften gestemmt, und als sie mit tiefer Stimme zu reden begann, sprach sie ein akzentfreies Englisch. »Aha«, sagte sie zu Will, wobei sie Cassie keine Sekunde aus den Augen ließ. Ihre Augen wanderten von Cassies Haar zu den schneenassen

Knien hinab und zuckten dann, offensichtlich unzufrieden, wieder nach oben. »Du kommst aus der großen Stadt heim, und *das da* bringst du uns mit?«

Cyrus und Dorothea Flying Horses Haus war eines von ungefähr tausend, die im Rahmen eines staatlichen Programms für Sioux-Senioren erbaut worden waren. Die beiden waren erst vor zehn Jahren dort eingezogen; einen großen Teil seiner Jugend hatte Will in einer Blockhütte ähnlich jenen verbracht, an denen sie auf ihrer Fahrt durch das Reservat vorbeigekommen waren. Die Regierungshäuser galten nach Lakota-Maßstäben als luxuriös. In ihnen gab es fließendes Wasser und Strom und eine zeitweise funktionierende Toilette. Abgesehen von einem winzigen Bad an einem Ende des Hauses bestand das ganze Gebäude aus einem einzigen Raum.

Die Kochnische, in der Cassie jetzt saß, war sehr sauber und sah aus, als sei sie aus Resopalresten gefertigt, die aus den fünfziger Jahren übriggeblieben waren. Die Arbeitsflächen waren avocadogrün mit winzigen Goldsprenkeln, der in der Wand verankerte Tisch war aus rosa Marmorimitat. Es gab ein paar unlackierte Hängeschränke ohne Tür, aber die meisten Dosen und Gläser standen unter der Spüle und der Arbeitsfläche auf Bretter- und Ziegelregalen. Auch ein Kühlschrank war vorhanden – ein echt antikes Gerät mit riesigem Ventilator obendrauf –, der alle paar Sekunden schnaufend erbebte.

Der Rest des Hauses bestand aus einem großen Wohnbereich und dem »Schlafzimmer«, das mit einem Kattunvorhang abgetrennt war. Auf einem rostfarbenen Läufer standen ein Sofa und ein Sessel, die nicht zusammenpaßten. In einer Ecke des Sofas lag ein Wollknäuel, von ein paar Stricknadeln durchbohrt; in der anderen Ecke eine Ledertasche, die zur Hälfte kunstvoll mit blauen Perlen bestickt war. Eine große Kabeltrommel von der Art, wie sie beim Überlandleitungsbau verwendet wurde, diente als Couchtisch und war mit Stapeln drei bis vier Jahre alter Zeitschriften beladen.

Das Schlafzimmer, wohin sich Will mit seinen Großeltern zurückgezogen hatte, hatte Cassie noch nicht zu sehen bekommen. Sie hörte die drei flüstern, nein, eher zischen, aber das machte keinen Unterschied, da sie sich ohnehin auf Lakota unterhielten. Sie trommelte mit den Fingern auf den Resopaltisch und zählte bis zehn. Mit den Knöcheln fuhr sie sich über die kleine Wölbung ihres Bauches. *Vergiß nicht*, sagte sie im stillen, *ich tue das nur für dich.*

Will kam als erster und mit ernster Miene hinter dem Vorhang hervor. Dann folgte seine Großmutter mit vor der Brust verschränkten Armen, und schließlich sein Großvater. Es war schwieriger gewesen, als er erwartet hatte, da Cyrus und Dorothea noch nie von Alex Rivers gehört hatten und folglich auch nicht verstehen konnten, warum Will Cassie ausgerechnet nach Pine Ridge bringen mußte. Er hatte seinen Großeltern alles erzählt, auch von den Mißhandlungen und von Cassies Schwangerschaft, aber jetzt bauten sich beide vor ihr auf und musterten sie, als sei sie ein billiges Flittchen, das sich alles selbst zuzuschreiben hatte.

»Cassie Barrett«, sagte Will, wobei er absichtlich ihren angeheirateten Namen wegließ, »das sind meine Großeltern, Cyrus und Dorothea Flying Horse. Sie würden sich freuen, wenn du bei ihnen bleiben würdest, bis das Baby kommt.«

Cassie spürte, wie Hitze von ihrem Magen und ihren Brüsten aufstieg, bis sie knallrot im Gesicht war. Es war keine Scham, redete sie sich ein, sondern Erleichterung. »Danke«, sagte sie leise und streckte beiden die Hand entgegen. »Sie wissen gar nicht, wie sehr Sie mir damit helfen.«

Weder Cyrus noch Dorothea nahm Cassies Hand. Sie wartete eine Sekunde; dann wischte sie sich die Hand am Mantel ab und ließ sie hilflos herabhängen.

Will stellte sich neben sie und beugte sich zu ihrem Ohr. »Ich werde mir was ausdenken, um dich mit ihnen allein zu lassen«, murmelte er. »Glaub mir; sie müssen dich einfach erst mal kennenlernen.« Er drückte Cassies Schulter und wandte sich dann wieder an seine Großeltern. Dorothea hatte sich bereits in die Kochnische zurückgezogen und spülte ab. »Ich geh' mal rüber zu Abel Soap, mal nachsehen, ob er überhaupt noch lebt«, erklärte Will leichthin. »Er schuldet mir fünfzig Mäuse.« Er schlenderte zur Tür, wo Wheezer schon auf ihn wartete. »Nicht vergessen«, ermahnte er seine Großeltern. »Englisch. Ihr habt es mir versprochen.«

Die Tür fiel mit einem lauten Seufzer hinter Will ins Schloß. Hilflos starrte Cassie darauf. Über das plätschernde Wasser hinweg konnte sie hören, wie Dorothea auf Lakota vor sich hinmurmelte. Ab und zu warf die alte Frau einen Blick über die Schulter, als wolle sie nachsehen, ob Cassie schon gegangen war. Dabei konnte sie Englisch; sie hätte Cassie zumindest eine Chance geben sollen. Cassie richtete sich auf und wandte sich an Cyrus. »Können Sie mir übersetzen, was sie sagt?« fragte sie.

Cyrus hob die Achseln und ging zur Couch. »Sie wünscht, Will hätte dich mitgenommen.«

Ein paar Minuten blieb Cassie mitten im Zimmer stehen, unentschlossen, ob sie lieber losheulen oder aus dem Haus marschieren und gleich bis nach Rapid City weitergehen solle. Cyrus ließ sich in der Mitte des Sofas nieder, das unter seinem leichten Körper aufstöhnte, und griff nach dem Strickzeug. Er schlang sich die Wolle um den Finger und klickte die Nadeln immer schneller aneinander, bis es wie Zähneklappern klang. Dorothea spülte das Geschirr fertig ab und begann dann, den sauberen Küchenboden zu wischen.

Wills Großeltern zeigten beide nicht die geringste Neigung, Cassie willkommen zu heißen oder sich mit ihr zu unterhalten, und beide schienen ihr Verhalten nicht besonders unhöflich zu finden. Cassie erinnerte sich undeutlich an einen Kollegen, der als Dissertation einen, wie er es nannte, »Tipi-Knigge« der Prärieindianer des neunzehnten Jahrhunderts geschrieben hatte. Sie konnte sich vage entsinnen, daß Frauen auf der einen und Männer auf der anderen Seite zu sitzen hatten, daß die Krieger zuerst aßen, daß es als unhöflich galt, zwischen einem Menschen und dem Feuer hindurchzugehen. Cassie wußte nicht, ob diese Bräuche immer noch Bestand hatten, aber sie hatte das Gefühl, daß hier Regeln galten, in die sie nicht eingeweiht worden war und die sie sich selbst erarbeiten mußte.

Sie begann, indem sie die Zeitschriften ordnete. Cyrus blickte einmal von seinen Nadeln auf, grunzte und strickte weiter. Als Cassie zwei ordentliche Stapel aufgeschichtet hatte, stand sie auf und ging in die Kochnische. Sie suchte in den Regalen herum, bis sie einen Stapel weißer Wischtücher entdeckte, seifte eines davon ein und begann, den Kühlschrank abzuschrubben.

Dorothea schenkte ihr keine Beachtung; sie nahm nicht einmal zur Kenntnis, daß Cassie weniger als einen Meter von ihr entfernt war. »Wissen Sie...« – Cassies Stimme war viel zu laut und durchdringend für das winzige Haus –, »ich habe einen Freund an der Universität, einen Anthropologen, der sich auf die amerikanischen Ureinwohner spezialisiert hat.« Sie verschwieg, daß dieser Mann ein Kulturanthropologe war und sie deshalb in den letzten drei Jahren kaum ein Wort mit ihm gewechelt hatte. Statt dessen zermarterte sie sich das Gehirn, um sich seine Vorlesungen und ihre eigenen Studien ins Gedächtnis zu rufen.

»Um die Wahrheit zu sagen«, fuhr Cassie fort, »ich weiß gar nichts über die Indianer. Ich weiß nicht, was Will Ihnen erzählt hat, aber mein Fachgebiet liegt viel weiter in der Vergangenheit.« Sie spülte ihren Lappen im Waschbecken aus. »Abgesehen von den Waffen«, ergänzte sie. »Mit Waffen kenne ich mich ziemlich gut aus. In meiner Dissertation ging es um das Thema Gewalt, ob sie erlernt oder angeboren ist –« Cassie hielt inne. Das klang wie Ironie, angesichts der Tatsache, was aus ihrer Ehe geworden war. Als niemand ihr antwortete, redete sie weiter. »Mal sehen... ich weiß noch, daß es einen Stamm in Clovis in New Mexico gab, der die steinerne Pfeilspitze erfunden hatte. Dadurch wurde es natürlich viel leichter, Mammuts zu töten...« Cassie verstummte und stellte sich vor, wie dieser Nomadenstamm vor vierzigtausend Jahren ein riesiges, bebendes Untier abschlachtete; wie Cyrus' Großvater vor hundertfünfzig Jahren auf vielleicht ganz ähnliche Weise Büffel gejagt hatte. Sie verbiß sich jedes weitere Wort, weil ihr aufging, daß sie klang, als würde sie eine Vorlesung halten. Über ihren Kopf hinweg tauschten Cyrus und Dorothea einen Blick: *Ist die immer so?*

»Na ja«, schloß Cassie leiser. »Wahrscheinlich wissen Sie das alles schon.« Sie hätte sich ohrfeigen können, weil sie wie eine Lokomotive losgedonnert war, statt ganz still abzuwarten.

Dorothea trat zu ihr, wrang den tropfenden Wischlappen aus, hängte ihn übers Waschbecken und bedeutete Cassie mit ihren Händen, daß sie es so haben wolle. Sie schaute sich in der blitzblanken Küche um, nickte und zog dann ihren Parka an. Auf ihrem Weg zur Tür blieb sie kurz vor Cassie stehen, packte mit starken Fingern Cassies Kinn und hob ihr Gesicht an. Sie sagte etwas auf Lakota, eine seltsame Folge von Klicklauten und Silben, die für Cassie schmeichelnder als ein Wiegenlied klangen.

Nachdem Dorothea zur Tür hinaus war, stellte sich Cyrus ans Fenster und sah ihr nach, wie sie zur Nachmittagsschicht ging. Er wußte, was Cassie gleich fragen würde. »Sie sagt, du solltest eines nicht vergessen, solange du beim Volk bist«, übersetzte er. »Was für dich Forschungsmaterial ist, sind für uns unsere Ururgroßväter.«

Er drehte sich nicht vom Fenster weg, aber er hob die Hand und winkte Cassie herbei. Sie stand auf und ging zu ihm, und er legte den Arm um sie, allerdings wirkte diese Geste eher wie ein Rippenstoß als wie eine Umarmung. Seine langen, geraden Finger ruhten auf ihrem Schlüsselbein. Cassie blickte neben Cyrus auf die verlassene Landschaft und begriff, daß er weder das Meer von Schnee noch die Autoskelette, noch die rissigen Plastikplanen sah, die am Haus eines Nachbarn flatterten. Statt dessen sah er das Land, wo die Schritte seiner Ahnen unter seinen eigenen lagen; das Land, das – genau darum – seine Heimat war.

Will setzte sich in den Decken auf, die ihm als Bett dienten, und betrachtete Cassie, die auf dem ausziehbaren Sofa schlief. Als er noch bei seinen Großeltern gewohnt hatte, war das sein Bett gewesen; jetzt drückte sich ihr Leib in die Matratzenkuhle, die sein Körper in langen Jahren geformt hatte.

Er war schweißüberströmt; er hatte von ihr geträumt. So verrückt es klang, sie hatte zu den Jagdfüchsen gehört, einer Kriegergemeinschaft aus vergangenen Zeiten. Jeder Siouxjunge hatte von den Jagdfüchsen oder den Starken Herzen gehört und sich gewünscht, das Volk sei immer noch im Krieg mit den Chippewa, so daß auch er seinen Mut unter Beweis stellen könnte. Die Jagdfüchse waren die Tapfersten von allen. Ihr Kennzeichen war eine rote Schärpe; wenn sie diese Schärpe am Boden festmachten, dann bedeutete das, daß sie an dieser Stelle kämpfen würden, bis sie gesiegt hatten oder starben oder von einem Freund befreit wurden. Will wußte noch, wie er in der Pause hinter der Schule Jagdfuchs gespielt hatte. Einmal hatte er den Schal seiner Großmutter als Schärpe genommen und sich damit einen Monat Hausarrest eingehandelt.

In seinem Traum war Cassie hochschwanger gewesen und hatte die Schärpe ganz oben getragen, direkt unter ihren Brüsten. Aus der Ferne verfolgte Will, wie sie ihren Stab mit der Schärpe in die weiche Erde steckte und zu singen begann.

Ich bin ein Fuchs.
Ich bin zum Sterben bestimmt.
Ist etwas schwierig,
Ist etwas gefährlich,
Dann werde ich es tun.

Aus dem Nichts tauchte Alex Rivers auf, umkreiste sie, kam immer näher. Er boxte Cassie an den Kopf, und von seinem Beobachtungsposten aus rief Will ihr zu, sie solle weglaufen, aber sie rührte sich nicht. Sie blieb stehen, auch wenn ihr die Schläge Tränen in die Augen trieben.

Will träumte, daß er aus Leibeskräften schrie und zu rennen begann, auf den Fleck zu, wo Cassie stand. Ohne langsamer zu werden, bückte er sich, riß ihren Stab aus der Erde, schlang seinen Arm um ihre Taille und zwang sie, genausoschnell zu laufen wie er.

Vollkommen außer Atem wachte er auf, wütend und ein bißchen erstaunt, daß Cassie nicht einmal einen Meter von ihm entfernt lag und im Schlaf die Fäuste ballte und wieder öffnete. Leise und im Rhythmus des Schnarchens, das durch den Vorhang drang, stand er auf und setzte sich auf die Sofakante.

Cassie war wach, noch bevor er sich richtig hingesetzt hatte. Will legte einen Finger auf ihre Lippen und deutete dann in Richtung Vorhang. »Morgen fahre ich«, flüsterte er.

Cassie wollte sich aufsetzen, aber Will legte ihr die Hand auf die Schulter und drückte sie zurück in die Matratze.

»Warum?«

»Weil ich einen Job in L. A. habe. Weil ich es hier nicht aushalte.« Will verzog das Gesicht. »Du kannst es dir aussuchen.«

Sie hätte wissen müssen, daß es dazu kommen würde; er hatte nie einen Hehl daraus gemacht. Aber zu seinem Entsetzen schluckte Cassie ein Schluchzen hinunter. »Du kannst mich hier doch nicht alleinlassen«, flüsterte sie, wohl wissend, daß er es konnte und auch tun würde.

Als sie sich von ihm abwandte, strich er schuldbewußt mit der

Hand über ihre Stirn. Cassie war klein und schlicht, das nette Mädchen von nebenan; er hatte Hunderte von Frauen gesehen, die hübscher waren als sie. Er fragte sich, was diese Frau wohl an sich hatte, das ihn seine festen Absichten vergessen ließ; das einen Filmstar dazu brachte, sie zu heiraten.

Will starrte auf Cassies Hinterkopf und zwang sich, daran zu denken, wie er auf dem Heimweg von der Schule den Daumen über sein Zeugnis gehalten hatte, weil darauf nicht nur der Nachname, sondern auch der Anteil indianischen Blutes verzeichnet war. Er versuchte, sich den Winter ins Gedächtnis zu rufen, in dem er und seine Großeltern von Dörrfleisch und Dosenkürbis gelebt hatten, weil das staatliche Lebensmittelhilfeprogramm zusammengebrochen war. *Ja*, dachte er, *ich brauche Abstand.* Aber noch während Will das dachte, legte er sich neben Cassie, bis sich ihr bebender Rücken fest an seine Brust drückte. Er lag absolut still, weil er nichts Falsches heraufbeschwören wollte. Statt dessen lauschte er ihrem Herzschlag und dem leisen Schnarchen seiner Großeltern, dem ineinander verwobenen Rhythmus. Sanft legte er die Hand auf Cassies Bauch. »Du bist nicht allein«, sagte er.

21

Im Lauf des März, während der Schnee in Pine Ridge zu kleinen Inseln und Verwehungen zwischen den Pappeln zusammenschmolz, gewöhnte sich Cassie an das Reservat. Für sie war es ein schützender Hafen, deshalb merkte sie nicht, wie es dort wirklich aussah – gemessen an der Einwohnerzahl herrschte dort die höchste Mordrate in den Vereinigten Staaten, und Armut und Gleichgültigkeit hatten das Volk ausgeblutet. Statt dessen nahm sie lieber wahr, wie hübsch die nußbraunen Sioux-Babys waren, wie sich ihr runder Bauch in den Schlammpfützen spiegelte, wie sich die Sonne in den Zweigen der Bäume verfing und wie die Stille klang.

»Kommst du mit oder nicht, *wasicuŋ wiŋyaŋ?*«

Dorotheas Stimme riß die am Fenster sitzende Cassie aus ihren Gedanken. Dorothea war ihr immer noch nicht geheuer, aber sie wollte aus dem Haus. »Gerne«, sagte sie, schlüpfte in ihren Mantel und knöpfte ihn mühsam über dem Bauch zu. Dorothea hatte heute ihren freien Tag, und da der Boden schon halbwegs aufgetaut war, wollte sie ihre Wurzel- und Kräutervorräte auffrischen.

In den vergangenen Wochen hatte Cassie die beiden besser verstehen gelernt. Und wenn Cyrus und Dorothea sie auch nicht gerade freundlich behandelten, so mieden sie Cassie doch nicht; im Gegenteil, beide gaben sich alle Mühe, sie vorzustellen, wenn die Menschen im Ort sie neugierig musterten. Cassie begann langsam zu begreifen, daß hier vieles anders war – daß ein Mann möglicherweise dasselbe Hemd fünf Tage hintereinander trug, weil es sein einziges war; daß die Mütter ihre Kinder eher mit Marshmallows und Orangenlimo fütterten als mit Vollkornprodukten und Milch. Ihr Tagesrhythmus, der sich einst an festen Essens- und Schlafenszeiten orientiert hatte, hatte sich dem indianischen angenähert: man aß, wenn man hungrig war, und ruhte sich aus, wenn man es für nötig hielt. Und sie gewöhnte sich allmählich an die Wortkargheit der Lakota. Ihr war inzwischen klar, daß die Lakota im Gegensatz zu den Weißen, die jede Gesprächspause mit Geschnatter zu überbrücken suchten, es ganz normal fanden, nichts zu sagen. Und so wanderte Cassie schweigend neben Dorothea durch den Wald, lauschte dem Wind und dem trockenen Gras, das unter ihren Füßen knirschte.

»*Waŋláka he?* Siehst du den da?« rief Dorothea. Sie deutete auf einen vertrauten, noch unbelaubten Baum.

»Die Zeder?« Cassie hatte das Gefühl, auf die Probe gestellt zu werden.

Dorothea nickte beeindruckt. »Jetzt ist es noch zu früh, aber wir kochen die Früchte und Blätter und trinken die Medizin gegen Husten.«

Während der nächsten anderthalb Stunden hörte Cassie zu, wie Dorothea sie in eine uralte Heilkunst einführte. Manche Kräuter hielten noch Winterschlaf: Rohrkolben, den man wie Gaze verwenden konnte; Kalmus gegen Fieber und Zahnschmerzen; Ulme als Abführmittel; wilde Verbene gegen Bauchweh. Dorothea legte die Wurzeln der roten Scheinmalve frei, die sie zu einer Sonnenbrand- und Wundsalbe verarbeiten würde. Sie pflückte Petersstrauch, weil der Cyrus' müden Augen guttat.

Als sie sich gegen den Stamm einer Pappel sinken ließ, ohne sich daran zu stören, daß die Feuchtigkeit durch ihre Polyesterhose drang, machte Cassie es ihr nach. »Ich wußte gar nicht, daß du eine Medizinfrau bist«, sagte sie.

Dorothea schüttelte den Kopf. »Das bin ich nicht. Ich weiß nur ein paar Sachen.« Sie zuckte mit den Achseln. »Außerdem gibt es vieles, wogegen ich nichts tun kann. Dafür gibt es den Medizinmann. Wir haben Joseph Stands In Sun – Cyrus hat dich letzte Woche im Ort mit ihm bekanntgemacht. Es gibt auch Krankheiten, die hier sitzen« – sie zeigte auf ihr Herz – »und es gibt andere Krankheiten, die man nicht heilen kann.«

»Du meinst Krankheiten wie Krebs«, sagte Cassie.

»*Hiyá*«, entgegnete Dorothea finster. »Das ist bloß etwas Böses im Körper. Marjorie Two Fists ist nach Rapid City gefahren und hat sich den Krebs aus ihrer Brust schneiden lassen, und ihr geht es gut, schon seit Jahren. Ich rede über das Böse. In der *ton*. Der

Seele.« Sie fixierte Cassie. »Das Volk glaubt, daß ein Kind entweder gut oder böse geboren wird. Und dabei bleibt es. Bis zur Geburt kann man noch etwas ändern, aber später nicht mehr. Und aus einem bösen Baby wird schließlich ein böser Mensch.«

Dorotheas Blick bohrte sich in Cassies Augen, bis sie sich abwandte. Sie lebte in einer Gesellschaft, in der die Kinder anderer Menschen als Geschenk betrachtet wurden, das auch dem eigenen Haus Glück brachte – wie sollte sich Dorothea da auch nur vorstellen können, daß es Väter gab, die ihre Söhne ablehnten? Mütter, die sie einfach vergaßen? Cassie hätte Dorothea gern erklärt, daß ihr Mann nicht böse geboren worden war; daß man ihm das nur so lange eingebleut hatte, bis er es schließlich selbst glaubte.

Ein kalter Wind setzte sich im Dickicht fest und verwehte Cassies Gedanken. Sie warf einen Blick auf Dorotheas prall gefüllte Schürze. »Du und Joseph Stands In Sun nehmt dem Arzt im Ort wahrscheinlich viele Patienten weg«, stellte sie fest.

Dorothea zupfte an einem Zweig und teilte die Rinde, unter der eine winzige grüne Knospe zum Vorschein kam. »Für manche Leute ist es einfacher, zu mir zu kommen, als den weiten Weg in den Ort zu machen; und manche trauen dem Doktor nicht.«

»Warum?«

Dorothea blies kurz die Wangen auf. »Weil wir schon immer Medizinmänner hatten, nehme ich an, aber nicht immer *wasicuŋ*-Ärzte.«

»*Wasicuŋ.* Was bedeutet das?« hakte Cassie schnell nach, die das Lakota-Wort wiedererkannte. »So nennt ihr mich doch, oder? So nennt mich jeder.«

Dorothea sah sie überrascht an, als müsse das jedem Idioten klar sein. »Es heißt ›weiß‹«, antwortete sie.

Cassie drehte und wendete das Wort auf der Zunge, lauschte dem Gleiten und Zwitschern, das wie der Ruf einer Trauertaube klang. »Es klingt hübsch.«

Dorothea stand mühsam auf und schaute auf Cassie hinunter. Mit der für die Sioux typischen Unverblümtheit erklärte sie: »Es setzt sich aus drei Lakota-Wörtern zusammen und heißt ›fetter, gieriger Mensch‹.«

Cassie stapfte schweigend durch den Schlamm und zwang sich

zu schweigen. Niemand hatte sie hergebeten, niemand mußte sie mögen. Ihr ganzes Leben war sie in verschiedene Rollen geschlüpft, hatte gefallen wollen und dabei unweigerlich versagt, einfach weil sie war, was sie war: ein hilfloses Kind, Alex' Frau, eine Weiße. Sie fragte sich, ob das angeboren war, so wie Dorothea es vorhin beschrieben hatte, ob ihr Geist einfach irgendeinen Makel hatte.

Sie wäre fast in Dorothea hineingelaufen, weil sie nicht bemerkt hatte, daß die alte Frau stehengeblieben war. »Weißt du«, meinte Dorothea beiläufig, »als ich ein Kind war, hatte ich sieben Schwestern. Wir lebten ein bißchen näher am Ort Pine Ridge. Natürlich hatten meine Eltern nicht das Geld, um uns genügend Essen oder Kleider zu kaufen, und Spielzeug schon gar nicht, deshalb haben wir immer mit alten Knöpfen gespielt, mit Teddybären von der Heilsarmee, die wir zu Weihnachten bekamen, und mit selbstgebastelten Sachen. Meine älteste Schwester brachte uns bei, wie man Kürbispuppen macht, aus wilden Kürbissen und aus Lumpen, die wir im Müll fanden. Wir wickelten die Lumpen wie ein Kopftuch um den Kürbisbauch und knoteten den Stoff zu Armen und Beinen.

Die sahen vielleicht aus, diese Puppen. Und ich weiß noch, daß meine Schwestern jedes Jahr nach ganz glatten, grünen Kürbissen suchten, ohne Beulen im Gesicht, während ich immer die bunten nahm, die, die halb gelb und halb grün waren.« Plötzlich nahm Dorothea Cassies Hand, und Cassie staunte über die Kraft in den dünnen, braunen Fingern. »Mischlinge sind stark, weißt du? Sie sind zäher. Und auf ihre eigene Weise sind sie besonders schön, Cassie, *hañ*?«

Vorsichtig gingen die Frauen weiter; denn keine von beiden wollte den spinnwebdünnen Faden zerreißen, den Dorothea zwischen ihnen geknüpft hatte, indem sie Cassie – zum allerersten Mal – mit ihrem Vornamen angesprochen hatte.

Während Alex Rivers seine schwarze Fliege band, sann er über Macbeth nach, jene Rolle, die er einen Monat lang hatte ruhen lassen, bevor die Produktion vergangene Woche wieder aufgenommen worden war. Langsam begann er zu verstehen, was in Macbeth vorging; er verstand ihn viel besser als noch vor wenigen Wochen. In Macbeths Ehe herrschte das Grauen – denn er mußte erkennen, daß die Frau an seiner Seite nicht mehr die Frau war, die er geheiratet hatte; daß sie zu Taten fähig war, die er ihr nie zugetraut hätte.

Seine persönliche Situation unterschied sich natürlich deutlich von der Macbeths, aber trotzdem kam ihm diese Erkenntnis vertraut vor. Bestimmt war manches falsch gelaufen, aber er hatte nie damit gerechnet, daß es soweit kommen könnte. Als er nach Hause gekommen und Cassie nicht mehr dagewesen war, hätte er am liebsten alle Zimmer zweimal abgesucht, sämtliche Kammern und den Speicher eingeschlossen. Es war schwer zu akzeptieren, daß sie tatsächlich gegangen war. Natürlich kam so etwas öfter vor, vor allem in Hollywood, wo man eine Hochzeit eher als Publicity-Termin betrachtete denn als Verbindung zweier Liebender. Doch zwischen ihm und Cassie war es immer anders gewesen. Er hätte nie gedacht, daß Cassie einfach so verschwinden könnte, vor allem, weil er sich nicht eingestehen konnte, daß er sie möglicherweise mehr brauchte als sie ihn.

Alex zog sich den Kamm durchs Haar und rückte seinen steifen Hemdkragen gerade. In fünf Minuten mußte er los, um Melanie Grayson abzuholen. Sie war seine Lady Macbeth; gemeinsam würden sie zum Dorothy-Chandler-Pavillon fahren, wo die Verleihungszeremonie stattfand. Er starrte in den Spiegel: er konnte das Gesicht nicht recht einordnen, das er dort sah. Ihm war klar, daß die größte schauspielerische Leistung seines Lebens nicht jene sein würde, für die er heute vielleicht einen Oscar bekam. Viel schwerer würde es werden, heute abend vor Tausenden von Zuschauern so zu tun, als würde es ihm etwas bedeuten, ob er gewann oder nicht.

Herb erwartete ihn unten mitsamt einer weißen Mercedes-Limousine. »Ich sag' dir, heut hab' ich Sodbrennen.« Er grinste Alex an. »Hast du mit Cassie geredet?«

»Ich habe eben mit ihr telefoniert«, log er. »Sie wünscht mir Glück.«

»Ach, Glück.« Herb winkte ab. »Du hast sie doch schon in der Tasche. Zu dumm, daß sie's nicht geschafft hat herzukommen, und wenn es nur für eine Nacht gewesen wäre. Aber ich weiß, wie man sich in so einer Situation fühlt; man möchte sie nicht mal eine Minute allein lassen.«

Alex nickte. »Sie sagt, wenn ich gewinne, wendet sich bei ihrem Vater vielleicht doch noch alles zum Guten.«

»Dein Wort in Gottes Ohr«, murmelte Herb, dann schubste er Alex zur Tür. »Holen wir Melanie ab, und dann auf zum Tanz!«

Alex stieg nicht einmal aus, als sie in der Auffahrt zu Melanies Haus anhielten; das hier war keine Verabredung, und er wollte keinen falschen Eindruck aufkommen lassen. Er überließ es Herb, Melanie von der Haustür zum Mercedes zu eskortieren, wo Alex sie bereits mit einem Glas Champagner erwartete. »Du siehst bezaubernd aus«, sagte Alex, da er wußte, daß das von ihm erwartet wurde.

Melanie strich den weißen Satinrock glatt, der sie umhüllte wie eine Schlangenhaut. »Dieser alte Fetzen?« fragte sie kokett. Alle wußten, daß sie eine exorbitante Summe für das pompöse Kleid ausgegeben und danach versucht hatte, sich das Geld von der Macbeth-Produktionsgesellschaft erstatten zu lassen. Zur Begründung hatte sie erklärt, sie hätte längst nicht so viel Wert auf ihr Aussehen legen müssen, wenn sie nicht neben Alex gesessen hätte, auf den sich an jenem Abend mindestens dreimal die Kameras richten würden.

Er starrte aus dem Fenster, als der Verkehr ein paar Blocks vor dem Pavillon allmählich zum Erliegen kam. Cassie hätte niemals so ein Kleid getragen. Natürlich hätte auch sie ein Modellkleid getragen; aber etwas ebenso Schlichtes wie Schönes. Genau wie sie.

Er merkte, wie er immer wütender auf Melanie wurde, während der Wagen langsam vorwärtskroch. Ihr Bein preßte sich zu fest an seines; ihr Haar hatte die falsche Farbe; sie trug ein anderes Parfüm als Cassie. »Bist du nervös?« schnurrte sie und streichelte seinen Unterarm.

Alex antwortete nicht. Er starrte die Hand auf dem Ärmel seines Sakkos an wie eine Tarantel.

»Kinder, Kinder«, bellte Herb von dem Sitz ihnen gegenüber. »Gebt euch einen Kuß und vertragt euch wieder. Vergeßt nicht, das hier ist Eins-A-Publicity.«

Alex wußte, daß Herb recht hatte; es kursierten inzwischen so viele Gerüchte über die Unterbrechung der Dreharbeiten zu *Macbeth*, daß Alex allmählich an die Hölle erinnert wurde, durch die er mit *Antonius und Kleopatra* gegangen war. Vielleicht hatte er mit Shakespeare einfach kein Glück.

»Ja, Alex«, hauchte Melanie, Zentimeter von seinem Gesicht entfernt. »Geben wir uns einen Kuß und vertragen wir uns wieder.«

Alex drehte den Ehering an seinem Finger. Das hatte er sich seit kurzem angewöhnt, so als sei er eine notwendige Gedächtnisstütze. *Wenn du gewinnst*, ermahnte er sich, *dann spring auf keinen Fall auf und umarme sie, was auch passiert.*

Herb tätschelte Melanies Knie. »Laß ihn in Ruhe«, seufzte er. »Er grübelt wieder.«

»Ich weiß«, antwortete Melanie rauchig. »Genau das lieben wir ja so an ihm.«

Alex ignorierte ihr oberflächliches Geschwätz, bis ihre Limousine vor den Eingang rollte. »Bereit für die Hyänen, Liebling?« fragte Melanie und ließ ihre Puderdose zuschnappen.

Alex trat als erster in die Nachmittagssonne. Er blinzelte und hob die Hand, halb zum Winken, halb um sich die Augen abzuschirmen. Er streckte die Hand in die Tiefen der Limousine, um Melanie herauszuhelfen, und beobachtete, wie sie ein Lächeln erstrahlen ließ, das heller als der Scheinwerfer auf dem Wachtturm eines Hochsicherheitstraktes war. Sie legte die Hand auf seinen Arm, zog sie aber wieder zurück, als er leise knurrte.

Der Jubel und die Pfiffe waren viel zu laut, um die Reporter zu verstehen oder um die Blitzlichter und die laufenden Tonbänder wahrzunehmen. Grinsend und nickend ging Alex neben Melanie her, immer bemüht, so auszusehen, als sei er nicht allzu siegesgewiß, aber trotzdem zuversichtlich.

Direkt vor ihm ging ein Produzent bei Fox, dessen Name Alex nicht einfallen wollte, obwohl ihm der gebückte Gang und der Haaransatz mit den Leberflecken vertraut waren. Er war winzig und bucklig, genau wie seine Frau, und Alex fragte sich, ob wohl das Alter oder einfach eine lange Hollywood-Ehe auf ihren Schultern lastete. Sie stolperten so langsam über den roten Teppich, daß Alex immer wieder neben Melanie stehenbleiben und mit einem idiotischen Grinsen auf dem Gesicht warten mußte. Der Mann drehte sich um und bemerkte erst jetzt, daß Alex hinter ihm stand. Er blieb augenblicklich stehen und streckte ihm die Hand entgegen. Alex schüttelte sie. »Golfbälle«, sagte der Mann.

»Wie bitte?«

»Golfbälle. Als ich Ihren Film sah, hatte ich Golfbälle in der Kehle. So hat er mich mitgenommen.« Er hob die Hand und drückte Alex' Schulter. »Nur die besten der besten heute, wie?«

Alex hatte schon ähnliche Kommentare über *Die Geschichte seines Lebens* gehört. Jeder hatte einen Vater oder eine Schwester oder einen Freund, dem oder der er sich entfremdet hatte, und Alex' Film hatte viele ermutigt, endlich Frieden zu schließen. Alex Rivers, der Schlichter aller Schlachten. Der Sultan der Versöhnung. Mit einer einzigen Leiche im Keller: seiner Frau, die er aus dem Haus getrieben hatte.

Während er auf dem roten Teppich wartete, hörte er das Wort »Abräumen«. Er wußte, daß die Menschen darüber sprachen, ob *Die Geschichte seines Lebens* wohl in allen elf nominierten Kategorien einen Oscar bekommen würde, das goldene Trio »Bester Schauspieler«, »Bester Regisseur« und »Bester Film« eingeschlossen. *Abräumen. Abräumen. Abräumen.* Das Wort brandete immer wieder an seine Ohren, bis es Alex in einen Tagtraum wiegte, der ihm vorführte, wie alles hätte sein können, wie er sich mit Cassie an seiner Seite gefühlt hätte und was die Reporter gesagt hätten, wenn er sie in seine Arme gezogen hätte und im Walzerschritt den Mittelgang hinuntergetanzt wäre, als würde in dieser Nacht nichts zählen außer ihr.

Sie wohnten inzwischen seit drei Tagen zusammen in dem Einzimmerhaus, so daß man es eigentlich kaum als Rendezvous bezeichnen konnte, aber trotzdem machte es Cassie verlegen, daß sie Cyrus' altes Hemd und Dorotheas chartreusegrüne Polyesterhose mit elastischem Bund trug. Will klopfte an die Haustür, als würde er nicht vorübergehend hier wohnen. Als Cassie ihm aufmachte, wanderte sein Blick über ihr sauber geflochtenes Haar, die viel zu großen Kleider. »Cassie«, sagte Will, »du bist einfach bildschön.«

»Hör schon auf«, prustete Cassie los. »Ich habe nicht die Spur einer Taille, und außerdem würde ich freiwillig bestimmt nichts in dieser Farbe an meinen Körper lassen.«

Einen Monat nachdem er sie allein gelassen hatte, war Will

nach Pine Ridge zurückgekommen. Er hatte seinen Vorgesetzten erklärt, es gebe einen Todesfall in der Familie, und hatte so eine Woche freibekommen. Ihm gefiel die Vorstellung, daß einzig ein Begräbnis ihn dazu bringen konnte, nach Pine Ridge zurückzukehren, aber im Grund wollte er lediglich Cassie zur Oscarverleihung mitnehmen. Der nächste Fernseher stand dreißig Kilometer entfernt in einer Bar, und ihm war klar, daß sie allein auf keinen Fall dorthin kommen würde.

»Und«, fragte sie, während sie sich in Wills gemieteten Pick-up hievte, »was entgeht mir alles in Los Angeles?«

Will zuckte mit den Achseln. »Eine Menge Smog, ein paar sintflutartige Regengüsse, das übliche Hollywood-Getrommel. Du weißt schon.« Er warf ihr einen kurzen Seitenblick zu. Sie verstand hoffentlich, daß der letzte Punkt sie nicht einschloß. In letzter Zeit hatte er sich ständig diese dämlichen Klatschreportagen angehört, aber niemand hatte von Cassie Rivers' Verschwinden berichtet.

Die Baracke hatte kein Schild und keinen Namen, weil sowieso jeder wußte, wo und was es war. Sie war ziemlich gut besucht, weil sie der nächste Fleck außerhalb des trockenen Reservats war, wo man etwas zu trinken bekam, und Will hoffte, daß das keine Probleme machen würde. Er hatte es Cassie nicht erzählt, aber es war allgemein bekannt, daß es auf dem Parkplatz beängstigend oft zu Messerstechereien und Vergewaltigungen kam und daß sich die Polizei lieber zurückhielt, als Fragen zu stellen. Hinter der verkratzten Bar hing ein altes, verblichenes Schild, *Lel Lakota Kin Iyokipisni,* »Kein Zutritt für Sioux«. Es war in der Mitte von einem Tomahawk gespalten, der in dem Sparren dahinter feststeckte.

Abgesehen von Cassie waren keine Weißen und nur eine Handvoll Frauen in der Bar. Nervös trippelte sie hinter Will her und versuchte, die herausfordernden Blicke zu ignorieren, die sie auffing. Sie folgte ihm an einen Ecktisch, von wo aus man ungehindert auf den Fernseher blicken konnte. Ihr Stuhl klemmte neben der Musikbox, aus der Loretta Lynn trällerte. Cassie legte ihre Hand auf die beleuchtete Tastatur und sah, wie ihre Fingerspitzen rosa zu glühen begannen.

»Sie schauen sich *Hockey* an«, sagte Cassie. Es war ihr gar nicht in den Sinn gekommen, daß jemand *nicht* die Oscarverleihung ansehen wollte. Was vielleicht auf L. A. zutraf, aber nicht auf Pine Ridge, wo das nächste Kino eine Stunde entfernt war.

Will starrte geistesabwesend auf das verschneite Bild, wo ein Puck über das graue Eis flitzte. »Überlaß das mir«, sagte er. Er stand auf und schwang, wie ein Cowboy beim Absitzen, ein Bein über die Rückenlehne. Dann ging er an die Bar und stützte die Ellbogen auf den klebrigen Holztresen. »*Hau, kóla*«, sagte er, um den Barkeeper auf sich aufmerksam zu machen.

Der Barkeeper war rund wie ein Faß und trug sein Haar in zwei langen schwarzen Zöpfen, die an den Enden mit Schnürsenkeln zusammengebunden waren. Er trocknete gerade ein Whiskeyglas. »Was kann ich für dich tun?« fragte er gelangweilt.

»Ich brauche ein Rolling Rock und ein Glas Wasser«, sagte Will. »Und die Lady hätte gern ein anderes Programm.«

»Vergiß es«, knurrte der Barkeeper und öffnete eine eisgekühlte Flasche an der Tresenkante. »Drei Dollar.«

Will hatte nichts anderes erwartet. Er reichte dem Barkeeper einen Fünfzigdollarschein, der direkt aus seiner Lohntüte stammte – etwas, was der Mann neben ihm wahrscheinlich noch nie gesehen hatte. »Wenn du um neun auf ABC umschaltest«, sagte Will, »kannst du das verdammte Wechselgeld behalten.«

Als er Cassie ihr Wasser brachte, saß sie nur noch auf der Stuhlkante. »Werden sie es anschauen?« Ihre Stimme klang dünn und atemlos.

»Kein Problem.« Will tippte mit dem Hals seiner Bierflasche gegen Cassies Glas, um ihr zuzuprosten. Auf wundersame Weise tat ihr dieses Höllenloch in South Dakota gut. »Man hört, du wirst langsam eine große Indianerin«, sagte er.

Cassie wurde rot. »Danke«, antwortete sie.

Will lachte. »Die meisten Lakota würden mir für so eine Beleidigung eine runterhauen«, erklärte er. »Es war kein Kompliment.«

Cassie rollte das Glas zwischen den Händen und funkelte Will wütend an. »Wenigstens versuche ich, mich einzufügen«, bemerkte sie spitz.

Im Gegensatz zu dir. Der unausgesprochene Vorwurf hing zwischen ihnen in der Luft, und Will, der geglaubt hatte, sein antrainiertes dickes Fell würde ihn schützen, erkannte erschrokken, wie sehr ihn Cassies unausgesprochene Vorwürfe trafen. Sein Großvater war halb in sie verliebt; seine Großmutter redete ständig über sie. Es traf ihn, daß jemand ohne jedes Sioux-Blut in den Adern so schnell eine Nische finden konnte, wo er nie auch nur einen Zeh auf den Boden bekommen hatte.

Will kniff die Augen zusammen und tat, was ihm in all den Jahren in Pine Ridge als Mensch zweiter Klasse zur zweiten Natur geworden war: er schlug zurück. Er nickte langsam, als habe er schon länger über Cassies Tagesablauf nachgedacht. »Die Alten wünschen sich schon, alle *wasicuη* wären wie du. Ziehst mit Cyrus herum; fragst den Medizinmann über Beeren und Wurzeln aus. Eine richtige kleine Squaw.«

Cassie reckte das Kinn vor. Sie war nicht gewillt, sich ausgerechnet vor dem Menschen zu rechtfertigen, der sie hierhergebracht hatte. »Was soll ich denn den ganzen Tag machen? Auf dem Sofa liegen und zuschauen, wie meine Taille verschwindet? Außerdem ist es ein bißchen wie bei den Pfadfindern – Überlebenstraining im Wald und so weiter. Es kann nützlich sein, so was zu wissen. Angenommen, ich würde mich im Wald verlaufen und mir den Fuß verstauchen –«

»Angenommen, es gäbe einen Wald in L. A. und alle Nachtapotheken hätten zu?« Will schnaubte und leerte sein Bier in einem langen Zug. »Du *willst* doch zurück, oder?«

Cassies Gesicht sank in sich zusammen, und einen grauenvollen Augenblick lang fürchtete Will, sie würde gleich weinen. Aus heiterem Himmel fiel ihm ein, wie damals, in der zweiten Klasse, ein Neuer in seine Schule gekommen war. Horace war nur zu einem Viertel indianisch, und Will hatte sich mit ihm angefreundet. Er hatte das Gefühl gehabt, Horace etwas schuldig zu sein, da er die Sündenbockposition für ihn übernahm. Und es funktionierte: Dieselben Burschen, die mittags seine Sandwiches in den Dreck getreten und seine Stifte zerbrochen hatten, wollten jetzt mit ihm Baseball spielen und luden ihn übers Wochenende ein. Will konnte sich noch an das warme Glühen in seinem Bauch erinnern, als er begriff, daß er endlich akzeptiert wurde, und ehe er sich's versah, war er genau wie die anderen. Es fiel ihm nicht einmal auf, bis er sich eines Tages nach der Schule hinter ein paar

Bäumen versteckte und auf Horace wartete, der gleich um die Ecke kommen mußte. Gemeinsam mit den anderen Kindern warf er mit Steinen und Zweigen, bis Horace floh.

Aber erst, nachdem Will ihm in die Augen gesehen hatte. Horace hatte nur Will angesehen, niemanden sonst, so als würde er laut und deutlich sagen: *Du auch?*

Will schüttelte den Kopf, um ihn freizubekommen. Er wußte nicht recht, was das mit Cassie zu tun hatte, abgesehen von dem schrecklichen Gefühl, mit dem ihm damals klargeworden war, wie sehr er jemanden verletzt hatte, der ihm nicht das geringste getan hatte. »Hey«, sagte er, um die Stimmung aufzuhellen. Er nickte in Richtung Fernseher. »Du verpaßt noch deine Show.«

Wie gewünscht hatte der Barkeeper eine Viertelstunde vor der Übertragung der Oscarverleihung umgeschaltet. Will hatte nicht die leiseste Ahnung, was davor lief; wahrscheinlich irgendeine dämliche Comedy-Serie. Aber über seinem Kopf schwebte Alex Rivers' riesiges Gesicht, und neben Alex auf der Couch saß Cassie selbst.

»Das Barbara-Walters-Interview«, murmelte Cassie. Sie umklammerte ihre Papierserviette so fest, daß die Knöchel weiß hervortraten und das nasse Papier in der Mitte durchriß. Dann begann sie, hysterisch zu lachen. »Er sollte an zweiter Stelle kommen. Nicht zuletzt. Als zweiter.«

Tausend Gedanken schossen ihr durch den Kopf: Was wäre passiert, wenn er gewußt hätte, daß sein Interview zum Schluß ausgestrahlt wird? Hätten sie sich dann nie gestritten? Hätte sie dann vielleicht gar nicht weglaufen müssen? Sie starrte auf die vertrauten Vorhänge in ihrem Wohnzimmer, auf den Sturm, der an den Azaleenbüschen draußen zerrte. Sie betrachtete den Lilienstrauß, den ein Ausstatter aus Barbara Walters' Crew auf den Couchtisch gestellt hatte, wo sonst immer ein großes Buch mit Titelblättern des *New Yorker* lag.

Aber vor allem sah sie Alex an, der neben diesem Schatten ihrer selbst saß, frisch und gut rasiert wie jeden Morgen, wenn er aus dem Bad kam und ihr den Atem raubte. Auf dem Bildschirm wanderte seine Hand ruhelos über ihre Schulter. Eben erzählte er der Welt, daß Alex Rivers und seine Frau Sonntag morgens im Bett Zeichentrickfilme ansahen.

O Gott, Alex. Cassie kämpfte gegen die Tränen an, die ihr in die Augen steigen wollten. Sie mußte sich beherrschen, um nicht aufzustehen und die Finger auf den Bildschirm zu legen, als könnte sie so sein warmes Fleisch spüren. Erst jetzt merkte sie, wie sehr er ihr fehlte.

Dann hörte sie ihre eigene Stimme. Cassie blinzelte und zwang sich, nicht mehr Alex' Reaktion, sondern ihren eigenen Mund zu beobachten, aus dem die Worte kamen. Sie rutschte nervös auf dem Stuhl herum. Ihre Stimme klang so komisch, gar nicht wie sie selbst. »Ich dachte damals, wahrscheinlich ist er ein aufgeblasener Wichtigtuer, der jedem beweisen muß, daß er das Sagen hat«, hörte Cassie sich reden, »und, ganz ehrlich, anfangs hat er mich da nicht enttäuscht.« Sie merkte, wie Alex' Augen kurz aufblitzten, als sie den Satz beendete. Es klang wirklich so, als wäre er ein Idiot. Obwohl inzwischen Wochen vergangen waren, zuckte Cassie zusammen. Sie fragte sich, ob alle anderen diesen Zornesblitz so dicht unter der Oberfläche mitbekommen hatten; ob sie sahen, daß sie sich ein bißchen nach links drehte, weg von ihrer verletzten Seite; ob sie den Schatten des blauen Flecks unter dem durchschimmernden Ärmel ihrer Bluse bemerkten.

Sie hatten das meiste von Cassies Redezeit rausgeschnitten. Und Barbara Walters schloß das Interview mit der Happy-End-Frage an Alex: *Warum Cassie?* Und Alex schaute genau in die Kamera und antwortete. »Sie ist für mich geschaffen.« Schnitt, genau in dem kurzen Kuß, den er ihr am Ende des Interviews gegeben hatte. Der Cutter hatte das Bild eingefroren, so daß Alex' Lippen auf ewig an ihren klebten, während Barbara Walters zur Werbung überleitete.

Will warf einen Blick auf Cassie. Sie starrte die Pampers-Werbung an, als könnte sie gar nicht verstehen, wie Alex vom Bildschirm verschwunden war, und würde immer noch darüber nachsinnen, wie sie ihn zurückholen konnte.

Er stand auf, ging zur Bar und bestellte sich noch ein Bier. »Und Chips oder so«, fügte er hinzu. »Das wird eine höllisch lange Nacht.«

»Ich kann einfach nicht glauben, daß er eine andere mitgebracht hat.«

Cassie sagte das schon seit dem kurzen Zusammenschnitt zu Beginn der Oscarausstrahlung, als Melanie Sowieso aus der gleichen Limousine gestiegen war wie Alex. Sie hatte ihr zweites Glas Wasser hinuntergeschüttet, bevor Alex auch nur durch die Tür des Dorothy-Chandler-Pavillons getreten war. »Dieses Miststück«, flüsterte sie und sah währenddessen Alex, immer nur Alex an.

Es sah vielversprechend aus: den ersten bedeutenden Oscar des Abends hatte Jack Green als bester Nebendarsteller bekommen; er hatte Alex mit seiner kleinen Goldstatuette vielsagend zugewinkt. Von da an tauchte der Name des Films während der nächsten zweieinhalb Stunden immer wieder auf – Kameraführung, Schnitt, Ton. Will hatte den Überblick darüber, wie viele Oscars der Film insgesamt bekommen hatte, schon vor einer Stunde verloren, als er sein sechstes und letztes Bier ausgetrunken hatte. Er begriff nicht, wie Cassie immer noch so aufrecht sitzen, wie sie überhaupt wach bleiben konnte.

Er legte den Kopf vor ihr auf die Tischplatte. »Weck mich auf, wenn er was Wichtiges gewinnt«, sagte Will.

Cassie nickte, schluckte. Sie fuhr mit dem Finger durch das Salz am Boden der Schale mit Erdnüssen. »Weißt du, warum sie Oscars heißen?« sagte sie irgendwann später zu niemand Bestimmtem. »Eine Sekretärin in der Academy of Motion Pictures Arts and Sciences meinte, die Statue würde sie an ihren Onkel Oscar erinnern. Hat man jemals so was Dummes... gehört?«

Weil er das Beben in ihrer Stimme hörte, hob Will ein Augenlid. Tränen strömten über Cassies Wangen; trotz ihrer unerschütterlichen Haltung brach sie zusammen. Er rückte seinen Stuhl über den mit Sägemehl bestreuten Boden, bis er Cassies berührte, dann zog er sie in seine Arme. »Ist schon okay«, murmelte er und fragte sich, wie lange er wohl geschlafen hatte, ob Alex schon verloren hatte, ob er es gerade verpaßt hatte.

»Nein, es ist nicht okay«, schluchzte Cassie an Wills Schulter. »Es war von Anfang an nicht okay. *Ich* sollte dort in der zweiten Reihe sitzen. *Mein* Gesicht sollten sie jedesmal zeigen, wenn die Kamera über seine Sitzreihe schwenkt.«

»Sieh es von der positiven Seite«, meinte Will. »Wahrscheinlich würdest du inzwischen tief und fest schlafen.«

»Aber ich würde *dort* tief und fest schlafen«, sagte Cassie. »Es ist der wichtigste Abend seines Lebens, und ich bin tausend Meilen weit weg.«

Aber das bist du nicht, hätte Will gern gesagt. *Du bist hier bei mir*. Er sah sie so eindringlich an, daß sie zu weinen aufhörte und zurückstarrte.

Und dann verkündete man, wer als bester Schauspieler nominiert war.

So mühelos, wie sie aus einem Auto steigen würde, löste sich Cassie von Will. Sie schüttelte seinen Arm ab und stützte die Ellbogen auf den Tisch, schob sich ein paar Zentimeter näher an ihren Mann. Als im Fernsehen ein kurzer Ausschnitt aus *Die Geschichte seines Lebens* gezeigt wurde, schimmerte Alex' Bild in den Schweißflecken, die ihre Hände auf der Tischplatte hinterließen.

Und der Oscar für den besten Schauspieler geht an ...

Cassie hielt den Atem an. Das Licht aus dem Fernsehgerät überschwemmte ihr Gesicht, ließ alle Flächen und Kanten leuchten.

Alex Rivers.

Cassies Augen glänzten, und mit deutlich wahrnehmbarem Hunger beobachtete sie, wie Alex die Stufen zum Podium hinaufstieg, um die kleine Statue in Empfang zu nehmen. Will fragte sich, ob sie überhaupt merkte, daß sie die rechte Hand nach dem Fernseher ausgestreckt hatte, als könne sie ihn berühren.

Alex Rivers' Oscar war ihm scheißegal, aber er konnte den Blick nicht von Cassie wenden. Er hatte sie anziehend gefunden, als er mit dem Pick-up bei seinen Großeltern vorgefahren war, aber jetzt hatte sie sich vor seinen Augen in ein strahlendes, überirdisch leuchtendes Wesen verwandelt. Sobald Alex auf dem Bildschirm war, erwachte sie zum Leben.

Will war noch nie so wütend gewesen.

Vor vier Wochen hatte Cassie vor seiner Tür gestanden; damals hatte er mit eigenen Augen gesehen, welche Spuren der Zorn des erlauchten Alex Rivers hinterlassen hatte. Er hatte verstanden, welche Last sie hatte tragen müssen. Aber bis zu diesem Augenblick hatte Will keine Ahnung gehabt, wieviel Alex Cassie genommen hatte.

Alex' goldenes Haar strahlte heller als der Oscar, und Cassie beobachtete, wie sich seine Hände um den Leib der Statuette schlossen. Er sah sie an, nur sie. »Ich möchte Herb Silver danken, und allen bei Warner Brothers und Jack Green und...« Cassie hörte ihn nicht mehr, sah nur noch seinen Mund, rosa, perfekt, stellte sich vor, wie sich seine Lippen auf ihre legten. »Aber eigentlich gebührt dieser Preis meiner Frau Cassie, die das Drehbuch entdeckt und mich davon überzeugt hat, daß das nicht nur ein Film ist, den das Publikum sehen will, sondern auch ein Film, der für mich selbst wichtig ist. Sie ist heute abend bei ihrem kranken Vater. Als ich vor ein paar Stunden mit ihr telefonierte, war sie zutiefst betrübt, weil sie nicht rechtzeitig zurückkommen konnte. Ehrlich gesagt war ich ein bißchen nervös, deshalb vergaß ich das Wichtigste, bevor ich wieder auflegte. Was ich ihr sagen wollte, war: *Auch wenn du am anderen Ende der Welt bist, Cassie, bist du immer bei mir.*« Er blinzelte und sah wieder in das Meer der zu ihm aufblickenden Gesichter. »Danke«, sagte er, und viel zu schnell war er verschwunden.

Cassie verfolgte, wie er noch zwei Oscars entgegennahm. Es war eindeutig Alex' Nacht, und trotzdem vergaß er nie, sie zu erwähnen. Beim zweiten Mal erklärte er aller Welt, daß er sie liebe. Beim dritten Mal flüsterte er so leise: »Komm bald heim«, daß Cassie sich fragte, ob irgendwer außer ihr die Worte gehört hatte.

Während Will sie aus ihrem Stuhl zog und zur Tür hinausschob, versuchte sie sich auszumalen, wie dieser Abend wohl an seiner Seite verlaufen wäre. Sie hätte den Hauch eines Kleides getragen – dafür hätte Alex gesorgt –, und jedesmal, wenn man ihn aufgerufen hätte, hätte er sie in einer Umarmung aus dem Sitz gehoben. Sie konnte seine starken Arme spüren und den kitzelnden Smokingstoff unter ihren Fingern, während sie an seiner Seite durch das Spago und durch The Gate zog, von einer Oscarfeier zur nächsten. Sie hätte zwei Statuen getragen und die Wärme gespürt, die seine Hände an den nackten Hälsen hinterlassen hatten. Dann wäre sie heimgefahren und hätte die Oscars auf den Teppich fallen lassen, und Alex hätte sich in sie ergossen, heiß und ungestüm, mit der Leidenschaft des Erfolgs.

Statt dessen trat Cassie in die kalte Märznacht, noch halb

betäubt von der Parade unzähliger Stars, und ließ sich durch den Kopf gehen, was sie aus ihrem Leben gemacht hatte.

Will sah, wie ihre Mundwinkel herabsanken. Die ganze Sendung hindurch hatte sie vor sich hingebrütet, ungeachtet der Tatsache, daß dieser aalglatte Alex vor zwanzig Millionen Zuschauern erklärt hatte, sein ganzes Leben drehe sich einzig und allein um seine Frau. Herrgott, er hatte sogar zugegeben, daß sie nicht in der Stadt war, wenn er auch die Gründe für ihre Abwesenheit schöngelogen hatte. Er war nicht blöd, er hatte genau gewußt, daß sie zuschauen würde. Will hätte sich ja widerwillig damit trösten können, daß der ganze Auftritt nichts als Berechnung war, wenn er nicht mit eigenen Augen gesehen hätte, daß Alex' Worte haargenau zu Cassies Haltung vor dem Bildschirm paßten.

Wahrscheinlich liebte Alex sie wirklich, was immer das auch für Cassie bedeuten mochte, und Cassie schien der Meinung zu sein, daß es eine Menge bedeutete. Aber Will brachte der Gedanke, die beiden könnten wieder zueinanderfinden, fast um. Sie würde sich wahrscheinlich an Alex klammern, als habe sie Knie aus Gummi, und Alex würde sie anstarren wie... er würde sie genauso anstarren, wie Will sie den ganzen Abend angestarrt hatte.

»Das war vielleicht was«, meinte Will unverfänglich, während er die Beifahrertür des Pick-ups aufschloß.

»Mhm«, antwortete Cassie. Sie sah elend aus.

»Dein Mann hat gerade die Oscars abgeräumt«, brummte Will. »Du könntest ruhig ein bißchen Gefühl zeigen.« Er packte Cassie bei den Schultern und schüttelte sie sanft. »Er vermißt dich. Er ist verrückt nach dir. Wo zum *Teufel* liegt euer Problem?«

Cassie zuckte mit den Achseln, ein kaum wahrnehmbares Zittern, das sich unter Wills Händen fortsetzte. »Wahrscheinlich wäre ich trotz allem gern bei ihm gewesen«, gab sie zu.

Will explodierte. »Vor vier Wochen konntest du es gar nicht erwarten, endlich wegzukommen. Du hast mir gezeigt, wo er dich in die Rippen getreten und auf den Hals geschlagen hat. Oder hast du vergessen, daß dein charmanter Gemahl auch ganz anders sein kann? Ich wette, er hat gehofft, daß du genau das vergißt, wenn du ihn heute siehst, und zu ihm zurückgekrochen kommst!« Er funkelte Cassie an, die stumm und mit halboffenem Mund vor ihm stand. »Glaub mir, denn ich weiß das besser als jeder andere: Du kannst nicht von allem nur das Sahnehäubchen bekommen.«

Sie starrte ihn an, als habe sie ihn noch nie gesehen, und wollte einen Schritt zurück machen. Aber Will ließ sie nicht los. Sie sollte endlich einsehen, daß er recht hatte. Cassie sollte die hübsche Verpackung wegreißen, in der sich Alex ihr heute abend via Fernseher präsentiert hatte, und ihn so sehen, wie er wirklich war. Sie sollte ihn – Will – so ansehen, wie sie Alex angesehen hatte.

Will krallte seine Finger in Cassies Schulter und preßte seine Lippen auf ihre. Wütend bearbeitete er ihren Mund, erzwang sich mit der Zunge Einlaß, bis sie mit der Sanftmut einer Heiligen seinem Drängen nachgab. Langsam krochen ihre Arme um seine Taille – eine weiße Flagge, eine selbstlose Kapitulation, die augenblicklich sein Gewissen wachrüttelte.

Abrupt ließ er sie los. Er war wütend auf sich, weil er sich so wenig unter Kontrolle hatte, und auf Cassie, weil sie einfach zur falschen Zeit am falschen Ort war. Die Frau eines anderen Mannes. Schwanger. Er stampfte zur Fahrertür, schwang sich hinters Steuer, startete den Motor und schaltete die Scheinwerfer ein, die Cassie in strahlendes Licht tauchten. Sie stand wie erstarrt vor ihm. Eine Hand lag auf ihrem Mund; ihr Ehering glänzte prophetisch. Und Will war zu weit weg, um sagen zu können, ob sie seinen Kuß wegwischte oder festzuhalten versuchte.

Alex Rivers, im Augenblick – also kurz nach vier Uhr morgens – der begehrteste Schauspieler-Regisseur in Hollywood, saß in seinem dunklen Arbeitszimmer in Bel-Air. Sein Blick ruhte auf den drei Goldstatuetten, die er wie Schießbudenfiguren vor sich aufgebaut hatte. Was für eine Nacht. Was für eine Scheißnacht.

Noch nie hatte er sich so danach gesehnt, betrunken zu sein, aber egal, wieviel Champagner er auch sich selbst zu Ehren hinuntergeschüttet hatte, das Vergessen wollte sich einfach nicht einstellen. Die letzte Party hatte er vor gut einer Stunde verlassen. Als er gegangen war, wollte Melanie gerade mit einem Kostümbildner im Bad Koks schnupfen, und Herb verhandelte mit einer Horde von Produzenten über Alex' von Minute zu Minute wachsende Gage. Die Pannenserie bei *Macbeth* war schlagartig vergessen; Alex war wieder der Goldjunge. Als er sich an der Tür umgedreht hatte, redete jeder über ihn, aber niemandem fiel auf, daß er ging.

Er fragte sich, ob Cassie heute abend zugesehen hatte, und hätte sich gleich darauf allein für den Gedanken ohrfeigen können.

Dies war *seine* Nacht. Herrgott, wie lange hatte er darauf hingearbeitet? Wie lange hatte er sich immer wieder bewähren müssen? Er fuhr mit der Hand über die kahlen Köpfe der Statuen und wunderte sich, wie lange sie die Wärme einer Berührung speicherten.

Er nahm den ersten Oscar und wog ihn in der Hand wie einen Baseball. Dann schlossen sich seine Finger darum. »Der ist für dich, *maman*«, fluchte er und schleuderte ihn mit solcher Wucht quer durchs Zimmer, daß die Figur beim Aufprall die Tapete aufriß und eine Delle in die Gipsplatte darunter schlug.

Er nahm den zweiten, den für seinen Vater, und schleuderte ihn hinterher. Er schnaufte zufrieden, als seine Finger das glatte Metall freigaben.

Seine Lippen verzogen sich zu der Parodie eines Lächelns, als er den dritten Oscar packte. Das Beste zum Schluß. Er schloß die Hand um den schmalen Körper, dachte an sein liebes, ergebenes Weib und holte aus.

Er brachte es nicht über sich. Mit einem eigenartigen Klagelaut, der ihm tief aus der Kehle drang, fiel Alex in den Bürosessel zurück. Wie um Verzeihung bittend strich er über die Statuette, so als würde er die weiche Haut an Cassies Hals und die stumpfen Spitzen ihres Haares unter seinen Fingern spüren. Er preßte sich die Handballen auf die brennenden Augen; er ließ den Kopf auf die Tischplatte sinken.

Bester Film, bester Darsteller, bester Regisseur, schlechtester Ehemann. Alex hatte immer die Parallelen zwischen der Kunst und dem Leben gesehen, aber nie hatte ihn die Erkenntnis derart erschüttert. An seinen Dankesreden heute abend hatte er lange gefeilt; jedes Wort war sorgsam gewählt, um Cassie zu erreichen und sie zu ihm zurückzuholen, wo immer sie auch sein mochte. Erst allmählich begann er zu begreifen, wie ernst ihm war, was er gesagt hatte.

Selbst wenn er morgen mit hundert Filmangeboten mit Gagen

von zwanzig Millionen Dollar aufwärts aufwachte, wäre das nicht genug. Es wäre nie genug. Er würde auf all das verzichten und in einem Pappkarton am Strand leben, wenn er dafür jenen Teil aus sich herausreißen könnte, der ihr so viel Leid zufügte.

In den unruhigen Schatten seines Arbeitszimmers verriet Alex Rivers flüsternd das Geheimnis, das keiner aus der immer noch feiernden Schickeria auf dem Sunset Boulevard kannte: Er war ein Niemand.

Bis.

Sie ihn ganz machte.

Als der Privatanschluß neben seinem Kopf klingelte, wußte er, daß er sie heraufbeschworen hatte. Er nahm ab und wartete, bis er Cassies Stimme hörte.

Alex konnte nicht wissen, was Cassie auf sich genommen hatte, um ein Telefon zu finden. Sie hatte sich an Will vorbeischleichen müssen, der auf dem Boden lag, sich schlafend stellte und sie ohne ein Wort gehen ließ. Sie hatte ohne Erlaubnis mit Wills Pick-up zur katholischen Kirche fahren und den Pfarrer wecken müssen, in der Hoffnung, daß ihre weiße Haut die erfundene Geschichte von einem Notfall glaubhafter machte. Sie hatte mit klopfendem Herzen minutenlang warten müssen, bis die Vermittlung endlich Bel-Air erreicht hatte.

»Alex«, flüsterte sie. Das Wort war eine Umarmung. »Herzlichen Glückwunsch.«

Es war so lange her, und Alex war so erschrocken, daß seine Fernsehansprache sie tatsächlich zurückgebracht hatte, daß er einen Augenblick lang überhaupt nichts sagen konnte. Dann sackten seine Schultern nach vorne, als wolle er Cassies Stimme mit seinem ganzen Körper einfangen. »Wo bist du?« fragte er.

Das hatte sie erwartet. Sie wollte ihm nichts verraten; sie wollte nur Alex' Stimme hören. »Das werde ich dir nicht verraten. Ich kann nicht. Aber mir geht es gut. Und ich bin sehr stolz auf dich.«

Alex begriff, daß er ihre Stimme inhalierte, daß er sie in sein Herz schloß, um sie später wieder und wieder hören zu können. »Wann kommst du zurück? Wieso bist du weggegangen?« Er zügelte seine Emotionen. »Ich könnte dich finden, weißt du?« deutete er vorsichtig an. »Wenn ich wollte, könnte ich dich finden.«

Cassie atmete tief durch. »Das könntest du«, erklärte sie mit einstudierter Kühnheit. »Aber du wirst es nicht tun.« Sie erwartete, daß er ihr widersprechen würde. Als er schwieg, erklärte sie ihm, was er längst wußte. »Ich werde nicht zurückkommen, weil *du* das willst, Alex. Ich werde nur zurückkommen, weil *ich* es will.«

Das war eine Lüge; wenn er zusammengebrochen wäre und sie angefleht hätte, hätte sie den nächsten Flug nach L. A. genommen. Sie bluffte, und vielleicht wußte Alex das sogar, aber er wußte auch, wieviel auf dem Spiel stand. Schließlich hatte Cassie sich nie zuvor vor ihm versteckt. Und wenn er nach ihren Regeln spielen mußte, damit es ein Happy-End gab, würde er alles tun, worum sie ihn bat.

Also schluckte er seinen Stolz hinunter, seine Angst und sein Versagen. »Geht es dir wirklich gut?« fragte er leise.

Cassie wickelte sich die Telefonschnur wie ein Armband um das Handgelenk. »Ich bin okay«, sagte sie. Sie schaute auf und entdeckte die Silhouette des Pfarrers an der Pfarreitür. »Ich muß jetzt Schluß machen.«

Alex erschrak, umklammerte den Hörer fester. »Rufst du wieder an?« drängte er. »Bald?«

Cassie dachte darüber nach. »Ich rufe wieder an«, gestand sie ihm zu, weil sie an das Baby dachte. Alex hatte ein Recht, von ihm zu erfahren. »Ich rufe dich an, wenn du mich abholen sollst.«

Sie wollte, daß er sie abholte. Sie wollte ihn. »Sprechen wir über Tage? Wochen?« fragte Alex. Er ließ ein Lächeln anklingen. »Denn von heute an ist mein Terminkalender ein einziger Alptraum.«

Cassie lächelte. »Ich bin überzeugt, daß du Prioritäten setzen kannst«, sagte sie. Sie zögerte, und dann gab sie Alex ein Geschenk, um ihm durch die langen Monate zu helfen, die vor ihnen lagen. »Du fehlst mir«, flüsterte sie. Sie lächelte nicht mehr. »Du fehlst mir so sehr.« Und sie legte auf, bevor er hören konnte, wie sie zerbrach.

Alex starrte seine Oscars an. Die Beweise für seinen Erfolg lagen verstreut am Boden, hatten beim Aufprall das Parkett verschrammt. Die letzte Statuette stand neben dem Telefon. Cassie hatte die Verbindung unterbrochen; nur das eintönige Tuten blieb. Alex hätte nicht sagen können, wann er zu weinen begann. Eine Stunde lang klammerte er sich an den Hörer wie an ein Glücksamulett, während ihn die ungerührte Stimme der Vermittlung immer wieder ermahnte, aufzulegen und es von neuem zu versuchen.

22

Cyrus hatte die dritte Klasse acht Jahre lang wiederholt, nicht weil er geistig beschränkt gewesen wäre, sondern weil in den zwanziger Jahren die Schule im Reservat mit der dritten Klasse endete. Er besaß Grundkenntnisse im Lesen und Schreiben, aber beim Rechnen mußte er sich aufs Addieren und Subtrahieren beschränken, und beim Schreiben richtete er sich meistens nach dem Gehör. Sein Spezialgebiet war Geschichte – nicht, wie er Cassie erklärte, die Geschichte des weißen Mannes, die ihnen missionarische Lehrer mit ihren Lehrbüchern einzutrichtern versucht hatten, sondern die echte Geschichte.

Weil Dorothea sehr viel Zeit in der Cafeteria verbrachte, war Cassie oft allein mit Cyrus. Sie hatte den Eindruck, daß er ihre Gesellschaft genoß; er legte dann sein Strickzeug beiseite, manchmal schnitzte er bei ihren gemeinsamen Spaziergängen, aber meistens unterhielten sie sich einfach. Er erzählte ihr Geschichten, die er von seinem Vater gehört hatte – indianische Sagen, Abenteuergeschichten über Crazy Horse, Quasi-Augenzeugenberichte von der Schlacht am Little Bighorn und von der Tragödie am Wounded Knee.

Gestern hatte Cassie Cyrus gebeten, sie zu den *Paha Sapa*, den Black Hills, zu bringen. Sie wußte, daß man in der Nähe Fossilien gefunden hatte und daß es Auseinandersetzungen darüber gegeben hatte, ob die Fundstücke vom heiligen Boden des Reservats entfernt werden durften. Natürlich plante sie keine riesige Ausgrabung, die der Stammesrat garantiert nicht genehmigen würde, aber es juckte sie in den Fingern, wenigstens einen Hinweis darauf zu entdecken, daß da etwas unter der Oberfläche – dem schartigen Fels, der wuchernden Vegetation – verborgen lag. Sie fühlte sich verpflichtet, die Gelegenheit zu nutzen, da sie nun schon einmal bei den Sioux lebte, nur ein paar Meilen von deren alten

Begräbnisstätten entfernt. Seit Jahren versuchten ihre Kollegen vergeblich, Zugang zu derartigen Orten zu bekommen.

Heute hatte sie sich Abel Soaps alten Armeejeep ausgeliehen und ein Picknick eingepackt. Nur für alle Fälle, wie sie sich einredete, hatte sie auch eine Hacke und einen Spaten mitgenommen, die Abel für sie aus seinem Alteisenschuppen gezogen hatte. Cyrus hatte sich in den Jeep geschwungen wie ein junger Mann. »Weißt du«, sagte er, »bei uns glauben die Kinder, daß in den Badlands das Schreckgespenst wohnt.«

Cassie hatte gelächelt. »Das Risiko gehe ich ein.«

Aber ein paar Stunden später, beim Anblick der fremdartigen, glattgeschliffenen Felsenlandschaft, konnte sie sich gut vorstellen, daß Kinder mit ihrer ausgeprägten Empfänglichkeit für derartige Geschichten so etwas glaubten. Im Unterschied zu den Felsgipfeln und -türmen der Black Hills waren die Badlands flach und tief, wie eine Mulde voller riesiger Felsen, die im Lauf der Zeit miteinander verschmolzen waren. Der Wind stöhnte in den Kiefern, die vereinzelt um den oberen Rand standen, und wirbelte durch das unwirtliche Tal.

»Du willst da runter?« fragte Cyrus, der sich zu Cassie an den Rand des Abhangs gestellt hatte.

Cassie warf ihm einen Blick zu. »Warum? Kommst du mit?«

»Teufel, nein«, sagte Cyrus. »Ich kann mir einen besseren Ort zum Sterben vorstellen.«

Seine Worte jagten ihr eine Gänsehaut über den Rücken. »Wie meinst du das?« fragte sie, aber Cyrus war schon wieder zum Heck des Jeeps zurückgekehrt und konnte sie nicht hören.

Er kam mit ihrer Hacke und ihrer Schaufel zurück und streckte ihr beides entgegen. »Willst du die mitnehmen?«

Cassie nickte und steckte beides in den Gürtel, den sie sich von Cyrus geborgt hatte. Seit sie nicht mehr in ihre Sachen paßte, war sie dazu übergegangen, die von anderen Leuten zu tragen. Sie schaute zu, wie Cyrus ein Stück kalten Hackbraten aus dem Picknickkorb holte und sich im Schneidersitz an den Abhang setzte. Vorsichtig schob sie ihren Fuß über die Klippe, hielt sich an einem Felsen fest, suchte nach einem Halt für ihre Zehen und begann so ihren Abstieg ins Tal. Sie fuhr mit den Händen über die marmorglatte, von Flechten geäderte Felswand.

»Wir hätten ein Geistertanzhemd mitnehmen sollen«, rief Cyrus ihr von oben zu. »Damit dich die bösen Geister nicht holen können.«

»Gute Idee«, antwortete Cassie keuchend. Sie hatte nicht die leiseste Ahnung, wovon er redete. »Und wenn ich eins finde, mache ich ein Vermögen, indem ich sie den Untergangspredigern auf der Avenue of the Stars verkaufe.« Sie kletterte eine weitere Sprosse der steinernen Leiter hinab und vertrat sich fast den Fuß, als sie auf die glatten, runden Felsen unten am Talgrund trat.

»Lach nicht«, erklärte Cyrus. »Es gab wirklich Hemden, die das Volk unbesiegbar machen sollten. Mein Urgroßvater hatte eins. Um 1880 war das eine richtige Mode. Die Hemden gehörten zu einem neuen Tanz, der uns die toten Krieger und die Büffel zurückbringen sollte, eine ganz neue Welt ohne den weißen Mann.« Cyrus stand auf und beugte sich über den Rand des Abhangs. »Willst du was von dem Hackbraten?« rief er.

»Nein«, antwortete Cassie. Sie schirmte sich die Augen mit der Hand ab. Er war sieben Meter über ihr und beobachtete sie von oben, als könne sein Interesse sie vor Schaden bewahren. »Iß ihn ruhig auf.«

»Na ja, jedenfalls brachte mein Urgroßvater den Geistertanz von einem Medizinmann der Painte zu den Sioux zurück. Und er hatte dieses Hemd dabei, mit Sonne, Mond, Sternen und Elstern drauf. Dorothea hat es irgendwo verstaut. Solange man dieses Hemd trug, konnte einem nichts passieren.«

»Wie eine Hasenpfote«, kommentierte Cassie, während sie mit ihrer Spitzhacke in einer kleinen Felsspalte herumstocherte. Selbst wenn sie tatsächlich etwas finden sollte, dachte sie bei sich, dann wahrscheinlich ein Mastodon, keinen Urmenschen.

»Yeah«, sagte Cyrus. »Bloß daß es nicht so funktionierte, wie es sollte. Die Weißen dachten, wenn die Sioux eine so große Medizin haben, dann planen sie bestimmt einen Angriff. Also erklärten sie dem Volk, daß es den Geistertanz nicht tanzen dürfe.«

Cassie spürte, wie ihr die Sonne auf den Scheitel brannte, und mußte an Tansania und an ihre ersten Tage zusammen mit Alex denken. Damals hatte sie auch geglaubt, daß ihnen nichts passieren könne; daß sie wahrhaft unbesiegbar seien. Wie sollte ausgerechnet sie über ein Geistertanzhemd urteilen? Liebe konnte, wenigstens am Anfang, ein mindestens genauso mächtiger Zauber sein.

»Kennst du die Geschichte von Sitting Bull?« fragte Cyrus. »So ist er gestorben. Er lebte nach den alten Regeln, tanzte den Geistertanz auf dem Standing Rock, und die Leute von der Regierung brachten die Stammespolizei dazu, ihn deshalb zu verhaften. Seine *eigenen* Leute.« Er schüttelte den Kopf. »Als er sich wehrte, fingen sie an zu schießen. Sitting Bull starb, und die meisten Sioux, die bei ihm waren, auch.«

Cassie schaute auf, als Cyrus zu lachen begann; damit hatte sie direkt nach dieser Geschichte am allerwenigsten gerechnet. Ihre Spitzhacke verharrte in der Luft. »Das mußt du dir vorstellen«, sagte Cyrus. »Alle stehen herum und versuchen zu begreifen, was da passiert ist – und plötzlich taucht ein Pferd auf und fängt an, im Kreis herumzutänzeln.«

»Sitting Bulls Pferd?« fragte Cassie gebannt.

Cyrus nickte. »Bevor er ins Reservat kam, war er lange mit Buffalo Bill Codys Wild West Show rumgezogen, und dieses Zirkuspony war ein Abschiedsgeschenk. Also, als die Schüsse fielen, die Sitting Bull töteten, kommt dieses Pferd von irgendwoher angetrabt und fängt mit seiner Nummer an. Offenbar hat die Show auch so begonnen.«

Cassies Hand war herabgesunken. Sie merkte, daß sie nur noch lauschte: Cyrus, seiner Geschichte und dem Schrei eines Falken irgendwo in der Ferne. Langsam steckte sie ihre Hacke zurück in die Gürtelschlaufe und machte sich an den Aufstieg aus dem ausgebleichten Tal.

Oben sank sie neben Cyrus nieder, rieb sich die Arme und versuchte, sich wenigstens eine Anekdote ins Gedächtnis zu rufen, die sie von ihrer Mutter gehört hatte und die andeutete, daß sie aus einem Geschlecht stammte, das stärker als ihre Eltern war. Aber Cassie fielen lediglich die Erzählungen von jener Südstaateneleganz ein, die es, wie sie später erfahren hatte, gar nicht gab, und das erschöpfte Lallen, mit dem ihre Mutter oft mitten im Satz abbrach. »Hat dir das dein Großvater erzählt?« fragte Cassie.

Cyrus nickte stolz. »So, wie ich es Will erzählt habe. Und dir.«

Ein Stechen in ihrer Seite ließ Cassie zusammenzucken. Ihr

Körper war nicht mehr in Form. Das Kind stellte schon Forderungen. Sie lächelte über den Schmerz hinweg und stand auf. »Wir können gehen.«

Cyrus sah sie skeptisch an. »Hast du was gefunden?« fragte er und musterte dabei ihre leeren Taschen, den blanken Spaten.

In der Vergangenheit hatte Anthropologie für Cassie bedeutet, daß man etwas freilegen und mitnehmen mußte, aber jetzt wurde ihr fast übel bei dem Gedanken, in den Black Hills herumzuhacken. Sie fragte sich, ob man tatsächlich die Erde aufreißen mußte, um eine Kultur freizulegen. Sie stellte sich vor, wie Cyrus' Urgroßvater sich in seinem Geistertanzhemd drehte; wie Sitting Bull blutend auf dem kalten Stein lag, während ein einsames Zirkuspony ihm zu Ehren tanzte; wie Will auf den Holzdielen hockte und ihn sein Großvater seine Geschichte lehrte. Es gab eine Phrase, die die Sioux als eine Art Segen verwendeten, wenn sie mit einem Ritual fertig waren. Dorothea warf die Wendung bisweilen ein, so, wie Cassie »Gesundheit« sagte, wenn jemand nieste. Stirnrunzelnd wühlte Cassie in ihrem Gedächtnis, bis ihr die Worte wieder einfielen: *Mitakuye oyasíŋ* – »alle meine Verwandten«.

Cassie schloß die Augen und zurrte die Enden von Cyrus' Erzählungen fest; noch einmal sah sie das tanzende Pferd vor sich. »Ja«, sagte sie. »Ich habe gefunden, wonach ich gesucht habe.«

Der Mann hatte etwas von einem Wiesel, fand Alex. Er hatte glänzende braune Augen und eine spitze Nase, die an Cassie vorwitzig wirkte, Ben Barrett dagegen etwas Nagetierhaftes verlieh. Er erzählte gerade dem Reporter von *Hard Copy*, daß er nie auch nur einen Schnupfen gehabt und ganz bestimmt nicht irgendwo in Augusta auf dem Totenbett gelegen habe, wie *dieser Lügner Alex Rivers* behauptete.

»Und noch was«, spuckte Ben Barrett, sein Schwiegervater. »Ich habe das ganze Jahr kein Wort von meinem kleinen Mädchen gehört.« Danach war der Film geschnitten worden, denn als die Kamera wieder auf Ben schwenkte, war sein Blick getrübt. Er nickte schwer. »Er hat irgendwas zu verbergen, jawohl.«

Alex atmete durch und sank so tief wie möglich in Michaelas Bürosofa. Ein paar Schritte vor ihm marschierte Herb auf und ab und blätterte alle Boulevardzeitungen durch, die es im Supermarkt zu kaufen gab. In jeder wurde eine andere Hypothese über Cassies Verbleib aufgestellt, von einer Entführung bis zum Mord durch Alex' Hand.

Es wäre keine große Sache gewesen – Alex hatte schon öfter Verleumdungsklagen gewonnen –, aber Cassie war *tatsächlich* seit zwei Monaten verschwunden, und dies war ihr eigener Vater. Je mehr Gerüchte aufkamen, desto kritischer beurteilten die Medien Alex' Gelassenheit und sein Schweigen. Eine Boulevardzeitung hatte sogar den Privatdetektiv, den Alex zuletzt beauftragt hatte, zu einem – vollkommen belanglosen – Kommentar überreden können, woraufhin ihn Alex fristlos gefeuert hatte.

Cassie hatte ihn dieses eine Mal angerufen, aber das hatte Alex niemandem erzählt. Damit hatte sie seiner Angst um sie die Schärfe genommen, aber trotzdem hatte er an seiner ursprünglichen Vorgehensweise festgehalten. Immer noch ließ er Detektive nach Informationen wühlen. Cassie hatte gesagt, sie rufe wieder an, und vielleicht würde sie das auch tun, aber falls Alex in der Zwischenzeit herausfand, wo sie steckte, konnte nichts ihn aufhalten. Wenn sie das Recht hatte, ihn zu verlassen, hatte er schließlich genausoviel Recht, sie zu überzeugen, daß sie zu ihm zurückkommen sollte.

Michaela hatte die Ausrede ausgestreut, Cassie sei bei ihrem kranken Vater, und damals, kurz vor der Oscarverleihung, hatte die Geschichte gut geklungen. Nachdem die ersten Detektive keinen einzigen Hinweis auf Cassies Aufenthaltsort aufspüren konnten, hatte Alex seine Lüge sogar zu glauben begonnen.

Das Video der *Hard Copy*-Sendung löste sich in schwarze und weiße Streifen auf. Michaela wuchtete sich aus ihrem Sessel und schaltete den Recorder ab. »Tja«, sagte sie, »jetzt ist die sprichwörtliche Kacke am Dampfen.«

Alex fuhr sich mit dem Finger über die Oberlippe und versuchte, sich nicht so zu fühlen, als sitze er auf der Anklagebank. Herb beugte sich so weit zu ihm vor, daß Alex sehen konnte, wie sich der Speichel in seinem Schnauzer verfing, als er losbrüllte: »Hast du auch nur eine Vorstellung, was das anrichten kann?«

»Herb«, gab Alex ruhig zurück, »ich habe eben drei Oscars gewonnen. Das wird man nicht so schnell vergessen.«

Herb blitzte Alex zornig an und schüttelte den Kopf. »Man wird sich vor allem an das Schlechte, an die Sensationen erinnern. Daran, ob der beste Darsteller seine Frau wohl in Stücke gehackt und im Keller vergraben hat.«

Alex versteifte sich. »Hör schon auf«, sagte er. Aber in seinem Kopf arbeitete es fieberhaft. Herb und Michaela würden zu ihm stehen, aber sie würden die Wahrheit wissen wollen. Sie würden wissen wollen, warum er sie so lange im dunkeln gelassen hatte.

Er würde eine saubere Vorstellung vor den beiden Menschen hinlegen müssen, denen er weit genug vertraute, um sich ihnen ohne Maske zu zeigen.

Michaela ließ sich ihm gegenüber in den Lehnsessel sinken, als habe sie alle Zeit der Welt. Über ihnen pfiff der Deckenventilator. »Okay«, sagte sie und trommelte sich mit den Fingern auf den Bauch. »Raus mit der Sprache.«

Alex senkte den Blick. Er würde ihnen nicht die ganze Wahrheit verraten, sondern sich auf den Schockeffekt einer Erklärung verlassen, die sie ganz bestimmt nicht erwarteten. »Cassie hat mich verlassen«, murmelte er und ließ den Schmerz, den er so fest in seinem Inneren verzurrt hatte, wieder an die Oberfläche steigen.

Das gebogene Weidengerüst der Schwitzhütte erinnerte Cassie an ein wolliges Mammut. Irgendwie sahen die krummen Streben fast wie Rippen aus, so als hätte sich ein riesiges Tier mitten ins Nichts geschleppt, um dort zu sterben. Sie setzte sich auf den kalten Boden, schlug das Notizbuch auf, das sie sich vor einem Monat gekauft hatte, und kramte einen Bleistiftstummel aus ihrer Jackentasche. Auf der Suche nach einer leeren Seite ließ sie die Skizzen Revue passieren, die sie zum Zeitvertreib angefertigt hatte, seit sie hier angekommen war: Schädelaufrisse, räumliche Darstellungen ihrer Hand, das in einzelne Schichten aufgeschlüsselte Modell eines Australopithecus, das sie für einen ihrer Kurse kopieren wollte. Aber im Lauf der Wochen, die sie im Reservat verbracht hatte, hatte sich ihr Zeichenstil verändert. Sie zeichnete keine Skelette aus ihrem Fachgebiet mehr. Da gab es ein Bild von Dorothea, die im Schaukelstuhl schlief, eines von einer Büffelherde, die sie nach Cyrus' Schilderungen gezeichnet hatte, eine Erinnerung aus einem Traum, in dem sie das Gesicht ihres Babys gesehen hatte.

Vielleicht war es die karge Atmosphäre auf Pine Ridge, die ihren Zeichenstil verändert hatte. In Los Angeles umgab einen so viel Geglitzer, daß es erfrischend war, sich auf das Wesentliche zu beschränken. Aber hier, wo es kaum etwas gab außer dem spartanischen, endlosen Zweierlei von Himmel und Land, reifte jedes gesprochene Wort, jede gesponnene Beziehung und jedes gezeichnete Bild zu etwas von Gewicht heran.

Cassie steckte sich den Stift hinters Ohr, betrachtete kritisch ihr Mammut und verglich es dann mit dem groben Weidengeflecht, das sie dazu inspiriert hatte. Es war eigenartig, Dinge zu betrachten und – statt alles auf ein Skelett zu reduzieren – sehr viel mehr darin zu sehen, als vor ihrem Auge lag.

Sie war so vertieft in ihre Mammutzeichnung, daß sie die Schritte hinter sich nicht hörte. »Wenn das ein *tatáŋka* sein soll«, sagte Cyrus, »dann hast du alles falsch gemacht.«

Cassie sah zu ihm auf. »Es ist ein Mammut«, erklärte sie. »Kein Büffel.«

Cyrus kniff die Augen zusammen. »Ein Mammut«, brummte er. »Wenn du meinst.« Er wedelte mit seinem Kreuzworträtselbuch vor ihrem Gesicht herum. »Und – gibst du mir jetzt meinen Stift zurück?«

Cassie wurde rot. »Ich wollte ihn nicht stehlen. Ich habe keinen anderen gefunden.«

Cyrus gab einen undefinierbaren Laut von sich und hielt ihr eine Hand hin. »Steh auf«, seufzte er. »Sonst friert sich das Baby noch zu Tode.«

Cassie winkte abwehrend. »Laß mich noch die Stoßzähne malen. Ich bin gleich fertig.« Sie zeichnete einen Augenblick. »Da.« Sie drehte den Block für Cyrus um. Er schaute auf das Bild einer Schwitzhütte, der ein Rüssel und Stoßzähne aus der Eingangsluke wuchsen. »Wie findest du es?« fragte sie.

Cyrus rieb sich mit der Hand über den Mund, um ein Lächeln zu verbergen. »Ich finde, es sieht aus wie eine Schwitzhütte«, sagte er. Er nahm Cassies Hand und zog sie hoch.

»Du hast keine Phantasie«, verkündete Cassie.

»Das ist es nicht«, widersprach Cyrus. »Ich verstehe nicht, wie ihr Weißen in eine Pfütze schauen könnt und uns dann erzählen wollt, es sei der Ozean.«

Cassie ging neben ihm her. »Vielleicht sollte ich eine Schwitz-
zeremonie beobachten«, schlug sie beiläufig vor, in der Hoffnung,
daß Cyrus vielleicht eher zustimmte, wenn sie sich gleichgültig
stellte. Für eine Anthropologin war ihr Interesse ganz natürlich,
hatte sie sich eingeredet. Zu gern hätte sie gewußt, was in den
Hütten – eine Hinterlassenschaft der Jungen, die unter der Aufsicht eines Medizinmannes fasteten, um sich selbst zu verstehen –
vor sich ging. Sie hatte gesehen, mit welcher Ehrfurcht der älteste
Sohn von Linda Laughing Dog sich auf das Ritual vorbereitet
hatte. Ausgelaugt und erschöpft, aber innerlich glühend war er
zurückgekommen, als habe er endlich begriffen, wie er die Stücke
zusammensetzen mußte, aus denen sein Leben bestand.

Wenn es nur so einfach wäre.

»*Ecúŋ picášni yeló*«, sagte Cyrus. »Das ist unmöglich.«

»Es wäre ein wirklich vielversprechendes Forschungsfeld –«

»Nein.«

»Ich könnte ja draußen –«

»Nein.«

Cassie warf ihm ein Lächeln zu, und für einen Moment vergaß
Cyrus, daß sie Urwelttiere in den Überresten von Schwitzhütten
sah, daß sie mit jedem nur erdenklichen Trick versuchte, Zugang
zu den Lakota-Mannbarkeitsriten zu erlangen. Ihm ging durch
den Kopf – und das nicht zum ersten Mal –, wie eigenartig es war,
daß Cassie, die sich einen festen Platz in seiner Familie geschaffen
hatte, durch Will zu ihnen gekommen war, der immer nur fortge-
wollt hatte.

Kopfschüttelnd hob Cyrus die Arme über den Kopf. Er legte das
Kreuzworträtselbuch auf das Gerüst der Schwitzhütte und
machte sich auf den Weg über die Anhöhe, die östlich des Hauses
aus dem Boden wuchs. »*Léci u wo*«, sagte er. »Komm mit.« Vor
einem kleinen Gehölz am Fuß eines größeren Hügels blieb er
stehen. »Hier hat Will seine Schwitzhütte gebaut«, sagte er.

»*Will?*« fragte Cassie überrascht. »Ich hätte nicht gedacht, daß
er so was macht.«

Cyrus zuckte mit den Achseln. »Er war jung.«

»Das hat er mir nie erzählt.« Aber noch während sie das sagte,
begriff Cassie, daß Will zwar ihr Privatleben bis in die intimsten
Details kannte, daß es aber eine Unmenge gab, was sie von Will

Flying Horse nicht wußte. Sie versuchte, sich Will im Alter von Linda Laughing Dogs Sohn vorzustellen, mit dichtem, schwarzem Haar, das ihm über die Schultern hing, und Muskeln, die erst allmählich zu denen eines Mannes heranwuchsen. »Hat es funktioniert?«

Cyrus nickte. »Aber das würde er nie zugeben«, sagte er. »Mein Enkel meint, er kann seine Zugehörigkeit zum Volk ablegen wie eine alte Jacke.« Er stand mit dem Gesicht im Wind, und Cassie beobachtete, wie er mit seinen Händen die Luft umschloß, als wolle er verhindern, daß alles so schnell vorbeiflog.

»Ist er deshalb weg?«

Cyrus drehte sich zu ihr um, musterte sie scharf mit seinen schwarzen Augen. »Meinst du nicht, das sollte dir Will selbst erzählen?«

»Ich meine, Will würde alles tun, um mir das *nicht* erzählen zu müssen«, antwortete sie bedächtig.

Cyrus nickte; er konnte ihr da nicht widersprechen. »Du weißt, daß Wills Mutter eine *wasicuŋ wíŋyaŋ* war, genau wie du«, sagte er. »Du weißt, daß Will bei der Stammespolizei gearbeitet hat, bevor er wegging.« Er machte einen Schritt nach vorne; er war bereit, Cassie die Geheimnisse seines Enkels zu verraten, aber er konnte ihr dabei nicht in die Augen sehen. »Bei der Stammespolizei ist es wie bei vielen kleinen Polizeidienststellen, schätze ich. Sie machen den üblichen Kram – kommen bei Ehestreitigkeiten, bringen die Besoffenen heim, passen auf, daß die Kinder unten am See kein Bier trinken. Und sie schauen öfters weg, wenn das angeraten scheint – du weißt schon, sie wollen nicht, daß einer von ihren Leuten Ärger kriegt, also verpassen sie denen eher eine Verwarnung als eine Strafe.

Will war ein guter Polizist. Er war vielleicht fünf Jahre dabei. Jeder hat ihn gemocht, und das war wichtig für Will.« Cassie nickte; das verstand sie. »Vor etwa fünf Monaten gab es mitten in Pine Ridge einen schweren Unfall. Ein betrunkener Kerl drängte mit seinem Auto einen anderen Wagen von der Straße. Eine vierköpfige Familie kam dabei um. Dann wickelte er seinen Jeep um den Telefonmast vor dem Laden. Natürlich stieg er ohne einen Kratzer aus seinem Auto.«

Cyrus schloß die Augen, als er sich an die Sirenen der klappri-

gen Polizeiwagen erinnerte, die er damals sogar im Schlaf gehört
hatte; an das dunkle Blut auf dem Uniformhemd seines Enkels, als
er an jenem Abend nach Hause gekommen war. »Vor langer Zeit
kamen Wills Eltern bei einem Autounfall um, den ein verrückter,
besoffener *wasicuŋ* verursachte; deshalb ist er bei uns aufgewachsen. Ich nehme an, irgendwas in ihm ist durchgebrannt, als er sah,
wie dieser Mann aus seinem Auto stieg. Er ging rüber und hätte
den Kerl um ein Haar totgeprügelt. Drei andere Polizisten mußten
ihn wegzerren. Eine Woche später wurde Will gefeuert.«

Entrüstet baute sich Cassie vor Cyrus auf. »Das ist doch lächerlich. Er hätte sie verklagen können.«

Cyrus schüttelte den Kopf. »Zu viele Leute wollten, daß Will
verschwindet. Du mußt wissen, die Getöteten waren nur auf
Besuch hier: es war der Bruder einer Grundschullehrerin mit
seiner Familie. Weiße. Und der Fahrer, den Will fast umgebracht
hätte, war ein Lakota.« Cyrus pfiff leise durch die Zähne. »Daß
eine weiße Familie umgekommen war, war natürlich eine Tragödie, und es stand außer Frage, daß der Fahrer, ob rot oder weiß,
vor Gericht gestellt würde. Aber was Will gemacht hatte – daß er
so aus der Haut gefahren war –, war ein Fehler. Wills Maßstäbe
schienen irgendwie verquer. Plötzlich erinnerte sich jeder daran,
daß er *iyeska* war, halb weiß, und die weiße Hälfte schien die
Oberhand zu haben, denn jeder Vollblutindianer hätte bei dem
Kerl ein Auge zugedrückt.«

»Wie kann man so was nur als Rassenproblem sehen?« Cassie
verschränkte die Arme vor der Brust. »Was müssen deine Nachbarn von mir halten?«

»Sie mögen dich«, sagte Cyrus. »Du fügst dich in das Volk ein.
Nicht weil du es versuchst, sondern weil du dich nicht dagegen
sträubst. Will – Will hat immer Mauern um sich herum gebaut,
hat immer ein bißchen abseits gestanden.«

Cassie dachte an Will, der in Los Angeles genauso isoliert war
wie auf Pine Ridge. Sie mußte an die wunderschön bestickten
Mokassins und an das Hirschlederbild denken, die er in seinem
Apartment in Reseda in Schachteln versteckt hatte. Sie stellte sich
vor, wie er auf einen betrunkenen Autofahrer einprügelte, bis
seine Knöchel wund und aufgeschürft waren, bis Blut seine Uniform bedeckte, bis niemand mehr sagen konnte, ob der Mann ein

Lakota oder ein Weißer war. Sie mußte daran denken, was sie wohl zu ihm gesagt hätte, wenn sie all das schon früher erfahren hätte: daß man, wie sie inzwischen aus eigener Erfahrung wußte, nicht einfach die Augen zukneifen und so tun konnte, als würde ein Teil seines Lebens nicht existieren.

Gedankenverloren bückte sich Cassie und hob einen Weidenzweig auf, den ein Sturm abgerissen hatte. Sie bog den Zweig in den Händen und dehnte ihn bis an die Grenze seiner Belastbarkeit, während sie darüber nachdachte, was Cyrus ihr erzählt hatte. Und als der Zweig schließlich brach, überraschte sie das kein bißchen.

Will kam einfach nicht von Alex Rivers los. Sein Name stand in jeder Zeitung, jeder Zeitschrift, überall im Supermarktregal. Er hätte wetten können, daß er Alex' Gesicht inzwischen besser kannte als Cassie, so oft hatte er es gesehen. Langsam begann ihm der Typ sogar leid zu tun. Auf eine Erklärung von Cassies Vater hin waren Gerüchte aufgekommen. Um Cassie wurde inzwischen ein allgemeines Rätselraten veranstaltet, und Alex mußte die Folgen tragen.

In diesem Artikel hier stand, daß die japanischen Finanziers von *Macbeth* ihre Gelder zurückgezogen hätten, so daß Alex als Alleinschuldner für einen Flop von vierzig Millionen Dollar geradestehen mußte. Angeblich stand sein Apartment in Malibu schon zum Verkauf. Seine nächsten zwei Filmverträge waren aufgelöst worden; daß er sich nicht zu Cassies Verschwinden äußerte, wurde überall mißbilligt und entweder auf seine Schuld oder auf eine krankhafte Karrierebesessenheit zurückgeführt, die alles andere auslöschte. Eine Zeitung ließ sogar gehässig durchblicken, daß Alex Rivers, der Oscargewinner, bestimmt nur deshalb keine Arbeit finden konnte, weil er nicht lange genug nüchtern blieb, um sich ein anständiges Drehbuch zu suchen.

Will faltete die Zeitung zusammen und klemmte sie hinter die Sonnenblende des Einsatzwagens. »Wie lange noch?« fragte er Ramón, mit dem er immer noch Dienst schob.

Ramón stopfte sich die Reste seines Spiegelei-Sandwichs in den Mund und schaute auf die Uhr. »Zehn Minuten. Dann geht's los.«

Heute hatte man ihn auf einen Wohltätigkeitsball beordert. Der Ball wurde von einer Organisation veranstaltet, deren Namen er vergessen hatte, und diente einem hehren Ziel – der Unterstützung einer Ranch für behinderte Kinder in Südkalifornien. Trotzdem konnte Will nicht glauben, daß er so sein Geld verdienen mußte.

Höhepunkt des Abends war der Auftritt von sieben welken Matronen der gehobenen Gesellschaft in perlenverzierten Abendkleidern und mit anderthalb Meter hohen Blumengebinden auf dem Kopf, die von mehreren, an der alljährlichen Blumenparade beteiligten Floristen zusammengezaubert worden waren. Die Frauen schwankten über den Laufsteg, lächelten trotz der Stahlrahmen, die ihre Hälse stützten, und machten wahrscheinlich einen Riesenreibach für die gute Sache.

Will und Ramón sollten dafür sorgen, daß wenigstens der Anschein von Ordnung gewahrt wurde.

Noch mehr schockierte ihn allerdings die Tatsache, daß man sie dazu *überhaupt* brauchte. Bereits drei Stunden bevor der Rummel angefangen hatte, hatte ein dürrer Knirps, auf dessen Namensschild »Maurice« stand, einen anderen Floristen beschuldigt, seine Paradiesvogelorchideen gestohlen zu haben. Will hatte Maurice mit roher Gewalt vom Rücken des Diebes zerren müssen, nachdem er bereits eine einstmals weiße Lilienkette in den Boden gestampft hatte.

»Auf geht's«, sagte Ramón und wälzte sich aus dem Fahrersitz.

Will zog seine Mütze tief ins Gesicht und ging auf das Beverly Wilshire Hotel zu. Dies war nicht irgendein Wachdienstauftrag, beruhigte er sich. Er würde es bald zum Detective bringen, tröstete er sich.

Ramón baute sich auf der einen Seite des Laufstegs auf, Will auf der anderen. Das Licht erlosch, dichte, rhythmische Musik ertönte, dann erschien das erste Model.

Ihr Kopfschmuck bestand aus Nelken, die zu der Jahreszahl 1993 angeordnet waren. Man merkte, wie schwer ihr allein das Gehen fiel. Hinter ihr, auf einer riesigen Leinwand, erschienen glatzköpfige, zahnlückig grinsende Kinder auf Reitpferden, kränkliche Jugendliche in künstlichen Lungen.

Eine Frau, die Conférencière, kam zu Will geschlendert und überreichte ihm eine Einkaufstüte voller winziger, verpackter

Geschenke. »Ihre Zuckertüte«, zwitscherte sie. Sie strahlte zum Laufsteg hoch. »Ich hoffe immer noch, daß ich nächstes Jahr ausgewählt werde. Als Mannequin, wissen Sie?« Ein zweites Model erschien, »Hooray for Hollywood« singend, auf dem Laufsteg. Die Veilchen, die ihr aus den Haaren wuchsen, waren zu einer Filmkamera modelliert, und über ihre Schulter ergoß sich eine Filmrolle aus Efeu.

Will mußte an Cassie denken. Er fragte sich, ob sie mit Alex zu solchen Veranstaltungen gegangen war; ob sie sich so fehl am Platz gefühlt hatte wie er. Unter dem Dröhnen der Musik packte er schweigend drei der kleinen Geschenke aus. Eine Flasche Designerparfüm, eine Pilotensonnenbrille, eßbares Massageöl.

Auf der anderen Seite des Laufstegs klatschte Ramón im Takt. Will musterte die Gesichter, die über den Satinkleidern und den engen Smokingkragen nickten – Gesichter, die gezogen und geglättet, modelliert und fixiert, präpariert und poliert und koloriert waren. Sie waren wie kunstvoll verpackte Geschenke, bei denen man nirgendwo Klebeband sah; und sie versuchten krampfhaft, natürlich auszusehen.

Kurz gesagt, sie sahen aus wie alle Welt in L. A.

Und in einem Augenblick absoluter Klarheit, wie man ihn nur ein- oder zweimal im Leben erfährt, begriff Will, daß er hier nichts zu suchen hatte. Er mußte an seine Zeit bei der Stammespolizei denken, wo er prügelnde Ehemänner verhaftet, Teenagern die Bierflaschen weggenommen und sich immer wieder gesagt hatte, daß das nicht alles im Leben sein konnte. Und vielleicht war das auch nicht alles – aber hier würde er es genausowenig finden wie in South Dakota.

Er war so damit beschäftigt, das Publikum zu betrachten, daß er gar nicht begriff, was ihn da traf. Das vierte Model hatte sich mit ihrem Absatz in einem Spalt im Laufsteg verfangen und unabsichtlich den Kopf herumgeworfen, wodurch sich die Nadeln und der Leim lösten, mit denen ein Blumenbrunnen auf ihrem Kopf befestigt war. Will wurde unter einem Berg von Teerosen und Tigerlilien, riesigen Treibhaus-Mohnblumen und Stephanotis begraben. Er rutschte auf den glänzenden Blütenblättern aus und fiel auf den Rücken.

Ein paar Ärzte von der südkalifornischen Ranch sprangen von

ihrem Tisch auf, um sich um ihn zu kümmern, aber bevor sie ihn erreicht hatten, purzelte das Mannequin, das sich betreten von dem hohen Laufsteg heruntergebeugt hatte, auf Will herab. Sie landete quer über ihm, eine Dame von mindestens fünfzig Jahren mit Tränen der Scham in den Augen und einem zu tief ausgeschnittenen Kleid.

»Madam«, fragte Will höflich. »Haben Sie sich was getan?«

Die Frau ließ ein leises Schniefen hören, dann erst schien sie ihn wahrzunehmen. Sie lächelte verführerisch, wobei sich die Haut ihrer gelifteten Wangen bis zum Zerreißen spannte. »Hallo«, hauchte sie und ließ ihren Schenkel zwischen seine Beine gleiten.

Und da wußte Will, daß er heimkehren würde.

Drei – zwei – eins – weiß. Der Film lief aus und ließ Alex mit der leeren Leinwand in seinem privaten Vorführraum zurück. Er drückte einen Knopf auf der Fernbedienung und seufzte, als der Raum in heilsamem Dunkel versank. So war es besser; leichter.

Er nahm die Flasche J & B, die neben ihm stand, und drehte sie um, nur um festzustellen, daß sie leer war. Er hatte sie irgendwann während des dritten Aktes von *Macbeth* geleert, als ihm klar geworden war, daß die Kritiker recht hatten: der Film war grauenhaft. Sie würden nicht einmal Videokopien für den Englischunterricht an High-Schools verschenken können.

Die Produktion war seit einigen Wochen abgeschlossen, dies war die erste komplette Fassung des Films. Und er konnte die Schwierigkeiten nicht auf den Rohschnitt schieben; er wußte, daß er die Sache schon vor Monaten hätte aufgeben sollen, um den Schaden in Grenzen zu halten. Aber in Hollywood war das gleichbedeutend mit dem Eingeständnis, versagt zu haben, und kein Produzent mit Ambitionen konnte sich dieses Stigma leisten. Also hatte er sich weiter durch den Film gequält und gebetet, daß das Gesamtwerk besser würde, als die einzelnen Szenen vermuten ließen.

Anscheinend wurden seine Gebete zur Zeit nicht erhört.

Er rieb sich die in letzter Zeit ständig brennenden Augen. »Jeder hat mal einen Flop«, sagte er laut, wie um die Worte auszuprobieren. Bei ihm war sowieso einer überfällig. Man konnte nicht zehn Jahre lang mit dem Erfolg verheiratet sein, ohne auch nur eine Affäre mit dem Mißerfolg zu haben.

Natürlich fiel bei anderen Leuten das Privatleben nicht gleichzeitig mit der Karriere in Scherben.

Er schloß die Augen und ließ den Kopf gegen die Sessellehne sinken. Er war wieder acht Jahre alt, saß draußen vor Deveraux und wartete darauf, daß sein Vater mit dem Kartenspielen aufhörte. Es war drückend heiß, aber das war nichts Neues. Alle Fenster des Lokals standen offen, und er hörte das Klirren, mit dem die Biergläser wieder auf die einfachen Holztische gesetzt wurden; den Klaps und das Kichern der rothaarigen Bedienung, wenn Beau ihr eins hinten draufgab; das Klappern der Krabbenpanzer, während die Gäste ihre Teller leerten. Ein beschwingter Zydeco wehte aus den Lautsprechern im Haus durch das Spanische Moos, das über Alex' Kopf hing.

»Du hast nichts mehr zum Einsetzen außer deinem Kleinen da draußen«, hörte Alex, »und der ist nicht mal soviel wert wie die Scheiße an deinen Schuhen.«

Er stand auf, watete barfuß durch den glitschigen Schlamm und kletterte auf den Baum, der dem Lokal am nächsten stand, bis er ausgestreckt auf einem tiefen Ast lag. Sein Vater hatte bestimmt schon wieder verloren, vielleicht sogar mehr, als sie für die Langusten bekommen hatten. »Schieß mir was vor, Lucien«, sagte sein Vater. »Du kriegst es zurück.«

Er sah, wie Beau, der hinter seinem Vater stand, Lucien ansah und leicht den Kopf schüttelte, aber der große Kahle verschränkte nur die Arme vor der Brust und lachte. »Du wirst wieder verlieren, *cher*, aber niemand soll sagen, daß ich ein Spielverderber bin.« Er zog ein Geldbündel aus der Brusttasche und streckte Alex' Vater eine Handvoll Scheine hin. Doch bevor Andrew Riveaux das Geld nehmen konnte, zog es Lucien wieder zurück. »Einen Augenblick«, sagte er. »Ich finde, wenn ich dich schon wie eine Nutte bezahle, kannst du dich auch wie eine benehmen.«

Das ganze Lokal lachte, als Andrew Riveaux aufstand und hinternwackelnd um den Kartentisch tänzelte. Er hauchte Lucien Küßchen zu, zog einen Schmollmund und führte sich auf wie ein Straßenflittchen, bis Lucien sich seiner erbarmte und ihm das Geld gab. Alex ließ seinen Vater keine Sekunde aus den Augen. Er spürte brennende Magensäure in der Kehle und konnte trotzdem nicht wegschauen.

Alex fuhr hoch. Er stand auf, zog die Vorhänge weit zurück, schaltete jedes Licht in dem kleinen Vorführraum ein. Dann nahm er das drahtlose Telefon und wählte die Auskunft in Maine an. Schließlich ließ er einen Anruf zu Benjamin Barrett durchstellen.

»Hallo?«

Alex schluckte. »Mr. Barrett?«

»Mhm?«

»Mein Name ist Alex Rivers. Ich bin Cassies Mann.« Er hörte, wie am anderen Ende tief Luft geholt wurde, dann herrschte Schweigen. Alex beschloß, es zu seinem Vorteil zu nutzen. »Ich habe Ihr Interview gesehen, und ich ... also ich wollte mich dafür entschuldigen, daß ich Sie vor ein paar Monaten als Ausrede mißbraucht habe.«

»Sie wissen nicht, wo meine Tochter steckt, oder?«

Dieses Zurschaustellen väterlicher Gefühle ließ Wut in Alex aufkeimen. In den drei Jahren, die er mit Cassie verheiratet war, hatte sie der Mann weder besucht noch sie nach Maine eingeladen oder auch nur angerufen. »Nein«, antwortete er scheinbar ruhig. »Aber ich versuche, sie zu finden.« Er fuhr sich mit der Hand übers Gesicht. »Sie können sich gar nicht vorstellen, wie sehr ich es versuche.«

»Ich verstehe bloß nicht«, sagte Cassie, während sie auf die Klatschspalte starrte, die Will ihr mitgebracht hatte, »warum mein Vater lügen und behaupten sollte, daß er mich gesehen hat. Ich meine, wenn Alex so etwas behauptet, ergibt das Sinn, weil die Leute nach mir fragen werden, aber mein Vater hat doch gar nichts zu verlieren.«

»Außer dir«, wandte Will ein. »Du kannst dir nicht vorstellen, was für eine Schlammschlacht da inzwischen tobt; was man Alex alles unterstellt: Vertuschung; Mord. Sogar du – in einer Zeitschrift stand, du seist mit einem europäischen Prinzen durchgebrannt und mit ihm in Afrika untergetaucht oder so.«

Cassie lachte und strich sich mit der Hand über den dicken Bauch. »Na klar.«

Will sagte nicht, was er ihr am liebsten gesagt hätte: daß sie schön war, selbst so unförmig und mit Alex Rivers' Kind im Bauch. »Ich könnte mir vorstellen, daß Alex deinen Vater dafür bezahlt hat«, meinte er.

Cassie schüttelte sofort den Kopf. »Das würde er nicht tun.« Ihr Gesicht hellte sich auf. »Wahrscheinlich hat er gedacht, ich würde erfahren, was in den Zeitungen über mich steht. Und weil er nicht will, daß mich das verletzt, hat er mit meinem Vater telefoniert, und mein Vater hat meinetwegen widerrufen, was immer er zuvor gesagt haben mag.« Sie strahlte Will an. »Siehst du?«

Er sah gar nichts, aber das konnte er Cassie einfach nicht begreiflich machen. »Nur komisch, daß bei all den Geschichten, die über euch in Hollywood herumschwirren, noch niemand auf die Wahrheit gekommen ist.«

Cassie begann, einen Kiesel aus der Erde zu graben. »Weil niemand sie glauben will«, sagte sie.

Sie saßen vor einer Schwitzhütte, in der eine Sioux-Hochzeit stattfand. Will war inzwischen seit einer Woche zurück; den Mietvertrag in L. A. hatte er gekündigt. Er hatte Cassie erzählt, daß er nicht vorhatte, auf Pine Ridge zu bleiben, daß er aber auch nicht nach L. A. zurückgehen würde. Er wollte warten, bis das Baby geboren war, und wenn Cassie dann ging, würde er ebenfalls gehen.

Nur manchmal erlaubte er sich zu träumen, daß Cassie mit ihm kommen würde.

Er war gerade rechtzeitig zur Hochzeit seines alten, einst verratenen Freundes Horace zurückgekommen. Sie hatten längst wieder Frieden geschlossen, aber es erstaunte Will, daß Horace das Reservat nie verlassen hatte. Im Gegenteil, seine zukünftige Frau war eine Vollblut-Sioux.

Horace hatte Cassie im Futter- und Getreideladen kennengelernt, den er inzwischen leitete. Sie hatte Futter für Wheezer gekauft und Horace gebeten, den Sack zum Pick-up zu tragen, wo Wheezer auf der Ladefläche herumsprang. »Ich kenne den Hund«, hatte er gesagt, und so hatten sie entdeckt, daß sie beide Will kannten.

Horace und Glenda saßen jetzt gemeinsam mit Joseph Stands In Sun, dem Medizinmann, in der Schwitzhütte. Niemand außer dem Trauzeugen war dabei – die Gäste würden später zu der offiziellen Feier kommen –, aber Cassie und Will waren von Horace ausdrücklich eingeladen worden. Will sollte das Feuer auf dem Visionshügel in Gang halten, damit die Steine bereit waren, wenn Joseph sie durch die Leinwandklappen der Hütte schob.

»Ich glaube, sie kommen raus«, flüsterte Cassie. Sie gestand sich das nur widerwillig ein, aber sie war bezaubert. Noch nie war sie einem Lakota-Ritual so nahe gewesen. Die Bioanthropologin in ihr mißbilligte ihr Interesse; die Kulturanthropologin tief in ihr flüsterte ihr zu, sich doch Notizen zu machen; aber die Frau in ihr hatte einfach zwei Verliebte gesehen, die in die Schwitzhütte krochen, um ihr Gelübde zu besiegeln.

Vor zwanzig Minuten hatte Will Joseph die letzten vier Steine gebracht; sie hatten den Dampf aus den Nähten der Leinwand aufsteigen sehen. Die Klappe wurde zurückgeschlagen, und Joseph stand auf, alt und gebeugt und splitternackt. Er lächelte Will zu und ging den Pfad hinab, der zu einem Bach führte.

Als nächste kam Glenda, dann Horace. Beide schien es nicht zu stören, daß sie nichts außer einer Kette aus bunten Bändern trugen, von denen jedes für einen anderen Aspekt ihrer Ehe stand – ihre Beziehung zueinander, zu Gott, zu ihrem Planeten, zu den Kindern, zur Gesellschaft. »Hey«, rief Will grinsend. »Kriegt die Braut keinen Kuß?«

Aber Horace versetzte Glenda bloß einen Klaps auf den Po und rannte mit ihr um die Wette in den Bach. Ihre Bänder blitzten über dem Wasser wie ein Regenbogen.

Cassie schniefte leise. Will drehte ihr Kinn, bis sie ihn ansah. »Du *weinst*?« fragte er.

Cassie zuckte mit den Achseln. »Ich kann nichts dagegen machen. Zur Zeit weine ich wegen allem und jedem.« Sie starrte in den offenen Eingang der Schwitzhütte, aus der immer noch Dampf aufstieg. »So sollte eine Hochzeit sein«, urteilte sie. »Nur für dich und ihn und niemand sonst. Und keiner kann etwas verstecken.« Sie kämpfte sich auf die Knie, kam dann auf die Füße und preßte sich die Hand auf den Rücken. »So hätte ich auch gern geheiratet«, sagte sie leise.

Glenda lachte im Hintergrund; fröhlich umspielte ihre Stimme die ihres frischgebackenen Gemahls. Will stellte sich neben Cassie, starrte mit ihr in die Ferne und versuchte zu sehen, was sie sah. »Okay«, sagte er heiter. »Wann?«

Lächelnd sah Cassie ihn an. »Ach, ich weiß nicht. Nächsten Dienstag vielleicht. Und dann rufen wir die Zeitungen an, damit sie endlich *wirklich* was zum Schreiben haben.«

Will sagte nichts, nicht einmal als Cassie ihre Hand in seine legte und ihn zum Bach hinunterzog. »*Taŋyaŋ yahí yélo*«, sagte sie stockend. *Ich bin froh, daß du gekommen bist.*

Und obwohl er die Worte nicht über die Lippen brachte, wußte er, daß auch er froh war.

Es waren auf den Tag genau vier Monate vergangen, seit Cassie verschwunden war, und drei Monate und sechs Tage seit ihrem Anruf. Alex saß auf dem Balkon vor dem Schlafzimmer, nippte am nächsten Drink und versuchte, sich nicht selbst zu bemitleiden.

Er hatte es sich inzwischen zur Gewohnheit gemacht, eine ganze Serie von Erinnerungen an Cassie durchzugehen, bis sie fast wieder real wurde: Cassie in ihrem Labor, im dämmrigen Lampenschein über einen modrigen Knochen gebeugt; Cassie, die sich über den hüftschwingenden Gang eines Produzenten oder über die Angewohnheit einer Schauspielerin mokierte, mit den gichtigen Knöcheln zu knacken; Cassies Haar über ihren Schultern, während sein Mund sich über ihren Bauch vorarbeitete; und ja, die eine Erinnerung, zu der er sich jedesmal zwang – Cassie zusammengekrümmt zu seinen Füßen, blutend, geschlagen und dennoch mit ausgestreckter Hand, um *ihn* zu trösten.

Er hatte ein Gelübde abgelegt. Er würde alles tun, um sie zurückzuholen. Er würde zu einem Psychiater gehen. Er würde in eine Therapiegruppe gehen. Scheiße, er würde seine Seele sogar exklusiv vor dem *People Magazine* ausbreiten. Sein Ruf konnte nicht viel schlechter werden, als er ohnehin schon war, und jeder Karriereknick, den er mit seinem Geständnis riskierte, wäre nichts im Vergleich zu dem Schmerz, den Cassie jahrelang hatte erdulden müssen. Er sagte sich das jedesmal, wenn er das Glas an die Lippen hob, aber natürlich war es ein leerer Trinkspruch. Der Mensch, an den er gerichtet war, war immer noch verschwunden.

Jemand klopfte an die Schlafzimmertür, und Alex knurrte. Er

war nicht in der Stimmung für irgend jemand vom Hauspersonal. Sie fragten ihn Sachen, die ihn inzwischen einen feuchten Dreck interessierten – was er zum Essen wollte zum Beispiel oder ob seine Verabredung mit Mr. Silver noch galt. »Nein«, schrie er. »Ich arbeite.«

»Na klar arbeitest du«, hörte er eine Frauenstimme, dann schwere, hochhackige Schritte. Alex ließ den Kopf gegen die Lehne des Korbsessels sinken, schloß die Augen und wünschte, er hätte die Stimme nicht erkannt. »Wahrscheinlich habe sogar ich zur Zeit mehr Arbeit als du.«

Ophelia baute sich vor ihm auf, in einem eleganten, maßgeschneiderten Leinenkostüm und mit einem breitkrempigen Hut, der eher nach Ascot als nach L. A. gepaßt hätte. Sie beugte sich vor und fuhr mit den Fingern über den Dreitagebart an seinem Kinn. »Du siehst schrecklich aus, Alex«, sagte sie. »Auch wenn du zur Zeit wahrscheinlich nicht oft Besuch kriegst.«

»Ophelia«, seufzte Alex, »was zum Teufel willst du von mir?«

Ophelia ging vor Alex in die Hocke, so daß sie genau auf Augenhöhe waren. Beide starrten einander an, weil keiner als erster wegsehen wollte. »Sagen wir einfach, es liegt in unser beider Interesse, daß wir das Kriegsbeil begraben«, erklärte sie. »Inzwischen sind vier Monate vergangen, und Cassie hat sich immer noch mit keinem von uns in Verbindung gesetzt –«

Bevor er sich beherrschen konnte, hatte Alex den Kopf weggedreht.

»Scheiße«, flüsterte Ophelia mit großen Augen. »Du hast von ihr gehört.«

Alex schüttelte den Kopf und versuchte, seinen Fehler mit einem Wortschwall zu überspielen.

»Alex«, unterbrach ihn Ophelia, »erspar mir das.« Sie stand auf und klatschte sich die weißen Handschuhe gegen den Schenkel. »Ich komme her, um mich mit dir zu verbünden, dabei hast du Cassie längst gefunden.« Sie kniff die Augen zusammen. »Warum bist du nicht bei ihr?«

»Sie hat mir nicht verraten, wo sie ist«, gab Alex zu. »Nur daß es ihr gutgeht. Und daß sie anruft, wenn sie wieder heimkommen will.«

»Und seitdem versuchst du, sie aufzuspüren?« Sie legte den

Kopf schief. »Natürlich versuchst du das. Wenn du nicht so mit Cassie beschäftigt wärst, hättest du vielleicht sogar *gemerkt*, daß deine Karriere total im Eimer ist.« Sie lachte; ein helles, klarinettenähnliches Lachen. »Sie hat dich tatsächlich angerufen. So was. Möglicherweise habe ich dir doch unrecht getan. Ich mag dich ja nicht besonders, aber Cassie anscheinend schon. *Immer noch.* Darum bin ich gewillt, dir zu glauben, daß dir wirklich etwas an ihr liegt.«

Alex senkte den Blick. »Mein Gott«, brummte er. »Komm zur Sache.«

Ophelia ging wieder vor Alex in die Hocke. »Die Sache ist die«, sagte sie kühl und pflückte das Glas aus seiner Hand. »Du hast Cassie nicht verdient, aber offenbar will sie irgendwann zu dir zurückkommen. Und Cassie hat es ganz bestimmt nicht verdient, dich so zu sehen, wenn sie zur Tür hereinspaziert kommt.« Sie leerte den Highball auf die breiten Holzplanken des Balkons, zog Alex aus dem Stuhl und schleifte ihn ins Schlafzimmer vor den Spiegel, der über seiner Kommode hing. Sie blieb hinter ihm stehen, während er seine blutunterlaufenen Augen und die fahle Haut musterte; den säuerlichen Gestank nach Bourbon und Selbstmitleid einatmete, der seine Kleider durchtränkte. »Alex«, erklärte Ophelia, packte seine Schultern und zog sie zurück, »heute ist dein Glückstag.«

Will saß in einer dunklen Ecke in Joseph Stands In Suns Hütte und fragte sich, wo ein siebenundachtzigjähriger Medizinmann so spät in der Nacht wohl stecken mochte. Er war schon über eine Stunde hier; er wußte nicht recht, warum, aber er wollte mit dem Alten reden, und er wußte, daß es bald geschehen mußte.

An den Wänden hingen wunderschön bestickte Kunstgegenstände und ein langer Hirschlederstreifen mit einem Gemälde, auf dem Sioux-Jäger ein paar Chippewa töteten. Bündel von getrocknetem Tabak und Salbei hinten an den Türangeln. Über einen Adirondack-Schaukelstuhl war eine Sternendecke gebreitet, die Joseph bei Heilungszeremonien brauchte.

In diesem Stuhl saß Will, mit der großen, gewundenen Flöte in der Hand, die Joseph geschnitzt hatte, als Will noch gar nicht geboren war. Es war eine knorrige Zedernröhre, groß und dick und mit dem Bild eines Pferdes bemalt. Mit dieser Flöte konnte ein junger Mann Macht über eine junge Frau gewinnen; Will konnte sich noch an Josephs Erklärung erinnern, wie er damals seine Frau verführt hatte. »Ich habe die Musik geträumt«, hatte Joseph gesagt, »die aus ihrer Seele kam. Und als sie diese Musik hörte, schlich sie aus der Hütte ihrer Eltern und folgte der Melodie, bis sie merkte, daß sie nur mir gefolgt war.«

Will strich mit den Fingern über die Luftlöcher in der Flöte, das Mundstück. Er setzte sie an die Lippen und blies hinein. Er produzierte einen Laut wie eine Kuh, die gemolken werden mußte. Dann schaukelte er in seinem Stuhl, schlug sich mit der Flöte gegen das Handgelenk und beobachtete, wie sich der Mond durch die Ritzen in Josephs Haustür stahl.

Ihm fiel ein Traum ein, der mit Donner begann. Er war mitten in einem Sturm, der Regen peitschte auf seine nackten Schultern und auf seinen Rücken, und er schrie die Hirschkuh an, endlich weiterzugehen. Er wußte, daß gleich ein Blitz niedergehen und genau dort einschlagen würde, wo sie stand, aber sie blieb ganz ruhig stehen, als würde sie nicht einmal merken, daß es regnet. Sie war das schönste Wesen, das Will je gesehen hatte, mit hohem, geschwungenem Rücken und Löwenzahnketten um die zierlichen Fesseln. Ein Weg öffnete sich vor ihm; er sah, daß er entweder zu der Hirschkuh oder nach rechts gehen konnte, wo es nicht regnete. Es war so leicht, sich umzudrehen und wegzugehen, und er wollte nicht im Regen ertrinken.

Er ging auf die Hirschkuh zu. Er schrie, schob sie mit den Fäusten an, und schließlich sprang sie über den anderen Weg davon in die Sonne. Will wollte ihr folgen, aber in diesem Augenblick schlug der Blitz, den er hatte kommen sehen, in seinen Rücken, verbrannte ihn bis ins Mark und brach ihm alle Knochen. Er fiel zu Boden, erstaunt, daß es so viel Schmerz in der Welt geben konnte, und begriff, daß er sie gerettet hatte.

Und dann hörte der Regen auf, er hob den Kopf – das einzige, was er noch bewegen konnte – und sah die Hirschkuh über sich stehen und die Nase in seine Handfläche stubsen. Dann verschwand die Hirschkuh, und Cassie war da, um ihn zu berühren und zu heilen; und dank ihm in Sicherheit.

Will sah hoch, als die Tür aufging. Joseph Stands In Sun zog seine Jacke aus und setzte sich auf die Ecke einer Gartenbank. Er wartete, daß Will etwas sagte.

Will schüttelte den Kopf, um ihn freizubekommen. Es würde bedeuten, daß er nach Pine Ridge zurückkehrte – nicht nur körperlich, sondern mit seiner *ton*, der Seele. Aber andererseits hatte er genausowenig nach Kalifornien gepaßt wie zu den Sioux, das war ihm inzwischen klar; vielleicht war es sein Los, sein Leben lang zwischen den beiden Welten zu pendeln, bis er irgendwo dazwischen eine Oase fand, wie seine Eltern sie sich geschaffen hatten.

Er reichte Joseph die gewundene Flöte. Es gab nur eine einzige Melodie, die Cassie hören würde – weil sie selbst sie tausendmal gespielt hatte. Mit glühendem Blick beugte Will sich vor und fragte den Medizinmann, wie er sie von ihrem Schmerz befreien könne.

23

Marjorie Two Fists blickte von den Kindermokassins auf, die sie gerade bestickte, und sah, wie Cassie schon wieder einen Fehler machte. »Hiyá«, meinte sie und deutete mit dem Finger auf die Stelle. »Wenn du dich nicht konzentrierst, kannst du sie wegwerfen.«

Cassie stach die Nadel durch das Leder. Sie wußte, daß sie sich ausgesprochen tolpatschig anstellte, wohingegen die alten Frauen flink und geschickt arbeiteten, trotz ihrer schlechten Augen und der rheumatischen Finger. »Es tut mir leid«, murmelte sie.

Rosalynn White Star blickte über den Rand ihrer Lesebrille. »Ihr tut immer alles leid«, meinte sie.

Dorotheas Kopf fuhr hoch. »Lieber sich entschuldigen als immer nur rummeckern«, sagte sie spitz zu Rosalynn. »Ihr gehen andere Dinge im Kopf rum.«

Cassie hörte Dorotheas Bemerkung, aber sie achtete nicht weiter darauf. Der Mond der reifenden Kirschen neigte sich dem Ende zu, jener Monat, den sie Juli nannte; in wenigen Wochen würde ihr Baby kommen. Ihr Körper schien zu schwer, um ihn noch zu tragen, doch das war nichts verglichen damit, wie schwer ihre Gedanken wogen. Bei jedem Tritt oder Stoß des Fremden in ihrem Bauch mußte Cassie an Alex denken und daran, was er immer noch nicht wußte.

Er fehlte ihr immer noch. In ihren Träumen stellte sie sich vor, wie Alex ihr vergab und sie an sich zog. Sie entdeckte sein Gesicht in einer Warteschlange in der Bank in Rapid City; in einer Lichtspiegelung über den Black Hills; in einer Regenpfütze. Sie versuchte, sich auszumalen, was er sagen würde, wenn sie ihm seinen Sohn oder seine Tochter zeigte, aber das bedeutete, daß sie wieder in Los Angeles wäre, nicht mehr in diesem weiten Land, und das konnte sich Cassie beim besten Willen nicht vorstellen.

Inzwischen fühlte sie sich hier wohler als zu Hause. Sie konnte nicht abstreiten, daß sie Alex immer noch liebte, immer lieben würde, aber sie konnte genausowenig vergessen, daß sie während der fünf Monate, die sie auf Pine Ridge verbracht hatte, frei gewesen war. Sie hatte ihre Nachmittage nicht damit verbringen müssen, Alex' Launen zu erahnen und sich entsprechend zu verhalten. Sie war nicht mitten in der Nacht aufgewacht, in panischer Angst, wieder etwas falsch gemacht zu haben. Niemand hatte sie geschlagen, verletzt, getreten.

Einmal, im Ort Pine Ridge, hatte sie gesehen, wie ein Halbwüchsiger einen streunenden Hund trat, der ihm eine Schachtel Zigaretten aus der hinteren Hosentasche geklaut hatte. Der Hund war alt und halb blind, hatte wahrscheinlich die Räude, aber Cassie war losgelaufen und hatte sich zwischen den Jungen und die Promenadenmischung geworfen. Ein paar Passanten hatten auf sie gezeigt und über die schwangere Lady gelacht, die einen alten Köter in die Arme geschlossen hatte und aus Leibeskräften einen Jungen anbrüllte, während ihr dicker Bauch am Boden schleifte. »*Witkowiŋ*«, hatten sie zu ihr gesagt. *Verrücktes Weib.*

Aber Cassie hatte ganz instinktiv gehandelt. Für sie war das Reservat eine Art neutraler Boden, ein sicherer Zufluchtsort. Sie würde nicht zulassen, daß dieses Bild Schaden nahm.

In letzter Zeit ließ sich Will kaum blicken – Cassie hatte das Gefühl, ihn noch weniger zu sehen, seit er nach Pine Ridge zurückgekommen war. Er verbrachte viel Zeit mit Joseph Stands In Sun, und er wollte Cassie nicht mehr verraten, als daß er endlich die Gebräuche seines Volkes kennenlernte.

Cyrus und Dorothea und alle anderen bereiteten sich eifrig auf das *wacipi*, das große Powwow, vor, das Anfang August stattfinden sollte. Mit ein paar anderen Stammesältesten machte sich Cyrus auf die Suche nach der gegabelten Pappel, die beim Sonnentanz als Pfahl dienen sollte. Dorothea verbrachte ihre gesamte Freizeit damit, Brombeermarmelade und Enzianwurzelsud einzukochen. Beides wollte sie während der Festtage gegen die kunstvoll gemusterten Schals und grob gewebten Teppiche eintauschen, die andere gefertigt hatten. Nachdem sie einen großen Karton mit ihren Waren vollgepackt hatte, hatte sie Cassie erklärt, daß sie zu Marjorie Two Fists Hütte gehen wolle, um dort mit den anderen zu nähen und zu sticken; sie hatte Cassie gefragt, ob sie mitkommen wolle, um sich ein bißchen abzulenken.

So saß Cassie nun schon den dritten Nachmittag bei den alten Frauen, ruinierte die Perlenstickerei auf Armbändern, Jacken und Mokassins und hatte immer deutlicher das Gefühl, hier fehl am Platz zu sein. Dorothea legte den Beutel beiseite, den sie gerade bestickte, und hob die Ecke von Rosalynns Quilt hoch. »Das da wird sich gut verkaufen«, fand sie. »Der Markt ist das beste am ganzen Wochenende.«

»Ach, ich weiß nicht«, wandte Marjorie ein. »Ich bin zwar schon zu alt zum Tanzen, aber trotzdem gefallen mir die jungen Leute in ihren Kostümen. Ich mag die Trommeln. So laut.«

Dorothea lachte. »Wenn sich Cassie nah genug hinstellt, kommt das Baby vielleicht früher.«

Das wollte Cassie auf gar keinen Fall. Sie wußte nichts über Säuglinge; sie hatte sich noch keine Gedanken über alltägliche Dinge wie Wickeln und Aufstoßen und Stillen gemacht. Für sie war das Baby eher ein Mittel zum Zweck, aber dieser Zweck hatte etwas an sich – etwas Endgültiges –, das sie eigentlich nicht sehen wollte.

Die Tür flog auf, und vor ihnen stand, vom leichten Sommerregen umrahmt, Will. Ohne zu merken, was sie da tat, stand Cassie auf und ließ den Mokassin, an dem sie gearbeitet hatte, zu Boden fallen. Perlen lösten sich und rollten in die Spalten zwischen den glatten Holzdielen. »Huch«, hauchte sie und bückte sich, so gut sie konnte, um die Perlen wieder aufzulesen.

»Ich weiß, ich weiß«, murmelte Marjorie. »Es tut dir leid.«

»Einen wunderschönen Nachmittag, meine Damen«, sagte Will grinsend. »Wie geht's voran?«

Dorothea zuckte mit den Achseln. »Wenn es fertig ist, ist es fertig.«

Will lächelte; damit hatte sie seine Lebensphilosophie auf den Punkt gebracht. Er sah Cassie an. »Ich dachte, du möchtest vielleicht ein bißchen spazierengehen oder so.«

Marjorie stand auf und nahm Cassie die Perlen aus der Hand. »Eine gute Idee«, bestätigte sie. »Nimm sie mit, bevor sie noch mehr kaputtmacht.«

Dorothea sah auf ihren Enkel, dann auf Cassie, dann wieder auf

Will. »Sie hat eine ihrer Launen«, warnte Dorothea. »Vielleicht kannst *du* sie ihr austreiben.«

Genau das hatte Will vor. Er fand, Cassie sollte eigentlich in Hochstimmung sein; schließlich würde sie bald gut dreißig Pfund leichter sein. Aber statt dessen schien sie ihm von Minute zu Minute mehr zu entgleiten. Fast, wie Will sich eingestand, als würde sie sich schon verabschieden.

Er hatte eine Chance, und er würde sie nutzen. Am Tag des großen Powwows würde er es ihr begreiflich machen. Aber bis dahin konnte der Versuch, sie ein bißchen aufzuheitern, nichts schaden. »Was meinst du dazu?« drängte er.

Cassie schielte über seine Schulter durch die offene Tür. »Es regnet«, wandte sie ein.

Sie verlagerte ihr Gewicht auf den anderen Fuß. Seit Tagen sehnte sie sich danach, Will zu sehen; sie war unruhig; eigentlich sollte sie die Gelegenheit beim Schopf packen, diese trübe kleine Teeparty zu verlassen – wieso zierte sie sich so? »Wir werden naß«, meinte sie. »Wir können nicht spazierengehen.«

Wills Augen begannen zu leuchten. »Also gut«, sagte er. »Dann machen wir was anderes.« Plötzlich stand er mitten unter den Frauen und versuchte ungeschickt, seine Arme um Cassies umförmigen Leib zu legen. Er begann zu summen und Cassie in einem unrhythmischen Twostep herumzuwirbeln. Mokassins und Strickbeutel knirschten unter den Absätzen seiner Cowboystiefel. Begeistert begann Rosalynn in einem hohen, lieblichen Sopran zu singen.

Cassie wurde knallrot. Sie hatte kein Gleichgewichtsgefühl mehr und mußte sich an Wills Schultern festkrallen, um nicht umzufallen. Sie bekam kaum mit, wie Marjorie grinsend aufstand und ihren Stuhl aus dem Weg räumte, damit Will zur offenen Tür hinaustanzen konnte.

Dorothea, Marjorie und Rosalynn drängten sich neugierig an den schmutzigen Fenstern, schauten dem tanzenden Paar zu, klatschten in die Hände und erinnerten sich an längst vergangene Zeiten, als sie unter einer Decke mit ihrem Liebsten geflüstert hatten oder das Bündel geschüttelt hatten, in dem ihre Zukunft enthalten war, um zu erraten, was darin steckte, oder vielleicht sogar im Regen getanzt hatten. Cassie lauschte dem vollen, verwobenen Lachen der alten Frauen, einer vollkommen anderen Art von Musik, die so frisch wirkte wie das Kichern junger, umworbener Mädchen.

Sie blickte in Wills Augen, als sie über die Schwelle in den Regen hinaustanzten. Sie platschte durch Pfützen, spürte, wie sie ihm auf die Füße trat, spürte, wie das Baby langsam in ihr herumrollte, spürte den kühlen Regen auf den Wangen. Er wusch alles weg. Und einen bezaubernden, glücklichen Moment glaubte Cassie wirklich, daß es ewig so bleiben könnte.

Auf halbem Wege zwischen Marjorie Two Fists' Haus und ihrem eigenen setzte sich Dorothea nieder, um darüber nachzudenken, wie sich die Geschichte wiederholte. Nicht daß sie müde gewesen oder daß die Tasche mit den Stickarbeiten ihr zu schwer geworden wäre. Aber ganz plötzlich war der Geist ihrer verstorbenen Schwiegertochter Anne neben ihr gegangen, und der eisige Atem an Dorotheas Hals hatte es ihr unmöglich gemacht, weiterzugehen.

Zachary, Dorotheas einziges Kind, hatte sich vor inzwischen sechsunddreißig Jahren in die weiße Lehrerin verliebt, und obwohl sie ihrem Sohn nie hatte weh tun wollen, hatte Dorothea alles in ihrer Macht getan, um dieser Affäre ein Ende zu bereiten. Sie hatte die entsprechenden Wurzeln und getrockneten Blumen unter Zacharys Matratze versteckt; sie hatte zu den Geistern gebetet; sie hatte sogar Joseph Stands In Sun um Rat gefragt. Aber es sollte so sein. Damals, als Anne Pine Ridge verlassen hatte, um Distanz zwischen sich und Zachary zu schaffen, und Zachary ein Pferd gesattelt hatte und ihr meilenweit nachgeritten war, hatte Dorothea nur wenige Meter von ihrem Sohn entfernt gestanden und alles kopfschüttelnd mit angesehen.

Dorothea hätte das zu jener Zeit nie zugegeben, aber sie war wie besessen von Anne. Als feststand, daß Zachary sie heiraten würde, was auch passieren mochte, erklärte Dorothea ihm, daß er mit ihr als Hochzeitsgast nicht zu rechnen brauche. Aber sie trachtete danach, die Frau genauer zu beobachten, die ihre Tochter werden sollte. Sie stand draußen vor dem Klassenzimmer, in dem Anne unterrichtete, und machte sich mit den Höhen und Tiefen ihrer Stimme vertraut. Sie folgte ihr in den Laden und registrierte genau, was Anne einkaufte: Talkumpuder, Ingwer-bonbons, blauen Lidschatten. Sie ging auf die Ämter und lernte ihre Zeugnisse, ihre Blutgruppe und ihre Sozialversicherungs-nummer auswendig.

Drei Tage vor der Hochzeit war Anne unter einer Pappel vor Dorotheas Haus eingeschlafen, während sie auf Zachary war-tete. Dorothea ging leise neben ihr in die Hocke und berührte die unglaublich durchsichtige Haut ihrer Wange. Fast zehn Minuten lang kauerte Dorothea wie hypnotisiert neben Anne und prägte sich das Netz blasser Adern, das die weiße Haut an ihrem Hals überzog, in ihr Gedächtnis ein.

»Was tust du hier?« fragte Anne auf englisch, als sie auf-wachte.

»Das gleiche könnte ich dich fragen«, antwortete Dorothea auf lakota.

Anne richtete sich auf. Ihr war bewußt, daß *Ich warte auf Zack* nicht die Antwort auf die Frage war, die Dorothea ihr eigentlich gestellt hatte. »Ich liebe ihn ebensosehr wie du«, sagte sie leise.

»Das«, meinte Dorothea, »könnte genau das Problem sein.«

Sie stand auf, um ins Haus zurückzugehen, aber Annes Stimme hielt sie zurück. »Ich möchte, daß du zu unserer Hoch-zeit kommst«, rief Anne ihr nach, auf lakota.

Sofort wechselte Dorothea ins Englische. »Ich werde keinen Fuß in eine Kirche der Weißen setzen.«

»Trotzdem«, meinte Anne fast gleichgültig, »werden wir uns dort sehen.«

Dorothea wirbelte herum. »Und woher willst du das wissen?«

Anne lächelte. »Weil nichts dich davon abhalten könnte zu kommen.«

Am Tag der Hochzeit bettelte Cyrus Dorothea an, ihre Ent-scheidung noch einmal zu überdenken, und sei es nur Zack zu-liebe, aber Dorothea blieb in ihrem Hauskleid auf dem durchge-sessenen braunen Sofa sitzen. Kaum war Cyrus jedoch aus dem Haus, zog sie sich an, marschierte zur nächsten Straße und trampte in die Stadt. Sie kam zur Kirche, blieb aber draußen, wie sie es gesagt hatte, und schielte nur durch einen Spalt in der behelfsmäßigen Holzwand. Der Geistliche sprach schon den Segen, der Schaden war schon angerichtet. Leise grummelnd beobachtete Dorothea, wie Zacharys dunkle Hand sanft die seiner frischgebackenen Frau drückte.

Als Dorothea aufsah, blickte Anne weder überglücklich zu Zack auf, noch achtete sie auf den Geistlichen. Sie hatte sich halb umgedreht und schaute geradewegs durch den Spalt auf Dorothea. Sie zwinkerte.

Dorothea war rückwärts auf die staubige Straße getaumelt, und dann hatte sie laut aufgelacht. Es war das erste von vielen Malen, daß ihre Schwiegertochter sie überraschen sollte. Und das erste von vielen Malen, daß Dorothea sich eingestanden hatte, wie gern sie Anne hatte, wie sehr sie sie respektierte und wie sehr sie sie – jetzt, wo sie nicht mehr da war – vermißte.

»Du weißt, daß Zack nach dem Unfall deinetwegen losgelassen hat«, sagte Dorothea laut. »Er hätte ohne dich nicht leben können.« Sie wußte, daß es bei ihr und Cyrus nicht anders sein würde – sobald einer von ihnen in die Geisterwelt eingegangen wäre, würde der andere auch bald sterben, damit sie wieder zusammen wären. Dorothea hatte viele Jahre gebraucht, um das zu begreifen, aber jetzt war sie fest davon überzeugt: Die Liebe war so. Sie war nicht einfach schwarz oder weiß. Sie verlief immer wieder zu eigenartigen, weichen Grautönen.

Cassie saß neben Cyrus auf einem niedrigen Klappliegestuhl im Schatten und wartete darauf, daß der Sonnentanz begann. Die vier Bänder an der Spitze des heiligen Pfahles flatterten im trockenen Wind: weiß, gelb, rot und schwarz, wie die vier menschlichen Rassen. Ein Adler kreiste gemächlich über dem Platz und löste damit lauten Jubel aus. »Gute Medizin«, flüsterte Cyrus Cassie zu.

Es war der letzte Tag des Powwow, und Cassie war bezaubert. Sie war mit Dorothea zwischen den schwer beladenen Ladentischen herumgeschlendert und hatte ein breites, gehämmertes Armband für sich selbst und eine buntgewebte Krabbeldecke für ihr ungeborenes Kind ausgesucht. Sie hatte einen Blick in die Leinwandtipis geworfen, die weiter entfernt lebende Familien hier aufgebaut hatten, und über die Kombination von Adlerfeder-Kopfschmuck und Levi's Jeans gestaunt, die Seite an Seite auf Drahtkleiderbügeln hingen.

Heute war der letzte Tag des Sonnentanzes. Der Sonnentanz war der heiligste Tanz der ganzen Feierlichkeiten, der einzige Tanz, der den Teilnehmern Monate der Vorbereitung und des Trainings abverlangte. Cyrus hatte ihr nicht viel darüber erzählt, hatte nur gesagt, daß man mit dieser Zeremonie der Sonne huldige, daß es ein Ritual des Wachstums und der Erneuerung sei. Zu Cassies großer Überraschung und Freude war Will während der vergangenen drei Tage unter den Tänzern gewesen. Es gefiel ihr, ihn inmitten der anderen zu sehen, genauso gekleidet wie sie und um den Pfahl in der Mitte tanzend und stampfend, wie seine Vorfahren es getan hatten. »Ich weiß nicht, was dich dazu getrieben hat«, hatte sie ihm nach dem ersten Tag des Tanzes erklärt, »aber du bist ein wunderbarer Indianer, wenn du dir Mühe gibst.« Und Will hatte sie angegrinst, fast als würde es ihn stolz machen, sich durch ihre Augen zu sehen.

Cassie beugte sich vor, als die Männer nacheinander aus der heiligen Hütte kamen, angeführt von Joseph Stands In Sun. Genau wie er trugen die Tänzer lange rote Kilts und hatten sich blaue Streifen auf die Brust gemalt. Auf ihren Köpfen trugen sie Salbeikränze, und sie hatten Pfeifen aus Adlerknochen bei sich. Cassie versuchte, Wills Blick aufzufangen, als er an ihr vorbeikam, um ihm Glück oder Hals- und Beinbruch zu wünschen, aber er hatte das Gesicht in den Himmel gewandt.

Joseph Stands In Sun stellte sich vor Will, der unter dem gegabelten Pappelpfahl wartete. Er murmelte etwas auf Lakota und hob dann einen glänzenden silbernen Spieß hoch. Einen Moment lang hielt er ihn über seinen Kopf, und Cassie sah, wie sich die Sonne in der polierten Spitze spiegelte. Joseph beugte sich zu Will, der das Kreuz durchdrückte. Aber erst als Joseph einen zweiten Spieß schwang, begriff Cassie, daß der Medizinmann Wills Brust durchbohrt hatte, daß Blut über seinen Bauch floß.

Wie bei den anderen Tänzern waren auch Wills Spieße an Schnüren aus Rohleder befestigt, die von der Spitze des heiligen Pfahles herabbaumelten. Unter Josephs Anleitung begannen die Männer zu tanzen, kaum anders als während der vergangenen drei Tage. Die Trommeln schlugen, aber nicht lauter als Cassies Herz. Sie umklammerte die Armlehnen ihres Stuhls, und ihr Gesicht war angespannt und kalkweiß.

»Du hast das gewußt«, flüsterte sie Cyrus zu, aber ohne den Blick von Will zu wenden. »Du hast es gewußt, und du hast mir nichts gesagt.«

Will drehte sich und sang. Seine Brust glänzte blutig, denn mit jeder Drehung riß er die Wunden weiter auf. Er gab vor, sich von den Spießen losreißen zu wollen, und entsetzt verfolgte Cassie, wie sich seine Haut bis an die Grenze der Belastbarkeit spannte.

Cassie packte Cyrus' Arm. »Bitte«, bettelte sie. »Er tut sich weh. Du mußt etwas tun.«

»Ich kann gar nichts tun«, sagte Cyrus. »Das muß er schon selbst tun.«

Cassie liefen die Tränen über die Wangen, und sie fragte sich, warum sie Will jemals ermutigt hatte, sein Lakota-Erbe zu akzeptieren. Das hier war Barbarei. Sie sah ihn in seiner adretten Polizeiuniform vor sich, die Mütze tief in die Stirn gezogen. Sie erinnerte sich daran, wie er damals, nachdem er sie gefunden hatte, neben ihr in der Notaufnahme gestanden hatte, mit besorgt verschränkten Armen. Sie dachte daran, wie er mit ihr im Sommerregen getanzt und das Baby sie beide getreten hatte.

»Warum ausgerechnet *dieser* Tanz?« flüsterte sie mit gebrochener Stimme; sie dachte an die anderen Zeremonien, die sie mit angesehen hatte und bei denen es nicht zu Selbstverstümmelungen gekommen war. Sie drehte sich um und stellte entsetzt fest, daß die Zuschauer dem Tanz lächelnd zuschauten, als würden sie sich an den Schmerzen anderer Menschen laben.

»Er leidet nicht«, murmelte Cyrus. »Nicht seinetwegen.« Er deutete auf den Tänzer neben Will. »Louis tanzt den Sonnentanz, damit seine Tochter weiterlebt, auch wenn ihre Nieren sterben. Arthur Peel, da drüben rechts, hat einen Bruder, der immer noch in Vietnam vermißt wird.« Er sah Cassie an. »Die Tänzer nehmen den Schmerz auf sich«, erklärte er, »damit jemand, der ihnen nahesteht, ihn nicht zu spüren braucht.«

Als der Tanz sich seinem Ende näherte, trat Joseph Stands In Sun aus dem Kreis. Die Männer begannen herumzuwirbeln und fester zu zerren, um sich endlich zu befreien. Hilflos stand Cassie auf. Im selben Augenblick spürte sie Dorotheas Hand auf ihrer Wade. »Nicht«, sagte Dorothea.

Leiden, damit ein anderer nicht leiden muß. Seinen Körper für jemand anderen opfern. Cassie sah, wie der Spieß Wills Haut Zentimeter um Zentimeter aufriß, sah das Blut über seine Brust strömen.

Er schaute sie an. Cassie zwang sich, Will in die Augen zu sehen, verband ihren Blick mit seinem. Sein Bild verschwamm, und sie sah sich selbst blutend und gebrochen zu Alex' Füßen liegen, das Ventil für einen Zorn, der nichts mit ihr zu tun hatte. Will tat für Cassie nichts anderes als das, was sie jahrelang für Alex getan hatte.

Als die Haut über Wills Brust schließlich platzte und die Spieße freigab, schrie Cassie auf. Sie rannte nach vorn, kniete neben ihm nieder und preßte erst Salbei aus seinem Kranz, dann ihren Hemdsaum auf seine Wunden. Er hatte die Augen geschlossen, und sein Atem ging schnell und flach. »Es tut trotzdem weh«, flüsterte sie. »Auch wenn du es für jemand anderen tust – es sind deine Rippen, die brechen, deine Handgelenke werden blau, deine Wunden bluten.«

Will schlug die Augen auf. Er hob eine Hand und wischte Cassie die Tränen von den Wangen. »Du hast das für mich getan«, sagte Cassie. »Damit es nicht so weh tun sollte, als ich es für *ihn* getan habe.« Will nickte.

Trotz ihrer Tränen mußte Cassie lachen. »Wenn ich es nicht besser wüßte, Will Flying Horse, würde ich sagen, du benimmst dich wie ein großer Indianer.«

Will brachte ein schwaches Grinsen zustande. »Was du nicht sagst.«

Cassie strich ihm das Haar aus dem Gesicht. Sanft fuhr sie mit dem Finger über die klaffenden Ränder von Wills Wunden. Nicht einmal Alex, der ihr die ganze Welt zu Füßen gelegt hatte, hatte ihr jemals so viel gegeben.

Zwei Wochen nach dem Sonnentanz begannen die Wehen. Cassie hätte reichlich Zeit gehabt, in die Klinik im Ort zu fahren, aber sie wollte das Baby in einer vertrauten Umgebung bekommen. Und so lag sie zehn Stunden später auf einem Kissenberg in dem Bett, in dem Cyrus, Zachary und Will zur Welt gekommen waren, und schrie aus Leibeskräften.

Dorothea stand am Fußende des Bettes und maß, welche Fortschritte Cassie machte. Will stand neben Cassie und ließ sich die Hand von ihr zerquetschen. »Es dauert nicht mehr lange«, verkündete Dorothea stolz. »Der Kopf sitzt schon im Geburtskanal.«

»Ich muß weg.« Will versuchte sich aus Cassies Griff zu lösen, aber sie gab ihn nicht frei. Er hatte sich von Anfang an nicht wohl bei der Sache gefühlt, aber Cassie hatte ihn angebettelt. Vielleicht hätte er dennoch die Kraft aufgebracht, ihre Bitte zurückzuweisen, wenn Cassie nicht genau in diesem Augenblick von einer Wehe ergriffen worden und in seinen Armen zusammengesunken wäre.

»Bitte«, keuchte sie. »Laß mich jetzt nicht allein.« Sie packte Will am Hemd.

Weiter kam sie nicht, denn in diesem Moment krampfte sich ihr Bauch zu einem festen Knoten zusammen, und dieser unglaubliche Druck zwängte sich durch ihren Unterleib. War es nicht lächerlich, daß sie fortgelaufen war, um diesem Kind das Leben zu retten – nur um am Ende selber zu sterben? Sie atmete tief durch und ließ sich wieder in die Kissen fallen. *Ich verstehe dich*, ließ sie das Kind insgeheim wissen. *Ich weiß, wie schwer es ist, von einer Welt in eine andere zu wechseln.*

»Da kommt es«, sagte Dorothea. Cassie spürte, wie Dorotheas kühle, feste Finger sich auf den Kopf ihres Babys legten. Sie mühte sich hoch, bohrte die Fingernägel in Wills Hand und begann, mit aller Kraft zu pressen.

Zehn Minuten später spürte Cassie, wie etwas Langes, Nasses zwischen ihre schmerzenden Schenkel glitt. Dorothea hielt ein weinendes, faszinierendes Bündel hoch. »*Hokšíla luhá!* Ein Junge!« krähte sie. »Groß und gesund, wenn auch ein bißchen zu blaß für meinen Geschmack.«

Cassie lachte, streckte die Arme aus und stellte überrascht fest, daß ihr die Tränen aus den Augen liefen. Sie wiegte das Baby in ihren Armen und versuchte, sich an das Gefühl zu gewöhnen, ohne recht zu wissen, was für ein Gefühl das eigentlich sein sollte. Das Baby machte den Mund auf und greinte.

»Es klingt sogar wie du«, murmelte Will, und plötzlich fiel Cassie wieder ein, daß er immer noch da war. Seine Hand streichelte leicht und fast ehrfürchtig ihren Hinterkopf, als wäre er nicht sicher, ob ihm diese Berührung gestattet sei.

»Wie fühlst du dich?« fragte Will.

Cassie sah zu ihm auf und suchte nach dem richtigen Wort. »Voll.«

»Na ja, aussehen tust du jetzt viel leerer.«

Cassie schüttelte den Kopf. Wie sollte sie das erklären? Nachdem sie sich so lange nach Alex gesehnt hatte, war sie endlich nicht mehr allein. Dieses winzige, zappelnde Ding machte sie genauso vollständig, wenn auch auf andere Weise.

Ein Junge. Ein Sohn. Alex' Kind. Cassie durchstöberte die verschiedenen Bezeichnungen, probierte aus, welche am besten zu dem Baby in ihrem Arm paßte. Der Kleine hatte sein Gesicht ihrer Brust zugewandt, als wisse er bereits, was er von dieser Welt haben wollte.

»Du bist genau wie dein Vater«, flüsterte sie, aber noch während sie die Worte aussprach, erkannte sie, daß das nicht stimmte. Das Gesicht, das zu ihr aufsah, war eine winzige Kopie ihres eigenen, abgesehen von den Augen, die der Kleine eindeutig von Alex hatte. Klar und blaß, silbern wie eine frisch geprägte Münze.

Der Mund, die Form der Finger oder Beine, sein Leib erinnerten kaum an Alex. Es schien fast, als sei Alex' Einfluß auf sein eigenes Kind aufgrund des fehlenden Kontakts verblaßt.

Das Baby drängte näher an Cassie heran, an ihre Wärme. Und ihr ging durch den Kopf, daß nur sie allein für es sorgen konnte – daß sie allein ihm jetzt Nahrung und Geborgenheit und Wärme und dann ihre Liebe geben konnte. Ihr würde der Kleine sein erstes Wachsmalkreidenbild bringen, bei dem er den halben Küchentisch mit angemalt hatte. Ihr würde er den aufgeschürften Ellbogen hinhalten und glauben, daß sie die Schmerzen mit einem Kuß wegzaubern konnte. Jeden Morgen würde er die Augen aufschlagen und mit jener sonnigen, kindlichen Sicherheit wissen, daß Cassie für ihn da war.

Er brauchte sie; und darin, begriff Cassie, ähnelte er Alex am meisten.

Aber diesmal würde gebraucht werden nicht gleichzeitig verletzt werden bedeuten. Dies war ihr zweiter Start. Sie und dieses Baby würden gemeinsam aufwachsen.

Will legte seine Fingerspitze in die Hand des Babys und beobachtete, wie sich die kleinen Finger gleich einer Sommerrose schlossen. »Wie soll er denn heißen?«

Die Antwort durchzuckte Cassie augenblicklich, und sie begriff, daß sie den Namen die ganze Zeit über mit sich herumgetragen hatte. Sie mußte an das allererste Mal denken, als sie von jemandem geliebt worden war, der keine Gegenleistung dafür erwartete. Jemand, der ihr so viel Hoffnung mitgegeben hatte, daß sie noch Jahre später die Kraft hatte zu glauben, Alex könne sich ändern, es könne jemanden wie Will geben, ein Kind könne sie für seine ganze Welt halten. »Connor«, sagte sie. »Er heißt Connor.«

Schon nach zwei Wochen war Cassie wieder auf den Beinen und voller Energie. Nachdem sie so viel zusätzliches Gewicht mit sich herumgeschleppt hatte, konnte sie sich einfach nicht an ihren leichten Schritt gewöhnen. Aber sie wußte auch, daß ihre Fröhlichkeit zum Teil auf eine Entscheidung zurückzuführen war, die sie wenige Stunden nach Connors Geburt gefällt hatte. Sie würde nicht abreisen, jedenfalls nicht gleich. In drei Monaten vielleicht, oder sechs, oder noch mehr. Sie redete sich ein, daß Connor erst kräftiger werden sollte, bevor sie die Reise antrat, außerdem drängten die Flying Horses sie in keiner Weise. Im Gegenteil, Cyrus hatte dem Baby ein traditionelles Wiegenbrett zur Geburt geschenkt, und als er es ihr über sein eigenes Bett hinweg reichte, hatte er ihr einfach in die Augen gesehen. »Das wird schön, wenn wir ihn nächstes Jahr mit zum Powwow nehmen.«

Sie würde sich mit Alex in Verbindung setzen, wie sie es versprochen hatte; das war sie ihm schuldig. Aber erst hatte sie den Anruf um eine Woche verschoben, dann ging Wills Pick-up kaputt, und sie konnte nicht in den Ort. So saß sie, glücklich und frei von jeder Verpflichtung, mit Dorothea auf der Veranda und enthülste Erbsen.

Connor lag in seinem Wiegenbrett festgezurrt und hellwach. Die meiste Zeit schlief er, deshalb war Cassie überrascht – sie hatte ihn eben gestillt, und er war immer noch munter und blickte mit seinen hellen Augen aufmerksam in die Landschaft.

»Heute kein Mittagsschläfchen?« fragte sie ihn. Sie steckte sich eine Erbse in den Mund.

»Du«, schalt Dorothea. »Paß auf, sonst bleibt nicht genug für heute abend.«

Cassie stellte ihre Schüssel beiseite und streckte sich, lehnte sich zurück gegen die groben Kiefernbretter und starrte in die Sonne. Sie konnte sie inzwischen nicht mehr ansehen, ohne an Will zu denken und an die rosafarbenen, zackigen Narben, die sich immer noch wie Sorgenfalten über seine Brust zogen.

Connor begann zu weinen, aber noch bevor Cassie sich aufsetzen konnte, hatte Dorothea die Hand auf den Babymund gelegt. Erstaunt riß Connor die Augen auf und verstummte.

Dorothea nahm die Hand weg und sah zu Cassie auf, die sie wütend anfunkelte. »Was zum Teufel soll das denn?« wollte Cassie wissen.

Es war merkwürdig, sich so selbstgerecht für jemand anderen einzusetzen, vor allem, wo die Mutterschaft immer noch so neu war – wie ein hübsches Partykleid, das man ab und zu aus dem Schrank nimmt und anzieht, das man sich aber nicht den ganzen Tag zu tragen traut. »Er hat geweint«, antwortete Dorothea, als würde das alles erklären.

»Ja, das hat er«, entgegnete Cassie. »Das tun Babys nun mal.«

»Lakota-Babys nicht. Das bringen wir ihnen schnell bei.«

Cassie dachte an all die archaischen Familienregeln, die ihr in der Kulturanthropologie untergekommen waren, den viktorianischen Grundsatz eingeschlossen, daß Kinder zu sehen, aber nicht zu hören sein durften. Sie schüttelte den Kopf.

Dorothea schien selbst überrascht. »Ich weiß, daß das in den Tagen des Büffels so gemacht wurde, weil der ganze Stamm hungern mußte, wenn ein Baby eine Herde verscheuchte. Ich weiß nicht, warum wir uns immer noch die Mühe machen.«

»Jedenfalls wäre es mir lieber, wenn du es bleibenlassen würdest«, meinte Cassie steif. Aber sie mußte an die unzähligen Male denken, wo sie im Dunkeln an Alex' Seite gelegen und ihre Tränen hinuntergeschluckt hatte. Sie erinnerte sich daran, wie sie das Geräusch der Schläge gehört und den Atem angehalten, aber nie aufgeschrien hatte. Sie ließ sich die Lektion durch den Kopf gehen, die sie in ihrer Ehe gelernt hatte: Wenn man ruhig war und sich möglichst unauffällig verhielt, schlug man weniger Wellen.

Sie schaute auf Connor, der friedlich und vollkommen still in seinem Wiegenbrett lag. Eines Tages, auf lange Sicht, könnte er diese Fähigkeit vielleicht brauchen.

An dieser Erkenntnis zerbrach sie beinahe.

Cassie saß im Fahrersitz von Abel Soaps Jeep und krümmte sich zusammen, als habe sie jemand in den Bauch getreten. Sie hatte sich den Jeep geborgt, um damit in den Futter- und Getreideladen im Ort zu fahren, wo das nächste öffentliche Telefon stand. Nach dem Gespräch mit Dorothea vorhin war sie zu der Überzeugung gekommen, daß sie das Unvermeidliche nicht länger hinausschieben konnte. Sie würde Alex anrufen und ihm verraten, wo sie die ganze Zeit über gesteckt hatte. Sie würde ihm die Wahrheit anvertrauen müssen.

Bei dem Gedanken wurde ihr ein bißchen schwindlig. Es gab keinen Beweis dafür, daß sich Alex in den vergangenen sechs Monaten geändert hatte, keinen Hinweis darauf, daß er seinen Zorn nicht wieder an ihr – und Connor – auslassen würde. Sie hatte Alex verlassen, damit ihr Baby nicht leiden mußte, bevor es geboren wurde. Wie konnte sie auch nur in Betracht ziehen, Connor jetzt zurückzubringen?

In ihrem Kopf arbeitete es fieberhaft. Sie konnte Connor bei Dorothea und Cyrus lassen und allein zu Alex zurückkehren, nur vorübergehend, bis sie überzeugt war, daß er sich geändert hatte. Wenn sie das bald tat, in den ersten paar Monaten, würde Connor es gar nicht merken. Aber sie konnte Connor nicht verlassen. Sie hatte ihn gerade erst entdeckt und konnte nicht gleich wieder loslassen.

Sie stieg aus dem Wagen und trat in den Laden. Horace winkte ihr zu, während sie durch die vollgestellten Gänge auf das Telefon zuging. Ein paar Sekunden wog sie den Hörer in der Hand, als habe er die Macht und unwiderrufliche Wirkung eines geladenen Revolvers.

Als Alex' Stimme aus der Leitung drang, setzte der Milchfluß ein. Cassie sah, wie sich dunkle Flecken auf ihrem T-Shirt ausbreiteten, und legte auf.

Ein paar Minuten später versuchte sie es wieder. »Hallo?« fragte Alex irritiert.

»Ich bin es«, flüsterte Cassie.

Sie hörte, wie ein Geräusch im Hintergrund – Wasser, oder vielleicht ein Radio – ausgeschaltet wurde. »*Cassie*. Gott. Hast du eben schon angerufen?« Seine Stimme klang rund, zum Bersten voll mit Erschrecken, Freude, Erleichterung und anderen Empfindungen, die sie nicht einordnen konnte.

»Nein«, log Cassie. Diesmal durfte sie sich ihre Unentschlossenheit nicht anmerken lassen. »Geht es dir gut?«

»Cassie«, erwiderte Alex, »sag mir, wo du bist.« Stille. »Cassie, *bitte*.«

Sie fuhr mit dem Finger über die kalte Metallschlange, die den Hörer mit dem Apparat verband. »Du mußt mir etwas versprechen, Alex.«

»Cassie, komm heim.« Seine Stimme klang leise und flehend. »Es kommt nicht wieder vor, das schwöre ich dir. Ich gehe zu jedem Arzt, den du vorschlägst. Ich tue alles, was du verlangst.«

»Das ist nicht das Versprechen, das ich jetzt brauche.« Es erstaunte sie, wie weit er seinen Stolz zu opfern bereit war, nur damit sie zurückkam. »Ich werde dir sagen, wo ich bin, weil ich nicht möchte, daß du dir Sorgen machst, aber ich will noch einen Monat bleiben. Du mußt mir schwören, daß du nicht früher kommst.«

Er rätselte, was um alles in der Welt sie wohl trieb, wofür sie noch einen Monat brauchen konnte, bevor sie zurückkam: irgendwelche Untergrundaktivitäten, eine Visumsverzögerung, vielleicht die wohlüberlegte Trennung von einem Liebhaber. Aber er zwang sich, ihr zuzuhören. »Ich schwöre es«, sagte er und wühlte nach einem Stift. »Wo bist du?«

»Pine Ridge, South Dakota«, murmelte Cassie. »Im Indianerreservat.«

»*Wo?* Cassie, wie –«

»Das ist alles, Alex. Ich werde jetzt auflegen. In einem Monat rufe ich wieder an, dann werden wir gemeinsam überlegen, wie und wann ich zurückkomme. In Ordnung?«

Nein, konnte sie ihn denken hören. *Es ist* nicht *in Ordnung. Ich will dich, jetzt, hier, bei mir.* Aber er sagte nichts, und das machte ihr Hoffnung. »Du wirst dein Versprechen halten?« fragte sie.

Sie konnte sein trauriges Lächeln über tausend Meilen Entfernung spüren. »*Chère*«, sagte er leise, »du hast mein Wort.«

24

Cassie legte sich über Connors glühenden, zappelnden Körper und preßte ihn auf den Untersuchungstisch, während zwei weiße Krankenschwestern seine wild schlagenden Arme geradezogen, um ihm Blut abzunehmen. Ihr Kopf lag dicht unter Connors Mund. Er schrie wie am Spieß, und seine Brust hob und senkte sich in wütenden Krämpfen. Zu Beginn der Behandlung hatten die Krankenschwestern sie gefragt, ob sie draußen warten wolle. »Manchen Eltern ist das zuviel«, hatte eine gesagt. Aber Cassie hatte sie nur ungläubig angestarrt. Wenn sie quer über ihrem Baby ohnmächtig werden sollte, dann war das nicht zu ändern. »Ich bin alles, was er hat.« Besser konnte sie es nicht erklären.

Es brachte sie um. Sie konnte nicht mit ansehen, wie diese winzige Gestalt vor Fieber zitterte; sie konnte die Schreie nicht ertragen, die – noch drei Wochen nach der Geburt – tief aus ihrem Inneren zu kommen schienen. Cassie beobachtete, wie sich eine Phiole nach der anderen mit Blut füllte. »Sie nehmen ihm zuviel ab«, flüsterte sie vor sich hin. Sie sagte nicht, was sie eigentlich dachte: *Nehmt lieber meines.*

Der Arzt in Pine Ridge hatte sie nach Rapid City ins Krankenhaus geschickt. Zu jung, hatte er gesagt. Infektiöses Dies und Das. Vielleicht eine Lungenentzündung. Die Krankenschwestern wollten eine komplette Blutuntersuchung im Labor machen lassen. Dann würde man röntgen. Sie würden Connor über Nacht dabehalten oder so lange, bis sein Fieber wieder fiel.

Cyrus, der sie nach Rapid City gefahren hatte, wartete unten am Empfang. Weiter würde er sich auf keinen Fall in das Krankenhaus wagen, in dem er seinen Sohn hatte sterben sehen. Und so saß sie, als die Ergebnisse aus dem Labor kamen, auf einem schmalen Metallstuhl, allein mit Connor, der mit Drähten und Schläuchen an eine tragbare Maschine zur intravenösen Ernährung angeschlossen war. Man gab ihm eine Salzlösung mit einem Antibiotikum. Der Arzt hatte erklärt, er sei dehydriert; Cassie wußte, daß er recht damit hatte, denn ihre Brüste schmerzten und hatten längst ihre Bluse durchnäßt. Vor ein paar Minuten war Connor vor Erschöpfung eingeschlafen, und Cassie merkte, daß sie ihn darum beneidete. Sie mußte daran denken, wie oft sie Alex ihren Körper angeboten hatte, damit er nicht leiden mußte, und schüttelte den Kopf, weil sie ausgerechnet dieses eine Mal, wo sie für Connor liebend gerne alle Schmerzen auf sich genommen hätte, nichts für ihn tun konnte.

Die Tür zu dem winzigen Raum flog auf, und Cassie wandte mit einer langsamen, vor Müdigkeit fast graziös wirkenden Bewegung den Kopf. Will stand in der Tür, schwer atmend und mit großen, dunklen Augen. »Großvater hat angerufen«, sagte er. »Ich bin gekommen, so schnell ich konnte.«

Er nahm das Bild auf, das sich ihm bot: Cassie, die stocksteif auf ihrem Krankenhausstuhl saß, die Füße fest um die Metallbeine geschlungen hatte und Connor mit beiden Armen an ihre Brust drückte. Er sah den kleinen Verband an Connors Arm, die Spitze der Injektionsnadel, die unter dem weißen Pflaster in die Vene drang, den blutigen Fingerabdruck auf dem Unterarm des Babys.

Cassie sah zu ihm auf. Will ließ seinen Hut auf das Linoleum fallen und kniete neben ihr nieder, drückte ihr Gesicht in seine Halsgrube und legte seine Arme um ihre, um ihr Connor abzunehmen. »*Céye šni yo*«, sagte er. »Weine nicht. Es wird alles gut.« Er strich ihr übers Haar und spürte, wie ihre Tränen seinen Hemdkragen benetzten.

Cassies Finger krampften sich immer wieder in sein dünnes Baumwollhemd. Will hauchte ihr einen Kuß auf den Kopf und zwang sich, nicht daran zu denken, wie sein Vater bleich und dahinschwindend in einem Krankenhausbett ein paar Stockwerke über ihnen gelegen hatte. Er drückte seine Finger in die Falten an Connors Hals, suchte den Puls und versuchte, sich in dieser völlig unbekannten Situation richtig zu verhalten.

»Vertraust du mir?« fragte Will zum zweiten Mal.

Cassie starrte ihn über den Krankenhausinkubator hinweg an, eine überkuppelte Plastikblase, die sie seit zwei Tagen von ihrem

Kind trennte. Trotz der entzündungshemmenden und fiebersenkenden Mittel und der Ganzkörperwaschungen war Connors Fieber immer noch gefährlich hoch. Der Arzt hatte quasi zugegeben, daß er mit seinem Latein am Ende war.

Cassie nickte und sah, wie sich ein strahlendes Lächeln auf Wills Gesicht ausbreitete. Er kam auf ihre Seite des Inkubators und hielt die Hände über die warme Plastikkuppel. In dieser Stellung nahmen seine Finger Cassie die Sicht auf die Drähte und Schläuche, die sich in den Leib ihres Sohnes bohrten. Sie staunte Will an, als habe er bereits ein Wunder bewirkt. »Tu, was du tun mußt«, sagte sie leise. »Was immer du für richtig hältst.«

Der Arzt wurde herbeigerufen, um Cassie zu erklären, daß das nicht besonders klug sei, aber sie schüttelte nur den Kopf und lehnte sich leicht zurück, wo Will stand und moralischen Beistand leistete. Sie beobachtete, wie die Schwestern Connor die Schläuche abnahmen. Als sie ihr Kind wieder in den Armen hielt, schlug Connor zum ersten Mal seit achtundvierzig Stunden die Augen auf.

»Nehmen Sie wenigstens das hier mit«, drängte der Arzt und drückte Cassie ein winziges Fläschchen mit Tylenol in die freie Hand. Cassie nickte, drehte sich um und verließ gemeinsam mit Will das Krankenhaus, wo man nichts für ihren Sohn hatte tun können. Ganz vorsichtig stieg sie in Wills Pick-up, ängstlich darauf bedacht, Connor ruhig zu halten. Sobald sie aus der Stadt waren, warf sie das Medizinfläschchen aus dem Fenster.

Mitten in der Nacht, im Wohnzimmer der Flying Horses, wuschen sie mit Schwämmen die Hitze aus Connors winzigem Leib. Dann schob Cassie ihr Nachthemd beiseite, um das Baby anzulegen. Will saß ihr gegenüber und streichelte die heiße, glatte Haut auf Connors krummen Waden.

Als Connor in unruhigen Schlaf gesunken war, legten sie ihn mitten auf das Faltbett, dann setzten sie sich im Schneidersitz links und rechts von ihm hin. Draußen kam ein frischer Wind auf, und ein Laster verschwand röhrend in der Dunkelheit.

»Ist alles bereit?« fragte Cassie.

Will nickte und rieb sich dann mit der Hand über den Nacken. »Meine Großmutter kümmert sich darum.« Er wollte noch etwas sagen, zögerte aber und sah Cassie an. »Ich habe kein Recht, dir irgend etwas vorzuschreiben. Ich bin nicht sein Vater. Wenn es nicht funktioniert«, gestand er, »werde ich mir das nie verzeihen.«

Er war so in Gedanken versunken, daß er gar nicht merkte, wie Cassie aufstand und sich hinter ihn stellte. Er spürte, wie sie ihm zaghaft die Hand auf den Hinterkopf legte, wie ihre Finger durch sein Haar fuhren. Und unwillkürlich versteifte sich sein Rücken, als ihm klar wurde, daß *Cassie ihm* zeigte, daß sie ihn brauchte. Er drehte sich nicht zu ihr um. »Was tust du da?« fragte er und war wütend darüber, daß seine Stimme so rauh klang.

Augenblicklich nahm Cassie die Hand weg, und Will fuhr herum. Sie schlang die Arme um ihren Leib. »Ich – ich brauche –« Ihre Stimme brach, und sie zwang sich, Will in die Augen zu sehen. »Ich wollte einfach, daß mich jemand hält«, sagte sie. »Bitte.«

Die bloße Tatsache, daß Cassie ihn um so etwas bat, ließ Will fast auf die Knie sinken, aber das leise »Bitte« am Schluß brach ihm das Herz. Mit einer einzigen geschmeidigen Bewegung erhob er sich, schloß sie in die Arme und drückte sie an seinen Körper.

Ein paar Minuten später trat Will zurück und schob Cassie ans Bett. Er wartete, bis sie sich hingelegt hatte, das Gesicht dem Baby zugewandt, dann legte er sich hinter sie. Er bettete ihren Kopf auf seinen Arm, und gemeinsam lauschten sie Connors schnellen, rasselnden Atemzügen. Gedankenverloren flüsterte er ihr Lakota-Koseworte ins Ohr, längst vergessen geglaubte Wendungen, die Cassie bestimmt nicht verstand. Er schlief mit den Worten *waste cilake* ein, Sioux für »ich liebe dich«, und hörte darum nicht, was Cassie noch sagte, bevor auch sie wegdämmerte. Sie hatte Connor betrachtet, sein vorwitziges Näschen und die winzigen, aber doch perfekten Fingernägel, und hinter sich wie ein Sicherheitsnetz Wills warmen Leib gespürt. »Nein«, hatte sie gemurmelt, trotz des Kloßes in ihrem Hals. »Du bist *nicht* sein Vater.«

Joseph Stands In Sun lag, in eine Sternendecke gewickelt, ausgestreckt auf dem mit Salbei bestreuten Boden von Cyrus' und Dorotheas Wohnzimmer und stellte sich tot. Die Möbel standen vor dem Haus, so daß reichlich Platz für die Zuschauer blieb, auch außerhalb des mit einem Seil abgegrenzten heiligen Vierecks. Sie saßen auf dem Boden, den Rücken an die Wand gelehnt. Manche, sah Cassie, waren Nachbarn. Andere waren einfach da, um ihnen bei der *yuwipi*-Zeremonie zu helfen, mit der man Krankheiten erkennen und heilen konnte.

Will saß neben ihr und drückte ihre Hand. Connor lag in seinem Wiegenbrett. Er war genauso krank wie zu dem Zeitpunkt, als sie ihn aus dem Krankenhaus in Rapid City geholt hatten. Vier Tage dauerte das immer wieder steigende Fieber nun schon an, vier Tage voller beängstigender Krämpfe und endlosem Geschrei. Als Will gestern abend vor dem Haus seiner Großeltern gehalten hatte, hatte Dorothea bereits auf der Veranda gewartet. Sie war an den Pick-up gekommen und hatte die Hände nach Connor ausgestreckt, damit Cassie bequemer aussteigen konnte. Sie hatte mit der Zunge geschnalzt und den Kopf geschüttelt. »Kein Wunder«, hatte sie kundig geurteilt. »Das ist keine Krankheit, die weiße Medizin heilen kann.«

Josephs Enkel, der manchmal als sein Sänger auftrat, sang die *yuwipi*-Lieder und schlug die zeremonielle Trommel. Er stand vor dem provisorischen Altar, auf dem Josephs Büffelschädel, ein roter und ein schwarzer Stab, eine Adlerfeder sowie ein Hirschwedel lagen. Im Zimmer war es vollkommen dunkel, abgesehen von den Mondlichtstreifen, die ins Haus drangen.

Cassie war schwindlig; vielleicht einfach vor Erschöpfung oder aber von dem betäubenden Duft des Salbeis, der den Boden bedeckte und den alle Zuschauer im Haar trugen. Will, der Cassie die Zeremonie vorher nach bestem Vermögen erklärt hatte, hatte gemeint, Salbei sei die heilige Pflanze der Geister. Jede Botschaft, die Joseph als Vertreter der »Toten« empfing, würde über den Salbei übermittelt.

In den wechselnden Strömungen der Nacht begannen Schatten und Klänge das Wohnzimmer zu füllen. Es waren hohe, gepreßte Geräusche, unmenschlich, drängend. »Die Geister sind da«, sagte jemand, eine Stimme, die Cassie nie zuvor gehört hatte, die aber vollkommen vertraut klang, vielleicht sogar ihre eigene war. Sie spürte, wie ihre Schultern von dem durchdringenden Schrei eines Adlers weggestoßen wurden, und obwohl sie die Augen zusammenkniff, um besser sehen zu können, hätte sie nicht sagen können, wessen Hand das Sternenband quer über die Zimmerdecke geworfen hatte. Sie hatte einen Arm mit Wills verschränkt und den anderen um das Gestell von Connors Wiegenbrett geschlungen, als fürchte sie, er könne ihr entrissen werden. Aber sie hörte sein tiefes, zufriedenes Gurgeln, und als sie den Kopf hob, sah sie, wie sein klares, leuchtendes Gesicht von einem unendlich weichen Flügel gestreift wurde.

Als die Zeremonie vorüber war, wurde das Licht wieder angemacht und Joseph Stands In Sun aus seiner Sternendecke gewickelt. Er schüttelte den Salbei aus dem handgestickten Muster, faltete bedächtig die Decke zusammen und stellte die Kultgegenstände auf dem Altar um, bevor er zu Cassie ging. Aber statt sie anzusprechen, kniete er vor Connors Wiegenbrett nieder. Er preßte die Hand auf die Stirn des Babys, ergriff dann Cassies Handgelenk und bedeutete ihr, es ihm nachzutun.

Connor war heiß und verschwitzt, aber er gab leise, fröhliche Laute von sich, die ihr das Herz aufgehen ließen. Das Fieber war abgeklungen. Verwundert sah Cassie zu Joseph auf.

»*Úyelo*. Sein Vater kommt«, sagte Joseph nur. »Genau wie in dir brannte in seinem Leib die Angst vor dem Unbekannten.«

Hinter den zerschlissenen Vorhängen, die ihr Schlafzimmer vom übrigen Haus abteilten, waren Cyrus und Dorothea immer noch hellwach. Sie lagen auf dem Rücken, starrten die Decke an und hatten die knotigen Finger fest ineinander verschränkt.

»Woran denkst du?« flüsterte Dorothea leise, um Cassie und Connor und Will nicht aufzuwecken, die im Wohnzimmer schliefen. Sie fuhr mit der Hand über Cyrus' Unterarm, doch sie spürte nicht die faltige Haut, die Sehnen und Knochen eines alten Mannes, sondern die festen Muskeln, an die sie sich aus ihrer Jugendzeit erinnerte.

»Ich denke daran, wie ich dich das erste Mal berührt habe«, sagte Cyrus.

Dorothea wurde rot und versetzte ihm blindlings einen Schlag, aber sie lächelte dabei. »Du verrückter alter Narr«, schalt sie ihn.

»Ich war oft die ganze Nacht wach und habe mir überlegt, wie ich deine Großmutter loswerden könnte«, sagte Cyrus. »Sie hat dich keine Sekunde alleingelassen.«

»Na ja«, meinte Dorothea versonnen, »es *hat* dich abgeschreckt.«

Plötzlich lachte Cyrus auf. Dorothea rollte sich zu ihm herum und legte ihm die Hand auf den Mund. »Willst du sie aufwekken?« zischte sie, doch Cyrus lachte immer noch.

»Ich muß nur daran denken, was die Alte sagte, als ich sie fragte, wie ich dich dazu bringen könne, mich zu erhören.« Er stützte sich auf einen Ellbogen. »Sie erklärte mir, *ihr* Mann habe ihr zu Ehren einen Büffel getötet.«

»In den Dreißigern gab es aber keine Büffel mehr«, flüsterte Dorothea grinsend.

Cyrus lächelte. »Deine Großmutter meinte, das sei *mein* Problem, nicht *ihres*.« Sie lachten beide. »Wenigstens war sie so nett, früh genug einzuschlafen, daß ich dich küssen konnte.« Cyrus beugte sich über Dorothea und strich ihr das lange, weiße Haar aus der Stirn, so wie er es damals, beim ersten Mal, getan hatte. Er senkte den Kopf und berührte ihre Lippen.

»Sie hat nicht geschlafen«, murmelte Dorothea unter seinem Kuß. »Das hat sie mir am nächsten Tag erzählt. Sie hat gemeint, sie sei es leid, daß du ständig bei uns herumhängst, deshalb wollte sie die Sache ein bißchen beschleunigen.«

Cyrus' Augen wurden groß. »Ich dachte, sie konnte mich nicht leiden.«

Dorothea lachte. »Das auch.«

Sie sanken beide wieder auf den Rücken, schauten an die Decke und lauschten der Symphonie der Eulen draußen. Dorotheas Hand tastete vorsichtig nach Cyrus', dann verwob sie ihre Finger mit den seinen. Sie dachte an Cassie auf ihrem Klappbett hinter dem Vorhang, der die Zeit bis zur Ankunft ihres Ehemanns zwischen den Fingern zerrann wie einem Häftling in der Todeszelle. Sie überlegte, wie anders das Leben des weißen Mädchens verlaufen wäre, wenn sie hundert Jahre früher geboren worden wäre, so wie Dorotheas Großmutter; wenn dieser Alex unter dem Schutz einer Büffelfelldecke um sie geworben hätte; wenn Mißhandlungen einfach unvorstellbar gewesen wären, weil sie dem Wesen des Stammes widersprachen.

Cyrus drückte ihre Hand, als habe er ihre Gedanken gelesen. »Damals war es einfacher«, meinte er bloß.

Dorothea rollte sich zu ihrem Mann herum und barg ihr Gesicht an seiner harten, knochigen Schulter, weil er nicht merken sollte, daß ihr Tränen in den Augen brannten. »Das war es«, flüsterte sie.

Dorothea verriet nicht, warum sie am folgenden Tag nicht in die Cafeteria ging. Cassie kannte die Antwort ohnehin: erkannte sie daran, wie Dorothea reglos in dem Schaukelstuhl neben ihr auf der Veranda wartete und ihr wortlos zeigte, daß sie zu ihr stand.

Sie wußte auch, daß es soweit war, als Dorothea irgendwann am Nachmittag leise flüsterte: »*Koképe šni yo*«, – *Fürchte dich nicht* – und aufstand. Der Wind peitschte ihr den Rock um die Knöchel, als sie sich hinter Cassies Stuhl aufbaute, aber als der unbekannte schwarze Bronco vor dem Haus der Flying Horses anhielt, war sie längst im Haus.

Cassie war klar, daß niemand herauskommen und sie stören würde, während sie mit Alex redete. Weder Cyrus noch Dorothea, die der Meinung waren, daß das allein ihre Sache war, noch Will, der auf Connor aufpaßte. Und im Moment war das Cassie nur recht. Sie rieb die schwitzenden Handflächen an ihrem Hemd trocken, während sie aufstand, ans Verandageländer trat und sich darauf konzentrierte, ihren Zorn nicht verglühen zu lassen.

Alex stellte den Motor des Broncos ab und zog sich die Sonnenbrille von der Nase. Dort war Cassie. Sie war es wirklich. Nach monatelanger Agonie war er nur ein paar Schritte von seiner Frau entfernt.

Er stieg aus dem Wagen und schaute zu ihr auf. Sie kam ihm kleiner vor als in der Erinnerung. Seine Phantasie, die ihm als Regisseur so wertvolle Dienste geleistet hatte, schaltete in den Zeitraffer: er malte sich aus, wie der Wind ihr das Haar ins Gesicht wehte, wie sich ihre Lippen zu einem glücklichen Lächeln teilten, wie ihre Füße über die groben Planken flogen. Er stellte sich vor, wie sich ihre weiche Haut an seinen Körper schmiegte; er sah vor sich, wie er sie in diese Hütte trug, wem immer sie auch gehören mochte, sie auf weiße Laken bettete und sich tief in ihr vergrub.

»Alex«, sagte Cassie. Nachdem Joseph Stands In Sun sie vor Alex' verfrühter Ankunft gewarnt hatte, hatte sie sich die ganze

Nacht darauf vorbereitet, wie sie ihn zur Rede stellen würde. *Du hast gelogen*, würde sie ihm an den Kopf werfen. *Du hast mir dein Wort gegeben*. Aber es war so lange her, daß sie merkte, wie ihre Wut verrauchte und sie ihn genau wie damals anstarrte, als sie die ersten Arbeitskopien seiner Filme angeschaut hatte – ehrfürchtig und überwältigt von seiner Schönheit, seiner bloßen Größe.

Er blieb vor der Veranda stehen, unterhalb des Geländers, an dem sie stand, als spiele er den Romeo und sie die Julia. Dann griff er nach oben, bestaunte ihre Hand, als habe er sie noch nie gesehen, und berührte ihre Fingerspitzen mit den seinen.

Es war der physische Kontakt, der Eindruck, daß das Idol von der Leinwand stieg, was Cassie erschreckte. Sie zuckte zurück, als habe sie einen Schlag bekommen, und ließ den Tränen freien Lauf. Sie mußte daran denken, wie Alex ihr mitten in Tansania im Smoking Wein eingeschenkt hatte. Sie sah ihn vor sich, wie er mit einem Kissenbezug auf dem Kopf auf dem Couchtisch stand und Lady Macbeth rezitierte. Sie dachte an Connor, den lebenden Beweis dafür, daß aus dem süßen Schmerz ihrer Verbindung etwas Vollkommenes entstehen konnte. Und sie konnte sich nicht entsinnen, warum sie wütend auf ihn sein sollte, warum genau sie ihn eigentlich verlassen hatte.

Dann stand Alex neben ihr und nahm sie in die Arme. »Nicht weinen«, bat er. »Bitte, Cassie, nicht weinen.«

»Ich kann nicht anders«, sagte Cassie, aber schon wischte sie sich die Tränen weg, willig, alles in ihrer Macht zu tun, um den Schmerz und die Düsternis in seiner Stimme zu lindern.

Er strich ihr mit den Fingern übers Gesicht, wie um sich ihre Züge neu einzuprägen. Dann lächelte er, setzte sich auf die oberste Stufe der Veranda und zog sie an seine Seite. Er legte eine Hand in ihren Nacken und küßte sie so zärtlich, daß sie spürte, wie ihr Widerstand zersprang, als sei er aus Glas. Seine Hände wanderten an die vertrauten Stellen neben ihren Brüsten; der Rhythmus seines Atems war ein altes, langsames Lied. Cassie ließ ihre Stirne gegen seine sinken, kämpfte die aufkeimende Angst nieder, die sie inzwischen bei jeder seiner Berührungen empfand, und versicherte sich, daß von nun an alles anders werden würde.

»Ich hatte noch zwei Wochen«, murmelte sie.

Alex drückte ihre Taille. »Es war schlimmer zu wissen, wo du

bist, und nicht zu dir zu können, als überhaupt nichts zu wissen.«
Er küßte sie noch einmal. »Ich dachte, wenn ich persönlich
komme, würdest du mir vielleicht eher Gehör schenken.«

»Was ist, wenn ich hierbleiben will?« fragte Cassie.

Alex schaute auf die Ebene. »Dann werde ich Geschmack an
South Dakota entwickeln.«

Cassie schüttelte den Kopf. Es hatte keinen Sinn, über vollen-
dete Tatsachen zu streiten; über etwas, was sie sich, wie sie wußte,
insgeheim gewünscht hatte. Außerdem stand es ihr kaum zu, ihm
Vertrauensmißbrauch vorzuwerfen, wo gleich hinter der Tür
Connor auf ihn wartete.

»Und«, meinte Alex lächelnd, »was machen wir jetzt?«

Erleichtert erwiderte Cassie sein Lächeln. Sie war nur zu gern
bereit, die fälligen Erklärungen auf später zu verschieben. »Ich
weiß nicht. Du liest doch die ganzen Drehbücher. Was würde
denn in einem Film passieren?«

Alex schrappte mit dem Stiefel über die Treppe und sah zu
Boden, aber er rieb weiter mit dem Daumen über ihren Handrük-
ken, als müsse er sich ständig davon überzeugen, daß Cassie
tatsächlich aus Fleisch und Blut war. »Üblicherweise reiten der
Held und die Heldin in den Sonnenuntergang davon.«

Cassie kaute auf ihrer Unterlippe, als würde sie sich das durch
den Kopf gehen lassen. »Dann müssen wir noch gut sieben Stunden hier auf der Veranda sitzen«, erklärte sie.

Alex' Blick wurde dunkel und schwer. »Wir könnten ja *reinge-
hen*«, schlug er vor.

Cassie wußte genau, was ihm vorschwebte. Sie mußte laut
lachen, weil sie sich vorstellte, wie Alex ins Wohnzimmer spazierte, um mit ihr ins Bett zu gehen, und von Cyrus', Dortheas
und Wills eisigen Blicken empfangen wurde. »Ich glaube nicht,
daß dir das gefallen würde«, sagte sie. »Es ist ziemlich voll da
drinnen.«

Alex stutzte; die gottverdammten Boulevardblätter kamen ihm
in den Sinn, die Cassie nach ihrem Verschwinden in der Luft
zerrissen und ihr vom Schah von Persien bis zu John F. Kennedy
junior alle nur möglichen Liebhaber angedichtet hatten. Sie lebte
bestimmt nicht mit einem anderen Mann zusammen, sagte er sich.
Sonst wäre sie nicht so entspannt. Sie hätte ihn nicht so geküßt.

Das hätte sie nicht fertiggebracht. »Du lebst nicht allein hier?« fragte er vorsichtig und ohne erkennbare Regung.

Cassie schüttelte den Kopf.

»Es war ein Alptraum«, redete er weiter. »So ein Reservat ist riesig. Ich dachte, ich würde dich nie finden. Als ich gestern hier ankam, wollte mir niemand verraten, wo du steckst. Die Leute haben mich entweder nur angeschaut oder so getan, als würden sie kein Englisch sprechen, oder sie haben mir erklärt, das würde mich nichts angehen. Was *haben* diese Leute bloß?«

Cassie schüttelte wieder nur den Kopf. Pine Ridge war wahrscheinlich der einzige Ort auf Erden, wo sie mehr Anhänger hatte als Alex Rivers.

»Also habe ich schließlich einen Teenager mit einer Flasche Wodka bestochen, und er hat mir den Weg hierher beschrieben.« Alex sah sich um. »Wo immer wir hier auch sind.«

»Das ist das Haus der Flying Horses«, antwortete Cassie, aber mehr würde sie ihm nicht verraten. Sie schlug sich mit der flachen Hand auf die Schenkel und setzte ein strahlendes Lächeln auf. »Und?« fragte sie im Aufstehen und entfernte sich ein paar Schritte. »Was hast du seit der Oscarverleihung so getrieben?«

Sie drehte sich um und prallte auf Alex, der viel zu dicht hinter ihr stand. »Ich will nicht über mich reden«, sagte er leise und legte die Hand auf ihre Schulter. »Ich weiß nur zu gut, was ich das letzte halbe Jahr getrieben habe – ich habe versucht, mich umzubringen, und zwar langsam und gründlich: Ich habe meine Karriere sausenlassen und mich um den Verstand getrunken, weil du nicht bei mir warst.« Er ließ die Hände sinken und sprach plötzlich so leise, daß Cassie sich vorbeugen mußte. »Ich weiß nicht genau, weshalb du an jenem Tag so plötzlich verschwunden bist«, sagte Alex, »aber ich kann es mir vorstellen. Und du sollst wissen, daß ich alles tue, was du willst – ich würde sogar in einem anderen Zimmer schlafen. Aber bitte, Cassie – bitte sag, daß du zurückkommst.« Er sah sie an. In seinen Wimpern glänzten Tränen. »Du bist einfach ein Teil von mir«, sagte er. »Wenn du dich losreißt, *pichouette*, dann muß ich verbluten.«

Cassie starrte Alex an und spürte, wie die Welt unter ihren Füßen aus dem Gleichgewicht geriet. Drei Jahre lang hatte sie sich ununterbrochen davor gefürchtet, wie Alex auf sie reagieren würde; nun fürchtete er sich vor ihrer Reaktion. Sie hatte alles auf sich genommen, um ihn glücklich zu machen, jetzt bot er ihr dasselbe an: Therapie, Eheberatung, sogar Zölibat, weil er glaubte, daß ihr daran etwas lag. Im übertragenen Sinn lag er vor ihr auf den Knien – so wie sie im wörtlichen Sinn unzählige Male vor ihm.

Optimismus ging wie ein funkelndes Goldkorn in ihr auf und durchströmte sie bis in die Fingerspitzen. Sie legte die Hand auf Alex' Wange und dachte daran, wie oft sie sich diesen Moment ausgemalt hatte, von dem an Alex seine Versprechen endlich halten würde, von dem an er freiwillig anfangen würde, sein und ihr Leben zu verändern, von dem an er es nie wieder riskieren würde, sie zu verlieren.

Cassie strich seine Tränen weg, beschämt, daß dieser Mann, der sonst nie weinte, es ihretwegen tat. Diesmal *war* alles anders. Er hatte begriffen, daß sie ihn tatsächlich verlassen konnte, und allein darum war sie ihm nun ebenbürtig. Er hatte zugegeben, daß etwas zwischen ihnen falsch lief. Er war wieder auf ihre Hilfe angewiesen, aber diesmal würde sie sich ihm nicht opfern, sondern ihn retten.

Sie lächelte ihn an. »Ich möchte dir zeigen, was ich in den vergangenen Monaten getan habe«, sagte sie. Sie machte auf dem Absatz kehrt, stieß die Tür des kleinen Hauses auf und ignorierte Dorotheas und Cyrus' fragende Blicke. Sie sah Will an, aber nur, weil er das Baby hielt. Sein Blick war düster und abweisend, sein Mund zu einem dünnen Strich zusammengepreßt.

Cassie atmete tief durch und nahm ihm Connor von der Schulter. Sie schaukelte das Baby, um es bei Laune zu halten, während sie wieder nach draußen trat und die Tür hinter sich schloß. Dann streckte sie Alex das Kind wie ein Geschenk entgegen. »Das ist Connor«, sagte sie. »Dein Sohn.«

Alex trat einen Schritt zurück. Er machte keine Anstalten, das Baby zu berühren. »Mein *was?*«

Cassie zog Connor zurück an ihre Brust. »Dein Sohn«, wiederholte sie. Sie verstand nicht, was schiefgelaufen war, wo sich doch alles so perfekt angelassen hatte. »Ich war schwanger, als ich wegging. Das letzte Mal, als du – damals wurde mir klar, daß ich das Baby in Sicherheit bringen mußte. Aber ich verlor das Gedächtnis und landete wieder ganz am Anfang. Deshalb mußte ich noch einmal weglaufen.« Sie sah auf Connors Kopf hinab. »Deinetwegen wäre ich nie gegangen, Alex. Ich habe dich nur wegen des Babys verlassen.«

Alex' Mund wurde schmal, und an seinem Hals begann ein Muskel zu zucken. Alles begann sich um ihn zu drehen, und seine Beine trugen ihn nur noch mit Mühe. *Ein Sohn? Sein Sohn?* Für einen flüchtigen Moment tauchte das Bild seines Vaters vor ihm auf, der ihn schadenfroh ausgelacht hatte, als ein tiefer Zypressenast ihn von der Piroge in den dunkelbraunen Schlamm des Sumpfes gefegt hatte. Er sah das breite Grinsen vor sich und hörte das hämische, lärmende Lachen, während sein Vater ihm die Hand entgegenstreckte, um ihn wieder ins Boot zu ziehen. Er wußte noch, wie zuwider es ihm gewesen war, die Hand seines Vaters ergreifen zu müssen, keinen anderen Ausweg zu haben.

»Denk gar nicht daran, Alex«, warnte ihn Cassie sanft. »Du bist nicht wie er. Ich kann es beweisen.«

Alex sah im selben Moment auf, als Cassie das zappelnde Kleinkind in seine Arme fallen ließ. Automatisch fing er Connor unter dem Popo und unter den Schultern auf und begann ihn zu wiegen, damit er nicht zu weinen begann. Ganz allmählich schlossen sich seine Finger streichelnd um die Babyhaut. Das Baby roch nach Creme und Puder aus der Windel und nach etwas Namenlosem, das er nur als *Rosa* beschreiben konnte. Connor öffnete die Augen – silbern. Das Spiegelbild verblüffte ihn so, daß sich Alex beinahe an einem Lachen verschluckt hätte. Er hätte gern gewußt, ob sein Vater oder seine Mutter oder irgendwer sonst ihn jemals so gehalten hatte. Vielleicht machte es ja den entscheidenden Unterschied, wenn man sich vom ersten Tag an richtig verhielt.

Alex wäre am liebsten sofort nach Rapid City abgefahren, um von dort den nächsten Flug nach Los Angeles zu nehmen, aber Cassie hatte ihm schlicht erklärt, daß das unmöglich sei. »Ich habe Freunde hier«, hatte sie gesagt. »Ich kann nicht einfach verschwinden.« Sie hatte ihm die Hand auf den Arm gelegt. »Wenn ich schon keine zwei Wochen mehr haben kann, gib mir wenigstens bis morgen früh.« Sie bemerkte den Anflug von Enttäuschung in seinen Augen, als sie ihm erklärte, daß sie ihn nicht in sein Motel begleiten würde, weil sie ihre letzte Nacht lieber bei den Flying Horses verbringen wollte. Aber getreu seinem soeben gegebenen Versprechen hatte Alex nur genickt, sie zum Abschied geküßt und versprochen, am nächsten Morgen vor der Schule auf sie zu warten.

Einige Minuten lang war Cassie mit Connor auf der Schulter stehengeblieben und hatte zugesehen, wie Alex' Bronco in einer Wolke roten Dakota-Staubes verschwand. Dann setzte sie das glücklichste Lächeln auf, dessen sie fähig war, und schob die Haustür auf.

Cyrus strickte wieder, und Dorothea hackte eine Ingwerwurzel für den Eintopf, den es abends geben sollte. Will war nirgends zu sehen, und das überraschte sie, denn das Haus hatte nur eine Tür, und vor der hatten Alex und sie die ganze Zeit gestanden. Dorothea sah auf, als sich die Tür mit einem Flüstern schloß. »Du gehst also mit ihm zurück in die große Stadt«, sagte sie.

Cassie steckte Connor in sein Wiegenbrett und ließ sich neben Cyrus auf das Sofa sinken. »Ich muß«, antwortete sie. »Alles andere wäre nicht fair.«

Dorothea zielte mit dem Küchenmesser auf Cassie. »Wie mir scheinen will, war er auch nicht immer fair zu dir.«

Cassie ging gar nicht auf Dorothea ein. Morgen wäre sie wieder in L. A. Als erstes würde sie in ihr Büro gehen und mit Custer sprechen; dann würde sie Ophelia besuchen. Sie würde in aller Stille einen Notruf oder eine Beratungsstelle anrufen und nach angesehenen Therapeuten in ihrer Gegend fragen. Sie würde einen Babysitter für Connor brauchen... hier riß ihr Gedankenfaden ab, und sie lachte. Bestimmt würde sich unter Alex' Personal *ein* Mensch finden, der eine oder zwei Stunden auf ein Baby aufpassen konnte.

Aber die Wahrheit war, daß sie nach all den Jahren niemand aus Alex' Personal so gut kannte, wie sie Dorothea und Cyrus in nur sechs Monaten kennengelernt hatte. Und Will – nun, sie würde versuchen, es Will begreiflich zu machen, aber sie wußte, wie wütend er sein würde. Sie mußte daran denken, wie er sie während ihrer Schwangerschaft auf dem Pony eines sechs Jahre alten Cousins durch den Korral geführt hatte, wie er neben ihr auf dem Sofa gesessen hatte, als ihre Fruchtblase platzte und das

Fruchtwasser seine Jeans durchtränkte, wie er sie zum Lachen gebracht hatte, indem er ihr erzählte, wie er Clint Eastwood auf dem Hollywood Boulevard einen Strafzettel wegen Geschwindigkeitsübertretung verpaßt hatte. Manchmal, wenn Connor kurz vor dem Stillen quengelig wurde, hatte allein Will ihn wieder beruhigen können. Cassie fragte sich, wie sie ohne Will zurechtkommen sollte, und ganz unvermittelt kamen ihr seine Worte in den Sinn: *Du kannst nicht von allem nur das Sahnehäubchen bekommen.*

»Wo ist Will?« fragte sie.

»Laufen«, antwortete Cyrus. »Er ist aus dem Fenster geklettert, weil er euch nicht stören wollte.«

Cassie verspürte einen Stich. »Kannst du auf Connor aufpassen?« fragte sie Cyrus. »Ich gehe ihn suchen.« Sie war schon öfter mit ihm spazierengegangen und kannte all seine Lieblingsplätze.

Sie fand Will auf der kleinen Lichtung, die der Wald am Bachufer bildete. Er saß mit angezogenen Knien am Wasser und sog die Luft in gierigen Zügen ein.

»Hi«, sagte Cassie. Sie setzte sich neben ihn, aber er sah sie nicht an. Er gab nicht einmal zu erkennen, daß er sie gehört hatte. »Alex ist weg«, sagte sie unsicher, und sofort wandte Will ihr den Kopf zu.

»Er ist zurück nach L. A.?«

Cassie schüttelte verlegen den Kopf, weil sie ihn absichtlich irregeführt hatte. »Er ist zurück nach Rapid City. Er holt uns morgen früh im Ort ab, dann fahren wir zum Flughafen.«

Will versuchte zu lächeln, aber das Licht drang nicht in seine Augen. »Aha«, sagte er. »Und wann treffen wir ihn?«

Cassie lachte. »Ich meinte Connor und mich. Soweit es Alex betrifft, existierst du gar nicht.«

Will schaute wieder ins Wasser und biß die Zähne zusammen. »Warum hast du ihm nicht von mir erzählt? Vielleicht wäre er eifersüchtig geworden und hätte mich verprügeln wollen. Vielleicht hätte ich dir ein paar Rippenbrüche und Schläge ersparen können —«

»Hör auf«, bat Cassie leise und legte die Hand auf Wills Arm. »Er hat sich geändert.«

Will schnaubte. »Scheiße, natürlich hat er sich geändert. Schließlich hat man ihm den Punchingball weggenommen.«

»Er will sich helfen lassen. Er hat zugegeben, daß irgendwas nicht stimmt. Ich muß nur noch einen Therapeuten finden.«

Will zupfte an einem Grashalm. »Alles ohne Gewähr«, meinte er knapp. »Was Hänschen nicht lernt – du kennst das Sprichwort. Was machst du, wenn er sich an dem Baby vergreift?«

Will sah, wie ihre Miene allein bei dem Gedanken gefror; vermutlich hatte sie sich alle Mühe gegeben, ihn gar nicht erst aufkommen zu lassen. *Wunderbar*, dachte er, während er beobachtete, wie sie ihre Gefühle unter Kontrolle zu bringen versuchte, *wach nur auf aus deinem Traum*. Er wollte ihr weh tun. Sie sollte weinen, genau wie er insgeheim weinte.

»Er wird Connor nicht anrühren«, erklärte Cassie mit Nachdruck. »Damit würde er zu sehr nach seinem Vater schlagen.«

»Hübsch ausgedrückt«, meinte Will bissig.

Cassie sprang auf, so daß die Grasschnipsel, die sie in ihrem Schoß kleingezupft hatte, auf Will herabregneten. »Was ist denn los mit dir?« fragte sie mit tränenerstickter Stimme. »Ich dachte, du seist mein Freund. Ich dachte, du möchtest, daß ich glücklich bin.«

Das will ich auch, dachte Will, *Aber ich will, daß du mit* mir *glücklich bist*. »Komisch«, sagte er laut. »Du hast immer gedacht, daß *ich* nur glücklich werden könne, wenn ich genau das tue, was du für richtig hältst.«

Cassie funkelte ihn an. »Wie meinst du das?«

»Du weißt schon. ›Hör auf, den Sioux in dir zu verleugnen, Will.‹ Mein gottverdammtes Medizinbündel, das du in L. A. an die Wand gehängt hast, wo ich es ständig vor Augen hatte.«

»Du hast es wieder runtergerissen«, wandte Cassie ein. »Ich wußte es doch nicht besser.« Sie stupste mit dem Zeh an einen Stein. »Außerdem«, meinte sie selbstgefällig, »habe ich recht gehabt. Du hast dich vollkommen verändert, seit du nach Pine Ridge zurückgekommen bist – ganz offensichtlich stößt sich außer dir kein Mensch daran, daß du halb weiß bist.«

Will sprang auf und starrte Cassie ins Gesicht. »Ich möchte nur wissen, warum *ich* meiner Vergangenheit nicht den Rücken zukehren darf, während für dich ganz andere Regeln gelten?«

Cassie machte einen Schritt zurück. »Ich weiß nicht, wovon du sprichst.«

Will packte sie an den Schultern. »Doch, das weißt du. Du weißt, was er dir angetan hat, und du weißt, daß er es wieder tun wird.« Er verzog den Mund. »Ich konnte meiner Vergangenheit nicht entkommen, sosehr ich es auch versucht habe. Und genausowenig kann es Alex – und du auch nicht.«

Cassie wußte, daß der Rat, den sie Will gegeben hatte, genausogut auf ihre Situation paßte. Außer der eigenen Vergangenheit gab es im Grunde nichts, was man als Leitfaden für sein Leben nehmen konnte. Es gab keinen neuen Anfang. Man konnte nur die Scherben zusammenlesen, die ein anderer hinterlassen hatte.

»Und genau deshalb«, flüsterte Cassie mit erstickter Stimme, »muß ich zurück.«

Nachdem sich Cassie frühmorgens von Cyrus und Dorothea verabschiedet hatte, fuhr Will sie und Connor zu Alex in den Ort. Connor hatte die Fahrt über gequengelt, und Cassie legte ihn Will in die Arme; sie wußte, daß Alex von der anderen Straßenseite aus zusah, und war froh, daß Connor ihr mit seinem Weinen einen Vorwand für diese Geste gab. Nach allem, was Will so selbstlos für sie und Connor getan hatte, konnte sie nicht verschwinden, ohne ihn das Baby ein letztes Mal halten zu lassen.

Zwischen ihnen herrschte brüchiger Friede. Cassie kramte im Handschuhfach herum und tat so, als würde sie nachsehen, ob sie auch nichts darin vergessen hatte. Auf dem Nebensitz rieb Will über Connors zarten Rücken. »Und«, meinte Cassie munter, »du schreibst mir, wo du gelandet bist?«

Will sah sie an. »Hab' ich dir doch versprochen.«

Cassie nickte. »Ja, das hast du.« Sie streckte die Arme aus. Als Will das Baby hineinlegte, berührten sich ihre Hände. Dann schaute sie durch die Windschutzscheibe und versuchte, sich den Anblick ins Gedächtnis einzuprägen: den Flaggenmast vor der Schule, den heißen, roten Dreck in den Reifen des Lasters vor ihnen, Wills Hut, der ihm tief in der Stirn saß. »Ich werde das Reservat vermissen«, erklärte sie.

Will lachte. »Aber höchstens zehn Minuten«, sagte er. »Es läßt sich leicht vergessen, glaub mir.«

Cassie schlang die Hand durch die Henkel von Connors Wickeltasche. »Nun, dann werde ich eben dich vermissen.«

»Das«, meinte er grinsend, »wird hoffentlich länger als zehn Minuten dauern.«

Cassie lehnte sich über den Sitz und schlang den freien Arm um Wills Hals. Will drückte sie an sich, nahm den zarten Grasduft ihres Haares mit, den weichen Schwung ihrer nackten Schulter, den Klang ihrer Stimme. Connor lag zwischen ihnen wie das gemeinsame Herz siamesischer Zwillinge.

Alex trennte sie wieder. Cassie hörte seine tiefe Stimme durch ihr offenes Fenster, vor dem er sich aufgebaut hatte. »Es tut mir ja leid«, sagte er, »aber ich möchte den Flug nicht verpassen.«

Will gab sie frei. Er sah Alex an, nickte. Er berührte die taukühle Wange des Babys.

»Danke«, erklärte Alex wohlwollend. Er nahm Cassie das Kind aus den Armen und hob es durchs Fenster, als wisse er, daß sie ihm auf diese Weise ganz bestimmt folgen würde. »Vielen Dank, daß Sie sich meiner Familie angenommen haben.«

Meiner Familie. Will kniff die Augen zusammen. Er sagte lieber nichts.

Alex legte Connor an seine Schulter und schaute Will noch mal an. »Ich kenne Sie«, sagte er bloß.

Will grinste breit. »Ich habe einmal bei einer Rauferei von Ihnen eingegriffen. Ich war bei der Polizei.«

»So«, sagte Cassie zu beiden, und Will sah sie an. Immer bereit, Frieden zu stiften.

Sie sagte nichts weiter, aber sie stieg auch nicht sofort aus. Statt dessen zog sie sich in jenen vertrauten Bereich zurück, wo man keine Worte braucht. Sie sahen sich in die Augen. *Ich liebe dich,* dachte Will.

Ich weiß, antwortete Cassie. Aber noch während er diesen winzigen Triumph genoß, ließ sie sich aus dem Sitz gleiten und verschwand aus seinem Leben.

Als das Flugzeug mit den Rivers' an Bord planmäßig in Rapid City abhob, war Will betrunken wie noch nie in seinem Leben. Bevor Cassie mit ihrem Mann und ihrem Sohn in L. A. landete, wollte er bewußtlos sein.

Er verfluchte sich dafür, Cassie vor diesem gottverdammten Friedhof aufgelesen zu haben. Er verfluchte sich, weil er aus dem Los Angeles Police Department ausgeschieden war, wo er sie wenigstens im Auge hätte behalten können. So, wie die Dinge jetzt standen, war sie für ihn gestorben. Oder so gut wie gestorben.

Dieser Gedanke ließ ihn nicht ruhen. Es gab einen weitverbreiteten Brauch im Volk, das Verteilen, das am ersten Todestag eines Verwandten stattfand. Die trauernde Familie bezeugte ihren Respekt vor dem Toten, indem sie an möglichst viele Menschen Geschenke und Essen verteilte, das sie sich vom Mund abgespart hatte. Will erinnerte sich vage an das Jahr nach dem Tod seines Vaters. Seine Großeltern hatten eisern gespart, um allen zu zeigen, wie sehr sie ihren Sohn geliebt hatten.

Ihm fiel wieder ein, daß ihm Joseph Stands In Sun damals, als sein Vater gestorben war, vom Geisterbesitz erzählt hatte, jenem größten Geschenkritual, das noch aus den Tagen des Büffels stammte. Wenn eine Familie ein Kind verlor, gab man sich nicht damit zufrieden, ein Jahr lang Nahrung und Felle und Werkzeuge zu sammeln. Zusätzlich verschenkten die Eltern im Gedenken an den über alles geliebten Menschen ihre Pferde, ihr Tipi, selbst die Kleider, die sie am Leibe trugen, an andere Stammesmitglieder. »Man gibt so lange, bis es schmerzt«, hatte Joseph gesagt.

Gehetzt begann Will hinten in seinem Pick-up herumzukramen, fand aber wenig von Wert, abgesehen von einem alten Gewehr und einer Lammfelljacke, die seinem Vater gehört hatte. Wie ein Besessener raste er durch die Stadt, bis er bei Bernie Collier ankam, einem Nachbarn, den er noch nie gemocht hatte. Er donnerte mit der Faust an die Tür, bis sie unter seinen Schlägen aufschwang.

»Will«, sagte Bernie mißtrauisch, während er Wills ungekämmtes Haar und das aus der Hose hängende Hemd musterte.

»Ich habe was für dich, Bernie«, erklärte Will und drückte ihm das Gewehr in die Hand. »Keine Angst, es ist kein Haken dran.«

Bevor Bernie antworten konnte, machte er auf dem Absatz kehrt, sprang in den Pick-up und jagte weiter zum Haus der Laughing Dogs.

Linda Laughing Dog runzelte die Stirn, als sie ihn sah, und versuchte, die Whiskeyfahne wegzuwedeln. »Komm rein, Will«, begrüßte sie ihn. »Ich mach' dir Kaffee.«

»Kein Kaffee«, lehnte Will ab. »Ich will dir was schenken.« Er hielt die Lammfelljacke hoch. »Stell dir nur vor, wie viele Kinder du in dem Ding durch den Winter kriegst«, sagte er. »Sie gehört dir. Mach damit, was du willst.«

Rydell Two Fists weigerte sich standhaft, den Pick-up anzunehmen, darum ließ sich Will auf dem Baumstumpf vor seiner Holzhütte nieder und heulte dort wie ein kleines Kind, bis er eine Idee hatte, was er mit den Schlüsseln machen konnte. Er ging hinter das Haus zu der alten, knorrigen Kiefer, wo Rydell und Marjorie ihren kläffenden Köter angebunden hatten, und fädelte den Schlüsselring in das Hundehalsband, ohne das Tier auch nur aufzuwecken.

Das Verschenken half; langsam merkte er das. Als er durch den Wald zu Joseph Stands In Suns Hütte lief, fühlte er sich so frei wie schon seit Monaten nicht mehr. Im Laufen zog er sich die Jacke aus. Er ließ seinen Hut an einer Wäscheleine, seine Stiefel vor der Hütte eines Unbekannten. Sein Hemd schenkte er einem kleinen Mädchen, das gerade einen Eimer Wasser zum Haus ihrer Eltern schleppte.

Als er Jospehs Hütte erreicht hatte, trug er nur noch seine Jeans und seine Unterhose und bibberte vor Kälte. Er hatte eindeutig zuwenig getrunken, dachte er, wenn er immer noch die Kälte spürte und sich schämte, anzuklopfen und dem Medizinmann seine letzten Kleider zu schenken. Statt dessen zog er sich splitternackt aus, faltete seine Jeans und seine Unterhose pedantisch zusammen und ließ sie in einem ordentlichen Stapel vor Josephs Tür liegen.

Er lief los, wohin ihn seine Beine trugen. Disteln und Kiefernzapfen schnitten seine Füße blutig; trotzdem lief er weiter. Er war ein Tier. Er war primitiv. Er konnte nicht denken, er konnte nicht fühlen. Er kam an ein hohes Felsplateau, das ihm vollkommen unbekannt vorkam; dort warf er den Kopf in den Nacken und schrie seinen Schmerz hinaus.

Er hatte nur noch eines zu geben. Es war zwar vollkommen wertlos, aber es war besser als nichts. Immer wieder brüllte Will die Worte, auf englisch und auf lakota, er schluchzte und kratzte sich die Haut auf, weil er auf keinen Fall vergessen wollte, wie weh es tat, noch hier zu sein, obwohl sie fort war. »*Imacu yo*«, rief er den Geistern zu. »Nehmt mich!«

25

Die Reporter und Fotografen an der Sicherheitsschleuse im Flughafen von Los Angeles schlossen Wetten ab. »Ich behaupte immer noch, er ist sie losgeworden«, meinte ein Mann vom *National Enquirer*. »Und zwar sechs Fuß tief.«

Die Reporterin von *People* schniefte. »Und warum dann dieses ganze Trara, daß sie zusammen nach L. A. zurückkommen?«

»Wenn ihr mich fragt«, mischte sich ein Kameramann ein, »dann kommen sie zwar zusammen zurück, aber ihr wird das nicht gefallen. Ich glaube, er hat sie ausbezahlt. Was sind schon ein paar Millionen, wenn er dafür wieder an die Spitze kommt?«

Eine Klatschreporterin von NBC prüfte ihren Lippenstift in der reflektierenden Linse einer Kamera. »Ich sage euch eines«, verkündete sie theatralisch, »Alex Rivers ist weg vom Fenster.« Sie drehte sich zu ihren Kollegen um, die sich fiebrig wie Windhunde am Gate drängten, als die Ankunft des Fluges 658 aus Denver durch den Lautsprecher verkündet wurde. »Dieser Mann wird die Frauen nie wieder dazu bringen, nach ihm zu lechzen. Es bleibt dabei: Unter welchen Umständen auch immer, sie hat ihn verlassen, und das beweist, daß er nicht das Sexsymbol ist, für das wir ihn alle gehalten haben.«

Im Warteraum der ersten Klasse hatte Cassie Connor soeben gewickelt. Alex saß ihr gegenüber, ein Bein lässig über das andere geschlagen. Er hielt eine Kaffeetasse in der Hand. »Ich werde das lernen müssen.«

Cassie sah zu ihm auf. Sie konnte sich beim besten Willen nicht vorstellen, wie Alex' Hände etwas so Prosaisches wie Wickeln taten. »Also *das*«, meinte sie, »gäbe eine phantastische Pressekonferenz ab.«

Alex rutschte in seinem Sessel herum und stellte die Tasse ab. »Es macht dir doch nichts aus, oder?«

Er meinte die Reporter, die wie Geier darauf warteten, daß man ihnen Aas vorwarf. Irgendwo über den Rockies hatte ihr Alex von dem Tip an die Presse erzählt. Und natürlich hatte sie ihm gesagt, daß sie das verstand – schließlich war es indirekt ihre Schuld, daß Alex' Popularität in Hollywood so gelitten hatte, deshalb war es auch ihre Pflicht, sein Image nach Kräften wieder aufzubauen. Trotzdem mußte Cassie daran denken, wie sie damals, vor fast vier Jahren, zum ersten Mal mit Alex in Los Angeles gelandet war und einen Vorgeschmack auf ein Leben ohne Privatsphäre bekommen hatte. Nach all den Monaten auf Pine Ridge war das keine leichte Umstellung.

»Es macht mir nichts aus«, sagte Cassie leise. Sie reichte Alex das Baby. »Ich wünschte nur, wir könnten Connor da raushalten.«

»Ich achte darauf, daß ihn die Blitze nicht blenden, und ich lasse auch nur ein paar Fragen zu. Versprochen.« Alex grinste. »Betrachte es einfach als seinen ersten Auftritt.«

Die Tür zu dem abgeschlossenen Warteraum flog auf, und Michaela Snows massige Gestalt stand auf der Schwelle. Sie schenkte Alex ein strahlendes Lächeln und musterte Cassie dann von Kopf bis Fuß. »Gut, daß Sie wieder da sind«, erklärte sie kühl, und Cassie, die eben die Öltücher zurück in die Tasche stecken wollte, erstarrte mitten in der Bewegung.

»Michaela«, sagte sie und lächelte sie warmherzig an.

Michaela schaute sie nur an, gerade so lange, daß Cassie sich verschämt ihres formlosen braunen Kleides und der abgetragenen Tennisschuhe bewußt wurde – keineswegs die modischen Paradestücke, die man von Alex Rivers' Frau erwartete. Michaela wandte sich wieder an Alex. »Bist du soweit?«

Cassie spürte, wie ihr ein eisiger Schauer über den Rücken lief: Michaelas Reaktion war eine Kostprobe für den Empfang, der sie in Los Angeles erwartete, wo die meisten ihrer Bekannten Freunde und Kollegen von Alex waren. In ihren Augen hatte Cassie Alex verlassen. In ihren Augen trug sie die Schuld. Natürlich kannte niemand die ganze Geschichte, aber genau da waren Cassie die Hände gebunden. Wenn sie ihre Flucht verteidigte, indem sie offenbarte, daß Alex seine Frau geschlagen hatte, würde sie seinen Ruf nur noch weiter ruinieren. Selbst wenn sie es im Zusammenhang mit seinem Schwur erwähnte, sich helfen zu lassen, würde sie Alex damit verletzen, und das war das einzige, was sie auf gar keinen Fall mehr tun würde.

Sie sah Alex an, der ihre Miene als Lampenfieber mißdeutete und sie sanft auf die Beine zog. »Bestimmt wird sich die Frau, die mitten im Nichts ganz allein ein Kind zur Welt gebracht hat«, beruhigte er sie leise, »nicht von einer Horde gieriger Reporter einschüchtern lassen.«

»Ich war nicht allein«, wehrte sich Cassie. Sie hob Connor hoch und begann, ihn auf seinem Wiegenbrett festzuschnallen.

Alex sah Michaela an. »Wir kommen gleich nach.« Als die PR-Beraterin verschwunden war, wandte er sich wieder an Cassie. »Warum läßt du mich nicht dieses Ding tragen«, schlug er sanft vor, »und du hältst das Baby.«

Cassies Blick huschte zur Tür, durch die Michaela eben verschwunden war. Schützend verschränkte sie die Arme vor der Brust. Schämte sich Alex ihrer schmuddeligen, einfachen Kleidung? Oder weil sie sein Kind in einem Sioux-Artefakt nach L. A. brachte? »Connor mag das Wiegenbrett«, meinte sie vorsichtig, sie wollte sich am Vertrauten festklammern.

»Connor liebt seine Mutter«, sagte Alex. Er sah Cassie ins Gesicht, und seine Augen flehten, was er nicht ausgesprochen hatte: *Und alle sollen ihn mit dir zusammen sehen.* Er wartete, bis Cassie nickte, und atmete dann seufzend aus. Es war ein Drahtseilakt, das war ihm klar, aber bestimmt würde Cassie einsehen, wie wichtig der erste Eindruck war.

Alex sammelte die übrigen Taschen auf und hängte sie sich über die Schulter. An der Tür blieb er stehen und drehte sich zu Cassie um. »Danke«, sagte er leise.

»Wofür?«

»Dafür, daß du das für mich tust. Daß du zurückgekommen bist.«

Das aufrichtige Gefühl, das aus seinen Augen sprach, ließ Cassie ihre Angst überwinden. Sie nahm seine Hand und holte tief Luft.

Die schwarzen Punkte verschwammen ihr vor den Augen, aber obwohl die Reporter immer weiter Fotos schossen und Videoaufnahmen machten, klebte ein Lächeln auf Cassies Gesicht und ihr Blick an Alex, als habe sie sich ganz neu in ihn verliebt.

»Ich weiß«, erklärte Alex kalt, »daß es eine Menge Gerüchte über das Verschwinden meiner Frau gegeben hat.« Er legte seinen Arm um ihre Taille. »Wie Sie sehen können, ist sie durchaus lebendig, was eine besonders geschmacklose Theorie über mich widerlegt. Und wie Sie ebenfalls sehen können, war sie beschäftigt. Unser Sohn Connor wurde am achtzehnten August geboren.«

Der Reporter vom *Enquirer* wedelte mit seinem Stift in der Luft. »Ist es Ihr Sohn?«

Alex preßte die Lippen zusammen. »Diese Frage ist keiner Antwort würdig.«

»Wieso ist Ihre Frau dann weggelaufen?« fragte eine Korrespondentin von *Variety*.

»Sie ist *nicht* weggelaufen, ich habe sie *weggeschickt*. Wir wollten unser Kind in Frieden bekommen, ohne daß uns die ganze Welt dabei über die Schulter sieht.« Seine Stimme wurde bedrohlich leise. »Ihr Reporter lauert wie Raubtiere auf ein Opfer und schürt so lange Gerüchte, bis sie die Wahrheit verdrängt haben. Verschwendet ihr eigentlich auch nur einen Gedanken an die Menschen, deren Leben ihr ruiniert? Denkt ihr eigentlich jemals daran, welchen Schaden ihr anrichtet, wenn ihr Menschen dazu zwingt, ihre Familie zu verstecken, nur damit ihnen ein winziger Rest an Privatsphäre bleibt? Mich macht schon meine Karriere zu einer Person von öffentlichem Interesse. *Euch* brauche ich nicht dazu.« Alex machte einen Schritt auf die schweigenden Reporter zu. »Bevor ihr euch auf die Pressefreiheit beruft, denkt daran, daß wir das Recht auf einen fairen Prozeß haben, bevor man uns verurteilt.«

Alex wandte sich an Cassie, die sich von ihrem ersten Schrecken angesichts dieser eindringlichen Rede erholt hatte und ihm nun aufmunternd zulächelte. Sie legte den Arm um seine Taille, und gemeinsam verschwanden sie in der Flughafenhalle, verfolgt nur von dem leiser werdenden Surren der Kameras.

Noch lange nachdem sie außer Sicht waren, standen die Reporter verdutzt und belämmert beisammen. Statt wie einige andere Stars Kameras zu zerschmettern oder Videobänder aus den Kassetten zu reißen, hatte Alex Rivers es geschafft, sie auf subtile Weise gründlich zu beschämen. Ganz offensichtlich hatte Alex Rivers seiner Frau nichts angetan. Genauso offensichtlich war sie immer noch bis über beide Ohren in ihn verliebt. Und alle hatten mit eigenen Augen den Beweis dafür gesehen – einen hübschen kleinen Jungen mit Alex Rivers' silbernen Augen.

Die Reporterin von NBC winkte ihrem Kameramann und zog sich in eine ruhige Ecke zurück, um ihren Kommentar zu sprechen. Sie holte eine Puderdose aus der Tasche, rückte sich die Frisur zurecht und meinte dann zu einem UPI-Korrespondenten, der sich immer noch fieberhaft Notizen machte: »Mich trifft der Schlag. Er hat sich wieder zum Helden gemacht. Hundert Millionen Menschen da draußen werden uns jetzt für die große, böse Pressemeute halten, während Alex Rivers und seine Kleinfamilie als Heilige dastehen, die wie ganz normale Menschen leben wollen.«

Es war ein schwacher Trost, daß *jeder* Fernsehsender an diesem Tag gehörig zu schlucken hatte; sie schüttelte den Kopf und deutete dem Kameramann mit erhobener Hand an, daß sie bereit war. Sie straffte die Schultern. »Heute abend machte Alex Rivers auf dem Flughafen von Los Angeles dem monatelangen Rätselraten um das Verschwinden seiner Frau ein Ende. Trotz der vielen, von den Medien in Umlauf gebrachten Gerüchte, die seiner Karriere deutlich schadeten, hatte Rivers den Aufenthaltsort seiner Frau, den er offenbar immer gekannt hat, nicht verraten wollen. Heute abend kehrte Cassandra Barrett am Arm ihres Ehemanns nach L. A. zurück, begleitet von Alex Rivers' neugeborenem Sohn.« Hier machte die Reporterin eine bedeutungsschwangere Pause. »Es ist traurig, daß ein Star wie Alex Rivers in unserer heutigen Welt einen Skandal auslöst, nur weil er die Privatsphäre seiner Familie wahren will«, meinte sie, geschickt jede Schuld von sich weisend. »Man kann für den kleinen Connor Rivers nur hoffen, daß sich diese Zustände ändern, sollte er sich einst entschließen, in die Fußstapfen seines berühmten Vaters zu treten. Marisa Thompson, NBC News.«

Cassie stand vor dem Badezimmerspiegel und fuhr mit dem Finger über die Ablage aus grünem Marmor und die vergoldeten Armaturen. Sie begriff einfach nicht mehr, wozu das gut sein sollte. Was ihr früher luxuriös vorgekommen war, erschien nun einfach protzig.

Sie trat ins Schlafzimmer und drehte den Babyfunk auf, der aus Connors neuem Zimmer sendete. Cassie hatte es kaum fassen können: in den wenigen Stunden, seit er sie abgeholt hatte, hatte Alex eines der Gästezimmer mit dicken, bunten Schafen und purzelnden Kühen tapezieren lassen; die Fenstersimse und Türen waren hellblau gestrichen, und himmelfarbene Vorhänge mit kleinen Wölkchen flatterten vor den Fenstern. Connor schlief in einer weißlackierten Wiege.

Sie lauschte dem gleichmäßigen Atem ihres Babys. Eigentlich hätte sie das nicht überraschen dürfen; Alex hatte schon immer das Unmögliche möglich gemacht.

Es war still im Haus; das Personal war bereits heimgegangen. Es schien weniger Angestellte zu geben, und die, die sie wiedererkannt hatte – wie John und Alex' Sekretär –, verhielten sich ihr gegenüber höflich, aber distanziert. Alle schienen ihre Position anzuerkennen, aber niemand war ausgesprochen freundlich zu ihr. Sie wartete immer noch darauf, daß ein Zimmermädchen sagte: »Schön, daß Sie wieder da sind«, oder daß ihr der Koch seine Hand auf den Arm legte und ihr erklärte, daß sie ihm gefehlt habe, aber das geschah nicht, und Cassie begriff, daß sie zuallererst mit Alex Freundschaft schließen mußte, wenn sie die anderen wieder für sich gewinnen wollte.

Sie stöberte ihn unten im Arbeitszimmer auf, wo er in seinem gigantischen ledernen Schreibtischsessel saß und sich über eine Liste mit Anlageverzeichnissen beugte. Auf dem Schreibtisch thronten strategisch verteilt die drei Oscars, die er gewonnen hatte, währerd sie auf Pine Ridge gewesen war. Sie trat ins Zimmer und zog die Tür hinter sich zu.

Alex sah auf. »Schläft er wieder?«

Cassie nickte. »Jedenfalls ein paar Stunden.«

Sie beugte sich über den Schreibtisch und hob den Oscar an der Ecke hoch; ihre Finger glitten über den aerodynamischen Rücken und die verschränkten Arme. Er war viel schwerer, als sie erwartet hatte. »Ich war schrecklich stolz auf dich«, murmelte sie. »Ich wäre gern dabeigewesen.«

»Ich hätte dich auch gern dabeigehabt.«

Sie sahen einander ein paar Sekunden in die Augen, dann legte Alex seine Hand auf ihre und stellte den Oscar auf den Tisch zurück. Er zog sie auf seinen Schoß.

Um ihre plötzliche Nervosität zu überspielen, strich sie mit der Hand über die Papiere auf dem Schreibtisch. »Und wieviel bist du wert?« neckte sie ihn.

Alex senkte den Blick. »Längst nicht soviel wie damals, als du weggegangen bist«, antwortete er. »Wahrscheinlich ist dir schon aufgefallen, daß wir weniger Personal haben, und ich sollte dir auch sagen, daß das Apartment schon seit ein paar Monaten zum Verkauf steht. Ich – *Macbeth* hat mich viel gekostet.«

Wieder spürte Cassie, wie sich ihr Magen zusammenkrampfte. Er hatte ihretwegen so viel durchmachen müssen. Sie versuchte ein Lächeln, legte einen Finger unter Alex' Kinn und hob es an. »Keine Angst«, beruhigte sie ihn. »Ich habe eine Menge über Wurzeln und Beeren gelernt. Wir werden bestimmt nicht verhungern.«

Alex' Mundwinkel hoben sich. »Also, wir stehen noch nicht vor dem Bankrott. Aber es würde mir Spaß machen, dir zuzusehen, wie du Bel-Air auf der Suche nach Nahrung durchstöberst.«

Cassie schlang ihm die Arme um den Hals und drückte ihre Wange auf sein Herz. »Du hast mir wirklich gefehlt«, sagte sie. Sie wünschte, er würde seine Unterlagen beiseite schieben und mit ihr nach oben gehen. Sie wünschte, er würde sie wenigstens küssen.

»Ich möchte dich um einen Gefallen bitten«, sagte Alex.

Cassie sah hoch, dann begann sie zu strahlen. Er ließ ihr die Wahl. Hatte er nicht erklärt, er würde in einem anderen Zimmer schlafen, wenn sie das wollte? Offenbar wartete er nur auf einen Hinweis, ein Stichwort, eine Liebkosung.

»Ich weiß, daß du meinst, ich sollte zu . . . jemandem gehen. Zu einem Psychiater oder so. Ich hatte nur gehofft, daß du nicht darüber redest. Du weißt schon, mit Ophelia oder deinem Bullenfreund aus South Dakota.« Er schlug die Augen nieder. »Das ist alles.«

Cassie spürte, wie seine Worte an ihr zerrten. Glaubte er wirklich, sie würde ihn absichtlich verletzen – nach all den Opfern, die er auf sich nehmen wollte, um sie zurückzuholen? »Alex«, flüsterte sie, »ich habe noch nie mit jemandem darüber gesprochen. Und ich werde es auch jetzt nicht tun.« Sie streichelte ihn im Nacken. »Ich möchte dich auch um einen Gefallen bitten.« Alex sah sie an, mit glänzenden Augen. »Ich möchte gern mit dir ins Bett gehen«, sagte sie.

Alex stieß einen langen Seufzer aus. Er drückte Cassies Kopf wieder an seine Brust. »Ich dachte schon, du fragst gar nicht mehr.«

Er war aufgeregt wie ein Teenager. Nackt marschierte er vor dem Spiegel auf und ab und dachte an Cassie, die nur ein paar Schritte vor der Badezimmertür im Bett auf ihn wartete. Er fragte sich, ob sich ihr Körper wohl durch Connors Geburt verändert hatte. Er fragte sich, was und ob sie überhaupt etwas trug und ob er sich wohl ein Handtuch umbinden sollte. Vielleicht wollte sie erst mit ihm reden. Zum Teufel, er wußte nicht mal, ob das überhaupt richtig war, so kurz nach der Geburt.

Er stützte die Hände am Waschbecken ab und beugte sich zum Spiegel vor. »Reiß dich zusammen«, befahl er sich schroff. Er schloß die Augen und ließ sich all die Liebesszenen durch den Kopf gehen, die er im Lauf der Jahre gedreht hatte, all die Einstellungen und Wiederholungen, bei denen seine Hand auf der Brust einer schönen Frau gelegen und sein Mund über ihre mit Make-up zugepflasterte Haut gewandert war. Er hatte immer die Fähigkeit besessen, vor einem Publikum aus Kameramännern, Regisseuren, Beleuchtern und Assistenten ganz natürlich zu agieren; aber jetzt, allein mit seiner Frau und ganz ohne Crew, hatte er panische Angst, etwas falsch zu machen. Es gab einfach keine Frau, bei der er sich so fühlte wie bei Cassie. Sie berührte ihn ohne jeden Hintergedanken; sie gab sich ihm ganz und gar; sie liebte ihn allein um seinetwillen.

Er atmete tief durch und öffnete die Tür zum Schlafzimmer. Cassie saß im Bett, die Decke bis zu den nackten Schultern hochgezogen. Der weiße Stoff bewegte sich, als sie mit den Zehen zu wackeln begann. »Aha«, meinte sie, »du bist also doch nicht ins Klo gefallen.«

Alex lachte und setzte sich auf die Bettkante. »Womit habe ich dich nur verdient?«

Cassie grinste verschmitzt. »Du hast einfach ein Riesenglück gehabt.« Sie streckte die Hand nach ihm aus, um ihn an sich zu ziehen, und die Decke rutschte ihr vom Busen. Alex erhaschte nur einen winzigen Blick auf die milchweiße Haut, die dunklen Brustwarzen, bevor er sie an sich drückte.

»Mein Gott, du fühlst dich so gut an«, hauchte er an ihre Lippen. Er wühlte seine Finger in ihr Haar und küßte sie. Die ganze Zeit ermahnte er sich, langsam zu machen, damit es nicht zu schnell vorbei war. Aber Cassies Hände wanderten über seinen Bauch, um das Handtuch zu lösen, und ehe er sich versah, lag er zwischen ihren Beinen und nahm sie mit einem heiseren Stöhnen.

Zutiefst beschämt sank er über ihr zusammen. »Verzeih mir«, sagte er. »Ich komme mir vor wie ein Fünfzehnjähriger.«

Cassie strich ihm übers Haar. »Ich finde es schön zu wissen, daß du noch nervöser warst als ich.« Sie bewegte sich unter ihm, und er rollte sich mit ihr zur Seite, damit sein Gewicht nicht auf ihr lastete.

Er betrachtete die Schwangerschaftsstreifen an ihrem Leib, den dicken Bauch und die breiten Hüften. »Ich bin fett geworden«, erklärte sie.

»Du bist schön«, widersprach Alex. Sein Finger strich über einen Schwangerschaftsstreifen an ihrer Hüfte. »War es – war das eigentlich okay?«

Cassie lachte. »Meinst du nicht, das hättest du früher fragen sollen?«

Alex schüttelte den Kopf. »Nein, ich meine ... habe ich dir weh getan?«

Cassie sah ihm in die Augen, und erst jetzt merkte er, daß die Frage viel mehr beinhaltete, als er beabsichtigt hatte. »Nein«, flüsterte sie. »Und das wirst du auch nicht.«

Sie spürte, wie sich Alex neben ihr wieder bewegte, und streckte die Hand nach ihm aus, aber er drückte ihre Arme sanft über ihrem Kopf in das Kissen. »Nein«, hauchte er. »Laß mich.«

Er begann sie zu lieben, unendlich langsam, bis ein Feuer unter ihrer Haut brannte. Als er sich in sie ergoß, sah Cassie für einen Moment das Gerüst ihres Lebens. Eines Lebens, in dem es kein

Haus, keine Oscars, keinen Connor gab. Keine alten Geheimnisse und keinen verbleibenden Schmerz. Nur Alex und Cassie. Sie dachte daran, wie Alex Rivers Dinge in ihr zum Leben erweckt hatte, von denen sie bis dahin nichts geahnt hatte; daß sie ihn immer lieben würde. Und angesichts dieses strahlenden Neuanfangs war es ihr unbegreiflich, wie sie monatelang auf all das hatte verzichten können, ohne auch nur einen Blick zurückzuwerfen.

26

Eines konnte man Hollywood nun wirklich nicht vorwerfen, daß es jemals nachtragend gewesen wäre, und so war Alex Rivers nach nur wenigen Tagen wieder der heißeste Tip in der Stadt. Seine Aschenputtel-Romanze mit Cassie war gereift – jetzt war er ein Filmstar mit Familiensinn; ein Mann, der bereit war, seinen Erfolg aufs Spiel zu setzen und eine Produktion abzubrechen, wenn er andernfalls nicht genug Zeit mit seiner Frau verbringen konnte. Plötzlich war aus dem Paria, der aus seinem Leben scheinbar einen Trümmerhaufen gemacht hatte, eine Berühmtheit geworden, mit der sich jeder in Amerika identifizieren konnte, ein Prominenter, der ein ganz normaler Mensch sein wollte.

Das Haus und Alex' Produktionsbüro wurden mit Geschenken für Connor überschwemmt – Fans schickten Baseballhandschuhe und Rasseln und Strampelhosen, Studiobosse schickten silberne Löffel und Tiffany-Gedecke und beteuerten Alex in den beigelegten Kärtchen, sie hätten immer zu ihm gehalten. Drehbücher wurden ihm dutzendweise zugesagt; Herb Silver rief viermal täglich an, um ihm Angebote zu unterbreiten, bei denen er gleichzeitig Regie führen und die Hauptrolle spielen sollte. Die Geschenke nahm Alex an – er schaute gern zu, wenn Cassie sie auspackte –, und die Drehbücher überflog er, aber mit dem nächsten Vertrag wollte er noch etwas warten. Vorerst hatte er Wichtigeres zu tun.

»Er hat gelächelt«, sagte Alex eines Morgens und hielt Connor hoch wie eine Trophäe. Cassie lächelte und ging weiter ins Eßzimmer. »Warte. Ich krieg ihn noch mal dazu.«

Cassie verdrehte die Augen und nahm einen Schluck Kaffee. »Vielleicht kannst du ihm ja beibringen, daß er sich auf den Bauch dreht, bis ich wieder da bin.«

Alex legte das Baby an seine Schulter und grinste sie verwegen an. »Vielleicht.«

Allmählich glaubte er, daß Cassie recht gehabt hatte. Er hatte ein Kindermädchen einstellen wollen – so machten es schließlich die meisten Paare in ihrer Position, wenn ein Kind kam –, aber davon wollte Cassie nichts hören. »Ich will nicht, daß jemand mehr Zeit mit Connor verbringt als ich«, hatte sie verkündet, »und damit basta.« Mit Archibald Custer hatte sie arrangiert, daß sie ein Jahr unbezahlten Urlaub nehmen würde. Ihr stand der Sinn nicht nach Feldarbeit, nicht, wo Connor sie so ablenkte, und außerdem hatte in der Zwischenzeit sowieso jemand ihre Kurse übernommen. Alex hatte behauptet, daß sie es nach einer Woche nicht mehr zu Hause aushalten würde. »Du wirst schon sehen«, hatte Cassie erwidert. »Ich werde die Parks in der Gegend besser kennen als irgendwer sonst.«

Bis jetzt hatte sie recht behalten. Meistens saß sie mit Connor im Kinderzimmer auf dem Boden, schnitt ihm Grimassen, streckte ihm die Zunge heraus oder las ihm Märchen vor, die sie irgendwo ausgegraben hatte. Das einzige Problem hatte eigentlich darin bestanden, daß Alex, wenn er sie so sah, nicht die geringste Lust verspürte, das Haus zu verlassen. Er hatte sich angewöhnt, seine Drehbücher mit nach Hause zu nehmen und sie im Kinderzimmer zu lesen, wo er seiner Frau und seinem Sohn beim Spielen zuschauen konnte.

»Wann kommst du denn heim?« fragte Alex.

Cassie lachte und hob ihre Jacke auf. »Warum? Damit das Essen rechtzeitig auf dem Tisch steht?« Sie schüttelte den Kopf und küßte ihn auf die Wange. »Du wirst langsam ein richtiger Hausmann, Alex.«

Alex grinste. »Ich hatte ja keine Ahnung, wie erfüllend diese Karriere ist.«

Cassie hauchte Connor einen Kuß auf den Kopf. »Und so schlecht bezahlt.«

»Viel Spaß mit Ophelia.«

Cassie stöhnte. »Sie wird mich die ganzen drei Stunden über kleiner Flamme rösten. Sie hat mich doch tatsächlich gefragt, ob es mir auf Pine Ridge ähnlich erging wie der weißen Frau in *Der mit dem Wolf tanzt*«.

Alex lachte. »Und was hast du geantwortet?«

»Keine Büffel, mehr Schnee, längst nicht so hübsche Kostüme.«

Sie schüttelte den Kopf, spazierte durch das Wohnzimmer davon und wich gerade noch einem Dienstmädchen aus, das einen Stapel Tischtücher trug. An der Haustür drehte sie sich noch einmal um, biß sich auf die Lippe und schaute nach, ob auch niemand im Flur war. »Das mit heute abend hast du nicht vergessen?«

Wie so oft in diesen Tagen sah Alex sie an, als könne er nicht recht glauben, daß sie da war und daß sie tatsächlich in drei Stunden zurückkommen würde, wenn sie durch diese Tür hinausging. »Ich habe es nicht vergessen«, antwortete er.

Dr. June Pooley hatte als einzige von all den Therapeuten, mit denen Cassie gesprochen hatte, nicht darauf bestanden, daß eine geschlagene Frau ihr Leben nur ändern könne, wenn sie außerhalb der Reichweite ihres Mannes blieb. Sie erzählte Cassie von einem Geschlagene-Frauen-Syndrom und meinte, es handle sich dabei um eine Krankheit ähnlich dem Alkoholismus. Und wie beim Alkoholismus könnten durch bestimmte Therapien sowohl Opfer als auch Täter lernen, ihre Probleme besser zu verstehen und anders damit umzugehen.

»Ein Alkoholiker muß begreifen, daß er nie wieder trinken darf. Nicht auf der Hochzeit seines Bruders, nicht bei einem Geschäftsessen, nie. Wenn man geschlagen wird«, fuhr Dr. Pooley fort, wobei sie erst Cassie, dann Alex anschaute, »oder wenn man schlägt, muß man begreifen, daß die Impulse, die einen in diese Situationen führen, anderweitig kanalisiert werden müssen, wenn man mit dem Partner zusammenbleiben will.«

Alex ergriff Cassies Hand und drückte sie.

Dr. Pooley atmete tief durch. »Sie sollten sich vor Augen halten, daß Sie nur eine kleine Chance haben. Aber selbst wenn Sie sich scheiden lassen sollten, steht so gut wie fest, daß Alex ohne Therapie wieder eine Frau mit Cassies Persönlichkeitsstruktur finden und seinen Zorn an ihr auslassen würde, während Cassie nach einem Mann wie Alex suchen würde, der sie von neuem mißhandelt. Ganz gleich, was passiert, Sie machen einen Schritt in die richtige Richtung. Der erste Teil der Therapie besteht für Sie beide darin, andere Menschen kennenzulernen, die in der gleichen Situation sind wie Sie.«

Cassie schaute kurz zu Alex, der mit ruhigem, klarem Blick auf die Therapeutin sah, die ihr Leben verändern würde. Er schien kein bißchen nervös – nicht, als er in dieses ruhige, eichengetäfelte Büro gekommen war, und jetzt nicht einmal angesichts der Perspektive, vor einer Gruppe fremder Männer zugeben zu müssen, daß er Cassie geschlagen hatte. Cassie runzelte die Stirn, malte sich die Situation für ihn aus. Natürlich gab es die ärztliche Schweigepflicht, aber sie war nicht sicher, ob sie sich auch auf die Mitglieder einer Selbsthilfegruppe erstreckte. Und natürlich wäre das für Alex Bedingung.

»Man sieht, daß Sie zueinander halten, und das weiß ich zu schätzen«, meinte Dr. Pooley. Sie warf einen Blick auf ein Klemmbrett und sah dann Cassie an. »Ich kann Sie in die Frauengruppe am Mittwochabend nehmen«, sagte sie. »Und unsere Männergruppe trifft sich sonntags.«

»Das ist kein Problem«, antwortete Alex.

»Ich mag sie«, sagte Cassie, als sie ins Bett stiegen. »Und du?«

Alex gähnte und schaltete das Licht aus. »Sie ist okay«, antwortete er.

»Sie hat jedenfalls keinen Salto geschlagen, als du zur Tür reinkamst«, bemerkte Cassie. »Und sie hat dich nicht um ein Autogramm gebeten.«

Alex kuschelte sich an ihre Schulter. »Weil sie es sowieso dutzendfach bekommt. Auf jedem Scheck.«

Im Dunkeln drehte sich Cassie zu Alex um und legte ihre Handflächen auf seine Brust. »Es macht dir nichts aus, vor Fremden über uns zu reden?«

Alex schüttelte den Kopf und nahm Cassies Brust in den Mund. Er konnte die schwache Milchspur schmecken, die sein Sohn hinterlassen hatte, und begann zärtlich zu nuckeln. Ihm gefiel der Gedanke, daß Cassie sie beide ernähren könnte.

»Was ist mit dem, was sie außerdem gesagt hat?« flüsterte Cassie. Alex hörte die rauhe Angst in ihrer Stimme und löste sich von ihr. »Was ist, wenn wir zur Mehrheit gehören und nicht zusammenbleiben können?«

Alex schloß sie in die Arme und rieb ihr mit den Händen über den Rücken. »Du brauchst dir keine Sorgen zu machen«, antwortete er einfach. »Ich werde dich nie gehen lassen.«

Wie die anderen sieben Frauen in der Therapiegruppe war Cassie mit einem Mann verheiratet, der zu fünfundneunzig Prozent der Zeit ein wunderbarer Mensch war. Wie die anderen Frauen hatte Cassie als Kind mehr Zeit damit verbracht, sich um ihre Eltern zu kümmern, als ihre Eltern sich um sie gekümmert hatten, und niemand hatte ihr das je gedankt. Und dann war ihr Mann aufgetaucht. Er war der erste Mensch, der ihr das Gefühl gab, etwas Besonderes zu sein. Er sagte ihr, daß er sie liebe, er weinte, wenn er ihr weh tat. Er erklärte ihr, daß sie ihn umsorgen und seinen Schmerz lindern könne wie niemand sonst.

Wie die anderen sieben Frauen wollte auch Cassie nicht, daß Alex sie schlug, und wußte doch, daß sie es nicht verhindern konnte. Sie glaubte, daß es irgendwie ihre Schuld war, wenn sie die Schläge nicht vermeiden konnte. Er tat ihr leid. Sie konnte sich einreden, daß es nie wieder vorkommen würde, weil sie in ihrem Leben so viel Zeit damit verbracht hatte, Probleme zu lösen, daß sie inzwischen um ihrer eigenen Gesundheit willen an ihre Fähigkeit glauben mußte, alles in Ordnung bringen zu können.

Und ja, ihre Bemühungen wurden belohnt. Mit Blumen, Zärtlichkeit und einem Lächeln, das ihr ganz allein galt. Wenn sie alles richtig machte – wenn sie ihn nicht zur Raserei trieb –, war ihr Leben schöner, als man es sich vorstellen konnte.

Aber wie die anderen sieben Frauen begriff auch Cassie, daß es nicht normal war, vor Schreck zu erstarren, sobald ihr Mann ihr die Hand auf die Schulter legte, weil sie nicht wußte, ob sie einen Kuß oder einen Tritt in die Rippen erwarten sollte. Sie begriff, daß es nicht immer ihre Schuld war. Daß sie nicht öfter unglücklich als glücklich zu sein brauchte.

Dr. Pooley saß mit im Kreis der Frauen, von denen zu Cassies Überraschung viele gut gekleidet und offensichtlich gebildet waren. Irgendwie hatte sie erwartet, unter den Frauen von Lastwagenfahrern oder Sozialhilfeempfängern zu sitzen. Die ersten paar Minuten saß sie schweigend dabei, nachdem sie sich mit ihrem Vornamen vorgestellt hatte, und starrte auf den tulpenförmigen Bluterguß am Schlüsselbein der Frau ihr gegenüber.

An jenem Abend wurden Geschichten ausgetauscht. Dr. Pooley wollte, daß sich jede daran erinnerte, wann es erstmals zu einer Mißhandlung gekommen war. Cassie hörte eine Rechtsanwältin erzählen, wie ihr Lebensgefährte sie achtundvierzig Stunden im Bad eingesperrt hatte, weil er nicht wollte, daß sie mit ein paar Kollegen ausging. Eine andere Frau beschrieb weinend, wie ihr Mann sie von einer Party nach Hause geschleift und ihr an den Kopf geworfen hatte, sie habe zuviel mit einem Nachbarn geredet. Danach hatte er sie ins Gesicht geschlagen, bis sie zwei Zähne verlor und Blut aus ihrem Mund sprudelte und sie überhaupt nicht mehr reden konnte. Andere erzählten, wie sie mit Gegenständen beworfen, wie ihnen Knochen gebrochen wurden, wie Fäuste Glasscheiben durchschlagen hatten.

Schließlich blieb nur noch Cassie übrig. Sie sah scheu zu Dr. Pooley hinüber und begann zu erzählen, wie sie nach ihrer Vorlesung über ihre Hand aus Chicago zurückgekommen war. Stokkend berichtete sie von dem verspäteten Flugzeug, von Alex' Beschuldigungen, wo sie gesteckt habe, immer darauf achtend, daß sie nichts verriet, was auf seinen Beruf schließen ließ oder seine Identität offenbarte. Mit jedem Wort fühlte sie sich leichter, so als habe sie jahrelang Steine in ihrem Herzen herumgetragen und könne sie nun endlich abladen. Als sie verstummte – nachdem sie das Baby erwähnt hatte, das sonst vielleicht geboren worden wäre –, liefen ihr die Tränen über die Wangen, und Dr. Pooley hielt sie im Arm.

Entsetzt, weil sie sich so hatte gehenlassen, setzte Cassie sich kerzengerade auf. Hastig wischte sie sich das Gesicht trocken. »Inzwischen habe ich einen Sohn«, verkündete sie stolz. »Mein Mann liebt ihn über alles.« Und dann, leiser, sprach sie Alex frei: »Damals hat er nichts davon gewußt.«

Als sich die Gruppe auflöste und die Frauen ihre Handtaschen und ihre neuen, zerbrechlichen Einsichten zusammensuchten, um sie mit nach Hause zu nehmen, begann Cassie absichtlich zu trödeln. Sie wartete, bis nur noch Dr. Pooley und sie im Zimmer waren, dann tippte sie ihr leicht auf die Schulter. »Danke«, meinte Cassie und zuckte leicht mit den Achseln. »Ich weiß nicht genau wofür, aber danke.«

Die Psychotherapeutin lächelte. »Es wird mit jedem Mal leichter.«

Cassie nickte. »Ich glaube, ich hatte erwartet, mich rechtfertigen zu müssen. Als würde niemand verstehen, wie ich Alex nach allem, was er getan hat, immer noch lieben kann. Ich dachte, sie würden mich alle anstarren, als sei ich verrückt, so lange bei ihm zu bleiben.«

Dr. Pooley nickte. »Das haben wir alle durchgemacht«, sagte sie.

Cassies Augen wurden groß. »Sie auch?«

»Ich war zehn Jahre lang mit einem Mann verheiratet, der mich geschlagen hat«, sagte sie. »Insofern bin ich die letzte, die Sie dafür verurteilen könnte, daß Sie bei ihm bleiben.« Sie hielt Cassie die Tür auf.

Cassie starrte die Therapeutin immer noch an. »Es – es tut mir leid. Ich hätte einfach nie damit gerechnet.«

»Na ja, wir lassen es uns schließlich nicht auf die Stirn tätowieren, oder?« antwortete sie freundlich.

Cassie schüttelte den Kopf. »Aber jetzt geht es besser?« fragte sie, weil sie soviel Hoffnung wie möglich mit nach Hause zu Alex nehmen wollte.

»Ja«, antwortete Dr. Pooley mit einem Seufzen. Sie sah Cassie lange an. »Jetzt, wo wir geschieden sind.«

Alex kreiste mit den Hüften, drang immer tiefer, ließ seine heißen Lippen über ihre Halsbeuge wandern, als Connor aus dem Lautsprecher neben dem Bett zu weinen begann.

Cassie spürte, wie ihre Brüste kribbelten und Milch abgaben, die ihr zu beiden Seiten hinabrann, während sich Alex zum zweiten Mal in dieser Nacht von ihr herunterrollte. Er blieb auf dem Rücken liegen, starrte an die Decke und biß die Zähne zusammen. »Herrgott noch mal, Cassie«, fauchte er. »Kannst du ihn nicht zum Schweigen bringen?«

Aber sie war schon in einen pfirsichfarbenen Satinmorgenmantel geschlüpft und auf dem Weg zur Tür. »Bin gleich wieder da«, sagte sie.

Es war nichts weiter; nur ein Schnuller, der sich beim Umdrehen unter Connors Hals festgeklemmt hatte. Sie rieb ihm den Rücken, lauschte, wie sich sein Weinen in einen leisen Schluckauf verwandelte, und mußte daran denken, wie absolut hilflos er war.

Sie schlich auf Zehenspitzen aus dem Zimmer und ging über den Flur ins Schlafzimmer zurück. Alex lag reglos da und hatte ihrer Bettseite den Rücken zugewandt. Als sie die Tür hinter sich zuzog, drehte er sich nicht um.

Cassie schlüpfte unter die Decke und schmiegte sich an Alex' Rücken. »Wo waren wir stehengeblieben?«

»Herrgott, Cassie. Ich kann mich nicht an- und ausknipsen wie eine verdammte Nachttischlampe. Ich kann nicht in Ruhe essen, ich kann keine Nacht durchschlafen, ich kann nicht mal *mit dir* schlafen, ohne daß dieses Kind uns unterbricht.«

»Dieses *Kind*«, antwortete Cassie spitz, »tut all das nicht absichtlich, Alex. Du bist nicht der einzige Vater auf der Welt. Das Leben ändert sich einfach, wenn man Kinder hat.«

»Ich habe ihn nie gewollt.«

Cassies Hand erstarrte auf Alex' Hüfte. »Das meinst du nicht ernst«, flüsterte sie.

Alex warf ihr einen Blick über die Schulter zu. »Wenn du schon kein Kindermädchen willst, dann solltest du dir wenigstens eine Nachtschwester suchen. Ich habe keine Lust, das noch länger zu ertragen. Entweder du stellst jemand ein, oder ich ziehe in ein anderes Zimmer.« Er zog sich ein Kissen über den Kopf.

Cassie mußte daran denken, was Dr. Pooley während der Gruppensitzung am vergangenen Abend gesagt hatte, als sie die Persönlichkeitsstruktur eines mißhandelnden Mannes beschrieb. Solche Ehemänner wollen nicht, daß ihre Frauen enge Freunde haben, hatte sie gesagt. Ihnen mißfällt die Vorstellung, daß ein anderer Forderungen an die Person stellt, die ihrer Meinung nach ganz und gar ihnen gehört.

Ihr war augenblicklich Ophelia in den Sinn gekommen – und Alex' Unfähigkeit, ihrer Freundin den einzigen Fehler zu vergeben, den sie ihm gegenüber je begangen hatte. Aber jetzt begann Cassie Dr. Pooleys Erklärung in einem anderen Licht zu sehen. Sie blickte auf Alex' Hände, die das Kissen auf seinen Kopf preßten. Er konnte es nicht ertragen, daß ein anderer Cassie ebensosehr brauchte wie er. Nicht einmal, wenn es sein eigener Sohn war.

»Alex«, flüsterte Cassie. »Ich weiß, daß du noch nicht schläfst.« Sie tippte ihm auf die Schulter und zog ihm das Kissen vom Ohr. Alex stöhnte und rollte sich auf den Bauch. »Ich werde jemand anstellen. Morgen suche ich mir jemanden.«

Alex schlug die Augen auf und stützte sich auf die Ellbogen. Er strahlte sie glücklich an und sah mit seinem verstrubbelten Haar plötzlich aus wie ein kleines Kind. »Ist das dein Ernst?« Cassie nickte und schluckte den Kloß in ihrer Kehle hinunter. Sie lauschte Connors Atem, der im Hintergrund aus dem Babyfunk drang. »Gut«, befand Alex und schloß sie in die Arme. »Ich habe mich allmählich vernachlässigt gefühlt.«

Hungrig legte sich sein Mund auf ihren, raubte ihr den Atem und den Verstand. »Nein«, flüsterte sie, ohne sich um die Tränen zu kümmern, die ihr in den Augenwinkeln zitterten. »Niemals.«

Liebe Cassie,

ich hoffe, Du und Connor seid okay und glücklich in L. A. Ohne Euch ist Pine Ridge nicht dasselbe. Ehrlich gesagt glaube ich, ich habe mich bloß damit angefreundet, weil es mir ganz anders vorkam, als Ihr hier wart. Fröhlicher wahrscheinlich. Nicht so schmuddelig und nicht so blaß.

Ich schreibe, weil ich Dir versprochen habe, Dich zu benachrichtigen, wenn ich einen neuen Job habe. Nächste Woche ziehe ich nach Tacoma, Washington, und fange dort bei der Polizei an. Vielleicht werde ich ja irgendwann, wenn ich endlich mit mir selbst klarkomme, lang genug an einem Ort bleiben, um befördert zu werden.

Wenn L. A. Dich nicht total mürbe gemacht hat, so wie mich bei meinem ersten Aufenthalt, dann denkst Du vielleicht sogar ab und zu an uns.

Ich vermisse das Baby. Ich vermisse Dich. Und, verdammt, das ist der schlimmste Schmerz.

Paß auf Dich auf, wasicuŋ wíŋyaŋ.

Will

Alex legte den Hörer auf und schaute auf seine Uhr. Er hatte sich eben in einer Stunde mit Phil Kaplan verabredet, um die mündliche Absprache über die Finanzierung des Filmes festzumachen, den Alex als nächstes drehen wollte. Er hatte das Drehbuch ganz zufällig in einem Stapel voller Schund aufgestöbert; es war unbezahlbar, hatte aber ein paar schwere Mängel, an denen jetzt ein Drehbuchautor und Oscarpreisträger feilte. Schon sah er die einzelnen Szenen vor sich, ließ sie wieder und wieder vor seinem inneren Auge ablaufen. Er hatte sich schon Notizen für die Besetzung der Hauptrollen gemacht und sich die Liste in die Tasche gestopft, um mit Phil darüber zu reden.

Natürlich, wenn er mit Phil essen ging, würde er die Therapiegruppe schon zum zweiten Mal hintereinander verpassen.

Cassie war mit Connor, Ophelia und einer Wagenladung Sonnenschirme an den Strand gefahren; sie würde es nicht so schnell mitbekommen.

Alex nahm den Hörer, um Dr. Pooley anzurufen, und legte dann wieder auf.

Er hatte es Cassie versprochen.

Er konnte einen neuen Termin mit Phil ausmachen.

Der bis morgen früh zweifellos schon jemand anderem zugesagt hätte.

Er sagte sich, daß er nicht einmal im Traum daran gedacht hatte, die Gruppensitzung ausfallen zu lassen, wenn er nicht dieses Gefühl im Bauch hätte, daß dieser Film noch erfolgreicher werden könnte als *Die Geschichte seines Lebens*. Und unglücklicherweise waren alle wichtigen Termine auf einen Sonntagnachmittag gefallen. Er sagte sich, daß sich Cassie in einem Jahr, wenn er wieder Oscars abräumte, bestimmt nicht mehr daran erinnern würde.

Er hob den Hörer wieder auf. Nächste Woche gab es wieder eine Sitzung, und Cassie würde ihn bestimmt verstehen.

So wie immer.

Am folgenden Mittwoch nahm Dr. Pooley Cassie nach der Sitzung der Frauengruppe beiseite. »Vielleicht sollten Sie Alex fragen«, meinte sie behutsam, »ob er sich wirklich ernsthaft um Hilfe bemühen will.«

Cassie starrte die Therapeutin an. »Natürlich will er das«, antwortete sie ausweichend und versuchte sich auszumalen, was Alex in seiner Gruppe gesagt haben könnte, um Dr. Pooley zu dieser Bemerkung zu veranlassen. Als sie ihn nach der Sitzung gefragt hatte, hatte er geantwortet, alles sei gut gelaufen.

»Ich weiß, daß *Sie* es tun«, sagte Dr. Pooley. »Aber das ist nicht das gleiche. Ich habe ja Verständnis, wenn er eine Sitzung wegen einer geschäftlichen Verabredung ausfallen lassen muß, aber zwei hintereinander finde ich schon ziemlich viel. Wenn er Ihre Ehe mittels Therapie retten will«, merkte sie an, »sollte er damit anfangen, auch tatsächlich hinzugehen.«

»Er war letzten Sonntag nicht hier«, wiederholte Cassie langsam. Plötzlich begriff sie. Sie wendete die Worte in ihrem Kopf hin und her, fragte sich, wo Alex wohl gewesen war, warum er sie angelogen hatte. Sie sah auf und lächelte Dr. Pooley entschuldigend an. »Er hat gerade ein wichtiges Geschäft abgeschlossen«, meinte sie. »Von jetzt an wird er bestimmt kommen.«

»Cassie«, mahnte Dr. Pooley sanft, »Sie brauchen ihn nicht mehr in Schutz zu nehmen.«

Während der langen Heimfahrt gab sie sich keine Mühe, sich wie sonst mit John zu unterhalten. Sie stürmte ins Haus und rief so laut nach Alex, daß ihr Zorn aus den Ecken der Eingangshalle widerhallte.

»Hier«, hörte sie Alex antworten.

Cassie öffnete die Tür zum Arbeitszimmer, wo Alex mit einer Zeitung im Schoß auf dem Sofa saß. Eine Flasche Whiskey klemmte rechts neben ihm in den Kissen. »Du trinkst«, stellte sie fest, nahm ihm die Flasche weg und stellte sie auf die Bar an der Wand gegenüber. Sie blieb mit verschränkten Armen neben dem Ställchen stehen, in dem Connor vor sich hinplapperte.

Alex grinste phlegmatisch. »Connor hat ein Fläschchen gekriegt«, sagte er. »Ich fand, ich hätte auch eins verdient.«

»Du hast die Gruppensitzung letzten Sonntag geschwänzt«, bemerkte Cassie trocken.

»Richtig«, gab Alex zu. Das Wort kam langsam und gedehnt. »Ich war damit beschäftigt, meine Karriere wiederaufzubauen. Meinen Ruf – du weißt schon, den, den du immer wieder ruinierst.« Er stand auf und drückte ihr die Zeitung in die Hand. »Der *Informer* von morgen, *pichouette*. Lag in einem braunen Umschlag vor der Tür. Und lies nicht nur die Schlagzeilen. Das Beste steht auf Seite drei.«

Cassie faltete die Zeitung auseinander und überflog die Titelseite. ALEX RIVERS VON EHEFRAU MIT UNEHELICHEM MISCHLINGSSOHN GENARRT. Daneben war ein Bild von Alex und ihr am Flughafen, auf dem er den Arm um sie gelegt hatte; und ein zweites von Cassie mit Will, wie sie vor Monaten aufs Polizeirevier gekommen waren, wo Alex sie abgeholt hatte.

»Das ist doch lächerlich.« Cassie lachte auf. »Das kannst du doch unmöglich glauben.«

Alex fuhr so schnell herum, daß ihr die Zeitung aus der Hand fiel. »Es ist ganz egal, was ich glaube«, sagte er. »Viel wichtiger ist, was die Leute glauben werden.«

»Das ist nicht gerade das *Time Magazine*«, wandte Cassie ein. »Jeder, der diesen Fetzen liest, weiß doch, daß die Geschichten reine Hirngespinste sind.« Sie hielt inne. »Wir verklagen sie. Und das Geld legen wir auf Connors Ausbildungskonto an.«

Alex baute sich vor ihr auf und packte sie am Arm. »Sie haben den Brief zitiert, den er dir geschrieben hat und der oben liegt. Sie behaupten, du willst dich in Washington mit ihm treffen.«

Einen Moment überlegte sie, wie Wills Brief, der so gut versteckt in ihrer Wäscheschublade lag, wohl an die Öffentlichkeit gekommen war. Cassie war enttäuscht, daß jemand vom Hauspersonal ihre Geheimnisse verkauft hatte, aber viel mehr schokkierte sie, daß Alex wütend genug gewesen war, ihre Post zu lesen. »Du glaubst doch nicht wirklich, daß ich fortgehe, oder?«

»Nein«, antwortete er sofort. »Weil ich dich eher umbringen würde.«

Cassie spürte, wie die Luft im Zimmer schwer wurde, bis sie ihr auf die Schläfen drückte und sie die Arme kaum mehr heben konnte. Sie wich an die Wand zurück. »Alex«, sagte sie leise. »Hör mir zu. Und sieh Connor an.« Sie streckte die Hand aus und berührte ihn am Arm. »Ich liebe dich«, sagte sie. »Ich bin mit dir zurückgekommen.«

»Verdammt noch mal«, explodierte Alex, und sein Blick wurde düster. »Diese Scheiße werde ich wohl nie mehr los! Ich könnte jeden Scheißpreis auf der ganzen Welt gewinnen, und sie würden uns trotzdem immer wieder mit Schmutz bewerfen. Es wird immer jemand geben, der sich das Baby viel genauer anschaut, als er sollte. Und es wird immer jemand geben, der dich hinter meinem Rücken Hure nennt.« Er packte Cassie an den Schultern und schleuderte sie zu Boden, fuhr sich dann mit den Fingern durchs Haar. »Das wäre alles nicht passiert, wenn du mich nicht verlassen hättest«, brüllte er, und noch während Cassie von ihm wegrollte, spürte sie, wie Alex ihr in die Seite und in den Rücken trat und mit den Fäusten auf ihre Schultern und ihren Kopf einschlug.

Als es vorüber war und Cassie die Augen wieder aufschlug, starrte sie durch das Gitter von Connors Ställchen. Das Baby kreischte, genau wie jeder Zentimeter ihres Körpers: ein rotes, leeres Brüllen. Connor blickte auf Cassie; auf seinen Vater, der weinend über Cassie hockte.

Als Alex sie berührte, richtete Cassie sich auf. Blut lief ihr aus dem rechten Ohr, und sie merkte, daß sie darauf taub war. Sie hob Connor aus seinem Ställchen, beruhigte ihn und flüsterte ihm die tröstenden Worte zu, die sie früher Alex zugeflüstert hatte. Sie starrte auf ihren Mann, der betrunken und zusammengekrümmt am Boden lag, und sie begann zu begreifen. Alex hatte seinen Zorn diesmal nicht nur auf Cassie umgelenkt und an ihr ausgelassen – sein Zorn war zum ersten Mal von ihr *ausgelöst* worden. Von nun an würde ihr Leben eine Kette von lose aneinandergereihten Knoten der Angst bilden. Und ihr Sohn müßte immer wieder mit ansehen, wie Alex sie mißhandelte, und er würde, ohne etwas daran ändern zu können, vielleicht genauso werden wie sein Vater.

Alex konnte, ohne daß er Schuld daran hatte, seine Versprechen einfach nicht halten.

Sie durchquerte das Zimmer, öffnete die Tür und warf einen Blick auf John, der eine Sekunde zu lang auf das Blut starrte, das ihr über die Wange lief. Sie drückte Connors Köpfchen an ihre Brust, so daß er es nicht zu sehen brauchte, aber sie drehte sich noch einmal zu Alex um, der von seinem Elend fast erdrückt zu werden schien. Und so, wie die meisten vertrauten Dinge sich aus einem unvertrauten Blickwinkel ganz neu ordnen, kam ihr Alex nicht länger leidend vor. Sondern nur noch mitleiderregend.

Sie merkte nie, daß er sie weinen hörte. Wenn es in der Vergangenheit dazu gekommen war, hatte sie immer gewartet, bis sie annahm, Alex würde schlafen, dann hatte sie die Tränen ganz leise über ihre Wangen fließen lassen. Sie hatte nie auch nur einen Laut von sich gegeben, aber Alex hatte sie trotzdem gehört.

Er wollte sie berühren, aber jedesmal, wenn er die unendlich weiten zehn Zentimeter überbrücken wollte, die sie trennten, fehlte ihm die Kraft dazu. Schließlich hatte ja er ihr weh getan. Und wenn sie vor ihm zurückzuckte, weil es dennoch immer wieder ein erstes Mal gab, brach es ihm fast das Herz.

»Cassie«, flüsterte er. Schatten drängten sich lauschend im Schlafzimmer. »Sag, daß du nicht wieder weggehst.«

Sie antwortete nicht.

Alex schluckte. »Gleich morgen früh gehe ich zu Dr. Pooley. Ich verschiebe den Film. Bei Gott, du weißt, daß ich alles tun würde.«

»Ich weiß.«

Er klammerte sich an die beiden Silben wie an einen Rettungsring, drehte den Kopf ihrer Stimme zu und sah nichts als die silberne Landkarte, die die Tränen auf Cassies Wangen zeichneten. »Ich kann dich nicht gehen lassen.« Seine Stimme brach.

Cassie sah ihn an. Ihre Augen glühten wie die eines Geistes. »Nein«, bestätigte sie ruhig. »Das kannst du nicht.«

Sie schob ihre Hand in seine, verband sich mit ihm. Und erst jetzt ließ Alex seine eigenen Tränen wieder fließen, genauso leise wie Cassie. Er versuchte, Trost darin zu finden, daß er sich mehr haßte, als selbst Cassie ihn hassen konnte. Zur Strafe zählte er sich in den Schlaf und ließ mit jeder Zahl ein weiteres verhärmtes Gesicht vor sich auftauchen – das seines Vaters, seiner Mutter, seiner Frau, seines Sohnes; all jener Menschen, die er enttäuscht hatte.

Diesmal hielt sie sich nicht zurück. Obwohl sie wußte, daß Alex wach neben ihr lag, weinte sie. Es ging nicht nur darum, ihn zu verlassen, wie Alex glaubte. Es ging um ihre Freiheit. Sie konnte Alex verlassen und dennoch niemals frei sein; so wie damals, als sie nach South Dakota gegangen war, um Connor zu bekommen. Um sich wirklich zu lösen, würde Alex genauso leiden müssen wie sie. Er konnte – und *würde* – sie nicht gehen lassen, solange sie ihn nicht dazu brachte, sie zu hassen. Sie würde genau das tun müssen, was sie ihre ganze Ehe lang so sorgsam vermieden hatte – zu einem jener Menschen werden, die ihn verletzten.

Sie versuchte sich einzureden, daß sie die Trennung erzwingen mußte, wenn ihr wirklich etwas an Alex lag; auf lange Sicht war es für ihn schlimmer, sie als Krücke für seinen Zorn benutzen zu können. Das hieß nicht, daß sie ihn nicht mehr brauchte. Und es hieß ganz bestimmt nicht, daß sie ihn nicht liebte. Alex hatte recht, wenn er behauptete, sie seien füreinander geschaffen. Sie waren es, aber nicht in einem gesunden, normalen Sinn.

Sie mußte daran denken, wie Alex auf Pine Ridge auf der Veranda gestanden und ihr erklärt hatte, sie sei ein Teil von ihm. Sie mußte daran denken, wie er seine Hände über ihre gelegt hatte, als sie in einem eisigen Flüßchen in Colorado ohne Angel Fische gefangen hatten. Sie mußte daran denken, wie sie in der Serengeti neben ihm gesessen und den beiden Löwen zugesehen hatte. Sie mußte an seinen Geschmack und seinen Geruch denken und daran, wie schwer seine Haut auf ihrer lag.

Sie verstand nicht, wie sie jemals an diesen Punkt gelangen konnte, wo sie Alex so sehr liebte, daß es sie im wahrsten Sinn des Wortes umbrachte.

Die Nacht hüllte sich in ein anderes, tieferes Schwarz, während Cassie ihre Möglichkeiten durchging. Sie schloß die Augen und sah zu ihrer Überraschung nicht Alex, sondern Will vor sich, wie er während des Sonnentanzes an einen heiligen Pfahl gefesselt war. Sie spürte die Hitze, die vom Boden aufstieg, hörte das Grollen der Trommeln und die Adlerpfeifen. Sie sah, wie Will sich losriß und das Leder seine Haut sprengte. Der Schmerz hatte ihn in die Knie gezwungen, aber anders hatte er sich nicht befreien können.

Der Schaden war nicht wiedergutzumachen; Narben würden immer zurückbleiben. Aber selbst die blutigsten Narben verblaßten mit der Zeit, bis sie schließlich kaum noch zu erkennen waren und nichts als die Erinnerung an den Schmerz blieb.

Cassie schob ihre Hand in Alex', versuchte, sich die Temperatur seiner Haut einzuprägen, seinen Geruch und das Gefühl, das er ihr gab, wenn er neben ihr im Dunkeln lag. Diese Erinnerungen durfte sie behalten. Sie rieb mit dem Daumen über die weichen Linien in seiner Hand, um sich für das zu entschuldigen, was sie ihm antun mußte, und streichelte so ein zärtliches, rauhes Adieu in seine Hand.

27

Einen grauenvollen Moment lang sah Cassie in die verkniffenen, erwartungsvollen Gesichter und dachte: *Sie werden mir nicht glauben.* Wahrscheinlich würden sie laut lachen. *Alex Rivers?* würden sie fragen. *Das ist nicht Ihr Ernst.* Und dann würden sie ihre Notizblöcke zuklappen, ihre Videokameras einpacken und sie beschämt und allein stehenlassen.

Sie schluckte ihre Angst und ihren Stolz hinunter und rutschte unruhig auf dem Metallklappstuhl herum, den der Hotelportier für die Pressekonferenz hatte aufstellen lassen. Sie strich die Falten ihres dunkelblauen Rocks glatt. *Ziehen Sie sich wie ein Schulmädchen an*, hatte man ihr geraten. *Nichts Mondänes, nichts Gewagtes.* Als hätte sie sich die Aufmerksamkeiten, die Mißhandlungen selbst zuzuschreiben.

Neben ihr saß auf einem identischen Stuhl Ophelia mit dem Baby. Connor hatte Schluckauf: die kleinen, abgehackten Hickser klangen für Cassie wie Schluchzen. Sie wußte, daß er mit seinen drei Monaten noch nichts begriff und sich nicht erinnern würde. So wie sie wußte, daß sie jedesmal, wenn er die Arme nach ihr ausstreckte, unwillkürlich zögern würde, weil sie in den silbernen Augen seinen Vater sehen würde.

Sie räusperte sich und stand auf. Fast augenblicklich verstummten die Reporter und nahmen Habtachtstellung an wie eine Kompanie Zinnsoldaten. »Guten Morgen.« Cassie beugte sich über das Mikrofon und berührte es leicht mit der Hand.

Es stieß ein ohrenbetäubendes Kreischen aus. Erschrocken wich Cassie einen Schritt zurück. »Verzeihung«, sagte sie leiser. »Vielen Dank, daß Sie gekommen sind.«

Ihr schoß durch den Kopf, wie absurd das klang – als habe sie ein paar Freundinnen zum Kaffeeklatsch eingeladen. Wieviel leichter wäre das gewesen, verglichen mit dieser bedingungslosen

Kapitulation vor einer Horde hungriger Löwen. Sie machte sich keine Illusionen mehr; dafür hatte Alex vorgestern abend gesorgt. Diese Leute waren nicht ihre Freunde, waren es nie gewesen. Sie kannten sie nur durch Alex; sie waren nur gekommen, weil sie erwarteten, etwas über ihn zu hören. Cassie selbst war unbedeutend. Wenn die Reporter sie, nachdem sie ihre Geschichte an sich gerissen hatten, überhaupt erwähnten, dann um sie als bedauernswerte Verrückte oder als Halbdebile hinzustellen, weil sie die ganzen Jahre nicht den Mut gefunden hatte, sich zu wehren.

Cassie faltete den winzigen Zettel auseinander, den sie seit dem Frühstück mindestens hundertmal gelesen hatte, ihre vorbereitete Presseerklärung. Ophelia hatte ihr eingebleut, Augenkontakt zu halten, tief und ruhig zu sprechen – alles Schauspielertricks, um einem Publikum sympathischer zu erscheinen. Doch sobald ihre Finger deutlich zitternd am Rand des lappigen Blattes klebten, konnte sie sich an nichts von dem erinnern, was sie eingeübt hatte. Statt dessen begann sie den Text abzulesen wie ein Schulkind in der zweiten Klasse, das zu sehr damit beschäftigt ist, die ungewohnten Worte richtig auszusprechen, um dem Inhalt irgendeine Bedeutung geben zu können.

«Ich heiße Cassandra Barrett. Die meisten von Ihnen kennen mich als Alex Rivers' Ehefrau. Wir haben am 30. Oktober 1989 geheiratet, und unsere Ehe stand wiederholt im Brennpunkt allgemeinen Interesses, zuletzt nach der Geburt unseres Sohnes. Gestern habe ich nun die Scheidung von Alex Rivers beantragt, wegen seelischer und körperlicher Grausamkeit.»

Diese Erklärung, die nicht einmal einen Monat nach Alex' und Cassies einträchtigem Auftritt bei ihrer Ankunft mit Connor am Flughafen erfolgte, löste hektisches Geflüster aus, das über den Köpfen der Reporter aufstieg und sich wie ein erstickender Reif um Cassies Hals legte. Sie hielt sich am Pult fest und rettete sich hastig über die letzten Sätze auf der Seite. »Nach dieser Pressekonferenz sind alle Anfragen nur noch an meine Anwältin Carla Bonanno oder an Mr. Rivers selbst zu richten.« Sie atmete tief durch. »Im Interesse der Wahrheit bin ich jedoch bereit, nun ein paar Ihrer Fragen zu beantworten.«

Hände flogen vor Cassie hoch und blockierten die Sicht auf

die einäugigen Kameras. Stimmen überschlugen sich. »Ms. Barrett«, rief ein Reporter, »wohnen Sie immer noch bei Alex Rivers?«

»Nein«, antwortete Cassie.

»Hat er der Scheidung zugestimmt?«

Cassie schaute kurz zu ihrer Anwältin, die links von ihr saß. »Die Papiere werden ihm heute zugestellt. Ich glaube nicht, daß er sie anfechten wird.«

Ein weiterer Reporter drängelte sich nach vorn und wedelte mit einem Mikrofon vor dem Podium herum. »Körperliche Grausamkeit ist ein ungewöhnlicher Scheidungsgrund, Ms. Barrett. Haben Sie sich das nicht nur ausgedacht, um die Scheidung zu beschleunigen und auf diese Weise schneller an sein Geld zu kommen?«

Cassie war wie vor den Kopf geschlagen über den arroganten Ton des Mannes, über die Unverfrorenheit, mit der er eine so indiskrete Frage stellte. Um Himmels willen, es ging um ihre *Ehe*. Alex war ihr *Mann*. »Ich habe nicht vor, Alex etwas wegzunehmen.« *Außer mir selbst*, dachte sie. »Und die Anschuldigungen sind nicht übertrieben.« Sie senkte den Blick, weil sie begriff, daß sie jetzt nicht mehr umkehren konnte. Sie verbannte jede Gefühlsregung aus ihrer Miene, hob den Kopf und sah alle und niemanden zugleich an. »Ich bin in den vergangenen drei Jahren von Alex Rivers körperlich mißhandelt worden.«

Verzeih mir, verzeih mir, verzeih mir. Die Worte drehten sich in ihrem Kopf. Cassie wußte nicht, ob sie sie Gott oder Alex oder sich selbst zurief. Ihr Herz klopfte so stark, daß es den leichten Stoff ihrer Bluse zum Beben zu bringen schien.

»Können Sie das beweisen?«

Die Frage kam von einer Frau und wurde leiser gestellt als die meisten anderen, und vielleicht tat Cassie deswegen, wozu sie sich in einem Sekundenbruchteil entschloß. Den Blick starr auf die Tür hinten im Konferenzraum gerichtet, öffnete sie langsam die obersten drei Knöpfe ihrer Bluse, zog den Kragen und den BH-Träger beiseite und offenbarte einen häßlichen, lila schillernden Bluterguß. Sie zog die Bluse aus dem Rock und über den Bauch, dann drehte sie sich zur Seite, so daß man die geschwollenen, schwarzblauen Rippen sehen konnte.

Im Konferenzraum explodierten zahllose weiße Blitze, und der

Lärm wurde ohrenbetäubend. Cassie stand völlig regungslos, gab sich Mühe, nicht zu zittern, und wünschte, sie wäre weit weg.

Als sie am Morgen danach aufgewacht war, war seine Seite des Bettes leer und die Decke glattgestrichen gewesen. Einen Augenblick lang starrte Cassie blind auf die Laken, die ordentlich aufgereihten Kissen. Vielleicht war es ja überhaupt nicht passiert. Vielleicht war Alex ja nie dagewesen.

Sie duschte, ließ behutsam das heiße Wasser über die wunden Stellen laufen und schaute dann nach Connor. Die Nachtschwester reichte ihn ihr zum Stillen. Cassie saß in dem großen Schaukelstuhl und starrte gedankenverloren in den wunderschönen kalifornischen Morgen.

»Wir müssen wieder weg«, flüsterte sie Connor zu. Dann stand sie auf, trug ihn zum Wickeltisch, riß das Klebeband der Einwegwindel auf und schob eine frische unter seinen Popo. Sie betrachtete seinen Körper – die langen, dünnen Beinchen; den dicken Bauch; die Babyspeckpolster an seinen Ärmchen, die fast wie die Muskeln eines Erwachsenen wirkten.

Als die Schwester zurückkam, lächelte Cassie sie an. »Könnten Sie mir einen Gefallen tun?« fragte sie und ließ sie eine Wickeltasche mit mehreren Garnituren Kleidung und Schlafanzügen für Connor packen. Schließlich legte sie Connor in seine Wiege und ging nach unten.

Sie ging nicht ins Eßzimmer, um Kaffee zu trinken; sie schaute auch nicht nach, ob Alex in der Bibliothek oder in seinem Arbeitszimmer war. Das tat nichts mehr zur Sache. Sie hatte ihre Entscheidung letzte Nacht gefällt.

Der Plan, zu dem sie sich durchgerungen hatte, beruhte auf seinem öffentlichen Image. Schließlich war dadurch der Streit am vergangenen Abend ausgelöst worden. Und es war, das mußte Cassie zugeben, ebensosehr Teil seines Lebens wie sie. Sobald der Goldjunge nicht mehr so golden schien und sobald er herausgefunden hatte, wer die Schlammschlacht ausgelöst hatte, wäre sie frei. Alex würde ihre Anschuldigungen entweder bestätigen, um Hilfe bitten und auf allgemeines Mitleid hoffen müssen, oder er würde sich wehren, ihre Geschichte abstreiten und über sie herziehen müssen. Im Grunde war es egal, welchen Verlauf die Dinge nahmen. Wie auch immer, Alex wäre ruiniert; wie auch immer, es würde sie umbringen.

Weil sie Alex zwingen mußte, sie nicht mehr zu lieben, und selbst nicht aufhören konnte, ihn zu lieben.

Sie öffnete die Haustür und ging barfuß die Marmortreppen und den gewundenen Pfad hinunter, der zum Pool und zu den Außengebäuden führte. Eines Tages würde sie Connor Bilder von diesem Schloß zeigen und ihm erzählen, daß er um ein Haar als Amerikas Kronprinz aufgewachsen wäre. Sie ging zum zweiten kleinen Haus, dem Labor, das Alex nach ihrer Hochzeit für sie eingerichtet hatte.

Es war dunkel und muffig; sie war in den Wochen seit ihrer Rückkehr immer mal wieder für ein paar Minuten hiergewesen; aber Connor konnte zu leicht etwas passieren, deshalb ließ sie ihn tagsüber nicht allein im Haus. Sie schaltete das Licht an und sah, wie die Farben der Vergangenheit den höhlenartigen Raum überschwemmten: vergilbte Knochen und glänzende Metalltische, silberne Werkzeuge und satte, rote Erde.

Plötzlich fragte sie sich, wie die Landschaften wohl ausgesehen hatten, aus der diese Knochen stammten. Und was die Leute, die von diesen Knochen aufrecht gehalten wurden, den ganzen Tag getan hatten. Ihr war klar, daß ihre Fragen für jemanden, der die Kulturanthropologie immer in Grund und Boden verdammt hatte, eigenartig und fremd klangen. Irgendwie kam es Cassie so vor, als sei die Anthropologie für sie ein abgeschlossener, faszinierender Raum gewesen und als habe sie dann einen Vorhang zurückgezogen, hinter dem sie immer eine kleine Kammer vermutet hatte, nur um einen neuen, doppelt so großen Raum zu entdekken.

Ihre Arbeit würde ihr bleiben, wenn sie Alex verlassen hatte – sie hatte sie gehabt, bevor sie ihn kennenlernte, und sie war ebensosehr ein Teil ihrer selbst wie Connor –, aber ihr Forschungsansatz wäre nicht mehr derselbe. Sie hatte die Möglichkeiten gesehen. Nun, nach Pine Ridge, konnt sie sich nicht mehr vorstellen, sich in einem Vakuum mit nackten Knochen zu beschäftigen. Denn zumindest eines hatte Cassie von den Lakota gelernt: Auch wenn eine Person aus Muskeln und Knochen und Gewebe bestand, so wurde sie doch in gleicher Weise von den Mustern ihres

Lebens und ihren Entscheidungen und den Erinnerungen geformt, die sie an ihre Kinder weitergab.

Bevor Cassie nach Pine Ridge geflohen war, hatte sie sich mit einem Schädel aus Peru beschäftigt, den ihr ein Kollege geschickt hatte und aus dessen Schädeldecke eine kreisrunde Knochenscheibe entfernt worden war. Der Wissenschaftler, der ihr den Schädel überlassen hatte, wollte ihre Meinung über die Ursache dieser Beschädigung wissen. Stammte sie von Menschenhand – wurde sie während einer Operation mit einer Trephine gebohrt, um ein Amulett zu fertigen oder um Kopfschmerzen zu lindern – oder war sie auf natürliche Ursachen zurückzuführen? Cassie setzte sich an ihren Untersuchungstisch und ging ihre Notizen über mögliche andere Ursachen durch. *Während der Ausgrabung durch eine Spitzhacke verursacht. Langandauernder Druck eines scharfen Gegenstands im Grab. Erosion. Angeborener Defekt. Syphilitische Reaktion.*

Sie stützte ihren eigenen Kopf in die Hände und begann sich zu fragen, wie ein Wissenschaftler wohl ihr Skelett beurteilen mochte, wenn es in ein paar Millionen Jahren wieder ausgegraben werden würde. Würde er mit seinen Instrumenten ihre angebrochenen, vernarbten, verstümmelten Rippen vermessen? Würde er den Schaden auf achtlose Grabräuber zurückführen? Auf Erosion? Auf ihren Mann?

Cassie hüllte den Schädel in Watte und legte ihn zurück in die Packkiste. Sie stopfte die Kiste mit Sägespänen und zerknüllten Zeitungen aus, ganz sorgfältig, als könne der Schädel immer noch den Schmerz über den angerichteten Schaden spüren. Ohne einen förmlichen Begleitbrief zu verfassen, faltete sie ihre Notizen zusammen. Sie war nicht die Richtige für eine solche Analyse; nicht mehr. Deshalb schrieb sie nur kurz, daß sie keine Zeit gefunden habe, das Exemplar genauer zu studieren, und daß es ihr leid tue, monatelang nicht geantwortet zu haben. Dann steckte sie die Nachricht zu dem Schädel und versiegelte die Kiste mit einem Tacker.

Cassie trug den Schädel zurück ins Haus, um ihn zu der abzuschickenden Post zu geben. Bei jedem müden Schritt wog die Last in ihren Armen schwerer. Sie begriff nicht, warum sie so lange gebraucht hatte, um zu verstehen, daß ein Skelett einem gar nichts verriet, daß eine Überlebende einem dagegen ihr Leben zeigen konnte.

»Was ist mit Ihrem Lehrauftrag an der Universität?«
»Werden Sie in L. A. bleiben?«
»Haben Sie irgendwelche Pläne?«
Cassie blinzelte angesichts der sprudelnden Fragen. Selbst wenn sie genau gewußt hätte, wohin sie gehen sollte, würde sie das bestimmt nicht ausgerechnet der Presse verraten.

»Was meine Arbeit betrifft, so bin ich im Mutterschaftsurlaub«, antwortete sie langsam. »Und die Entscheidung, ob ich danach an die Uni zurückgehe oder nicht, werde ich erst später treffen.«

Ein Mann in olivfarbenem Trenchcoat schob sich den Hut aus der Stirn. »Werden Sie in einem Ihrer anderen Wohnsitze bleiben?«

Cassie schüttelte den Kopf. Selbst wenn sie jene Hälfte von Alex' Reichtümern und Besitz gewollt hätte, auf die sie laut kalifornischem Recht Anspruch hatte, würde sie nirgendwo bleiben, wo sie mit ihm zusammengewesen war. Auf der Ranch, im Apartment, wahrscheinlich sogar in Tansania war jedes Stück und jeder Blick mit Erinnerungen an ihr gemeinsames Leben behaftet. Sie zögerte und biß sich auf die Unterlippe. »Ich habe verschiedene Optionen«, log sie.

Sie hatte Connor zu Ophelia gebracht. »Lieber Himmel«, entfuhr es Ophelia, als sie die Tür aufmachte. »Was zum Teufel ist denn mit dir passiert?«

Cassie hatte sich nicht die Mühe gemacht, sich zu kämmen oder zu schminken. Sie hatte sich das erstbeste angezogen, was ihr in die Finger gekommen war; als sie jetzt an sich herabsah, erblickte sie ein lila Polohemd über grünweiß gestreiften Baumwollshorts. »Ophelia«, sagte sie nur, »du mußt mir helfen.«

Während sie Ophelia durch die dunklen Winkel der letzten drei Jahre mit Alex führte und während der halben Stunde, in der sie ihr die Blutergüsse zeigte, die unter ihrem Büstenhalter anschwollen, weinte Cassie kein einziges Mal. Mit ihrem linken Fuß wiegte sie Connor in seiner Wiege, während sie Ophelias Fragen beantwortete. Schließlich hatte Ophelia für sie geweint und den Freund einer Freundin angerufen, der Verbindung zu einer ehrgeizigen, aufstrebenden Anwältin hatte. Als Cassie sie daran hindern wollte, sah Ophelia sie eindringlich an. »Vielleicht willst du tatsächlich keinen Cent von ihm«, sagte sie. »Aber du hast etwas, was Alex unbedingt will. Seinen Sohn.«

Ophelia war es auch, die zu den fünf Banken ging, wo Alex und Cassie gemeinsame Konten hatten, und mit Cassies Automatenkarte jeweils eine großzügige Summe abhob. Sie kaufte Windeln und Fläschchen für Connor, weil Cassie von beidem nicht genug mitgenommen hatte.

Während Ophelia unterwegs war, wiegte Cassie Connor in den Schlaf und legte ihn in das Bett, das vor vier Jahren ihr eigenes gewesen war. Dann ging sie ins Wohnzimmer und zog die Jalousien herunter, als würde man sie schon jetzt von draußen anstarren. Sie ging ans Telefon und wählte die Nummer des öffentlichen Anschlusses im Futter- und Getreidegeschäft in Pine Ridge, dem Geschäft, das Horace führte, dem Geschäft, von dem aus sie vor über einem Monat Alex angerufen hatte.

»Cassie!« sagte Horace, und im Hintergrund hörte sie das Schlurfen und Schnaufen alter Lakota-Männer, die sich über die Fässer mit Haferflocken beugten. Sie hörte Kinder, die an der Theke um Gummibärchen bettelten. »*Toníktuka hwo?* Wie geht es dir?«

Zum ersten Mal, seit sie vor Alex' Haus ins Taxi gestiegen war, verließ Cassie der Mut. »Es ist mir schon besser gegangen«, gab sie zu. »Horace«, bat sie, »du mußt mir einen Gefallen tun.«

Kurz nach vier Uhr nachmittags, während Ophelia mit Connor im Park spazierenging, klingelte das Telefon. Zitternd nahm Cassie ab. »Ja?« fragte sie ein bißchen zu laut, und ohne zu wissen, wie sie reagieren sollte, wenn Alex' Stimme ihr antwortete. Aber dann hörte sie Wills Stimme, blechern aufgrund der schlechten Verbindung, die unsicher ihren Namen betete. Ganz schwach vor Erleichterung sank sie zusammen.

»Cassie?« wiederholte Will.

»Ich bin dran«, antwortete sie. Sie zögerte, suchte nach zusammenhängenden Worten.

»Was hat er getan?« fragte Will in die Stille. »Ich bringe ihn um.«

»Nein«, widersprach Cassie ruhig. »Das wirst du nicht.«

In Pine Ridge, direkt neben einem Teenager, der Hafer stapelte, donnerte Will die Faust gegen die Wand. Sie brauchte ihm gar nicht erst zu sagen, daß Alex sie wieder geschlagen hatte. Er wußte, daß die Nummer, die Horace ihm gegeben hatte, nicht die von Cassies Anschluß war. Er war machtlos, tausend Meilen von ihr entfernt, und er wartete darauf, daß sie sagte, was genau sie von ihm wollte. Er verbot sich jede Hoffnung, und er würde sich ihr auf keinen Fall aufdrängen, aber er wußte, wenn sie ihn bitten würde, käme er auf der Stelle angeflogen und würde sie bis an ihr Lebensende verstecken.

»Ich lasse mich scheiden«, flüsterte Cassie. »Ich gebe gleich eine Pressekonferenz.«

Will ließ die Stirn gegen die scharfe Kante des Münztelefons sinken. Die Hollywood-Presse würde sie in Fetzen reißen, nur um Alex zu zerstören. »Vergiß es«, hörte er sich sagen. »Komm mit mir nach Tacoma.«

»Ich kann nicht immer nur weglaufen. Und ich will nicht, daß du mich rettest.« Cassie holte tief Luft. »Ich glaube, es ist höchste Zeit, daß ich mich selbst rette.«

Aber noch während sie das sagte, begannen ihre Schultern zu beben, und sie sank tiefer in die Sofakissen, als habe sie nicht mehr die Kraft, sich aufrecht zu halten.

»Cassie, Liebes«, sagte Will sanft. »Warum hast du mich angerufen?«

Sie zitterte so stark, daß sie glaubte, kein Wort mehr herausbringen zu können. »Weil ich Angst habe«, flüsterte sie. »Ich habe eine solche Scheißangst.«

Will spielte mit dem Gedanken, ihr zu erklären, daß sie nicht allein war, in ein Flugzeug nach L. A. zu springen und zu ihr zu fahren und sie zu küssen, bis ihr Körper nicht mehr vor Angst zitterte und mit seinem verschmolz. Er fragte sich, wie er so dumm sein konnte, sein Herz an eine Frau zu verschenken, die wahrscheinlich bis an ihr Lebensende einen anderen lieben würde.

Statt dessen gab er sich alle Mühe, ruhig und deutlich zu sprechen. »Cassie, gibt es irgendwo einen Spiegel in deiner Nähe?«

Cassie lächelte traurig. »Ophelia hat allein im Flur drei«, antwortete sie.

»Dann stell dich vor einen.«

Cassie verzog das Gesicht. »Was soll der Quatsch? Ich brauche jetzt keinen Schauspielunterricht.« Aber sie stand auf, ging zum Spiegel und besah sich ihre verweinten Augen, den blauen Fleck an ihrem Kiefer.

»Und?«

»Ich sehe gräßlich aus«, meinte Cassie und rieb sich über Augen und Nase. »Was soll ich denn sehen?«

»Den tapfersten Menschen, der mir je begegnet ist«, antwortete Will.

Cassie drückte sich den Hörer fester ans Ohr und wärmte sich an seinen Worten wie eine Katze in der Sonne. Sie mußte daran denken, wie Alex sie kurz nach ihrer Hochzeit öfters im Büro angerufen hatte und sie, wie Teenager, stundenlang hinter verschlossenen Türen über ihre Zukunft, ihre Leidenschaft und ihr unerhörtes Glück, einander gefunden zu haben, geflüstert hatten.

Cassie starrte das Gesicht im Spiegel an. »Ich war noch nie in Tacoma«, antwortete sie. Mit einem tapferen Lächeln schloß sie Wills Worte in ihr Herz und schöpfte seine Kraft aus ihnen.

»Wann haben die Mißhandlungen angefangen?«

»Wußten Sie schon vor der Heirat davon?«

Die Fragen sammelten sich wie eine Pfütze um Cassies Füße. Hilfesuchend sah sie sich nach Ophelia und Connor um.

»Lieben Sie ihn immer noch?«

Darauf brauchte sie nicht zu antworten; das wußte sie. Aber sie wollte antworten. Wenn sie der Welt Alex als eine Art Monster vorführte, dann war es auch an ihr, ihn als den wunderbaren, warmherzigen, fürsorglichen Mann zu zeigen, der ihr das Gefühl gegeben hatte, vollkommen zu sein.

Am besten, kalkulierte sie, antwortete sie mit einer ironischen Bemerkung, als sei die Frage durch und durch lächerlich. »Das können Sie fast jede Frau in diesem Land fragen«, meinte Cassie leichthin. Aber dann brach ihre Stimme. »Wer liebt ihn *nicht*?«

Sie schaute auf und ließ den Blick über die Reihen der Reporter wandern, als würde sie nach jemand Bestimmtem Ausschau hal-

445

ten. Schließlich entdeckte sie den Mann ganz hinten in der Ecke. Sie hatte ihn bis jetzt nicht bemerkt, aber andererseits hatte sie auch nicht nach ihm gesucht. Er trug eine wollene Bordjacke mit hochgeschlagenem Kragen, die viel zu warm für diesen Tag war. Er hatte den Kopf zwischen die Schultern gezogen und die Augen hinter einer Pilotensonnenbrille versteckt.

Alex sah Cassie an und nahm die Sonnenbrille ab. Er steckte sie in die Brusttasche seiner Bordjacke. Cassie brachte nicht die Kraft auf, den Blick von ihm zu reißen. Er war nicht wütend. Kein bißchen. Fast als würde er verstehen. Sie hielt den Atem an, bedachte noch einmal, was ihr entgangen war, was er ihr zu sagen versuchte.

»Die letzte Frage«, flüsterte sie, den Blick fest auf Alex gerichtet. *Warum so? Warum jetzt? Warum wir?*

Unsicher deutete sie auf einen Mann in der ersten Reihe des Konferenzraumes. »Wenn Sie ihm jetzt etwas sagen könnten«, fragte der Reporter, »ohne daß Sie irgendwelche Konsequenzen fürchten müßten, was würden Sie ihn wissen lassen wollen?«

Sie glaubte, Tränen in Alex' Augen zu erkennen, und seine Hand hob sich langsam, als wolle er sie nach ihr ausstrecken. *Nicht*, flehte Cassie insgeheim. *Sonst könnte ich dir folgen.* Und einfach so sank sein Arm wieder herab, strichen die Finger über die rauhe Wolle der Jacke. »Ich würde ihm sagen, was er immer zu mir gesagt hat«, flüsterte Cassie ihm zu. »Ich wollte dir nie weh tun.«

Sie schloß die Augen, um sich zu sammeln, bevor sie die Presseleute entließ, die auf ihre Bitte hin gekommen waren. Als sie die Augen wieder öffnete, starrte sie immer noch auf den Fleck, wo noch vor Sekunden Alex gestanden hatte. Er war nicht mehr da. Sie schüttelte den Kopf, wie um ihn freizubekommen, und fragte sich, ob er tatsächlich dagewesen war.

Ohne ein weiteres Wort wandte sie sich vom Podium ab und stopfte sich die Bluse wieder in den Rock. Die Reporter fotografierten und filmten weiter: wie sie den Konferenzraum verließ, ihr Baby nahm, sich die Wickeltasche über die Schulter hängte, hölzern aus dem Raum stolperte.

Als sie durch den rotsamtenen Empfang schritt, begannen sich die Leute nach ihr umzudrehen. Sie schob sich durch die

Drehtür, trat auf den Gehsteig und trank die frische Luft mit großen, gierigen Schlucken.

Ich hab's getan, ich hab's getan, ich hab's getan. Ihre Absätze trommelten den Refrain auf den Zement, während sie zur Straßenecke ging. Sie marschierte schnell, als komme sie zu spät zu einer wichtigen Verabredung. Zur Essenszeit lebte die Innenstadt von L. A. auf. An der Straßenecke drückte Cassie Connor an ihre Brust, während Geschäftsleute, Fahrradboten und schöne Frauen mit Einkaufstüten an ihnen vorbeihasteten.

Es gab eigentlich keinen besonderen Grund, warum sie aufschaute. Kein Geräusch, keinen Lichtstrahl, keine Eingebung. Aber genau in diesem Augenblick schnitt ein kreisender Adler durch die Hitze und den Smog über der Stadt. Sie wartete darauf, daß jemand in den Himmel deutete, daß jemand außer ihr den Vogel bemerkte, aber die Menschen drängten und schoben sich an ihr vorbei, vollkommen von ihrem eigenen Leben in Anspruch genommen.

Sie legte Connors Kopf zurück, damit auch er ihn sehen konnte.

Cassie schirmte ihre Augen ab und schaute dem Vogel nach, als er nach Osten abdrehte. Noch lange nachdem er verschwunden war, starrte sie in den grenzenlosen Himmel; und selbst als das Menschengedränge um sie herum schneller und immer dichter wurde, blieb ihr Schritt fest und sicher.

Danksagung

Viele haben die Recherchen zu diesem Buch möglich gemacht: Arlene Stevens, CSW und Executive Director der *Response*-Hotline in Suffolk County, N. Y.; Brenda Franklin von Yorktown Productions; Doug Ornstein, ehemals Assistant Director*; Keith Willis; Sally Smith; Ina Gravitz; Dr. James Umlas**; Victor A. Douville, Professor für die Sprache und Kultur der Lakota an der Sinte Gleska University. Für verschiedene Hilfeleistungen danke ich auch Tim van Leer, Jon Picoult, Jane und Myron Picoult, Kathleen Desmond, Cindy Lao Gitter, Mary Morris, Laura Gross und Laura Yorke. Mein besonderer Dank schließlich gilt Jean Arnett.

* bei Warner Brothers
** Dr. Richard Stone

Jodi Picoult

Beim Leben meiner Schwester

Roman. Aus dem Amerikanischen von Ulrike Wasel und Klaus Timmermann. 480 Seiten.
Piper Taschenbuch

Ohne ihre Schwester Anna kann Kate Fitzgerald nicht leben: Sie hat Leukämie. Doch eines Tages weigert sich die dreizehnjährige Anna, weiterhin Knochenmark für ihre todkranke Schwester zu spenden ...
Jodi Picoults so brisanter wie aufrüttelnder Roman über den Wert des Menschen wird niemanden kaltlassen.

»Das bewegende Porträt einer zerrissenen Familie. Jede Figur ist lebendig, jede Situation wahr. Jodi Picoult gelingt es, ihre Leser bis zur letzten Seite zu fesseln – mich inbegriffen.«
Elizabeth George

Jodi Picoult

Das Herz ihrer Tochter

Roman. Aus dem Amerikanischen von Ulrike Wasel und Klaus Timmermann. 464 Seiten.
Piper Taschenbuch

June Nealon war eine glückliche Frau. Bis Shay Bourne in einem einzigen Augenblick ihrem Glück ein Ende bereitete. Für den Mord an ihrem Mann und ihrer ersten Tochter erwartet Bourne nun die Todesstrafe. Doch mit einer ungeheuerlichen Tat will er das Leben ihrer zweiten Tochter retten und alles wieder gutmachen.

»Jodi Picoult ist die Meisterin des menschlichen Dramas.«
Freundin

»Jodi Picoult beherrscht es meisterhaft, den Leser bis ins Innerste aufzuwühlen. Ein Buch, das einen so schnell nicht loslässt.«
Für Sie

05/2104/02/L

05/2567/01/R